Fortunata y Jacinta

Letras Hispánicas

Benito Pérez Galdós

Fortunata y Jacinta

Dos historias de casadas

I

Edición de Francisco Caudet

SEGUNDA EDICION

CATEDRA

LETRAS HISPANICAS

Ilustración de cubierta: Grabado cedido
por *México,* Libros y grabados antiguos
Huertas, 20, Madrid
Reproducción fotográfica: Fernando Suárez

© Editorial Hernando y Herederos de Benito Pérez Galdós
De esta edición: Ediciones Cátedra, S. A., 1985
Don Ramón de la Cruz, 67. 28001 Madrid
Depósito legal: M. 12869-1985
ISBN: 84-376-0439-7 (tomo I)
ISBN: 84-376-0437-0 (obra completa)
Printed in Spain
Impreso en Selecciones Gráficas
Carretera de Irún, km. 11,500 - Madrid
Papel: Torras Hostench, S. A.

Índice

Introducción

Benito Pérez Galdós, por J. Sorolla

Fortunata y Jacinta es una de las novelas que mejor representa —con todo lo que ello lleva inherente— la complejidad de la escritura realista del siglo XIX [1].

Recrear estructuras socio-históricas, trazar el precario destino del individuo en unos medios degradados y, dicho en una palabra, desvelar en profundidad la realidad, ha sido la tarea que define a la novela decimonónica y, en particular, a la obra novelística de Galdós.

La creación de estructuras literarias —la transposición y

---

[1] Sobre el realismo de Galdós se ha escrito mucho. Entre los numerosos títulos, cfr. F. Ayala, «Sobre el realismo en literatura con referencia a Galdós», *La Torre*, XXVI (1959), págs. 91-120; S. Bacarisse, «The Realism of Galdós: Some Reflections on Language and the Perception of Reality», *Bulletin of Hispanic Studies*, XLII (1965), págs. 239-250; S. Eoff, «Galdós y los impedimentos del realismo», *Hispanófila* VIII (1965), págs. 289-290; G. Gillespie, «Reality and Fiction in the Novels of Galdós», *Anales Galdosianos* (en adelante: *AG)*, I (1966), págs. 11-31; G. Correa, *Realidad, ficción y símbolo en las novelas de Pérez Galdós*, Bogotá, 1967; el excelente artículo de Rodolfo Cardona, «Galdós and Realism», *Papers Read at the Modern Foreign Languages Symposium: 19th c. Spanish Literature: Benito Pérez Galdós*, Virginia, Mary Washington College, 1967, págs. 71-94; Iris M. Zavala, «El triunfo del canónigo: Teoría y novela en la España del siglo XIX (1800-1875)», *El texto en la Historia*, Madrid, 1981, págs. 11-68. Tiene también especial interés la tesis doctoral de Andrés E. Díez Alonso, «Estructuralismo y realismo crítico en *Fortunata y Jacinta*», Universidad de Indiana, 1971. Para recabar información bibliográfica sobre éste y otros temas, cfr. T. A. Sackett, *Pérez Galdós: An Annotated Bibliography*, Alburquerque, 1968; L. García Lorenzo, «Bibliografía galdosiana», *Cuadernos Hispanoamericanos*, 250-252, (1970-1971); H. C. Woodbridge, *Benito Pérez Galdós: A Selective Annotated Bibliography*, Metuchen, New Jersey, 1975.

transfiguración imaginaria que da carta de naturaleza a cualesquiera obras de arte—, no implica en absoluto que la realidad y lo que vamos a llamar el referente socio-histórico puedan ser negados o que, *a posteriori,* podamos hacer de ellos abstracción. Como otras escrituras, la realista es artificio, invención, literatura..., *pero* lo es en función de la realidad[2]. La relación dialéctica del escritor con el referente socio-histórico, que el artista realista ha convertido deliberadamente en materia prima de su obra, hace que defender el texto realista como algo gratuito, plenamente autónomo, sea una quimera tergiversadora.

Esta dialéctica explica también que la conciencia artística del escritor —su ética de demiurgo— le acerque a la realidad para, de un lado, representarla y para, de otro lado, una vez objetivada y aprehendida artísticamente —convertida, por lo tanto, la realidad en experiencia estética—, transmitirla al mundo referencial que le ha dado la materia prima y la forma[3].

La evolución de la obra galdosiana tampoco es algo autónomo, algo que se produjo arbitraria o gratuitamente. El referente socio-histórico fue también el agente generador de las cambiantes estructuras de su mundo novelesco, de sus «maneras»

---

[2] Galdós introdujo al final de *Fortunata y Jacinta* estos comentarios: «En el largo trayecto de la Cava al cementerio, que era uno de los del Sur, Segismundo contó al buen Ponce todo lo que sabía de la historia de Fortunata, que no era poco, sin omitir lo último, que era, sin duda, lo mejor; a lo que dijo el eximio sentenciador de obras literarias que había allí elementos para un drama o novela, aunque, a su parecer, el tejido artístico no resultaría vistoso sino introduciendo ciertas urdimbres de todo punto necesarias para que la vulgaridad de la vida pudiese convertirse en materia estética. No toleraba él que la vida se llevase al arte tal como es, sino aderezada, sazonada con olorosas especias y después puesta al fuego hasta que cueza bien. Segismundo no participaba de tal opinión, y estuvieron discutiendo sobre esto con selectas razones de una y otra parte; quedándose cada cual con sus ideas y su convicción, y resultando al fin que la fruta cruda bien madura es cosa muy buena, y que también lo son las compotas, si el repostero sabe lo que trae entre manos» (IV, VI, xvi).
[3] Menéndez Pelayo, en el *Discurso* leído con motivo del ingreso de Galdós a la Real Academia de la Lengua, habló de las «mutuas relaciones entre el público y el novelista, que de él recibe la primera materia y a él se la devuelve artísticamente transformada...». Cfr. *Discursos*, Madrid, 1897, pág. 21, y las palabras, a este respecto, de los textos de crítica de Galdós que reproduzco más adelante.

de escribir[4]. La sociedad española, particularmente a partir de 1868, experimentó un proceso histórico, político y social que determinó la evolución ideológica de Galdós, su percepción de la realidad y la representación que llevó a sus novelas de esa cambiante realidad referencial[5]. La dilatación ideológica «externa» propició una percepción ideologizada «interna» igualmente dilatada y cambiante. Las «maneras» de novelar debían ser —y lo fueron— necesariamente diferentes[6]. La ideología galdosiana, en su proceso dinámico de expansión fue engendrando unas escrituras que se superaban a sí mismas, penetrando y problematizando cada vez con mayor intensidad el sentido y la representación de lo real.

Galdós ante la novela

Galdós, que fue bastante parco en disquisiciones teóricas, nos ha dejado, de todos modos, importantes testimonios —en unos cuantos ensayos y en juicios expuestos por algunos de sus personajes (como ocurre —lo hemos visto en la nota 2— en *Fortunata y Jacinta*)— de lo que para él era la novela. Acertó, sin duda, Montesinos al decir que, a pesar de la conocida parquedad crítica, Galdós «fue a la novela... con los ojos muy abiertos y muy consciente de lo que hacía»[7].

---

[4] Galdós, en carta a Francisco Giner de los Ríos (14 de abril de 1882), dijo: «Efectivamente, yo he querido en esta obra *(La desheredada)* entrar por un nuevo camino e inaugurar mi *segunda* o *tercera* manera, como se dice de los pintores.» Cfr. José F. Montesinos, *Galdós*** (los asteriscos remiten al volumen), Madrid, 1969, pág. IX.
[5] Cfr. Víctor Fuentes, «El desarrollo de la problemática político-social en la novelística de Galdós», *Papeles de Son Armadans*, 192 (1972), págs. 229-240.
[6] Como ha dicho Roland Barthes, *El grado cero de la escritura*, Madrid, 1973, pág. 22: «Lengua y estilo son objetos; la escritura es una función; es la relación entre la creación y la sociedad, el lenguaje literario transformado por su destino social y unido así a las grandes crisis de la Historia.»
[7] Cfr. José F. Montesinos, «Galdós en busca de la novela», *Ínsula*, 202 (1963), pág. 1. Menéndez Pelayo (cfr. *Discursos,* págs. 24-25) señaló también: «En su labor de novelista, no sólo ha sido constante, sino fecundísimo... Tan perseverante vocación..., se ha mostrado además con un ritmo progresivo, con un carácter de reflexión ordenada, que convierte el cuerpo de las obras del Sr. Galdós, no en una masa de libros heterogéneos..., sino en un sistema de observaciones y experien-

En los primeros escritos de juventud, que fueron reunidos en 1933 por Berkowitz[8], nos hallamos ya con que Galdós había optado por el realismo. Así, en «Un viaje redondo» (1861) ridiculiza la imaginación romántico-folletinesca, oponiendo a ella una escritura «seca de invención» (entiéndase: de invención romántico-folletinesca a lo Dumas, Soulié, Víctor Hugo):

> ¡Oh, tú, lector gastrónomo, engullidor de libros, que has encanecido en la continua contemplación del inagotable Dumas, y del sensibilísimo Federico Soulié!: tú, que a fuerza de magullar novelas y de merendar folletines has petrificado tu sensible corazón y has llegado a pasar impávido tus ojos por las sangrientas páginas de Víctor Hugo. ¡Tú! eres el que desprecia con aire pedantesco mi pobre libro que aunque seco de invención no lo trocara yo por muchos de los que andan de mano en mano en nuestros días[9].

Y a continuación escribía este pasaje en el que vemos cómo su visión del folletín era comparable a las que Cervantes tenía de las novelas de caballerías[10]:

---

cias sobre la vida social de España durante más de una centuria. Para realizar tamaña empresa, el Sr. Pérez Galdós ha empleado sucesiva o simultáneamente los procedimientos de la novela histórica, de la novela realista, de la novela simbólica, en grados y formas distintos, atendiendo por una parte a las cualidades propias de cada asunto, y por otra a los progresos de su educación individual y a lo que vulgarmente se llama el *gusto del público*...»

[8] H. Chonon Berkowitz, «The Youthful Writings of Pérez Galdós», *Hispanic Review*, I, (1933), págs. 91-121.

[9] *Ibíd.*, pág. 105. Galdós firma este artículo con el seudónimo Sansón Carrasco, lo que es tal vez la primera muestra de su vieja y continua admiración por Cervantes.

[10] Montesinos (cfr. «Galdós en busca...») señala: «Galdós se vio ante el folletín un poco como Cervantes ante los libros de caballerías, despreciables, no porque fueran de caballerías, sino por estar llenos de disparates. Galdós no llega a decirlo, pero creo que él también pensaba que sin disparates, sin forzar las cosas, una ficción vertiginosa que mantuviera en vilo al lector y lo dejara sin aliento, era perfectamente legítima.» Cfr. también Francisco Ynduráin, *Galdós entre la novela y el folletín*, Madrid, 1970; Alicia G. Andreu, «El folletín como intertexto en *Tormento*», *AG*, XVII (1982), págs. 55-61, y de la misma autora *Galdós y la literatura popular*, Madrid, 1982.

¡tú! que pasando las noches leyendo de claro en claro y los días de oscuro en oscuro has sentido encajada en tu cerebro tan formidable máquina de lindezas y donosas aventuras. Bien te he visto, bellaco impertinente, bien te he visto arrojar el libro, envolverte en una ancha capa y asiendo la potente tizona y armonioso laúd ponerte a cantar dulces trovas a la luz de la luna: mas sintiendo a deshora los pasos de la ronda pusiste los pies en polvorosa acuchillando de paso a un miserable esbirro que tuvo la desgracia de asirte por el extremo del ferreruelo. ¡Tonto de afolio! ¡Loco de atar! ¡Dime, hideputa, malnacido, por ventura ignoras que no eres un héroe de novela![11]

En «El Sol» su rechazo de la literatura romántica-folletinesca se basa en que ésta tiene un lenguaje repetitivo y anacrónico, lo que para él era la muestra más palpable de su alejamiento de la realidad y por lo tanto de su obsolescencia. De nuevo, Galdós defiende el realismo y frente al sol, símbolo romántico, antepone la tierra, erigida en símbolo realista:

> ¿Qué podré yo decir de la salida del sol que no haya sido dicho y repetido mil veces por esa turba de plagiarios rimadores que infestan el moderno Parnaso? Eternos profanadores de la verdadera poesía, escuadrón insolente tan exhausto de estro poético, como de modestia y sano juicio, peste del siglo; plaga imposible de exterminar... todo cuanto diga del *arrebol*, del *fuego*, de la *púrpura*, de los *cien mil colores*, del *nácar de las nubes*, del *hermoso cambiante*, del *rielar de las aguas*, del *azul inmenso*, del *luminoso y resplandeciente globo*, de la *sonrisa de la naturaleza*, del *caos sepulcral*, del *ámbito* y de la *fulmínea y albicante llama*, todo fastidiaría como falto de originalidad, equivaldría a repetir una vez más el inmenso diccionario de la grey pedantesca, con las mismas palabras, las mismas alusiones, y los mismos giros, a ser en fin tan pedante como ellos... Pues bien, mientras tienen lugar estas maravillas allá arriba, echad una mirada por el rabo del ojo y veréis lo que pasa en la tierra[12].

---

[11] Berkowitz, págs. 105-106. Montesinos (cfr. «Galdós en busca...», pág. 16) dice, pues: «Se acabaron las situaciones inverosímiles y los "héroes de novela". La novela está en las calles y en las casas de Madrid, en cada calle, en cada casa. Allí hay que verla.»

[12] Berkowitz, pág. 112. Para más datos sobre este periodo de juventud, cfr. Berkowitz, «Galdós' Literary Apprenticeship», *Hispanic*

En «Observaciones sobre la novela contemporánea en España» (1870) expuso Galdós[13], en una apretada síntesis, su opinión sobre lo que todavía en ese año era —y no debía seguir siendo— la novela española. Una vez más —ahora de manera directa, dejando la ironía de los anteriores ensayos—, atacó el exceso de romanticismo, el idealismo desaforado, el gusto de imaginar (de dar rienda suelta a la imaginación)[14] sobre el de observar... Eran males imputables, dirá, a un escapismo y entreguismo que se manifestaban en la imitación indiscriminada de modelos extranjeros trasnochados. Todo lo cual comportaba, era el precio que había que pagar, la no existencia de una «novela nacional de pura observación»[15]. Galdós fue contundente en este ensayo de 1870:

> El gran defecto de la mayor parte de nuestros novelistas, es el haber utilizado elementos extraños, convencionales, impuestos por la moda, prescindiendo por completo de los que la sociedad nacional y coetánea les ofrece con extraordinaria abundancia. Por eso no tenemos novela... El público ha dicho: «Quiero traidores pálidos y de mirada siniestra, modistas angelicales, meretrices con aureola, duquesas averiadas, jorobados románticos, adulterios, extremos de amor y odio», y le han dado todo esto. Se lo han dado sin esfuerzo, porque estas

Review, III (1935), págs. 1-22; Montesinos, *Galdós**, Madrid, 1968, págs. 3-26.
[13] Cfr. la muy útil edición (con extenso prólogo) de Laureano Bonet, *Benito Pérez Galdós. Ensayos de crítica literaria*, Barcelona, 1972.
[14] La imaginación, en la obra de Galdós, no tiene siempre una significación negativa. La imaginación, por poner dos ejemplos significativos, pierde a Isidora Rufete en *La desheredada,* pero salva a Fortunata. Joaquín Casalduero, en «El desarrollo de la obra de Galdós», *Hispanic Review*, X (1942), pág. 249, escribió que en Galdós «la manera de concebir y valorar la imaginación lleva consigo una manera de concebir y valorar la realidad. Si la imaginación era un valor negativo se debía a la exaltación de la realidad, no sólo como guía espiritual, moral y política del hombre, sino como fuente de conocimiento. Cuando la imaginación adquiere para Galdós un valor positivo, entonces la realidad no queda desvirtuada, pero se le hace depender de la imaginación». Cfr. también Germán Gullón, «La imaginación galdosiana: su funcionamiento y posible clasificación», *Actas del Segundo Congreso de Estudios Galdosianos*, Las Palmas, 1979, páginas 155-169.
[15] Bonet, pág. 118.

máquinas se forjan con asombrosa facilidad por cualquiera que haya leído una novela de Dumas y otra de Soulié... En la novela de impresiones y movimiento, destinada sólo a la distracción y deleite de cierta clase de personas, se ha hecho aquí cuanto había que hacer, inundar la Península de una plaga desastrosa, haciendo esas emisiones de papel impreso, que son hoy la gran conquista del comercio editorial. La entrega, que bajo el punto económico es una maravilla, es cosa terrible para el arte...[16]

Para la superación de este estado de cosas era necesario rechazar, insistirá, esa literatura de imitación y evasión y, teniendo como modelos nuestros clásicos, aprender a observar la realidad. Porque España, nuestra tradición literaria y artística, tenía unos modelos realistas:

Examinando la cualidad de la observación en nuestros escritores, veremos que Cervantes, la más grande personalidad producida por esta tierra, la poseía en tal alto grado, que de seguro no se hallará en antiguos ni modernos quien le aventaje, ni aun le iguale. Y en otra manifestación del arte, ¿qué fue Velázquez sino el más grande de los observadores, el pintor que mejor ha visto y ha expresado mejor la naturaleza? La aptitud existe en nuestra raza...[17]

Galdós, dejando sentado el principio de que «la aptitud (para la observación) existe en nuestra raza», se aprestaba a rebatir la generalizada opinión de que

los españoles somos pocos observadores, y carecemos por lo tanto de la principal virtud para la creación de la novela moderna[18].

Decidido a dar con las verdaderas causas de la postración e inanición en que se hallaba la novela española a la altura de 1870, establece una relación dialéctica entre novela y sociedad. Lo que puso en práctica al escribir sus grandes novelas —estructurar en torno a unos referentes socio-históricos la

---

[16] *Ibíd.*, págs. 115-118, *passim*. Con todo, Galdós publicó por entregas varias novelas.
[17] *Ibíd.*, págs. 116-117.
[18] *Ibíd.*, pág. 116.

narración, el desarrollo de los caracteres, etc.—, le había servido antes, en 1870, para establecer unos juicios de carácter crítico y valorativo[19]. De esta manera, llega en «Observaciones...» a la siguiente conclusión:

> Hay que buscar la causa del abatimiento de las letras y de la pobreza de nuestra novela en las condiciones externas con que nos vemos afectados, en el mundo de esta sociedad, tal vez en el decaimiento del espíritu nacional o en las continuas crisis que atravesamos, y que no nos han dado punto de reposo[20].

Pero en esta misma sociedad constató la presencia de unos cambios sociales y económicos que eran el resultado de una evolución histórica iniciada hacia mediados del siglo XVIII. Aunque con lentitud e incluso a contracorriente, lo cierto es que la sociedad española había experimentado una serie de transformaciones que, dos años antes de escribir las «Observaciones...», la habían llevado a la Revolución de Septiembre de 1868 y, seis años más tarde, a la Restauración borbónica que supondría la consolidación de la burguesía como bloque de poder. La aparición de la novela española empezaba a ser posible. Galdós —como se ha visto y volveremos a ver en seguida— había ya intuido en 1870 que el «gran modelo» y la «fuente inagotable» de la novela había de ser la clase media:

> Pero la clase media, la más olvidada por nuestros novelistas, es el gran modelo, la fuente inagotable. Ella es hoy la base del orden social: ella asume por su iniciativa y por su inteligencia la soberanía de las naciones, y en ella está el hombre del siglo XIX con sus virtudes y sus vicios, su noble e insaciable aspiración, su afán de reformas, su actividad pasmosa. La novela moderna de costumbres ha de ser la expresión de cuanto bueno y malo hay en el fondo de esa clase, de la incesante agitación

---

[19] En su obra novelística y en sus juicios críticos influyó de una manera muy decisiva Dickens, de quien tradujo *Los papeles de Pickwick*, en 1868, y Balzac, cuyas novelas empezó a leer en París, en 1867. En *Memorias de un desmemoriado*, págs. 1.431-1.432, cuenta Galdós cómo cayeron en sus manos en los *quais* del Sena los tomos de *La Comedia Humana*. Para entender la obra de Galdós es fundamental leer el «Avant-propos» de Balzac a *La Comédie Humaine*, cfr. la nota 21.

[20] Bonet, pág. 117.

que la elabora, de ese empeño que manifiesta por encontrar ciertos ideales y resolver ciertos problemas que preocupan a todos, y conocer el origen y remedio de ciertos males que turban las familias. La grande aspiración del arte literario de nuestro tiempo es dar forma a todo esto.

Hay quien dice que la clase media en España no tiene los caracteres y el distintivo necesarios para determinar la aparición de la novela de costumbres. Dicen que nuestra sociedad no tiene hoy la vitalidad necesaria para servir de modelo a un gran teatro como el del siglo XVII, ni es suficientemente original para engendrar un periodo literario como el de la moderna novela inglesa. Esto no es exacto. La sociedad actual, representada en la clase media, aparte de los elementos artísticos que necesariamente ofrece siempre lo inmutable del corazón humano y los ordinarios sucesos de la vida, tiene también en el momento actual, y según la especial manera de ser con que la conocemos, grandes condiciones de originalidad, de colorido, de forma.

Basta mirar con alguna atención el mundo que nos rodea para comprender esta verdad. Esa clase es la que determina el movimiento político, la que administra, la que enseña, la que discute, la que da al mundo los grandes innovadores y los grandes libertinos, los ambiciosos de genio y las ridículas vanidades: ella determina el movimiento comercial, una de las grandes manifestaciones de nuestro siglo, y la que posee la clave de los intereses, elemento poderoso de la vida actual, que da origen en las relaciones humanas a tantos dramas y tan raras peripecias...[21]

Pero si Galdós, por un lado, pensaba esto, por otro lado, habrá de reiterar una vez más, en este mismo ensayo de 1870, los límites que imponía aún la Historia a la esperada e inevitable aparición de la novela española contemporánea (que él solía llamar también entonces «de costumbres»)[22]:

No ha aparecido aún en España la gran novela de costumbres, la obra vasta y compleja que ha de venir necesariamente

---

[21] Bonet, págs. 122-124.
[22] Novela de «costumbres» no tiene que ver con el costumbrismo, sino con los «études de moeurs» de Balzac. Cfr. el «Avant-propos» de Balzac a *La Comédie Humaine*, París, 1966, págs. 3-16; cfr. también José L. López Aranguren, *Moral y sociedad. La moral social española en el siglo XIX*, 2.ª ed., Madrid, 1966, págs. 9-14 y *passim*.

como expresión artística de aquella vida. Sin duda, las circunstancias de estos días no le son favorables, como antes hemos
dicho, por ser un producto natural y espontáneo de los tiempos serenos; pero es inevitable su aparición, y hoy tenemos
síntomas y datos infalibles para presumir que sea en un plazo
no muy lejano [23].

El proceso y desarrollo de la clase media lo determinaba,
pues, todo, incluida la inevitable aparición de «la gran novela
de costumbres», que había de ser «expresión artística de la
vida», que —como se desprende de lo dicho— *debía darle
vida*. El proceso novelístico, que alcanzaría forma definitiva
en la década de 1880, con las limitaciones que las circunstancias
imponían, había ya empezado. De todo ello tomó muy buena
nota Galdós en este importante ensayo, en las «Observaciones
sobre la novela contemporánea en España».

De una etapa posterior a la génesis y desarrollo de *Fortunata y Jacinta* hay otros textos críticos galdosianos que tienen
igualmente un especial interés [24]. Centraré la atención en el
discurso de ingreso a la Real Academia Española, «La sociedad presente como materia novelable», leído en 1897. (Es
decir: diez años después de haber publicado *Fortunata y Jacinta*.) En esta ocasión definió la novela en estos términos:

> Imagen de la vida es la novela, y el arte de componerla
> estriba en reproducir los caracteres humanos, las pasiones, las
> debilidades, lo grande y lo pequeño, las almas y las fisonomías,
> todo lo espiritual y lo físico que nos constituye y nos rodea, y
> el lenguaje, que es la marca de la raza, y las viviendas, que son
> el signo de familia, la vestidura, que diseña los últimos trazos
> externos de la personalidad: todo esto sin olvidar que debe
> existir perfecto fiel de balanza entre la exactitud y la belleza de
> la reproducción [25].

Según este texto la novela realista es, pues, imagen de la
vida, de lo que la constituye y la rodea; es reproducción de la
realidad con toda su complejidad. Además, la novela realista,
no sólo necesita ser fidedigna al modelo, a la vida, sino que

[23] Bonet, pág. 124.
[24] Sobre todo el prólogo a la 2.ª ed. de *La Regenta* de Clarín,
Madrid, 1901. Cfr. Bonet, págs. 211-222.
[25] Bonet, págs. 175-176.

también ha de ser —logrando un equilibrio justo con el modelo— artificio, belleza, arte.

La novela realista, a fin de cuentas, tiene una naturaleza que se manifiesta transfigurando la realidad, poniendo objetos que *no son pero son* la vida. La novela realista —transposición imaginaria de la realidad— depende artísticamente del modelo en el momento de su génesis y de su composición. Pero, con todo, la realidad novelesca es *también* la vida misma. Por eso Galdós estableció la siguiente relación de dependencia —lo cual a su vez explica que su obra tuviera siempre a la *sociedad presente como materia novelable*— entre novela y vida:

> Se puede tratar de la Novela de dos maneras: o estudiando la imagen representada por el artista, que es lo mismo que examinar cuantas novelas enriquecen la literatura de uno y otro país, o estudiar la vida misma, de donde el artista saca las ficciones que nos instruyen y embelesan[26].

Galdós leyó este discurso, que nos ocupa ahora, en 1897. Es preciso tener en cuenta esta fecha. Porque hacia 1892 su producción novelística entró en una nueva fase que Casalduero ha llamado «período espiritualista», fase cuya obra más representativa es *Misericordia,* publicada en 1897:

> ... Galdós en el año 1892 entra en la quinta etapa de su producción en la cual estudia la vida y la muerte, o dicho de otra manera, la espiritualización de la materia y la materia sin el espíritu. Después de habernos presentado al héroe de la libertad política y al héroe naturalista, nos presenta al héroe espiritualista y su acción... El héroe espiritualista no es ya el hombre que lucha por principios políticos, ni ese hombre que con la fe en la ciencia y en el trabajo, lucha, de una manera ruda y brutal con la naturaleza. El héroe espiritualista es el que lucha consigo mismo...[27].

Hay que tener muy presente que este discurso de 1897 está escrito en una etapa, a nivel de superestructura, de crisis socio-

---

[26] *Ibíd.*, pág. 176.
[27] Joaquín Casalduero, «El desarrollo de la obra de Galdós», *Hispanic Review*, X (1942), pág. 247. Cfr. también el artículo de Víctor Fuentes, ya citado también, y Robert Ricard, «La classification des romans de Galdós», en *Galdós et ses romans*, París, 1961, págs. 9-17.

histórica y, a nivel individual, de crisis ideológica y, en consecuencia, de crisis novelística. Lo cual implica —aunque no en términos absolutos— la negación (¿y nostalgia también?) de periodos anteriores (como el de otras «Novelas Contemporáneas», tal como *Fortunata y Jacinta*). Así, en este discurso nos habla Galdós de la novela en términos generales y a la vez relativos. Porque si define a la novela como «imagen de la vida», definición que le parecía todavía válida en 1897, tal imagen había de experimentar un proceso de cambio, debido a que existían unas nuevas «condiciones del medio social», siendo éste, dice literalmente Galdós, «generador de la obra literaria». Lo cual implicaba que las estructuras novelescas habían necesariamente de cambiar. La sociedad, en suma, no solamente genera el nacimiento de la novela española contemporánea sino igualmente —Galdós así lo verá también— distintas estructuras novelescas[28]. En 1897 la clase media, como dirá Galdós en este discurso de ingreso a la Real Academia Española, ya no representaba la cohesión que había observado años atrás. Esta falta de cohesión —o de unidad— hace que deba reflexionar sobre el estado «actual» de la sociedad y que a continuación tenga que redefinir lo que para él era en 1897 la novela:

> Examinando las condiciones del medio social en que vivimos como generador de la obra literaria, lo primero que se advierte en la muchedumbre a que pertenecemos, es la relajación de todo principio de unidad. Las grandes y potentes energías de cohesión social no son ya lo que fueron; ni es fácil prever qué fuerzas sustituirán a las perdidas en la dirección y gobierno de la familia humana... Cierto que la falta de unidades de organización nos va sustrayendo los caracteres genéricos, tipos que la

---

[28] Galdós anticipa así las tesis de Lucien Goldman sobre el «estructuralismo genético». Cfr. «El método estructuralista genético en historia de la literatura», en *Para una sociología de la novela,* 2.ª ed., Madrid, 1973, págs. 221-240. Goldman parte de la hipótesis (páginas 221-222) de que «*todo* comportamiento humano es un intento de dar una *respuesta significativa* a una situación particular, y tiende, por ello mismo, a crear un equilibrio entre el sujeto de la acción y el objeto sobre el que recae el mundo circundante... Así, pues, las realidades humanas se presentan como procesos de doble vertiente: *desestructuración* de estructuraciones antiguas y *estructuración* de totalidades nuevas aptas para crear equilibrios que puedan satisfacer las nuevas exigencias de los grupos sociales que las elaboran».

sociedad misma nos daba bosquejados, cual si trajeran ya la primera mano de la labor artística. Pero a medida que se borra la caracterización general de cosas y personas, quedan más descarnados los modelos humanos, y en ellos debe el novelista estudiar la vida, para obtener frutos de un Arte supremo y durable. La crítica sagaz no puede menos de reconocer que cuando las ideas y sentimientos de una sociedad se manifiestan en categorías muy determinadas, parece que los caracteres vienen ya a la región del Arte tocados de cierto amaneramiento y convencionalismo. Es que al descomponerse las categorías, caen de golpe los antifaces, apareciendo las caras en su castiza verdad. Perdemos los tipos pero el hombre se nos revela mejor, y el Arte se avalora sólo con dar a los seres imaginarios vida más humana que social. Ya nadie desconoce que, trabajando con materiales puramente humanos, el esfuerzo del ingenio para expresar la vida ha de ser más grande, y su labor más honda y difícil, como es de mayor empeño la representación plástica del desnudo que la de una figura cargada de ropajes, por ceñidos que sean. Y al compás de la dificultad crece, sin duda, el valor de los engendros del Arte, que si en las épocas de potentes principios de unidad resplandece con vivísimo destello de sentido, en los días azarosos de transición y de evolución puede y debe ser profundamente humano [29].

Viene a decirnos, pues, Galdós, en 1897, que la hora de «la gran novela de costumbres», que anticipó en 1870, había pasado ya. «Examinando las condiciones del medio social en que vivimos como generador de la obra literaria», concluye en este discurso que habían desaparecido las fisonomías «costumbristas» (en el sentido balzaciano) de antaño. La Restauración, después de veinte años en el poder —en *Cánovas* [30] háblará de los «tiempos bobos» de la Restauración— había absorbido y monopolizado la vida social de tal forma que el novelista como tal siente también la confusión que experimenta el medio social. Y dirá:

> En resumen: la misma confusión evolutiva que advertimos en la sociedad, primera materia del arte novelesco, se nos traduce en éste por la indecisión de sus ideales, por lo variable de sus formas, por la timidez con que acomete los asuntos

[29] Bonet, págs. 176-181, *passim*.
[30] *Cánovas, O. C., Episodios V*, págs. 633-634.

profundamente humanos; y cuando la sociedad se nos convierte en público, es decir, cuando después de haber sido inspiradora del Arte lo contempla con ojos de juez, nos manifiesta la misma inseguridad en sus opiniones, de donde resulta que no andan menos desconcertados los críticos que los autores[31].

Galdós denunció en este discurso la decadencia de la burguesía, clase social modélica de la que él tanto había esperado, y el fracaso de la Restauración, sistema político en que se apoyaba la burguesía. Todo ello habría de significar para la novela realista, de la que él fue en España el mejor representante, profundos cambios. Galdós, una vez más entablaba la mencionada dialéctica entre el referente socio-histórico y el proceso de creación artística.

El referente socio-histórico

En la estructura de *Fortunata y Jacinta,* así como en la caracterización de los personajes, el acopio de información socio-histórica desempeñó una función determinante. Galdós, en *Memorias de un desmemoriado,* habló de haber reunido una documentación que le sirvió de punto de partida para la escritura de su novela[32]. La función de la información reunida en el proceso de creación de *Fortunata y Jacinta* debe estudiarse y calibrarse debidamente[33].

---

[31] Bonet, pág. 180.

[32] Galdós, en *Memorias de un desmemoriado,* pág. 1.437, cuenta que de vuelta de un viaje por Portugal y Galicia «cogí la pluma y con elementos que de antemano había reunido me puse a escribir *Fortunata y Jacinta*». En el «Prefacio a *Misericordia*» (1913), cfr. Bonet, página 224, recordó Galdós: «El tipo de la *señá Benina*, la criada filantrópica del más puro carácter evangélico, procede de la documentación laboriosa que reuní para componer los cuatro tomos de *Fortunata y Jacinta*».

[33] Cfr. los artículos de Thomas F. Lewis, «Notes toward a Theory of the Referent», *PMLA,* 94 (1979), págs. 459-475; y «*Fortunata y Jacinta:* Galdós and the Production of the Literary Referent», *MLN,* 96 (1981), págs. 317-339. De Carlos Blanco Aguinaga, «On "The Birth of Fortunata"», *AG,* III (1968), págs. 13-24; y «Entrar por el aro: restauración del "orden" y educación de Fortunata», *La historia y el texto literario. Tres novelas de Galdós,* Madrid, 1978, págs. 51-94; de Vicente Llorens, «Galdós y la burguesía», *AG,* III (1968), págs. 51-

Aunque la acción de *Fortunata y Jacinta* se desarrolla entre 1869 y la primavera de 1876, hay alusiones a antecedentes históricos, a un tiempo previo a la acción de la novela que se remonta incluso al siglo XVIII. Por otra parte, Galdós escribió la novela en 1885-1887[34], lo cual añade una nueva dimensión temporal. La perspectiva histórica desde la que contempló el tiempo de la acción ha de tenerse igualmente en cuenta.

La «distribución del tiempo» en las cuatro partes de que consta *Fortunata y Jacinta,* a pesar de tener prácticamente el mismo número de páginas, no es equitativa. Como ha llamado sobre ello la atención Omar E. Aliverti:

> ... la primera parte abarca casi cinco años de la vida de Fortunata, desde 1869 a 1874, de la cual sabemos tan sólo que ha mantenido relaciones con Juanito Santa Cruz durante cinco meses y que el fruto de esos amores ha sido su primer hijo.
>
> El narrador prefiere suspender hasta la parte siguiente la entrada en escena de Fortunata para detenerse en la descripción de la vida conyugal de Jacinta, en la historia de la familia y presentar un cuadro de costumbres de la vida madrileña. La segunda parte abarca casi todo el año de 1874 y corresponde a la entrada de Fortunata en el mundo de los Rubín, su ingreso

59; de Julio Rodríguez Puértolas, «*Fortunata y Jacinta:* Anatomía de una sociedad burguesa»; «*Fortunata y Jacinta:* Cervantes, Galdós y la "Doctrina del error"», y «Galdós y *El caballero encantado*», en *Galdós: Burguesía y revolución,* Madrid, 1975, págs. 13-176. De Peter B. Goldman, «Galdós and the Politics of Reconciliation», *AG,* IV (1969), págs. 74-87; «Historical Perspective and Political Bias: Comments on Recent Galdós Criticism», *AG,* VI (1971), págs. 113-124, y su tesis doctoral que somos muchos los que todavía confiamos ver publicada, «Galdós' *pueblo:* A Social and Religious History of the Lower Urban Classes in Madrid, 1885-1914», Universidad de Harvard, 1971. De Raymond Carr, «A New View of Galdós», *AG,* III (1968), páginas 185-189. De John H. Sinningen, «Individual, Class and Society in *Fortunata y Jacinta*», en *Galdós Studies,* II, Londres, 1974, págs. 49-68. Geoffrey Ribbans, «Contemporary History in the Structure and Characterization of *Fortunata y Jacinta*», en *Galdós Studies,* I, Londres, 1970, págs. 90-113.

[34] Galdós empezó a escribir la primera versión de *Fortunata y Jacinta* en diciembre de 1855 (cfr. Diane Hyman, nota 35) y terminó la versión final en junio de 1887. La primera versión se la conoce como Alpha y la final como Beta.

al convento de las Micaelas, su casamiento con Maximiliano y segunda relación con Juanito Santa Cruz. Fortunata abandona a su marido.

La tercera parte abarca un período de tiempo más breve, ocho meses, pero en el que los acontecimientos que rodean la vida de Fortunata cubren el espacio total de la historia. Juanito Santa Cruz abandona nuevamente a Fortunata y ésta se refugia al amparo de don Evaristo Feijoo, que la protege y alecciona. Se reconcilia con su marido y es nuevamente seducida por Juanito.

Finalmente, en los seis meses restantes que cubren la cuarta y última parte de la novela, una cadena de hechos precipitarán la muerte de Fortunata, luego de haber sido abandonada por su amante y haber dado a luz su segundo hijo.

Vemos, entonces, cómo la densidad de la novela en cuanto a la acumulación de acontecimientos de la historia se presenta inversamente proporcional al tiempo cronológico que los abarca[35].

La explicación de esta desproporcionada distribución del tiempo cronológico está en la falacia histórica de la materia

---

[35] Omar E. Aliverti, *«Fortunata y Jacinta»: Historia o novela*, Neuquen, 1979, págs. 35-36. Diane Hyman, «The *Fortunata y Jacinta* Manuscript of Benito Pérez Galdós», tesis doctoral, Universidad de Harvard, 1972, págs. v-vi, ha señalado que de las 832 páginas del manuscrito Alpha (primer esbozo de la novela), 688 corresponden a las partes primera y segunda y los 144 restantes a las partes tercera y cuarta. Las partes primera y segunda están cargadas de documentación socio-histórica; las partes tercera y cuarta sólo precisaban de un guión «dramático», de unas situaciones individuales que servían de punto de referencia para desarrollar el «drama». Pero estas situaciones originaban en el contexto socio-histórico de las partes primera y segunda, tan bien documentado. (Cfr. la nota 32.) Galdós, en «Observaciones...», pág. 124, elogió los *Proverbios* de Ventura Ruiz Aguilera porque:

> De estos cuadros de costumbres que apenas tienen acción, siendo únicamente ligeros bosquejos de una figura, nace paulatinamente el cuento, que es aquel mismo cuadro con un poco de movimiento, formando un organismo dramático pequeño, pero completo en su brevedad.

Este principio (partir de un «cuadro de costumbres» [el referente socio-histórico] e ir paulatinamente introduciendo en él una acción [la «narración»]) lo desarrolló y potenció Galdós de manera ambiciosa y compleja en *Fortunata y Jacinta*.

prima novelística: la clase media. Galdós había querido en un momento dado, según vimos al hablar de su definición de la novela, poder reflejar y expresar, dar forma a

> cuanto bueno y malo existe en el fondo de esa clase, de la incesante agitación que la elabora, de ese empeño que manifiesta por encontrar ciertos ideales y resolver ciertos problemas que preocupan a todos, y conocer el origen y el remedio de ciertos males que turban las familias[36].

Pero lo que hubiera sido, en tal caso, la épica novelesca de la burguesía se convirtió con el tiempo en falacia trágica. Porque la clase modélica novelable llegó a abandonar —y este conocimiento se lo da a Galdós no sólo su omnisciencia de escritor sino su propia experiencia histórica (escribe sobre 1869-1876 desde la perspectiva de un tiempo posterior: 1885-1887)— el protagonismo que históricamente le había correspondido desempeñar.

Galdós empezó escribiendo, en esta novela, *sobre* y *desde* la burguesía y acabó escribiendo *contra* la burguesía[37]. Y esto fue así porque la realidad introdujo en la novela *Fortunata y Jacinta* un personaje que, con el paso del tiempo —tiempo histórico y novelesco—, alcanzó la categoría de indiscutible protagonista: me refiero, claro está, a Fortunata, una joven sin apellidos ni —de ahí que no pudiera concederle Galdós un espacio novelesco todavía en la Parte Primera— historia. En la novela es el personaje que parece más de ficción, más inventado, y, sin embargo, su realidad es tan real como la

---

[36] Cfr. «Observaciones...», Bonet, págs. 122-123, y la nota 21.

[37] Se podría, pues, decir de Galdós —con las matizaciones que haré enseguida— lo que de Balzac dijo Engels en la conocida carta de 1888 a Margaret Harkness, autora de una novela, *City Girl*, que trataba de la «vieja, más aún, viejísima, historia de una muchacha del proletariado seducida por un señor de la burguesía». (La vieja historia se repite en *Fortunata y Jacinta.*) Pero Galdós, a diferencia de Balzac, había empezado, cuando escribió *Fortunata y Jacinta*, a distanciarse de la burguesía. Cfr. Víctor Fuentes, «El desarrollo de la problemática político-social...», pág. 235: «Desde *Fortunata y Jacinta*, Galdós empieza a tratar el tema del antagonismo social desde una perspectiva favorable a las clases populares.» Sobre la evolución político-social de Galdós, cfr. Víctor Fuentes, *Galdós demócrata y republicano: escritos y discursos 1907-1913*, Santa Cruz de Tenerife, 1982, y Julio Rodríguez Puértolas, introducción a *El caballero encantado*, 3.ª ed., Madrid, Cátedra, 1982.

de la burguesía, cuyo pasado y presente es historiado con toda suerte de detalles. Esta apariencia de ficción que tiene Fortunata será precisamente el revulsivo que llegará a introducir una tensión desmitificadora en la clase media, hasta ahora la materia prima novelística por excelencia. En la obra de Galdós, el mayor mitógrafo de nuestro siglo XIX, se inicia así una nueva posibilidad de crear ficción en torno a una realidad marginada y callada: el «cuarto estado».

Este proceso anunciado de cambio novelístico no es explicable a partir de la estética sino de la ética, de la conciencia socio-histórica de Galdós. Así, resulta un ejercicio gratuito e inútil hablar del «nacimiento de Fortunata»[38] sin tener presente que solamente fue posible porque la realidad proporcionó a su creador (y a ella, escultora también de su ser)[39] las condiciones que hicieron posible tal «nacimiento» y, lo que es más importante aún, que tomara conciencia de su valor. Y esas condiciones las fue poniendo la burguesía —y el propio Galdós, en cuanto historiador de esa clase—, la cual, al renunciar a su responsabilidad, perdió —debía perder— su protagonismo. Por las mismas razones, resulta igualmente fútil hablar de buenos y malos en la novela o de si Fortunata fue o no al cielo cuando murió[40]. Sería una discusión hipotéticamente concebible si Galdós hubiera mantenido el propósito inicial de novelar «cuanto bueno y malo existe en el fondo de la clase media». Pero no fue éste el caso. La novela progresivamente fue abandonando tal intención original. Hasta el extremo de que la clase media en su conjunto sería descalificada[41]. Com-

---

[38] Cfr. Stephen Gilman, «The Birth of Fortunata», *AG*, I (1966) y la respuesta de Carlos Blanco Aguinaga, «On "The Birth of Fortunata"», que es un texto clave en los estudios galdosianos.

[39] Fue escultora de su vida en la medida en que, como mostraré más adelante, fue tomando conciencia de su valor. (Veo que me ha salido, en mi texto, una frase ganivetiana. Pero el caso es que Ganivet, autor de *El escultor de su alma,* sintió gran admiración por Galdós. Cfr. Robert Ricart, «Deux romanciers: Ganivet et Galdós. Affinités et oppositions», *Bulletin Hispanique*, 60 (1960), págs. 484-499.

[40] Cfr. Gilman, «The Birth of Fortunata», pág. 80.

[41] Estoy de acuerdo con el corto pero incisivo artículo de Fernando Uriarte, «El comercio en la obra de Galdós», *Atenea*, 72 (1942), páginas 136-140, en donde establece una comparación entre *Fortunata y Jacinta* y *Die Buddenbrooks* de Thomas Mann. Merece también recordar este texto del prefacio de Dickens a la 3.ª ed. de *Oliver Twist*, Nueva York, 1980, págs. VII-VIII: «A Mrs. Massaroni, being a lady in short

parto, pues, el juicio de Montesinos: «En materia moral, todos son unos menos Fortunata»[42].

Pero ¿por qué y en qué medida cambió en *Fortunata y Jacinta* la actitud de Galdós con relación a la clase media? ¿Rompió entonces con esta clase? ¿Llegó a solidarizarse plenamente con la causa del embrionario proletariado madrileño, con el cuarto estado? Intentaré ir respondiendo a estas preguntas en las páginas que siguen.

La novela —recordemos— empieza cronológicamente en 1869. En junio del 69, un año después del triunfo de la Revolución de Septiembre, el gobierno provisional de la Gloriosa había conseguido aprobar el texto de una nueva Constitución, «la más liberal de cuantas se habían promulgado en España»[43]. Sin embargo, «la estructura social del país apenas había cambiado»[44]. La revolución burguesa del 68, incapaz de comprender que el pueblo anhelaba no solamente cambios políticos, sino cambios estructurales, hubo de estar condenada al fracaso. La Revolución de Septiembre abrió un periodo histórico de grandes convulsiones sociales, políticas y económicas. Sobre este periodo ha escrito Gabriel Tortella un bosquejo sumamente claro y preciso:

> Tras varios meses de provisionalidad, las Cortes Constituyentes proclamaron en 1869 a la monarquía como sistema español de gobierno. Como la familia Borbón había sido excluida del trono por los revolucionarios, hubo que empezar la búsqueda de un rey. La cosa llevó casi dos años, pero por fin el primer ministro, Prim, se salió con la suya y logró que el designado fuera un príncipe de la Casa de Saboya, que fue coronado rey como Amadeo I... La Casa de Saboya tenía un aura ultraliberal que la hacía anatema para muchos monárquicos españoles, pero que no evitó a la monarquía la hostilidad

---

petticoats and a fancy dress, is a thing to imitate in tableaux and have a lithograph on pretty songs; but a Nancy, being a creature in a cotton gown and cheap shawl, is not to be thought of. It is wonderful how virtue turns from dirty stockings, and how vice, married to ribbons and a little gay attire, changes her name, as wedded ladies do, and becomes Romance». Dickens y Galdós habían aprendido mucho de la ironía cervantina.

[42] Montesinos, *Galdós***, Madrid, 1969, pág. 204.

[43] M. Tuñón de Lara, *La España del siglo XIX*, Barcelona, 1973, pág. 209.

[44] *Ibíd.*, pág. 212.

de los republicanos. ... Por si fuera poco Prim fue asesinado en Madrid mientras navegaba hacia España. Este crimen no sólo privó al rey de un jefe enérgico, capaz y prestigioso sino que le quitó su único partidario entusiasta en todo el país.

Amadeo abdicó en febrero de 1873, habiendo sido coronado en 1871. La Guerra Carlista, el caos financiero, su falta de popularidad, las escaramuzas constantes entre los partidarios políticos, la soberbia de los oficiales del ejército, los desaires de la aristocracia madrileña, todo contribuyó a convencerle de que estaba sentado sobre un polvorín. Tras su abdicación se proclamó la República y el polvorín estalló. Mientras la Guerra Carlista persistía en el Norte, Andalucía, Murcia y Valencia se alzaron en armas con una explosión de resentimiento popular que probablemente se había acumulado durante decenios y que se liberaba ahora gracias a las recién proclamadas libertades de organización y propaganda, espoleado por el sentimiento de que el poder de los antiguos señores se desvanecía. Los líderes republicanos se vieron así obligados a luchar a diestra y a siniestra, en el Norte y en el Sur, mientras la guerrilla asolaba Cuba.

Por si fuera poco, los republicanos estaban también divididos. La tarea que les esperaba era de una complejidad abrumadora, ya que se trataba de imponer democracia y federalismo, a un país atrasado, encendido en dos guerras civiles y una colonial... Los «Presidentes del Poder Ejecutivo de la República» se sustituían a una velocidad de uno cada dos meses y medio. A finales de 1873, reinaba profunda desazón en el Ejército; un golpe rápido en enero de 1874 disolvió las Cortes y nombró al general Serrano Presidente del Ejecutivo (la palabra «República» desapareció de los documentos oficiales). El golpe en realidad no hizo sino devolver al poder a la coalición liberal que había triunfado con la revolución, aunque la actitud de este grupo era ahora desengañada y conservadora...

Esta situación era provisional por naturaleza. El Gobierno de Serrano duró exactamente un año. En los últimos días de diciembre de 1874, un nuevo pronunciamiento proclamó al hijo de Isabel II, mozo de diecisiete años, rey de España con el nombre de Alfonso XII. Otra restauración borbónica más: el régimen así inaugurado duró hasta 1931 [45].

---

[45] Gabriel Tortella, *Los orígenes del capitalismo en España*, 2.ª ed., Madrid, 1982, págs. 293-294.

La Revolución de Septiembre de 1868, la Gloriosa, fue la culminación de un proceso histórico que se remontaba al siglo XVIII[46]. Este proceso tenía que ver con la difícil modernización de España. Pero esta revolución de 1868 pudo haber sido, en el ámbito político y cultural, la esperada oportunidad de incorporación a la modernidad. Galdós, en «Observaciones...», se esforzó por hacer comprender a políticos y literatos que estaban «en un rincón de esta vieja Europa, que ya se va aficionando mucho a la realidad»[47]. Mas, en lo que concierne a la política, los hombres que llegaron al poder en 1868 no entendieron la realidad del país, no estuvieron a la altura de la responsabilidad histórica que les correspondió asumir. Los políticos progresistas que sustituyeron en el poder, en 1868, a los moderados y a la Unión Liberal, los valedores de la monarquía isabelina durante casi treinta años, se mostraron incapaces de encontrar las soluciones a los problemas que habían heredado del régimen contra el que se habían pronunciado.

En 1868 la burguesía liberal rompió una vieja alianza con el Trono. Esta vieja alianza se remontaba a 1833, año en que murió Fernando VII. La Reina Regente hubo de aceptar la alianza con la burguesía liberal porque necesitaba apoyos para combatir el carlismo. El conflicto dinástico sería, por lo tanto, el factor desencadenante de la puesta en marcha de la revolución burguesa, ralentizada por el absolutismo fernandino[48], y de que Madrid, en la década de 1840, se convirtiera en la sede del

---

[46] Galdós, en «Don Ramón de la Cruz y su época», *OC*, *Novelas*, III, págs. 1.240-1.241, habló del proceso «deletéreo y disolvente» que experimentó la sociedad española a finales del siglo XVIII, proceso que precedió al nacimiento de la clase media en el siglo XIX. Cfr. también A. Bahamonde y J. Toro, *Burguesía, especulación y cuestión social en el Madrid del siglo XIX*, Madrid, 1978, pág. 3: «Efectivamente, a fines del siglo XVIII las estructuras gremiales, dique de contención del crecimiento de las fuerzas productivas, inician una descomposición acelerada, realidad que legalizarán los decretos antigremiales de las Cortes de Cádiz».

[47] Cfr. Bonet, pág. 116: «Somos en todo unos soñadores, que no sabemos descender de las regiones del más sublime extravío, y en literatura como en política, nos vamos por esas nubes montados en nuestros hipógrifos, como si no estuviéramos en el siglo XIX y en un rincón de esta vieja Europa, que ya se va aficionando mucho a la realidad.»

[48] Cfr., *Burguesía, especulación y...*, págs. 16-17.

nuevo Estado burgués. Madrid, como ha señalado Tuñón de Lara, deviene

> ni más ni menos la sede del poder, la cabeza de una administración que, precisamente, va a crecer y consolidarse por aquellos años, el centro nervioso de una serie de decisiones, negocios, especulaciones, etc.[49]

Allí se estableció la gran burguesía rentista (con o sin título nobiliario), los grandes propietarios de fincas, los grandes almacenistas y comerciantes... El comercio, al que tanta atención dedicó Galdós en la parte primera de *Fortunata y Jacinta,* se fue desarrollando y creciendo porque hubo, a partir de mediados del siglo XIX, un crecimiento demográfico sin precedentes y porque en Madrid se fueron creando unos importantes grupos de consumo (a añadir a los arriba mencionados): altos cargos de la Administración, agentes de bolsa, banqueros, prestamistas, profesionales liberales, etc.; y, además, una pequeña y mediana burguesía de pequeños propietarios, funcionarios y profesionales liberales medios, artesanos, pequeños comerciantes y fabricantes, etc.

Así fue surgiendo y consolidándose un bloque de poder (y de consumo) que había de separarse cada vez más de las masas, del pueblo. Madrid se convirtió en una ciudad de contrastes, descritos por Galdós en *Fortunata y Jacinta,* en «Una visita al Cuarto Estado» y, por citar otro testimonio no-galdosiano, en este artículo anónimo de *El Clamor Público* (2 de abril de 1954)[50]:

> Verdadera cadena de oposiciones y contrastes, vemos en ella (la villa de Madrid), al lado de un lujo ficticio, pero deslumbrador, escenas de miseria más tristes que las de las mismas aldeas. En el Prado, soberbios carruajes tirados por magníficos caballos; en todos los paseos, damas cubiertas de riqueza; en

---

[49] M. Tuñón de Lara, *Estudios sobre el siglo XIX español,* Madrid, 1971, pág. 35. En este libro define el concepto «bloque de poder» (cfr. págs. 237 y ss.) al que aludo en repetidas ocasiones en esta introducción. Sobre el Madrid isabelino es fundamental la tesis doctoral de Ángel Bahamonde, *El horizonte económico de la burguesía isabelina: Madrid 1856-1866,* Madrid, Editorial de la Universidad Complutense de Madrid. Servicio de Reprografía, 1981.
[50] Cfr. *Burguesía, especulación y...,* pág. 209.

los bailes, los teatros y las tertulias, un mundo elegante y bullicioso que pasa dulces horas entregado al placer. Un paso más y veremos a Madrid por dentro, con sus ricos tramposos, sus capitalistas quebrados, sus caballeros de industria, sus damas que juegan y fuman, sus petardistas de oficio, su ejército de tunantes y prostitutas.

El capital se abocó, desde muy pronto, al negocio especulativo. Algunos almacenistas de tejidos (tal es el caso «ficticio» de la familia Santa Cruz) se dedicaron a la especulación y hubo entre ellos quienes llegaron a convertirse en importantes «rectores del comercio especulativo en la década de los sesenta»[51]. En un artículo de la *Gaceta de los Caminos de Hierro* (28 de febrero de 1858) se hizo la siguiente valoración de la tendencia a la especulación del capital español:

> En España se considera el capital bajo un punto de vista completamente distinto que en otras naciones. Aquí el capital es sinónimo de ahorro inmobiliario, destinado exclusivamente a producir una renta, que proporciona la opulencia o sirve de garantía contra la miseria; si alguna vez se expone es para correr los riesgos de la usura o los albures del juego; nunca para que se reproduzca por medio del progresivo y regular desarrollo de la industria. En España el capital es instrumento de holganza; en otras partes es instrumento de trabajo. Esta es la misión que debe cumplir, si se quiere que un país llegue al más alto grado de prosperidad[52].

---

[51] *Ibíd.*, págs. 21-24.
[52] *Ibíd.*, pág. 22. Gabriel Tortella, en «Ferrocarriles, economía y revolución», en Clara E. Lida e Iris M. Zavala, *La revolución de 1868. Historia, pensamiento, novela*, Nueva York, 1970, cita otro texto de la *Gaceta de los Caminos de Hierro* (abril de 1856) que contrasta por su tono esperanzado con el arriba citado. Pero en España no se siguió lo que esperaba *La Gaceta* en 1856:

> El siglo XIX es esencialmente el siglo del trabajo y de la industria.
> Las naciones que hace cincuenta años se lanzaron franca y decididamente por el ancho camino de los adelantos materiales han llegado a adquirir una inmensa preponderancia, una influencia positiva sobre el resto de Europa; las que, por el contrario, permanecieron estacionarias, las que se han mante-

El bloque de poder aristocrático-terrateniente-burgués, cuya superestructura ideológica queda definida en la cita anterior, decidió mantener en el poder, de 1843 a 1854, a Narváez y a su Partido Moderado. La hegemonía de los moderados permitió el establecimiento de una serie de medidas que si es cierto que definieron el carácter autoritario y ordenancista del gobierno y de la monarquía, no lo es menos que favorecieron la expansión comercial y agiotista. Así: 1.º En 1842 se liberaron las trabas legales para fijar el precio de los alquileres de viviendas. 2.º En 1844 se creó la Guardia Civil (para imponer el orden y defender —de ahí su utilidad para la burguesía— el sagrado principio de la propiedad). 3.º En 1845 se promulgó una Constitución conservadora. 4.º Se fundó, también en 1845, el Banco de Isabel II cuya misión principal fue facilitar la especulación bolsística (y tuvo como impulsador al marqués de Salamanca). 5.º En la década de los 40 se iniciaron los primeros proyectos de construcción de ferrocarriles. En el negocio de las concesiones ferroviarias estuvieron involucrados el marqués de Salamanca y el Sr. Muñoz (ministro y marido, respectivamente, de la reina Isabel II). 6.º La Banca extranjera en esa década, empezó a instalarse en España, para, más tarde, convertirse en uno de los factores clave de la corrupción financiera y de la inestabilidad política de la España decimonónica. 7.º En 1851, después de una larga etapa de conflictividad con la Iglesia debido a la Desamortización de Mendizábal (1836-1837) que benefició especialmente a la burguesía y pequeña burguesía especuladoras, llegó el momento oportuno de la paz. Con la firma del Concordato de 1851 el gobierno se convertía en el garante de los derechos eclesiásticos...

Aranguren, en una importante monografía sobre el si-

---

nido fieles al antiguo orden de cosas, pierden cada día más y más en importancia entre las naciones civilizadas...

España ha ocupado en todo tiempo un lugar demasiado importante en la historia de Europa para no apresurarse a aceptar el nuevo destino que la Providencia le ofrece: puesto que el poder de la industria constituye hoy la grandeza de las naciones, entremos atrevidamente por el ancho camino que se nos presenta y el éxito más completo coronará muy pronto nuestros esfuerzos...

Cfr. también Jordi Nadal, *El fracaso de la revolución industrial en España, 1814-1913*, Barcelona, 1975.

glo XIX, escribía, hace ya algunos años, sobre este periodo moderantista:

> El valor social supremo es, para el moderantismo, el del Orden. Orden combatible, es claro, con una cierta libertad —pues el absolutismo, de derecho, pertenece a un pasado anticuado—, con una ficción, al menos, de libertad. Orden, seguridad, protección de la propiedad: he aquí en lo que va a hacerse consistir la función primordial del Estado moderado.
>
> La base socioeconómica sobre la que se monta el moderantismo también nos es conocida: la desamortización y la nueva concepción, totalmente individualista, de la propiedad territorial, establecida por ella[53].

Los escándalos financieros motivados por las concesiones ferroviarias al vergonzante consorcio Salamanca-Muñoz (aludido arriba)[54], los privilegios otorgados a ciertas camarillas reales, la tendencia cada vez más acusada al autoritarismo de Narváez —el «espadón» del moderantismo—, las malas cosechas de 1853 con el consiguiente aumento del precio del pan,

---

[53] *Moral y sociedad*, pág. 98.
[54] Aranguren, *ibíd.*, págs. 102-103, comenta:

> «Repárese, como corroboración de esta falta de mentalidad empresarial de la época, que el financiero de mayor renombre de todo el siglo XIX, Salamanca, mucho menos creador que derrochador de riqueza, ejercía su oficio de hombre de negocios como el duque de Osuna el de Grande de España, suntuariamente, a la gran manera tradicional española, como quien juega al *póker*, de tal manera que su gran fortuna desapareció con él.
>
> Esta inmoralidad pública de los negocios de pura especulación hechos desde el Gobierno fue tan escandalosa que la revolución de 1854 (la llamada Vicalvarada), hecha al grito de «¡viva la moralidad!» que abrió el bienio progresista, se produjo como consecuencia de las concesiones de líneas de ferrocarril, por Decreto de un Gabinete presidido por Sartorius y en el que, junto a él, se juzgaron principalmente responsables y beneficiarios a Esteban Collantes, a Salamanca y, detrás de ellos, a la Reina Madre».

Sobre Salamanca, cfr. A. Bahamonde, *El horizonte económico...*, págs. 386-428; y Raymond Carr, *España 1808-1939*, Barcelona, 1969, págs. 276-277.

siempre causa de conflictos populares en el siglo XIX, y la paralización en 1854 de las obras del Canal de Isabel II, en donde trabajaban varios miles de jornaleros, provocaron el malestar y descontento de la burguesía liberal y progresista y de las masas populares urbanas. Todo predisponía a la rebelión y, en julio de 1854, tuvo lugar el pronunciamiento de Vicálvaro[55]. Esta insurrección, debido a la participación popular, tuvo un fuerte componente izquierdista. La burguesía liberal-progresista, que instrumentalizó a las masas para triunfar en Vicálvaro, se atemorizó al detectar el carácter obrerista de tal alianza coyuntural y oportunista (por parte de los progresistas)[56].

Tras el corto experimento progresista, 1854-1856, se encargarían de gobernar el país, hasta la revolución de 1868, la Unión Liberal de O'Donnell y Narváez —quien murió en 1868—. Estos dos periodos se caracterizaron por una larga etapa de expansión económica, 1854-1864, y por una grave depresión económica que empezó en septiembre de 1864[57] y hubo de abocar a la revolución política de septiembre de 1868[58].

En la etapa de expansión se acumularon tantos errores políticos, económicos y sociales que España, a diferencia del resto (con unas pocas excepciones) de los países europeos, no consiguió entrar en un proceso de industrialización ni de crecimiento económico autosostenido[59]. Estos errores hacen obligado hablar de esta etapa de expansión en términos relativos y sin perder de vista —lo que interesa más— que en ellos se encuentra la explicación de la crisis de 1864 y de la revolución que ésta provocó en 1868.

---

[55] Cfr. C. García y J. Pérez Garzón, «Las barricadas de julio de 1854. Análisis sociológico», *Anales del Instituto de Estudios Madrileños*, XII (1976), págs. 213-238.

[56] J. Vicens Vives, *Historia social y económica de España y América*, V, Barcelona, 1982, pág. 307.

[57] Cfr. G. Tortella, *Los orígenes del capitalismo...*, págs. 243-292.

[58] Cfr. Nicolás Sánchez-Albornoz, «El trasfondo económico de la revolución», en Lida y Zavala *La revolución de 1868*, págs. 64-79; cfr. también de Sánchez-Albornoz, *España hace un siglo: una economía dual*, Madrid, 1977.

[59] G. Tortella, «Ferrocarriles, economía...», pág. 129: «En el caso de España a mediados del siglo XIX, la política económica estuvo casi siempre en manos incompetentes, y las consecuencias fueron las que todos conocemos: estancamiento económico y social.»

El capital español, de 1854 a 1864, siguió la anterior tendencia a especular en la Bolsa y en fincas urbanas[60]. Las leyes bancarias de 1856 reforzaron la entrada de capital extranjero, llegando incluso éste a conseguir total hegemonía sobre el nacional. Banqueros como los Rothschild se asociaron con el marqués de Salamanca, quien se aprovechó de sus conexiones políticas —fue, recuérdese, ministro isabelino— para intervenir en el negocio de la especulación urbana (fue promotor del barrio madrileño que lleva su nombre) y en la concesión y construcción del tendido ferroviario.

El Estado prestó a los ferrocarriles considerable ayuda económica (en forma de subvenciones) y apoyo legal (garantías contra riesgos distintos, facilidades para expropiación de tierras y para la importación de equipos, etc.). Mientras, la industria nacional carecía de protección e incentivos. Así, escribe Gabriel Tortella:

> por obra y gracia del Estado, mientras la industria española languidecía, la red ferroviaria creció asombrosamente... Los resultados de esta desproporción no se hicieron esperar. Hacia 1864, concluidas las principales líneas, las empresas ferroviarias advirtieron con angustia que el tráfico era tan escaso que ni siquiera bastaba para cubrir los costes... ¿Para qué tantos ferrocarriles si no había apenas nada que transportar? Efectivamente, no sólo se habían construido más ferrocarriles de lo que era necesario, sino que, además, para construirlos se había sacrificado a su mayor cliente potencial: la industria manufacturera[61].

---

[60] En estos años se renovó el casco viejo de Madrid y se empezaron a construir barrios nuevos en las zonas del oeste (Argüelles) y del este (Salamanca). Es la época, en fin, del ensanche de Madrid. Cfr. Vicens Vives, págs. 52-54; y *Burguesía, especulación y...*, págs. 30-31: «*La aprobación, el 19 de julio de 1860, del proyecto sobre el ensanche de Madrid, realizado por el ingeniero Carlos de Castro, convirtió a las zonas sobre las que se vertebraba el futuro desarrollo espacial de Madrid en objetivo prioritario del negocio especulativo. En su plan, Castro preveía la diferencia espacial de las clases sociales. Barrios específicamente burgueses, populares o para las capas medias, con lo que se intentaba poner fin a la peligrosa cohabitación, habitual en el Madrid de mediados de siglo... Entre 1860 y 1864 los solares del Ensanche suben a "precios triples y aun décuples" de su valor.*»

[61] G. Tortella, «Ferrocarriles, economía...», pág. 133.

Entre Madrid y Cataluña se entabló un duro debate en torno al librecambismo y al proteccionismo. En Cataluña decían basar la defensa del proteccionismo en el interés de la industria nacional y de los obreros. Por otra parte, atribuían la adhesión del gobierno central al librecambismo,

a la sensibilidad de los políticos, que vivían en una comunidad (Madrid) de consumidores y tenderos, hacia los grupos de presión «antinacionales» que colocaban sus beneficios por encima del desarrollo de la industria nacional. Entre éstos, eran los principales los comerciantes de Cádiz, las compañías ferroviarias y los propietarios agrarios del Sur, interesados en obtener carriles baratos y exportaciones agrícolas. Eran poderosos políticamente porque muchos políticos liberales —Sagasta y Moret son ejemplos tardíos— eran directores de compañías ferroviarias y porque seguramente Andalucía estaba representada con exceso en el sistema político[62].

Galdós, en *Fortunata y Jacinta*, expuso reiteradamente los puntos de vista de los comerciantes de la zona de la Puerta del Sol, quienes, en sus tertulias discutían con asiduidad —como debió ocurrir en la realidad— sobre estos temas económicos. Cuando Juanito y Jacinta van a Barcelona de viaje de novios, hay referencias a la industria textil catalana y a la situación de la mujer obrera.

Madrid no ha sido un centro industrial hasta hace bien poco, hasta hace unos veinte años. Pero, de todos modos, en el siglo XIX, la pujanza de la burguesía especuladora y el crecimiento demográfico favorecieron el desarrollo de ciertas industrias que estaban relacionadas sobre todo con bienes de primera necesidad (alimentación, calzado, tipografía, materiales de la construcción, etc.) y con la construcción de edificios.

La industria textil madrileña, a pesar de la importancia del comercio de hilos y telas —importancia que explica el que este comercio tuviera tan relevante protagonismo en *Fortunata y Jacinta*:

no experimenta ningún desarrollo durante el siglo XIX. Un primer y único ensayo fracasado fue la Real Fábrica de San

---

[62] R. Carr, *España,* pág. 273. Cfr. Además Vicens Vives, págs. 224-229; Tortella, *Los orígenes del capitalismo...,* págs. 305-306.

Fernando, en las puertas de Madrid, que llegó a emplear 700 obreros en los años 30. La unidad de producción básica sigue siendo el obrador artesanal sin mecanizar. Y todo ello a pesar del alto consumo madrileño evidenciado por la importancia del comercio textil en la Corte: 105 almacenistas por mayor, 779 mercaderes con tienda abierta y 360 vendedores ambulantes. Madrid importa de Inglaterra, Bélgica, Holanda y Francia el textil de lujo destinado al comercio suntuario, y de la industria nacional, sobre todo de Cataluña, el textil dirigido al consumo corriente[63].

Con todo:

> En Madrid las actividades industriales plenamente capitalistas —que generan proletariado— son islotes, cada vez más importantes, de un sistema de producción mercantil simple. Precisamente este proceso de proletarización ralentizado es uno de los rasgos específicos de la evolución social de Madrid en el siglo XIX[64].

En 1864 se empezó a desmoronar la economía. La crisis algodonera internacional, la insolvencia de las compañías ferroviarias para pagar las deudas, el colapso del sistema bancario, el endeudamiento del Gobierno y la grave crisis agraria (lo que afectó el suministro y carestía del pan —causa de continuos conflictos sociales en nuestro siglo XIX—) sumieron a España «en una seria depresión económica que abocó a una revolución política (la Revolución de Septiembre de 1868)»[65].

Los afectados de esta depresión fueron la práctica totalidad de la sociedad: la burguesía y la pequeña burguesía que habían invertido de manera oportunista en la Bolsa y en los ferrocarriles y el pueblo trabajador, «por los cierres y despidos que siguieron a la contracción del crédito y luego al pánico por las suspensiones de pago de los bancos»[66].

---

[63] *Burguesía, especulación y...*, pág. 36.

[64] *Ibíd.*, pág. 35. El centro fabril más importante era la Fábrica de Tabacos, con 3.000 operarias.

[65] Tortella, *Los orígenes del capitalismo...*, pág. 243.

[66] Tortella, «Ferrocarriles, economía...», pág. 134. Pero puntualiza, en la misma página: «Los negociantes cautos, como Salamanca y Rothschild, habían advertido con antelación lo que sucedía y habían vendido sus intereses ferroviarios y bancarios antes de que perdiesen valor. Hubo, incluso, quien resultó favorecido por la crisis, como el

En 1865 el Gobierno decidió desamortizar bienes del patrimonio real. Se pretendía reunir así 600 millones de reales que necesitaba Hacienda. Pero a la Reina le habrían de corresponder, a cambio de su «rasgo», bienes desamortizados por valor del 25 por 100 de los bienes vendidos para cubrir el presupuesto de Hacienda. Estos bienes dejarían de ser bienes del patrimonio real para convertirse en propiedad privada de Isabel II. Emilio Castelar escribió entonces dos históricos artículos: «¿De quién es el Patrimonio real?» *(La Democracia,* 21 de febrero de 1865) y «El rasgo» *(La Democracia,* 25 de febrero de 1865). En este último artículo, Castelar, con su característica retórica, dijo:

> ... tenemos derecho para protestar contra ese proyecto de ley, que, desde el punto de vista político, es un engaño; desde el punto de vista legal, un gran desacato a la ley; desde el punto de vista popular, una amenaza a los intereses del pueblo, y desde todos los puntos de vista uno de esos amaños de que el partido moderado se vale para sostenerse en un Poder que la voluntad de la nación rechaza; que la conciencia de la nación maldice.

Castelar fue destituido de su Cátedra en la Universidad por haber escrito «El rasgo» —palabra que se convertirá en leitmotiv en *Fortunata y Jacinta*—. Su destitución desencadenó una serie de protestas que dieron lugar a una revuelta estudiantil conocida con el nombre de «la Noche de San Daniel». *Fortunata y Jacinta* comienza con estos acontecimientos en los que participó Juanito Santa Cruz. En junio de 1866 tuvo lugar un intento de golpe de estado, la sublevación de los Sargentos de San Gil (Madrid). El Gobierno logró reprimir la rebelión y ejecutó a 60 sargentos. (Galdós, en *Memorias de un desmemoriado,* recordó haber presenciado desde la casa de huéspedes de la calle del Olivo [67], en la que vivió siendo estudiante en Madrid, el «célebre alboroto» de la Noche de San Daniel y «el

---

Banco de Barcelona, que vio quebrar a sus competidores y disfrutó de un virtual monopolio bancario regional en los años siguientes».

[67] Sobre Galdós y la calle del Olivo, cfr. Leo J. Hoar Jr. «"Mi calle". Another "lost" Article by Galdós, and a further Note on his Indebtedness to Mesonero Romanos», *Symposium*, verano (1970), págs. 128-147.

espectáculo tristísimo... del paso de los sargentos de artillería llevados al patíbulo»)[68].

Pascual Madoz, teniendo como telón de fondo la mencionada crisis económica y estos desórdenes, escribía, el 12 de enero de 1867, a Prim:

> La situación del país, mala, malísima. El crédito, a tierra. La riqueza rústica y urbana, menguando prodigiosamente. Los negocios, perdidos, y no sé quién se salvará de este conflicto... Nadie paga, porque nadie puede pagar. Si vendes, nadie compra, ni aun cuando des la cosa por el cincuenta por ciento de su coste. La España ha llegado a una decadencia grande, y yo, como buen español, desearía que hubiera medios hábiles de levantar el prestigio y dignidad de este pueblo, que merece mejor suerte[69].

Sánchez-Albornoz llega a estas conclusiones:

> Que la revolución estallara es tanto más consecuencia de la suspicacia acumulada durante años contra la flexibilidad del régimen, que de la sistemática oposición del partido (progresista). La continua ingerencia de la corona en la política con sus propios designios viciaba los resultados del juego electoral y hacía planear un sentimiento de provisionalidad ante cualquier conquista obtenida. A diferencia de 1854, esta vez se pensó que el destronamiento aseguraría el éxito de la revolución. El impulso y la dirección del cambio eran un exponente de las fuerzas socio-económicas. La fórmula era estrictamente política[70].

---

[68] Cfr. el texto de *Memorias de un desmemoriado*, págs. 1.430-1.431, que reproduzco en la nota 247 de la Parte Primera de la presente edición de *Fortunata y Jacinta*.

[69] Carta reproducida en Sánchez-Albornoz, «El trasfondo económico...», pág. 77.

[70] *Ibíd.*, págs. 78-79. Para Vicens Vives, págs. 313-314: «El régimen moderado sucumbió a causa de la falta de grandeza de sus ideales externos e internos. Obra de una generación que desde 1833 llevaba entre sus manos los destinos del país, fue periclitando en un anquilosamiento general, en una decadencia de tono menor. Cualquier ímpetu generoso se ahogaba en flor ante la incomprensión de los ministerios o la intransigencia del Trono. De esta época arranca el concepto de «obstáculo tradicional», aplicado a Isabel II por los elementos que querían compaginar la realeza con una reforma democrática del país. La frivolidad política de la reina, la corrupción administrativa, la

A la Revolución de Septiembre de 1868, la Gloriosa —cuyos avatares políticos hemos visto descritos por Gabriel Tortella más atrás en una extensa cita—, le faltó «unidad de propósito económico...»[71].

Bajo fuertes presiones de la banca extranjera, los progresistas, que eran partidarios del *laissez-faire* económico, se vieron obligados a comprometerse, contra sus propias convicciones, a crear un fondo de apoyo a los ferrocarriles. Tal concesión del Gobierno progresista era una muestra elocuente de «lo débil de la posición en que el gobierno revolucionario se encontró desde el principio»[72]. Pero el gobierno revolucionario necesitaba créditos y éstos tenían un alto costo también político.

Con todo, la política económica revolucionaria consiguió unos modestos logros de 1869 a 1871. Mas la guerra carlista (1872-1875), los desórdenes en el sur (1870-1875), la revuelta cantonalista (1873), el advenimiento de la República (1873) y la crisis internacional (1873), imposibilitaron que tuvieran continuidad los logros del bienio postrevolucionario.

Los fracasos en el campo económico y político facilitaron la reconciliación de la derecha, que preparó un contra-pronunciamiento en dos fases: 1.ª fase. Golpe militar del general Pavía, Capitán General de Madrid, el 3 de enero de 1874, contra la República; 2.ª fase. Pronunciamiento del general Martínez Campos en Sagunto, el 29 de diciembre de 1874. La monarquía borbónica, *manu militari,* era restaurada.

Cánovas del Castillo fue el artífice de la Constitución de 1876, promulgada al año y medio de la restauración borbónica. *Fortunata y Jacinta* termina, cronológicamente, por las mismas fechas en que fue promulgada la nueva Constitución que, si fue un intento (frustrado) de política conciliadora, no permitió que «el pueblo se acercara a la política».

De la Constitución de 1876 dice Vicens Vives:

> Esta Constitución, llamada también de los Notables, fue un código anclado en el pasado moderantista de la monarquía, puesto que en no pocas partes reprodujo literalmente la Cons-

---

pertinaz eliminación de toda posibilidad de cambio, crearon una atmósfera de intranquilidad que debía resolverse en un golpe de fuerza revolucionario...»

[71] Cfr. Tortella, *Los orígenes del capitalismo...*, pág. 295.
[72] *Ibíd.,* pág. 302.

titución de 1845. Pero Cánovas lo liberalizó con la suficiente holgura para que cupieran dentro de su articulado los políticos liberales y sus respectivos programas. El texto constitucional dejó de pronunciarse sobre determinados aspectos (sufragio, organización administrativa, etc.) que podían ser causa del fracaso de su política conciliadora. En cuanto al trascendental capítulo de las relaciones entre la Iglesia y el Estado se adoptó una fórmula que completaba la expresada en la Constitución de 1845, en el sentido de admitirse la tolerancia legal. Este texto, bastante ambiguo, ya que no satisfacía ni a los católicos ni a los liberales, tuvo el doble efecto de permitir el gobierno de unos y otros... Darle (al texto constitucional) vida, incrustarlo en el país, procurar que se llenara de sabia popular, tales debían ser los intentos de Cánovas o, por lo menos, los de Sagasta. Ni uno ni otro dejaron que el pueblo se acercara a la política. Desengañados, pesimistas, convirtieron la Constitución en un manto para cobijar las apetencias de sus respectivos clanes y el Parlamento en una farsa altisonante[73].

Que la muerte de Fortunata —ocurrida en la primavera de 1876— coincida casi con la promulgación de una Constitución[74] que enajenó de hecho al pueblo (Fortunata siempre fue pueblo, se nos recuerda en la novela una y otra vez) no debe entenderse como una simple coincidencia.

Como ha de concluirse de lo dicho hasta aquí, el liberalismo, en su doble vertiente moderada y progresista[75] fue, de 1833 a 1874, la opción política de la burguesía. En estos años, la revolución burguesa fue liquidando el antiguo régimen absolutista y las estructuras estamentales en que se apoyaba. La vieja sociedad estamental fue sustituida por una sociedad de clases. A lo largo del siglo XIX, la burguesía fue consolidándose, debido a su protagonismo, político y económico, como la clase hegemónica. Pero la formación y consolidación de la burguesía tuvo como «contrapartida dialéctica» —lo que explica, entre otras cosas, que Galdós hiciera en *Fortunata y Jacinta*

[73] Vicens Vives, págs. 321-322.
[74] Se proclamó en julio de 1876.
[75] Carlos Seco Serrano, «La toma de conciencia de la clase obrera y los partidos políticos de la era isabelina», en Lida y Zavala, *La revolución de 1868*, pág. 30, dice: «... no debe olvidarse —y se olvida de continuo— que moderados y progresistas son dos caras de una misma revolución —la revolución liberal—; que más o menos, unos y otros se mantuvieron con clientelas de idéntica extracción social...»

«una visita al cuarto estado»— la aparición de una nueva clase: el proletariado urbano[76].

El cuarto estado

A comienzos del siglo XIX las organizaciones gremiales entraron en un proceso de descomposición. Los viejos gremios empezaron a proletarizarse. Maestros y dueños de obradores se vieron obligados a convertirse en asalariados. A la vez, a las grandes ciudades acudieron en cantidades alarmantes campesinos en busca de trabajo. Dadas las tendencias especuladoras de la burguesía española, la capacidad industrial de una ciudad como Madrid difícilmente podía dar empleo al creciente proletariado urbano. Según Angel Bahamonde y Julián Toro:

> Madrid duplica su población entre 1845 y 1875, de 200.000 a 400.000 habitantes, a pesar de que el crecimiento natural madrileño es negativo: la natalidad no compensa la extrema mortalidad agravada por las epidemias periódicas, como la del cólera morbo... En suma, el aumento de la población madrileña sólo puede explicarse por la continua inmigración que la capital recibe. Madoz se hacía eco de este fenómeno en su *Diccionario*. En 1845 la *Guía de Comercio* habla de la «plaga de vagos en Madrid». El 14 de mayo de 1853, *La Época* publica una noticia que demuestra el carácter masivo que en momentos de crisis toma la emigración a la capital: «Todos los días entran en Madrid de 1.000 a 1.500 gallegos en busca de trabajo. Estos infelices que huyen de su país y del hambre vienen por el camino pidiendo limosna y llegan en un estado realmente deplorable». La incipiente industrialización madrileña se ve incapaz de absorber los contingentes de mano de obra que el campo le envía. Los recién llegados quedan, pues, condenados al subempleo, al paro encubierto. La documentación estadística les llamará jornaleros; la burguesía hablará de *clases menesterosas,* término que los republicanos sustituirán casi siempre por el de *clases trabajadoras*[77].

Las condiciones de vida del proletariado urbano eran de gran penuria. Galdós las describe puntualmente en «Una visita al cuarto estado». Pero merece la pena acudir de nuevo a los historiadores Ángel Bahamonde y Julián Toro, aunque sea

---

[76] Cfr. *Burguesía, especulación y...*, pág. 42.
[77] *Ibíd.*, págs. 42-43.

para comprobar una vez más que Galdós *no solamente* hacía
«literatura»:

> Un jornalero que consiga trabajar diariamente —lo que no
> se produce con frecuencia— alcanzará unos ingresos mensuales
> máximos de 120 reales. Normalmente éstos no sobrepasan los
> 80 ó 90 reales al mes; con ellos hará frente a los gastos de
> alquiler y de alimentación, que absorben la totalidad de sus
> ingresos. A mediados de siglo, en Madrid el alquiler de una
> casa sórdida, sin ventilación y en condiciones de hacinamiento
> supera los 40 reales mensuales. Una buhardilla puede encon-
> trarse por 30 reales. Al jornalero le quedan 50 ó 60 reales para
> alimentar a su familia; teniendo en cuenta el elevado precio de
> los artículos alimenticios, el alimento básico es el pan. Un kilo
> diario de pan de la peor calidad supone un desembolso men-
> sual que oscila entre 38 y 45 reales en épocas de normalidad.
> La carestía derivada de una crisis agraria subirá el precio del
> pan a unas cotas imposibles para el bolsillo jornalero: de 60 a
> 90 reales al mes. Alguna sardina, un trozo de tocino o un pote
> de garbanzos completarán la dieta básica del jornalero. Pro-
> ductos como la leche o la carne brillan por su ausencia. En
> resumen, una dieta pobre en proteínas que apenas sirve para
> reproducir la fuerza de trabajo. En todo caso, las pésimas
> condiciones de habitabilidad y la frágil alimentación del jorna-
> lero le harán fácilmente vulnerable a todo tipo de epidemias.
> El tifus es endémico en los barrios populares situados al sur del
> eje Puerta del Sol-Atocha. Cuando aparece el cólera es entre
> las capas jornaleras donde comete más estragos. Los índices de
> mortalidad de dos distritos populares como Inclusa y Latina
> —30 por 100 de los cabezas de familia son jornaleros— se
> aproximan al 50 por 1.000[78].

Estas masas obreras urbanas tardaron en tomar plena conciencia de clase[79]. A ello contribuyó la escasa presencia de

---

[78] *Ibíd.*, págs. 43-44.
[79] Cfr. Juan Díaz del Moral, *Historia de las agitaciones andaluzas*,
Madrid, 1967; Josep Termes, *El movimiento obrero en España. La
Primera Internacional*, Barcelona, 1965; M. Tuñón de Lara, *El movimiento obrero en la historia de España*, Madrid, 1972; Clara E. Lida,
Anarquismo y revolución en la España del siglo XIX, Madrid, 1962;
Carlos Seco Serrano, art. cits.; José M.ª Jover Zamora, «Conciencia
burguesa y conciencia obrera en la España contemporánea», en *Política, diplomacia y humanismo popular en la España del siglo XIX*, Madrid, 1976, págs. 47-82.

obreros industriales en Madrid. Las condiciones de vida —falta
de trabajo, subempleo, carestía de la vida (y, en particular, del
pan), etc.— hicieron que periódicamente el pueblo se manifestara violentamente contra el gobierno. Las luchas populares
—el motín y las barricadas— se fueron sucediendo en los
barrios del sur de Madrid a medida que fueron haciendo
presencia las crisis económicas de 1848, 1849, 1854 y 1864,
que incidieron dramáticamente en el aumento del desempleo
y/o del precio de los cereales y el pan.

En estas protestas no se expresaron todavía objetivos propios de clase. Se trataba sobre todo de respuestas violentas a
insufribles coyunturas de degradación social y de hambre.
Pero la burguesía empezó a temer la hostilidad del «cuarto
estado». La «cuestión social» necesitaba de soluciones[80]. Se
tomaron las medidas de ampliar la beneficencia, que si en el
antiguo régimen estaba en manos de la corona, la nobleza y el
clero, en la nueva situación estará en manos de la burguesía[81].

---

[80] Galdós, en «La cuestión social» (17 de febrero de 1885) escribió:

Diez y seis mil habitantes hay sin alquilar (en Madrid); la
crisis no podía menos de parecer con caracteres graves; cesaron de improviso las construcciones y he aquí algunos miles de
albañiles, carpinteros, marmolistas, herreros y estuquistas sin
trabajo. Las industrias fabriles que en Madrid no tienen tanta
importancia como la constructiva, también se resienten de
falta de ocupación, y de aquí el estado aflictivo de las clases
populares... Nada más triste que esas multitudes que se agol-
pan a las puertas de un establecimiento de caridad en busca de
mezquino socorro, y cuando esas multitudes se componen de
hombres sanos, robustos, hábiles y nada perezosos, no se sabe
qué pensar de la organización del trabajo en nuestras Sociedades. El gran problema social que, según todos los síntomas, va
a ser la gran batalla del siglo próximo, se anuncia en las
postrimerías del actual, con chispazos, a cuya claridad se alcanza a ver la gravedad que entraña. Los mismos perfecciona-
mientos de la industria lo hacen cada día más pavoroso, y la
competencia formidable, trayendo inverosímiles baraturas, y
fundando el éxito de ciertos talleres sobre las ruinas de otros,
produce desastres económicos que van a refluir siempre sobre
los infelices asalariados. En estas catástrofes, el capital suele
salvarse alguna vez, el obrero sucumbe casi siempre.

Cfr. Peter Goldman, «Galdós and the Nineteenth Century Novel:
The Need for an Interdisciplinary Approach», AG, X (1975), pág. 7.
[81] Porque había expropiado de sus bienes, por medio del mecanismo de las Desamortizaciones, a la Iglesia.

La beneficencia era valorada «como dique de contención de la inestabilidad social». En 1856, se escribía en *El Siglo Médico:*

> Es indudable y conviene tenerlo presente: contra el socialismo y el comunismo, el más eficaz recurso que queda es una beneficencia pública, amplia, ordenada y fecunda, a la cual sirva la religión de base[82].

Al mismo tiempo, la burguesía legisló por medio de sus representantes moderados o progresistas sobre un principio que nunca debía ser alterado: el sagrado derecho de propiedad.

Las protestas populares en tiempos de crisis económicas fueron en ocasiones utilizadas por el progresismo para intentar derrocar al moderantismo. El triunfo de la Vicalvarada, en julio de 1854, se debió en buena medida al protagonismo en las barricadas de las clases trabajadoras de los barrios del sur de Madrid. Pero en el bienio progresista (1854-1856) los problemas de paro y carestía de pan continuaron. Es más, en agosto de 1854 la Milicia Nacional reprimió la primera huelga de jornaleros municipales en Madrid. Cuando el pueblo, en julio de 1854, gritó con la burguesía progresista «¡Viva la libertad!» su papel se redujo al de ser un instrumento para defender los intereses partidistas de un sector de la burguesía que tampoco estaba dispuesta a defender los intereses de la clase obrera. Pero en 1868, cuando nuevamente se unió a la burguesía, esta vez para derrocar a Isabel II y a sus ministros, burguesía y pueblo gritaron juntos «¡Abajo lo existente!» con significaciones diferentes porque las aspiraciones no eran las mismas. José Fontana escribe:

> ¿Quién puede dudar que una consigna ¡Abajo lo existente! significaba cosas muy distintas para Prim y sus seguidores más cercanos (que sólo querían derribar al gobierno), para los republicanos radicales (que pretendían liquidar la monarquía) o para el campesinado andaluz o para el proletariado industrial catalán (que luchaban por poner fin a una organización opresiva e injusta de la sociedad)?[83]

La toma de conciencia de la clase obrera se estaba finalmente produciendo. Para la defensa de sus intereses de clase, como

---

[82] Cfr. *Burguesía, capitalismo y...*, pág. 46.
[83] José Fontana, *Cambio económico y actitudes políticas en la España del siglo XIX*, Barcelona, 1973, pág. 104.

demostró la constitución de 1869, el proletariado debía de dejar de colaborar con la burguesía. En la historia del movimiento obrero español el Sexenio Revolucionario (1868-1874) marca un hito. Carlos Seco Serrano ha escrito sobre la fase última del proceso de concienciación obrera y de su movilización contra la burguesía:

> Para llegar a esta última fase —la movilización del «cuarto estado» contra la burguesía— ha de producirse el paso de la noción de *clase diferenciada* a la de *clase desprovista de instrumentos políticos o legales capaces de modificar el «status»*. La historia del movimiento obrero en España, como en los otros países de Occidente, queda perfectamente encuadrada entre esas dos «tomas de conciencia» que en relación al primer ciclo revolucionario de la época contemporánea no son otra cosa que el paso de una ilusión fallida —una serie de ilusiones fallidas— a un repudio decepcionado de aquél, en cuanto posible cauce para el remedio de los propios males, y una entrega, en cuerpo y alma, al nuevo credo internacionalista, traído a España precisamente por los adeptos de Bakunin; credo utópico, pero que, a la larga, provocará una revisión de los fallos sociales de la democracia política. Dicho de otra manera, la *toma de conciencia* del obrerismo del siglo XIX supone, en el más alto sentido del término, un cambio de su situación de *instrumento* a la de *sujeto*. La revolución de 1868, culminación de todo el ciclo revolucionario burgués, no pasó de ser la última prueba, al cabo de una serie de pruebas decepcionantes, para el *elemento popular,* embarcado hasta entonces, una y otra vez, *en una nave política que no era la suya*[84].

En noviembre de 1868 llegó a Madrid José Fanelli, emisario de Bakunin, para organizar una sección de la Internacional. A mediados de diciembre, tras entrar Fanelli en contacto con los obreros del Fomento de Artes, se creó en Madrid el primer núcleo internacionalista que se constituyó, en enero de 1869, en la primera Sección Española de la Asociación Internacional

---

[84] Seco Serrano, págs. 25-26. La presencia obrera en la vida pública de España, hasta el Sexenio Revolucionario, es calificada por Seco Serrano (pág. 27) de «mercenaria», en cuanto que más que defender sus propios intereses defendió los de la «burguesía triunfante».

del Trabajadores (AIT). En enero de 1870 se publicó en Madrid el primer periódico obrero: *La Solidaridad*[85].

En 1871 Paul Lafargue, yerno de Carlos Marx, se estableció en Madrid. Trajo consigo el *Manifiesto Comunista* (que él tradujo al español) y una edición en francés de *El Capital*. En torno a Lafargue se formó el primer núcleo marxista español que fue antecesor directo del grupo fundador del Partido Socialista Obrero Español (1879)[86].

Durante el Sexenio Revolucionario se decretó la disolución de las secciones de la Internacional en España. La burguesía la temía —sobre todo después de los acontecimientos de la Comuna de París—[87]. Se pensaba que el ya aludido «sagrado derecho de la propiedad» y la «moral burguesa» peligraban debido a la AIT. Sagasta, ministro de Gobernación en 1871, dijo en las Cortes que la Internacional pretendía «destruir la propiedad, destruir la familia, destruir la sociedad, destruir la patria»[88].

A éstas u otras similares acusaciones, representativas del talante conservador de los primeros gobiernos de la Gloriosa, contestó José Mesa:

---

[85] Cfr. Rafael Flaquer Montequi, *La clase obrera madrileña y la Primera Internacional. 1868-1874. Un análisis de prensa*, Madrid, 1977; Juan Gómez Casas, *La Primera Internacional en España*, Madrid, 1974.

[86] Cfr. Francisco Mora, *Historia del socialismo obrero español desde sus primeras manifestaciones hasta nuestros días*, Madrid, 1930; Juan José Morato, *El Partido Socialista Obrero. Génesis. Doctrina. Hombres...*, Madrid, 1918; Luis Gómez Llorente, *Aproximación a la Historia del Socialismo español (hasta 1921)*, Madrid, 1972.

[87] La Comuna de París, una insurrección popular contra el Gobierno francés del 18 de marzo al 28 de mayo de 1871, ha sido considerada la primera revuelta organizada del proletariado contra el capitalismo. Cfr. Carlos Marx, *La guerra civil en Francia* (1871). Josep Termes, *op. cits.*, ha estudiado las repercusiones que estos acontecimientos tuvieron en España. Sagasta dio órdenes a los gobernadores de provincias para perseguir a las asociaciones obreras después del debate sobre la Internacional en las Cortes (1871) y decretó la disolución de las secciones españolas de la Internacional el 17 de enero de 1872. Cfr. A. Olliver, *La Comuna*, 2.ª ed., Madrid, 1971; y O. Vergés, *La I Internacional en las Cortes de 1871*, Barcelona, 1967. En 1874 un decreto del gobierno establecido después del golpe de estado del general Pavía había disuelto la Internacional, situación que continuó hasta 1881. Juan Pablo Rubín, al ser nombrado gobernador de provincias, se prestará a perseguir a toda suerte de «revolucionarios».

[88] Cfr. *Burguesía, especulación y...*, pág. 77.

Nosotros queremos que la familia tenga por base el amor y que en ella, como en todas partes, exista la libertad y la igualdad. En la sociedad presente la única familia honrada es la del pobre, a no ser cuando viene el rico y la prostituye[89].

La conflictividad social llegó a su punto culminante al proclamarse, el 11 de febrero de 1873, la I República. Para las capas populares los republicanos —fue otra «ilusión fallida»— «eran considerados como la única opción válida de renovación social». En los debates sobre la Constitución de 1869 se identificó a la monarquía con la defensa de la propiedad, «el fundamento de toda sociedad libre y de toda sociedad civilizada», y a la república con «el *comunismo* y la soberanía individual, despótica y absoluta»[90].

Cuando en 1873 colapsó la opción monárquico-amadeísta y se ensayó la opción republicana, el temor a las masas obreras explica que una vez fracasada la alternativa republicano-conservadora de Castelar, la burguesía se aprestara (emplearé la acertada imagen de Vicens Vives) a refugiarse «en los cómodos brazos de la Restauración, que con el amparo del Ejército, le brindaba la consecución de sus ideales políticos y sociales»[91].

Durante la Restauración se pretendió apartar al pueblo de la política. Pero la concienciación obrera y la conflictividad social aumentaron. Quedaba abierto «el ciclo revolucionario de la época contemporánea»[92].

Galdós escribió *Fortunata y Jacinta* —lo he mencionado ya páginas atrás— al año o año y medio de la muerte de Alfonso XII, ocurrida en noviembre de 1885. Galdós escribió, pues, en 1885-1887 sobre los años 1869-1876, que es el tiempo en que transcurre la acción de *Fortunata y Jacinta*. Desde esa perspectiva histórica observó Galdós el tiempo de la novela. Nosotros no solamente la debemos observar desde la perspectiva del tiempo en que transcurrió la novela, sino también desde la perspectiva del tiempo en que fue escrita. Porque si la Restauración y la puesta en práctica de su Constitución de 1876 fue una farsa, un marco legal idóneo para la inmoralidad, el cohecho y la corrupción, la muerte de Alfonso XII (noviem-

---

[89] Cfr. Tuñón de Lara, *La España del siglo XIX*, pág. 228.

[90] Cfr. *Burguesía, especulación y...*, págs. 61 y 64. Sobre el ambiente de temor y la baja continuada de la Bolsa, cfr., págs. 83-94.

[91] Vicens Vives, pág. 130.

[92] Seco Serrano, pág. 43.

bre de 1885) y la firma del «Pacto del Pardo» —también llamado «Pacto de la Castellana»—, al que llegaron Cánovas y Sagasta a las horas de morir el rey, «acabó de remachar los clavos de una política minoritaria, voluntariamente apartada de las masas del país». Con la firma del «Pacto del Pardo»

> fueron sucediéndose en España gobiernos liberales o conservadores según el infalible mecanismo siguiente: la monarquía otorgaba su confianza a un juego político —Cánovas o Sagasta—; éste sacaba de las urnas, en elección falseada, un cupo suficiente de diputados para respaldar su acción parlamentaria; quedaba constituida una «situación» que duraba más o menos, según la apetencia de poder del partido opuesto o las crecientes rencillas del que disfrutaba las poltronas ministeriales. La única realidad viva, ante un país al que se negaba sistemáticamente todo aprendizaje cívico, fue el caciquismo...
> ¿Fue una necesidad o una imposición, una incrustación oligárquica-feudal o un recurso degenerativo de la democracia en un país «sin pulso»? Lo cierto es que la figura del cacique, señor de vidas, haciendas y honras, a veces paternalmente erigido sobre su distrito, otras siniestramente, y siempre conculcador de todos los códigos y procedimientos civiles y criminales, yergue su funesta figura sobre la parodia democrática de la Restauración[93].

Galdós debió reflejar también la realidad de diez años de Restauración borbónica. O, al menos, esa realidad condicionó la visión del marco histórico en que se desarrolló la acción de la novela. La ironía galdosiana en *Fortunata y Jacinta* está explicada, en gran parte, por la experiencia histórica, por escribir Galdós desde una omnisciencia histórica privilegiada[94].

Trama e Historia

Blanco Aguinaga ha escrito:

> Partimos del supuesto de que en una obra de arte que consideramos satisfactoria las relaciones sostenidas no pueden

---

[93] Vicens Vives, págs. 322-323.
[94] Pero fue, con todo, «fiel a la verdad histórica». Cfr. lo que de *Cánovas* dice Vicente Llorens, art. cits., pág. 57.

ser accidentales. Hemos de enfrentarnos a un texto literario, por lo tanto, no como el Riffaterre que le dice a Jakobson —a propósito de un soneto de Baudelaire— que si en un texto existen ciertas relaciones, por ejemplo, entre fonemas que pasan desapercibidas para el lector «ideal», no han de ser significativas. Nuestros «fonemas» son aquí los datos históricos y las relaciones de clase que esos datos sistemáticamente establecen en la novela. Lo que debemos descubrir es cómo funcionan. Y ha de interesarnos particularmente su relación con la especificidad de su historia. Volvamos, pues, a la cuestión de las referencias históricas.

Y empecemos a entender que tales referencias no son... la realidad «extra-literaria», dentro de la cual se supone que ocurren los hechos de ficción, sino que son el texto mismo, en el cual, por supuesto, como todo el material que en él se encuentra, no son sino lenguaje... Así, inevitablemente, aunque las palabras de un texto literario son elementos de la estructura interna de ese texto y de ningún otro discurso, no por ello pierden su(s) referente(s) reconocido(s). De modo que —a la inversa de lo que opinan quienes hablan del «lenguaje» y «texto» en tonos mitificadores— insistiremos en que esa estructura interna se sostiene dialécticamente sobre su relación con los referentes ajenos al texto, a los que el texto mismo nos refiere según —contradictoriamente— nos separa de ellos: de no conocer estos referentes no llegaremos nunca, por lo tanto, al significado del texto. No sólo hemos de entender, por lo tanto, que no hay gramática sin semántica..., sino que la gramática misma del texto viene determinada por las estructuras históricas a él externas[95].

El «texto» de la novela galdosiana debe estudiarse tomando en cuenta el «contexto» (el «referente socio-histórico»). Porque el estudio del «texto» sólo tendrá significado si se hace en función del «contexto». Y viceversa. «Texto» y «contexto» son una misma realidad.

Lukács, denunciando algunos excesos y limitaciones del naturalismo, advirtió:

[95] C. Blanco Aguinaga, «Entrar por el aro...», págs. 63-64. Cfr. M. Riffaterre, «Describing Poetic Structures: Two Approaches to Baudelaire's *Les Chats*», *Yale French Studies*, octubre (1966), páginas 200-242.

La vida síquica, la intimidad del hombre, no ilumina, en efecto, las líneas esenciales de los conflictos esenciales si no está concebida en una fusión orgánica con los momentos históricos y sociales. Separada de éstos, completamente abandonada a sí misma, constituye un aspecto... abstracto, una expresión... desfigurada y deformada del «hombre total» [96].

Galdós, en *Fortunata y Jacinta,* presentó la «fusión orgánica» de que habla Lukács.

Ya desde las primeras páginas de *Fortunata y Jacinta* queda patente la estructuración en torno al referente socio-histórico. Juanito Santa Cruz participó en sus años universitarios —así empieza la novela— en la Noche de San Daniel (10-11 de abril de 1865). El «célebre alboroto» alcanzó un valor mítico en la lucha del liberalismo progresista contra la monarquía isabelina y los «obstáculos tradicionales» que ella representaba. Pero con esta alusión histórica no pretende Galdós ahora mitificar el «célebre alboroto» sino, al contrario, desmitificarlo. Porque Juanito Santa Cruz como protagonista de los acontecimientos de la Noche de San Daniel no participó del espíritu de la lucha. La desproporción entre el significado del hecho histórico y la conducta de uno de sus protagonistas-tipo, Juanito Santa Cruz, da pie a su caracterización. El tono irónico que emplea Galdós en estas primeras páginas de *Fortunata y Jacinta* es un indicio de la desilusión que la vivencia personal del episodio conocido como la Noche de San Daniel producía en Galdós en 1885-1887.

En estas primeras páginas hay tres planos. 1) El dato histórico y la dimensión mítica que llegó a tener en cuanto que contribuyó a derrocar a Isabel II y a sus ministros en septiembre de 1868. 2) La utilización de este dato para la caracterización de Juanito Santa Cruz, personaje «negativo». 3) Se emite, por el distanciamiento y la ironía, un juicio desmitificador. Porque la Noche de San Daniel fue una experiencia tan fallida como la misma Revolución de Septiembre. Así lo comprendía Galdós en 1885-1887.

A continuación, empezará Galdós a componer, partiendo de unas familias (los Santa Cruz, Arnáiz, Cordero...) y sus relaciones endogámicas [97], un «cuadro de costumbres» sobre

---

[96] Georg Luckacs, *Ensayos sobre el realismo*, Buenos Aires, 1965, pág. 15.
[97] Juanito y Jacinta eran primos. Los Santa Cruz, Arnaiz, More-

la formación y desarrollo de la burguesía comercial madrileña desde finales del siglo XVIII hasta los años de la «Gloriosa». De nuevo no sólo escribe historia —es objetivo— sino que además, de forma explícita o implícita, la comenta —es subjetivo.

Muestra Galdós una inequívoca admiración por los antepasados de Juanito. De su abuelo y padre escribe:

> Don Baldomero Santa Cruz era hijo de otro don Baldomero Santa Cruz que en el siglo pasado tuvo ya tienda de paños del Reino en la calle de la Sal... Había empezado el padre por la humilde jerarquía comercial, y a fuerza de trabajo, constancia y orden, el hortera de 1796 tenía, por los años del 10 al 15, uno de los más reputados establecimientos de la Corte en pañería nacional y extranjera. Don Baldomero II, que así es forzoso llamarle para distinguirle del fundador de la dinastía, heredó en 1848 el copioso almacén, el sólido crédito y la respetabilísima firma de don Baldomero I, y continuando las tradiciones de la casa por espacio de veinte años más, retiróse de los negocios con un capital sano y limpio de quince millones de reales... (I, II, i)

Al hacer a Jacinta nieta de don Benigno Cordero, el «héroe de Boteros», comerciante madrileño que luchó con la Milicia Nacional en la también célebre jornada del 7 de julio de 1822, homenajea a un prohombre del liberalismo que, al mismo tiempo, reunía las virtudes de «trabajo, constancia y orden» adscritas con admiración al abuelo de Juanito:

> Hombre laborioso, de sentimientos dulces y prácticas sencillas, aborrecedor de las impresiones fuertes y de las mudanzas bruscas, don Benigno amaba la vida monótona y regular, que es la verdaderamente fecunda. Compartiendo su espíritu entre los gratos afanes de su comercio y los puros goces de la familia, libre de ansiedad política, amante de la paz en la casa, en la ciudad y en el estado, respetuoso con las instituciones que protegían aquella paz, amigo de sus amigos, amparador de

---

no Isla, Cordero... tenían entre ellos lazos familiares y... económicos. Pedro Ortiz Armengol, el mejor conocedor de *Fortunata y Jacinta*, en la edición crítica que hizo de esta obra con motivo del CL Aniversario de la Fundación de la Casa Editorial Hernando, Madrid, 1979, incluyó (págs. 64-66) unos cuadros con las genealogías de los Trujillo, los Moreno y los Bonilla.

los menesterosos, implacable con los pillos, fuesen grandes o pequeños, sabiendo conciliar el decoro con la modestia, y conociendo el justo medio entre lo distinguido y lo popular, era acabado tipo del *burgués* español que se formaba del antiguo pechero fundido con el hijodalgo, y que más tarde había de tomar gran vuelo con las compras de bienes nacionales y la creación de las carreras facultativas, hasta llegar al punto culminante en que ahora se encuentra[98].

Aunque a veces de manera más velada que otras, el referente socio-histórico está siempre presente en la narración.

Las virtudes de la burguesía antigua irán perdiendo —nos hallamos ante un Galdós nostálgico— vigencia en los años de la Gloriosa. Juanito habría de ser, pues, un personaje-tipo; a él debió de corresponderle representar el abandono del «trabajo, constancia y orden», los «gratos afanes del (sic) comercio y los puros goces de la familia»... de antaño. Que Juanito tuviera que ser un personaje «negativo» venía determinado por la Historia, por el espacio y tiempo que dentro de su clase le tocó vivir. De haber nacido en el tiempo de su abuelo, habría tenido las virtudes burguesas —añoradas por Galdós— de aquella época pasada. Una vez acumulado el capital en la década de los 60 —época de consolidación de la burguesía madrileña—, se pensó que el capital debía limitarse a ser «instrumento de holganza» mientras en otras partes (en otros «espacios») era «instrumento de trabajo». («Ésta es la misión que el capital debe cumplir, si se quiere que un país llegue al más alto grado de prosperidad», alguien lamentaba en 1858 en un escrito —ya citado— de la *Gaceta de los Caminos de Hierro*.) Galdós no acabó de entender que la ética burguesa del trabajo no era suficiente; era necesario además (hablando en términos burgueses) invertir el capital y producir riqueza. Pero sí entendió que la vieja burguesía había creado en los años 60 una estirpe nueva de «señoritos ociosos»[99] cuya existencia acabaría

[98] Texto recogido y comentado por Vicente Llorens, pág. 51.
[99] Berkowitz, en «The Youthful Writings...», págs. 97-98, reproduce lo que sin duda fue la primera muestra del sentimiento anti-señoritil de Galdós. Se trata del poema «El pollo», publicado en 1862, en Las Palmas:

> ¿*Ves* [veis] ese erguido embeleco,
> ese elegante sin par
> que lleva el dedo pulgar

—como el liberalismo progresista aupado finalmente al poder durante el Sexenio Revolucionario del que tanto se esperaba (y tanto esperó Galdós)— por replegarse sobre sí misma, por hacerse hueco de sí misma... Así de hueco fue (debió ser, no cabía esperar que fuera de otro modo) el personaje-tipo Juanito. Y eso fue, en palabras de Ortega, la Restauración, a cuyos brazos se refugió en 1874 la burguesía: «Este vivir el hueco de la propia vida fue la Restauración»[100].

Juanito nació en 1845, año en que se promulgó la cuarta Constitución española, que presentaba

> como características generales de mayor importancia la negación de la soberanía nacional y del poder constituyente del pueblo, y la afirmación de la iniciativa conjunta de la Corona y de las Cortes, como sujetos del poder constitucional... La Corona, por su mayor estabilidad en comparación con las Cortes, se alza en el primado de la soberanía, y por su derecho

---

> en la manga del chaleco:
> que altisonante y enfático
> dice mentiras y enredos,
> agitando entre *sus* [los] dedos
> el bastón aristocrático
> . . . .
> y sin saber la cartilla,
> refiere la maravilla
> del combate de Lepanto...

Berkowitz (pág. 98) apostilla: «Even if this composition is not of striking literary merit, it is nevertheless interesting because it already expresses so clearly Galdós' disapproval of the "señorito", a social type with whom he was always out of sympathy».

[100] «La Restauración —dice (Ortega) en *Vieja y nueva política,* para repetirlo en seguida en *Las meditaciones del Quijote*— significa la detención de la vida nacional. No había habido en los españoles, durante los primeros cincuenta años del siglo XIX, complejidad, reflexión, plenitud de intelecto, pero había habido coraje, esfuerzo, dinamismo. Si se quemaran los discursos y los libros compuestos en ese medio siglo y fueran sustituidos por las biografías de sus autores, saldríamos ganando ciento por uno... Hacia el año 1854 —que es donde en lo soterraño se inicia la Restauración— comienzan a apagarse sobre este haz triste de España los esplendores de ese incendio de energías: los dinamismos van viniendo luego a tierra como proyectiles que han cumplido su parábola: la vida española se repliega sobre sí misma, se hace hueco de sí misma. Este vivir el hueco de la propia vida fue la Restauración.» Cfr. Vicente Llorens, pág. 55.

56

a nombrar senadores en número ilimitado, dispone de mayoría en esta Cámara, equiparada en facultades al Congreso[101].

El joven Santa Cruz conoció a Fortunata en 1869, año en que la Gloriosa adoptó la Constitución «más liberal de cuantas se habían promulgado en España». De ahí que durante unos meses fuera a casa «oliendo a pueblo». Fortunata dio a luz su segundo Pitusín en la primavera de 1876, cuando se estaba preparando al anteproyecto de la ecléctica Constitución canovista, que fue sancionada por Alfonso XII el 2 de julio de 1876. Son tres fechas claves en el proceso de consolidación del bloque de poder burgués y del sistema político de la Restauración borbónica.

Juanito abandonó a Fortunata por vez primera en mayo de 1870. Fortunata dio a luz en junio al primer Pitusín, que murió a los pocos meses. La monarquía de Amadeo de Saboya, elegido rey de España en noviembre de 1870, tuvo, como el primer Pitusín, corta vida. En junio de 1870 Isabel II abdicó el trono en favor de su hijo Alfonso XII. España, como los Santa Cruz, tuvo que esperar otro segundo monarca/Pitusín que les ofreciera seguridad y continuidad. La burguesía decidió en 1874 que la legalidad de la Gloriosa no era legal y optaron por legalizar el alfonsismo con la acción ilegal del «espadón» Martínez Campos. Jacinta, cuando «se sacaba a relucir los *jamases* de Prim... dejaba muy atrás a las más entusiastas por don Alfonso. "¡Es un niño!"... Y no daba más razón».

La abdicación de Amadeo de Saboya, en febrero de 1873, fue recibida con alarma por la burguesía porque, de un lado, la Bolsa empezó a bajar y, de otro, se temía la solución republicana:

—Hijas, que el Rey se marcha.

—¡Qué dices, mujer!

—Que don Amadeo, cansado de bregar con esta gente, tira la corona por la ventana, y dice:

—Vayan ustedes a marear al Demonio.

...

—En Bolsa no se supo nada. Yo lo supe en el Bolsín a las diez —dijo Villalonga—. Fui al Casino a llevar la noticia.

[101] Casimiro Martí, «Afianzamiento y despliegue del sistema liberal», en M. Tuñón de Lara, *Historia de España*, VIII, 2.ª ed., Barcelona, 1981, pág. 213.

Cuando volví al Bolsín, se estaba haciendo el consolidado a 20.

—Lo hemos de ver a 10, señores —dijo el marqués de Casa-Muñoz en tono de Hamlet.

—¡El Banco a 175...! —exclamó don Baldomero pasándose la mano por la cabeza, y arrojando al suelo una mirada fúnebre.

—Perdone usted, amigo —rectificó Moreno Isla—. Está a 172, ahora mismo las largo. No quiero más papel de la querida patria. Mañana me vuelvo a Londres.

—Sí —dijo Aparisi poniendo semblante profético—; porque la que se va a armar aquí, será de órdago.

—Señores, no seamos impresionables —indicó el marqués de Casa-Muñoz, que gustaba de dominar las situaciones con la mirada alta—. Ese buen señor se ha cansado; no era para menos; ha dicho: «ahí queda eso». Yo en su caso hubiera hecho lo mismo. Tendremos algún trastorno; habrá un poco de República; pero ya saben ustedes que las naciones no mueren...

—El golpe viene de fuera —manifestó Aparisi—. Eso lo veía yo venir. Francia...

—No *involucremos* las cuestiones, señores —dijo Casa Muñoz poniendo una cara parlamentaria—. Y si he de hablar ingenuamente, diré a ustedes que a mí no me asusta la República, lo que me asusta es el republicanismo[102]. (I, VII, ii-iii)

Como ya se ha visto páginas atrás, el republicanismo era temido por ser identificado con «el *comunismo* y la soberanía individual, despótica, absoluta». Para la burguesía el republicanismo era la negación del «sagrado derecho de la propiedad privada».

La I República fue un periodo de conflicto e inestabilidad política[103]. La revolución emprendida en septiembre de 1868

---

[102] «... y el marqués lo que le tiene con el alma en un hilo es que se levante *la masa obrera*» (I, VIII, iii).

[103] Cfr. G. Tortella, nota 50. Es muy significativo, a este respecto, el comentario que pone Galdós en boca de José Ido del Sagrario: «—¿Quiere esto decir que yo sea partidario de la tiranía?... —prosiguió Ido—. No señor. Me gusta la libertad; pero respetando... respetando a Juan, Pedro y Diego... y que cada uno piense como quiera; pero sin desmandarse, sin desmandarse, mirando siempre para la ley. Muchos creen que el ser liberal consiste en pegar gritos, insultar a los curas, no trabajar, pedir aboliciones y decir que mueran las autoridades. No señor. ¿Qué se desprende de esto? Que cuando hay libertad mal

había llegado a convertirse en una experiencia demasiado peligrosa para los intereses clasistas de la burguesía. Jover Zamora describe así la situación creada de 1873 a enero de 1874:

> Tras los acontecimientos del 73 y del 74, lo que se hace problema para los propietarios españoles es la existencia y continuidad de un gobierno fuerte capaz de cumplir y hacer cumplir tan sagrados compromisos: los gobiernos son débiles, los regímenes cambian de la noche a la mañana, se ha quebrantado la disciplina de los de abajo; el temor se alimenta con mitos inconcretos: la Comuna, la Internacional, socialismo, reparto... La propiedad, base del orden social, requiere un poder fuerte y estable que la respalde. ¿Dónde encontrarlo? En cuanto al mundo de los negocios —la burguesía en sentido estricto, y en especial la catalana— está, también, ávida de seguridad, de estabilidad. Las burguesías peninsulares estaban acostumbradas al pacto con residuos estamentales —doctrinarismo, moderantismo— desde los orígenes mismos del régimen liberal y parlamentario en España; a lo que no se acostumbran es a la inestabilidad del poder, a la inseguridad del mañana, a la indisciplina de unas clases populares que se han adueñado de la calle[104].

No obstante, Galdós, que escribía en 1885-1887, pudo poner en boca del marqués de Casa-Muñoz, como hemos visto un poco más atrás, unas palabras tranquilizadoras (no exentas de ironía) que históricamente resultaron ciertas: «Tendremos algún trastorno; habrá su poco de República; pero ya saben ustedes que las naciones nunca mueren...»

El capítulo «Una visita al cuarto estado» es, entre otras cosas, un curso de historia explicado desde el punto de vista de un marginado, José Izquierdo. Galdós trató a este personaje, tío de Fortunata, con bastante frivolidad y sorna. Pero sus palabras contra los gobiernos republicanos eran fundadas; sus

---

entendida y muchas aboliciones, los ricos se asustan, se van al extranjero, y no se ve una peseta por ninguna parte. No corriendo el dinero, la plaza está mal, no se vende nada, y el bracero que tanto chillaba dando vivas a la Constitución. no tiene qué comer. Total, que yo digo siempre: "Lógica, liberales" y de aquí no me saca nadie» (IV, v, i).
[104] José M.ª Jover Zamora, «La época de la Restauración. Panorama político-social, 1875-1902», en M. Tuñón de Lara, *Historia de España,* VIII, pág. 280.

argumentos tenían validez desde la *izquierda* revolucionaria. No son exabruptos tabernarios. Basta cotejar el discurso de Izquierdo con estos juicios de Jover Zamora:

> En cuanto a las clases populares y trabajadores, la medida de su compromiso dio la medida de su derrota. Aplastado el levantamiento cantonal, declaradas fuera de la ley las organizaciones obreras dependientes de la Internacional (11 de enero de 1874), queda controlada toda posible oposición republicana, de base popular, a la restauración borbónica. Por otra parte, es preciso recordar que la democracia española surgida de la Revolución de Septiembre no pudo o no acertó a crear una identificación real 'de intereses entre las clases trabajadoras y el régimen democrático o republicano. Como es sabido, las estructuras agrarias no fueron alteradas, y la revolución renunció una vez más a concitarse el apoyo de las masas campesinas, hambrientas de tierra; el clamor popular en pro de la abolición de las quintas encontró, de hecho, la respuesta de la guerra de Cuba y de la guerra civil; en cuanto a la democracia formal y a la libertad de asociación eran logros efectivos, pero de alcance más bien instrumental; en el 69 como en el 73 —como antes del 68— la revuelta popular en pro de una mayor radicalización revolucionaria había encontrado la respuesta de la fuerza pública. La represión que siguiera a la derrota de los focos cantonales significó en España —como en Francia la represión de la Comuna— un considerable retroceso en el papel de las clases populares y trabajadoras como fuerza política activa [105].

La solución —el primer Pitusín— que Jacinta ha ido a buscar al cuarto estado ya no tenía «legalidad», había dejado de ser una solución para la burguesía. La «novela Pitusiana» era forzoso que tuviera un «desairado y terrible desenlace» [106].

En 1874, tras el golpe de estado de Pavía, las clases populares y trabajadoras sufrieron un golpe definitivo. El General Pavía, en enero de 1874, dijo haber querido «salvar la sociedad y el país» [107]; su acción se convirtió en un «puente hacia la Restauración». En abril de este año —en diciembre el general Martínez Campos proclamó en Sagunto a Alfonso XII

---

[105] *Ibíd.,* pág. 281.
[106] Cfr. Martha Heard y Alfred Rodríguez, «La desesperanza de la Nochebuena: Larra y Galdós», *AG,* XVII (1982), págs. 129-130.
[107] Cfr. M. Tuñón de Lara, *La España del siglo XIX*, pág. 251.

rey de España—, Fortunata fue internada en las Micaelas para, al igual que la nación, ser «redimida».

Casada Fortunata con Maximiliano Rubín en octubre de 1874 inició a los pocos días una segunda salida con Juanito. Pero, Juanito, como el bloque de poder del que formaba parte, pronto descubrió la conveniencia de «restaurar la legalidad»; era necesario poner fin a las veleidades personales al igual que su clase debía acabar con los excesos del Sexenio Revolucionario. Al salir un día de diciembre de 1874 de su casa, Juanito

> iba pensando en esto. Su mujer le estaba gustando más que aquella situación revolucionaria (su nueva salida con Fortunata) que había implantado, pisoteando los derechos de dos matrimonios.
>
> «¿Quién duda —seguía pensando—, que es prudente evitar el escándalo?... En fin, que no puedo ya más, y hoy mismo acaba esta irregularidad. ¡Abajo la República!»[108] (III, III, i)

Este texto pertenece, no se pierda de vista, al capítulo titulado «La revolución vencida», que sigue al capítulo «La Restauración vencedora». En éste había ya tomado Juanito la decisión de volver con su esposa. El joven matrimonio Santa Cruz, como la vida política del país, había experimentado una *restauración*, una vuelta a la *legalidad:*

> El Delfín había entrado desde los últimos días del 74 —escribe Galdós en «La Restauración vencedora»—, en aquel periodo sedante que seguía infaliblemente a sus desvaríos. En realidad no era aquello virtud, sino cansancio del pecado; no era el sentimiento puro y regular del orden, sino el hastío de la revolución. Verificábase en él lo que don Baldomero había dicho del país; que padecía fiebres alternativas de libertad y de paz. (III, II, ii)

En *Fortunata y Jacinta* se pasa una y otra vez de la Historia a la anécdota privada, a la ficción: cuando las noticias de que Amadeo de Saboya había abdicado llegaron a casa de los Santa Cruz, Jacinta «pasó al salón, más que por enterarse de las noticias, por ver a su marido que aquel día no había

---

[108] Puso así en marcha su «golpe de Pavía» para restablecer el «orden» en sus asuntos privados.

comido en casa». Cuando más ganas tenía de armar «una gresca matrimonial», porque adivinaba que Juanito andaba otra vez de «picos pardos», sucedió «¡El 3 de enero de 1874!... ¡El golpe de Pavía!» Cuando llegó Alfonso XII a Madrid el día 14 de enero de 1875, Jacinta acababa de enterarse de que su marido entretenía a una mujer (Fortunata), por lo que ella

> se indignaba en su interior. Tenía un volcán en el pecho, y la alegría de los demás la mortificaba. Por su gusto se hubiera echado a llorar en medio de la reunión, más érale forzoso contenerse y sonreír cuando su suegro la miraba. Retorciendo en su corazón la cuerda con que a sí propia se ahogaba, se decía: «Pero a este buen señor, ¿Qué le va ni qué le viene con el Rey?... ¡qué le importará!... Yo estoy volada, y aquí mismo me pondría a dar chillidos, si no temiera escandalizar. ¡Esto es horrible!...» (III, ɪɪ, i)

Blanco Aguinaga comentando estos y otros pasajes semejantes ha hecho las siguientes observaciones:

> Se diría, pues, que, según nos remite constantemente a la Historia, el narrador pretende subrayar lo privado, oponiendo al parecer lo individual a lo social o colectivo. Así, la Historia sería sólo —según tanto se ha dicho de Galdós— un «contexto», un «trasfondo» dado dentro del cual, o frente al cual, ocurre lo que de verdad importa: el desarrollo de vidas particulares, de problemas y pasiones «universales» y «eternos». Lo central, por lo tanto, aquello que nos daría la clave de la lectura correcta de *Fortunata y Jacinta*, sería, por ejemplo, el tema del amor-pasión, o el ansia de maternidad, o la cuestión de la «índole» de cada uno, la oposición de tipos, etc.
>
> Grande es, pues, la tentación de adentrarse por esa vía, de ir quitándole Historia a nuestra novela con el máximo rigor lógico. Tal vez se piense que así, en efecto, llegaremos a descubrir cuál es su verdadera estructura profunda[109].

Pero, tal como el mismo Blanco Aguinaga se esfuerza en demostrar —y en ello estamos aquí también—, a la estructura profunda de *Fortunata y Jacinta* no es posible llegar «quitándole Historia», sino estudiando y analizando la Historia que Galdós —por algo será— ha puesto en su novela[110].

---

[109] «Entrar por el aro...», pág. 58.
[110] En «On "The Birth of Fortunata"», págs. 14-15, insiste en que si «los novelistas "estudian" las sociedades, ¿no deben los estudiosos de la

Galdós, en particular en la Parte Primera de *Fortunata y Jacinta*, dio un «vistazo histórico»[111] y reunió unos «elementos» —se basó en la realidad histórica y objetiva—, para trazar un «cuadro de costumbres»; pero, aquí y allá, en la transposición literaria de esos «materiales» dejó constancia de su personal visión, de la manera en que percibía tal realidad. Esa percepción fue, al igual que la realidad, cambiante.

Sin esta Parte Primera, a pesar de que a algunos críticos les parezca «stale, boring and unnecessary», o «inextricablemente confusa»[112], la estructura profunda de *Fortunata y Jacinta* perdería consistencia y sentido.

Los «elementos» que de la realidad toma Galdós son utilizados para ofrecer un panorama socio-histórico en el que —tanto en la historia como en la novela (la transposición literaria en vez de hacer opaca hace más transparente la realidad histórica)— la burguesía y el pueblo, tras unos breves periodos de acercamiento, habían roto, bajo el pretexto burgués de defender unos principios de orden y moralidad, toda posibilidad de convivencia[113].

Galdós entendió —lo cual queda traslúcido en *Fortunata y Jacinta*— que la Restauración borbónica fue instrumentalizada por la burguesía para restaurar el «orden»[114], para, como llegó a decir don Baldomero, jubiloso a la entrada de Alfonso XII en Madrid:

> —*Veremos a ver* si ahora, ¡qué diantres!, hacemos algo; si esta nación entra por el aro... (III, II, i)

---

novela al menos intentar acercarse a estas sociedades?» Cfr. también Peter B. Goldman, «Galdós and Nineteenth Century Novel», y los artículos de J. Rodríguez Puértolas, citados en la nota 33.

[111] El cap. II de la Parte Primera de *Fortunata y Jacinta* se titula: «Santa Cruz y Arnaiz. Vistazo histórico sobre el comercio matritense».

[112] Cfr. Gilman, «The Birth of Fortunata», pág. 75, y Montesinos, *Galdós***, pág. 211. Gilman basa, al parecer, su juicio en el de Montesinos.

[113] Cfr. el significativo texto del historiador Jover Zamora que recojo en la nota 302 de la Parte Primera.

[114] Sobre los intereses económicos que se escondían detrás de la palabra «orden», cfr. Manuel Espadas Burgos, *Alfonso XII y los orígenes de la Restauración*, Madrid, 1975, y Enric Sebastiá, *Valencia en les novel·les de Blasco Ibáñez. Proletariat i burguesia*, Valencia, 1966.

En esto consistió precisamente el fundamento ideológico de la Restauración: en que la nación entrara por el aro. Quien osara apartarse de este principio sería condenado al ostracismo. El poder hegemónico de la burguesía convirtió este principio —es tema recurrente en *Fortunata y Jacinta*— en pauta de conducta generalizada.

Jacinta tiene que renunciar a que el Pituso falso viva con ella. Su suegro, don Baldomero

> la llamó a su despacho para echarle el siguiente sermón:
> —Querida, me ha dicho Bárbara que está muy confusa por no saber qué hacer con ese muchacho. No te apures; todo se arreglará. Porque tú te ofuscaras, no vamos a echarle a la calle. Para otra vez, bueno será que no te dejes llevar de tu buen corazón... tan a paso de carga, porque todo debe moderarse, hija, hasta los impulsos sublimes... Dice Juan, y está muy en lo justo, que los procedimientos angelicales transtornan la sociedad. Como nos empeñemos todos en ser perfectos, no nos podremos aguantar unos a otros, y habría que andar a bofetadas... Bueno, pues te decía, que ese pobre niño queda bajo mi protección; pero no vendrá a esta casa, porque sería indecoroso, ni a la casa de ninguna persona de la familia, porque parecería tapujo. (I, X, viii)

Y más adelante añade Galdós:

> Quien manda, manda. Resolvióse la cuestión del *Pituso* conforme a lo dispuesto por don Baldomero, y la propia Guillermina se lo llevó una mañanita a su asilo, donde quedó instalado [115]. (I, XI, i)

Jacinta, irritada por los celos que sentía, una noche

> a punto estuvo de estallar y descubrirse, haciendo pedazos la máscara de tranquilidad que ante sus suegros se ponía. Porque la peor de sus mortificaciones era tener que desempeñar el papel de mujer venturosa, y verse obligada a contribuir con sus risitas a la felicidad de don Baldomero y doña Bárbara tragándose en silencio su amargura. (III, II, i)

---

[115] El principio de autoridad es respetado también al terminar la novela: «Durante algún tiempo, el *Delfinito* siguió en casa de Guillermina, donde estaba la nodriza, hasta que enterraron a don Baldomero, y se le pudo llevar a la casa patrimonial.» (IV, VI, xvi)

Pero Jacinta, a su vez, dispone que Adoración, la hija de Mauricia la Dura entre

> en un colegio interna. Ya es grandecita... es preciso que vaya aprendiendo los buenos modales... su poquito de francés, su poquito de piano... Quiero educarla para maestrita o institutriz, ¿verdad? (III, II, iv)

La santa Guillermina decidió reformar a Felisa y la llevó a las Micaelas

> echándole una pareja de Orden Público, y sin más razón que su voluntad... Guillermina las gastaba así, y lo que hizo con Felisa habíalo hecho con otras muchas, sin dar explicaciones a nadie de aquel atentado contra los derechos individuales. (II, VI, vi)

Doña Lupe, la tía de Maximiliano Rubín.

> siempre tomaba a su servicio niñas para educarlas y amoldarlas a su gusto y costumbres. (II, I, iv)

Dice de Papitos, su criada:

> Me la traje a esta casa hecha una salvajita, y poco a poco le he ido quitando las mañas... La recogí de un basurero de Cuatro Caminos, hambrienta, cubierta de andrajos. Salía a pedir y por eso tenía todos los malos hábitos de la vagancia. Pero con mi sistema la voy enderezando. Porrazo va, porrazo viene, la verdad es que sacaré de ella una mujer en toda la extensión de la palabra. (II, IV, i)

Cuenta Galdós que Doña Lupe, al poco de conocer a Fortunata

> sintió que se agitaban en su alma, con pruritos de ejercitarse, sus dotes de maestra, de consejera, de protectora y jefe de familia. Poseía doña Lupe la aptitud y la vanidad educativas, y para ello no había mayor gloria que tener a alguien sobre quien desplegar autoridad... (II, IV, viii)

Más adelante, al salir Fortunata de las Micaelas:

> Sentía la señora de Jáuregui el goce inefable del escultor eminente a quien entregan un pedazo de cera y le dicen que

modele lo mejor que sepa. Sus aptitudes educativas tenían ya materia blanda en quien emplearse[116]. (II, VII, i)

Fortunata: la evolución del personaje

Fortunata, en las Micaelas, debía aprender a conformar su personalidad con los principios de «honradez» que Maximiliano y la clase media baja a la que pertenecía propugnaban. A Fortunata se la quiere domar. Se esperaba que renunciase a su naturaleza[117]. Se lo pidió un aspirante a marido, Maximiliano, que no era un verdadero hombre; un clérigo sin moralidad, Nicolás Rubín; una usurera, doña Lupe[118]. Los Santa Cruz y los distintos componentes de la burguesía que aparecen en la novela defendían una moralidad y un orden degradados. Porque moralidad y orden eran conceptos supeditados al valor supremo del dinero[119]. Fortunata, en las Micaelas, tenía que

---

[116] Recuérdese que a Juan Pablo también le tocó «entrar por el aro», en su caso del alfonsismo, cuyo «turrón» (prebendas) no pudo resistir.

[117] Pero Fortunata no renunciará a su naturaleza, convirtiéndose en heroína. Con las armas de su naturaleza (erótica y fértil) se enfrentará a la decadente (estéril) sociedad burguesa y pequeño-burguesa que la quiere someter. Hay en el personaje Fortunata muchos ingredientes de lo que Donad Fanger ha llamado «Romantic Realism». Cfr. D. Fanger, *Dostoievsky and Romantic Realism*, Chicago, 1967.

[118] Lo que pretendo decir aquí está resumido en este texto de *Fortunata y Jacinta* (IV, I, vi): «A Fortunata le repugnaba la moral despótica de doña Lupe, en la cual entreveía más soberbia que rectitud, o una rectitud adaptada jesuíticamente a la soberbia. Ella quería para sus actos la absolución completa o la completa condenación. Infierno o Cielo, y nada más. Tenía *su idea* y para nada necesitaba de consejos ni de la protección de nadie. Se las componía sola mucho mejor, y cualquiera que fuese su cruz, no le hacía falta Cireneo. Sus acciones eran decisivas, rectilíneas, iba a ellas disparada como proyectil que sale del cañón.»

[119] Vicens Vives, pág. 130, escribe: «El culto al dinero entenebrecerá toda clase de horizontes, hasta el punto de que podrá exclamarse: "la pobreza es signo de idiotez". España entra de esta guisa en la época que Morazé ha definido como la del "burgués conquistador". Desde 1854, con la expansión económica que se inicia en este momento para toda Europa, la burguesía ampliará cada vez más sus filas y, además, las concentrará en las grandes ciudades, donde poco a poco se perfilan los mitos de clase.» Sobre la falta de «moralidad» de la «burguesía conquistadora», cfr. Julio Rodríguez Puértolas, «*Fortunata y Jacinta*: Ana-

hacerse «honrada» para casarse con un hombre a quien no quería y al mismo tiempo aceptar que no podía aspirar al amor de Juanito porque ella era pobre.

La *idea blanca* —se trata de un monólogo interior en el que Fortunata asume, en estado de semiinconsciencia y de manera coyuntural, momentánea, bajo el influjo de un medio opresivo, las enseñanzas a que ha sido sometida— recapitula la situación de Fortunata y de las mujeres de su clase (se observará que la *idea blanca* pasa del singular al plural; habla, pues, a Fortunata y a las mujeres de su clase que no han sabido «amoldarse», reconocer sus «límites», o como pedía don Baldomero, «entrar por el aro»):

> No mires tanto este cerco de oro y piedras que me rodea, y mírame a mí que soy la verdad. Yo te he dado el único bien que puedes esperar. Con ser poco, es más de lo que te mereces. Acéptalo y no me pidas imposibles. ¿Crees que estamos aquí para mandar, verbi gracia, que se altere la ley de la sociedad sólo porque a una marmotona como tú se le antoja? El hombre que me pides es un señor de muchas campanillas y tú una pobre muchacha. ¿Te parece fácil que Yo haga casar a los señoritos con las criadas o que a las muchachas del pueblo, las convierta en señoras?... ¿Te parece que no hay más que enviudar a un hombre para satisfacer el antojito de una corrida como tú?... Y supón ... que se queda viudo... ¿Crees que se va a casar contigo? Sí, para ti estaba... Hijas de mi alma, Yo no puedo alterar mis obras ni hacer mangas y capirotes de mis propias leyes. ¡Para hombres bonitos está el tiempo! Conque resignarse, hijas mías, que por ser cabras no ha de abandonaros vuestro pastor, tomad ejemplo de las ovejas con quien vivís; y tú, Fortunata, agradéceme sinceramente el bien inmen-

---

tomía de...», págs. 23-26. Sin embargo, con gran cinismo, le dirá Juanito a Jacinta, al asegurarle que iba a romper con Fortunata: «—Pero el tener conciencia, el tener un sentido moral muy elevado..., como lo tengo yo...» (pág. 179). Joaquín Gimeno Casalduero, en su ensayo «El tópico en la obra de Pérez Galdós», *Boletín Informativo de Derecho Político de la Universidad de Salamanca,* enero-abril (1956), pág. 49, señala: «... en ciertos sectores de la que llamamos "clase alta" se venía insistiendo en el valor eterno e inmutable de una serie de conceptos vacíos, secos, que a fuerza de manosearlos habían perdido su sentido, pero que a pesar de ello continuaban en la boca de todos». Cfr. también E. Tierno Galván, «El tópico, fenómeno sociológico», en *Ensayos, 1950-1960,* Madrid, 1971, págs. 186-203.

so que te doy y que no te mereces, y déjate de hacer melindres
y de pedir gollerías.. porque entonces no te doy nada y tirarás
otra vez al monte. Conque, cuidadito...» (II, VI, vii)

Tras este intento en las Micaelas —que terminó en estruen-
doso fracaso— de «domesticar» a Fortunata por medio del
subterfugio religioso, le corresponderá a Evaristo Feijoo probar suerte. El viejo Feijoo, con vocación de maestro laico,
decidió —cuando, al poco tiempo de dejar Fortunata a su
marido en su «segunda salida» con Juanito, éste la abandonó—
ofrecerle «un curso de filosofía práctica». Feijoo expresó en
estos términos su propósito:

> ...Yo te enseñaré a ser práctica, y cuando pruebes a ser
> práctica, te ha de parecer mentira que hayas hecho en tu vida
> tantísimas tonterías contrarias a la ley de la realidad.» (III, IV, iii)

Feijoo[120], amante además de voluntarioso educador de
Fortunata, tomó la iniciativa, al fallarle las fuerzas y sentir
que le llegaba el *cese,* de reconciliar a Fortunata con Maximiliano. Y le dio estos consejos «prácticos» para que, en el caso
de volverse a ver en el trance —«por exigencias irresistibles del
corazón»— de echar abajo el principio social de la fidelidad,
supiera «salvar la forma»:

> —Hay que guardar en todo caso las apariencias, y tributar a
> la sociedad este culto externo sin el cual volveríamos al estado
> salvaje. En nuestras relaciones tienes un ejemplo de que cuan-
> do se quiere el secreto se consigue. Es cuestión de estilo y
> habilidad. Si tuviera tiempo ahora, te contaría infinitos casos
> de pecadillos cometidos con una reserva absoluta, sin el menor
> escándalo, sin la menor ofensa del decoro que todos nos
> debemos... Te pasmarías. Oye bien lo que te digo, y apréndete-
> lo de memoria. Lo primero que tienes que hacer es sostener el
> *orden público,* quiero decir la paz del matrimonio, respetar a tu
> marido y no consentir que pierda la dignidad de tal... Dirás
> que es difícil; pero ahí está el talento, compañera... Lo segun-

---

[120] Feijoo sólo lamentaba que no hubiera caído en sus manos
Fortunata cuando él era todavía joven; porque la hubiera «tallado» a
su propia imagen y medida. Sobre Feijoo, soldado de la reacción
papal y colonial, cfr. las notas 59 y 60 a la Parte Tercera de esta edición.

do es que tengas mucho cuidado en elegir, esto es esencialísi-
mo; mucho cuidado en ver con quien... en ver a quien... (III, IV, x)

Pero Fortunata no pudo seguir estos consejos «prácticos»,
del cínico Feijoo, por cuanto se avenían mal con su naturaleza. La «Otra restauración» perpetrada por el viejo militar
jubilado estaba condenada al fracaso. Galdós, con ironía,
comenta que Fortunata, separada de Maxi por segunda vez,
después de visitar a Feijoo que estaba enfermo, salió de su
casa con la impresión

> de haber perdido para siempre aquel grande y útil amigo, el
> hombre mejor que ella tratara en su vida y seguramente tam-
> bién el más práctico, el más sabio y el que mejores consejos
> daba. Verdad que ella hizo tanto caso de estos consejos como
> de las coplas de Calaínos; pero no dejaba de conocer que eran
> excelentes, y que debió al pie de la letra seguirlos. (IV, III, vi)

Con todo, Fortunata no era ya la joven inexperta que
Juanito conoció un día de diciembre de 1869 en la Cava de
San Miguel. Había tenido muchas experiencias y le aguarda-
ban otras más. A la altura de 1875 —al igual que las masas de
desheredados de la sociedad española—, había empezado a
vislumbrar su «papel de subordinación teñida de marginación»[121]. Fortunata fue tomando conciencia de su papel, se
rebeló y, finalmente, sucumbió. Vayamos por partes.
La primera descripción detallada que tenemos de Fortunata
es la de Juanito, en su viaje de novios, cuando, borracho, le
cuenta a Jacinta su juvenil aventura amorosa. En estas confidencias, hay, además, reiteradas alusiones sociológicas: que
Fortunata era una «hija del pueblo» y Juanito un «señorito».
Se observará que cuando Juanito se llama a sí mismo «hombre» rectifica para llamarse, de manera más apropiada «señorito».

> —¡Si la hubieras visto...! Fortunata tenía los ojos como dos
> estrellas... Fortunata tenía las manos bastas de tanto trabajar,
> el corazón lleno de inocencia... Fortunata no tenía educación;
> aquella boca tan linda se comía muchas letras y otras las
> equivocaba... Se pasó su niñez cuidando el *ganado*. ¿Sabes lo
> que es el ganado? Las gallinas. Después criaba a los palomos a

---

[121] Cfr. Jover Zamora, «La época de la Restauración...», pág. 295.

sus pechos... Era la madre de los tiernos pichoncitos... les daba su calor natural... les arrullaba, les hacía *rorrooó*... les cantaba canciones de nodriza... ¡Pobre Fortunata, pobre *Pitusa!*... Yo la perdí... sí... que conste...; es preciso que cada cual cargue con su responsabilidad... yo la perdí, la engañé, le dije mil mentiras, le hice creer que me iba a casar con ella. ¿Has visto?... El pueblo es muy inocente, es tonto de remate, todo se lo cree con tal que se lo digan con palabras finas... Los hombres, digo, los señoritos, somos unos miserables; creemos que el honor de las hijas del pueblo es cosa de juego...[122] (I, v, v)

Hasta la Parte Segunda apenas se la vuelve a mencionar. Pero, durante el tiempo transcurrido en la Parte Primera tuvo un hijo y se prostituyó. Las noticias que tenemos de Fortunata en la Parte Segunda nos llegan a través de otro personaje: Maximiliano. Aunque es Galdós, narrador omnisciente, el encargado de transmitirnos lo que el «redentor Maximiliano» va descubriendo sobre Fortunata:

Lo esencial del saber, lo que saben los niños y los paletos, ella lo ignoraba, como lo ignoran otras mujeres de su clase y aún de clase superior. Maximiliano se reía de aquella incultura rasa, tomando en serio la tarea de irla corrigiendo poco a poco. Y ella no disimulaba su barbarie... Respecto a la inmortalidad y a la redención, sus primeras ideas eran muy confusas. Sabía que arrepintiéndose uno, bien arrepentido, se salva; eso no tenía duda, y por más que dijeran, nada que se relacionase con el amor era pecado. (II, II, i)

Y poco más adelante continúa diciendo de ella el narrador omnisciente:

Lo mejorcito que aquella mujer tenía era su ingenuidad. Repetidas veces sacó Maximiliano a relucir el caso de la deshonra de ella, por ser muy importante este punto en el plan de regeneración. El inspirado y entusiasta mancebo hacía hincapié en lo malos que son los señoritos y en la necesidad de una ley a la inglesa que proteja a las muchachas inocentes contra los seductores. Fortunata no entendía palotada de estas leyes.

---

[122] La relación de Galdós con el folletín fue bastante ambigua. Los amores de Fortunata tienen mucho de folletín. Pero dio a una historia vulgar trascendencia. Cfr. la nota 10.

Lo único que sostenía era que el tal Juanito Santa Cruz era el único hombre a quien había querido de verdad, y que le amaba siempre. (II, II, i)

Hasta aquí Fortunata es un personaje-tipo. No reconocemos en ella todavía una individualidad, una personalidad con características singulares. Lo que se nos cuenta de Fortunata recuerda, por ejemplo, lo que Dionisio Chaulié esdribió, en 1886, de un tipo femenino del pueblo bajo madrileño: la «manola»:

> Notable la manola por su natural desparpajo, lo era también por su constancia en el querer y sus implacables venganzas contra la rival preferida; llevaba su cariño hasta el sacrificio y su generosidad y abnegación con el hombre a quien amaba al punto de considerar cual favores los malos tratamientos, prestándose de buen grado a sostener con sus vicios y despilfarros. Ni la indignidad del objeto querido, ni aun sus delitos, bastaban a quebrantar su fe; sólo podía lograrlo ofender su dignidad de mujer con el desprecio o olvido[123].

Pero el personaje Fortunata va progresivamente individualizándose, diferenciándose y tomando características propias. Esto, en un principio, se manifiesta más que cuando habla, cuando piensa[124]. Al insistir Maxi en que había decidido casarse con ella

> su pensamiento (de Fortunata) se balanceó en aquella idea del casorio, mientras maquinalmente echaba la sopa en la sopera.... «¡Casarme yo!... *¡pa chasco...!* ¡y con este encanijado...! ¡Vivir

---

[123] Dionisio Chaulié, *Cosas de Madrid. Memorias íntimas*, Madrid, 1886, pág. 67.

[124] Lo que explica que Fortunata repita palabras como «decente» y «ángel» —conceptualizaciones de la moral hueca burguesa sin sentido para Fortunata-pueblo— de forma mimética. (Cfr. J. Gimeno Casalduero, pág. 37: «... estas frasecillas, que se repiten incansablemente, demostrando la vacuidad de quien las utiliza en su propia vacuidad, van a sernos de una utilidad inesperada, ya que no sólo nos van a revelar la estructura interna de clases, grupos y personas, sino la actitud del novelista ante ellas...») En cambio, cuando tiene una idea suya, personal, actúa muchas veces, de manera *gestual*, sin conceptuar la acción-gesto fonéticamente. Pero su acción-gesto tiene siempre un significado. A nosotros nos corresponde desentrañarlo.

siempre, siempre, con él, todos los días... de noche y de día!...
¡pero calcula tú, mujer... ser honrada, ser casada, señora de
tal... persona decente...!» (II, ii, iv)

No es que empiece sólo a pensar, sino que además entiende
la disyuntiva que le aguarda. Es consciente de su condición de
marginada. Reconoce que la promesa de «decencia», en su
caso, tiene un alto costo.

Casada con Maximiliano, al día siguiente de la catastrófica
noche de bodas, sale sola a la calle, observa un paisaje urbano
y social que le resulta familiar y recapacita sobre su situación:

No tenía prisa y se fue a dar un paseíto... ¿Qué iba a hacer
en su casa? Nada... ¡qué gusto poder coger de punta a punta
una calle tan larga como la de Santa Engracia! El principal
goce del paseo era ir solita, libre. Ni Maxi ni doña Lupe ni
Patricia ni nadie podían contarle los pasos, ni vigilarla ni
detenerla... Su pensamiento se gallardeaba en aquella dulce
libertad, recreándose con sus propias ideas... Fijóse en las
casas del barrio de las Virtudes, pues las habitaciones de los
pobres le inspiraban siempre cariñoso interés. Las mujeres mal
vestidas que salían a las puertas y los chicos derrotados y
sucios que jugaban en la calle atraían sus miradas, porque la
existencia tranquila, aunque fuese oscura y con estrecheces, le
causaba envidia. Semejante vida no podía ser para ella, porque
estaba fuera de su centro natural. Había nacido para menestrala... Pero alguien la sacó de aquel su primer molde para
lanzarla a vida distinta; después la trajeron y la llevaron
diferentes manos...
Ocurrióle si no tendría ella *pecho* alguna vez, quería decir
iniciativa... si no haría alguna vez lo que le saliera *de entre sí*.
Embebecida en esta cavilación llegó al campo de guardias,
junto al Depósito. Había allí muchos sillares, y sentándose en
uno de ellos, empezó a comer dátiles. Siempre que arrojaba un
hueso, parecía que lanzaba a la inmensidad del pensar general
una idea suya, calentita, como se arroja la chispa al montón de
paja para que arda. (II, vii, v)

Retengamos las palabras finales: «...parecía que lanzaba a
la inmesidad del pensar general una idea suya, calentita, como
se lanza la chispa al montón de paja para que arda». La
personalidad de Fortunata está aquí prácticamente definida.
Se nos acaba de decir cuál va a ser el rasgo constitutivo y

diferenciador de su personalidad. Lo que es más: la relación que se establecerá entre ella y el colectivo social que la ha sacado de su centro natural, queda delimitada.

No ha de extrañar, pues —y menos ha de pasarse por alto—, que aquel personaje-tipo del cap. III de la Parte Primera, aquella «moza» sin nombre ni apellidos que

> tenía pañuelo azul claro por la cabeza y un mantón sobre los hombros, y en el momento de ver al Delfín, se infló con él, quiero decir, que hizo este característico arqueo de brazos y alzamiento de hombros con que las madrileñas del pueblo se agasajan dentro del mantón, movimiento que les da cierta semejanza con una gallina que esponja su plumaje y se ahueca para volver luego a su volumen natural

reaccionara en el cap. VII (y último), de la Parte Tercera, en casa de la *santa* Guillermina, al ser acusada de ladrona por Jacinta, así:

> Apoyando las manos en el respaldo, agachó el cuerpo y meneó las caderas como los tigres que van a dar el salto. Miróla Guillermina, sintiendo el espanto más grande que en su vida había sentido... Fortunata agachó más la cabeza... Sus ojos negros, situados sobre la claridad del balcón, parecía que se le volvían verdes, arrojando un resplandor de luz eléctrica. Al propio tiempo dejó oír una voz ronca y terrible que decía:
> —¡La ladrona eres tú... tú! Y ahora mismo.

Fortunata había aprendido a defenderse y a expresar sus pensamientos que antes, a lo sumo llegaba a «decir en su interior». Galdós necesita ahora echar mano de un símil agresivo, *tigresco*[125]. Habían quedado atrás los tiempos gallináceos. Aunque, como veremos más adelante, no del todo...

Maximiliano formuló a Fortunata un pensamiento que habría de germinar en su espíritu —aun cuando en un principio no lo entendiera del todo. Queriéndola convencer antes de casarse de que su «pasado, pasado está», le dijo: «... ¿Qué es el mundo? Fíjate bien y verás que no es nada, cuando no es la conciencia.» La conciencia en Fortunata se manifestó por

---

[125] Cfr. A. G. Paradissis, «La mezcla satírica de características humanas y animales en *Miau* de Benito Pérez Galdós», *Thesaurus*, 16 (1971), págs. 133-142.

ideas. Mas las de Fortunata eran ideas heterodoxas. Chocaban con las que definían las normas de conducta moral y social de la Restauración [126].

Cuando, casada, volvió a reanudar las por tres años interrumpidas relaciones amorosas con Juanito, nos dice Galdós:

> De repente (el demonio explicará aquello [la ironía galdosiana permea muchas páginas de *Fortunata y Jacinta*]), sintió una alegría insensata, un estallido de infinitas ansias que en su alma estaban contenidas... Toda idea moral había desaparecido como un sueño borrado del cerebro al despertar; su casamiento, su marido, las Micaelas, todo esto se había alejado y puéstose a millones de leguas... (II, vii, vi)

Y es que Fortunata tenía una idea clara:

> —Mi marido eres tú... todo lo demás... ¡papás! (II, vii, vi)

Poco más adelante conversando nuevamente con Juanito le dirá:

> Y si te hablo con franqueza, a veces dudo que yo sea mala... sí, tengo mis dudas. Puede que no lo sea. La conciencia se me vuelve ahora para aquí, después para allá; estoy dudando siempre y al fin me hago este cargo: *querer a quien se quiere no puede ser cosa mala.* (II, vii, vii)

Juanito era incapaz de comprender la moralidad de Fortunata, los móviles de su comportamiento, lo que ella llama ahora su «conciencia».

La idea de su «honradez» se convertirá en idea fija. Abandonada por Juanito por segunda vez, en enero de 1874:

> Juzgábase entonces sin culpa alguna, inocente de todo el mal causado, como el que obra a impulsos de un mandato extraño

---

[126] La Constitución de 1876 modificó, por ejemplo, la legislación sobre el matrimonio civil, que era aceptado por la Constitución de 1869, reconociendo exclusivamente el matrimonio canónico. La Constitución de 1869 había proclamado: «Todos los derechos individuales son naturales, absolutos e ilegislables». Cfr. Casimiro Martí, pág. 218. Fortunata, en 1876, estaba fuera de la nueva legalidad «social». La fecha de su muerte, insisto una vez más, es bien significativa.

y superior. «Si yo no soy mala —pensaba—. ¿Qué tengo yo de malo aquí *entre mí*? Pues nada.» (III, III, iii)

Frente al portal de la casa de los Santa Cruz, comparó, el día que Juanito rompió con ella, su virtud con la de Jacinta y de las mujeres de su clase:

> «...¿Virtuosa? *tié* gracia... Ninguna de estas casadas ricas lo es ni lo puede ser. Nosotras las del pueblo somos las únicas que tenemos virtud, cuando no nos engañan. Yo, por ejemplo... verbi gracia, yo.» Entróle una risa convulsiva. «¿Y de qué te ríes, pánfila? —se dijo a sí misma—. Más honrada eres tú que el sol, porque no has querido ni quieres más que a uno. ¿Pero éstas... éstas?...»[127] (III, III, ii)

Mauricia la Dura fue instrumental en este despertar de la conciencia de Fortunata. En el lecho de muerte le recordaba:

> —Porque tú has padecido... ¡pobrecita! Buenas perradas te han jugado en esta vida. La pobre siempre debajo, y las ricas pateándole la cara. Pero déjate estar, que el Señor te arreglará, haciendo justicia y dándote lo que te quitaron. Lo sé, lo he soñado ahora, cuando me dormí pensando que me moría y que entraba en el Cielo escoltada por la mar de angelitos...[128] Y por la santidad que tengo entre mí, te digo que si el marido de la señorita se quiere volver contigo y le recibes, no pecas, no pecas... (III, VI, iv)

Fortunata «creyó prudente mandarla callar» porque las cosas que decía «se armonizaban mal con la santidad», pero Mauricia le replicó:

---

[127] La sospecha de Fortunata, como se ve en la novela estaba fundada.

[128] En la «estrategia narrativa» de *Fortunata y Jacinta* abunda el procedimiento de la «anticipación» (cfr. J. Souvage, *Introducción al estudio de la novela,* Barcelona, 1982, págs. 145-148). En el lecho de muerte oirá Fortunata «el piar de los pajarillos que tenían su cuartel general en la Plaza Mayor» y, añade el narrador omnisciente: «El piar de los pájaros también se precipitaba en aquel sombrío confín...» «La mar de angelitos» y «el piar de los pájaros» tienen idéntica función. Mauricia «anticipa» de manera irónica su muerte y la de Fortunata que tendrá lugar también en un medio material, sombrío, degradado...

—¡Qué risa contigo!... Esto que te cuento es, como quien dice, una idea... ¿Y crees tú que una idea, pongo por caso, es también pecado?

Mauricia y Fortunata [129] tenían, pues, una moralidad que el *status quo* condenaba. Pero tal moralidad ponía a prueba y cuestionaba la validez de los principios y prácticas morales de la clase dominante. A las dos amigas se las identifica con valores «negativos»: «anarquía moral», «ignorancia», «salvajismo», «grosería», «desorden», «promiscuidad»... Pero los valores «positivos» de la burguesía: «familia», «orden», «educación», «fidelidad»..., ¿eran realmente valores modélicos? [130]

A estos valores «positivos» de la clase dominante los llamó Feijoo «la ley de la realidad». En la conciencia de Fortunata fue tomando forma una idea —que ella calificó de «gran idea»— con la que pretendió negar la (según Feijoo) «ley de la realidad». Me estoy refiriendo, claro está, a la «gran idea» de ser la madre del heredero de los Santa Cruz, de probar así que ella —y no Jacinta— era la auténtica esposa de Juanito. La maternidad de Fortunata sería la prueba irrefutable de que las leyes de la naturaleza están por encima de las leyes de la sociedad. La naturaleza resulta ser, para Fortunata, la verdad y la fertilidad, lo que tiene validez y futuro; la sociedad (la que «fabricó» a Fortunata) es la mentira y la esterilidad, lo inauténtico y caduco. Fortunata tiene mucho de heroína anarquista.

La «gran idea» se le ocurrió a Fortunata durante la segunda salida con Juanito. En una de sus conversaciones, éste le contó que a Jacinta le dominaba la manía de ser madre. Entonces:

Quedóse Fortunata, al oír esto, risueña y pensativa. ¿Qué estaba tramando aquella cabeza llena de extravagancias? Pues esto:

A Fortunata la abandona la vida, el piar de los pájaros y «los chillidos con que Juan Evaristo pedía su biberón»... Las palabras de Mauricia no se pueden entender literalmente. Porque en ellas hay, como digo, una falacia irónica. Cfr. G. Blanco Aguinaga, «On "The Birth of Fortunata"», págs. 20-21.

[129] Cfr. C. Blanco Aguinaga, «Entrar por el aro...», págs. 72-73.

[130] Cuando Maxi descubre las relaciones amorosas de Juanito con Aurora, reflexiona: «Esto lo tolera y aun aplaude la sociedad... Luego, es una sociedad que no tiene vergüenza. ¿Y qué defensa hay contra esto?...» (IV, v, iv).

—Escucha, nenito de mi vida, lo que se me ha ocurrido. Una gran idea; verás. Le voy a proponer un trato a tu mujer. ¿Dirá que sí?

—Veamos lo que es.

—Muy sencillo. A ver qué te parece. Yo le cedo a ella un hijo tuyo y ella me cede a mí su marido. Total, cambiar un nene chico por el nene grande.

El Delfín se rió de aquel singular convenio, expresado con cierto donaire.

—¿Dirá que sí?.... ¿Qué crees tú? —preguntó Fortunata con la mejor buena fe, pasando luego de la candidez al entusiasmo para decir:

—Pues mira, tú te reirás todo lo que quieras; pero esto es una gran idea. (II, vi, vii)

La «gran idea» tomó forma definitiva en el cap. VII (y último) de la Parte Tercera: «La idea... la pícara idea.» Fortunata, que había visitado a Guillermina en su casa y había tenido el referido enfrentamiento «tigresco» con Jacinta, salió de esa visita con la firme concepción de su «gran idea»: que ella era superior a Jacinta porque había tenido y podía tener hijos.

A continuación, escribió Galdós las páginas más bellas y complejas de toda la novela. La escritura en estas páginas distorsiona la realidad, se hace visionaria, penetra el subconsciente, potencia simbólicamente los objetos cotidianos... El estado anímico de la protagonista transforma el mundo en torno, redefiniéndolo, dándole una significación profunda, aprisionando su sentido veraz...

—Doña Mauricia; digo, Guillermina la Dura...[131] Dios mío, ¡qué sola estoy! ¡Por qué te me has muerto, amiga de mi alma, Mauricia!... Por más que digan, tú eras un ángel en la tierra, y

---

[131] Galdós escribió, en *Memorias de un desmemoriado,* pág. 1.438, que en *Fortunata y Jacinta:* «Lo verdaderamente auténtico y real es la figura de la santa Guillermina Pacheco. Tan sólo me he tomado la licencia de variar el nombre. La santa dama fundadora se llamó en el siglo doña Ernestina.» Sin embargo, la fidelidad al modelo es abandonada, en la medida en que la santa Guillermina deja de ser personaje modélico y su conducta santa puesta en entredicho. Guillermina fue *santa* y *fundadora* pero también, al final de la novela, *señora casera* y *generala*. Estas contradicciones conformaban la moralidad burguesa del siglo XIX. La beneficencia y la caridad habían sido movilizadas

ahora estás divirtiéndote con los del Cielo; ¡y yo aquí tan solita!... ¡Oh! qué amiga me he perdido... Mauricia, no estés más entre las ánimas benditas, y vuelve a vivir... Mira que estoy huérfana, y yo y los huerfanitos de tu asilo estamos llorando por ti... Los pobres que tú socorrías te llaman. Ven, ven... Mauricia, amiga de mi alma, ven y las dos juntas nos contaremos nuestras penas, hablaremos de cuando nos querían nuestros hombres, y de lo que nos decían cuando nos arrullaban, y luego beberemos aguardiente las dos, porque yo también quiero el aguardientito, como tú, que estás en la gloria, y lo beberé contigo para que se me duerman mis penas, sí, para que se me emborrachen mis penas. (III, VII, iv)

Regresa a casa de doña Lupe. Al día siguiente, le entra otra vez la «embriaguez aquella» y sueña que vuelve a salir. Se dirige a la calle de la Magdalena. Se queda mirando el escaparate de la tienda de tubos: «¡Cuánto tubo! Llaves de bronce, grifos y multitud de cosas para llevar y traer el agua...» En la calle Imperial se detiene frente al Fiel Contraste. En el portal del Fiel Contraste, Juanito le dice:

—Me he arruinado, chica, y para mantener a mis padres y a mi mujer, estoy trabajando de escribiente en una oficina... Pretendo una plaza de cobrador del tranvía. ¿No ves lo mal trajeado que estoy?

Fortunata le mira, y siente un dolor tan vivo como si le dieran una puñalada...:

—Alma mía, yo trabajaré para ti; yo tengo costumbre, tú no; sé planchar, sé repasar, sé servir... tú no tienes que trabajar... yo para ti... Viviremos en un sotabanco, solos y tan contentos. (III, VII, iv)

Toda la historia de Fortunata está aquí, en estas páginas alucinantes, resumida. Su orfandad (palabras a Mauricia); su naturaleza erótica (los tubos, llaves y grifos); su fertilidad (el agua que éstos llevan y traen); su marginación (el Fiel Contraste, servicio público de pesas y medidas, no pesará ni

_____
como dique de contención de la «cuestión social». Fortunata parece haber tomado conciencia de estas realidades. Desmitifica a Guillermina al tiempo que mitifica a Mauricia. La salvación a los «huérfanos», al cuarto estado, les ha de venir de ellos mismos. Fortunata acude, pues, a Mauricia. Cfr. *Burguesía, especulación y...*, págs. 155-165; Denah Lida, «Galdós y las Santas Modernas», *AG*, X (1975), págs. 19-31.

medirá su caso); su quimérica e imposible relación amorosa con un señorito (que no se ha vuelto pobre)...

Y en la calle (su antigua amiga Mauricia exclamó al ser expulsada de las Micaelas: «¡Ay, mi querida calle de mi alma!»), se encontró con un simón[132]. Desde él, Juanito la miró sonriendo, y con la mirada parecía decirle:

—¿Vienes o no? Si estás rabiando por venir... ¿a qué esa vacilación?

La vacilación duraría como un par de segundos. Y después Fortunata se metió en el coche, de cabeza, como quien se tira en un pozo. Él entró detrás, diciéndole al cochero

—Mira, te vas hacia las Rondas... paseo de los Olmos... el Canal.

...Aún con este lenguaje amistoso, no se rompió la reserva hasta que no salieron a la Ronda. Allí el silencio les invadía. El coche penetraba en el silencio y en la soledad, como un buque que avanza en alta mar[133]. (III, VII, v)

Era la tercera salida de Fortunata. No le pide esta vez a Juanito juramentos de amor. Porque:

—...En fin, que ahora tomaré mis precauciones... Si mi idea se cumple...

—¿Y cuál es tu idea? ¿Qué idea es esa?

—No te lo quiero decir... Es una idea mía: si te la dijera, te parecería una barbaridad. No lo entenderías... ¿Pero qué te crees tú, que yo no tengo también mi talento? (III, VII, v)

Así termina la Parte Tercera. La «gran idea» se materializa-rá en la Parte Cuarta. En esta Parte, Fortunata se convierte en protagonista indiscutible de la novela. El proceso de concien-

---

[132] Se abre así un pasaje de *Fortunata y Jacinta* que recuerda el famoso viaje en «voiture» de Emma Bovary. Cfr. G. Flaubert, *Madame Bovary*, París, 1972, págs. 320-322.

[133] Es claro —y lo ha señalado ya la crítica— el simbolismo erótico de estas páginas de la Parte Tercera, cap. VII, secciones 4 y 5. Cfr. Luis Alberto Oyarzún, «Eros en las novelas sociales de Pérez Galdós», tesis doctoral, Universidad de Illinois, 1973, quien concluye: «El estudio detallado... muestra al eros actuando como el resorte íntimo que mueve a algunos individuos y los hace tomar conciencia de sí mismos y del mundo que los rodea» (pág. 518). Cfr. Woodbridge, pá-gina 172.

ciación de Fortunata corre parejo con su ascenso al plano de definitivo e incuestionable protagonismo.

La estructura de la novela está en relación directa con el proceso de emergencia de Fortunata a un primer plano narrativo (e histórico). Más aún: la estructura de la novela está en función de tal emergencia.

La Parte Primera es un «vistazo histórico» sobre unas familias del comercio matritense, sobre la clase social hegemónica en el siglo XIX. Pero ese «vistazo» está empañado por la existencia del «cuarto estado». A la Historia *vista* por Estupiñá se contrapone la Historia *vivida* por José Izquierdo[134]. Sobre la «legalidad» del matrimonio Juanito-Jacinta se cierne la sombra de un engaño perpetrado contra una mujer del pueblo[135]. Hay latentes, pues, conflictos «históricos» y «privados»[136].

Galdós, en esta Parte Primera, ha introducido, además, una breve narración intercalada, que llamaré «gallinácea»:

> A la izquierda de la entrada vio el Delfín cajones llenos de huevos, acopio de aquel comercio. La voracidad del hombre no tiene límites, y sacrifica a su apetito *no sólo las presentes, sino las futuras generaciones gallináceas*. A la derecha, en la prolongación de aquella cuadra lóbrega, un sicario manchado de sangre daba garrote a las aves. Retorcía los pescuezos con esa destreza y donaire que da el hábito, y apenas soltaba una víctima y la entregaba agonizante a las desplumadoras, cogía otra para hacerle la misma caricia. Jaulones enormes había por todas partes, llenos de pollos y gallos, los cuales asomaban la cabeza roja por entre las cañas, sedientos y fatigados, para

---

[134] En el manuscrito Alpha (cfr. Hyman) de *Fortunata y Jacinta* apenas estaba esbozado este personaje. Pero Galdós desarrolló el tema de la «visita al cuarto estado» en el manuscrito Beta, dando a José Izquierdo un protagonismo que está en relación directa con el que su clase (simbolizada en la figura de Fortunata) toma en la novela. Y todo ello a pesar de los prejuicios antirrepublicanos y «anti-cantonalistas» de Galdós. No hay que hablar sólo, pues, de la toma de conciencia de Fortunata, sino también de la toma de conciencia del propio Galdós, arrastrado por la dinámica de la misma narración.

[135] Cfr. Suzanne Raphael, «Un extraño viaje de novios», *AG*, III (1968), págs. 35-49.

[136] Cfr. el interesante artículo de Joseph Schraibman, «Releyendo *Fortunata y Jacinta:* Los primeros cinco capítulos», en *Papers Read...,* págs. 41-56.

respirar un poco de aire, y aun allí los infelices presos se daban de picotazos por aquello de *si tú sacaste más pico que yo..., si ahora me toca a mí sacar todo el pescuezo.* (I, III, iv)

Esta breve narración, que precede a la primera mención —breve también— que se hace de Fortunata en la novela, tendrá una función simbólica cuyo significado se nos aclarará en la Parte Cuarta[137].

El texto de la Parte Primera es, en definitiva, algo más que un documento, que la elaboración de un «cuadro de costumbres» a partir de unos «elementos» observados. Esta Parte Primera, en lo que atañe a su composición, tiene también bastante complejidad. Galdós alterna su papel de narrador omnisciente y exterior con la del narrador interior que hace las veces de personaje. A medida que se angosta la distancia entre la narración «histórica» y la narración «ficcional», sustituirán los personajes al narrador. Galdós asedia la realidad «histórica» y «ficcional» desde plurales puntos de vista, desde distintos planos y tiempos narrativos[138].

En la Parte Segunda la pequeña burguesía tendrá el prota-

---

[137] La novela tiene, por tanto, una estructura circular. Pero no implica ello que se trate de un texto cerrado. Al contrario, estamos ante un texto que requiere una lectura abierta. Las aves de la narración interna «gallinácea» representan la natural (Ave: Aire) aspiración de volar, de respirar... pero son exterminadas. (En el «Viaje de novios» sabemos quiénes se comen las aves...) Con todo, si Fortunata es exterminada, cumpliendo su destino «gallináceo» —pues, era parte de aquel *ganado* (pueblo, al fin)— su muerte está cargada de potencial simbólico. Cfr. el excelente artículo de Roger L. Utt, «el pájaro voló»: Observaciones sobre un leitmotif en *Fortunata y Jacinta», AG*, IX (1974), págs. 37-50.

[138] Sobre la estructura formal de *Fortunata y Jacinta* contamos con excelentes aportaciones. Cfr. Thomas C. Meehan, «A Formal Analysis of *Fortunata y Jacinta. A Study in the Long Novel Form*», 2 vols., tesis doctoral, Universidad de Michigan, 1965; y, entre otros, los estudios de Aliverti, Bly, Boring, Engler, A. M. Gullón, Ricardo Gullón, Kronik, Ortiz Armengol, Ribbans, Schraibman, Utt, Whiston, cuyas referencias completas doy en la «Bibliografía Selecta», págs. 79-81. En 1970, J. E. Varey, «Galdós in the Light of Recent Criticism», en *Galdós Studies*, Londres, 1970, pág. 35, observaba que el énfasis de los estudios sobre la obra de Galdós se había concentrado en el análisis de la estructura, de los símbolos, del lenguaje... Pero precisamente en la década de los 70 el énfasis (cfr. la nota 33 de esta introducción) se ha decantado hacia aspectos socio-históricos.

gonismo que en la Parte Primera había correspondido a la burguesía. En la Parte Tercera hay un encuentro de estas clases, siendo ésta la Parte en la que resulta más intencional la estructuración del relato en torno a la Historia. Los títulos de algunos capítulos son bien explícitos: «La restauración vencedora», «La revolución vencida», «Otra restauración». La Historia desempeña el papel de «maestra de la vida». Por boca de Feijoo dicta un discurso vertical de «filosofía práctica». Pero este discurso no será seguido por Fortunata. Su rebeldía —que la aparta de la norma de conducta generalizada, excepción hecha de Maximiliano— la convertirá en heroína.

Fortunata, en la Parte Cuarta, sucumbirá, sí, sacrificada como las «gallinas» de la breve narración «gallinácea», pero habrá conseguido elevarse a la categoría de «ave-ángel»[139]. Tal metamorfosis fue posible porque Fortunata negó, metafóricamente, la realidad, la Historia como proceso cerrado, con la concepción de una «gran idea».

La «gran idea» de Fortunata consistirá, pues —como decía más atrás—, en afirmar por medio de la maternidad que la naturaleza es superior a la sociedad, que aquélla está por encima de ésta. Para tal empeño va a utilizar —¡ahora le tocaba a ella!— a Juanito, a quien manipula y reduce a instrumento de su «idea»[140]. Juanito, cumplida su nueva función, desaparecerá prácticamente de la narración. Su papel ha dado de sí, en la Parte Cuarta, todo lo que se podía y cabía esperar. La mitificación de Fortunata (símbolo del «cuarto estado», del pueblo) se realiza a costa de Juanito (en la medida que era prototipo de la burguesía decadente). Sobre una clase (la burguesía) que hacía la Historia, escribe Galdós el ascenso al papel de protagonista histórico de otra clase (el «cuarto estado») que había estado marginada, que había estado *fuera de* la Historia.

Por lo tanto, Juanito, ha de reasumir su condición de personaje-tipo representante de las leyes de la sociedad burguesa.

---

[139] Cfr. lo dicho en las notas 124 y 137. La palabra «ángel», no se pierda de vista, tiene un sentido irónico a lo largo de toda la novela.

[140] «Lo que había soñado se le quedó a la señora Rubín tan impreso en la mente cual si hubiera sido realidad. Le había visto, le había hablado. Completó su pensamiento amenazando con el puño cerrado a un ser invisible: «Tiene que volver... ¿Pues tú qué creías? Y si él no me busca, le buscaré yo... Yo tengo mi idea y no hay quien me la quite.» (II, VII, v)

Tendrá sólo, en lo que queda de la novela, un papel: recordarnos que fue la causa —causa material y simbólica— de la tragedia de Fortunata[141].

Hay una terrible ironía en todo esto. Porque Juanito, que despertó el erotismo de Fortunata —erotismo que sería el motor de su concienciación—, habría de ser también el símbolo de la imposible reconciliación de las leyes de la sociedad con las de la naturaleza.

Por otra parte, las leyes de la sociedad son las que fuerzan a Fortunata a agarrarse, a la desesperada, a las leyes de la naturaleza. Era la única alternativa que tenía a su alcance para afirmarse, para que su grito-descubrimiento «Soy Fortunata»[142] tuviera transcendencia. Que así lo entendió Fortunata está claro en la novela, pues una vez que dio a luz a Juan Evaristo se dirá a sí misma:

> ... ¡Qué contenta estoy, Señor, qué contenta! Yo bien sé que nunca podré alternar con esta familia, porque soy muy ordinaria y ellos muy requetefinos; sí, que una servidora es la madre del heredero, y que sin una servidora no tendrían nieto. Ésta es mi idea, la idea que vengo criando aquí, desde hace tantísimo tiempo, empollándola hasta que ha salido, como sale el pajarito del cascarón... Bien sabe Dios que esto que pienso, no es porque yo soy interesada. Para nada quiero el dinero de esa gente, ni me hace maldita falta; lo que yo quiero es que conste... (IV, VI, iii)

Se trata, sin duda, de un *rasgo*, como hubiera dicho Feijoo, pero de un rasgo que le permitirá decir de sí misma que es «decente», que es un «ángel»... Y ello, sin «entrar por el aro» de la *santa* Guillermina[143], quien fracasará al intentar, en el lecho de muerte, arrancarle su «idea», su «error diabólico»:

---

[141] Cfr. Anthony Zahareas, «El sentido de la tragedia en *Fortunata y Jacinta*», *AG*, III (1968), págs. 25-34.

[142] He aquí las dos palabras que sintetizan el significado total de la novela. Fortunata —a diferencia de Isidora Rufete, en *La desheredada*, que se anula a sí misma— afirma su individualidad. Esta toma de conciencia de su propio ser y valor dará en adelante trascendencia a sus actos (aunque estén contaminados de la degradación ambiental, burguesa, que penetra y corroe, que imposibilita la *armonía de clases* que tanto anhelaba Galdós).

[143] Lo que permite un final ambiguo, abierto: «—Creo —dijo Nones— que ha concluido. No ha podido confesar... cabeza trastornada... ¡Pobrecita! Dice que es ángel... Dios lo verá...» (IV, VI, xiv).

... Amiga querida, es preciso prepararse con formalidad...
Ahora recuerdo que usted tenía una idea maligna, origen de
muchos pecados. Es preciso arrojarla y pisotearla... Busque,
rebusque bien en su espíritu y verá cómo la encuentra; es aquel
disparate de que el matrimonio, cuando no hay hijos, no vale...
y de que usted, por tenerlos, era la verdadera esposa de...
Vamos (con extraordinaria ternura) reconozca usted que semejante idea era un error diabólico a fuerza de ser tonto, y
prométame que ha de renegar de ella... Mire usted que si se la
lleva consigo le ha de estorbar mucho por allá. (IV, VI, xiv)

No cabe duda de que Fortunata prestó un gran servicio a la
burguesía dándoles a su hijo, que hizo suyos determinados valores morales burgueses y que, en definitiva, al disociarse de
la realidad —*more* Feijoo— sucumbió[144]. Su muerte tiene una
significación simbólica como la tiene el encierro de Maximiliano en un manicomio.

Para Blanco Aguinaga:

Entre la educación y los palos, ya en el lecho de muerte,
Fortunata ha aprendido al fin la lección decisiva; es decir, ha
entrado por el aro: no sólo ha internalizado los aspectos
esenciales de la ideología dominante, sino que ha sido la
productora de un nuevo Delfín (el *Delfínito* se llama ahora)
para el mantenimiento del orden clasista. Bien está el pueblo
como «cantera», pero —según diría doña Lupe— nada de
«emanciparse». ¡Conque cuidadito!...

En esta vuelta al orden, en esta debacle del ansia de libertad,
tampoco podemos olvidar a Maxi, el único de los personajes
que —mucho más radicalmente que Feijoo— opta por la
absoluta libertad interior. Pero a eso, claro está, se le llama
locura y es socialmente intolerable; pasará, por lo tanto, el
resto de su vida en Leganés[145].

---

[144] Cfr. J. Rodríguez Puértolas, «*Fortunata y Jacinta:* Análisis de
una sociedad burguesa», pág. 58. Pero propone una lectura cerrada,
como Blanco Aguinaga (cfr. la nota 145) que no comparto. Cfr. lo que
digo en las notas 137 y 143.

[145] Cfr. C. Blanco Aguinaga, pág. 84. Pero, como observa Eduardo
Urbina, «Mesías y redentores: constante estructural y motivo temático
en *Fortunata y Jacinta*», *Bulletin Hispanique*, 83 (1981), pág. 398: «La
autosuficiencia que muestra (Maximiliano) al ser ingresado en Leganés es, en definitiva, síntoma ambivalente del descubrimiento de los

Pero, siendo todo esto verdad, no hay que olvidar —vuelvo al comienzo de esta introducción— que Galdós fue un escritor realista. El «cuadro de costumbres», el referente socio-histórico que le sirvió de materia prima para crear a sus personajes, ¿daba más de sí? ¿era posible construir un mundo novelesco que sobrepasara más los límites de la realidad dentro del realismo?[146]

Fortunata, con «la máquina admirable de las pasiones», con «la imaginación, la loca de la casa», no sólo puso al descubierto el sistema de valores del bloque de poder de la Restauración, aquel «vivir el hueco de la propia vida que fue la Restauración», sino que además —lo que es más importante— se erigió en sujeto de una acción transcendente (por su simbolismo), en sujeto mediatizado y degradado, pero en sujeto, al fin.

---

poderes de su yo íntimo, potencial vía de redención y anuncio de una nueva quimera.» (Quimera que, añadiría yo, está *fuera de* la novela. A nosotros, lectores, nos corresponde interpretar, Galdós nos ha dado los «elementos»; nos ha dado un texto abierto).

[146] La obra de un novelista debe juzgarse tomando en cuenta las estructuras socio-históricas y políticas sobre las que se va configurando la propia y personal perspectiva de esas estructuras que generan «maneras» de escribir. Cfr. la nota 29. Galdós no podía escribirnos —no estaba en la realidad— la «tragedia optimismo» (*more* Vishñevsky) de una heroína revolucionaria porque, como él mismo escribió precisamente en 1886; «No creo, pues, en revoluciones próximas... Únicamente la revolución social, si tuviera en España elementos preparados para ella, podría encontrar lema y bandera... Pero las cuestiones sociales no han removido bastante la opinión en nuestro país, y nuestros talleres son de tal importancia y magnitud que suministran al socialismo contingente bastante para luchar con los poderes públicos...» (Cfr. «El rey póstumo» [22 de mayo de 1886], *Política española*, *Obras inéditas*, III, Madrid, 1923, págs. 144-145. La conciencia de clase del proletariado se fue elaborando en el periodo abierto por la Restauración. Cfr. Pilar Faus Sevilla, *La sociedad española del siglo XIX en la obra de Pérez Galdós*, Valencia, 1972, pág. 211, y los artículos de Peter Goldman, Raymond Carr (cfr. nota 38) y Víctor Fuentes (cfr. nota 6), que son una respuesta al libro (al que alude también Tuñón de Lara en la cita que doy a continuación) de Antonio Regalado García, *Benito Pérez Galdós y la novela histórica española: 1868-1912*, Madrid, 1966. Galdós, en suma —comparto estos juicios de Tuñón de Lara *(Medio siglo de cultura española: 1885-1936*, Madrid, 1970, pág. 25), no tenía, en la década de 1880 —ni antes—, «una lucidez meridiana sobre el porvenir, sino simplemente conciencia de su tiempo para no identificarse con la parálisis de la historia de España...»

La «idea» o «error diabólico» de Fortunata —resultado de un largo proceso de maduración, de paulatino autodescubrimiento—, tiene por su capacidad transgresora y desveladora una significación *dentro de* la novela, pero también la tiene *fuera de* la novela, en la misma Historia que sirvió de referente al escritor. Porque en aquellos primeros años de la Restauración quedó abierto —hemos hablado ya de ello— «el ciclo revolucionario de la época contemporánea». El pueblo también empezó a tomar conciencia —a empollar la idea— de que podía ser sujeto de la Historia.

Nuestra edición

Se basa en la 1.ª edición publicada por la casa editorial «La Guirnalda» de Madrid, en 1887. Con el fin de facilitar su lectura y eliminar incoherencias del original, se ha modernizado la ortografía y acentuación y regularizado el tratamiento de los diálogos.

He cotejado el texto de la edición de 1887 con las pruebas de imprenta corregidas por Galdós. Estas pruebas se encuentran en la Casa-Museo Pérez Galdós, en Las Palmas. El número de variantes introducidas por Galdós es tal que sería imposible recogerlas en su totalidad en una edición como la presente. Pero sí he recogido —y pienso que ha de tener su interés— una serie importante de cambios:

1.º *Textos que Galdós al corregir las pruebas tachó*. Van a pie de página entre corchetes [ ].

2.º *Textos que fueron sustituidos por otros*. Doy el texto que aparece en la 1.ª edición y a continuación, tras el signo :, transcribo el texto que fue sustituido por Galdós. (Cuando el texto que aparece en la 1.ª edición es largo, cito las primeras y últimas palabras y, entre ellas, coloco el signo [...]. Como se trata de textos que aparecen en la 1.ª edición —y por lo tanto en la presente edición— me parecía innecesario copiar en toda su extensión textos que aparecen en la obra y son fácilmente localizables con las indicaciones que doy. Lo que tiene interés, naturalmente, es el texto que fue sustituido)

Las pruebas de imprenta corregidas por Galdós han sido estudiadas por James F. Whiston, «Las pruebas corregidas de *Fortunata y Jacinta*», *Actas del Segundo Congreso Internacional de Estudios Galdosianos*, Las Palmas, 1979, págs. 258-265, y en un capítulo de su tesis doctoral, «A Critical Study of Pérez Galdós's *Fortunata y Jacinta*», Dublín, Trinity College. (En la Casa-Museo Pérez Galdós, pude leer esta excelente tesis)

Cuando las notas de la presente edición remiten a las de la edición de don Pedro Ortiz Armengol (Madrid, Editorial Hernando, 1979) me limito a dar el número de la nota entre paréntesis. Los números entre paréntesis corresponden, pues, al número de las notas de esa edición, que están todas reunidas en las págs. 941-1.064 del tomo II. Como estudioso de la obra de Galdós y, en particular, de *Fortunata y Jacinta,* me siento en deuda con la labor realizada por don Pedro Ortiz Armengol, labor merecedora del mayor encomio.

He contado, para la preparación de las notas al texto de *Fortunata y Jacinta,* con la colaboración de mis antiguas alumnas de la Universidad Autónoma de Madrid: Susana Sánchez de Ron, Isabel Sinovas Calvo, Nieves Rosa de Santos y Antonia Sánchez Antoraz. La investigación que han llevado a cabo, de manera abnegada y diligente, han supuesto para la presente edición una contribución valiosísima, inestimable. A ellas, mi más cordial agradecimiento.

También quisiera dar las gracias al farmacéutico don José Antonio Sánchez Brunete, que se tomó muchas molestias para aclararme el significado de los fármacos que aparecen en la novela.

De la Casa-Museo Pérez Galdós guardo el mejor recuerdo. Por las muchas atenciones que tuvieron conmigo, doy aquí, también las gracias a Tomás Padrón Cordero y a Estanislao Quintana Henríquez.

Bibliografía selecta

ALIVERTI, O. E., *Fortunata y Jacinta: Historia o novela*, Neuquen, Universidad Nacional de Comahue, 1979.

BLANCO AGUINAGA, C., «On "The Birth of Fortunata"», *Anales Galdosianos*, III (1968), págs. 13-24.

— «Entrar por el aro: restauración del "orden" y educación de Fortunata», *La historia y el texto literario. Tres novelas de Galdós* Madrid, Editorial Nuestra Cultura, 1978, páginas 49-94.

BLY, P. A., «Fortunata and No. 11, Cava de San Miguel», *Hispanófila*, 59 (1977), págs. 31-48.

BORING, P. Z., «The Streets of Madrid as a Structuring Device in *Fortunata y Jacinta*», *Anales Galdosianos*, XIII (1978), págs. 13-22.

BRAUN, L. V., «Galdós' Re-Creation of Ernestina de Villena as Guillermina Pacheco», *Hispanic Review*, XXXVIII (1970), págs. 32-55.

BROOKS, J. L., «The Character of Guillermina Pacheco in Galdós' Novel *Fortunata y Jacinta*», *Bulletin of Hispanic Studies*, XXXVIII (1961), págs. 86-94.

ENGLER, K., «Notes on the Narrative Structure of *Fortunata y Jacinta*», *Symposium*, XXIV (1970), págs. 111-127.

EOFF, S. H., «The Treatment of Individual Personality in *Fortunata y Jacinta*», *Hispanic Review*, XVII (1949), páginas 269-289.

GARMA, A., «Jaqueca, seudo-oligofrenia y delirio en un personaje de Pérez Galdós», *Ficción*, 14 (1958), págs. 84-102.

GILMAN, S., *Galdós and the Art of the European Novel: 1867-1887*, Princeton, Princeton University Press, 1981.

GULLÓN, A. M., «The Bird Motif and the Introductory Motif: Structure in *Fortunata y Jacinta*», *Anales Galdosianos*, IX (1974), págs. 51-75.

GULLÓN, R., «Estructura y diseño en *Fortunata y Jacinta*», *Técnicas de Galdós*, Madrid, Editorial Taurus, 1970, páginas 135-220.

HADDAD, E., «Maximiliano Rubín», *Archivum* (1957), páginas 101-114.

HERAD, M. y RODRÍGUEZ, A., «La desesperanza de la "Nochebuena": Larra y Galdós», *Anales Galdosianos*, XVII (1982), págs. 129-130.

HOLMBERG, A. C., «Louis Lambert and Maximiliano Rubín: The Inner Vision and the Outer Man», *Hispanic Review*, 46 (1978), págs. 119-136.

KATTAN, O., «Madrid en *Fortunata y Jacinta* y en *Lucha por la vida*: dos posturas», *Cuadernos Hispanoamericanos*, 250-252 (1970-1971), págs. 546-578.

KRONIK, J. W., «Galdosian Reflections: Feijoo and the Fabrication of Fortunata», *MLN*, 97 (1982), págs. 272-310.

— «Narraciones interiores en *Fortunata y Jacinta*», *Homenaje a Juan López Morillas*, Madrid, Editorial Castalia, 1982, págs. 275-291.

LEWIS, T. E., «Fortunata y Jacinta: Galdós and the Production of the Literary Referent», *MLN*, 96 (1981), páginas 316-339.

MONTESINOS, José. F., *Galdós***, Madrid, Editorial Castalia, 1969, págs. 201-273.

MUÑOZ PEÑA, P., *Juicio crítico de «Fortunata y Jacinta»*, Valladolid, Imprenta y Librería Nacional y Extranjera de H. Rodríguez, 1888.

ORTIZ ARMENGOL, P., «Vigencia de Fortunata», *Revista de Occidente*, 3.ª época, 3-4 (1976), págs. 42-51.

— *Relojes y tiempo en «Fortunata y Jacinta»*, Las Palmas, Ediciones del Excmo. Cabildo Insular, 1, 1978.

— «Introducción» a *Fortunata y Jacinta*, Madrid, Editorial Hernando, 1979.

RAPHAEL, S., «Un extraño viaje de novios», *Anales Galdosianos*, III (1968), págs. 35-49.

RIBBANS, G., «Contemporary History in the Structure and Characterization of *Fortunata y Jacinta*», *Galdós Studies*, ed. J. E. Varey, Londres, Támesis Books, 1970, páginas 90-113.

— *Fortunata y Jacinta*, Londres, Támesis Books, 1977.

RODRÍGUEZ PUÉRTOLAS, J., «*Fortunata y Jacinta*: Anatomía de una sociedad burguesa», *Galdós: burguesía y revolución*, Madrid, Turner Libros, 1975, págs. 13-59.

SCHIMMEL, R., «Algunos aspectos de la técnica de Galdós en la creación de Fortunata», *Archivum* (1957), págs. 77-100.

SCHRAIBMAN, J., «Los sueños en *Fortunata y Jacinta*», *Ínsula,* 166 (1960), págs. 1 y 18.

— «Releyendo *Fortunata y Jacinta:* Los primeros cinco capítulos», *Papers Read at the Modern Foreign Language Department Symposium: Nineteenth Century Spanish Literature: Benito Pérez Galdós*, Fredericksburg, Virginia, Mary Washington College, 1967, págs. 41-56.

SHOEMAKER, W. H., «Galdós' Literary Creativity: D. José Ido del Sagrario», *Hispanic Review*, XIX (1951), páginas 204-237.

SINNIGEN, J. H., «Individual, Class and Society in *Fortunata y Jacinta*», *Galdós Studies*, II, ed. R. J. Weber, Londres, Támesis Books, 194, págs. 49-68.

TARRÍO, A., *Lectura semiológica de «Fortunata y Jacinta»*, Santa Cruz de Tenerife, Ediciones del Excmo. Cabildo Insular, 1982.

ULLMAN, J. C. y ALLISON, G. H., «Galdós as Psychiatrist in *Fortunata y Jacinta*», *Anales Galdosianos*, IX (1974), páginas 7-36.

URBINA, E., «Mesías y redentores: Constante estructural y motivo temático en *Fortunata y Jacinta*», *Bulletin Hispanique,* 83 (1981), págs. 379-398.

UTT, R. L., «"El pájaro voló": Observaciones sobre un leitmotif en *Fortunata y Jacinta*», *Anales Galdosianos*, IX (1974), págs. 37-50.

WHISTON, J., «Language and Situation in Part I of *Fortunata y Jacinta*», *Anales Galdosianos*, VII (1972), págs. 79-91.

— «The Materialism of Life: Religion in *Fortunata y Jacinta*», *Anales Galdosianos*, XIV (1979), págs. 65-81.

— «Las pruebas corregidas de *Fortunata y Jacinta*», *Actas del Segundo Congreso Internacional de Estudios Galdosianos*, Las Palmas, Ediciones del Excmo. Cabildo Insular, 1979, págs. 258-265.

ZAHAREAS, A., «El sentido de la tragedia en *Fortunata y Jacinta*», *Anales Galdosianos*, III (1968), págs. 25-34.

Fortunata y Jacinta

PARTE PRIMERA

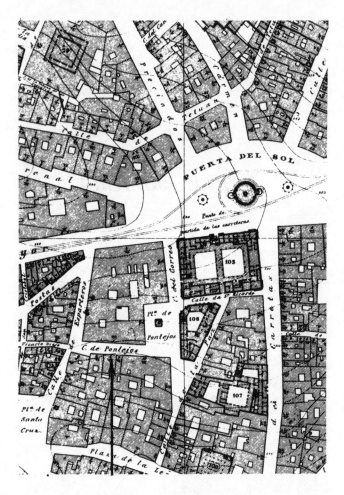

Mapa I:

«Los de Santa Cruz vivían en su casa propia de la calle de Pontejos, dando frente a la plazuela del mismo nombre» (I, IV, iii).

Plano de Ibáñez Ibero, 1875.

I

Juanito Santa Cruz

I

Las noticias más remotas que tengo de la persona que lleva este nombre me las ha dado Jacinto María Villalonga[1], y alcanzan al tiempo en que este amigo mío y el otro y el de más allá, Zalamero[2], Joaquinito Pez[3], Alejandro Miquis[4a] iban a

---

[a] Zalamero, Joaquinito Pez, Alejandro Miquis: y Zalamero y Joaquinito y Alejandro Miquis.

[1] Jacinto María Villalonga, compañero de estudios de Juanito Santa Cruz, terminada la carrera de Derecho se convirtió en un profesional de la política que estaba dispuesto siempre «a dar y a tomar del Estado». La sociedad española, que sirvió de materia novelable a Galdós, fue pródiga en «pillos simpáticos» como Villalonga, quien tuvo también cierto protagonismo en otras obras de Galdós: *Lo prohibido, La incógnita, Realidad, Torquemada en el Purgatorio* y *Halma.*

[2] Zalamero, políticamente oportunista como Villalonga, tomó parte en el golpe de Pavía, que terminó con la Primera República, porque «leía clarito en el porvenir el nombre del rey Alfonso». Ya en *El doctor Centeno* se pronosticaba que llegaría a ministro. Su matrimonio con una Trujillo, de familia de banqueros, le sirvió para trepar socialmente.

[3] Joaquín Pez, señorito disoluto, pertenecía a una familia de burócratas para la que la honradez «ha llegado a ser una idea puramente relativa». Sobre esta familia escribió Galdós unas páginas demoledoras en *La desheredada* («Los peces (sermón)», cap. XII). En *La deshe-*

97

4

las aulas de la Universidad[5]. No cursaban todos el mismo año, y aunque se reunían en la cátedra de Camús[6], separábanse en la de Derecho Romano: el chico de Santa Cruz era discípulo de Novar, y Villalonga de Coronado[7]. Ni tenían todos el mismo grado de aplicación: Zalamero, juicioso y circunspecto como pocos, era de los que se ponen en la primera fila de bancos, mirando con faz complacida al profesor mientras explica, y haciendo con la cabeza discretas señales de asentimiento a todo lo que dice. Por el contrario, Santa Cruz y Villalonga se ponían siempre[a] en la grada más alta,

---

[a] [siempre].

redada Joaquín Pez enamoró, explotó y abandonó a Isidora Rufete, una hija del pueblo presa de la loca imaginación. De esta relación nació un hijo macrocéfalo. Entre Joaquín Pez y Juanito Santa Cruz cabe establecer bastantes paralelismos: el primero es como el hermano menor del segundo. Joaquín Pez apareció también en *Tormento, La de Bringas, La incógnita* y *Torquemada en el Purgatorio.*
[4] Alejandro Miquis es el estudiante soñador con vocación literaria que muere al final de *El doctor Centeno,* en 1864. Es interesante que le recuerde Galdós en *Fortunata y Jacinta.* Para algunos críticos es un trasunto juvenil del propio Galdós. Los dos compartían una gran vocación teatral y el sueño de ser el «Schiller hispano». Había nacido en el Toboso, de ahí su quijotismo y su incapacidad para ser práctico y realista. Aparece también en *La desheredada* y en *Ángel Guerra.* Galdós recurrió a la familia de los Miquis para crear otros personajes.
[5] Galdós estudió Derecho, sin ilusión ni entusiasmo, en la Universidad de Madrid de 1862 a 1869. La acción transcurre aquí en un tiempo y un espacio que eran los de su propia experiencia. En estas páginas iniciales, Galdós convirtió, como se verá mejor en las notas que siguen, vivencias personales en materia novelable. En *Memorias de un desmemoriado (O. C., Novelas,* III, pág. 1.430) escribía: «El 63 ó el 64 —y aquí flaquea un poco mi memoria— mis padres me mandaron a Madrid a estudiar Derecho, y vine a esta Corte y entré en la Universidad, donde me distinguí por los frecuentes novillos que hacía... Escapándome de las Cátedras, gandubeaba por las calles, plazas y callejuelas, gozando en observar la vida bulliciosa de esta ingente y abigarrada capital.»
[6] Alfredo Adolfo Camús era catedrático de Literatura Latina en la Universidad de Madrid. Galdós le recordó con admiración en varias ocasiones. En la conferencia «Madrid» *(O.C., Novelas,* III, página 1.268) le llamó «amenísimo y encantador Camús».
[7] Francisco de Paula Novar y Carlos María Coronado fueron catedráticos de Derecho Romano en la Universidad de Madrid. Uribe, citado más adelante, era profesor de Filosofía en la Complutense.

envueltos en sus capas y más parecidos a conspiradores que a estudiantes. Allí pasaban el rato charlando por lo bajo, leyendo novelas, dibujando caricaturas o soplándose recíprocamente la lección cuando el catedrático les preguntaba. Juanito Santa Cruz y Miquis llevaron un día una sartén (no sé si a la clase de Novar o a la de Uribe, que explicaba Metafísica) y frieron un par de huevos[8]. Otras muchas tonterías de este jaez cuenta Villalonga, las cuales no copio por no alargar este relato. Todos ellos, a excepción de Miquis que se murió el 64 soñando con la gloria de Schiller[9], metieron infernal bulla[a] en

---

[a] infernal bulla: toda la bulla posible.

[8] Este episodio —freír un par de huevos en la clase de Metafísica— tiene varias posibles lecturas. La primera, que llamaré «costumbrista», tendría que ver con el ambiente universitario señoritil de la época. M. Tuñón de Lara, en *La España del siglo XIX*, Barcelona, 1973, página 174, dice que en el curso de 1859-1860 reunían

> las universidades poco más de 6.000 (alumnos); de ellos. 3.755 concentrados en la Facultad de Derecho, donde todos los retoños de la aristocracia, de los altos funcionarios y de algunos caciques acaudalados iban a prepararse más para la política y la oratoria que para el foro.

¿Qué interés había de tener para estos estudiantes la Metafísica? Una segunda lectura tendría que ver con una crítica a la Universidad por su desfase y anquilosamiento. La mentalidad positiva no había entrado todavía en las aulas universitarias *(cfr.* I, notas 26 y 27). Una tercera lectura apuntaría a una actitud materialista y pragmática (comer unos huevos) mientras se habla en términos académicos de los principios y causas primeras de la vida (Metafísica). Por tanto, al comerse los huevos (origen de la vida) se devora también, y al mismo tiempo, la teoría en torno al origen de la vida (la Metafísica). Finalmente, Ortiz Armengol escribe lo siguiente:

> El símbolo ovoide, que constituye el principio y fin de esta novela de la infecundidad y la fecundidad, se hace presente —desde el primer párrafo— bajo la forma grotesca de un par de huevos, freídos en un aula universitaria... La intensidad del desacato, con sus matices —los banquetes romanos se iniciaban con un huevo, la Metafísica es la más alta disciplina filosófica, la que parte de la sustancia para establecer los principios de todo—, están aquí patentes para indicar un punto de partida —con el máximo de plebeyez y vulgarismo— en una destrucción, desde la cual se inicia el vasto proceso de espiritualización que es la novela (8).

[9] Galdós tuvo, sobre todo en su juventud, una gran admiración por el escritor alemán Federico Schiller (1759-1805). Hay una página de *El*

el célebre alboroto de la noche de San Daniel[10]. Hasta el formalito Zalamero se descompuso en aquella ruidosa ocasión, dando pitidos y chillando como un salvaje, con lo cual se

---

doctor Centeno (O. C., Novelas, I, págs. 1.393-1.394) que, a pesar de ser un apunte sobre el personaje Alejandro Miquis, tiene un significado autobiográfico:

> Desde la infancia se había distinguido por su precocidad. Era un niño de estos que son la admiración del pueblo en que nacieron, del cura, del médico y del boticario. A los cuatro años sabía leer; a los seis, hacía prosa; a los siete, versos; a los diez, entendía de Calderón, Balzac, Victor Hugo, Schiller...

Cfr. también el comentario que de este texto hace Joaquín Casalduero en su edición de *Marianela,* Madrid, Cátedra, 1983, pág. 12.

[10] Los acontecimientos de la Noche de San Daniel (10 de abril de 1865) están relacionados con la cuestión universitaria que enfrentó a los profesores liberales con Antonio Alcalá Galiano, Ministro de Fomento, y la Real Orden del 27 de octubre de 1864 en la que se limitaba la libertad de enseñanza. Alcalá Galiano, que murió al día siguiente de los acontecimientos de la Noche de San Daniel, amparando las protestas y amenazas de los neocatólicos y de la Iglesia contra «ciertos profesores», dio unas normas, a las que debían «atenerse quienes tengan la honra de ejercer el profesorado», con el fin de evitar el conflicto de la enseñanza «con el orden social del Estado». Con este problema de fondo, publicó un artículo Emilio Castelar, «El rasgo» *(La Democracia,* 25 de febrero de 1865), en el que criticaba a la reina Isabel II por haberse designado la cuarta parte de los bienes del Real Patrimonio que había cedido para paliar el catastrófico estado de la Hacienda Pública. A Emilio Castelar, catedrático de la Universidad Central, se le instruyó expediente académico, pero el Rector de la Universidad, Juan Manuel Montalbán, se negó a aceptar tal medida. Montalbán fue destituido y en su lugar fue nombrado Rector el marqués de Zafra. Los estudiantes, como la mayoría del Claustro, apoyaron a Montalbán. A manera de homenaje, el 8 de abril de 1865 se organizó una serenata en la casa de Montalbán (Santa Clara, 3, 2.º, casa donde se había suicidado Larra en febrero de 1837). El marqués de la Florida, estudiante de Derecho y canario como Galdós, pidió el debido permiso al Gobernador de Madrid para celebrar la serenata, permiso que se le concedió. Pero el mismo día que había de celebrarse, González Bravo, Ministro de Gobernación, prohibió el acto. No hubo tiempo de avisar a todos de la desautorización y los reunidos en la calle de Santa Clara fueron violentamente dispersados. El día 10 de abril tomó posesión de su cargo de Rector el marqués de Zafra en medio de una estruendosa protesta estudiantil. Por la tarde se empezaron a reunir estudiantes, obreros y empleados con silbatos en la Puerta del

ganó dos bofetadas de un guardia veterano[11], sin más consecuencias. Pero Villalonga y Santa Cruz lo pasaron peor, por-

---

Sol para protestar ante el Ministerio de la Gobernación. Por la noche,
fuerzas del orden público y del ejército, después de haber soportado
silbidos e imprecaciones durante todo el día, se abalanzaron brutalmente contra los participantes en la asonada y contra los curiosos. El
número de muertos osciló, según cálculos distintos, entre cuatro y
treinta; el de los heridos, entre setenta y cinco y doscientos. Dos de los
muertos fueron un importante funcionario del Ministerio de Hacienda
y una joven lavandera de 19 años. Los heridos fueron no sólo estudiantes, sino zapateros, carpinteros, albañiles, herreros, carreteros,
mozos de cuadra, etc. Este movimiento de protesta estudiantil, que
surgió espontáneamente, contó, en definitiva, con una amplia participación de otros grupos sociales. Galdós en *Prim (O. C., Episodios,* IV,
página 906) puso en boca de un personaje este comentario sobre la
revuelta: «Cuando un pueblo tiene metido el motín en el alma, basta
que se reúnan 16 personas para que salgan 16.000 a ver qué pasa.»
Galdós, testigo —aunque no intervino— de los acontecimientos que
tuvieron lugar los días 10-11 de abril de 1865 —conocidos por el
nombre de la Noche de San Daniel—, habló en distintas ocasiones de
ellos contribuyendo a darles notoriedad. En un álbum que se conserva
en el Museo Pérez Galdós de Las Palmas se guardan unos dibujos
suyos sobre esta asonada y sobre algunos de los protagonistas —entre
los que estaba, como antes he mencionado, su paisano el marqués de
la Florida—. Cfr. José Pérez Vidal, «Galdós y la noche de San
Daniel», *Revista Hispánica Moderna,* XVII (1951), págs. 94-110; Paloma Rupérez, *La cuestión universitaria y la noche de San Daniel,*
Madrid, 1975.
[11] La Guardia Veterana fue organizada en 1858 dentro de la existente Guardia Civil para el mantenimiento del orden público en
Madrid y sus alrededores. En 1862 se reorganizó bajo el nombre de
Tercio Veterano de la Guardia Civil y en 1864 con el de Tercio de
Madrid. Para Ángel Fernández de los Ríos, en *El futuro de Madrid,*
Madrid, 1968; Barcelona, 1975, 2.ª edición, págs. 106-108, la Guar-
dia Veterana

> fue un cuerpo policial, aliado de la tiranía y elemento insolente
> de vejación para el ciudadano. Centinela político que intentaba
> evitar lo que pudiera molestar al ministro en funciones. Lo
> restante de su misión era secundario, mero pretexto para de-
> sempeñar el papel de esbirro.

Esta crítica de un contemporáneo de Galdós a los métodos de
actuación de la Guardia Veterana aparece de forma soslayada en
Fortunata y Jacinta. En *Prim (O. C., Episodios,* IV, pág. 910) recons-
truyó Galdós ese ambiente de confrontación que hubo en la Puerta del

que el primero recibió un sablazo en el hombro[12] que le tuvo derrengado por espacio de dos meses largos, y el segundo fue cogido junto a la esquina del Teatro Real[13] y llevado a la prevención en una cuerda de presos, compuesta de varios estudiantes decentes y algunos pilluelos de muy mal pelaje. A la sombra me le tuvieron veinte y tantas horas, y aún durará[a] más su cautiverio, si de él no le sacara[b] el día 11 su papá, sujeto respetabilísimo[c] y muy bien relacionado.

¡Ay! el susto que se llevaron D. Baldomero Santa Cruz y Barbarita no es para contado. ¡Qué noche de angustia la del 10 al 11! Ambos creían no volver a ver a su adorado nene, en quien, por ser único, se miraban y se recreaban con inefables goces de padres chochos de cariño, aunque[d] no eran viejos.

---

[a] aún durara: no duró.
[b] si de él no le sacara: gracias a los pasos que dio.
[c] [, de buena posición].
[d] [aun].

Sol y en las calles adyacentes. Cuenta allí, como se observó desde el Ateneo que

> calle arriba iban hombres, mujeres y muchachos huyendo despavoridos. Centauros, que no jinetes, parecían los guardias; esgrimían el sable con rabiosa gallardía, hartos ya de los insultos con que les había escarnecido la multitud. No contentos con hacer retroceder a la gente, metían los caballos en las aceras, y al desgraciado que se descuidaba le sacudían de plano tremendos estacazos... Un individuo al que persiguieron los guardias hasta un portal de los pocos que no estaban cerrados cayó gritando: «¡Asesinos!», y el mismo grito y otros semejantes salieron de los balcones del Ateneo.

Cfr. Diego López Garrido, *La Guardia Civil y los orígenes del Estado centralista,* Barcelona, 1982.

[12] Galdós, en *Memorias de un desmemoriado,* pág. 1.430, recuerda haber presenciado, «confundido con la turba estudiantil, el escandaloso motín de la noche de San Daniel», y —obsérvese la más que probable referencia autobiográfica en *Fortunata y Jacinta*— añade: «en la Puerta del Sol me alcanzaron algunos linternazos de la Guardia Veterana»...

[13] El Teatro Real, citado a menudo en ésta y otras novelas galdosianas, queda muy cerca de la calle de Santa Clara, en donde tuvo lugar el «célebre alboroto». Pensarían Villalonga y Santa Cruz dirigirse por la calle Vergara y la plaza de Isabel II a la Puerta del Sol. Pero junto a la esquina del Teatro Real (prácticamente en la misma calle de Santa Clara) fue cogido Santa Cruz.

Cuando el tal Juanito entró en su[a] casa, pálido y hambriento, descompuesta la faz graciosa, la ropita llena de sietes y oliendo a pueblo, su mamá vacilaba entre reñirle y comérsele a besos. El insigne Santa Cruz, que se había enriquecido honradamente en el comercio de paños, figuraba con timidez en el antiguo partido progresista[14]; mas no era socio de la revoltosa *Tertulia*[15], porque las inclinaciones antidinásticas de Olózaga[16] y Prim[17] le hacían muy poca gracia. Su club[18] era el

---

[a] su: la.

[14] El Partido Progresista surgió a raíz de la disgregación del Partido Liberal, que había mantenido la postura antiabsolutista desde las Cortes de 1812. Las diferencias entre moderados y exaltados habían quedado patentes en el periodo liberal de 1820-1823, pero hasta 1836-1839 la tendencia exaltada no apareció bajo la denominación de Partido Progresista. Los progresistas apoyaban a los sectores de la burguesía comercial y profesional, a la pequeña burguesía y a los artesanos que reivindican sus derechos a participar en el ejercicio del poder. De la defensa de Isabel II como símbolo de libertad y expresión del sistema constitucional y parlamentario, pasaron, en sus últimos años de existencia (1863-1869), a una actitud resueltamente antidinástica.

[15] La *Tertulia* era una asociación muy ligada al Partido Progresista, cuyos dos mentores principales, Olózaga y Prim. A medida que iba avanzando el proceso revolucionario «puso todos sus afanes en destruir a la Reina, a Narváez y a González Bravo...» (Cfr. conde de Romanones, *Un drama político. Isabel II y Olózaga*, Madrid, 1941.) Galdós, en el periódico *El Debate*, combatió entre 1870 y 1871, a la *Tertulia*.

[16] Salustiano de Olózaga (1805-1873) actuó políticamente en los sectores más radicales del progresismo español. Desempeñó distintos cargos: Gobernador Civil de Madrid, Presidente del Congreso y de la Comisión encargada de redactar el texto constitucional después de la Revolución de 1868, Embajador de España en París... Tomó parte activa en las resoluciones que dieron el trono a Amadeo I. Fue un gran orador y académico. Figura como un prototipo del liberalismo en veinte *Episodios Nacionales* y, además de en *Fortunata y Jacinta*, en *La desheredada* y *El doctor Centeno*.

[17] Sobre Juan Prim, cfr. las notas I, 155 y 206.

[18] Del «club político» hizo Galdós una detallada descripción en *La Fontana de Oro (O. C., Novelas,* I, págs. 18-23 y *passim)*. C. Marichal, *La revolución liberal y los primeros partidos políticos en la España de 1834-1844,* Madrid, 1980, págs. 84-85, señala que, después de la muerte de Fernando VII, junto con la actividad parlamentaria y la multiplicación de la prensa, los clubs, asociaciones de carácter político potenciadas por los liberales que habían vivido el exilio en Inglaterra,

salón de un amigo y pariente, al cual iban casi todas las noches D. Manuel Cantero[19], D. Cirilo Álvarez[20] y D. Joaquín Aguirre[21], y algunas D.ᵃ Pascual Madoz[22]. No podía ser, pues, D. Baldomero, por razón de afinidades personales,

---

ᵃ D.: don.

contribuyeron a intensificar las corrientes reformistas y revolucionarias.

[19] Manuel Cantero y San Vicente, entusiasta de las ideas liberales, fue ministro de Hacienda en 1843 y durante el gabinete relámpago del duque de Rivas (18 al 20 de julio de 1854), que precedió al Bienio Progresista. Colaboró con Madoz en la Desamortización. Conspiró desde Londres con Prim, de quien fue un incondicional seguidor, y en los años que precedieron a la Revolución de 1868 estuvo, también con Prim, en la clandestinidad. Con la Restauración, en 1876, fue alcalde de Madrid y Gobernador del Banco de España.

[20] Cirilo Álvarez (1808-1880) perteneció al Partido Progresista. Pasó a la Unión Liberal de O'Donnell. Desempeñó, en 1856, la cartera de Gracia y Justicia y, más tarde, regresó al progresismo de Prim. En 1868 fue nombrado Presidente del Tribunal Supremo, cargo que conservó aun después de la Restauración.

[21] Joaquín Aguirre, catedrático de Derecho Canónico en la Universidad Central, fue Presidente de la Academia de Jurisprudencia. Tras el fracaso del pronunciamiento del Cuartel de San Gil (1866), González Bravo le ayudó a salir del país. Presidió la Junta Revolucionaria de 1868 y fue miembro de la Comisión Redactora de la Constitución de 1869.

[22] Pascual Madoz (1806-1870) ya empezó a actuar políticamente durante el reinado de Fernando VII, época en la que tuvo que exiliarse en Francia. Se opuso a Espartero y fue encarcelado con su amigo Cortina. Fue, en 1854, Gobernador Civil de Barcelona y, tras la Revolución de 1868, de Madrid. Ministro de Hacienda, en 1855, presentó el célebre y polémico proyecto de Ley de Desamortización Eclesiástica. Votó la candidatura de Amadeo de Saboya y formó parte de la comisión encargada de ofrecer la corona a éste; pero, durante el viaje a Italia, murió en Génova en 1870. Como financiero, estuvo muy vinculado con Barcelona por sus actitudes proteccionistas para la industria. En lo que respecta al campo de la cultura, fundó los periódicos *El Catalán* y *La Nación* —en el que Galdós publicó, entre 1865 y 1868, numerosos artículos (cfr. W. H. Shoemaker, *Los artículos de Galdós en «La Nación»*, Madrid, 1972). Madoz fue autor del *Diccionario de las ciudades y pueblos de España*, libro imprescindible para el conocimiento de la España del siglo XIX. Apareció también en las novelas *El doctor Centeno* y *Miau* y en los *Episodios: Bodas reales, Los tormentos del 48, Narváez, O'Donnell, Prim, La de los tristes destinos* y *Amadeo I.*

sospechoso al poder. Creo que fue Cantero quien[a] le acompañó a Gobernación para ver a González Bravo[23], y éste dio al punto la orden para que fuese puesto en libertad el revolucionario, el anarquista, el descamisado Juanito.

Cuando el niño estudiaba los últimos años de su carrera, verificóse en él uno de esos cambiazos críticos que tan comunes son en la edad juvenil. De travieso y alborotado volvióse tan juiciosillo[b], que al mismo Zalamero daba quince y raya. Entróle la comezón de cumplir religiosamente sus deberes escolásticos y aun de instruirse por su cuenta con lecturas sin tasa y con ejercicios de controversia y palique declamatorio entre amiguitos. No sólo iba a clase puntualísimo y cargado de apuntes, sino que se ponía en la grada primera para mirar al profesor con cara de aprovechamiento, sin quitarle ojo, cual si fuera una novia, y aprobar con cabezadas la explicación, como diciendo: «yo también me sé eso y algo más». Al concluir la clase, era de los que le cortan el paso al catedrático para consultarle un punto oscuro del texto o que les resuelva una duda. Con estas dudas declaran los tales su furibunda[c] aplicación. Fuera de la Universidad, la fiebre de la ciencia le traía muy desasosegado. Por aquellos días no era todavía

---

[a] quien: el que.
[b] juiciosillo: formalilllo.
[c] furibunda: furiosa.

[23] Luis González Bravo (1811-1871), político violento y déspota, figura muy controvertida del siglo XIX, participó, como capitán de la Milicia Nacional, en el pronunciamiento de septiembre de 1840. Se opuso a la candidatura de Espartero a la Regencia. En 1843 apoyó a Olózaga, a quien sustituyó ese mismo año en la presidencia del Consejo. Abandonó el liberalismo y se convirtió en su más tenaz y brutal perseguidor. Disolvió la Milicia Nacional y creó la Guardia Civil. Implantó una censura de prensa durísima. Siendo ministro de Gobernación organizó la represión que siguió a la fracasada intentona del Cuartel de San Gil. Desde Gobernación dirigió también la sangrienta represión de la Noche de San Daniel. A la muerte de Narváez, de quien fue ministro, Isabel II le confió la presidencia del Gobierno. La revolución de 1868 le condujo a Francia. Después de abdicar Isabel II se pasó al carlismo. Figura también en otras tres novelas, *La de Bringas, Lo prohibido* y *Misericordia,* y en muchos *Episodios.* Galdós, en *Bodas reales (O. C., Episodios,* III, pág. 1.021), decía de él: «Gran cínico.... hombre a quien sobraba de talento todo lo que le faltaba de escrúpulos; ...en vez de moral tenía la prontitud imaginativa para fingirla...»

costumbre que fuesen[a] al Ateneo[24] los sabios de pecho que están mamando la leche del conocimiento. Juanito se reunía con otros cachorros en la casa del chico de Tellería (Gustavito)[25] y allí armaban grandes peloteras. Los temas más sutiles de Filosofía de la Historia y del Derecho, de Metafísica y de otras ciencias especulativas (pues aún no estaban en moda los estudios experimentales[26], ni el transformismo, ni Darwin, ni

---

[a] fuesen: fueran.

[24] Galdós habló varias veces con gran entusiasmo del Ateneo «viejo», que estuvo en la calle de la Montera, 22, hasta 1885. Así, en *Madrid (O.C., Novelas,* III, pág. 1.268) se llamó «huésped constante del parador literario de la calle de la Montera...» y, en el mismo lugar (pág. 1.267), dijo que el Ateneo fue «mi cuna literaria, el ambiente fecundo donde germinaron y crecieron modestamente las pobres flores que sembró en mi alma la ambición juvenil...» En *Prim (O.C., Episodios,* IV, págs. 903-906) dedicó palabras calurosas al Ateneo, que era, en sus años de juventud, «como un templo intelectual...». En el curso 1875-1876 hubo en el Ateneo unos debates sobre el positivismo que contribuyeron a la tarea de discusión y difusión del darwinismo. Cfr. Antonio Ruiz Salvador, *El Ateneo científico, literario y artístico de Madrid, 1835-1885,* Londres, 1971.

[25] Introduce Galdós ahora a otro personaje ficticio, Gustavito Sudré, marqués de Tellería, joven diputado, campeón de la moral y del catolicismo, principios que hacía compatibles con su condición de amante —a sabiendas de su esposo— de la marquesa de San Salomó. Aparece en otras novelas galdosianas: *La familia de León Roch, La de Bringas* y *Lo prohibido.*

[26] Diego Núñez, en *El darwinismo en Español,* Madrid, 1977, páginas 14-15, dice:

«Acerca de la mezquina situación de la ciencia experimental en España se podrían citar numerosos datos y contar no menos anécdotas. Nos vamos a contentar solamente con una de ellas, la que nos narra don José Rodríguez-Carracido, protagonista de los hechos y científico hondamente preocupado por los problemas de la ciencia española. Refiere Carracido que al tomar posesión en 1899 de la cátedra de *Química orgánica* de la facultad de Farmacia madrileña, "sólo disponía de la silla para la exposición oral de las pláticas de química biológica, careciendo de todo elemento de trabajo, no sólo para la labor práctica de los alumnos, sino también para la comprobación del fenómeno más sencillo indicado en el curso de las explicaciones"... Detrás de este abandono de la investigación experimental —verdaderamente estremecedor en una nación de proyección europea— subyace, a modo de telón de fondo socio-cultural, una realidad básica: la moderna ciencia de la naturaleza no se plantea en nuestro país como un "factor productivo". No encontramos en España ese "meca-

Haeckel[27] [a]) eran para ellos, lo que para otros[b] el trompo o la cometa. ¡Qué gran progreso en los entretenimientos de la niñez! ¡Cuando uno piensa que aquellos mismos nenes, si hubieran vivido en edades remotas, se habrían pasado el tiempo mamándose el dedo, o haciendo y diciendo toda suerte de boberías...!

Todos los dineros que su papá le daba, dejábalos Juanito en casa de Bailly-Baillière[28] [c], a cuenta de los libros que iba tomando. Refiere[d] Villalonga que un día fue Barbarita *reventando* de gozo y orgullo a la librería, y después de saldar los débitos[e] del niño, dio orden de que entregaran a éste todos los mamotretos que pidiera, aunque fuesen caros y tan grandes como misales. La bondadosa y angelical señora quería poner un freno de modestia a la expresión de su[f] vanidad maternal. Figurábase que ofendía a los demás, haciendo ver la supremacía[g] de su hijo entre todos los hijos nacidos y por nacer. No quería tampoco profanar, haciéndolo público, aquel encanto íntimo, aquel himno de la conciencia que podemos llamar los

---

[a] Haeckel: la Sociología.
[b] [eran].
[c] Bailly-Baillière: Bally-Bayllière.
[d] Refiere: Cuenta.
[e] los débitos: las cuentas.
[f] su: la.
[g] supremacía: superioridad.

nismo general de interacción" entre la ciencia y la industria... que constituye el andamiaje característico de la revolución industrial.»

El señorito ocioso Juanito tampoco será «factor productivo» ni se integrará en ningún «mecanismo general de interacción».

[27] Carracido, en un artículo de 1889, citado por Diego Núñez, *op. cit.*, pág. 39, decía que

«el sistema científico que se conoce con los nombres de *darwinismo*, *transformismo* y en su mayor grado de generalidad *evolución*, fue el objeto de todos los anatemas, señalándolo como el espíritu satánico que resurgía de las mansiones tenebrosas, provocando de nuevo con imponente soberbia a las almas fieles y obedientes a los divinos preceptos del sumo hacedor».

Sobre el transformismo, Darwin y Haeckel en España, cfr., Diego Núñez, *Darwin en España*, *op. cit.*; del mismo autor, *La mentalidad positiva en España: desarrollo y crisis*, Madrid, 1975; Thomas F. Glick, *Darwin en España*, Barcelona, 1981.

[28] Importante librería extranjera que desde mediados del siglo XIX hasta hace unos años estaba en la Plaza de Santa Ana, en Madrid. Era casa editorial también. Tal vez la más significativa aportación editorial

misterios gozosos de Barbarita[a]. Únicamente se clareaba alguna vez, soltando como al descuido estas entrecortadas razones: «¡Ay qué chico!... ¡cuánto lee! Yo digo que esas cabezas tienen algo, algo, sí señor, que no tienen las demás. En fin, más vale que le dé por ahí.»

Concluyó Santa Cruz la carrera de Derecho, y de añadidura la de Filosofía y Letras. Sus papás eran muy ricos y no querían que el niño fuese comerciante, ni había para qué, pues ellos tampoco lo eran ya. Apenas terminados los estudios académicos, verificóse en Juanito un nuevo cambiazo, una segunda crisis de crecimiento, de esas que marcan el misterioso paso o transición de edades en el desarrollo individual. Perdió bruscamente la afición a aquellas furiosas broncas oratorias por un más o un menos en cualquier punto de Filosofía o de Historia; empezó a creer ridículos los sofocones que se había tomado por probar que *en las civilizaciones de Oriente el poder de las castas sacerdotales era un poquito más ilimitado que el de los reyes,* contra la opinión de Gustavito Tellería, el cual sostenía, dando puñetazos sobre la mesa, que lo era *un poquitín menos.* Dio también en pensar que maldito lo que le importaba que *la conciencia fuera la intimidad total del ser racional consigo mismo,* o bien otra cosa semejante, como quería probar, hinchándose de convicción airada, Joaquinito Pez. No tardó, pues, en aflojar la cuerda a la manía de las lecturas, hasta llegar a no leer absolutamente nada. Barbarita creía de buena fe que su hijo no leía ya porque había agotado el pozo de la ciencia.

Tenía Juanito entonces veinticuatro años. Le conocí un día en casa de Federico Cimarra[29] en un almuerzo que éste dio a sus amigos. Se me ha olvidado la fecha exacta; pero debió de ser ésta hacia el 69, porque recuerdo que se habló mucho de Figuerola[30], de la capitación y del derribo de la torre de la

[a] de Barbarita: *de Barbarita.*

de la casa de Bailly-Baillière, que editó a Paul de Kock (cfr. I, nota 147), fue los 26 tomos de la Nueva Biblioteca de Autores Españoles.

[29] Federico Cimarra —no le vuelve a citar Galdós en *Fortunata y Jacinta*— tenía todos los vicios de los señoritos amigos del joven Santa Cruz, según se desprende de las caracterizaciones que le dio Galdós en otras novelas: *La familia de León Roch, El amigo Manso, Tormento, La de Bringas* y *Lo prohibido.*

[30] Laureano Figuerola y Ballester (1816-1903), catedrático de Derecho Administrativo y de Economía Política en Barcelona y Madrid,

iglesia de Santa Cruz[31]. Era el hijo de D. Baldomero muy bien parecido y además muy simpático, de estos hombres que se recomiendan con su figura antes de cautivar con su trato, de éstos que en una hora de conversación ganan más amigos que otros repartiendo favores[a] positivos. Por lo bien que decía las cosas y la gracia de sus juicios, aparentaba saber más de lo que sabía, y en su boca las paradojas eran más bonitas que las verdades. Vestía con elegancia y tenía tan buena educación, que se le perdonaba fácilmente el hablar demasiado. Su instrucción y su ingenio agudísimo le hacían descollar sobre todos los demás mozos de la partida, y aunque a primera vista tenía cierta semejanza con Joaquinito Pez, tratándoles se echaban de ver entre ambos profundas diferencias, pues el chico de Pez, por su ligereza de carácter y la garrulería de su entendimiento, era un verdadero botarate.

Barbarita estaba loca con su hijo; mas era tan discreta y delicada, que no se atrevía a elogiarle delante de sus amigas, sospechando que todas las demás señoras[b] habían de tener celos de ella. Si esta pasión de madre daba a Barbarita inefables alegrías, también era causa de zozobras y cavilaciones. Temía que Dios la castigase por su orgullo; temía que el adorado hijo enfermara de la noche a la mañana y se muriera como tantos otros de menos mérito físico y moral. Porque no había que pensar que el mérito fuera una inmunidad. Al

---

[a] repartiendo favores: prestando servicios.
[b] señoras: madres.

militó al principio de su carrera política en el Partido Progresista. Dos veces ministro de Hacienda en el periodo revolucionario (1868 y 1869-1870), hizo de la peseta, que existía ya en época de Carlos III, la base del sistema monetario español e inició la reforma llamada impuesto «por capitación» o tributo personal, que le hizo popular. La «capitación» fue abandonada y su proyecto hacendístico fracasó. Al referirse Galdós a la «capitación y derribo de la torre de la iglesia de Santa Cruz», bien pudo también aludir, irónicamente, a la política tributaria de Figuerola.

[31] La iglesia de Santa Cruz, que estaba situada en un principio entre la plazuela homónima y la de la Leña (hoy calle de la Bolsa), fue demolida en el periodo que va del 18 de octubre de 1868 a mayo de 1869. Era una de las parroquias más grandes de Madrid, destacando sobre todo su torre que era conocida por la «atalaya de la corte» como indica Madoz (Diccionario, X, 709-710). El 23 de enero de 1902 se inauguró la nueva iglesia parroquial de Santa Cruz en el terreno de la de Santo Tomás, en la calle Atocha, 4.

contrario, los más brutos, los más feos y los perversos son los que se hartan de vivir, y parece que la misma muerte no quiere nada con ellos. Del tormento que estas ideas daban a su alma se defendía Barbarita con su ardiente fe religiosa. Mientras oraba, una voz interior, susurro[a] dulcísimo como chismes traídos por el Ángel de la Guarda, le decía que su hijo no moriría antes que ella. Los cuidados que al chico[b] prodigaba eran esmeradísimos; pero no tenía aquella buena señora las tonterías dengosas de algunas madres, que hacen de su cariño una manía insoportable para los que la presencian, y corruptora para las criaturas que son objeto de él. No trataba a su hijo con mimo. Su ternura sabía ser inteligente y revestirse a veces de severidad dulce.

¿Y por qué le llamaba todo el mundo y le llama todavía casi unánimemente *Juanito* Santa Cruz? Esto sí que no lo sé. Hay en Madrid muchos casos de esta aplicación del diminutivo o de la fórmula familiar del nombre, aun tratándose de personas que han entrado en la madurez de la vida. Hasta hace pocos años, al autor cien veces ilustre de *Pepita Jiménez,* le llamaban sus amigos y los que no lo eran, *Juanito* Valera. En la sociedad madrileña, la más amena del mundo porque[c] ha sabido combinar la cortesía con la confianza, hay algunos *Pepes, Manolitos* y *Pacos* que, aun después de haber conquistado la celebridad por diferentes conceptos, continúan nombrados con esta familiaridad democrática que demuestra la llaneza castiza del carácter español. El origen de esto habrá que buscarlo quizás en ternuras domésticas o en hábitos de servidumbre que trascienden sin saber cómo a la vida social. En algunas personas, puede relacionarse el diminutivo con el sino. Hay efectivamente Manueles que nacieron predestinados para ser *Manolos* toda su vida. Sea lo que quiera, al venturoso hijo de D. Baldomero Santa Cruz y de doña Bárbara Arnaiz le llamaban *Juanito,* y *Juanito* le dicen y le dirán quizás hasta que las canas de él y la muerte de los que le conocieron niño vayan alterando poco a poco la campechana costumbre.

Conocida la persona y sus felices circunstancias, se comprenderá fácilmente la dirección que tomaron las ideas del joven Santa Cruz al verse en las puertas del mundo con tantas probabilidades de éxito. Ni extrañará nadie que un chico

---

[a] susurro: un susurro.
[b] al chico: a su hijo.
[c] porque: y que.

guapo, poseedor del arte de agradar y del arte de vestir, hijo único de padres ricos, inteligente, instruido, de frase seductora en la conversación, pronto en las respuestas, agudo y ocurrente[a] en los juicios, un chico, en fin, al cual se le podría poner el rótulo social de *brillante,* considerara[b] ocioso y hasta ridículo el meterse a averiguar si hubo o no un idioma único primitivo, si el Egipto fue una colonia bracmánica, si la China es absolutamente independiente de tal o cual civilización asiática, con otras cosas que años atrás le quitaban el sueño, pero que ya le tenían sin cuidado, mayormente si pensaba que lo que él no averiguase otro lo averiguaría... «Y por último —decía—, pongamos que no se averigüe nunca. ¿Y qué...?» El mundo tangible y gustable le seducía más que los incompletos conocimientos de vida que se vislumbran en el fugaz resplandor de las ideas *sacadas a la fuerza,* chispas obtenidas en nuestro cerebro por la percusión de la voluntad, que es lo que constituye el estudio. Juanito acabó por declararse a sí mismo que más sabe el que vive *sin querer saber* que el que *quiere saber sin vivir,* o sea aprendiendo en los libros y en las aulas. Vivir es relacionarse, gozar y padecer, desear, aborrecer y amar. La lectura es vida artificial y prestada, el usufructo, mediante una función cerebral, de las ideas y sensaciones ajenas, la adquisición de los tesoros de la verdad humana por compra o por estafa[c], no por el trabajo. No paraban aquí las filosofías de Juanito, y hacía una comparación que no carece de exactitud. Decía que entre estas dos maneras de vivir, observaba él la diferencia que hay entre comerse una chuleta y que le vengan a contar a uno cómo y cuándo se la ha comido otro, haciendo el cuento muy a lo vivo, se entiende, y describiendo la cara que ponía, el gusto que le daba la masticación, la gana[d] con que tragaba y el reposo con que digería.

---

[a] ocurrente: paradógico.
[b] considerara: considera.
[c] estafa: intrigas.
[d] la gana: y la gana.

II

Empezó entonces[a] para Barbarita nueva época de sobresaltos. Si antes sus oraciones fueron pararrayos puestos sobre la cabeza de Juanito para apartar de ella el tifus y las viruelas, después intentaban librarle de otros enemigos no menos atroces. Temía los escándalos[b] que ocasionan[c] lances personales, las pasiones que destruyen la salud y envilecen el alma, los despilfarros, el desorden moral, físico y económico[d]. Resolvióse la insigne señora a tener carácter y a vigilar a su hijo. Hízose fiscalizadora, reparona, entrometida[e], y unas veces con dulzura, otras con aspereza que le costaba trabajo fingir, tomaba razón de todos los actos del joven, tundiéndole a preguntas: «¿A dónde vas con ese cuerpo?... ¿De dónde vienes ahora?... ¿Por qué entraste anoche a las tres de la mañana?... ¿En qué has gastado los mil reales que ayer te di?...[f] A ver, ¿qué significa este perfume que se te ha pegado a la cara?...» Daba sus descargos el delincuente como podía, fatigando su imaginación para procurarse respuestas que tuvieran visos[g] de lógica, aunque éstos fueran[h] como fulgor de relámpago. Ponía una de cal y otra de arena, mezclando[i] las contestaciones categóricas con los mimos y las zalamerías. Bien sabía cuál era el flanco débil del enemigo. Pero Barbarita, mujer de tanto espíritu como corazón, se las tenía muy tiesas y sabía defenderse. En algunas ocasiones era tan fuerte la acometida[j] de cariñitos, que la mamá estaba a punto de rendirse, fatigada de su entereza disciplinaria. Pero, ¡quiá!, no se rendía; y vuelta al ajuste de cuentas, y al inquirir, y al tomar acta de todos los

---

[a] Empezó entonces: Entonces empezó.
[b] escándalos: líos y compromisos.
[c] ocasionan: traen.
[d] [que trastorna la juventud y anticipa la vejez.]
[e] , entromedita, y unas: y entromedida; poniendo en ejecución un sistema policíaco que habría comprometido el amor de su hijo si éste no fuese el amor más firme y puro. Unas
[f] ayer te di?: te di ayer?
[g] visos: fulgores.
[h] éstos fueran: éste fuera.
[i] mezclando: mezclaba.
[j] acometida: batería.

pasos que el predilecto daba por entre los peligros sociales[a].
En honor de la verdad, debo decir que los desvaríos de Juanito
no eran ninguna cosa del otro jueves. En esto, como en todo
lo malo, hemos progresado de tal modo, que las barrabasadas
de aquel niño bonito hace quince años, nos parecerían hoy
timideces[b] y aun actos de ejemplaridad relativa.

Presentóse en aquellos días al simpático joven la coyuntura
de hacer su primer viaje a París[32], a donde iban Villalonga y
Federico Ruiz[33] comisionados por el Gobierno, el uno a
comprar máquinas de agricultura, el otro a adquirir aparatos
de astronomía. A D. Baldomero le pareció muy bien el viaje
del chico, para que viese mundo; y Barbarita no se opuso,
aunque le mortificaba mucho la idea de que su hijo correría en
la capital de Francia temporales más recios que los de Madrid.
A la pena de no verle uníase el temor de que se lo sorbieran[c]

---

[a] peligros sociales: cienos del mundo.
[b] timideces: boberías.
[c] sorbieran: sorbían.

[32] Galdós cuenta, en *Memorias de un desmemoriado*, págs. 1.431-
1.433, que hizo el primer viaje a París en el verano de 1867. Un familiar
le llevó para ver la Exposición Universal, «el acontecimiento culminante de aquel año». En los *quais* situados a lo largo del Sena compró
un primer tomo de la obra de Balzac, *Eugenia Grandet*. «Con la
lectura de aquel librito..., me desayuné del gran novelador francés, y
en aquel viaje a París y en los sucesivos completé la colección de
ochenta y tantos tomos, que aún conservo con religiosa veneración».
Realizó el segundo viaje a París en 1868. Cfr. I, nota, 94.

[33] Galdós presentó en *El doctor Centeno* y en *Miau* dos «Federico
Ruiz» diferentes del que vamos conociendo en las páginas de *Fortunata y Jacinta*. En *El doctor Centeno* (*O. C., Novelas*, I, págs. 1.358-
1.361), era...:
«¡Singular hombre, dado a la ciencia, al arte; el astrónomo que más
entendía de versos, el poeta más sabedor de cosas del cielo!... Era español puro en la inconstancia, en los afectos repentinos y en el deseo de
renombre... Y... decía: ¡Qué país este!... ¡Desgracia grande vivir aquí!
¡Si yo hubiera nacido en Inglaterra o en Francia! Muchos, ¡ay!, que
dicen esto, revelan grande ingratitud hacia el suelo en que viven, pues
si en realidad hubieran nacido en otros países, estarían quizás haciendo
zapatos o barriendo las calles... Era el eternamente descontento, el
plañidero de su suerte...»
En cambio, en *Miau* (*O. C., Novelas*, II, págs. 1.004-1.005 y 1.095-
1.096) era un cesante, que fraguaba «veladas o centenarios de celebrida-
des, discurriendo algún género de ocupación que a ningún nacido se le
hubiera pasado por el magín». Se trata, en fin, de un personaje «como-
dín», con «variaciones», pero sacado de la realidad.

aquellos gabachos y gabachas, tan diestros en desplumar al forastero y en malificiar a los jóvenes más juiciosos. Bien se sabía ella que allá hilaban muy fino en esto de explotar las debilidades humanas, y que Madrid era, comparado en esta materia con París de Francia, un lugar de abstinencia y mortificación. Tan triste se puso un día pensando en estas cosas y tan al vivo se le representaban la próxima perdición de su querido hijo y las redes en que inexperto caía[a], que salió de su casa resuelta a implorar la misericordia divina del modo más solemne, conforme a sus grandes medios de fortuna. Primero se le ocurrió encargar muchas misas al cura de San Ginés[34][b], y no pareciéndole esto bastante, discurrió mandar poner de Manifiesto la Divina Majestad todo el tiempo que el niño estuviese en París. Ya dentro de la Iglesia, pensó que lo del Manifiesto era un lujo desmedido y por lo mismo quizás irreverente[c]. No, guardaría el recurso gordo[d] para los casos graves de enfermedad o peligro de muerte. Pero en lo de las misas sí que no se volvió atrás, y encargó la mar de ellas, repartiendo además aquella semana más limosnas que de costumbre.

Cuando comunicaba sus temores a D. Baldomero, éste se echaba a reír y le decía:

—El chico es de buena índole. Déjale que se divierta y que la corra. Los jóvenes del día necesitan despabilarse y ver mucho mundo. No son estos tiempos como los míos, en que no la corría ningún chico del comercio, y nos tenían a todos

---

[a] caía: se metía.

[b] [en su gran piedad y tiernísimo amor materno.]

[c] un lujo [...] quizá irreverente: un lujo excesivo, uno de de esos despilfarros de mal gusto a que se entrega la opulencia indocta, como el caso aquel del duque de Gravelinas, que hacía traer de París todos los días el solomillo para el *beefsteak*.

[d] recurso gordo: Manifiesto.

[34] La iglesia de San Ginés, situada en la calle del Arenal esquina a Bordadores, tiene en *Fortunata y Jacinta* un importante protagonismo. La *Guía de Madrid*, I, Madrid, 1982, págs. 76-77, señala que «la iglesia parroquial de San Ginés era, en el siglo XV, una de las más antiguas de Madrid... Del conjunto original sólo queda la estructura. Fue restaurada en el siglo XVIII. Hubo otra restauración... en 1824. El exterior de la capilla y el de la sacristía y la lonja exterior a la calle de Arenal es de... 1870-1872... Después de la guerra se restauró de nuevo, se limpian revocos, se hacen paramentos de ladrillo y mampostería y se completa la puerta a Bordadores».

metidos en un puño hasta que nos casaban. ¡Qué costumbres aquellas tan diferentes de las de ahora! La civilización, hija, es mucho cuento. ¿Qué padre le daría hoy un par de bofetadas a un hijo de veinte años por haberse puesto las botas nuevas en día de trabajo? ¿Ni cómo te atreverías hoy a proponerle a un mocetón de éstos que rece el rosario con la familia? Hoy los jóvenes disfrutan de una libertad y de una iniciativa para divertirse que no gozaban los de antaño. Y no creas, no creas que por esto son peores. Y si me apuras, te diré que conviene que los chicos no sean tan encogidos como los de entonces. Me acuerdo de cuando yo era pollo. ¡Dios mío, qué soso era! Ya tenía veinticinco años, y no sabía decir a una mujer o señora sino *que usted lo pase bien,* y de ahí no me sacaba nadie. Como que me había pasado en la tienda y en el almacén toda la niñez y lo mejor de mi juventud. Mi padre era una fiera; no me perdonaba nada. Así me crié, así salí yo, con unas ideas de rectitud y unos hábitos de trabajo, que ya ya... Por eso bendigo hoy[a] los coscorrones, que fueron mis verdaderos maestros. Pero en lo referente a sociedad, yo era un salvaje. Como mis padres no me permitían más compañía que la de otros muchachones tan ñoños[b] como yo, no sabía ninguna suerte[c] de travesuras, ni había visto a una mujer más que por el forro, ni entendía de ningún juego, ni podía hablar de nada que fuera mundano y corriente. Los domingos, mi mamá tenía que ponerme la corbata y encasquetarme el sombréro, porque todas las prendas del día de fiesta parecían querer escapárseme del cuerpo[d]. Tú bien te acuerdas. Anda, que también te has reído de mí. Cuando mis padres me hablaron... así, a boca de jarro, de que me iba a casar contigo, ¡me corrió un frío por todo el espinazo...! Todavía me acuerdo del miedo que te tenía. Nuestros padres nos dieron esto amasado y cocido. Nos casaron como se casa a los gatos, y punto concluido. Salió bien: pero hay tantos casos en que esta manera de hacer familias sale malditamente... ¡Qué risa! Lo que me daba más miedo cuando mi madre me habló de casarme, fue el compromiso en que estaba de hablar contigo... No tenía más remedio que decirte algo... ¡Caramba, qué sudores pasé! «Pero yo ¿qué

---

[a] que ya, ya... Por eso bendigo hoy: luego me han hecho bendecir.

[b] ñoños: encogidos.

[c] suerte: especie.

[d] día de fiesta [...] del cuerpo: domingo. Parecía que se me querían escapar del cuerpo.

le voy a decir, si lo único que sé es *que usted lo pase bien,* y en saliendo de ahí soy hombre perdido?...» Ya te he contado mil veces la saliva amarga que tragaba ¡ay, Dios mío! cuando mi madre me mandaba ponerme la levita de paño negro para llevarme a tu casa. Bien te acuerdas de mi famosa levita, de lo mal que me estaba y de lo desmañado que era en tu presencia, pues no me arrancaba a decir una palabra sino cuando alguien me ayudaba. Los primeros días me inspiraban verdadero terror, y me pasaba las horas pensando cómo había de entrar y qué cosas había de decir, y discurriendo alguna triquiñuela para hacer menos ridícula mi cortedad... Dígase lo que se quiera, hija, aquella educación no era buena. Hoy no se puede criar a los hijos de esa manera. Yo ¡qué quieres que te diga! creo que en lo esencial Juanito no ha de faltarnos. Es de casta honrada, tiene la formalidad[a] en la masa de la sangre. Por eso estoy tranquilo, y no veo con malos ojos que se despabile, que conozca el mundo, que adquiera soltura de modales...

—No, si lo que menos falta hace a mi hijo es adquirir soltura, porque la tiene desde que era una criatura... Si no es eso. No se trata aquí de modales, sino de que me le coman esas bribonas...

—Mira, mujer, para que los jóvenes adquieran energía contra el vicio, es preciso que lo conozcan, que lo caten, sí, hija, que lo caten. No hay peor situación para un hombre que pasarse la mitad de la vida rabiando por probarlo[b] y no pudiendo conseguirlo[c], ya por timidez, ya por esclavitud[d]. No hay muchos casos como yo, bien lo sabes; ni de estos tipos[e] que jamás, ni antes ni después de casados, tuvieron trapicheos, entran muchos en libra. Cada cual en su época. Juanito, en la suya, no puede ser mejor de lo que es, y si te empeñas en hacer de él un anacronismo[f] o una rareza, un *non* como su padre, puede que lo eches a perder[35].

---

[a] formalidad: rectitud.
[b] la mitad de la vida rabiando por probarlo: la vida entera deseando catarlo.
[c] conseguirlo: hacerlo.
[d] ya por esclavitud: o por otra causa.
[e] tipos: hombres.
[f] [o un hombre de mis tiempos].

[35] D. Baldomero educó, diga lo que diga, a su hijo de forma que no fuera en la sociedad lo que él había sido: un comerciante. Ahora, como era el caso, en esos momentos, del propio D. Baldomero,

Estas razones no convencían a Barbarita, que seguía con toda el alma fija en los peligros y escollos de la Babilonia parisiense, porque[a] había oído contar horrores de lo que allí pasaba. Como que estaba infestada la gran ciudad de unas mujeronas muy guapas y elegantes que al pronto parecían duquesas, vestidas con los más bonitos y los más nuevos arreos de la moda. Mas cuando se las veía y oía de cerca, resultaban ser unas tiotas relajadas, comilonas, borrachas y ávidas de dinero, que desplumaban y resecaban al pobrecito que en sus garras caía. Contábale estas cosas el marqués de Casa-Muñoz que casi todos los veranos iba al extranjero.

Las inquietudes de aquella incomparable señora acabaron con el regreso de Juanito. ¡Y quién lo diría! Volvió mejor de lo que fue. Tanto hablar de París, y cuando Barbarita creía ver entrar a su hijo hecho una lástima, todo rechupado y anémico, me le ve más gordo y lucio que antes, con mejor color y los ojos más vivos, muchísimo más alegre, más hombre en fin, y con una amplitud de ideas y una puntería de juicio que a todos les dejaba pasmados. ¡Vaya con París!... El marqués de Casa-Muñoz se lo decía a Barbarita: «No hay que *involucrar*. París es muy malo; pero también es muy bueno[36].»

---

[a] [ella].

convenía simplemente vivir de la acumulación de capital, de la especulación, de la Bolsa... Sólo cabía esperar de Juanito un comportamiento «agiotista», que estuviera a tono con la naturaleza atribuida al capital. Recordaré otra vez la cita ya mencionada (cfr. «Introducción») en la *Gaceta de los Caminos de Hierro* (28 de febrero de 1858) que reproducen A. Bahamonde y J. Toro, *Burguesía, especulación y cuestión social en el Madrid del siglo XIX*, Madrid, 1978, pág. 22: «En España se considera el capital bajo un punto de vista completamente distinto que en otras naciones. Aquí el capital es sinónimo de ahorro inmobiliario, destinado exclusivamente a producir una renta, que proporciona la opulencia o sirve de garantía contra la miseria; si alguna vez se expone es para correr los riesgos de la usura o los albures del juego; nunca para que se reproduzca por medio del progresivo y regular desarrollo de la industria. En España el capital es instrumento de holganza; en otras partes es instrumento de trabajo. Esta es la misión que debe cumplir si se quiere que un país llegue al más alto grado de prosperidad.»

[36] Pariente de los Santa Cruz y de Guillermina Pacheco, es prototipo del nuevo rico que habiendo conseguido un título nobiliario sentía la necesidad de emplear un lenguaje que sirviera para dejar constancia de la permeabilidad social, de la nueva condición noble que había conseguido. Estos personajes kitsch-cursis están tomados de la realidad.

II

Santa Cruz y Arnaiz. Vistazo histórico sobre el comercio matritense

I

Don Baldomero Santa Cruz[37] era hijo de otro D. Baldomero Santa Cruz que en el siglo pasado tuvo ya tienda de paños del Reino en la calle de la Sal, en el mismo local que después ocupó D. Mauro Requejo[38]. Había empezado el padre por la

[37] Julio Caro Baroja, en *Los judíos en la España Moderna y Contemporánea*, III, 2.ª ed., Madrid, 1978, pág. 216, dice de *Fortunata y Jacinta:* «La novela, en conjunto, está descrita con el ánimo de dejar al lector la impresión de que la familia del protagonista, los Santa Cruz (nótese el carácter del apellido) y otras allegadas, están metidas en una tradición mercantil y social de carácter un tanto judaico, a pesar de su piedad católica. Y con relación a otros personajes secundarios, esta sospecha, apenas subrayada, se hace más fuerte a medida que medita uno sobre las páginas morosas y magistrales.» Páginas antes (pág. 36), había sacado a colación Caro Baroja una carta de Moratín, hijo, fechada en Lille a 7 de abril de 1787, en la que se «hace una digresión en torno a cierto viejo capellán de Vallecas» a quien «de ha perdido la lectura de un libro que anda por ahí, intitulado *Centinela contra judíos...*». Y Moratín, añade este comentario sobre los comerciantes de paños y lencería asentados en torno a la Plaza Mayor, con fama de ser descendientes de conversos: «... y si le diesen autoridad y leña (al capellán de Vallecas), en un abrir y cerrar de ojos reduciría a cenizas los portales de la calle Mayor, el de Paños, el de Provincias, la subida de Santa Cruz y la calle de Postas».

[38] Mauro Requejo, y su hermana doña Restituta, fueron descritos

más humilde jerarquía comercial, y a fuerza de trabajo, constancia y orden, el hortera [39] de 1796 tenía, por los años del 10 al 15[a], uno de los más reputados establecimientos de la Corte en pañería nacional y extranjera. Don Baldomero II, que así es forzoso llamarle para distinguirle del fundador de la dinastía, heredó en 1848 el copioso almacén, el sólido crédito y la respetabilísima firma de D. Baldomero I, y continuando las tradiciones de la casa por espacio de veinte años, retiróse de los negocios con un capital sano y limpio de quince millones de reales, después de traspasar la casa a dos muchachos que servían en ella, el uno pariente[b] suyo y el otro de su mujer. La casa se denominó desde entonces *Sobrinos de Santa Cruz,* y a estos sobrinos, D. Baldomero y Barbarita les llamaban familiarmente *los Chicos*..

En el reinado de D. Baldomero I, o sea desde los orígenes hasta 1848, la casa trabajó más en géneros del país que en los extranjeros. Escaray [40] y Pradoluengo [41] la surtían de paños,

---

[a] del 10 al 15: del 12 al 15.
[b] pariente: sobrino.

con detalle en la primera serie de los *Episodios Nacionales.* Intervinieron en la fascinante historia de Inés de Santorcaz y Gabriel Araceli. «La tienda de los Requejos», escribía Galdós en *El 19 de marzo y el 2 de mayo (O. C., Episodios,* I, pág. 397), «estaba en la calle de la Sal, esquina a la de Postas, con dos puertas, una en cada calle. En la muestra verde, se leía: "Mauro Requexo", inscripción pintada con letras amarillas, y de ambos lados de la entrada, así como del andrajoso toldo, pendían piezas de tela, fajas de lana, medias de lo mismo, pañuelos de diversos tamaños y colores. Como la puerta no tenía vidrieras, dirigí con disimulo una mirada al interior, y vi varias mujeres a quienes mostraba telas un hombre amarillo y flaco que era de seguro el mancebo de la lonja. En el fondo de la tienda había un San Antonio, patrón, sin duda, de aquel comercio, con dos velas apagadas, y a la derecha mano del mostrador una como balaustrada de madera, algo semejante a una reja, detrás de la cual estaba un hombre en mangas de camisa y que parecía hacer cuentas en un libro. Era Requejo; visto al través de los barrotes, parecía un oso en una jaula».

[39] Hortera era el nombre de los empleados en ciertos comercios en Madrid. En la actualidad tiene un significado diferente; es un término peyorativo.

[40] Ezcaray (que en la primera edición de *Fortunata y Jacinta* se transcribe «Escaray», manteniéndose en otras ediciones) es un pueblo de la provincia de Burgos. La fábrica de paños de Ezcaray era una de las más antiguas del país. Durante el reinado de Carlos III pasó a la

Brihuega[42] de bayetas, Antequera[43] de pañuelos de lana. En las postrimerías de aquel reinado fue cuando la casa empezó a trabajar en géneros *de fuera*[a], y la reforma arancelaria de 1849 lanzó a D. Baldomero II a mayores empresas. No sólo realizó contratos con las fábricas de Béjar y Alcoy[44] y para dar mejor salida a los productos nacionales, sino que introdujo los famosos Sedanes para levitas, y las telas que tanto se usaron del 45 al 55, aquellos patencures, anascotes, cúbicas y chinchillas que ilustran la gloriosa historia de la sastrería moderna. Pero de lo que más provecho sacó la casa fue del ramo de capotes y uniformes para el Ejército y la Milicia Nacional, no siendo tampoco despreciable el beneficio que obtuvo del *artículo para capas*, el abrigo propiamente español que resiste a todas las modas de vestir, como el garbanzo resiste a todas las modas de comer. Santa Cruz, Bringas[45]

---

[a] *de fuera:* extranjeros.

Real Hacienda y luego se incorporó a los Gremios Mayores de Madrid, convirtiéndose en los años anteriores a la Guerra de la Independencia, en la fábrica más admirada por sus paños dentro y fuera de España.

[41] Pradoluengo, villa vecina de Ezcaray, es descrita en estos términos por Madoz *(Diccionario,* XIII, págs. 205-206): «El terreno es montuno y de poca calidad. Produce trigo, cebada, centeno y patatas, en pequeñas cantidades. También hay cría de ganado lanar y vacuno. Industrialmente hay dos lavaderos de lanas y ocho máquinas movidas por agua para la fabricación de bayetas.»

[42] Brihuega, en la provincia de Guadalajara, tenía una Real Fabrica de Paños, con excelentes batanes que utilizaban las aguas del Tajuña. Cfr. Madoz, *Diccionario,* IV, págs. 443-445. En los primeros meses de 1983 se ha iniciado la restauración de la Real Fábrica de Paños de Brihuega, una de las escasas muestras de la arquitectura fabril del siglo XVIII.

[43] Antequera, en la provincia de Málaga, tenía también una importante industria textil. Madoz *(Diccionario,* II, pág. 338) dice que tenía «ocho fábricas de hilados y tejidos de lana con movimiento de agua», además de «un gran número de telares sueltos con otros edificios». Sus bayetas «acabadas de fino y basto» eran famosas y surtían «varias provincias del reino, y aun del extranjero».

[44] Béjar (Salamanca) y Alcoy (Alicante) contaban igualmente con una tradición industrial semejante a la de las poblaciones citadas anteriormente. Pero estas dos poblaciones, a diferencia de las otras, consiguieron sobrevivir como centros fabriles.

[45] A este Bringas, almacenista de paños, le hizo Galdós pariente y homónimo del Francisco de Bringas que apareció en *Tormento, La de Bringas* y *Ángel Guerra.*

y Arnaiz[46] el gordo, monopolizaban toda la pañería de Madrid y surtían a los tenderos de la calle de Atocha, de la Cruz y Toledo.

En las contratas de vestuario para el Ejército y Milicia Nacional, ni Santa Cruz, ni Arnaiz, ni tampoco Bringas daban la cara. Aparecía como contratista un tal Albert[47], de origen belga, que había empezado por introducir paños extranjeros con mala fortuna. Este Albert era hombre muy para el caso, activo, despabilado, seguro en sus tratos aunque no estuvieran escritos. Fue el auxiliar eficacísimo de Casarredonda[48] en sus valiosas contratas de lienzos gallegos para la tropa. El pantalón blanco de los soldados de hace cuarenta años ha sido origen de grandísimas riquezas. Los *fardos de Coruñas y Viveros*[49] dieron a Casarredonda y al tal Albert más dinero que a los Santa Cruz y a los Bringas los capotes y levitas militares de Béjar, aunque en rigor de verdad estos comerciantes no tenían por qué quejarse. Albert murió el 55, dejando una gran fortu-

---

[46] Arnaiz el gordo apareció también en *Tormento* y en *Lo prohibido*. Era primo de Barbarita. El siguiente comentario de José F. Montesinos *(Galdós**,* pág. 110) tiene gran interés: «Las circunstancias españolas no le permitían a nuestro autor hacerse grandes ilusiones sobre la participación española en el progreso industrial, al que, además, se incorporaría tarde, pero puso grandes esperanzas en el gran comercio. Cuando de Madrid se trataba, sus simpatías estaban siempre del lado de aquella burguesía comerciante que dio alguna de sus mejores páginas a *Fortunata y Jacinta*. En *Tormento* tenemos ya una aparición del gordo Arnaiz, tronco de una prolífica y proficua dinastía que contribuyó largamente a la expansión del comercio madrileño.»

[47] Probablemente alude «a uno de los burgueses especuladores más caracterizado del Madrid de la época: José Finalt y Albert». Cfr. Ángel Bahamonde Magro, *El horizonte económico de la burguesía isabelina: Madrid, 1856-1866,* Tesis Doctoral, Universidad Complutense de Madrid, 1980, pág. 15. Ortiz Armengol cree que se trata de banquero de origen francés, llamado también Albert, que quebró en 1842 (45).

[48] Casarredonda, rico comerciante, llegó a ser marqués. Una de las hijas casada con el duque de Gravelinas, fue amante, en *Lo prohibido*, del General Chapa.

[49] Galicia tuvo, desde finales del siglo XVIII, una importante industria de lienzos y mantelerías. «Coruña» es una tela que tomó el nombre de la ciudad en donde se fabricaba, y «Viveros» son unos lienzos llamados así porque se fabricaban en Vivero, pueblo de la provincia de Lugo.

na, que heredó su hija casada con el sucesor de Muñoz[50], el de la inmemorial ferretería de la calle de Tintoreros.

En el reinado de D. Baldomero II, las prácticas y procedimientos comerciales se apartaron muy poco de la rutina heredada. Allí no se supo nunca lo que era un anuncio en el *Diario*[51], ni se emplearon viajantes para extender por las provincias limítrofes el negocio. El refrán de *el buen paño en el arca se vende* era verdad como un templo en aquel sólido y bien reputado comercio[52]. Los detallistas no necesitaban que

---

[50] Comerciante en hierros, padre del futuro marqués de Casa-Muñoz y de Eulalia, amiga de infancia de Barbarita Arnáiz. Aquí y allá aparecen en *Fortunata y Jacinta* comerciantes que han conseguido títulos nobiliarios. El dinero alcanzaba así «respetabilidad», posibilitaba la «permeabilidad social»... José María Jover, en «La época de la Restauración. Panorama político-social, 1875-1902», uno de los capítulos de Tuñón de Lara, *Historia de España*, VII, Barcelona, 1981, pág. 295, plantea el problema de la conexión, que fraguó en la Restauración, entre la élite político-oligárquica y la económica, la «alianza entre las clases tradicionales (aristocracia) y otras que ascienden en el poderío económico (burguesía)». Jover, a continuación, matiza que «la aristocracia se define (en esos años) por su condición de gran propietaria agraria..., y... conserva su hegemonía ideológica —mentalidad, sistema de valores, etc.— no sólo sobre el conjunto de los grandes propietarios, sino sobre el conjunto del bloque que forman estos últimos con la alta burguesía».

[51] Mesonero Romanos en sus *Escenas matritenses* da cumplida cuenta de la historia de este periódico madrileño. Fue creado por don Manuel Ruiz de Uribe y Compañía, saliendo el primer número el 1 de febrero de 1758 con el título de *Diario curioso, erudito, comercial y económico*. Se componía de discursos eruditos que «no decían nada nuevo, ni eran otra cosa que copias miserables de obras conocidas» (pág. 86) y de anuncios comerciales y noticias gubernamentales. El *Diario* dejó de publicarse varias veces: en 1775, en 1776, en 1777 y en 1781. Santiago Thewin lo publicó de nuevo desde el 1 de julio de 1786, con el título de *Diario curioso, erudito y comercial*. Se imprimía en la Puerta del Sol, 7. El periódico, para Mesonero (pág. 87), tenía unas utilidades «que le hacen indispensable a toda persona regular residente en Madrid» y era «la orden del día para el movimiento económico de la población». H. C. Berkowitz, en *Galdós, Spanish Liberal Crusader*, Madison, 1948, pág. 66. dice: «... in the advertisements in the *Diario de Avisos*. Spain's oldest newspaper, Galdós discovered a mine of miscellaneous information.»

[52] En *El Diario Español* de enero de 1867 salieron varios anuncios sobre una tienda de paños que acababa de abrir al público en la calle de Postas, 27 (esquina a la calle de la Sal). Puede tener interés leer hoy

se les llamase a son de cencerro ni que se les embaucara con artes charlatánicas. Demasiado sabían todos el camino de la casa y las metódicas y honradas costumbres de ésta, la fijeza de los precios, los descuentos que se hacían por pronto pago, los plazos que se daban, y todo lo demás concerniente a la buena inteligencia entre vendedor y parroquiano. El escritorio no alteró jamás ciertas tradiciones venerandas del laborioso reinado de D. Baldomero I. Allí no se usaron nunca estos copiadores de cartas que son una aplicación de la imprenta a la caligrafía. La correspondencia se copiaba *a pulso* por un empleado que estuvo cuarenta[a] años sentado en la misma silla delante del mismo atril, y que por efecto de la costumbre casi copiaba la carta matriz de su principal sin mirarla. Hasta que D. Baldomero realizó el traspaso, no se supo en aquella casa lo que era un metro, ni se quitaron a la vara de Burgos[53] sus fueros seculares. Hasta pocos años antes del traspaso, no usó Santa Cruz los sobres para cartas, y éstas se cerraban sobre sí mismas.

No significaban tales rutinas terquedad y falta de luces. Por el contrario, la clara inteligencia del segundo Santa Cruz y su conocimiento de los negocios, sugeríanle la idea de que cada hombre pertenece a su época y a su esfera propias, y que dentro de ellas debe exclusivamente actuar. Demasiado comprendió que el comercio iba a sufrir profunda transformación, y que

---

[a] cuarenta: cincuenta.

lo que en aquel anuncio (repetido el 4, 8 y 20 de enero, 1867) se decía. (Los Santa Cruz se negaron —siguiendo la tradición de la casa— a poner ningún anuncio.) «La Noble Castilla. Calle de Postas, número 27, Madrid. Con este título, D. Ignacio de Ortigüela acaba de abrir un nuevo establecimiento de toda clase de géneros del reino y extranjeros y deseoso el dueño de adquirir parroquianos mediante a los malos tiempos que atravesamos, ofrece al público un gran surtido de pañolería, lencería, lanería y toda clase de géneros de algodón blanco y de color, etc., a precios estos últimos nunca vistos mediante la baja que han tenido los algodones de un mes a esta parte.

»También se encontrará un completo surtido de géneros de punto de lana y algodón. Nota. Las personas que en dicho establecimiento hagan 100 rs. (reales) de gasto, disfrutarán de un descuento de 3 por 100 y se admitirá en pago billetes del Banco de España.»

[53] El metro, como unidad de medida, se introdujo en España en 1849. La vara de Burgos equivalía en Castilla a 835 milímetros.

no era[a] él el llamado a dirigirlo por los nuevos y más anchos caminos que se le abrían. Por eso, y porque ansiaba retirarse y descansar, traspasó su establecimiento a los *Chicos* que habían sido deudos y dependientes suyos durante veinte años. Ambos eran trabajadores y muy inteligentes. Alternaban en sus viajes al extranjero para buscar y traer las *novedades,* alma del tráfico de telas. La concurrencia crecía cada año, y era forzoso apelar al reclamo, recibir y expedir viajantes, mimar al público, contemporizar y abrir cuentas largas a los parroquianos, y singularmente a las parroquianas. Como los *Chicos* habían abarcado también el comercio de lanillas, merinos, telas ligeras para vestidos de señora, pañolería, confecciones y otros artículos de uso femenino, y además abrieron tienda al por menor y al *vareo,* tuvieron que pasar por el inconveniente de las morosidades e insolvencias que tanto quebrantan al comercio. Afortunadamente para ellos, la casa tenía un crédito inmenso[b].

La casa del gordo Arnaiz era relativamente moderna. Se había hecho pañero porque tuvo que quedarse con las existencias de Albert, para indemnizarse de un préstamo que le hiciera en 1843. Trabajaba exclusivamente en género extranjero; pero cuando Santa Cruz hizo su traspaso a los *Chicos,* también Arnaiz se inclinaba a hacer lo mismo, porque estaba ya muy rico, muy obeso, bastante viejo y no quería trabajar. Daba y tomaba letras sobre Londres y representaba a dos Compañías de seguros. Con esto tenía lo bastante para no aburrirse. Era hombre que cuando se ponía a toser hacía temblar el edificio donde estaba; excelente persona, librecambista rabioso, anglómano y solterón. Entre las casas de Santa Cruz y Arnaiz no hubo nunca rivalidades, antes bien, se ayudaban cuanto podían. El gordo y D. Baldomero tratáronse siempre como hermanos en la vida social y como compañeros queridísimos en la comercial, salvo alguna discusión demasiado agria sobre temas arancelarios, porque Arnaiz había hecho

---

[a] y que [los antiguos moldes se habían de romper. Las reformas arancelarias abrían pronto nuevos horizontes al tráfico. Reconocíase perteneciente a la generación anterior, y tenía bastante buen juicio para comprender que] no era.

[b] [No sólo les protegía su tío Santa Cruz, sino también el otro tío, Arnaiz, que también tenía almacén de paños exclusivamente ingleses, y estaba interesado en una casa de comisión de este artículo establecida en Londres.]

la gracia de leer a Bastiat[54] y concurría a los *meetings* de la Bolsa, no precisamente para oír y callar, sino para echar discursos que casi siempre acaban en sofocante tos. Trinaba contra todo arancel que no significara un simple recurso fiscal, mientras que D. Baldomero, que en todo era templado, pretendía que se conciliasen los intereses del comercio con los de la industria española.

—Si esos catalanes no fabrican más que adefesios —decía Arnaiz entre tos y tos—, y reparten dividendos de sesenta por ciento a los accionistas...[55]

—¡Dale! ya pareció aquello —respondía don Baldomero—. Pues yo te probaré....

Solía no probar nada, ni el otro tampoco, quedándose cada cual con su opinión; pero[a] con estas sabrosas peloteras pasaban el tiempo. También había entre estos dos respetables sujetos parentesco de afinidad, porque doña Bárbara, esposa de Santa Cruz, era prima del gordo, hija de Bonifacio Arnaiz, comerciante en pañolería de la China. Y escudriñando los troncos de estos linajes matritenses, sería fácil encontrar que los Arnaiz y los Santa Cruz tenían en sus diferentes ramas una savia común, la savia de los Trujillos.

—Todos somos unos —dijo alguna vez el gordo en las expansiones de su humor festivo, inclinado a las sinceridades democráticas—; tú por tu madre y yo por mi abuela, somo Trujillos netos, *de patente;* descendemos de aquel Matías Trujillo que tuvo albardería en la calle de Toledo allá por los tiempos del motín de capas y sombreros. No lo invento yo; lo canta una escritura de juros que tengo en mi casa. Por eso le

---

[a] [armaban grandes peloteras. Don Baldomero sacaba a relucir datos y cálculos de Madoz, de quien decía el otro: «Pero, hombre, si ese es un *chiflado*. Yo te demostraré cómo dos y tres son cinco...» Y en resumidas cuentas no demostraba nada. Pero así pasaban el tiempo].

[54] Claudio Federico Bastiat (1801-1850), economista francés, enemigo del proteccionismo socialista, fue conocido por sus escritos periodísticos en favor de las teorías económicas de Adam Smith. Escribió una sátira antiproteccionista en sus *Sophismes économiques* (1845), en la que pidió en nombre de los fabricantes de candelas que se les protegiese del Sol porque competía con ellos en el negocio de ofrecer luz.

[55] Sobre el tema del proteccionismo y del librecambismo, cfr. I, nota 92.

he dicho ayer a nuestro pariente Ramón Trujillo... ya sabéis que me le han hecho conde... le he dicho que adopte por escudo un frontil y una jáquima con un letrero que diga: *Pertenecí a Babieca...*[56].

II

Nació Barbarita Arnaiz en la calle de Postas, esquina al callejón de San Cristóbal, en uno de aquellos oprimidos edificios que parecen estuches o casas de muñecas. Los techos se cogían con la mano; las escaleras había que subirlas con el credo en la boca, y las habitaciones parecían destinadas a la premeditación de algún crimen. Había moradas de éstas, a las cuales se entraba por la cocina. Otras tenían los pisos en declive, y en todas ellas oíase hasta el respirar de los vecinos. En algunas se veían mezquinos arcos de fábrica para sostener el entramado de las escaleras, y abundaba tanto el yeso en la construcción como escaseaban el hierro y la madera. Eran comunes las puertas de cuarterones, los baldosines polvorosos[a], los cerrojos imposibles de manejar y las vidrieras emplomadas. Mucho de esto ha desaparecido en las renovaciones de estos últimos veinte años; pero la estrechez de las viviendas subsiste.

Creció Bárbara en una atmósfera saturada de olor de sándalo, y las fragancias orientales, juntamente con los vivos colores de la pañolería chinesca, dieron acento poderoso a las impresiones de su niñez. Como se recuerda a las personas más queridas de la familia, así vivieron y viven siempre con dulce memoria en la mente de Barbarita los dos maniquís de tamaño

---

[a] baldosines polvorosos: azulejos.

[56] Hay una alusión al motín del pueblo madrileño (1766) contra Esquilache, ministro de Carlos III. La ironía y sarcasmo —y también humor— de Galdós son patentes al mencionar la anécdota de ese conde «nuevo». Babieca, caballo del Cid, es en definitiva un *caballo*. Puede entenderse esto como que con este signo no se reniega del *pasado*. Y ese *pasado* hay que relacionarlo con la judería. Carlos III contribuyó a combatir, ayudado por Floridablanca, las antiguas obsesiones inquisitoriales. Explicaría esto que Matías Trujillo se estableciera en la calle de Toledo precisamente durante el reinado de Carlos III, época de distensión antijudaica. Cfr. Caro Baroja, págs. 41-48 y la nota I, 36 de esta edición.

natural vestidos de mandarín[57] que había en la tienda y en los cuales sus ojos aprendieron a ver. La primera cosa que excitó la atención naciente de la niña, cuando estaba en brazos de su niñera, fueron estos dos pasmarotes[a] de semblante lelo y desabrido[b], y sus magníficos trajes morados. También había por allí una persona a quien la niña miraba mucho, y que la miraba a ella con ojos dulces y cuajados de candoroso chino. Era el retrato de Ayún[58], de cuerpo entero y tamaño natural, dibujado y pintado con dureza, pero con gran expresión. Mal[c] conocido es en España el nombre de este peregrino artista, aunque sus obras han estado y están a la vista de todo el mundo, y nos son familiares como si fueran obra nuestra. Es el ingenio bordador de los pañuelos de Manila, el inventor del tipo de rameado más vistoso y elegante, el poeta fecundísimo de esos madrigales de crespón compuestos con flores y rimados con pájaros. A este ilustre chino deben las españolas el hermosísimo y característico chal que tanto favorece su belleza, el mantón de Manila, al mismo tiempo señoril y popular, pues lo han llevado en sus hombros la gran señora y la gitana. Envolverse en él es como vestirse con un cuadro. La industria moderna no inventará nada que iguale a la ingenua poesía del mantón, salpicado de flores, flexible, pegadizo y mate, con aquel fleco que tiene algo de los enredos del sueño y aquella brillantez de color que iluminaba las muchedumbres en los tiempos en que su uso era general. Esta prenda hermosa se va

---

[a] pasmarotes: grandes muñecos.
[b] [que parecían espantados de verse en Europa.]
[c] Mal: Poco.

[57] Ramón Gómez de la Serna en *Retratos completos*, Madrid, 1961, pág. 756, ofrece un testimonio interesante:

> Yo he conocido esa tienda de *Los Chinos* y he entrado a comprar en ella, en esa esquina que hace el soportal de la Plaza Mayor con la salida calle de la Sal. Aún se le puede identificar, porque, convertida en relojería y bisutería, han quedado esculpidas en su rótulo unas camisas que no coinciden con el actual comercio. Era un buen punto de partida para la imaginación, y los dos chinos de larga coleta presidían la tienda en la que se leían en un cuadro las avisadoras palabras de «Hoy no se fía, mañana sí».

[58] Cfr. I, nota 97.

desterrando, y sólo el pueblo la conserva con admirable instinto. Lo saca de las arcas en las grandes épocas de la vida, en los bautizos y en las bodas, como se da al viento un himno de alegría en el cual hay una estrofa para la patria. El mantón sería una prenda vulgar si tuviera la ciencia del diseño; no lo es por conservar el carácter de las artes primitivas y populares; es como la leyenda, como los cuentos de la infancia, candoroso y rico de color, fácilmente comprensible y refractario a los cambios de la moda [59].

Pues esta prenda, esta nacional obra de arte[a], tan nuestra como las panderetas o los toros, no es nuestra en realidad más que por el uso; se la debemos a un artista nacido a la otra parte del mundo, a un tal Ayún, que consagró a nosotros su vida toda y sus talleres. Y tan agradecido era el buen hombre al comercio español, que enviaba a los de acá su retrato y los de sus catorce mujeres, unas señoras tiesas y pálidas como las que se ven pintadas en las tazas, con los pies increíbles por lo chicos y las uñas increíbles también por lo largas.

Las facultades de Barbarita se desarrollaron asociadas a la contemplación de estas cosas[b], y entre las primeras conquistas de sus sentidos, ninguna tan segura como la impresión de aquellas flores bordadas con luminosos torzales, y tan frescas que parecía cuajarse en ellas el rocío. En días de gran venta, cuando había muchas señoras en la tienda y los dependientes desplegaban sobre el mostrador centenares de pañuelos, la lóbrega tienda semejaba un jardín. Barbarita creía que se

---

[a] de arte: de arte tan característico.
[b] [las primeras que bajo sus ojos cayeron].

[59] E. Rodríguez Solís, en *Majas, manolas y chulas*, Madrid, 1889, págs. 183-190, escribía:

> Generalmente (la chula) viste chaqueta negra, linda falda de percal o lana que sabe levantar con arte exquisito para mostrar una enagua blanquísima, una media más blanca aún y un pie como una almendra, calzado con elegantes botines, de color azul o naranja la caña, y el chanclo de charol, lleno de pespuntes; ancho delantal oscuro; pañuelo de seda a la cabeza, recogido en las sienes de una manera particular suya, cubriendo la punta de atrás con el pañolón de merino negro... El mantón de Manila supone para la chula el donaire y solemnidad que la prenda tiene. Siempre con ella en las fiestas más solemnes y más arraigadas en su espíritu patrio...

podrían coger flores a puñados, hacer ramilletes o guirnaldas, llenar canastillas y adornarse el pelo. Creía que se podrían deshojar y también que tenían olor. Esto era verdad, porque despedían este tufillo de los embalajes asiáticos, mezcla de sándalo y de resinas exóticas que nos trae a la mente los misterios budistas.

Más adelante pudo la niña apreciar[a] la belleza y variedad de los abanicos que había en la casa, y que eran una de las principales riquezas de ella. Quedábase pasmada cuando veía los dedos de su mamá sacándolos de las perfumadas cajas y abriéndolos como saben abrirlos los que comercian en este artículo, es decir, con un desgaire rápido que no los estropea y que hace ver al público la ligereza de la prenda y el blando rasgueo de las varillas. Barbarita abría cada ojo como los de un ternero cuando su mamá, sentándola sobre el mostrador, le enseñaba abanicos sin dejárselos tocar; y se embebecía contemplando aquellas figuras tan monas, que no le parecían personas, sino *chinos*, con las caras redondas y tersas como hojitas de rosa, todos ellos risueños y estúpidos, pero muy lindos, lo mismo que aquellas casas abiertas por todos lados y aquellos árboles que parecían matitas de albahaca... ¡Y pensar que los árboles eran el té nada menos, estas hojuelas retorcidas, cuyo zumo se toma para el dolor de barriga...!

Ocuparon más adelante el primer lugar en el tierno corazón de la hija de D. Bonifacio Arnaiz y en sus sueños inocentes, otras preciosidades que la mamá solía mostrarle de vez en cuando, previa amonestación de no tocarlos; objetos labrados en marfil y que debían de ser los juguetes con que los ángeles se divertían en el Cielo. Eran al modo de torres de muchos pisos, o barquitos con las velas desplegadas y muchos remos por una y otra banda; también estuchitos, cajas para guantes y joyas, botones y juegos lindísimos de ajedrez. Por el respeto con que su mamá los cogía y los guardaba, creía Barbarita que contenían algo así como el Viático para los enfermos, o lo que se da a las personas en la iglesia cuando comulgan. Muchas noches se acostaba con fiebre porque no le habían dejado satisfacer su anhelo de coger para sí aquellas monerías. Hubiérase contentado ella, en vista de prohibición tan absoluta, con aproximar la yema del dedo índice al pico de una de las torres; pero ni aun esto... Lo más que se le permitía era poner sobre

---

[a] Más adelante pudo la niña apreciar: A medida que la niña crecía, iba apreciando otras cosas y haciéndose cargo de

5

el tablero de ajedrez que estaba en la vitrina de la ventana enrejada (entonces no había escaparates), todas las piezas de un juego, no de los más finos, a un lado las blancas, a otros las encarnadas.

Barbarita y su hermano Gumersindo, mayor que ella, eran los únicos hijos de D. Bonifacio Arnaiz y de doña Asunción[a] Trujillo. Cuando tuvo edad para ello, fue a la escuela de una tal doña Calixta[60], sita en la calle Imperial, en la misma casa donde estaba el Fiel Contraste[61]. Las niñas con quienes la de Arnaiz hacía mejores migas, eran dos de su misma edad y vecinas de aquellos barrios, la una de la familia de Moreno, el dueño de la droguería de la calle de Carretas[62], la otra de Muñoz, el comerciante de hierros de la calle de Tintoreros. Eulalia Muñoz[63] era muy vanidosa y decía que no había casa como la suya y que daba gusto verla toda llena de unos pedazos de hierro *mu* grandes, *del tamaño de la caña de doña Calixta,* y tan pesados, tan pesados que ni cuatrocientos hombres los podían levantar. Luego había un sin fin de martillos, garfios, peroles *mu grandes, mu grandes...* «más anchos que este cuarto». Pues, ¿y los þaquetes de clavos? ¿Qué cosa había más bonita? ¿Y las llaves que parecían de plata, y las planchas, y los anafres, y otras cosas lindísimas? Sostenía que ella no necesitaba que sus papás le comprasen muñecas, porque las hacía con un martillo, vistiéndolo con una toalla. ¿Pues y las agujas que había en su casa? No se acertaban a contar. Como

---

[a] Asunción: Bárbara.

[60] Este colegio debió inventarlo Galdós, pues no figura en la relación de colegios privados que hace María del Carmen Simón Palmer, en *La enseñanza privada seglar en Madrid. 1820-1868,* Madrid, 1972.

[61] Madoz *(Diccionario,* X, pág. 790) señala que el «Fiel Contraste» era una oficina que dependía del Ayuntamiento y se encargaba «del reconocimiento y sello de pesas y medidas que deben presentar cada tercio de año los vendedores de todas clases... con objeto de contrastarlas y evitar los fraudes». Estaba situada esta oficina en la calle Imperial, 1.

[62] Alude Galdós aquí a Castita Moreno que, más adelante, tendrá en la trama de la novela un protagonismo importante. Viuda del farmacéutico Samaniego, heredó la farmacia de la calle del Ave María, en la que llegó a trabajar Maximiliano Rubín. Su hija mayor, Aurora, habría de ser también una de las tantas amantes de Juanito Santa Cruz.

[63] Esta amiga de Barbarita hizo también un buen matrimonio, pues casó con un tal don Cayetano Villuendas, propietario de casas.

que todo Madrid iba allí a comprar agujas, y su papá se carteaba con el fabricante... Su papá recibía miles de cartas al día, y las cartas olían a hierro... como que venían de Inglaterra, donde todo es de hierro, hasta los caminos...

—Sí, hija, sí, mi papá me lo ha dicho. Los caminos están embaldosados de hierro, y por allí encima van los coches echando demonios[64].

Llevaba siempre los bolsillos atestados de chucherías, que mostraba para dejar bizcas a sus amigas. Eran tachuelas de cabeza dorada, corchetes, argollitas pavonadas, hebillas, pedazos de papel de lija, vestigios de muestrarios y de cosas rotas o descabaladas. Pero lo que tenía en más estima, y por esto no lo sacaba sino en ciertos días, era su colección de etiquetas, pedacitos de papel verde, recortados de los paquetes inservibles, y que tenían el famoso escudo inglés, con la jarretiera, el leopardo y el unicornio. En todas ellas se leía: Birmingham[65].

—Véis... este señor *Bermingán* es el que se cartea con mi papá todos los días, en inglés; y son tan amigos, que siempre le está diciendo que vaya allá; y hace poco le mandó, dentro de una caja de clavos, un jamón ahumado que olía como a chamusquina, y un pastelón así, mirad, del tamaño del brasero de doña Calixta, que tenía dentro muchas pasas chiquirriminas, y picaba como la guindilla; pero *mu* rico, hijas, *mu* rico.

La chiquilla de Moreno fundaba su vanidad en llevar papelejos con figuritas y letras de colores, en los cuales se hablaba de píldoras, de barnices o de ingredientes para teñirse el pelo. Los mostraba uno por uno, dejando para el final el gran efecto, que consistía en sacar de súbito el pañuelo y ponerlo en las narices de sus amigas, diciéndoles: *goled*. Efectivamente, quedábanse las otras medio desvanecidas con el fuerte olor de agua de Colonia o de los *siete ladrones,* que el pañuelo tenía.

---

[64] Eulalia se estaría refiriendo a los trenes industriales que ya existían en Inglaterra hacia 1827. La era de los ferrocarriles empezó en 1830, año en que la locomotora «The Rocket», construida por George Stephehnson en 1829, arrastró el primer tren de viajeros entre Manchester y Liverpool. Cfr. Joaquín Casalduero, «El tren como símbolo: el progreso, la clase social, la cibernética en Galdós», *A. G.*, V (1975), págs. 15-22.

[65] Para Galdós, como para sus contemporáneos, esta ciudad era el símbolo de la revolución industrial por estar a la vanguardia de los métodos de producción del metal y del comercio de maquinarias. En Birmingham, se inventó y desarrolló, posibilitando su uso industrial, la máquina de vapor.

Por un momento, la admiración las hacía enmudecer; pero poco a poco íbanse reponiendo, y Eulalia, cuyo orgullo rara vez se daba por vencido, sacaba un tornillo dorado sin cabeza, o un pedazo de talco, con el cual decía que iba a hacer un espejo. Difícil era borrar la grata impresión y el éxito del perfume. La ferretera[a], algo corrida, tenía que guardar los trebejos, después de oír comentarios verdaderamente injustos. La de la droguería hacía muchos ascos, diciendo:

—¡Huy, cómo apesta eso, hija, guarda, guarda esas ordinarieces!

Al día siguiente, Barbarita, que no quería dar su brazo a torcer, llevaba unos papelitos muy raros de pasta, todos llenos de garabatos chinescos. Después de darse mucha importancia, haciendo que lo enseñaba y volviéndolo a guardar, con lo cual la curiosidad de las otras llegaba al punto de la desazón nerviosa, de repente ponía el papel en las narices de sus amigas, diciendo en tono triunfal: «¿Y eso?» Quedábanse Castita y Eulalia atontadas con el aroma asiático, vacilando entre la admiración y la envidia; pero al fin no tenían más remedio que humillar su soberbia ante el olorcillo aquel de la niña de Arnaiz, y le pedían por Dios que las dejase catarlo más. Barbarita no gustaba de prodigar su tesoro, y apenas acercaba el papel a las respingadas narices de las otras, lo volvía a retirar con movimiento de cautela y avaricia, temiendo que la fragancia se marchara por los respiraderos de sus amigas, como se escapa el humo por el cañón de una chimenea. El tiro de aquellos olfatorios era tremendo. Por último, las dos amiguitas y otras que se acercaron movidas de la curiosidad, y hasta la propia doña Calixta, que solía descender a la familiaridad con las alumnas ricas, reconocían, por encima de todo sentimiento envidioso, que ninguna niña tenía cosas tan bonitas como la de la tienda de Filipinas.

---

[a] La ferretera: Eulalia.

III

Esta niña y otras del barrio, bien apañaditas por sus respectivas mamás, peinadas a estilo de maja, con peineta y flores en la cabeza, y sobre los hombros pañuelo de Manila de los que llaman *de talle,* se reunían en un portal de la calle de Postas para pedir *el cuartito para la Cruz de Mayo*[66], el 3 de dicho mes, repicando en una bandeja de plata, junto a una mesilla forrada de damasco rojo. Los dueños de la casa llamada *del portal de la Virgen*[67], celebraban aquel día una simpática

---

[66] Galdós, en el artículo «Mayo el 2 y el 3», recogido en *Madrid,* Madrid, 1957, pág. 78, escribía:

...el día tres no tiene nada de solemne y es, en cambio..., uno de los días más fastidiosos que el año cuenta entre sus trescientos sesenta y cinco. Una multitud de niñas acosan al descuidado transeúnte, obligándole, bandeja en mano, a contribuir al ornamento de sus engalanadas cruces de Mayo, de que tan devoto es el bello sexo madrileño. Y no puede uno eximirse del sofocón: las tales niñas, cuya tierna edad frisa en los doce, le estrujan a uno, le crucifican con sus cruces de Mayo. Hay que resignarse al soponcio y depositar el óbolo en manos de la traviesa cohorte. Al que se hace el sueco e intenta evadirse, le arrojan a la cara la siguiente bomba de Orsini: «Tiene usted cara de generoso.» Y el aludido, que más que de generoso la tiene de vinagre, cae herido por este requiebro de a ochenta, trasladando del bolsillo a la bandeja la retribución apetecida.

Pedro de Répide, en *Costumbres y devociones madrileñas,* Madrid, 1941, págs. 102-104, cuenta que con

el piadoso invento de la Santa Cruz... las muchachas... platillo en mano, acosaban a todo el que se arriesgaba a pasar ante ellas. Llenábanse los platos de monedas al conjuro de su voz, que pedía con zalamería tradicional: —¡Un cuartito para la Cruz de Mayo!

[67] El *portal de la Virgen* se encontraba en la calle de Postas, 32. Allí existió desde el siglo XVI una pintura «de no escaso mérito y notable antigüedad, que *(sic)* fue recogida en 1857 por el propietario de la finca Sr. Pardo de Figueroa, erudito e ingenioso escritor, que reemplazó el cuadro con el lienzo actual» (cfr. Fernández de los Ríos, *Guía de Madrid,* pág. 120). Mesonero *(El antiguo Madrid,* pág. 118) señala que

fiesta y ponían allí, junto al mismo taller de cucharas y molinillos que todavía existe, un altar con la cruz enramada, muchas velas y algunas figuras de nacimiento. A la Virgen, que aún se venera allí, la enramaban también con yerbas olorosas, y el fabricante de cucharas, que era gallego, se ponía la montera y el chaleco encarnado. Las pequeñuelas, si los mayores se descuidaban, rompían la consigna y se echaban a la calle, en reñida competencia con otras chiquillas pedigüeñas, correteando de una acera a otra, deteniendo a los señores que pasaban, y acosándoles hasta obtener el ochavito. Hemos oído contar a la propia Barbarita que para ella no había dicha mayor que pedir para la Cruz de Mayo, y que los caballeros de entonces eran en esto mucho más galantes que los de ahora, pues no desairaban a ninguna niña bien vestidita que se les colgara de los faldones.

Ya había completado la hija de Arnaiz su educación (que era harto sencilla en aquellos tiempos y consistía en leer sin acento, escribir sin ortografía, contar haciendo trompetitas con la boca, y bordar con punto de marca el dechado), cuando perdió a su padre. Ocupaciones serias ,vinieron entonces a robustecer su espíritu y a redondear su carácter. Su madre y hermano, ayudados del gordo Arnaiz, emprendieron el inventario de la casa, en la cual había algún desorden. Sobre las existencias de pañolería no se hallaron datos ciertos en los libros de la tienda, y al contarlas apareció más de lo que se creía. En el sótano estaban, muertos de risa, varios fardos de cajas que aún no habían sido abiertos. Además de esto, las casas importadoras de Cádiz, Cuesta y Rubio, anunciaban dos remesas considerables que estaban ya en camino. No había más remedio que cargar con todo aquel exceso de género, lo que realmente era una contrariedad comercial en tiempos en que parecía iniciarse la generalización de los abrigos *confeccionados,* notándose además en la clase popular tendencias a vestirse como la clase media. La decadencia del mantón de Manila empezaba a iniciarse, porque si los pañuelos llamados de talle, que eran los más baratos, se vendían bien en Madrid (mayormente el día de San Lorenzo, para la *parroquia de la*

---

el lienzo estuvo antes en la Plaza Mayor y, a la vez, resalta el movimiento mercantil de la calle de Postas. Mario Parejón *(Cinco escritores y su Madrid,* Madrid, 1978, pág. 33) narra algunas leyendas en torno a esta calle y habla de la veneración que tenían sus vecinos a «una imagen de la Virgen de la Soledad».

chinche) [68] y tenían regular salida para Valencia y Málaga, en cambio el gran mantón, los ricos chales de tres, cuatro y cinco mil reales se vendían muy poco, y pasaban meses sin que ninguna parroquiana se atreviera con ellos.

Los herederos de Arnaiz, al inventariar la riqueza de la casa, que sólo en aquel artículo no bajaba de cincuenta mil duros, comprendieron que se aproximaba una crisis. Tres o cuatro meses emplearon en clasificar, ordenar, poner precios, confrontar los apuntes de don Bonifacio con la correspondencia y las facturas venidas directamente de Cantón o remitidas por las casas de Cádiz. Indudablemente el difunto Arnaiz no había visto claro al hacer tantos pedidos; se cegó, deslumbrado por cierta alucinación mercantil; tal vez sintió demasiado *el amor al artículo* y fue más artista que comerciante. Había sido dependiente y socio de la Compañía de Filipinas, liquidada en 1833 [69], y al emprender por sí el negocio de pañolería de Cantón, creía conocerlo mejor que nadie. En verdad que lo conocía; pero tenía una fe imprudente en la perpetuidad de aquella prenda, y algunas ideas supersticiosas acerca de la afinidad del pueblo español con los espléndidos crespones rameados de mil colores.

—Mientras más chillones —decía—, más venta.

[68] Se trata de la parroquia de San Lorenzo. Antonio Velasco Zazo, en *Recintos Sagrados de Madrid*, Madrid, 1951, pág. 272, la describe con estas palabras:

> En la calle del Salitre (hoy Baltasar Bachero), con otra puerta a la travesía de San Lorenzo... En 1662 se fundó la iglesia, colocándose el Santísimo Sacramento en 8 de septiembre de 1670. Es uno de los templos más pobres de Madrid, según rezan los textos. Esta parroquia, que vino a purificar la antigua judería, llamábase vulgarmente *de las Chinches* por los muchos insectos de esta clase que germinaban en las humildes y cochambrosas viviendas de la feligresía.

Cfr. también Mesonero Romanos, *Nuevo manual histórico-topográfico-estadístico*, Madrid, 1854, pág. 274.

[69] La Real Compañía de Filipinas se creó en el siglo XVIII para potenciar las relaciones comerciales hispano-filipinas. Pero a comienzos del siglo XIX, España no pudo competir con el agresivo comercio inglés que se apoyaba en su Marina de Guerra. Primero con la conversión de Singapur en un puerto franco (1819) y después con la apertura del Canal de Suez (1869), Inglaterra se apoderó del comercio mundial. La Real Compañía de Filipinas sucumbió en 1833. Cfr. Lourdes Díaz Trechuelo, *La Real Compañía de Filipinas*, Sevilla, 1965.

En esto apareció en el extremo Oriente un nuevo artista, un genio que acabó de perturbar a D. Bonifacio. Este innovador[a] fue Senquá, del cual puede decirse que representaba con respecto a Ayún, en aquel arte budista, lo que en la música representa Beethoven con respecto a Mozart. Senquá modificó el estilo de Ayún, dándole más amplitud, variando más los tonos, haciendo, en fin, de aquellas sonatas graciosas, poéticas y elegantes, sinfonías poderosas con derroche de vida, combinaciones nuevas y atrevimientos admirables. Ver D. Bonifacio las primeras muestras del estilo de Sonquá y chiflarse por completo, fue todo uno.

—¡Barástolis! esto es la gloria divina —decía—; es mucho chino este[a]...

Y de tal entusiasmo nacieron pedidos imprudentes y el grave error mercantil, cuyas consecuencias no pudo apreciar aquel excelente hombre, porque le cogió la muerte.

El inventario de abanicos, tela de nipis, crudillo de seda, tejidos de Madrás[70] y objetos de marfil también arrojaba cifras muy altas, y se hizo minuciosamente. Entonces pasaron por las manos de Barbarita todas las preciosidades que en su niñez le parecían juguetes y que le habían producido fiebre. A pesar de la edad y del juicio adquirido con ella, no vio nunca con indiferencia tales chucherías, y hoy mismo declara que cuando cae en sus manos alguno de aquellos delicados campanarios de marfil, le dan ganas de guardárselo en el seno y echar a correr.

Cumplidos los quince años, era Barbarita una chica bonitísima, torneadita, fresca y sonrosada, de carácter jovial, inquieto y un tanto burlón. No había tenido novio aún, ni su madre se lo permitía. Diferentes moscones revoloteaban alrededor de ella, sin resultado. La mamá tenía sus proyectos, y empezaba a tirar acertadas líneas para realizarlos. Las familias de Santa Cruz y Arnaiz se trataban con amistad casi íntima, y además tenían vínculos de parentesco con los Trujillos. La mujer de don Baldomero I y la del difunto Arnaiz eran primas segundas, floridas ramas de aquel nudoso tronco, de aquel albarde-

---

[a] innovador: gran artista.

[b] «¡Barástolis [...] chino éste!»: «Esto es un encanto —decía—; este chico vale un imperio.»

[70] Telas finas de algodón. Madrás es un puerto comercial situado en la India.

ro de la calle de Toledo, cuya historia sabía tan bien el gordo Arnaiz. Las dos primas tuvieron un pensamiento feliz, se lo comunicaron una a otra, asombráronse de que se les hubiera ocurrido a las dos la misma cosa... «ya se ve, era tan natural...» y aplaudiéndose recíprocamente, resolvieron convertirlo en realidad dichosa. Todos los descendientes del extremeño aquel de los aparejos borricales[a] se distinguían siempre por su costumbre de trazar una línea muy corta y muy recta entre la idea y el hecho. La idea era casar a Baldomerito con Barbarita.

Muchas veces había visto la hija de Arnaiz al chico de Santa Cruz; pero nunca le pasó por las mientes que sería su marido, porque el tal, no sólo no le había dicho nunca media palabra de amores[b], sino que ni siquiera la miraba como miran los que pretenden ser mirados. Baldomero era juicioso, muy bien parecido, fornido y de buen color, cortísimo de genio, sosón como una calabaza, y de tan pocas palabras que se podían contar siempre que hablaba. Su timidez no decía bien con su corpulencia. Tenía un mirar leal y cariñoso, *como el de un gran perro de aguas*. Pasaba por la honestidad misma, iba a misa todos los días que lo mandaba la Iglesia, rezaba el rosario con la familia, trabajaba diez horas diarias o más en el escritorio sin levantar cabeza, y no gastaba el dinero que le daban sus papás. A pesar de estas raras dotes, Barbarita, si alguna vez le encontraba en la calle o en el tienda de Arnaiz o en la casa, lo que acontecía muy pocas veces, le miraba con el mismo interés con que se puede mirar una saca de carbón o un fardo de tejidos. Así es que se quedó como quien ve visiones cuando su madre, cierto día de precepto, al volver de la iglesia de Santa Cruz, donde ambas confesaron y comulgaron, le propuso el casamiento con Baldomerito. Y no empleó para esto circunloquios ni diplomacias de palabras, sino que se fue al asunto con estilo llano y decidido. ¡Ah, la línea recta de los Trujillos...!

Aunque Barbarita era desenfadada en el pensar, pronta en el responder, y sabía sacudirse una mosca que le molestase, en caso tan grave se quedó algo mortecina y tuvo vergüenza de decir a su mamá que no quería maldita cosa al chico de Santa Cruz... Lo iba a decir; pero la cara de su madre parecióle de madera. Vio en aquel entrecejo la línea corta y sin curvas, la

---

[a] los aparejos borricales: las albardas.
[b] dicho nunca media palabra de amores: hablado ni jota de nada que a amor se pareciese.

barra de acero trujillesca, y la pobre niña sintió miedo, ¡ay qué miedo! Bien conoció que su madre se había de poner como una leona, si ella se salía con la inocentada de querer más o menos. Callóse, pues, como en misa, y a cuanto la mamá le dijo aquel día y los subsiguientes sobre el mismo tema del casorio, respondía con signos y palabras de humilde aquiescencia. No cesaba de sondear su propio corazón, en el cual encontraba a la vez pena y consuelo. No sabía lo que era amor; tan sólo lo sospechaba. Verdad que no quería a su novio; pero tampoco quería a otro. En caso de querer a alguno, este alguno podía ser aquél.

Lo más particular era que Baldomero, después de concertada la boda, y cuando veía regularmente a su novia, no le decía de cosas de amor ni una miaja de letra, aunque las breves ausencias de la mamá, que solía dejarles solos un ratito, le dieran ocasión de lucirse como galán. Pero nada... Aquel zagalote guapo y desabrido no sabía salir en su conversación de las rutinas más triviales. Su timidez era tan ceremoniosa como su levita de paño negro, de lo mejor de Sedán[71], y que parecía, usada por él, como un reclamo del buen género de la casa. Hablaba de los reverberos que había puesto el marqués de Pontejos[72], del cólera del año anterior[73], de la degollina de los frailes, y de las muchas casas magníficas que se iban a

---

[71] Sedán, es una ciudad francesa con una importante industria textil especializada en paños de tela negra. Mesonero Romanos *(Manual histórico-topográfico,* págs. 450-451), señala que estos paños competían en Madrid con algunos nacionales:

> En abundantes almacenes de paños de las calles Mayor, de la Montera, de la Paz, de Carretas y otros, dividen por mitad la posesión, las fábricas de Sedán y de Luviers con las de Tarrasa, Manresa y Alcoy.

[72] El marqués-viudo de Pontejos, corregidor de Madrid (1834-1836) impulsó el despliegue de reverberos de gas en Madrid. Fernández de los Ríos *(Guía de Madrid,* pág. 701), dice:

> El sistema de gas que se había probado en ciudades importantes europeas como Manchester, se ensaya en Madrid en 1832, en calles como Mayor, Alcalá, Carretas, Puerta del Sol...

Cfr. también Mesonero Romanos, *Manual,* págs. 107-108.

[73] Se refiere a la epidemia de cólera que asoló el país durante dos años, desde enero de 1833 a enero de 1835. Afectó a cerca de medio millón de personas, de las que murieron unas cien mil. En Madrid la

edificar en los solares de los derribados conventos[74]. Todo esto era muy bonito para dicho en la tertulia de una tienda, pero sonaba a cencerrada en el corazón de una doncella, que no estando enamorada, tenía ganas de estarlo.

También pensaba Barbarita, oyendo a su novio, que la procesión iba por dentro y que el pobre chico, a pesar de ser tan grandullón, no tenía alma para sacarla fuera. «¿Me querrá?», se preguntaba la novia. Pronto hubo de sospechar que si Baldomerito no le hablaba de amor explícitamente, era por pura cortedad y por no saber cómo arrancarse; pero que estaba enamorado hasta las gachas, reduciéndose a declararlo con delicadezas, complacencias y puntualidades muy expresivas. Sin duda el amor más sublime es el más directo, y las bocas más elocuentes aquellas en que no puede entrar ni una mosca. Mas no se tranquilizaba la joven[a] razonando así, y el sobresalto y la incertidumbre no la dejaban vivir. «¡Si también le estaré yo queriendo sin saberlo!», pensaba. ¡Oh!, no; interrogándose y respondiéndose con toda lealtad, resultaba que no le quería absolutamente nada. Verdad que tampoco le aborrecía, y algo íbamos ganando[b].

Y en este desabridísimo noviazgo pasaron algunos meses, al cabo de los cuales Baldomero se soltó y despabiló algo. Su boca se fue desellando poquito a poco hasta que rompió, como un erizo de castaña que madura y se abre, dejando ver el sazonado fruto. Palabra tras palabra, fue soltando las castañas, aquellas ideas elaboradas y guardadas con religiosa ma-

---

[a] la joven: Barbarita.
[b] y algo íbamos ganando: lo que era ya no poca ventaja.

epidemia comenzó en julio de 1834, durando seis meses. Cfr. Dionisio Chaulié, *Cosas de Madrid. Memorias íntimas*, Madrid, 1884, páginas 269-270, y Antonio Fernández García, «El cólera de 1834 en Madrid. Apuntes a partir de una crisis demográfica», en *Homenaje a Antonio Domínguez Ortiz*, Madrid, 1981, págs. 455-482.
[74] En 1834-1835 hubo incendios de conventos y matanzas de religiosos en Madrid, Zaragoza y Valencia. Se han buscado muchas hipótesis para explicar las causas de tales acciones. Una de ellas, de carácter económico, es el deseo de los burgueses por adueñarse de los solares de los conventos. Galdós establece esa relación entre la violencia y el anuncio de proyectos de «edificar en los solares de los derribados conventos». Cfr. Carmen García Monerris y Juan S. Pérez Garzón, «Las barricadas de junio de 1854. Análisis sociológico», *Anales del Instituto de Estudios Madrileños*, XII (1976), págs. 213-238.

ternidad, como esconde Naturaleza sus obras en gestación. Llegó por fin el día señalado para la boda, que fue el 3 de mayo de 1835, y se casaron en Santa Cruz, sin aparato, instalándose en la casa del esposo, que era una de las mejores del barrio, en la plazuela de la Leña.

IV

A los dos meses de casados, y después de una temporadilla en que Barbarita estuvo algo distraída, melancólica y como con ganas de llorar, alarmando mucho a su madre, empezaron a notarse en aquel matrimonio, en tan malas condiciones hecho, síntomas de idilio. Baldomero parecía otro. En el escritorio canturriaba, y buscaba pretextos para salir, subir a la casa y decir una palabrita a su mujer, cogiéndola en los pasillos o donde la encontrase. También solía equivocarse al sentar una partida, y cuando firmaba la correspondencia, daba a los rasgos de la tradicional rúbrica de la casa una amplitud de trazo verdaderamente grandiosa, terminando el rasgo final hacia arriba como una invocación de gratitud dirigida al Cielo. Salía muy poco, y decía a sus amigos íntimos que no se cambiaría por un Rey, ni por su tocayo Espartero, pues no había felicidad semejante a la suya. Bárbara manifestaba a su madre con gozo discreto, que Baldomero no le daba el más mínimo disgusto; que los dos caracteres se iban armonizando perfectamente; que él era bueno como el mejor pan y que tenía mucho talento, un talento que se descubría donde y como debe descubrirse, en las ocasiones. En cuanto estaba diez minutos en la casa materna, ya no se la podía aguantar, porque se ponía desasosegada y buscaba pretextos para marcharse diciendo:

—Me voy, que está mi marido[a] solo.

El idilio se acentuaba cada día, hasta el punto de que la madre de Barbarita, disimulando su satisfacción, decía a ésta:

—Pero hija, vais a dejar tamañitos a los *Amantes de Teruel*[75].

Los esposos salían a paseo juntos todas las tardes. Jamás se

---

[a] mi marido: Baldomero.

[75] En *Fortunata y Jacinta* hay otra alusión al drama *Los amantes de Teruel* (1837) de Juan Eugenio Hartzenbusch (1806-1880).

ha visto a D. Baldomero II en un teatro sin tener al lado a su mujer. Cada día, cada mes y cada año, eran más tórtolos, y se querían y estimaban más. Muchos años después de casados, parecía que estaban en la luna de miel. El marido ha mirado siempre a su mujer como una criatura sagrada, y Barbarita ha visto siempre en su esposo el hombre más completo y digno de ser amado que en el mundo existe. Cómo se compenetraron ambos caracteres, cómo se formó la conjunción inaudita de aquellas dos almas, sería muy largo de contar. El señor y la señora de Santa Cruz, que aún viven y ojalá vivieran mil años, son el matrimonio más feliz y más admirable del presente siglo. Debieran estos nombres escribirse con letras de oro en los antipáticos salones de la Vicaría, para eterna ejemplaridad de las generaciones futuras, y debiera ordenarse que los sacerdotes, al leer la epístola de San Pablo, incluyeran algún parrafito, en latín o castellano, referente a estos excelsos casados. Doña Asunción Trujillo, que falleció en 1841 en un día triste de Madrid, el día en que fusilaron al general León [76], salió de este mundo con el atrevido pensamiento de que para alcanzar la bienaventuranza no necesitaba alegar más título que el de autora de aquel cristiano casamiento. Y que no le disputara esta gloria Juana Trujillo, madre de Baldomero, la cual había muerto el año anterior, porque Asunción probaría ante todas las cancillerías celestiales que a ella se le había ocurrido la sublime idea antes que a su prima.

Ni los años, ni las menudencias de la vida han debilitado nunca el profundísimo cariño de estos benditos cónyuges. Ya tenían canas las cabezas de uno y otro, y D. Baldomero decía a todo el que quisiera oírle que amaba a su mujer *como el primer día.* Juntos siempre en el paseo, juntos en el teatro, pues a ninguno de los dos le gusta la función si el otro no la ve también. En todas las fechas que recuerdan algo dichoso para la familia, se hacen recíprocamente sus regalitos, y para colmo

---

[76] El General Diego de León (1807-1841) formó parte de una conspiración de militares que pretendieron restaurar en el trono a la desterrada Reina Regente María Cristina. Narváez, O'Donnell y Diego de León, en torno a la «Orden Militar Española», fueron los cabecillas de esta conspiración que en el fondo tenía mucho de ataque contra un enemigo personal: Espartero, quien siendo niña Isabel II ocupaba la Regencia. Diego de León, jefe de la sublevación en Madrid, intentó sin éxito apoderarse de Isabel II. Fue condenado a muerte y, aunque se pidió clemencia a Espartero, fue ejecutado el 15 de octubre de 1841.

de felicidad, ambos disfrutan de una salud espléndida. El deseo final del señor de Santa Cruz es que ambos se mueran juntos, el mismo día y a la misma hora, en el mismo lecho nupcial en que han dormido toda su vida.

Les conocí en 1870, D. Baldomero tenía ya sesenta años, Barbarita cincuenta y dos. El era un señor de muy buena presencia, el pelo entrecano, todo afeitado, colorado, fresco, más joven que muchos hombres de cuarenta, con toda la dentadura completa y sana, ágil y bien dispuesto, sereno y festivo, la mirada dulce, siempre la mirada aquella de perrazo de Terranova. Su esposa parecióme, para decirlo de una vez, una mujer guapísima, casi estoy por decir monísima. Su cara tenía la frescura de las rosas cogidas, pero no ajadas todavía, y no usaba más afeite que el agua clara. Conservaba una dentadura ideal y un cuerpo que, aun sin corsé, daba quince y raya a muchas fantasmonas exprimidas que andan por ahí. Su cabello se había puesto ya enteramente blanco, lo cual la favorecía más que cuando lo tenía entrecano. Parecía pelo empolvado a estilo Pompadour, y como lo tenía tan rizoso y tan bien partido sobre la frente, muchos sostenían que ni allí había canas ni Cristo que lo fundó. Si Barbarita presumiera, habría podido recortar muy bien los cincuenta y dos años plantándose en los treinta y ocho, sin que nadie le sacara la cuenta, porque la fisonomía y la expresión eran de juventud y gracia, iluminadas por una sonrisa que era la pura miel... Pues si hubiera querido presumir con malicia, ¡digo...! a no ser lo que era, una matrona respetabilísima con toda la sal de Dios en su corazón, habría visto acudir los hombres como acuden las moscas a una de esas frutas que, por lo muy maduras, principian a arrugarse, y les chorrea por la corteza todo el azúcar.

¿Y Juanito?

Pues Juanito fue esperado desde el primer año de aquel matrimonio sin par[a]. Los felices esposos contaban con él este mes, el que viene y el otro, y estaban viéndole venir y deseándole como los judíos al Mesías[77]. A veces se entristecían con la tardanza; pero la fe que tenían en él les reanimaba. Si tarde o temprano había de venir... era cuestión de paciencia. Y el

---

[a] sin par: bendito.

[77] Por vez primera aparece el tema del Mesías, tema recurrente —y con diferentes significaciones— a lo largo de esta novela.

muy pillo puso a prueba la de sus padres, porque se entretuvo diez años por allá, haciéndoles rabiar. No se dejaba ver de Barbarita más que en sueños, en diferentes aspectos infantiles, ya comiéndose los puños cerrados, la cara dentro de un gorro con muchos encajes, ya talludito, con su escopetilla al hombro y mucha picardía en los ojos. Por fin Dios le mandó en carne mortal, cuando los esposos empezaron a quejarse de la Providencia y a decir que les había engañado. Día de júbilo fue aquel de septiembre de 1845 en que vino a ocupar su puesto en el más dichoso de los hogares Juanito Santa Cruz. Fue padrino del crío el gordo Arnaiz, quien dijo a Barbarita:

—A mí no me la das tú. Aquí ha habido matute. Este ternero lo has traído de la Inclusa para engañarnos... ¡Ah!, estos proteccionistas no son más que contrabandistas disfrazados[a].

Criáronle con regalo y exquisitos cuidados, pero sin mimo. D. Baldomero no tenía carácter para poner un freno a su estrepitoso cariño paternal, ni para meterse en severidades de educación y formar al chico como le formaron a él. Si su mujer lo permitiera, habría llevado Santa Cruz su indulgencia hasta consentir que el niño hiciera en todo su real gana[b]. ¿En qué consistía que habiendo sido él educado tan rígidamente por D. Baldomero I, era todo[c] blanduras con su hijo? ¡Efectos de la evolución educativa, paralela de la evolución política! Santa Cruz tenía muy presentes las ferocidades disciplinarias de su padre, los castigos que le imponía, y las privaciones que le había hecho sufrir. Todas las noches del año le obligaba a rezar el rosario con los dependientes de la casa; hasta que cumplió los veinticinco nunca fue a paseo solo, sino en corporación con los susodichos dependientes; el teatro no lo cataba sino el día de Pascua y le hacían un trajecito nuevo cada año, el cual no se ponía más que los domingos. Teníanle trabajando en el escritorio o en el almacén desde las nueve de la mañana a las ocho de la noche, y había de servir para todo, lo mismo para mover un fardo que para escribir cartas. Al anochecer, solía su padre echarle los tiempos por encender el velón de cuatro mecheros antes de que las tinieblas fueran

---

[a] para engañarnos...» ¡Ah! Estos proteccionistas no son más que contrabandistas disfrazados: para engañar a tu pariente y hacerle pasar por padre...

[b] [No tenía alma para contrariarle.]

[c] [tolerancia y .]

completamente dueñas del local. En lo tocante a juegos, no conoció nunca más que el mus, y sus bolsillos no supieron lo que era un cuarto hasta mucho después del tiempo en que empezó a afeitarse. Todo fue rigor, trabajo, sordidez. Pero lo más particular era que creyendo D. Baldomero que tal sistema había sido eficacísimo para formarle a él, lo tenía por deplorable tratándose de su hijo. Esto no era una falta de lógica, sino la consagración práctica de la idea madre de aquellos tiempos, el progreso. ¿Qué sería del mundo sin progreso? pensaba Santa Cruz, y al pensarlo sentía ganas de dejar al chico entregado a sus propios instintos. Había oído muchas veces a los economistas que iban de tertulia a casa de Cantero, la célebre frase *laissez aller, laissez passer*...[78] El gordo Arnaiz y su amigo Pastor, el economista, sostenían que todos los grandes problemas se resuelven por sí mismos, y D. Pedro Mata[79] opinaba del propio modo, aplicando a la sociedad y a la política el sistema de la medicina expectante. La naturaleza se cura sola; no hay más que dejarla. Las fuerzas reparatrices lo hacen todo, ayudadas del aire. El hombre se educa solo en virtud de las suscepciones constantes que determina en su espíritu la conciencia, ayudada del ambiente social. D. Baldomero no lo decía así; pero sus vagas ideas sobre el asunto se condensaban en una expresión de moda y muy socorrida: «El mundo marcha[a].»

Felizmente para Juanito, estaba allí su madre, en quien se equilibraban maravillosamente el corazón y la inteligencia. Sabía coger las disciplinas cuando era menester, y sabía ser indulgente a tiempo[b]. Si no le pasó nunca por las mientes obligar a rezar el rosario a un chico que iba a la Universidad y

---

[a] y muy socorrida: «el mundo marcha»: y muy socorrida, el progreso.

[b] [Con arte admirable supo hallar el justo medio entre los estúpidos rigores de la educación antigua y las indulgencias de la moderna.]

[28] Retoma Galdós el tema del librecambismo y del proteccionismo, cfr. I, nota 92.

[79] Pedro Mata (1811-1877), catedrático de Medicina Legal en San Carlos y Rector de la Universidad Central, fue durante el corto reinado de Amadeo I, gobernador de Madrid. Se le acusó de tendencias materialistas y antirreligiosas, pero él intentó defenderse en una *Vindicación* publicada en *La España Médica*. Cfr. lo que de él opina Marcelino Menéndez Pelayo, en *Historia de los heterodoxos españoles*, VI, Madrid, 1963, págs. 349-352.

entraba en la cátedra de Salmerón[80], en cambio no le dispensó del cumplimiento de los deberes religiosos más elementales. Bien sabía el muchacho[a] que si hacía novillos a la misa de los domingos, no iría al teatro por la tarde, y que si no sacaba buenas notas en junio, no había dinero para el bolsillo, ni toros, ni excursiones por el campo con Estupiñá (luego hablaré de este tipo) para cazar pájaros con red o liga, ni los demás divertimientos con que se recompensaba su aplicación.

Mientras estudió la segunda enseñanza en el colegio de Masarnau[81], donde estaba a media pensión, su mamá le repasaba las lecciones todas las noches, se las metía en el cerebro a puñados y a empujones, como se mete la lana en un cojín. Ved por donde aquella señora se convirtió en sibila, intérprete de toda la ciencia humana, pues le descifraba al niño los puntos oscuros que en los libros había, y aclaraba todas sus dudas, allá como Dios le daba a entender. Para manifestar hasta dónde llegaba la sabiduría enciclopédica de doña Bárbara, estimulada por el amor materno, baste decir que también le traducía los temas de latín, aunque en su vida había ella sabido palotada de esta lengua. Verdad que era traducción libre, mejor dicho, liberal, casi demagógica. Pero Fedro y Cicerón no se hubieran incomodado si estuvieran oyendo por encima del hombro de la maestra, la cual sacaba inmenso partido de lo poco que el discípulo sabía. También le cultivaba la memoria, descargándosela de fárrago inútil, y le hacía ver claros los problemas de aritmética elemental, valiéndose de garbanzos o judías, pues de otro modo no andaba ella muy a gusto por aquellos derroteros. Para la Historia Natural,

---

[a] el muchacho: Juanito.

[80] Nicolás Salmerón (cfr. I, nota 253) fue catedrático de Metafísica de la Universidad Central de Madrid.

[81] Vicente Masarnau fundó un famoso colegio en Madrid, en 1841, en un viejo convento desamortizado de las Religiosas Bernardas de Vallecas, situado en Alcalá, esquina a Peligros. Santiago Masarnau, estrecho colaborador de su hermano, se encargó de las actividades musicales, siendo amigo de Rossini y de Chopin. El colegio de los hermanos Masarnau gozó, durante un tiempo, de excelente reputación por su modernidad. Cfr. José M. Quadrado, *Biografía de D. S. de Masarnau*, Madrid, 1905. Galdós mencionó también este colegio en *El doctor Centeno*, pues en él fue maestro Ido del Sagrario. Cfr. José M. Quadrado, *op. cits.*, y María del Carmen Simón Palmer, *La enseñanza privada seglar en Madrid, op. cit.*, págs. 230-242.

solía la maestra llamar en su auxilio al león del Retiro[82], y únicamente en la Química se quedaban los dos parados, mirándose el uno al otro, concluyendo ella por meterle en la memoria las fórmulas, después de observar que estas cosas no las entienden más que los boticarios, y que todo se reduce a si se pone más o menos cantidad de agua del pozo. Total: que cuando Juan se hizo bachiller en Artes, Barbarita declaraba riendo que con estos teje-manejes se había vuelto, sin saberlo, una doña Beatriz Galindo[83] para latines y una catedrática universal.

V

En este interesante periodo de la crianza del heredero[a], desde el 45 para acá, sufrió la casa de Santa Cruz la transformación impuesta por los tiempos[84], y que fue puramente externa, continuando inalterada en lo esencial. En el escritorio

---

[a] crianza del heredero: criazón de Juanito.

[82] Con esta frase alude Galdós al zoo (en la época se llamaba «casa de las fieras») que Fernando VII mandó construir en el Retiro hacia 1830, y que ha existido hasta no hace mucho. Mesonero Romanos, en su *Manual*, pág. 402, habla de la «casa de las fieras»,

> un cuadrilongo muy extenso con jaulas o aposentos fuertes para fieras y animales salvajes, aves y pájaros de singular rareza, cuya colección, aunque disminuida notablemente por no haberse repuesto las faltas en estos últimos años, es un objeto de mucha curiosidad y de estudio.

Cfr. también Fernández de los Ríos, *Guía de Madrid,* págs. 363-364.

[83] Beatriz Galindo (1475-1543), famosa humanista y latinista, se la conoce también por «la latina». Fue preceptora y consejera de Isabel la Católica.

[84] En 1845 se promulgó la cuarta constitución española y se crearon el Banco de Isabel II, en Madrid, y el Banco de Barcelona, en esta ciudad. A partir de ese año la burguesía española inició —lo que afectó también al comercio— su desarrollo

> en diversos campos con una mentalidad claramente especuladora: primeros proyectos de ferrocarriles, obras públicas, fincas urbanas, compañías de seguros, Bolsa.

Cfr. Ángel Bahamonde Magro, *op. cit.,* págs. 15-16.

y en el almacén aparecieron los primeros mecheros de gas[85] hacia el año 49, y el famoso velón de cuatro luces recibió tan tremenda bofetada de la dura mano del progreso, que no se le volvió a ver más por ninguna parte. En la caja habían entrado ya los primeros billetes del Banco de San Fernando[86], que sólo se usaban para el pago de letras, pues el público los miraba aún con malos ojos. Se hablaba aún de talegas, y la operación de contar cualquier cantidad era obra para que la desempeñara Pitágoras u otro gran aritmético, pues con los doblones y ochentines, las pesetas catalanas, los duros españoles, los de veintiuno y cuartillo, las onzas, las pesetas columnarias y las monedas macuquinas, se armaba un belén espantoso. Aún no se conocían el sello de correo, ni los sobres[87] ni otras conquistas del citado progreso. Pero ya los dependientes habían empezado a sacudirse las cadenas[a]; ya no eran aquellos parias del tiempo de D. Baldomero I, a quienes no se les permitía salir sino los domingos y en comunidad, y cuyo vestido se confeccionaba por un patrón único, para que resultasen uniformados como colegiales o presidiarios. Se les dejaba concurrir a los bailes de Villahermosa o de candil[88], según las aficiones de cada uno. Pero en lo que no hubo variación fue en aquel piadoso atavismo de hacerles rezar el rosario todas las

---

[a] sacudirse las cadenas: conquistar su libertad.

[85] Se trata de una lámpara (o velón) de aceite, con uno o varios mecheros (o luces) que giraban en torno a un eje. Sobre la aparición de los mecheros de gas, cfr. I, nota 72. La llegada de la electricidad, primero en Barcelona, empezó en 1875. Cfr. Mesonero, *Manual,* página 108, y Fernández de los Ríos, *Guía de Madrid,* pág. 701.

[86] Los primeros billetes aparecieron en 1830. Las siguientes emisiones se hicieron en 1835, 1843 y 1844. El Banco de San Fernando, que se fundó en 1829, era una transformación del Banco Nacional de San Carlos, creado en 1782.

[87] El primer sello español apareció el 1 de enero de 1850. Era de papel engomado. El grabado litográfico lo hizo Bartolomé Coromina y lleva la efigie de Isabel II. El uso de los sobres se generalizó a partir de ese momento. Cfr. J. Majó Tocabens y A. Majó Díaz, *Postas y filatelia en la Barcelona del siglo XIX,* Barcelona, 1975

[88] Mesonero Romanos, en *El antiguo Madrid,* pág. 237, habla del palacio de los duques de Villahermosa, que estaba cerca del Prado, y de su «suntuoso salón de bailes». El mismo Mesonero Romanos, en «La capa vieja y el baile del candil» (cfr. *Escenas matritenses,* Madrid, 1967, págs. 214-220) habla del «baile del candil, baile popular a la luz de un candilón de cuatro mechas».

noches. Esto no pasó a la historia hasta la época reciente del traspaso a *los Chicos*. Mientras fue D. Baldomero jefe de la casa, ésta no se desvió en lo esencial de los ejes diamantinos sobre que la tenía montada el padre, a quien se podría llamar *D. Baldomero el Grande*. Para que el progreso pusiera su mano en la obra de aquel hombre extraordinario, cuyo retrato, debido al pincel de D. Vicente López[89], hemos contemplado con satisfacción en la sala de sus ilustres descendientes, fue preciso que todo Madrid se transformase; que la desamortización edificara una ciudad nueva sobre los escombros de los conventos[90]; que el Marqués de Pontejos[91] adecentase este

---

[89] El pintor valenciano Vicente López (1772-1850), que tiene una amplia obra histórico-religiosa, es sobre todo conocido como retratista, destacando, en especial, el retrato de Goya que hizo en 1827.

[90] Sin duda se refiere Galdós, en esta ocasión, a los efectos de la desamortización de Madoz que, en la década 1856-1866, supuso una nueva eclosión del negocio especulativo. El precedente de esta eclosión fue la puesta en venta por Mendizábal, en 1836, de las fincas del clero. Pero, volviendo a Madoz, Ángel Bahamonde, en su excelente y modélica tesis doctoral, *El horizonte económico de la burguesía isabelina: Madrid, 1856-1866, op. cit.,* págs. 20-21, dice:

> ... en 1856 se abre la época de vacas gordas para la burguesía especuladora en lo referente al negocio del suelo urbano. No podía ser de otra manera teniendo en cuenta el desfase entre el incremento demográfico que por vía migratoria recibe Madrid y la capacidad del casco urbano. El ensanche y la remodelación del casco viejo atraen el interés inversor disparando precios del suelo y alquileres, lo que provoca el nacimiento de un enjambre de empresas especuladoras que centran su actividad en este campo, sobre todo después de la aprobación, el 19 de julio de 1860, del proyecto sobre el ensanche de Madrid realizado por el ingeniero Carlos de Castro.

Cfr. también A. Bahamonde Magro y J. Toro Mérida, *Burguesía, especulación y cuestión social en el Madrid del siglo XIX*, Madrid, 1978.

[91] Joaquín Vizcaíno, marqués viudo de Pontejos (1790-1840), se sumó al movimiento liberal de Riego en 1820 y tuvo que emigrar de 1823 a 1833. De vuelta a España tras la muerte de Fernando VII, fue nombrado alcalde de Madrid en 1834. Desarrolló una enorme actividad. Levantó un minucioso plano de la Villa; organizó la rotulación y numeración de las calles; construyó nuevos mercados; terminó el Paseo de la Castellana; fundó el Asilo de San Bernardino y el Monte de Piedad y Caja de Ahorros; reorganizó las Sociedades Económicas de Amigos del País...

lugarón; que las reformas arancelarias del 49 y del 68, pusieran patas arriba todo el comercio madrileño[92]; que el grande ingenio de Salamanca[93] idease los primeros ferrocarriles; que

[92] Durante casi todo el siglo XIX hubo una polémica en torno al proteccionismo y al librecambismo. Defendían el proteccionismo la industria textil catalana, los ferreteros vascos y los productores de cereales castellanos. Pero la opinión pública y los políticos progresistas eran partidarios del librecambismo. Triunfaron, o se impusieron, unos proyectos de reforma arancelaria que iban a marcar, en el caso de la industria textil, unos topes con los que se permitía solamente la entrada de hilados extranjeros que fueran inferiores a los que se fabricaban en España (cfr. I, nota 129). Se quería así salvar la amenazada industria textil nacional. La primera reforma arancelaria nombrada por Galdós se promulgó el 5 de octubre de 1849 y subsistió, con cambios menores, hasta el 1 de julio de 1869 en que se aprobó una nueva ley arancelaria, librecambista también. Aunque esta ley encontró la oposición de los burgueses y los obreros catalanes,

> el ambiente de Madrid, tanto de la bolsa como del comerio, representado por el Círculo Mercantil, era francamente favorable (a tal ley)...

Cfr. Vicens Vives, *Historia social y económica de España y América*, V, Barcelona, 1979, pág. 227.

[93] José de Salamanca, marqués de Salamanca (1811-1883), diputado y ministro, se sirvió de los cargos públicos para obtener situaciones ventajosas en el mundo de los negocios. Según Ángel Bahamonde (que le dedica un capítulo de su tesis, *op. cit.*, págs. 386-429), hay que reconocer su «capacidad emprendedora», pero

> queda matizada por esta posición de ventaja, de la que gozó en la mayor parte de su carrera *financiera*, sobre todo, en sus orígenes.

Fue amigo de Narváez, contó con el favor de la Reina Regente María Cristian y de su marido —lo que le abrió las puertas de los círculos financieros del Banco de San Fernando y de Isabel II. Estas influencias las empleó para construir ferrocarriles y quedarse con concesiones. En 1844 solicitó la concesión de la línea Madrid-Aranjuez. Los trabajos de construcción de esta línea, tras una interrupción, se terminaron en 1851. La construyó siendo ministro de Hacienda. Concedió sustanciales subvenciones que él mismo debía recibir como empresario de la compañía.

> Esta política ministerial —señala Vicens Vives, *op. cit.*, página 204—, compartida por la Corte, fue uno de los motivos que inspiraron el pronunciamiento de 1854 (la Vicalvarada)...

Construyó además otras líneas: Madrid-Albacete-Alicante; Madrid-

Madrid *se colocase,* por arte del vapor, a cuarenta horas de París[94], y por fin, que hubiera muchas guerras y revoluciones y grandes trastornos en la riqueza individual[a].

También la casa de Gumersindo Arnaiz, hermano de Barbarita, ha pasado por grandes crisis y mudanzas desde que murió D. Bonifacio. Dos años después del casamiento de su hermana con Santa Cruz, casó Gumersindo con Isabel Cordero, hija de D. Benigno Cordero, mujer de gran disposición, que supo ver claro en el negocio de tiendas y ha sido la salvadora de aquel acreditado establecimiento. Comprometido éste del 40 al 45, por los últimos errores del difunto Arnaiz, se defendió con los *mahones,* aquellas telas ligeras y frescas que tanto se usaron hasta el 54. El género de China decaía visiblemente. Las galeras aceleradas iban trayendo a Madrid cada día con más presteza las novedades parisienses, y se apuntaba la invasión lenta y tiránica de los medios colores, que pretenden ser signo de cultura. La sociedad española empezaba a presumir de *seria;* es decir, a vestirse lúgubremente, y el alegre imperio de los colorines se derrumbaba de un modo indudable. Como se habían ido las capas rojas, se fueron los pañuelos de Manila. La aristocracia los cedía con desdén a la clase media, y ésta, que también quería ser aristócrata, entregábalos al pueblo, último y fiel adepto de los matices vivos. Aquel encanto de los ojos, aquel prodigio de color, remedo de la naturaleza sonriente, encendida por el sol de Mediodía, empezó a perder terreno, aunque el pueblo, con instinto de colorista y poeta, defendía la prenda española como defendió el parque de Monteleón y los reductos de Zaragoza[95]. Poco a poco iba cayendo el chal de

---

[a] [y por fin, que el propio D. Baldomero II se encontrase harto de dinero y deseara ceder su negocio a los *alumnos netos del progreso.*]

Zaragoza; Castillejo-Toledo; Tudela-Pamplona-Francia... Sus actividades financieras estuvieron también ligadas a los Rothschild. (Más sobre el marqués de Salamanca en II, nota 12.)

[94] La línea Madrid-París por Irún se inauguró en 1864. Cfr. I, nota 32.

[95] Con estas dos frases se alude a la resistencia del pueblo de Madrid y de Zaragoza contra las tropas napoleónicas. En la actualidad, existe en el centro de la Plaza del Dos de Mayo (Madrid), a modo de reliquia, un arco que era la puerta de entrada al parque de Artillería que fue destruido durante la sangrienta jornada del dos de mayo.

los hombros de las mujeres hermosas, porque la sociedad se empeñaba en parecer grave, y para ser grave nada mejor que envolverse en tintas de tristeza. Estamos bajo la influencia del Norte de Europa, y ese maldito Norte nos impone los grises que toma de su ahumado cielo. El sombrero de copa da mucha respetabilidad a la fisonomía, y raro es el hombre que no se cree importante sólo con llevar sobre la cabeza un cañón de chimenea. Las señoras no se tienen por tales si no van vestidas de color de hollín, ceniza, rapé, verde botella o pasa de corinto. Los tonos vivos las encanallan, porque el pueblo ama el rojo bermellón, el amarillo tila, el cadmio y el verde forraje; y está tan arraigado en la plebe el sentimiento del color, que la *seriedad* no ha podido establecer su imperio sino transigiendo. El pueblo ha aceptado el oscuro de las capas, imponiendo el rojo de las vueltas; ha consentido las capotas, conservando las mantillas y los pañuelos chillones para la cabeza; ha transigido con los gabanes y aun con el *polisón,* a cambio de las toquillas de gama clara, en que domina el celeste, el rosa y el amarillo de Nápoles. El crespón es el que ha ido decayendo desde 1840, no sólo por la citada evolución de la *seriedad* europea, que nos ha cogido de medio a medio, sino por causas económicas a las que no podíamos sustraernos.

Las comunicaciones rápidas nos trajeron mensajeros de la potente industria belga, francesa e inglesa, que necesitaban mercados. Todavía no era moda ir a buscarlos al África, y los venían a buscar aquí, cambiando cuentas de vidrio por pepitas de oro; es decir, lanillas, cretonas y merinos, por dinero contante o por obras de arte. Otros mensajeros saqueaban nuestras iglesias y nuestros palacios, llevándose los brocados históricos de casullas y frontales, el tisú y los terciopelos con bordados y aplicaciones, y otras muestras riquísimas de la industria española. Al propio tiempo arramblaban por los espléndidos pañuelos de Manila, que habían ido descendiendo hasta las gitanas. También se dejó sentir aquí, como en todas partes, el efecto de otro fenómeno comercial, hijo del progreso. Refiérome a los grandes acaparamientos del comercio inglés, debidos al desarrollo de su inmensa marina. Esta influencia se manifestó bien pronto en aquellos humildes rincones de la calle de Postas por la depreciación súbita del género de la China. Nada más sencillo que esta depreciación. Al fundar los ingleses el gran depósito comercial de Singapore, monopolizaron el tráfico del Asia y arruinaron el comercio que hacíamos por la vía de Cádiz y cabo de Buena Esperanza con aquellas apartadas regiones[96]. Ayún y Senquá dejaron de ser nuestros mejores amigos, y se hicieron amigos de los ingleses. El sucesor de estos artistas, el fecundo e inspirado King-Cheong[97] se cartea en inglés con nuestros comerciantes y da sus precios en libras esterlinas. Desde que Singapore apareció en la geografía práctica, el género de Cantón y Shangai dejó de venir en aquellas pesadas fragatonas de los armadores de Cádiz, los Fernández de Castro, los Cuesta, los Rubio; y la dilatada travesía del Cabo pasó a la historia como apéndice de los fabulosos trabajos de Vasco de Gama y de Alburquerque. La vía nueva trazáronla los vapores ingleses combinados con el ferrocarril de Suez.

Ya en 1840 las casas que traían directamente el género de Cantón no podían competir con las que lo encargaban a Liverpool[98 a]. Cualquier mercachifle de la calle de Postas se proveía de este artículo sin ir a tomarlo en los dos o tres depósitos que en Madrid había. Después las corrientes han cambiado otra vez, y al cabo de muchos años ha vuelto a traer España directamente las obras de King-Cheong; mas para esto ha sido preciso que viniera la gran vigorización del comercio después del 68 y la robustez de los capitales de nuestros días.

El establecimiento de Gumersindo Arnaiz se vio amenazado de ruina, porque las tres o cuatro casas cuya especialidad[b] era como una herencia o traspaso de la Compañía de Filipinas, no podían seguir monopolizando la pañolería y demás artes chinescas. Madrid se inundaba de género a precio más bajo que el de las facturas de D. Bonifacio Arnaiz, y era preciso realizar de cualquier modo. Para compensar las pérdidas de *quemazón,* urgía plantear otro negocio, buscar nuevos caminos, y aquí fue

---

[a] [La baratura de los fletes abarató el género.]
[b] cuya especialidad: cuyo monopolio.

[96] Cfr. I, nota, 69.
[97] Ayún, Senquá y King-Cheong son nombres que Galdós probablemente oyó mencionar a algún comerciante madrileño y, al hacer la transcripción de los nombres, deformó la ortografía y los convirtió en figuras inidentificables. Ortiz Armengol —gran conocedor de las relaciones comerciales chinas y filipinas con Europa— tampoco ha podido identificar a estos tres hipotéticos artistas (52, 60 y 73).
[98] Galdós alude a la existencia de un tráfico entre «el gran depósito comercial de Singapur» y el centro distribuidor de Liverpool que antes de que se abriera en 1869 el Canal de Suez, se hacía por vía terrestre a través de los 160 km del istmo.

donde lució sus altas dotes Isabel Cordero, esposa de Gumersindo, que tenía más pesquis que éste. Sin saber palotada de Geografía, comprendía que había un Singapore y un istmo de Suez.

Adivinaba el fenómeno comercial, sin acertar a darle nombre, y en vez de echar maldiciones contra los ingleses, como hacía su marido, se dio a discurrir el mejor remedio. ¿Qué corrientes seguirían? La más marcada era la de las *novedades*, la de la influencia de la fabricación francesa y belga, en virtud de aquella ley de los grises del Norte[a], invadiendo, conquistando y anulando nuestro ser colorista y romancesco. El vestir se anticipaba al pensar y cuando aún los versos no habían sido desterrados por la prosa, ya la lana había hecho trizas a la seda.

—Pues apechuguemos con las *novedades*— dijo Isabel a su marido, observando aquel furor de modas que le entraba a esta sociedad y el afán que todos los madrileños sentían de ser elegantes *con seriedad*.

Era, por añadidura, la época en que la clase media entraba de lleno en el ejercicio de sus funciones, apandando todos los empleos creados por el nuevo sistema político y administrativo, comprando a plazos todas las fincas que habían sido de la Iglesia, constituyéndose en propietaria del suelo y en usufructuaria del presupuesto, absorbiendo en fin los despojos del absolutismo y del clero, y fundando el imperio de la levita. Claro es que la levita es el símbolo; pero lo más interesante de tal imperio está en el vestir de las señoras, origen de energías poderosas, que de la vida privada salen a la pública y determinan hechos grandes. ¡Los trapos, ay! ¿Quién no ve en ellos una de las principales energías de la época presente, tal vez una causa generadora de movimiento y vida? Pensad un poco en lo que representan, en lo que valen, en la riqueza y el ingenio que consagra a producirlos la ciudad más industriosa del mundo, y sin querer, vuestra mente os presentará entre los pliegues de las telas de moda todo nuestro organismo mesocrático, ingente pirámide en cuya cima hay un sombrero de copa; toda la máquina política y administrativa, la deuda pública y los ferrocarriles, el presupuesto y las rentas, el Estado tutelar y el parlamentarismo socialista.

Pero Gumersindo e Isabel habían llegado un poco tarde, porque las *novedades* estaban en manos de mercaderes listos, que sabían ya el camino de París. Arnaiz fue también allá;

---

[a] los grises del Norte: la seriedad europea.

mas no era hombre de gusto y trajo unos adefesios que no tuvieron aceptación. La Cordero, sin embargo, no se desanimaba. Su marido empezaba a atontarse; ella a *ver claro*. Vio que las costumbres de Madrid se transformaban rápidamente, que esta orgullosa Corte iba a pasar en poco tiempo de la condición de aldeota indecente a la de capital civilizada. Porque Madrid no tenía de metrópoli más que el nombre y la vanidad ridícula. Era un payo con casaca de gentil-hombre y la camisa desgarrada y sucia. Por fin el paleto se disponía a ser señor de verdad. Isabel Cordero, que se anticipaba a su época, presintió la traída de aguas del Lozoya[99], en aquellos veranos ardorosos en que el Ayuntamiento refrescaba y alimentaba las fuentes del Berro y de la Teja[100] con cubas de agua sacada de los pozos; en aquellos tiempos en que los portales eran sentinas y en que los vecinos iban de un cuarto a otro con el pucherito en la mano, pidiendo por favor un poco de agua para afeitarse.

La perspicaz mujer vio el porvenir, oyó hablar del gran proyecto de Bravo Murillo, como de una cosa que ella había sentido en su alma. Por fin Madrid, dentro de algunos años, iba a tener raudales de agua distribuidos en las calles y plazas, y adquiriría la costumbre de lavarse, por lo menos, la cara y las manos. Lavadas estas partes, se lavaría después otras. Este Madrid, que entonces era futuro, se le representó con visiones de camisas limpias en todas las clases, de mujeres ya acostumbradas a mudarse todos los días, y de señores que eran la

---

[99] A mediados del siglo pasado se hizo necesario dotar a Madrid de agua suficiente para sus necesidades y, tras una serie de proyectos, el ministro Bravo Murillo encargó en 1848 la elaboración de un nuevo proyecto para la traída de aguas a Madrid, viéndose la posibilidad de traer el agua mediante un canal del río Lozoya. En agosto de 1851 se iniciaron las obras. La longitud del canal era de unos 77 kilómetros hasta el depósito del Campo de Guardias. Los depósitos de Lozoya estaban situados en el Paseo de Santa Engracia *(Madrid,* V, páginas 1.823-31). La construcción de otro depósito, muy cerca del primero, se inició en 1872.

[100] La fuente del Berro pertenecía al distrito de Aduana; estaba en las afueras de Madrid «entre los caminos de Alcalá y Vicálvaro». El agua de esta fuente es muy estimada por los habitantes de Madrid. Cfr. Madoz, *Diccionario,* X, págs. 702-703. La Fuente de la Teja pertenecía al distrito de Palacio; estaba también a las afueras, «más arriba de la pradera del Corregidor». Cfr. Madoz, *Diccionario,* X, página 702.

misma pulcritud. De aquí nació la idea de dedicar la casa al género blanco, y arraigada fuertemente la idea, poco a poco se fue haciendo realidad. Ayudado por D. Baldomero y Arnaiz, Gumersindo empezó a traer batistas finísimas de Inglaterra, holandas y escocias, irlandas y madapolanes, *nansouk* y cretonas de Alsacia, y la casa se fue levantando no sin trabajo de su postración hasta llegar a adquirir una prosperidad relativa. Complemento de este negocio *en blanco,* fueron la damasquería gruesa, los cutíes para colchones y la mantelería de Courtray que vino a ser *especialidad* de la casa, como lo decía un rótulo añadido al letrero antiguo de la tienda. Las puntillas y encajería mecánica vinieron más tarde, siendo tan grandes los pedidos de Arnaiz, que una fábrica de Suiza trabajaba sólo para él. Y por fin, las crinolinas dieron al establecimiento buenas ganancias. Isabel Cordero, que había presentido el Canal del Lozoya, presintió también el miriñaque[101], que los franceses llamaban *Malakoff,* invención absurda que parecía salida de un cerebro enfermo de tanto pensar en la dirección de los globos.

De la pañolería y artículos asiáticos, sólo quedaban en la casa por los años del 50 al 60 tradiciones religiosamente conservadas. Aún había alguna torrecilla de marfil, y buena porción de mantones ricos de alto precio en cajas primorosas. Era quizás Gumersindo la persona que en Madrid tenía más arte para doblarlos, porque ha de saberse que doblar un crespón era tarea tan difícil como hinchar un perro. No sabían hacerlo sino los que de antiguo tenían la costumbre de manejar aquel artículo, por lo cual muchas damas, que en algún baile de máscaras se ponían el chal, lo mandaban al día siguiente, con la caja, a la tienda de Gumersindo Arnaiz, para que éste lo doblase según arte tradicional, es decir, dejando oculta la rejilla de a tercia y el fleco de a cuarta, y visible en el cuartel superior el dibujo central. También se conservaban en la tienda los dos maniquís vestidos de mandarines. Se pensó en retirarlos, porque ya estaban los pobres un poco tronados; pero Barbarita se opuso, porque dejar de verlos allí haciendo juego con la fisonomía lela y honrada del Sr. de Ayún, era

---

[101] El miriñaque era una especie de refajo, hueco y con armadura de alambre, que se empleaba para ahuecar las faldas. El miriñaque tenía, pues, para algunas mentes imaginativas algo de globo y también de la fortificada torre Malakoff, que dominaba la ciudad y la bahía de Sebastopol, y hubo de sufrir el asedio de los franceses en 1854-1855.

como si enterrasen a alguno de la familia; y aseguró que si su hermano se obstinaba en quitarlos, ella se los llevaría a su casa para ponerlos en el comedor, haciendo juego con los aparadores.

VI

Aquella gran mujer, Isabel Cordero de Arnaiz, dotada de todas las agudezas del traficante y de todas las triquiñuelas económicas del ama de gobierno, fue agraciada además por el Cielo con una fecundidad prodigiosa. En 1845, cuando nació Juanito, ya había tenido ella cinco, y siguió pariendo con la puntualidad de los vegetales que dan fruto cada año. Sobre aquellos cinco hay que apuntar doce más en la cuenta; total, diez y siete partos, que recordaba asociándolos a fechas célebres del reinado de Isabel II.

—Mi primer hijo —decía— nació cuando vino la tropa carlista hasta las tapias de Madrid. Mi Jacinta nació cuando se casó la Reina, con pocos días de diferencia. Mi Isabelita[a] vino al mundo el día mismo en que el cura Merino le pegó la puñalada a Su Majestad, y tuve a Rupertito el día de San Juan del 58, el mismo día que se inauguró la traída de aguas[102].

Al ver la estrecha casa, se daba uno a pensar que la ley de impenetrabilidad de los cuerpos fue el pretexto que tomó la muerte para mermar aquel bíblico rebaño. Si los diez y siete chiquillos hubieran vivido, habría sido preciso ponerlos en los balcones como los tiestos, o colgados en jaulas de machos de perdiz. El garrotillo y la escarlatina fueron entresacando aquella mies apretada, y en 1870 no quedaban ya más que nueve. Los dos primeros volaron a poco de nacidos. De tiempo en

---

[a] Isabelita: Carmencita.

[102] En 1845 —cuando «ya había tenido ella cinco»— se promulgó la cuarta constitución española (la frase es irónica, claro está). Las tropas carlistas llegaron a las puertas de Madrid el 12 de septiembre de 1837. Isabel II (la Reina) se casó con su primo Francisco de Asís de Borbón el 10 de octubre de 1846. Fue entonces cuando Carlos Luis, conde de Montemolín, comenzó la llamada *segunda guerra carlista*. Sobre el atentado del cura Merino, ocurrido el 3 de febrero de 1852, cfr. *La revolución de julio, O. C.,* IV, págs. 333-334. El día que se inauguró la traída de aguas, por el canal de Lozoya, fue el 24 de junio de 1856. Cfr. I, nota 95.

tiempo se moría uno, ya crecidito, y se aclaraban las filas. En no sé qué año, se murieron tres con intervalo de cuatro meses. Los que rebasaron de los diez años, se iban criando regularmente.

He dicho que eran nueve. Falta consignar que de estas nueve cifras, siete correspondían al sexo femenino. ¡Vaya una plaga que le había caído al bueno de Gumersindo! ¿Qué hacer con siete chiquillas? Para guardarlas cuando fueran mujeres, se necesitaba un cuerpo de ejército. ¿Y cómo casarlas bien a todas? ¿De dónde iban a salir siete maridos buenos? Gumersindo, siempre que de esto se le hablaba, echábalo a broma, confiando en la buena mano que tenía su mujer para todo.

—Verán —decía—, cómo saca ella de debajo de las piedras siete yernos de primera.

Pero la fecunda esposa no las tenía todas consigo. Siempre que pensaba en el porvenir de sus hijas se ponía triste; y sentía como remordimientos de haber dado a su marido una familia que era un problema económico. Cuando hablaba de esto con su cuñada Barbarita, lamentábase de parir hembras como de una responsabilidad. Durante su campaña prolífica, desde el 38 al 60, acontecía que a los cuatro o cinco meses de haber dado a luz, ya estaba otra vez encinta. Barbarita no se tomaba el trabajo de preguntárselo, y lo daba por hecho.

—Ahora —le decía—, vas a tener un muchacho.

Y la otra, enojada, echando pestes contra su fecundidad, respondía[a].

—Varón o hembra, estos regalos debieran ser para ti. A ti debiera Dios darte un canario de alcoba todos los años.

Las ganancias del establecimiento no eran escasas; pero los esposos Arnaiz no podían llamarse ricos, porque con tanto parto y tanta muerte de hijos y aquel familión de hembras la casa no acababa de florecer como debiera. Aunque Isabel hacía milagros de arreglo y economía, el considerable gasto cotidiano quitaba al establecimiento mucha savia. Pero nunca dejó de cumplir Gumersindo sus compromisos comerciales, y si su capital no era grande, tampoco tenía deudas. El *quid* estaba en colocar bien las siete chicas, pues mientras esta tremenda campaña matrimoñesca no fuera coronada por un éxito brillante, en la casa no podía haber grandes ahorros.

---

[a] echando pestes contra su fecundidad, respondía: sublevándose contra su fecundidad y renegando de ella, respondía:

Isabel Cordero era, veinte años ha, una mujer desmejorada, pálida, deforme de talle, como esas personas que parece se están desbaratando y que no tienen las partes del cuerpo en su verdadero sitio. Apenas se conocía que había sido bonita. Los que la trataban no podían imaginársela en estado distinto del que se llama interesante, porque el barrigón parecía en ella cosa normal, como el color de la tez o la forma de la nariz. En tal situación y en los breves periodos que tenía libres, su actividad era siempre la misma, pues hasta el día de caer en la cama estaba sobre un pie, atendiendo incansable al complicado gobierno de aquella casa. Lo mismo funcionaba en la cocina que en el escritorio, y acabadita de poner la enorme sartén de migas para la cena o el calderón de patatas, pasaba a la tienda a que su marido la enterase de las facturas que acababa de recibir o de los avisos de letras. Cuidaba principalmente de que sus niñas no estuviesen ociosas[a]. Las más pequeñas y los varoncitos iban a la escuela; las mayores trabajaban en el gabinete de la casa, ayudando a su madre en el repaso de la ropa, o en acomodar al cuerpo de los varones las prendas desechadas del padre. Alguna de ellas se daba maña para planchar; solían también lavar en el gran artesón de la cocina, y zurcir y echar un remiendo. Pero en lo que mayormente sobresalían todas era en el arte de arreglar sus propios perendengues. Los domingos, cuando su mamá las sacaba a paseo, en larga procesión, iban tan bien apañaditas que daba gusto verlas. Al ir a misa, desfilaban entre la admiración de los fieles; porque conviene apuntar que eran muy monas. Desde las dos mayores que eran ya mujeres, hasta la última, que era una miniaturita, formaban un rebaño interesantísimo que llamaba la atención por el número y la escala gradual de las tallas. Los conocidos que las veían entrar, decían:

—Ya está ahí doña Isabel con el muestrario.

La madre, peinada con la mayor sencillez, sin ningún adorno, flácida, pecosa y desprovista ya de todo atractivo personal que no fuera la respetabilidad, pastoreaba aquel rebaño, llevándolo por delante como los paveros en Navidad.

¡Y que no pasaba flojos apuros la pobre para salir airosa en aquel papel inmenso! A Barbarita le hacía ordinariamente sus confidencias.

—Mira, hija, algunos meses me veo tan agonizante, que no sé qué hacer. Dios me proteje, que si no... Tú no sa-

---

[a] sus niñas no estuviesen ociosas: sus siete niñas no trabajasen.

bes lo que es vestir siete hijas. Los varones, con los deshechos de la ropa de su padre que yo les arreglo, van tirando. ¡Pero las niñas!... ¡Y con estas modas de ahora y este suponer!... ¿Viste la pieza de merino azul? pues no fue bastante y tuve que traer diez varas más. ¡Nada te quiero decir del ramo de zapatos! Gracias que dentro de casa la que se me ponga otro calzado que no sea las alpargatitas de cáñamo, ya me tiene hecha una leona. Para llenarles la barriga, me defiendo con las patatas y las migas. Este año he suprimido los estofados. Sé que los dependientes refunfuñan; pero no me importa. Que vayan a otra parte donde los traten mejor. ¿Creerás que un quintal de carbón se me va como un soplo? Me traigo a casa dos arrobas de aceite, y a los pocos días... pif... parece que se lo han chupado las lechuzas. Encargo a Estupiñá dos o tres quintales de patatas, hija, y como si no trajera nada[a].

En la casa había dos mesas. En la primera comían el principal y su señora, las niñas, el dependiente más antiguo y algún pariente, como Primitivo Cordero cuando venía a Madrid de su finca de Toledo, donde residía. A la segunda se sentaban los dependientes menudos y los dos hijos, uno de los cuales hacía su aprendizaje en la tienda de blondas de Segundo Cordero. Era un total de diez y siete o diez y ocho bocas. El gobierno de tal casa, que habría rendido a cualquiera mujer, no fatigaba visiblemente a Isabel. A medida que las niñas iban creciendo, disminuía para la madre parte del trabajo material; pero este descanso se compensaba con el exceso de vigilancia para guardar el rebaño, cada vez más perseguido de lobos y expuesto a infinitas asechanzas[b]. Las chicas no eran malas, pero eran jovenzuelas, y ni Cristo Padre podía evitar los atisbos por el único balcón de la casa o por la ventanucha que daba al callejón de San Critóbal. Empezaban a entrar en la casa cartitas y a desarrollarse esas intrigüelas inocentes que son juegos de amor, ya que no el amor mismo. Doña Isabel estaba siempre con cada ojo como un farol, y no las perdía de vista un momento. A esta fatiga ruda del espionaje materno uníase el trabajo de exhibir y airear el muestrario, por ver si caía

---

[a] [¿Principios? ¡Ah! Ese es mi fuerte. Los frititos de sesos cuando están a real no me hacen mal avío; pero la ternera de falda y el carnero hay que tratarlos con muchísimo respeto y no dejar que estas bocas tragonas se familiaricen con una cosa tan cara. ¡A dónde iremos a parar!]

[b] jovenzuelas: hembras de pocos años.

algún parroquiano o por otro nombre, marido. Era forzoso *hacer el artículo,* y aquella gran mujer, negociante en hijas, no tenía más remedio que vestirse y concurrir con su *género* a tal o cual tertulia de amigas, porque si no lo hacía, ponían las nenas unos morros que no se las podía aguantar. Era también de rúbrica el paseíto los domingos, en corporación, las niñas muy bien arregladitas con cuatro pingos que parecían lo que no eran, la mamá muy estirada de guantes, que le imposibilitaban el uso de los dedos, con manguito que le daba un calor excesivo a las manos, y su buena cachemira. Sin ser vieja lo parecía.

Dios, al fin, apreciando los méritos de aquella heroína, que ni un punto se aparta de su puesto en el combate social, echó una mirada de benevolencia sobre el muestrario y después lo bendijo. La primera chica que se casó fue la segunda, llamada Candelaria, y en honor de la verdad, no fue muy lucido aquel matrimonio. Era el novio un buen muchacho, dependiente en la camisería de la viuda de Aparisi. Llamábase Pepe Samaniego[103] y no tenía más fortuna que sus deseos de trabajar y su honradez probada. Su apellido se veía mucho en los rótulos del comercio menudo[a]. Un tío suyo era boticario en la calle del Ave María. Tenía un primo pescadero, otro tendero de capas en la calle de la Cruz, otro prestamista, y los demás, lo mismo que sus hermanos, eran todos horteras. Pensaron primero los de Arnaiz oponerse a aquella unión; mas pronto se hicieron esta cuenta:

—No están los tiempos para hilar muy delgado en esto de los maridos. Hay que tomar todo lo que se presente, porque son siete a colocar. Basta con que el chico sea formal y trabajador.

Casóse luego la mayor, llamada Benigna en memoria de su abuelito el héroe de Boteros[104]. Esta sí que fue buena boda.

---

[a] [Su padre fue dueño de una droguería en la calle de la Concepción Jerónima, y arruinado en ella, se dedicó a corredor de granos.]

[103] Los Samaniegos pululan también en otras obras de Galdós. Ya se ha mencionado al farmacéutico Samaniego, esposo de Casta Moreno y padre de Aurora y Olimpia. Más adelante nos encontraremos con un Claudio Samaniego, prestamista que acosaba continuamente a Juan Pablo Rubín.

[104] Benigno Cordero, convencido liberal que comerciaba con encajes, fue un heroico miliciano en el Arco de Boteros (7 de julio de 1822), batiéndose, junto a la Milia Nacional, contra los Guardias

El novio era Ramón Villuendas, hijo mayor del célebre cambiante de la calle de Toledo; gran casa, fortuna sólida. Era ya viudo con dos chiquillos, y su parentela ofrecía variedad chocante en orden de riqueza. Su tío D. Cayetano Villuendas estaba casado con Eulalia hermana del marqués de Casa-Muñoz, y poseía muchos millones; en cambio, había un Villuendas tabernero y otro que tenía un tenducho de percales y bayetas llamado *El Buen Gusto*. El parentesco de los Villuendas pobres con los ricos no se veía muy claro; pero parientes eran y muchos de ellos se trataban y se tuteaban.

La tercera de las chicas, llamada Jacinta, pescó marido al año siguiente. ¡Y qué marido!... Pero al llegar aquí, me veo precisado a cortar esta hebra, y paso a referir ciertas cosas que han de preceder a la boda de Jacinta[a].

---

[a] aquí me veo [...] a la boda de Jacinta: aquí, ruego a mis lectores que se quiten el sombrero si casualmente lo tienen en la cabeza, porque esta Jacinta es figura y persona digna de los mejores respetos, no sólo por el noble papel que su destino la llamó a desempeñar en el mundo, sino por el que en esta verídica historia tiene, conforme al reparto natural, obra espontánea de los sucesos.

Y paso a referir otras cosas que han de preceder a la boda de Jacinta.

Reales, que tuvieron que capitular. Benigno Cordero, personaje ficticio, apareció en varios *Episodios Nacionales,* donde se explica que se le llamó «el héroe de Boteros» por las heroicidades que llevó a cabo el 7 de julio de 1822. Tal vez Galdós tomó el nombre de este héroe de las viviendas que se construyeron en 1842, las Casas del Cordero, llamadas así porque las mandó construir Santiago Alonso Cordero. Fue el primer bloque de edificios de viviendas. Las fachadas dan a la Puerta del Sol y Mayor, a Esparteros, a Pontejos y a Correo. La fachada que da a Pontejos sigue teniendo en las plantas bajas tiendas de mercería. Cfr. *Guía de Madrid*, Madrid, 1982, pág. 123.

III

Estupiñá

I

En la tienda de Arnaiz, junto a la reja que da a la calle de San Cristóbal, hay actualmente tres sillas de madera curva de Viena, las cuales sucedieron hace años a un banco sin respaldo forrado de hule negro, y este banco tuvo por antecesor a un arcón o caja vacía. Aquella era la sede de la inmemorial tertulia de la casa. No había tienda sin tertulia, como no podía haberla sin mostrador y santo tutelar. Era esto un servicio suplementario que el comercio prestaba a la sociedad en tiempos en que no existían casinos, pues aunque había sociedades secretas y clubs y cafés más o menos patrióticos, la gran mayoría de los ciudadanos pacíficos no iba a ellos, prefiriendo charlar en las tiendas. Barbarita tiene aún reminiscencias vagas de la tertulia en los tiempos de su niñez. Iba un fraile muy flaco que era el padre Alelí[105], un señor pequeñito con anteo-

---

[105] El padre Alelí era muy amigo de Benigno Cordero —padre de Isabel—, descrito aquí como «un señor pequeñito con anteojos» y más atrás como el «héroe de Boteros». De esta relación amistosa y del padre Alelí escribió Galdós en *Los Apostólicos (O. C., Episodios,* II, págs. 896-897:

«De todos los amigos de Cordero, el más querido era el buen padre Alelí, de la Orden de la Merced, viejísimo, bondadoso, campechano. Era de Toledo, como don Benigno, y aun medio pariente suyo. Le ganaba en edad por valor de unos treinta años, y acostumbrado a tratarle como un chico desde que Cordero andaba a gatas por los cerros de

jos, que era el papá de Isabel, algunos militares y otros tipos que se confundían en su mente con las figuras de los dos mandarines.

Y no sólo se hablaba de asuntos políticos y de la guerra civil, sino de cosas del comercio. Recuerda la señora haber oído algo acerca de los primeros fósforos o mistos que vinieron al mercado, y aun haberlos visto. Era como una botellita en la cual se metía la cerilla, y salía echando lumbre[106]. También oyó hablar de las primeras alfombras de moqueta[107], de los primeros colchones de muelles[108], y de los primeros ferrocarriles[109], que alguno de los tertulios había visto en el extranjero, pues aquí ni asomos de ellos había

---

Polán, seguía llamándole por inveterado uso, "chicuelo", "don Piojo", "harto de bazofia", "el de las bragas cortas". Cordero, por su parte, trataba a su amigo con mucho desenfado y libertad, y como las ideas políticas de uno y de otro eran diametralmente opuestas, y Alelí no disimulaba su absolutismo neto ni Cordero sus aficiones liberalescas, se armaba entre los dos cada zaragata que la trastienda parecía un Congreso. Felizmente, toda esta bulla acababa en apretones de manos, risas y platos de migas al uso de la tierra, rociados con vino de Yepes o Esquivias.»

[106] La cerilla con fósforo se empezó a conocer en Francia en 1805. Charles Sauria ingenió en Francia, en 1831, una fórmula con fósforo blanco que permitía encender las cerillas con facilidad y seguridad. El sueco Lundstrom patentó, en 1855, una cerilla con fósforo rojo. Hacia 1864 se fabricaban en Suecia de manera industrial. La cerilla a la que hace referencia Galdós tuvo poco éxito por su peligrosidad y poca efectividad. Se trataba de una botellita cilíndrica que contenía ácido sulfúrico y para conseguir lumbre había que introducir una cerilla con cabeza de clorato potásico.

[107] Las primeras alfombras de moqueta debieron llegar a España a mediados de la década de 1840. La industria de alfombras se desarrolló en Edimburgo y en Glasgow durante los años 1830.

[108] Los colchones de muelles eran anunciados, como última novedad, en 1852, en *Los duendes de la camarilla (O. C., Episodios, IV,* pág. 320) cuenta Galdós que en ese año «adquirió Halconero cama de matrimonio de bronce dorado, según los mejores modelos de una industria moderna, y colchón de muelles elásticos, que eran última novedad». Los muelles elásticos se colocaron por primera vez en colchones hacia 1820, lo que transformó las camas en lo referente a la comodidad. En la segunda mitad del siglo XIX se pusieron de moda las camas de bronce.

[109] Sobre los primeros ferrocarriles en Europa, cfr. I, nota, 64. En cuanto a España, la primera línea, que cubría el trayecto Barcelona-Mataró, se construyó en 1848.

todavía. Algo se apuntó allí sobre el billete de Banco[110], que en Madrid no fue papel-moneda corriente hasta algunos años después, y sólo se usaba entonces para los pagos fuertes de la banca. Doña Bárbara se acuerda de haber visto el primer billete que llevaron a la tienda como un objeto de curiosidad, y todos convinieron en que era mejor una onza. El gas fue muy posterior a esto[111a].

La tienda se transformaba; pero la tertulia era siempre la misma en el curso lento de los años. Unos habladores se iban y venían otros. No sabemos a qué época fija se referirían estos párrafos sueltos que al vuelo cogía Barbarita cuando, ya casada, entraba en la tienda a descansar un ratito, de vuelta de paseo o de compras:

—¡Qué hermosotes iban esta mañana los del *tercero de fusileros* con sus pompones nuevos!...

—El Duque[112] ha oído misa hoy en las Calatravas[113]. Iba con Linaje y con San Miguel[114]...

---

[a] esto: esto, y después del gas vino la medicina llamada *De Roi,* que lo curaba todo, el sello móvil de correo, el sobre suelto de cartas, las velas de estearina, el daguerrotipo y otras maravillas del progreso.

[110] Como se ha señalado (cfr. I, nota 86), los primeros billetes de Banco aparecieron en 1830.

[111] El gas se ensayó en algunas calles de Madrid en 1832. Doña Barbarita, a la vista de lo dicho, hilvanaría recuerdos de la época inmediatamente anterior a su matrimonio, que tuvo lugar en 1835. Nacida en 1818, sus recuerdos corresponderían a una época en que tenía entre diez y dieciséis años.

[112] Se trata de Baldomero Espartero (1793-1879), duque de la Victoria y Príncipe de Vergara. En 1833 se pronunció en favor de Isabel II y en 1839 firmó con los carlistas el Convenio de Vergara. Fue regente del reino de 1841 a 1843.

[113] El convento e iglesia de las Calatravas, calle de Alcalá, 25, fueron construidos a finales del siglo XIX. El convento fue demolido en 1870 pero la iglesia se salvó por la intercesión de Prim. En 1886 fue decorada la fachada que da a la calle de Alcalá de acuerdo al renacimiento milanés en color rojizo de terracota. Cfr. *Guía de Madrid,* Madrid, 1982, pág. 117.

[114] Francisco Linage [no Linaje] (1795-1847), fue secretario de Espartero, a cuyo lado luchó hasta el Convenio de Vergara. Redactó los artículos de este tratado. Favoreció —como San Miguel— la regencia de Espartero. Evaristo San Miguel y Valledor (1785-1862), amigo de Riego, tomó parte en la sublevación del 1 de enero de 1820 y compuso la letra del *Himno de Riego.* En 1822 fue nombrado ministro

—¿Sabe usted, Estupiñá[115], lo que dicen ahora? Pues dicen que los ingleses proyectan construir barcos de *fierro*[116].

El llamado Estupiñá debía de ser indispensable en todas las tertulias de tiendas, porque cuando no iba a la de Arnaiz, todo se volvía preguntar.

—Y Plácido, ¿qué es de él?

Cuando entraba le recibían con exclamaciones de alegría, pues con su sola presencia animaba la conversación. En 1871 conocí a este hombre, que fundaba su vanidad en *haber visto toda la historia de España* en el presente siglo. Había venido al mundo en 1803 y se llamaba hermano de fecha de Mesonero Romanos, por haber nacido, como éste, el 19 de julio del citado año. Una sola frase suya probará su inmenso saber en esa historia viva que se aprende con los ojos.

—Vi a José I como le estoy viendo a usted ahora.

Y parecía que se relamía de gusto cuando le preguntaban.

—¿Vio usted al duque de Angulema, a lord Wellington?[117]...

_____

de Estado. En 1823 combatió la invasión de los Cien Mil Hijos de San Luis. Desde 1824 vivió en Francia e Inglaterra, regresando a España en 1833. En 1843, al caer Espartero, era capitán general de Castilla la Nueva. Se apartó entonces de la política a la que no volvió hasta 1854 al estallar la Vicalvarada. Nombrado capitán general por Espartero presidió las Cortes Constituyentes en 1855.

[115] Galdós dejó escrito en sus *Memorias de un desmemoriado,* página 1.438: «En la Plaza Mayor pasaba buenos ratos (¿1885?) charlando con el tendero José Luengo, a quien yo había bautizado con el nombre de Estupiñá. Ved aquí un tipo fielmente tomado de la realidad. No lo describo porque ya lo habréis visto en su natural traza y colorido.»

[116] Galdós, que había nacido en Las Palmas, era aficionado a los barcos. Ortiz Armengol anota: «Si por barcos "de fierro" se refiere a vapores que sustituyeron a la vela, ya los había en Inglaterra hacia 1801-1805. Si se refiere a barcos con protecciones metálicas en una estructura de madera, son de muy poco después. España compró cañoneras blindadas inglesas para limpiar las aguas de Filipinas en la década de los 40. El primer barco de guerra acorazado de estructura metálica es de 1800, el *Warrior*» (84).

[117] José I Bonaparte, hermano mayor de Napoleón, fue rey de España de 1808 a 1813. El pueblo de Madrid le dio el apodo de Pepe Botella, con el que aparece en dieciséis *Episodios*. El duque de Angulema, hijo de Carlos X de Francia, dirigió la expedición de los Cien Mil Hijos de San Luis (hay un *Episodio* que se titula así), que contribuyó contundentemente a que Fernando VII recuperara el poder absoluto. El duque de Angulema entró en Madrid el 23 de amyo de 1823. El general Riego, que había obligado a Fernando VII en 1820 a aceptar

165

—Pues ya lo creo —su contestación era siempre la misma—: como le estoy viendo a usted.

Hasta llegaba a incomodarse cuando se le interrogaba en tono dubitativo.

—Que si vi entrar a María Cristina[118]... Hombre, si eso es de ayer...

Para completar su erudición ocular, hablaba del *aspecto que presentaba Madrid* el 1 de septiembre de 1840, como si fuera cosa de la semana pasada. Había visto morir a Canterac[119]; ajusticiar a Merino[120], «nada menos que sobre el propio patíbulo», por ser él hermano de la Paz y Caridad;

la Constitución de 1812, fue entonces condenado a muerte, siendo ahorcado el 7 de noviembre de 1823. Lord Wellington, general y político inglés, luchó contra Napoleón en España (1808-1814) y participó en la victoria sobre Napoleón en Waterloo. Aparece en diez *Episodios*.

[118] María Cristina de Borbón, cuarta esposa de Fernando VII y madre de Isabel II, era hija del rey de Nápoles. La boda se celebró en diciembre de 1829. Entonces fue admirada por el pueblo madrileño quien la consideró como una divinidad por su hermosura. Desde la muerte de Fernando VII, en 1833, hasta que abdicó y marchó al destierro, en octubre de 1840, fue Reina Regente.

[119] El General José Canterac (1787-1835), que luchó en la guerra de Independencia americana, firmó la Capitulación de Ayacucho (9 de diciembre de 1824), que supuso prácticamente el fin de la dominación española en Hispanoamérica. Encontró la muerte en la Puerta del Sol, el 18 de enero de 1835, a consecuencia de una descarga de los amotinados de la Casa de Correos.

[120] Martín Merino, que atentó con un cuchillo contra Isabel II, sufrió la pena de garrote el 8 de febrero de 1852. En *La revolución de julio* (O. C., IV, págs. 346-347) escribió Galdós: «En miles y miles de pensamientos humanos brotaba en tal instante la idea de que el pescuezo de aquel hombre vivo, amortajado de amarillo, iba a ser pronto triturado dentro de un cepo de hierro, y esta idea ponía en todos los rostros una gravedad y palidez de rostros enfermizos. Decidido a no seguir la pavorosa procesión, me escabullí por la Ronda... Contáronme aquella misma tarde que, en todo el camino, don Martín no dejó de *guasearse* de la Justicia, del verdugo, de los clérigos asistentes y de los respetables Hermanos de la Paz y Caridad. Todo este interesante personal se veía defraudado en el ejercicio de sus caritativas funciones; por los suelos estaba el programa patibulario, pues el reo faltaba descaradamente a sus obligaciones de tal, negándose a llorar, a besuquear la estampa y a dejar caer su cabeza sobre el pecho con el desmayo que anticipaba la inacción de la muerte... Llegó al cadalso, subió con aplomo la escalera, y, acercándose al banco, tocó y examinó los instrumentos de suplicio para ver si estaba todo en

había visto matar a Chico[121] ..., precisamente ver no, pero oyó los tiritos, hallándose en la calle de las Velas; había visto a Fernando VII el 7 de julio cuando salió al balcón a decir a los milicianos que *sacudieran* a los de la Guardia[122]; había visto a Rodil y al sargento García arengando desde otro balcón, el año 36[123]; había visto a O'Donnell y Espartero abrazándose, a Espartero solo saludando al pueblo, a O'Donnell solo, todo esto en un balcón; y por fin, en un balcón había visto también en fecha cercana a otro personaje diciendo a gritos que se habían acabado los Reyes[124]. La historia que Estupiñá sabía estaba escrita en los balcones.

---

buen orden. Besó el crucifijo, sentóse para que el verdugo le atara y, mientras lo hacía, le encargó que no apretase mucho, que él le prometía moverse lo menos posible...» Sobre la Hermandad de la Paz y Caridad, a la que Merino pertenecía, cfr. I, nota 139.

[121] Francisco Chico, jefe de la Policía de Madrid (llamado por el pueblo madrileño «jefe de los rateros y guindillas») y protegido de Narváez y González Bravo, murió linchado por la multitud en julio de 1854. Apareció en los *Episodios: Un faccioso más..., Los duendes de la camarilla, La Revolución de julio* y *O'Donnell*.

[122] Ortiz Armengol comenta: «La escena de Fernando VII, desde el balcón de Palacio, el 7 de julio de 1822, azuzando a sus enemigos contra sus amigos vencidos, es una leyenda liberal nacida del justificado odio de éstos hacia Fernando VII, así que mal podría haberla presenciado el testigo» (pág. 85). En julio de 1822, la Milicia Nacional, apoyada por el pueblo, hizo detener el ataque sobre Madrid de los Guardias Reales, que tuvieron que capitular. Cfr. también I, nota 102. Fernando VII apareció en varias novelas más y en numerosos *Episodios*.

[123] Alude a la llamada «sublevación de los sargentos de la Granja», quienes, en agosto de 1836, obligaron a María Cristina, Reina Regente, a firmar la restauración de la Constitución de 1812. Rodil era general de las tropas critinas y el sargento García uno de los cabecillas del motín.

[124] O'Donnell, con el apoyo de oficiales y jóvenes intelectuales, se pronunció, en 1854, contra el desviacionismo conservador de Narváez. Así se inauguró un periodo, 1854-1856, en que el pueblo se movilizó por medidas democráticas y obreristas. En 1854 se luchó en favor del reconocimiento de la primera confederación de sociedades obreras. La aristocracia, la burguesía y el clero acabaron con estos ideales. Espartero, ídolo histórico del progresismo, abrazó, tras el triunfo de Vicálvaro, a O'Donnell. Pero ese abrazo, que implicaba un acuerdo entre los dos generales, fue otro gesto más en un siglo XIX repleto de buenas voluntades y acuerdos rotos. De ahí que Galdós recuerde también en un balcón a Espartero y a O'Donnell. El personaje que gritó es Prim, quien en 1869, refiriéndose a los Borbones, vaticinó, erróneamente, que no regresarían a España *jamás, jamás, jamás* (cfr. III, nota 82).

La biografía mercantil de este hombre es tan curiosa como sencilla. Era muy joven cuando entró de hortera en casa de Arnaiz, y allí sirvió muchos años, siempre bienquisto del principal por su honradez acrisolada y el grandísimo interés con que miraba todo lo concerniente al establecimiento. Y a pesar de tales prendas, Estupiñá no era un buen dependiente. Al despachar, entretenía demasiado a los parroquianos, y si le mandaban con un recado o comisión a la Aduana, tardaba tanto en volver, que muchas veces creyó D. Bonifacio que le habían llevado preso. La singularidad de que teniendo Plácido estas mañas, no pudieran los dueños de la tienda prescindir de él, se explica por la ciega confianza que inspiraba, pues estando él al cuidado de la tienda y de la caja, ya podían Arnaiz y su familia echarse a dormir. Era su fidelidad tan grande como su humildad, pues ya le podían reñir y decirle cuantas perrerías quisieran, sin que se incomodase. Por esto sintió mucho Arnaiz que Estupiñá dejara la casa en 1837, cuando se le antojó establecerse con los dineros de una peque-ña herencia. Su principal, que le conocía bien, hacía lúgubres profecías del porvenir comercial de Plácido, trabajando por su cuenta.

Prometíaselas él muy felices en la tienda de bayetas y paños del Reino que estableció en la Plaza Mayor, junto a la Panade-ría[125]. No puso dependientes, porque la cortedad del negocio no lo consentía; pero su tertulia fue la más animada y dichara-chera de todo el barrio. Y ved aquí el secreto de lo poco que dio de sí el establecimiento, y la justificación de los vaticinios de D. Bonifacio. Estupiñá tenía un vicio hereditario y crónico, contra el cual eran impotentes todas las demás energías de su alma; vicio tanto más avasallador y terrible cuanto más ino-fensivo parecía. No era la bebida, no era el amor, ni el juego

---

[125] La historia de la Plaza Mayor está ligada a la de Casa Panade-ría. En 1590 se inició la primitiva Casa Panadería y en 1617 Juan Gómez de Mora recibió el encargo de realizar la Plaza, teniendo en cuenta la existencia de la Panadería. Disponía aquélla de 9 entradas, 3 bajo arcos y 6 por calles descubiertas. Los balcones que daban a la plaza tenían servidumbre para la contemplación de espectáculos públi-cos. En esta plaza, a diferencia del contenido social aristocrático de las construidas en Europa, se localizan clases sociales de matiz popular. Sufrió varios incendios: en 1631, en 1672 y en 1790. Cfr. *Guía de Madrid*, Madrid, 1982, págs. 71-72, y muy especialmente *La expresión arquitectónica de la Plaza Mayor de Madrid a través del lenguaje gráfico*, 2.ª ed., Madrid, Colegio Oficial de Arquitectos, 1982.

ni el lujo; era la conversación. Por un rato de palique era Estupiñá capaz de dejar que se llevaran los demonios el mejor negocio del mundo. Como él pegase la hebra con gana, ya podía venirse el cielo abajo, y antes le cortaran la lengua que la hebra. A su tienda iban los habladores más frenéticos, porque el vicio llama al vicio. Si en lo más sabroso de su charla entraba alguien a comprar, Estupiñá le ponía la cara que se pone a los que van a dar sablazos. Si el género pedido estaba sobre el mostrador, lo enseñaba con gesto rápido, deseando que acabase pronto la interrupción; pero si estaba en lo alto de la anaquelería, echaba hacia arriba una mirada de fatiga, como el que pide a Dios paciencia, diciendo: «¿Bayeta amarilla? Mírela usted. Me parece que es angosta para lo que usted la quiere.» Otras veces dudaba o aparentaba dudar si tenía lo que le pedían. «¿Gorritas para niño? ¿Las quiere usted de visera de hule?... Sospecho que hay algunas, pero son de esas que no se usan ya...»

Si estaba jugando al tute o al mus, únicos juegos que sabía y en los que era maestro, primero se hundía el mundo que apartar él su atención de las cartas. Era tan fuerte el ansia de charla y de trato social, se lo pedía el cuerpo y el alma con tal vehemencia, que si no iban habladores a la tienda no podía resistir la comezón del vicio, echaba la llave, se la metía en el bolsillo y se iba a otra tienda en busca de aquel licor palabrero con que se embriagaba. Por Navidad, cuando se empezaban a armar los puestos de la Plaza, el pobre tendero no tenía valor para estarse metido en aquel cuchitril oscuro. El sonido de la voz humana, la luz y el rumor de la calle eran tan necesarios a su existencia como el aire. Cerraba, y se iba a dar conversación a las mujeres de los puestos. A todas las conocía, y se enteraba de lo que iban a vender y de cuanto ocurriera en la familia de cada una de ellas. Pertenecía, pues, Estupiñá a aquella raza de tenderos, de la cual quedan aún muy pocos ejemplares, cuyo papel en el mundo comercial parece ser la atenuación de los males causados por los excesos de la oferta impertinente, y disuadir al consumidor de la malsana inclinación a gastar el dinero.

—D. Plácido, ¿tiene usted pana azul?

—¡Pana azul! ¿Y quién te mete a ti en esos lujos? Sí que la tengo; pero es cara para ti.

—Enséñemela usted... y a ver si me la arregla...

Entonces hacía el hombre un desmedido esfuerzo, como quien

sacrifica al deber sus sentimientos y gusto más queridos, y bajaba la pieza de tela.

—Vaya, aquí está la pana. Si no la has de comprar, si todo es gana de moler, ¿para qué quieres verla? ¿Crees que yo no tengo nada qué hacer?

—¿No tiene usted una clase mejor?

—Lo que dije; estas mujeres marean a Cristo. Hay otra clase, sí señora. ¿La compras, sí o no? A veinte y dos reales, ni un cuarto menos.

—Pero déjela ver... ¡ay qué hombre! ¿Cree que me voy a comer la pieza?...

—A veinte y dos realetes.

—¡Ande y que lo parta un rayo!

—Que te parta a ti, mal criada, respondona, tarasca...

Era muy fino con las señoras de alto copete. Su afabilidad tenía tonos como éste: «¿La cúbica? Sí que la hay. ¿Ve usted la pieza allá arriba? Me parece, señora, que no es lo que usted busca... digo, me parece; no es que yo me quiera meter... Ahora se estilan rayaditas: de eso no tengo. Espero una remesa para el mes que entra. Ayer vi a las niñas con el Señor D. Cándido. Vaya, que están crecidas. ¿Y cómo sigue el señor mayor? ¡No le he visto desde que íbamos juntos a la bóveda de San Ginés!¹²⁶...»

Con este sistema de vender, a los cuatro años de comercio se podían contar las personas que al cabo de la semana traspasaban el dintel de la tienda. A los seis años no entraban allí ni las moscas. Estupiñá abría todas las mañanas, barría y regaba la acera, se ponía los manguitos verdes y se sentaba detrás del mostrador a leer el *Diario de Avisos*. Poco a poco iban llegando los amigos, aquellos hermanos de su alma, que en la soledad en que Plácido estaba le parecían algo como la paloma del arca, pues le traían en el pico algo más que un ramo de oliva, le traían la palabra, el sabrosísimo fruto y la flor de la vida, el alcohol del alma, con que apacentaba su vicio... Pasábanse el día entero contando anécdotas, comen-

---

¹²⁶ Se alude a la religiosidad —como en otras ocasiones insistirá Galdós en ello— de Estupiñá. La «bóveda de San Ginés», en la calle de Bordadores, era un oratorio que se hallaba debajo de una de las capillas de San Ginés (cfr. I, nota 34). Su servicio era independiente del de la parroquia y estaba a cargo de seis predicadores y penitenciarios. Se practicaban ejercicios espirituales de oración, meditación y sermón las noches de los lunes, miércoles y viernes de cada semana. (Cfr. Madoz, *Diccionario*, X, pág. 731.)

tando sucesos políticos, tratando de tú a Mendizábal, a Calatrava[127], a María Cristina y al mismo Dios, trazando con el
dedo planes de campaña sobre el mostrador en extravagantes
líneas tácticas; demostrando que Espartero debía ir necesariamente por aquí y Villareal[128] por allá; refiriendo también
sucedidos del comercio, llegadas de tal o cual género; lances
de Iglesia y de milicia y de mujeres y de la corte, con todo
lo demás que cae bajo el dominio de la bachillería humana.
A todas estas el cajón del dinero no se abría ni una sola vez,
y a la vara de medir, sumida en plácida quietud, le faltaba
poco para reverdecer y echar flores como la vara de San José.
Y como pasaban meses y meses sin que se renovase el género,
y allí no había más que maulas y vejeces, el trueno fue gordo y
repentino. Un día le embargaron todo, y Estupiñá salió de la
tienda, con tanta pena como dignidad.

II

Aquel gran filósofo no se entregó a la desesperación. Vié-
ronle sus amigos tranquilo y resignado. En su aspecto y en el
reposo de su semblante había algo de Sócrates, admitiendo
que Sócrates fuera hombre dispuesto a estarse siete horas
seguidas con la palabra en la boca. Plácido había salvado el
honor, que era lo importante, pagando religiosamente a todo
el mundo con las existencias. Se había quedado con lo puesto
y sin una mota. No salvó más mueble que la vara de medir.
Era forzoso, pues, buscar algún modo de ganarse la vida[a].

---

[a] la vida: la vida, porque no tenía Estupiñá el arte de gorrón.

[127] Juan Álvarez Mendizábal (1790-1853), ministro de Hacienda
del Gabinete Toreno (1835) y Jefe del Gobierno (1835), consiguió que
el Estado, con los Reales Decretos del 19 de febrero y del 8 de marzo
de 1836, suprimiera las Órdenes Religiosas (menos las que se dedicaban a fines humanitarios) y fueran incautados sus bienes. Este proceso
legal es más conocido como la «desamortización de Mendizábal». José
María Calatrava (1781-1836), político liberal, condenado a ocho años
de cárcel por Fernando VII, fue liberado en el momento del alzamiento de Riego (1820). Ministro de Gracia y Justicia (1823), tras la
sublevación de los Sargentos de la Granja (1836), que obligaron a
la reina gobernadora María Cristian a restablecer la Constitución
de 1812, fue Presidente del Consejo.
[128] El General Bruno Villareal (1801-1860) fue defensor del absolutismo durante la Guerra de la Independencia y en el trienio liberal

¿A qué se dedicaría? ¿En qué ramo del comercio emplearía sus grandes dotes? Dándose a pensar en esto, vino a descubrir que en medio de su gran pobreza conservaba un capital que seguramente le envidiarían muchos: las relaciones. Conocía a cuantos almacenistas y tenderos había en Madrid; todas las puertas se le franqueaban, y en todas partes le ponían buena cara por su honradez, sus buenas maneras y principalmente por aquella bendita labia que Dios le había dado. Sus relaciones y estas aptitudes le sugirieron, pues, la idea de dedicarse a corredor de géneros. D. Baldomero Santa Cruz, el gordo Arnaiz, Bringas[a], Moreno, Labiano[b] y otros almacenistas de paños, lienzos o novedades, le daban piezas para que las fuera enseñando de tienda en tienda. Ganaba el 2 por 100 de comisión por lo que vendía. ¡María Santísima, qué vida más deliciosa y qué bien hizo en adoptarla, porque cosa más adecuada a su temperamento no se podía imaginar! Aquel correr continuo, aquel entrar por diversas puertas, aquel saludar en la calle a cincuenta personas y preguntarles por la familia era su vida, y todo lo demás era muerte. Plácido no había nacido para el presidio de una tienda. Su elemento era la calle, el aire libre, la discusión, la contratación, el recado, ir y venir, preguntar, cuestionar, pasando[c] gallardamente de la seriedad a la broma[d]. Había mañana en que se echaba al coleto toda la calle de Toledo de punta a punta, y la Concepción Jerónima, Atocha y Carretas[e].

Así pasaron algunos años. Como sus necesidades eran muy cortas, pues no tenía familia que mantener ni ningún vicio como no fuera el de gastar saliva, bastábale para vivir lo poco que el corretaje le daba. Además, muchos comerciantes ricos le protegían. Éste, a lo mejor, le regalaba una capa; otro un corte de vestido; aquél un sombrero o bien comestibles y golosinas. Familias de las más empingorotadas del comercio le

---

[a] Bringas: Albert.

[b] Labiano: Casarredonda.

[c] pasando: pasar.

[d] a la broma: a la broma, mover las infatigables piernas mientras descansaba la lengua.

[e] y Carretas: y Carretas... Lo peor del caso era que algunas veces soltaba la sin hueso, no la podía enfrenar y se entretenía demasiado, olvidado del corretaje.

de 1820-1823. Tras la muerte de Fernando VII se pasó al carlismo y se enfrentó con Espartero.

sentaban a su mesa, no sólo por amistad sino por egoísmo, pues era una diversión oírle contar tan diversas cosas con aquella exactitud pintoresca y aquel esmero de detalles que encantaba. Dos caracteres principales tenía su entretenida charla, y eran: que nunca se declaraba ignorante de cosa alguna, y que jamás habló mal de nadie[d]. Si por acaso se dejaba decir alguna palabra ofensiva, era contra la Aduana; pero sin individualizar sus acusaciones.

Porque Estupiñá, al mismo tiempo que corredor, era contrabandista. Las piezas de Hamburgo de 26 hilos[129] que pasó por el portillo de Gilimón[130], valiéndose de ingeniosas mañas, no son para contadas. No había otro como él para atravesar de noche ciertas calles con un bulto bajo la capa, figurándose mendigo con un niño a cuestas. Ninguno como él poseía el arte de deslizar un duro en la mano del empleado fiscal, en momentos de peligro, y se entendía con ellos tan bien para este fregado, que las principales casas acudían a él para desatar sus líos con la Hacienda. No hay medio de escribir en el Decálogo los delitos fiscales. La moral del pueblo se rebelaba, más entonces que ahora, a considerar las defraudaciones a la Hacienda como verdaderos pecados, y conforme con este criterio, Estupiñá no sentía alboroto en su conciencia cuando ponía feliz remate a una de aquellas empresas. Según él, lo que la Hacienda llama suyo no es suyo, sino de la nación, es decir, de Juan Particular, y burlar a la Hacienda es devolver a Juan

---

[d] nadie: nadie, ni expresó concepto alguno contrario al honor o al crédito de alguien.

[129] En algunas ediciones de *Fortunata y Jacinta* aparece «26 kilos» en vez de «26 hilos». Como sea, Galdós hace referencia al arancel de 1849 que agravaba la entrada de ciertos hilados extranjeros para proteger la industria textil catalana. Vicens Vives *(Historia Social y Económica*, V, pág. 226), que da cuenta de los hilados que entraban con recargos importantes, observa: «El hecho de que se establecieran estos topes salvó a la industria...»

[130] El portillo de Gilimón (o Gil Imón) es descrito así por Peñasco y Cambronero, págs. 244-245: «Entre la calle del Águila y la Ronda de Segovia. En el plano de Texeira no tiene nombre: en el de Espinosa se le denomina *Portillo de Gil Imón*. También se ha llamado a este sitio *Plaza de Armas*. En 1678 se cedió terreno al convento de San Francisco para aumentar la enfermería. Se conservan antecedentes de construcciones particulares desde 1799. En las afueras del Portillo de Gil Imón no comenzaron las construcciones particulares hasta este siglo. El nombre de Gil Imón proviene de que el terreno del Campillo

Particular lo que le pertenece. Esta idea, sustentada por el pueblo con turbulenta fe, ha tenido también sus héroes y sus mártires. Plácido la profesaba con no menos entusiasmo que cualquier caballista andaluz, sólo que era de infantería, y además no quitaba la vida a nadie. Su conciencia, envuelta en horrorosas nieblas tocante a lo fiscal, manifestábase pura y luminosa en lo referente a la propiedad privada. Era hombre que antes de guardar un ochavo que no fuese suyo, se habría estado callado un mes.

Barbarita le quería mucho. Habíale visto en su casa desde que tuvo el don de ver y apreciar las cosas; conocía bien, por opinión de su padre y por experiencia propia, las excelentes prendas y lealtad del hablador. Siendo niña, Estupiñá la llevaba a la escuela de la rinconada de la calle Imperial, y por Navidad iba con él a ver los nacimientos y los puestos de la plaza de Santa Cruz. Cuando D. Bonifacio Arnaiz enfermó para morirse, Plácido no se separó de él ni enfermo ni difunto hasta que le dejó en la sepultura. En todas las penas y alegrías de la casa era siempre el partícipe más sincero. Su posición junto a tan noble familia era entre amistad y servidumbre, pues si Barbarita le sentaba a su mesa muchos días, los más del año empleábale en recados y comisiones que él sabía desempeñar con exactitud suma. Ya iba a la plaza de la Cebada en busca de alguna hortaliza temprana, ya a la Cava Baja a entenderse con los ordinarios que traían encargos, o bien a Maravillas, donde vivían la planchadora y la encajera de la casa. Tal ascendiente tenía la señora de Santa Cruz sobre aquella alma sencilla y con fe tan ciega la respetaba y obedecía él, que si Barbarita le hubiera dicho: «Plácido, hazme el favor de tirarte por el balcón a la calle», el infeliz no habría vacilado un momento en hacerlo.

Andando los años, y cuando ya Estupiñá iba para viejo y no hacía corretaje ni contrabando, desempeñó en la casa de Santa Cruz un cargo muy delicado. Como era persona de tanta confianza y tan ciegamente adicto a la familia, Barbarita le confiaba a Juanito para que le llevase y le trajera al colegio de Masarnau, o le sacara a paseo los domingos y fiestas. Segura estaba la mamá de que la vigilancia de Plácido era como la de un padre, y bien sabía que se habría dejado matar cien veces

y los colindantes eran propiedad del fiscal del Consejo de Castilla, D. Gil Imón de la Mota, quien parece ser vivía en la calle Mayor. Aquí existe una fuente del *Viaje bajo Abroñigal*.»

antes que consentir que nadie tocase al *Delfín*[131] (así le solía llamar) en la punta del cabello. Ya era éste un polluelo con ínfulas de hombre cuando Estupiñá le llevaba a los Toros, iniciándole en los misterios del arte, que se preciaba de entender como buen madrileño. El niño y el viejo se entusiasmaban por igual en el bárbaro y pintoresco espectáculo, y a la salida Plácido le contaba sus proezas taurómacas, pues también, allá en su mocedad, había echado sus quiebros y pases de muleta, y tenía traje completo con lentejuelas, y toreaba novillos por lo fino, sin olvidar ninguna regla... Como Juanito le manifestara deseos de ver el traje, contestábale Plácido que hacía muchos años su hermana la sastra (que de Dios gozaba) lo había convertido en túnica de un Nazareno, que está en la iglesia de Daganzo de Abajo[132].

Fuera del platicar, Estupiñá no tenía ningún vicio, ni se juntó jamás con personas ordinarias y de baja estofa. Una sola vez en su vida tuvo que ver con gente de mala ralea, con motivo del bautizo del chico de un sobrino suyo, que estaba casado con una tablajera. Entonces le ocurrió un lance desagradable del cual se acordó y avergonzó toda su vida; y fue que el pillete del sobrinito, confabulado con sus amigotes, logró embriagarle, dándole subrepticiamente un Chinchón capaz de marear a una piedra. Fue una borrachera estúpida, la primera y la última de su vida; y el recuerdo de la degradación de aquella noche le entristecía siempre que repuntaba en su memoria. ¡Infames, burlar así a quien era la misma sobriedad! Me lo hicieron beber con engaño evidente aquellas nefandas copas, y después no vacilaron en escarnecerle con tanta cruel-

---

[131] Esta es la primera vez que Galdós llama a Juanito con el sobrenombre de «Delfín». La carga irónica es evidente. «Delfín» era un título que se daba al primogénito del Rey de Francia y era también común su empleo para los primogénitos de los señores feudales de la casa de Auvernia en los siglos XII al XV. En *Fortunata y Jacinta* se debate dos veces sobre si los dos Pitusines que aparecen en la novela son o no hijos suyos, y en el caso del primer Pitusín se emplea el símil de si era o no «moneda *falsa*» (cfr. I, nota 293). Recuérdese que en Francia se llamaban «falsos delfines» a los «locos o impostores» que pretendían ser hijos del rey Luis XVI.

[132] Sobre Daganzo de Abajo (y de Arriba, que también aparece en algunas ocasiones en la obra galdosiana), cfr. Ortiz Armengol, «Tres apuntes hacia temas de *Fortunata y Jacinta*», *Letras de Deusto* (diciembre 1974), págs. 255-259.

dad como grosería. Pidiéronle que cantara la Pitita[133], y hay
motivos para creer que la.cantó, aunque él lo niega en redondo. En medio del desconcierto de sus sentidos, tuvo conciencia
del estado en que le habían puesto, y el decoro le sugirió la
idea de la fuga. Echóse fuera del local pensando que el aire de
la noche le despejaría la cabeza; pero aunque sintió algún
alivio, sus facultades y sentidos continuaban sujetos a los más
garrafales errores. Al llegar a la esquina de la Cava de San
Miguel[134], vio al sereno; mejor dicho, lo que vio fue el farol
del sereno, que andaba hacia la rinconada de la calle de
Cuchilleros. Creyó que era el Viático, y arrodillándose y
descubriéndose, según tenía por costumbre, rezó una corta
oración y dijo: «¡Qué Dios le dé lo que mejor le convenga!»
Las carcajadas de sus soeces burladores, que le habían seguido, le volvieron a su acuerdo, y conocido el error, se metió a
escape en su casa, que a dos pasos estaba. Durmió, y al día
siguiente como si tal cosa. Pero sentía un remordimiento
vivísimo que por algún tiempo le hacía suspirar y quedarse
meditabundo. Nada afligía tanto su honrado corazón como la
idea de que Barbarita se enterara de aquel chasco del Viático.
Afortunadamente, o no lo supo, o si lo supo no se dio nunca
por entendida.

---

[133] La Pitita era una canción contrarrevolucionaria que, en la
época de Fernando VII, cantaron los absolutistas o servilones como
respuesta al Trágala de los liberales. Cfr. III, nota 29. A. Martínez
Olmerilla, en *Anecdotario del siglo XIX*, Madrid, 1957, pág. 167, recoge
la letra de esta tonadilla:

> Españoles, aliados
> clamemos: ¡Religión!
> ¡Viva el rey! ¡Viva la paz!
> ¡Viva la paz y la buena unión!
>
> Pitita, bonita,
> con el pío, pío, pon.
> ¡Viva Fernando
> y la Inquisición!

[134] Al dar forma en el siglo XVII a los distintos edificios de la Plaza
Mayor, se hubo de emprender un trabajo de nivelación, quedando un
gran desnivel hacia la Cava de San Miguel, y, así, se realizaron las
escalerillas del Arco de Cuchilleros, sirviendo las casas de la Cava de
contrafuertes del terreno. Todos los edificios tuvieron sótanos y cimientos abovedados. Cfr. *Guía de Madrid*, Madrid, 1982, pág. 72.

III

Cuando conocí personalmente a este insigne hijo de Madrid, andaba ya al ras con los setenta años; pero los llevaba muy bien. Era de estatura menos que mediana, regordete y algo encorvado hacia adelante. Los que quieran conocer su rostro, miren[a] el de Rossini[135], ya viejo, como nos le han trasmitido las estampas y fotografías del gran músico, y pueden decir que tienen delante[b] al divino Estupiñá. La forma de la cabeza, la sonrisa, el perfil sobre todo, la nariz corva, la boca hundida, los ojos picarescos, eran trasunto fiel de aquella hermosura un tanto burlona[c], que con la acentuación de las líneas en la vejez se aproximaba algo a la imagen de Polichinela[136]. La edad iba dando al perfil de Estupiñá un cierto parentesco con el de las cotorras.

En sus últimos tiempos, del 70 en adelante, vestía con cierta originalidad, no precisamente por miseria, pues los de Santa Cruz cuidaban de que nada le faltase, sino por espíritu de tradición, y por repugnancia a introducir novedades en su guardarropa. Usaba un sombrero chato, de copa muy baja y con las alas planas, el cual pertenecía a una época que se había borrado ya de la memoria de los sombrereros, y una capa de paño verde, que no se le caía de los hombros sino en lo que va de julio a septiembre. Tenía muy poco pelo, casi se puede decir ninguno; pero no usaba peluca. Para librar su cabeza de las corrientes frías de la iglesia, llevaba en el bolsillo un gorro negro, y se lo calaba al entrar. Era gran madrugador, y por la

---

[a] miren: represéntense.
[b] tienen delante: han visto.
[c] un tanto burlona: varonil.

[135] Galdós, que unas páginas atrás hizo coincidir en la fecha de nacimiento a Mesonero Romanos y a Estupiñá, adscribe a los dos el mismo parecido con Rossini. En un artículo sobre Mesonero escribió Galdós: «Algo de la bondadosa y al par burlona sonrisa de Rossini hay en la fisonomía de *El curioso parlante*, fisonomía expresiva, llena de gracia y afabilidad, permanentemente serena, respirando buen humor e ingeniosa travesura...» *(O. C., Novelas,* III, pág. 1.326). Cfr. H. Chonon Berkowitz, «Galdós and Mesonero Romanos», *The Romantic Review,* 3 (1932) págs. 201-205.
[136] Polichinela es un personaje cómico de la farsa.

mañanita con la fresca se iba a Santa Cruz, luego[a] a Santo Tomás[137] y por fin a San Ginés. Después de oír varias misas en cada una de estas iglesias, calado el gorro hasta las orejas, y de echar un parrafito con beatos o sacristanes, iba de capilla en capilla rezando diferentes oraciones. Al despedirse, saludaba con la mano a las imágenes, como se saluda a un amigo que está en el balcón, y luego tomaba su agua bendita, fuera gorro, y a la calle.

En 1869, cuando demolieron la iglesia de Santa Cruz, Estupiñá pasó muy malos ratos. Ni el pájaro a quien destruyen su nido, ni el hombre a quien arrojan de la morada en que nació, ponen cara más afligida que la que él ponía viendo caer entre nubes de polvo los pedazos de cascote. Por aquello de ser hombre no lloraba. Barbarita, que se había criado a la sombra de la venerable torre, si no lloraba al ver tan sacrílego espectáculo era porque estaba volada, y la ira no le permitía derramar lágrimas. Ni acertaba a explicarse por qué decía su marido que D. Nicolás Rivero[138] era una gran persona. Cuando el templo desapareció; cuando fue arrasado el suelo, y andando los años se edificó una casa en el sagrado solar, Estupiñá no se dio a partido. No era de estos caracteres acomodaticios que reconocen los hechos consumados. Para él la iglesia estaba

[a] y por la mañana [...] a Santa Cruz, luego: no estaba en su casa más que para dormir y comer, si es que en ella comía, y su primer paso, al echarse a la calle con la fresca era irse a Santa Cruz, después a.

[137] En la calle de Atocha, 4 se hallaba el convento de Santo Tomás, de estilo churrigueresco «con mucho oro y poca gracia» (cfr. Madoz, *Diccionario*, X, pág. 720). El convento fue demolido en 1876, tras haber tenido desde 1811 todo tipo de destinos civiles y militares. En 1869 fue demolida la iglesia de Santa Cruz (cfr. I, nota 31), pasando la jurisdicción a la de Santo Tomás, que desde entonces deja de existir con tal nombre. Sufrió un importante incendio en 1872, que la dejó en tal estado de ruina que fue demolida después de 1876. En el mismo solar se inauguró la iglesia parroquial de Santa Cruz en enero de 1902 (cfr. *Madrid*, 409-11).

[138] Nicolás María Rivero (1814?-1878), abandonado en una casa de expósitos en 1814, obtuvo el título de abogado en 1845. Político antimonárquico, fue un ardiente defensor de la libertad de enseñanza, de religión y de imprenta, así como de las garantías constitucionales. En junio de 1866, durante la sublevación de los sargentos de San Gil, luchó en las barricadas. Tomó parte activa en la revolución de septiembre de 1868. Fue presidente de las Cortes (1869-1870) y ministro

siempre allí, y toda vez que mi hombre pasaba por el punto exacto que correspondía al lugar de la puerta, se persignaba y se quitaba el sombrero.

Era Plácido hermano de la Paz y Caridad[139], cofradía cuyo domicilio estuvo en la derribada parroquia. Iba, pues, a auxiliar a los reos de muerte en la capilla y a darles conversación en la hora tremenda, hablándoles de lo tonta que es esta vida, de lo bueno que es Dios y de lo ricamente que iban a estar en la gloria[a]. ¡Qué sería de los pobrecitos reos si no tuvieran quien les diera un poco de jarabe[b] de pico antes de entregar su cuello al verdugo!

A las diez de la mañana concluía Estupiñá invariablemente lo que podríamos llamar su jornada religiosa. Pasada aquella hora, desaparecía de su rostro rossiniano la seriedad tétrica que en la iglesia tenía, y volvía a ser el hombre afable, locuaz y ameno de las tertulias de tienda. Almorzaba en casa de Santa Cruz o de Villuendas o de Arnaiz, y si Barbarita no tenía nada que mandarle, emprendía su tarea para *defender el garbanzo,* pues siempre hacía el papel de que trabajaba como un negro. Su afectada ocupación en tal época era el corretaje de dependientes, y fingía que los colocaba mediante un estipendio. Algo hacía en verdad, mas era en gran parte pura farsa; y cuando le preguntaban si iban bien los negocios, respondía en el tono de comerciante ladino que no quiere dejar clarear sus pingües ganancias: «Hombre, nos vamos

---

[a] [Creía que nada es tan caritativo como este palique al pie del patíbulo, y desempeñaba su función con fe y con orgullo. ¡Qué...]
[b] quien le diera un poco de jarabe: con quien echar un párrafo.

de la Gobernación (1870). Siendo presidente de las Cortes recibió el 11 de febrero de 1873 la renuncia de Amadeo I, lo que le permitió abrir la puerta a la República, pues se negó a aplazar la sesión. En 1868 fue alcalde de Madrid, época en la que empezó a ser derribada la «venerable torre» (cfr. I, nota 31); de ahí que Barbarita no se explicara que le admirara su marido.
[139] La Hermandad de la Paz y Caridad se fundó en 1421. En 1587 se le unió otra cofradía creada por Beatriz Galindo, en 1500, con el mismo fin de socorrer espiritualmente a los ajusticiados y sepultarlos. Hacia 1590 se establecieron en la parroquia de Santa Cruz. El día que había ejecución era día de luto general. Dionisio Chaulié, en *Cosas de Madrid. Memorias íntimas,* pág. 202, decía: «Desde las primeras horas de la mañana circulaban por las calles los hermanos de la Paz y la Caridad, acompañados por un sirviente, demandando a grandes voces limosna para celebrar sufragios por el alma del sentenciado. Se procu-

defendiendo; no hay queja... Este mes he colocado lo menos treinta chicos... como no hayan sido cuarenta...»

Vivía Plácido en la Cava de San Miguel. Su casa[140] era una de las que forman el costado occidental de la Plaza Mayor, y como el basamento de ellas está mucho más bajo que el suelo de la Plaza, tienen una altura imponente y una estribación formidable, a modo de fortaleza. El piso en que el tal[a] vivía era cuarto por la Plaza y por la Cava séptimo. No existen en Madrid alturas mayores, y para vencer aquéllas era forzoso apechugar con ciento veinte[b] escalones, *todos de piedra,* como decía Plácido con orgullo, no pudiendo ponderar otra cosa de su domicilio. El ser *todas de piedra,* desde la Cava hasta las bohardillas, da a las escaleras de aquellas casas un aspecto lúgubre y monumental, como de castillo de leyendas, y Estupiñá no podía olvidar esta circunstancia que le hacía interesante en cierto modo, pues no es lo mismo subir a su casa por una escalera como las del Escorial, que subir por viles peldaños de palo, como cada hijo de vecino.

El orgullo de trepar por aquellas gastadas berroqueñas no excluía lo fatigoso del tránsito, por lo que mi amigo supo explotar sus buenas relaciones para abreviarlo. El dueño de una zapatería de la Plaza, llamado Dámaso Trujillo, le permitía entrar por su tienda, cuyo rótulo era *Al ramo de azucenas.* Tenía puerta para la escalera de la Cava, y usando esta puerta Plácido se ahorraba treinta escalones.

El domicilio del hablador era un misterio para todo el mundo, pues nadie había ido nunca a verle, por la sencilla razón de que D. Plácido no estaba en su casa sino cuando dormía. Jamás había tenido enfermedad que le impidiera salir durante el día. Era el hombre más sano del mundo. Pero la

---

[a] el tal: Estupiñá.
[b] ciento veinte: ciento treinta.

---

raba por cuantos medios era posible, sin faltar a la ley, dulcificar sus últimos momentos. Si la condena imponía la circunstancia de ser arrastrado por un burro hasta el suplicio, los hermanos tenían el privilegio de llevar al reo suspendido en un serón; ellos cuidaban de su entierro o de dar sepultura cristiana a sus miembros, cuando se exponían en los caminos». Cfr. I, nota 120.

[140] Sobre el significado de la casa de Estupiñá y de Fortunata, cfr. el importante artículo de Peter A. Bly, «Fortunata and No. 11, Cava de San Miguel», *Hispanófila,* 59 (1977), págs. 31-48.

vejez no había de desmentirse, y un día de diciembre del 69[141] fue notada la falta del grande hombre en los círculos a donde solía ir. Pronto corrió la voz de que estaba màlo, y cuantos le conocían sintieron vivísimo interés por él. Muchos dependientes de tiendas se lanzaron por aquellos escalones de piedra en busca de noticias del simpático enfermo, que padecía de un reuma agudo en la pierna derecha. Barbarita le mandó en seguida su médico, y no satisfecha con esto, ordenó a Juanito que fuese a visitarle, lo que el Delfín hizo de muy buen grado.

Y sale a relucir aquí la visita del Delfín al anciano servidor y amigo de su casa, porque si Juanito Santa Cruz no hubiera hecho aquella visita, esta historia no se habría escrito. Se hubiera escrito otra, eso sí, porque por do quiera que el hombre vaya lleva consigo su novela; pero ésta no.

IV

Juanito reconoció el número 11 en la puerta de una tienda de aves y huevos. Por allí se había de entrar sin duda, pisando plumas y aplastando cascarones[a]. Preguntó a dos mujeres que pelaban gallinas y pollos[b], y le contestaron, señalando una mampara, que aquella era la entrada de la escalera del 11. Portal y tienda eran una misma cosa en aquel edificio característico del Madrid primitivo. Y entonces se explicó Juanito por qué llevaba muchos días Estupiñá, pegadas a las botas, plumas de diferentes aves. Las cogía al salir, como las había cogido él, por más cuidado que tuvo de evitar al paso los sitios en que había plumas y algo de sangre. Daba dolor ver las anatomías de aquellos pobres animales, que apenas desplumados eran suspendidos por la cabeza, conservando la cola como un sarcasmo de su mísero destino. A la izquierda de la entrada vio el Delfín cajones llenos de huevos, acopio de aquel comercio. La voracidad del hombre no tiene límites, y sacrifica a su apetito no sólo las presentes sino las futuras generaciones

---

[a] cascarones: algún huevo.
[b] gallinas: gallinas y palomas (2.ª corrección): gallinas y pollos.

[141] Tómese nota de la fecha en que cayó enfermo Estupiñá: diciembre de 1869. Fue entonces cuando se conocieron Juanito Santa Cruz y Fortunata. La separación tuvo lugar «allá por mayo del 70» por lo que los «Diez meses» (cfr. I, nota 151) evidentemente es un error.

gallináceas. A la derecha, en la prolongación de aquella cuadra lóbrega, un sicario manchado de sangre daba garrote a las aves. Retorcía los pescuezos con esa presteza y donaire que da el hábito, y apenas soltaba una víctima y la entrega agonizante a las desplumadoras, cogía otra para hacerle la misma caricia. Jaulones enormes había por todas partes, llenos de pollos y gallos, los cuales asomaban la cabeza roja por entre las cañas, sedientos y fatigados, para respirar un poco de aire, y aun allí los infelices presos se dan de picotazos por aquello de *si tú sacaste más pico que yo... si ahora me toca a mí sacar todo el pescuezo.*

Habiendo apreciado este espectáculo poco grato, el olor de corral que allí había, y el ruido de alas, picotazos y cacareo de tanta víctima, Juanito la emprendió con los famosos peldaños de granito, negros ya y gastados. Efectivamente, parecía la subida a un castillo o prisión de Estado. El paramento era de fábrica cubierta de yeso y éste de rayas e inscripciones soeces o tontas. Por la parte más próxima a la calle, fuertes rejas de hierro completaban el aspecto feudal del edificio. Al pasar junto a la puerta de una de las habitaciones del entresuelo, Juanito la vio abierta y, lo que es natural, miró hacia dentro, pues todos los accidentes de aquel recinto despertaban en sumo grado su curiosidad. Pensó no ver nada y vio algo que de pronto le impresionó, una mujer bonita, joven, alta... Parecía estar en acecho, movida de una curiosidad semejante a la de Santa Cruz, deseando saber quién demonios subía a tales horas por aquella endiablada escalera. La moza tenía pañuelo azul claro por la cabeza y un mantón sobre los hombros, y en el momento de ver al Delfín, se infló con él, quiero decir, que hizo ese característico arqueo de brazos y alzamiento de hombros con que las madrileñas del pueblo se agasajan dentro del mantón, movimiento que les da cierta semejanza con una gallina que esponja su plumaje y se ahueca para volver luego a su volumen natural[142].

---

[142] Estos dos últimos párrafos tienen una enorme significación en la obra y la crítica les ha prestado mucha atención. Roger L. Utt, en «*"El pájaro voló"*: Observaciones sobre un leitmotif en *Fortunata y Jacinta*», *Anales Galdosianos* (en adelante: *A. G.*), IX (1974), pág. 40, observa: «... Galdós yuxtapone, al principio de la novela, la horrorosa escena de las aves condenadas en la Cava de San Miguel, donde luchan entre sí, "para respirar un poco de aire"..., a la introducción repentina de Fortunata, cuyos primeros gestos le dan "cierta semejanza

Juanito no pecaba de corto, y al ver a la chica y observar lo linda que era y lo bien calzada que estaba, diéronle ganas de tomarse confianzas con ella.

—¿Vive aquí —le preguntó— el Sr. de Estupiñá?

—¿D. Plácido?... en lo *más último de arriba*—, contestó la joven, dando algunos pasos hacia fuera[143].

Y Juanito pensó: «Tú sales para que te vea el pie. Buena bota»... Pensando esto, advirtió que la muchacha sacaba del mantón una mano con mitón encarnado y que se la llevaba a la boca. La confianza se desbordaba del pecho del joven Santa Cruz, y no pudo menos de decir:

—¿Qué come usted, criatura?

—¿No lo ve usted? —replicó mostrándoselo—. Un huevo.

—¡Un huevo crudo[a]!

---

[a] —¡Un huevo crudo!: —¡Un huevo crudo! —¡qué asco!

con una gallina"». Surge así una clara conexión simbólica: Fortunata, ave común a los ojos de la «buena» sociedad madrileña, quedará ahogada y hecha víctima por esa sociedad. Cfr. también S. Gilman, «The Birth of Fortunata», *A. G.*, I (1966), págs. 71-83; A. M. Gullón, «The Bird Motif and the Introductory Motif: Structure in *Fortunata y Jacinta*», *A. G.*, IX (1974), págs. 51-75. Fortunata volverá a la Cava para empollar, al final de la novela, un huevo; es decir, para dar a luz a un hijo de Juanito. A la vez, como las gallinas, con las que se nos ha dicho antes que Fortunata, una «madrileña del pueblo», tenía «cierta semejanza», será igualmente sacrificada. La casa de la Cava, que pudo haber sido un castillo de amor se convierte en prisión en la que será inmolada.

[143] En lo *más último de arriba* estaba la buhardilla, donde dará a luz Fortunata a su segundo *Pitusín*. Pero, claro, poco más atrás, nos ha dicho Galdós que Plácido vivía en el piso séptimo desde la Cava y cuarto desde la Plaza. Sin embargo, al final de la novela, le encontraremos viviendo en el tercer piso desde la Plaza. Galdós no tenía muy claro, en la primera parte de *Fortunata y Jacinta*, dónde terminarían viviendo Plácido y Fortunata, de ahí los cambios introducidos al final. Aún hay más: en las galeradas cambió el número de escalones, de ciento treinta a ciento veinte, que había de la Cava al piso séptimo. Si en realidad, pues, vivía en lo *más último de arriba* tenía que haber mantenido el número de ciento treinta... Manuel Espadas Burgos, en *Madrid, de la Revolución a la Restauración (1868-1874)*, Madrid, 1981, pág. 17, dice que las clases bajas vivían normalmente en las plantas bajas y sobre todo en las buhardillas, mientras que las clases medias lo hacían en los pisos intermedios, «siendo los más socialmente distinguidos los principales y segundos, de un Madrid que raramente sobrepasaba los cuatro pisos».

Con mucho donaire, la muchacha se llevó a la boca por segunda vez el huevo roto y se atizó otro sorbo[144].

—No sé cómo puede usted comer esas babas crudas —dijo Santa Cruz, no hallando mejor modo de trabar conversación.

—Mejor que guisadas. ¿Quiere usted? —replicó ella ofreciendo al Delfín[a] lo que en el cascarón quedaba.

Por entre los dedos de la chica se escurrían aquellas babas gelatinosas y transparentes. Tuvo tentaciones Juanito de aceptar la oferta; pero no: le repugnaban los huevos crudos[145].

—No, gracias.

Ella entonces se lo acabó de sorber, y arrojó el cascarón, que fue a estrellarse contra la pared del tramo inferior. Estaba limpiándose los dedos con el pañuelo, y Juanito discurriendo por donde pegaría la hebra, cuando sonó abajo una voz terrible que dijo:

—¡Fortunaaá![b]

Entonces la chica se inclinó en el pasamanos y soltó un *yiá voy* con chillido tan penetrante que Juanito creyó se le desgarraba el tímpano. El *yiá* principalmente sonó como la vibración agudísima de una hoja de acero al deslizarse sobre otra. Y al soltar aquel sonido, digno canto de tal ave, la moza se arrojó con tanta presteza por las escaleras abajo, que parecía rodar por ellas. Juanito la vio desaparecer, oía el ruido de su ropa azotando los peldaños de piedra y creyó que se mataba. Todo quedó al fin en silencio, y de nuevo emprendió el joven su ascensión penosa. En la escalera no volvió a encontrar a nadie, ni una mosca siquiera, ni oyó más ruido que el de sus propios pasos.

Cuando Estupiñá le vio entrar sintió tanta alegría, que a punto estuvo de ponerse bueno instantáneamente por la sola virtud del contento. No estaba el hablador en la cama sino en

---

[a] al Delfín: a Santa Cruz.
Fortunaaá!: ¡Pitusa!

[144] Berkowitz, pág. 105, aunque no ofrece pruebas, sostiene que: «While strolling through the Barrios Bajos he (Galdós) chanced upon Fortunata's prototype under circumstances very like those described in the opening pages of the novel. She was standing in the doorway of a tenement house, drinking a raw egg. His interest in the woman developed into an intimate relationship which eventually yielded much of the rich human content of the four-volume masterpiece.»

[145] Igual atracción y rechazo caracterizarán la relación de Juanito con la joven del huevo crudo.

un sillón, porque el lecho le hastiaba, y la mitad inferior de su cuerpo no se veía porque estaba liado como las momias, y envuelto en mantas y trapos diferentes. Cubría su cabeza, orejas inclusive, el gorro negro de punto que usaba dentro de la iglesia. Más que los dolores reumáticos molestaba al enfermo el no tener con quién hablar, pues la mujer que le servía, una tal doña Brígida, patrona o ama de llaves, era muy displicente y de pocas palabras. No poseía Estupiñá ningún libro, pues no necesitaba de ellos para instruirse. Su biblioteca era la sociedad y sus textos las palabras calentitas de los vivos. Su ciencia era su fe religiosa, y ni para rezar necesitaba breviarios ni florilogios, pues todas las oraciones las sabía de memoria. Lo impreso era para él música, garabatos que no sirven de nada. Uno de los hombres que menos admiraba Plácido era Guttenberg. Pero el aburrimiento de su enfermedad le hizo desear la compañía de alguno de estos habladores mudos que llamamos libros. Busca por aquí, busca por allá, y no se encontraba cosa impresa. Por fin, en polvoriento arcón halló doña Brígida un mamotreto perteneciente a un exclaustrado que moró en la misma casa allá por el año 40. Abriólo Estupiñá con respeto, ¿y qué era? El tomo undécimo del *Boletín Eclesiástico de la diócesis de Lugo*[146]. Apechugó, pues, con aquello, pues no había otra cosa. Y se lo atizó todo, de cabo a rabo, sin omitir letra, articulando correctamente las sílabas en voz baja a estilo de rezo. Ningún tropiezo le detenía en su lectura, pues cuando le salía al encuentro un latín largo y oscuro, le metía el diente sin vacilar. Las pastorales, sinodales, bulas y demás entretenidas cosas que el libro traía, fueron el único remedio de su soledad triste, y lo mejor del caso es que llegó a tomar el gusto a manjar tan desabrido, y algunos párrafos se los echaba al coleto dos veces, masticando las palabras con una sonrisa, que a cualquier observador mal enterado le habría hecho creer que el tomazo era de Paul de Kock[147].

---

[146] He podido consultar *Boletines Eclesiásticos* de otras diócesis. Su lectura —tal debía ser el caso del *Boletín de Lugo*— equivaldría a leer hoy el *Boletín Oficial del Estado*. Pero... Estupiñá era muy beato.

[147] Charles Paul de Kock (1793-1871), prolífico autor francés, se especializó en novelas sobre la vida parisina. Tenía un estilo descuidado, pero su sentido de la trama, su buena disposición para la observación y una lograda combinación de erotismo y sentimentalismo le convirtieron en un autor muy leído en su época. Galdós ironiza sobre

—Es cosa muy buena —dijo Estupiñá, guardando el libro al ver que Juanito se reía.

Y estaba tan agradecido a la visita del Delfín, que no hacía más que mirarle recreándose en su guapeza, en su juventud y elegancia. Si hubiera sido veinte veces hijo suyo, no le habría contemplado con más amor. Dábale palmadas en la rodilla, y le interrogaba prolijamente por todos los de la familia, desde Barbarita, que era el número uno, hasta el gato. El Delfín, después de satisfacer la curiosidad de su amigo, hízole a su vez preguntas acerca de la vecindad de aquella casa en que estaba.

—Buena gente —respondió Estupiñá—; sólo hay unos in-quilinos que alborotan algo por las noches. La finca pertenece al Sr. de Moreno Isla, y puede que se la administre yo desde el año que viene. Él lo desea; ya me habló de ello tu mamá, y he respondido que estoy a sus órdenes... Buena finca; con un cimiento de pedernal que es una gloria... escalera de piedra, ya habrás visto; sólo que es un poquito larga. Cuando vuelvas, si quieres acortar treinta escalones, entras por *Al Ramo de azucenas,* la zapatería que está en la Plaza. Tú conoces a Dámaso Trujillo. Y si no le conoces, con decir: «voy a ver a Plácido» te dejará pasar.

Estupiñá siguió aún más de una semana sin salir de casa, y el Delfín iba todos los días a verle ¡todos los días!, con lo que estaba mi hombre más contento que unas Pascuas; pero en vez de entrar por la zapatería, Juanito, a quien sin duda no cansaba la escalera, entraba siempre por el establecimiento de huevos de la Cava[148a]

[a] al establecimiento de huevos de la Cava: la casa.

la capacidad de Estupiñá para la lectura. La librería Bailly-Baillière (cfr. I, nota 28) editó varias novelas suyas.

[148] Este paso no existe en la actualidad. La entrada debe realizarse ahora por la Cava de San Miguel.

IV

Perdición y salvamento del Delfín

I

Pasados algunos días, y cuando ya Estupiñá andaba por ahí restablecido aunque algo cojo, Barbarita empezó a notar en su hijo inclinaciones nuevas y algunas mañas que le desagradaron. Observó que el Delfín, cuya edad se aproximaba a los veinticinco años, tenía horas de infantil alegría y días de tristeza y recogimiento sombríos. Y no pararon aquí las novedades. La perspicacia de la madre creyó descubrir un notable cambio en las costumbres y en las compañías del joven fuera de casa, y lo descubrió con datos observados en ciertas inflexiones muy particulares de su voz y lenguaje. Daba a la *elle* el tono arrastrado que la gente baja da a la *y* consonante[a]; y se le habían pegado modismos pintorescos[b] y expresiones groseras[c] que a la mamá no le hacían maldita gracia. Habría dado cualquier cosa por poder seguirle de noche y ver con qué casta de gente se juntaba. Que ésta no era fina, a la legua se conocía.

Y lo que Barbarita no dudaba en calificar de encanallamiento, empezó a manifestarse en el vestido. El Delfín se encajó una capa de esclavina corta con mucho ribete, mucha trencilla y pasamanería. Poníase por las noches el sombrerito pavero, que, a la verdad, le caía muy bien, y se peinaba con los

---

[a] [decía *yió* con acentuación silbante y provocativa.]
[b] pintorescos: picantes.
[c] groseras: pintorescas.

mechones ahuecados sobre las sienes. Un día se presentó en la casa un sastre con facha de sacristán, que era de los que hacen ropa ajustada para toreros, chulos y matachines; pero doña Bárbara no le dejó sacar la cinta de medir, y poco faltó para que el pobre hombre fuera rodando por las escaleras.

—¿Es posible —dijo a su niño, sin disimular la ira—, que se te antoje también ponerte esos pantalones ajustados con los cuales las piernas de los hombres parecen zancas de cigüeña?

Y una vez roto el fuego, rompió la señora[a] en acusaciones contra su hijo por aquellas maneras nuevas de hablar y de vestir. Él se reía, buscando medios de eludir la cuestión; pero la inflexible mamá le cortaba la retirada con preguntas contundentes. ¿A dónde iba por las noches? ¿Quiénes eran sus amigos? Respondía él que los de siempre, lo cual no era verdad, pues salvo Villalonga, que salía con él muy puesto también de capita corta y pavero, los antiguos condiscípulos no aportaban ya por la casa. Y Barbarita citaba a Zalamero, a Pez, al chico de Tellería[b]. ¿Cómo no hacer comparaciones? Zalamero, a los veintisiete años, era ya diputado y subsecretario de Gobernación, y se decía que Rivero[149] quería dar a Joaquinito Pez un Gobierno de provincia. Gustavito hacía cada artículo de crítica y cada estudio sobre los Orígenes de tal o cual cosa, que era una bendición, y en tanto él y Villalonga ¿en qué pasaban el tiempo? ¿en qué? en adquirir hábitos ordinarios y en tratarse con zánganos de coleta. A mayor abundamiento, en aquella época del 70 se le desarrolló de tal modo al Delfín la afición a los toros, que no perdía corrida, ni dejaba de ir al apartado ningún día y a veces se plantaba en la dehesa. Doña Bárbara vivía en la mayor intranquilidad, y cuando alguien le contaba que había visto a su ídolo en compañía de un individuo del arte del cuerno, se subía a la parra y...

—Mira, Juan, creo que tú y yo vamos a perder las amistades. Como me traigas a casa a uno de esos tagarotes de calzón ajustado, chaqueta corta y botita de caña larga, te pego, sí,

---

[a] rompió la señora: Barbarita, que hacía tiempo se la tenía guardada, rompió.

[b] Tellería: Tellería, y a otros que marchaban juiciosos y bien encaminados por las sendas honrosas de la vida.

[149] Nicolás María Rivero (cfr. I, nota 138) fue ministro de Gobernación en 1870. Era verosímil, por tanto, que hubiese querido dar a Joaquínito Pez «un Gobierno de provincias».

hago lo que no he hecho nunca, cojo una escoba y ambos salís de aquí pitando...

Estos furores solían concluir con risas, besos, promesas de enmienda y reconciliaciones cariñosas, porque Juanito se pintaba solo para desenojar a su mamá[a].

Como supiera un día la dama que su hijo frecuentaba los barrios de Puerta Cerrada, calle de Cuchilleros y Cava de San Miguel, encargó a Estupiñá que vigilase, y éste lo hizo con muy buena voluntad llevándole cuentos, dichos en voz baja y melodramática:

—Anoche cenó en la pastelería del sobrino de Botín[150], en la calle de Cuchilleros... ¿sabe la señora?[b] También estaba el Sr. de Villalonga y otro que no conozco un tipo así... ¿cómo diré? de estos de sombrero redondo y capa con esclavina ribeteada. Lo mismo puede pasar por un *randa* que por un señorito disfrazado.

—¿Mujeres...? —preguntó con ansiedad Barbarita.

—Dos, señora, dos —dijo Plácido corroborando con igual número de dedos muy estirados lo que la voz denunciaba—. No les pude ver las estampas. Eran de estas de mantón pardo, delantal azul, buena bota y pañuelo a la cabeza... en fin, un par de reses muy bravas.

A la semana siguiente, otra delación:

—Señora, señora...

—¡Qué!

—Ayer y anteayer entró el niño en una tienda de la Concepción Jerónima[c], donde venden filigranas y corales de los que usan las amas de cría...

—¿Y qué?

—Que pasa allí largas horas de la tarde y de la noche. Lo sé por Pepe Vallejo, el de la cordelería de enfrente, a quien he encargado que esté con mucho ojo.

—¿Tienda de filigranas y de corales?

---

[a] mamá: mamá; tenía mucho jarabe de pico y una flexibilidad de lógica y de sofismas que le daban singular ventaja en aquellas contiendas.

[b] [Tiene la especialidad del cordero asado y de los cochinillos.]

[c] [—dijo Estupiñá después de cerrar bien todas las puertas—].

[150] Este restaurante, situado en la calle de Cuchilleros, 17, era uno de los mejores de Madrid. Sigue abierto al público y en la fachada lleva esta placa: «Galdós recordó este restaurante en *Fortunata y Jacinta*. La Cámara de Comercio e Industria. Madrid, 25-V-1971.»

—Sí, señora; una de estas platerías de puntapié, que todo lo que tienen no vale seis duros. No la conozco; se ha puesto hace poco; pero yo me enteraré. Aspecto de pobreza. Se entra por una puerta vidriera que también es entrada del portal, y en el vidrio han puesto un letrero que dice: *Especialidad en regalos para amas...* Antes estaba allí un relojero llamado Bravo, que murió de miserere[a].

De pronto los cuentos de Estupiñá cesaron. A Barbarita todo se le volvía preguntar y más preguntar, y el dichoso hablador no sabía nada. Y cuidado que tenía mérito la discreción de aquel hombre, porque era el mayor de los sacrificios; para él equivalía a cortarse la lengua el tener que decir: «no sé nada, absolutamente nada.» A veces parecía que sus insignificantes e inseguras revelaciones querían ocultar la verdad antes que esclarecerla.

—Pues nada, señora; he visto a Juanito en un simón, solo, por la Puerta del Sol... digo... por la Plaza del Ángel... Iba con Villalonga... se reían mucho los dos... de algo que les hacía gracia...

Y todas las denuncias eran como éstas, bobadas, subterfugios, evasivas... Una de dos: o Estupiñá no sabía nada, o si sabía no quería decirlo por no disgustar a la señora[b].

Diez[151] meses pasaron de esta manera, Barbarita interrogando a Estupiñá, y éste no queriendo o no teniendo qué responder, hasta que allá por mayo del 70, Juanito empezó a abandonar aquellos mismos hábitos groseros que tanto disgustaban a su madre. Ésta, que lo observaba atentísimamente, notó los síntomas del lento y feliz cambio en multitud de accidentes de la vida del joven. Cuánto se regocijaba la señora con esto, no hay para qué decirlo. Y aunque todo ello era inexplicable llegó un momento en que Barbarita dejó de ser curiosa, y no le importaba nada ignorar los desvaríos de su hijo con tal que se reformase. Lentamente, pues, recobraba el Delfín su personalidad normal. Después de una noche que entró tarde y muy sofocado, y tuvo cefalalgia y vómitos, la

---

[a] de miserere: de una *eroísma*. Vivía en el entresuelo. Estos deben de vivir también en el entresuelo. Me enteraré...

[b] a la señora: a Barbarita presumiendo que los hechos que ésta anhelaba descubrir eran desvaríos veniales de la juventud, sin trascendencia en la vida del gallardo mancebo.

[151] Cfr. lo dicho en I, nota 141.

mudanza pareció más acentuada. La mamá entreveía en aquella ignorada página de la existencia de su heredero, amores un tanto libertinos, orgías de mal gusto, bromas y riñas quizás; pero todo lo perdonaba, todo, todito, con tal que aquel trastorno pasase, como pasan las indispensables crisis de las edades.

—Es un sarampión que no se libra ningún muchacho de estos tiempos —decía—. Ya sale el mío de él, y Dios quiera que salga en bien.

Notó también que el Delfín se preocupaba mucho de ciertos recados o esquelitas que a la casa traían para él, mostrándose más bien temeroso de recibirlos que deseoso de ellos. A menudo daba a los criados orden de que le negaran y de que no se admitiera carta ni recado. Estaba algo inquieto, y su mamá se dijo gozosa: «Persecución tenemos; pero él parece querer cortar toda clase de comunicaciones. Esto va bien.»

Hablando de esto con su marido, D. Baldomero, en quien lo progresista no quitaba lo autoritario (emblema de los tiempos), propuso un plan defensivo que mereció la aprobación de ella.

—Mira hija, lo mejor es que yo hable hoy mismo con el Gobernador, que es amigo nuestro. Nos mandará acá una pareja de orden público, y en cuanto llegue hombre o mujer de malas trazas con papel o recadito, me lo trincan, y al Saladero de cabeza.

Mejor que este plan era el que se le había ocurrido a la señora. Tenían tomada casa en Plencia[152] para pasar la temporada de verano, fijando la fecha de la marcha para el 8 o el 10 de julio. Pero Barbarita, con aquella seguridad del talento superior que en un punto inicia y ejecuta las resoluciones salvadoras, se encaró con Juanito, y de buenas a primeras le dijo:

—Mañana mismo nos vamos a Plencia.

Y al decirlo se fijó bien en la cara que puso. Lo primero que expresó el Delfín fue alegría. Después se quedó pensativo.

—Pero deme usted dos o tres días. Tengo que arreglar varios asuntos...

—¿Qué asuntos tienes tú, hijo? Música, música. Y en caso

---

[152] Plencia (Vizcaya), situada en la costa, al pie de un cerro y en la orilla de la ría del mismo nombre, era una pequeña localidad poco conocida, a no ser porque en ella se libraron escaramuzas durante las guerras carlistas.

de que tengas alguno, créeme, vale más que lo dejes como está.

Dicho y hecho. Padres e hijo salieron para el Norte el día de San Pedro[153]. Barbarita iba muy contenta juzgándose ya vencedora, y se decía por el camino: «Ahora le voy a poner a mi pollo una calza para que no se me escape más.»

Instaláronse en su residencia de verano, que era como un palacio, y no hay palabras con qué ponderar lo contentos y saludables que todos estaban. El Delfín, que fue desmejoradillo, no tardó en reponerse, recobrando su buen color, su palabra jovial y la plenitud de sus carnes. La mamá se la tenía guardada. Esperaba ocasión propicia, y en cuanto ésta llegó supo acometer la empresa aquella de la calza, como persona lista y conocedora de las mañas del ave que era preciso aprisionar. Dios la ayudaba sin duda, porque el pollo no parecía muy dispuesto a la resistencia.

—Pues sí —dijo ella, después de una conversación preparada con gracia—. Es preciso que te cases. Ya te tengo la mujer buscada. Eres un chiquillo, y a ti hay que dártelo todo hecho. ¡Qué será de ti el día en que yo te falte! Por eso quiero dejarte en buenas manos... No te rías, no; es la verdad, yo tengo que cuidar de todo, lo mismo de pegarte el botón que se te ha caído, que de elegirte la que ha de ser compañera de toda tu vida, la que te ha de mimar cuando yo me muera. ¿A ti te cabe en la cabeza que pueda yo proponerte nada que no te convenga?... No: Pues a callar, y pon tu porvenir en mis manos. No sé qué instinto tenemos las madres, algunas quiero decir. En ciertos casos no nos equivocamos; somos infalibles como el Papa.

La esposa que Barbarita proponía a su hijo era Jacinta, su prima, la tercera de las hijas de Gumersindo Arnaiz. ¡Y qué casualidad! Al día siguiente de la conferencia citada, llegaban a Plencia[a] y se instalaban en una casita modesta, Gumersindo e Isabel Cordero con toda su caterva menuda. Candelaria no salía de Madrid, y Benigna había ido a Laredo[154].

---

[a] Plencia: Plasencia.

[153] Esto es: el 29 de junio de 1870. Adelantaron, por tanto, unos diez días la salida a Plencia, en un principio prevista «para el 8 o el 10 de julio».

[154] Laredo, en la provincia de Santander, era una playa visitada ya a finales del siglo XIX por la incipiente burguesía veraneante.

Juan no dijo que sí ni que no. Limitóse a responder por fórmula que lo pensaría; pero una voz de su alma le declaraba que aquella gran mujer y madre tenía tratos con el Espíritu Santo, y que su proyecto era un verdadero caso de infalibilidad.

II

Porque Jacinta era una chica de prendas excelentes, modestita, delicada[a], cariñosa y además muy bonita. Sus lindos ojos estaban ya declarando la sazón del alma o el punto en que tocan a enamorarse y enamorar[b]. Barbarita quería mucho a todas sus sobrinas; pero a Jacinta la adoraba; teníala casi siempre consigo y derramaba sobre ella mil atenciones y miramientos, sin que nadie, ni aun la propia madre de Jacinta, pudiera sospechar que la criaba para nuera. Toda la parentela suponía que los señores de Santa Cruz tenían puestas sus miras en alguna de las chicas de Casa-Muñoz, de Casa-Trujillo o de otra familia rica y titulada. Pero Barbarita no pensaba en tal cosa. Cuando reveló sus planes a D. Baldomero, éste sintió regocijo, pues también a él se le había ocurrido lo mismo.

Ya dije que el Delfín prometió pensarlo; mas esto significaba sin duda la necesidad que todos sentimos de no aparecer sin voluntad propia en los casos graves; en otros términos, su amor propio, que le gobernaba más que la conciencia, le exigía, ya que no una elección libre, el simulacro de ella. Por eso Juanito no sólo lo decía, sino que hacía como que pensaba, yéndose a pasear solo por aquellos peñascales, y se engañaba a sí mismo diciéndose: «¡qué pensativo estoy!» Porque estas cosas son muy serias, ¡vaya! y hay que revolverlas mucho en el magín. Lo que hacía el muy farsante era saborear de antemano lo que se le aproximaba y ver de qué manera decía a su madre con el aire más grave y filosófico del mundo:

—Mamá, he meditado profundísimamente sobre ese problema, pesando con escrúpulo las ventajas e inconvenientes, y la verdad, aunque el caso tiene su más y sus menos, aquí me tiene usted dispuesto a complacerla.

---

[a] delicada: trabajadora.
[b] en que tocan a enamorarse y enamorar: de enamorarse de alguien y de hacerse amar.

7

Todo esto era comedia, y querer echárselas de hombre reflexivo. Su madre había recobrado sobre él aquel ascendiente omnímodo que tuvo antes de las trapisondas que apuntadas quedan, y como el hijo pródigo a quien los reveses hacen ver cuánto le daña el obrar y pensar por cuenta propia, descansaba de sus funestas aventuras pensando y obrando con la cabeza y la voluntad de su madre.

Lo peor del caso era que nunca le había pasado por las mientes casarse con Jacinta, a quien siempre miró más como hermana que como prima. Siendo ambos de muy corta edad (ella tenía un año y meses menos que él) habían dormido juntos, y habían derramado lágrimas y acusádose mutuamente por haber secuestrado él las muñecas de ella, y haber ella arrojado a la lumbre, para que se derritieran, los soldaditos de él. Juan la hacía rabiar, descomponiéndole la casa de muñecas, ¡anda! y Jacinta se vengaba arrojando en un barreño de agua los caballos de Juan para que se ahogaran... ¡anda! Por un rey mago, negro por más señas, hubo unos dramas que acabaron en leña por partida doble, es decir, que Barbarita azotaba alternadamente uno y otro par de nalgas como el que toca los timbales; y todo porque Jacinta le había cortado la cola al camello del rey negro; cola de cerda, no vayan a creer... «Envidiosa» «Acusón»... Ya tenían ambos la edad en que un misterioso respeto les prohibía darse besos, y se trataban con vivo cariño fraternal. Jacinta iba todos los martes y viernes a pasar el día entero en casa de Barbarita, y ésta no tenía inconveniente en dejar solos largos ratos a su hijo y a su sobrina[a]; porque si cada cual en sí tenía el desarrollo moral que era propio de sus veinte años, uno frente a otro continuaban en la *edad del pavo*, muy lejos de sospechar que su destino les aproximaría cuando menos lo pensasen.

El paso de esta situación fraternal a la de amantes no le parecía al joven Santa Cruz cosa fácil. Él, que tan atrevido era lejos del hogar paterno, sentíase acobardado delante de aquella flor criada en su propia casa, y tenía por imposible que las cunitas de ambos, reunidas, se convirtieran en tálamo. Mas para todo hay remedio menos para la muerte, y Juanito vio con asombro, a poco de intentar la metamorfosis, que las dificultades se desleían como la sal en el agua; que lo que a él

---

[a] sobrina: sobrina, sin temor alguno de que los chicos abusasen de la soledad;

le parecía montaña era como la palma de la mano, y que el tránsito de la fraternidad al enamoramiento se hacía *como una seda*. La primita, haciéndose también la sorprendida en los primeros momentos y aun la vergonzosa, dijo también que aquello debía pensarse. Hay motivos para creer que Barbarita se lo había hecho pensar ya. Sea lo que quiera, ello es que a los cuatro días de romperse el hielo ya no había que enseñarles nada de noviazgo. Creeríase que no había hecho en su vida otra cosa más que estar picoteando todo el santo día. El país y el ambiente eran propicios a esta vida nueva. Rocas formidables, olas, playa con caracolitos, praderas verdes, setos, callejas llenas de arbustos, helechos y líquenes, veredas cuyo término no se sabía, caseríos rústicos que al caer de la tarde despedían de sus abollados techos humaredas azules, celajes grises, rayos de sol dorando la arena, velas de pescadores cruzando la inmensidad del mar, ya azul, ya verdoso, terso un día, otro aborregado, un vapor en el horizonte tiznando el cielo con su humo, un aguacero en la montaña y otros accidentes de aquel admirable fondo poético, favorecían a los amantes, dándoles a cada momento un ejemplo nuevo para aquella gran ley de la Naturaleza que estaban cumpliendo.

Jacinta era de estatura mediana, con más gracia que belleza, lo que se llama en lenguaje corriente una mujer *mona*. Su tez finísima y sus ojos que despedían alegría y sentimiento componían un rostro sumamente agradable. Y hablando, sus atractivos eran mayores que cuando estaba callada[a], a causa de la movilidad de su rostro y de la expresión variadísima que sabía poner en él[b]. La estrechez relativa en que vivía la numerosa familia de Arnaiz, no le permitía variar sus galas; pero sabía triunfar del amaneramiento con el arte, y cualquier perifollo anunciaba en ella una mujer que, si lo quería, estaba llamada a ser elegantísima. Luego veremos. Por su talle delicado y su figura y cara porcelanescas, revelaba ser una de esas hermosuras a quienes la Naturaleza concede poco tiempo de esplendor, y que se ajan pronto, en cuanto les toca la primer pena de la vida o la maternidad[c].

---

[a] Y hablando [. . .] callada: Era de esas a las que cualquier hombre puede estar mirando un largo rato sin hartar las miradas. Y en cuanto que hablaba sus atractivos no ponían término.

[b] [Se expresaba con soltura y agudeza, revelando un juicio claro y dotes de mujer de sociedad.]

[c] [Por aquella época eran aún gordita, redondita y muy saltoncita.

Barbarita, que la había criado, conocía bien sus notables prendas morales, los tesoros de su corazón amante, que pagaba siempre con creces el cariño que se le tenía, y por todo esto se enorgullecía de su elección. Hasta ciertas tenacidades de carácter que en la niñez eran un defecto, agradábanle cuando Jacinta fue mujer porque no es bueno que las hembras sean todas miel, y conviene que guarden una reserva de energía para ciertas ocasiones difíciles.

La noticia del matrimonio de Juanito cayó en la familia de Arnaiz como una bomba que revienta y esparce, no desastres y muertes, sino esperanza y dichas. Porque hay que tener en cuenta que el Delfín, por su fortuna, por sus prendas, por su talento, era considerado como un ser bajado del cielo. Gumersindo Arnaiz no sabía lo que le pasaba; lo estaba viendo y aún le parecía mentira; y siendo el amartelamiento de los novios bastante empalagoso, a él le parecía que todavía se quedaban cortos y que debían entortolarse mucho más. Isabel era tan feliz que, de vuelta ya en Madrid, decía que le iba a dar algo, y que seguramente su empobrecida naturaleza no podría soportar tanta felicidad. Aquel matrimonio había sido la ilusión de su vida durante los últimos años, ilusión que por lo muy hermosa no encajaba en la realidad. No se había atrevido nunca a hablar de esto a su cuñada, por temor de parecer excesivamente ambiciosa y atrevida[a].

Faltábale tiempo a la buena señora para dar parte a sus amigas del feliz suceso; no sabía hablar de otra cosa, y aunque desmadejada ya y sin fuerzas a causa del trabajo y de los alumbramientos, cobraba nuevos bríos para entregarse con delirante actividad a los preparativos de boda, al equipo y demás cosas. ¡Qué proyectos hacía, qué cosas inventaba, qué previsión la suya! Pero en medio de su inmensa tarea, no cesaba de tener corazonadas pesimistas, y exclamaba con tristeza:

—¡Si me parece mentira!... ¡Si yo no he de verlo!...

Y este presentimiento, por ser de cosa mala, vino a cumplirse

---

Estaba pintiparada para figurar en aquellas comparsas de estilo de Watteau, hecha una pastora con traje a la Pompadour, sombrerillo y cayado para pastorear rebaños de marqueses.]

[a] atrevida: atrevida, pues el pensar en Juanito para yerno era en la mente de Isabel un disparate, algo semejante al desvarío de las personas a quienes les pasa por la cabeza la posibilidad de ser reyes.

al cabo, porque la alegría inquieta fue como una combustión oculta que devoró la poca vida que allí quedaba. Una mañana de los últimos días de diciembre, Isabel Cordero, hallándose en el comedor de su casa, cayó redonda al suelo como herida de un rayo. Acometida de violentísimo ataque cerebral, falleció aquella misma noche, rodeada de su marido y de sus consternados y amantes hijos. No recobró el conocimiento después del ataque, no dijo esta boca es mía, ni se quejó. Su muerte fue de esas que vulgarmente se comparan a la de *un pajarito*. Decían los vecinos y amigos que había *reventado de gusto*. Aquella gran mujer, heroína y mártir del deber, autora de diez y siete españoles, se embriagó de felicidad sólo con el olor de ella, y sucumbió a su primera embriaguez. En su muerte la perseguían las fechas célebres, como la habían perseguido en sus partos, cual si la historia la rondara deseando tener algo que ver con ella. Isabel Cordero y D. Juan Prim[155] expiraron con pocas horas de diferencia.

---

[155] Juan Prim, por quien sorprendentemente tanta admiración llegó a sentir Galdós, murió asesinado el 27 de diciembre de 1870. Cfr. I, nota 206.

V

Viaje de novios

I

La boda se verificó en mayo del 71. Dijo D. Baldomero con muy buen juicio que pues era costumbre que se largaran los novios, acabadita de recibir la bendición, a correrla por esos mundos, no comprendía fuese de rigor el paseo por Francia o por Italia, habiendo en España tantos lugares dignos de ser vistos. Él y Barbarita no habían ido ni siquiera a Chamberí, porque en su tiempo los novios se quedaban donde estaban, y el único español que se permitía viajar era el duque de Osuna[156], D. Pedro. ¡Qué diferencia de tiempos!... Y ahora, hasta Periquillo Redondo, el que tiene el bazar de corbatas al aire libre en la esquina de la casa de Correos había hecho su viajecito a París... Juanito se manifestó enteramente conforme con su papá[a], y recibida la bendición nupcial, verificado el almuerzo en familia sin aparato alguno a causa del luto, sin ninguna cosa notable como no fuera un conato de brindis de Estupiñá, cuya boca tapó Barbarita a la primera palabra;

---

[a] enteramente conforme con su papá: conforme con su papá en aquello de consagrar a España las primicias de la vida matrimonial,

[156] «Entre los duques de Osuna —observa Ortiz Armengol— hay varios de nombre Pedro, pero al que parece referirse Galdós es justamente a Mariano Téllez-Girón y Beaufort (1814-1882), embajador en Rusia, quien viajó y vivió fastuosamente y deshizo su fortuna...» (108).

dadas las despedidas, con sus lágrimas y besuqueos correspondientes, marido y mujer se fueron a la estación. La primera etapa de su viaje fue Burgos, a donde llegaron a las tres de la mañana, felices y locuaces, riéndose de todo, del frío y de la oscuridad. En el alma de Jacinta, no obstante, las alegrías no excluían un cierto miedo, que a veces era terror. El ruido del ómnibus sobre el desigual piso de las calles, la subida a la fonda por angosta escalera, el aposento y sus muebles de mal gusto, mezcla de desechos de ciudad y de lujos de aldea, aumentaron aquel frío invencible y aquella pavorosa expectación que la hacían estremecer. ¡Y tantísimo como quería a su marido!... ¿Cómo compaginar dos deseos tan diferentes; que su marido se apartase de ella y que estuviese cerca? Porque la idea de que se pudiera ir, dejándola sola, era como la muerte, y la de que se acercaba y la cogía en brazos con apasionado atrevimiento, también la ponía temblorosa y asustada. Habría deseado que no se apartara de ella, pero que se estuviera quietecito.

Al día siguiente, cuando fueron a la catedral, ya bastante tarde, sabía Jacinta una porción de expresiones cariñosas y de íntima confianza de amor que hasta entonces no había pronunciado nunca, como no fuera en la vaguedad discreta del pensamiento que recela descubrirse a sí mismo. No le causaba vergüenza el decirle al otro que le idolatraba, así, así, clarito... al pan pan y al vino vino... ni preguntarle a cada momento si era verdad que él también estaba hecho un idólatra y que lo estaría hasta el día del Juicio Final. Y a la tal preguntita, que había venido a ser tan frecuente como el pestañear, el que estaba de turno contestaba *Chí,* dando a esta sílaba un tonillo de pronunciación infantil. El *Chí* se lo había enseñado Juanito aquella noche, lo mismo que el decir, también en estilo mimoso, *¿me quieles?* y otras tonterías y chiquilladas empalagosas, dichas de la manera más grave del mundo. En la misma catedral, cuando les quitaba la vista de encima el sacristán que les enseñaba alguna capilla o preciosidad reservada, los esposos aprovechaban aquel momento para darse besos a escape y a hurtadillas, frente a la santidad de los altares consagrados o detrás de la estatua yacente de un sepulcro. Es que Juanito era un pillín, y un goloso y un atrevido. A Jacinta le causaban miedo aquellas profanaciones; pero las consentía y toleraba, poniendo su pensamiento en Dios y confiando en que Éste, al verla, volvería la cabeza con aquella indulgencia propia del que es fuente de todo amor.

Todo era para ellos motivo de felicidad. Contemplar una maravilla del arte les entusiasmaba y de puro entusiasmo se reían, lo mismo que de cualquier contrariedad. Si la comida era mala, risas; si el coche que les llevaba a la Cartuja iba danzando en los baches del camino, risas; si el sacristán de las Huelgas les contaba mil papas, diciendo que la señora abadesa se ponía mitra y gobernaba a los curas, risas[157]. Y a mas de esto, todo cuanto Jacinta decía, aunque fuera la cosa más seria del mundo, le hacía a Juanito una gracia extraordinaria. Por cualquier tontería que éste dijese, su mujer soltaba la carcajada. Las crudezas de estilo popular y aflamencado que Santa Cruz decía alguna vez, divertíanla más que nada y las repetía tratando de fijarlas en su memoria. Cuando no son muy groseras, estas fórmulas de hablar hacen gracia, como caricaturas que son del lenguaje.

El tiempo se pasa sin sentir para los que están en éxtasis y para los enamorados. Ni Jacinta ni su esposo apreciaban bien el curso de las fugaces horas. Ella, principalmente, tenía que pensar un poco para averiguar si tal día era el tercero o el cuarto de tan feliz existencia. Pero aunque no sepa apreciar bien la sucesión de los días, el amor aspira a dominar en el tiempo como en todo, y cuando se siente victorioso en lo presente, anhela hacerse dueño de lo pasado, indagando los sucesos para ver si le son favorables, ya que no puede destruirlos y hacerlos mentira. Fuerte en la conciencia de su triunfo presente, Jacinta empezó a sentir el desconsuelo de no someter también el pasado de su marido, haciéndose dueña de cuanto

---

[157] Madoz *(Diccionario,* IV, pág. 573) habla de las prerrogativas que reyes y papas otorgaron a estas abadesas, dándoles gran poder canónico y civil: «Al esplendor de las muchas riquezas prerrogativas con que el rey fundador y sus sucesores engrandecieron al real convento, correspondió muy ventajosamente la jurisdicción canónica con que los romanos pontífices condecoraron a su abadesa, otorgándole más gracias que a ninguna, y llevándola a hacerla única en el todo». En el *Diccionario Geográfico de España,* V, Madrid, 1958, pág. 319, también se hace una apreciación referente a Doña Misol, primera abadesa del convento de las Huelgas, fundado en 1187 por Alfonso VIII. Se dice de ella: ... «mujer fuerte y enérgica, dotada a la vez de una gran afabilidad. Desde un principio obedecían a la abadesa 54 v. y l., llegando con el tiempo a ser el señorío más rico de Castilla. Dotada de una extraña jurisdicción espiritual, la abadesa de las Huelgas, podía proveer capellanías y beneficios, otorgar licencias para celebrar la santa misa, confesar y predicar».

éste había sentido y pensado antes de casarse. Como de aquella acción pretérita sólo tenía leves indicios, despertáronse en ella curiosidades que la inquietaban. Con los mutuos cariños crecía la confianza, que empieza por ser inocente y va adquiriendo poco a poco la libertad de indagar y el valor de las revelaciones. Santa Cruz no estaba en el caso de que le mortificara la curiosidad, porque Jacinta era la pureza misma. Ni siquiera había tenido un novio de estos que no hacen más que mirar y poner la cara afligida. Ella sí que tenía campo vastísimo en que ejercer su espíritu crítico. Manos a la obra. No debe haber secretos entre los esposos. Esta es la primera ley que promulga la curiosidad antes de ponerse a oficiar de inquisidora.

Porque Jacinta hiciese la primera pregunta llamando a su marido *Nene* (como él le había enseñado), no dejó éste de sentirse un tanto molesto. Iban por las alamedas de chopos que hay en Burgos, rectas e inacabables, como senderos de pesadilla. La respuesta fue cariñosa, pero evasiva. ¡Si lo que la *nena* anhelaba saber era un devaneo, una tontería...! cosas de muchachos. La educación del hombre de nuestros días no puede ser completa si éste no trata con toda clase de gente, si no echa un vistazo a todas las situaciones posibles de la vida, si no toma el tiento a las pasiones todas. Puro estudio y educación pura... No se trataba de amor, porque lo que es amor, bien podía decirlo, él no lo había sentido nunca hasta que le hizo tilín la que ya era su mujer.

Jacinta creía esto; pero la fe es una cosa y la curiosidad otra. No dudaba ni tanto así del amor de su marido; pero quería saber, sí señor, quería enterarse de ciertas aventurillas[a]. Entre esposos debe haber siempre la mayor confianza, ¿no es eso? En cuanto hay secretos, adiós paz del matrimonio. Pues bueno; ella quería leer de cabo a rabo ciertas paginitas de la vida de su esposo antes de casarse. ¡Como que estas historias ayudan bastante a la educación matrimonial! Sabiéndolas de memoria, las mujeres viven más avisadas, y a poquito que los maridos se deslicen... ¡tras!, ya están cogidos[b].

---

[a] [Serían éstas todo lo tontas que se quisiera, pero el que fuesen tontas no debía oponerse a que ella las supiera. Pues qué cosa más natural.]

[b] deslicen... ¡tras! ya están cogidos: deslicen les cogen, porque ya les conocen las mañas.

—Que me lo tienes que contar todito... Si no, no te dejo vivir.

Esto fue dicho en el tren, que corría y silbaba por las angosturas de Pancorvo[158]. En el paisaje veía Juanito una imagen de su conciencia. La vía que lo traspasaba, descubriendo las sombrías revueltas, era la indagación inteligente de Jacinta. El muy tuno se reía, prometiendo, eso sí, contar luego; pero la verdad era que no contaba nada de sustancia[a].

—¡Sí, porque me engañas tú a mí!... A buena parte vienes... Sé más de lo que te crees. Yo me acuerdo bien de algunas cosas que vi y oí. Tu mamá estaba muy disgustada, porque te nos habías hecho muy chu... la... pito; eso es.

El marido continuaba encerrado en su prudencia; mas no por eso se enfadaba Jacinta. Bien le decía su sagacidad femenil que la obstinación impertinente produce efectos contrarios a los que pretende. Otra habría puesto en aquel caso unos morritos muy serios; ella no, porque fundaba su éxito en la perseverancia combinada con el cariño capcioso y diplomático. Entrando en un túnel de la Rioja, dijo así:

—¿Apostamos a que sin decirme tú una palabra, lo averiguo todo?

Y a la salida del túnel, el enamorado esposo, después de estrujarla con un abrazo algo teatral y de haber mezclado el restallido de sus besos al mugir de la máquina humeante, gritaba:

—¿Qué puedo yo ocultar a esta mona golosa?... Te como; mira que te como. ¡Curiosona, fisgona, feucha. ¿Tú quieres saber? Pues te lo voy a contar, para que me quieras más.

—¿Más? ¡Qué gracia! Eso sí que es difícil.

—Espérate a que lleguemos a Zaragoza.

—No, ahora.

—¿Ahora mismo?

—*Chí.*

—No... en Zaragoza. Mira que es historia larga y fastidiosa.

---

[a] sustancia: sustancia; todo se volvía sentencias, medias palabras.

[158] Es interesante cómo transpone Galdós al paisaje la tensión entre los recién casados creada por la curiosidad de Jacinta. A la salida del túnel aparecerá la que será la verdadera protagonista del viaje: Fortunata. Cfr. Suzanne Raphaël, «Un extraño viaje de novios», *A. G.*, III (1968), págs. 35-49.

—Mejor... Cuéntala y luego veremos.

—Te vas a reír de mí. Pues señor... allá por diciembre del año pasado... no, del otro... ¿Ves?, ya te estás riendo.

—Que no me río, que estoy más seria que el Papamoscas[159].

—Pues bueno, allá voy... Como te iba diciendo, conocí a una mujer... Cosas de muchachos. Pero déjame que empiece por el principio. Érase una vez... un caballero anciano muy parecido a una cotorra y llamado Estupiñá, el cual cayó enfermo y... cosa natural, sus amigos fueron a verle... y uno de estos amigos, al subir la escalera de piedra, encontró una mujer que se estaba comiendo un huevo crudo... ¿Qué tal[160] [a]?...

II

—Un huevo crudo... ¡qué asco! —exclamó Jacinta escupiendo una salivita—. ¿Qué se puede esperar de quien se enamora de una mujer que come huevos crudos?...

—Hablando aquí con imparcialidad, te diré que era guapa. ¿Te enfadas?

—¡Qué me voy a enfadar, hombre! Sigue... Se comía el huevo, y te ofrecía y tú participaste...

—No, aquel día no hubo nada. Volví al siguiente y me la encontré otra vez.

—Vamos, que le caíste en gracia y te estaba esperando.

No quería el Delfín ser muy explícito, y contaba a grandes rasgos, suavizando asperezas y pasando como sobre ascuas por los pasajes de peligro. Pero Jacinta tenía un arte instintivo para el manejo del gancho, y sacaba siempre algo de lo que quería

---

[a] Me parece que la historia es interesante.

[159] El Papamoscas es una de las dos figuras que da las horas en el popular reloj que está colocado en la parte izquierda de la puerta principal de la catedral de Burgos.

[160] Esta ocurrencia, que es una anécdota vulgar, sería entonces la que habría puesto en marcha, en el caso concreto de la novela *Fortunata y Jacinta,* la imaginación fabuladora de Galdós. Recordemos que unas páginas más atrás, Galdós había escrito que «si Juanito Santa Cruz no hubiera hecho aquella visita (a Estupiñá), esta historia no se habría escrito. Se hubiera escrito otra, eso sí, porque por doquiera que el hombre vaya lleva consigo su novela; pero ésta no».

saber. Allí salió a relucir parte de lo que Barbarita inútilmente intentó averiguar... ¿Quién era la del huevo?... Pues una chica huérfana que vivía con su tía, la cual era huevera y pollera en la Cava de San Miguel. ¡Ah! ¡Segunda Izquierdo![161]... por otro nombre la *Melaera,* ¡qué basilisco!... ¡Qué lengua!... ¡Qué rapacidad!... Era viuda, y estaba liada, así se dice, con un picador.

—Pero basta de digresiones. La segunda vez que entré en la casa, me la encontré sentada en uno de aquellos peldaños de granito, llorando.

—¿A la tía?

—No, mujer, a la sobrina. La tía le acababa de echar los tiempos, y aún se oían abajo los resoplidos de la fiera... Consolé a la pobre chica con cuatro palabrillas y me senté a su lado en el escalón.

—¡Qué poca vergüenza!

—Empezamos a hablar. No subía ni bajaba nadie. La chica era confianzuda, inocentona, de éstas que dicen todo lo que sienten, así lo bueno como lo malo. Sigamos. Pues señor... al tercer día me la encontré en la calle. Desde lejos noté que se sonreía al verme. Hablamos cuatro palabras nada más; y volví y me colé[a] en la casa; y me hice amigo de la tía y hablamos; y una tarde salió el picador de entre un montón de banastas donde estaba durmiendo la siesta, todo lleno de plumas, y llegándose a mí me echó la zarpa, quiero decir, que me dio la mano y yo se la tomé, y me convidó a unas copas, y acepté y bebimos. No tardamos Villalonga y yo en hacernos amigos de los amigos de aquella gente... No te rías[b]... Te aseguro que Villalonga me arrastraba a aquella vida, porque se encaprichó por otra chica del barrio, como yo por la sobrina de Segunda.

—¿Y cuál era más guapa?

—¡La mía! —replicó prontamente el Delfín, dejando entrever la fuerza de su amor propio—, la mía... un animalito muy mono, una salvaje que no sabía leer ni escribir. Figúrate, ¡qué

---

[a] y volví y me colé: y al otro día veinte, y al otro ciento, y entré.

[b] [Para conocer bien al pueblo es preciso mezclarse con él, acompañarle en las orgías groseras...]

[161] El nombre de la tía de Fortunata (de la que no sabemos su primer apellido) tiene algo de «dirección domiciliaria». Lo de «Melaera» (¿del verbo «melar» = *labrar las abejas la miel;* adj. = *que tiene sabor a miel?)* sería igualmente burlesco, porque su lengua —nos previene Galdós— era la de un basilisco...

educación! ¡Pobre pueblo!, y luego hablamos de sus pasiones brutales, cuando nosotros tenemos la culpa... Estas cosas hay que verlas de cerca... Sí, hija mía, hay que poner la mano sobre el corazón del pueblo, que es sano... sí, pero a veces sus latidos no son latidos, sino patadas... ¡Aquella infeliz chica...! Como te digo, un animal, pero buen corazón, buen corazón... ¡pobre *nena!*

Al oír esta expresión de cariño, dicha por el Delfín tan espontáneamente, Jacinta arrugó el ceño. Ella había heredado la aplicación de la palabreja, que ya le disgustaba por ser como desecho de una pasión anterior, un vestido o alhaja ensuciados por el uso; y expresó su disgusto dándole al pícaro de Juanito una bofetada, que para ser de mujer y en broma resonó bastante.

—¿Ves? ya estás enfadada. Y sin motivo. Te cuento las cosas como pasaron... Basta ya, basta de cuentos.

—No, no. No me enfado. Sigue, o te pego otra.

—No me da la gana... Si lo que yo quiero es borrar un pasado que considero infamante; si no quiero tener ni memoria de él... Es un episodio que tiene sus lados ridículos y sus lados vergonzosos. Los pocos años disculpan ciertas demencias, cuando de ellas se saca el honor puro y el corazón sano. ¿Para qué me obligas a repetir lo que quiero olvidar, si sólo con recordarlo paréceme que no merezco este bien que hoy poseo, tú, niña mía?

—Estás perdonado —dijo la esposa, arreglándose el cabello que Santa Cruz le había descompuesto al acentuar de un modo material aquellas expresiones tan sabias como apasionadas—. No soy impertinente, no exijo imposibles. Bien conozco que los hombres la han de correr antes de casarse. Te prevengo que seré muy celosa si me das motivo para serlo; pero celos retrospectivos no tendré nunca[a].

Esto sería todo lo razonable y discreto que se quiera suponer; pero la curiosidad no disminuía, antes bien aumentaba. Revivió con fuerza en Zaragoza, después que los esposos oyeron misa en el Pilar y visitaron la Seo.

—Si me quisieras contar algo más de aquello... —indicó Jacinta, cuando vagaban por las solitarias y románticas calles que se extienden detrás de la catedral.

Santa Cruz puso mala cara.

---

[a] [Soy razonable. Sé que me quieres y que esas tonterías que pasaron no han de impedir que sigas queriéndome.]

—¡Pero que tontín! Si lo quiero saber para reírme, nada más que para reírme. ¿Qué creías tú, que me iba a enfadar?... ¡Ay, que bobito!... No, es que me hacen gracia tus calaveradas. Tienen un *chic*. Anoche pensé en ellas, y aun soñé un poquitito con la del huevo crudo y la tía y el mamarracho del tío. No, si no me enojaba; me reía, créelo, me divertía viéndote entre esa aristocracia, hecho un caballero, una persona decente, vamos, con el pelito sobre la oreja. Ahora te voy a anticipar la continuación de la historia. Pues señor... le hiciste el amor por lo fino, y ella lo admitió por lo basto. La sacaste de la casa de su tía y os fuisteis los dos a otro nido, en la Concepción Jerónima.

Juanito miró fijamente a su mujer, y después se echó a reír. Aquello no era adivinación de Jacinta. Algo había oído sin duda, por lo menos el nombre de la calle. Pensando que convenía seguir el tono festivo, dijo así:

—Tú sabías el nombre de la calle; no vengas echándotelas de zahorí... Es que Estupiñá me espiaba y le llevaba cuentos a mamá.

—Sigue con tu conquista. Pues señor...

—Cuestión de pocos días. En el pueblo, hija mía, los procedimientos son breves. Ya ves cómo se matan. Pues lo mismo es el amor. Un día le dije: «Si quieres probarme que me quieres, huye de tu casa conmigo.» Yo pensé que me iba a decir que no.

—Pensaste mal... sobre todo si en su casa había... leña.

—La respuesta fue coger el mantón, y decirme *vamos*. No podía salir por la Cava. Salimos por la zapatería que se llama *Al ramo de azucenas*. Lo que te digo; el pueblo es así, sumamente ejecutivo y enemigo de trámites.

Jacinta miraba al suelo más que a su marido.

—Y a renglón seguido la consabida palabrita de casamiento —dijo mirándole de lleno y observándole indeciso en la respuesta.

Aunque Jacinta no conocía personalmente a ninguna víctima de las palabras de casamiento, tenía una clara idea de estos pactos diabólicos por lo que de ellos había visto en los dramas, en las piezas cortas y aun en las óperas, presentados como recurso teatral, unas veces para hacer llorar al público y otras para hacerle reír. Volvió a mirar a su marido, y notando en él una como sonrisilla de hombre de mundo, le dio un pellizco acompañado de estos conceptos, un tanto airados:

—Sí, la palabra de casamiento con reserva mental de no

cumplirla, una burla, una estafa, una villanía. ¡Qué hombres!... Luego dicen... ¿Y esa tonta no te sacó los ojos cuando se vio chasqueada?... Si hubiera sido yo...

—Si hubieras sido tú, tampoco me habrías sacado los ojos.

—Que sí... pillo... granujita. Vaya, no quiero saber más, no me cuentes más.

—¿Para qué preguntas tú? Si te digo que no la quería, te enfadas conmigo y tomas partido por ella... ¿Y si te dijera que la quería, que al poco tiempo de sacarla de su casa, se me ocurría la simpleza de cumplir la palabra de casamiento que le di?

—¡Ah, tuno! —exclamó Jacinta con ira cómica, aunque no enteramente cómica—. Agradece que estamos en la calle, que si no, ahora mismo te daba un par de repelones y de cada manotada me traía un mechón de pelo... Con que casarte... ¡y me lo dices a mí!... ¡a mí!

La carcajada lanzada por Santa Cruz retumbó en la cavidad de la plazoleta silenciosa y desierta con ecos tan extraños, que los dos esposos se admiraron de oírla. Formaban la rinconada aquella vetustos caserones de ladrillo modelado a estilo mudéjar, en las puertas gigantones o salvajes de piedra con la maza al hombro, en las cornisas aleros de tallada madera, todo de un color de polvo uniforme y tristísimo. No se veían ni señales de alma viviente por ninguna parte. Tras las rejas enmohecidas no aparecía ningún resquicio de maderas entornadas por el cual se pudiera filtrar una mirada humana.

—Esto es tan solitario, hija mía —dijo el marido, quitándose el sombrero y riendo—, que puedes armarme el gran escándalo sin que se entere nadie.

Juanito corría. Jacinta fue tras él con la sombrilla levantada.

—Que no me cojes...

—A que sí.

—Que te mato...

Y corrieron ambos por el desigual pavimento lleno de yerba, él riendo a carcajadas, ella coloradita y con los ojos húmedos. Por fin, ¡pum! le dio un sombrillazo, y cuando Juanito se rascaba, ambos se detuvieron jadeantes, sofocados por la risa.

—Por aquí —dijo Santa·Cruz señalando un arco que era la única salida[162].

---

[162] Cuando Fortunata —la *nena* original— coge el mantón y se va con Juanito, al usar la salida de *Al ramo de azucenas* tienen que pasar igualmente por un arco. En ese caso se trataba de uno de los arcos de

Y cuando pasaban por aquel túnel, al extremo del cual se veía otra plazoleta tan solitaria y misteriosa como la anterior, los amantes, sin decirse una palabra, se abrazaron y estuvieron estrechamente unidos, besuqueándose por espacio de un buen minuto y diciéndose al oído las palabras más tiernas[a].

—Ya ves, esto es sabrosísimo. Quién diría que en medio de la calle podía uno...

—Si alguien nos viera... —murmuró Jacinta ruborizada, porque en verdad, aquel rincón de Zaragoza podía ser todo lo solitario que se quisiese, pero no era una alcoba.

—Mejor... si nos ven, mejor... Que se aguanten el gorro.

Y vuelta a los abracitos y a los vocablos de miel.

—Por aquí no pasa un alma... —dijo él—. Es más, creo que por aquí no ha pasado nunca nadie. Lo menos hay dos siglos que no ha corrido por estas paredes una mirada humana...

—Calla, me parece que siento pasos.

—Pasos... ¿a ver?...

—Sí, pasos.

En efecto, alguien venía. Oyóse, sin poder determinar por dónde, un arrastrar de pies sobre los guijarros del suelo. Por entre dos casas apareció de pronto una figura negra. Era un sacerdote viejo. Cogiéronse del brazo los consortes y avanzaron afectando la mayor compostura. El clérigo, al pasar junto a ellos, les miró mucho.

—Paréceme —indicó la esposa, agarrándose más al brazo de su marido y pegándose mucho a él—, que nos lo ha conocido en la cara.

—¿Qué nos ha conocido?

—Que estábamos... tonteando.

—Psch... ¿y a mí, qué?

—Mira —dijo ella cuando llegaron a un sitio menos desierto—, no me cuentes más historias. No quiero saber más. Punto final[b].

---

[a] [Estaban solos, enteramente solos, y aquellos muros no tenían ojos ni oídos.]

[b] Punto final: ¡Qué me importa a mí saber si te entusiasmaste con esa bribona hasta el punto de que se te pasó por la cabeza casarte con ella!...

la Plaza Mayor; aquí es el Arco del Deán, cerca de la Seo. Pero, en cualquier caso, todo remite en buena parte a la vieja historia amorosa de Juanito.

Rompió a reír, a reír, y el Delfín tuvo que preguntarle muchas veces la causa de su hilaridad para obtener esta respuesta:

—¿Sabes de qué me río? De pensar en la cara que habría puesto tu mamá si le entras por la puerta una nuera de mantón, sortijillas y pañuelo a la cabeza, una nuera que dice *diquiá luego* y no sabe leer.

III

—Quedamos en que no hay más cuentos.

—No más... Bastante me he reído ya de tu tontería. Francamente, yo creí que eras más avisado... Además, todo lo que me puedas contar me lo figuro. Que te aburriste pronto. Es natural... El hombre bien criado y la mujer ordinaria no emparejan bien. Pasa la ilusión, y después ¿qué resulta? Que ella huele a cebolla y dice palabras feas... A él... como si lo viera... se le revuelve el estómago, y empiezan las cuestiones. El pueblo es sucio, la mujer de clase baja, por más que se lave el palmito, siempre es pueblo. No hay más que ver las casas por dentro. Pues lo mismo están los benditos cuerpos[a].

Aquella misma tarde, después de mirar la puerta del Carmen y los elocuentes muros de Santa Engracia, que vieron lo que nadie volverá a ver, paseaban por las arboledas de Torrero. Jacinta, pesando mucho sobre el brazo de su marido, porque en verdad estaba cansadita, le dijo:

—Una sola cosa quiero saber, una sola. Después punto en boca. ¿Qué casa era esa de la Concepción Jerónima...?

—Pero, hija, ¿qué te importa?... Bueno, te lo diré. No tiene nada de particular. Pues señor... vivía en aquella casa un tío de la tal, hermano de la huevera, buen tipo, el mayor perdido y el animal más grande que en mi vida he visto; un hombre que lo ha sido todo, presidiario y revolucionario de barricadas, torero de invierno y tratante en ganado. ¡Ah! ¡José Izquierdo!... te reirías si le vieras y le oyeras hablar. Este tal le sorbió los sesos a una pobre mujer, viuda de un platero y se casó con ella. Cada uno por su estilo, aquella pareja valía un imperio. Todo el santo día estaban riñendo, de pico se entiende... ¡Y qué tienda, hija, qué desorden, qué escenas! Primero

---

[a] [El señorito se hastía... asco, cansancio, y después los trastos tirados a la cabeza. Cada uno por su lado, y nada más.]

se emborrachaba él solo, después los dos a turno. Pregúntale a Villalonga; él es quien cuenta esto a maravilla y remeda los jaleos que allí se armaban. Paréceme mentira que yo me divirtiera con tales escándalos. ¡Lo que es el hombre! Pero yo estaba ciego; tenía entonces la manía de lo popular[a].

—¿Y su tía, cuando la vio deshonrada, se pondría hecha una furia, verdad?

—Al principio sí... te diré... —replicó el Delfín buscando las callejuelas de una explicación algo enojosa—. Pero más que por la deshonra se enfurecía por la fuga. Ella quería tener en su casa a la pobre muchacha, que era su machacante. Esta gente de pueblo es atroz. ¡Qué moral tan extraña la suya!, mejor dicho, no tiene ni pizca de moral. Segunda empezó por presentarse todos los días en la tienda de la Concepción Jerónima, y armar un escándalo a su hermano y a su cuñada. «Que si tú eres esto, si eres lo otro...» Parece mentira; Villalonga y yo, que oíamos estos *jollines* desde el entresuelo, no hacíamos más que reírnos. ¡A qué degradación llega uno cuando se deja caer así! Estaba yo tan tonto, que me parecía que siempre había de vivir entre semejante chusma. Pues no te quiero decir, hija de mi alma... un día que se metió allí el picador, el querindango de Segunda. Este caballero y mi amigo Izquierdo se tenían muy mala voluntad... ¡Lo que allí se dijeron!... Era cosa de alquilar balcones.

—No sé cómo te divertía tanto salvajismo.

—Ni yo lo sé tampoco. Creo que me volví otro de lo que era y de lo que volví a ser. Fue como un paréntesis en mi vida. Y nada, hija de mi alma, fue el maldito capricho por aquella hembra popular, no sé qué de entusiasmo artístico, una demencia ocasional que no puedo explicar.

—¿Sabes lo que estoy deseando ahora? —dijo bruscamente Jacinta—. Que te calles, hombre, que te calles. Me repugna eso. Razón tienes; tú no eras entonces tú. Trato de figurarme cómo eras y no lo puedo conseguir. Quererte yo y ser tú como a ti mismo te pintas son dos cosas que no puedo juntar.

—Dices bien, quiéreme mucho, y lo pasado pasado[b]. Pero aguárdate un poco: para dejar redondo el cuento, necesito añadir una cosa que te sorprenderá. A las dos semanas de

---

[a] popular.: popular y de lo pintoresco. Luego aquella mujer, aquella... un capricho nada más; pero me tenía embobado.

[b] , y lo pasado pasado,: porque aquel no era yo, era alguien diabólico que se metió dentro, y punto en boca.

aquellos dimes y diretes, de tanta bronca y de tanto escándalo entre los hermanos Izquierdo, y entre Izquierdo y el picador, y tía y sobrina, se reconciliaron todos, y se acabaron las riñas y no hubo más que finezas y apretones de manos.

—Sí que es particular. ¡Qué gente!

—El pueblo no conoce la dignidad. Sólo le mueven sus pasiones o el interés. Como Villalonga y yo teníamos dinero largo para *juergas* y cañas, unos y otros tomaron el gusto a nuestros bolsillos, y pronto llegó un día en que allí no se hacía más que beber, palmotear, tocar la guitarra, *venga de ahí,* comer magras. Era una orgía continua. En la tienda no se vendía; en ninguna de las dos casas se trabajaba. El día que no había comida de campo había cena en la casa hasta la madrugada. La vecindad estaba escandalizada. La policía rondaba. Villalonga y yo como dos insensatos...

—¡Ay, qué par de apuntes!... Pero hijo, está lloviendo... a mí me ha caído una gota en la punta de la nariz... ¿Ves?... Aprisita, que nos mojamos.

El tiempo se les puso muy malo, y en todo el trayecto hasta Barcelona no cesó de llover. Arrimados marido y mujer a la ventanilla, miraban la lluvia, aquella cortina de menudas líneas oblicuas que descendían del Cielo sin acabar de descender. Cuando el tren paraba, se sentía el gotear del agua que los techos de los coches arrojaban sobre los estribos. Hacía frío, y aunque no lo hiciera, los viajeros lo tendrían sólo de ver las estaciones encharcadas, los empleados calados y los campesinos que venían a tomar el tren con un saco por la cabeza. Las locomotoras chorreaban agua y fuego juntamente, y en los hules de las plataformas del tren de mercancías se formaban bolsas llenas de agua, pequeños lagos donde habrían podido beber los pájaros, si los pájaros tuvieran sed aquel día.

Jacinta estaba contenta, y su marido también, a pesar de la melancolía llorona del paisaje; pero como había otros viajeros en el vagón, los recién casados no podían entretener el tiempo con sus besuqueos y tonterías de amor[a]. Al llegar, los dos se reían de la formalidad con que habían hecho aquel viaje, pues la presencia de personas extrañas no les dejó ponerse babosos. En Barcelona[163] estuvo Jacinta muy distraída con la anima-

---

[a] y tonterías de amor: y cariñitos legítimos sin duda; pero que no son para expuestos al público.

[163] Galdós, de vuelta de su segundo viaje a París, pasó por Barcelo-

ción y el fecundo bullicio de aquella gran colmena de hombres. Pasaron ratos muy dichosos visitando las soberbias fábricas de Batlló y de Sert[164], y admirando sin cesar, de taller en

---

na. Allí —eran los últimos días de septiembre de 1868— se enteró de la revolución que derrocó a Isabel II. Tal vez el recuerdo de esta ocasión en que conoció a Barcelona debió actuar a la hora de escribir sobre la estadía de los Santa Cruz en la ciudad Condal y posterior viaje en tren por la costa levantina. En *Memorias de un desmemoriado,* págs. 1.432-1.433, se detuvo en este capítulo de su autobiografía: «Al llegar a Barcelona me encontré de manos a boca con la revolución de España que derribó el Trono de Isabel II. La escuadra, con Topete y Prim, se había sublevado en Cádiz al grito de abajo los Borbones. Serrano, Caballero de Rodas y otros caudillos militares desterrados en Canarias, habían vuelto clandestinamente en el vapor *Buenaventura,* mandado por el valiente capitán Lagier. Toda España estaba ya en ascuas. Barcelona, que siempre figuró en la vanguardia del liberalismo y de las ideas progresivas, simpatizaba con ardorosa efusión en el movimiento... Atentos a la bullanga política, desde la fonda me sobraba tiempo para recorrer la ciudad risueña... Iniciado estaba ya el grandioso ensanche, con sus hermosas vías y el Paseo de Gracia, incomparable avenida, que pronto había de rivalizar con las mejores de Europa... Dejo esta materia para otra ocasión y continúo mi relato político diciéndoos que al siguiente día de haber visto en la Rambla el prepotente conde de Cheste llegó la noticia de la victoria de Alcolea, y ¡Viva España con honra!... ¡Abajo los Borbones!... Mi familia se asustó del barullo revolucionario, y como estaba anclado en el puerto el vapor *América,* correo de Canarias, nos fuimos a bordo para partir hacia las Afortunadas al siguiente día. Por la noche, desde el vapor, presenciamos las demasías de la plebe barcelonesa, que se limitaron a quemar las casetas de Consumos. Era una revolución de alegría, de expansión en un pueblo culto. Al amanecer zarpó el *América* para Canarias, y como yo ardía en curiosidad por ver en Madrid los aspectos trágicos de la Revolución, rogué a mi familia que me dejase en Alicante... Del muelle corrí a la estación; poco después me metía en el tren para Madrid... A las pocas horas de llegar a la Villa y Corte tuve la inmensa dicha de presenciar, en la Puerta del Sol, la entrada de Serrano... Ovación estruendosa, delirante.»
[164] Probablemente se refiera Galdós al barcelonés Ramón Batllé, quien contribuyó de manera sobresaliente al avance de la industria textil creando y perfeccionando diversos métodos de producción. Se ocupó también de la enseñanza de obreros e industriales, siendo fundador de la primera escuela de teoría de tejidos. Fue autor de la obra *Fabricación de tejidos con telar mecánico.* Domingo Sert, también barcelonés, introdujo en España distintas industrias textiles. En 1875 fundó una importante fábrica en San Martín de Provensals. Los productos de sus industrias fueron premiados con medallas de oro en exposiciones internacionales de Londres, París, Filadelfia y Viena.

taller, las maravillosas armas que ha discurrido el hombre para someter a la Naturaleza. Durante tres días, la historia aquella del huevo crudo, la mujer seducida y la familia de insensatos que se amansaban con orgías, quedó completamente olvidada o perdida en un laberinto de máquinas ruidosas y ahumadas, o en el triquitraque de los telares. Los de Jacquard [165] con sus incomprensibles juegos de cartones agujereados tenían ocupada y suspensa la imaginación de Jacinta, que veía aquel prodigio y no lo quería creer. ¡Cosa estupenda!

—Está una viendo las cosas todos los días, y no piensa en cómo se hacen, ni se le ocurre averiguarlo. Somos tan torpes, que al ver una oveja no pensamos que en ella están nuestros gabanes. ¿Y quién ha de decir que las chambras y enaguas han salido de un árbol? ¡Toma, el algodón! ¡Pues y los tintes? El carmín ha sido un bichito, y el negro una naranja agria, y los verdes y azules carbón de piedra. Pero lo más raro de todo es que cuando vemos un burro, lo que menos pensamos es que de él salen los tambores. ¿Pues, y eso de que las cerillas se saquen de los huesos, y que el sonido del violín lo produzca la cola del caballo pasando por las tripas de la cabra?

Y no paraba aquí la observadora. En aquella excursión por el campo instructivo de la industria, su generoso corazón se desbordaba en sentimientos filantrópicos, y su claro juicio sabía mirar cara a cara los problemas sociales.

—No puedes figurarte —decía a su marido, al salir de un taller—, cuánta lástima me dan esas infelices muchachas que están aquí ganando un triste jornal, con el cual no sacan ni para vestirse. No tienen educación, son como máquinas, y se vuelven tan tontas... más que tontería debe de ser aburrimiento..., se vuelven tan tontas digo, que en cuanto se les presenta un pillo cualquiera se dejan seducir... Y no es maldad; es que llega un momento en que dicen: «Vale más ser mujer mala que máquina buena»[a].

—Filosófica está mi mujercita.

—Vaya... di que no me he lucido[b]... En fin, no se hable más de eso. Di si me quieres, sí o no... pero pronto, pronto.

_____

[a] llega un [...] máquina buena.»: por torpe y embrutecida que esté una mujer, llega un momento en que quiera ser algo más que una máquina.»

[b] —Vaya... di que no me he lucido...: —Es que sois unos bribones, sí señor.

[165] Joseph-Marie Jacquard (1752-1834) inventó un telar que, además de incluir todos los movimientos, por vez primera tejía automáti-

Al otro día, en las alturas de Tibidabo, viendo a sus pies la inmensa ciudad tendida en el llano, despidiendo por mil chimeneas el negro resuello que declara su fogosa actividad, Jacinta se dejó caer del lado de su marido y le dijo:

—Me vas a satisfacer una curiosidad... la última.

Y en el momento que tal habló arrepintióse de ello, porque lo que deseaba saber, si picaba mucho en curiosidad, también le picaba algo el pudor. ¡Si encontrara una manera delicada de hacer la pregunta...! Revolvió en su mente todo lo que sabía y no hallaba ninguna fórmula que sentase bien en su boca. Y la cosa era bastante natural. O lo había pensado o lo había soñado la noche anterior; de eso no estaba segura; mas era una consecuencia que a cualquiera se le ocurre sacar. El orden de sus juicios era el siguiente[a]: «¿Cuánto tiempo duró el enredo de mi marido con esa mujer? No lo sé. Pero durase más o durase menos, bien podría suceder que... hubiera nacido algún chiquillo.» Esta era la palabra difícil de pronunciar, ¡chiquillo! Jacinta no se atrevía, y aunque intentó, sustituirla con familia, sucesión, tampoco salía.

—No, no era nada.

—Tú has dicho que me ibas a preguntar no sé qué.

—Era una tontería; no hagas caso.

—No hay nada que más me cargue que esto... decirle a uno que le van a preguntar una cosa y después no preguntársela. Se queda uno confuso y haciendo mil cálculos. Eso, eso, guárdalo bien... No le caerán moscas. Mira, hija de mi alma, cuando no se ha de tirar no se apunta.

—Ya tiraré... tiempo hay, hijito.

—Dímelo ahora... ¿Qué será, qué no será?

—Nada... no era nada.

Él la miraba y se ponía serio. Parecía que le adivinaba el pensamiento, y ella tenía tal expresión en sus ojos y en su sonrisilla picaresca, que casi casi se podía leer en su cara la palabra que andaba por dentro. Se miraban, se reían, y nada más. Para sí dijo la esposa: «a su tiempo maduran las uvas. Vendrán días de mayor confianza, y hablaremos... y sabré si hay o no algún hueverito por ahí.»

---

[a] [Mi marido vivía con esa desdichada como marido y mujer.]

camente patrones con figuras, para lo cual empleaba unos cartones agujereados.

Jacinta no tenía ninguna especie de erudición. Había leído muy pocos libros. Era completamente ignorante en cuestiones de geografía artística; y sin embargo, apreciaba la poesía de aquella región costera mediterránea que se desarrolló ante sus ojos al ir de Barcelona a Valencia. Los pueblecitos marinos desfilaban a la izquierda de la vía, colocados entre el mar azul y una vegetación espléndida. A trozos, el paisaje azuleaba con la plateada hoja de los olivos; más allá las viñas lo alegraban con la verde gala del pámpano. La vela triangular de las embarcaciones, las casitas bajas y blancas, la ausencia de tejados puntiagudos y el predominio de la línea horizontal en las construcciones, traían al pensamiento de Santa Cruz ideas de arte y naturaleza helénica. Siguiendo las rutinas a que se dan los que han leído algunos[a] libros, habló también de Constantino, de Grecia, de las barras de Aragón y de los pececillos que las tenían pintadas en el lomo. Era de cajón sacar a relucir las colonias fenicias, cosa de que Jacinta no entendía palotada, ni le hacía falta[b]. Después vinieron Prócida y las Vísperas Sicilianas, D. Jaime de Aragón, Roger de Flor y el Imperio de Oriente, el duque de Osuna y Nápoles, Venecia y el marqués de Bedmar, Massaniello, los Borgias, Lepanto, D. Juan de Austria, las galeras y los piratas, Cervantes y los padres de la Merced[166 c].

---

[a] algunos: muchos.

[b] ni le hacía falta: ni le hacía falta la geografía, se iba enzarzando con la historia en el palique incansable de aquel joven que se había dejado en casa de Bailly Baillière todos sus dineritos de muchacho.

[c] la Merced: la Merced; todo aquello que recordaba los días en que nuestra España extendía su mano, ya generosa, ya rapaz, hacia las tierras y mares del Oriente, fue sacado a relucir por el instruido joven.

[166] Constantino I el Grande, emperador romano, trasladó la capital del Imperio a Bizancio. Grecia —tal vez por ello es mencionada— fue escenario de unas largas y complejas expediciones catalanas realizadas, entre otras razones, con el fin de llevar allí a los soldados desocupados después de la Guerra de Sicilia. Roger de Flor, aventurero de origen alemán, organizó estas campañas, siendo asesinado en un

Entretenida Jacinta con los comentarios que el otro iba poniendo a la rápida visión de la costa mediterránea, condensaba su ciencia en estas o parecidas expresiones:

—¿Y la gente que vive aquí, será feliz o será tan desgraciada como los aldeanos de tierra adentro, que nunca han tenido que ver con el Gran Turco ni con la capitana de D. Juan de Austria? Porque los de aquí no apreciarán que viven en un paraíso, y el pobre, tan pobre es en Grecia como en Getafe.

Agradabilísimo día pasaron, viendo el risueño país que a sus ojos se desenvolvía, el caudaloso Ebro, las marismas de su delta, y por fin, la maravilla de la región valenciana, la cual se anunció con grupos de algarrobos, que de todas partes parecían acudir bailando al encuentro del tren. A Jacinta le daban mareos cuando los miraba con fijeza. Ya se acercaban hasta

---

banquete por los almogávares. En el siglo XIV continuaba, en suma, la expansión catalano-aragonesa en el Mediterráneo. Los pececillos simbolizan esa expansión. Las colonias fenicias se establecieron sobre todo en Cádiz y Málaga. Juan de Prócida, noble napolitano, influyó en la política expansionista de Pedro III de Aragón (1276-1285) en Sicilia. El papa Inocencio IV adjudicó el reino de Sicilia (que comprendía esta isla y parte del territorio de Nápoles) a Carlos de Anjou, hermano de Luis IX de Francia. El odio de los sicilianos a Carlos de Anjou hizo que buscaran el auxilio del Rey de Aragón. La flota aragonesa estaba preparada para dirigirse a Sicilia cuando ocurrieron los acontecimientos conocidos como las Vísperas Sicilianas (31 de marzo de 1282). Así se denominó al levantamiento siciliano y a la matanza de franceses que entonces tuvo lugar. Pedro III tomó Sicilia poco después de las famosas Vísperas. Jaime I de Aragón, llamado también el Conquistador (1213-1276) impulsó la política expansionista que continuaron sus herederos Pedro III el Grande, Alfonso III (1285-1291) y Jaime II (1291-1327). El duque de Osuna es aquí don Pedro Téllez-Girón (1574-1624), virrey de Nápoles que llevó a cabo una maniobra política contra Venecia en la que intervino Francisco de Quevedo. Alfonso de la Cueva, marqués de Bedmar (1572-1655), también tuvo un papel destacado en la llamada Conjuración de Venecia. Masaniello (cuyo nombre era Tomás Aniello), pescador napolitano, fue el jefe de los napolitanos sublevados contra Felipe IV. Murió asesinado en 1647. Los Borgias, familia italiana de origen español, en cuyo seno nació un papa (Alejandro VI), un cardenal y controvertido político (César) y una bella mecenas (Lucrecia). Don Juan de Austria venció a los turcos en Lepanto (1571). Los padres mercedarios redimieron a cautivos. Cervantes fue cautivo en Argel. He aquí la lección de Historia que ofreció Juanito a su Jacinta en el viaje de novios por la costa mediterránea.

tocar con su copudo follaje la ventanilla; ya se alejaban hacia lo alto de una colina; ya se escondían tras un otero, para reaparecer haciendo pasos y figuras de minueto o jugando al escondite con los palos del telégrafo.

El tiempo, que no les había sido muy favorable en Zaragoza y Barcelona, mejoró aquel día. Espléndido sol doraba los campos. Toda la luz del cielo parecía que se colaba dentro del corazón de los esposos. Jacinta se reía de la danza de los algarrobos, y de ver los pájaros posados en fila en los alambres telegráficos.

—Míralos, míralos allí. ¡Valientes pícaros! Se burlan del tren y de nosotros.

—Fíjate ahora en los alambres. Son iguales al pentagrama de un papel de música. Mira cómo sube, mira cómo baja. Las cinco rayas parece que están grabadas con tinta negra sobre el cielo azul, y que el cielo es lo que se mueve como un telón de teatro no acabado de colgar.

—Lo que yo digo —expresó Jacinta riendo—. Mucha poesía, mucha cosa bonita y nueva; pero poco que comer. Te lo confieso, marido de mi alma; tengo un hambre de mil demonios. La madrugada y este fresco del campo, me han abierto el apetito de par en par.

—Yo no quería hablar de esto para no desanimarte. Pronto llegaremos a una estación de fonda. Si no, compraremos aunque sea unas rosquillas o pan seco... El viajar tiene estas peripecias. Ánimo chica, y dame un beso, qué las hambres con amor son menos.

—Allá van tres, y en la primera estación, mira bien, hijo, a ver si descubrimos algo. ¿Sabes lo que yo me comería ahora?

—¿Un bistec?

—No.

—¿Pues qué?

—Uno y medio.

—Ya te contentarás con naranja y media.

Pasaban estaciones, y la fonda no parecía. Por fin, en no sé cuál apareció una mujer, que tenía delante una mesilla con licores, rosquillas, pasteles adornados con hormigas y unos... ¿qué era aquello?

—Pájaros fritos! —gritó Jacinta a punto que Juan bajaba del vagón—. Tráete una docena... No... oye, dos docenas.

Y otra vez el tren en marcha. Ambos se colocaron rodillas con rodillas, poniendo en medio el papel grasiento que contenía aquel *montón de cadáveres*[167] fritos, y empezaron a comer con la prisa que su mucha hambre les daba.

—¡Ay, qué ricos están! Mira qué pechuga... Este para ti, que está muy gordito.

—No, para ti, para ti.

La mano de ella era tenedor para la boca de él, y viceversa. Jacinta decía que en su vida había hecho una comida que más le supiese.

—Este sí que está de buen año... ¡pobre ángel! El infeliz estaría ayer con sus compañeros posado en el alambre, tan contento, tan guapote, viendo pasar el tren y diciendo «allá van esos brutos»... hasta que vino el más bruto de todos, un cazador y... ¡prum!... Todo para que nosotros nos regaláramos hoy. Y a fe que están sabrosos. Me ha gustado este almuerzo.

—Y a mí. Ahora veamos estos pasteles. El ácido fórmico es bueno para la digestión.

—¿El ácido qué...?

—Las hormigas, chica. No repares, y adentro. Mételes el diente. Están riquísimos.

Restauradas las fuerzas, la alegría se desbordaba de aquellas almas.

—Ya no me marean los algarrobos —decía Jacinta—; bailad, bailad. ¡Mira qué casas, qué emparrados! Y aquello, ¿qué es?, naranjos. ¡Cómo huelen!

Iban solos. ¡Qué dicha, siempre solitos! Juan se sentó junto a la ventana y Jacinta sobre sus rodillas. Él la rodeaba la cintura con el brazo. A ratos charlaban, haciendo ella observaciones cándidas sobre todo lo que veía. Pero después transcurrían algunos ratos sin que ninguno dijera una palabra. De repente volvióse Jacinta hacia su marido, y echándole un brazo alrededor del cuello, le soltó ésta[a]:

—No me has dicho cómo se llamaba.

—¿Quién? —preguntó Santa Cruz algo atontado.

—Tu adorado tormento, tu... Cómo se llamaba o cómo se llama... porque supongo que vivirá.

—No lo sé... ni me importa. Vaya con lo que sales ahora.

—Es que hace un rato me dio por pensar en ella. Se me ocurrió de repente. ¿Sabes cómo? Vi unos refajos encarnados

---

[a] le soltó ésta.: le dijo bruscamente estas palabras:

[167] Se repite el sacrificio de las aves, como en la primera visita de Juanito a la Cava. Ya se nos anticipa para quiénes va a empollar un *hueverito* Fortunata.

puestos a secar en un arbusto. Tú dirás que qué tiene que ver... Es claro, nada; pero vete a saber cómo se enlazan en el pensamiento las ideas. Esta mañana me acordé de lo mismo cuando pasaban rechinando las carretillas cargadas de equipajes. Anoche me acordé, ¿cuándo creerás?, cuando apagaste la luz. Me pareció que la llama era un mujer que decía ¡ay!, y se caía muerta. Ya sé que son tonterías; pero en el cerebro pasan cosas muy particulares. Con que, *nenito*, ¿desembuchas eso, sí o no?

—¿Qué?

—El nombre.

—Déjame a mí de nombres.

—¡Qué poco amable es este señor! —dijo abrazándole—. Bueno, guarda el secretito, hombre, y dispensa. Ten cuidado no te roben esa preciosidad. Eso, eso es, o somos reservados o no. Yo me quedo lo mismo que estaba. No creas que tengo gran interés en saberlo. ¿Que me meto yo en el bolsillo saber un nombre más?

—Es un nombre muy feo... No me hagas pensar en lo que quiero olvidar —replicó Santa Cruz con hastío—. No te digo una palabra, ¿sabes?

—Gracias, amado pueblo... Pues mira, si te figuras que voy a tener celos, te llevas chasco. Eso quisieras tú para darte tono. No los tengo ni hay para qué.

No sé qué vieron que les distrajo de aquella conversación. El paisaje era cada vez más bonito, y el campo, convirtiéndose en jardín, revelaba los refinamientos de la civilización agrícola. Todo era allí nobleza, o sea naranjos, los árboles de hoja perenne y brillante, de flores olorosísimas y de frutas de oro, árbol ilustre que ha sido una de las más socorridas muletillas de los poetas, y que en la región valenciana está por los suelos, quiero decir, que hay tantos, que hasta los poetas los miran ya como si fueran cardos borriqueros. Las tierras labradas encantan la vista con la corrección atildada de sus líneas. Las hortalizas bordan los surcos y dibujan el suelo, que en algunas partes semeja un cañamazo. Los variados verdes, más parece que los ha hecho el arte con una brocha, que no la Naturaleza con su labor invisible[a]. Y por todas partes flores, arbustos tiernos; en las estaciones acacias gigantescas que extienden sus ramas sobre la vía; los hombres con zaragüelles y pañuelo liado a la cabeza, resabio morisco; las mujeres frescas y gra-

---

[a] [Es un campo que de puro bonito, no parece campo sino un Versalles.]

ciosas, vestidas de indiana y peinadas con rosquillas de pelo sobre las sienes[a].

—¿Y cuál es —preguntó Jacinta deseosa de instruirse— el árbol de las chufas?

Juan no supo contestar, porque tampoco él sabía de dónde diablos salían las chufas. Valencia se aproximaba ya. En el vagón entraron algunas personas; pero los esposos no dejaron la ventanilla. A ratos se veía el mar, tan azul, tan azul, que la retina padecía el engaño de ver verde el cielo.

¡Sagunto!

¡Ay, qué nombre! Cuando se le ve escrito con las letras nuevas y acaso torcidas de una estación, parece broma. No es de todos los días ver envueltas en el humo de las locomotoras las inscripciones más retumbantes de la historia humana. Juanito, que aprovecha las ocasiones de ser sabio sentimental, se pasmó más de lo conveniente de la aparición de aquel letrero.

—Y qué, ¿qué es? —preguntó Jacinta picada de la novelería[b]—. ¡Ah! Sagunto, ya... un nombre. De fijo que hubo aquí alguna marimorena [168]. Pero habrá llovido mucho desde entonces. No te entusiasmes, hijo, y tómalo con calma. ¿A qué viene tanto ¡ah!, ¡oh!....? Todo porque aquellos brutos...

—¿Chica, qué estás ahí diciendo?

—Sí, hijo de mi alma, porque aquellos brutos... no me vuelvo atrás... hicieron una barbaridad. Bueno, llámalos héroes si quieres, y cierra esa boca que te me estás pareciendo al Papamoscas de Burgos.

Vuelta a contemplar el jardín agrícola en cuyo verdor se destacaban las cabañas de paja con una cruz en el pico del techo. En los bardales vio Jacinta unas plantas muy raras, de vástagos escuetos y pencas enormes, que llamaron su atención.

---

[a] [¡Qué diferencia entre aquella gente y la de Castilla, forrada en(tre) paño pardo, las mujeres dentro del triple refajo en forma de campana! Parece otra raza, casi otro planeta.]

[b] novelería: curiosidad.

---

[168] La «marimorera» aludida es —por supuesto— el asedio de la ciudad en el siglo III a. de C., en la guerra con los cartagineses. Como el viaje de novios transcurre en 1871, no sería pertinente ver una alusión al pronunciamiento saguntino de Martínez Campos (29 de diciembre de 1874), aunque Galdós, que escribe en 1885, puede jugar con la resonancia que entonces tendría el renombre de la ciudad.

—Mira, mira, qué esperpento de árbol[169]. ¿Será el de los higos chumbos?

—No, hija mía, los higos chumbos los da esa otra planta baja, compuesta de unas palas erizadas de púas. Aquello otro es la pita, que da por fruto las sogas.

—Y el esparto, ¿dónde está?

—Hasta eso no llega mi sabiduría. Por ahí debe de andar.

El tren describía amplísima curva. Los viajeros distinguieron una gran masa de edificios cuya blancura descollaba entre el verde. Los grupos de árboles la tapaban a trechos; después la descubrían.

—Ya estamos en Valencia, chiquilla; mírala allí.

Valencia era, la ciudad mejor situada del mundo, según dijo un agudo observador, por estar construida en medio del campo. Poco después, los esposos empaquetados dentro de una tartana, penetraban por las calles angostas y torcidas de la ciudad campestre.

—Pero qué país, hijo... Si esto parece un biombo... ¿A dónde nos lleva este hombre?

—A la fonda sin duda.

A media noche, cuando se retiraron fatigados a su domicilio después de haber paseado por las calles y oído media *Africana*[170] en el teatro de la Princesa, Jacinta sintió que de repente, sin saber cómo ni por qué, la picaba en el cerebro el gusanillo aquél, la idea perseguidora, la penita disfrazada de curiosidad. Juan se resistió a satisfacerla, alegando razones diversas.

—No me marees, hija... Ya te he dicho que quiero olvidar eso...

—Pero el nombre, *nene,* el nombre nada más. ¿Qué te cuesta abrir la boca un segundo?... No creas que te voy a reñir, tontín.

Hablando así se quitaba el sombrero, luego el abrigo, después el cuerpo, la falda, el *polisón,* y lo iba poniendo todo con

---

[169] El empleo y distintas significaciones de la palabra «esperpento» en algunas novelas de Galdós ha sido estudiado por V. A. Smith y J. E. Varey, «*Esperpento:* Some Early Usages in the Novels of Galdós», *Galdós Studies,* I, Londres, 1970, págs. 195-204, y por Iris M. Zavala, «Del esperpento», *El texto en la historia,* Madrid, 1981, págs. 111-117. Pero en ninguno de los dos artículos hay referencias al uso de esta palabra en *Fortunata y Jacinta.*

[170] Probablemente se refiere Galdós —gran melómano— a *La Africana,* ópera de Meyerbeer que se representó 235 veces en el Teatro

orden en las butacas y sillas del aposento. Estaba rendida y no veía las santas horas de dar con sus fatigadas carnes en la cama. El esposo también iba soltando ropa. Aparentaba buen humor; pero la curiosidad de Jacinta le desagradaba ya. Por fin, no pudiendo resistir a las monerías de su mujer, no tuvo más remedio que decidirse. Ya estaban las cabezas sobre las almohadas, cuando Santa Cruz, echó perezoso de su boca estas palabras:

—Pues te lo voy a deicr; pero con la condición de que en tu vida más... en tu vida más me has de mentar ese nombre, ni has de hacer la menor alusión... ¿entiendes? Pues se llama...

—Gracias a Dios, hombre.

Le costaba mucho trabajo decirlo. La otra le ayudaba.

—Se llama *Forrr...*

—*For... narina*[171].

—No. *For... tuna...*

—*Fortunata.*

—Eso... Vamos, ya estás satisfecha[a].

—Nada más. Te has portado, has sido amable. Así es como te quiero yo.

Pasado un ratito, dormía como un ángel... dormían los dos.

V

—¿Sabes lo que se me ha ocurrido? —dijo Santa Cruz a su mujer dos días después en la estación de Valencia—. Me parece una tontería que vayamos tan pronto a Madrid. Nos plantaremos en Sevilla. Pondré un parte a casa[b].

---

[a] vamos, ya estás satisfecha: ¡Ay! ya estás satisfecha. Pide otra cosa, hija mía.

[b] [Si papá me lo decía: «no dejéis de ir a Sevilla, que es lo más bonito del *reino*».]

Real desde el día de su inauguración, el 19 de noviembre de 1850, hasta el 31 de octubre de 1900. Cfr. *Historia de la música teatral en España*, Barcelona, 1945, págs. 187-188.

[171] Fornarina, mujer romana, hija de un panadero *(fornaio* en italiano es panadero), que, al igual que Fortunata, no tiene apellidos por su condición de hija del pueblo. El pintor Rafael (1483-1520) la vio bañándose en el Tíber y se enamoró de ella, llegando a ser amantes. La retrató en numerosas ocasiones. No podíamos presentir que Jacinta tuviera tal erudición.

Al pronto Jacinta se entristeció. Ya tenía deseos de ver a sus hermanas, a su papá y a sus tíos y suegros. Pero la idea de prolongar un poco aquel viaje tan divertido, conquistó en breve su alma. ¡Andar así, llevados en las alas del tren, que algo tiene siempre, para las almas jóvenes, de dragón de fábula, era tan dulce, tan entretenido![a]...

Vieron la opulenta ribera del Júcar, pasaron por Alcira, cubierta de azahares, por Játiva la risueña; después vino Montesa, de feudal aspecto, y luego Almansa en territorio frío y desnudo. Los campos de viñas eran cada vez más raros, hasta que la severidad del suelo les dijo que estaban en la adusta Castilla.

El tren se lanzaba por aquel campo triste, como inmenso lebrel, olfateando la vía y ladrando a la noche[b] tarda, que iba cayendo lentamente sobre el llano sin fin. Igualdad, palos de telégrafo, cabras, charcos, matorrales, tierra gris, inmensidad horizontal sobre la cual parecen haber corrido los mares poco ha; el humo de la máquina alejándose en bocanadas majestuosas hacia el horizonte; las guardesas con la bandera verde señalando el paso libre, que parece el camino de lo infinito; bandadas de aves que vuelan bajo, y las estaciones haciéndose esperar mucho, como si tuvieran algo bueno... Jacinta se durmió y Juanito también. Aquella dichosa[c] Mancha era un narcótico. Por fin bajaron en Alcázar de San Juan, a media noche, muertos de frío. Allí esperaron el tren de Andalucía, tomaron chocolate, y vuelta a rodar por otra zona manchega, la más ilustre de todas, la Argamasillesca[d].

Pasaron los esposos una mala noche por aquella estepa, matando el frío muy juntitos bajo los pliegues de una sola manta, y por fin llegaron a Córdoba, donde descansaron y vieron la Mezquita, no bastándoles un día para ambas cosas. Ardían en deseos de verse en la sin par Sevilla. Otra vez al tren. Serían las nueve de la noche cuando se encontraron

[a] tan dulce, tan entretenido...: tan dulce... qué sé yo. Viajar queriéndose, y entreverar las sorpresas de la vista con los espasmos del amor, era cosa del otro jueves, eso que no se gusta más que una vez en la vida. Cuando esa honda buena llega es tontería esquivarla. Dure el rarísimo bien todo lo que quiera durar y no lo tasemos.

[b] El tren se lanzaba [...] ladrando a la noche: El tren penetraba en Castilla en medio de la tristeza buscando la noche.

[c] dichosa: maldita.

[d] Argamasillesca: Argamasillesca, a quien el héroe de los héroes dio más fama que pudo dar el grande Alejandro a Macedonia.

dentro de la romántica y alegre ciudad, en medio de aquel idioma ceceoso y de los donaires y chuscadas de la gente andaluza[a]. Pasaron allí creo que ocho o diez días, encantados, sin aburrirse ni un solo momento, viendo los portentos de la arquitectura y de la Naturaleza, participando del buen humor que allí se respira con el aire y se recoge de las miradas de los transeúntes. Una de las cosas que más cautivaban a Jacinta era aquella costumbre de los patios amueblados y ajardinados, en los cuales se ve que las ramas de una azalea bajan hasta acariciar las teclas del piano, como si quisieran tocar. También le gustaba a Jacinta ver que todas las mujeres, aun las viejas que piden limosna, llevan su flor en la cabeza. La que no tiene flor se pone entre los pelos cualquier hoja verde y va por aquellas calles vendiendo vidas[b].

Una tarde fueron a comer a un bodegón de Triana, porque decía Juanito que era preciso conocer todo de cerca y codearse con aquel originalísimo pueblo, artista nato, poeta que parece pintar lo que habla, y que recibió del Cielo el don de una filosofía muy socorrida, que consiste en tomar todas las cosas por el lado humorístico, y así la vida, una vez convertida en broma, se hace más llevadera. Bebió el Delfín muchas cañas, porque opinaba con gran sentido práctico que para asimilarse a Andalucía y sentirla bien en sí, es preciso introducir en el cuerpo toda la manzanilla que éste pueda contener. Jacinta no hacía más que probarla y la encontraba áspera y acídula, sin conseguir apreciar el olorcillo a *pero de Ronda* que dicen tiene aquella bebida.

Retiráronse de muy buen humor a la fonda, y al llegar a ella vieron que en el comedor había mucha gente. Era un banquete de boda. Los novios eran españoles anglicanizados de Gibraltar. Los esposos Santa Cruz fueron invitados a tomar algo, pero lo rehusaron; únicamente bebieron un poco de Champagne, porque no dijeran. Después un inglés muy pesado, que chapurraba el castellano con la boca fruncida y los dientes apretados, como si quisiera mordiscar las palabras, se empeñó en que habían de tomar unas cañas.

—De ninguna manera... muchas gracias.

---

[a] [Sevilla no se parece a nada. Ninguna otra ciudad de España reúne tanta originalidad ni tanta belleza.]

[b] [Santa Cruz como sabio que era, no hacía caso de los patios ni de las cabezas enramadas, y hablaba a cada instante de D. Pedro el Cruel y de Padilla, de Murillo y de los galeones de Indias, del divino

—¡Ooooh!, sí...

El comedor era un hervidero de alegría y de chistes, entre los cuales empezaban a sonar algunos de gusto dudoso. No tuvo Santa Cruz más remedio que ceder a la exigencia de aquel maldito inglés, y tomando de sus manos la copa, decía a media voz:

—Valiente *curdela*[172] tienes tú.

Pero el inglés no entendía... Jacinta vio que aquello se iba poniendo malo. El inglés llamaba al orden, diciendo a los más jóvenes con su boquita cerrada que tuvieran *fundamenta*. Nadie necesitaba tanto como él que se le llamase al orden, y sobre todo, lo que más falta le hacía era que le recortaran la bebida, porque aquello no era ya boca, era un embudo. Jacinta presintió la jarana, y tomando una resolución súbita, tiró del brazo a su marido y se lo llevó, a punto que éste empezaba a tomarle el pelo al inglés.

—Me alegro —dijo el Delfín, cuando su mujer le conducía por las escaleras arriba—; me alegro de que me hubieras sacado de allí, porque no puedes figurarte lo que me iba cargando el tal inglés, con sus dientes blancos y apretados, con su amabilidad y su zapatito bajo... Si sigo un minuto más, le pego un par de trompadas... Ya se me subía la sangre a la cabeza...

Entraron en su cuarto, y sentados uno frente a otro, pasaron un rato recordando los graciosos tipos que en el comedor estaban y los equívocos que allí se decían. Juan hablaba poco y parecía algo inquieto. De repente le entraron ganas de volver abajo. Su mujer se oponía. Disputaron. Por fin Jacinta tuvo que echar la llave a la puerta.

—Tienes razón —dijo Santa Cruz dejándose caer a plomo sobre la silla—. Más vale que me quede aquí... porque si bajo, y vuelve el *míster* con sus finuras, le pego... Yo también sé *boxear*.

Hizo el ademán del *box*[173], y ya entonces su mujer le miró muy seria.

—Debes acostarte —le dijo.

—Es temprano... Nos estaremos aquí de tertulia... sí... ¿tú no tienes sueño? Yo tampoco. Acompañaré a mi cara mitad.

Herrera, de Montañer y hasta de Manolito Gázquez, el mentirón más salado que Dios ha echado al mundo.]

[172] *Curdela*: de *curda*: borrachera.
[173] Debe ser «boxing».

Ese es mi deber, y sabré cumplirlo, sí señora. Porque yo soy esclavo del deber...

Jacinta se había quitado el sombrero y el abrigo. Juanito la sentó sobre sus rodillas y empezó a saltarla como a los niños cuando se les hace el caballo. Y dale con la tarabilla de que él era esclavo de su deber, y de que lo primero de todo es la familia. El trote largo en que la llevaba su marido empezó a molestar a Jacinta, que se desmontó y se fue a la silla en que antes estaba. Él entonces se puso a dar paseos rápidos por la habitación.

—Mi mayor gusto es estar al lado de mi adorada *nena* —decía sin mirarla—. «*Te amo con delirio*» como se dice en los dramas. Bendita sea mi madrecita... que me casó contigo...[a]

Hincósele delante y le besó las manos. Jacinta le observaba con atención recelosa, sin pestañear, queriendo reírse y sin poderlo conseguir. Santa Cruz tomó un tono muy plañidero para decirle:

—¡Y yo tan estúpido que no conocí tu mérito! ¡Yo que te estaba mirando todos los días, como mira el burro la flor sin atreverse a comérsela! ¡Y me comí el cardo!... ¡Oh!, perdón, perdón... Estaba ciego, encanallado; era yo muy *cañí*... esto quiere decir *gitano*, vida mía. El vicio y la grosería habían puesto una costra en mi corazón... llamémosle *garlochín*... Jacintilla, no me mires así. Esto que te digo es la pura verdad. Si te miento, que me quede muerto ahora mismo. Todas mis faltas las veo claras esta noche. No sé lo que me pasa; estoy como inspirado... tengo más espíritu, créetelo... te quiero más, cielo, paloma, y te voy a hacer un altar de oro para adorarte.

—¡Jesús, qué fino está el tiempo! —exclamó la esposa que ya no podía ocultar su disgusto—. ¿Por qué no te acuestas?

—¡Acostarme yo, yo... cuando tengo que contarte tantas cosas, *chavala!* —añadió Santa Cruz, que cansado ya de estar de rodillas, había cogido una banqueta para sentarse a los pies de su mujer—. Perdona que no haya sido franco contigo. Me daba vergüenza de revelarte ciertas cosas. Pero ya no puedo más: mi conciencia se vuelca como una urna llena que se cae... así, así; y afuera todo... Tú me absolverás cuando me oigas, ¿verdad? Di que sí... Hay momentos en la vida de los pueblos, quiero decir, en la vida del hombre, momentos terribles, alma

---

[a] [sí, me cogió por una oreja como se coge a los chicos para llevarlos al colegio, y me dijo: —llevo a ti, quiero decir a la gloria, a la salvación].

mía. Tú lo comprendes... Yo no te conocía entonces. Estaba
como la humanidad antes de la venida del Mesías, a oscuras,
apagado el gas... sí[a]. No me condenes, no, no, no me condenes
sin oírme[b]...

Jacinta no sabía qué hacer. Uno y otro se estuvieron mirando breve rato, los ojos clavados en los ojos, hasta que Juan
dijo en voz queda:

—¡Si la hubieras visto...! Fortunata tenía los ojos como dos
estrellas, muy semejantes a los de la Virgen[c] del Carmen que
antes estaba en Santo Tomás y ahora en San Ginés. Pregúntaselo a Estupiñá, pregúntaselo si lo dudas... a ver... Fortunata
tenía las manos bastas de tanto trabajar, el corazón lleno de
inocencia... Fortunata no tenía educación; aquella boca tan
linda se comía muchas letras y otras las equivocaba. Decía
indilugencias, golver, asín. Pasó su niñez cuidando el *ganado*.
¿Sabes lo que es el ganado? Las gallinas. Después criaba los
palomos a sus pechos. Como los palomos no comen sino del
pico de la madre, Fortunata se los metía en el seno, ¡y si vieras
tú qué seno tan bonito! Sólo que tenía muchos rasguños que le
hacían los palomos con las garfios de sus patas. Después
cogía en la boca un buche de agua y algunos granos de
algarroba, y metiéndose el pico en la boca... les daba de
comer... Era la paloma madre de los tiernos pichoncitos...
Luego les daba su calor natural... les arrullaba, les hacía
rorrooó... les cantaba canciones de nodriza... ¡Pobre Fortunata, pobre *Pitusa*!... ¿Te he dicho que la llamaban la *Pitusa*?
¿No?... Pues te lo digo ahora. Que conste... Yo la perdí... sí...
que conste también; es preciso que cada cual cargue con su
responsabilidad[d]... Yo la perdí, la engañé, le dije mil mentiras,
le hice creer que me iba a casar con ella. ¿Has visto?... ¡Si seré
pillín!... Déjame que me ría un poco... Sí[e], todas las papas que
yo le decía, se las tragaba... El pueblo es muy inocente, es

[a] sí: sí, la humanidad encenegada en la corrupción, ignorante del
verdadero Dios.
[b] sin oírme...: porque cayera en poder de un mengue del demonio,
de una mujer...
[c] muy semejantes a los de la Virgen: de terciopelo, y una boca
como la de la Virgen.
[d] que conste [...] responsabilidad: es preciso declarar todo el mal
que he hecho; la conciencia me abruma.
[e] con ella. ¿Has visto? ¡Sí seré pillín!... Déjame que me ría un
poco... Sí: con ella, ¡yo, el señorito, casarse con una mujer que ni
siquiera sabe leer! Pero

tonto de remate, todo se lo cree con tal que se lo digan con palabras finas... La engañé, le *garfiñé*[174] su honor, y tan tranquilo. Los hombres, digo, los señoritos, somos unos miserables; creemos que el honor de las hijas del pueblo es cosa de juego...[a] No me pongas esa cara, vida mía. Comprendo que tienes razón; soy un infame, merezco tu desprecio; porque... lo que tú dirás, una mujer es siempre una criatura de Dios, ¿verdad?... y yo, después que me divertí con ella, la dejé abandonada en medio de las calles... justo... su destino es el destino de las perras... Di que sí.

VI

Jacinta estaba alarmadísima, medio muerta de miedo y de dolor. No sabía qué hacer ni qué decir.

—Hijo mío —exclamó limpiando el sudor de la frente de su marido—, ¡cómo estás...! Cálmate, por María Santísima. Estás delirando.

—No, no; esto no es delirio, es arrepentimiento —añadió Santa Cruz, quien, al moverse, por poco se cae, y tuvo que apoyar las manos en el suelo—. ¿Crees acaso que el vino...? ¡Oh! no, hija mía, no me hagas ese disfavor. Es que la conciencia se me ha subido aquí al cuello, a la cabeza, y me pesa tanto, que no puedo guardar bien el equilibrio... Déjame que me prosterne ante ti y ponga a tus pies todas mis culpas para que las perdones... No te muevas, no me dejes solo, por Dios... ¿A dónde vas? ¿No ves mi aflicción?

—Lo que veo... ¡Oh! Dios mío. Juan, por amor de Dios, sosiégate; no digas más disparates. Acuéstate. Yo te haré una taza de té.

—¡Y para qué quiero yo té, desventurada!... —dijo el otro en tono tan descompuesto, que a Jacinta se le saltaron las lágrimas—. ¡Té...! Lo que quiero es tu perdón, el perdón de la humanidad, a quien he ofendido, a quien he ultrajado y piso-

---

[a] cosa de juego... No me pongas esa cara, vida mía. Comprendo que tienes razón: conversación, puro *changuí*... y nos quedamos tan frescos. Sí, no me perdones,

[174] *Garfiñar:* homónimo de *chorar* (cfr. R. Campuzano, *Orijen, usos y costumbres de los jitanos...*, Madrid, 1848; 2.ª ed. facsímil, Madrid, 1980): robar, tomar para sí lo ajeno.

teado. Di que sí... Hay momentos en la vida de los pueblos, digo, en la vida de los hombres, en que uno debiera tener mil bocas para con todas ellas a la vez... expresar la, la la... Sería uno un coro... eso, eso... Porque yo he sido malo, no me digas que no, no me lo digas...

Jacinta advirtió que su marido sollozaba. ¿Pero de veras sollozaba o era broma?

—Juan, ¡por Dios!, me estás atormentando.

—No, niña de mi alma —replicó él sentado en el suelo sin descubrir el rostro, que tenía entre las manos—. ¿No ves que lloro? Compadécete de este infeliz... He sido un perverso... Porque la *Pitusa* me idolatraba... Seamos francos.

Alzó entonces la cabeza, y tomó un aire más tranquilo.

—Seamos francos; la verdad ante todo... me idolatraba. Creía que yo no era como los demás, que era la caballerosidad, la hidalguía, la decencia, la nobleza en persona, el acabóse de los hombres... ¡Nobleza! ¡Qué sarcasmo! Nobleza en la mentira; digo que no puede ser... y que no, y que no. ¡Decencia porque se lleva una ropa que llaman levita!... ¡Qué humanidad tan farsante! El pobre siempre debajo; el rico hace lo que le da la gana. Yo soy rico[a]... di que soy inconstante... La ilusión de lo pintoresco se iba pasando. La grosería con gracia seduce algún tiempo, después marea[b]... Cada día me pesaba más la carga que me había echado encima. El picor del ajo me repugnaba. Deseé, puedes creerlo, que la *Pitusa* fuera mala para darle una puntera... Pero, quiá... ni por esas... ¿Mala ella?, a buena parte... Si le mando echarse al fuego por mí, ¡al fuego de cabeza! Todos los días jarana en la casa. Hoy acababa en bien, mañana no... Cantos, guitarreo... José Izquierdo, a quien llaman *Platón* porque comía en un plato como un barreño, arrojaba chinitas al picador... Villalonga y yo les echábamos a pelear o les reconciliábamos cuando nos convenía... La *Pitusa* temblaba de verlos alegres y de verlos enfurruñados[c]... ¿Sabes lo que se me ocurría? No volver a aportar más por aquella maldita casa... Por fin resolvimos Villalonga y yo largarnos con viento fresco y no volver más. Una noche se armó tal gresca, que hasta las navajas salieron, y por poco nadamos todos en un lago de sangre... Me parece que oigo aquellas

---

[a] [Pronto me entró el hastío. Deseaba concluir...]
[b] marea: aburre.
[c] [«Hijo —me decía—, sácame de aquí...»]

finuras: «¡Indecente, cabrón, *najabao, randa, murcia*!»...[175]
No era posible semejante vida. Di que no. El hastío era ya irresistible. La misma *Pitusa* me era odiosa, como las palabras
inmundas... Un día dije *vuelvo,* y no volví más... Lo que decía
Villalonga: cortar por lo sano... Yo tenía algo en mi conciencia, un hilito que me tiraba hacia allá... Lo corté... Fortunata
me persiguió; tuve que jugar al escondite. Ella por aquí, yo
por allá... Yo me escurría como una anguila. No me cogía, no.
El último a quien vi fue Izquierdo; le encontré un día subiendo la escalera de mi casa. Me amenazó; díjome que la *Pitusa*
estaba *cambrí* de cinco meses... ¡*Cambrí de cinco meses...!*[176]
Alcé los hombros... Dos palabras él, dos palabras yo... alargué
este brazo, y plaf... Izquierdo bajó de golpe un tramo entero...
Otro estirón, y plaf... de un brinco el segundo tramo...[a] y con
la cabeza para abajo...[177]

Esto último lo dijo enteramente descompuesto. Continuaba
sentado en el suelo, las piernas extendidas, apoyado un brazo
en el asiento de la silla. Jacinta temblaba. Le había entrado
mortal frío, y daba diente con diente. Permanecía en pie en
medio de la habitación, como una estatua, contemplando la
figura lastimosísima de su marido, sin atreverse a preguntarle
nada ni a pedirle una aclaración sobre las extrañas cosas que
revelaba.

—¡Por Dios y por tu madre! —dijo al fin movida del cariño y
del miedo—, no me cuentes más. Es preciso que te acuestes y
procures dormirte. Cállate ya.

—¡Que me calle!... ¡Que me calle! ¡Ah!, esposa mía, esposa
adorada, ángel de mi salvación... Mesías mío... ¿Verdad que
me perdonas?... Di que sí.

---

[a] segundo: otro.

[175] *Najabao:* arruinado; hecho polvo. *Randa:* Ladrón de poca importancia. (Cfr. L. Besses, *Diccionario de Argot español...*, Barcelona, 1906.) *Murcia (murciá* [con acento en la a], cfr. Besses y Campuzano) significa «brazo», por lo que esta palabra vendría a ser homónimo
de «randa».

[176] *Cambrí:* preñez, cfr. Besses. *De cinco meses:* es decir, de diciembre de 1869 al 29 de junio de 1870, cfr. I, nota 153.

[177] Juanito, reprime su violencia ante el inglés (¿tal vez porque
sabía *boxing* o era más fuerte que él?), quedándose en su habitación
con Jacinta. Pero recuerda que maltrató y humilló a un viejo, al tío de
Fortunata. Más adelante, pegará y reducirá al suelo a Maxi, que
tampoco podía ofrecerle mucha resistencia.

Se levantó de un salto y trató de andar... No podía. Dando una rápida vuelta fue a desplomarse sobre el sofá, poniéndose la mano sobre los ojos y diciendo con voz carenosa:

—¡Qué horrible pesadilla!

Jacinta fue hacia él, le echó los brazos al cuello y le arrulló como se arrulla a los niños cuando se les quiere dormir[a].

Vencido al cabo de su propia excitación, el cerebro del Delfín caía en estúpido embrutecimiento. Y sus nervios, que habían empezado a calmarse, luchaban con la sedación. De repente se movía, como si saltara algo en él y pronunciaba algunas sílabas. Pero la sedación vencía, y al fin se quedó profundamente dormido. A media noche pudo Jacinta con no poco trabajo llevarle hasta la cama y acostarle. Cayó en el sueño como en un pozo, y su mujer pasó muy mala noche, atormentada por el desagradable recuerdo de lo que había visto y oído.

Al día siguiente Santa Cruz estaba como avergonzado. Tenía conciencia vaga de los disparates que había hecho la noche anterior, y su amor propio padecía horriblemente con la idea de haber estado ridículo. No se atrevía a hablar a su mujer de lo ocurrido, y ésta, que era la misma prudencia, además de no decir una palabra, mostrábase tan afable y cariñosa como de costumbre. Por último, no pudo mi hombre resistir el afán de explicarse, y preparando el terreno con un sin fin de zalamerías, le dijo:

—Chiquilla, es preciso que me perdones el mal rato que te di anoche... Debí ponerme muy pesadito... ¡Qué malo estaba! En mi vida me ha pasado otra igual. Cuéntame los disparates que te dije, porque yo no me acuerdo.

—¡Ay!, fueron muchos; pero muchos... Gracias que no había más público que yo.

—Vamos, con franqueza... estuve inaguantable.

—Tú lo has dicho...

—Es que no sé... En mi vida, puedes creerlo, he cogido una turca como la que cogí anoche. El maldito inglés tuvo la culpa y me la ha de pagar. ¡Dios mío, cómo me puse!... ¿Y qué dije,

---

[a] [«Si te durmieras...

—Duérmeme, vida mía... Pitusa, arrúllame como a los pichones...

Esta expresión encendió en el alma de Jacinta la ira y luego la curiosidad; pero una curiosidad devoradora, irresistible como la sed de los calenturientos. No podía satisfacerla porque el marido revelador callaba.]

qué dije?... No hagas caso, vida mía, porque seguramente dije
mil cosas que no son verdad. ¡Qué bochorno! ¿Estás enfadada? No, si no hay para qué...

—Cierto. Como estabas...

Jacinta no se atrevió a decir «borracho». La palabra horrible negábase a salir de su boca.

—Dilo, hija. Di *ajumao*[178], que es más bonito y atenúa un
poco la gravedad de la falta.

—Pues como estabas *ajumaíto*, no eras responsable de lo
que decías.

—Pero qué, ¿se me escapó alguna palabra que te pudiera
ofender?

—No; sólo una media docena de voces elegantes, de las que
usa la alta sociedad. No las entendí bien. Lo demás bien
clarito estaba, demasiado clarito. Lloraste por tu *Pitusa* de tu
alma, y te llamabas miserable por haberla abandonado. Créelo, te pusiste que no había por dónde cogerte.

—Vaya, hija, pues ahora con la cabeza despejada, voy a
decirte dos palabritas para que no me juzgues peor de lo
que soy.

Se fueron de paseo por las Delicias abajo, y sentados en
solitario banco, vueltos de cara al río, charlaron un rato[a].
Jacinta se quería comer con los ojos a su marido, adivinán-
dole las palabras antes de que las dijera, y confrontándolas
con la expresión de los ojos a ver si eran sinceras. ¿Habló Juan
con verdad? De todo hubo. Sus declaraciones eran una verdad
refundida como las comedias antiguas. El amor propio no le
permitía la reproducción fiel de los hechos. Pues señor... al
volver de Plencia ya comprometido a casarse y enamorado de
su novia, quiso saber qué vuelta llevó Fortunata, de quien no
había tenido noticias en tanto tiempo. No le movía ningún
sentimiento de ternura, sino la compasión y el deseo de socorrerla si se veía en un mal paso. *Platón* estaba fuera de Madrid
y su mujer en el otro mundo. No se sabía tampoco a dónde
diantres había ido a parar el picador; pero Segunda había
traspasado la huevería y tenía en la misma Cava un poco más
abajo, cerca ya de la escalerilla, una covacha a que daba el
nombre de *establecimiento*. En aquella caverna habitaba y

---

[a] un rato: un rato de aquellas cosas que sin dejar de ser vulgares
empezaban a tener interés para Jacinta.

[178] *Ajumao:* de *ajumarse*, emborracharse, cfr. Besses.

hacía el café que vendía por la mañana a la gente del mercado. Cuatro cacharros, dos sillas y una mesa componían el ajuar. En el resto del día prestaba servicios en la taberna del *pulpiti-llo*[179]. Había venido tan a menos en lo físico y en lo económico, que a su antiguo tertulio le costó trabajo reconocerla.

—¿Y la otra?...

Porque esto era lo que importaba.

VII

Santa Cruz tardó algún tiempo en dar la debida respuesta. Hacía rayas en el suelo con el bastón. Por fin se expresó así:

—Supe que en efecto había...

Jacinta tuvo la piedad de evitarle las últimas palabras de la oración, diciéndolas ella. Al Delfín se le quitó un peso de encima.

—Traté de verla..., la busqué por aquí y por allá... y nada... Pero qué, ¿no lo crees? Después no pude ocuparme de nada. Sobrevino la muerte de tu mamá. Transcurrió algún tiempo sin que yo pensara en semejante cosa, y no debo ocultarte que sentía cierto escozorcillo aquí, en la conciencia... Por enero de este año, cuando me preparaba a hacer diligencias, una amiga de Segunda, me dijo que la *Pitusa* se había marchado de Madrid. ¿A dónde? ¿Con quién? Ni entonces lo supe ni lo he sabido después. Y ahora te juro[a] que no la he vuelto a ver más ni he tenido noticias de ella.

La esposa dio un gran suspiro. No sabía por qué; pero tenía sobre su alma cierta pesadumbre, y en su rectitud tomaba para sí parte de la responsabilidad de su marido en aquella falta; porque falta había sin duda. Jacinta no podía considerar de otro modo el hecho del abandono, aunque éste significara el

---

[a] te juro: te juro por...
Juanito miraba al cielo y a la tierra buscando algo que poner por testigo de su juramento. No se veía ninguna cruz, como no fuera la del aparejo de un bergantín goleta que pasaba remolcado contra marea, río abajo. Juanito tuvo que jurar sin cruz, pero como era verdad lo que decía, no importaba. «Te juro que...

[179] La Escalerilla (o Escalerilla de Piedra) va desde la Plaza Mayor hasta la calle de Cuchilleros. Allí se encontraba una taberna muy antigua, existente ya en 1774, llamada del *púlpito* o *pulpitillo* por

triunfo del amor legítimo sobre el criminal, y del matrimonio sobre el amancebamiento... No podían entretenerse más en ociosas habladurías, porque pensaban irse a Cádiz aquella tarde y era preciso disponer el equipaje y comprar algunas chucherías. De cada población se habían de llevar a Madrid regalitos para todos. Con la actividad propia de un día de viaje, las compras y algunas despedidas, se distrajeron tan bien ambos de aquellos desagradables pensamientos, que por la tarde ya éstos se habían desvanecido.

Hasta tres días después no volvió a rebullir en la mente de Jacinta el gusanillo aquel. Fue cosa repentina, provocada por no sé qué, por esas misteriosas iniciativas de la memoria que no sabemos de dónde salen. Se acuerda uno de las cosas contra toda lógica, y a veces el encadenamiento de las ideas es una extravagancia y hasta una ridiculez. ¿Quién creería que Jacinta se acordó de Fortunata al oír pregonar las *bocas de la Isla?*[180] Porque dirá el curioso, y con razón, que qué tienen que ver las bocas con aquella mujer. Nada, absolutamente nada.

Volvían los esposos de Cádiz en el tren correo. No pensaban detenerse ya en ninguna parte, y llegarían a Madrid de un tirón. Iban muy gozosos, deseando ver a la familia, y darle a cada uno su regalo. Jacinta, aunque picada del gusanillo aquel, había resuelto no volver a hablar de tal asunto, dejándolo sepultado en la memoria, hasta que el tiempo lo borrara para siempre. Pero al llegar a la estación de Jerez, ocurrió algo que hizo revivir inesperadamente lo que ambos querían olvidar. Pues señor... de la cantina de la estación vieron salir al condenado inglés de la noche de marras, el cual les conoció al punto y fue a saludarles muy fino y galante, y a ofrecerles unas cañas. Cuando se vieron libres de él, Santa Cruz le echó mil pestes, y dijo que algún día había de tener ocasión de darle el *par de galletas* que se tenía ganadas.

—Este danzante tuvo la culpa de que yo me pusiera aquella noche como me puse y de que te contara aquellos horrores...

Por aquí empezó a enredarse la conversación hasta recaer otra vez en el *punto negro.* Jacinta no quería que se le quedara en el alma una idea que tenía, y a la primera ocasión la echó fuera de sí.

---

la forma que presenta la barandilla que todavía hay a la entrada. Cfr. Fernández de los Ríos, *Guía de Madrid,* pág. 86.

[180] Pinzas de crustáceos de Isla Cristina (Huelva).

—¡Pobres mujeres! —exclamó—. Siempre la peor parte para ellas.

—Hija mía, hay que juzgar las cosas con detenimiento, examinar las circunstancias... ver el medio ambiente... —dijo Santa Cruz preparando todos los chirimbolos de esa dialéctica convencional con la cual se prueba todo lo que se quiere.

Jacinta se dejó hacer caricias. No estaba enfadada. Pero en su espíritu ocurría un fenómeno muy nuevo para ella. Dos sentimientos diversos se barajaban en su alma, sobreponiéndose el uno al otro alternativamente. Como adoraba a su marido, sentíase orgullosa de que éste hubiese despreciado a otra para tomarla a ella. Este orgullo es primordial, y existirá siempre aun en los seres más perfectos. El otro sentimiento procedía del fondo de rectitud que lastraba aquella noble alma y le inspiraba una protesta contra el ultraje y despiadado abandono de la desconocida. Por más que el Delfín lo atenuase, había ultrajado a la humanidad. Jacinta no podía ocultárselo a sí misma. Los triunfos de su amor propio no le impedían ver que debajo del trofeo de su victoria había una víctima aplastada. Quizás la víctima merecía serlo; pero la vencedora, no tenía nada que ver con que lo mereciera o no, y en el altar de su alma le ponía a la tal víctima una lucecita de compasión.

Santa Cruz, en su perspicacia, lo comprendió, y trataba de librar a su esposa de la molestia de compadecer a quien sin duda no lo merecía. Para esto ponía en funciones toda la maquinaria más brillante que sólida de su raciocinio, aprendido en el comercio de las liviandades humanas y en someras lecturas.

—Hija de mi alma, hay que ponerse en la realidad. Hay dos mundos, el que se ve y el que no se ve. La sociedad no se gobierna con las ideas puras. Buenos andaríamos... No soy tan culpable como parece a primera vista; fíjate bien. Las diferencias de educación y de clase establecen siempre una gran diferencia de procederes en las relaciones humanas. Esto no lo dice el Decálogo; lo dice la realidad. La conducta social tiene sus leyes que en ninguna parte están escritas; pero que se sienten y no se pueden conculcar. Faltas cometí, ¿quién lo duda?; pero imagínate que hubiera seguido entre aquella gente, que *hubiera cumplido mis compromisos* con la *Pitusa*... No te quiero decir más. Veo que te ríes. Eso me prueba que hubiera sido un absurdo, una locura recorrer lo que, visto de allá, parecía el camino derecho. Visto de acá, ya es otro distinto. En cosas de moral, lo recto y lo torcido son según de donde se mire. No había, pues, más remedio que hacer lo que hice, y salvarme... Caiga el que caiga. El mundo es así. Debía yo salvarme, ¿si o no? Pues debiendo salvarme, no había más remedio que lanzarme fuera del barco que se sumergía. En los naufragios siempre hay alguien que se ahoga... Y en el caso concreto del abandono, hay también mucho que hablar. Ciertas palabras no significan nada por sí. Hay que ver los hechos... Yo la busqué para socorrerla; ella no quiso parecer. Cada cual tiene su destino. El de ella era ese: no parecer cuando yo la buscaba.

Nadie diría que el hombre que de este modo razonaba, con arte tan sutil y paradójico, era el mismo que noches antes, bajo la influencia de una bebida espirituosa, había vaciado toda su alma con esa sinceridad brutal y disparada que sólo puede compararse al vómito físico, producido por un emético muy fuerte. Y después, cuando el despejo de su cerebro le hacía dueño de todas sus triquiñuelas de hombre leído y mundano, no volvió a salir de sus labios ni un solo vocablo soez, ni una sola espontaneidad de aquellas que existían dentro de él, como existen los trapos de colorines en algún rincón de la casa del que ha sido cómico, aunque sólo lo haya sido de afición. Todo era convencionalismo y frase ingeniosa en aquel hombre que se había emperejilado intelectualmente, cortándose una levita para las ideas y planchándole los cuellos al lenguaje.

Jacinta, que aún tenía poco mundo, se dejaba alucinar por las dotes seductoras de su marido. Y le quería tanto, quizás por aquellas mismas dotes y por otras, que no necesitaba hacer ningún esfuerzo para creer cuanto le decía, si bien creía por fe, que es sentimiento, más que por convicción. Largo rato charlaron, mezclando las discusiones con los cariños discretos (porque en Sevilla entró gente en el coche y no había qué pensar en la *besadera*), y cuando vino la noche sobre España, cuyo radio iban recorriendo, se durmieron allá por Despeñaperros, soñaron con lo mucho que se querían, y despertaron al fin en Alcázar con la idea placentera de llegar pronto a Madrid, de ver a la familia, de contar todas las peripecias del viaje (menos la escenita de la noche aquella) y de repartir los regalos.

A Estupiñá le llevaban un bastón que tenía por puño la cabeza de una cotorra.

VI

Más y más pormenores referentes a esta ilustre familia

I

Pasaban meses, pasaban años, y en aquella dichosa casa todo era paz y armonía. No se ha conocido en Madrid familia mejor avenida que la de Santa Cruz, compuesta de dos parejas; ni es posible[a] imaginar una compatibilidad de caracteres como la que existía entre Barbarita y Jacinta. He visto juntas muchas veces a la suegra y a la nuera, y por Dios que se manifestaba muy poco en ellas la diferencia de edades. Barbarita conservaba a los cincuenta y tres años una frescura maravillosa, el talle perfecto y la dentadura sorprendente. Verdad que tenía el cabello casi enteramente blanco; el cual más parecía empolvado conforme al estilo Pompadour, que encanecido por la edad. Pero lo que la hacía más joven era su afabilidad constante, aquel sonreír gracioso y benévolo con que iluminaba su rostro[b].

De veras que no tenían por qué quejarse de su destino aquellas cuatro personas. Se dan casos de individuos y familias a quienes Dios no les debe nada; y sin embargo, piden y

---

[a] , ni es posible: , en las cuales, a no ser por la edad, no se hubiera sabido quién era suegra y quién no. Porque es imposible

[b] [Hay que decir, que también solía ser un poquitín burlona, aunque sin malicia. Resabios de la dicha: no sabía lo que eran penas, Jacinta era más bien un poquitín seria.]

piden. Es que hay en la naturaleza humana un vicio de mendicidad; eso no tiene duda. Ejemplo los de Santa Cruz, que gozaban de salud cabal, eran ricos, estimados de todo el mundo y se querían entrañablemente. ¿Qué les hacía falta? Parece que nada. Pues alguno de los cuatro pordioseaba[a]. Es que cuando un conjunto de circunstancias favorables pone en las manos del hombre gran cantidad de bienes, privándole de uno solo, la fatalidad de nuestra naturaleza o el principio de descontento que existe en nuestro barro constitutivo le impulsan a desear precisamente lo poquito que no se le ha otorgado. Salud, amor, riqueza, paz y otras ventajas no satisfacían el alma de Jacinta; y al año de casada, más aún a los dos años, deseaba ardientemente lo que no tenía. ¡Pobre joven! Lo tenía todo, menos chiquillos.

Esta pena, que al principio fue desazón insignificante, impaciencia tan solo convirtióse pronto en dolorosa idea de vacío. Era poco cristiano, al decir de Barbarita, desesperarse por la falta de sucesión. Dios, que les diera tantos bienes, habíales privado de aquél. No había más remedio que resignarse, alabando la mano del que lo mismo muestra su omnipotencia dando que quitando.

De este modo consolaba a su nuera, que más le parecía hija; pero allá en sus adentros deseaba tanto como Jacinta la aparición de un muchacho que perpetuase la casta y les alegrase a todos. Se callaba este ardiente deseo por no aumentar la pena de la otra; más atendía con ansia a todo lo que pudiera ser síntoma de esperanzas de sucesión. ¡Pero quiá! Pasaba un año, dos y nada; ni aun siquiera esas presunciones vagas que hacen palpitar el corazón de las que sueñan con la maternidad, y a veces les hacen decir y hacer muchas tonterías.

—No tengas prisa, hija —decía Barbarita a su sobrina—. Eres muy joven. No te apures por los chiquillos, que ya los tendrás, y te cargarás de familia, y te aburrirás como se aburrió tu madre, y pedirás a Dios que no te dé más. ¿Sabes una cosa? Mejor estamos así. Los muchachos lo revuelven todo y no dan más que disgustos. El sarampión, el garrotillo... ¡Pues nada te quiero decir de las amas!... ¡Qué calamidad!... Luego estás hecha una esclava... Que si comen, que si se indigestan, que si se caen y se abren la cabeza. Vienen después

---

[a] pordioseaba: se quejaba amargamente de su destino, y pedía la luna.

las inclinaciones que sacan. Si salen de mala índole... si no estudian... ¡Qué sé yo!...

Jacinta no se convencía. Quería canarios de alcoba a todo trance, aunque salieran raquíticos y feos; aunque luego fueran traviesos, enfermos y calaveras; aunque de hombres la mataran a disgustos. Sus dos hermanas mayores parían todos los años, como su madre. Y ella nada, ni esperanzas. Para mayor contrasentido, Candelaria, que estaba casada con un pobre, había tenido dos de un vientre. ¡Y ella, que era rica, no tenía ni siquiera medio!... Dios estaba ya chocho sin duda.

Vamos ahora a otra cosa. Los de Santa Cruz, como familia respetabilísima y rica, estaban muy bien relacionados y tenían amigos en todas las esferas, desde la más alta a la más baja. Es curioso observar cómo nuestra edad, por otros conceptos infeliz, nos presenta una dichosa confusión de todas las clases, mejor dicho, la concordia y reconciliación de todas ellas. En esto aventaja nuestro país a otros, donde están pendientes de sentencia los graves pleitos históricos de la igualdad. Aquí se ha resuelto el problema sencilla y pacíficamente, gracias al temple democrático de los españoles y a la escasa vehemencia de las preocupaciones nobiliarias. Un gran defecto nacional, la empleomanía, tiene también su parte en esta gran conquista. Las oficinas han sido el tronco en que se han injertado las ramas históricas, y de ellas han salido amigos el noble tronado y el plebeyo ensoberbecido por un título universitario; y de amigos, pronto han pasado a parientes. Esta confusión es un bien, y gracias a ella no nos aterra el contagio de la guerra social, porque tenemos ya en la masa de la sangre un socialismo atenuado e inofensivo. Insensiblemente, con la ayuda de la burocracia, de la pobreza y de la educación académica que todos los españoles reciben, se han ido compenetrando las clases todas, y sus miembros se introducen de una en otra, tejiendo una red espesa que amarra y solidifica la masa nacional. El nacimiento no significa nada entre nosotros, y todo cuanto se dice de los pergaminos es conversación. No hay más diferencias que las esenciales, las que se fundan en la buena o mala educación, en ser tonto o discreto, en las desigualdades del espíritu, eternas como los atributos del espíritu mismo. La otra determinación positiva de clases, el dinero, está fundada en principios económicos tan inmutables como las leyes físicas, y querer impedirla viene a ser lo mismo que intentar beberse la mar[a].

---

[a] [Mientras la sociedad no se decida a volver al taparrabos y a las

240

Las amistades y parentescos de las familias de Santa Cruz y Arnaiz pueden ser ejemplo de aquel feliz revoltijo de las clases sociales; más, ¿quién es el guapo que se atreve a formar estadística de las ramas de tan dilatado y laberíntico árbol, que más bien parece enredadera, cuyos vástagos se cruzan, suben, bajan y se pierden en los huecos de un follaje densísimo? Sólo se puede intentar tal empresa con la ayuda de Estupiñá, que sabe al dedillo la historia de todas las familias comerciales de Madrid, y todos los enlaces que se han hecho en medio siglo. Arnaiz el gordo también se pirra por hablar de linajes y por buscar parentescos, averiguando orígenes humildes de fortunas orgullosas, y haciendo hincapié en la desigualdad de ciertos matrimonios, a los cuales, en rigor de verdad, se debe la formación del terreno democrático sobre que se asienta la sociedad española. De una conversación entre Arnaiz y Estupiñá han salido las siguientes noticias:

II

Ya sabemos que la madre de D. Baldomero Santa Cruz y la de Gumersindo y Barbarita Arnaiz eran parientes y venían del Trujillo extremeño y albardero. La actual casa de banca *Trujillo y Fernández*[181], de una respetabilidad y solidez intachables, procede del mismo tronco. Barbarita es, pues, pariente del jefe de aquella casa, aunque su parentesco resulta algo lejano. El primer conde de Trujillo está casado con una de las hijas del famoso negociante Casarredonda, que hizo colosal fortuna vendiendo fardos de *Coruñas* y *Viveros* para vestir a la tropa y a la Milicia Nacional. Otra de las hijas del marqués de Casarredonda era duquesa de Gravelinas. Ya tenemos aquí, perfectamente enganchadas, a la aristocracia antigua y al comercio moderno.

Pero existe en Cádiz una antigua y opulenta familia comercial que sirvió como ninguna para enredar más la madeja social. Las hijas del famoso Bonilla, importador de pañolería

---

hachas de pedernal, habrá unos que cuenten mucho dinero y otros que no tengan ni una mota.]

[181] A este banquero ya le había hecho aparecer Galdós en *Tormento* y en *La de Bringas*. Era muy amigo de Agustín Caballero, primo de Francisco de Bringas.

y después banquero y extractor de vinos, casaron: la una con Sánchez Botín, propietario, de quien vino la generala Minio, la marquesa de Tellería y Alejandro Sánchez Botín; la otra con uno de los Morenos de Madrid, co-fundador de los Cinco Gremios y del Banco de San Fernando, y la tercera con el duque de Trastamara, de donde vino Pepito Trastamara. El hijo único de Bonilla casó con una Trujillo[182a].

Pasemos ahora a los Morenos, procedentes del valle de Mena[183], una de las familias más dilatadas y que ofrecen más desigualdades y contrastes en sus infinitos y desparramados miembros. Arnaiz y Estupiñá disputan, sin llegar a entenderse, sobre si el tronco de los Morenos estuvo en una droguería o en una peletería. En esto reina cierta oscuridad, que no se disipará mientras no venga uno de estos averiguadores fanáticos que son capaces de contarle a Noé los pelos que tenía en la cabeza y el número de *eses* que hizo cuando cogió la primera *pítima*[184] de que la historia tiene noticia. Lo que sí se sabe es que

---

[a] [Escudriñando los enlaces de los Bringas de Cádiz y de Madrid, de los Caballeros y los Morenos, se ven otras confusiones y mezclas de esta clase.]

[182] La primera hija de Bonilla casó con Sánchez Botín. De los tres hijos de ésta sólo Tula, la *generala,* apodada así por su matrimonio con el General Minio, era un personaje digno, aunque desgraciado y mártir; los otros dos eran auténticas calamidades: Milagros, marquesa consorte de Tellería, fue la madre de María Egipciaca, esposa de León Roch; Alejandro sería el segundo amante de Isidora Rufete *(La desheredada)*. En cuanto a la segunda hija de Bonilla casó con un Moreno (hacia 1840 había en Madrid dos Morenos *reales* que fueron importantes banqueros). Sobre los Cinco Gremios, cfr. Miguel Capella y Antonio Matilla Tascón, *Los Cinco Gremios de Madrid: Estudio crítico*, Madrid, 1957; sobre el Banco de San Fernando, cfr. I, nota 86. Finalmente, la tercera hija de Bonilla, casada con el duque de Trastamara, fue madre de Pepito, un «hominicaco», asiduo de la tertulia de Eloísa Bueno *(Lo prohibido)*. Del hijo de Bonilla casado con una Trujillo no dio Galdós más datos.

[183] El Valle de Mena está situado al norte de la provincia de Burgos. Uno de sus pueblos se llama —¿mera casualidad?— Santa Cruz. Los habitantes del Valle de Mena vivieron, hasta el reinado de Enrique III, unidos a Vizcaya. Durante la primera guerra carlista se distinguieron por haberse armado contra el pretendiente a la corona. En 1835 fue tomado por las tropas carlistas, pero continuaron oponiéndose a la dominación.

[184] En el *Génesis, 9,* se cuenta que Noé, agricultor, plantó una viña, bebió su vino y se emborrachó. *Pítima* es borrachera.

un Moreno casó con una Isla-Bonilla a principios del siglo, viniendo de aquí la Casa de giro que del 19 al 35 estuvo en la subida de Santa Cruz junto a la iglesia, y después en la plazuela de Pontejos. Por la misma época hallamos un Moreno en la Magistratura, otro en la Armada, otro en el Ejército y otro en la Iglesia. La Casa de banca no era ya *Moreno* en 1870, sino *Ruiz-Ochoa y Compañía,* aunque uno de sus principales socios era don Manuel Moreno-Isla. Tenemos diferentes estirpes del tronco remotísimo de los Morenos. Hay los Moreno-Isla, los Moreno-Vallejo y los Moreno-Rubio, o sea los Morenos ricos y los Morenos pobres, ya tan distantes unos de otros que muchos ni se tratan ni se consideran afines. Castita Moreno, aquella presumida amiga de Barbarita en la escuela de la calle Imperial, había nacido en los Morenos ricos y fue a parar, con los vaivenes de la vida, a los Morenos pobres. Se casó con un farmacéutico de la interminable familia de los Samaniegos, que también tienen su puesto aquí. Una joven perteneciente a los Morenos ricos casó con un Pacheco, aristócrata segundón, hermano del duque de Gravelinas, y de esta unión vino Guillermina Pacheco a quien conoceremos luego. Ved ahora cómo una rama de los Morenos se mete entre el follaje de los Gravelinas, donde ya se engancha también el ramojo de los Trujillos, el cual venía ya trabado con los Arnaiz de Madrid y con los Bonillas de Cádiz, formando una maraña cuyos hilos no es posible seguir con la vista.

Aún hay más. D. Pascual Muñoz, dueño de un acreditadísimo establecimiento de hierros en la calle de Tintoreros, progresista de inmenso prestigio en los barrios del Sur, verdadera potencia electoral y política en Madrid, casó con una Moreno de no sé qué rama, emparentada con Mendizábal y con Bonilla, de Cádiz. Su hijo, que después fue marqués de Casa-Muñoz, casó con la hija de Albert, el que daba la cara en las contratas de paños y lienzos con el Gobierno[a]. Eulalia Moreno, hija también del D. Pascual y hermana del actual marqués, se unió a D. Cayetano Villuendas, rico propietario de casas, progresista rancio. Dejemos sueltos estos cabos para tomarlos más adelante.

Los Samaniegos, oriundos, como los Morenos, del país de Mena también son ciento y la madre. Ya sabemos que la hija segunda de Gumersindo Arnaiz, hermana de Jacinta, casó con Pepe Samaniego, hijo de un droguista arruinado de la Con-

---

[a] con el Gobierno: para vestir al Ejército en la primera guerra civil.

cepción Jerónima... Hay muchos Samaniegos en el comercio menudo, y leyendo el instructivo libro de los rótulos de tiendas, se encuentra la *Farmacia de Samaniego* en la calle del Ave María (cuyo dueño era el marido de Castita Moreno), y la *Carnicería de Samaniego* en la de las Maldonadas. Sin rótulo hay un Samaniego prestamista y medio curial, otro cobrador del Banco, otro que tiene tienda de sedas en la calle de Botoneras, y por fin, varios que son horteras en diferentes tiendas. El Samaniego agente de Bolsa es primo de éstos.

La hija mayor de Gumersindo Arnaiz se casó con Ramón Villuendas, ya viudo con dos hijos, célebre cambiante de la calle de Toledo, la casa de Madrid que más trabaja en el negocio de moneda. Un hermano de éste casó con la hija de la viuda de Aparisi, dueño de la camisería en que fue dependiente Pepe Samaniego. El tío de ambos, D. Cayetano Villuendas, progresistón y riquísimo casero, era el esposo de Eulalia Muñoz, y su gran fortuna procedía del negocio de curtidos en una época anterior a la de Céspedes. Ya se ató el cabo que quedara pendiente poco ha.

Ahora se nos presentan algunos ramos que parecen sueltos y no lo están. ¿Pero quién podrá descubrir su misterioso enlace con los revueltos y cruzados vástagos de esta colosal enredadera? ¿Quién puede indagar si Dámaso Trujillo, el que puso en la Plaza Mayor la zapatería *Al ramo de azucenas,* pertenece al genuino linaje de los Trujillos antes mencionados? ¿Cuál será el averiguador que se lance a poner en claro si el dueño de *El Buen gusto,* un tenducho de mantas de la calle de la Encomienda, es pariente indudable de los Villuendas ricos? Hay quien dice que Pepe Moreno Vallejo, el cordelero de la Concepción Jerónima, es primo hermano de D. Manuel Moreno-Isla, uno de los Morenos que atan perros con longaniza; y se dice que un Arnaiz, empleado de poco sueldo, es pariente de Barbarita. Hay un Muñoz y Aparisi, tripicallero en las inmediaciones del Rastro, que se supone primo segundo del marqués de Casa-Muñoz y de su hermana la viuda de Aparisi; y por fin, es preciso hacer constar que un cierto Trujillo, jesuita, reclama un lugar en nuestra enredadera, y también hay que dársele al Ilustrísimo Obispo de Plasencia, fray Luis Moreno-Isla y Bonilla. Asimismo lleva en su árbol el nombre de Trujillo, la mujer de Zalamero, subsecretario de Gobernación; pero su primer apellido es Ruiz Ochoa y es hija de la distinguida persona que hoy está al frente de la banca de Moreno.

Barbarita no se trataba con todos los individuos que aparecen en esta complicada enredadera. A muchos les esquivaba por hallarse demasiado altos; a otros apenas les distinguía por hallarse muy bajos. Sus amistades verdaderas, como los parentescos reconocidos, no eran en gran número, aunque sí abarcaban un círculo muy extenso, en el cual se entremezclaban todas las jerarquías. En un mismo día, al salir de paseo o de compras[a], cambiaba saludos más o menos afectuosos con la de Ruiz Ochoa, con la generala Minio, con Adela Trujillo, con un Villuendas rico, con un Villuendas pobre, con el pescadero pariente de Samaniego, con la duquesa de Gravelinas, con un Moreno Vallejo magistrado, con un Moreno Rubio médico, con un Moreno Jáuregui sombrerero, con un Aparisi canónigo, con varios horteras, con tan diversa gente, en fin, que otra persona de menos tino habría trocado los nombres y tratamientos.

La mente más segura no es capaz de seguir en su laberíntico enredo las direcciones de los vástagos de este colosal árbol de linajes matritenses. Los hilos se cruzan, se pierden y reaparecen donde menos se piensa. Al cabo de mil vueltas para arriba y otras tantas para abajo, se juntan, se separan, y de su empalme o bifurcación salen nuevos enlaces, madejas y marañas nuevas. Cómo se tocan los extremos del inmenso ramaje es curioso de ver; por ejemplo, cuando Pepito Trastamara, que lleva el nombre de los bastardos de D. Alfonso XI[185], va a pedir dinero a Cándido Samaniego, prestamista usurero, individuo de la *Sociedad protectora de señoritos necesitados*[b].

---

[a] al salir de paseo o de compras: la señora de Santa Cruz, que gustaba de hacer visitas por la Castellana y el Retiro,
[b] *necesitados: tronados.*

[185] Un nuevo ejemplo de la continua presencia de referentes históricos en las novelas galdosianas y, en particular, en *Fortunata y Jacinta*. Los Trastamaras, bastardos de Alfonso XI, reinaron en Castilla después de que, en 1369, Enrique II de Trastamara derrotara y matara a Pedro I el Cruel, hijo y sucesor de Alfonso XI, en el campo de Montiel.

III

Los de Santa Cruz vivían en su casa propia de la calle de Pontejos, dando frente a la plazuela del mismo nombre; finca comprada al difunto Aparisi, uno de los socios de la Compañía de Filipinas. Ocupaban los dueños el principal, que era inmenso, con doce balcones a la calle y mucha comodidad interior. No lo cambiara Barbarita por ninguno de los modernos hoteles, donde todo se vuelve escaleras y están además abiertos a los cuatro vientos. Allí tenía número sobrado de habitaciones, todas en un solo andar desde el salón a la cocina. Ni trocara tampoco su barrio, aquel *riñón de Madrid,* en que había nacido, por ninguno de los caseríos flamantes que gozan fama de más ventilados y alegres. Por más que dijeran, el barrio de Salamanca es *campo...* Tan apegada era la buena señora al terruño de su arrabal nativo, que para ella no vivía en Madrid quien no oyera por las mañanas el ruido cóncavo de las cubas de los aguadores en la fuente de Pontejos; quien no sintiera por mañana y tarde la batahola que arman los coches correos; quien no recibiera a todas horas el hálito tenderil de la calle de Postas, y no escuchara por Navidad los zambombazos y panderetazos de la plazuela de Santa Cruz; quien no oyera las campanadas del reloj de la Casa de Correos tan claras como si estuvieran dentro de la casa; quien no viera pasar a los cobradores del Banco cargados de dinero y a los carteros salir en procesión. Barbarita se había acostumbrado a los ruidos de la vecindad, cual si fueran amigos, y no podía vivir sin ellos[186a].

---

[a] [Oía *gemir las prensas* de la Imprenta Nacional que daban a luz la *Gaceta.* El Correo estaba entonces más abajo. Un día se llevaron la Imprenta; ocupó su lugar el Correo y el de éste el Telégrafo, que proporcionó a los oídos de Barbarita nueva compañía, el *tiqui-tique* de los aparatos funcionando noche y día.]

[186] La fuente de Pontejos, instalada en la plaza del mismo nombre en 1849, era la que antes se hallaba en la plazuela de Celenque. Esta fuente estaba rematada con el busto en bronce del marqués de Pontejos. El agua era del viaje alto abroñigal. En dicha fuente llenaban sus cubos los aguadores asturianos de Madrid, después que fueron expulsados de la Puerta del Sol. Cfr. Madoz, *Diccionario,* X, pág. 702 y J. A. Cabezas, *Diccionario de Madrid,* pág. 378. La casa de Correos

La casa era tan grande, que los dos matrimonios vivían en ella holgadamente y les sobraba espacio. Tenían un salón algo anticuado, con tres balcones. Seguía por la izquierda el gabinete de Barbarita, luego otro aposento, después la alcoba. A la derecha del salón estaba el despacho de Juanito, así llamado no porque éste tuviese nada que despachar allí, sino porque había mesa con tintero y dos hermosas librerías. Era una habitación muy bien puesta y cómoda. El gabinetito de Jacinta, inmediato a esta pieza, era la estancia más bonita y elegante de la casa y la única tapizada con tela; todas las demás lo estaban con colgadura de papel, de un arte dudoso, dominando los grises y tórtola con oro. Veíanse en esta pieza algunas acuarelas muy lindas compradas por Juanito, y dos o tres óleos ligeros, todo selecto y de regulares firmas, porque Santa Cruz tenía buen gusto dentro del gusto vigente. Los muebles eran de raso o de felpa y seda combinadas con arreglo a la moda, siendo de notar que lo que allí se veía no chocaba por original ni tampoco por rutinario. Seguía luego la alcoba del matrimonio joven, la cual se distinguía principalmente de la paterna en que en ésta había lecho común y los jóvenes los tenían separados. Sus dos camas de palosanto eran muy elegantes, con pabellones de seda azul. La de los padres parecía un andamiaje de caoba con cabecera de morrión y columnas como las de un sagrario de Jueves Santo. La alcoba *de los pollos* se comunicaba con habitaciones de servicio, y le seguían dos grandes piezas que Jacinta destinaba a los niños... cuando Dios se los diera. Hallábanse amuebladas con lo que iba sobrando de los aposentos que se ponían de nuevo, y su aspecto era por demás heterogéneo. Pero el arreglo definitivo de estas habitaciones vacantes existía completo en la imaginación de Jacinta, quien ya tenía previstos hasta los últimos detalles de todo lo que se había de poner allí cuando el caso llegara.

El comedor era interior, con tres ventanas al patio, su gran mesa y aparadores de nogal llenos de finísima loza de China,

estaba en la Puerta del Sol hasta 1847, en lo que es hoy el Ministerio de la Gobernación. Los cambistas estaban en la época en las calles de Montera y Toledo. Los carteros salían, de la calle de Postas, donde se encuentra en la actualidad el Cuartel de la Dirección General de Seguridad. Que Barbarita pensara que vivía en el «riñón de Madrid» estaba justificado porque además de los ruidos y lugares vecinos que se mencionan, en torno a su «arrabal nativo» se desarrollaba el comercio madrileño.

la consabida sillería de cuero claveteado, y en las paredes papel imitando roble, listones claveteados también, y los bodegones al óleo, no malos, con la invariable raja de sandía, el conejo muerto y unas ruedas de merluza que de tan bien pintadas parecía que olían mal. Asimismo era interior el despacho de D. Baldomero[a].

Estaban abonados los de Santa Cruz a un landó. Se les veía en los paseos; pero su tren era de los que *no llaman la atención*. Juan solía tener por temporadas un faetón o un tílburi, que guiaba muy bien, y también tenía caballo de silla; mas le picaba tanto la comezón de la variedad que a poco de montar un caballo, ya empezaba a encontrarle defectos y quería venderlo para comprar otro[187]. Los dos matrimonios se daban buena vida; pero sin presumir, huyendo siempre de señalarse y de que los periódicos les llamaran *anfitriones*. Comían bien; en su casa había muy poca etiqueta y cierto patriarcalismo, porque a veces se sentaban a la mesa personas de clase humilde y otras muy decentes que habían venido a menos. No tenían cocinero de estos de gorro blanco, sino una cocinera antigua muy bien amañada, que podía medir sus talentos con cualquier *jefe;* y la ayudaban dos *pinchas,* que más bien eran alumnas.

Todos los primeros de mes recibía Barbarita de su esposo mil duretes. D. Baldomero disfrutaba una renta de veinticinco mil pesos, parte de alquileres de sus casas, parte de acciones del Banco de España y lo demás de la participación que conservaba en su antiguo almacén. Daba además a su hijo dos mil duros cada semestre para sus gastos particulares, y en diferentes ocasiones le ofreció un pequeño capital para que emprendiera negocios por sí; pero al hijo le iba bien con su dorada indolencia[b] y no quería quebraderos de cabeza. El

---

[a] D. Baldomero: D. Baldomero, pieza muy abrigada con sillería de pana verde, muebles de palosanto y un reloj magnífico, regalo de Barbarita, de esos cuya esfera está en el péndulo y se mueve. Estaba colocado sobre la chimenea, donde jamás se vio lumbre, porque D. Baldomero era enemigo, por sistema higiénico, de toda especie de caloríficos.

[b] indolencia: independencia.

[187] La misma comezón le producían las mujeres. El landó era un coche con doble capota para cuatro personas; el faetón, también para cuatro personas, era un carruaje descubierto; el tílburi, coche ligero, era descubierto y para dos personas.

resto de su renta lo capitalizaba D. Baldomero, bien adquiriendo más acciones cada año, bien amasando para hacerse con una casa más. De aquellos mil duros que la señora cogía cada mes, daba al Delfín dos o tres mil reales, que con esto y lo que del papá recibía estaba como en la gloria; y los diez y siete mil reales restantes eran para el gasto diario de la casa y para los de ambas damas, que allá se las arreglaban muy bien en la distribución, sin que jamás hubiese entre ellas el más ligero pique por un duro de más o de menos[188]. Del gobierno doméstico cuidaban las dos, pero más particularmente la suegra, que mostraba ciertas tendencias al despotismo ilustrado. La nuera tenía el delicado talento de respetar esto, y cuando veía que alguna disposición suya era derogada por la autócrata, mostrábase conforme. Barbarita era administradora general de puertas adentro, y su marido mismo, después que religiosamente le entregaba el dinero, no tenía que pensar en nada de la casa, como no fuese en los viajes de verano. La señora lo pagaba todo, desde el alquiler del coche a la peseta de *El Imparcial*[189], sin que necesitara[a] llevar cuentas para tan

---

[a] *El Imparcial,* sin que necesitara: *El Imparcial.* En el bolsillo del chaleco de su marido ponía unos cuantos duros, y las más de las veces, cuando iba a registrarle, encontraba intacta la suma. Y no necesitaba

[188] Ángel Bahamonde, en *El horizonte económico...,* págs. 109-112, da unas tablas de los salarios de jornaleros y oficiales albañiles para los años 1861 a 1864, salarios que oscilan entre un mínimo de 2.760 reales y un máximo de 8.280.

[189] *El Imparcial* fue fundado por Eduardo Gasset y Artime en 1867. Su tendencia liberal le valió pronto un choque con la Unión Liberal de Narváez. Durante la Restauración fue instrumento de la oposición de Cánovas. Azorín, en *Madrid,* escribió: «La cumbre de la fama periodística, en aquellos tiempos, era *El Imparcial.* Diario de más autoridad no se habrá visto jamás en España. Los Gobiernos estaban atentos a lo que decía *El Imparcial.* En el mundo parlamentario pensaba lo que pensaba *El Imparcial.* Crisis parlamentarias se hacían a causa de *El Imparcial,* y un Gobierno a quien apoyara *El Imparcial* podía echarse a dormir. En lo literario, la autoridad del diario no era menor. *El Imparcial* publicaba cada semana una hoja literaria. No había escritor que no ambicionara escribir en esa página. Publicar un artículo allí era trabajoso. Mucho más lo era publicarlo en los números ordinarios de los demás días.» Texto citado por Gómez Aparicio, *Historia del periodismo español. De la Revolución de septiembre al desastre colonial,* Madrid, 1971, pág. 250. *El Imparcial* llegó a tener una tirada de 45.000 ejemplares al día.

complicada distribución, ni apuntar cifra alguna. Era tan admirable su tino aritmético, que ni una sola vez pasó más allá de la indecisa raya que tan fácilmente traspasan los ricos; llegaba el fin de mes y siempre había un *superavit* con el cual ayudaba a ciertas empresas caritativas de que se hablará más adelante. Jacinta gastaba siempre mucho menos de lo que su suegra le daba para menudencias; no era aficionada a estrenar a menudo, ni a enriquecer a las modistas. Los hábitos de economía adquiridos en su niñez estaban tan arraigados que, aunque nunca le faltó dinero, traía a casa una costurera para hacer trabajillos de ropa y arreglos de trajes que otras señoras menos ricas suelen encargar fuera. Y por dicha suya, no tenía que calentarse la cabeza para discurrir el empleo de sus sobrantes, pues allí estaba su hermana Candelaria, que era pobre y se iba cargando de familia. Sus hermanitas solteras también recibían de ella frecuentes dádivas; ya los sombreritos de moda, ya el *fichú* o la manteleta, y hasta vestidos completos acabados de venir de París.

El abono que tomaron en el Real a un turno de palco principal fue idea de D. Baldomero quien no tenía malditas ganas de oír óperas, pero quería que Barbarita fuera a ellas para que le contase, al acostarse o después de acostados, todo lo que había visto en el *Regio Coliseo*. Resultó que a Barbarita no la llamaba mucho el Real; mas aceptó con gozo para que fuera Jacinta. Esta, a su vez, no tenía verdaderamente muchas ganas de teatro; pero alegróse mucho de poder llevar al Real a sus hermanitas solteras, porque las pobrecillas, si no fuera así, no lo catarían nunca. Juan, que era muy aficionado a la música, estaba abonado a diario, con seis amigos, a un palco alto de proscenio.

Las de Santa Cruz no llamaban la atención en el teatro, y si alguna mirada caía sobre el palco era para las pollas colocadas en primer término con simetría de escaparate. Barbarita solía ponerse en primera fila para echar los gemelos en redondo y poder contarle a Baldomero algo más que cosas de decoraciones y del argumento de la ópera. Las dos hermanas casadas, Candelaria y Benigna, iban alguna vez, Jacinta casi siempre; pero se divertía muy poco. Aquella mujer mimada por Dios, que la puso rodeada de ternura y bienandanzas en el lugar más sano, hermoso y tranquilo de este valle de lágrimas, solía decir en tono quejumbroso que *no tenía gusto para nada*. La envidiada de todos, envidiaba a cualquier mujer pobre y descalza que pasase por la calle con un mamón en brazos liado en trapos.

Se le iban los ojos tras de la infancia en cualquier forma que se le presentara, ya fuesen los niños ricos, vestidos de marineros y conducidos por la institutriz inglesa, ya los mocosos pobres, envueltos en bayeta amarilla, sucios, con caspa en la cabeza y en la mano un pedazo de pan lamido. No aspiraba ella a tener uno solo, sino que quería verse rodeada de una *serie,* desde el pillín de cinco años, hablador y travieso, hasta el rorró de meses que no hace más que reír como un bobo, tragar leche y apretar los puños. Su desconsuelo se manifestaba a cada instante, ya cuando encontraba una bandada que iba al colegio, con sus pizarras al hombro y el lío de libros llenos de mugre, ya cuando le salía al paso algún precoz mendigo cubierto de andrajos, mostrando para excitar la compasión sus carnes sin abrigo y los pies descalzos, llenos de sabañones. Pues como viera los alumnos de la Escuela Pía, con su uniforme galonado y sus guantes, tan limpios y bien puestos que parecían caballeros chiquitos, se los comía con los ojos. Las niñas vestidas de rosa o celeste que juegan a la rueda en el Prado y que parecen flores vivas que se han caído de los árboles; las pobrecitas que envuelven su cabeza en una toquilla agujereada; los que hacen sus primeros pinitos en la puerta de la tienda agarrándose a la pared; los que chupan el seno de sus madres mirando por el rabo del ojo a la persona que se acerca a curiosear; los pilletes que enredan en las calles o en el solar vacío arrojándose piedras y rompiéndose la ropa para desesperación de las madres; las nenas que en Carnaval se visten de chulas y se contonean con la mano clavada en la cintura; las que piden para la Cruz de Mayo; los talluditos que usan ya bastón y ganan premios en los colegios, y los que en las funciones de teatro por la tarde sueltan el grito en la escena más interesante, distrayendo a los actores y enfureciendo al público... todos, en una palabra, le interesaban igualmente.

IV

Y de tal modo se iba enseñoreando de su alma el afán de la maternidad, que pronto empezó a embotarse en ella la facultad de apreciar las ventajas que disfrutaba. Estas llegaron a ser para ella invisibles, como lo es para todos los seres el fundamental medio de nuestra vida, la atmósfera[a]. ¿Pero qué hacía

---

[a] [Todos los bienes carecían de valor si no los iluminaba la sonrisa de un chiquillo, ¡Virgen Santísima!]

Dios que no mandaba uno siquiera de los chiquillos que en número infinito tiene por allá? ¿En qué estaba pensando su Divina Majestad? Y Candelaria, que apenas tenía con qué vivir, ¡uno cada año!... Y que vinieran diciendo que hay equidad en el Cielo... Sí; no está mala justicia la de arriba... sí... ya lo estamos viendo... De tanto pensar en esto, parecía en ocasiones monomaníaca, y tenía que apelar a su buen juicio para no dar a conocer el desatino de su espíritu, que casi casi iba tocando en la ridiculez. ¡Y le ocurrían cosas tan raras...! Su pena tenía las intermitencias más extrañas, y después de largos periodos de sosiego se presentaba impetuosa y aguda, como un mal crónico que está siempre en acecho para acometer cuando menos se le espera. A veces, una palabra insignificante que en la calle o en su casa oyera o la vista de cualquier objeto le encendían de súbito en la mente la llama de aquel tema, produciéndole opresiones en el pecho y un sobresalto inexplicable.

Se distraía cuidando y mimando a los niños de sus hermanas, a los cuales quería entrañablemente; pero siempre había entre ella y sus sobrinitos una distancia que no podía llenar. No eran suyos, no los había *tenido* ella, no se los sentía unidos a sí por un hilo misterioso. Los verdaderamente unidos no existían más que en su pensamiento, y tenía que encender y avivar éste, como una fragua, para forjarse las alegrías verdaderas de la maternidad. Una noche salió de la casa de Candelaria para volverse a la suya poco antes de la hora de comer. Ella y su hermana se habían puesto de puntas por una tontería, porque Jacinta mimaba demasiado a Pepito, nene de tres años, el primogénito de Samaniego. Le compraba juguetes caros, le ponía en la mano, para que las rompiera, las figuras de china de la sala y le permitía comer mil golosinas.

—¡Ah! Si fueras madre de verdad no harías esto...

—Pues si no lo soy, mejor... ¿A ti que te importa?

—A mí nada. Dispensa hija, ¡qué genio!

—Si no me enfado...

—¡Vaya, que estás mimadita[a]!

---

[a] mejor [...] mimadita!: lo seré... y en resumidas cuentas, ¿a ti qué te importa, que lo sea o lo deje de ser?... «Ay, hija, parece que te ha picado un escorpión: no es para tanto». «No, es que parece que tienes celos de que yo quiera tanto a tu hijo...» «¿Yo? Vamos, tú estás loca. ¿Cómo se conoce que no tienes nada que hacer? Estás viciosa y mimada, chica. A ti te vendría bien un trajín como el de esta casa...»

Estas y otras tonterías no tenían consecuencias, y al cuarto de hora se echaban a reír, y en paz. Pero aquella noche, al retirarse, sentía la Delfina ganas de llorar. Nunca se había mostrado en su alma de un modo tan imperioso el deseo de tener hijos. Su hermana la había humillado, su hermana se enfadaba de que quisiera tanto al sobrinito. ¿Y aquello qué era sino celos?... Pues cuando ella tuviera un chico, no permitiría a nadie ni siquiera mirarle... Recorrió el espacio desde la calle de las Hileras a la de Pontejos, extraordinariamente excitada, sin ver a nadie. Llovía un poco y ni siquiera se acordó de abrir su paraguas. El gas de los escaparates estaba ya encendido, pero Jacinta, que acostumbraba pararse a ver las novedades, no se detuvo en ninguna parte. Al llegar a la esquina de la plazuela de Pontejos y cuando iba a atravesar la calle para entrar en el portal de su casa, que estaba enfrente, oyó algo que la detuvo. Corrióle un frío cortante por todo el cuerpo; quedóse parada, el oído atento a un rumor que al parecer venía del suelo, de entre las mismas piedras de la calle. Era un gemido, una voz de la naturaleza animal pidiendo auxilio y defensa contra el abandono y la muerte. Y el lamento era tan penetrante, tan afilado y agudo, que más que voz de un ser viviente parecía el sonido de la prima de un violín herida tenuemente en lo más alto de la escala. Sonaba de esta manera: *miiii...* Jacinta miraba al suelo; porque sin duda el quejido aquel venía de lo profundo de la tierra. En sus desconsoladas entrañas lo sentía ella penetrar, transpasándole como una aguja el corazón. Busca por aquí, busca por allá, vio al fin junto a la acera por la parte de la plaza una de esas hendiduras practicadas en el encintado, que se llaman *absorbederos* en el lenguaje municipal, y que sirven para dar entrada en la alcantarilla al agua de las calles. De allí, sí, de allí venían aquellos lamentos que trastornaban el alma de la Delfina, produciéndole un dolor, una efusión de piedad que a nada pueden compararse. Todo lo que en ella existía de presunción materna, toda la ternura que los éxtasis de madre soñadora habían ido acumulando en su alma se hicieron fuerza activa para responder al *miiiii* subterráneo con otro *miiii* dicho a su manera.

¿A quién pediría socorro?

—Deogracias —gritó llamando al portero.

«Ni falta que me hace... Quédate con Dios...» «Abur, mujer, expresiones en llegando.

Felizmente el portero estaba en la esquina de la calle de la Paz hablando con un conductor del coche-correo, y al punto oyó la voz de su señorita. En cuatro trancos se puso a su lado.

—Deogracias... eso... que ahí suena... mira a ver... —dijo la señorita temblando y pálida.

El portero prestó atención; después se puso de cuatro pies, mirando a su ama con semblante de marrullería y jovialidad.

—Pues... esto... ¡Ah! Son unos gatitos que han tirado a la alcantarilla.

—¡Gatitos!... ¿Estás seguro... pero estás seguro de que son gatitos?

—Sí, señorita; y deben ser de la gata de la librería de ahí enfrente, que parió anoche y no los puede criar todos...

Jacinta se inclinó para oír mejor. El *miiii* sonaba ya tan profundo que apenas se percibía.

—Sácalos —dijo la dama con voz de autoridad indiscutible.

Deogracias se volvió a poner en cuatro pies, se arremangó el brazo y lo metió por aquel hueco. Jacinta no podía advertir en su rostro la expresión de incredulidad, casi de burla. Llovía más, y por el absorbedero empezaba a entrar agua, chorreando dentro con un ruido de freidera que apenas permitía ya oír el ahilado *miiii*. No obstante, la Delfina lo oía siempre bien claro. El portero volvió hacia arriba, como quien invoca al Cielo, su cara estúpida, y dijo sonriendo:

—Señorita, no se puede. Están muy hondos... pero muy hondos.

—¿Y no se puede levantar esta baldosa? —indicó ella, pisando fuerte en ella.

—¿Esta baldosa? —repitió Deogracias, poniéndose de pie y mirando a su ama como se mira a la persona de cuya razón se duda—. Por poderse... avisando al Ayuntamiento... El teniente alcalde Sr. Aparisi, es vecino de casa... Pero...

Ambos aguzaban su oído.

—Ya no se oye nada —observó Deogracias, poniéndose más estúpido—. Se han ahogado...

No sabía el muy bruto la puñalada que daba a su ama con estas palabras, Jacinta, sin embargo, creía oír el gemido en lo profundo. Pero aquello no podía continuar. Empezó a ver la inmensa desproporción que había entre la grandeza de su piedad y la pequeñez del objeto a que la consagraba. Arreció la lluvia, y el absorbedero deglutaba ya una onda gruesa que hacía gargarismos y bascas al chocar con las paredes de aquel gaznate... Jacinta echó a correr hacia la casa y subió. Los

nervios se le pusieron tan alborotados y el corazón tan oprimido, que sus suegros y su marido la creyeron enferma; y sufrió
toda la noche la molestia indecible de oír constantemente el
miiii del absorbedero. En verdad que aquello era una tontería,
quizás desorden nervioso; pero no lo podía remediar. ¡Ah!
Si su suegra sabía por Deogracias lo ocurrido en la calle
¡cuánto se había de burlar! Jacinta se avergonzaba de antemano, poniéndose colorada, sólo de considerar que entraba Barbarita diciéndole con su maleante estilo:

—Pero hija, ¿conque es cierto que mandaste a Deogracias
meterse en las alcantarillas para salvar unos niños abandonados...?

Sólo a su marido, *bajo palabra de secreto,* contó el lance de
los gatitos. Jacinta no podía ocultarle nada, y tenía un gusto
particular en hacerle confianza hasta de las más vanas tonterías que por su cabeza pasaban referentes a aquel tema de la
maternidad. Y Juan, que tenía talento, era indulgente con
estos desvaríos del cariño vacante o de la maternidad sin hijo.
Aventurábase ella a contarle cuanto le pasaba, y muchas cosas
que a la luz del día no osara decir, decíalas en la intimidad y
soledad conyugales, porque allí venían como de molde, porque allí se decían sin esfuerzo cual si se dijeran por sí solas,
porque, en fin, los comentarios sobre la sucesión tenían como
una base en la renovación de las probabilidades de ella[190].

V

Hacía mal Barbarita, pero muy mal, en burlarse de la manía
de su hija. ¡Como si ella no tuviera también su manía, y
buena! Por cierto que llevaba a Jacinta la gran ventaja de
poder satisfacerse y dar realidad a su pensamiento. Era una
viciosa que se hartaba de los goces ansiados, mientras que la
nuera padecía horriblemente por no poseer nunca lo que
anhelaba. La satisfacción del deseo *chiflaba* a la una tanto
como a la otra la privación del mismo.

Barbarita tenía la *chifladura* de las compras. Cultivaba el

[190] Cfr. Joseph Schraibman, *Dreams in the Novels of Galdós,* Nueva York, 1960 y del mismo autor, «Los sueños en *Fortunata y Jacinta*»,
en D. M. Rogers, ed., *Benito Pérez Galdós*, Madrid, 1979, págs. 161-168.

arte por el arte, es decir, la compra por la compra. Adquiría por el simple placer de adquirir, y para ella no había mayor gusto que hacer una excursión de tiendas y entrar luego en la casa cargada de cosas que, aunque no estaban de más, no eran de una necesidad absoluta. Pero no se salía nunca del límite que le marcaban sus medios de fortuna, y en esto precisamente estaba su magistral arte de marchante rica[a].

El vicio aquel, tenía sus depravaciones, porque la señora de Santa Cruz no sólo iba a las tiendas de lujo, sino a los mercados, y recorría de punta a punta los cajones de la plazuela de San Miguel, las pollerías de la calle de la Caza y los puestos de la ternera fina en la costanilla de Santiago. Era tan conocida *doña Barbarita* en aquella zona, que las placeras se la disputaban y armaban entre sí grandes ciscos por la preferencia de una tan ilustre parroquiana.

Lo mismo en los mercados que en las tiendas tenía un auxiliar inestimable, un ojeador que tomaba aquellas cosas cual si en ello le fuera la salvación del alma. Este era Plácido Estupiñá. Como vivía en la Cava de San Miguel, desde que se levantaba, a la primera luz del día, echaba una mirada de águila sobre los cajones de la plaza. Bajaba cuando todavía estaba la gente tomando la mañana en las tabernas y en los cafés ambulantes, y daba un vistazo a los puestos, enterándose del cariz del mercado y de las cotizaciones. Después, bien embozado en la pañosa, se iba a San Ginés, a donde llegaba algunas veces antes de que el sacristán abriera la puerta. Echaba un párrafo con las beatas que le habían cogido la delantera, alguna de las cuales llevaba su chocolatera y cocinilla, y hacía su desayuno en el mismo pórtico de la iglesia. Abierta ésta, se metían todos dentro con tanta prisa como si fueran a coger puesto en una función de gran lleno, y empezaban las misas. Hasta la tercera o la cuarta no llegaba Barbarita, y en cuanto la veía entrar, Estupiñá se corría despacito hasta ella, deslizándose de banco en banco como una sombra, y se le ponía al lado. La señora rezaba en voz baja moviendo los labios. Plácido tenía que decirle muchas cosas, y entrecortaba su rezo para irlas desembuchando.

---

[a] marchante rica: compradora. Ni una sola vez se dio el caso de que comprometiera su peculio, y el intríngulis, el saborete de la manía, estaba principalmente en darse aquellos gustos, llegando siempre a fin de mes con dinero de sobra.

—Va a salir la de D. Germán en la capilla de los Dolores... Hoy reciben congrio en la casa de Martínez; me han enseñado los despachos de Laredo..., llena eres de gracia; el Señor es contigo... coliflor no hay, porque no han venido los arrieros de Villaviciosa por estar perdidos los caminos... ¡Con estas malditas aguas...!, y bendito es el fruto de tu vientre, Jesús...

Pasaba tiempo a veces sin que ninguno de los dos chistara, ella a un extremo del banco, él a cierta distancia, detrás, ora de rodillas, ora sentados. Estupiñá se aburría algunas veces por más que no lo declarase, y le gustaba que alguna beata rezagada o beato sobón le preguntara por la misa: «¿Se alcanza ésta?» Estupiñá respondía que sí o que no de la manera más cortés, añadiendo siempre en el caso negativo algo que consolara al interrogador:

—Pero esté usted tranquilo; va a salir en seguida la del padre Quesada, que es una pólvora...

Lo que él quería era ver si saltaba conversación.

Después de un gran rato de silencio, consagrado a las devociones, Barbarita se volvía a él diciéndole con altanería impropia de aquel santo lugar:

—Vaya, que tu amigo el Sordo nos la ha jugado buena.

—¿Por qué, señora?

—Porque te dije que le encargaras medio solomillo, y ¿sabes lo que me mandó? Un pedazo enorme de contrafalda o babilla y un trozo de espaldilla, lleno de piltrafas y tendones... Vaya un modo de portarse con los parroquianos. Nunca más se le compra nada. La culpa la tienes tú... Ahí tienes lo que son tus *protegidos*...

Dicho esto, Barbarita seguía rezando y Plácido se ponía a echar pestes mentalmente contra el Sordo, un tablajero a quien él... No le protegía; era que *le había recomendado*. Pero ya se las cantaría él muy claras al tal Sordo. Otras familias a quienes le recomendara, quejáronse de que les había dado *tapa del cencerro,* es decir, pescuezo, que es la carne peor, en vez de tapa verdadera. En estos tiempos tan desmoralizados no se puede recomendar a nadie. Otras mañanas iba con esta monserga:

—¡Cómo está hoy el mercado de caza! ¡Qué perdices, señora! Divinidades, verdaderas divinidades.

—No más perdiz. Hoy hemos de ver si Pantaleón tiene buenos cabritos. También quisiera una buena lengua de vaca, *cargada,* y ver si hay ternera fina.

—La hay tan fina, señora, que parece *talmente* merluza.

—Bueno, pues que me manden un buen solomillo y chuletas riñonadas. Ya sabes; no vayas a descolgarte con las agujas cortas del otro día. Conmigo no se juega.

—Descuide usted... ¿Tiene la señora convidados mañana?

—Sí; y de pescados ¿qué hay?

—He *apalabrado* el salmón por si viene mañana... Lo que tenemos hoy es peste de langosta.

Y concluidas las misas, se iban por la calle Mayor adelante en busca de emociones puras, inocentes, logradas con la oficiosidad amable del uno y el dinero copioso de la otra. No siempre se ocupaban de cosas de comer. Repetidas veces llevó Estupiñá cuentos como éste:

—Señora, señora, no deje de ver las cretonas que han recibido los *chicos* de Sobrino... ¡Qué divinidad!

Barbarita interrumpía un *Padrenuestro* para decir, todavía con la expresión de la religiosidad en el rostro:

—¿Rameaditas? Sí, y con golpes de oro. Eso es lo que se estila ahora.

Y en el pórtico, donde ya estaba Plácido esperándola, decía:

—Vamos a casa de los *chicos* de Sobrino.

Los cuales enseñaban a Barbarita, a más de las cretonas, unos satenes de algodón floreados que eran la gran novedad del día; y a la viciosa le faltaba tiempo para comprarle un vestido a su nuera, quien solía pasarlo a alguna de sus hermanas.

Otra embajada:

—Señora, señora, esta ya no se alcanza; pero pronto va a salir la del sobrino del señor cura, que es otro padre Fuguilla por lo pronto que la despacha. Ya recibió Pla los quesitos aquellos..., no recuerdo cómo se llaman.

—Ahora y en la hora de nuestra muerte..., sí, ya... ¡Si son como las rosquillas inglesas que me hiciste comprar el otro día y que olían a viejo...! Parecían de la boda de San Isidro.

A pesar de este regaño, al salir iban a casa de Pla con ánimo de no comprar más que dos libras de pasas de Corinto para hacer un pastel inglés, y la señora se iba enredando, enredando, hasta dejarse en la tienda obra de ochocientos o novecientos reales. Mientras Estupiñá admiraba, de mostrador adentro, las grandes novedades de aquel Museo universal de comestibles, dando su opinión pericial sobre todo, probando ya una galleta de almendra y coco, que parecía *talmente* mazapán de Toledo, ya apreciando por el olor la superioridad del té o de las especias, la dama se tomaba por su cuenta a uno de los

dependientes, que era un Samaniego, y... adiós mi dinero[a].
A cada instante decía Barbarita que no más, y tras la colección de purés para sopas, iban las *perlas del Nizán*, el *gluten de la estrella,* las salsas inglesas, el *caldo de carne de tortuga de mar,* la docena de botellas de Saint-Emilion, que tanto le gustaba a Juanito, el bote de *champignons extra,* que agradaban a D. Baldomero, la lata de anchoas, las trufas y otras menudencias. Del portamonedas de Barbarita, siempre bien provisto, salía el importe, y como hubiera un pico en la suma, tomábase la libertad de suprimirlo *por pronto pago.*

—Ea, chicos, que lo mandéis todo al momento *a casa* —decía con despotismo Estupiñá al despedirse, señalando las compras.

—Vaya, quedaos con Dios —decía doña Bárbara, levantándose de la silla a punto que aparecía el principal por la puerta de la trastienda, y saludaba con mil afectos a su parroquiana, quitándose la gorra de seda.

—Vamos pasando hijo... ¡Ay, qué *ladronicio* el de esta casa!... No vuelvo a entrar más aquí... Abur, abur.

—*Hasta mañana,* señora. A los pies de usted... Tantas cosas a D. Baldomero... Plácido, Dios le guarde.

—Maestro... que haya salud.

Ciertos artículos se compraban siempre al por mayor, y si era posible de primera mano. Barbarita tenía en la médula de los huesos la fibra de comerciante, y se pirraba por sacar el género *arreglado.* Pero, ¡cuán distantes de la realidad habrían quedado estos intentos sin la ayuda del espejo de los corredores, Estupiñá el Grande! ¡Lo que aquel santo hombre andaba para encontrar huevos frescos en gran cantidad...! Todos los polleros de la Cava le traían en palmitas, y él se daba no poca importancia, diciéndoles: «O tenemos formalidad o no tenemos formalidad. Examinemos el artículo, y después se discutirá... calma, hombre, calma.» Y allí era el mirar huevo por huevo al trasluz, el sopesarlos y el hacer mil comentarios sobre su probable antigüedad. Como alguno de aquellos tíos le engañase, ya podía encomendarse a Dios, porque llegaba Estupiñá como una fiera amenazándole con el teniente alcalde, con la inspección municipal y hasta con la horca.

Para el vino, Plácido se entendía con los vinateros de la Cava Baja, que van a hacer sus compras a Arganda, Tarancón

---

[a] y... adiós mi dinero: y entre regateo y regateo, concluían por emborracharse los dos, él en ofrecer y ella en comprar.

o a la Sagra, y se ponía de acuerdo con un medidor para que le tomase una partida de tantos o cuantos cascos, y la remitiese por conducto de un carromatero ya conocido. Ello había de ser género de confianza, *talmente* moro. El chocolate era una de las cosas en que más actividad y celo desplegaba Plácido, porque en cuanto Barbarita le daba órdenes ya no vivía el hombre. Compraba el cacao superior, el azúcar y la canela en casa de Gallo[191], y lo llevaba todo a hombros de un mozo, sin perderlo de vista, a la casa del que hacía las tareas. Los de Santa Cruz no transigían con los chocolates industriales, y el que tomaban había de ser hecho a brazo. Mientras el chocolatero trabajaba, Estupiñá se convertía en mosca, quiero decir que estaba todo el día dando vueltas alrededor de la tarea para ver si se hacía *a toda conciencia,* porque en estas cosas hay que andar con mucho ojo.

Había días de compras grandes y otros de menudencias; pero días sin comprar no los hubo nunca. A falta de cosa mayor, la viciosa no entraba nunca en su casa sin el par de guantes, el imperdible, los polvos para limpiar metales, el paquete de horquillas o cualquier chuchería de los bazares de *todo a real.* A su hijo le llevaba regalitos sin fin, corbatas que no usaba, botonaduras que no se ponía nunca. Jacinta recibía con gozo lo que su suegra llevaba para ella, y lo iba trasmitiendo a sus hermanas solteras y casadas, menos ciertas cosas cuyo traspaso no le permitían. Por la ropa blanca y por la mantelería tenía la señora de Santa Cruz verdadera pasión. De la tienda de su hermano traía piezas enteras de holanda finísima, de batistas y madapolanes. D. Baldomero II y D. Juan I tenían ropa para un siglo[a].

A entrambos les surtía de cigarros la propia Barbarita. El primero fumaba puros, el segundo papel. Estupiñá se encargaba de traer estos peligrosos artículos de la casa de un truchimán que los vendía de *ocultis,* y cuando atravesaba las calles

---

[a] [Al ver aquella pasmosa abundancia de género blanco, Jacinta se ponía tristísima y pensaba así: «El día en que tengamos que ponernos a hacer gorritos, camisetas y mantillas, mamá va a perder la chaveta. Pero ¡ay! ese día no llegará; ya estoy viendo que no llegará nunca.»]

[191] En esta novela «gallinácea» el *Gallo* tiene un protagonismo: como dueño de esta tienda (que Ortiz Armengol [132] localiza en la plazuela de Santo Domingo) y como dueño del café que se hallaba (se verá al final de *Fortunata y Jacinta*) en el «pulpitillo».

de Madrid con las cajas debajo de su capa verde, el corazón le palpitaba de gozo, considerando la trastada que le jugaba a la Hacienda pública y recordando sus hermosos tiempos juveniles. Pero en los liberalescos años de 71 y 72 ya era otra cosa... La policía fiscal no se metía en muchos dibujos. El temerario contrabandista, no obstante, hubiera deseado tener un mal encuentro para probar al mundo entero que era hombre capaz de arruinar la *Renta* si se lo proponía [192]. Barbarita examinaba las cajas y sus marcas, las regateaba, olía el tabaco, escogía lo que le parecía mejor y pagaba muy bien. Siempre tenía D. Baldomero un surtido tan variado como excelente, y el buen señor conservaba, entre ciertos hábitos tenaces del antiguo hortera, el de reservar los cigarros mejores para los domingos.

---

[192] «La lucha popular —cfr. Ortiz Armengol (133)— contra el "consumero" o guardador del impuesto "de consumos" —que gravaba la entrada en las ciudades de las vituallas—, tiene una larga tradición. El transgresor era "el matutero", generalmente un buen jinete, encargado de evitar a las "rondas" armadas... Los "consumos" fueron durante más de un siglo tema político, creador de motines y alteraciones de orden público».

VII

Guillermina, virgen y fundadora

I

De cuantas personas entraban en aquella casa, la más agasajada por toda la familia de Santa Cruz era Guillermina Pacheco[193], que vivía en la inmediata, tía[a] de Moreno Isla y prima de Ruiz-Ochoa, los dos socios principales de la antigua banca de Moreno. Los miradores de las dos casas estaban tan

---

[a] tía: prima hermana.

[193] Galdós, en sus *Memorias de un desmemoriado,* pág. 1.438, después de asegurar que el viaje de novios de los Santa Cruz y la intriga de José Izquierdo, «traficante en niños», eran hechos imaginarios, añadía: «Lo verdaderamente auténtico y real es la figura de la santa Guillermina Pacheco. Tan sólo me he tomado la licencia de variar el nombre. La santa dama fundadora se llamó en el siglo doña Ernestina. Recaudando cuantiosas limosnas, así en palacios como en las cabañas, creó un asilo en cuya iglesia reposan sus cenizas. Esta gloriosa personalidad merece a todas luces la canonización». La *santidad* de Guillermina (dejemos a un lado al modelo, doña Ernestina M. de Villena, que fundó un Asilo de Huérfanos) ha sido motivo de unos interesantes análisis. Cfr. L. V. Braun, «Problems of literary creation in five characters of Galdós' *Fortunata y Jacinta*», Tesis doctoral, Madison, 1962; de la misma autora, «Galdós' re-creation of Ernestina Manuel de Villena as Guillermina Pacheco», *Hispanic Review,* 38 (1970), págs. 32-55; J. L. Brooks, «The character of Doña Guillermina Pacheco in Galdós' novel, *Fortunata y Jacinta*», *Bulletin of Hispanic Studies,* 38 (1961), págs. 86-94.

próximos, que por ellos se comunicaba doña Bárbara con su amiga, y un toquecito en los cristales era suficiente para establecer la correspondencia.

Guillermina entraba en aquella casa como en la suya, sin etiqueta ni cumplimiento alguno. Ya tenía su lugar fijo en el gabinete de Barbarita, una silla baja; y lo mismo era sentarse que empezar a hacer media o a coser. Llevaba siempre consigo un gran lío o cesto de labor, calábase los anteojos, cogía las herramientas, y ya no paraba en toda la noche. Hubiera o no en las otras habitaciones gente de cumplido, ella no se movía de allí ni tenía que ver con nadie. Los amigos asiduos de la casa, como el marqués de Casa-Muñoz, Aparisi o Federico Ruiz, la miraban ya como se mira lo que está siempre en un mismo sitio y no puede estar en otro. Los de fuera y los de dentro trataban con respeto, casi con veneración, a la ilustre señora, que era como una figurita de nacimiento, menuda y agraciada, la cabellera con bastantes canas, aunque no tantas como la de Barbarita, las mejillas sonrosadas, la boca risueña, el habla tranquila y graciosa, y el vestido humildísimo[a].

Algunos días iba a comer allí, es decir, a sentarse a la mesa. Tomaba un poco de sopa, y en lo demás no hacía más que picar. D. Baldomero solía enfadarse y le decía:

—Hija de mi alma, cuando quieras hacer penitencia no vengas a mi casa. Observo que no pruebas aquello que más te gusta. No me vengas a mí con cuentos. Yo tengo buena memoria. Te oí decir muchas veces en casa de mi padre que te gustaban las codornices, y ahora las tienes aquí y no las pruebas. ¡Qué no tienes gana!... Para esto siempre hay gana. Y veo que no tocas el pan... Vamos, Guillermina, que perdemos las amistades...

Barbarita, que conocía bien a su amiga, no machacaba como D. Baldomero, dejándola comer lo que quisiese o no comer nada. Si por acaso estaba en la mesa el gordo Arnaiz, se permitía algunas cuchufletas de buen género sobre aquellos antiquísimos estilos de santidad, consistentes en no comer.

—Lo que entra por la boca no daña al alma. Lo ha dicho San Francisco de Sales nada menos.

La de Pacheco, que tenía buenas despachaderas, no se quedaba callada, y respondía con donaire a todas las bromas sin enojarse nunca. Concluida la comida, se diseminaban los comensales, unos a tomar café al despacho y a jugar al tresillo,

---

[a] graciosa y el vestido humildísimo: se vestía como las beatas.

otros a formar grupos más o menos animados y chismosos, y Guillermina a su sillita baja y al teje maneje de las agujas. Jacinta se le ponía al lado y tomaba muy a menudo parte en aquellas tareas, tan simpáticas a su corazón. Guillermina hacía camisolas, calzones y chambritas para sus ciento y pico de hijos de ambos sexos.

Lo referente a esta insigne dama lo sabe mejor que nadie Zalamero, que está casado con una de las chicas de Ruiz-Ochoa. Nos ha prometido escribir la biografía de su excelsa pariente cuando se muera, y entretanto no tiene reparo en dar cuantos datos se le pidan, ni en rectificar a ciencia cierta las versiones que el criterio vulgar ha hecho correr sobre las causas que determinaron en Guillermina, hace veinticinco años, la pasión de la beneficencia. Alguien ha dicho que amores desgraciados la empujaron a la devoción primero, a la caridad propagandista y militante después. Mas Zalamero asegura que esta opinión es tan tonta como falsa. Guillermina, que fue bonita y aun un poquillo presumida, no tuvo nunca amores, y si los tuvo no se sabe absolutamente nada de ellos. Es un secreto guardado con sepulcral reserva en su corazón. Lo que la familia admite es que la muerte de su madre la impresionó tan vivamente, que hubo de proponerse, como el otro, *no servir a más señores que se le pudieran morir*. No nació aquella sin igual mujer para la vida contemplativa. Era un temperamento soñador, activo y emprendedor; un espíritu con ideas propias y con iniciativas varoniles. No se le hacía cuesta arriba la disciplina en el terreno espiritual; pero en el material sí, por lo cual no pensó nunca en afiliarse a ninguna de las órdenes religiosas más o menos severas que hay en el orbe católico. No se reconocía con bastante paciencia para encerrarse y estar todo el santo día bostezando el *gori gori,* ni para ser soldado en los valientes escuadrones de Hermanas de la Caridad. La llama vivísima que, en su pecho ardía no le inspiraba la sumisión pasiva, sino actividades iniciadoras que debían desarrollarse en la libertad. Tenía un carácter inflexible y un tesoro de dotes de mando y de facultades de organización que ya quisieran para sí algunos de los hombres que dirigen los destinos del mundo. Era mujer que cuando se proponía algo iba a su fin, derecha como una bala, con perseverancia grandiosa sin torcerse nunca ni desmayar un momento, inflexible y serena. Si en este camino recto encontraba espinas, las pisaba y adelante, con los pies ensangrentados.

Empezó por unirse a unas cuantas señoras nobles amigas

suyas que habían establecido asociaciones para socorros domiciliarios, y al poco tiempo Guillermina sobrepujó a sus compañeras. Éstas lo hacían por vanidad, a veces de mala gana; aquélla trabajaba con ardiente energía, y en esto se le fue la mitad de su legítima. A los dos años de vivir así, se la vio renunciar por completo a vestirse y ataviarse como manda la moda que se atavíen las señoras. Adoptó el traje liso de merino negro, el manto, pañolón oscuro cuando hacía frío, y unos zapatones de paño holgados y feos. Tal había de ser su empaque en todo el resto de sus días.

La asociación benéfica a que pertenecía no se acomodaba al ánimo emprendedor de Guillermina, pues quería ella picar más alto, intentando cosas verdaderamente difíciles y tenidas por imposibles. Sus talentos de fundadora se revelaron entonces, asustando a todo aquel señorío que no sabía salir de ciertas rutinas. Algunas amigas suyas aseguraron que estaba loca, porque demencia era pensar en la fundación de un asilo para huerfanitos, y mayor locura dotarle de recursos permanentes. Pero la infatigable iniciadora no desmayaba, y el asilo *fue hecho,* sosteniéndose en los tres primeros años de su difícil existencia con parte de la renta que le quedaba a Guillermina y con los donativos de sus parientes ricos. Pero de pronto la institución empezó a crecer; se hinchaba y cundía como con las miserias humanas, y sus necesidades subían en proporciones aterradoras. La dama pignoró los restos de su legítima; después tuvo que venderlos. Gracias a sus parientes, no se vio en el trance fatal de tener que mandar a la calle a los asilados a que pidieran limosna para sí y para la fundadora. Y al propio tiempo repartía periódicamente cuantiosas limosnas entre la gente pobre de los distritos de la Inclusa y Hospital; vestía muchos niños, daba ropa a los viejos, medicinas a los enfermos, alimentos y socorros diversos a todos. Para no suspender estos auxilios y seguir sosteniendo el asilo era forzoso buscar nuevos recursos. ¿Dónde y cómo? Ya las amistades y parentescos estaban tan explotados, que si se tiraba un poco más de la cuerda, era fácil que se rompiera. Los más generosos empezaban a poner mala cara, y los cicateros, cuando se les iba a cobrar la cuota, decían que no estaban en casa.

—Llegó un día —dijo Guillermina, suspendiendo su labor para contar el caso a varios amigos de Barbarita—, en que las cosas se pusieron muy feas. Amaneció aquel día, y los veintitrés pequeñuelos de Dios que yo había recogido y que estaban en una casucha baja y húmeda de la calle de Zarzal, aposentados como conejos, no tenían qué comer. Tirando de aquí y de allá, podían pasar aquel día; pero ¿y el siguiente? Yo no tenía ya ni dinero ni quien me lo diera. Debía no sé cuántas fanegas de judías, doce docenas de alpargatas, tantísimas arrobas de aceite; no me quedaba que empeñar o que vender más que el rosario. Los primos, que me sacaban de tantos apuros, ya habían hecho los imposibles... Me daba vergüenza de volver a pedirles. Mi sobrino Manolo, que solía ser mi paño de lágrimas, estaba en Londres. Y suponiendo que mi primo Valeriano me tapase mis veintitrés bocas (y la mía veinticuatro) por unos cuantos días, ¿cómo me arreglaría después? Nada, nada, era indispensable arañar la tierra y buscar cuartos de otra manera y por otros medios.

»El día aquel fue día de prueba para mí. Era un viernes de Dolores, y las siete espadas, señores míos, estaban clavadas aquí... Me pasaban como unos rayos por la frente. Una idea era lo que yo necesitaba, y más que una idea, valor, sí, valor para lanzarme... De repente noté que aquel valor tan deseado entraba en mí, pero un valor tremendo, como el de los soldados cuando se arrojan sobre los cañones enemigos... Trinqué la mantilla y me eché a la calle. Ya estaba decidida, y no crean, alegre como unas Pascuas, porque sabía lo que tenía que hacer. Hasta entonces yo había pedido a los amigos; desde aquel momento pediría a todo bicho viviente, iría de puerta en puerta con la mano así... Del primer tirón me planté en casa de una duquesa extranjera, a quien no había visto en mi vida. Recibióme con cierto recelo; me tomó por una trapisondista; pero a mí, ¿qué me importaba? Dióme la limosna, y en seguida, para alentarme y apurar el cáliz de una vez, estuve dos días sin parar subiendo escaleras y tirando de las campanillas. Una familia me recomendaba a otra, y no quiero decir a ustedes las humillaciones, los portazos y los desaires que recibí. Pero el dichoso maná iba cayendo a gotitas a gotitas... Al poco tiempo vi que el negocio iba mejor de lo que yo esperaba. Algunos me recibían casi con palio; pero la mayor parte se quedaban fríos, mascullando excusas y buscando pretextos para no darme un céntimo. «Ya ve usted, hay tantas atenciones... no se cobra... el Gobierno se lo lleva todo con las contribuciones...» Yo les tranquilizaba. «Un *perro chico,* un *perro chico* es lo que me hace falta.» Y aquí me daban el *perro,* allá el duro, en otra parte el billetito de cinco o de diez... o nada. Pero yo tan campante. ¡Ah! señores, este oficio tiene muchas quiebras. Un día subí a un cuarto segundo que me había recomendado no sé quién. La tal recomendación fue una broma estúpida. Pues señor, llamo, entro, y me salen tres o cuatro tarascas... ¡Ay, Dios mío, eran mujeres de mala vida!... Yo, que veo aquello... lo primero que me ocurrió fue echar a correr. «Pero no —me dije—, no me voy. Veremos si les saco algo.» Hija, me llenaron de injurias, y una de ellas se fue hacia dentro y volvió con una escoba para pegarme. ¿Qué creen ustedes que hice? ¿Acobardarme? Quiá. Me metí más adentro y les dije cuatro frescas... pero bien dichas... ¡Bonito genio tengo yo...! ¡Pues creerán ustedes que les saqué dinero! Pásmense, pásmense... La más desvergonzada, la que me salió con la escoba fue a los dos días a mi casa a llevarme un napoleón.

»Bueno... pues verán ustedes. La costumbre de pedir me ha ido dando esta bendita cara de vaqueta que tengo ahora. Conmigo no valen desaires ni sé ya lo que son sonrojos. He perdido la vergüenza. Mi piel no sabe ya lo que es ruborizarse, ni mis oídos se escandalizan por una palabra más o menos fina. Ya me pueden llamar *perra judía;* lo mismo que si me llamaran *la perla de Oriente;* todo me suena igual... No veo más que mi objeto, y me voy derechita a él sin hacer caso de nada. Esto me da tantos ánimos que me atrevo con todo. Lo mismo le pido al Rey que al último de los obreros. Oigan ustedes este golpe: Un día dije: «Voy a ver a D. Amadeo.» Pido mi audiencia, llego, entro, me recibe muy serio. Yo, imperturbable, le hablé de mi asilo y le dije que esperaba algún auxilio de su real munificencia. «¿Un asilo de ancianos?» —me preguntó. «No señor, de niños.» «¿Son muchos?» Y no dijo más. Me miraba con afabilidad. ¡Qué hombre! ¡Qué bocaza! Mandó que me dieran seis mil *gueales*... Luego vi a doña María Victoria, ¡qué excelente señora! Hízome sentar a su lado; tratábame como su igual; tuve que darle mil noticias del asilo, explicarle todo... Quería saber lo que comen los pequeños, qué ropa les pongo... En fin, que nos hicimos amigas... Empeñada en que fuera yo allá todos los días... A la semana siguiente me mandó montones de ropa, piezas de tela y suscribió a sus niños por una cantidad mensual[194].

»Conque ya ven ustedes cómo así, a lo tonto a lo tonto,

---

[194] Guillermina recibe supuestamente la protección del rey Amadeo y de su esposa, doña María Victoria, duquesa de Aosta. Su modelo, doña Ernestina, recibió protección de Alfonso XII. Cfr. Javier Vales Failde, *Ernestina Manuel de Villena*, Madrid, 1908.

ha venido sobre mi asilo el pan de cada día. La suscripción fija creció tanto que al año pude tomar la casa de la calle de Alburquerque, que tiene un gran patio y mucho desahogo. He puesto una zapatería para que los muchachos grandecitos trabajen, y dos escuelas para que aprendan. El año pasado eran sesenta y ya llegan a ciento diez. Se pasan apuros; pero vamos viviendo. Un día andamos mal y al otro llueven provisiones. Cuando veo la despensa vacía, *me echo a la calle,* como dicen los revolucionarios, y por la noche ya llevo a casa la libreta para tantas bocas. Y hay días en que no les falta su extraordinario, ¿qué creían ustedes? Hoy les he dado un arroz con leche, que no lo comen mejor los que me oyen. Veremos si al fin me salgo con la mía, que es un grano de anís, nada menos que levantarles un edificio de nueva planta, un verdadero palacio con la holgura y la distribución convenientes, todo muy propio, con departamento de esto, departamento de lo otro, de modo que me quepan allí doscientos o trescientos huérfanos, y puedan vivir bien y educarse y ser buenos cristianos.

II

—Un edificio *ad hoc* —dijo con incredulidad el marqués de Casa-Muñoz, que era uno de los presentes.

—*Ad... hoc,* sí señor —replicó Guillermina, acentuando las dos palabras latinas—. Pues está usted adelantado de noticias. ¿No sabe que tengo el terreno y los planos, y que ya me están haciendo el vaciado? ¿Sabe usted el sitio? Más abajo del que ocupan las *Micaelas*[195], esas que recogen y corrigen las muje-

---

[195] Sobre las Micaelas, que va a tener en *Fortunata y Jacinta* un gran protagonismo, cfr. el artículo de Ortiz Armengol, «El convento de las Micaelas», *La Estafeta Literaria,* 15 de octubre de 1974, y Mauricio López Roberts, «Los hogares de Fortunata», *Blanco y Negro,* 12 de septiembre de 1926. Tal vez, como apunta Ortiz Armengol, al bautizar Galdós a este convento con el nombre de «las Micaelas» operase en el fondo de su memoria el nombre de doña Micaela Desmaisières, hija de los condes de la Vega del Pozo y que recibió ella el título de vizcondesa de Jorbalán. (Sería además otro modelo posible, como el admitido por Galdós de Ernestina M. de Villena, para crear el personaje de Guillermina Pacheco.) La vizcondesa de Jorbalán fundó en la calle del duque de Osuna (entre Princesa y la calle Santa María Micaela) un instituto llamado *de Desamparadas, adoratri-*

res perdidas. El arquitecto y los delineantes me trabajan gratis. Ahora no pido sólo dinero, sino ladrillo recocho y pintón. Conque a ver...

—¿Tiene usted ya la memoria de cantería? —preguntó con vivo interés Aparisi, que era hombre fuerte en negocio de berroqueña.

—Sí, señor. ¿Me quiere usted dar algo?

—Le doy a usted —dijo Aparisi, acompañando su generosidad de un gesto imperial—, la friolera de sesenta metros cúbicos de piedra sillar que tengo en la Guindalera.

—¿A cómo? —preguntó Guillermina, mirándole con los ojos guiñados y apuntándole con la aguja de media.

—A nada... La piedra es de usted.

—Gracias, Dios se lo pague. Y el marqués, ¿qué me da?

—Pues yo... ¿Quiere usted dos vigas de hierro de doble T que me sobraron de la casa de la Carrera?

—¿Pues no las he de querer? Yo lo tomo todo, hasta una llave vieja, para cuando se acabe el edificio. ¿Saben ustedes lo que me llevé ayer a casa? Cuatro azulejos de cocina, un grifo y tres paquetitos de argollas. Todo sirve, amigos. Si en algún tejar me dan cuatro ladrillos, los acepto y a la obra con ellos. ¿Ven ustedes cómo hacen los pájaros sus nidos? Pues yo construiré mi palacio de huérfanos cogiendo aquí una pajita y allá otra. Ya se lo he dicho a Bárbara, no ha de tirar ni un clavo, aunque esté torcido, ni una tabla, aunque esté rota. Los sellos de correo se venden, las cajas de cerillas también... ¿Con qué creen ustedes que he comprado yo el gran lavabo que tenemos en el asilo? Pues juntando cabos de vela y vendiéndolos al peso. El otro día me ofrecieron una petaca de cuero de Rusia. «¿Para qué le sirve eso?» dirán estos señores. Pues me sirvió para hacer un regalo a uno de los delineantes que trabajan en el proyecto... ¿Ven ustedes a este marqués de Casa-Muñoz, que me está oyendo y me ha ofrecido dos vigas de doble T? Bueno: ¿cuánto apuestan a que le saco algo más? ¿Pues qué, creen ustedes que el señor marqués tiene sus grandes yeserías de Vallecas para ver estos apuros míos y no acudir a ellos?

—Guillermina —dijo Casa-Muñoz algo conmovido—,

_____
ces del *Santísimo Sacramento*, «para recogimiento de jóvenes extraviadas o en peligro próximo de perderse por falta de instrucción, que quieran acogerse». Cfr. Fernández de los Ríos, *Guía de Madrid*, página 618.

cuente usted con doscientos quintales, y del blanco, que es a nueve reales.

—¿Qué dije yo? Bueno. Y este señor de Ruiz, ¿qué hará por mí?

—Hija de mi alma, yo no tengo ni un clavo ni una astilla, pero le juro a usted por mi salvación que un domingo me salgo por las afueras y robo una teja para llevársela a usted... robaré dos, tres, una docena de tejas... Y hay más. Si quiere usted mis dos comedias, mis folletos sobre la *Unión ibérica*[196] y sobre la *Organización de los bomberos en Suiza,* mi obra de los *Castillos,* todo está a su disposición. Diez ejemplares de cada cosa para que haga lotes en una *tómbola.*

—¿Lo ven ustedes? Cae el maná, cae. Si en estas cosas no hay más que ponerse a ello... Mi amigo Baldomero también me dará algo.

—Las campanas —dijo el insigne comerciante—, y si me apuran, el pararrayos y las veletas. Quiero concluir el edificio, ya que el amigo Aparisi lo quiere empezar.

—La primera piedra no hay quien me la quite, —expresó Aparisi con toda la hinchazón de su amor propio.

—Algo más daremos, ¿verdad Baldomero? —apuntó Barbarita—, por ejemplo, toda la capilla, con su órgano, altares, imágenes...

—Todo lo que tú quieras, hija. Y eso que las *Micaelas* nos han llevado un pico. Les hemos hecho casi la mitad del edificio. Pero ahora le toca a Guillermina. Ya sabe ella dónde estamos.

El grupo que rodeaba a la fundadora se fue disolviendo. Algunos, creyendo sin duda que lo que allí se trataba más era broma que otra cosa, se fueron al salón a hablar *seriamente* de política y negocios. D. Baldomero, que deseaba echar aquella noche una partida de mus, el juego clásico y tradicional de los

---

[196] Sobre la Unión Ibérica, cfr. Teodoro M. Martín, «El movimiento iberista en el siglo XIX», en *Homenaje al Profesor A. Domínguez Ortiz,* Madrid, 1980, págs. 649-663. Berkowitz, págs. 185-186, señala que durante el viaje de Galdós y Pereda a Portugal de 1885, «like many another Spanish intellectual, he (Galdós) favored pan-Iberianism and sanguinely hoped that some day Spain and Portugal might form a powerful sovereign block in the international affairs of the European continent». A su llegada a Madrid, recuerda Galdós en *Memorias de un desmemoriado,* pág. 1.437: «Sin acordarme ya de Galicia ni de Portugal, cogí la pluma y con elementos que de antemano había reunido me puse a escribir *Fortunata y Jacinta.*»

comerciantes de Madrid, esperó a que entrase Pepe Samaniego, que era maestro consumado, para armar la partida. Durante un largo rato no se oía en el salón más que *envido a la chica... envido a los pares... órdago.*

Las tres señoras estuvieron un momento solas, hablando de aquel proyecto de Guillermina, que seguía cose que te cose, ayudada por Jacinta. Hacía algún tiempo que a ésta se le había despertado vivo entusiasmo por las empresas de la Pacheco, y a más de reservarle todo el dinero que podía, se picaba los dedos cosiendo para ella durante largas horas. Es que sentía un cierto consuelo en confeccionar ropas de niño y en suponer que aquellas mangas iban a abrigar bracitos desnudos. Ya había hecho dos visitas al asilo de la calle de Alburquerque[197] y acompañado una vez a Guillermina en sus excursiones a las miserables zahurdas donde viven los pobres de la Inclusa[198] y Hospital[a].

---

[a] [Barbarita intentó ir, pero no pudo decidirse. Era caritativa; pero de lejos, y se afectaba demasiado con ciertos espectáculos. «Dichosa tú que puedes —decía a su nuera—. Yo no tengo tu estómago ni el valor de esta Guillermina, que parece mujer de otro mundo.]

[197] Según Ortiz Armengol este Asilo sería invención de Galdós, «pero —añade— en la calle de Alburquerque —de Fuencarral a Garcilaso de la Vega, barrio de Chamberí— estuvo hasta 1970 un Asilo de Huérfanos, en la manzana Alburquerque, Garcilaso, Luchana y Trafalgar, desde entonces un gran solar...» (139).

[198] El 8 de mayo de 1572, la cofradía de Nuestra Señora de la Soledad y de las Angustias (fundada en 1567 en el convento de La Victoria) decidió emplear el dinero sobrante del culto de la capilla en «recoger los niños recién nacidos expuestos en los portales, escaleras de las casas, y en otros lugares inmundos, criándolos a expensas de las limosnas...» (Madoz, *Diccionario*, X, pág. 875). Fernández de los Ríos, *Guía de Madrid,* pág. 609, y Mesonero Romanos, *Manual,* páginas 333-334, explican cuál es el origen del nombre de la Inclusa, que según ellos es degeneración del nombre de una ciudad holandesa, Enkuissen o Enckuisen, desde la que trajo un soldado español en tiempos de Felipe II una imagen de la Virgen, que es la que se venera en la iglesia del Asilo. Mesonero Romanos, *Manual,* págs. 334-337, hace una detallada descripción del Hospital General, al que imagino se habrá de referir aquí Galdós. (Mesonero cita un total de diecisiete hospitales.) Bahamonde y Toro, *Burguesía, especulación y...,* pág. 49, citan este texto de *El Clamor Público* (24 de septiembre de 1848): «El Hospital General, que no solía tener más de 800 enfermos, cuenta en el día 1.200 a lo menos; la Inclusa, que hace pocos años sostenía 2.000 expósitos, mantiene 4.000; el Hospicio, que tenía 800 pobre, tiene 1.200... de manera que el número

Había que oírla cuando volvió de aquella su primera visita a los barrios del Sur.

—¡Qué desigualdades! —decía, desflorando sin saberlo el problema social—. Unos tanto y otros tan poco. Falta equilibrio y el mundo parece que se cae. Todo se arreglaría si los que tienen mucho dieran lo que les sobra a los que no poseen nada. ¿Pero qué cosa sobra?... Vaya usted a saber. Guillermina aseguraba que se necesita mucha fe para no acobardarse ante los espectáculos que la miseria ofrece.

—Porque se encuentran almas buenas, sí —decía—; pero también mucha ingratitud. La falta de educación es para el pobre una desventura mayor que la pobreza. Luego la propia miseria les ataca el corazón a muchos y se los corrompe. A mí me han insultado; me han arrojado puñados de estiércol y tronchos de berza; me han llamado *tía bruja*...

A Barbarita le daba aquella noche por hablar de arquitectura y no perdía ripio. Entró a la sazón Moreno Isla, y le recibieron con exclamaciones de alegría. Llamóle la señora y le dijo:

—¿Tiene usted cascote?

Las tres se reían viendo la sorpresa y confusión de Moreno, que era una excelente persona, como de cuarenta y cinco años, célibe y riquísimo, de aficiones tan inglesas que se pasaba en Londres la mayor parte del año; alto, delgado y de muy mal color porque estaba muy delicado de salud.

—Que si tengo cascote... ¿Es para usted?

—Usted conteste y no sea como los gallegos, que cuando se les hace una pregunta hacen otra. Puesto que está usted de derribo, ¿tiene cascote, sí o no?

—Sí que lo tengo... y pedernal magnífico. A sesenta reales el carro, todo lo que usted quiera. El cascote a ocho reales... ¡Ah, tonto de mí! Ya sé de qué se trata. La santurrona les está embaucando con las fantasmagorías del asilo que va a edificar... Cuidado, mucho cuidado con los timos. Antes de que ponga la primera piedra, nos llevará a todos a San Bernardino[199].

de acogidos que sostiene hoy la beneficencia es doble del que tenía anteriormente.»

[199] Mesonero *(Manual,* pág. 518), Madoz *(Diccionario,* X, página 886) y Fernández de los Ríos *(Guía de Madrid,* pág. 611) dan datos sobre el Asilo de San Bernardino que había sido monasterio de frailes gilitos hasta 1834, en que el alcalde de Madrid, el marqués viudo de

—Cállate, que ya saben todos lo avariento que eres. Si no te pido nada, roñoso, cicatero. Guárdate tus carros de pedernal, que ya te los pondrán en la balanza el día del gran saldo final, ya sabes, cuando suenen las trompetas aquellas, sí, y entonces, cuando veas que la balanza se te cae del lado de la avaricia, dirás: «Señor, quítame estos carros de piedra y cascote que me hunden en el Infierno», y todos diremos: «No, no, no... échenle carga, que es muy malo.»

—Con poner en el otro platillo los perros grandes y chicos que me has sacado, me salvo —díjole Moreno riendo y manoseándole la cara.

—No me hagas carantoñas, sobrinillo: Si crees que eso te vale, gran miserable, usurero, recocho en dinero —repitió Guillermina con tono y sonrisa de chanza benévola—. ¡Qué hombres estos! Todavía quieres más, y estás derribando una manzana de casas viejas para hacer casas domingueras y sacarles las entrañas a los pobres.

—No hagan ustedes caso de esta *rata eclesiástica* —indicó Moreno, sentándose entre Barbarita y Jacinta—. Me está arruinando. Voy a tener que irme a un pueblo porque no me deja vivir. Es que no me puedo descuidar. Estoy en casa vistiéndome... siento un susurro, algo así como paso de ladrones; miro, veo un bulto, doy un grito... Es ella, la rata que ha entrado y se va escurriendo por entre los muebles. Nada; por pronto que acudo, ya mi querida tía me ha registrado la ropa que está en el perchero y se ha llevado todo lo que había en el bolsillo del chaleco.

La fundadora, atacada de una hilaridad convulsiva, se reía con toda su alma.

—Pero ven acá, pillo —dijo secándose las lágrimas que la risa había hecho brotar de sus ojos—, si contigo no valen

---

Pontejos, lo convirtió en una institución para albergar a vagabundos y pobres, de cualquier edad y sexo, que se encontraran por las calles pidiendo. En 1842 el ayuntamiento, que lo había estado subvencionando junto con inscripciones voluntarias de particulares, dispuso unirlo a la dirección del Hospicio. Fernández de los Ríos dice de la vida que llevaban en esta casa los recogidos: «Al mendigo allí acogido se le proporciona alimento, vestido, enseñanza de un oficio, si no tiene ninguno, si lo tiene, ocupación en los talleres de la casa o en el servicio interior de ella, así a los hombres como a las mujeres y a cada cual, según su edad, su aptitud e inclinación. Fuera del asilo uno de los principales servicios que prestan actualmente es la asistencia con hachas a los funerales, mediante una retribución siempre módica.»

buenos medios. Anda, hijo, el que te roba a ti..., ya sabes el refrán... el que te roba a ti se va al Cielo derecho.

—A dónde vas tú a ir es al *Modelo* [200]...

—Cállate la boca, bobón, y no me denuncies, que te traerá peor cuenta...

No siguió este diálogo, que prometía dar mucho juego, porque del salón llamaron a Moreno con enérgica insistencia. Oíase desde el gabinete rumor de un hablar vivo, y la mezclada agitación de varias voces, entre las cuales se distinguían claramente las de Juan, Villalonga y Zalamero, que acababan de entrar.

Moreno fue allá, y Guillermina que aún no había acabado de reír, decía a sus amigas:

—Es un angelón... No tenéis idea de la pasta celestial de que está formado el corazón de este hombre.

Barbarita no tenía sosiego hasta no enterarse del por qué de aquel tumulto que en el salón había. Fue a ver y volvió con el cuento:

—Hijas, que el Rey se marcha [201].

—¡Qué dices, mujer!

—Que D. Amadeo, cansado de bregar con esta gente, tira la

---

[200] En 1844, en la calle Real del Barquillo, 16, se creó este presidio para servir de modelo a los demás de España y para escuela práctica de empleados. El edificio era el del convento ruinoso de San Vicente Paúl. Se inauguró en abril de 1845 con la presencia de Isabel II. Se eligieron de entre los demás presidios a los presos que supiesen algún arte, profesión u oficio, estableciendo talleres de tejidos, zapatería, sastrería, talabardería, alpargatería, peinería, hojalatería, estampado de percales y pinturas de trasparentes, carpintería, ebanistería, tornería, grabado y fundición, calderería, armería y herrería. La educación de los penados también abarcaba la religión, lectura, escritura, aritmética. Así se intentaba hacerles miembros útiles socialmente. A partir de febrero de 1848 el Modelo se denominó sólo *presidio de Madrid,* teniendo entonces 350 confinados y habiéndose reducido los talleres a la producción de lo necesario para el vestuario y utensilios de otros presidios de la Península. (Cfr. Madoz, *Diccionario,* X, págs. 899-900.)

[201] Amadeo I, que entró en un Madrid nevado el 2 de enero de 1871, abdicó el 11 de febrero de 1873. En *Amadeo I (O. C., Episodios,* V, págs. 332-333) escribía Galdós: «Por aquel cálido y tempestuoso ambiente (del Congreso) corría como centella esta frase lumínica: «El Rey abdica.» Pepe Ferreras, que por su autoridad y claro sentido de las cosas formaba corrillo en cuanto hablaba, puso el paño al púlpito y nos dijo: —Don Amadeo se va; don Amadeo vuelve la espalda a este pueblo de orates y nos deja entregados a nuestras propias locuras.»

corona por la ventana, y dice: «Vayan ustedes a marear al Demonio.»

—¡Todo sea por Dios! —exclamó Guillermina dando un suspiro y volviendo imperturbable a su trabajo.

Jacinta pasó al salón, más que por enterarse de las noticias, por ver a su marido que aquel día no había comido en casa.

—Oye —le dijo en secreto Guillermina, deteniéndola, y ambas se miraban con picardía—; con veinte duros que le sonsaques hay bastante[202].

III

—En Bolsa no se supo nada. Yo lo supe en el Bolsín a las diez —dijo Villalonga—. Fui al Casino a llevar la noticia. Cuando volví al Bolsín, se estaba haciendo el consolidado a 20[203].

---

[202] En unos momentos históricos tan «cálidos y tempestuosos», Jacinta y Guillermina, haciendo gala de una postura asocial, solamente se preocupaban —lo cual es muy significativo— de sus personales problemas y obsesiones. Cfr. también las palabras que abren el capítulo VIII, I, de esta parte primera: «Los pensamientos nacidos de las conversaciones de aquella noche, huyeron pronto de la mente de Jacinta. ¿Qué le importaba a ella que hubiese República o Monarquía, ni que don Amadeo se fuera o se quedase? Más le importaba la conducta de aquel ingrato que a su lado dormía tan tranquilo.»

[203] Aunque sobre la Bolsa hay un trabajo en tres voluminosos tomos de J. A. Torrente Fortuño, *Historia de la Bolsa de Madrid*, Madrid, 1974, Vicens Vives en un apartado de su *Historia Social y Económica*, V, págs. 235-237, titulado «La Bolsa y el movimiento bursátil», clarifica para nosotros mejor los términos «Bolsa», «Bolsín» y «Casino». Cito a Vicens Vives, *passim:* «La Bolsa de Madrid se instituyó por R. D. (Real Decreto) de 20 de septiembre de 1831. La fecha es significativa. Es el momento de los grandes empréstitos exteriores de Fernando VII y aquel en que los capitalistas —emigrados o no— alcanzan un lugar relevante en la orientación de la monarquía... Durante sus primeros años de vida, la Bolsa de Madrid se mostró muy prudente en sus especulaciones, aunque reflejando con rapidez alteraciones de pulso la reacción del capital ante las contingencias políticas. Pero a favor de la coyuntura alcista del siglo (1845-1846) se desató un verdadero frenesí especulativo... A partir de la ley de febrero de 1854 se inaugura un segundo periodo en la Bolsa española. La construcción de ferrocarriles y las inversiones extranjeras, el desarrollo de las sociedades anónimas a estilo extranjero, provocará la presencia en el mercado bursátil de papel no estatal,

—Lo hemos de ver a 10, señores —dijo el marqués de Casa-Muñoz en tono de Hamlet.

—¡El Banco a 175...! —exclamó D. Baldomero pasándose la mano por la cabeza, y arrojando hacia el suelo una mirada fúnebre.

—Perdone usted, amigo —rectificó Moreno Isla—. Está a 172, y si usted quiere comprarme las mías a 170, ahora mismo las largo. No quiero más papel de la querida patria. Mañana me vuelvo a Londres.

—Sí —dijo Aparisi poniendo semblante profético—; porque la que se va a armar ahora aquí, será de órdago.

—Señores, no seamos impresionables —indicó el marqués de Casa-Muñoz, que gustaba dominar las situaciones con mirada alta—. Ese buen señor se ha cansado; no era para menos; ha dicho: «Ahí queda eso.» Yo en su caso habría hecho lo mismo. Tendremos algún trastorno; habrá su poco de República; pero ya saben ustedes que las naciones no mueren[204]...

—El golpe viene de fuera —manifestó Aparisi—. Esto lo veía yo venir. Francia...

—No *involucremos* las cuestiones, señores —dijo Casa-Muñoz poniendo una cara muy parlamentaria—. Y si he de

---

singularmente valores industriales. La plaza por excelencia de absorción de estos últimos fue Barcelona. Sin embargo, no contó con una Bolsa oficial, ya que al margen de ella, aunque relacionado sin duda con operaciones de compra-venta de valores de Madrid, se había constituido un pujante grupo privado, especie de sindicato que operaba con el nombre de "Galón de revendedores". En 1860 tomó el nombre de Casino Mercantil. Su vida debía prolongarse hasta la crisis financiera de 1915... Al lado del Casino Mercantil figuraba el Bolsín catalán, de puro nervio especulativo, muy sensible a las noticias telegráficas sobre asuntos políticos y económicos...» Galdós conocía *muy bien* la sociedad de la época.

[204] Bahamonde y Toro, «Monarquía o República. El debate de las Cortes Constituyentes de 1869», *Historia 16,* 23 (marzo de 1978), páginas 51-60, *passim,* recuerdan las tesis de un Ríos Rosas para quien el comunismo había surgido en España de la crisis revolucionaria del 68, por lo que propugnaba la ecuación (como en este pasaje de *Fortunata y Jacinta)*: defensa de la propiedad individual, defensa de la Monarquía: «No hay más remedio que hacer la propiedad más individual, convertirla en letra de cambio. La propiedad es el fundamento de la sociedad; hace más falta que nunca la monarquía, el rey hereditario, el rey siempre homogéneo a los propietarios, porque la propiedad es el fundamento de toda sociedad libre y de toda sociedad civilizada.»

hablar ingenuamente, diré a usted que a mí no me asusta la República, lo que me asusta es el republicanismo[205].

Miró a todos para ver qué tal había caído esta frase. No podía dudarse de que el murmullo aquel con que fue acogida era laudatorio.

—Señor Marqués —declaró Aparisi picado de rivalidad—, el pueblo español es un pueblo digno... que en los momentos de peligro, sabe ponerse...

—¿Y qué tiene que ver una cosa con otra?... —saltó el marqués incómodo, anonadando a su contrario con una mirada—. No *involucre* usted las cuestiones.

Aparisi, propietario y concejal de oficio, era un hombre que se preciaba de *poner los puntos sobre las íes;* pero con el marqués de Casa-Muñoz no le valía su suficiencia, porque éste no toleraba imposiciones y era capaz de poner puntos hasta sobre las haches. Había entre los dos una rivalidad tácita, que se manifestaba en la emulación para lanzar observaciones sintéticas sobre todas las cosas. Una mirada de profunda antipatía era lo único que a veces dejaba entrever el pugilato espiritual de aquellos dos atletas del pensamiento. Villalonga, que era observador muy picaresco, aseguraba haber descubierto entre Aparisi y Casa-Muñoz un antagonismo o competencia en la emisión de palabras escogidas. Se desafiaban a cual hablaba más por lo fino, y si el marqués daba muchas vueltas al *involucrar,* al *ad hoc,* al *sui generis* y otros términos latinos, en seguida se veía al otro poniendo en presa el cerebro para obtener frases tan selectas como *la concatenación de las ideas.*

---

[205] El 11 de febrero de 1873, el mismo día de la abdicación de Amadeo, se proclamó la Primera República. Ruiz Zorrilla, presidente del Gobierno, intentó «retrasar lo inevitable», pero Nicolás María Rivero (cfr. I, nota 149) se opuso. Galdós, en *Amadeo I (O. C., Episodios,* V, página 333), escribía: «Metiéndose en todos los corrillos vi al propio Rivero esculpiendo, con su voz dura y su gesto autoritario, la Historia de España en aquella memorable noche del 10 al 11 de febrero de 1873. Por la voz, el celo y el ademán, don Nicolás María Rivero era un cíclope ceceoso que hablaba dando martillazos sobre un yunque. Oponíase airadamente a la pretensión de Zorrilla, que, acariciando aún la esperanza de disuadir al Rey de su propósito, intentó suspender las sesiones de Cortes. Rivero, firme y tozudo en la idea contraria, quería reunir Senado y Congreso, constituyendo así la Asamblea Nacional (llamada por algunos Convención), que al recibir la renuncia del Rey asumiría todos los poderes.» A la República le dedicó Galdós un *Episodio,* que siguió a *Amadeo I,* y se titulaba *La Primera República.*

A veces parecía triunfante Aparisi, diciendo que tal o cual cosa era el *bello ideal* de los pueblos; pero Casa-Muñoz tomaba arranque y diciendo *el desideratum,* hacía polvo a su contrario.

Cuenta Villalonga que hace años hablaba Casa-Muñoz disparatadamente, y[a] sostiene y jura haberle oído decir, cuando aún no era marqués, que las *puertas estaban herméticamente abiertas;* pero esto no ha llegado a comprobarse. Dejando a un lado las bromas, conviene decir que era el marqués persona apreciabilísima, muy corriente, muy afable en su trato, excelente para su familia y amigos. Tenía la misma edad que D. Baldomero; mas no llevaba tan bien los años. Su dentadura era artificial y sus patillas teñidas tenían un viso carminoso, contrastando con la cabeza sin pintar. Aparisi era mucho más joven, hombre que presumía de pie pequeño y de manos bonitas, la cara arrebolada, el bigote castaño cayendo a lo chino, los ojos grandes, y en la cabeza una de esas calvas que son para sus poseedores un diploma de talento. Lo más característico en el concejal perpetuo era la expresión de su rostro, semejante a la de una persona que está oliendo algo muy desagradable, lo que provenía de cierta contracción de los músculos nasales y del labio superior. Por lo demás, buena persona, que no debía nada a nadie. Había tenido almacén de maderas, y se contaba que en cierta época les puso los puntos sobre las íes a los pinares de Balsain. Era hombre sin instrucción, y... lo que pasa... por lo mismo que no la tenía gustaba de aparentarla[b]. Cuenta el tunante de Villalonga que hace años usaba Aparisi el *e pur si muove* de Galileo; pero el pobrecito no le daba la interpretación verdadera, y creía que aquel célebre dicho significaba *por si acaso.* Así, se le oyó decir más de una vez: «Parece que no lloverá; pero sacaré el paraguas *e pur si muove.*»

Jacinta trincó a su marido por el brazo y le llevó un poquito aparte:

---

[a] Cuenta Villalonga que hace años hablaba Casa-Muñoz disparatadamente, y: Cuenta Federico Ruiz, que hace años el marqués hablaba muy mal y que decía mil disparates, pero que desde que le dieron el título se aplicó de tal modo a hablar bien, que da gusto oírlo. Villalonga sostiene

[b] [De su propio rival había aprendido el *desideratum,* y de diferentes personas otras maneras y estilos de hablar enteramente apropiados a la moda corriente.]

—Y qué, *nene,* ¿hay barricadas?

—No, hija, no hay nada. Tranquilízate.

—¿No volverás a salir esta noche?... Mira que me asustaré mucho si sales.

—Pues no saldré... ¿Qué..., qué buscas?

Jacinta, riendo, deslizaba su mano por el forro de la levita, buscando el bolsillo del pecho.

—¡Ay! Yo iba a ver si te sacaba la cartera sin que me sintieses...

—Vaya con la descuidera...

—¡Quiá! Si no sé... Esto quien lo hace bien es Guillermina, que le saca a Manolo Moreno las pesetas del bolsillo del chaleco sin que él lo sienta... A ver...

Jacinta, dueña ya de la cartera, la abrió.

—¿Te enfadarás si te quito este billete de veinte duros? ¿Te hace falta?

—No por cierto. Toma lo que quieras.

—Es para Guillermina. Mamá le dio dos, y le falta un pico para poder pagar mañana el trimestre del alquiler del asilo.

Contestóle el Delfín apretándole con mucha efusión las dos manos y arrugando el billete que estaba en ellas.

En cuanto Guillermina pescó lo que le faltaba para completar su cantidad, dejó la costura y se puso el manto. Despidiéndose brevemente de las dos señoras, atravesó el salón a prisa.

—¡A ésa, a ésa! —gritó Moreno—, sin duda se lleva algo. Caballeros, vean ustedes si les falta el reloj. Bárbara, que debajo de la mantilla de *la rata eclesiástica* veo un bulto... ¿No había aquí candeleros de plata?

En medio de la jovial algazara que estas bromas producían, salió Guillermina, esparciendo sobre todos una sonrisa inefable que parecía una bendición.

En seguida, cebáronse todos con furia en el tema suculento de la partida del Rey, y cada cual exponía sus opiniones con ínfulas de profecía, como si en su vida hubieran hecho otra cosa que vaticinar acertando. Villalonga estaba ya viendo a D. Carlos entrar en Madrid, y el marqués de Casa-Muñoz hablaba de *las exageraciones liberticidas* de la demagogia roja y de la demagogia blanca como si las estuviera mirando pintadas en la pared de enfrente; el exsubsecretario de Gobernación, Zalamero, leía clarito en el porvenir el nombre del Rey Alfonso, y el concejal decía que *el alfonsismo estaba aún en la nebulosa de lo desconocido*[a]. El mismo Aparisi y Federico Ruiz profetizaron luego en una sola cuerda... ¡Qué demonio! Ellos no se asustaban de la República. Como si lo vieran..., no iba a pasar nada. Es que aquí somos muy impresionables, y por cualquier contratiempo nos parece que se nos cae el Cielo encima.

—Yo les aseguro a ustedes —decía Aparisi, puesta la mano sobre el pecho—, que no pasará nada, pero nada. Aquí no se tiene idea de lo que es el pueblo español... Yo respondo de él, me atrevo a responder con la cabeza, vaya...

Moreno no vaticinaba; no hacía más que decir:

—Por si vienen mal dadas, me voy mañana para Londres. Aquel ricacho soltero alardeaba de carecer en absoluto del sentimiento de la patria, y estaba tan extranjerizado que nada español le parecía bueno. Los autores dramáticos lo mismo que las comidas, los ferrocarriles lo mismo que las industrias menudas, todo le parecía de una inferioridad lamentable. Solía decir que aquí los tenderos no saben envolver en un papel una libra de cualquier cosa.

—Compra usted algo, y después que le miden mal y le cobran caro, el envoltorio de papel que le dan a usted se le deshace por el camino. No hay que darle vueltas; somos una raza inhábil hasta no poder más.

Don Baldomero decía con acento de tristeza una cosa muy sensata:

—Si D. Juan Prim viviera[206a]...

---

[a] y el concejal [...] *lo desconocido:* y D. Baldomero esperaba del pueblo español un nuevo ejemplo de cordura.

[206] Juan Prim (1814-1870), militar de origen catalán, tuvo una activísima vida militar y política. Ya en 1841 empezó a actuar políticamente al lado de Espartero. En 1866 participó en la preparación de la sublevación de los Sargentos de San Gil. Figura romántica y popular, con aureola de liberal ejemplar, con todo, siendo gobernador de Puerto Rico (1847-1848) reprimió brutalmente los movimientos de esclavos. Durante la Revolución de septiembre de 1868 su reputación llegó a un punto culminante. Fue ministro de Guerra, hasta que el 18 de junio de 1869 el general Serrano le nombró jefe de Gobierno. Iniciado por él el proceso de nombrar a un rey, entre los distintos pretendientes optó por Amadeo I de Saboya. Pero, antes de que Amadeo llegara a ocupar el trono, el 27 de diciembre de 1870 fue asesinado, sin que se llegara nunca a saber quién cometió el atentado. La monarquía saboyana había recibido un duro golpe. Pero su fracaso, como es el fracaso del proceso de democratización del país, se

Juan y Samaniego se apartaron del corrillo y charlaban con Jacinta y doña Bárbara, tratando de quitarles el miedo. No habría tiros, ni jarana..., no sería preciso hacer provisiones... ¡Ah! Barbarita soñaba ya con hacer provisiones. A la mañana siguiente, si no había barricadas, ella y Estupiñá se ocuparían de eso.

Poco a poco fueron desfilando. Eran las doce. Aparisi y Casa-Muñoz se fueron al Bolsín a saber noticias, no sin que antes de partir dieran una nueva muestra de su rivalidad. El concejal de oficio estaba tan excitado, que la contracción de su hocico se acentuaba, como si el olor aquel imaginario fuera el de la asa fétida. Zalamero, que iba a Gobernación, quiso llevarse al Delfín; pero éste, a quien su mujer tenía cogido del brazo, se negó a salir...

—Mi mujer no me deja.

—Mi tocaya —dijo Villalonga—, se está volviendo muy anticonstitucional.

Por fin se quedaron solos los de casa. Don Baldomero y Barbarita besaron a sus hijos y se fueron a acostar. Esto mismo hicieron Jacinta y su marido.

---

[a] [Ya; pero como no vivía no había que pensar en tal cosa. Esta observación de Aparisi era lo que él llamaba poner los puntos sobre las íes.]

debió a causas que superan el vacío de poder que se produjo con la muerte de Prim. Para Vicens Vives (*Historia social y económica,* V, páginas 317-318): «Al cabo de cuatro años, la solución monárquica —encarnada en la corona de Víctor Amadeo de Saboya— cedía el paso a otra de tipo republicano (11 de febrero de 1873) que se descompuso rápidamente ante la secesión carlista y la insurrección cantonalista. La historia trivial ha atribuido tan fatales derroteros al asesinato de Juan Prim, el hombre de la revolución, y a las ciegas luchas entre los partidos que debían apoyarla: unionistas (liberales), progresistas y demócratas puros. Pero ese desquiciamiento responde a uno o varios factores de estructura, los cuales condicionaron la no viabilidad de intento de democratizar el país.»

VIII

Escenas de la vida íntima[a]

I

A poco de acostarse notó Jacinta que su marido dormía profundamente. Observábale desvelada, tendiendo una mirada tenaz de cama a cama. Creyó que hablaba en sueños... pero no; era simplemente quejido sin articulación que acostumbraba lanzar cuando dormía, quizás por causa de una mala postura. Los pensamientos políticos nacidos de las conversaciones de aquella noche, huyeron pronto de la mente de Jacinta. ¿Qué le importaba a ella que hubiese República o Monarquía, ni que D. Amadeo se fuera o se quedase? Más le importaba la conducta de aquel ingrato que a su lado dormía tan tranquilo. Porque no tenía duda de que Juan andaba algo distraído, y esto no lo podían notar sus padres por la sencilla razón de que no le veían nunca tan de cerca como su mujer. El pérfido guardaba tan bien las apariencias, que nada hacía ni decía *en familia* que no revelara una conducta regular y correctísima. Trataba a su mujer con un cariño tal, que... vamos, se le tomaría por enamorado. Sólo allí, de aquella puerta para adentro, se descubrían las trastadas; sólo ella, fundándose en datos negativos, podía destruir la aureola que el público y la familia ponían al glorioso Delfín[b]. Decía su mamá que era el

---

[a] Este epígrafe lo añadió Galdós al corregir las galeradas.

[b] [Exteriormente, siempre tan amable, tan bueno. Nada que le comprometiera, ni una esquela sospechosa, ni un recado, ni trasnochadas. No olvidaba nunca el regalito, y la sonrisa complaciente no se le caía de los labios.]

marido modelo. ¡Valiente pillo! Y la esposa no podía contestar a su suegra cuando le venía con aquellas historias... Con qué cara le diría: «Pues no hay tal modelo, no señora, no hay tal modelo, y cuando yo lo digo, bien sabido me lo tendré.»[a]

Pensando en esto, pasó Jacinta parte de aquella noche, atando cabos, como ella decía, para ver si de los hechos aislados lograba sacar alguna afirmación. Estos hechos, valga la verdad, no arrojaban mucha luz que digamos sobre lo que se quería demostrar. Tal día y a tal hora Juan había salido bruscamente, después de estar un rato muy pensativo, pero muy pensativo. Tal día y a tal hora Juan había recibido una carta que le había puesto de mal humor. Por más que ella hizo, no la había podido encontrar. Tal día y a tal hora, yendo ella y Barbarita por la calle de Preciados, se encontraron a Juan que venía de prisa y muy abstraído. Al verlas, quedóse algo cortado; pero sabía dominarse pronto. Ninguno de estos datos probaba nada; pero no cabía duda: su marido se la estaba pegando.

De vez en cuando estas cavilaciones cesaban, porque Juan sabía arreglarse de modo que su mujer no llegase a cargarse de razón para estar descontenta. Como la herida a que se pone bálsamo fresco, la pena de Jacinta se calmaba. Pero los días y las noches, sin saber cómo, traíanla lentamente otra vez a la misma situación penosa. Y era muy particular; estaba tan tranquila, sin pensar en semejante cosa, y por cualquier incidente, por una palabra sin interés o referencia trivial, le asaltaba la idea como un dardo arrojado de lejos por desconocida mano y que venía a clavársele en el cerebro. Era Jacinta observadora, prudente y sagaz. Los más insignificantes gestos de su esposo, las inflexiones de su voz, todo lo observaba con disimulo, sonriendo cuando más atenta estaba, escondiendo con mil zalamerías su vigilancia, como los naturalistas esconden y disimulan el lente con que examinan el trabajo de las abejas. Sabía hacer preguntas capciosas, verdaderas trampas cubiertas de follaje. ¡Pero bueno era el otro para dejarse coger!

Y para todo tenía el ingenioso culpable palabras bonitas:

—La luna de miel perpetua es un contrasentido, es... hasta

---

[a] Dentro de la alcoba matrimonial, seguía haciendo el pérfido su papel... Llegaba hasta cierto punto. Y no (?) allí se plantaba. Jamás le dijo palabra que (?) fuera la misma azúcar; pero los hechos se quedaban muy por debajo de las palabras, en orden de dulzura. Y era tan hábil que ni aun esto mismo lo hacía sistemáticamente.

ridícula. El entusiasmo es un estado infantil impropio de personas formales. El marido piensa en sus negocios, la mujer en las cosas de su casa, y uno y otro se tratan más como amigos que como amantes. Hasta las palomas, hija mía, hasta las palomas cuando pasan de cierta edad, se hacen sus cariños así... de una manera sesuda.

Jacinta se reía con esto; pero no admitía tales componendas. Lo más gracioso era que él se las echaba de hombre ocupado. ¡Valiente truhán! Si no tenía absolutamente nada que hacer más que pasear y divertirse... Su padre había trabajado toda la vida como un negro para asegurar la holgazanería dichosa del príncipe de la casa... En fin, fuese lo que fuese, Jacinta se proponía no abandonar jamás su actitud de humildad y discreción. Creía firmemente que Juan no daría nunca escándalos, y no habiendo escándalo, las cosas irían pasando así. No hay existencia sin gusanillo, un parásito interior que la roe y a sus expensas vive, y ella tenía dos: los apartamientos de su marido y el desconsuelo de no ser madre. Llevaría ambas penas con paciencia, con tal que no saltara algo más fuerte[a].

Por respeto a sí misma, nunca había hablado de esto a nadie, ni al mismo Delfín. Pero una noche estaba éste tan comunicativo, tan bromista, tan pillín, que a Jacinta se le llenó la boca de sinceridad, y palabra tras palabra, dio salida a todo lo que pensaba:

—Tú me estás engañando, y no es de ahora, es de hace tiempo. Si creerás que yo soy tonta... El tonto eres tú.

La primera contestación de Santa Cruz fue romper a reír. Su mujer le tapaba la boca para que no alborotase. Después el muy tunante empezó a razonar sus explicaciones, revistiéndolas de formas seductoras. ¡Pero qué huecas le parecieron a Jacinta, que en las dialécticas del corazón era más maestra que él por saber amar de veras! Y a ella le tocó reír después y desmenuzar tan livianos argumentos... El sueño, un sueño dulce y mutuo les cogió, y se durmieron felices... Y ved lo que son las cosas, Juan se enmendó, o al menos pareció enmendarse.

Tenía Santa Cruz en altísimo grado las triquiñuelas del artista de la vida, que sabe disponer las cosas del mejor modo

---

[a] [Propúsose además aprovechar todos los momentos de intimidad para atraerle y apartarse de aquellas distracciones que adivinaba, redoblar su dulzura y quitárselo a las *bribonas* por los medios decorosos que una mujer como ella podría y sabría emplear.]

posible para sistematizar y refinar sus dichas. Sacaba partido de todo, distribuyendo los goces y ajustándolos a esas misteriosas mareas del humano apetito que, cuando se acentúan, significan una organización viciosa. En el fondo de la naturaleza humana hay también, como en la superficie social, una sucesión de modas, periodos en que es de rigor cambiar de apetitos. Juan tenía temporadas. En épocas periódicas y casi fijas se hastiaba de sus correrías, y entonces su mujer, tan mona y cariñosa, le ilusionaba como si fuera la mujer de otro. Así lo muy antiguo y conocido se convierte en nuevo. Un texto desdeñado de puro sabido vuelve a interesar cuando la memoria principia a perderle y la curiosidad se estimula. Ayudaba a esto el tiernísimo amor que Jacinta le tenía, pues allí sí que no había farsa, ni vil interés ni estudio[a]. Era, pues, para el Delfín una dicha verdadera y casi nueva volver a su puerto después de mil borrascas. Parecía que se restauraba con un cariño tan puro, tan leal y tan suyo, pues nadie en el mundo podía disputárselo[b].

En honor de la verdad, se ha de decir que Santa Cruz amaba a su mujer. Ni aun en los días en que más viva estaba la marea de la infidelidad, dejó de haber para Jacinta un hueco de preferencia en aquel corazón que tenía tantos rincones y callejuelas. Ni la variedad de aficiones y caprichos excluía un sentimiento inamovible hacia su compañera por la ley y la religión. Conociendo perfectamente su valer moral, admiraba en ella las virtudes que él no tenía y que según su criterio, tampoco le hacían mucha falta. Por esta última razón no incurría en la humildad de confesarse indigno de tal joya, pues su amor propio iba siempre por delante de todo, y teníase por merecedor de cuantos bienes disfrutaba o pudiera disfrutar en este bajo mundo. Vicioso y discreto, sibarita y hombre de talento, aspirando a la erudición de todos los goces y con bastante buen gusto para espiritualizar las cosas materiales, no podía contentarse con gustar la belleza comprada o conquista-

---

[a] [Todo era sincero y sólido, y aquella ternura profunda, dispuesta al sacrificio y si el sacrificio se le exigiera, tenía dos valores, el moral y el estético.]

[b] [A veces meditaba Juan sobre la verdad profundísima de esta observación que se hace a muchos hombres y que a él le habían endilgado no pocas veces. «Pero este Santa Cruz, ¿cómo teniendo una mujer tan bonita, se...?» Pues sí que tenían razón. Era estúpido lo que él hacía.]

da, la gracia, el donaire, la extravagancia; quería gustar también la virtud, no precisamente la vencida, que deja de serlo, sino la pura, que en su pureza misma tenía para él su picante.

II

Por lo dicho se habrá comprendido que el Delfín era un hombre enteramente desocupado. Cuando se casó, hízole proposiciones don Baldomero para que tomase algunos miles y negociara con ellos, ya jugando a la Bolsa, ya en otra especulación cualquiera. Aceptó el joven, mas no le satisfizo el ensayo, y renunció en absoluto a meterse en negocios que traen muchas incertidumbres y desvelos. D. Baldomero no había podido sustraerse a esa preocupación tan española de que los padres trabajen para que los hijos descansen y gocen. Recreábase aquel buen señor en la ociosidad de su hijo como un artesano se recrea en su obra, y más la admira cuanto más doloridas y fatigadas se le quedan las manos con que la ha hecho.

Conviene decir también que el joven[a] aquel no era derrochador. Gastaba, sí, pero con pulso y medida, y sus placeres dejaban de serlo cuando empezaban a exigirle algo de disipación. En tales casos era cuando la virtud le mostraba su rostro apacible y seductor. Tenía cierto respeto ingénito al bolsillo, y si podía comprar una cosa con dos pesetas, no era él seguramente quien daba tres. En todas las ocasiones, el desprenderse de una cantidad fuerte le costaba siempre algún trabajo, al contrario de los dadivosos que cuando dan parece que se les quita un peso de encima. Y como conocía tan bien el valor de la moneda, sabía emplearla en la adquisición de sus goces de una manera prudente y casi mercantil. Ninguno sabía como él

---

[a] y más la admiraba cuanto más doloridas y fatigadas se le quedan las manos con que la ha hecho.

Conviene decir también que el joven aquel: le gustaba cuanto más le duelen los callos de las manos y las agujetas de los músculos. Si hubiera visto a su hijo afanado como se afanó él, habría tenido un disgusto.

Pero la aversión de Juanito a los negocios no se fundaba sólo en su amor a la ociosidad, sino también en su temor de perder el dinero. Francamente —decía—, bonito es ganar; pero ¿si pierdo? Porque Juanito

286

sacar el jugo a un billete de cinco duros o de veinte[a]. De la cantidad con que cualquier manirroto se proporciona un placer, Juanito Santa Cruz sacaba siempre dos.

A fuer de hábil financiero, sabía pasar por generoso cuando el caso lo exigía. Jamás hizo locuras, y si alguna vez sus apetitos le llevaron a ciertas pendientes, supo agarrarse a tiempo para evitar un resbalón. Una de las más puras satisfacciones de los señores de Santa Cruz era saber a ciencia cierta que su hijo no tenía trampas, como la mayoría de los hijos de familia en estos depravados tiempos.

Algo le habría gustado a D. Baldomero que el Delfín diera a conocer sus eximios talentos en la política. ¡Oh! si él se lanzara, seguramente descollaría. Pero Barbarita le desanimaba.

—¡La política, la política! ¿Pues no estamos viendo lo que es? Una comedia. Todo se vuelve habladurías y no hacer nada de provecho...

Lo que hacía cavilar algo a D. Baldomero II era que su hijo no tuviese la firmeza de ideas que él tenía, pues él pensaba el 73 lo mismo que había pensado el 45; es decir, que debe haber mucha libertad y mucho palo, que la libertad hace muy buenas migas con la religión, y que conviene perseguir y escarmentar a todos los que van a la política a hacer chanchullos.

Porque Juan era la inconsecuencia misma. En los tiempos de Prim, manifestóse entusiasta por la candidatura del duque de Montpensier[207].

—Es el hombre que conviene, desengañaos, un hombre que lleva al dedillo las cuentas de su casa, un modelo de padres de familia.

Vino D. Amadeo, y el Delfín se hizo tan republicano que daba miedo oírle.

—La Monarquía es imposible; hay que convencerse de ello. Dicen que el país no está preparado para la República; pues que lo preparen. Es como si se pretendiera que un hombre

---

[a] a un billete de cinco duros o de veinte: a una moneda de cinco duros. ¡Cuán diferente valor tiene el dinero según las manos en que anda! La peseta es libra esterlina para unos y real de vellón para otros.

[207] El duque de Montpensier, hijo de Luis Felipe de Francia, se casó con la Infanta Luisa Fernanda, hermana de Isabel II. Apoyó la Revolución de 1868 porque aspiraba al trono que iba a quedar vacante. Contó con seguidores, pero Prim y Ruiz Zorrilla lograron que saliera triunfante la candidatura de Amadeo I. De ahí que Galdós relacione los nombres de Prim y del duque de Montpensier.

supiera nadar sin decidirse a entrar en el agua. No hay más remedio que pasar algún mal trago... La desgracia enseña... y si no, vean esa Francia, esa prosperidad, esa inteligencia, ese patriotismo..., esa manera de pagar los cinco mil millones...

Pues señor, vino el 11 de febrero y al principio le pareció a Juan que todo iba a qué quieres boca.

—Es admirable. La Europa está atónita. Digan lo que quieran, el pueblo español tiene un gran sentido[a].

Pero a los dos meses, las ideas pesimistas habían ganado ya por completo su ánimo:

—Esto es un pillería, esto es una vergüenza. Cada país tiene el Gobierno que merece, y aquí no puede gobernar más que un hombre que esté siempre con una estaca en la mano.

Por gradaciones lentas, Juanito llegó a defender con calor la idea alfonsina.

—Por Dios, hijo —decía D. Baldomero con inocencia—, si eso no puede ser.

Y sacaba a relucir los *jamases* de Prim. Poníase Barbarita de parte del desterrado príncipe, y como el sentimiento tiene tanta parte en la suerte de los pueblos, todas las mujeres apoyaban al príncipe y le defendían con argumentos sacados del corazón. Jacinta dejaba muy atrás a las más entusiastas por D. Alfonso:

—¡Es un niño!... —y no daba más razón.

Teníase a sí mismo el heredero de Santa Cruz por una gran persona. Estaba satisfecho, cual si se hubiera creado y visto que era bueno.

—Porque yo —decía esforzándose en aliar la verdad con la modestia—, no soy de lo peorcito de la humanidad. Reconozco que hay seres superiores a mí, por ejemplo, mi mujer; pero ¡cuántos hay inferiores, cuántos!

Sus atractivos físicos eran realmente grandes, y él mismo lo declaraba en sus soliloquios íntimos:

—¡Qué guapo soy! Bien dice mi mujer que no hay otro más salado. La pobrecilla me quiere con delirio... y yo a ella lo mismo, como es justo. Tengo la gran figura, visto bien, y en modales y en trato me parece... que somos algo.

En la casa no había más opinión que la suya; era el oráculo de la familia y les cautivaba a todos no sólo por lo mucho que le querían y mimaban, sino por el sortilegio de su imaginación,

---

[a] [El 11 de febrero no hubo ni el más ligero desorden, ni un atropello, ni una venganza.]

por aquella bendita labia suya y su manera de insinuarse. La más subyugada era Jacinta, quien no se hubiera atrevido a sostener delante de la familia que lo blanco es blanco, si su querido esposo sostenía que es negro. Amábale con verdadera pasión, no teniendo poca parte en este sentimiento la buena facha de él y sus relumbrones intelectuales. Respecto a las perfecciones morales que toda la familia declaraba en Juan, Jacinta tenía sus dudas. Vaya si las tenía. Pero viéndose sola en aquel terreno de la incertidumbre, llenábase de tristeza y decía:

—¿Me estaré quejando de vicio? ¿Seré yo, como aseguran, la más feliz de las mujeres, y no habré caído en ello[a]?

Con estas consideraciones azotaba y mortificaba su inquietud para aplacarla como los penitentes vapulean la carne para reducirla a la obediencia del espíritu. Con lo que no se conformaba era con no tener chiquillos, «porque todo se puede ir conllevando —decía—, menos eso. Si yo tuviera un niño, me entretendría mucho con él, y no pensaría en ciertas cosas». De tanto cavilar en esto, su mente padecía alucinaciones y desvaríos. Algunas noches, en el primer periodo del sueño, sentía sobre su seno un contacto caliente y una boca que la chupaba. Los lengüetazos la despertaban sobresaltada, y con la tristísima impresión de que todo aquello era mentira, lanzaba un ¡ay!, y su marido le decía desde la otra cama:

—¿Qué es eso, nenita?... ¿Pesadilla?.

—Sí, hijo, un sueño muy malo.

Pero no quería decir la verdad por temor de que Juan lo tomara a risa.

Los pasillos de su gran casa le parecían lúgubres, sólo porque no sonaba en ellos el estrépito de las patraditas infantiles. Las habitaciones inservibles destinadas a la chiquillería, *cuando la hubiera,* infundíanle tal tristeza, que los días en que se sentía muy tocada de la manía, no pasaba por ellas. Cuando por las noches veía entrar de la calle a D. Baldomero, tan bondadoso y jovial, siempre con su cara de Pascua, vestido de finísimo paño negro y tan limpio y sonrosado, no podía menos pensar en los nietos que aquel señor debía tener para que hubiera lógica en el mundo, y decía para sí: «¡Qué abuelito se están perdiendo!»

Una noche fue al teatro Real de muy mala gana. Había

[a] [Pedir que ese querido tunante me sea siempre fiel, ¿será pedir gollerías?]

estado todo el día y la noche anterior en casa de Candelaria que tenía enferma a la niña pequeña. Mal humorada y soñolienta, deseaba que la ópera se acabase pronto; pero desgraciadamente la obra, como de Wagner, era muy larga, música excelente según Juan y todas las personas de gusto, pero que a ella no le hacía maldita gracia. No lo entendía, vamos. Para ella no había más música que la italiana, mientras más clarita y más de organillo mejor. Puso su muestrario en primera fila, y se colocó en la última silla de atrás. Las tres pollas, Barbarita II, Isabel y Andrea, estaban muy gozosas, sintiéndose flechadas por mozalbetes del paraíso y de palcos por asiento. También de butacas venía algún anteojazo bueno. Doña Bárbara no estaba. Al llegar al cuarto acto, Jacinta sintió aburrimiento. Miraba mucho al palco de su marido y no le veía. ¿En dónde estaba? Pensando en esto, hizo una cortesía de respeto al gran Wagner, inclinando suavemente la graciosa cabeza sobre el pecho. Lo último que oyó fue un trozo descriptivo en que la orquesta hacía un rumor semejante al de las trompetillas con que los mosquitos divierten al hombre en las noches de verano. Al arrullo de esta música, cayó la dama en sueño profundísimo, uno de esos sueños intensos y breves en que el cerebro finge la realidad con un relieve y un histrionismo admirables. La impresión que estos letargos dejan suele ser más honda que la que nos queda de muchos fenómenos externos y apreciados por los sentidos. Hallábase Jacinta en un sitio que era su casa y no era su casa... Todo estaba forrado de un satén blanco con flores que el día anterior habían visto ella y Barbarita en casa de Sobrino... Estaba sentada en un *puff* y por las rodillas se le subía un muchacho lindísimo, que primero le cogía la cara, después le metía la mano en el pecho. «Quita, quita... eso es caca... ¡qué asco!..., cosa fea, es para el gato...» Pero el muchacho no se daba a partido. No tenía más que la camisa de finísima holanda, y sus carnes finas resbalaban sobre la seda de la bata de su mamá. Era una bata color *azul gendarme* que semanas antes había regalado a su hermana Candelaria... «No, no, eso no... quita... caca...» Y él insistiendo siempre, pesadito, monísimo. Quería desabotonar la bata, y meter mano. Después dio cabezadas contra el seno. Viendo que nada conseguía, se puso serio, tan extraordinariamente serio que parecía un hombre. La miraba con sus ojazos vivos y húmedos, expresando en ellos y en la boca todo el desconsuelo que en la humanidad cabe. Adán, echado del paraíso, no miraría de otro modo el bien que perdía. Jacinta quería reírse; pero

290

no podía porque el pequeño le clavaba su inflamado mirar en el alma. Pasaba mucho tiempo así, el niño-hombre mirando a su madre, y derritiendo lentamente la entereza de ella con el rayo de sus ojos. Jacinta sentía que se le desgajaba algo en sus entrañas. Sin saber lo que hacía soltó un botón[208]... Luego otro. Pero la cara del chico no perdía su seriedad. La madre se alarmaba y... fuera el tercer botón... Nada, la cara y la mirada del nene siempre adustas, con una gravedad hermosa, que iba siendo terrible... El cuarto botón, el quinto, todos los botones salieron de los ojales haciendo gemir la tela. Perdió la cuenta de los botones que soltaba. Fueron ciento, puede que mil... Ni por esas... La cara iba tomando una inmovilidad sospechosa. Jacinta, al fin, metió la mano en su seno, sacó lo que el muchacho deseaba, y le miró segura de que se desenojaría cuando viera una cosa tan rica y tan bonita... Nada; cogió entonces la cabeza del muchacho, la atrajo a sí, y que quieras que no le metió en la boca... Pero la boca era insensible y los labios no se movían. Toda la cara parecía de una estatua. El contacto que Jacinta sintió en parte tan delicada de su epidermis, era el roce espeluznante del yeso, roce de superficie áspera y polvorosa. El extremecimiento que aquel contacto le produjo dejóla por un rato atónita, después abrió los ojos, y se hizo cargo de que estaban allí sus hermanas; vio los cortinones pintados de la boca del teatro, la apretada concurrencia de los costados del paraíso. Tardó un rato en darse cuenta de dónde estaba y de los disparates, que había soñado, y se echó mano al pecho con un movimiento de pudor y miedo. Oyó la orquesta, que seguía imitando a los mosquitos, y al mirar al palco de su marido, vio a Federico Ruiz, el gran melómano, con la cabeza echada hacia atrás, la boca entreabierta, oyendo

---

[208] Ortiz Armengol escribe sobre los botones en *Fortunata y Jacinta:* «En diecisiete momentos aparecen botones en la novela, con fuerte significado erótico en casi todos los casos. Cuando a Juan, abotonándose la camisa, le anuncian a Fortunata en enero de 1874. En el sueño de Jacinta en el teatro. En el hallazgo de un botón por Mauricia para augurar a Fortunata la inminente felicidad con Juan; se trata de un botón blanco, de cuatro agujeros, de ropa íntima (parte II, VII, ii). Cuando Fortunata halla en el suelo de la iglesia de la Paloma, el 23 de junio de 1875, otro botón blanco igual al anterior (parte III, VII, v). Este botón anuncia al hombre y, en efecto, al día siguiente Juan la encuentra después de varios meses de abandono y se inicia la tercera captura de Fortunata, etc., etc. Los significados eróticos de botón, por su función, forma, fijación, etc., parecen obvios.» (144).

y gustando con fruición inmensa la deliciosa música de los violines con sordina. Parecía que le caía dentro de la boca un hilo del clarificado más fino y dulce que se pudiera imaginar. Estaba el hombre en un puro éxtasis. Otros melómanos furiosos vio la dama en el palco; pero ya había concluido el cuarto acto y Juan no parecía.

III

Si todo lo que les pasa a las personas superiores mereciera una efeméride, es fácil que en una hoja de calendario americano, correspondiente a diciembre del 73, se encontrara este parrafito: «Día *tantos*[209]. Fuerte catarro de Juanito Santa Cruz. La imposibilidad de salir de casa le pone de un humor de doscientos mil diablos.» Estaba sentado junto a la chimenea, envuelto de la cintura abajo en una manta que parecía la piel de un tigre, gorro calado hasta las orejas, en la mano un periódico, en la silla inmediata tres, cuatro, muchos periódicos. Jacinta le daba bromas por su forzada esclavitud, y él, hallando distracción en aquellas guasitas, hizo como que le pegaba, la cogió por un brazo, le atenazó la barba con los dedos, le sacudió la cabeza, después le dio bofetadas, terribles bofetadas, y luego muchísimos porrazos en diferentes partes del cuerpo, y grandes pinchazos o estocadas con el dedo índice muy tieso. Después de bien cosida a puñaladas, le cortó la cabeza segándole el pescuezo, y como si aún no fuera bastante sevicia, la acribilló con crulelísimas e inhumanas cosquillas, acompañando sus golpes de estas feroces palabras:

—¡Qué *guasoncita* se me ha vuelto mi nena!... Voy yo a enseñar a mi payasa a dar bromitas, y le voy a dar una solfa buena para que no le queden ganas de...

Jacinta se desbarataba de risa, y el Delfín hablando con un poco de seriedad, prosiguió:

—Bien sabes que no soy callejero... A fe que te puedes quejar. Maridos conozco que cuando ponen el pie en la calle, del tirón se están tres días sin parecer por la casa. Estos podrían tomarme a mí por modelo.

—Mariquita date tono —replicó Jacinta secándose las lágrimas que la risa y las cosquillas le habían hecho derramar—.

---

[209] Día 17 de diciembre de 1873.

Ya sé que hay otros peores; pero no pongo yo mi mano en el fuego porque seas el número uno.

Juan meneó la cabeza en señal de amenaza. Jacinta se puso lejos de su alcance, por si se repetían las bárbaras cosquillas.

—Es que tú exiges demasiado —dijo el marido, deplorando que su mujer no le tuviese por el más perfecto de los seres creados.

Jacinta hizo un mohín gracioso con fruncimiento de cejas y labios, el cual quería decir: «No me quiero meter en discusiones contigo, porque saldría con las manos en la cabeza.» Y era verdad, porque el Delfín hacía las prestidigitaciones del razonamiento con muchísima habilidad[a].

—Bueno —indicó ella—. Dejémonos de tonterías. ¿Qué quieres almorzar?

—Eso mismo venía yo a saber —dijo doña Bárbara apareciendo en la puerta—. Almorzarás lo que quieras; pero pongo en tu conocimiento, para tu gobierno, que he traído unas calandrias riquísimas. *Divinidades,* como dice Estupiñá.

—Tráigame lo que quieran, que tengo más hambre que un maestro de escuela.

Cuando salieron las dos damas, Santa Cruz pensó un ratito en su mujer, formulando un panegírico mental. ¡Qué ángel! Todavía no había acabado él de cometer una falta, y ya estaba ella perdonándosela. En los días precursores del catarro, hallábase mi hombre en una de aquellas etapas o mareas de su inconstante naturaleza, las cuales, alejándole de las aventuras, le aproximaban a su mujer. Las personas más hechas a la vida ilegal sienten en ocasiones vivo anhelo de ponerse bajo la ley por poco tiempo. La ley les tienta como puede tentar el capricho. Cuando Juan se hallaba en esta situación, llegaba hasta desear permanecer en ella; aún más, llegaba a creer que seguiría. Y la Delfina estaba contenta. «Otra vez ganado —pensaba—. ¡Si la buena durara!... ¡Si yo pudiera ganarle de una vez para siempre y derrotar en toda la línea a las *cantonales*[210]!...»

---

[a] hacía las prestidigitaciones del razonamiento con muchísima habilidad: era un gran paradógico y sabía enfrentarse con muchísima habilidad y aún arrollar a su contrincante mayormente cuando éste era una enamorada esposa.

[210] La «apolítica» Jacinta echa mano de un símil político al comparar a las mujeres que la separaban de Juanito con el movimiento cantonalista de Cartagena que tanto contribuyó al fracaso de la Pri-

293

Don Baldomero entró a ver a su hijo antes de pasar al comedor.

—¿Qué es eso, chico? Lo que yo digo: no te abrigas. ¡Qué cosas tenéis tú y Villalonga! ¡Pararse a hablar a las diez de la noche en la esquina del Ministerio de la Gobernación, que es otra punta del diamante! Te vi. Venía yo con Cantero de la Junta del Banco. Por cierto que estamos desorientados. No se sabe a dónde irá a parar esta anarquía. ¡Las acciones a 138!... Pase usted, Aparisi... Es Aparisi que viene a almorzar con nosotros.

El concejal entró y saludó a los dos Santa Cruz.

—¿Qué periódicos has leído? —preguntó el papá calándose los quevedos, que sólo usaba para leer—. Toma *La Época*[211] y dame *El Imparcial*... Bueno, bueno va esto. ¡Pobre España! Las acciones a 138... el consolidado a 13.

—¿Qué 13?... Eso quisiera usted —observó el eterno concejal—. Anoche le ofrecían a 11 en el Bolsín y no lo quería nadie. Esto es el diluvio.

Y acentuando de una manera notabilísima aquella expresión de oler una cosa muy mala, añadió que todo lo que estaba pasando lo había previsto él, y que los sucesos no discrepaban ni tanto así de lo que *día por día* había venido él profetizando. Sin hacer mucho caso de su amigo, D. Baldomero leyó en voz alta la noticia o estribillo de todos los días.

—La partida tal entró en tal pueblo, quemó el archivo municipal, se racionó, y volvió a salir... La columna tal perseguía activamente al cabecilla cual, y después de racionarse... Ea

---

mera República. Para una perspectiva novelística del movimiento cantonalista de Cartagena, cfr. Ramón J. Sender, *Mr. Witt en el Cantón*, Madrid, 1934.

[211] *La Época* fue fundado en 1849 por Diego Coello cuando éste fue nombrado Embajador en Roma, su amigo Ignacio José Escobar se ocupó de la dirección del periódico. Escobar, que supuso para *La Época* lo que Eduardo Ortega para *El Imparcial* (cfr. I, nota 189), introdujo el cambio siguiente: «el de sustituir su adscripción política a la Unión Liberal por la de un alfonsismo que erigió a este diario en el más cualificado órgano de la Restauración y de don Antonio Cánovas. Es fama que con Cánovas se entrevistaba casi diariamente Escobar para recibir sus orientaciones, práctica ésta mantenida después con los dos sucesores de Cánovas en la Jefatura del Partido Liberal-conservador: don Francisco Silvela y don Antonio Maura. Por conservadora, *La Época* no fue nunca un periódico de arraigo popular, ni, consiguientemente, de tiradas copiosas». Cfr. Gómez Aparicio, *Historia del periodismo español. De la Revolución de septiembre al desastre colonial*, Madrid, 1971, págs. 253.

—dijo sin acabar de leer—, vamos a racionarnos nosotros. El marqués no viene. Ya no se le espera más.

—Guillermina me ha dado un recado para usted... Hoy no hay *odisea filantrópica* a la *parroquia de la chinche,* porque anda en busca de ladrillo portero para cimientos. Ya tiene hecho todo el vaciado del edificio... y por poco dinero. Unos carros trabajando a destajo, otros de limosna, aquél que ayuda medio día, el otro que va un par de horas, ello es que no le sale el metro cúbico ni a cinco reales. Y no sé qué tiene esa mujer. Cuando va a examinar las obras, parece que hasta las mulas de los carros la conocen y tiran más fuerte para darle gusto... Francamente, yo que siempre creí que el tal edificio no era *factible,* voy viendo...

—Milagro, milagro —apuntó D. Baldomero en marcha hacia el comedor.

—¿Y tú? —preguntó Juan a su consorte al quedarse solos—. ¿Almuerzas aquí o allá?

—¿Quieres que aquí? Almorzaré en las dos partes. Dice tu mamá que te estoy mimando mucho.

—Toma, golosa —le dijo él alargándole un pedazo de tortilla en el tenedor.

Después de comérselo, la Delfina corrió al comedor. Al poco rato volvió riendo.

—Aquí te tengo reservada esta pechuga de calandria. Toma, abre la boquita, nena.

La nena cogió el tenedor, y después de comerse la pechuga, volvió a reír.

—¡Qué alegre está el tiempo!

—Es que ha llegado el marqués, y desde que se sentó en la mesa empezaron Aparisi y él a tirotearse.

—¿Qué han dicho?

—Aparisi afirmó que la Monarquía no era *factible,* y después largó un *ipso facto,* y otras cosas muy finas.

Juan soltó la carcajada.

—El marqués estará furioso.

—Come en silencio, meditando una venganza. Te contaré lo que ocurra. ¿Quieres pescadilla? ¿Quieres bistec?

—Tráeme lo que quieras con tal que vengas pronto.

Y no tardó en volver, trayendo un plato de pescado.

—Hijo de mi vida, le mató.

—¿Quién?

—El marqués a Aparisi... le dejó en el sitio.

—Cuenta, cuenta.

—Pues de primera intención soltóle a su enemigo un *delirium tremens* a boca de jarro, y después, sin darle tiempo de respirar, un *mane tegel fare*[212]. El otro se ha quedado como atontado por el golpe. Veremos con lo que sale.

—¡Qué célebre! Tomaremos café juntos —dijo Santa Cruz—. Vente pronto para acá. ¡Qué coloradita estás!

—Es de tanto reírme.

—Cuando digo que me estás haciendo tilín...

—Al momento vuelvo... Voy a ver lo que salta por allá. Aparisi está indignado con Castelar, y dice que lo que le pasa a Salmerón es porque no ha seguido sus consejos[213]...

—¡Los consejos de Aparisi!

—Sí, y al marqués lo que le tiene con el alma en un hilo es que se levante *la masa obrera*[214].

Volvió Jacinta al comedor, y el último cuento que trajo fue éste:

—Chico, si estás allá te mueres de risa. ¡Pobre Muñoz! El otro se ha rehecho y le está soltando unos primores... Figúrate. Ahora está contando que ha visto un proyectil de los que tiran los carcas, y el fusil Berdan[215]... No dice agujeros, sino *orificios*. Todo se vuelve *orificios*, y el marqués no sabe lo que le pasa...

---

[212] Referencia al bíblico «festín de Baltasar» *(Daniel,* 5, 1-28). En medio del festín apareció, cuenta el relato bíblico, una mano de hombre que escribió en un muro estas palabras misteriosas: *mene, tequel, ufarsin.* El significado de la escritura era: *«mene,* ha contado Dios tu reino y le ha puesto fin; *tequel,* has sido pesado en la balanza y hallado falto de peso; *ufarsin,* ha sido roto tu reino y dado a los medos y a los persas». Así anunciaba la burguesía las razones por las que la Primera República iba a fracasar.

[213] Salmerón y Castelar fueron presidentes de la breve experiencia republicana de 1873.

[214] En noviembre de 1868 llegó a Madrid el bakuninista José Fanelli con los estatutos de la Alianza Internacional. El bajo índice de industrialización de Madrid limitó el crecimiento de la Internacional, pero su aparición movilizó a la burguesía, reprimiendo o recortando los derechos de reunión y asociación para «mantener incólumes los sagrados derechos de la propiedad». La burguesía —de ahí «el alma en un hilo» del marqués— estuvo «traumatizada por la *cuestión social* durante el Sexenio Revolucionario». Cfr. Bahamonde y Toro, *Burguesía, especulación y...,* págs. 155-156.

[215] Berdan, general norteamericano, inventó, en el último tercio del siglo XIX, el fusil que llevaría su nombre y fue adoptado por algunos ejércitos europeos, entre ellos el español.

No pudo seguir, porque entró Muñoz, fumando un gran puro, a saludar al enfermo.

—Hola, Juanín... ¿Estamos *exclaustrados?*... ¿Y qué es?... ¿Coriza? Eso es bueno, y cuando la mucosa necesita eliminar, que elimine... En fin, yo me...

Iba a decir *me largo;* pero al ver entrar a Aparisi (tal creyeron Jacinta y su marido), dijo:

—... me ausento.

A eso de las tres, marido y mujer estaban solos en el despacho, él en el sillón leyendo periódicos, ella arreglando la habitación que estaba algo desordenada. Barbarita había salido a compras. El criado anunció a un hombre que quería hablar con el *señor joven.*

—Ya sabes que no recibe —dijo la señorita, y tomando de manos de Blas una tarjeta que éste traía leyó: *José Ido del Sagrario, corredor de publicaciones nacionales y extranjeras*[216].

—Que entre, que entre al instante —ordenó Santa Cruz, saltando en su asiento—. Es el loco más divertido que puedes imaginar. Verás cómo nos reímos... Cuando nos cansemos de oírle, le echamos. ¡Tipo más célebre...! Le vi hace días en casa de Pez, y nos hizo morir de risa.

Al poco rato entró en el despacho un hombre muy flaco, de cara enfermiza y toda llena de lóbulos y carúnculas, los pelos bermejos y muy tiesos, como crines de escobillón, la ropa prehistórica y muy raída, corbata roja y deshilachada, las botas muertas de risa. En una mano traía el sombrero, que era un *claque* del año en que esta prenda se inventó, el primogénito de los *claques* sin género de duda, y en la otra un lío de carteras-prospectos para hacer suscripciones a libros de lujo, las cuales estaban tan sobadas, que la mugre no permitía ver los dorados de la pasta. Impresionó penosamente a la compasiva Jacinta aquella estampa de miseria en traje de persona decente, y más lástima tuvo cuando le vio saludar con urbanidad y sin encogimiento, como hombre muy hecho al trato social.

---

[216] Importante personaje novelístico galdosiano. Apareció también en las novelas: *El doctor Centeno, Tormento* y *Lo prohibido;* y en los *Episodios: Amadeo I, La primera República, De Cartagena a Sagunto* y *Cánovas.* Esta entrañable, disparatada y desafortunada figura ha tenido sus estudiosos. Así: W. H. Shoemaker, «Galdós literary creativity: Don J. Ido del Sagrario», *Hispanic Review,* XIX (1951) y Paul Smith, «Cervantes and Galdós: The Duques and Ido del Sagrario», *Romance Notes,* 8 (1966).

—Hola, Sr. de Ido..., ¡cuánto gusto de verle! —le dijo Santa Cruz con fingida seriedad—. Siéntese, y dígame qué le trae por aquí.

—Con permiso... ¿Quiere usted *Mujeres célebres?*

Jacinta y su marido se miraron.

—O *Mujeres de la Biblia* —prosiguió Ido, enseñando carteras—. Como el Sr. de Santa Cruz me dijo el otro día en casa del Sr. de Pez que deseaba conocer las publicaciones de las casas de Barcelona que tengo el honor de representar... ¿O quiere usted *Cortesanas célebres, Persecuciones religiosas, Hijos del Trabajo, Grandes inventos, Dioses del Paganismo...?*[217]

IV

—Basta, basta, no cite usted más obras ni me enseñe más carteras. Ya le dije que no me gustan libros por suscripción. Se extravían las entregas, y es volverse loco... Prefiero tomar alguna obra completa. Pero no tenga prisa. Estará usted cansado de tanto correr por ahí. ¿Quiere tomar una copita?

—Muchísimas gracias. Nunca bebo.

—¿No? pues el otro día, cuando nos vimos en casa de Joaquín, decía éste que estaba usted algo peneque... se entiende, un poco alegre...

—Perdone usted, Sr. de Santa Cruz —replicó Ido avergonzado—. Yo no me embriago; no me he embriagado jamás. Algunas veces, sin saber cómo ni por qué, me entra cierta excitación, y me pongo así, nervioso y como echando chispas... me pongo eléctrico. ¿Ven ustedes?... Ya lo estoy. Fíjese usted, Sr. D. Juan, y observe cómo se me mueve el párpado izquierdo y el músculo este de la quijada en el mismo lado. ¿Lo ve usted...? Ya está la función armada. Francamente, así no se puede vivir. Los médicos me dicen que coma carne. Como carne y me pongo peor. Ea, ya estoy como un muelle de reloj... Si usted me da su permiso me retiro...

—Hombre, no, descanse usted. Eso se le pasará. ¿Quiere usted un vaso de agua?

Jacinta sintió que no le dejase marchar, porque la idea de

---

[217] Cfr. Alicia G. Andreu, *Galdós y la literatura popular*, Madrid, 1982, que ha puesto al día la bibliografía sobre este tema.

que el hombre aquel iba a caer allí con una pataleta le inspiraba repugnancia y miedo. Como Juan insistiese en lo del vaso de agua, díjole su esposa por lo bajo:

—Este infeliz lo que tiene es hambre.

—A ver, Sr. de Ido —indicó la dama—, ¿se comería usted una chuletita?

Don José respondió tácitamente, con la expresión de una incredulidad profunda. Cada vez parecía más extraño su mirar y más acentuado el temblor del párpado y la mejilla.

—Perdóneme usted, señora... Como la cabeza se me va, no puedo hacerme cargo de nada. Usted ha dicho que si me comería yo una...

—Una chuletita.

—Mi cabeza no puede apreciar bien... Padezco de olvidos de nombres y cosas. ¿A qué llama usted una chuleta? —añadió llevándose la mano a las erizadas crines, por donde se le escapaba la memoria y le entraba la electricidad—. ¿Por ventura, lo que usted llama... no sé cómo, es un pedazo de carne con un rabito que es de hueso?

—Justo. Llamaré para que se la traigan.

—No se moleste, señora. Yo llamaré.

—Que le traigan dos —dijo el señorito gozando con la idea de ver comer a un hambriento.

Jacinta salió, y mientras estuvo fuera Ido hablaba de su mala suerte:

—En este país, Sr. D. Juanito, no se protege a las letras. Yo que he sido profesor de primera enseñanza, yo que he escrito obras de amena literatura tengo que dedicarme a correr publicaciones para llevar un pedazo de pan a mis hijos[218]... Todos me lo dicen: si yo hubiera nacido en Francia, ya tendría *hotel*...

_____

[218] Ya en *Tormento (O. C., Novelas,* II, pág. 12) nos anunció Galdós que José Ido había abandonado el oficio de maestro —que para él consistía en «trocar las bestias en hombres»— y que de «escribiente de un autor de novelas por entregas» pasó a escribidor: «El dictaba los comienzos; luego yo cogía la hebra, y allá te van capítulos y más capítulos...; mucha falda, mucho hábito frailuno, mucho de arrojar bolsones de dinero por cualquier servicio; subterráneos, monjas, levantadas de cascos, líos y trapisondas, chiquillos naturales a cada instante... En fin, chico, allá pliegos y más pliegos... Ganancias partidas: mitad él, mitad yo... Cada nueva, hijos bien comidos, Nicanora curada...»

—Eso es indudable. ¿No ve usted que aquí no hay quien lea, y los pocos que leen no tienen dinero?...[219]

—Naturalmente —decía Ido a cada instante, echando ansiosas miradas en redondo por ver si aparecía la chuleta.

Jacinta entró con un plato en la mano. Tras ella vino Blas con el mismo velador en que había almorzado el señorito, un cubierto, servilleta, panecillo, copa y botella de vino. Miró estas cosas Ido con estupor famélico, no bien disimulado por la cortesía, y le entró una risa nerviosa, señal de hallarse próximo a la plenitud de aquel estado que llamaba eléctrico. La Delfina se volvió a sentar junto a su marido y miraba entre espantada y compasiva al desgraciado D. José. Este dejó en el suelo las carteras y el *claque,* que no se cerraba nunca, y cayó sobre las chuletas como un tigre... Entre los masculones salían de su boca palabras y frases desordenadas:

—Agradecidísimo... Francamente, habría sido falta de educación desairar... No es que tenga apetito, naturalmente... He almorzado fuerte... ¿pero cómo desairar? Agradecidísimo...

—Observo una cosa, querido D. José —dijo Santa Cruz.

—¿Qué?

—Que no masca usted lo que come.

—¡Oh! ¿Le interesa a usted que masque?

—No, a mí no.

—Es que no tengo muelas... Como como los pavos. Naturalmente... así me sienta mejor.

—¿Y no bebe usted?

—Media copita nada más... El vino no me hace provecho; pero muy agradecido, muy agradecido...

Y a medida que iba comiendo, le bailaban más el párpado y el músculo, que parecían ya completamente declarados en huelga. Notábanse en sus brazos y cuerpo estremecimientos muy bruscos, como si le estuvieran haciendo cosquillas.

—Aquí donde le ves —dijo Santa Cruz—, se tiene una de las mujeres más guapas de Madrid.

Hizo un signo a Jacinta que quería decir: «Espérate, que ahora viene lo bueno.»

—¿Es de veras?

—Sí. No se la merece. Ya ves que él es feo adrede.

[219] Cfr. el documentado artículo de Jean François Botrel, «La novela por entregas: unidad de creación y de consumo», *Creación y público en la literatura española*, Madrid, 1974, págs. 11-155.

—Mi mujer... Nicanora... —murmuró Ido sordamente, ya en el último bocado—, la Venus de Médicis... carnes de raso...

—¡Tengo unas ganas de conocer a esa célebre hermosura...! —afirmó Juan.

Don José no había dejado nada en el plato más que el hueso. Después exhaló un hondísimo suspiro, y llevándose la mano al pecho, dejó escapar con bronca voz estas palabras:

—La hermosura exterior nada más... sepulcro blanqueado... corazón lleno de víboras.

Su mirada infundió tanto terror a Jacinta, que dijo por señas a su marido que le dejara salir. Pero el otro, queriendo divertirse un rato, hostigó la demencia de aquel pobre hombre para que saltara.

—Venga acá, querido D. José. ¿Qué tiene usted qué decir de su esposa, si es una santa?

—¡Una santa! ¡Una santa! —repitió Ido, con la barba pegada al pecho y echando al Delfín una mirada que en otra cara habría sido feroz—. Muy bien, señor mío. ¿Y usted en qué se funda para asegurarlo sin pruebas?

—La voz pública lo dice.

—Pues la voz pública se engaña —gritó Ido alargando el cuello y accionando con energía—. La voz pública no sabe lo que se pesca.

—Pero cálmese usted, pobre hombre —se atrevió a expresar Jacinta—. A nosotros no nos importa que su mujer de usted sea lo que quiera.

—¡Que no les importa!... —replicó Ido con entonación trágica de actor de la legua—. Ya sé que estas cosas a nadie le importan más que a mí, al esposo ultrajado, al hombre que sabe poner su honor por encima de todas las cosas.

—Es claro que a él le importa principalmente —dijo Santa Cruz hostigándole más—. Y que tiene el genio blando este señor Ido.

—Y para que usted, señora —añadió el desgraciado mirando a Jacinta de un modo que la hizo estremecer—, pueda apreciar la justa indignación de un hombre de honor, sepa que mi esposa es... ¡adúuultera!

Dijo esta palabra con un alarido espantoso, levantándose del asiento y extendiendo ambos brazos como suelen hacer los bajos de ópera cuando echan una maldición. Jacinta se llevó las manos a la cabeza. Ya no podía resistir más aquel desagradable espectáculo. Llamó al criado para que acompañara al desventurado corredor de obras literarias. Pero Juan, queriendo divertirse más, procuraba calmarle.

—Siéntese, Sr. D. José, y no se excite tanto. Hay que llevar estas cosas con paciencia.

—¡Con paciencia, con paciencia! —exclamó Ido, que en su estado eléctrico repetía siempre la última frase que se le decía, como si la mascase, a pesar de no tener muelas.

—Sí, hombre; estos tragos no hay más remedio que irlos pasando. Amargan un poco; pero al fin el hombre, como dijo el otro, se va *jaciendo*.

—¡Se va *jaciendo*! ¿Y el honor, señor de Santa Cruz?...

Y otra vez hincaba la barba en el pecho, mirando con los ojos medio escondidos en el casco, y cerrándolos de súbito, como los toros que bajan el testuz para acometer. Las carúnculas del cuello se le inyectaban de tal modo, que casi eclipsaban el rojo de la corbata. Parecía un pavo cuando la excitación de la pelea con otro pavo le convierte en animal feroz.

—El honor —expresó Juan—. ¡Bah!, el honor es un sentimiento convencional...

Ido se acercó paso a paso a Santa Cruz y le tocó en el hombro muy suavemente, clavándole sus ojos de pavo espantado. Después de una larga pausa, durante la cual Jacinta se pegó a su marido como para defenderle de una agresión, el infeliz dijo esto, empezando muy bajito como si secreteara, y elevando gradualmente la voz hasta terminar de una manera estentórea:

—Y si usted descubre que su mujer, la Venus de Médicis, la de las carnes de raso, la del cuello de cisne, la de los ojos cual estrellas... si usted descubre que esa divinidad, a quien usted ama con frenesí, esa dama que fue tan pura; si usted descubre, repito, que falta a sus deberes y acude a misteriosas citas con un duque, con un grande de España, sí señor, con el mismísimo duque de Tal.

—Hombre, eso es muy grave, pero muy grave —afirmó Juan, poniéndose más serio que un juez—. ¿Está usted seguro de lo que dice?

—¡Que si estoy seguro!... Lo he visto, lo he visto.

Pronunció esto con oprimido acento, como quien va a romper en llanto.

—Y usted, Sr. D. José de mi alma —dijo Santa Cruz fingiéndose, no ya serio sino consternado—, ¿qué hace que no pide una satisfacción al duque?

—¡Duelos... duelitos a mí! —replicó Ido con sarcasmo—.

Eso es para los tontos. Estas cosas se arreglan de otro modo.

Y vuelta a empezar bajito, para concluir a gritos:

—Yo haré justicia, se lo juro a usted... Espero cogerlos *in fraganti* otra vez, *in fraganti*, Sr. D. Juan: Entonces aparecerán los dos cadáveres atravesados por una sola espada... Ésta es la venganza, ésta es la ley... por una sola espada... Y me quedaré tan fresco, como si tal cosa. Y podré salir por ahí mostrando mis manos manchadas con la sangre de los adúlteros y decir a gritos: «Aprended de mí, maridos, a defender vuestro honor. Ved estas manos justicieras, vedlas y besadlas...» Y vendrán todos... toditos a besarme las manos. Y será un besamanos, porque hay tantos, tantísimos...

Al llegar a este grado de su lastimoso acceso, el infeliz Ido ya no tenía atadero. Gesticulaba en medio de la habitación, iba de un lado para otro, parábase delante de los esposos sin ninguna muestra de respeto, daba rápidas vueltas sobre un tacón y tenía todas las trazas de un hombre completamente irresponsable de lo que dice y hace. El criado estaba en la puerta riendo, esperando que sus amos le mandasen poner a aquel adefesio en la calle. Por fin, Juan hizo una seña a Blas; y a su mujer le dijo por lo bajo: «Dale un par de duros». Dejóse conducir hasta la puerta del pobre D. José sin decir una palabra, ni despedirse. Blas le puso en la cabeza el primogénito de todos los *claques,* en una mano las mugrientas carteras, en otra los dos duros que para el caso le dio la señorita; la puerta se cerró y oyóse el pesado, inseguro paso del hombre eléctrico por las escaleras abajo.

—A mí no me divierte esto —opinó Jacinta—. Me da miedo. ¡Pobre hombre! La miseria, el no comer le habrán puesto así.

—Es lo más inofensivo que te puedes figurar. Siempre que va a casa de Joaquín, le pinchamos para que hable de la adúltera. Su demencia es que su mujer se la pega con un grande de España. Fuera de eso, es razonable y muy veraz en cuanto habla. ¿De qué provendrá esto, Dios mío? Lo que tú dices, el no comer. Este hombre ha sido también autor de novelas, y de escribir tanto adulterio, no comiendo más que judías, se le reblandeció el cerebro.

Y no se habló más del loco. Por la noche fue Guillermina, y Jacinta, que conservaba la mugrienta tarjeta con las señas de Ido, se la dio a su amiga para que en sus excursiones le socorriese. En efecto, la familia del corredor de obras (Mira el Río, 12), merecía que alguien se interesara por ella. Guillermina conocía la casa y tenía en ella muchos parroquianos. Después de visitarla, hizo a su amiguita una pintura muy patética de la miseria que en la madriguera de los Idos reinaba. La esposa era una infeliz mujer, mártir del trabajo y de la inanición, humilde, estropeadísima, fea de encargo, mal pergeñada. Él ganaba poco, casi nada. Vivía la familia de lo que ganaban el hijo mayor, cajista; y la hija, polluela de buen ver que aprendía para peinadora[a].

Una mañana, dos días después de la visita de Ido[220], Blas avisó que en el recibimiento estaba el hombre aquel de los pelos tiesos. Quería hablar con la señorita. Venía muy pacífico. Jacinta fue allá, y antes de llegar ya estaba abriendo su portamonedas.

—Señora —le dijo Ido al tomar lo que se le daba—, estoy agradecidísimo a sus bondades; pero ¡ay! la señora no sabe que estoy desnudo... quiero decir, que esta ropa que llevo se me está deshaciendo sobre las carnes... Y naturalmente, si la señora tuviera unos pantaloncitos desechados del señor D. Juan...

—¡Ah! Sí... buscaré. Vuelva usted.

—Porque la señora doña Guillermina, que es tan buena, nos socorrió con bonos de carne y pan, y a Nicanora le dio una manta, que nos viene como bendición de Dios, porque en la cama nos abrigábamos con toda mi ropa y la suya puesta sobre las sábanas...

—Descuide usted, Sr. del Sagrario; yo le procuraré alguna prenda en buen uso. Tiene usted la misma estatura de mi marido.

—Y a mucha honra... Agradecidísimo, señora; pero créame la señora, se lo digo con la mano puesta en el corazón: más me convendría ropa de niños que ropa de hombre, porque no me importa estar desnudo con tal que mis chicos estén vestidos. No tengo más que una camisa, que Nicanora, naturalmente, me lava ciertas y determinadas noches mientras duermo, para ponérmela por la mañana... pero no me importa. Anden mis niños abrigados, y a mí que me parta una pulmonía.

—Yo no tengo niños —dijo la dama con tanta pena como el otro al decir «no tengo camisa».

---

[a] aprendía para peinadora: estaba en la Fábrica de Tabacos.

[220] Día 19 de diciembre de 1873.

Maravillábase Jacinta de lo muy razonable que estaba el corredor de obras. No advirtió en él ningún indicio de las extravagancias de marras.

—La señora no tiene hijos... ¡Qué lástima! —exclamó Ido—. Dios no sabe lo que se hace... Y yo pregunto: si la señora no tiene niños, ¿para quién son los niños? Lo que yo digo... ese señor Dios será todo lo sabio que quieran; pero yo no le paso ciertas cosas.

Esto le pareció a la Delfina tan discreto, que creyó tener delante al primer filósofo del mundo; y le dio más limosna.

—Yo no tengo niños —repitió—, pero ahora me acuerdo. Mis hermanas los tienen...

—Mil y mil cuatrillones de gracias, señora. Algunas prendas de abrigo, como las que repartió el otro día doña Guillermina a los chicos de mis vecinos, no nos vendrían mal.

—¿Doña Guillermina repartió a los vecinos y a usted no?... ¡Ah! descuide usted; ya le echaré yo un buen réspice.

Alentado por esta prueba de benevolencia, Ido empezó a tomar confianza. Avanzó algunos pasos dentro del recibimiento, y bajando la voz dijo a la señorita:

—Repartió doña Guillermina unos capuchoncitos de lana, medias y otras cosas; pero a nos tocó nada. Lo mejor fue para los hijos de la señá Joaquina y para el *Pitusín*, el niño ese... ¿no sabe la señora? Ese chiquillín que tiene consigo mi vecino Pepe Izquierdo... un hombre de bien, tan desgraciado como yo... No le quiero quitar al *Pitusín* la preferencia. Comprendo que lo mejor debe caerle a él por ser de la familia.

—¿Qué dice usted, hombre? ¿De quién habla usted? —indicó Jacinta sospechando que Ido se electrizaba. Y en efecto, creyó notar síntomas de temblor en el párpado.

—El *Pitusín* —prosiguió Ido tomándose más confianza y bajando más la voz—, es un nene de tres años, muy mono por cierto, hijo de una tal Fortunata, mala mujer, señora, muy mala... Yo la vi una vez, una vez sola. Guapetona; pero muy loca. Mi vecino me ha enterado de todo... Pues como decía, el pobre *Pitusín* es muy salado... ¡más listo que Cachucha y más malo...! Trae al retortero a toda la vecindad. Yo le quiero como a mis hijos. El señor Pepe le recogió no sé dónde, porque su madre le quería tirar...

Jacinta estaba aturdidísima, como si hubiera recibido un fuerte golpe en la cabeza. Oía las palabras de Ido sin acertar a hacerle preguntas terminantes. ¡Fortunata, el *Pitusín*!... ¿No sería esto una nueva extravagancia de aquel cerebro novelador?

—Pero, vamos a ver... —dijo la señorita al fin, comenzando a serenarse—. Todo eso que usted me cuenta, ¿es verdad o es locura de usted?... Porque a mí me han dicho que usted ha escrito novelas, y que por escribirlas comiendo mal, ha perdido la chaveta.

—Yo le juro a la señora que lo que le he dicho es el Santísimo Evangelio —replicó Ido poniéndose la mano sobre el pecho—. José Izquierdo es persona formal. No sé si la señora lo conocerá. Tuvo platería en la Concepción Jerónima[221], un gran establecimiento... especialidad en regalos para amas... No sé si fue allí donde nació el *Pitusín;* lo que sí sé es que, naturalmente, es hijo de su esposo de usted, el señor D. Juanito de Santa Cruz.

—Usted está loco —exclamó la dama con arranque de enojo y despecho—. Usted es un embustero... Márchese usted.

Empujóle hacia la puerta mirando a todos lados por si había en el recibimiento o en los pasillos alguien que tales despropósitos oyera. No había nadie. D. José se deshizo en reverencias; pero no se turbó porque le llamaran loco.

—Si la señora no me cree —se limitó a decir—, puede enterarse en la vecindad...

Jacinta le retuvo entonces. Quería que hablase más.

—Dice usted que ese José Izquierdo... Pero no quiero saber nada. Váyase usted.

Ido había traspasado el hueco de la puerta, y Jacinta cerró de golpe, a punto que él abría la boca para añadir quizás algún pormenor interesante a sus revelaciones. Tuvo la dama intenciones de llamarle. Figurábase que al través de la madera, cual si ésta fuera un cristal, veía el párpado tembloroso de Ido y su cara de pavo, que ya le era odiosa como la de un animal dañino.

«No, no abro... —pensó—. Es una serpiente... ¡Qué hombre! Se finge el loco para que le tengan lástima y le den dinero.»

Cuando le oyó bajar las escaleras volvió a sentir deseos de más explicaciones. En aquel mismo instante subían Barbarita y Estupiñá cargados de paquetes de compras. Jacinta les vio por el ventanillo y huyó despavorida hacia el interior de la casa, temerosa de que le conocieran en la cara el desquiciamiento que aquel condenado hombre había producido en su alma.

---

[221] Se recordará que Fortunata estuvo viviendo, al abandonar la Cava con Juanito, en la calle Concepción Jerónima (que tiene la entrada por Atocha y la salida a la de Toledo).

¡Cómo estuvo aquel día la pobrecita! No se enteraba de lo que le decían, no veía ni oía nada. Era como una ceguera y sordera moral, casi física. La culebra que se le había enroscado dentro, desde el pecho al cerebro, le comía todos los pensamientos y las sensaciones todas, y casi le estorbaba la vida exterior. Quería llorar; ¿pero qué diría la familia al verla hecha un mar de lágrimas? Habría que decir el motivo... Las reacciones fuertes y pasajeras de toda pena no le faltaban, y cuando marea de consuelo venía, sentía breve alivio. Si todo era un embuste, si aquel hombre estaba loco... Era autor de novelas de brocha gorda y no pudiendo ya escribirlas para el público, intentaba llevar a la vida real los productos de su imaginación llena de tuberculosis. Sí, sí, sí: no podía ser otra cosa: tisis de la fantasía. Sólo en las novelas malas se ven esos hijos de sorpresa que salen cuando hace falta para complicar el argumento[222]. Pero si lo revelado podía ser una papa, también podía no serlo, y he aquí concluida la reacción de alivio. La culebra entonces, en vez de desenroscarse, apretaba más sus duros anillos.

Aquel día, el demonio lo hizo, estaba Juan mucho peor de su catarro. Era el enfermo más impertinente y dengoso que se pudiera imaginar. Pretendía que su mujer no se apartara de él, y notando en ella una tristeza que no le era habitual, decíale con enojo:

—¿Pero qué tienes, qué te pasa, hija? Vaya, pues me gusta... Estoy yo aquí hecho una plasta, aburrido y pasando las de Caín, y te me vienes tú ahora con esa cara de juez. Ríete, por amor de Dios.

Y Jacinta era tan buena, que al fin hacía un esfuerzo para

---

[222] Galdós critica la imaginación folletinesca (cfr. I, nota 218); al mismo tiempo —algo que repite continuamente en su producción novelesca—, propugna que sus personajes controlen su imaginación, pues de lo contrario ésta les controla a ellos. A ello alude, por poner un ejemplo, en la «Moraleja» al final de *La desheredada (O. C., Novelas,* I, página 1.181): «Si sentís anhelos de llegar a una difícil y escabrosa altura, no os fiéis de las alas postizas. Procurad echarlas naturales, y en caso de que no lo consigáis, pues hay infinitos ejemplos que confirmar la negativa, lo mejor, creedme, lo mejor será que toméis una escalera.»

aparecer contenta. El Delfín no tenía paciencia para soportar las molestias de un simple catarro, y se desesperaba cuando le venía uno de esos rosarios de estornudos que no se acaban nunca. Empeñábase en despejar su cabeza de la pesada fluxión sonándose con estrépito y cólera.

—Ten paciencia, hijo —le decía su madre—. Si fuera una enfermedad grave, ¿qué harías?

—Pues pegarme un tiro, mamá. Yo no puedo aguantar esto. Mientras más me sueno, más abrumada tengo la cabeza. Estoy harto de beber aguas. ¡Demonio con las aguas! No quiero más brebajes. Tengo el estómago como una charca. ¡Y me dicen que tenga paciencia! Cualquier día tengo yo paciencia. Mañana me echo a la calle.

—Falta que te dejemos.

—Al menos ríanse, cuéntenme algo, distráiganme. Jacinta, siéntate a mi lado. Mírame.

—Si ya te estoy mirando. Estás muy guapito con tu pañuelo liado en la cabeza, la nariz colorada, los ojos como tomates...

—Búrlate; mejor. Eso me gusta... Ya te daría yo mi constipado. No, si no quiero más caramelos. Con tus caramelos me has puesto el cuerpo como una confitería. Mamá...

—¿Qué?

—¿Estaré bueno mañana? Por Dios, tengan compasión de mí, háganme llevadera esta vida. Estoy en un potro. Me carga el sudar. Si me desabrigo, toso; si me abrigo, echo el quilo... Mamá, Jacinta, distraedme; tráiganme a Estupiñá para reírme un rato con él.

Jacinta, al quedarse otra vez sola con su marido, volvió a sus pensamientos. Le miró por detrás de la butaca en que sentado estaba.

«¡Ah, cómo me has engañado!...»

Porque empezaba a creer que el loco, con serlo tan rematado, había dicho verdades. Las inequívocas adivinaciones del corazón humano decíanle que la desagradable historia del *Pitusín* era cierta. Hay cosas que forzosamente son ciertas, sobre todo siendo cosas malas. ¡Entróle de improviso a la pobrecita esposa una rabia...! Era como la cólera de las palomas cuando se ponen a pelear. Viendo muy cerca de sí la cabeza de su marido, sintió deseos de tirarle del cabello que por entre las vueltas del pañuelo de seda salía.

«¡Qué rabia tengo! —pensó Jacinta apretando sus bonitísimos dientes—, por haberme ocultado una cosa tan grave... ¡Tener un hijo y abandonarlo así!»...

Se cegó; vio todo negro. Parecía que le entraban convulsiones. Aquel *Pitusín* desconocido y misterioso, aquella hechura de su marido, sin que fuese, como debía, hechura suya también, era la verdadera culebra que se enroscaba en su interior...

«¿Pero qué culpa tiene el pobre niño...? —pensó después transformándose por la piedad—. ¡Este, este tunante...!»

Miraba la cabeza, ¡y que ganas tenía de arrancarle una mecha de pelo, de pegarle un coscorrón!... ¿Quién dice uno?... Dos, tres, cuatro coscorrones muy fuertes para que aprendiera a no engañar a las personas.

—Pero mujer, ¿qué haces ahí detrás de mí? —murmuró él sin volver la cabeza—. Lo que digo, hoy parece que estás lela. Ven acá, hija.

—¿Qué quieres?

—Niña de mi vida, hazme un favorcito.

Con aquellas ternuras se le pasó a la Delfina todo su furor de coscorrones. Aflojó los dientes y dio la vuelta hasta ponérsele delante.

—Hazme el favorcito de ponerme otra manta. Creo que me he enfriado algo.

Jacinta fue a buscar la manta. Por el camino decía:

«En Sevilla me contó que había hecho diligencias por socorrerla. Quiso verla y no pudo. Murió mamá, pasó tiempo; no supo más de ella... Como Dios es mi padre, yo he de saber lo que hay de verdad en esto, y si... (se ahogaba al llegar a esta parte de su pensamiento) si es verdad que los hijos que no le nacen en mí le nacen en otra...»

Al poner la manta le dijo:

—Abrígate bien, infame.

Y a Juanito no se le ocultó la seriedad con que lo decía. Al poco rato volvió a tomar el acento mimoso:

—Jacintilla, niña de mi corazón, ángel de mi vida, llégate acá. Ya no haces caso del sinvergüenza de tu maridillo.

—Celebro que te conozcas. ¿Qué quieres?

—Que me quieras y me hagas muchos mimos. Yo soy así. Reconozco que no se me puede aguantar. Mira, tráeme agua azucarada... templadita, ¿sabes? Tengo sed.

Al darle el agua, Jacinta le tocó la frente y las manos.

—¿Crees que tengo calentura?

—De pollo asado. No tienes más que impertinencias. Eres peor que los chiquillos.

—Mira, hijita, cordera; cuando venga *La Corresponden-*

cia[223], me la leerás. Tengo ganas de saber cómo se desenvuelve Salmerón. Luego me leerás *La Época*. ¡Qué buena eres! Te estoy mirando y me parece mentira que tenga yo por mujer a un serafín como tú. Y que no hay quien me quite esta ganga... ¡Qué sería de mí sin ti... enfermo, postrado...!

—¡Vaya una enfermedad! Sí; lo que es por quejarte no quedará...

Doña Bárbara entró diciendo con autoridad:

—A la cama, niño, a la cama. Ya es de noche y te enfriarás en ese sillón.

—Bueno, mamá; a la cama me voy. Si yo no chisto, si no hago más que obedecer a mis tiranas... Si soy una malva. Blas, Blas,... ¿pero dónde se mete este condenado hombre?

María Santísima, lo que le bregaron para acostarle. La suerte de ellas era que lo tomaban a broma.

—Jacinta, ponme un pañuelo de seda en la garganta... Chica, no aprietes tanto que me ahogas... Quita, quita, tú no sabes. Mamá, ponme tú el pañuelo... No, quitádmelo; ninguna de las dos sabe liar un pañuelo. ¡Pero qué gente más inútil!

Pasa un ratito.

—Mamá, ¿ha venido *La Correspondencia*?

—No, hijo. No te desabrigues. Mete estos brazos. Jacinta, cúbrele los brazos.

—Bueno, bueno, ya están metidos los brazos. ¿Los meto más? Eso es, se empeñan en que me ahogue. Me han puesto un baúl mundo encima. Jacinta, quita *jierro*, que el peso me

_____

[223] El periodista sevillano Manuel María de Santa Ana, que en 1848 creó la *Carta Autógrafa*, convirtió a ésta en 1851 en *La Correspondencia Autógrafa Confidencial* y en 1859 en el diario *La Correspondencia de España*, que popularmente se le llamó el «gorro de dormir», porque «en el último tercio del siglo XIX, raro era el madrileño que se iba a la cama sin haberlo leído». Cfr. Pedro Gómez Aparicio, *Historia del periodismo español. Desde la «Gaceta de Madrid» (1661) hasta el destronamiento de Isabel II*, Madrid, 1967, págs. 357-359 y 506-507. Fue un periódico independiente. Para Galdós, en *Crónica de Madrid, O. C.*, III, pág. 1.286, *La Correspondencia* era: «... una dama casquivana y coqueta, antojadiza, voluble y caprichosa...: se multiplica por arte mágico, y cada uno la recibe en sus brazos con ademán de impaciencia: la estrujan, la manotean, devoran sus encubiertos atractivos, que a la manera de esos encantos femeninos dibujados por la seda, los tules y la crinolina, ocultan a veces una solemne y aterradora mentira; escudriñan sus secretos, que suelen ser tremendas filfas, y procuran descifrar el arcano de las postrimerías ministeriales, el vaivén, el sube y baja de las mareas del funcionarismo.»

agobia... Pero, chica, no tanto; sube más arribita el edredón... tengo el pescuezo helado. Mamá... lo que digo, hacen las cosas de mala gana. Así no me pongo nunca bueno. Y ahora se van a comer. ¿Y me voy a quedar solo con Blas?

—No, tonto, Jacinta comerá aquí contigo.

Mientras su mujer comía, ni un momento dejó de importunarla:

—Tú no comes, tú estás desganada; a ti te pasa algo; tú disimulas algo... A mí no me la das tú. Francamente, nunca está uno tranquilo... pensando siempre si te nos pondrás mala. Pues es preciso comer; haz un esfuerzo... ¿Es que no comes para hacerme rabiar?... Ven acá, tontuela, echa la cabecita aquí. Si no me enfado, si te quiero más que a mi vida, si por verte contenta, firmaba yo ahora un contrato de catarro vitalicio... Dame un poquito de esa camuesa... ¡Qué buena está! Déjame que te chupe el dedo...

Iban llegando los amigos de la casa que solían ir algunas noches.

—Mamá, por las llagas y por todos los clavos de Cristo, no me traigas acá a Aparisi... Ahora le da porque todo ha de ser *obvio... obvio* por arriba, *obvio* por abajo. Si me le traes le echo a cajas destempladas.

—Vaya, no digas tonterías. Puede que entre a saludarte; pero saldrá en seguida. ¿Quién ha entrado ahora?... ¡Ah! Me parece que es Guillermina.

—Tampoco la quiero ver. Me va a aburrir con su edificio. ¡Valiente chifladura! Esa mujer está loca. Anoche me dio la gran jaqueca, con que si sacó las maderas *de seis* a treinta y ocho reales, y las *carreras de pie* y *cuarto*[224] a diez y seis reales, y seis reales pie. Me armó un triquitraque de pies que me dejó la cabeza pateada. No me la entren aquí. No me importa saber a cómo valen el ladrillo pintón y las alfarjías... Mamá, ponte de centinela y aquí no me entra más que Estupiñá. Que venga Placidito, para que me cuente sus glorias, cuando iba al portillo de Gilimón a meter contrabando, y a la bóveda de San Ginés a abrirse las carnes con el zurriago... Que venga para decirle: «Lorito, daca la pata.»

—¡Pero qué impertinente! Ya sabes que el pobre Plácido se acuesta entre nueve y diez. Tiene que estar en planta a las

---

[224] Se trata de un tipo de viga larga. Alfarjía, un poco más adelante, es un tipo de viga de madera empleada en ventanas y puertas.

cinco de la mañana. Como que va a despertar al sacristán de San Ginés, que tiene un sueño muy pesado.

—Y porque el sacristán de San Ginés sea un dormilón, ¿me he de fastidiar yo? Que entre Estupiñá y me dé tertulia. Es la única persona que me divierte.

—Hijo, por amor de Dios, mete esos brazos.

—Ea, pues si no viene Rossini, no los meto y saco todo el cuerpo fuera.

Y entraba Plácido y le contaba mil cosas divertidas, que siento no poder reproducir aquí. No contento con esto, quería divertirse a costa de él, y recordando un pasaje de la vida de Estupiñá que le habían contado, decíale:

—A ver, Plácido, cuéntanos aquel lance tuyo cuando te arrodillaste delante del sereno, creyendo que era el Viático...

Al oír esto, el bondadoso y parlanchín anciano se desconcertaba. Respondía torpemente, balbuciendo negativas y «¿Quién te ha contado esa paparrucha?»

A lo mejor, saltaba Juan con esto:

—¿Pero di, Plácido, tú no has tenido nunca novia?

—Vaya, vaya, este Juanito —decía Estupiñá levantándose para marcharse—, tiene hoy ganas de comedia.

Barbarita, que tanto apreciaba a su buen amigo, estaba, como suele decirse, al quite de estas bromas que tanto le molestaban.

—Hijo, no te pongas tan pesado... deja marchar a Plácido. Tú como te estás durmiendo hasta las once de la mañana, no te acuerdas del que madruga.

Jacinta, entre tanto, había salido un rato de la alcoba. En el salón vio a varias personas, Casa-Muñoz, Ramón Villuendas, D. Valeriano Ruiz-Ochoa y alguien más, hablando de política con tal expresión de terror, que más bien parecían conspiradores. En el gabinete de Barbarita y en el rincón de costumbre halló a Guillermina haciendo obra de media con hilo crudo. En el ratito que estuvo sola con ella, la enteró del plan que tenía para la mañana siguiente. Irían juntas a la calle de Mira el Río, porque Jacinta tenía un interés particular en socorrer a la familia de aquel pasmarote que hace las suscripciones.

—Ya le contaré a usted; tenemos que hablar largo.

Ambas estuvieron de cuchicheo un buen cuarto de hora, hasta que vieron aparecer a Barbarita.

—Hija, por Dios, ve allá. Hace un rato que te está llamando. No te separes de él. Hay que tratarle como a los chiquillos.

—Pero mujer, te marchas y me dejas así... ¡Qué alma tienes!

—gritó el Delfín cuando vio entrar a su esposa—. Vaya una manera de cuidarle a uno. Nada... lo mismo que a un perro.

—Hijo de mi alma, si te dejé con Plácido y tu mamá... Perdóname, ya estoy aquí.

Jacinta parecía alegre, Dios sabría por qué... Inclinóse sobre el lecho y empezó a hacerle mimos a su marido, como podría hacérselos a un niño de tres años.

—¡Ay, qué mañosito se me ha vuelto este nene!... Le voy a dar azotes... Toma, este por tu mamá, este por tu papá y este grande... por tu pariente...

—¡Rica!

—Si no me quieres nada.

—Anda, zalamera... quien no me quiere nada eres tú.

—Nada en gracia de Dios.

—¿Cuánto me quieres?

—Tanto así.

—Es poco.

—Pues como de aquí a la Cibeles... no al Cielo... ¿Estás satisfecho?

—*Chí.*

Jacinta se puso seria.

—Arréglame esta almohada.

—¿Así?

—No, más alta.

—¿Está bien?

—No, más bajita... Magnífico. Ahora, ráscame aquí, en la paletilla.

—¿Aquí?

—Más abajito... más arribita... ahí... fuerte... ¡Ay, niña de mi vida, eres la gloria eterna!... ¡Qué dicha la mía en poseerte!...

—Cuando estás malo es cuando me dices esas cosas... Ya me las pagarás todas juntas.

—Sí, soy un pillo... Pégame.

—Toma, toma.

—Cómeme...

—Sí, que te como, y te arranco un bocado...

—¡Ay! ¡ay! No tanto, caramba. ¡Si alguien nos viera!...

—Creería que nos habíamos vuelto tontos rematados —observó Jacinta riéndose con cierta melancolía.

—Estas simplezas no son para que las vea nadie...

—¿Cierras los ojos? Duérmete, a...rrorró...

—Eso es, quieres que me duerma para echar a correr a darle

313

cuerda a esa maniática de Guillermina. Tú eres responsable de que se chifle por completo, porque le fomentas el tema del edificio... Ya estás deseando que cierre yo los ojos para irte. Más que estar conmigo te gusta el palique. ¿Sabes lo que te digo? Que si me duermo, te tienes que estar aquí, de centinela, para cuidar de que no me destape.

—Bueno, hombre, bueno; me estaré.

Quedóse aletargado; pero en seguida abrió los ojos, y lo primero que vieron fue los de Jacinta, fijos en él con atención amante. Cuando se durmió de veras, la centinela abandonó su puesto para correr al lado de Guillermina con quien tenía pendiente una interesantísima conferencia.

IX

Una visita al Cuarto Estado[225]

I

Al día siguiente[226], el Delfín estaba poco más o menos lo mismo. Por la mañana, mientras Barbarita y Plácido andaban

[225] El «cuarto estado», expresión atribuida por Tomás Carlyle a Edmundo Burke, suele hacer referencia a la influencia que la prensa ejerce sobre la opinión y las decisiones del poder público en los países parlamentarios. Pero en *Fortunata y Jacinta* el «cuarto estado» es el mundo de la miseria en los barrios pobres de Madrid. Esta denominación es tomada por Galdós —según Gustavo Correa, *El simbolismo religioso en Pérez Galdós*, Madrid, 1962, págs. 97-98, nota 1: «de la esfera de la economía política, en la cual la designación se aplicaba al creciente obrerismo y desempleo de las ciudades grandes». Cfr. Juan de Lorenzana, en su artículo «Algunas consideraciones generales con motivo del proyecto de ley sobre vagancia»: «Esta cuestión no está muerta ni siquiera dormida; por el contrario, desde que se ha sometido a procedimientos científicos, desde que se ha escrito un libro que tiene por título *Filosofía de la miseria*, esta cuestión ha salido de los dominios del instinto para entrar en los de la alta especulación racional, después de haber atravesado las regiones de la utopía. Fije un momento el Sr. Ministro de Gracia y Justicia su mirada sobre las actas y debates de las sesiones de los congresos de obreros, medite las doctrinas que allí se vierten y profesan, y verá que ese *cuarto estado* como ellos se llaman, prohijando las célebres fórmulas que el abate Sieyes aplicó al *tercero*, aspira al aniquilamiento de la *bourgeoisie*, como ésta procuró el de la aristocracia después de haber sido reducida a la impotencia por la monarquía absoluta», *Revista de España*, I (1868), pág. 76.
[226] Día 20 de diciembre de 1873.

por esas calles de tienda en tienda, entregados al deleite de las compras precursoras de Navidad, Jacinta salió acompañada de Guillermina. Había dejado a su esposo con Villalonga, después de enjaretarle la mentirilla de que iba a la Virgen de la Paloma[227] a oír una misa que había prometido. El atavío de las dos damas era tan distinto, que parecían ama y criada. Jacinta se puso su abrigo, sayo o *pardessus* color de pasa, y Guillermina llevaba el traje modestísimo de costumbre[a].

Iba Jacinta tan pensativa, que la bulla de la calle de Toledo no la distrajo de la atención que a su propio interior prestaba. Los puestos a medio armar en toda la acera desde los portales a San Isidro, las baratijas, las panderetas, la loza ordinaria, las puntillas, el cobre de Alcaraz[228] y los veinte mil cachivaches que aparecían dentro de aquellos nichos de mal clavadas tablas y de lienzos peor dispuestos, pasaban ante su vista sin determinar una apreciación exacta de lo que eran. Recibía tan sólo la imagen borrosa de los objetos diversos que iban pasando, y lo digo así, porque era como si ella estuviese parada y la pintoresca vía se corriese delante de ella como un telón. En aquel telón había racimos de dátiles colgados de una percha; puntillas blancas que caían de un palo largo, en ondas, como los vástagos de una trepadora, pelmazos de higos pasados, en bloques; turrón en trozos como sillares que parecían acabados

---

[a] costumbre: costumbre; falda de merino negro, sin cogidos, mantón negro también y de poco abrigo, y un vuelo cuyo viso tiraba al ala de mosca.

[227] Se trata de la capilla de Nuestra Señora de la Soledad, en la calle de la Paloma, capilla conocida popularmente como Virgen de la Paloma. Mesonero Romanos cuenta *(Manual,* pág. 307) que esta imagen estaba entre las ocho que Isabel II visitaba en el último mes de su embarazo. Fernández de los Ríos *(Guía de Madrid,* pág. 116) escribió en torno a la leyenda de esta Virgen: «En un corral perteneciente a las monjas de San Juan de Alcalá se crió una paloma, que dicen volaba sobre la Virgen de las Maravillas cuando la llevaban al convento de su nombre. El suceso se representó en un cuadro, que hallándose abandonado en el corral entre la leña destinada a encender el horno, compró María Isabel Tintero a unos muchachos; lo limpió, lo colocó en el portal de su casa, y adquiriendo celebridad milagrosa, en el siglo pasado se levantó para colocarle la capilla que hoy existe». Esta capilla aparece también en algunos *Episodios* de la última serie.

[228] Alcaraz, en la provincia de Albacete, era conocida por sus minas de cobre y zinc. Algunos filones de sus minas fueron descubiertos en tiempos prerromanos.

de traer de una cantera; aceitunas en barriles rezumados; una mujer puesta sobre una silla y delante de una jaula, mostrando dos pajarillos amaestrados[a], y luego montones de oro, naranjas en seretas o hacinadas en el arroyo. El suelo intransitable ponía obstáculos sin fin, pilas de cántaros y vasijas, ante los pies del gentío presuroso, y la vibración de los adoquines al paso de los carros parecía hacer bailar a personas y cacharros. Hombres con sartas de pañuelos de diferentes colores se ponían delante del traseúnte como si fueran a capearlo. Mujeres chillonas taladraban el oído con pregones enfáticos, acosando al público y poniéndole en la alternativa de comprar o morir. Jacinta veía las piezas de tela desenvueltas en ondas a lo largo de todas las paredes, percales azules, rojos y verdes, tendidos de puerta en puerta, y su mareada vista le exageraba las curvas de aquellas rúbricas de trapo. De ellas colgaban, prendidas con alfileres, toquillas de los colores vivos y elementales que agradan a los salvajes. En algunos huecos brillaba el naranjado que chilla como los ejes sin grasa; el bermellón nativo, que parece rasguñar los ojos; el carmín, que tiene la acidez del vinagre; el cobalto, que infunde ideas de envenenamiento; el verde panza de lagarto, y ese amarillo tila, que tiene cierto aire de poesía mezclado con la tisis, como en *La Traviatta*[229]. Las bocas de las tiendas, abiertas entre tanto colgajo, dejaban ver el interior de ellas tan abigarrado como la parte externa, los horteras de bruces sobre el mostrador, o vareando telas, o charlando. Algunos braceaban, como si nadasen en un mar de pañuelos. El sentimiento pintoresco de aquellos tenderos se revela en todo. Si hay una columna en la tienda la revisten de corsés encarnados, negros y blancos, y con los refajos hacen graciosas combinaciones decorativas.

Dio Jacinta de cara a diferentes personas muy ceremoniosas. Eran maniquís vestidos de señora con tremendos *polisones*[230], o de caballero con terno completo de lanilla. Después

---

[a] [que respondían a los populares nombres de Garibaldi y Espartero;]

[229] La ópera de Verdi, *La Traviata* (1853), estaba basada en *La dama de las Camelias* (1848), de Dumas hijo, que también será citada en *Fortunata y Jacinta*. Margarita, la «Dame aux Camélias», tísica, tenía ese «aire de poesía» que menciona Galdós.

[230] El *polisón* consistía en un armazón que, atado a la cintura, se ponían por detrás, sobre las nalgas, las mujeres. Antonio Soto, en *El Madrid de la Primera República*, Madrid, 1935, pág. 19, decía: «La

gorras, muchas gorras, posadas y alineadas en percheros del largo de toda una casa; chaquetas ahuecadas con un palo, zamarras y otras prendas que algo, sí, algo tenían de seres humanos sin piernas ni cabeza. Jacinta, al fin, no miraba nada; únicamente se fijó en unos hombres amarillos, completamente amarillos, que colgados de unas horcas se balanceaban a impulsos del aire. Eran juegos de calzón y camisa de bayeta, cosidas una pieza a otra, y que así, al pronto, parecían personajes de azufre. Los había también encarnados. ¡Oh!, el rojo abundaba tanto, que aquello parecía un pueblo que tiene la religión de la sangre. Telas rojas, arneses rojos, collarines y frontiles rojos con madroñaje arabesco. Las puertas de las tabernas también de color de sangre. Y que no son ni una ni dos. Jacinta se asustaba de ver tantas, y Guillermina no pudo menos de exclamar:

—¡Cuánta perdición! una puerta sí y otra no, taberna. De aquí salen todos los crímenes.

Cuando se halló cerca del fin de su viaje, la Delfina fijaba exclusivamente su atención en los chicos que iba encontrando. Pasmábase la señora de Santa Cruz de que hubiera tantísima madre por aquellos barrios, pues a cada paso tropezaba con una, con su crío en brazos, muy bien agasajado bajo el ala del mantón. A todos estos ciudadanos del porvenir no se les veía más que la cabeza por cima del hombro de su madre. Algunos iban vueltos hacia atrás, mostrando la carita redonda dentro del círculo del gorro y los ojuelos vivos, y se reían con los transeúntes. Otros tenían el semblante mal humorado, como personas que se llaman a engaño en los comienzos de la vida humana. También vio Jacinta no uno, sino dos y hasta tres, camino del cementerio. Suponíales muy tranquilos y de color de cera dentro de aquella caja que llevaba un tío cualquiera al hombro, como se lleva una escopeta.

—Aquí es —dijo Guillermina, después de andar un trecho por la calle del Bastero y de doblar una esquina.

No tardaron en encontrarse dentro de un patio cuadrilongo. Jacinta miró hacia arriba y vio dos filas de corredores con antepechos de fábrica y pilastrones de madera pintada de ocre,

señora ha de dar ciento y raya en su vitola a la complicación varonil. Pantalones de holanda, con largos encajes. Dos pares de enaguas almidonadas. Polisón incipiente, corsé, cubrecorsé y a veces chambra. Todo esto sirve como cimiento y base para el vestido complicado del año 73.»

mucha ropa tendida, mucho refajo amarillo, mucha zalea puesta a secar, y oyó un zumbido como de enjambre. En el patio, que era casi todo de tierra, empedrado sólo a trechos, había chiquillos de ambos sexos y de diferentes edades[a]. Una zagalona tenía en la cabeza toquilla roja con agujeros, o con *orificios,* como diría Aparisi; otra, toquilla blanca, y otra estaba con las greñas al aire. Ésta llevaba zapatillas de orillo, y aquélla botitas finas de caña blanca, pero ajadas ya y con el tacón torcido. Los chicos eran de diversos tipos. Estaba el que va para la escuela con su cartera de estudio, y el pillete descalzo que no hace más que vagar. Por el vestido se diferenciaban poco, y menos aún por el lenguaje, que era duro y con inflexiones dejosas.

—Chicoooo... *mía* éste... Que te rompo la cara... ¿sabéees...?

—¿Ves esa farolona? —dijo Guillermina a su amiga—, es una de las hijas de Ido... Ésa, ésa que está dando brincos como un saltamontes... ¡Eh!, chiquilla... No oyen... venid acá.

Todos los chicos, varones y hembras, se pusieron a mirar a las dos señoras, y callaban entre burlones y respetuosos, sin atreverse a acercarse[b]. Las que se acercaban paso a paso eran seis u ocho palomas pardas, con reflejos irisados en el cuello; lindísimas, gordas. Venían muy confiadas meneando el cuerpo como las chulas, picoteando en el suelo lo que encontraban, y eran tan mansas, que llegaron sin asustarse hasta muy cerca de las señoras. De pronto levantaron el vuelo y se plantaron en el tejado. En algunas puertas había mujeres que sacaban esteras a que se orearan, y sillas y mesas. Por otras salía como una humareda: era el polvo del barrido. Había vecinas que se estaban peinando las trenzas negras y aceitosas, o las guedejas rubias, y tenían todo aquel matorral echado sobre la cara como un velo. Otras salían arrastrando zapatos en chancleta

---

[a] [Parecía que perseguían a Jacinta, pues adonde quiera que enderezaba la vista no veía más que muchachos. Tres o cuatro niñas saneadas y ágiles como cabras jugaban con mayor inquietud que los varones.]

[b] callaban entre burlones y respetuosos sin atreverse a acercarse: todos callaron. Al mismo tiempo Jacinta vio que hacia ella marchaba con las alas abiertas un gallo de pelea, la cabeza peluda y roja como un tomate. Parecía un perro guardián que la quería morder. Guillermina le amenazó con el pie, y el gallo en un arranque de despecho se dio un picotazo a sí mismo, y enseñó a las señoras su rabadilla, también peluda y roja como la cabeza. Los muchachos no se acercaban. Estaban ellos mirando a las señoras, entre burlones y respetuosos.

por aquellos empedrados de Dios, y al ver a las forasteras corrían a sus guaridas a llamar a otras vecinas, y la noticia cundía, y aparecían por las enrejadas ventanas cabezas peinadas o a medio peinar.

—¡Eh! chiquillos, venid acá —repitió Guillermina.

Y se fueron acercando escalonados por secciones, como cuando se va a dar un ataque. Algunos, más resueltos, las manos a la espalda, miraron a las dos damas del modo más insolente. Pero uno de ellos, que sin duda tenía instintos de caballero, se quitó de la cabeza un andrajo que hacía el papel de gorra y les preguntó que a quién buscaban.

—¿Eres tú del señor de Ido?

El rapaz respondió que no, y al punto destacóse del grupo la niña de las zancas largas, de las greñas sueltas y de los zapatos de orillo, apartando a manotadas a todos los demás muchachos que se enracimaban ya en derredor de las señoras.

—¿Está tu padre arriba?

La chica respondió que sí, y desde entonces convirtióse en individuo de Orden Público. No dejaba acercar a nadie; quería que todos los granujas se retiraran y ser ella sola la que guiase a las dos damas hasta arriba.

—¡Qué pesados, qué sobones!... En todo quieren meter las narices... Atrás, gateras, atrás... Quitarvos de en medio; dejar paso.

Su anhelo era marchar delante. Habría deseado tener una campanilla para ir tocando por aquellos corredores a fin de que supieran todos qué gran visita venía a la casa.

—Niña, no es preciso que nos acompañes —dijo Guillermina que no gustaba de que nadie se sofocase tanto por ella—. Nos basta con saber que están en casa.

Pero la zancuda no hacía caso. En el primer peldaño de la escalera estaba sentada una mujer que vendía higos pasados en una sereta, y por poco no le planta el zapato de orillo en mitad de la cara. Y todo porque no se apartaba de un salto para dejar el paso libre...

—¡Vaya dónde se va a usted a poner, tía bruja!... Afuera o la reviento de una patada...

Subieron, no sin que a Jacinta le quedaran ganas de examinar bien toda la pillería que en el patio quedaba. Allá en el fondo había divisado dos niños y una niña. Uno de ellos era rubio y como de tres años. Estaban jugando con el fango, que es el juguete más barato que se conoce. Amasábanlo para hacer tortas del tamaño de *perros grandes*. La niña, que era de más edad, había construido un hornito con pedazos de ladrillo, y a la derecha de ella había un montón de panes, bollos y tortas, todo de la misma masa que tanto abundaba allí. La señora de Santa Cruz observó este grupo desde lejos. ¿Sería alguno de aquellos? El corazón le saltaba en el pecho y no se atrevía a preguntar a la zancuda. En el último peldaño de la escalera encontraron otro obstáculo: dos muchachuelas y tres nenes, uno de éstos en mantillas, interceptaban el paso. Estaban jugando con arena *fina* de fregar. El mamón estaba fajado y en el suelo, con las patas y las manos al aire, berreando, sin que nadie le hiciera caso. Las dos niñas habían extendido la arena sobre el piso, y de trecho en trecho habían puesto diferentes palitos con cuerdas y trapos. Era el secadero de ropa de las Injurias, propiamente imitado.

—¡Qué tropa, Dios! —exclamó la zancuda con indignación de celador de ornato público, que no causó efecto—. Cuidado donde se van a poner... ¡Fuera, fuera!... Y tú, *pitoja*[231], recoge a tu hermanillo, que le vamos a espachurrar.

Estas amonestaciones de una autoridad tan celosa fueron oídas con el más insolente desdén. Uno de los mocosos arrastraba su panza por el suelo, abierto de las cuatro patas; el otro cogía puñados de arena y se lavaba la cara con ella, acción muy lógica, puesto que la arena representa el agua.

—Vamos, hijos, quitaos de en medio —les dijo Guillermina a punto que la zancuda destruía con el pie el lavadero, gritando:

—Sinvergüenzonas, ¿no tenéis otro sitio donde jugar? ¡Vaya con la canalla esta...!

Y echó adelante resuelta a destruir cualquier obstáculo que se opusiera al paso. Las otras chiquillas cogieron a los mocosos, como habrían cogido a una muñeca, y poniéndoselo al cuadril, volaron por aquellos corredores.

—Vamos —dijo Guillermina a su guía—, no las riñas tanto, que también tú eres buena...

II

Avanzaron por el corredor, y a cada paso un estorbo. Bien era un brasero que se estaba encendiendo, con el tubo de hierro sobre las brasas para hacer tiro; bien el montón de

---

[231] *Pitoja:* probablemente se trata de un despectivo derivado de «pito», «pitocha», «no valer un pito»... *Pitoja,* en tal caso, significaría «insignificante», «ser inútil o de ningún valor o importancia».

zaleas o de ruedos; ya una banasta de ropa; ya un cántaro de agua. De todas las puertas abiertas y de las ventanillas salían voces o de disputa o de algazara festiva. Veían las cocinas con los pucheros armados sobre las ascuas, las artesas de lavar junto a la puerta, y allá en el testero de las breves estancias la indispensable cómoda con su hule, el velón con pantalla verde y en la pared una especie de altarucho formado por diferentes estampas, alguna lámina al cromo de prospectos o periódicos satíricos, y muchas fotografías. Pasaban por un domicilio que era taller de zapatería, y los golpazos que los zapateros daban a la suela, unidos a sus cantorrios, hacían una algazara de mil demonios. Más allá sonaba el convulsivo tiquitique de una máquina de coser, y acudían a las ventanas bustos y caras de mujeres curiosas. Por aquí se veía un enfermo tendido en un camastro, más allá un matrimonio que disputaba a gritos. Algunas vecinas conocieron a doña Guillermina y la saludaban con respeto. En otros círculos causaba admiración el empaque elegante de Jacinta. Poco más allá cruzáronse de una puerta a otra observaciones picantes e irrespetuosas.

—Señá Mariana, ¿ha visto que nos hemos traído el sofá en la rabadilla? ¡Ja, ja, ja!

Guillermina se paró, mirando a su amiga:

—Esas chafalditas no van conmigo. No puedes figurarte el odio que esta gente tiene a los *polisones,* en lo cual demuestran un sentido... ¿cómo se dice?, un sentido *estético* superior al de esos haraganes franceses que inventan tanto pegote estúpido.

Jacinta estaba algo corrida; pero también se reía. Guillermina dio dos pasos atrás, diciendo:

—Ea, señoras, cada una a su trabajo, y dejen en paz a quien no se mete con ustedes.

Luego se detuvo junto a una de las puertas y tocó en ella con los nudillos.

—La señá Severiana no está —dijo una de las vecinas—. ¿Quiere la señora dejar recado?...

—No; la veré otro día.

Después de recorrer dos lados del corredor principal, penetraron en una especie de túnel en que también había puertas numeradas; subieron como unos seis peldaños, precedidas siempre de la zancuda, y se encontraron en el corredor de otro patio, mucho más feo, sucio y triste que el anterior. Comparado con el segundo, el primero tenía algo de aristocrático y podría pasar por albergue de familias *distinguidas*. Entre uno y otro patio, que pertenecían a un mismo dueño y por eso estaban unidos, había un escalón social, la distancia entre eso que se llama *capas*. Las viviendas, en aquella segunda *capa*, eran más estrechas y miserables que en la primera; el revoco se caía a pedazos, y los rasguños trazados con un clavo en las paredes parecían hechos con más saña, los versos escritos con lápiz en algunas puertas más necios y groseros, las maderas más despintadas y roñosas, el aire más viciado, el vaho que salía por puertas y ventanas más espeso y repugnante. Jacinta, que había visitado algunas casas de corredor, no había visto ninguna tan tétrica y mal oliente.

—¿Qué, te asustas, niña bonita? —le dijo Guillermina—. ¿Pues qué creías tú que esto era el Teatro Real o la casa de Fernán-Núñez[232]? Ánimo. Para venir aquí se necesitan dos cosas: caridad y estómago.

Echando una mirada a lo alto del tejado, vio la Delfina que por cima de éste asomaba un tenderete en que había muchos cueros, tripas u otros despojos, puestos a secar. De aquella región venía, arrastrado por las ondas del aire, un olor nauseabundo. Por los desiguales tejados paseábanse gatos de feroz aspecto, flacos, con las quijadas angulosas, los ojos dormilones, el pelo erizado. Otros bajaban a los corredores y se tendían al sol; pero los propiamente salvajes, vivían y aun se criaban arriba, persiguiendo el sabroso ratón de los secaderos.

Pasaron junto a las dos damas figuras andrajosas, ciegos que iban dando palos en el suelo, lisiados con montera de pelo, pantalón de soldado, horribles caras. Jacinta se apretaba contra la pared para dejar el paso franco. Encontraban mujeres con pañuelo a la cabeza y mantón pardo, tapándose la boca con la mano envuelta en un pliegue del mismo mantón. Parecían moras; no se les veía más que un ojo y parte de la

---

[232] El origen del Teatro Real lo explica Fernández de los Ríos *(Guía de Madrid,* págs. 559-565). Una compañía italiana habilitó, en un solar de los Caños del Peral o Fuente del Arrabal, un teatro. Sobre el mismo terreno se empezó en 1818 a construir el Teatro Rèal y, tras varias interrupciones por dificultades económicas, se terminó en 1850. Sufrió hasta 1966, que fue transformado en sala de conciertos, sucesivas reformas. En la actualidad, además de sala de conciertos, se utiliza para Escuela Nacional de Arte Dramático y para Real Conservatorio de Música. Cfr. *Guía de Madrid,* Madrid, 1982, pág. 89. A la casa de Fernán-Núñez, situada en la calle de Santa Isabel, la llama Mesonero Romanos *(El antiguo Madrid,* pág. 197) «moderna casa-palacio de los condes de Cerbellón y de Fernán-Gómez».

nariz. Algunas eran agraciadas; pero la mayor parte eran flacas, pálidas, tripudas y envejecidas antes de tiempo.

Por los ventanuchos abiertos salía, con el olor de fritangas y el ambiente chinchoso, murmullo de conversaciones dejosas, arrastrando toscamente las sílabas finales. Este modo de hablar de la tierra ha nacido en Madrid de una mixtura entre el dejo andaluz, puesto en moda por los soldados, y el dejo aragonés, que se asimilan todos los que quieren darse aires varoniles.

Nueva barricada de chiquillos les cortó el paso. Al verles, Jacinta y aun Guillermina, a pesar de su costumbre de ver cosas raras, quedáronse pasmadas, y hubiérales dado espanto lo que miraban, si las risas de ellos no disiparan toda impresión terrorífica. Era una manada de salvajes, compuesta de dos tagarotes como de diez y doce años, una niña más chica, y otros dos *chavales,* cuya edad y sexo no se podía saber. Tenían todos ellos la cara y las manos llenas de chafarrinones negros, hechos con algo que debía de ser betún o barniz japonés del más fuerte. Uno se había pintado rayas en el rostro, otro anteojos, aquél bigotes, cejas y patillas con tan mala maña, que toda la cara parecía revuelta en heces de tintero. Los pequeñuelos no parecían pertenecer a la raza humana, y con aquel maldito tizne extendido y resobado por la cara y las manos semejaban micos, diablillos o engendros infernales.

—¡Malditos seáis...! —gritó la zancuda, cuando vio aquellas fachas horrorosas. —¡Pero cómo os habéis puesto así, sinvergüenzones, indecentes, puercos, marranos...!

—En el nombre del Padre... —exclamó Guillermina persignándose. —¿Pero has visto...?

Contemplaban ellos a las damas, mudos y con grandísima emoción, gozando íntimamente en la sorpresa y terror que sus espantables cataduras producían en aquellas señoriticas tan requetefinas. Uno de los pequeños intentó echar la zarpa al abrigo de Jacinta; pero la zancuda empezó a dar chillidos:

—Quitarvos allá, desapartaisos, gorrinos asquerosos... que mancháis a estas señoras con esas manazas.

—¡Bendito Dios!... Si parecen caníbales... No nos toquéis... La culpa no la tenéis vosotros, sino vuestras madres, que tal os consienten... Y si no me engaño, estos dos gandulones son tus hermanos, niña.

Los dos aludidos, mostrando al sonreír sus dientes blancos como leche y sus labios más rojos que cerezas entre el negro que los rodeaba, contestaron que sí con sus cabezas de salvaje.

Empezaban a sentirse avergonzados y no sabían por dónde tirar. En el mismo instante salió una mujeraza de la puerta más próxima, y agarrando a una de las niñas embadurnadas, le levantó las enaguas y empezó a darle tal solfa en salva la parte, que los castañetazos se oían desde el primer patio. No tardó en aparecer otra madre furiosa, que más que mujer parecía una loba, y la emprendió con otro de los mandingas a bofetada sucia, sin miedo a mancharse ella también.

—Canallas, cafres, ¡cómo se han puesto!

Y al punto fueron saliendo más madres irritadas. ¡La que se armó! Pronto se vieron lágrimas resbalando sobre el betún, llanto que al punto se volvía negro.

—Te voy a matar, grandísimo pillo, ladrón...

—Estos son los condenados charoles que usa la señá Nicanora. Pero, ¡re-Dios! señá Nicanora, ¿para qué deja usté que las criaturas...?

Una de las mujeres que más alborotaban se aplacó al ver a las dos damas. Era la señora de Ido del Sagrario, que tenía en la cara sombrajos y manchurrones de aquel mismo betún de los caribes, y las manos enteramente negras. Turbóse un poco ante la visita:

—Pasen las señoras... Me encuentran hecha una compasión.

Guillermina y Jacinta entraron en la mansión de Ido, que se componía de una salita angosta y de dos alcobas interiores más oprimidas y lóbregas aún, las cuales daban el *quién vive* al que a ellas se asomaba. No faltaban allí la cómoda y la lámina del Cristo del *Gran Poder,* ni las fotografías descoloridas de individuos de la familia y de niños muertos. La cocina era un cubil frío donde había mucha ceniza, pucheros volcados, tinajas rotas y el artesón de lavar lleno de trapos secos y de polvo. En la salita, los ladrillos tecleaban bajo los pies. Las paredes eran como de carbonería, y en ciertos puntos habían recibido bofetadas de cal, por lo que resulta un claro-oscuro muy fantástico. Creeríase que andaban espectros por allí, o al menos sombras de linterna mágica. El sofá de Vitoria[233] era

[233] «Los 'muebles' de Vitoria —transcribo las siguientes observaciones de Ortiz Armengol (156)— son los que más aparecen en la España galdosiana (y, como comprobará el lector, en *Fortunata y Jacinta)* y patentizan la sorprendente pobreza de nuestro mobiliario, pues se trataba de las modestísimas maderas a torno, de haya blanca, con asientos de anea, las que ya en este siglo de más comodidades se relegaban a la cocina. Pero en la España que era aún dueña de

uno de los muebles más alarmantes que se pueden imaginar. No había más que verle para comprender que no respondía de la seguridad de quien en él se sentase. Las dos o tres sillas eran también muy sospechosas. La que parecía mejor, seguramente la pegaba. Vio Jacinta, salteados por aquellos fantásticos muros, carteles de publicaciones ilustradas, de librillos de papel de fumar y cartones de almanaques americanos que ya no tenían hojas. Eran años muertos.

Pero lo que mayormente excitó la curiosidad de ambas señoras fue un gran tablero que en el centro de la estancia había, cogiéndola casi toda; una mesa armada sobre bancos como la que usan los papelistas, y encima de ella grandes paquetes o manos de pliegos de papel fino de escribir. A un extremo los cuadernillos apilados formaban compactas resmas blancas; a otro las mismas resmas ya con bordes negros, convertidas en papel de luto.

Ido extendía sobre el tablero los pliegos de papel abiertos. Una muchacha, que debía de ser Rosita, contaba los pliegos ya enlutados y formaba los cuadernillos. Nicanora pidió permiso a las señoras para seguir trabajando. Era una mujer más envejecida que vieja, y bien se conocía que nunca había sido hermosa. Debió de tener en otro tiempo buenas carnes; pero ya su cuerpo estaba lleno de pliegues y abolladuras como un zurrón vacío. Allí, valga la verdad, no se sabía lo que era pecho, ni lo que era barriga. La cara era hocicuda y desagradable. Si algo expresaba era un genio muy malo y un carácter de vinagre; pero en esto engañaba aquel rostro como otros muchos que hacen creer lo que no es. Era Nicanora una infeliz mujer, de más bondad que entendimiento, probada en las luchas de la vida, que había sido para ella una batalla sin victorias ni respiro alguno. Ya no se defendía más que con la paciencia, y de tanto mirarle la cara a la adversidad debía de provenirle aquel alargamiento de morros que la afeaba considerablemente. La *Venus de Médicis* tenía los párpados enfermos, rojos y siempre húmedos, privados de pestañas, por lo cual decían de ella que *con un ojo lloraba a su padre* y *con otro a su madre*.

Jacinta no sabía a quién compadecer más, si a Nicanora por ser como era, o a su marido por creerla Venus cuando se *electrizaba*. Ido estaba muy cohibido delante de las dos damas.

---

inmensas riquezas madereras, el pequeño burgués y el menestral se conformaban con ese mobiliario tosco y rural...»

Como la silla en que doña Guillermina se sentó empezase a exhalar ciertos quejidos y a hacer desperezos, anunciando quizás que se iba a deshacer, D. José salió corriendo a traer una de la vecindad. Rosita era graciosa, pero desmedrada y clorótica, de color de marfil. Llamaba la atención su peinado en sortijillas, batido, engomado y puesto con muchísimo aquel.

—¿Pero qué hace usted, mujer, con esa pintura? —preguntó Guillermina a Nicanora.

—Soy *lutera*[234].

—Somos *luteranos* —dijo Ido sonriendo, muy satisfecho por tener ocasión de soltar aquel chiste, que era viejo y había sido soltado sin número de veces.

—¡Qué dice este hombre! —exclamó la fundadora horrorizada.

—Cállate tú y no disparates —replicó Nicanora—. Yo soy *lutera,* vamos al decir, pinto papel de luto. Cuando no tengo otro trabajo, me traigo a casas unas cuantas resmas, y las enluto mismamente como las señoras ven. El almacenista paga un real por resma. Yo pongo el tinte, y trabajando todo un día, me quedan seis o siete reales. Pero los tiempos están malos, y hay poco papel que teñir. Todas las luteras están paradas, señora... porque, naturalmente, o se muere poca gente, o no les echan papeletas... Hombre —dijo a su marido, haciéndole estremecer—, ¿qué haces ahí con la boca abierta? *Desmiente.*

Ido, que estaba oyendo a su mujer, como se oye a un orador brillante, despertó de su éxtasis y se puso a *desmentir.* Llaman así al acto de colocar los pliegos de papel unos sobre otros, escalonados, dejando descubierta en todos una fajita igual, que es lo que se tiñe. Como Jacinta observaba atentamente el trabajo de D. José, éste se esmeró en hacerlo con desusada perfección y ligereza. Daba gusto ver aquellos bordes, que por lo iguales parecían hechos a compás. Rosita apilaba pliegos y resmas sin decir una palabra. Nicanora hizo a Jacinta, mirando a su marido, una seña que quería decir: «Hoy está bueno.» Después empezó a pasar rápidamente la brocha sobre el papel, como se hace con los estarcidos.

---

[234] Primera alusión —humorística esta vez— al tema del protestantismo, que tendrá en *Fortunata y jacinta* un significativo protagonismo.

—Y las suscripciones de entregas —preguntó Guillermina—, ¿dan algo que comer?

Ido abrió la boca para emitir pronta y juiciosa respuesta a esta pregunta; pero su mujer tomó rápidamente la palabra, quedándose él un buen rato con la boca abierta.

—Las suscripciones —declaró la *Venus de Médicis*—, son una calamidad. *Aquí José* tiene poca suerte... es muy honrado y le engaña cualisquiera. El público es cosa mala, señoras, y suscriptor hay que no paga ni aunque le arrastren. Luego, como el mes pasado perdió *aquí* (este aquí era D. José) un billete de cuatrocientos reales, el encargado de las obras se lo va cobrando, descontándole de las primas que le tocan. Por esto, naturalmente, nos hemos atrasado tanto, y lo poco que se apaña se lo birla el casero.

Ido, desde que se dijo aquello del billete perdido, no volvió a levantar los ojos de su trabajo. Aquel descuido que tuvo le avergonzaba como si hubiera sido un delito.

—Pues lo primero que tienen ustedes que hacer —indicó la Pacheco—, es poner en una escuela a esos dos tagarotes y a la berganta de su niña pequeña.

—No los mando, porque me da vergüenza de que salgan a la calle con tanto pingajo.

—No importa. Además, esta amiguita y yo daremos a ustedes alguna ropa para los muchachos. Y el mayor, ¿gana algo?

—Me gana cinco reales en una imprenta. Pero no tiene formalidad. Cuando le parece deja el trabajo, y se va a las becerradas de Getafe o de Leganés, y no parece en tres días. Quiere ser torero y nos trae crucificados. Se va al matadero por las tardes, cuando degüellan, y en casa, dormido, habla de que si puso las banderillas a *porta-gayola*...

—Y usted —preguntó Jacinta a Rosita—, ¿en qué se ocupa?

Rosita se puso muy encarnada. Iba a contestar; pero su madre, que llevaba la palabra por toda la familia, respondió:

—Es peinadora... Está aprendiendo con una vecina maestra. Ya tiene algunas parroquianas. Pero no le pagan, naturalmente... Es una sosona, y como no le pongan los cuartos en la mano, no hay de qué. Yo le digo que no sea *panoli* y que tenga genio; pero... ya usted la ve. Como su padre, que el día que no le engaña uno le engañan dos.

Guillermina, después de sacar varios bonos, como billetes de teatro, y dar a la infeliz familia los que necesitaba para proveerse de garbanzos, pan y carne por media semana, dijo que se marchaba. Pero Jacinta no se conformó con salir tan pronto. Había ido allí con determinado fin, y por nada del mundo se retiraría sin intentar al menos realizarlo. Varias veces tuvo la palabra en la boca para hacer una pregunta a D. José, y éste la miraba como diciendo: «Estoy rabiando porque me pregunte usted por el *Pituso*». Por fin, decidióse la dama a romper el silencio sobre punto tan capital, y levantándose dio algunos pasos hacia donde Ido estaba. Éste no necesitó más que verla venir; y saliendo rápidamente del cuarto, volvió al poco con una criatura de la mano.

III

—¡El Dulce Nombre!... —exclamó la Pacheco viendo entrar aquel adefesio, y todos los demás lanzaron una exclamación parecida al mirar al niño, con la cara tan completamente pintada de negro que no se veía el color de su carne por parte alguna.

Sus manos chorreaban betún, y en el traje se habían limpiado las suyas asquerosísimas los otros muchachos. El *Pitusín* tenía el cabello negro. Sus labios rojos sobre aquel chapapote superaban al coral más puro. Los dientecillos le brillaban cual si fueran de cristal. La lengua que sacaba, por tener la creencia de que todo negrito, para ser tal negrito, debe estirar la lengua todo lo más posible, parecía una hoja de rosa.

—¡Qué horror!... ¡Ah!, tunantes... ¡Bendito Dios! ¡Cómo le han puesto!... Anda, ¡que apañado estás!...

Las vecinas se enracimaban en las puertas riendo y alborotando. Jacinta estaba atónita y apenada. Pasáronle por la mente ideas extrañas; la mancha del pecado era tal, que aun a la misma inocencia extendía su sombra; y el maldito se reía detrás de su infernal careta, gozoso de ver que se ocupaban de él, aunque fuera para escarnecerle. Nicanora dejó sus pinturas para correr detrás de los bergantes y de la zancuda, que también debía de tener alguna parte en aquel desaguisado. La osadía del negrito no conocía límites, y extendió sus manos pringadas hacia aquella señora tan maja que le miraba tanto.

—Quita allá, demonio... quita allá esas manos —le gritaron.

Viendo que no le dejaban tocar a nadie, y que su facha causaba risa, el chico daba patadas en medio del corro, sacando la lengua y presentando sus diez dedos como garras. De este modo tenía, a su parecer, el aspecto de un bicho muy malo que se comía a la gente, o por lo menos que se la quería comer.

329

Oyóse el pie de paliza que Nicanora, hecha una veneno, estaba dando a sus hijós, y el gemir de ellos. El *Pituso* empezó a cansarse pronto de su papel de mico, porque eso de no poder pegarse a nadie tenía poca gracia. Lo mejor que podía hacer en su situación desairada, era meterse los dedos en la boca; pero sabía tan mal aquel endiablado potaje negro, que pronto los hubo de retirar.

—¿Será veneno eso? —observó Jacinta, alarmada—. Que lo laven, ¿por qué no lo lavan?

—Pues estás bonito, Juanín —díjole Ido—. ¡Y esta señora que te quería dar un beso!

Ávida de tocarle, la Delfina le agarró un mechón de cabello, lo único en que no había pintura.

—¡Pobrecito, cómo está!...

De repente le entraron a Juanín ganas de llorar. Ya no enseñaba la lengua; lo que hacía era dar suspiros.

—¿Pero ese Sr. Izquierdo, no está? —pregunto a Ido Jacinta llevándole aparte—. Yo tengo que hablar con él. ¿Dónde vive?

—Señora —replicó D. José con finura—, la puerta de su domicilio está cerrada... herméticamente, muy herméticamente.

—Pues quiero verle, quiero hablar con él.

—Yo lo pondré en su conocimiento —repuso el corredor de obras, que gustaba de emplear formas burocráticas cuando la ocasión lo pedía.

—Ea, vámonos, que es tarde —dijo impaciente Guillermina—. Otro día volveremos.

—Sí, volveremos... Pero que lo laven... ¡Pobre niño! Debe de estar en un martirio horrible con ese emplasto en la cara. Di, tontín, ¿quieres que te laven?

El *Pituso* dijo que sí con la cabeza. Su aflicción crecía, y poco le faltaba para romper a llorar. Todas las vecinas reconocieron la necesidad de lavarle; pero unas no tenían agua y otras no querían gastarla en tal objeto. Por fin una mujer agitanada y con faldas de percal rameado, el talle muy bajo, un pañuelo caído por los hombros, el pelo lacio y la tez crasa y de color de *terra-cotta,* se pareció por allí de repente, y quiso dar una lección a las vecinas delante de las señoras, diciendo que ella tenía agua de sobra para *despercudir* y *chovelar*[235] a

---

[235] *Despercudir:* limpiar o lavar lo que está *percudido* (=penetrado de suciedad). *Diccionario de la Real Academia, Chovelar:* término aparentemente de argot, que sin embargo, no aparece en ninguno de los

aquel ángel. Se le llevaron en burlesca procesión, él delante, aislado por su propio tizne, y ya con la dignidad tan por los suelos, que empezaba a dar *jipíos;* los chicos detrás haciendo una bulla infernal, y la tarasca aquella del moño lacio amenazándolos con *endiñarles* si no se quitaban de en medio. Desapareció la comparsa por una puerquísima y angosta escalera que del ángulo del corredor partía. Jacinta hubiera querido subir también; pero Guillermina la sofocaba con sus prisas.

—¿Hija, sabes tú la hora que es[a]?

—Sí, nos iremos... Lo que es por mí, ya estamos andando —decía la otra sin moverse del corredor, mirando a la techumbre, en la cual no veía otra cosa que el horrible tinglado donde colgaban los cueros puestos a secar. Entre tanto, la fundadora, a pesar de su mucha prisa, entablaba una rápida conversación con D. José.

—¿No tiene usted ya nada que hacer en casa?

—Absolutamente nada, señora. Ya están *desmentidas* las últimas resmas. Pensaba yo ahora irme a dar una vuelta y a tomar el aire.

—Le conviene a usted el ejercicio... perfectamente. Pues oiga usted, al mismo tiempo que se oree un poco, me va a hacer un servicio.

—Estoy a la disposición de la señora.

—Se sale usted a la Ronda... tira usted para abajo, dejando a la izquierda la fábrica del gas. ¿Entiende usted?... ¿Sabe usted la estación de las Pulgas? Bueno, pues antes de llegar a ella hay una casa en construcción... Está concluida la obra de fábrica y ahora están armando una chimenea muy larga, porque va a ser *sierra mecánica*... ¿Se va usted enterando? No tiene pérdida. Pues entra usted y pregunta por el guarda de la obra, que se llama Pacheco... lo mismito que yo. Usted le dice: «Vengo por los ladrillos de doña Guillermina.»

Ido repitió, como los chicos que aprenden una lección:

—Vengo por los ladrillos, etc...

—El dueño de esa fábrica me ha dado unos setenta ladrillos, lo único que le sobra... poca cosa, pero a mí todo me sirve... Bueno; coge usted los ladrillos y me los lleva a la obra... Son para mi obra.

---

[a] [Era muy tarde, sí, y seguramente el Delfín estaría dado a los demonios por aquella inusitada tardanza de su esposa.]

diccionarios que se han consultado. Por su posición en el texto, parece significar también «limpiar», o similar.

—¿A la obra?... ¿Qué obra?

—Hombre, en Chamberí... mi asilo... ¿Está usted lelo?

—¡Ah! perdone la señora... cuando oí la obra, creí al pronto que era una obra literaria.

—Si no puede usted de un viaje, emplee dos.

—O tres, o cuatro... tantísimo gusto en ello... Si necesario fuese, naturalmente, tantos viajes como ladrillos...

—Y si me hace bien el recado, cuente con un hongo casi nuevo... Me lo han dado ayer en una casa, y lo reservo para los amigos que me ayudan... ¿Con que lo hará usted? Hoy por ti y mañana por mí. Vaya, abur, abur.

Ido y su mujer se deshacían en cumplidos y fueron escoltando a las señoras hasta la puerta de la calle. En la de Toledo tomaron ellas un simón para ganar tiempo, y el bendito Ido se fue a cumplir el encargo que la fundadora le había hecho. No era una misión *delicada* ciertamente, como él deseara; pero el principio de caridad que entrañaba aquel acto lo trocaba de vulgar en sublime. Toda la santa tarde estuvo mi hombre ocupado en el trasporte de los ladrillos, y tuvo la satisfacción de que ni uno solo de los setenta se le rompiera por el camino. El contento que inundaba su alma le quitaba el cansancio, y provenía su gozo casi exclusivamente de que Jacinta, en aquel ratito en que le llevó aparte, le había dado un duro. No puso él la moneda en el bolsillo de su chaleco, donde la habría descubierto Nicanora, sino en la cintura, muy bien escondida en una faja que usaba pegada a la carne para abrigarse la boca del estómago. Porque conviene fijar bien las cosas... aquel duro, dado aparte, lejos de las miradas famélicas del resto de la familia, era exclusivamente para él. Tal había sido la intención de la señorita, y D. José habría creído ofender a su bienhechora interpretándola de otro modo. Guardaría, pues, su tesoro, y se valdría de todas las trazas de su ingenio para defenderlo de las miradas y de las uñas de Nicanora... porque si ésta lo descubría, ¡Santo Cristo de los Guardias...!

Pasó la noche en grandísima intranquilidad. Temía que su mujer descubriese con ojo perspicaz el matute que él encerraba en su cintura. La maldita parecía que olía la plata. Por eso estaba tan azorado y no se daba por seguro en ninguna posición, creyendo que al través de la ropa se le iba a ver la moneda. Durante la cena estuvieron todos muy alegres; tiempo hacía que no habían cenado tan bien. Pero al acostarse volvió Ido a ser atormentado por sus temores, y no tuvo más remedio que estar toda la noche hecho un ovillo, con las manos cruzadas en la cintura, porque si en una de las revueltas que ambos daban sobre los accidentados jergones la mano de su mujer llegaba a tocar el duro, se lo quitaba, tan fijo como tres y dos son cinco. Durmió, pues, tan mal que en realidad dormía con un ojo y velaba con el otro, atento siempre a defender su contrabando. Lo peor fue que viéndole su mujer tan retortijado y hecho todo una *ese,* creyó que tenía el dolor espasmódico que le solía dar; y como el mejor remedio para esto eran las friegas, Nicanora le propuso dárselas, y al oír tal proposición, tembláronle a Ido las carnes, viéndose descubierto y perdido.

«Ahora sí que la hemos hecho buena», pensó. Pero su talento le sugirió la respuesta, y dijo que no tenía ni pizca de dolor, sino frío, y sin más explicaciones se volvió contra la pared, pegándose a ella como con engrudo, y haciéndose el dormido. Llegó por fin el día [236] y con él la calma al corazón de Ido, quien se acicaló y se lavó casi toda la cara, poniéndose la corbata encarnada con cierta presunción.

Eran ya las diez de la mañana, porque con aquello de lavarse *bien* se había ido bastante tiempo. Rosita tardó mucho en traer el agua, y Nicanora se había dado la inmensa satisfacción de ir a la compra. Todos los individuos de la familia, cuando se encontraban uno frente a otro, se echaban a reír, y el más risueño era D. José, porque... ¡si supieran...!

IV

Echóse mi hombre a la calle, y tiró por la de Mira el Río baja, cuya cuesta es tan empinada que se necesita hacer algo de volatines para no ir rodando de cabeza por aquellos pedernales. Ido la bajó, casi como la bajan los chiquillos, de un aliento, y una vez en la explanada que llaman el *Mundo Nuevo* [237], su espíritu se espació, como pájaro lanzado a los aires. Empezó a dar resoplidos, cual si quisiera meter en sus

---

[236] Día 21 de diciembre de 1873.

[237] Campillo situado entre la calle del Peñón y la Ronda de Toledo. Peñasco y Cambronero, en *Las calles de Madrid,* págs. 351-352, recogen la tradición que cuenta que en ese espacio donde se localiza el Mundo Nuevo se desplomó, en el siglo XVI, un peñón, dejando ver el dilatado campo de las afueras de Madrid (un *mundo nuevo* que antes un peñón impedía su vista).

pulmones más aire del que cabía, y sacudió el cuerpo como las gallinas. El picorcillo del sol le agradaba, y la contemplación de aquel cielo azul, de incomparable limpieza y diafanidad, daba alas a su alma voladora. Candoroso o impresionable, D. José era como los niños o los poetas de verdad, y las sensaciones eran siempre en él vivísimas, las imágenes de un relieve extraordinario. Todo lo veía agrandado hiperbólicamente o empequeñecido, según los casos. Cuando estaba alegre, los objetos se revestían a sus ojos de maravillosa hermosura; todo le *sonreía*, según la expresión común que le gustaba mucho usar. En cambio cuando estaba afligido, que era lo más frecuente, las cosas más bellas se afeaban volviéndose negras, y se cubrían de un velo... parecíale más propio decir *de un sudario*. Aquel día estaba el hombre de buenas, y la excitación de la dicha hacíale más niño y más poeta que otras veces. Por eso el campo del *Mundo Nuevo,* que es el sitio más desamparado y más feo del globo terráqueo, le pareció una bonita plaza. Salió a la Ronda y echó miradas de artista a una parte y otra. Allí la puerta de Toledo[238] ¡qué soberbia arquitectura! A la otra la fábrica del gas... ¡oh prodigios de la industria!... Luego el cielo espléndido y aquellos lejos de Carabanchel, perdiéndose en la inmensidad, con remedos y aun con murmullos de Océano... ¡sublimidades de la Naturaleza!... Andando, andando[a], le entró de improviso un celo tan vehemente por la instrucción pública, que le faltó poco para caerse de espaldas ante los estólidos letreros que veía por todas partes.

No se premite tender rropa, y ni clabar clabos, decía en una pared, y D. José exclamó:

—¡Vaya una barbaridad!... ¡Ignorantes!... ¡Emplear dos conjunciones copulativas! Pero pedazos de animales, ¿no véis que la primera, naturalmente, junta las voces o cláusulas en concepto afirmativo y la segunda en concepto negativo?... ¡Y que no tenga qué comer un hombre que podía enseñar la Gramática a todo Madrid y corregir estos delitos del lenguaje!... ¿Por qué no me había de dar el Gobierno, vamos a ver, por qué no me había

---

[a] ¡Sublimidades de la Naturaleza!... Andando, andando: El día era espléndido... si la Castellana estuviera cerca, Ido se hubiera paseado en ella, marcando el paso, como se marca siempre y cuando se tiene un duro. Pero la Castellana estaba lejos, pasearía por el Mundo Nuevo y por la Ronda, el Campillo de Manuela. De repente

[238] La Puerta de Toledo daba al entonces «lejano» pueblo de Carabanchel.

de dar el encargo, mediante proporcionales emolumentos, de vigilar los rótulos?... ¡Zoquetes, qué multas os pondría!... Pues también tú estás bueno: *Se alqilan qartos*... Muy bien, señor mío. ¿Le gustan a usted tanto las *ues* que se las come con arroz? ¡Ah! Si el Gobierno me nombrara *ortógrafo de la vía pública,* ya veríais... Vamos, otro que tal: *Se proive*... Se prohíbe rebuznar, digo yo.

Hallábase en lo más entretenido de aquella crítica literaria, tan propia de su oficio, cuando vio que hacia él iban tres individuos de calzón ajustado, botas de caña, chaqueta corta, gorra, el pelo echadito *palante,* caras de poca vergüenza. Eran los tales tipos muy madrileños y pertenecían al gremio de los *randas.* El uno era *descuidero* [239], el otro *tomador,* y el tercero hacía a pelo y a pluma. Ido les conocía, porque vivían en su patio, siempre que no eran inquilinos de los del Saladero [240], y no gustaba de tratarse con semejante gentuza. De buena gana les habría dado una puntera en salva la parte; pero no se atrevía. Una cosa es reformar la ortografía pública, y otra aplicar ciertos correctivos a la especie humana.

—Allá van los buenos días —le dijeron los chulos alegremente, y a Ido se le puso la carne como la de las gallinas, porque se acordó del duro y temió que se lo *garfiñaran* [241] si entraba en parola con ellos.

Pasando de largo, les dijo con mucha cortesía:

—Dios les guarde, caballeros... Conservarse.

Y apretó a correr. No le volvió el alma al cuerpo hasta que les hubo perdido de vista.

«Es preciso que me convide a algo» pensaba el pendolista; y hacía la crítica mental de los manjares que más le gustaban. Cerca de la puerta de Toledo se encontró con un mielero

---

[239] *Descuidero:* el que hurta objetos a los que falta la protección de los dueños, o se hallan abandonados, cfr. Besses. *Tomador:* ladrón, cfr. Besses.

[240] Mesonero *(Manual,* pág. 353) y Fernández de los Ríos *(Guía de Madrid,* págs. 605-608) cuentan la historia del Saladero (plazuela de Santa Bárbara, 7), construcción realizada durante el reinado de Carlos III para saladero de carne porcina. Debido a una epidemia en la Cárcel de Corte, sita en la calle Concepción Jerónima, 16, los presos fueron trasladados al Saladero, convirtiéndose este edificio en cárcel. Galdós, en «Las siete plagas del año 65», *La Nación* (31-XII-65), contando los acontecimientos de la Noche de San Daniel, dice que en esa noche se desocupaban «los cafés y llenábase el Saladero». El Saladero aparece en varias novelas más y en algunos *Episodios.*

[241] *Garfiñarán:* de *guarfiñar* (cfr. I, nota 174): robar.

alcarreño que paraba en su misma casa. Estaban hablando, cuando pasó un pintor de panderetas, también vecino, y ambos le convidaron a unas copas. «Váyanse al rábano, ordinariotes...», pensó Ido, y les dio las gracias, separándose al punto de ellos. Andando más vio un ventorro en la acera derecha de la Ronda. «¡Comer de fonda!» Esta idea se le clavó en el cerebro. Un rato estuvo Ido del Sagrario ante el establecimiento de *El Tartera,* que así se llamaba, mirando los dos tiestos de *bónibus*[242] llenos de polvo, las insignias de los bolos y la rayuela, la mano negra con el dedo tieso señalando la puerta, y no se decidía a obedecer la indicación de aquel dedo. ¡Le sentaba tan mal la carne...! Desde que la comía le entraba aquel mal tan extraño y daba en la gracia estúpida de creer que Nicanora era la Venus de Médicis. Acordóse, no obstante, de que el médico le recetaba siempre comer carne, y cuanto más cruda mejor. De lo más hondo de su naturaleza salía un bramido que le pedía ¡carne, carne, carne! Era una voz, un prurito irresistible, una imperiosa necesidad orgánica, como la que sienten los borrachos cuando están privados del fuego y de la picazón del alcohol.

Por fin no pudo resistir; colóse dentro del ventorrillo, y tomando asiento junto a una de aquellas despintadas mesas, empezó a palmotear para que viniera el mozo, que era el mismo *Tartera,* un hombre gordísimo, con chaleco de Bayona y mandil de lanilla verde rayado de negro. No lejos de donde estaba Ido había un rescoldo dentro del enorme braserón, y encima una parrilla casi tan grande como la reja de una ventana. Allí se asaban las chuletas de ternera, que con la chamusquina en tan viva lumbre, despedían un olor apetitoso.

—Chuletas —dijo D. José, y a punto vio entrar a un amigo, el cual le había visto a él y por eso sin duda entraba.

—Hola, amigo Izquierdo... Dios le guarde.

—Le vi pasar, maestro, y dije, digo: «A cuenta que voy a echar un espotrique con mi tocayo...»

Sentóse sin ceremonia el tal, y poniendo los codos sobre la mesa, miró fijamente a su tocayo. O las miradas no expresan nada, o la de aquel sujeto era un memorial pidiendo que se le convidara. Ido era tan caballero que le faltó tiempo para hacer la invitación, añadiendo una frase muy prudente.

—Pero, tocayo, sepa que no tengo más que un duro... Con que no se corra mucho...

---

[242] *bónibus:* evónimo, planta ornamental.

Hizo el otro un gesto tranquilizador y cuando el *Tartera* puso el servicio, si servicio puede llamarse un par de cuchillos con mango de cuerno, servilleta sucia y salero, y pidió órdenes acerca del vino, le dijo, dice:

—¿Pardillo yo?... pa chasco... Tráete de la tierra.

A todo esto asintió Ido del Sagrario, y siguió contemplando a su amigo, el cual parecía un grande hombre aburrido, carácter agriado por la continuidad de las luchas humanas. José Izquierdo representa cincuenta años, y era de arrogante estatura. Pocas veces se ve una cabeza tan hermosa como la suya y una mirada tan noble y varonil. Parecía más bien italiano que español, y no es maravilla que haya sido, en época posterior al 73, en plena Restauración, el modelo predilecto de nuestros pintores más afamados.

—Me alegro de verle a usted tocayo —le dijo Ido, a punto que las chuletas eran puestas sobre la mesa—, porque tenía que comunicarle cosas de importancia. Es que ayer estuvo en casa doña Jacinta, la esposa del Sr. D. Juanito Santa Cruz, y preguntó por el chico y le vio... quiero decir, no le vio porque estaba todito dado de negro... y luego dijo que dónde estaba usted, y como usted no estaba, quedó en volver...

Izquierdo debía de tener hambre atrasada, porque al ver las chuletas, les echó una mirada guerrera que quería decir: «¡Santiago y a ellas!» y sin responder nada a lo que el otro hablaba, les embistió con furia. Ido empezó a engullir comiéndose grandes pedazos sin mascarlos. Durante un rato, ambos guardaron silencio. Izquierdo lo rompió dando fuerte golpe en la mesa con el mango del cuchillo, y diciendo:

—¡Re-hostia con la República!... ¡Vaya una porquería!

Ido asintió con una cabezada[a].

—¡Republicanos de chanfaina... pillos, buleros, piores que serviles, moderaos, piores que moderaos! —prosiguió Izquierdo con fiera exaltación—. No colocarme a mí, a mí, que soy el endivido que más bregó por la República en esta judía tierra... Es la que se dice: cría cuervos... ¡Ah! Señor de Martos, señor de Figueras, señor de Pi... a cuenta que ahora no conocen a este probete de Izquierdo, porque lo ven maltrajeao... pero antes, cuando Izquierdo tenía por sí las afloencias de la Inclusa y cuando Bicerra le venía a ver pal cuento de echarnos a la

_____

[a] [Los pedazos que engullía eran tan gordos que atravesándosele en el gañote, tenía que hacer fuertes contracciones para echarlos para abajo.]

calle, entonces... ¡Hostia! Hamos venido a menos. Pero si por un es caso golviésemos a más, yo les juro a esos figurones que tendremos una *yeción*[243].

V[a]

Ido seguía corroborando, aunque no había entendido aquello de la *yeción,* ni lo entendiera nadie. Con tal palabra Iz-

---

[a] En las galeradas correspondientes a este pasaje hizo Galdós tantas correcciones y cambios que en uno de los márgenes puso esta nota: «Corregir con muchísimo cuidado todo aquello en que haya lenguaje de Izquierdo.»

[243] Cristino Martos (1830-1893), en la revolución de 1856 estuvo con Nicolás María Rivero en las barricadas. Tras la sublevación de 1866 huyó a Francia con Becerra y Castelar. Al triunfar la revolución de septiembre de 1868 regresó a España y llegó a ser ministro de Estado y presidente del Congreso. Restaurada la monarquía en 1874 se hizo republicano. Aunque llegó a ser partidario de Sagasta, en los años 80 rompió con él y se convirtió en uno de sus enemigos más denodados.

Estanislao Figueras (1810-1882), brillante abogado, fue una de las figuras más representativas del republicanismo decimonónico. En 1854 participó en la Vicalvarada. Durante los largos años de gobierno de la Unión Liberal se opuso a O'Donnell. Desde los primeros días del triunfo de la revolución de 1868, desde el Congreso y desde las páginas de su periódico *La Igualdad,* luchó por su ideario republicano. En 1873 ocupó la primera presidencia al Poder Ejecutivo de la República. Pero por poco tiempo, pues el 11 de junio de 1873 le sustituyó Pi y Margall en la presidencia. A partir de este momento su vida pública se eclipsó.

Francisco Pi y Margall (1824-1901) fue uno de los más atractivos políticos de la época. Colaboró en diversas revistas y periódicos, llegando a dirigir *La Discusión* y a crear el semanario político *El nuevo régimen.* Entre sus libros destacan: *Estudios sobre la Edad Media* (que fue condenado por la Iglesia), *La reacción y la revolución, Las Nacionalidades* y *La República de 1873.* Ferviente defensor del federalismo, tomó parte activa en la proclamación de la Primera República, 1873, en la que sustituyó a Figueras en la presidencia. Defendió sus principios federalistas hasta su muerte. Cfr. Antoni Jutglar, *Pi y Margall y el Federalismo español,* 2 vols. Madrid, 1975 y 1976.

Manuel Becerra (1823-1896), a quien Izquierdo le llama Bicerra, se batió en las calles de Madrid durante la Vicalvarada en 1854. Colaboró en la sublevación de los sargentos de San Gil; fue uno de los promotores de la revolución de septiembre de 1868. Ocupó la cartera

quierdo expresaba una colisión sangrienta, una marimorena o cosa así. Bebía vaso tras vaso sin que su cabeza se afectase, por ser muy resistente[a].

—Porque mirosté, maestro, lo que les atufa es el aquel de haber estado mi endivido en Cartagena... Y yo digo que a mucha honra, ¡rehostia! Allí estábamos los verídicos liberales. Y a cuenta que yo, tocayo, toda mi vida no he hecho más que derramar mi sangre por la judía libertad. El 54[244], ¿qué hice? batirme en las barricadas como una presona decente. Que se lo pregunten al difunto D. Pascual Muñoz el de la tienda de jierros, padre del marqués de Casa-Muñoz, que era el hombre de más afloencias en estos arrabales, y me dijo mismamente aquel día: «Amigo Platón, vengan esos cinco.» Y aluego jui con el propio D. Pascual a Palacio, y D. Pascual subió a pleticar con la Reina, y pronto bajó con aquel papé firmado por la Reina en que les daba la gran patá a los moderaos[245].

---

[a] resistente: resistente y daba rienda suelta a sus lamentaciones con cierto tono oratorio que había aprendido en los *clubs* y que contrastaba con la barbarie de las palabras.

de Fomento durante el breve reinado de Amadeo I y de Ultramar con Sagasta.

[244] El pueblo de Madrid, en el verano de 1854, apoyó desde las barricadas la sublevación de Vicálvaro, con lo que ésta tuvo un carácter popular-revolucionario que O'Donnell hubiera querido evitar, pero no pudo. Tuñón de Lara *(La España del siglo XIX,* pág. 128) escribe: «A partir de este momento el movimiento revolucionario se extiende por toda España. En Madrid, dos gobiernos sucesivos nombrados por la Reina —el del General Córdova y el del Duque de Rivas— no lograr frenar la revuelta. Las barricadas se levantan por doquier y la guarnición —sin muchas ganas de pelea— no domina el movimiento. La multitud toma por asalto los domicilios de la Reina María Cristina, de Sartorius y de Salamanca, que tienen que huir. (María Cristina no podrá hacerlo hasta el 28 de agosto.) El pueblo, armado de fusiles y de algunos cañones, domina la capital. Se forma una Junta de Salvación y varias juntas de barricada, la más importante de las cuales es la del Puente de Toledo.»

[245] Los moderados, que habían estado en el poder de 1840 a 1854, tuvieron que cederlo a los liberales. Ahora bien, para Vicens Vices *(Historia de España y América,* V, pág. 307): «Las fuerzas de resistencia conservadoras —aristocracia, burguesía, clero— acabaron frustrando los ideales emergidos en 1854. El único resultado tangible de la Vicalvarada fue el de hacer admitir a la Corona la intervención en el Gobierno, al lado de los moderados, de un nuevo partido y de un nuevo «espadón»: nos referimos a la Unión Liberal (Centro Izquierda)

D. Pascual me dijo que pusiera un pañuelo branco en la punta
de un palo y que malchara delante diciendo: «Cese er fuego,
cese er fuego»... El 56, era yo tiniente de melicianos, y O'Donnell me cogió miedo, y cuando pleticó a la tropa dijo: «si no
hay quien me coja a Izquierdo, no hamos hecho na[246]». El 66,
cuando la de los artilleros, mi compare Socorro y yo estuvi-
mos pegando tiros en la esquina de la calle de Laganitos[247]...
El 68[248], cuando la santísima, estuve haciendo la guardia en el
Banco, pa que no robaran, y le digo asté que si por un es caso

y a Leopoldo O'Donnell, militar de guante blanco, más avezado que
sus congéneres en el juego político de la época.»

[246] O'Donnell, en julio de 1856, decretó la disolución de las Cortes
y el desarme de la Milicia Nacional. El pueblo se opuso a estas
medidas ocupando varios barrios, atrincherándose y haciendo barricadas. Las tropas del Ejército fueron lanzadas contra este movimiento
popular y, a pesar de la resistencia, lo aplastaron. En agosto disolvió
la Milicia Nacional y suspendió la venta de bienes del clero. Cfr. el
Episodio: O'Donnell (O. C., IV).

[247] Alude a la rebelión del Cuartel de San Gil que O'Donnell
reprimió sangrientamente, aunque en este año, 1866, O'Donnell —y
con él el reinado de Isabel II— tenían pocas posibilidades de sobrevivir. Galdós, en *Memorias de un desmemoriado,* págs. 1.430-1.431, tras
recordar los acontecimientos de la Noche de San Daniel —10 de abril
de 1865—, añadía: «... y en el año siguiente, el 22 de junio, memorable
por la sublevación de los sargentos en el cuartel de San Gil, desde la
casa de huéspedes, calle del Olivo, en que yo moraba con otros
amigos, pude apreciar los tremendos lances de aquella luctuosa jornada. Los cañonazos atronaban el aire; venían de las calles próximas
gemidos de víctimas, imprecaciones rabiosas, vapores de sangre, acentos de oído... Madrid era un infierno. A la caída de la tarde, cuando
pudimos salir de casa, vimos los despojos de la hecatombe y el rastro
sangriento de la revolución vencida. Como espectáculo tristísimo, el
más trágico y siniestro que he visto en mi vida, mencionaré el paso de
los sargentos de Artillería llevados al patíbulo en coche, de dos en dos,
por la calle de Alcalá arriba, para fusilarlos en las tapias de la antigua
Plaza de Toros.
»Transido de dolor, les vi pasar en compañía de otros amigos. No
tuve valor para seguir la fúnebre traílla hasta el lugar del suplicio, y
corrí a mi casa, tratando de buscar alivio a mi pena en mis amados
libros y en los dramas imaginarios, que nos embelesan más que los
reales». Cfr. también José María Jover, «El fusilamiento de los sargentos de San Gil (1866) en el relato de Pérez Galdós...», en *Política,
diplomacia y humanismo popular en la España del siglo XIX,* Madrid, 1976, págs. 365-405.

[248] En septiembre de 1868 fue destronada Isabel II. Se abría así el
periodo de la «Gloriosa» (1868-1874).

llega a paicerse por allí algún randa, lo suicido... Pues tocan luego a la recompensa, y a Pucheta[249] me le hacen guarda de la Casa de Campo, a Mochila[250] del Pardo... y a mí una patá. A cuenta que yo no pido más que un triste destino pa portear el correo a cualisquiera parte, y na... Voy a ver a Bicerra, ¿y piensasté que me conoce? ¡Pa chasco!... Le digo que soy Izquierdo, por mote *Platón,* y menea la cabeza. Es la que se dice: «No se acuerdan del judío escalón dimpués que están parriba»... Dimpués me casé y juimos viviendo tal cual. Pero cuando vino la judía República, se me había muerto mi Dimetria, y yo no tenía que comer; me jui a ver al señor de Pi, y le dije, digo: «Señor de Pi, aquí vengo sobre una colocación»... ¡Pa chasco! A cuenta que el hombre me debía de tener tirria, porque se remontó y dijo que él no tenía colocaciones. ¡Y un judío portero me puso en la calle! ¡Re-contra-hostia! ¡Si viviera Calvo Asensio![251]. Aquél si era un endivido que sabía las

---

[249] En los dos primeros capítulos de *O'Donnell (O. C., Episodios,* IV, páginas 441-448) hay referencias a un tal *Pucheta,* joven levantisco. Raymond Carr, *España, 1808-1939* (Barcelona, 1978), pág. 247, hablando de la Revolución de 1854, hace este análisis de la situación: «Los revolucionarios experimentados que sabían cómo encauzar la protesta primitiva para sus propios fines eran los militares y políticos progresistas, decididos a vedar toda amenaza a la propiedad, una vez encumbrados por la jornada popular. Bajo la presidencia del general San Miguel, hombre valiente al que no asustaban las barricadas, crearon una junta para obligar a la corte a pactar y para contener una revolución que, según palabras de San Miguel amenazaba con "ruinas, sangre y anarquía". La junta "respetable" absorbió a la junta popular de los barrios obreros del sur de Madrid, convirtiendo a su figura principal, Pucheta, en "instrumento ciego e impotente de los reaccionarios"; sus rufianes pronto dieron en apalear a los vendedores de panfletos republicanos.»

[250] Dejando a un lado la identidad de este desconocido Mochila, tiene importancia en la historia de Izquierdo porque, al parecer, consiguió una prebenda en el Pardo. Izquierdo, como se verá más adelante, aspiró a ser portero de este sitio real de invierno, en donde casi todos los habitantes, que no llegaban a mil, estaban empleados. Sobre el Pardo y sus alrededores, cfr. Mesonero Romanos, *Manual,* págs. 427-429 y Fernández de los Ríos, *Guía de Madrid,* pág. 613.

[251] Pedro Calvo Asensio (1821-1863), periodista y político, publicó el diario *La Iberia,* que se convirtió en órgano del Partido Progresista. Fue elegido comandante de la Milicia Nacional. Disueltos a cañonazos por O'Donnell las Cortes de 1854, luchó en las barricadas contra quien fue su furibundo enemigo. Es probable que de no haber muerto hubiera llegado a ser el jefe indiscutible del Partido Progresista.

comenencias, y el tratamiento de las presonas verídicas. ¡Vaya un amigo que me perdí! Toda la Inclusa era nuestra, y en tiempo leitoral, ni Dios nos tosía, ni Dios, ¡hostia!... ¡Aquél sí, aquél sí!... A cuenta que me cogía del brazo y nos entrábamos en un café, o en la taberna a tomar una angelita... porque era muy llano y más liberal que la Virgen Santísima. ¿Pero éstos de ahora?... Es la que dice; ni liberales ni repoblicanos, ni ná. Mirosté a ese Pi... un mequetrefe. ¿Y Castelar[252]? Otro mequetrefe. ¿Y Salmerón[253]? Otro mequetrefe. ¿Roque Barcia[254]? Mismamente. Luego, si es caso, vendrán a pedir que les ayudemos, ¿pero yo...? No me pienso menear; basta de *yeciones*. Si se junde la República que se junda, y si se junde el judío pueblo, que se junda también.

---

[252] Emilio Castelar (1832-1899), periodista, orador y catedrático de Historia de España, por su artículo «El rasgo» fue expulsado de la Universidad (cfr. I, nota 10). En el partido Republicano formó un triunvirato con Pi y Margall (de ideas socialistas y federales) y con Figueras. Intervino en la revolución de septiembre de 1868. Pidió que el gobierno provisional proclamara inmediatamente la República. El 11 de marzo de 1873 ocupó la cartera de Estado. Sustituyó en la presidencia de la República a Salmerón, que dimitió el 7 de septiembre de 1873 al no poder dominar el derrotero caótico que había tomado el país. Castelar ejerció su autoridad con mano dura; creía en una «República con mucha Guardia Civil». En la sesión del 3 de enero de 1874 fue derrotado en las Cortes y Pavía obligó a Salmerón, a la sazón presidente de las Cortes, a disolver la Cámara. La restauración de la monarquía alfonsina tenía ya vía libre.

[253] Nicolás Salmerón (1838-1908), catedrático de Metafísica de la Universidad Central, destacó, como Castelar, por sus dotes oratorias y periodísticas, estando también ligado al Ateneo. Fue un republicano que tuvo estrechas relaciones con Pi y Margall y Figueras. Tras la revolución de 1868 no creyó, lo cual le ocasionó una pérdida de popularidad, que los republicanos estuviesen en disposición de gobernar. Después de abdicar Amadeo I, cambió de actitud. Fue presidente del Poder Ejecutivo (8 julio 1873 al 7 septiembre 1873). Ocupaba la presidencia del Congreso cuando Pavía asaltó la cámara. Estuvo en el exilio de 1874 a 1884. Hasta su muerte defendió los principios republicanos.

[254] Roque Barcia (1823-1885), periodista y político de filiación republicana-federal, fue uno de los promotores de la insurrección cantonal de Cartagena. Dirigió la *Federación Española*. Galdós, en *La primera República (O. C., Episodios,* V, pág. 385), puso en boca de un personaje llamado *Pajalarga* estas palabras: «Yo, señores, soy federal desde el vientre de mi madre. Ni don Francisco Pi ni el propio Roque Barcia me ganan en federalismo.»

Apuró de nuevo el vaso, y el otro José admiraba igualmente su facundia y su receptividad de bebedor. Izquiero soltó luego una risa sarcástica, prosiguiendo así:

—Dicen que les van a trae a Alifonso...[255] ¡Pa chasco! Por mí que lo traigan. A cuenta que es como si verídicamente trajeran al Terso[256]. Es la que se dice: pa mí lo mismo es blanco que negro. Oígame lo bueno: El año pasado, estando en Alcoy[257], los carcas me jonjabaron. Me corrí a la partida de Callosa de Ensarriá[258] y tiré montón de tiros a la Guardia Civil. ¡Qué *yeción*! Salta por aquí, salta por allá. Pero pronto me llamé andana porque me había hecho contrata de medio duro diario, y los rumbeles solutamente no paicían. Yo dije: «José mío, güélvete liberal, que lo de carca no te tercia.» Una nochecita me escurrí, y del tirón me jui a Barcelona, donde la carpanta fue tan grande, maestro, que por poco doy las boqueás. ¡Ay! tocayo, si no es porque se me terció encontrarme allí con mi sobrina Fortunata, no la cuento... Socorrióme... es buena chica, y con los cuartos que me dio, trinqué el judío tren, y a Madriz...

—Entonces —dijo Ido, fatigado de aquel relato incoherente y de aquel vocabulario grotesco—, recogió usted a ese precioso niño...

Buscaba Ido la novela dentro de aquella gárrula página contemporánea; pero Izquierdo, como hombre de más seso, despreciaba la novela para volver a la grave historia.

—Allego y me aboco con los comiteles y les canto claro: «¿Pero señores, nos acantonamos o no nos acantonamos?... porque si no va haber aquí una *yeción*». ¡Se reían de mí!...

---

[255] La monarquía, en la persona de Alfonso XII, sería restaurada en diciembre de 1874.

[256] Terso era un apodo dado al pretendiente carlista, a Carlos VII.

[257] En el centro fabril de Alcoy, mencionado ya, hubo, durante la primera República, un movimiento cantonalista exaltado y radical, que provocó una fuerte reacción gubernamental. Las tropas, que llegaron de Valencia, acabaron con este movimiento. Pero, Vicens Vices hace, en torno a este tema, la siguiente puntualización: «La República —en manos ahora de los unitarios Salmerón y Castelar— acabó con el cantonalismo a cañonazos; pero antes el cantonalismo había acabado con la República» (*Historia social y económica*, V, página 319).

[258] Callosa de Ensarriá es una población cercana a Alcoy. La partida de que habla Izquierdo estaba formada por cantonalistas huidos de Alcoy. La Guardia Civil actuó contra los cantonalistas.

¡Pillos! ¡Como que estaban vendíos al moderísmo![259]... Sabusté tocayo, ¿con qué me motejaban aquellos mequetrefes? Pues na; con que yo no sé leer ni escribir. No es todo lo verídico, ¡hostia! porque leer ya sé, aunque no todo lo seguío que se debe. Como escribir, no escribo porque se me corre la tinta por el dedo... ¡Bah!, es la que se dice: los escribidores, los periodiqueros, y los publicantones son los que han perdío con sus tiologías a esta judía tierra, maestro.

Ido tardó mucho en apoyar esto, por ser quien era; pero Izquierdo le apretó el brazo con tanta fuerza, que al fin no tuvo más remedio que asentir con una cabezada, haciendo la reserva mental de que sólo por la violencia daba su autorizado voto a tal barbaridad.

—Entonces, tocayo de mi arma, viendo que me querían meter en el estaribel y enredarme con los guras[260], tomé el olivo y nos juimos a Cartagena. ¡Ay, qué vida aquella! ¡Rehostia! A mí me querían hacer menistro de la Gubernación; pero dije nones. No me gustan suponeres. A cuenta que salimos con las freatas por aquellos mares de mi arma. Y entonces, que quieras que no, me ensalzaron a tiniente de navío, y estaba mismamente a las órdenes del general Contreras[261],

---

[259] «Moderado» había llegado a ser en la década de 1850 sinónimo de reaccionario. La Vicalvarada (1854) fue una insurrección militar (con O'Donnell al frente) y popular (el pueblo madrileño en las barricadas), que precisamente quiso acabar con los gobiernos reaccionarios de los «moderados» Narváez y González Bravo. Izquierdo acusa de «moderantismo» a los jefes republicanos que no defendieron, como la izquierda y los obreros, el cantonalismo (1873). Esta división y enfrentamiento aceleró el fracaso de la primera República; se había tendido así un puente hacia la restauración de la monarquía alfonsina.

[260] Guras: Germ.: la Justicia, gente de la Policía.

[261] El general Contreras (1834-1906) fue presidente desde el 13 de julio de 1873, del gobierno cantonal en Cartagena que resistió hasta enero de 1874. Galdós está aludiendo de manera rapidísima, casi telegráfica, a lo que en De Cartago a Sagunto (O. C., Episodios, V, págs. 484-489) llamó «la última página del Cantón cartaginés», página que fue desgranando allí con todo su dramatismo. Sitiada Cartagena por las tropas centralistas, los cantonales lograron escapar a bordo de la fragata Numancia, realizando con éxito el éxodo a Orán, plaza que también es mencionada por Izquierdo. «Al pasar de Escombreras (Galdós, De Cartago a..., pág. 486), vieron los de la Numancia la escuadra centralista, formada en línea para cerrarle el paso. ¡Momento tan bello que rayaba en lo sublime! Los barcos de Chicharro rompieron un fuego horroroso contra la fugitiva... Coláu dio *avante*

344

que me trataba de tú. ¡Ay qué hombre y qué buen avío el suyo! Parecía verídicamente el gran turco con su gorro colorao. Aquello era una gloria., ¡Alicante, Águilas! Pelotazo va, pelotazo viene. Si por un escaso nos dejan, tocayo, nos comemos el santísimo mundo y lo acantonamos toíto... ¡Orán! ¡Ay que mala sombra tiene Orán y aquel judío *vu* de los franceses que no hay cristiano que lo pase!... Me najo de allí, güelvo a mi Españita, entro en Madriz mu callaíto, tan fresco... ¿a mí qué?... Y me presento a estos tiólogos, mequetrefes y les digo: «Aquí me tenéis, aquí tenéis a la presonalidá del endivido verídico que se pasó la santísima vida peleando como un gato tripa arriba por las judías libertades... Matarme, hostia, matarme; a cuenta que no me queréis colocar...» ¿Usté me hizo caso? Pues ellos tampoco. Espotrica que te espotricarás en las Cortes, y el santísimo pueblo que reviente. Y yo digo que es menester acantonar a Madriz, pegarle fuego a las Cortes, al Palacio Real, y a los judíos ministerios, al Monte de Piedad, al cuartel de la Guardia Cevil y al Dipósito de las Aguas, y luego hacer un racimo de horca con Castelar, Pi, Figueras, Martos, Bicerra y los demás, por moderaos, por moderaos[262]...

---

toda máquina, y viró rápidamente, pasando como un rayo entre la *Carmen* y la *Zaragoza*... Instantes después, la *Numancia,* con veloz carrera, apagadas las luces, se perdió en el horizonte... Aún no habían vuelto de su asombro (los centralistas), cuando la fragata que realizó el éxodo de los cantonales al África estaba ya en Orán.»

[262] A las valoraciones históricas, desde la burguesía, que han venido haciendo los contertulios de D. Baldomero, contrapone aquí Galdós el juicio histórico, desde el *Lumpenproletariat,* del marginado José Izquierdo, alias *Platón.* José Fontana, en *Cambio económico y actitudes políticas en la España del siglo XIX,* Barcelona, 1973, pág. 104, muestra cómo en el lema «¡Abajo lo existente!», que acompañó al movimiento revolucionario de septiembre de 1868 existía ya una pluralidad de significaciones; el discurso de Izquierdo, en efecto, hay que contrastarlo con el de la burguesía en torno a los Santa Cruz. Fontana plantea estas diferencias con las que empieza en el Sexenio Revolucionario una polémica que la Restauración pondrá más aún al descubierto y radicalizará: «¿Quién puede dudar que una consigna ¡Abajo lo existente! significaba cosas muy distintas para Prim y sus seguidores más cercanos (que sólo querían derribar al gobierno), para los republicanos radicales (que pretendían liquidar además la monarquía) o para el campesinado andaluz o el proletariado industrial catalán (que luchaban por poner fin a una organización opresiva e injusta de la sociedad)?»

Dijo el *por moderaos* hasta seis veces, subiendo gradualmente de tono, y la última repetición debió de oírse en el puente de Toledo. El otro José estaba muy aturdido con la bárbara charla del grande hombre, el más desgraciado de los héroes y el más desconocido de los mártires. Su máscara de misantropía y aquella displicencia de genio perseguido eran natural consecuencia de haber llegado al medio siglo sin encontrar su asiento, pues treinta años de tentativas y de fracasos son para abatir el ánimo más entero. Izquierdo había sido chalán, tratante en trigos, revolucionario, jefe de partidas, industrial, fabricante de velas, punto figurado en una casa de juego y dueño de una *chirlata*[263]; había sido casado dos veces con mujeres ricas, y en ninguno de estos diferentes estados y ocasiones obtuvo los favores de la voluble suerte. De una manera y otra, casado y soltero, trabajando por su cuenta y por la ajena, siempre mal, siempre mal, ¡hostia!

La vida inquieta, las súbitas apariciones y desapariciones que hacía, y el haber estado en *gurapas*[264] algunas temporadillas rodearon de misterio su vida, dándole una reputación deplorable. Se contaban de él horrores. Decían que había matado a Demetria, su segunda mujer, y cometidos otros nefandos crímenes, violencias y atropellos. Todo era falso. Hay que declarar que parte de su mala reputación la debía a sus fanfarronadas y a toda aquella humareda revolucionaria que tenía en la cabeza. La mayor parte de sus empresas políticas eran soñadas, y sólo las creían ya poquísimos oyentes, entre los cuales Ido del Sagrario era el de mayores tragaderas. Para completar su retrato, sépase que no había estado en Cartagena. De tanto pensar en el dichoso cantón, llegó sin duda a figurarse que había estado en él, hablando por los codos de aquellas tremendas *yeciones* y dando detalles que engañaban a muchos bobos. Lo de la partida de Callosa, sí parece cierto.

También se puede asegurar, sin temor de que ningún dato histórico pruebe lo contrario, que *Platón* no era valiente, y que, a pesar de tanta baladronada, su reputación de braveza

---

[263] *Chirlata:* casa de juego de último orden, cfr. Besses.
[264] *Gurapas:* cárcel.

empezaba a decaer como todas las glorias de fundamento inseguro. En los tiempos a que me refiero, el descrédito era tal que la propia vanidad *platónica* estaba ya por los suelos. Principiaba a creerse una nulidad, y allá en sus soliloquios desesperados, cuando le salía mal alguna de las bajezas con que se procuraba dinero, se escarnecía sinceramente, diciéndose: «Soy pior que una caballería; soy más tonto que un cerrojo; no sirvo solutamente para nada.» El considerar que había llegado a los cincuenta años sin saber *plumear* [265] y leyendo sólo a trangullones, le hacía formar de su *endivido* la idea más desventajosa. No ocultaba su dolor por esto, y aquel día se lo expresó a su tocayo con sentida ingenuidad:

—Es una gaita esto de no saber escribir... ¡Hostia!, si yo supiera... Créalo: ése es el por qué de la tirria que me tiene Pi.

Don José no le contestó. Estaba doblado por la cintura, porque el digerir las dos enormes chuletas que se había atizado, no se presentaba como un problema de fácil solución. Izquierdo no reparó que a su amigo le temblaba horriblemente el párpado, y que las carúnculas del cuello y los berrugones de la cara, inyectados y turgentes, parecían próximos a reventar. Tampoco se fijó en la inquietud de D. José, que se movía en el asiento como si tuviese espinas; y volviendo a lamentarse de su destino, se dejó decir:

—Porque no hacen solutamente estimación de los verídicos hombres del mérito. Tanto mequetrefe colocao, y a nosotros, tocayo, a estos dos hombres de calidad nadie les ensalza. A cuenta que ellos se lo pierden; porque usted, ¡hostia! sería un lince para la Destrucción pública [266], y yo..., yo...

La vanidad de *Platón* cayó de golpe cuando más se remontaba, y no encontrando aplicación adecuada a su personalidad, se estrelló en la conciencia de su estolidez.

«Yo... para tirar de una carromato» —pensó. Después dejó caer la varonil y gallarda cabeza sobre el pecho y estuvo meditando un rato sobre *el porqué* de su perra suerte. Ido permaneció

---

[265] *Plumear:* escribir.

[266] Lo de «destruir» por «instruir» es irónico, en cuanto Galdós —muy krausista en este punto— creía en el casi absoluto poder redentor de la pedagogía. Felipe Centeno (cfr. *El doctor Centeno, O. C., Novelas,* I, pág. 1.317) tenía el mismo hábito «de anteponer a ciertas palabras la sílaba *des-*. Sin duda creería que con ello ganaban en finura y expresión y que se acreditaba de esmerado pronunciador de vocablo».

completamente insensible a la lisonja que le soltara su amigo, y tenía la imaginación sumergida en sombrío lago de tristezas, dudas, temores y desconfianzas. A Izquierda le roía el pesimismo. La carga de la bebida en su estómago no tuvo poca parte en aquel desaliento horrible, durante el cual vio desfilar ante su mente los treinta años de fracasos que formaban su historia activa... Lo más singular fue que en su tristeza sentía una dulce voz silbándole en el oído: «Tú sirves para algo[267]... no te amontones...» Mas no se convencía, no. «Al que me dijera —pensaba—, cuál es la judía cosa pa que sirve este piazo de hombre, le quería, si es caso, más que a mi padre.» Aquel desventurado era como otros muchos seres que se pasan la mayor parte de la vida fuera de su sitio, rodando, rodando, sin llegar a fijarse en la casilla que su destino les ha marcado. Algunos se mueren y no llegan nunca; Izquierdo debía llegar, a los cincuenta y un años, al puesto que la Providencia le asignara en el mundo, y que bien podríamos llamar glorioso. Un año después de lo que ahora se narra estaba ya aquel planeta errante, puedo dar fe de ello, en su sitio cósmico. *Platón* descubrió al fin la ley de su sino, aquello para que exclusiva y *solutamente* servía. Y tuvo sosiego y pan, fue útil y desempeñó un gran papel, y hasta se hizo célebre y se lo disputaban y le traían en palmitas. No hay ser humano, por despreciable que parezca, que no pueda ser eminencia en algo, y aquel buscón sin suerte, después de medio siglo de equivocaciones[a], ha venido a ser, por su hermosísimo talante, el gran *modelo* de la pintura histórica contemporánea. Hay que ver la nobleza y arrogancia de su figura cuando me la encasquetan una armadura fina, o ropillas y balandranes de raso, y me le ponen *haciendo* el duque de Gandía, al sentir la corazonada de hacerse santo, o el marqués de Bedmar ante el Consejo de Venecia, o Juan de Lanuza en el patíbulo, o el gran

---

[a] [revolucionario de garate de pico, chalán sin suerte, espadista, aventurero, timador y buscón].

[267] El alcohol conseguía que Izquierdo se olvidara, aunque sólo momentáneamente, de su condición de fracasado y, al mismo tiempo, se inventara un protagonismo en la «grave historia». En cuanto a Ido del Sagrario, sus borracheras (o monas) de carne, le hacían imaginar dramas de honor en los que él tenía el papel de protagonista. Dos formas de escapismo con evidente paralelismo. En *Fortunata y Jacinta* nos topamos con *monas alcohólicas* (Izquierdo), *monas de carne* (Ido) y *monas... del cielo* (Jacinta).

Alba poniéndoles las peras a cuarto a los flamencos[268]. Lo más peregrino es que aquella caballería, toda ignorancia y rudeza, tenía un notable instinto de la postura, sentía hondamente la facha del personaje, y sabía traducirla con el gesto y la expresión de su admirable rostro.

Pero en aquella sazón[a], todo esto era futuro y sólo se presentaba a la mente embrutecida de *Platón* como presentimiento indeciso de glorias y bienandanza. El héroe dio un suspiro, a que contestó el poeta con otro suspiro más tempestuoso. Mirando cara a cara a su amigo, Ido tosió dos o tres veces, y con una vocecilla que sonaba metálicamente, le dijo, poniéndole la mano en el hombro:

—Usted es desgraciado porque no le hacen justicia; pero yo lo soy más, tocayo, porque no hay mayor desdicha que el deshonor.

—¡República puerca, república cochina! —rebuznó *Platón,* dando en la mesa un porrazo tan recio, que todo el ventorro tembló.

—Porque todo se puede conllevar —dijo Ido bajando la voz lúgubremente—, menos la infidelidad conyugal. Terrible cosa es hablar de esto, querido tocayo, y que esta deshonrada boca pregone mi propia ignominia... pero hay momentos, francamente, naturalmente, en que no puede uno callar. El silencio es delito, sí señor... ¿Por qué ha de echar sobre mí la sociedad esta befa, no siendo yo culpable? ¿No soy modelo de esposos y padres de familia? ¿Pues cuando he sido yo adúltero? ¿Cuándo?... Que me lo digan.

De repente, y saltando cual si fuera de goma, el hombre eléctrico se levantó... Sentía una ansiedad que le ahogaba, un furor que le ponía los pelos de punta. En este excepcional desconcierto no se olvidó de pagar, y dando su duro al *Tartera,* recogió la vuelta.

---

[a] [cuando los dos Josés se hallaban tan pensativos ante los huesos de las devoradas chuletas y el jarro vacío,]

[268] El duque de Gandía es San Fracisco de Borja (1510-1572). Sobre el marqués de Bedmar, cfr. I, nota 166. Juan de Lanuza Pérez, Justicia Mayor de Aragón, fue decapitado en 1591. Las tiránicas acciones del duque de Alba (1508-1582) contra los flamencos hicieron que éstos se sublevaran. Galdós, observa con tino Ortiz Armengol: «... hace con él (Izquierdo) un giro irónico y cruel; a continuación de sus presuntas hazañas, «representará» a otros, a sus enemigos naturales: a unos santos y a unos aristócratas» (177).

—Noble amigo —díjole a Izquierdo al oído—, no me acompañe usted... Estimo en lo que valen sus ofrecimientos de ayuda. Pero debo ir solo, enteramente solo, sí señor; les cogeré *in fraganti*... ¡Silencio...! ¡Chis!... La ley me autoriza a hacer un escarmiento... pero horrible, tremendo... ¡Silencio digo!

Y salió de estampía, como una saeta. Viéndole correr, se reían Izquierdo y el *Tartera*. El infeliz Ido iba derecho a su camino sin reparar en ningún tropiezo. Por poco tumba a un ciego, y le volcó a una mujer la cesta de los cacahuetes y piñones. Atravesó la Ronda, el Mundo Nuevo y entró por la calle de Mira el Río baja, cuya cuesta se echó a pechos sin tomar aliento. Iba desatinado, gesticulando, los ojos fulminantes, el labio inferior muy echado para fuera. Sin reparar en nadie ni en nada, entró en la casa, subió las escaleras, y pasando de un corredor a otro, llegó pronto a su puerta. Estaba cerrada sin llave. Púsose en acecho, el oído en el agujero de la llave, y empujando de improviso la abrió con estrépito, y echó un vocerrón muy tremendo:

—¡Adúuuultera!

—¡Cristo!, ya le tenemos otra vez con el dichoso *dengue*... —chilló Nicanora, reponiéndose al instante de aquel gran susto—. Pobrecito mío, hoy viene perdido...

Don José entró a pasos largos y marcados, con desplantes de cómico de la legua; los ojos saltándosele del casco; y repetía con un tono cavernoso la terrorífica palabra:

—¡Adúuuultera!

—Hombre de Dios —dijo la infeliz mujer, dejando a un lado el trabajo, que aquel día no era pintura, sino costura—, tú has comido, ¿verdad?... Buena la hemos hecho...

Le miraba con más lástima que enojo y con cierta tranquilidad relativa, como se miran los males ya muy añejos y conocidos.

—Fuertecillo es el ataque... Corazón, ¡cómo estás hoy! Algún indino te ha convidado... Si le cojo... Mirá, José, debes acostarte...

—Por Dios, papá —dijo Rosita, que había entrado detrás de su padre—, no nos asustes... Quítate de la cabeza esas andróminas.

Apartóla él lejos de sí con enérgico ademán, y siguió dando aquellos pasos tragicómicos sin orden ni concierto. Parecía registrar la casa; se asomaba a las fétidas alcobas, daba vueltas sobre un tacón, palpaba las paredes, miraba debajo de las sillas, revolviendo los ojos con fiereza y haciendo unos aspavientos que harían reír grandemente si la compasión no lo impidiera. La vecindad, que se divertía mucho con el *dengue* del buen Ido, empezó a congregarse en el corredor. Nicanora salió a la puerta:

—Hoy está atroz... Si yo cogiera al lipendi que le convidó a magras...

—¡Venga usted acá, dama infiel! —le dijo el frenético esposo, cogiéndola por un brazo.

Hay que advertir que ni en lo más fuerte del acceso era brutal. O porque tuviera muy poca fuerza o porque su natural blando no fuese nunca vencido de la fiebre de aquella increíble desazón, ello es que sus manos apenas causaban ofensa. Nicanora le sujetó por ambos brazos, y él, sacudiéndose y pateando, descargaba su ira con estas palabras roncas:

—No me lo negarás ahora... Le he visto, le he visto yo.

—¿A quién has visto, corazón?... ¡Ah! sí, al duque. Sí, aquí le tengo... No me acordaba... ¡Pícaro duque, que te quiere quitar esta recondenada prenda tuya!

Desprendido de las manos de su mujer, que como tenazas le sujetaban, Ido volvió a sus mímicas, y Nicanora, sabiendo que no había más medio de aplacarle que dar rienda suelta a su insana manía para que el ataque pasara más pronto, le puso en la mano un palillo de tambor que allí habían dejado los chicos, y empujándole por la espalda...

—Ya puedes escabecharnos —le dijo—, anda, anda; estamos allí, en el camarín, tan agasajaditos... Fuerte, hijo; dale firme, y sácanos el mondongo...

Dando trompicones, entró Ido en una de las alcobas, y apoyando la rodilla en el camastro que allí había empezó a dar golpes con el palillo pronunciando torpemente estas palabras:

—Adúlteros, expiad vuestro crimen.

Los que desde el corredor le oían, reíanse a todo trapo, y Nicanora arengaba al público diciendo:

—Pronto se le pasará; cuanto más fuerte, menos le dura.

—Así, así... muertos los dos... charco de sangre... yo vengado, mi honra la... la... vadita —murmuraba él dando golpes cada vez más flojos, y al fin se desplomó sobre el jergón boca abajo.

Las piernas colgan fuera, la cara se oprimía contra la almohada, y en tal postura rumiaba expresiones oscuras, que se apagaban resolviéndose en ronquidos. Nicanora le volvió cara arriba para que respirase bien, le puso las piernas dentro de la cama, manejándole como a un muerto, y le quitó de la mano el palo. Arreglóle las almohadas y le aflojó de ropa. Había entrado en el segundo periodo, que era el comático, y aunque seguía delirando, no movía ni un dedo, y apretaba fuertemente los párpados, temeroso de la luz. Dormía la mona de carne.

Cuando la *Venus de Médicis* salió del cubil, vio que entre las personas que miraban por la ventana, estaba Jacinta, acompañada de su doncella.

VII

Había presenciado parte de la escena y estaba aterrada.

—Ya le pasó lo peor —dijo Nicanora saliendo a recibirla—. Ataque muy fuerte... Pero no hace daño. ¡Pobre ángel! Se pone de esta conformidad cuando come.

—¡Cosa más rara! —expresó Jacinta entrando.

—Cuando come carne... Sí señora. Dice el médico que tiene el cerebro como pasmado, porque durante mucho tiempo estuvo escribiendo cosas de mujeres malas[269], sin comer nada más que las condenadas judías... La miseria, señora, esta vida de perros. ¡Y si supiera usted qué buen hombre es!... Cuando está tranquilo no hace cosa mala ni dice una mentira... Incapaz de matar una pulga. Se estará dos años sin probar el pan, con tal que sus hijos lo coman. Ya ve la señora si soy desgraciada. Dos años hace que José empezó con estas incumbencias. Se pasaba las noches en vela, ¡sacando de su cabeza unas fábulas...! todo tocante a damas infieles, guapetonas, que se iban de picos pardos con unos duques muy adúlteros... y los maridos trinando... ¡Qué cosas inventaba! Y por la mañana las ponía en limpio en papel de marquilla con una letra que daba gusto verla. Luego le dio el tifus, y se puso tan malo que estuvo *suministrado* y creíamos que se iba. Sanó y le quedaron estas calenturas de la sesera, este *dengue* que le da siempre que toma sustancia. Tiene temporadas, señora; a veces el ataque es muy ligero, y otras se pone tan encalabrinado que sólo de pasar por delante del Matadero le baila el párpado y empieza a decir disparates. Bien dicen, señora, que la carne es uno de

---

[269] Se recordará que en *Tormento* (cfr. I, nota 218) el ex-maestro Ido se dedicó a escribir folletines. Pero, además, hemos observado también que Galdós juega al equívoco con este término, en la medida en que nos dice aquí y allá que *Fortunata y Jacinta* tiene mucho de folletín y sin embargo... ¡qué lejos del folletín está!

los enemigos del alma...[a] Cuidado con lo que saca... ¡Que yo me adultero[b], y que se la pego con un duque!... Miren que yo con esta facha...

No interesaba a Jacinta aquel triste relato tanto como creía Nicanora, y viendo que ésta no ponía punto, tuvo la dama que ponerlo.

—Perdone usted —dijo dulcificando su acento todo lo posible—, pero dispongo de poco tiempo. Quisiera hablar con ese señor que llaman *Don*... José Izquierdo.

—Para servir a vuecencia —dijo una voz en la puerta.

Al mirar, encaró Jacinta la arrogantísima figura de *Platón,* quien no le pareció tan fiero como se lo habían pintado.

Díjole la Delfina que deseaba hablarle, y él la invitó con toda la cortesía de que era capaz a pasar a su habitación. Ama y criada se pusieron en marcha hacia el 17, que era la vivienda de Izquierdo[c].

—¿En dónde está el *Pituso?* —preguntó Jacinta a mitad del camino.

Izquierdo miró al patio donde jugaban varios chicos, y no viéndole por ninguna parte, soltó un gruñido. Cerca del 17, en uno de los ángulos del corredor había un grupo de cinco o seis personas entre grandes y chicos, en el centro del cual estaba un niño como de diez años, ciego, sentado en una banqueta y tocando la guitarra. Su brazo era muy pequeño para alcanzar al extremo del mango. Tocaba al revés, pisando las cuerdas con la derecha y rasgueando con la izquierda, puesta la guitarra sobre las rodillas, boca y cuerdas hacia arriba. La mano pequeña y bonita del ceguezuelo hería con gracia las cuerdas, sacando de ellas arpegios dulcísimos y esos punteados graves que tan bien expresan el sentir hondo y rudo de la plebe. La cabeza del músico oscilaba como la de esos muñecos que tienen por pescuezo una espiral de acero, y revolvía de un lado

---

[a] [Como este bendito hombre estuvo por aquellos meses escribiendo tantísima paparruchada, se le cuajaron en la cabeza y allí los tiene todavía...]

[b] me adultero: soy una adúltera.

[c] vivienda de Izquierdo: morada de Izquierdo, atravesando por entre la plebe y hostigadas por las curiosas miradas, pues con la novedad del ataque de Ido, y de la visita de la señorita de Santa Cruz, rara era la vecina que no había salido de su cuarto, o por lo menos asomado las narices a la puerta. Aquel día iba Jacinta tan sencillamente vestida, que no era fácil distinguir entre las dos mujeres cuál era la señora y cuál la criada.

para otro los globos muertos de sus ojos cuajados, sin descansar un punto. Después de mucho y mucho puntear y rasguear, rompió con chillona voz el canto:

A Pepa la gitaní... í... í...

Aquel *íííí* no se acababa nunca, daba vueltas para arriba y para abajo como una rúbrica trazada con el sonido. Ya les faltaba el aliento a los oyentes cuando el ciego se determinó a posarse en el final de la frase:

lla-cuando la parió su madre...

Expectación, mientras el músico echaba de lo hondo del pecho unos ayes y gruñidos como de un perrillo al que le están pellizcando el rabo.

¡Ay, ay, ay!...

Por fin concluyó:

sólo para las narices
le dieron siete calambres.

Risas, algazara, pataleos... Junto al niño cantor había otro ciego, viejo y curtido, la cara como un corcho, montera de pelo encasquetada y el cuerpo envuelto en capa parda con más remiendos que tela. Su risilla de suficiencia lo denunciaba como autor de la celebrada estrofa. Era también maestro, padre quizás, del ciego chico y le estaba enseñando el oficio. Jacinta echó un vistazo a todo aquel conjunto, y entre las respetables personas que formaban el corro, distinguió una cuya presencia la hizo estremecer. Era el *Pituso,* que asomando por entre el ciego grande y el chico, atendía con toda su alma a la música, puesta una mano 'en la cintura y la otra en la boca.

—Ahí está —dijo al Sr. Izquierdo, que al punto le sacó del grupo para llevarle consigo.

Lo más particular fue que si cuando la fisonomía del *Pituso* estaba embadurnada creyó Jacinta advertir en ella un gran parecido con Juanito Santa Cruz, al mirarla en su natural ser, aunque no efectivamente limpia, el parecido se había desvanecido.

«No se parece», pensaba entre alegre y desalentada, cuando Izquierdo le señaló la puerta para que entrase.

Cuentan Jacinta y su criada que al verse dentro de la reducida, inmunda y desamparada celda, y al observar que el llamado *Platón* cerraba la puerta, les entró un miedo tan grande que a entrambas se les ocurrió salir a la ventanilla a pedir socorro. Miró la señora de soslayo a la criada, por ver si ésta mostraba entereza de ánimo; pero Rafaela estaba más muerta que viva.

«Este bandido —pensó Jacinta—, nos va a retorcer el pescuezo sin dejarnos chistar.»

Algo se tranquilizaba oyendo muy cerca el guitarreo y el rum rum de la multitud que rodeaba a lo dos ciegos. Izquierdo les ofreció las dos sillas que en la estancia había, y él se sentó sobre un baúl, poniendo al *Pituso* sobre sus rodillas.

Rafaela cuenta que en aquel momento se le ocurrió un plan infalible para defenderse del monstruo, si por acaso las atacaba. Desde el punto en que le viera hacer un ademán hostil, ella se le colgaría de las barbas. Si en el mismo instante y muy de sopetón su señorita tenía la destreza suficiente para coger un asador que muy cerca de su mano estaba y metérselo por los ojos, la cosa era hecha.

No había allí más muebles que las dos sillas y el baúl. Ni cómoda, ni cama, ni nada. En la oscura alcoba debía de haber algún camastro. De la pared colgaba una grande y hermosa lámina detrás de cuyo cristal se veían dos trenzas negras de pelo, hermosísimas, enroscadas al modo de culebras, y entre ellas una cinta de seda con este letrero: *¡Hija mía!*

—¿De quién es ese pelo? —preguntó Jacinta vivamente, y la curiosidad le alivió por un instante el miedo.

—De la hija de mi mujer —replicó *Platón* con gravedad, echando una mirada de desdén al cuadro de las trenzas.

—Yo creí que eran de... —balbució la dama sin atreverse a acabar la frase—. Y la joven a quien pertenecía ese pelo, ¿dónde está?

—En el cementerio —gruñó Izquierdo con acento más propio de bestia que de hombre.

Jacinta examinó al *Pituso* chico y... cosa rara, volvió a advertir parecido con el gran *Pituso*. Le miró más, y mientras más le miraba más semejanza. ¡Santo Dios! Llamóle, y el señor Izquierdo dijo al niño con cierta aspereza atenuada que en él podía pasar por dulzura:

—Anda, piojín, y da un beso a esta señora.

355

El nene, en pie, se resistía a dar un paso hacia adelante. Estaba como asustado y clavaba en la señora las estrellas de sus ojos. Jacinta había visto ojos lindos, pero como aquellos no los había visto nunca. Eran como los del Niño Dios pintado por Murillo[270].

—Ven, ven —le dijo llamándole con ese movimiento de las dos manos que había aprendido de las madres.

Y él tan serio, con las mejillas encendidas por la vergüenza infantil, que tan fácilmente se resuelve en descaro.

—A cuenta que no es corto de genio; pero se espanta de las personas finas —dijo Izquierdo empujándole hasta que Jacinta pudo cogerle.

—Si es todo un caballero formal —declaró la señorita dándole un beso en su cara sucia que aún olía a la endiablada pintura—. ¿Cómo estás hoy tan serio y ayer te reías tanto y me enseñabas tu lengüecita?

Estas palabras rompieron el sello a la seriedad de Juanín, porque lo mismo fue oírlas que desplegar su boca en una sonrisa angelical. Rióse también Jacinta; pero su corazón sintió como un repentino golpe, y se le nublaron los ojos. Con la risa del gracioso chiquillo resurgía de un modo extraordinario el parecido que la dama creía encontrar en él. Figuróse que la raza de Santa Cruz le salía a la cara como poco antes le había salido el carmín del rubor infantil. «Es, es...», pensó con profunda convicción, comiéndose a miradas la cara del rapazuelo. Veía en ella las facciones que amaba; pero allí había además otras desconocidas. Entróle entonces una de aquellas rabietinas que de tarde en tarde turbaban la placidez de su alma, y sus ojos, iluminados por aquel rencorcillo, querían interpretar en el rostro inocente del niño las aborrecidas y culpables bellezas de la madre. Habló, y su metal de voz se había cambiado completamente. Sonaba de un modo semejante a los bajos de la guitarra.

—Señor Izquierdo, ¿tiene usted ahí por casualidad el retrato de su sobrina?

Si Izquierdo hubiera respondido que sí, ¡cómo se habría lanzado Jacinta sobre él! Pero no había tal retrato, y más valía

---

[270] El héroe realista ha de ser reconocible, identificable. Cfr. Joaquín Gimeno Casalduero, «La caracterización plástica del personaje en la obra de Pérez Galdós; del tipo al personaje», *A. G.*, VII (1972), págs. 19-25.

así. Durante un rato estuvo la dama silenciosa, sintiendo que se le hacía en la garganta el nudo aquel, síntoma infalible de las grandes penas. En tanto, el *Pituso* adelantaba rápidamente en el camino de la confianza. Empezó por tocar con los dedos tímidamente una pulsera de monedas antiguas que Jacinta llevaba, y viendo que no le reñían por este desacato, sino que la señora aquella tan guapa le apretaba contra sí, se decidió a examinar el imperdible, los flecos del mantón y principalmente el manguito, aquella cosa de pelos suaves con un agujero, donde se metía la mano y estaba tan calentito.

Jacinta le sentó sobre sus rodillas y trató de ahogar su desconsuelo, estimulando en su alma la piedad y el cariño que el desvalido niño le inspiraba. Un examen rápido sobre el vestido de él le reprodujo la pena. ¡Que el hijo de su marido estuviese con las carnecitas al aire, los pies casi desnudos...! Le pasó la mano por la cabeza rizosa, haciendo voto en su noble conciencia de querer al hijo de otra como si fuera suyo. El rapaz fijaba su atención de salvaje en los guantes de la señora. No tenía él ni idea remota de que existieran aquellas manos de mentira, dentro de las cuales estaban las manos verdaderas.

—¡Pobrecito! —exclamó con vivo dolor Jacinta, observando que el mísero traje del *Pituso* era todo agujeros.

Tenía un hombro al aire, y una de las nalgas estaba también a la intemperie. ¡Con cuánto amor pasó la mano por aquellas finísimas carnes, de las cuales pensó que nunca habían conocido el calor de una mano materna, y que estaban tan heladas de noche como de día!

—Toca, toca —dijo a la criada—; muertecito de frío.

Y al Sr. Izquierdo:

—¿Pero por qué tiene usted a este pobre niño tan desabrigado?

—Soy probe, señora —refunfuñó Izquierdo con la sequedad de siempre—. No me quieren colocar... por decente...

Iba a seguir espetando el relato de sus cuitas políticas; pero Jacinta no le hizo caso. Juanín, cuya audacia crecía por momentos, atrevíase ya nada menos que a posarle la mano en la cara, con muchísimo respeto, eso sí.

—Te voy a traer unas botas muy bonitas —le dijo la que quería ser madre adoptiva, echándole las palabras con un beso en su oído sucio.

El muchacho levantó un pie. ¡Y qué pie! Más valía que ningún cristiano lo viera. Era una masa de informe esparto y de trapo asqueroso, llena de lodo y con un gran agujero, por el cual asomaba la fila de deditos rosados.

—¡Bendito Dios! —exclamó Rafaela rompiendo a reír—. ¿Pero Sr. Izquierdo, tan pobre es usted que no tiene para...?

—Solutamente...

—¡Te voy a poner más majo...! verás. Te voy a poner un vestido muy precioso, tu sombrero, tus botas de charol.

Comprendiendo aquello, ¡el muy tuno abría cada ojo...! De todas las flaquezas humanas, la primera que apunta en el niño, anunciando el hombre, es la presunción. Juanín entendió que le iban a poner guapo y soltó una carcajada. Pero las ideas y las sensaciones cambian rápidamente en esta edad, y de improviso el *Pituso* dio una palmada y echó un gran suspiro. Es una manera especial que tienen los chicos de decir: «Esto me aburre; de buena gana me marcharía.» Jacinta le retuvo a la fuerza.

—Vamos a ver, Sr. de Izquierdo —dijo la dama, planteando decididamente la cuestión—. Ya sé por su vecino de usted quién es la mamá de este niño. Está visto que usted no lo puede criar ni educar. Yo me lo llevo.

Izquierdo se preparó a la respuesta.

—Diré a la señora... Yo... verídicamente, le tengo ley. Le quiero, si a mano viene, como hijo... Socórrale la señora, por ser de la casta que es; colóqueme a mí, y yo lo criaré.

—No, esos tratos no me convienen. Seremos amigos; pero con la condición de que me llevo este pobre ángel a mi casa. ¿Para qué le quiere usted? ¿Para que se críe en estos patios malsanos entre pilletes?... Yo le protegeré a usted, ¿qué quiere? ¿Un destino? ¿Una cantidad[a]?

—Si la señora —insinuó Izquierdo torvamente, soltando las palabras después de rumiarlas mucho—, me logra una cosa...

—A ver qué cosa...

—La señora se aboca con Castelar... que me tiene tanta tirria... o con el Sr. de Pi.

---

[a] [Rafaela, que observaba atentamente la cara de Izquierdo, cuenta que al oír esta proposición el maldito hombre parecía alegrarse y disimular su gozo. Se reconocía sin duda mal diplomático y hablaba lo menos posible para no comprometerse.

—Le tengo mucha ley —decía, defendiéndose con el laconismo—. Yo no vendo criaturas.

Y Jacinta viendo que su escasa habilidad se estrellaba en las conchas de aquel galápago, pensaba así:

—Yo no sirvo para tratar con este animal. ¡Qué mal he hecho en venir sin Guillermina!]

—Déjeme usted a mí de *pí* y de *pá*... Yo no le puedo dar a usted ningún destino.

—Pues si no me dan la ministración del Pardo, el hijo se queda aquí... ¡hostia! —declaró Izquierdo con la mayor aspereza, levantándose.

Parecía responder con la exhibición de su gallarda estatura más que con las palabras.

—La administración del Pardo nada menos. Sí, para usted estaba. Hablaré a mi esposo, el cual reconocerá a Juanín y le reclamará por la justicia, puesto que su madre le ha abandonado.

Rafaela cuenta que al oír esto, se desconcertó un tanto *Platón*. Pero no se dio a partido, y cogiendo en brazos al niño le hizo caricias a su modo:

—¿Quién te quiere a ti, churumbé?... ¿A quién quieres tú, piojín mío?

El chico le echó los brazos al cuello.

—Yo no le impido ni le impediré a usted que le siga queriendo, ni aun que le vea alguna vez —dijo la señora, contemplando a Juanín como una tonta—. Volveré mañana y espero convencerle... y en cuanto a la administración del Pardo, no crea usted que digo que no. Podría ser... no sé...

Izquierdo se dulcificó un poco.

«Nada, nada —pensó Jacinta—, este hombre es un chalán. No sé tratar con esta clase de gente. Mañana vuelvo con Guillermina y entonces... aquí te quiero ver».

—Para usted —dijo luego en voz alta—, lo mejor sería una cantidad. Me parece que está la patria oprimida.

Izquierdo dio un suspiso y puso al chico en el suelo.

—Un endivido, que se pasó su santísima vida bregando porque los españoles sean libres...

—Pero, hombre de Dios, ¿todavía les quiere usted más libres?

—No... es la que se dice... cría cuervos... Sepa usté que Bicerra, Castelar y otros mequetrefes, todo lo que son me lo deben a mí.

—Cosa más particular.

El ruido de la guitarra y de los cantos de los ciegos arreció considerablemente, uniéndose al estrépito de tambores de Navidad.

—¿Y tú no tienes tambor? —preguntó Jacinta al pequeñuelo, que apenas oída la pregunta ya estaba diciendo que no con la cabeza—. ¡Qué barbaridad! ¡Miren que no tener tú un tambor...!

Te lo voy a comprar hoy mismo, ahora mismo. ¿Me das un beso?

No se hacía de rogar el *Pituso*. Empezaba a ser descarado. Jacinta sacó un paquetito de caramelos, y él, con ese instinto de los golosos, se abalanzó a ver lo que la señora sacaba de aquellos papeles. Cuando Jacinta le puso un caramelo dentro de la boca, Juanín se reía de gusto[a].

—¿Cómo se dice? —le preguntó Izquierdo.

Inútil pregunta, porque él no sabía que cuando se recibe algo se dan las gracias.

Jacinta le volvió a coger en brazos y a mirarle. Otra vez le pareció que el parecido se borraba. ¡Si no sería...! Era conveniente averiguarlo y no proceder con precipitación. Guillermina se encargaría de esto. De repente el muy pillo la miró, y sacándose el caramelo de la boca, se lo ofreció para que chupase ella.

—No, tonto, si tengo más.

Después, viendo que su galantería no era estimada, le enseñó la lengua.

—¡Grandísimo tuno, me haces burla, a mí!

Y él, entusiasmándose, volvió a sacar la lengua, y habló por primera vez en aquella conferencia, diciendo muy claro:

—Putona.

Ama y criada rompieron a reír, y Juanín lanzó una carcajada graciosísima, repitiendo la expresión, y dando palmadas como para aplaudirse.

—¡Qué cosas le enseña usted!...

—Vaya, hijo, no digas exprisiones...

—¿Me quieres? —le dijo la Delfina apretándole contra sí.

El chico clavó sus ojos en Izquierdo.

—Díle que sí pero a cuenta que no te vas con ella, ¿sabes?... que no te vas con ella, porque quieres más a tu papá Pepe, piojín..., y que a tu papá le tién que dar la ministración.

Volvió el bárbaro a cogerle, y Jacinta se despidió, haciendo propósito firme de volver con el refuerzo de su amiga.

—Adiós, adiós, Juanín. Hasta mañana.

Y le besó la mano, pues la cara era imposible por tenerla toda untada de caramelo.

—Adiós, rico —dijo Rafaela pellizcándole los dedos de un pie que asomaban por las claraboyas del calzado.

---

[a] Juanín se reía de gusto: la expresión angelical de Juanín era como si estuviera viendo al Padre Eterno.

Y salieron. Izquierdo, que aunque se tenía por caballería, preciábase de ser caballero, salió a despedirlas a la puerta de la calle, con el pequeño en brazos. Y le movía la manecita para hacerle saludar a las dos mujeres hasta que doblaron la esquina de la calle del Bastero.

VIII

A las nueve del día siguiente[271] ya estaban allí otra vez ama y doncella, esperando a Guillermina, que convino en unirse con su amiga en cuanto despachara ciertos quehaceres que tenía en la estación de las Pulgas. Había recibido dos vagones de sillares y obtenido del director de la Compañía del Norte que le hicieran la descarga gratis con las grúas de la empresa... ¡Los pasos que tuvo que dar para esto! Pero al fin se salió con la suya, y además quería que del transporte se encargara la misma empresa, que bastante dinero ganaba, y bien podía dar a los huérfanos desvalidos unos cuantos viajes de camiones.

En cuanto entraron Jacinta y Rafaela vieron a Juanín jugando en el patio. Llamáronle y no quiso venir. Las miraba desde lejos, riendo, con media mano metida dentro de la boca; pero en cuanto le enseñaron el tambor que le traían, como se enseñan al toro, azuzándole, las banderillas que se le han de clavar, vino corriendo como exhalación. Su contento era tal que parecía que le iba a dar una pataleta, y estaba tan inquieto, que a Jacinta le costó trabajo colgarle el tambor. Cogidos los palillos uno en cada mano, empezó a dar porrazos sobre el parche, corriendo por aquellos muladares, envidiado de los demás, y sin ocuparse de otra cosa que de meter toda la bulla posible.

Jacinta y Rafaela subieron. La criada llevaba un lío de cosas, dádivas que la señora traía a los menesterosos de aquella pobrísima vecindad. Las mujeres salían a sus puertas movidas de la curiosidad; empezaba el chismorreo, y poco después, en los murmurantes corros que se formaron, circulaban noticias y comentos:

—A la señá Nicanora le ha traído un mantón borrego, al tío *Dido* un sombrero y un chaleco de Bayona, y a Rosa le ha puesto en la mano cinco duros como cinco soles...

---

[271] Día 22 de diciembre de 1873.

—A la baldada del número 9 le ha traído una manta de cama, y a la señá Encarnación un aquel de franela para la reuma, y al tío Manjavacas un ungüento en un tarro largo que los llaman *pitofufito* [272]... ¿sabe?, lo que le di yo a mi niña el año pasado, lo cual no le quitó de morírseme...

—Ya estoy viendo a Manjavacas empeñando el tarro o cambiándolo por gotas de aguardiente...

—O que le quiere comprar el niño al señó Pepe y que le da treinta mil duros, y le hace gobernaor...

—¿Gobernaor de qué?...

—Paicen bobas... pues tiene que ser de las caballerizas repoblicanas...

Jacinta empezaba a impacientarse porque no llegaba su amiga, y en tanto tres o cuatro mujeres, hablando a un tiempo, le exponían sus necesidades con hiperbólico estilo. Esta tenía a sus dos niños descalcitos; la otra no los tenía descalzos ni calzados, porque se le morían todos, y a ella le había quedado una angustia en el pecho que decían era una *eroísma* [273]. La de más allá tenía cinco hijos y vísperas, de lo que daba fe el promontorio que le alzaba las faldas media vara del suelo. No podía ir en tal estado a la Fábrica de Tabacos [274],

---

[272] El «ungüento que llaman *pitofufito*» debe ser un ungüento de *hiposulfito,* una sal sulfurosa que se ha empleado contra diversas dermatosis.

[273] La *eroísma* —o sea, la *aneurisma*— es una bolsa formada por la dilatación o rotura de las paredes de una arteria o vena.

[274] Edificio situado en la calle de Embajadores, 59. Fue construido en 1790, siendo en un principio fábrica de «aguardientes, barajas, papel sellado y efectos plomizos» (Mesonero, *Manual,* pág. 347). A partir de 1809 comenzó a elaborar cigarrillos y rapé. Según Madoz *(Manual,* X, pág. 947): «... en el mismo edificio hay una escuela para niños, una para niñas y otra para párvulos, en las que sólo se admiten a los hijos de las operarias». Sin embargo, la cigarrera galdosiana no podía acudir al trabajo por estar encinta. En el ya citado libro de E. Rodríguez Solís, *Majas, manolas y chulas,* pág. 200, se nos dice de la trabajadora *chula* de la Fábrica de Tabacos: «Y no se crea que todo es fiestas y alegrías para la chula, que trabaja en la fábrica sin levantar cabeza, con tanto mayor empeño cuanto mayores son los apuros de su casa y las necesidades de su vida; y es muy común verlas en esos días de forzado descanso ir al río con una carga de ropa para ahorrarse la lavandera; y al salir de la fábrica atender de los quehaceres de su hogar; y muchas de ellas ir a peinar a las casas, o trabajar a la máquina en su habitación para las tiendas, a fin de ganar un sobre-

por lo cual estaba pasando la familia una *crujida*[275] buena. El pariente de estotra no trabajaba, porque se había caído de un andamio y hacía tres meses que estaba en el catre con un tolondrón en el pecho y muchos dolores, echando sangre por la boca. Tantas y tantas lástimas oprimían el corazón de Jacinta, llevando a su mente ideas muy latas sobre la extensión de la miseria humana. En el seno de la prosperidad en que ella vivía, no pudo darse nunca cuenta de lo grande que es el imperio de la pobreza, y ahora veía que, por mucho que se explore, no se llega nunca a los confines de este dilatado continente. A todos les daba alientos y prometía ampararles en la medida de sus alcances, que, si bien no cortos, eran quizás insuficientes para acudir a tanta y tanta necesidad. El círculo que la rodeaba se iba estrechando, y la dama empezaba a sofocarse. Dio algunos pasos; pero de cada una de sus pisadas brotaba una compasión nueva; delante de su caridad luminosa íbanse levantando las desdichas humanas, y reclamando el derecho a la misericordia[a]. Después de visitar varias casas, saliendo de ellas con el corazón desgarrado, hallábase otra vez en el corredor, ya muy intranquila por la tardanza de su amiga, cuando sintió que le tiraban suavemente de la cachemira. Volvióse y vio una niña como de cinco o seis años, lindísima, muy limpia, con una hoja de *bónibus* en el pelo.

—Señora —le dijo la niña con voz dulce y tímida, pronunciando con la más pura corrección—, ¿ha visto usted mi delantal?

Cogiendo por los bordes el delantal, que era de cretona azul, recién planchado y sin una mota, lo mostraba a la señorita.

—Sí... ya lo veo —dijo ésta admirada de tanta gracia y coquetería—. Estás muy guapa y el delantal es... magnífico.

—Lo he estrenado hoy...; no lo ensuciaré, porque no bajo al

---

[a] [Parecíale que muchos exageraban sus desdichas, que otros las explotaban como se explota una industria, y que los más discretos y reservados en la proclamación de sus penurias, eran quizás los más dignos de socorro y los que mejor provecho sacaban de él.]

sueldo con que poder acudir a las obligaciones de su familia en las épocas de parada.»

[275] Galdós empleó a menudo, en su novelas y en los *Episodios,* esta palabra que tenía el sentido de *pasar apuros* o *vivir una etapa de cesantía.*

patio —añadió la pequeña, hinchando de gozo y vanidad sus naricillas.

—¿De quién eres? ¿Cómo te llamas?

—Adoración.

—¡Qué mona eres... y qué simpática!

—Esta niña —dijo una de las vecinas—, es hija de una mujer muy mala que la llaman *Mauricia la Dura*. Ha vivido aquí dos veces, porque la pusieron en las *Arrecogidas*[276], y se escapó, y ahora no se sabe dónde anda.

—¡Pobre niña!... Su mamá no la quiere.

—Pero tiene por mamá a su tía Severiana, que la ampara como si fuera hija y la va criando. ¿No conoce la señorita a Severiana?

—He oído hablar de ella a mi amiga.

—Sí, la señorita Guillermina la quiere mucho... Como que ella y Mauricia son hijas de la planchadora de la casa... ¡Severiana!... ¿Dónde está esa mujer?

—En la compra —replicó Adoración.

—Vaya, que eres muy señorita.

La otra, que se oyó llamar señorita, no cabía en sí de satisfacción.

—Señora —dijo, encantando a Jacinta con su metal de voz argentino y su pronunciación celestial—. Yo no me pinté la cara el otro día...

—¡Tú no...! ya lo sabía. Eres muy aseada.

—No, no me pinté —repitió acentuando tan fuertemente el no con la cabeza, que parecía que se le rompía el pescuezo—. Esos puercachones me querían pintar, pero no me dejé.

Jacinta y Rafaela estaban embelesadas. No habían visto una niña tan bonita, tan modosa y que se metiera por los ojos como aquella. Daba gusto ver la limpieza de su ropa. La falda la tenía remendada, pero aseadísima; los zapatos eran viejos, pero bien defendidos, y el delantal una obra maestra de pulcritud.

En esto llegó la tía y madre adoptiva de Adoración. Era guapetona, alta y garbosa, mujer de un papelista, y la inquilina más ordenada, o si se quiere, más pudiente de aquella

---

[276] Forma vulgar por «recogida», mujer retirada en determinados conventos. Mesonero Romanos *(Manual,* pág. 355) habla precisamente de una casa de reclusión de mujeres, Santa María Magdalena, que estaba situada en la calle de Hortaleza y que era conocido popularmente por las «Recogidas».

colmena. Vivía en una de las habitaciones mejores del primer patio y no tenía hijos propios, razón más para que Jacinta simpatizase con ella. En cuanto se vieron se comprendieron. Severiana estimó en lo que valían las bondades de la dama para con la pequeña; hízola entrar en su casa, y le ofreció una silla de las que llaman de Viena, mueble que en aquellos tugurios parecióle a Jacinta el colmo de la opulencia.

—¿Y mi ama doña Guillermina? —preguntó Severiana—. Ya sé que viene ahora todos los días. ¿Usted no me conoce? Mi madre fue planchadora en casa de los señores de Pacheco...; allí nos criamos mi hermana Mauricia y yo.

—He oído hablar de ustedes a Guillermina...

Severiana dejó el cesto de la compra, que bien repleto traía, arrojó mantón y pañuelo, y no pudo resistir un impulso de vanidad. Entre las habitantes de las casas domingueras es muy común que la que viene de la plaza con abundante compra la exponga a la admiración y a la envidia de las vecinas. Severiana empezó a sacar su repuesto, y alargando la mano lo mostraba de la puerta afuera...

—Vean ustedes... una brecolera... un cuarterón de carne de falda... un pico de carnero con carrilladas... escarola...

Y por último salió la gran sensación. Severiana la enseñó como un trofeo, reventando de orgullo.

—¡Un conejo! —clamaron media docena de voces...

—Hija, como te has corrido.

—Hija, porque se puede, y lo he sacado por siete riales.

Jacinta creyó que la cortesía la obligaba a lisonjear a la dueña de la casa, mirando con muchísimo interés las provisiones y elogiando su bondad y baratura.

Hablóse luego de Adoración, que se había cosido a las faldas de Jacinta, y Severiana empezó a referir:

—Esta niña es de mi hermana Mauricia... La señora metió en las Micaelas[277] a mi hermana, pero ésta se fugó, encaramándose por una tapia; y ahora la estamos buscando para volverla a encerrar allá.

—Conozco mucho esa Orden —dijo la de Santa Cruz—, y soy muy amiga de las madres Micaelas. Allí la enderezarán... Crea usted que hacen milagros...

—Pero si es muy mala... señora, muy mala —replicó Severiana dando un suspiro—. Aquí me dejó esta critura, y no nos

---

[277] Cfr. I, nota 195.

pesa, porque me tira al alma como si la hubiera parido... lo cual que todos los míos me hàn nacido muertos; y mi Juan Antonio le ha tomado tal ley a la chica, que no se puede pasar sin ella. Es una pinturera, eso sí, y me enreda mucho. Como que nació y se crió entre mujeres malas, que la enseñaron a fantasiar y a ponerse polvos en la cara. Cuando va por la calle, hace unos meneos con el cuerpo què... ya le digo que la deslomo, si no se le quita ese maña... ¡Ah! ¡Verás tú, verás, bribonaza! Lo bueno que tiene es que no me empuerca la ropa y le gusta lavarse manos, brazos, hocico, y hasta el cuerpo, señora, hasta el cuerpo. Como coja un pedazo de jabón de olor, pronto da cuenta de él. ¿Pues el peinarse? Ya me ha roto tres espejos, y un día... ¿qué creerá la señora que estaba haciendo?... Pues pintándose las cejas con un corcho quemado.

Adoración púsose como la grana, avergonzada de las perrerías que se contaban de ella.

—No lo hará más —dijo la dama sin hartarse de acariciar aquella cara tan tersa y tan bonita.

Y variando la conversación, lo que agradeció mucho la pequeña, se puso a mirar y alabar el buen arreglo de la salita.

—Tiene usted una casa muy mona.

—Para menestrales, talcualita. Ya sabe la señorita que está a su disposición. Es muy grande para nosotros; pero tengo aquí una amiga que vive en compañía, doña Fuensanta, viuda de un señor comendante. Mi marido es bueno como los panes de Dios. Me gana catorce riales y no tiene ningún vicio. Vivimos tan ricamente.

Jacinta admiró la cómoda, bruñida de tanto fregoteo, y el altar que sobre ella formaban mil baratijas, y las fotografías de gente de tropa, con los pantalones pintados de rojo y los botones de amarillo. El Cristo del Gran Poder y la Virgen de la Paloma, eran allí dos hermosos cuadros; había un gran cromo con la *Numancia*[278], navegando en un mar de musgo, y otro cuadrito bordado con *dos corazones amantes,* hechos a estilo de dechado, unidos con una cinta.

[278] La *Numancia* fue una fragata que dio la vuelta al mundo en 1865-1867; a ese viaje le dedicó Galdós un *Episodio, La vuelta al mundo en la «Numancia» (O. C.,* IV). Esta fragata fue utilizada por los cantonalistas para huir del Cantón cartaginés (cfr. I, notas 261 y 281). El cuadro de la *Numancia* colgaba en las paredes de muchas viviendas populares en la obra de Galdós. El motivo de este culto popular a la *Numancia* estaba motivado por la fama que le dio dar la vuelta al mundo.

Se hacía tarde, y Jacinta no tenía sosiego. Por fin, saliendo al corredor, vio venir a su amiga presurosa, acalorada...

—No me riñas, hija; no sabes cómo me han mareado esos badulaques de la estación de las Pulgas[279]. Que no pueden hacer nada sin orden expresa del Consejo. No han hecho caso de la tarjeta que llevé, y tengo que volver esta tarde, y los sillares allí muertos de risa y la obra parada... Pero en fin, vamos a nuestro asunto. ¿En dónde está ese que se come la gente? Adiós, Severiana... Ahora no me puedo entretener contigo. Luego hablaremos.

Avanzaron en busca de la guarida de Izquierdo, siempre rodeadas de vecinas. Adoración iba detrás, cogida a la falda de Jacinta, como los pajes que llevan la cola de los reyes, y delante abriendo calle, como un batidor, la zancuda, que aquel día parecía tener las canillas más desarrolladas y las greñas más sueltas. Jacinta le había llevado unas botas, y estaba la chica muy incomodada porque su madre no se las dejaba poner hasta el domingo.

Vieron entornada la puerta del 17, y Guillermina la empujó. Grande fue su sorpresa al encarar, no con el Sr. *Platón* a quien esperaba encontrar allí, sino con una mujerona muy altona y muy feona, vestida de colorines, el talle muy bajo, la cara como teñida de ferruje, el pelo engrasado y de un negro que azuleaba. Echóse a reír aquel vestigio, enseñando unos dientes cuya blancura con la nieve se podría comparar, y dijo a las señoras que *Don* Pepe no estaba, pero que al momentico vendría. Era la vecina del bohardillón, llamada comúnmente la *gallinejera,* por tener puesto de gallineja y fritanga en la esquina de la Arganzuela. Solía prestar servicios domésticos al decadente señor de aquel domicilio, barrerle el cuarto una vez al mes, apalearle el jergón, y darle una mano de refregones al

---

[279] De las tres estaciones «mayores» de Madrid, en sus edificios actuales, la más antigua es la de Delicias, seguida de las del Norte y Atocha. La estación de Delicias, conocida popularmente como «estación de las pulgas», surgió como cabeza de la línea Madrid-Ciudad Real-Badajoz, si bien en el mismo año de su inauguración, 30 de marzo de 1880, se convirtió en la estación término de la línea Madrid-Cáceres-Portugal, al ser absorbida la primera por la potente compañía Madrid-Zaragoza-Alicante, que llevó a su estación de Atocha el movimiento de aquélla. Se ubicó muy próxima a la zona de los cementerios de San Nicolás y San Sebastián. En 1969 se suprimió el servicio de viajeros, y el cierre definitivo de la estación tuvo lugar en 1971. Cfr. *Las estaciones ferroviarias de Madrid*, Madrid, 1980, págs. 62-70.

Pituso, cuando la porquería le ponía una costra demasiado espesa en su angelical rostro. También solía preparar para el grande hombre algunos platos exquisitos, como dos cuartos de molleja, dos cuartos de sangre frita y a veces una ensalada de escarola, bien cargada de ajo y comino.

No tardó en venir Izquierdo, y echóse fuera la estantigua aquella gitanesca, a quien Rafaela miraba con verdadero espanto, rezando mentalmente un Padre-nuestro porque se marchara pronto. Venía el bárbaro dando resoplidos, cual si le rindiera la fatiga de tanto negocio como entre manos traía, y arrojando su pavero en el rincón y limpiándose con un pañuelo en forma de pelota el sudor de la nobilísima frente, soltó este gruñido:

—Vengo de en cá Bicerra... ¿Ustés me recibieron? Pues él tampoco...; ¡el muy soplao, el muy...! La culpa tengo yo que me rebajo a endividos tan... disinificantes.

—Cálmese usted, Sr. Pepe —indicó Jacinta, sintiéndose fuerte en compañía de su amiga.

Como no había más que dos sillas, Rafaela tuvo que sentarse en el baúl y el grande hombre no comprendido quedóse en pie; mas luego tomó una cesta vacía que allí estaba, la puso boca abajo y acomodó su respetable persona en ella.

IX

Desde que se cruzaron las primeras palabras de aquella conferencia, que no dudo en llamar memorable, cayó Izquierdo en la cuenta de que tenía que habérselas con un diplomático mucho más fuerte que él. La tal doña Guillermina, con toda su opinión de santa y su carita de Pascua, se le atravesaba. Ya estaba seguro de que le volvería tarumba con sus *tiologías* porque aquella señora debía de ser muy nea[280], y él, la verdad, no sabía tratar con neos.

—Conque Sr. Izquierdo —propuso la fundadora sonriendo—, ya sabe usted... esta amiga mía quiere recoger a ese pobre niño, que tan mal se cría al lado de usted... Son dos

---

[280] Los *neos* o *neocatólicos* defendían una doctrina político-religiosa que aspiraba a restablecer en todo su rigor las tradiciones católicas en la vida social y en el gobierno del Estado. En *Fortunata y Jacinta* tiene también el significado peyorativo que suele darse a este término, sinónimo de retrógrado o ultramontano.

obras de caridad, porque a usted le socorreremos también, siempre que no sea muy exigente...

—¡Hostia, con la tía bruja esta! —dijo para sí *Platón*, revolviendo las palabras con mugidos; y luego en voz alta:

—Pues como dije a la señora, si la señora quiere al *Pituso*, que se aboque con Castelar...

—Eso sí; para que le hagan a usted ministro... Sr. Izquierdo, no nos venga usted con sandeces. ¿Cree que somos tontas? A buena parte viene... Usted no puede desempeñar ningún destino, porque no sabe leer.

Recibió Izquierdo tan tremendo golpe en su vanidad, que no supo qué contestar. Tomando una actitud noble, puesta la mano en el pecho, repuso:

—Señora, eso de no saber no es todo lo verídico...; digo que no es todo lo verídico... verbigracia: que es mentira. A cuenta que nos moteja porque semos probes. La probeza no es deshonra.

—No lo es, cierto, por sí; pero tampoco es honra, ¿estamos? Conozco pobres muy honrados; pero también los hay que son buenos pájaros.

—Yo soy todo lo decente... ¿estamos?

—¡Ah! sí... Todos nos llamamos personas decentes; pero facilillo es probarlo. Vamos a ver. ¿Cómo se ha pasado usted la vida? Vendiendo burros y caballos, después conspirando y armando barricadas...

—¡Y a mucha honra, y a mucha honra!... ¡Rehostia! —gritó fuera de sí el chalán, levantándose encolerizado—. Vaya con las tías estas...!

Jacinta daba diente con diente. Rafaela quiso salir a llamar; pero su propio temor le había paralizado las piernas.

—¡Ja, ja, ja!... nos llama *tías*... —exclamó Guillermina echándose a reír cual si hubiera oído un inocente chiste—. Vaya con el excelentísimo señor... ¿Y piensa que nos vamos a enfadar por la flor que nos echa? Quiá; yo estoy muy acostumbrada a estas finuras. Peores cosas le dijeron a Cristo.

—Señora... señora... no me saque la dinidá; mire que me estoy aguantando... aguantando...

—Más aguantamos nosotras.

—Yo soy un endivido... tal y como...

—Lo que es usted, bien lo sabemos: un holgazanote y un bruto... Sí, hombre, no me desdigo... ¿Piensa usted que le tengo miedo? A ver; saque pronto esa navaja...

—No la gasto pa mujeres...

—Ni para hombres... Si creerá este fantasmón que nos va a acoquinar porque tiene esa fachada... Siéntese usted y no haga visajes, que eso servirá para asustar a chicos, pero no a mí. Además de bruto es usted un embustero, porque ni ha estado en Cartagena ni ese es el camino, y todo lo que cuenta de las revoluciones es gana de hablar. A mí me ha enterado quien le conoce a usted bien... ¡Ah! Pobre hombre, ¿sabe usted lo que nos inspira? Pues lástima, una lástima que no puedo ponderarle, por lo grande que es...

Completamente aturdido, cual si le hubieran descargado una maza sobre el cuello, Izquierdo se sentó sobre la cesta, y esparció sus miradas por el suelo. Rafaela y Jacinta respiraron, pasmadas del valor de su amiga, a quien veían como una criatura sobrenatural.

—Conque vamos a ver —prosiguió ésta guiñando los ojos, como siempre que exponía un asunto importante—. Nosotras nos llevamos al niñito, y le damos a usted una cantidad para que se remedie...

—¿Y qué hago yo con un triste estipendio? ¿Cree que yo me vendo?

—¡Ay, qué delicados están los tiempos!... Usted ¿qué se ha de vender? Falta que haya quien le compre. Y esto no es compra, sino socorro. No me dirá usted que no lo necesita...

—En fin, pa no cansar... —replicó bruscamente José—, si me dan la ministración...

—Una cantidad y punto concluido...

—¡Que no me da la gana, que no me da la santísima gana!

—Bueno, bueno, no grite usted tanto, que no somos sordas. Y no sea usted tan fino, que tales finuras son impropias de un señor revolucionario tan... feroz.

—Usté me quema la sangre...

—¿Conque destino, y si no, no? Tijeretas han de ser. A fe que está el hombre cortadito para administrador. Sr. Izquierdo, dejemos las bromas a un lado; me da mucha lástima de usted; porque, lo digo con sinceridad, no me parece tan mala persona como cree la gente. ¿Quiere usted que le diga la verdad? Pues usted es un infelizote que no ha tenido parte en ningún crimen ni en la invención de la pólvora[a].

---

[a] infelizote que no ha tenido parte en ningún crimen ni en la invención de la pólvora.: infeliz, un desgraciado y nada más que un desgraciado, más bruto que un carro, eso sí; pero un pobre hombre,

Izquierdo alzó la vista del suelo y miró a Guillermina sin ningún rencor. Parecía confirmar con una mirada de sinceridad lo que la fundadora declaraba.

—Y lo sostengo, este hijo de Dios no es un hombre malo. Dicen por ahí que usted asesinó a su segunda mujer... ¡Patraña! Dicen que usted ha robado en los caminos... ¡Mentira! Dicen por ahí que usted ha dado muchos trabucazos en las barricadas... ¡Paparrucha!

—Parola, parola, parola —murmuró Izquierdo con amargura.

—Usted se ha pasado la vida luchando por el pienso y no sabiendo nunca vencer. No ha tenido arreglo... La verdad, este vendehumos es hombre de poca disposición: no sabe nada, no trabaja, no tiene pesquis más que para echar fanfarronadas y decir que se come los niños crudos. Mucho hablar de la República y de los cantones, y el hombre no sirve ni para los oficios más toscos... ¿Qué tal? ¿Me equivoco? ¿Es éste el retrato de usted, sí o no?...

Platón no decía nada, y pasó y repasó su hermosa mirada por los ladrillos del piso, como si los quisiera barrer con ella. Las palabras de Guillermina resonaban en su alma con el acento de esas verdades eternas contra las cuales nada pueden las argucias humanas.

—Después —añadió la santa—, el pobre hombre ha tenido que valerse de mil arbitrios no muy limpios para poder vivir, porque es preciso vivir... Hay que ser indulgente con la miseria, y otorgarle un poquitín de licencia para el mal.

Durante la breve pausa que siguió a los últimos conceptos de Guillermina, el infeliz hombre cayó en su conciencia como en un pozo, y allí se vio tal cual era realmente, despojado de los trapos de oropel en que su amor propio le envolvía; pensó lo que otras veces había pensado, y se dijo en sustancia: «Si soy un verídico mulo, un buen Juan que no sabe matar un mosquito: y esta diabla de santa tiene dentro el cuerpo al Pae Eterno[a].»

---

que nunca ha hecho daño a nadie... me atrevo a decir más: usted no ha matado nunca ni a un triste mosquito.

[a] verídico[...] al Pae Eterno.: bestia y no sirvo absolutamente para nada. Me quiero engañar a mí mismo con esto de las revoluciones, y no puedo... Soy una verdadera caballería, y todo esto que digo de que me coloque Pi y me atienda Salmerón, es pura fábula para emborrachar mi desgracia y adormecerla.

Guillermina no le quitaba los ojos, que con los guiños se volvían picarescos. Era una maravilla cómo le adivinaba los pensamientos. Parece mentira, pero no lo es, que después de otra pausa solemne, dijo la Pacheco estas palabras:

—Porque eso de que Castelar le coloque es cosa de labios afuera. Usted mismo no lo cree ni en sueños. Lo dice por embobar a Ido y otros tontos como él... Ni ¿qué destino le van a dar a un hombre que firma con una cruz? Usted que alardea de haber hecho tantas revoluciones y de que nos ha traído la dichosa República, y de que ha fundado el cantón de Cartagena...[281] ¡así ha salido él!...; usted que se las echa de hombre perseguido y nos llama neas con desprecio y publica por ahí que le van a hacer archipámpano, se contentará... dígalo con franqueza, se contentará con que le den una portería...

A Izquierdo le vibró el corazón, y este movimiento del ánimo fue tan claramente advertido por Guillermina, que se echó a reír, y tocándole la rodilla con la mano, repitió:

—¿No es verdad que se contentará?... Vamos, hijo mío, confiéselo por la pasión y muerte de nuestro Redentor, en quien todos creemos.

Los ojos del chalán se iluminaron. Se les escapó una sonrisilla y dijo con viveza:

—¿Portería de ministerio?

—No, hijo, no tanto... Español había de ser. Siempre picando alto y queriendo servir al Estado... Hablo de portería de casa particular.

Izquierdo frunció el ceño. Lo que él quería era ponerse uniforme con galones. Volvió a sumergirse de una zambullida en su conciencia, y allí dio volteretas alrededor de la portería de casa particular. Él, lo dicho dicho, estaba ya harto de tanto bregar por la perra existencia. ¿Qué mejor descanso podía apetecer que lo que le ofrecía aquella *tía,* que debía de ser sobrina de la Virgen Santísima?... Porque ya empezaba a ser viejo y no estaba para muchas bromas. La oferta significaba

---

[281] Sobre el Cantón cartaginés y la República de 1873 escribió Galdós páginas memorables (cfr. I, nota 261), aunque mostró siempre, de forma directa o irónica, una actitud crítica. En *De Cartago a Sagunto (O. C., Episodios,* V, pág. 486) habló de cómo abandonar el Cantón en la fragata *Numancia,* camino del éxodo a Orán, los cantonales exclamaron: «¡Adiós Cantón! ¡Adiós República ingenua y romántica, que a la Historia diste más amenidad que altos y fecundos ejemplos! Tu existencia duró seis meses y dos días...»

pitanza segura, poco trabajo; y si la portería era de casa grande, el uniforme no se lo quitaba nadie... Ya tenía la boca abierta para soltar un *conforme* más grande que la casa de que debía ser portero, cuando el amor propio, que era su mayor enemigo, se le amotinó, y la fanfarronería cultivada en su mente armóle una gritería espantosa. Hombre perdido. Empezó a menear la cabeza con displicencia, y echando miradas de desdén a una parte y otra, dijo:

—¡Una portería!... Es poco.

—Ya se ve... no puede olvidar que ha sido ministro de la Gobernación, es decir, que lo quisieron nombrar... aunque me parece que se convino en que todo ello fue invención de esa gran cabeza. Veo que entre usted y D. José Ido, otro que tal, podrían inventar lindas novelas. ¡Ah! la miseria, el mal comer, ¡cómo hacen desvariar estos pobres cerebros!... En resumidas cuentas, Sr. Izquierdo...

Éste se había levantado y poniéndose a dar paseos por la habitación con las manos en los bolsillos, expresó sus magnánimos pensamientos de esta manera:

—Mi dinidá y sinificancia no me premiten... Es la que se dice: quisiera, pero no pué ser, no pué ser. Si quieren solutamente socorrerme por que me quitan a mi piojín de mi arma, me atengo al honorario.

—¡Alabado sea Dios! Al fin caemos en la cantidad...

Jacinta veía el cielo abierto... pero este cielo se nubló cuando el bárbaro desde un rincón, donde su voz hacía ecos siniestros, soltó estas fatídicas palabras:

—Ea... pues... mil duros y trato hecho[282].

---

[282] La siguiente observación de Ortiz Armengol es de enorme interés y dice mucho de Guillermina, sobre cuya «personalidad supuestamente modélica» la crítica tiene opiniones encontradas (cfr. I, nota 193): «Hasta cinco mil pesetas era la pena accesoria máxima que establecía el artículo 462 del código Penal —vigente desde 1870— a quien fuera culpable de "suposición de partos y la sustitución de un niño por otro". Izquierdo además arriesgaba una prisión de diez a veinte años. Cierto que en la operación había otras responsabilidades y la sentencia se habría dictado con benignidad, pero el problema legal no dejaba de ser cierto. ¿Es casual la coincidencia de la cifra de 5.000 pesetas como precio de venta y como accesoria máxima prevista por el código? El caso es que ni siquiera Izquierdo mantuvo esa cifra y cedió al niño por menos» (186). Pero, como sea, para los Santa Cruz era una suma irrisoria y, además, si tenemos en cuenta las aspiraciones de la *santa* a un corretaje a cargo de Izquierdo (en cuanto se

—¡Mil duros! —dijo Guillermina—. ¡La Virgen nos acompañe! ya los quisiéramos para nosotros. Siempre será un poquito menos.

—No bajo ni un chavo.

—¿A que sí? Porque si usted es chalán también yo soy chalana.

Jacinta discurría ya cómo se las compondría para juntar los mil duros, que al principio le parecieron suma muy grande, después pequeña, y así estuvo un rato apreciando con diversos criterios de cantidad la cifra.

—Que no rebajo ni tanto así. Lo mismo me da monea metálica que pápiros del Banco. Pero ojo al guarismo, que no rebajo na.

—Eso, eso, tengamos carácter... ¡Pues no tiene pocas pretensiones! Ni usted con toda su casta vale mil cuartos, cuanto más mil duros... Vaya, ¿quiere dos mil reales?

Izquierdo hizo un gesto de desprecio.

—¿Qué, se nos enfada?... Pues nada, quédese usted con su angelito. ¿Pues qué se ha creído el muy majadero, que nos tragábamos la bola de que el Pituso es hijo del esposo de esta señora? ¿Cómo se prueba eso?...

—Yo na tengo que ver... pues bien claro está que es pae natural —replicó Izquierdo de mal talante—, pae natural del hijo de mi sobrina, verbo y gracia, Juanín.

—¿Tiene usted la partida de bautismo?

—La tengo —dijo el salvaje mirando al cofre sobre que se sentaba Rafaela.

—No, no saque usted papeles, que tampoco prueban nada. En cuanto a la paternidad *natural,* como usted dice, será o no será. Pediremos informes a quien pueda darlos[a].

Izquierdo se rascaba la frente, como escarbando para extraer de ella una idea. La alusión a Juanito hízole recordar sin duda cuando rodó ignominiosamente por la escalera de la casa de Santa Cruz. Jacinta, en tanto, quería llegar a un arreglo

---

[a] En cuanto [...] pueda darlos.: Doy de barato que Juanín sea el hijo de su sobrina. ¿Y qué? ¿Significa eso que haya tenido por padre al Sr. D. Juanito? Porque su sobrina de usted era una buena pieza.

quedó con el *descuento),* esta operación, se mire como se mire, ha de oler a podrido. En cuanto a las responsabilidades, ¿quién las tendría mayores, un desgraciado iletrado como Izquiero o unas señoras de la alta burguesía como Jacinta y Guillermina?

ofreciendo la mitad; mas Guillermina, que le adivinó en el semblante sus deseos de conciliación, le impuso silencio, y levantándose, dijo:

—Señor Izquierdo; guárdese usted su *churumbé,* que lo que es este timo no le ha salido.

—Señora... ¡Hostia! Yo soy un hombre de bien, y conmigo no se queda ninguna nea, ¿estamos? —replicó él con aquella rabia superficial que no pasaba de las palabras.

—Es usted muy amable... Con las finuras que usted gasta no es posible que nos entendamos. ¡Si habrá usted creído que esta señora tenía un gran interés en apropiarse el niño! Es un capricho, nada más que un capricho. Esta simple se ha empeñado en tener chiquillos... manía tonta, porque cuando Dios no quiere darlos, Él se sabrá por qué... Vio al *Pituso,* le dio lástima, le gustó... pero es muy caro el animalito. En estos dos patios los dan por nada, a escoger... por nada, sí, alma de Dios, y con agradecimiento encima... ¿Qué te creías, que no hay más que tu piojín?... Ahí está esa niña preciosísima que llaman Adoración... Pues nos la llevaremos cuando queramos, porque la voluntad de Severiana es la mía... Con que abur... ¿Qué tienes que contestar? Ya te veo venir: que el *Pituso* es de la propia sangre de los señores de Santa Cruz. Podrá ser, y podrá no ser... Ahora mismo nos vamos a contarle el caso al marido de mi amiga, que es hombre de mucha influencia y se tutea con Pi y almuerza con Castelar y es hermano de leche de Salmerón[283]... Él verá lo que hace. Si el niño es suyo, te lo quitará; y si no lo es, ayúdame a sentir. En este caso, pedazo de bárbaro, ni dinero, ni portería, ni nada[a].

Izquierdo estaba como aturdido con esta rociada de palabras vivas y contundentes. Guillermina, en aquellas grandes crisis oratorias, tuteaba a todo el mundo... Después de empujar hacia la puerta a Jacinta y a Rafaela, volvióse al desgracia-

---

[a] El verá [...] ni nada: y en cuanto él se entere de que anda por aquí este pobre crío, lo reconoce, lo reclama por la Justicia, y entonces pedazo de acémila, ni mil duros ni portería, ni nada. Con que ahí tienes el resultado de ser un bestia y no saber tratar con personas.

[283] A la Historia vista desde abajo por *Platón* contrapone Galdós la Historia vivida, desde arriba, por Guillermina. *Platón* había emitido, cuando páginas atrás hablaba con Ido (cfr. I, nota 262), un discurso impotente y marginal. Guillermina habla desde el poder y su discurso no es desahogo o protesta sino instrumento de sujeción.

do, que no acertaba a decir palabra, y echándose a reír con angélica bondad, le habló en estos términos:

—Perdóname que te haya tratado duramente como mereces... Yo soy así. Y no vayas a creer que me he enfadado. Pero no quiero irme sin darte una limosna y un consejo. La limosna es ésta. Toma, para ayuda de un panecillo.

Alargó la mano ofreciéndole dos duros, y viendo que el otro no los tomaba, púsolos sobre una de las sillas.

—El consejo allá va. Tú no vales absolutamente para nada. No sabes ningún oficio, ni siquiera el de peón, porque eres haragán y no te gusta cargar pesos. No sirves ni para barrendero de las calles, ni siquiera para llevar un cartel con anuncios... Y sin embargo, desventurado, no hay hechura de Dios que no tenga su *para qué* en este taller admirable del trabajo universal; tú has nacido para un gran oficio, en el cual puedes alcanzar mucha gloria y el pan de cada día. Bobalicón, ¿no has caído en ello?... ¡Eres tan bruto!... ¿Pero di, no te has mirado al espejo alguna vez? ¿No se te ha ocurrido?... Pareces lelo... Pues te lo diré: para lo que tú sirves es para modelo de pintores... ¿no entiendes? Pues ellos te ponen vestido de santo, o de caballero, o de Padre Eterno, y te sacan el retrato... porque tienes la gran figura. Cara, cuerpo, expresión, todo lo que no es del alma es en ti noble y hermoso; llevas en tu persona un tesoro, un verdadero tesoro de líneas... Vamos, apuesto a que no lo entiendes.

La vanidad aumentó la turbación en que el bueno de Izquierdo estaba. Presunciones de gloria le pasaron con ráfagas de hoguera por la frente... Entrevió un porvenir brillante... ¡El, retratado por los pintores!... ¡Y eso se pagaba! Y se ganaban cuartos para vestirse, ponerse y ¡ah!... *Platón* se miró en el vidrio del cuadro de las trenzas; pero no se veía bien...

—Conque no lo olvides... Preséntate en cualquier estudio, y eres un hombre. Con tu piojín a cuestas, serías el San Cristóbal más hermoso que se podría ver. Adiós, adiós...

X

Más escenas de la vida íntima

I

Saliendo por los corredores, decía Guillermina a su amiga:
—Eres una inocentona... Tú no sabes tratar con esta gente.
Déjame a mí, y estate tranquila, que el *Pituso* es tuyo. Yo me
entiendo. Si ese bribón te coge por su cuenta, te saca más de lo
que valen todos los chicos de la Inclusa juntos con sus padres
respectivos. ¿Qué pensabas tú ofrecerle? ¿Diez mil reales? Pues
me los das, y si lo saco por menos, la diferencia es para mi
obra[284].

Después de platicar un rato con Severiana en la salita de
ésta, salieron escoltadas por diferentes cuerpos y secciones de
la granujería de los dos patios. A Juanín, por más que
Jacinta y Rafaela se desojaban buscándole, no le vieron por
ninguna parte[a].

___

En cambio, Adoración se pegó a Jacinta, marchando con ella
hasta media calle, y aun habría ido más lejos, si su tía no se lo
impidiera.]

[284] Jacinta había pensado pagar 10.000 reales y Guillermina consiguió comprar al Pitusín por 6.500, quedándose ella con 3.500 reales.
Esta cantidad pagada por el Pitusín era insignificante si recordamos
que, además de otras cantidades, Juanito (cfr. primera parte, VI, III)
recibía de su padre «dos mil duros cada semestre para sus gastos
particulares». No deja de ser irónico que Galdós después de presentar
regateando a Guillermina por la compra del Pitusín, nos diga, en este
capítulo, que a los Santa Cruz les acababa de tocar la lotería.

Aquel día, que era el 22[285], empeoró el Delfín a causa de su impaciencia y por aquel afán de querer anticiparse a la naturaleza, quitándole a ésta los medios de su propia reparación. A poco de levantarse tuvo que volverse a la cama, quejándose de molestias y dolores puramente ilusorios. Su familia, que ya conocía bien sus mañas, no se alarmaba, y Barbarita recetábale sin cesar sábanas y resignación. Pasó la noche intranquilo; pero se estuvo durmiendo toda la mañana del 23[286], por lo que pudo Jacinta dar otro salto, acompañada de Rafaela, a la calle de Mira el Río. Esta visita fue de tan poca sustancia, que la dama volvió muy triste a su casa. No vio al *Pituso* ni al Sr. Izquierdo. Díjole Severiana que Guillermina había estado antes y echado un largo parlamento con el *endivido*, quien tenía al chico montado en el hombro, ensayándose sin duda para *hacer* el San Cristóbal. Lo único que sacó Jacinta en limpio de la excursión de aquel día fue un nuevo testimonio de la popularidad que empezaba a alcanzar en aquellas casas. Hombres y mujeres la rodeaban y poco faltó para que la llevaran en volandas. Oyóse una voz que gritaba: «¡viva la simpatía!» y le echaron coplas de gusto dudoso, pero de muy buena intención. Los de Ido llevaban la voz cantante en este concierto de alabanzas, y daba gozo ver a D. José tan elegante, con las prendas en buen uso que Jacinta le había dado, y su hongo casi nuevo de color de café. El primogénito de los *claques* fue objeto de una serie de transacciones y reventas chalanescas, hasta que lo adquirió por dos cuartos un cierto vecino de la casa, que tenía la especialidad de hacer el *higuí*[287] en los Carnavales.

Adoración se pegaba a doña Jacinta desde que la veía entrar. Era como una idolatría el cariño de aquella chicuela.

---

[285] De diciembre de 1873.

[286] De diciembre de 1873. Galdós nos ha ido acercando a la Nochebuena de 1873. Latente ha estado el tema del Mesías...

[287] Era un juego que se hacía durante los Carnavales, concretamente en el Entierro de la Sardina. Madoz *(Diccionario,* X, pág. 1.075), escribe: «Es circunstancia indispensable en este entierro el llevar vejigas infladas colgadas de palos para saludar a los amigos y también a los desconocidos, e higos colgados de palos que se hacen vibrar en la cuerda dando con otro palo, para llevar porción de muchachos entretenidos pugnando por coger a saltos los higos con la boca, juego denominado el higuí: En este juego se solía decir: "Al higuí, con la mano no, con la boca sí".»

Quedábase estática y lela delante de la señorita, devorándola con sus ojos, y si ésta le cogía la cara o le daba un beso, la pobre niña temblaba de emoción y parecía que le entraba fiebre. Su manera de expresar lo que sentía era dar cabezadas contra el cuerpo de su ídolo, metiendo la cabeza entre los pliegues del mantón y apretando como si quisiera abrir con ella un hueco. Ver partir a *doña* Jacinta era quedarse Adoración sin alma, y Severiana tenía que ponerse seria para hacerla entrar en razón. Aquel día le llevó la dama unas botitas muy lindas, y prometió llevarle otras prendas, pendientes y una sortija con un diamante fino del tamaño de un garbanzo; más grande todavía, del tamaño de una avellana.

Al volver a su casa, tenía la Delfina vivos deseos de saber si Guillermina había hecho algo. Llamóla por el balcón; pero la fundadora no estaba. Probablemente, según dijo la criada, no regresaría hasta la noche porque había tenido que ir por tercera vez a la estación de las Pulgas, a la obra y al asilo de la calle de Alburquerque.

Aquel día ocurrió en la casa de Santa Cruz un suceso feliz. Entró D. Baldomero de la calle cuando ya se iban a sentar a la mesa, y dijo con la mayor naturalidad del mundo que le había caído la lotería. Oyó Barbarita la noticia con calma, casi con tristeza, pues el capricho de la suerte loca no le hacía mucha gracia. La Providencia no había andado en aquello muy lista que digamos, porque ellos no necesitaban de la lotería para nada, y aun parecía que les estorbaba un premio que, en buena lógica, debía de ser para los infelices que juegan por mejorar de fortuna. ¡Y había tantas personas aquel día dadas a Barrabás por no haber sacado ni un triste reintegro! El 23, a la hora de la lista grande, Madrid parecía el país de las desilusiones, porque... ¡cosa más particular! a nadie le tocaba. Es preciso que a uno le toque para creer que hay agraciados.

Don Baldomero estaba muy sereno, y el golpe de suerte no le daba calor ni frío. Todos los años compraba un billete entero, por rutina o vicio, quizás por obligación, como se toma la cédula de vecindad u otro documento que acredite la condición de español neto, sin que nunca sacase más que fruslerías, algún reintegro o premios muy pequeños. Aquel año le tocaron doscientos cincuenta mil reales. Había dado, como siempre, muchas participaciones, por lo cual los doce mil quinientos duros se repartían entre multitud de personas de diferente posición y fortuna; pues si algunos ricos cogían buena breva, también muchos pobres pellizcaban algo. Santa Cruz llevó la lista al comedor, y la iba leyendo mientras comía, haciendo la cuenta de lo que a cada cual tocaba. Se le oía como se oye a los niños del Colegio de San Ildefonso que sacan y cantan los números en el acto de la extracción:

—*Los Chicos* jugaron dos décimos y se calzan cincuenta mil reales. Villalonga un décimo: veinticinco mil. Samaniego la mitad.

Pepe Samaniego apareció en la puerta a punto que D. Baldomero pregonaba su nombre y su premio, y el favorecido no pudo contener su alegría y empezó a dar abrazos a todos los presentes, incluso los criados.

—Eulalia Muñoz, un décimo: veinticinco mil reales. Benignita, medio décimo: doce mil quinientos reales. Federico Ruiz, dos duros: cinco mil reales. Ahora viene toda la morralla. Deogracias, Rafaela y Blas han jugado diez reales cada uno. Les tocan mil doscientos cincuenta.

—El carbonero, ¿a ver el carbonero? —dijo Barbarita que se interesaba por los jugadores de la última escala lotérica.

—El carbonero echó diez reales; Juana, nuestra insigne cocinera, veinte; el carnicero quince... A ver, a ver: Pepa la pincha cinco reales, y su hermana otros cinco. A estas les tocan seiscientos cincuenta reales.

—¡Qué miseria!

—Hija, no lo digo yo, lo dice la aritmética.

Los partícipes iban llegando a la casa atraídos por el olor de la noticia, que se extendió rápidamente; y la cocinera, las pinchas y otras personas de la servidumbre se atrevían a quebrantar la etiqueta, llegándose a la puerta del comedor y asomando sus caras regocijadas para oír cantar al señor la cifra de aquellos dineros que les caían. La señora Jacinta fue quien primero llevó los parabienes a la cocina, y la pincha perdió el conocimiento por figurarse que con los tristes cinco reales le habían caído lo menos tres millones. Estupiñá, en cuanto supo lo que pasaba, salió como un rayo por esas calles en busca de los agraciados para darles la noticia. El fue quien dio las albricias a Samaniego, y cuando ya no halló ningún interesado, daba la gran jaqueca a todos los conocidos que encontraba. ¡Y él no se había sacado nada!

Sobre esto habló Barbarita a su marido con toda la gravedad discreta que el caso requería.

—Hijo, el pobre Plácido está muy desconsolado. No puede disimular su pena, y eso de salir a dar la noticia es para que no le conozcamos en la cara la hiel que está tragando.

—Pues, hija, yo no tengo la culpa... Te acordarás que estuvo con el medio duro en la mano, ofreciéndolo y retirándolo, hasta que al fin su avaricia pudo más que la ambición, y dijo: «Para lo que yo me he de sacar, más vale que emplee mi escudito en anises...» ¡Toma anises!

—¡Pobrecillo!... ponlo en la lista.

Don Baldomero míró a su esposa con cierta severidad. Aquella infracción de la artimética parecíale una cosa muy grave.

—Ponlo, hombre, ¿que más te da? Que estén todos contentos...

Don Baldomero II se sonrió con aquella bondad patriarcal tan suya, y sacando otra vez lista y lápiz, dijo en alta voz:

—Rossini, diez reales: le tocan mil doscientos cincuenta.

Todos los presentes se apresuraron a felicitar al favorecido, quedándose él tan parado y suspenso, que creyó que le tomaban el pelo.

—No, si yo no...

Pero Barbarita le echó unas miradas que le cortaron el hilo de su discurso. Cuando la señora miraba de aquel modo no había más remedio que callarse.

—¡Si habrá nacido de pie este bendito Plácido —dijo D. Baldomero a su nuera—, que hasta se saca la lotería sin jugar!

—Plácido —gritó Jacinta riéndose con mucha gana—, es el que nos ha traído la suerte.

—Pero si yo... —murmuró otra vez Estupiñá, en cuyo espíritu las nociones de la justicia eran siempre muy claras, como no se tratara de contrabando.

—Pero tonto... cómo tendrás esa cabeza —dijo Barbarita con mucho fuego—, que ni siquiera te acuerdas de que me diste medio duro para la lotería.

—Yo... cuando usted lo dice... En fin... la verdad, mi cabeza anda, *talmente,* así un poco ida...

Se me figura que Estupiñá llegó a creer a pie juntillas que había dado el escudo.

—¡Cuando yo decía que el número era de los más bonitos...! —manifestó D. Baldomero con orgullo—. En cuanto el lotero me lo entregó, sentí la corazonada.

—Como bonito... —agregó Estupiñá—, no hay duda que lo es.

—Si tenía que salir, eso bien lo veía yo —afirmó Samaniego con esa convicción que es resultado del gozo—. ¡Tres *cuatros* seguidos, después un *cero,* y acabar con un *ocho*...! Tenía que salir.

El mismo Samaniego fue quien discurrió celebrar con panderetazos y villancicos el fausto suceso, y Estupiñá propuso que fueran todos los agraciados a la cocina para hacer ruido con las cacerolas. Mas Barbarita prohibió todo lo que fuera barullo, y viendo entrar a Federico Ruiz, a Eulalia Muñoz y a uno de los *Chicos,* Ricardo, Santa Cruz mandó destapar media docena de botellas de *Champagne.*

Toda esta algazara llegaba a la alcoba de Juan, que se entretenía oyendo contar a su mujer y a su criado lo que pasaba, y singularmente el milagro del premio de Estupiñá. Lo que se rió con esto no hay para qué decirlo. La prisión en que tan a disgusto estaba volvíale pronto a su mal humor, y poniéndose muy regañón decía a su mujer:

—Eso, eso, déjame solo otra vez para ir a divertirte con la bullanga de esos idiotas. ¡La lotería! ¡Qué atraso tan grande! Es de las cosas que debieran suprimirse; mata el ahorro; es la Providencia de los haraganes. Con la lotería no puede haber prosperidad pública... ¿Qué?, te marchas otra vez. ¡Bonita manera de cuidar a un enfermo! Y vamos a ver, ¿qué demonios tienes tú que hacer por esas calles toda la mañana? A ver, explícame, quiero saberlo; porque es ya lo de todos los días.

Jacinta daba sus excusas risueña y sosegada. Pero le fue preciso soltar una mentirijilla. Había salido por la mañana a comprar nacimientos, velitas de color y otras chucherías para los niños de Candelaria.

—Pues entonces —replicó Juanito revolviéndose entre las sábanas—, yo quiero que me digan para qué sirven mamá y Estupiñá, que se pasan la vida mareando a los tenderos, y se saben de memoria los puestos de Santa Cruz... A ver, que me expliquen esto...

La algazara de los premiados, que iba cediendo algo, se aumentó con la llegada de Guillermina, la cual supo en su casa la nueva y entró diciendo a voces:

—Cada uno me tiene que dar el veinticinco por ciento para mi obra... Si no, Dios y San José les amargarán el premio.

—El veinticinco es mucho para la gente menuda —dijo D. Baldomero—. Consúltalo con San José y verás cómo me da la razón.

—¡Hereje!... —replicó la dama haciéndose la enfadada—, herejote... después que chupas el dinero de la Nación, que es el dinero de la Iglesia, ahora quieres negar tu auxilio a mi obra, a los pobres... El veinticinco por ciento y tú el cincuenta por ciento... Y punto en boca. Si no, lo gastarás en botica. Conque elige.

—No, hija mía; por mí te lo daré todo...

—Pues no harás nada de más, avariento. Se están poniendo bien las cosas, a fe mía... El ciento de *pintón,* que estaba la semana pasada a diez reales, ahora me lo quieren cobrar a once y medio, y el *pardo* a diez y medio. Estoy volada. Los materiales por las nubes...

Samaniego se empeñó en que la santa había de tomar una copa de *Champagne.*

—¿Pero tú qué has creído de mí, vicisiote? ¡Yo beber esas porquerías!... ¿Cuándo cobras, mañana? Pues prepárate. Allí me tendrás como la maza de Fraga. No te dejaré vivir.

Poco después Guillermina y Jacinta hablaban a solas, lejos de todo oído indiscreto.

—Ya puedes vivir tranquila —le dijo la Pacheco—. El *Pituso* es tuyo. He cerrado el trato esta tarde. No puedes figurarte lo que bregué con aquel Iscariote. Perdí la cuenta de las hostias que me echó el muy blasfemo. Allá me sacó del cofre la partida de bautismo, un papelejo que apestaba. Este documento no prueba nada. El chico será o no será... ¡quién lo sabe! Pero pues tienes este capricho de ricacha mimosa, allá con Dios... Todo esto me parece irregular. Lo primero debió ser hablar del caso a tu marido. Pero tú buscas la sorpresita y el efecto teatral. Allá lo veremos... Ya sabes, hija, el trato es trato. Me ha costado Dios y ayuda hacer entrar en razón al Sr. Izquierdo. Por fin se contenta con seis mil quinientos reales. Lo que sobra de los diez mil es para mí, que bien me lo he sabido ganar... Con que mañana, yo iré después de medio día; ve tú también con los santos cuartos.

Púsose Jacinta muy contenta. Había realizado su antojo; ya tenía su juguete. Aquello podría ser muy bien una niñería; pero ella tenía sus razones para obrar así. El plan que concibió para presentar al *Pituso* a la familia e introducirlo en ella, revelaba cierta astucia. Pensó que nada debía decir por lo pronto al Delfín. Depositaría su hallazgo en casa de su hermana Candelaria hasta ponerle presentable. Después diría que era un huerfanito abandonado en las calles, recogido por ella... ni una palabra referente a quien pudiera ser la mamá ni menos el papá de tal muñeco. Todo el toque estaba en observar la cara que pondría Juan al verle. ¿Diríale algo la voz misteriosa de la sangre? ¿Reconocería en las facciones del pobre niño las de...?

Al interés dramático de este lance sacrificaba Jacinta la conveniencia de los procedimientos propios de tal asunto. Imaginándose lo que iba a pasar, la turbación del infiel, el perdón suyo, y mil cosas y pormenores novelescos que barruntaba, producíase en su alma un goce semejante al del artista que crea o compone, y también un poco de venganza, tal y como en alma tan noble podía producirse esta pasión.

II

Cuando fue al cuarto del Delfín, Barbarita le hacía tomar a éste un tazón de té con coñac. En el comedor continuaba la bulla; pero los ánimos estaban más serenos.

—Ahora —dijo la mamá—, han pegado la hebra con la política. Dice Samaniego que hasta que no corten doscientas o trescientas cabezas, no habrá paz. El marqués no está por el derramamiento de sangre, y Estupiñá le preguntaba por qué no había aceptado la diputación que le ofrecieron... Se puso lo mismo que un pavo, y dijo que él no quería meterse en...

—No dijo eso —saltó Juanito, suspendiendo la bebida.

—Que sí, hijo; dijo que no quería meterse en estos... no sé qué.

—Que no dijo eso, mamá. No alteres tú también la verdad de los textos.

—Pero hijo, si lo he oído yo.

—Aunque lo hayas oído, te sostengo que no pudo decir eso... vaya.

—¿Pues qué?

—El marqués no pudo decir *meterse*... yo pongo mi cabeza a que dijo *inmiscuirse*... Si sabré yo cómo hablan las personas finas.

Barbarita soltó la carcajada.

—Pues sí... tienes razón, así, así fue... que no quería *inmiscuirse*...

—¿Lo ves?... Jacinta.

—¿Qué quieres, niño mimoso?

—Mándale un recado a Aparisi. Que venga al momento.

—¿Para qué? ¿Sabes la hora que es?

—En cuanto sepa el motivo, se planta aquí de un salto.

—¿Pero a qué?

—¡Ahí es nada! ¿Crees que va a dejar pasar eso de *inmiscuirse*? Yo quiero saber cómo se sacude esa mosca...

Las dos damas celebraron aquella broma mientras le arreglaban la cama. Guillermina había salido de la casa sin despedirse, y poco a poco se fueron marchando los demás. Antes de las doce, todo estaba en silencio, y los papás se retiraron a su habitación, después de encargar a Jacinta que estuviese muy a la mira para que el Delfín no se desabrigara. Éste parecía dormido profundamente, y su esposa se acostó sin sueño, con el ánimo más dispuesto a la centinela que al descanso. No había transcurrido una hora, cuando Juan despertó intranquilo, rompiendo a hablar de una manera algo descompuesta. Creyó Jacinta que deliraba, y se incorporó en su cama; más no era delirio, sino inquietud con algo de impertinencia. Procuró calmarle con palabras cariñosas; pero él no se daba a partido.

—¿Quieres que llame?

—No; es tarde, y no quiero alarmar... Es que estoy nervioso. Se me ha espantado el sueño. Ya se ve; todo el día en este pozo del aburrimiento. Las sábanas arden y mi cuerpo está frío.

Jacinta se echó la bata, y corrió a sentarse al borde del lecho de su marido. Parecióle que tenía algo de calentura. Lo peor era que sacaba los brazos y retiraba las mantas. Temerosa de que se enfriara, apuró todas las razones para sosegarle, y viendo que no podía ser, quitóse la bata y se metió con él en la cama, dispuesta a pasar la noche abrigándole por fuerza como a los niños, y arrullándole para que se durmiera. Y la verdad fue que con esto se sosegó un tanto, porque le gustaban los mimos, y que se molestaran por él, y que le dieran tertulia cuando estaba desvelado. ¡Y cómo se hacía el nene, cuando su mujer, con deliciosa gentileza materna, le cogía entre sus brazos y le apretaba contra sí para agasajarle, prestándole su propio calor! No tardó Juan en aletargarse con la virtud de estos melindres. Jacinta no quitaba sus ojos de los ojos de él, observando con atención sostenida si se dormía, si murmuraba alguna queja, si sudaba. En esta situación oyó claramente la una, la una y media, las dos, cantadas por la campana de la Puerta del Sol con tan claro timbre, que parecían sonar dentro de la casa. En la alcoba había una luz dulce, colada por pantalla de porcelana.

Y cuando pasaba un rato largo sin que él se moviera, Jacinta se entregaba a sus reflexiones. Sacaba sus ideas de la mente, como el avaro saca las monedas, cuando nadie le ve, y se ponía a contarlas y a examinarlas y a mirar si entre ellas había alguna falsa. De repente acordábase de la jugarreta que le tenía preparada a su marido, y su alma se estremecía con el

385

placer de su pueril venganza. El *Pituso* se le metía al instante entre ceja y ceja. ¡Le estaba viendo! La contemplación ideal de lo que aquellas facciones tenían de desconocido, el trasunto de las facciones de la madre, era lo que más trastornaba a Jacinta, enturbiando su piadosa alegría. Entonces sentía las cosquillas, pues no merecen otro nombre, las cosquillas de aquella infantil rabia que solía acometerla, sintiendo además en sus brazos cierto prurito de apretar y apretar fuerte para hacerle sentir al infiel el furor de paloma que la dominaba. Pero la verdad era que no apretaban ni pizca, por miedo de turbarle el sueño. Si creía notar que se estremecía con escalofríos, apretaba, sí, dulcemente, liándose a él para comunicarle todo el calor posible. Cuando él gemía o respiraba muy fuerte, le arrullaba dándole suaves palmadas en la espalda, y por no apartar sus manos de aquella obligación, siempre que quería saber si sudaba o no, acercaba su nariz o su mejilla a la frente de él.

Serían las tres cuando el Delfín abrió los ojos, despabilándose completamente, y miró a su mujer, cuya cara no distaba de la suya el espacio de dos o tres narices.

—¡Qué bien me encuentro ahora! —le dijo con dulzura—. Estoy sudando; ya no tengo frío. ¿Y tú no duermes? ¡Ah! La gran lotería es la que me ha tocado a mí. Tú eres mi premio gordo. ¡Qué buena eres!

—¿Te duele la cabeza?

—No me duele nada. Estoy bien; pero me he desvelado; no tengo sueño. Si no lo tienes tú tampoco, cuéntame algo. A ver dime a dónde fuiste esta mañana.

—A contar los frailes, que se ha perdido uno. Así nos decía mamá cuando mis hermanas y yo le preguntábamos dónde había ido.

—Respóndeme al derecho. ¿A dónde fuiste?

Jacinta se reía, porque le ocurrió dar a su marido un bromazo muy chusco.

—¡Qué alegre está el tiempo! ¿De qué te ríes?

—Me río de ti... ¡Qué curiosos son estos hombres! ¡Virgen María! todo lo quieren saber.

—Claro, y tenemos derecho a ello.

—No puede una salir a compras...

—Dale con las tiendas. Competencia con mamá y Estupiñá; eso no puede ser. Tú no has ido a compras.

—Que sí.

—¿Y qué has comprado?

—Tela.

—¿Para camisas mías? Si tengo... creo que son veintisiete docenas.

—Para camisas tuyas, sí; pero te las hago chiquititas.

—¿Chiquititas!

—Sí, y también te estoy haciendo unos baberos muy monos.

—¡A mí, baberos a mí!

—Sí, tonto; por si se te cae la baba.

—¡Jacinta!

—Anda... y se ríe el muy simple. ¡Verás qué camisas! Sólo que las mangas son así... no te cabe más que un dedo en ellas.

—¿De veras que tú?... A ver ponte seria... Si te ríes no creo nada.

—¿Ves qué seria me pongo?... Es que me haces reír tú... Vaya, te hablaré con formalidad. Estoy haciendo un ajuar.

—Vamos, no quiero oírte... ¡Qué guasoncita!

—Que es verdad.

—Pero...

—¿Te lo digo? Di si te lo digo.

Pasó un ratito en que se estuvieron mirando. La sonrisa de ambos parecía una sola, saltando de boca a boca.

—¡Qué pesadez!... Di pronto...

—Pues allá va... Voy a tener un niño.

—¡Jacinta! ¿Qué me cuentas?... Estas cosas no son para bromas —dijo Santa Cruz con tal alborozo, que su mujer tuvo que meterle en cintura.

—Eh, formalidad. Si te destapas me callo.

—Tú bromeas... Pues si fuera eso verdad, ¡no lo habrías cantado poco... con las ganitas que tú tienes! Ya se lo habrías dicho hasta a los sordos. Pero di, ¿y mamá lo sabe?

—No, no lo sabe nadie todavía.

—Pero mujer... Déjame, voy a tirar de la campanilla.

—Tonto... loco... estate quieto o te pego.

—Que se levanten todos en la casa para que sepan... Pero, ¿es farsa tuya? Sí, te lo conozco en los ojos.

—Si no te estás quieto, no te digo más...

—Bueno, pues me estaré quieto... Pero responde, ¿es presunción tuya o...?

—Es certeza.

—¿Estás segura?

—Tan segura como si le estuviera viendo, y le sintiera correr por los pasillos... ¡Es más salado, más pillín! bonito como un ángel, y tan granuja como su papá.

—¡Ave María Purísima, qué precocidad! Todavía no ha nacido y ya sabes que es varón, y que es tan granuja como yo.

La Delfina no podía tener la risa. Tan pegados estaban el uno al otro, que parecía que Jacinta se reía con los labios de su marido, y que éste sudaba por los poros de las sienes de su mujer.

—¡Vaya con mi señora, lo que me tenía guardado! —añadió Juan con incredulidad.

—¿Te alegras?

—¿Pues no me he de alegrar? Si fuera cierto, ahora mismo ponía en planta a toda la familia para que lo supieran; de fijo que papá se encasquetaba el sombrero y se echaba a la calle, disparado, a comprar un nacimiento. Pero vamos a ver, explícate, ¿cuándo será eso?

—Pronto.

—¿Dentro de seis meses? ¿Dentro de cinco?

—Más pronto.

—¿Dentro de tres?

—Más prontísimo... está al caer, al caer.

—¡Bah!... Mira, esas bromas son impertinentes. ¿Conque fuera de cuenta? Pues nada, no se te conoce.

—Porque lo disimulo.

—Sí; para disimular estás tú. Lo que harías tú, con las ganas que tienes de chiquillos, sería salir para que todo el mundo te viera con tu bombo, y mandar a Rossini con un suelto a *La Correspondencia*.

—Pues te digo que ya no hay día seguro. Nada, hombre, cuando le veas te convencerás.

—¿Pero a quien he de ver?

—Al... a tu hijito, a tu nenín de tu alma.

—Te digo formalmente que me llenas de confusión, porque para chanza me parece mucha insistencia; y si fuera verdad, no lo habrías tenido tan guardado hasta ahora.

Comprendiendo Jacinta que no podía sostener más tiempo el bromazo, quiso recoger vela, y le incitó a que se durmiera, porque la conversación acalorada podía hacerle daño.

—Tiempo hay de que hablemos de esto —le dijo—; y ya... ya te irás convenciendo.

—*Güeno* —replicó él con puerilidad graciosa tomando el tono de un niño a quien arrullan.

—A ver si te duermes... Cierrra esos ojitos. ¿Verdad que me quieres?

—Más que a mi vida. Pero, hija de mi alma, ¡qué fuerza tienes! ¡Cómo aprietas!

—Si me engañas te cojo y... así, así...

—¡Ay!

—Te deshago como un bizcocho.

—¡Qué gusto!

—Y ahora, a *mimir*...

Este y otros términos que se dicen a los niños les hacía reír cada vez que los pronunciaban; pero la confianza y la soledad daban encanto a ciertas expresiones que habrían sido ridículas en pleno día y delante de gente. Pasado un ratito, Juan abrió los ojos, diciendo en tono de hombre:

—¿Pero de veras que vas a tener un chico?...

—*Chí*... y a *mimir*... *rro...rro*...

Entre dientes le cantaba una canción de adormidera, dándole palmadas en la espalda.

—¡Qué gusto ser *bebé!* —murmuró el Delfín—. ¡Sentirse en los brazos de la mamá, recibir el calor de su aliento y...!

Pasó otro rato, y Juan, despabilándose y fingiendo el lloriqueo de un tierno infante en edad de lactancia, chilló así:

—Mamá... mamá...

—¿Qué?

—Teta.

Jacinta sofocó una carcajada.

—*Ahola* no... teta caca... cosa fea...

Ambos se divertían con tales simplezas. Era un medio de entretener el tiempo y de expresarse su cariño.

—Toma teta —díjole Jacinta metiéndole un dedo en la boca; y él se lo chupaba diciendo que estaba muy rica, con otras muchas tontadas, justificadas sólo por la ocasión, la noche y la dulce intimidad.

—¡Si alguien nos oyera, cómo se reiría de nosotros!

—Pero como no nos oye nadie... Las cuatro: ¡qué tarde!

—Di que temprano. Ya pronto se levantará Plácido para ir a despertar al sacristán de San Ginés. ¡Qué frío tendrá!...

—¡Cuánto mejor nosotros aquí, tan abrigaditos!

—Me parece que de ésta me duermo, vida.

—Y yo también, corazón.

Se durmieron como dos ángeles, mejilla con mejilla.

III

24 de diciembre[288].

Por la mañana encargó Barbarita a Jacinta ciertos menesteres domésticos que la contrariaron; pero la misma retención en la casa ofreció coyuntura a la joven para dar un paso que siempre le había inspirado inquietud. Díjole Barbarita que no saliera en todo aquel día, y como tenía que salir forzosamente, no hubo más remedio que revelar a su suegra el lío que entre manos traía. Pidióle perdón por no haberle confiado aquel secreto, y advirtió con grandísima pena que su suegra no se entusiasmaba con la idea de poseer a Juanín.

—¿Pero tú sabes lo grave que es eso?... así, sin más ni más... un hijo llovido. ¿Y qué pruebas hay de que sea tal hijo?... ¿No será que te han querido estafar? ¿Y crees tú que se parece realmente? ¿No será ilusión tuya?... Porque todo eso es muy vago... Esos hallazgos de hijos parecen cosa de novela...

La Delfina se descorazonó mucho. Esperaba una explosión de júbilo en su mamá política. Pero no fue así. Barbarita, cejijunta y preocupada, le dijo con frialdad:

—No sé qué pensar de ti; pero en fin, tráetelo y escóndelo hasta ver... la cosa es muy grave. Diré a tu marido que Benigna está enferma y has ido a visitarla.

---

[288] Finalmente llegamos, pues, a la Nochebuena de 1873. Pitusín, que estaba destinado a ser, *en exclusiva* para los Santa Cruz, un Mesías, «nace» —se trata de un pasaje paródico— la noche del 24 de diciembre. Martha Heard y Alfred Rodríguez («La desesperanza de la Nochebuena: Larra y Galdós», *Anales Galdosianos*, XVII (1982), páginas 129-130), tras señalar que Galdós en tres novelas distintas, *La desheredada*, *Fortunata y Jacinta* y *Torquemada en el Purgatorio*, fija el 24 de diciembre como fecha del nacimiento de niños, opinan que: «En *Fortunata y Jacinta* Galdós se aprovecha de esta *(sic)* fecha... para otorgarle un sentido irónicamente mesiánico, a la entrada del falso heredero en el seno de la familia Santa Cruz... En esta novela, asimismo, Galdós lleva la fijación mesiánica de la fecha concreta a funciones contrastivas. Mientras que el falso heredero queda irónicamente asociado con el 24 de diciembre, el verdadero heredero, el hijo de Fortunata, nacerá en la primavera.» Y en la nota 5, pág. 130, apostillan: «El simbolismo del nacimiento primaveral, coincidiendo con la muerte de la madre, Fortunata, ofrece un esquema (muerte-resurrección) que trasciende de lo religioso cristiano para tocar en la universalidad, mayor aún, de la Naturaleza.»

Después de esta conversación, fue Jacinta a la casa de su hermana a quien también confió su secreto, concertando con ella el depositar el niño allí hasta que Juan y D. Baldomero lo supieran.

—Veremos cómo lo toman —añadió dando un gran suspiro—.

Estaba Jacinta aquella tarde fuera de sí. Veía al *Pituso* como si lo hubiera parido, y se había acostumbrado tanto a la idea de poseerlo, que se indignaba de que su suegra no pensase lo mismo que ella.

Juntóse Rafaela con su ama en la casa de Benigna, y hélas aquí por la calle de Toledo abajo. Llevaban plata menuda para repartir a los pobres, y algunas chucherías, entre ellas la sortija que la señorita había prometido a Adoración. Era una soberbia alhaja, comprada aquella mañana por Rafaela en los bazares de *Liquidación por saldo*ᵃ, *a real y medio la pieza,* y tenía un diamente tan grande y bien tallado, que al mismo Regente le dejaría bizco con el fulgor de sus luces. En la fabricación de esta soberbia piedra había sido empleado el casco más valioso de un fondo de vaso. Apenas llegaron a los corredores del primer patio, viéronse rodeadas por pelotones de mujeres y chicos, y para evitar piques y celos, Jacinta tuvo que poner algo en todas las manos. Quién cogía la peseta, quién el duro o el medio duro. Algunas, como Severiana, que, dicho sea entre paréntesis, tenía para aquella noche una magnífica lombarda, lomo adobado y el besugo correspondiente, se contentaban con un saludo afectuoso. Otros no se daban por satisfechos con lo que recibían. A todos preguntaba Jacinta que qué tenían para aquella noche. Algunas entraban con el besugo cogido por las agallas; otras no habían podido traer más que cascajo. Vio a muchas subir con el jarro de leche de almendras, que les dieran en el café de los Naranjeros[289], y de casi todas las cocinas salía tufo de fritangas y el campaneo de los almireces. Éste besaba el duro que la señorita le daba, y el otro tirábalo al aire para cogerlo con algazara, diciendo: «¡Aire, aire, a la plaza!» Y salían por aquellas escaleras abajo

---

ᵃ *liquidación por saldo: al aire libre.*

[289] Este café se hallaba en la plaza de la Cebada. En la ya citada conferencia, «Madrid», leída en el Ateneo en 1915, dijo Galdós, recordando sus años de universitario, pág. 1.270: «Los cursos de Derecho mercantil comparado los he hecho en la Plaza de la Cebada, Café de Naranjeros...»

camino de la tienda. Había quien preparaba su banquete con un *hocico con carrilleras,* una libra de *tapa del cencerro,* u otras despreciadas partes de la res vacuna, o bien con asadura, bofes de cerdo, sangre frita y desperdicios aún peores. Los más opulentos dábanse tono con su pedazo de turrón del que se parte con martillo, y la que había traído una granada tenía buen cuidado de que la vieran. Pero ningún habitante de aquellas regiones de miseria era tan feliz como Adoración, ni excitaba tanto la envidia entre las amigas, pues la rica alhaja que ceñía su dedo y que mostraba con el puño cerrado, era fina y de ley y había costado unos grandes dinerales. Aun las pequeñas que ostentaban zapatos nuevos, debidos a la caridad de *doña* Jacinta, los habrían cambiado por aquella monstruosa y relumbrante piedra. La poseedora de ella, después que recorrió ambos corredores enseñándola, se pegó otra vez a la señorita, frotándose el lomo contra ella como los gatos.

—No me olvidaré de ti, Adoración —le dijo la señorita, que con esta frase parecía anunciar que no volvería pronto.

En ambos patios había tal ruido de tambores, que era forzoso alzar la voz para hacerse oír. Cuando a los tamborazos se unía el estrépito de las latas de petróleo, parecía que se desplomaban las frágiles casas. En los breves momentos que la tocata cesaba, oíase el canto de un mirlo silbando la frase del himno de Riego[290], lo único que del tal himno queda ya. En

---

[290] El Himno de Riego, cantado por sus soldados en el alzamiento de Cabezas de San Juan, en 1820, fue declarado Himno Nacional en 1822. La letra, aunque ha sufrido variaciones, es:

> Seremos alegres
> valientes, osados.
> Cantemos soldados
> un himno a la lid.
> Y a nuestros acentos
> el orbe se admire,
> y en nosotros mire
> los hijos del Cid.
> Soldados, la Patria
> nos llama a la lid.
> Juremos por ella
> vencer o morir.
> Se muestran, volemos
> volemos soldados.
> Los veis aterrados

la calle de Mira el Río tocaba un pianillo de manubrio, y en la calle del Bastero otro, armándose entre los dos una zaragata musical, como si las dos piezas se estuvieran arañando en feroz pelea con las uñas de sus notas. Eran una polka y un andante patético, enzarzados como dos gatos furibundos. Esto y los tambores, y los gritos de la vieja que vendía higos, y el clamor de toda aquella vecindad alborotada, y la risa de los chicos, y el ladrar de los perros pusiéronle a Jacinta la cabeza como una grillera.

Repartidas las limosnas, fue al 17, donde ya estaba Guillermina, impaciente por su tardanza. Izquierdo y el *Pituso* estaban también; el primero fingiéndose muy apenado de la separación del chico. Ya la fundadora había entregado el *triste estipendio*.

—Vaya, abreviemos —dijo ésta cogiendo al muchacho que estaba como asustado—. ¿Quieres venirte conmigo?

—*Mela pa ti...* —replicó el *Pituso* con brío, y se echó a reír, alabando su propia gracia.

Las tres mujeres se rieron mucho también de aquella salida tan fina, e Izquierdo, rascándose la noble frente, dijo así:

—La señorita... a cuenta que ahora le enseñará a no soltar exprisiones.

—Buena falta le hace... En fin, vámonos.

Juanín hizo alguna resistencia; pero al fin se dejó llevar, seducido con la promesa de que le iban a comprar un nacimiento y muchas cosas buenas para que se las comiera todas.

—Ya le he prometido al Sr. de Izquierdo —dijo Guillermina—, que se le procurará una colocación, y por de pronto ya le he dado mi tarjeta para que vaya a ver con ella a uno de los artistas de más fama, que está pintando ahora un magnífico *Buen Ladrón*. Vaya... quédese con Dios.

Despidióse de ellas el futuro modelo con toda la urbanidad que en él era posible, y salieron. Rafaela llevaba en brazos el chico. Como a fines de diciembre son tan cortos los días, cuando salieron de la casa ya se echaba la noche encima. El frío era intenso, penetrante y traicionero como de helada, bajo un cielo bruñido, inmensamente desnudo y con las estrellas

---

sus frentes bajar.
Volemos, que el libre
por siempre ha sabido
del siervo vencido
su frente humillar.

tan desamparadas, que los estremecimientos de su luz parecían
escalofríos. En la calle del Bastero se insurreccionó el *Pituso.*
Su bellísima frente ceñuda indicaba esta idea: «¿Pero a dónde
me llevan estas tías?» Empezó a rascarse la cabeza, y dijo con
sentimiento:

—*Pae Pepe*...

—¿Qué te importa a ti tu papá Pepe? ¿Quieres un rabel? Di
lo que quieres.

—*Quelo citunas* —replicó alargando la jeta—. No, *citunas*
no; un pez.

—¿Un pez?... ahora mismo —le dijo su futura mamá, que
estaba nerviosísima, sintiendo toda aquella vibración glacial
de las estrellas dentro de su alma.

En la calle de Toledo volvieron a sonar los cansados piani-
tos[a], y también allí se engarfiñaron las dos piezas, una tonadilla de la *Mascota* y la sinfonía de *Semíramis*[291]. Estuvieron
batiéndose con ferocidad, a distancia como de treinta pasos,
tirándose de los pelos, dándose dentelladas y cayendo juntas
en la mezcla inarmónica de sus propios sonidos. Al fin venció
Semíramis, que resonaba orgullosa marcando sus nobles acentos, mientras se extinguían las notas de su rival, gimiendo cada
vez más lejos, confundidas con el tumulto de la calle.

Éreles difícil a las tres mujeres andar aprisa, por la mucha
gente que venía calle abajo, caminando presurosa con la que-
rencia del hogar próximo. Los obreros llevaban el saquito con
el jornal; las mujeres algún comistrajo recién comprado; los
chicos, con sus bufandas enroscadas en el cuello, cargaban
rabeles, nacimientos de una tosquedad prehistórica o tambores
que ya iban bien baqueteados antes de llegar a la casa. Las
niñas iban en grupos de dos o de tres, envuelta la cabeza en
toquillas, charlando cada una por siete. Cuál llevaba una
botella de vino, cuál el jarrito con leche de almendra; otras
salían de las tiendas de comestibles dando brincos o se paraban a ver los puestos de panderetas, dándoles con disimulo un

---

[a] [Eran dos, uno que funcionaba tras de la fuente de la Arganzuela,
y otro en la esquina de la calle de Irlandeses.]

[291] La *Mascota,* opereta en tres actos; letra de Chivot y Durm;
música de Edmundo Audren. Se estrenó en París en 1880. *Semíramis*
es el nombre de numerosas óperas, destacando la de Rossini (1823)
que se llama *Semiramide.* En la obra de Galdós hay muchas referencias a estas dos óperas.

par de golpecitos para que sonaran. En los puestos de pescado los maragatos limpiaban los besugos, arrojando las escamas sobre los transeúntes, mientras un ganapán vestido con los calzonazos negros y el mandil verde rayado berreaba fuera de la puerta: «¡Al vivo de hoy, al vivito!»... Enorme farolón con los cristales muy limpios alumbraba las pilas de lenguados, sardinas y pajeles, y las canastas de almejas. En las carnicerías sonaban los machetazos con sorda trepidación, y los platillos de las pesas, subiendo y bajando sin cesar, hacían contra el mármol del mostrador los ruidos más extraños, notas de misteriosa alegría. En aquellos barrios algunos tenderos hacen gala de poseer, además de géneros exquisitos, una imaginación exuberante, y para detener al que pasa y llamar compradores, se valen de recursos teatrales y fantásticos. Por eso vio Jacinta de puertas afuera pirámides de barriles de aceitunas que llegaban hasta el primer piso, altares hechos con cajas de mazapán, trofeos de pasas y arcos triunfales festoneados con escobones de dátiles. Por arriba y por abajo banderas españolas con poéticas inscripciones que decían: el *Diluvio en mazapán,* o *Turrón del Paraíso terrenal...* Más allá *Mantecadas de Astorga bendecidas por Su Santidad Pío IX.* En la misma puerta uno o dos horteras vestidos ridículamente de frac, con chistera abollada, las manos sucias y la cara tiznada, gritaban desaforadamente ponderando el género y dándolo a probar a todo el que pasaba. Un vendedor ambulante de turrón había discurrido un rótulo peregrino para anonadar a sus competidores los orgullosos tenderos de establecimiento. ¿Qué pondría? Porque decir que el género era muy bueno no significaba nada. Mi hombre había clavado en el más gordo bloque de aquel almendrado una banderita que decía: *Turrón higiénico.* Con que ya lo veía el público... El otro turrón sería todo lo sabroso y dulce que quisieran; mas no era *higiénico.*

—*Quelo* un pez... —gruñó el *Pituso* frotándose con mal humor los ojos.

—Mira —le decía Rafaela—, tu mamá te va a comprar un pez de dulce.

—*Pae Pepe...* —repitió el chico llorando.

—¿Quieres una pandereta?... Sí, una pandereta grande, que suene mucho.

Las tres hacían esfuerzos para acallarle, ofreciéndole cuanto había que ofrecer. Después de comprada la pandereta, el chico dijo que quería una naranja. Le compraron también naranjas. La noche avanzaba, y el tránsito se hacía difícil por la acera estrecha, resbaladiza y húmeda, tropezando a cada instante con la gente que la invadía.

—Verás, verás, ¡qué nacimiento tan bonito! —le decía Jacinta para calmarle—. ¡Y qué niños tan guapos! Y un pez grande, tremendo, todo de mazapán, para que te lo comas entero.

—¡Gande, gande!

A ratos se tranquilizaba, pero de repente le entraba el berrinche y se ponía a dar patadas en el aire. Rafaela, que era mujer de poquísimas fuerzas, ya no podía más. Guillermina se lo quitó de los brazos, diciendo:

—Dámelo acá... no puedes ya con tu alma... Ea, caballerito; a callar se ha dicho...

El Pituso le dio un porrazo en la cabeza.

—Mira que te estrello... Verás la azotaina que te vas a llevar...¡Y qué gordo está el tunante! parece mentira...

—Quelo un batón... ¡hostia!

—¿Un bastón?... también te lo compraremos, hijo, si te estás calladito... A ver dónde encontraremos bastones ahora...

—Buena falta le hace —dijo Guillermina—, y de los de acebuche, que escuecen bien, para enseñarle a no ser mañoso.

De esta manera llegaron a los portales y a la casa de Villuendas, ya cerrada la noche. Entraron por la tienda, y en la trastienda Jacinta se dejó caer fatigadísima sobre un saco lleno de monedas de cinco duros. Al Pituso le depositó Guillermina sobre un voluminoso fardo que contenía... ¡mil onzas [292]!

IV

Los dependientes que estaban haciendo el recuento y balance, metían en las arcas de hierro los cartuchos de oro y los paquetes de billetes de Banco, sujetos con un elástico. Otro contaba sobre una mesa pesetas gastadas y las cogía después con una pala como si fueran lentejas. Manejaban el género con absoluta indiferencia, cual si los sacos de monedas lo fueran de patatas, y las resmas de billetes, papel de estraza. A Jacinta

---

[292] El «nacimiento» del seudo-Mesías-Pitusín viene precedido y seguido de una atmósfera crematística. Más adelante se le comparará a una moneda falsa.

le daba miedo ver aquello, y entraba siempre allí con cierto respeto parecido al que le inspiraba la iglesia, pues el temor de llevarse algún billete de cuatro mil reales pegado a la ropa, la ponía nerviosa.

Ramón Villuendas no estaba; pero Benigna bajó al momento, y lo primero que hizo fue observar atentamente la cara sucia de aquel aguinaldo que su hermana le traía.

—Que, ¿no lo encuentras parecido? —díjole Jacinta algo picada.

—La verdad, hija... no sé qué te diga...

—Es el vivo retrato —afirmó la otra, queriendo cerrar la puerta, con una opinión absoluta, a todas las dudas que pudieran surgir.

—Podrá ser...

Guillermina se despidió rogando a los dependientes que le cambiaran por billetes tres monedas de oro que llevaba.

—Pero me habéis de dar premio —les dijo—. Tres reales por ciento. Si no, me voy a la Lonja del Almidón, donde tienen más caridad que vosotros.

En esto entró el amo de la casa, y tomando las monedas, las miró sonriendo.

—Son falsas... Tienen hoja.

—Usted si que tiene hoja —replicó la santa con gracia, y los demás también se reían—. Una peseta de premio por cada una.

—¡Cómo va subiendo!... Usted nos tira al degüello.

—Lo que merecéis, publicanos.

Villuendas tomó de un cercano montón dos duros y los añadió a los billetes del cambio.

—Vaya... para que no diga...

—Gracias... Ya sabía yo que usted...

—A ver, doña Guillermina, espere un ratito —añadió Ramón—. ¿Es cierto lo que me han contado? Que usted, cuando no cae bastante dinero en la suscripción para la obra, le cuelga a San José un ladrillo del pescuezo para que busque cuartos...

—El señor San José no necesita de que le colguemos nada, pues hace siempre lo que nos conviene... Conque buenas noches; ahí les queda ese caballerito. Lo primero que deben hacer es ponerle de remojo para que se le ablande la mugre.

Ramón miró al *Pituso*. Su semblante no expresaba tampoco una convicción muy profunda respecto al parecido. Sonreía Benigna, y si no hubiera sido por consideración a su querida hermana, habría dicho del *Pituso* lo que de las monedas que no sonaban bien: *Es falso,* o por lo menos, *tiene hoja*[293].

—Lo primero es que le lavemos.

—No se va a dejar —indicó Jacinta—. Éste no ha visto nunca el agua. Vamos, arriba.

Subiéronle, y que quieras que no, le despojaron de los pingajos que vestía y trajeron un gran barreño de agua. Jacinta mojaba sus dedos en ella diciendo con temor:

—¿Estará muy fría? ¿Estará muy caliente? ¡Pobre ángel, que mal rato va a pasar!

Benigna no se andaba en tantos reparos, y ¡pataplum! le zambulló dentro, sujetándole brazos y piernas. ¡Cristo! Los chillidos del *Pituso* se oían desde la Plaza Mayor. Enjabonáronle y restregáronle sin miramiento alguno, haciendo tanto caso de sus berridos como si fueran expresiones de alegría. Sólo Jacinta, más piadosa, agitaba el agua queriendo hacerle creer que aquello era muy divertido. Sacado al fin de aquel suplicio y bien envuelto en una sábana de baño, Jacinta le estrechó contra su seno diciéndole que ahora sí que estaba guapo. El calorcillo calmaba la irritación de sus chillidos, cambiándolos en sollozos, y la reacción, junto con la limpieza, le animó la cara, tiñéndosela de ese rosicler puro y celestial que tiene la infancia al salir del agua. Le frotaban para secarle y sus brazos torneados, su fina tez y hermosísimo cuerpo producían a cada instante exclamaciones de admiración.

—¡Es un niño Jesús... es una divinidad este muñeco!

Después empezaron a vestirle. Una le ponía las medias, otra le entraba una camisa finísima. Al sentir la molestia del vestir volvióle el mal humor, y trajéronle un espejo para que se mirara, a ver si el amor propio y la presunción acallaban su displicencia.

—Ahora, a cenar... ¿Tienes ganita?

El *Pituso* abría una boca descomunal y daba unos bostezos que era la medida aproximada de su gana de comer.

—Ay, ¡qué ganitas tiene el niño! Verás... Vas a comer cosas ricas...

—¡Patata! —gritó con ardor famélico.

—¿Qué patatas, hombre? Mazapán, sopa de almendra...

---

[293] *Tener hoja,* como explica el mismo Galdós, se dice de la moneda que si no es falsa tiene el defecto de sonar sin claridad. Nueva insistencia en establecer relaciones entre la legitimidad Pitusín-Mesías y del dinero.

—¡Patata, hostia! —repitió él pataleando.

—Bueno, patatitas, todo lo que tú quieras.

Ya estaba vestido. La buena ropa le caía tan bien que parecía haberla usado toda su vida. No fue algazara la que armaron los niños de Villuendas cuando le vieron entrar en el cuarto donde tenían su nacimiento. Primero se sorprendieron en masa, después parecía que se alegraban; por fin determináronse los sentimientos de recelo y suspicacia. La familia menuda de aquella casa se componía de cinco cabezas, dos niñas grandecitas, hijas de la primera mujer de Ramón, y los tres hijos de Benigna, dos de los cuales eran varones.

Juanín se quedó pasmado y lelo delante del nacimiento. La primera manifestación que hizo de sus ideas acerca de la libertad humana y de la propiedad colectiva consistió en meter mano a las velas de colores. Una de las niñas llevó tan a mal aquella falta de respeto, y dio unos chillidos tan fuertes que por poco se arma allí la de San Quintín.

—¡Ay dios mío! —exclamó Benigna—. Vamos a tener un disgusto con este salvajito...

—Yo le compraré a él muchas velas —afirmó Jacinta—. ¿Verdad, hijo, que tú quieres velas?

Lo que él quería principalmente era que le llenaran la barriga, porque volvió a dar aquellos bostezos que partían el alma.

—A comer, a comer —dijo Benigna—, convocando a toda la tropa menuda.

Y los llevó por delante como un hato de pavos. La comida estaba dispuesta para los niños, porque los papás cenarían aquella noche en casa del tío Cayetano.

Jacinta se había olvidado de todo, hasta de marcharse a su casa, y no supo apreciar el tiempo mientras duró la operación de lavar y vestir al *Pituso*. Al caer en la cuenta de lo tarde que era, púsose precipitadamente el manto, y se despidió del *Pituso,* a quien dio muchos besos.

—¡Qué fuerte te da, hija! —le dijo su hermana sonriendo.

Y razón tenía hasta cierto punto, porque a Jacinta le faltaba poco para echarse a llorar.

Y Barbarita, ¿qué había hecho en la mañana de aquel día 24? Veámoslo. Desde que entró en San Ginés corrió hacia ella Estupiñá como perro de presa que embiste, y le dijo frotándose las manos.

—Llegaron las ostras gallegas. ¡Buen susto me ha dado el

salmón! Anoche no he dormido. Pero con seguridad le tenemos. Viene en el tren de hoy.

Por más que el gran Rossini sostenga que aquel día oyó la misa con devoción, yo no lo creo. Es más; se puede asegurar que ni cuando el sacerdote alzaba en sus dedos al Dios sacramentado, estuvo Plácido tan edificante como otras veces, ni los golpes de pecho que se dio retumbaban tanto como otros días en la caja del tórax. El pensamiento se le escapaba hacia la liviandad de las compras, y la misa le pareció larga, tan larga, que se hubiera atrevido a decir al cura, en confianza, que se *menease* más. Por fin salieron la señora y su amigo. Él se esforzaba en dar a lo que era gusto las apariencias del cumplimiento de un deber penoso. Se afanaba por todo, exagerando las dificultades.

—Se me figura —dijo con el mismo tono que debe emplear Bismarck para decir al emperador Guillermo que desconfía de la Rusia [294]—, que los pavos de la *escalerilla* no están todo lo bien cebados que debíamos suponer. Al salir hoy de casa les he tomado el peso uno por uno, y francamente, mi parecer es que se los compremos a González. Los capones de éste son muy ricos... También los tomé el peso. En fin, usted lo verá.

Dos horas se llevaron en la calle de Cuchilleros, cogiendo y soltando animales, acosados por los vendedores, a quienes Plácido trataba a la baqueta. Echábaselas él de tener un pulso tan fino para apreciar el peso, que ni un adarme se le escapaba. Después de dejarse allí bastante dinero, tiraron para otro lado. Fueron a casa de Ranero [295] para elegir algunas culebras

---

[294] Bismarck pretendió siempre estar en una posición de superioridad respecto a los reyes Guillermo I y Guillermo II. Las relaciones diplomáticas y económicas con Rusia le preocuparon intensamente. Las relaciones Estupiñá-doña Barbarita difícilmente eran equiparables a las de Bismarck con los monarcas germanos, pero a Galdós le entusiasmaba imbricar ficción e historia.

[295] Según Ortiz Armengol: «En *La Correspondencia de España* de diciembre de 1870, vemos anunciado muchos días el "Mazapán legítimo de Toledo, en comisión. Plaza del Progreso, número 12, molino de chocolate de Ranero". En 1873, los anuncios navideños se refieren, en plural, a los "molinos" de Ranero. En diciembre de 1876, en el mismo periódico, se anuncia ese industrial como vendedor de los mazapanes "de la Casa del Labrador" que es el fabricante de ellos mencionado en la novela. El número 12 era la esquina de la plaza del Progreso —hoy Tirso de Molina— y la calle del Duque de Alba...» (198).

del legítimo mazapán de Labrador, y aún tuvieron tela para una hora más.

—Lo que la señora debía haber hecho hoy —dijo Estupiñá sofocado, y fingiéndose más sofocado de lo que estaba—, es traerse una lista de cosas, y así no se nos olvidaba nada.

Volvieron a la casa a las diez y media, porque Barbarita quería enterarse de cómo había pasado su hijo la noche, y entonces fue cuando Jacinta reveló lo del *Pituso* a su mamá política, quedándose ésta tan sorprendida como poco entusiasmada, según antes se ha dicho. Sin cuidado ya con respecto a Juan, que estaba aquel día mucho mejor, doña Bárbara volvió a echarse a la calle con su escudero y canciller. Aún faltaban algunas cosillas, la mayor parte de ellas para regalar a deudos y amigos de la familia. Del pensamiento de la gran señora no se apartaba lo que su nuera le había dicho. ¿Qué casta de nieto era aquél? Porque la cosa era grave... ¡Un hijo del Delfín! ¿Sería verdad? Virgen Santísima, ¡qué novedad tan estupenda! ¡Un nietecito por detrás de la Iglesia! ¡Ah! las resultas de los devaneos de marras... Ella se lo temía. Pero ¿y si todo era hechura de la imaginación exaltada[a] de Jacinta y de su angelical corazón? Nada, nada, aquella misma noche al acostarse, le había de contar todo a Baldomero.

Nuevas compras fueron realizadas en aquella segunda parte de la mañana, y cuando regresaban, cargados ambos de paquetes, Barbarita se detuvo en la plazuela de Santa Cruz, mirando con atención de compradora los nacimientos. Estupiñá se echaba a discurrir, y no comprendía por qué la señora examinaba con tanto interés los puestos, estando ya todos los chicos de la parentela de Santa Cruz *surtidos de aquel artículo*. Creció el asombro de Plácido cuando vio que la señora, después de tratar como en broma un portal de los más bonitos, lo compró. El respeto selló los labios del amigo, cuando ya se desplegaban para decir:

«¿Y para quién es este Belén, señora?»

La confusión y curiosidad del anciano llegaron al colmo cuando Barbarita, al subir la escalera de la casa, le dijo con cierto misterio:

---

[a] ¿Sería verdad? [...] la imaginación exaltada: ¿Y cómo se probaba esto? Porque sería o no sería. Si era, muy santo y muy bueno; pero si por artes del enemigo no había tal hijo ni Cristo que lo fundó?... si todo era hechura de la imaginación benévola.

—Dame esos paquetes, y métete este armatoste debajo de la capa. Que no lo vea nadie cuando entremos.

¿Qué significan estos tapujos? ¡Introducir un Belén cual si fuera matute! Y como expertísimo contrabandista, hizo Plácido su alijo con admirable limpieza. La señora lo tomó de sus manos, y llevándolo a su alcoba con minuciosas precauciones para que de nadie fuera visto, lo escondió, bien cubierto con un pañuelo, en la tabla superior de su armario de luna.

Todo el resto del día estuvo la insigne dama muy atareada[a], y Estupiñá saliendo y entrando, pues cuando se creía que no faltaba nada, salíamos con que se había olvidado lo más importante. Llegada la noche, inquietó a Barbarita la tardanza de Jacinta, y cuando la vio entrar fatigadísima, el vestido mojado y toda hecha una lástima, se encerró un instante con ella, mientras se mudaba, y le dijo con severidad:

—Hija, pareces loca... Vaya por dónde te ha dado... por traerme nietos a casa... Esta tarde tuve la palabra en la boca para contarle a Baldomero tu calaverada; pero no me atreví... Ya debes suponer si la cosa me parece grave...

Era crueldad expresarse así, y debía mi señora doña Bárbara considerar que allá se iban compras con compras y manías con manías. Y no paró aquí el réspice, pues a renglón seguido vino esta observación, que dejó helada a la infeliz Jacinta:

—Doy de barato que ese muñeco sea mi nieto. Pues bien: ¿no se te ocurre que el trasto de su madre puede reclamarlo y meternos en un pleitazo que nos vuelva locos?

—¿Cómo lo ha de reclamar si lo abandonó? —contestó la otra sofocada, queriendo aparentar un gran desprecio de las dificultades.

—Sí, fíate de eso... Eres una inocente.

—Pues si lo reclama, no se lo daré —manifestó Jacinta con una resolución que tenía algo de fiereza—. Diré que es hijo mío, que le he parido yo, y que prueben lo contrario... a ver, que me lo prueben.

Exaltada y fuera de sí, Jacinta, que se estaba vistiendo a toda prisa, soltó la ropa para darse golpes en el pecho y en el vientre. Barbarita quiso ponerse seria; pero no pudo.

—No, tú eres la que tienes que probar que lo has parido...

---

[a] insigne dama muy atareada,: egregia dama en la cocina, despensa y comedor, con su delantal azul, trabajando y dando disposiciones con más brío que Nelson en Trafalgar.

Pero no pienses locuras, y tranquilízate ahora, que mañana hablaremos.

—¡Ay, mamá! —dijo la nuera enterneciéndose—. ¡Si usted le viera...!

Barbarita, que ya tenía la mano en el llamador de la puerta para marcharse, volvió junto a su nuera para decirle:

—¿Pero se parece?... ¿Estás segura de que se parece?...

—¿Quiere usted verlo? Sí o no.

—Bueno, hija, le echaremos un vistazo... No es que yo crea... Necesito pruebas; pero pruebas muy claritas... No me fío yo de un parecido que puede ser ilusorio, y mientras Juan no me saque de dudas seguiré creyendo que a donde debe ir tu *Pituso* es a la Inclusa.

V

¡Excelente y alegre cena la de aquella noche en casa de los opulentos señores de Santa Cruz! Realmente no era cena sino comida retrasada, pues no gustaba la familia de trasnochar, y por tanto, caía dentro de la jurisdicción de la vigilia más rigurosa. Los pavos y capones eran para los días siguientes, y aquella noche cuanto se sirvió en la mesa pertenecía a los reinos de Neptuno. Sólo se sirvió carne a Juan, que estaba ya mejor y pudo ir a la mesa. Fue verdadero festín de cardenales, con desmedida abundancia de peces, mariscos y de cuanto cría la mar, todo tan por lo fino y tan bien aderezado y servido que era una gloria. Veinticinco personas había en la mesa, siendo de notar que el conjunto de los convidados ofrecía perfecto muestrario de todas las clases sociales. La enredadera de que antes hablé había llevado allí sus vástagos más diversos. Estaba el marqués de Casa-Muñoz, de la aristocracia monetaria, y un Álvarez de Toledo [296], hermano del duque de Gravelinas, de la aristocracia antigua, casado con una Trujillo. Resultaba no sé qué irónica armonía de la conjunción aquella de los dos nobles, oriundo el uno del gran Alba, y el otro sucesor de D. Pascual Muñoz, dignísimo ferretero de la calle de Tintoreros. Por otro lado nos encontramos con Samaniego, que era casi un hortera, muy cerca de Ruiz-Ochoa, o sea la alta banca.

---

[296] Álvarez de Toledo, duque de Alba (1507-1582). Galdós vuelve una vez más a mencionar, con tono irónico, la conjunción de la aristocracia antigua con la nueva del dinero.

Villalonga representaba el Parlamento, Aparisi el Municipio, Joaquín Pez el Foro, y Federico Ruiz representaba muchas cosas a la vez: la Prensa, las Letras, la Filosofía, la Crítica musical, el Cuerpo de Bomberos, las Sociedades Económicas, la Arqueología y los Abonos químicos. Y Estupiñá, con su levita nueva de paño fino, ¿qué representaba? El comercio antiguo, sin duda, las tradiciones de la calle de Postas, el contrabando, quizás *la religión de nuestros mayores,* por ser hombre tan sinceramente piadoso. D. Manuel Moreno Isla no fue aquella noche; pero sí Arnaiz el gordo, y Gumersindo Arnaiz, con sus tres pollas, Barbarita II, Andrea e Isabel; mas a sus tres hermanas eclipsaba Jacinta, que estaba guapísima, con un vestido muy sencillo de rayas negras y blancas sobre fondo encarnado. También Barbarita tenía buen ver. Desde su asiento al extremo de la mesa, Estupiñá la flechaba con sus miradas, siempre que corrían de boca en boca elogios de aquellos platos tan ricos y de la variedad inaudita de pescados. El gran Rossini, cuando no miraba a su ídolo, charlaba sin tregua y en voz baja con sus vecinos, volviendo inquietamente a un lado y otro su perfil de cotorra.

Nada ocurrió en la cena digno de contarse. Todo fue alegría sin nubes, y buen apetito sin ninguna desazón[a]. El pícaro del Delfín hacía beber a Aparisi y a Ruiz para que se alegraran, porque uno y otro tenían un vino muy divertido, y al fin consiguió con el *Champagne* lo que con el Jerez no había conseguido. Aparisi, siempre que se ponía peneque, mostraba un entusiasmo exaltado por las glorias nacionales. Sus *jumeras* eran siempre una fuerte emersión de lágrimas patrióticas, porque todo lo decía llorando. Allí brindó por *los héroes de Trafalgar*[297], por *los héroes del Callao*[298] y por otros muchos

---

[a] [D. Baldomero, al oír los encomios de los manajares, hacía notar, no una vez ni dos, que todo era *del Reino*, exclusivamente del *Reino*, de lo que tomaba el pie el de la Casa-Muñoz para decir que si aquí tuviéramos buenos Gobiernos y abundancia de productos no nos ganaba ninguna nación. También dijo don Baldomero que si presente estuviera Moreno no osaría decir que todo lo *del Reino* es malo.]

[297] Los ingleses derrotaron en 1805 a la flota española en el cabo de Trafalgar. Cfr. el Episodio *Trafalgar*, edición de J. Rodríguez Puértolas, Madrid, Cátedra, 1983.

[298] La expedición española al Pacífico y el bombardeo del Callao (Perú), en 1866, fue narrada por Galdós en *La vuelta al mundo de la «Numancia»*.

héroes marítimos; pero tan conmovido el hombre y con los músculos olfatorios tan respingados, que se creía que Churruca y Méndez Núñez[299] eran sus papás y que olían muy mal. A Ruiz también le daba por el patriotismo y por los héroes; pero inclinándose a lo terrestre y empleando un cierto tono de fiereza. Allí sacó a Tetuán y a Zaragoza[300] poniendo al extranjero como chupa de dómine, diciendo, en fin, que *nuestro porvenir está en África*[301], y que el Estrecho es un arroyo español. De repente levantóse Estupiñá el grande, copa en mano, y no puede formarse idea de la expectación y solemnísimo silencio que precedieron a su breve discurso. Conmovido y casi llorando, aunque no estaba *ajumao,* brindó por la noble compañía, por los nobles señores de la casa y por... aquí una pausa de emoción y una cariñosa mirada a Jacinta... y porque la noble familia tuviera pronto sucesión, como él esperaba... y sospechaba... y creía.

Jacinta se puso muy colorada, y todos, todos los presentes, incluso el Delfín, celebraron mucho la gracia. Después hubo gran tertulia en el salón; pero poco después de las doce se habían retirado todos[a]. Durmió Jacinta sin sosiego, y a la mañana siguiente, cuando su marido no había despertado aún, salió para ir a misa. Oyóla en San Ginés, y después fue a casa de Benigna, donde encontró escenas de desolación. Todos los sobrinitos estaban alborotados, inconsolables, y en cuanto la vieron entrar corrieron hacia ella pidiendo justicia. ¡Vaya con lo que había hecho Juanín...! ¡Ahí era nada en gracia de Dios! Empezó por arrancarles la cabeza a las figuras del nacimien-

---

[a] ; pero poco [...] retirado todos.: , y allá dentro hacia la cocina, conato de festival estrepitoso, con villancicos, calderetazos y algo de tambor también, que tocaba Estupiñá. Pero no pasó de conato, porque Barbarita restableció el orden, y Rossini se fue a su casa. Poco después de las doce concluyó todo.

[299] Churruca (1761-1805) murió en Trafalgar y Méndez Núñez (1824-1869) fue el jefe de la expedición que bombardeó el Callao y Valparaíso.
[300] También Galdós «sacó a Tetuán y a Zaragoza» en dos *Episodios: Aita Tettauen (O. C.,* IV) y *Zaragoza (O. C.,* I). Las lágrimas patriótico-alcohólicas de Aparisi y de Ruiz sirven de pretexto a Galdós para denunciar el seudopatriotismo de la burguesía decimonónica.
[301] Esta frase neoimperialista la repetiría Ángel Ganivet en su *Idearium español* (1896), quien, al menos, le atribuyó el valor de «mentira vital».

to... y lo peor era que se reía al hacerlo, como si fuera una gracia. ¡Vaya una gracia! Era un sinvergüenza, un desalmado, un asesino. Así lo atestiguaban Isabel, Paquito y los demás, hablando confusa y atropelladamente, porque la indignación no les permitía expresarse con claridad. Disputábanse la palabra y se cogían a la tiíta, empinándose sobre las puntas de los pies. Pero ¿dónde estaba el muy bribón? Jacinta vio aparecer su cara inteligente y socarrona. Cuando él la vio, quedóse algo turbado, y se arrimó a la pared. Acercóse Jacinta, mostrándole severidad y conteniendo la risa... pidióle cuentas de sus horribles crímenes. ¡Arrancar la cabeza a las figuras!... Escondía el *Pituso* la cara muy avergonzado, y se metía el dedo en la nariz... La mamá adoptiva no había podido obtener de él una respuesta, y las acusaciones rayaban en frenesí. Se le echaban en cara los delitos más execrables, y se hacía burla de él y de sus hábitos groseros.

—Tiíta, ¿no sabes? —decía Ramona riendo—. Se come las cáscaras de naranja...

—¡Cochino!

Otra voz infantil atestiguó con la mayor solemnidad que había visto más. Aquella mañana, Juanín estaba en la cocina royendo cáscaras de patata. Esto sí que era marranada.

Jacinta besó al delincuente, con gran estupefacción de los otros chicos.

—Pues tienes bonito el delantal.

Juanín tenía el delantal como si hubieran estado fregando los suelos con él. Toda la ropa estaba igualmente sucia.

—Tiíta —le dijo Isabelita haciéndose la ofendida—. Si vieras... No hace más que arrastrarse por los suelos y dar coces como los burros. Se va a la basura y coge los puñados de ceniza para echárnosla por la cara...

Entró Benigna, que venía de misa, y corroboró todas aquellas denuncias, aunque con tono indulgente.

—Hija, no he visto un salvaje igual. El pobrecito... bien se ve entre qué gentes se ha criado.

—Mejor... Así le domesticaremos.

—Qué palabrotas dice... ¡Ramón se ha reído más...! No sabes la gracia que le hace su lengua de arriero. Anoche nos dio malos ratos, porque llamaba a su *Pae Pepe* y se acordaba de la pocilga en que ha vivido... ¡Pobrecito! Esta mañana se me orinó en la sala. Llegué yo y me le encontré con las enaguas levantadas... Gracias que no se le antojó hacerlo sobre el *puff*... lo hizo en la coquera... He tenido que cerrar la sala, porque me destrozaba todo. ¿Has visto cómo ha puesto el nacimiento? A Ramón le hizo muchísima gracia... y salió a comprar más figuras; porque si no, ¿quién aguanta a esta patulea? No puedes figurarte la que se armó aquí anoche. Todos llorando en coro, y el otro cogiendo figuras y estrellándolas contra el suelo.

—¡Pobrecillo! —exclamó Jacinta prodigando caricias a su hijo adoptivo y a todos los demás, para evitar una tempestad de celos—. ¿Pero no véis que él se ha criado de otra manera que vosotros? Ya irá aprendiendo a ser fino. ¿Verdad, hijo mío? —Juan decía que sí con la cabeza y examinaba un pendiente de Jacinta—... Sí; pero no me arranques la oreja... Es preciso que todos seáis buenos amiguitos, y que os llevéis como hermanos. ¿Verdad, Juan, que tú no vuelves a romper las figuras?... ¿Verdad que no? Vaya, él es formal. Ramoncita, tú que eres la mayor, enséñale en vez de reñirle.

—Es muy fresco: también se quería comer una vela —dijo Ramoncita implacable.

—Las velas no se comen, no. Son para encenderlas... Veréis qué pronto aprende él todas las cosas... Si creeréis que no tiene talento.

—No hay medio de hacerle comer más que con las manos —apuntó Benigna riendo.

—Pero mujer, ¿cómo quieres que sepa...? Si en su vida ha visto él un tenedor... Pero ya aprenderá... ¿No observas lo listo que es?

Villuendas entró con las figuras.

—Vaya, a ver si éstas se salvan de la guillotina.

Mirábalas el *Pituso* sonriendo con malicia, y los demás niños se apoderaron de ellas, tomando todo género de precauciones para librarlas de las manos destructoras del salvaje, que no se apartaba de su madre adoptiva. El instinto, fuerte y precoz en las criaturas como en los animalitos, le impulsaba a pegarse a Jacinta y a no apartarse de ella mientras en la casa estaba... Era como un perrillo que prontamente distingue a su amo entre todas las personas que le rodean, y se adhiere a él y le mima y acaricia[a].

---

[a] [Juanín se pegaba a las faldas de Jacinta, y la miraba con ojos verdaderamente caninos. Jacinta sentía un placer indecible en sus entrañas, y se felicitaba de que el niño hubiese olvidado tan pronto a su *papá (pae) Pepe* y la calle de Mira del Río. La niñez olvida en una noche toda una existencia.]

Creíase Jacinta madre, y sintiendo un placer indecible en sus entrañas, estaba dispuesta a amar a aquel pobre niño con toda su alma. Verdad que era hijo de otra. Pero esta idea, que se interponía entre su dicha y Juanín, iba perdiendo gradualmente su valor. ¿Qué le importaba que fuera hijo de otra? Esa otra quizás había muerto, y si vivía lo mismo daba, porque le había abandonado. Bastábale a Jacinta que fuera hijo de su marido para quererle ciegamente. ¿No quería Benigna a los hijos de la primera mujer de su marido como si fueran hijos suyos? Pues ella querría a Juanín como si le hubiera llevado en sus entrañas. ¡Y no había más que hablar! Olvido de todo, y nada de celos retrospectivos. En la excitación de su cariño, la dama acariciaba en su mente un plan algo atrevido. «Con ayuda de Guillermina —pensaba—, voy a hacer la pamema de que he sacado este niño de la Inclusa, para que en ningún tiempo me le puedan quitar. Ella lo arreglará, y se hará un documento en toda regla... Seremos falsarias y Dios bendecirá nuestro fraude.»

Le dio muchos besos, recomendándole que fuera bueno, y no hiciese porquerías. Apenas se vio Juanín en el suelo, agarró el bastón de Villuendas y se fue derecho hacia el nacimiento en la actitud más alarmante. Villuendas se reía sin atajarle, gritando:

—¡Adiós, mi dinero! ¡Eh!... ¡Socorro! ¡Guardias!

Chillido unánime de espanto y desolación llenó la casa. Ramoncita pensaba seriamente en que debía llamarse a la Guardia civil.

—Pillo, ven acá; eso no se hace —gritó Jacinta corriendo a sujetarle.

Una cosa agradaba mucho a la joven. Juanín no obedecía a nadie más que a ella. Pero la obedecía a medias, mirándola con malicia, y suspendiendo su movimiento de ataque.

«Ya me conoce —pensaba ella—. Ya sabe que soy su mamá, que lo seré de veras... Ya, ya le educaré yo como es debido.»

Lo más particular fue que cuando se despidió, el *Pituso* quería irse con ella.

—Volveré, hijo de mi alma, volveré... ¿Veis cómo me quiere? ¿Lo veis?... Con que portarse bien todos, y no regañar. Al que sea malo, no le quiero yo...

VI

No se le cocía el pan a Barbarita hasta no aplacar su curiosidad viendo aquella alhaja que su hija le había comprado, un nieto. Fuera éste apócrifo o verdadero, la señora quería conocerle y examinarle; y en cuanto tuvo Juan compañía, buscaron suegra y nuera un pretexto para salir, y se encaminaron a la morada de Benigna. Por el camino, Jacinta exploró otra vez el ánimo de su tía, esperando que se hubieran disipado sus prevenciones; pero vio con mucho disgusto que Barbarita continuaba tan severa y suspicaz como el día precedente.

—A Baldomero le ha sabido esto muy mal. Dice que es preciso garantías... y, francamente, yo creo que has obrado muy de ligero...

Cuando entró en la casa y vio al *Pituso,* la severidad, lejos de disminuir, parecía más acentuada. Contempló Barbarita sin decir palabra al que le presentaban como nieto, y después miró a su nuera, que estaba en ascuas, con un nudo muy fuerte en la garganta. Mas de repente, y cuando Jacinta se disponía a oír denegaciones categóricas, la abuela lanzó una fuerte exclamación de alegría, diciendo así:

—¡Hijo de mi alma!... ¡Amor mío! Ven, ven a mis abrazos.

Y lo apretó contra sí tan enérgicamente, que el *Pituso* no pudo menos de protestar con un chillido.

—¡Hijo mío!... Corazón..., gloria, ¡qué guapo eres!... Rico, tesoro; un beso a tu abuelita.

—¿Se parece? —preguntó Jacinta no pudiendo expresarse bien, porque se le caía la baba, como vulgarmente se dice.

—¡Que si se parece! —observó Barbarita tragándole con los ojos—. Clavado, hija, clavado... ¿Pero qué duda tiene? Me parece que estoy mirando a Juan cuando tenía cuatro años.

Jacinta se echó a llorar.

—Y por lo que hace a esa fantasmona... —agregó la señora examinando más las facciones del chico—, bien se le conoce en este espejo que es guapa... Es una perfección este niño.

Y vuelta a abrazarle y a darle besos.

—Pues nada, hija —añadió después con resolución—, a casa con él.

Jacinta no deseaba otra cosa. Pero Barbarita corrigió al instante su propia espontaneidad, diciendo:

—No... no nos precipitemos. Hay que hablar antes a tu

marido. Esta noche sin falta se lo dices tú, y yo me encargo de volver a tantear a Baldomero... Si es clavado, pero clavado...

—¡Y usted que dudaba!

—Qué quieres... Era preciso dudar, porque estas cosas son muy delicadas. Pero la procesión me andaba por dentro. ¿Creerás que anoche he soñado con este muñeco? Ayer, sin saber lo que me hacía, compré un nacimiento. Lo compré maquinalmente, por efecto de un no sé qué... mi resabio de compras movido del pensamiento que me dominaba.

—Bien sabía yo que usted cuando le viera...

—¡Dios mío! ¡Y las tiendas cerradas hoy! —exclamó Barbarita en tono de consternación—. Si estuvieran abiertas, ahora mismo le compraba un vestidito de marinero con su gorra en que diga: *Numancia*. ¡Qué bien le estará! Hijo de mi corazón, ven acá... No te me escapes; si te quiero mucho, si soy tu abuelita... Me dicen estos tontainas que has roto el camello del Rey negro. Bien, vida mía, bien roto está. Ya le compraré yo a mi niño una gruesa de camellos y de reyes negros, blancos y de todos colores.

Jacinta tenía ya celos. Pero consolábase de ellos viendo que Juanín no quería estar en el regazo de su abuela y se deslizaba de los brazos de ésta para buscar los de su mamá verdadera. En aquel punto de la escena que se describe, empezaron de nuevo las acusaciones y una serie de informes sobre los distintos actos de barbarie consumados por Juanín. Los cinco fiscales se enracimaban en torno a las dos damas, formulando cada cual su queja en los términos más difamatorios. ¡Válganos Dios lo que había hecho! Había cogido una bota de Isabelita y tirándola dentro de la jofaina llena de agua para que nadase como un pato.

—¡Ay, qué rico! —clamaba Barbarita comiéndosele a besos...

Después se había quitado su propio calzado, porque era un marrano que gustaba de andar descalzo con las patas sobre el suelo.

—¡Ay, qué rico!...

Quitóse también las medias y echó a correr detrás del gato, cogiéndolo por el rabo y dándole muchas vueltas... Por eso estaba tan mal humorado el pobre animalito... Luego se había subido a la mesa del comedor para pegarle un palo a la lámpara...

—¡Ay, qué rico! ¡Cuidado que es desgracia! —repitió la señora de Santa Cruz dando un gran suspiro—, ¡las tiendas cerradas hoy!... Porque es preciso comprarle ropita, mucha ropita... Hay en casa de Sobrino unas medias de colores y unos trajecitos de punto que son una preciosidad... Ángel, ven, ven con tu abuelita... ¡Ah!, ya conoce el muy pillo lo que has hecho por él, y no quiere estar con nadie más que contigo.

—Ya lo creo... —indicó Jacinta con orgullo—. Pero no; él es bueno ¿sí?, y quiere también a su abuelita, ¿verdad?

Al retirarse, iban por la calle tan desatinadas la una como la otra. Lo dicho dicho: aquella misma noche hablarían las dos a sus respectivos maridos.

Aquel día, que fue el 25, hubo gran comida, y Juanito se retiró temprano de la mesa muy fatigado y con dolor de cabeza. Su mujer no se atrevió a decirle nada, reservándose para el día siguiente. Tenía tan bien preparado todo el discurso, que confiaba en pronunciarlo entero sin el menor tropiezo y sin turbarse. El 26 por la mañana entró D. Baldomero en el cuarto de su hijo cuando éste se acababa de levantar, y ambos estuvieron allí encerrados como una media hora. Las dos damas esperaban ansiosas en el gabinete el resultado de la conferencia, y las impresiones de Barbarita no tenían nada de lisonjeras:

—Hija, Baldomero no se nos presenta muy favorable. Dice que es necesario probarlo... ya ves tú, probarlo; y que eso del parecido será ilusión nuestra... Veremos lo que dice Juan.

Tan anhelantes estaban las dos, que se acercaron a la puerta de la alcoba por ver si pescaban alguna sílaba de lo que el padre y el hijo hablaban. Pero no se percibía nada. La conversación era sosegada, y a veces parecía que Juan se reía. Pero estaba de Dios que no pudieran salir de aquella cruel duda tan pronto como deseaban. Pareció que el mismo demonio lo hizo, porque en el momento de salir D. Baldomero del cuarto de su hijo, he aquí que se presentan en el despacho Villalonga y Federico Ruiz. El primero cayó sobre Santa Cruz para hablarle de los préstamos al Tesoro que hacía con dinero suyo y ajeno, ganándose el ciento por ciento en pocos meses, y el segundo se metió de rondón en el cuarto del Delfín. Jacinta no pudo hablar con éste; pero se sorprendió mucho de verle risueño y de la mirada maliciosa y un tanto burlona que su marido le echó.

Fueron todos a almorzar y el misterio continuaba. Cuenta Jacinta que nunca como en aquella ocasión sintió ganas de dar a una persona de bofetadas y machacarla contra el suelo. Hubiera destrozado a Federico Ruiz, cuya charla insustancial y mareante, como zumbido de abejón, se interponía entre ella y su marido. El maldito tenía en aquella época la demencia de *los castillos;* estaba haciendo averiguaciones sobre todos los que en España existen más o menos ruinosos, para escribir una gran obra heráldica, arqueológica y de castrametación sentimental, que aunque estuviese bien hecha no había de servir para nada. Mareaba a Cristo con sus aspavientos por si tales o cuales ruinas eran bizantinas, mudéjares o lombardas con influencia mozárabe y perfiles románicos.

—¡Oh! ¡El castillo de Coca! ¿Pues y el de Turégano?... Pero ninguno llegaba a los del Bierzo... ¡Ah! ¡El Bierzo!... La riqueza que hay en ese país es un asombro.

Luego resulta que la tal *riqueza* era de muros despedazados, de aleros podridos y de bastiones que se caían piedra a piedra. Ponía los ojos en blanco, las manos en cruz y los hombros a la altura de las orejas para decir:

—Hay una ventana en el Castillo de Ponferrada que... vamos... no puedo expresar lo que es aquello.

Creeríase que por la tal ventana se veía al Padre Eterno y a toda la Corte Celestial. «Caramba con la ventana —pensaba Jacinta, a quien le estaba haciendo daño el almuerzo—. Me gustaría de veras si sirviera para tirarte por ella a la calle con todos tus condenados castillos.»

Villalonga y D. Baldomero no prestaban ni pizca de atención a los entusiasmos de su insufrible amigo, y se ocupaban en cosas de más sustancia.

—Porque, figúrese usted... el Director del Tesoro acepta el préstamo en consolidado que está a 13... y extiende el pagaré por todo el valor nominal... al interés de 12 por 100. Usted vaya atando cabos...

—Es escandaloso... ¡Pobre país!...

Un instante se vieron solos Juanito y su mujer, y pudieron decirse cuatro palabras. Jacinta quiso hacerle una pregunta que tenía preparada; pero él se anticipó dejándola yerta con esta cruelísima frase, dicha en tono cariñoso:

—Nena, ven acá, ¿conque hijitos tenemos?

Y no era posible explicarse más, porque la tertulia se enzarzó y vinieron otros amigos que empezaron a reír y a bromear, tomándole el pelo a Federico Ruiz con aquello de los castillos y preguntándole con seriedad si los había estudiado todos sin que se le escapase alguno en la cuenta. Después la conversación recayó en la política. Jacinta estaba desesperada, y en los ratos que podía cambiar una palabrita con su suegra, ésta poníale una cara muy desconsolada, diciéndole:

—Mal negocio, hija, mal negocio.

Por la noche, comensales otra vez, y luego tertulia y mucha gente. Hasta las doce duró aquel martirio. Se marcharon al fin uno a uno. Jacinta les hubiera echado, abriendo todas las ventanas y sacudiéndoles con una servilleta, como se hace con las moscas. Cuando su marido y ella se quedaron solos, parecíale la casa un paraíso; pero sus ansiedades eran tan grandes que no podía saborear el dulce aislamiento. ¡Solos en la alcoba! Al fin...

Juan cogió a su mujer cual si fuera una muñeca, y le dijo:

—Alma mía, tus sentimientos son de ángel; pero tu razón, allá por esas nubes, se deja alucinar. Te han engañado; te han dado un soberbio timo.

—Por Dios, no me digas eso —murmuró Jacinta, después de una pausa en que quiso hablar y no pudo.

—Si desde el principio hubieras hablado conmigo... —añadió el Delfín muy cariñoso—. Pero aquí tienes el resultado de tus tapujos... ¡Ah, las mujeres! Todas ellas tienen una novela en la cabeza, y cuando lo que imaginan[a] no aparece en la vida, que es lo más común, sacan su composicioncita[b]...

Estaba la infeliz tan turbada que no sabía qué decir:

—Ese José Izquierdo...

—Es un tunante. Te ha engañado de la manera más chusca... Solo tú, que eres la misma inocencia puedes caer en redes tan mal urdidas... Lo que me espanta es que Izquierdo haya podido tener ideas... Es tan bruto; pero tan bruto, que en aquella cabeza no cabe una invención de esta clase. Por lo bestia que es, parece honrado sin serlo. No, no discurrió él tan gracioso timo. O mucho me engaño, o esto salió de la cabeza de un novelista que se alimenta con judías.

—El pobre Ido es incapaz...

—De engañar a sabiendas, eso sí. Pero no te quepa duda. La primitiva idea de que ese niño es mi hijo debió de ser suya. La concebiría como sospecha, como inspiración artístico-flatulenta, y el otro se dijo: «Pues toma, aquí hay un negocio.» Lo que es a *Platón* no se le ocurre; de esto estoy seguro.

Jacinta, anonadada, quería defender su tema a todo trance.

—Juanín es tu hijo, no me lo niegues —replicó llorando.

—Te juro que no... ¿Cómo quieres que te lo jure?... ¡Ay Dios mío! Ahora se me está ocurriendo que ese pobre niño es el hijo de la hijastra de Izquierdo. ¡Pobre Nicolasa! Se murió

---

[a] lo que imaginan: la novela verdadera.
[b] su composicioncita: ellas la suya.

de sobreparto. Era una excelente chica. Su niño tiene, con diferencia de tres meses, la misma edad que tendría el mío si viviese.

—¡Si viviese!

—Si viviese... sí... Ya ves cómo te canto claro. Esto quiere decir que no vive.

—No me has hablado nunca de eso —declaró severamente Jacinta—. Lo último que me contaste fue.. qué sé yo... No me gusta recordar esas cosas. Pero se me vienen al pensamiento sin querer. «No la vi más, no supe más de ella; intenté socorrerla y no la pude encontrar.» A ver, ¿fue esto lo que me dijiste?

—Sí, y era la verdad, la pura verdad. Pero más adelante hay otro episodio, del cual no te he hablado nunca, porque no había para qué. Cuando ocurrió, hacía ya un año que estábamos casados; vivíamos en la mejor armonía... Hay ciertas cosas que no se deben decir a una esposa. Por discreta y prudente que sea una mujer, y tú lo eres mucho, siempre alborota algo en tales casos; no se hace cargo de las circunstancias, ni se fija en los móviles de las acciones. Entonces callé, y creo firmemente que hice bien en callar. Lo que pasó no es desfavorable para mí. Podía habértelo dicho; pero ¿y si lo interpretabas mal? Ahora ha llegado la ocasión de contártelo, y veremos qué juicio formas. Lo que sí puedo asegurarte es que ya no hay más. Esto que te voy a decir es el último párrafo de una historia que te he referido por entregas. Y se acabó. Asunto agotado... Pero es tarde, hija mía, nos acostaremos, dormiremos, y mañana...

VII

—No, no, no —gritó Jacinta más bien airada que impaciente—. Ahora mismo... ¿Crees que yo puedo dormir en esta ansiedad?

—Pues lo que es yo, chiquilla, me acuesto —dijo el Delfín, disponiéndose a hacerlo—. Si creerás tú que te voy a revelar algo que pone los pelos de punta. ¡Si no es nada...! Te lo cuento porque es la prueba de que te han engañado. Veo que pones una cara muy tétrica. Pues si no fuera porque el lance es bastante triste, te diría que te rieras... ¡Te has de quedar más convencida...! Y no te apures por la *plancha,* hija. Ahí tienes lo que las personas sacan de ser demasiado buenas. Los ánge-

414

les, como que están acostumbrados a volar, no andan por la tierra sin dar un traspié a cada paso.

Se había acostumbrado de tal modo Jacinta a la idea de hacer suyo a Juanín, de criarle y educarle como hijo, que le lastimaba el sentirlo arrancado de sí por una prueba, por un argumento en que intervenía la aborrecida mujer aquella cuyo nombre quería olvidar[a]. Lo más particular era que seguía queriendo al *Pituso,* y que su cariño y su amor propio se sublevaban contra la idea de arrojarle a la calle. No le abandonaría ya, aunque su marido, su suegra y el mundo entero se rieran de ella y la tuvieran por loca y ridícula.

—Y ahora —siguió Santa Cruz, muy bien empaquetado entre sus sábanas—, despídete de tu novela, de esa grande invención de dos ingenios, Ido del Sagrario y José Izquierdo... Vamos allá... Lo último que te dije fue...

—Fue que se había marchado de Madrid y que no pudiste averiguar a dónde. Esto me lo contaste en Sevilla...

—¡Qué memoria tienes! Pues pasó tiempo, y al año de casados, un día de repente, plaf... entras tú en mi cuarto y me das una carta.

—¿Yo?

—Sí, una cartita que trajeron para mí. La abro, me quedo así un poco atontado... Me preguntas que es, y te digo: «Nada, es la madre del pobre Valledor que me pide una recomendación para el alcalde...» Cojo mi sombrero y a la calle.

—¡Volvía a Madrid, te llamaba, te escribía!... —observó Jacinta, sentándose al borde del lecho, la mirada fija, apagada la voz.

—Es decir, hacía que me escribièran, porque la pobrecilla no sabe... «Pues señor, no hay más remedio que ir allá.» Cree que tu pobre marido iba de muy mal humor. No puedes figurarte lo que le molestaba la resurrección de una cosa que creía muerta y desaparecida para siempre. «¿Por dónde saldrá ahora?... ¿Para qué me llamará?» Yo decía también: «De fijo que hay muchacho por en medio.» Esta sucesión me cargaba. «Pero en fin, ¡qué remedio...!» pensaba al subir por aquellas oscuras escaleras. Era una casa de la calle de Hortaleza, al

---

[a] [, sin poderlo conseguir. Ocurrióle si su marido la engañaría, pero tal acento de verdad había en él que tuvo Jacinta que declararse vencida.]

parecer de huéspedes. En el bajo hay tienda de ataúdes. ¿Y qué era? Que la infeliz había venido a Madrid con su hijo, con el mío: ¿por qué no decirlo claro?, y con un hombre, el cual estaba muy mal de fondos, lo que no tiene nada de particular... Llegar y ponerse malo el pobre niño fue todo uno. Vióse la pobre en un trance muy apurado. ¿A quién acudir? Era natural: a mí. Yo se lo dije: «Has hecho perfectamente...» La más negra era que el garrotillo le cogió al pobrecito nene tan de filo, que cuando yo llegué... te va a dar mucha pena, como me la dio a mí... pues sí, cuando llegué, el pobre niño estaba expirando. Lo que yo le decía al verla hecha un mar de lágrimas. «¿Por qué no me avisaste antes?» Claro, yo habría llevado uno o dos buenos médicos y quién sabe, quién sabe si le hubiéramos salvado.

Jacinta callaba. El terror no la dejaba articular palabra.

—¿Y tú no lloraste? —fue lo primero que se le ocurrió decir.

—Te aseguro que pasé un rato... ¡ay qué rato! ¡Y tener que disimular en casa delante de ti! Aquella noche ibas tú al Real. Yo fui también; pero te juro que en mi vida he sentido, como en aquella noche, la tristeza agarrada a mi alma. Tú no te acordarás... No sabías nada.

—Y...

—Y nada más. Le compré la cajita azul más bonita que había en la tienda de abajo, y se le llevó al cementerio en un carro de lujo con dos caballos empenachados, sin más compañía que la del hombre de Fortunata y el marido, o lo que fuera, de la patrona. En la Red de San Luis, mira lo que son las casualidades, me encontré a mamá... Díjome: «¡Qué pálido estás!» «Es que vengo de casa de Moreno Vallejo a quien le han cortado hoy la pierna.» En efecto, le habían cortado la pierna, a consecuencia de la caída del caballo. Diciéndolo, miré desaparecer por la calle de la Montera abajo el carro con la cajita azul... ¡Cosas del mundo! Vamos a ver: si yo te hubiera contado esto, ¿no habrían sobrevenido mil disgustos, celos y cuestiones?

—Quizás no —dijo la esposa dando un gran suspiro—. Según lo que venga detrás. ¿Qué pasó después?

—Todo lo que sigue es muy soso. Desde que se dio tierra al pequeñuelo, yo no tenía otro deseo que ver a la madre tomando el portante. Puedes creérmelo: no me interesaba nada. Lo único que sentía era compasión por sus desgracias, y no era floja la de vivir con aquel bárbaro, un tiote grosero que la trataba muy mal y no la dejaba ni respirar. ¡Pobre mujer! Yo le dije, mientras él estaba en el cementerio: «¿Cómo es que vives con este animal y le aguantas?» Y respondióme: «No tengo más amparo que esta fiera. No le puedo ver; pero el agradecimiento...» Es triste cosa vivir de esta manera, aborreciendo y agradeciendo. Ya ves cuánta desgracia, cuánta miseria hay en este mundo, niña mía[a]... Bueno, pues sigo diciéndote que aquella infeliz pareja me dio la gran jaqueca. El tal, que era mercachifle de estos que ponen puestos en las ferias, pretendía una plaza de contador de la depositaría de un pueblo. ¡Valiente animal! Me atosigaba con sus exigencias, y aun con amenazas, y no tardé en comprender que lo que quería era sacarme dinero. La pobre Fortunata no me decía nada. Aquel bestia no le permitía que me viera y hablara sin estar él presente, y ella, delante de él, apenas alzaba del suelo los ojos; tan aterrorizada la tenía. Una noche, según me contó la patrona, la quiso matar el muy bruto. ¿Sabes por qué? Porque me había mirado. Así lo decía él... Me puedes creer, como esta es noche, que Fortunata no me inspiraba sino lástima. Se había desmejorado mucho de físico, y en lo espiritual no había ganado nada. Estaba flaca, sucia, vestía de pingos que olían mal, y la pobreza, la vida de perros y la compañía de aquel salvaje habíanle quitado gran parte de sus atractivos. A los tres días se me hicieron insoportables las exigencias de la fiera, y me avine a todo. No tuve más remedio que decir: «Al enemigo que huye, puente de plata;» y con tal de verles marchar, no me importaba el sablazo que me dieron. Aflojé los cuartos a condición de que se habían de ir inmediatamente. Y aquí paz y después gloria. Y se acabó mi cuento, niña de mi vida, porque no he vuelto a saber una palabra de aquel respetable tronco, lo que me llena de contento.

Jacinta tenía su mirada engarzada en los dibujos de la colcha. Su marido le tomó una mano y se la apretó mucho. Ella no decía más que «¡Pobre *Pituso,* pobre Juanín!» De repente una idea hirió su mente como un latigazo, sacándola de aquel abatimiento en que estaba. Era la convicción última que se revolvía furiosa en las agonías del vencimiento. No

---

[a] niña mía...: ¡Y tú, la mujer feliz, la mimada de esta casa, sueles quejarte también y' poner el grito en el cielo! Compárate y darás gracias a Dios. Es que la misma hartura de la dicha produce tristeza; por[que] todo hartazgo es una desazón más para curarte, basta que veas levantar una punta del velo que encubre la miseria humana, como lo hago yo ahora. Y todavía hay desventuras mucho mayores, que te horrorizarían si las vieras, aunque fuera de lejos.

existe nada que se resigne a morir, y el error es quizás lo que con más bravura se defiende de la muerte. Cuando el error se ve amenazado de esa ridiculez a que el lenguaje corriente da el nombre de *plancha,* hace desesperados esfuerzos, azuzado por el amor propio, para prolongar su existencia. De los escombros de sus ilusiones deshechas sacó, pues, Jacinta el último argumento, el último; pero lo esgrimió con brío, quizás por lo mismo que ya no tenía más.

—Todo lo que has dicho será verdad: no lo pongo en duda. Pero yo no te digo sino una cosa: ¿Y el parecido?

Lo mismo fue oír esto el Delfín, que partirse de risa.

—¡El parecido! Si no hay tal parecido ni lo puede haber. Sólo existe en tu imaginación. Los chicos de esa edad se parecen siempre a quien quiere el que los mira. Obsérvale bien ahora, examínale las facciones con imparcialidad, pero con imparcialidad y conciencia, ¿sabes?... y si después de esto sigues encontrando parecido, es que hay brujería en ello.

Jacinta le contemplaba en su mente con aquella imparcialidad tan recomendada, y... la verdad... el parecido subsistía... aunque un poquillo borroso y desvaneciéndose por grados. En la desesperación de su inevitable derrota, encontró aún la dama otro argumento.

—Tu mamá también le encontró un gran parecido.

—Porque tú le calentaste la cabeza. Tú y mamá sois dos buenas maniáticas. Yo reconozco que en esta casa hace falta un chiquitín. También yo lo deseo tanto como vosotras; pero esto, hija de mi alma, no se puede ir a buscar a las tiendas, ni lo debe traer Estupiñá debajo de la capa, como las cajas de cigarros. El parecido, convéncete tontuela, no es más que la exaltación de tu pensamiento por causa de esa maldita novela del niño encontrado. Y puedes creerlo, si como historia el caso es falso, como novela es cursi. Si no, fíjate en las personas que te han ayudado al desarrollo de tu obra: Ido del Sagrario, un flatulento; José Izquierdo, un loco de la clase de caballerías; Guillermina, una loca santa, pero loca al fin. Luego viene mamá, que al verte a ti chiflada, se chifla también. Su bondad le oscurece la razón, como a ti, porque sois tan buenas que a veces, créelo, es preciso ataros. No, no te rías; a las personas que son muy buenas, muy buenas, llega un momento en que no hay más remedio que atarlas.

Jacinta se sonreía con tristeza, y su marido le hizo muchas caricias, afanándose por tranquilizarla. Tanto le rogó que se acostara, que al fin accedió a ello.

—Mañana —dijo ella—, irás conmigo a verle.

—A quién... ¿Al chiquillo de Nicolasa?... ¡Yo!

—Aunque no sea más que por curiosidad... Considéralo como una compra que hemos hecho las dos maniáticas. Si compráramos un perrito, ¿no querrías verle?

—Bueno, pues iré. Falta que mamá me deje salir mañana... y bien podría, que este encierro me va cargando ya.

Acostóse Jacinta en su lecho, y al poco rato observó que su esposo dormía. Ella tenía poco sueño y pensaba en lo que acababa de oír. ¡Qué cuadro más triste y qué visión aquella de la miseria humana! También pensó mucho en el *Pituso*. «Se me figura que ahora le quiero más. ¡Pobrecito, tan lindo, tan mono y no parecerse...! Pero si yo me confirmo en que se parece... ¡Que es ilusión! ¿Cómo ha de ser ilusión? No me vengan a mí con cuentos... Aquellos plieguecitos de la nariz cuando se ríe... aquel entrecejo...» Y así estuvo hasta muy tarde.

El 28 por la mañana, ya de vuelta de misa, entró Barbarita en la alcoba del matrimonio joven a decirles que el día estaba muy bueno, y que el enfermo podía salir bien abrigado.

—Os cogéis el coche y os vais a dar una vuelta por el Retiro.

Jacinta no deseaba otra cosa, ni el Delfín tampoco. Sólo que en vez de ir al Retiro, se personaron en casa de Ramón Villuendas. Hallábase éste en el escritorio; pero cuando les vio entrar subió con ellos, deseando presenciar la escena del reconocimiento, que esperaba fuera patética y teatral. Mucho se pasmaron él y Benigna de que Juan viera al pequeñuelo con sosegada indiferencia, sin hacer ninguna demostración de cariño paternal.

—Hola, barbián —dijo Santa Cruz sentándose y cogiendo al chico por ambas manos—. Pues es guapo de veras. Lástima que no sea nuestro... No te apures, mujer, ya vendrá el verdadero *Pituso*, el legítimo, de los propios cosecheros o de la propia tía Javiera.

Benigna y Ramón miraban a Jacinta.

—Vamos a ver —prosiguió el otro constituyéndose en tribunal—. Vengan ustedes aquí y digan imparcialmente, con toda rectitud y libertad de juicio, si este chico se parece a mí.

Silencio. Lo rompió Benigna para decir:

—Verdaderamente... yo... nunca encontré tal parecido.

—¿Y tú? —preguntó Juan a Ramón.

—Yo... pues digo lo mismo que Benigna.

Jacinta no sabía disimular su turbación.

—Ustedes dirán lo que quieran... pero yo... Es que no se fijan bien... Y en último caso, vamos a ver, ¿me negarán que es monísimo?

—¡Ah! eso no... y que tiene que ser un gran pillete. Tiene a quien salir. Su padre fue primero empleado en el *gas;* después punto figurado en la casa de juego del *pulpitillo.*

—¡Punto figurado! ¿Y qué es eso?

—¡Oh! una gran posición... El papá de este niño, si no me engaño, debe de estar ahora tomando aires en Ceuta.

—Eso, eso no —indicó Jacinta con rabia—. ¿También quieres tú infamar a mi niño? Dámele acá... ¿No es verdad, hijo, que tu papá no...?

Todos se echaron a reír. Consolábase ella de su desairada situación besándole y diciendo:

—Mirad cómo me quiere. Pues no, no le abandono, aunque lo mande quien lo mande. Es mío.

—Como que te ha costado tu dinero.

VIII

El chico le echó los brazos al cuello y miró a los demás con rencor, como indignado de la nota infamante que se quería arrojar sobre su estirpe. Los otros niños se le llevaron para jugar, no sin que antes le hiciera Jacinta muchas carantoñas, por lo cual dijo Benigna que no *debía darle tan fuerte.*

—Cállate tú... Digo que no le abandono. Me le llevaré a casa.

—¿Estás loca? —insinuó el Delfín con severidad.

—No, que estoy bien cuerda.

—Vamos, ten discreción... No digo yo tampoco que se le eche a la calle; pero en el Hospicio, bien recomendado, no lo pasaría mal.

—¡En el Hospicio! —exclamó Jacinta con la cara muy encendida—, ¡para que me le manden a los entierros... y le den de comer aquellas bazofias...!

—¿Pero tú qué crees? Eres una criatura. ¿De dónde sacas que así se toman niños ajenos? Chica, chica, estás en pleno romanticismo.

Benigna y su marido manifestaron con enérgicos signos de cabeza que aquello del romanticismo estaba muy bien dicho.

—Pero si yo también le quiero proteger —afirmó Juan apreciando los sentimientos de su mujer y disculpando su exageración—. Ha sido una suerte para él haber caído en nuestras manos librándose de las de Izquierdo. Pero no disloquemos las ideas. Una cosa es protegerle y otra llevárnosle a casa. Aunque yo quisiera darte ese gusto, falta que mi padre lo consintiera. Tus buenos sentimientos te hacen delirar, ¿verdad, Benigna? Yo le he dicho que a las personas muy buenas, muy buenas, es menester atarlas algunas veces. Ésta es un ángel, y los ángeles caen en la tontería de creer que el mundo es el cielo. El mundo no es el cielo, ¿verdad, Ramón?, y nuestras acciones no pueden ser basadas en el criterio angelical. Si todo lo que piensan y sienten los ángeles, como mi mujer, se llevara a la práctica, la vida sería imposible, absolutamente imposible. Nuestras ideas deben inspirarse en las ideas generales, que son el ambiente moral en que vivimos [302]. Yo bien sé que se debe aspirar a la perfección; pero no dando de puntapiés a la armonía del mundo, ¡pues bueno estaría!... a la armonía del mundo, que es... para que lo sepas... un grandioso mecanismo de imperfecciones, admirablemente equilibradas y combinadas. Vamos a ver, ¿te he convencido, sí o no?

---

[302] ¿Es eso precisamente lo que Galdós quiso llevar a la práctica novelística en *Fortunata y Jacinta*? Como sea, la cosa es que estas palabras —y las que siguen hasta la réplica de Jacinta— están expresadas por un representante de la sociedad burguesa de la Restauración, y aunque hay en ellas mucho de cinismo no es menos verdad que son una *constatación*. Porque, como dice José María Jover Zamora («La época de la Restauración. Panorama político social, 1875-1902», en M. Tuñón de Lara, *Historia de España*, VIII, Barcelona, 1981, páginas 294-295): «Unos y otros, *seniores* y *juniores* (en nuestro caso D. Baldomero/Juanito), se entienden a través de un vocabulario de situación en el que las palabras "*orden, realismo, pragmatismo, pacto, evolución*...", etc., se repiten una y otra vez, en las Cortes y en la Prensa. Se enfatizan las expresiones "paz", "sosiego", "prudencia", como hermanas de "prosperidad económica", "confianza financiera", "euforia inversora", y opuestas a "radicalismo", "utopismo" y "demagogia" (...) Posibilismo, practicismo y pactismo constituirán, sin duda, el triángulo de notas definitorias del talante realista y positivo de la vida política de la Restauración"... Unos y otros, *seniores* y *juniores*, doctrinarios y positivistas, marcados por la experiencia o por el recuerdo del 69 y el 73, identifican "pueblo" con "desmán callejero" y con "desorden"... En la defensa del "orden social", todos están de acuerdo. Y este orden social apunta, en todo caso, al logro de una sociedad burguesa en la que al pueblo, como tal, le corresponde un papel de subordinación teñida de marginación, sin más salvación posible que el ascenso individual a la "sociedad" por antonomasia; una sociedad burguesa que sirve valores unitarios, que proclama valores aristocráticos.»

—Así, así —replicó Jacinta muy triste, un poco aturdida por las paradojas de su marido.

Jacinta tenía la idea tan alta de los talentos y de las sabias lecturas del Delfín, que rara vez dejaba de doblegarse ante ellas, aunque en su fuero interno guardase algunos juicios independientes que la modestia y la subordinación no le permitían manifestar. No habían transcurrido diez segundos después de aquel *así, así,* cuando se oyó una gran chillería.

—¿Qué es, qué hay?

¡Qué había de ser sino alguna barbaridad de Juanín! Así lo comprendió Benigna, corriendo alarmada al comedor, de donde el temeroso estrépito venía.

—¡Bien por los chicos valientes! —dijo Santa Cruz, a punto que Ramón Villuendas se despedía para bajar al escritorio. Jacinta corrió al comedor y a poco volvió aterrada.

—¿No sabes lo que ha hecho? Había en el comedor una bandeja de arroz con leche. Juanín se sube sobre una silla y empieza a coger el arroz con leche a puñados... así, así, y después de hartarse, lo tira por el suelo y se limpia las manos en las cortinas.

Oyóse la voz de Benigna, hecha una furia:

—Te voy a matar... ¡indecente! ¡cafre!

Los demás chicos aparecieron chillando. Jacinta les regañó:

—Pero vosotros, tontainas, ¿no veíais lo que estaba haciendo? ¿Por qué no avisásteis? ¿Es que le dejais enredar para después reiros y armar estos alborotos?

—Mujer, llévate, llévate de una vez de mi casa este cachorro de tigre —dijo Benigna, entrando muy soliviantada—. ¡Virgen del Carmen, mi bandeja de arroz con leche!

Los chicos de Villuendas saltaban gozosos.

—Vosotros tenéis la culpa, bobones; vosotros que le azuzáis —díjoles la tiíta, que en alguien tenía que descargar su enfado.

—Tú le tienes que lavar —manifestó Benigna, sin cejar en su cólera, —tú, tú. ¡Cómo me ha puesto las cortinas!

—Bueno, mujer, le lavaré. No te apures.

—Y vestirle de limpio. Yo no puedo. Bastante tengo con los míos... Y nada más.

—Vaya, no alborotes tanto, que todo ello es poca cosa.

Jacinta y su marido fueron al comedor, donde le encontraron hecho un adefesio, cara, manos y vestido llenos de aquella pringue.

—Bien, bien por los hombres bravos —gritó Juan en presencia de la fiera—. Mano al arroz con leche. Me hace gracia este muchacho.

—Te voy a matar, pillo —le dijo su mamá adoptiva, arrodillándose ante él y conteniendo la risa—. Te has puesto bonito... Verás que jabonadura te vas a llevar.

Mientras duró el lavatorio, los Villuendas chicos se enracimaban en torno a su tiíto, subiéndosele a las rodillas y colgándosele de los brazos para contarle las grandes cochinadas que hacía el bruto de Juanín. No sólo se comía las velas, sino que lamía los platos, y *dimpués*... tiraba los tenedores al suelo. Cuando su papá Ramón le reprendía, le enseñaba la lengua, diciendo *hostias* y otras *isprisiones* feas, y *dimpués*... hacía una cosa muy indecente, ¡vaya! que era levantarse el vestido por detrás, dar media vuelta echándose a reír y enseñar el culito.

Santa Cruz no podía permanecer serio. Volvió al fin Jacinta, trayendo de la mano al delincuente ya lavado y vestido de limpio, y a poco entró Benigna, completamente aplacada, y encarándose con su cuñado, le dijo con la mayor seriedad:

—¿Tienes ahí un duro? No tengo suelto.

Juan se apresuró a sacar el duro, y en el mismo momento en que lo ponía en la mano de Benigna, Jacinta y los chicos soltaron una carcajada. Santa Cruz cayó de su burro.

—Me la has dado, chica. No me acordaba de que es hoy día de Inocentes. Buena ha sido, buena. Ya me extrañó a mí un poco que en esta casa del dinero no hubiera suelto.

—Tomad —dijo Benigna a los niños—; vuestro tiíto os convida a dulces.

—Para inocentadas —indicó Juan riendo—, la que nos ha querido dar mi mujer.

—A mí no, —replicó Benigna—. Aquí hemos hablado mucho de esto, y la verdad, él podría ser auténtico; pero la tostada del parecido no la encontrábamos. Y pues resulta que esta preciosa fierecita no es de la familia... yo me alegro, y pido que me hagan el favor de quitármela de casa. Bastantes jaquecas me dan las mías.

Jacinta y su marido le rogaron al retirarse que le tuviese un día más. Ya decidirían.

Cosas muy crueles había de oír Jacinta aquel día, pero de cuanto oyó nada le causara tanto asombro y descorazonamiento como estas palabras que Barbarita le dijo al oído:

—Baldomero está incomodado con tu bromazo. Juan le habló claro. No hay tal hijo ni a cien mil leguas. La verdad, tú te precipitaste; y en cuanto al parecido... Hablando con franqueza, hija; no se parece nada, pero nada.

Era lo que le quedaba que oír a Jacinta.

—Pero usted... ¡por la Virgen santísima! también... —atrevióse a decir cuando el espanto se lo permitió—, también usted creyó...

—Es que se me pegaron tus ilusiones —replicó la suegra esforzándose en disculpar su error—. Dice Juan que es manía; yo lo llamo ilusión, y las ilusiones se pegan como las viruelas. Las ideas fijas son contagiosas. Por eso, mira tú, por eso tengo yo tanto miedo a los locos y me asusto tanto de verme a su lado. Es que cuando alguno está cerca de mí y se pone a hacer visajes, me pongo también yo a hacer lo mismo. Somos monos de imitación... Pues sí, convéncete, lo del parecido es ilusión, y las dos... lo diré muy bajito, las dos hemos hecho una soberbia plancha. ¿Y ahora, qué hacer? No se te pase por la cabeza traerle aquí. Baldomero no lo consiente, y tiene mucha razón. Yo... si he de decirte la verdad, le he tomado cariño. ¡Ay!, sus salvajadas me divierten. ¡Es tan mono! ¡Qué ojitos aquellos! ¿Pues y los pliegueecitos de la nariz?... Y aquella boca, aquellos labios, el piquito que hace con los labios, sobre todo. Ven acá y verás el nacimiento que le compré.

Llevó a Jacinta a su cuarto de vestir y después de mostrarle el nacimiento, le dijo:

—Aquí hay más contrabando. Mira. Esta mañana fui a las tiendas, y... aquí tienes: medias de color, un traje de punto, azul, a estilo inglés. Mira la gorra que dice *Numancia*. Éste es un capricho que yo tenía. Estará saladísimo. Te juro que si no le veo con el letrero en la frente, voy a tener un disgusto.

Jacinta oyó y vio esto con melancolía.

—¡Si supiera usted lo que hizo esta mañana! —dijo.

Y contó el lance del arroz con leche.

—¡Ay, Dios mío, qué gracioso!... Es para comérselo... Yo, te digo la verdad, le traería a casa si no fuera porque a Baldomero y a Juan no le gustan estos tapujos... ¡Ay!, de veras te lo digo. No puede una vivir sin tener algún ser pequeñito a quien adorar. ¡Hija de mi alma! es una gran desgracia para todos que tú no nos *des* algo.

A Jacinta se le clavó esta frase en el corazón, y estuvo temblando un rato en él y agrandando la herida, como sucede con las flechas que no se han clavado bien.

—Pues sí, esta casa es muy... muy sosona. Le falta una criatura que chille y alborote, que haga diabluras, que nos traiga a todos mareados. Cuando le hablo de esto a Baldomero, se ríe de mí; pero bien se le conoce que es hombre dispuesto a andar por esos suelos a cuatro pies, con los chicos a la pelea.

—Puesto que Benigna no le quiere tener —dijo la nuera—, ni es posible tampoco tenerle aquí, le pondremos en casa de Candelaria. Yo le pasaré un tanto al mes a mi hermana para que el huésped no sea una carga pesada...

—Me parece muy bien pensado; pero muy bien pensado. Estás como las gatas paridas, escondiendo las crías hoy aquí, mañana allá.

—¿Y qué remedio hay?... Porque lo que es al Hospicio no va. Eso que no lo piensen... ¡Qué cosas se le ocurren a mi marido! Ya, como a él no le han hecho ir nunca a los entierros, pisando lodos, aguantando la lluvia y el frío, le parece muy natural que el otro pobrecito se críe entre ataúdes... Sí, está fresco.

—Yo me encargo de pagarle la pensión en casa de Candelaria —dijo Barbarita, secreteándose con su hija como los chiquillos que están concertando una travesura—. Me parece que debo empezar por comprarle una camita. ¿A ti qué te parece?

Replicó la otra que le parecía muy bien y se consoló mucho con esta conversación, dándose a forjar planes y a imaginar goces maternales. Pero quiso su mala suerte que aquel mismo día o el próximo cortase el vuelo de su mente D. Baldomero, el cual la llamó a su despacho para echarle el siguiente sermón:

—Querida, me ha dicho Bárbara que estás muy confusa por no saber qué hacer con ese muchacho. No te apures; todo se arreglará. Porque tú te ofuscaras, no vamos a echarle a la calle. Para otra vez, bueno será que no te dejes llevar de tu buen corazón... tan a paso de carga, porque todo debe moderarse, hija, hasta los impulsos sublimes... Dice Juan, y está muy en lo justo, que los procedimientos angelicales trastornan la sociedad. Como nos empeñemos todos en ser perfectos, no nos podremos aguantar unos a otros, y habría que andar a bofetadas... Bueno, pues te decía, que ese pobre niño queda bajo mi protección; pero no vendrá a esta casa, porque sería indecoroso, ni a la casa de ninguna persona de la familia, porque parecería tapujo.

No estaba conforme con estas ideas Jacinta; pero el respeto que su padre político le inspiraba le quitó el resuello, imposibilitándola de expresar lo mucho y bueno que se le ocurría [303a].

—Por consiguiente —prosiguió el respetable señor tomándole a su nuera las dos manos—, ese caballerito que compraste será puesto en el asilo de Guillermina... No hay que fruncir las cejas. Allí estará como en la gloria. Ya he hablado con la santa. Yo le pensiono, para que se le dé educación y una crianza conveniente [304]. Aprenderá un oficio, y quién sabe, quién sabe si una carrera. Todo está en que saque disposición. Paréceme que no te entusiasmas con mi idea. Pero reflexiona un poquito y verás que no hay otro camino... Allí estará tan ricamente, bien comido, bien abrigado... Ayer le di a Guillermina cuatro piezas de paño del Reino para que les haga chaquetas. Verás qué guapines les va a poner. ¡Y que no les llenan bien la barriga en gracia de Dios! Observa, si no, los cachetes que tienen, y aquellos colores de manzana. Ya quisieran muchos niños, cuyos papás gastan levita y cuyas mamás se zarandean por ahí, estar tan lucios y bien apañados como están los de Guillermina.

Jacinta se iba convenciendo, y cada vez sentía menos fuerza para oponerse a las razones de aquel excelente hombre.

—Sí; aquí donde me ves —agregó Santa Cruz con jovialidad—, yo también le tengo cariño a ese muñeco... quiero decir no me libré del contagio de vuestra manía de meter chicos en esta casa. Cuando Bárbara me lo dijo, estaba ella tan creída de que era mi nieto, que yo también me lo tragué. Verdad que exigí pruebas... pero mientras venían las tales pruebas, perdí la chaveta... ¡cosas de viejo!, y estuve todo aquel día haciendo catálogos. Yo procuraba no darle mucha cuerda a Bárbara, ni

---

[a] [Lástima que así fuera. Había de oír D. Baldomero cosas que bien podrían ponerse enfrente de las sabidurías paradógicas de su hijo.]

[303] Jacinta no se atreve, en numerosas ocasiones, a expresar sus ideas. De hacerlo, rompería la falsa armonía existente en la casa de sus suegros, quienes la casaron con Juanito y, como viene a decir hacia el final de la novela la *santa* Guillermina, *el que paga dispone*. También Jacinta, no sólo Fortunata, tiene que «entrar por el aro». Conviene tener esto presente al leer el magnífico artículo de Carlos Blanco Aguinaga, «Entrar por el aro: restauración del "orden" y educación de Fortunata», en *La historia y el texto literario. 3 novelas de Galdós*, Madrid, 1978, págs. 49-94.
[304] El celo por educar a los demás contrasta con el «error pedagógico» cometido con Juanito. Cfr. I, nota 35.

dejarme arrastrar por ella, y me decía: «Tengamos serenidad y no chocheemos hasta ver...» Pero pensando en ello, te lo digo ahora en confianza, salí a la calle, me reía solo, y sin saber lo que me hacía, me metí en el Bazar de la Unión y...

Don Baldomero, acentuando más su sonrisa paternal, abrió una gaveta de su mesa y sacó un objeto envuelto en papeles.

—Y le compré esto... Es un acordeón. Pensaba dárselo cuando lo trajerais a casa... Verás que instrumento tan bonito y qué buenas voces... veinticuatro reales.

Cogiendo el acordeón por las dos tapas, empezó a estirarlo y a encogerlo, haciendo *flin flan* repetidas veces. Jacinta se reía, y al propio tiempo se le escaparon dos lágrimas. Entró entonces de improviso Barbarita, diciendo:

—¿Qué música es ésta?... A ver, a ver.

—Nada, querida —declaró el buen señor acusándose francamente—. Que a mí también se me fue el santo al Cielo. No lo quería decir. Cuanto tú me saliste con que lo del nieto era una novela, *flin flan,* me dio la idea de tirar esta música a la calle, sin que nadie la viera; pero ya que se compró para él, *flin flan,* que la disfrute... ¿no os parece?

—A ver, dame acá —indicó Barbarita contentísima, ansiosa de tañer el pueril instrumento—. ¡Ah!, calavera, así me gastas el dinero en vicios. Dámelo... lo tocaré yo... *flin flan...* ¡Ay!, no sé qué tiene esto... ¡Da un gusto oírlo! Parece que alegra toda la casa.

Y salió tocando por los pasillos y diciendo a Jacinta:

—Bonito juguete... ¿verdad? Ponte la mantilla, que ahora mismo vamos a llevárselo, *flin flan...*

XI

Final, que viene a ser principio

I

Quien manda, manda. Resolvióse la cuestión del *Pituso*
conforme a lo dispuesto por don Baldomero, y la propia
Guillermina se lo llevó una mañanita a su asilo, donde quedó
instalado. Iba Jacinta a verle muy a menudo, y su suegra la
acompañaba casi siempre. El niño estaba tan mimado, que la
fundadora del establecimiento tuvo que tomar cartas en el
asunto, amonestando severamente a sus amigas y cerrándoles
la puerta no pocas veces. En los últimos días de aquel infausto
año, entráronle a Jacinta melancolías, y no era para menos,
pues el desairado y risible desenlace de la novela *Pitusiana* [305]
hubiera abatido al más pintado. Vinieron luego otras cosillas,
menudencias si se quiere, pero como caían sobre un espíritu ya
quebrantado, resultaban con mayor pesadumbre de la que por
sí tenían. Porque Juan, desde que se puso bueno y tomó calle,
dejó de estar tan expansivo, sobón y dengoso como en los días
del encierro, y se acabaron aquellas escenas nocturnas en que
la confianza imitaba el lenguaje de la inocencia. El Delfín
afectaba una gravedad y un seso propios de su talento y
reputación; pero acentuaba tanto la postura, que parecía que-

---

[305] Se establece un paralelismo entre la novela *Pitusiana* y la historia *amadeísta-republicana* cuyos desenlaces tienen lugar al terminar el
«infausto año 1873». Claro que estos desenlaces «vienen a ser principio» —como reza el encabezamiento de este capítulo XI— porque
Juan «se puso bueno y tomó calle». La vida —la novela— sigue...

rer olvidar con una conducta sensata las chiquilladas del periodo catarral. Con su mujer mostrábase siempre afable y atento, pero frío, y a veces un tanto desdeñoso. Jacinta se tragaba este acíbar sin decir nada a nadie. Sus temores de marras empezaban a condensarse, y atando cabos y observando pormenores, trataba de personalizar las distracciones de su marido. Pensaba primero en la institutriz de las niñas de Casa-Muñoz, por ciertas cosillas que había visto casualmente, y dos o tres frases, cazadas al vuelo, de una conversación de Juan con su confidente Villalonga. Después tuvo esto por un disparate y se fijó en una amiga suya, casada con Moreno Vallejo, tendero de novedades de muy reducido capital. Dicha señora gastaba un lujo estrepitoso, dando mucho que hablar. Había pues, un amante. A Jacinta se le puso en la cabeza que éste era el Delfín, y andaba desalada tras una palabra, un acento, un detalle cualquiera que se lo confirmase. Más de una vez sintió las cosquillas de aquella rabietina infantil que le entraba de sopetón, y daba patadillas en el suelo y tenía que refrenarse mucho para no irse hacia él y tirarle del pelo diciéndole: *pillo... farsante,* con todo lo demás que en una gresca matrimonial se acostumbra. Lo que más la atormentaba era que le quería más cuando él se ponía tan juicioso haciendo el bonitísimo papel de una persona que está en la sociedad para dar ejemplo de moderación y buen criterio. Y nunca estaba Jacinta más celosa que cuando su marido se daba aquellos aires de formalidad, porque la experiencia le había enseñado a conocerle, y ya se sabía, cuando el Delfín se mostraba muy decidor de frases sensatas, envolviendo a la familia en el incienso de su argumentación paradójica, *picos pardos* seguros.

Vinieron días marcados en la historia patria por sucesos resonantes, y aquella familia feliz discutía estos sucesos como los discutíamos todos. ¡El 3 de enero de 1874!... ¡El golpe de Estado de Pavía![306] No se hablaba de otra cosa, ni había

---

[306] El 2 de enero de 1874 irrumpió la crisis política que se vino gestando a lo largo de 1873. Se discutió en el Congreso hasta altas horas de la noche si debería encargarse de formar gobierno Castelar o Pi; es decir, la derecha o la izquierda. A la mañana siguiente, 3 de enero de 1874, el general Manuel Pavía decidió ocupar Madrid militarmente y rodeó el Congreso. Por la tarde, la Guardia Civil disolvió el parlamento. Pavía, que justificó su actuación porque quería «salvar la sociedad y el país», tendió un «puente hacia la Restauración» (acertada metáfora de Tuñón de Lara, *La España del siglo XIX,* pági-

nada mejor de qué hablar. Era grato al temperamento español un cambio teatral de instituciones, y volcar una situación como se vuelca un puchero electoral. Había estado admirablemente hecho, según D. Baldomero, y el ejército había salvado *una vez más* a la desgraciada nación española. El consolidado había llegado a 11 y las acciones del Banco a 138. El crédito estaba hundido[a]. La guerra y la anarquía no se acababan; habíamos llegado al *periodo álgido del incendio,* como decía Aparisi, y pronto, muy pronto, el que tuviera una peseta la enseñaría como cosa rara[b].

---

[a] [La seguridad personal era un *mito,* como decía Aparisi.]

[b] Benito Pérez Galdós escribió la siguiente nota marginal y tachó los párrafos que copio a continuación: «Esto se quita; pero no se distribuye, porque si la obra hace mucho menos de los 30 pliegos se volverá a meter quizás.»

Juanito, que siempre se ponía en contra de la corriente general de las ideas, decía que aquel suceso era sí... una salvación de momento. Pero el derecho de las naciones no se escribía con las bayonetas, y mientras en España prevaleciera esta manera de legislar, no haríamos más que variar la venda y el ungüento de nuestras llagas sin curarlas nunca.

—Déjame a mí de historias —replicó D. Baldomero, con el aplomo del que esgrime el argumento de la opinión triunfante.

—Si se admite que unos cuantos soldados salven al país, no se asuste nadie de que otros cuantos lo pierdan. El día en que un regimiento se subleve por cualquier idea, con qué cara le digo al soldado: «métete en tu cuartel y déjanos en paz»? El soldado me contestará: «¿Ésas tenemos? Acuérdate, burgués, de cuando por salvarte de la demagogia, me llamaste héroe y me aplaudiste. Pues ahora me da la gana de traerte a D. Carlos, y quien dice don Carlos, dice los cantonales otra vez, Pi presidente, o Roque Barcia o el número mil y tantos de Figueras, en fin, lo que a mí se me antoja.» Qué le contestaré, a ver?

Hasta aquí todo iba bien, y el buen señor se defendía admirablemente con las ideas generales. Estas ideas habían llegado a formar una atmósfera tan espesa, que no sólo se respiraban, sino que aun las personas que menos discurren por sí, se lucían en una discusión sobre tal tema, por la fuerza de la lógica que tomaban del ambiente. Pero D. Baldomero empezó a tambalearse cuando su ilustrado hijo sacó a relucir los pretorianos y varios incidentes de la historia de Inglaterra y Francia. Porque el anciano Santa Cruz no conocía más historia que la *del Reino* y esa fresquecita, desde al año 12 para acá. Doblando la cabeza ante el saber de aquella gloria de la familia, siguió defendiéndose en retirada. «Eso será muy bonito. Pero aquí no se podía vivir, y como lo primero es vivir... Lo primero es que haya país...»

na 251.) Galdós insiste una vez más en que la burguesía tendía a hacer lecturas economicistas de las crisis políticas.

Deseaban todos que fuese Villalonga a la casa para que les contara la memorable sesión de la noche del 2 al 3, porque la había presenciado en los escaños rojos. Pero el representante del país no aportaba por allá. Por fin se apareció el día de Reyes por la mañana. Pasaba Jacinta por el recibimiento, cuando el amigo de la casa entró.

—Tocaya, buenos días... ¿Cómo están por aquí? ¿Y el monstruo, se ha levantado ya?

Jacinta no podía ver al dichoso tocayo. Fundábase esta antipatía en la creencia de que Villalonga era el corruptor de su marido y el que le arrastraba a la infidelidad.

—Papá ha salido —díjole no muy risueña. —¡Cuánto sentirá no verle a usted para que le cuente eso!... ¿Tuvo usted mucho miedo? Dice Juan que se metió usted debajo de un banco.

—¡Ay, qué gracia! ¿Ha salido también Juan?

—No, se está vistiendo. Pase usted.

Y fue detrás de él, porque siempre que los dos amigos se encerraban, hacía ella los imposibles por oír lo que decían, poniendo su orejita rosada en el resquicio de la mal cerrada puerta. Jacinto esperó en el gabinete, y su tocaya entró a anunciarle.

—Pero qué, ¿ha venido ya ese pelagatos?

—Sí... resalao... aquí estoy.

—Pasa, danzante... ¡Dichosos los ojos...!

El amigote entró. Jacinta notaba en los ojos de éste algo de intención picaresca. De buena gana se escondería detrás de una cortina para estafarles sus secretos a aquel par de tunantes. Desgraciadamente tenía que ir al comedor a cumplir ciertas órdenes que Barbarita le había dado... Pero daría una vueltecita, y trataría de pescar algo...

—Cuenta, chico, cuenta. Estábamos rabiando por verte.

Y Villalonga dio principio a su relato delante de Jacinta; pero en cuanto ésta se marchó, el semblante del narrador inundóse de malicia. Miraron ambos a la puerta; cercioróse el compinche de que la esposa se había retirado, y volviéndose hacia el Delfín, le dijo con la voz temerosa que emplean los conspiradores domésticos:

—¿Chico, no sabes... la noticia que te traigo...? ¡Si supieras a quién he visto! ¿Nos oirá tu mujer?

—No, hombre, pierde cuidado —replicó Juan poniéndose los botones de la pechera—. Claréate pronto.

—Pues he visto a quien menos puedes figurarte... Está aquí.

—¿Quién?

—Fortunata... Pero no tienes idea de su transformación. ¡Vaya un cambiazo! Está guapísima, elegantísima. Chico, me quedé turulato cuando la vi.

Oyéronse los pasos de Jacinta. Cuando apareció levantando la cortina, Villalonga dio una brusca retorcedura a su discurso:

—No, hombre, no me has entendido, la sesión empezó por la tarde y se suspendió a las ocho. Durante la suspensión se trató de llegar a una inteligencia. Yo me acercaba a todos los grupos a oler aquel guisado... ¡jum! malo, malo; el ministerio Palanca se iba cociendo, se iba cociendo[307]... A todas éstas... ¡figúrate si estarían ciegos aquellos hombres!... a todas éstas, fuera de las Cortes se estaba preparando la máquina para echarles la zancadilla. Zalamero y yo salíamos y entrábamos a turno para llevar noticias a una casa de la calle de la Greda[308], donde estaban Serrano, Topete[309] y otros. «Mi general, no se entienden. Aquello es una balsa de aceite... hirviendo. Tumban a Castelar. En fin, se ha de ver ahora.» «Vuelva usted allá. ¿Habrá votación?» «Creo que sí.» «Tráiganos usted el resultado.»

—El resultado de la votación —indicó Santa Cruz—, fue contrario a Castelar. Di una cosa, ¿y si hubiera sido favorable?

—No se habría hecho nada. Tenlo por cierto. Pues como te decía, habló Castelar...

----

[307] La noche del 2 de enero de 1874 el Gobierno de Castelar es derrotado en una votación. Esa misma noche se propuso votar un gobierno de centro-izquierda bajo la presidencia de Palanca quien tenía la intención de amnistiar a los cantonalistas de Cartagena. Pero el día 3 de enero rodearon e irrumpieron en las Cortes las tropas de Pavía. De ahí la irónica apostilla de Villalonga-Galdós: «... ¡figúrate si estarían ciegos aquellos hombres!..., a todas éstas, fuera de las Cortes se estaba preparando la máquina para echarles la zancadilla.»

[308] La calle de la Greda, en la actualidad calle de los Madrazo, es paralela a la calle de Zorrilla (parte trasera de las Cortes), y está situada entre la calle de Cedaceros y el Paseo de Recoletos.

[309] Tras el golpe de Pavía contra la república de izquierdas, el general Serrano presidió un gobierno unitario y de signo conservador. Juan Bautista Topete (1821-1885), hijo y nieto de militares, fue un gran marino. Tomó parte en el bombardeo de Valparaíso y en el combate del Callao. Durante un tiempo perteneció a la Unión Liberal, pero con Prim y Serrano fue uno de los artífices de la Revolución de septiembre de 1868. Fue ministro de Marina y de Ultramar durante la Gloriosa. Luchó contra los carlistas y se opuso al pronunciamiento de Sagunto.

Jacinta ponía mucha atención a esto; pero entró Rafaela a llamarla y tuvo que retirarse.

—Gracias a Dios que estamos solos otra vez —dijo el compinche después que la vio *salir*—. ¿Nos oirá?

—¿Qué ha de oír?... ¡Qué medroso te has vuelto! Cuenta, pronto. ¿Dónde la viste?

—Pues anoche... estuve en el Suizo hasta las diez. Después me fui un rato al Real, y al salir ocurrióme pasar por *Praga*[310] a ver si estaba allí Joaquín Pez, a quien tenía que decir una cosa. Entro y lo primero que me veo es una pareja... en las mesas de la derecha... Quedéme mirando como un bobo... Eran un señor y una mujer vestida con una elegancia... ¿cómo te diré? con una elegancia improvisada. «Yo conozco esa cara», fue lo primero que se me ocurrió. Y al instante caí... «¡Pero si es esa condenada de Fortunata...!» Por mucho que yo te diga, no puedes formarte idea de la metamorfosis... Tendrías que verla por tus propios ojos. Está de rechupete. De fijo que ha estado en París, porque sin pasar por allí no se hacen ciertas transformaciones... Púseme todo lo cerca posible, esperando oírla hablar. «¿Cómo hablará?», me decía yo. Porque el talle y el corsé, cuando hay dentro calidad, los arreglan los modistos fácilmente; pero lo que es el lenguaje... Chico, habías de verla y te quedarías lelo, como yo. Dirías que su elegancia es de lance y que no tiene aire de señora... Convenido; no tiene aire de señora; ni falta... pero eso no quita que tenga un aire seductor, capaz de... Vamos, que si la ves, tiras piedras. Te acordarás de aquel cuerpo sin igual, de aquel busto estatuario, de esos que se dan en el pueblo y mueren en la oscuridad cuando la civilización no los busca y los *presenta*. Cuántas veces lo dijimos: «¡Si este busto supiera explotarse...!» Pues ¡hala!, ya lo tienes en perfecta explotación. ¿Te acuerdas de lo que sostenías?... «El pueblo es la cantera. De él salen las grandes ideas y las grandes bellezas. Viene luego la inteligencia, el arte, la mano de obra, saca el bloque, lo talla»... Pues chico, ahí la tienes bien labrada... ¡Qué líneas tan primorosas!... Por supuesto, hablando, de fijo que mete la pata. Yo me acercaba con disimulo. Comprendí que me había conocido y que mis miradas la cohibían... ¡Pobrecilla! Lo elegante no le

---

[310] Los cafés Suizo y de Praga estaban en la calle de Alcalá. Cfr. A. Soto, *El Madrid de la Primera República*, pág. 9. (El café Suizo es nombrado en este libro —otros, como Fernández de los Ríos, lo hacen también— café Helvético.)

quitaba lo ordinario, aquel no sé qué de pueblo, cierta timidez que se combina no sé cómo con el descaro, la conciencia de valer muy poco, pero muy poco, moral e intelectualmente, unida a la seguridad de esclavizar... ¡ah, bribonas!, a los que valemos más que ellas... digo, no me atrevo a afirmar que valgamos más, como no sea por la forma... En resumidas cuentas, chico, está que *ahuma*. Yo pensaba en la cantidad de agua que había precedido a la transformación. Pero ¡ah!, las mujeres aprenden esto muy pronto. Son el mismo demonio para asimilarse todo lo que es del reino de la *toilette*. En cambio, yo apostaría que no ha aprendido a leer... Son así; luego dicen que si las pervertimos. Pues volviendo a lo mismo, la metamorfosis es completa. Agua, figurines, la fácil costumbre de emperejilarse; después seda, terciopelo, el sombrerito...

—¡Sombrero! —exclamó Juan en el colmo de la estupefacción.

—Sí; y no puedes figurarte lo bien que le cae. Parece que lo ha llevado toda la vida... ¿Te acuerdas del pañolito por la cabeza con el pico arriba y la lazada?... ¡Quién lo diría! ¡Qué transiciones!... Lo que te digo... Las que tienen genio, aprenden en un abrir y cerrar de ojos. La raza española es tremenda, chico, para la asimilación de todo lo que pertenece a la forma... ¡Pero si habías de verla tú...! Yo, te lo confieso, estaba pasmado, absorto, embebe...

¡Ay Dios mío! entró Jacinta, y Villalonga tuvo que dar un quiebro violentísimo...

—Te digo que estaba embebecido. El discurso de Salmerón fue admirable... pero de lo más admirable... Aún me parece que estoy viendo aquella cara de *hijo del desierto*, y aquel movimiento horizontal de los ojos y la gallardía de los gestos. Gran hombre; pero yo pensaba: «No te valen tus filosofías; en buena te has metido, y ya verás la que te tenemos armada.» Habló después Castelar. ¡Qué discursazo! ¡Qué valor de hombre! ¡Cómo se crecía! Parecíame que tocaba al techo. Cuando concluyó: «A votar, a votar [311]...»

---

[311] Pero al término de la votación, según cuenta Galdós en *De Cartago a Sagunto*, págs. 472-473: «Aparecieron... (en las Cortes) soldados con armas. Su aire era tímido, receloso. En su actitud se conocía que traían orden de no hacer daño. La grandeza del salón, la muchedumbre de personas, las voces airadas, les mantuvieron un instante en cierta perplejidad... ¡Pobres hijos de España! ¡Y os sacaron de vuestros hogares para consumar tal crimen!... Algunos diputados se

Jacinta volvió a salir sin decir nada. Sospechaba quizás que en su ausencia los tunantes hablaban de otro asunto, y se alejó con ánimo de volver y aproximarse cautelosa.

—Y aquel hombre... ¿quién era? —preguntó el Delfín que sentía el ardor de una curiosidad febril.

II

—Te diré... desde que le vi, me dije: «Yo conozco esa cara.» Pero no pude caer en quién era. Entró Pez y hablamos... Él también quería reconocerle. Nos devanábamos los sesos. Por fin caímos en la cuenta de que habíamos visto a aquel sujeto dos días antes en el despacho del director del Tesoro. Creo que hablaba con éste del pago de unos fusiles encargados a Inglaterra. Tiene acento catalán, gasta bigote y perilla... cincuenta años... bastante antipático. Pues verás; como Joaquín y yo la mirábamos tanto, el tío aquel se escamaba. Ella no *se*

abalanzaron hacia la tropa, agrediéndola con sus bastones y tratando de desarmarla. Entre aquel torbellino se abrió paso el coronel de la Guardia Civil, señor Iglesias, alto, viejo, de blanco bigote y aire militar. Tricornio en mano, subió a la Presidencia y habló con Salmerón (presidente del Congreso)... En esto sonó un tiro. Luego otros y otros... Terrible pánico... Colocándome en el Salón de Sesiones vi a don Nicolás (Salmerón) ponerse el sombrero y descender pausadamente de la Presidencia... En el banco azul, Castelar, con semblante dolorido y actitud de suprema consternación, permanecía en su sitio como un estoico que apura el cumplimiento del deber hasta el último instante. Dirigí una mirada al hemiciclo, y la soledad de los escaños me dio la impresión del hielo de la muerte. Lucían los mecheros de gas como funerarias antorchas... La conciencia de mis deberes, como emborronador de páginas históricas, me llevó a revistar las fuerzas apostadas a lo largo del palacio de Medinaceli, calles de Floridablanca, Greda, Turco y Alcalá. Allí, junto al jardín de Buenavista, vi a Pavía y Alburquerque, rodeado de un Estado Mayor no menos nutrido y brillante que el de Napoleón en la batalla de Austerlitz... Todo lo que pasó ante mis ojos desde los comienzos del escrutinio hasta mi salida del Congreso se me presentó con un carácter y matiz enteramente cómicos... En aquel día tonto, el Parlamento y el Pueblo fueron dos malos cómicos que no sabían su papel, y el Ejército suplantó, con solo cuatro tiros al aire, la voluntad de la Patria dormida.» En *Fortunata y Jacinta* narra estos acontecimientos enhebrando en ellos, como se ha visto antes, y se verá en las páginas que siguen, el principio de un nuevo capítulo sentimental de Juanito Santa Cruz.

timaba... parecía como vergonzosa... ¡y qué mona estaba con su vergüenza! ¿Te acuerdas de aquel palmito descolorido con cabos negros? Pues ha mejorado mucho, porque está más gruesa, más llena de cara y de cuerpo.

Santa Cruz estaba algo aturdido. Oyóse la voz de Barbarita, que entraba con su nuera.

—Salí de estampía... —siguió Villalonga— a anunciar a los amigos que había empezado la votación... A los pies de usted, Barbarita... Yo bien, ¿y usted? Aquí estaba contando... Pues decía que eché a correr...

—Hacia la calle de la Greda.

—No... los amigos se habían trasladado a una casa de la calle de Alcalá, la de Casa-Irujo, que tiene ventanas al parque del ministerio de la Guerra[312]... Subo y me les encuentro muy desanimados. Me asomé con ellos a las ventanas que dan a Buenavista, y no vi nada... «¿Pero a cuándo esperan? ¿En qué están pensando?...» Francamente, yo creí que el golpe se había chafado y que Pavía no se atrevía a echar las tropas a la calle. Serrano, impaciente, limpiaba los cristales empañados, para mirar, y abajo no se veía nada. «Mi general —le dije—, yo veo una faja negra, que así de pronto, en la oscuridad de la noche, parece un zócalo... Mire usted bien, ¿no será una fila de hombres?» «¿Y qué hacen ahí pegados a la pared?» «Vea usted, vea usted, el zócalo se mueve. Parece una culebra que rodea todo el edificio y que ahora se desenrosca... ¿Ve usted?... la punta se extiende hacia las rampas.» «Soldados son», dijo en voz baja el general, y en el mismo instante entró Zalamero con medio palmo de lengua fuera, diciendo: «La votación sigue: la ventaja que llevaba al principio Salmerón, la lleva ahora Castelar... nueve votos... Pero aún falta por votar la mitad del Congreso...» Ansiedad en todas las caras... A mí me tocaba entonces ir allá, para traer el resultado final de la votación... Tras, tras... cojo mi calle del Turco, y entrando en el Congreso, me encontré a un periodista que salía: «La

---

[312] Esta casa, en cuyos terrenos se construyó en 1910 el edificio del actual Banco Central, se encontraba en la calle Alcalá esquina a la del Barquillo (cerca de Cibeles). Las ventanas daban (y dan) a los jardines del Palacio de Buenavista (entre la calle de Alcalá y Recoletos), ocupado desde 1848 por el Ministerio de la Guerra. Este palacio, construido por los duques de Alba, tiene una de las mejores vistas y jardines privados de Madrid. Cfr. Fernández de los Ríos, *Guía de Madrid*, pág. 251 y la *Guía de Madrid*, Madrid, 1982, pág. 189.

proposición lleva diez votos de ventaja. Tendremos ministerio Palanca.» ¡Pobre Emilio!... Entré. En el salón estaban votando ya las filas de arriba. Eché un vistazo y salí. Di la vuelta por la curva, pensando lo que acababa de ver en Buenavista, la cinta negra enroscada en el edificio... Figueras[313] salió por la escalerilla del reloj, y me dijo; «Usted qué cree, ¿habrá trifulca esta noche?» Y le respondí: «Váyase usted tranquilo, maestro, que no habrá nada...» «Me parece —dijo con socarronería— que esto se lo lleva Pateta[314].» Yo me reí. Y a poco pasa un portero, y me dice con la mayor tranquilidad del mundo, que por la calle del Florín[315] había tropa. «¿De veras? Visiones de usted. ¡Qué tropa ni qué niño muerto!» Yo me hacía de nuevas. Asomé la jeta por la puerta del reloj. «No me muevo de aquí —pensé, mirando a la mesa—. Ahora veréis lo que es canela...» Estaban leyendo el resultado de la votación. Leían los nombres de todos los votantes sin omitir uno. De repente aparecen por la puerta del rincón de Fernando el Católico varios quintos mandados por un oficial, y se plantan junto a la escalera de la mesa. Parecían comparsa de teatro. Por la otra puerta entró un coronel viejo de Guardia civil.

—El coronel Iglesias —dijo Barbarita que deseaba terminase el relato—. De buena escapó el país[316]... Bien, Jacinto, supongo que almorzará usted con nosotros.

—Pues ya lo creo —dijo el Delfín—. Hoy no le suelto; y pronto mamá, que es tarde.

Barbarita y Jacinta salieron.

—¿Y Salmerón qué hizo?

—Yo puse toda mi atención en Castelar, y le vi llevarse la mano a los ojos y decir: «¡Qué ignominia!» En la mesa se armó un barullo espantoso... Gritos, protestas. Desde el reloj vi una masa de gente, todos en pie... No distinguía al presidente. Los

---

[313] Estanislao Figueras (1819-1882), primer presidente de la primera República. Junto con Nicolás María Rivero y Castelar desempeñó un papel destacadísimo en la proclamación de la República el 11 de febrero de 1873. Ahora lo recuerda Galdós en los momentos de agonía del primer gran sueño republicano.

[314] Pateta: el diablo.

[315] La calle de Florín, hoy de Fernanflor, está situada entre la plaza de las Cortes y la calle de Zorrilla (en la época, calle del Sordo).

[316] La decisión de Pavía de sacar las tropas a la calle tuvo como telón de fondo la derrota de Castelar, conservador, y el temor, expresado a su manera por Barbarita, de que la izquierda llevara la revolución social a sus últimas consecuencias.

quintos inmóviles... De repente ¡pum!, sonó un tiro en el pasillo...

—Y empezó la desbandada... Pero dime otra cosa chico. No puedo apartar de mi pensamiento... ¿Decías que llevaba sombrero?

—¿Quién?... ¡Ah, aquélla!

—Sí, sombrero, y de muchísimo gusto —dijo el compinche con tanto énfasis como si continuara narrando el suceso histórico—, y vestido azul elegantísimo y abrigo de terciopelo...

—¿Tú estás de guasa? Abrigo de terciopelo.

—Vaya... y con pieles, un abrigo soberbio. Le caía tan bien... que...

Entró Jacinta sin anunciarse ni con ruido de pasos ni de ninguna otra manera. Villalonga giró sobre el último concepto como una veleta impulsada por fuerte racha de viento.

—El abrigo que yo llevaba... mi gabán de pieles... quiero decir, que en aquella marimorena me arrancaron una solapa... la piel de una solapa quiero decir...

—Cuando se metió usted debajo del banco.

—Yo no me metí debajo de ningún banco, tocaya. Lo que hice fue ponerme en salvo como los demás por lo que pudiera tronar.

—Mira, mira, querida esposa —dijo Santa Cruz, mostrando a su mujer el chaleco, que se quitó apenas puesto—. Mira cómo cuelga ese último botón de abajo. Hazme el favor de pegárselo o decirle a Rafaela que se lo pegue, o en último caso llamar al coronel Iglesias [317].

—Venga acá —dijo Jacinta con mal humor, saliendo otra vez.

—En buen apuro me vi, camaraíta —dijo Villalonga conteniendo la risa—. ¿Se enteraría? Pues verás: otro detalle. Llevaba unos pendientes de turquesas, que eran la gracia divina sobre aquel cutis moreno pálido. ¡Ay, que orejitas de Dios y qué turquesas! Te las hubieras comido. Cuando les vimos levantarse, nos propusimos seguir a la pareja para averiguar dónde vivía. Toda la gente que había en Praga la miraba, y ella más parecía corrida que orgullosa. Salimos... tras, tras... calle de Alcalá, Peligros, Caballero de Gracia [318], ellos delan-

---

[317] Así, pues, el coronel Iglesias resulta ser para la burguesía comercial lo mismo que Rafaela, un criado del que se puede echar mano cuando se le necesita para hacer ciertos trabajos: entrar en el Congreso o... coser unos botones.

[318] Entre estas tres calles se encuentra la iglesia de las Calatravas.

te, nosotros detrás. Por fin dieron fondo en la calle del Colmillo [319]. Llamaron al sereno, les abrió, entraron. Es una casa que está en la acera del Norte entre la tienda de figuras de yeso y el establecimiento de burras de leche... allí.

Entró Jacinta con el chaleco.

—Vamos... a ver... ¿Manda usía otra cosa?

—Nada más, hijita; muchas gracias. Dice este monstruo que no tuvo miedo y que se salió tan tranquilo... Yo no lo creo.

—¿Pero miedo a qué?... Si yo estaba en el ajo... Os diré el último detalle para que os asombréis. Los cañones que puso Pavía en las boca-calles estaban descargados. Y ya veis lo que pasó dentro. Dos tiros al aire, y lo mismo que se desbandan los pájaros posados en un árbol cuando dais debajo de él dos palmadas, así se desbandó la asamblea de la República.

—El almuerzo está en la mesa. Ya pueden ustedes venir —dijo la esposa, que salió delante de ellos muy preocupada.

—¡Estómagos, a defenderse!

Algunas palabras había cogido la Delfina al vuelo que no tenían, a su parecer, ninguna relación con aquello de las Cortes, el coronel Iglesias y el ministerio Palanca. Indudablemente había moros por la costa. Era preciso descubrir, perseguir y aniquilar el corsario a todo trance. En la mesa versó la conversación sobre el mismo asunto, y Villalonga, después de volver a contar el caso con todos sus pelos y señales para que lo oyera D. Baldomero, añadió diferentes pormenores que daban color a la historia [a].

—¡Ah! Castelar tuvo golpes admirables. «¿Y la Constitución federal?... La quemásteis en Cartagena [320].»

—¡Qué bien dicho!

—El único que se resistía a dejar el local fue Díaz Quintero [321], que empezó a pegar gritos y a forcejear con los guar-

---

ᵃ [—El Ministro de la Guerra, cuando vio entrar a Iglesias, se levantó airado, diciendo: «Voy a mandar prender al Capitán General de Madrid». —¡Tiene gracia!...]

319 Esta calle —situada entre las calles de Fuencarral y Hortaleza— se llama desde finales del siglo XIX, calle de Benito Pérez Galdós.

320 Alusión a los efectos nefastos —insiste Galdós mucho en ello— para la República del cantonalismo.

321 Pero Galdós, en *De Cartago a Sagunto*, pág. 473, apostilló sobre este diputado y otros compañeros suyos: «Muchos diputados se agazaparon en las oficinas del *Diario de las Sesiones*, y por una ventana salieron a Floridablanca. Por la puerta que da a la misma

dias civiles... Los diputados y el presidente abandonaron el salón por la puerta del reloj y aguardaron en la biblioteca a que les dejaran salir. Castelar se fue con dos amigos por la calle del Florín, y retiróse a su casa, donde tuvo un fuerte ataque de bilis.

Estas referencias o noticias sueltas eran en aquella triste historia como las uvas desgranadas que quedan en el fondo del cesto después de sacar los racimos. Eran las más maduras, y quizás por esto las más sabrosas.

III

En los siguientes días, la observadora y suspicaz Jacinta notó que su marido entraba en casa fatigado, como hombre que ha andado mucho. Era la perfecta imagen del corredor que va y viene y sube escaleras y recorre calles sin encontrar el negocio que busca. Estaba cabizbajo como los que pierden dinero, como el cazador impaciente que se desperna de monte en monte sin ver pasar alimaña cazable; como el artista desmemoriado a quien se le escapa del filo del entendimiento la idea feliz o la imagen que vale para él un mundo. Su mujer trataba de reconocerle, echando en él la sonda de la curiosidad cuyo plomo eran los celos; pero el Delfín guardaba sus pensamientos muy al fondo y cuando advertía conatos de sondaje, íbase más abajo todavía.

Estaba el pobre Juanito Santa Cruz sometido al horroroso suplicio de la idea fija. Salió, investigó, rebuscó, y la mujer aquella, visión inverosímil que había trastornado a Villalonga, no parecía por ninguna parte. ¿Sería sueño, o ficción vana de los sentidos de su amigo? La portera de la casa indicada por Jacinto se prestó a dar cuantas noticias se le exigían, mas lo único de provecho que Juan obtuvo de su indiscreción. complaciente fue que en la casa de huéspedes del segundo habían vivido un señor y una señora, «guapetona ella» durante dos días nada más. Después habían desaparecido... La portera declaraba con notoria agudeza que, a su parecer, el señor se había largado por el tren, y la *individua,* señora... o lo que fuera... *andaba por Madrid.* ¿Pero dónde demonios andaba?

---

calle se escabulleron los que más habían alborotado en los pasillos, queriendo desarmar a la tropa: eran Olías, Casalduero, Díaz Quintero...»

Esto era lo que había que averiguar. Con todo su talento no podía Juan darse explicación satisfactoria del interés, de la curiosidad o afán amoroso que despertaba en él una persona a quien dos años antes había visto con indiferencia y hasta con repulsión. La forma, la pícara forma, alma del mundo, tenía la culpa. Había bastado que la infeliz joven abandonada, miserable y quizás mal oliente se trocase en la aventurera elegante, limpia y seductora, para que los desdenes del hombre del siglo, que rinde culto al arte personal, se trocaran en un afán ardiente de apreciar por sí mismo aquella transformación admirable, prodigio de esta nuestra edad de seda. «Si esto no es más que curiosidad, pura curiosidad... —se decía Santa Cruz, caldeando su alma turbada—. Seguramente, cuando la vea me quedaré como si tal cosa; pero quiero verla, quiero verla a todo trance... y mientras no la vea, no creeré en la metamorfosis.» Y esta idea le dominaba de tal modo, que lo infructuoso de sus pesquisas producíale un dolor indecible, y se fue exaltando, y por último figurábase que tenía sobre sí una grande, irreparable desgracia. Para acabar de aburrirle y trastornarle, un día fue Villalonga con nuevos cuentos.

—He averiguado que el hombre aquel es un trapisondista... Ya no está en Madrid. Lo de los fusiles era un timo... letras falsificadas.

—Pero ella...

—A ella la ha visto ayer Joaquín Pez... Sosiégate, hombre, no te vaya a dar algo. ¿Dónde dices? Pues por no sé qué calle. La calle no importa. Iba vestida con la mayor humildad... Tú dirás como yo, ¿y el abrigo de terciopelo?..., ¿y el sombrerito?..., ¿y las turquesas?... Paréceme que me dijo Joaquín que aún llevaba las turquesas... No, no, no dijo esto, porque si las hubiera llevado, no las habría visto. Iba de pañuelo a la cabeza, bien anudado debajo de la barba, y con un mantón negro de mucho uso, y un gran lío de ropa en la mano... ¿Te explicas esto? ¿No? Pues yo sí... En el lío iba el abrigo, y quizás otras prendas de ropa...

—Como si lo viera —apuntó Juanito con rápido discernimiento—. Joaquín la vio entrar en una casa de préstamos.

—Hombre, ¡qué talentazo tienes!... Verde y con asa...

—¿Pero no la vio salir; no la siguió después para ver dónde vive?

—Eso te tocaba a ti... También él lo habría hecho. Pero considera, alma cristiana, que Joaquinito es de la Junta de Aranceles y Valoraciones, y precisamente había junta aquella tarde, y nuestro amigo iba al ministerio con la puntualidad de un Pez.

Quedóse Juan con esta noticia más pensativo y peor humorado, sintiendo arreciar los síntomas del mal que padecía, y que principalmente se alojaba en su imaginación, mal de ánimo con mezcla de un desate nervioso acentuado por la contrariedad. ¿Por qué la despreció cuando la tuvo como era, y la solicitaba cuando se volvió muy distinta de lo que había sido?... El pícaro ideal, ¡ay!, el eterno *¿cómo será?*

Y la pobre Jacinta, a todas éstas, descrismándose por averiguar qué demonches de antojo o manía embargaba el ánimo de su inteligente esposo. Éste se mostraba siempre considerado y afectuoso con ella; no quería darle motivo de queja; mas para conseguirlo, necesitaba apelar a su misma imaginación dañada, revestir a su mujer de formas que no tenía, y suponérsela más ancha de hombros, más alta, más mujer, más pálida... y con las turquesas aquellas en las orejas... Si Jacinta llega a descubrir este arcano escondidísimo del alma de Juanito Santa Cruz, de fijo pide el divorcio. Pero estas cosas estaban muy adentro, en cavernas más hondas que el fondo de la mar, y no llegara a ellas la sonda de Jacinta ni con todo el plomo del mundo.

Cada día más dominado por su frenesí investigador, visitó Santa Cruz diferentes casas, unas de peor fama que otras, misteriosas aquéllas, éstas al alcance de todo el público. No encontrando lo que buscaba en lo que parece más alto, descendió de escalón en escalón, visitó lugares donde había estado algunas veces y otros donde no había estado nunca. Halló caras conocidas y amigas, caras desconocidas y repugnantes, y a todos pidió noticias, buscando remedio al tifus de curiosidad que le consumía. No dejó de tocar a ninguna puerta tras de la cual pudieran esconderse la vergüenza perdida o la perdición vergonzosa. Sus exploraciones parecían lo que no eran por el ardor con que las practicaba y el carácter humanitario de que las revestía. Parecía un padre, un hermano que desalado busca a la prenda querida que ha caído en los dédalos tenebrosos del vicio. Y quería cohonestar su inquietud con razones filantrópicas y aun cristianas que sacaba de su entendimiento rico en sofisterías. «Es un caso de conciencia. No puedo consentir que caiga en la miseria y en la abyección, siendo, como soy, responsable... ¡Oh!, mi mujer me perdone; pero una esposa, por inteligente que sea, no puede hacerse cargo de los motivos morales, sí, morales que tengo para proceder de esta manera.»

Y siempre que iba de noche por las calles, todo bulto negro o pardo se le antojaba que era la que buscaba. Corría, miraba de cerca... y no era. A veces creía distinguirla de lejos, y la forma se perdía en el gentío como la gota en el agua. Las siluetas humanas que en el claroscuro de la movible muchedumbre parecen escamoteadas por las esquinas y los portales, le traían descompuesto y sobresaltado. Mujeres vio muchas, a oscuras aquí, allá iluminadas por la claridad de las tiendas; mas la suya no parecía. Entraba en todos los cafés, hasta en algunas tabernas entró, unas veces solo, otras acompañado de Villalonga. Iba con la certidumbre de encontrarla en tal o cual parte; pero al llegar, la imagen que llevaba consigo, como hechura de sus propios ojos, se desvanecía en la realidad. «¡Parece que donde quiera que voy —decía con profundo tedio—, llevo su desaparición, y que estoy condenado a expulsarla de mi vista con mi deseo de verla!» Decíale Villalonga que tuviera paciencia; pero su amigo no la tenía; iba perdiendo la serenidad de su carácter, y se lamentaba de que a un hombre tan grave y bien equilibrado como él le trastornase tanto un mero capricho, una tenacidad del ánimo, desazón de la curiosidad no satisfecha.

—Cosas de los nervios, ¿verdad, Jacintillo? Esta pícara imaginación... Es como cuando tú te ponías enfermo y delirante esperando ver salir una carta que no salía nunca. Francamente, yo me creí más fuerte contra esta horrible neurosis de la carta que no sale.

Una noche que hacía mucho frío, entró el Delfín en su casa no muy tarde, en un estado lamentable. Se sentía mal, sin poder precisar lo que era. Dejóse caer en un sillón y se inclinó de un lado con muestras de intensísimo dolor. Acudió a él su amante esposa, muy asustada de verle así y de oír los ayes lastimeros que de sus labios se escapaban, junto con una expresión fea que se perdona fácilmente a los hombres que padecen.

—¿Qué tienes, nenito?

El Delfín se oprimía con la mano el costado izquierdo. Al pronto creyó Jacinta que a su marido le habían pegado una puñalada. Dio un grito... miró; no tenía sangre...

—¡Ah! ¿Es que te duele?... ¡Pobrecito niño! Eso será frío... Espérate, te pondré una bayeta caliente... te daremos friegas con... con árnica...

Entró Barbarita y miró alarmada a su hijo, pero antes de tomar ninguna disposición, echóle una buena reprimenda por-

443

que no se recataba del crudísimo viento seco del Norte que en aquellos días reinaba. Juan entonces se puso a tiritar, dando diente con diente. El frío que le acometió fue tan intenso que las palabras de queja salían de sus labios como pulverizadas. La madre y la esposa se miraron con terror consultándose recíprocamente en silencio sobre la gravedad de aquellos síntomas... Es mucho Madrid este. Sale de caza un cristiano por esas calles, noche tras noche. ¿En dónde estará la res? Tira por aquí, tira por allá, y nada. La res no cae. Y cuando más descuidado está el cazador, viene callandito por detrás una pulmonía de las finas, le apunta, tira, y me le deja seco.

FIN DE LA PRIMERA PARTE

PARTE SEGUNDA

Mapa II:

«Contóle un día que ya tenía tomada la casa, un cuarto precioso en la calle de Sagunto...» (II, VII, i).

Plano de Ibáñez Ibero, 1875.

I

Maximiliano Rubín

I

La venerable tienda de tirador de oro que desde inmemorial tiempo estuvo en los soportales de Platerías, entre las calles de la Caza y San Felipe Neri[1], desapareció, si no estoy equivocado, en los primeros días de la revolución del 68. En una misma fecha cayeron, pues, dos cosas seculares, el trono aquél y la tienda aquélla, que si no era tan antigua como la Monarquía española, éralo más que los Borbones, pues su fundación databa de 1640, como lo decía un letrero muy mal pintado en la anaquelería. Dicho establecimiento sólo tenía una puerta, y encima de ella este breve rótulo: *Rubín*[2].

---

[1] La «venerable tienda» estaba entre las hoy calles de San Felipe Neri, la plazuela del Comandante Las Morenas y la plaza de Herradores. Mesonero *(El antiguo Madrid*, pág. 78) sitúa a las Platerías en la calle Mayor. Fernández de los Ríos *(Guía de Madrid*, pág. 108) aclara que la calle Mayor «empezaba en la puerta de Guadalajara y concluía... en la Puerta del Sol, aunque con los títulos de Almudena, Platerías y Mayor». Las Platerías fue un altillo de la calle Mayor donde se establecieron en los siglos XV-XVII «los mejores artífices y mercaderes plateros más ricos de la Villa, a quienes se encargaba por el Concejo la construcción y el adorno de las arcas y paradores... con motivo de los casamientos reales o de la llegada a la Villa de huéspedes reales» *(Madrid,* págs. 37-38).

[2] La ascendencia judía de los Rubín —como en el caso de los Santa Cruz— es evidente. (El jardinero de Galdós en su casa de Santander se llamaba también Rubín).

447

Federico Ruiz, que tuvo años ha la manía de escribir artículos sobre los *Oscuros pero indudables vestigios de la raza israelita en la moderna España*[a] (con los cuales artículos le hicieron un folletito los editores de la Revista que los publicó gratis), sostenía que el apellido de Rubín era judío y fue usado por algunos conversos que permanecieron aquí después de la expulsión. «En la calle de Milaneses, en la de Mesón de Paños y en Platerías se albergaban diferentes familias de *ex-deicidas,* cuyos últimos vástagos han llegado hasta nosotros, ya sin carácter *fisonómico ni etnográfico*.» Así lo decía el fecundo publicista, y dedicaba medio artículo a demostrar que el verdadero apellido de los Rubín era *Rubén*. Como nadie le contradecía, dábase él a probar cuanto le daba la gana, con esa buena fe y ese honrado entusiasmo que ponen algunos sabios del día en ciertos trabajos de erudición que el público no lee y que los editores no pagan. Bastante hacen con publicarlos. No quisiera equivocarme, pero me parece que todo aquel judaísmo de mi amigo era pura fluxión de su acatarrado cerebro, el cual eliminaba aquellas enfadosas materias como otras muchas, según el tiempo y las circunstancias. Y me consta que D. Nicolás Rubín, último poseedor de la mencionada tienda, era cristiano viejo, y ni siquiera se le pasaba por la cabeza que sus antecesores hubieran sido fariseos con rabo o sayones narigudos de los que salen en los pasos de Semana Santa.

La muerte de este D. Nicolás Rubín y el acabamiento de la tienda fueron simultáneos. Tiempo hacía que las deudas socavaban la casa, y se sostenía apuntalada por las consideraciones personales que los acreedores tenían a su dueño. El motivo de la ruina, según opinión de todos los amigos de la familia, fue la mala conducta de la esposa de Nicolás Rubín, mujer desarreglada y escandalosa, que vivía con un lujo impropio de su clase, y dio mucho que hablar por sus devaneos y trapisondas[b]. Diversas e inexplicables alternativas hubo en aquel matrimonio, que tan pronto estaba unido como disuelto de hecho, y el marido pasaba de las violencias más bárbaras a las tolerancias más vergonzosas. Cinco veces la echó de su casa y otras tantas volvió a admitirla, después de pagarle todas sus

---

[a] *de la raza israelita en la moderna España: que dejó en España la raza israelita.*

[b] [Su marido tenía la pícara condición de ser muy débil cuando las circunstancias le pedían fortaleza, y sobrado enérgico cuando exigían tolerancia.]

448

trampas. Cuentan que Maximiliana Llorente era una mujer bella y deseosa de agradar, de esas que no caben en la estrechez vulgar de una tienda. Se la llevó Dios en 1867, y al año siguiente pasó a mejor vida el pobre Nicolás Rubín, de una rotura de varisis, no dejando a sus hijos más herencia que la detestable reputación doméstica y comercial, y un pasivo enorme que difícilmente pudo ser pagado con las existencias de la tienda. Los acreedores arramblaron por todo, hasta por la anaquelería, que sólo sirvió para leña. Era contemporánea del Conde-Duque de Olivares[3].

Los hijos de aquel infortunado comerciante eran tres. Fijarse bien en sus nombres y en la edad que tenían cuando acaeció la muerte del padre:

Juan Pablo, de veintiocho años.

Nicolás, de veinticinco.

Maximiliano, de diecinueve.

Ninguno de los tres se parecía a los otros dos ni en el semblante ni en la complexión, y sólo con muy buena voluntad se les encontraba el aire de familia. De esta heterogeneidad de las tres caras vino sin duda la maliciosa versión de que los tales eran hijos de diferentes padres. Podía ser calumnia, podía no serlo; pero debe decirse para que el lector vaya formando juicio. Algo tenían de común, ahora que recuerdo, y era que todos padecían de fuertes y molestísimas jaquecas. Juan Pablo era guapo, simpático y muy bien plantado, de buena estatura, ameno y fácil en el decir, de inteligencia flexible y despierta. Nicolás era desgarbado, vulgarote, la cara encendida y agujereada como un cedazo a causa de la viruela, y tan peludo, que le salían mechones por la nariz y por las orejas. Maximiliano era raquítico, de naturaleza pobre y linfática, absolutamente privado de gracias personales. Como que había nacido de siete meses y luego me le criaron con biberón y con una cabra.

---

[3] Nuevo referente histórico. El Conde-Duque de Olivares (1587-1645), valido de Felipe IV, desde joven fue proclive a gastar en exceso. Su vida pública y privada fue tormentosa. Protegió a los grandes asentistas de la judería que abandonaron Portugal, de 1627 a 1637. Cfr. J. Caro Baroja, *Los judíos en la España contemporánea,* II, 2.ª ed., Madrid, 1928, págs. 66-75. Galdós nos da así una pista sobre la condición conversa de la madre de los hermanos Rubín. Hay una nueva pista sobre el origen judío, por esta parte materna —por la paterna no cabe la menor duda— de los Rubín, cuando poco más adelante nos enteramos que el tío con quien se iría a vivir Nicolás se llama *Mateo Zacarías...*

15

Cuando murió el padre de estos tres mozos, Nicolás, o sea el peludo (para que se les vaya distinguiendo), se fue a vivir a Toledo con su tío D. Mateo Zacarías Llorente, capellán de *Doncellas Nobles,* el cual lo metió en el Seminario y le hizo sacerdote; Juan Pablo y Maximiliano se fueron a vivir con su tía paterna doña Guadalupe Rubín, viuda de Jáuregui, conocida vulgarmente por *Doña Lupe la de los pavos*[4], la cual vivió primero en el barrio de Salamanca y después en Chamberí, señora de tales circunstancias, que bien merece toda la atención que le voy a consagrar más adelante. En un pueblo de la Alcarria tenían los hermanos Rubín una tía materna, viuda, sin hijos y rica; mas como estaba vendiendo vidas, la herencia de esta señora no era más que una esperanza remota.

No había más remedio que trabajar, y Juan Pablo empezó a buscarse la vida. Odiaba de tal modo las tiendas de tiradores de oro, que cuando pasaba por alguna, parecía que le entraba jaqueca. Metióse en un negocio de pescado, uniéndose a cierto individuo que lo recibía en comisión para venderlo al por mayor por seretas de fresco y barriles de escabeche en la misma estación o en la plaza de la Cebada; pero en los primeros meses surgieron tales desavenencias con el socio, que Juan Pablo abandonó la pesca y se dedicó a viajante de comercio. Durante un par de años estuvo rodando por los ferrocarriles con sus cajas de muestras. De Barcelona hasta Huelva, y desde Pontevedra a Almería no le quedó rincón que no visitase, deteniéndose en Madrid todo el tiempo que podía. Trabajó en sombreros de fieltro, en calzado de Soldevilla, y derramó por toda la Península, como se esparce sobre el papel la arenilla de una salvadera, diferentes artículos de comercio. En otra temporada corrió chocolates, pañuelos y chales *galería,* conservas, devocionarios y hasta palillos de dientes. Por su diligencia, su honradez y por la puntualidad con que remitía los fondos recaudados, sus comitentes le apreciaban mucho. Pero no se sabe cómo se las componía, que

---

[4] Recibió este apelativo porque su marido, que había pertenecido durante un tiempo a la Milicia Nacional, se dedicó a los negocios y trató con «paveros leoneses, zamoranos y segovianos» quienes «depositaban en sus manos el dinero que ganaban...» Este apelativo casaba con su porte arrogante y estirado (y eso que tenía que disimular la amputación de un pecho). Profesional de la usura como su correligionario Torquemada, apareció en *Torquemada en la hoguera, Torquemada en la cruz* y *Torquemada en el Purgatorio.*

siempre estaba *más pobre que las ratas,* y se lamentaba con amanerado pesimismo de su pícara suerte. Todas sus ganancias se le iban *por entre los dedos,* frecuentando mucho los cafés en sus ratos de descanso, convidando sin tasa a los amigos y dándose la mejor vida posible en las poblaciones que visitaba. A los funestos resultados de este sistema llamaba él *haber nacido con mala sombra.* La misma heterogeneidad y muchedumbre de artículos que corría mermó pronto los resultados de sus viajes y algunas casas empezaron a retirarle su confianza, y el aburrido viajante, siempre de mal temple y echando maldiciones y ternos contra los mercachifles, aspiraba a un cambio de vida y ocupación más lucrativa y noble.

Día memorable fue para Juan Pablo aquél en que tropezó con un cierto amigote de la infancia, camarada suyo en San Isidro. El amigo era diputado de los que llamaban *cimbros*[5], y Juan Pablo, que era hombre de mucha labia, le encareció tanto su aburrimiento de la vida comercial y lo bien dispuesto que estaba para la administrativa, que el otro se lo creyó, y hágote empleado. Rubín fue al mes siguiente inspector de policía en no sé qué provincia. Pero su infame estrella se la había jurado: a los tres meses cambió la situación política, y mi Rubín cesante. Había tomado el gusto a la carne de nómina, y ya no podía ser más que empleado o pretendiente. No sé que hay en ello, pero es lo cierto que hasta la cesantía parece que es un goce amargo para ciertas naturalezas, porque las emociones del pretender las vigorizan y entonan, y por eso hay muchos que el día que les colocan se mueren. La irritabilidad les ha dado vida y la sedación brusca les mata. Juan Pablo sentía increíbles deleites en ir al café, hablar mal del gobierno, anticipar nombramientos, darse una vuelta por los ministerios, acechar al protector en las esquinas de Gobernación o a la salida del Congreso, dar el salto del tigre y caerle encima cuando le veía venir. Por fin salió la credencial. Pero, ¡qué demonio! siempre la condenada suerte persiguiéndole, porque

---

[5] Los diputados «cimbrios» (en la 1.ª ed.: «cimbros») que poco después de la revolución de septiembre de 1868 publicaron un Manifiesto en el que defendían la Soberanía Nacional y la Monarquía, aceptaron, en 1873, la República y se pusieron a su servicio. En *La primera República (O.C., Episodios,* V, pág. 356) se menciona la lectura de un artículo «cuyo título era *Un dogal para los cimbrios,* y que después de poner a éstos como ropa de pascuas, acababa con el tremendo anatema: *Lasciate ogni speranza.*»

todos los empleos que le daban eran de lo más antipático que imaginarse puede. Cuando no era algo de la policía secreta, era cosa de cárceles o presidios[a].

Entretanto cuidaba de su hermano pequeño, por quien sentía un cariño que se confundía con la lástima, a causa de las continuas enfermedades que el pobre chico padecía. Pasados los veinte años, se vigorizó un poco, aunque siempre tenía sus arrechuchos; y viéndole más entonado, Juan Pablo determinó darle una carrera para que no se malograse como él se malogró, por falta de una dirección fija desde la edad en que se plantea el porvenir de los hombres. Achacaba el mayor de los Rubín su desgracia a la disparidad entre sus aptitudes innatas y los medios de exteriorizarse. «¡Oh, si mi padre me hubiera dado una carrera! —pensaba—, yo sería hoy algo en el mundo...»

No tardó en recibir un nuevo golpe, pues cuando soñaba con un ascenso le limpiaron otra vez el comedero. Y he aquí a mi hombre paseándose por Madrid con las manos en los bolsillos, o viendo correr tontamente las horas en este y el otro café, hablando de la situación ¡siempre de la situación, de la guerra y de lo infames, indecentes y mamarrachos que son los políticos españoles! ¡Duro en ellos! Así se desahogan los espíritus alborotados y tempestuosos. Y por aquella vez no había esperanzas para Juan Pablo, porque los *suyos,* los que él llamaba con tanto énfasis los *míos,* estaban por los suelos, y había lo que llaman *racha* en las regiones burocráticas. A veces exploraba el mísero cesante su conciencia, y se asombraba de no encontrar en ella nada en qué fundar terminantemente su filiación política. Porque ideas fijas... Dios las diera; había leído muy poco y nutría su entendimiento de lo que en los cafés escuchaba y de lo que los periódicos le decían. No sabía fijamente si era liberal o no, y con el mayor desparpajo del mundo llamaba *doctrinario*[6] a cualquiera sin saber lo que

---

[a] [Pero como estos feos destinos iban siempre acompañados de la promesa de otra cosa mejor, el hombre esperaba, alimentando en su fantasía ilusiones de grandeza y dominio.]

[6] Los *doctrinarios* eran seguidores de una corriente política de origen francés —en boga a mediados del siglo XIX —que preconizaba el compromiso entre la tradición (prescindiendo del carlismo) y la revolución. Muchos liberales (los moderados), en especial tras la revuelta de los sargentos de agosto de 1836, empezaron a abjurar de su pasado radical para admirar la nueva ideología francesa. Martínez

la palabra significaba. Tan pronto sentía en su espíritu, sin saber por qué ni por qué no, frenético entusiasmo por los derechos del hombre; tan pronto se le inundaba el alma de gozo oyendo decir que el Gobierno iba a dar mucho estacazo y a pasarse los tales derechos por las narices.

En tal situación, presentóse inopinadamente en Madrid Nicolás Rubín, el curita peludo, que también tenía sus pretensiones de ingresar no sé si en el clero castrense o en el catedral, y ambos hermanos celebraron unos coloquios muy reservados, paseando solos por las afueras. De resultas de esto, Juan Pablo apareció un día en el café con cierta animación, mucho desenfado en sus juicios políticos, dándolas de profeta y expresando más altaneramente que nunca su desprecio de la situación dominante. A los que de esta manera se conducen se les mira en los cafés con un poquillo de respeto y aún con cierta envidia, suponiéndoles conocedores de secretos de Estado o de alguna intriga muy gorda.

—El amigo Rubín —dijo, en ausencia de él D. Basilio Andrés de la Caña [7], que era uno de los puntos fijos en la mesa—, me parece a mí que no juega limpio con nosotros. Si le van a colocar que lo diga de una vez. ¿Qué tenemos, viene *la federal* [8] o qué? ¡Misterios [9]! ¡*Meditemos!*... ¿O es que le lleva cuentos a

---

[7] Basilio Andrés de la Caña, casado con Paca Morejón, era hombre de edad, redactor de un periódico en el ramo de la Hacienda y continuamente cesante. Aparece además en *Miau, Angel Guerra* y en *El doctor Centeno*, donde es compañero de pensión de los Miquis.

[8] La República sería proclamada *federal* en junio de 1873. En julio de ese año se presentó a las Cortes un proyecto de Constitución de la República Federal Española. El proyecto enumeraba diecisiete estados como integrantes de la nación española: Andalucía alta, Andalucía baja, Aragón, Asturias, Baleares, Canarias, Castilla la Nueva, Castilla la Vieja, Cataluña, Cuba, Extremadura, Galicia, Murcia, Navarra, Puerto Rico, Valencia y Regiones Vascongadas. Cfr. Casimiro Martí, «Afianzamiento y despliegue del sistema liberal», en Tuñón de Lara, *Historia de España*, VIII, págs. 220-221.

[9] Alude Galdós a dos de los artículos políticos más famosos del siglo XIX. El autor de ambos artículos fue Juan Alvarez de Lorenzana (1818-1883), quien durante la Gloriosa llegó a ser Ministro de Estado. «Misterios» se publicó en *El diario Español,* el 20 de diciembre de 1864, y «Meditemos», en el mismo periódico, el 31 de mayo de 1865. Cfr. Vizcondesa de Barrantes, *Colección de los escritos más notables del Excmo. Sr. D. Juan Álvarez de Lorenzana,* Madrid, 1899.

don Práxedes[10]? Bueno, señores, que se los lleve. No me importa el espionaje.

Esto pasaba a fines de 1872. De pronto Rubín dijo que iba al extranjero a reanudar sus trabajos de viajante de comercio. Desapareció de Madrid, y al cabo de meses se susurró en la tertulia del café que estaba en la facción, y que D. Carlos le había nombrado algo como contador o intendente en su Cuartel Real. Súpose más tarde que había ido a Inglaterra a comprar fusiles, que hizo un alijo cerca de Guetaria, que vino disfrazado a Madrid y pasó a la Mancha y Andalucía en el verano del 73, cuando la Península, ardiendo por los cuatro costados, era una inmensa pira a la cual cada español había llevado su tea y el Gobierno soplaba[11].

---

[10] Práxedes Sagasta (1827-1903), jefe de la Junta Revolucionaria en 1854, fue un adalid del partido progresista dedicado a combatir, de 1856 a 1868, a O'Donnell. Participó en la revolución de septiembre de 1868 y fue ministro de la gobernación durante el primer gobierno provisional de Serrano en 1874. En este año además Serrano le encargó que formase gobierno: «Esto no fue obstáculo —señala Tuñón de Lara, *La España del siglo* XIX, pág. 253— para que los generales con mando conspirasen, Cánovas y los civiles conspirasen, en los salones aristocráticos se conspirase...; todo a ciencia y paciencia de Sagasta, perfectamente informado de todo y no queriendo tomar medidas. La ex reina Isabel atizaba por su parte a Martínez Campos para llegar a un alzamiento armado. Cánovas prefería la vía pacífica, dejar madurar el fruto... El Gobierno, por un lado; los conspiradores, por otro, eran todos actores de la misma farsa». (De esta farsa habla Galdós más adelante, cfr. III, nota 15). En 1875 se pasó al alfonsismo; poco después, en 1879, fundó con Martínez Campos el Partido Fusionista. Durante la Restauración participó en la política canovista del turno de partidos como jefe del Partido Liberal, que en un principio se llamó fusionista.

[11] Nuevo juicio negativo de Galdós sobre lo que supusieron para la República federal los excesos cantonalistas (verano de 1873) y la tercera guerra carlista (que empezó en mayo de 1872). Y, claro, hay también en estas palabras de Galdós una crítica severa al Gobierno republicano.

II

Juan Pablo, que siempre se había equivocado en lo referente a sí mismo y andaba por caminos torcidos, acertó al disponer que su hermano pequeño siguiese la carrera de Farmacia. Muchas personas que no hacen más que disparates, poseen esta perspicacia del consejo y de la dirección de los demás, y no dando pie con bola en los destinos propios, ven claro en los del prójimo. En tal decisión tuvo además bastante parte un grande amigo del difunto Nicolás Rubín y de toda la familia (el farmacéutico Samaniego, dueño de la acreditada botica de la calle del Ave María), prometiendo tomar bajo sus auspicios a Maximiliano, llevársele de mancebo o practicante con la mira de que, andando el tiempo, se quedase al frente del establecimiento.

Empezó Maximiliano sus estudios el 69, y su hermano y su tía le ponderaban lo bonita que era la Farmacia y lo mucho que con ella se ganaba, por ser muy caros los medicamentos y muy baratas las primeras materias: agua del pozo, ceniza del fogón, tierra de los tiestos, etcétera... El pobre chico, que era muy dócil, con todo se mostraba conforme. Lo que es entusiasmo, hablando en plata, no lo tenía por esta carrera ni por otra alguna; no se había despertado en él ningún afán grande ni esa curiosidad sedienta de que sale la sabiduría. Era tan endeble que la mayor parte del año estaba enfermo, y su entendimiento no veía nunca claro en los senos de la ciencia, ni se apoderaba de una idea sino después de echarle muchas lazadas como si la amarrara. Usaba de su escasa memoria como de un ave de cetrería para cazar las ideas; pero el halcón se le marchaba a lo mejor, dejándole con la boca abierta y mirando al cielo.

Fueron penosísimos los primeros pasos en la carrera[a]. La pereza y la debilidad le retenían en el lecho por las mañanas más tiempo del regular, y la pobre doña Lupe pasaba la pena negra para sacarle de las sábanas. Levantábase ella muy temprano, y se ponía a dar golpes con el almirez junto a la misma cabeza del durmiente, que las más de las veces no se daba por entendido de tal estruendo. Luego le hacía cosquillas, acosta-

---

[a] [, y a no ser por el pundonor que Maximiliano tenía habría mandado la farmacia con doscientos mil demonios.]

ba al gato con él, le retiraba las sábanas con la debida precaución para que no se enfriase. El sueño se cebaba de tal modo en aquel cuerpo, por las exigencias de la reparación orgánica, que el despertar del estudiante era obra de romanos y una de las cosas en que más energía y constancia desplegaba doña Lupe.

El muchacho estudiaba y quería cumplir con su deber, pero no podía ir más allá de sus alcances. Doña Lupe le ayudaba a estudiar las lecciones, animábale en sus desfallecimientos, y cuando le veía apurado y temeroso por la proximidad de los exámenes, se ponía la mantilla y se iba a hablar con los profesores. Tales cosas les decía, que el chico pasaba, aunque con malas notas. Como no estuviese enfermo, asistía puntualmente a clase, y era de los que traían mayor trajín de notas, apuntes y cuadernos. Entraba en el aula cargado con aquel fardo, y no perdía sílaba de lo que el profesor decía.

Era de cuerpo pequeño y no bien conformado, tan endeble que parecía que se lo iba a llevar el viento, la cabeza chata, el pelo lacio y ralo. Cuando estaban juntos él y su hermano Nicolás, a cualquiera que les viese se le ocurriría proponer al segundo que otorgase al primero los pelos que le sobraban. Nicolás se había llevado todo el cabello de la familia, y por esta usurpación pilosa, la cabeza de Maximiliano anunciaba que tendría calva antes de los treinta años. Su piel era lustrosa, fina, cutis de niño con transparencias de mujer desmedrada y clorótica. Tenía el hueso de la nariz hundido y chafado, como si fuera de sustancia blanda y hubiese recibido un golpe, resultando de esto no sólo la fealdad sino obstrucciones de respiración nasal, que eran sin duda la causa de que tuviera siempre la boca abierta. Su dentadura había salido con tanta desigualdad que cada pieza estaba, como si dijéramos, donde le daba la gana. Y menos mal si aquellos condenados huesos no le molestaran nunca; ¡pero si tenía el pobrecito cada dolor de muelas que le hacía poner el grito más allá del Cielo! Padecía también de corizas y las empalmaba, de modo que resultaba un coriza crónico, con la pituitaria echando fuego y destilando sin cesar. Como ya iba aprendiendo el oficio, se administraba el ioduro de potasio en todas las formas posibles, y andaba siempre con un canuto en la boca aspirando brea, demonios o no sé qué.

Dígase lo que se quiera, Rubín no tenía ilusión ninguna con la Farmacia. Mas no estaba vacía de aspiraciones altas el alma de aquel joven, tan desfavorecido por la Naturaleza que física y moralmente parecía hecho de sobras. A los dos o tres años de carrera, aquel molusco empezó a sentir vibraciones de hombre, y aquel ciego de nacimiento empezó a entrever las fases grandes y gloriosas del astro de la vida. Vivía doña Lupe en aquella parte del barrio de Salamanca que llamaban *Pajaritos*[12]. Maximiliano veía desde la ventana de su tercer piso a los alumnos de Estado Mayor, cuando la Escuela estaba en el 40 antiguo de la calle de Serrano; y no hay idea de la admiración que le causaban aquellos jóvenes, ni del arrobamiento que le producía la franja azul en el pantalón, el ros, la levita con las hojas de roble bordadas en el cuello, y la espada... ¡tan chicos algunos y ya con espada[13]! Algunas noches, Maximiliano soñaba que tenía su tizona, bigote y uniforme, y hablaba dormido. Despierto deliraba también, figurándose haber crecido una cuarta, tener las piernas derechas y el cuerpo no tan caído para adelante, imaginándose que se le arreglaba la nariz, que le brotaba el pelo y que se le ponía un empaque marcial como el del más pintado. ¡Qué suerte tan negra! Si él no fuera

---

[12] De 1859 a 1865 el marqués de Salamanca (cfr. I, nota 93) desarrolló una amplia actividad de inversiones en el barrio que llevará su nombre. (Cfr. «Salamanca en la década especuladora, 1859-1866», en A. Bahamonde, *op. cit.*, págs. 397-401). El Plan de Ensanche de Madrid, aprobado en 1860, hizo posible el establecimiento de este barrio. Mientras la actividad industrial se circunscribía en Chamberí, la aristocracia en la Castellana y la población rural-proletaria en el Sur, la burguesía lo haría en el Barrio de Salamanca. La calle de Serrano comenzó a urbanizarse en la década de 1860, construyéndose las dos primeras manzanas entre Villanueva y Jorge Juan, y ésta y Goya. La calle de Pajaritos (después «29 de septiembre» y más tarde Ayala) fue abierta junto a otras calles —D. Ramón de la Cruz, Lista, Juan Bravo, Maldonado, etc., a finales de la década de 1870— como eje norte-sur de Serrano (Cfr. *Madrid,* págs. 1.004-1.014). La Escuela Especial de Estado Mayor Militar se inauguró el 5 de abril de 1843 en la calle Conde Duque, 9 «para completar la instrucción de los oficiales que han de ingresar en el cuerpo de Estado Mayor» (Cfr. Madoz, *Diccionario,* págs. 822-823). Posteriormente debió ser trasladada a la calle de Pajaritos, 1, pues es el emplazamiento que le da Fernández de los Ríos (Cfr. *Guía de Madrid,* págs. 537-538).
[13] Galdós, en la conferencia «Madrid», pág. 1.268, recordaba de sus años universitarios las «andanzas callejeras asistiendo con gravedad ceremoniosa al relevo de la guardia de Palacio, donde se me iba el tiempo embelesado con el militar estruendo de las charangas, tambores y clarines, el rodar de la artillería, el desfile de las tropas a pie y a caballo...»

tan desgarbado de cuerpo y le hubieran puesto a estudiar aquella carrera, ¡cuánto se habría aplicado! Seguramente, a fuerza de sobar los libros, le habría salido el talento, como se saca lumbre a la madera frontándola mucho.

Los sábados por la tarde, cuando los alumnos iban al ejercicio con su fusil al hombro, Maximiliano se iba tras ellos para verles maniobrar, y la fascinación de este espectáculo durábale hasta el lunes[a]. En la clase misma, que por la placidez del local y la monotonía de la lección convidaba a la somnolencia, se ponía a jugar con la fantasía y a provocar y encender la ilusión. El resultado era un completo éxtasis, y al través de la explicación sobre las propiedades terapéuticas de las tinturas madres, veía a los alumnos militares en su estudio táctico de campo, como se puede ver un paisaje al través de una vidriera de colores.

Los chicos de la clase de Botánica se entretenían en ponerse motes semejantes a las nomenclaturas de Linneo. A un tal Anacleto que se las tiraba de muy fino y muy señorito, le llamaban *Anacletus obsequiosissimus;* a Encinas, que era de muy corta estatura, le llamaban *Quercus gigantea*. Olmedo era muy abandonado y le caía admirablemente el *Ulmus sylvestris*. Narciso Puerta era feo, sucio y mal oliente. Pusiéronle *Pseudo-Narcissus odoripherus*. A otro que era muy pobre y gozaba de un empleíto, le pusieron *Christophorus oficinalis* y por último, a Maximiliano Rubín que era feísimo, desmañado y de muy cortos alcances, se le llamó durante toda la carrera *Rubinius vulgaris*.

Al entrar el año 1874, tenía Maximiliano veinticinco y no representaba aún más de veinte. Carecía de bigote, pero no de granos que le salían en diferentes puntos de la cara. A los veintitres años tuvo una fiebre nerviosa que puso en peligro su vida; pero cuando salió de ella parecía un poco más fuerte; ya no era su respiración tan fatigosa ni sus corizas tan tenaces, y hasta los condenados raigones de sus muelas parecían más civilizados. No usaba ya el ioduro tan a pasto ni el canuto de brea, y sólo las jaquecas persistían, como esos amigos machacones cuya visita periódica causa espanto. Juan Pablo estaba entonces en el Cuartel Real, y doña Lupe dejaba a Maximiliano en libertad, porque le creía inaccesible a los vicios por razón de su pobreza física, de su natural apático y de la

---

[a] [Se pasaba las horas muertas pensando en los alumnos y los contemplaba en su imaginación como en la realidad.]

timidez que era el resultado de aquellas desventajas. Y además
de libertad, dábale su tía algún dinero para sus placeres de
mozo, segura de que no había de gastarlo sino con mucho
pulso. Inclinábase el chico a economizar, y tenía una hucha de
barro en la cual iba metiendo las monedas de plata y algún
centén de oro que le daban sus hermanos cuando venían a
Madrid. En la ropa era muy mirado, y gustaba de hacerse
trajes baratos y de moda, que cuidaba como a las niñas de sus
ojos. De esto le sobrevino alguna presunción, y gracias a ella
su figura no parecía tan mala como era realmente. Tenía su
buena capa de embozos colorados; por la noche se liaba en
ella, metíase en el tranvía [14] y se iba a dar una vuelta hasta las
once, rara vez hasta las doce. Por aquel tiempo se mudó doña
Lupe a Chamberí, buscando siempre casas baratas, y Maximiliano fue perdiendo poco a poco la ilusión de los alumnos de
Estado Mayor[a].

Su timidez, lejos de disminuir con los años, parecía que
aumentaba[b]. Creía que todos se burlaban de él considerándole
insignificante y para poco. Exageraba sin duda su inferioridad,
y su desaliento le hacía huir del trato social. Cuando le era
forzoso ir a alguna visita, la casa en que debía entrar imponía-
le miedo, aun vista por fuera, y estaba dando vueltas por la
calle antes de decidirse a penetrar en ella. Temía encontrar a
alguien que le mirara con malicia, y pensaba lo que había de
decir, aconteciendo las más de las veces que no decía nada.
Ciertas personas le infundían un respeto que casi casi era
pánico, y al verlas venir por la calle se pasaba a la otra acera.
Estas personas no le habían hecho daño alguno; al contrario,

[a] [, y sólo se le reverdecía la enfermedad aquella de los éxtasis
cuando encontraba en la calle algún oficial del Cuerpo.]
[b] [, porque cada día conocía mejor sus desventajas físicas y medía
mejor su inferioridad en todos los órdenes.]

[14] Galdós, en *La novela en el tranvía (O.C. Cuentos, teatro y censo*,
pág. 94), escribió: «Partía el coche de la extremidad del barrio de
Salamanca, para atravesar todo Madrid en dirección al de Pozas».
Ortiz Armengol aporta la siguiente información: «El tranvía circulaba
desde el 31 de mayo de 1871, y las cocheras y las cuadras de las mulas
estaban donde hoy la iglesia jesuita de Serrano esquina Maldonado.
Aquella primera línea bajaba hasta la Puerta de Alcalá, doblaba por
Cibeles hasta Sol y, por Mayor y los Consejos, desfilaba por delante
de Palacio para subir por Princesa hasta la entonces novísima iglesia
del Buen Suceso...» (219).

eran amigos de su padre, o de doña Lupe o de Juan Pablo. Cuando iba al café con los amigos, estaba muy bien si no había más que dos o tres. En este caso hasta se le soltaba la lengua y se ponía a hablar sobre cualquier asunto. Pero como se reunieran seis u ocho personas enmudecía, incapaz de tener una opinión sobre nada. Si se veía obligado a expresarse, o porque se querían *quedar con él* o porque sin malicia le preguntaban algo, ya estaba mi hombre como la grana y tartamudeando.

Por esto le gustaba más, cuando el tiempo no era muy frío, vagar por la calles, embozadito en su pañosa, viendo escaparates y la gente que iba y venía, parándose en los corros en que cantaba un ciego, y mirando por las ventanas de los cafés. En estas excursiones podía muy bien emplear dos horas sin cansarse, y desde que se daba cuerda y cogía impulso, el cerebro se le iba calentando, calentando hasta llegar a una presión altísima en que el joven errante se figuraba estar persiguiendo aventuras y ser muy otro de lo que era. La calle con su bullicio y la diversidad de cosas que en ella se ven, ofrecía gran incentivo a aquella imaginación que al desarrollarse tarde, solía desplegar los bríos de que dan muestra algunos enfermos graves. Al principio no le llamaban la atención las mujeres que encontraba; pero al poco tiempo empezó a distinguir las guapas de las que no lo eran, y se iba en seguimiento de alguna, por puro éxtasis de aventura, hasta que encontraba otra mejor y la seguía también. Pronto supo distinguir de *clases*, es decir, llegó a tener tan buen ojo, que conocía al instante las que eran honradas y las que no. Su amigo *Ulmus sylvestris*, que a veces le acompañaba, indújole a romper la reserva que su encogimiento le imponía, y Maximiliano conoció a algunas que había visto más de una vez y que le habían parecido muy guapetonas. Pero su alma permanecía serena en medio de sus tentativas viciosas: las mismas con quienes pasó ratos agradables le repugnaban después, y como las viera venir por la calle, les huía el bulto.

Agradábale más vagar solo que en compañía de Olmedo, porque éste le distraía, y el goce de Maximiliano consistía en pensar e imaginar libremente y a sus anchas, figurándose realidades y volando sin tropiezo por los espacios de lo posible, aunque fuera improbable. Andar, andar y soñar al compás de las piernas, como si su alma repitiera una música cuyo ritmo marcaban los pasos, era lo que a él le deleitaba. Y como encontrara mujeres bonitas, solas, en parejas o en grupos, bien

460

con toquilla a la cabeza o con manto, gozaba mucho en afirmarse a sí mismo que *aquellas eran honradas*, y en seguirlas hasta ver a dónde iban. «¡Una honrada! ¡Que me quiera una honrada!» Tal era su ilusión.... Pero no había que pensar en tal cosa. Sólo de pensar que le dirigía la palabra a una honrada, le temblaban las carnes. ¡Si cuando iba a su casa y estaban en ella Rufinita Torquemada o la señora de Samaniego con su hija Olimpia, se metía él en la cocina por no verse obligado a saludarlas...!

III

De esta manera aquel misántropo llegó a vivir más con la visión interna que con la externa. El que antes era como una ostra había venido a ser algo como un poeta. Vivía dos existencias, la del pan y la de las quimeras. Ésta la hacía a veces tan espléndida y tan alta, que cuando caía de ella a la del pan, estaba todo molido y maltrecho. Tenía Maximiliano momentos en que se llegaba a convencer de que era otro, esto siempre de noche y en la soledad vagabunda de sus paseos. Bien era oficial de ejército y tenía una cuarta más de alto, nariz aguileña, mucha fuerza muscular y una cabeza... una cabeza que no le dolía nunca; o bien un paisano pudiente y muy galán, que hablaba por los codos sin turbarse nunca, capaz de echarle una flor a la mujer más arisca, y que estaba en sociedad de mujeres como el pez en el agua. Pues como dije, se iba calentando de tal modo los sesos, que se lo llegaba a creer. Y si aquello le durara, sería tan loco como cualquiera de los que están en Leganés[15]. La suerte suya era que aquello se pasaba, como pasaría una jaqueca; pero la alucinación recobraba su imperio durante el sueño, y allí eran los disparates y el teje maneje de unas aventuras generalmente muy tiernas, muy por lo fino, con abnegaciones, sacrificios, heroísmos y otros fenómenos sublimes del alma. Al despertar, en ese mo-

---

[15] Galdós hizo una descripción del Manicomio de Leganés en *La desheredada (O.C.,* Novelas I, págs. 985-987). El conocimiento de este mundo lo debió, en gran medida, a la amistad con los doctores Tolosa Latour y Esquerdo. Cfr. R. Ricard, «Tolosa Latour, el P. Lerchundi y *La loca de la casa*», *A. G.* III (1968), págs. 87-89; M. Gordon, «The medical background to Galdós, *La desheredada*», *A. G.* VII (1972), págs. 67-77.

mento en que los juicios de la realidad se confunden con las imágenes mentirosas del sueño hay en el cerebro un crepúsculo, una discusión vaga entre lo que es verdad y lo que no lo es, el engaño persistía un rato, y Maximiliano hacía por retenerlo, volviendo a cerrar los ojos y atrayendo las imágenes que se dispersaban. Verdaderamente —decía él—, ¿por qué ha de ser una cosa más real que la otra? ¿Por qué no ha de ser sueño lo del día y vida efectiva lo de la noche? Es cuestión de nombres y de que diéramos en llamar *dormir* a lo que llamamos *despertar,* y *acostarse* al *levantarse*... ¿Qué razón hay para que no diga yo ahora mientras me visto: «Maximiliano, ahora te estás echando a dormir. Vas a pasar mala noche, con pesadilla y todo, o sea con clase de *Materia farmacéutica animal*...»?

El tal *Ulmus sylvestris* era un chico simpático, buen mozo, alegre y de cabeza un tanto ligera. De todos los compañeros de *Rubinius vulgaris,* aquél era el que más le quería, y Maximiliano le pagaba con un cariño que tenía algo de respeto. Llevaba Olmedo una vida muy poco ejemplar, mudando cada mes de casa de huéspedes, pasándose las noches en lugares pecaminosos, y haciendo todos los disparates estudiantiles, como si fueran un programa que había que cumplir sin remedio. Últimamente vivía con una tal Feliciana, graciosa y muy corrida, dándose importancia con ello, como si el *entretener* mujeres fuese una carrera en que había que matricularse para ganar título de hombre hecho y derecho. Dábale él lo poco que tenía, y ella afanaba por su lado para ir viviendo, un día con estrecheces, otro con rumbo y siempre con la mayor despreocupación. Tomaba él en serio este género de vida, y cuando tenía dinero, invitaba a sus amigos a *tomar un bacalao* en su *hotel,* dándose unos aires de hombre de mundo y de pillín, con cierta imitación mala del desgaire parisiense que conocía por las novelas de Paul de Kock. Feliciana era de Valencia, y ponía muy bien el arroz; pero el servicio de la mesa y la mesa misma tenían que ver. Y Olmedo lo hacía todo tan al vivo y tan con arreglo a programa, que se emborrachaba sin gustarle el vino, cantaba flamenco sin saberlo cantar, destrozaba la guitarra y hacía todos los desatinos que, a su parecer, constituían el rito de perdido; pues a él se le antojó ser perdido, como otros son masones o caballeros cruzados, por el prurito de desempeñar papeles y de tener una significación. Si existiera el uniforme de perdido, Olmedo se lo hubiera puesto con verdadero entusiasmo, y sentía que no hubiese un distintivo cualquiera, cinta, plumacho o galón, para salir con él, diciendo tácitamente: «Vean ustedes lo perdulario que soy...» Y en el fondo era un infeliz. Aquello no era más que una prolongación viciosa de la *edad del pavo*.

Maximiliano no iba nunca a las francachelas de su amigo, aunque éste le convidaba siempre. Pero se informaba de la salud de Feliciana, como si fuera una señora, y Olmedo también tomaba esto en serio, diciendo:

—La tengo un poquillo delicada. Hoy le he dicho a Orfila que pase por casa.

Este Orfila era un estudiantillo de último año de Medicina, que se llamaba lo mismo que el célebre doctor[16], y curaba, es decir, recetaba a los amigos y a las amigas de los amigos.

Un día, al salir de clase, dijo Olmedo a Rubín:

—Vete por casa si quieres ver una mujer... hasta allí. Es una amiga de Feliciana, que se ha ido a nuestro *hotel* unos días mientras encuentra colocación.

—¿Es honrada? —preguntó Rubín, mostrando en su tono la importancia que daba a la honradez.

—¡Honrada! ¡Qué narices! —exclamó el perdis riendo—. ¿Pero tú crees que hay alguna mujer que lo sea... lo que se llama honrada?

Esto lo dijo con aplomo filosófico, el sombrero inclinado sobre la sien derecha como distintivo de sus ideas acerca de la depravación humana. Ya no había mujeres honradas: lo decía un conocedor profundo de la sociedad y del vicio. El escepticismo de Olmedo era signo de infancia, un desorden de transición fisiológica, algo como una segunda dentición. Todo se reduce a echar muchas babas, y luego ya viene el hombre con otras ideas y otra manera de ser.

—¡Con que no es honrada!... —apuntó Maximiliano, que habría deseado que todas las hembras lo fueran.

—¿Qué ha de ser, hombre?... ¡Buena púa está! Llegó a Madrid no hace mucho tiempo con un barbián... creo que tratante de fusiles. ¡Traían un tren, chico!... La vi una noche... Te juro que daba el puro opio. Parecía del propio París... Pero yo no sé lo que pasó, ¡narices! Aquel señor no jugaba limpio, y una mañana se largó dejando un pico muy grande en la casa

---

[16] Mateo José Buenaventura Orfila (1787-1853), hijo de un armador mallorquín, estudió medicina en Valencia y Barcelona. Siguió, en 1807, estudios pensionado en París. En 1811 se doctoró y se nacionalizó francés. Centró sus investigaciones sobre la toxicidad.

de huéspedes, y otro pico no sé dónde, y picos y picos... Total, que la pobre tuvo que empeñar todos sus trapos y se quedó con lo puesto, nada más que con lo puesto, cuando lo tiene puesto se entiende. Feliciana se la encontró no sé dónde hecha un mar de lágrimas, y le dijo: «Vente a mi casa.» ¡Allí está! Hace sus saliditas, ojo al Cristo, para lo cual Feliciana le presta su ropa. No te creas, es una chica muy buena. ¡Tiene un ángel...!

Por la noche fue Maximiliano al *hotel* de Feliciana, tercer piso en la calle de Pelayo, y al entrar, lo primero que vio... Es que junto a la puerta de entrada había un cuartito pequeño, que era donde moraba la huéspeda, y ésta salía de su escondrijo cuando Rubín entraba. Feliciana había salido a abrir con el quinqué en la mano, porque lo llevaba para la sala, y a la luz vivísima del petróleo sin pantalla, encaró Maximiliano con la más extraordinaria hermosura que hasta entonces habían visto sus ojos. Ella le miró a él como a una cosa rara, y él a ella como a sobrenatural aparición[a].

Pasó Rubín a la salita, y dejando su capa, se sentó en un sillón de hule cuyos muelles asesinaban la parte del cuerpo que sobre ellos caía. Olmedo quería que su amigo jugase con él a las siete y media; pero como Maximiliano se negase a ello, empezó a hacer solitarios. Puso Feliciana sobre la luz una pantalla de figurines vestidos con pegotes de trapo, y después se echó con indolencia en la butaca, abrigándose con su mantón alfombrado.

—Fortunata —gritó llamando a su amiga, que daba vueltas por toda la casa como si buscara alguna cosa—. ¿Qué se te ha perdido?

—Chica, mi toquilla azul.

—¿Vas a salir ya?

—Sí: ¿qué hora es?

Rubín se alegró de aquella ocasión que se le presentaba de prestar un servicio a mujer tan hermosa, y sacando su reloj con mucha solemnidad, dijo:

—Las nueve menos siete minutos... y medio.

No podía decirse la hora con exactitud más escrupulosa.

—Ya ves —dijo Feliciana—, tienes tiempo... Hasta las diez.

---

[a] [Decía él después que los ojos se le habían quedado doloridos, como si los hubieran dado un golpe; pero esto sería quizás exageración.]

Con que salgas de aquí a las diez menos cuarto... ¿Pero esa toquilla?... Mírala, mírala en esa silla junto a la cómoda.

—¡Ay, hija!... si llega a ser perro me muerde.

Se la puso, envolviéndose la cabeza, echando miradas a un espejo de marco negro que sobre la cómoda estaba, y después se sentó en una silla a hacer tiempo. Entonces Maximiliano la miró mejor. No se hartaba de mirarla, y una obstrucción singular se le fijó en el pecho, cortándole la respiración. ¿Y qué decir? Porque había que decir algo. El pobre joven se sentía delante de aquella hermosura más cortado que en la visita de más campanillas.

—Bien puedes abrigarte —indicó Feliciana a su amiga.

Y Rubín vio el cielo abierto, porque pudo decir en tono de sentencia filosófica:

—Sí, está la noche fresquecita.

—Llévate el llavín —añadió Feliciana—. Ya sabes que el sereno se llama Paco. Suele estar en la taberna.

La otra no desplegaba sus labios. Parecía que estaba de muy mal humor. Maximiliano contemplaba como un bobo aquellos ojos, aquel entrecejo incomparable y aquella nariz perfecta, y habría dado algo de mucho precio porque ella se hubiese dignado mirarle de otra manera que como se mira a los bichos raros. «¡Qué lástima que no sea honrada! —pensaba—. Y quién sabe si lo será; quiero decir, que conserve la honradez del alma en medio de...»

Estaba muy fija en él la idea aquella de las dos honradeces, en algunos casos armonizadas, en otros no. Habló Fortunata poco y vulgar; todo lo que dijo fue de lo menos digno de pasar a la historia: que hacía mucho frío, que se le había descosido un mitón, que aquel llavín parecía la *maza de Fraga*[17], que al volver a casa entraría en la botica a comprar unas pastillas para la tos.

Maximiliano estaba encantado, y no atreviéndose a desplegar los labios, daba su asentimiento con una sonrisa, sin quitar los extáticos ojos de aquel semblante que le parecía angelical.

---

[17] Instrumento de forma idéntica a la de un mazo, pero forrado de hierro, que se empleó en la construcción del puente de madera de la localidad de Fraga (Lérida). Por medio de un aparato formado por dos vigas de gran altura se subía la maza y se la dejaba caer con fuerte impulso para que cayera sobre la estaca que se deseaba clavar. Evidente, pues, la exageración inherente en esta frase-símil. Las llaves tienen un protagonismo importante en *Fortunata y Jacinta*.

Y cuanto ella dijo lo oyó como si fuera una sarta de conceptos ingeniosísimos.

«¡Si es un ángel!... No ha dicho ni una palabra malsonante... ¡Y qué metal de voz! No he oído en mi vida música tan grata... ¿Cómo será el decir esta mujer un *te quiero,* diciéndolo con verdad y con alma?»

Esta idea produjo en la mente de Rubín sacudidas que le duraron mediano rato. Le corrió un frío por el espinazo y vínole cierto picor a la nariz como cuando se ha bebido gaseosa.

Cansado de hacer solitarios, Olmedo se puso a contar cuentos indecentes, lo que a Maximiliano le pareció muy mal. Otras noches había oído anécdotas parecidas y se había reído; pero aquella noche se ponía de todos colores deseando que a su condenado amigo se le secara la boca. «¡Qué desvergüenza contar aquellas marranadas delante de personas... de personas decentes, sí señor!» Estaba Rubín tan desconcertado como si las dos mujeres allí presentes fuesen remilgadas damas o alumnas de un colegio monjil; pero su timidez le impedía mandar callar a Olmedo. Fortunata no se reía tampoco de aquellos estúpidos chistes; pero más bien parecía indiferente que indignada de oírlos. Estaba distraída pensando en sus cosas. ¿Qué cosas serían aquéllas? Diera Maximiliano por saberlas... su hucha con todo lo que contenía. Al acordarse de su tesoro tuvo otra sacudida, y se removió en el asiento lastimándose mucho con el duro contacto de aquellos mal llamados muelles.

—Pero el cuento más salado ¡narices! —dijo Olmedo—, es el del panadero. ¿Lo sabes tú? Cuando aquel obispo fue a la visita pastoral y se acostó en la cama del cura... Veréis...

Fortunata se levantó para marcharse. Ocurrióle a Maximiliano salir detrás de ella para ver adónde iba. Era la manera especial suya de hacer la corte. En su espíritu soñador existía la vaga creencia de que aquellos seguimientos entrañaban una comunicación misteriosa, quizás magnética. Seguir, mirando de lejos, era un lenguaje o telegrafía *sui generis,* y la persona seguida, aunque no volviese la vista atrás, debía de conocer en sí los efectos del fluido de atracción. Salió Fortunata despidiéndose muy friamente, y a los dos minutos se despidió también Maximiliano con ánimo de alcanzarla todavía en el portal. Pero aquel condenado *Ulmus sylvestris* le entretuvo a la fuerza, cogiéndole una mano y apretándosela con bárbaros alardes de vigor muscular, para reírse con los chillidos de dolor que daba el pobre *Rubinius vulgaris.*

—¡Qué asno eres! —exclamó éste, retirando al fin su mano magullada, con los dedos pegados unos a otros—. ¡Vaya unas gracias!... Esto y contar porquerías es tu fuerte. Mejor te pusieras a estudiar.

—*Niño del mérito, papos-castos* [18], ¿quieres hacer el favor de tocarme las narices?

—No te hagas ordinario —dijo Rubín con bondad—. Si no lo eres, si aunque quieras parecerlo no lo puedes conseguir.

Esto lastimó el amor propio de Olmedo más que si su amigo le hubiera llenado de insultos, porque todo lo llevaba con paciencia menos que se le rebajase un pelo de la graduación de perdis que se había dado. Le supo tan mal la indulgencia de Rubín, que salió tras él hasta la puerta, diciéndole entre otras tonterías:

—¡Valiente hipócrita estás tú... narices! Estos silfidones [19], a lo mejor la pegan.

IV

Maximiliano bajó la escalera como la baja uno cuando tiene ocho años y se le ha caído el juguete de la ventana al patio. Llegó sin aliento al portal, y allí dudó si debía tomar a la derecha o a la izquierda de la calle. El corazón le dijo que fuera hacia la calle de San Marcos. Apretó el paso pensando que Fortunata no debía andar muy a prisa y que la alcanzaría pronto. «¿Será aquélla?» Creyó ver la toquilla azul; pero al acercarse notó que no era la nube de su cielo. Cuando veía una mujer *que pudiera ser ella,* acortaba el paso por no aproximarse demasiado, pues acercándose mucho no eran tan misteriosos los encantos del seguimiento. Anduvo calles y más calles, retrocedió, dio vueltas a ésta y la otra manzana, y la *dama nocturna* no parecía. Mayor desconsuelo no sintió en su vida. Si la encontrara era capaz hasta de hablarle y decirle algún amoroso atrevimiento. Se agitó tanto en aquel paseo vagabundo, que a las once ya no se podía tener en pie, y se

---

[18] Galdós creó toda una serie de palabras compuestas —hay otros muchos ejemplos en *Fortunata y Jacinta*— que resultan a veces difíciles de descifrar. ¿Hay que interpretar esta palabra compuesta como una velada referencia a la impotencia-homosexualidad del meritorio a boticario y... al amor de una mujer como Fortunata?

[19] Aquí la alusión a la condición femínea de Maxi es directa.

arrimaba a las paredes para descansar un rato. Irse a su casa sin encontrarla y darse un buen trote con ella... a distancia de treinta pasos, dábale mucha tristeza. Pero al fin se hizo tan tarde y estaba tan fatigado, que no tuvo más remedio que coger el tranvía de Chamberí y retirarse. Llegó y se acostó, deseando apagar la luz para pensar sobre la almohada. Su espíritu estaba abatidísimo. Asaltáronle pensamientos tristes, y sintió ganas de llorar. Apenas durmió aquella noche, y por la mañana hizo propósito de ir al *hotel* de Feliciana en cuanto saliera de clase.

Hízolo como lo pensó, y aquel día pudo vencer un poco su timidez. Feliciana le ayudaba, estimulándole con maña, y así logró Rubín decir a la otra algunas cosas que por disimulo de sus sentimientos quiso que fueran maliciosas.

—Tardecillo vino usted anoche. A las once no había vuelto usted todavía.

Y por este estilo de frases vulgares que Fortunata oía con indiferencia y que contestaba de un modo desdeñoso. Maximiliano reservaba las purezas de su alma para ocasión más oportuna, y con feliz instinto había determinado iniciarse como uno de tantos, como un cualquiera que no quería más que divertirse un rato[a]. Dejóles solos la tunanta de Feliciana, y Rubín se acobardó al principio; pero de repente se rehizo. No era ya el mismo hombre. La fe que llenaba su alma, aquella pasión nacida en la inocencia y que se desarrolló en una noche como un árbol milagroso que surge de la tierra cargado de fruto, le removía y le transfiguraba. Hasta la maldita timidez quedaba reducida a un fenómeno puramente externo. Miró sin pestañear a Fortunata, y cogiéndole una mano, le dijo con voz temblorosa:

—Si usted me quiere querer, yo... la querré más que a mi vida.

Fortunata le miró también a él, sorprendida. Le parecía imposible que el *bicho raro* se expresase así... Vio en sus ojos una lealtad y una honradez que la dejaron pasmada. Después reflexionó un instante, tratando de apoyarse en un juicio pesimista. Se habían burlado tanto de ella, que lo que estaba viendo no podía ser sino una nueva burla. Aquél era, sin duda,

---

[a] [Fortunata no podía disimular las pocas simpatías que Rubín le inspiraba. Tenía el pobrecito tan poca gracia, que cuando quería hacer el perdido e invitar (imitar) las botaratadas de Olmedo, había que pagarle; ¡tan pavisoso se ponía!]

más pillo y más embustero que los demás. Consecuencia de tales ideas fue la sonora carcajada que soltó la mujer aquella ante la faz compungida de un hombre que era todo espíritu. Pero él no se desconcertó, y la circunstancia de verse escuchado con atención, dábale un valor desconocido. ¡Ánimo!

—Si usted me quiere, yo la adoraré, yo la idolatraré a usted...

Revelaba la tal mujer un gran escepticismo, y lo que hacía la muy pícara era tomar a risa la pasión del joven.

—¿Y si probara? —dijo Maximiliano con seriedad que le dio, ¡parece mentira! un tornasol de hermosura—: ¿si le probara a usted de un modo que no dejase lugar a dudas...?

—¿Qué?

—¡Que la idolatraré!... No, que ya la estoy idolatrando.

—¡Tié gracia!... ¡Idolatrando! ¡Ja, ja! —repitió la otra, y devolvía la palabra como se devuelve una pelota en el juego.

Maximiliano no insistió en emplear vocablos muy expresivos. Comprendió que lo ridículo se le venía encima. No dijo más que:

—Bueno, seremos amigos... Me contento con eso por hoy. Yo soy un infeliz, quiero decir, soy bueno. Hasta ahora no he querido a ninguna mujer.

Fortunata le miraba y, francamente, no podía acostumbrarse a aquella nariz chafada, a aquella boca tan sin gracia, al endeble cuerpo que parecía se iba a deshacer de un soplo. ¡Qué siempre se enamoraran de ella tipos así! Obligada a disimular y a hacer ciertos papeles, aunque en verdad no los hacía muy bien, siguió la conversación en aquel terreno.

—Esta noche quiero hablar con usted —dijo Rubín categóricamente—. Vendré a las ocho y media. ¿Me da usted palabra de no salir... o de esperarme para salir conmigo?

Dióle ella la palabra que con tanta necesidad le pedía el joven, y así concluyó la entrevista. Rubín se fue corriendo a su casa.

¡Qué chico! Si parecía otro. Él mismo notaba que algo se había abierto dentro de sí, como arca sellada que se rompe, soltando un mundo de cosas, antes comprimidas y ahogadas. Era la crisis, que en otros es larga o poco acentuada, y allí fue violenta y explosiva. ¡Si hasta se figuraba que era saludable...! ¡Si hasta le parecía que tenía talento...! Como que aquella tarde se le ocurrieron pensamientos magníficos y juicios de una originalidad sorprendente. Había formado de sí mismo un concepto poco favorable como hombre de inteligencia; pero ya, por efecto del súbito amor, creíase capaz de dar quince y raya a más de cuatro. La modestia cedió el puesto a un cierto orgullo que tomaba posesión de su alma... «Pero ¿y si no me quiere? —pensaba desanimándose y cayendo a tierra con las alas rotas—. Es que me tendrá que querer... No es el primer caso... Cuando me conozca...»

Al mismo tiempo la apatía y la pereza quedaban vencidas... Andábanle por dentro comezones y pruritos nuevos, un deseo de hacer algo, y de probar su voluntad en actos grandes y difíciles... Iba por la calle sin ver a nadie, tropezando con los transeúntes, y a poco se estrella contra un árbol del paseo de Luchana. Al entrar en la calle de Raimundo Lulio vio a su tía en el balcón tomando el sol. Verla y sentir un miedo muy grande, pero muy grande, fue todo uno. «¡Si mi tía lo sabe...!» Pero del miedo salió al instante la reacción de valor, y apretó los puños debajo de la capa, los apretó tanto que le dolieron los dedos. «Si mi tía se opone, que se oponga y que se vaya a los demonios.» Nunca, ni aun con el pensamiento, había hablado Maximiliano de doña Lupe con tan poco respeto. Pero los antiguos moldes estaban rotos[a]. Todo el mundo y toda la existencia anteriores a aquel estado novísimo se hundían o se disipaban como las tinieblas al salir el sol. Ya no había tía, ni hermanos, ni familia, ni nada, y quien quiera que se le atravesase en su camino era declarado enemigo. Maximiliano tuvo tal acceso de coraje, que hasta se ofreció a su mente con caracteres odiosos la imagen de doña Lupe, de su segunda madre. Al subir las escaleras de la casa se serenó, pensando que su tía no sabía nada, y si lo sabía, que lo supiera, ¡ea!... «¡Qué carácter estoy echando!», se dijo al meterse en su cuarto.

Cerró cuidadosamente la puerta y cogió la hucha. Su primer impulso fue estrellarla contra el suelo y romperla para sacar el dinero; y ya la tenía en la mano para consumar tan antieconómico propósito, cuando le asaltaron temores de que su tía oyera el ruido y entrase y le armara un cisco. Acordóse de lo orgullosa que estaba doña Lupe de la hucha de su sobrino. Cuando iban visitas a la casa la enseñaba como una cosa rara, sonándola y dando a probar el peso, para que todos se pasmaran de lo arregladito y previsor que era el niño. «Esto se llama formalidad. Hay pocos chicos que sean así...»

Maximiliano discurrió que para realizar su deseo, necesita-

---

[a] Pero los antiguos moldes estaban rotos: Pero su alma, creciendo con aquella espuma hirviente que le había salido de súbito, no reconocía como atendible nada de lo que era anterior a su loca inclinación.

ba comprar otra hucha de barro exactamente igual a aquella y llenarla de cuartos para que sonara y pesara... Se estuvo riendo a solas un rato, pensando en el chasco que le iba a dar a su tía... ¡él, que no había cometido nunca una travesura...! lo único que había hecho, años atrás, era robarle a su tía botones para coleccionarlos. ¡Instintos de coleccionista, que son variantes de la avaricia! Alguna vez llegó hasta cortarle los botones de los vestidos; pero con un solfeo que le dieron no le quedaron ganas de repetirlo. Fuera de esto, nada; siempre había sido la misma mansedumbre, y tan económico que su tía le amaba más quizás por la virtud del ahorro que por las otras.

«Pues señor; manos a la obra. En la cacharrería del paseo de Santa Engracia hay huchas exactamente iguales. Compraré una; miraré bien esta para tomarle bien las medidas.»

Estaba Maximiliano con la hucha en la mano mirándola por arriba y por abajo, como si la fuera a retratar, cuando se abrió la puerta y entró una chiquilla como de doce años, delgada y espigadita, los brazos arremangados, muy atusada de flequillo y sortijillas, con un delantal que le llegaba a los pies. Lo mismo fue verla Maximiliano, que se turbó cual si le hubieran sorprendido en un acto vergonzoso.

—¿Qué buscas tú aquí, chiquilla sin vergüenza?

Por toda contestación, la rapaza le enseñó medio palmo de lengua, plegando los ojos y haciendo unas muecas de careta fea de lo más estrafalario y grotesco que se puede imaginar.

—Sí, bonita te pones... Lárgate de aquí o verás...

Era la criada de la casa. Doña Lupe odiaba las mujeronas, y siempre tomaba a su servicio niñas para educarlas y amoldarlas a su gusto y costumbres[20]. Llamábanla Papitos no sé por qué. Era más viva que la pólvora, activa y trabajadora cuando quería, holgazana y mañosa algunos días. Tenía el cuerpo esbelto, las manos ásperas del trabajo y el agua fría, la cara diablesca, con unos ojos reventones de que sacaba mucho partido para hacer reír a la gente, la boca hocicuda y graciosa, con un juego de labios y unos dientes blanquísimos que eran como de encargo para producir las muecas más extravagantes. Los dos dientes centrales superiores eran enormes, y se le veían siempre, porque ni cuando estaba de morros cerraba completamente la boca.

---

[20] En numerosos pasajes de *Fortunata y Jacinta* comprobamos —aunque no siempre de manera tan explícita como en este caso— que educar es sinónimo de hacer «entrar por el aro». Cfr. I, nota 303.

Oída la conminación que le hizo Maximiliano, Papitos se desvergonzó más. Ella las gastaba así. Cuanto más la amenazaban más pesadita se ponía. Volvió a echar fuera una cantidad increíble de lengua, y luego se puso a decir en voz baja: «Feo, feo...» hasta treinta o cuarenta veces. Esta apreciación, que no era contraria a la verdad ni mucho menos, nunca había inspirado a Rubín más que desprecio; pero en aquella ocasión le indignó tanto, vamos... que de buena gana le hubiera cortado a Papitos toda aquella lenguaza que sacaba.

—Si no te largas, de la patada que te doy...!

Fue tras ella; pero Papitos se puso en salvo. Parecía que volaba. Desde el fondo del pasillo, en la puerta de la cocina, repetía sus burlas, haciendo con las manos gestos de mico. Volvió él a su cuarto muy incomodado y a poco entró ella otra vez.

—¿Qué buscas aquí?

—Vengo *a por* la lámpara para aviarla...

El motivo de haber dicho esto la chiquilla con relativo juicio y serenidad, fue que se oyeron los pasos de doña Lupe, y su voz temerosa:

—Mira, Papitos, que voy allá...

—Tía, venga usted... Está de jarana...

—¡Acusón! —le dijo por lo bajo la chicuela al coger la lámpara—, feón.

—La culpa la tienes tú —añadió severamente doña Lupe, en la puerta—, porque te pones a jugar con ella, le ríes las gracias, y ya ves. Cuando quieres que te respete, no puede ser. Es muy mal criada.

La tía y el sobrino hablaron un instante.

—¿También vendrás tarde esta noche? Mira que las noches están muy frías. Estas heladas son crueles. Tú no estás para valentías.

—No, si no siento nada. Nunca he estado mejor —dijo Rubín, sintiendo que la timidez le ganaba otra vez.

—No hagamos simplezas... Hace un frío horrible. ¡Qué año tan malo! ¿Creerás que anoche no pude entrar en calor hasta la madrugada? Y eso que me eché encima cuatro mantas. ¡Qué atrocidad! Como que estamos entre las *Cátedras de Roma y Antioquía,* que es, según decía mi Jáuregui, el peor tiempo de Madrid[a].

---

[a] *de Roma y Antioquía,* que es, según decía mi Jáuregui, el peor tiempo de Madrid: que es, según decía mi Jáuregui, el peor tiempo de Madrid. Desde el 18 de enero, *Cátedra de San Pedro en Roma*, hasta

V

—¿Va usted esta noche a casa de doña Silvia?—preguntóle Rubín.

—Eso pienso. Si tú sales me dejarás allá, y luego irás a buscarme a las once en punto.

Esto contrariaba a Maximiliano, porque le tasaba el tiempo; pero no dijo nada.

—Y esta tarde, ¿sale usted? —preguntó luego deseando que su tía saliese antes de comer, para verificar, mientras ella estuviese fuera, la sustitución de las huchas.

—Puede que me llegue un ratito a casa de Paca Morejón.

—Yo la acompañaré a usted... Tengo que ir a ver a Narciso para que me preste unos apuntes. La dejaré a usted en la calle de la Habana[21].

Doña Lupe fue a la cocina y le armó una gran chillería a Papitos porque había dejado quemar el principio. Pero la chica estaba muy acostumbrada a todo, y se quedaba tan fresca. Como que acabadita de oírse llamar con las denominaciones más injuriosas y de recibir un pellizco que le atenazaba la carne, poníase detrás de su ama a hacer visajes y a sacar la lengua, mientras se rascaba el brazo dolorido.

—Si creerás tú que no te estoy viendo, bribona —decía doña Lupe sin volverse, entre risueña y enojada.

Ya no se podía pasar sin ella. Necesitaba tener una criatura a quien reprender y enseñar por los procedimientos suyos.

Púsose la mantilla doña Lupe, y tía y sobrino salieron. La primera se quedó en la calle de Arango, y el segundo se fue a comprar la hucha y tornó a su casa. Había llegado la ocasión de consumar el atentado, y el que durante la premeditación se mostraba tan valeroso, cuando se aproximaba el instante crítico sentía vivísima inquietud. Empezó por asegurarse de la curiosidad de Papitos, echando la llave a la puerta después de encender la luz; pero ¿cómo asegurarse de su propia conciencia que se le alborotaba, pintándole la falta proyectada como

---

el 22 de febrero, *Cátedra de San Pedro en Antioquía*, se hielan los pajaritos en Madrid. No hay tiempo peor.

[21] La calle de la Habana (hoy Paseo de Eloy Gonzalo) y la de Arango (absorbida en Juan de Austria) lindan con la calle Sagunto.

nefando delito[a]? Comparó las dos huchas, observando con satisfacción que eran exactamente iguales en volumen y en el color del barro. No era posible que nadie advirtiese la sustitución. Manos a la obra. Lo primero era romper la primitiva para coger el oro y la plata, pasando a la nueva la calderilla, con más de dos pesetas en *perros* que al objeto había cambiado en la tienda de comestibles. Romper la olla sin hacer ruido era cosa imposible. Permaneció un rato sentado en una silla junto a la cama, con las dos huchas sobre ésta, acariciando suavemente la que iba a ser víctima. La mirada vagaba alrededor de la luz, cazando una idea. La luz iluminaba la mesilla cubierta de hule negro, sobre el cual estaban los libros de estudio, forrados con periódicos y muy bien ordenados por doña Lupe; dos o tres frascos de sustancias medicinales, el tintero y varios números de *La Correspondencia*. La mirada del joven revoloteó por la estrecha cavidad del cuarto, como si siguiera las curvas del vuelo de una mosca, y fue de la mesa a la percha en que pendían aquellos moldes de sí mismo, su ropa, el chaqué que reproducía su cuerpo y los pantalones que eran sus propias piernas colgadas como para que se estiraran. Miró después la cómoda, el baúl y las botas que sobre él estaban, sus propios pies cortados, pero dispuestos a andar. Un movimiento de alegría y la animación de la cara indicaron que Maximiliano había atrapado la idea. Bien lo decía él: con aquellas cosas se había vuelto de repente hombre de talento. Levantóse, y cogiendo una bota salió y fue a la cocina, donde estaba Papitos cantando.

—Chiquilla, ¿me das la mano del almirez? Esta bota tiene un clavo tremendo, pero tremendo, que me ha dejado cojo.

Papitos cogió la mano del almirez, haciendo el ademán de machacar al señorito la cabeza.

—Vamos, niña, estate quieta. Mira que le cuento todo a la tía. Me encargó que tuviera cuidado contigo, y que si te movías de la cocina, te diera dos coscorrones.

Papitos se puso a picar la escarola, sin dejar de hacer visajes.

—Y yo le diré —replicó—, yo le diré lo que hace... el muy trapisondista...

Maximiliano se estremeció.

---

[a] [El recuerdo de Fortunata, que invocaba con estímulos de la mente, le devolvía los ánimos; pero así y todo, no las tenía todas consigo.]

—Tonta, ¿qué es lo que yo hago?... —dijo sorteando su turbación.

—Encerrarse en su cuarto, ¡ay olé!, ¡ay olé!... para que nadie le vea; pero yo le he visto por el agujero de la llave... ¡ay olé!, ¡ay olé!...

—¿Qué?

—Escribiéndole cartas a la novia.

—Mentira... ¿Yo...? Quita allá, enredadora...

Volvió a su cuarto, llevando la mano del almirez, y echada otra vez la llave, tapó el agujero con un pañuelo.

—Ella no mirará; pero por si se le ocurre...

El tiempo apremiaba y doña Lupe podía venir. Cuando cogió la hucha llena, el corazón le palpitaba y su respiración era difícil. Dábale compasión de la víctima, y para evitar su enternecimiento, que podría frustrar el acto, hizo lo que los criminales que se arrojan frenéticos a dar el primer golpe para perder el miedo y acallar la conciencia, impidiéndose el volver atrás. Cogió la hucha y con febril mano le atizó un porrazo. La víctima exhaló un gemido seco. Se había cascado, pero no estaba rota aún. Como este primer golpe fue dado sobre el suelo, le pareció a Maximiliano que había retumbado mucho, y entonces puso sobre la cama el cacharro herido. Su azoramiento era tal que casi le pega a la hucha vacía en vez de hacerlo a la llena; pero se serenó diciendo: «¡Qué tonto soy! Si esto es mío, ¿por qué no he de disponer de ello cuando me dé la gana?» Y leña, más leña... La infeliz víctima, aquel antiguo y leal amigo, modelo de honradez y fidelidad, gimió a los fieros golpes, abriéndose al fin en tres o cuatro pedazos. Sobre la cama se esparcieron las tripas de oro, plata y cobre. Entre la plata, que era lo que más abundaba, brillaban los centenes como las pepitas amarillas de un melón entre la pulpa blanca. Con mano trémula, el asesino lo recogió todo menos la calderilla, y se lo guardó en el bolsillo del pantalón. Los cascos esparcidos semejaban pedazos de un cráneo, y el polvillo rojo del barro cocido que ensuciaba la colcha blanca parecióle al criminal manchas de sangre. Antes de pensar en borrar las huellas del estropicio, pensó en poner los cuartos en la hucha nueva, operación verificada con tanta precipitación que las piezas se atragantaban en la boca y algunas no querían pasar. Como que la boca era un poquitín más estrecha que la de la muerta. Después metió el cobre de las dos pesetas que había cambiado.

No había tiempo que perder. Sentía pasos. ¿Subiría ya doña

Lupe? No, no era ella; pero pronto vendría y era forzoso despachar. Aquellos cascos, ¿dónde los echaría? He aquí un problema que le puso los pelos de punta al asesino. Lo mejor era envolver aquellos despojos sangrientos en un pañuelo y tirarlos en medio de la calle cuando saliera. ¿Y la sangre? Limpió la colcha como pudo, soplando el polvo. Después advirtió que su mano derecha y el puño de la camisa conservaban algunas señales, y se ocupó en borrarlas cuidadosamente. También la mano del almirez necesitó de un buen limpión. ¿Tendría algo en la ropa? Se miró bien de pies a cabeza. No había nada, absolutamente nada. Como todos los matadores en igual caso, fue escrupuloso en el examen; pero a estos desgraciados se les olvida siempre algo, y donde menos lo piensan se conserva el dato acusador que ilumina a la justicia.

Lo que desconcertó a Rubín cuando creyó concluida su faena, fue la aprensión de advertir que la hucha nueva no se parecía nada a la sacrificada. ¿Cómo antes del crimen las vio tan iguales que parecían una misma? Error de los sentidos. También podía ser error la diferencia que después del crimen notaba. ¿Se equivocó antes o se equivocaba después? En la enorme turbación de su ánimo no podía decidir nada. «Pero si, basta tener ojos —decía—, para conocer que esta hucha no es aquélla... En ésta el barro es más recocho, de color más oscuro, y tiene por aquí una mancha negra... A la simple vista se ve que no es la misma... Dios nos asista. ¿A ver el peso?... Pues el peso me parece que es menor en ésta... No, más bien mayor, mucho mayor... ¡Fatalidad!»

Quedóse parado un largo rato mirando a la luz y viendo en ella a doña Lupe en el acto de coger la hucha falsa y decir: «Pero esta hucha... no sé... me parece... no es la misma.»

Dando un gran suspiro, envolvió rápidamente en un pañuelo los destrozados restos de la víctima, y los guardó en la cómoda hasta el momento de salir. Puso la nueva hucha en el sitio de costumbre, que era el cajón alto de la cómoda, abrió la puerta, quitando el pañuelo que tapaba el agujero de la llave, y después de llevar a la cocina el instrumento alevoso, volvió a su cuarto con idea de contar el dinero... Pero si era suyo ¿a qué tanto miedo y zozobra? Él no había robado nada a nadie, y sin embargo, estaba como los ladrones. Más derecho era referir a su tía lo que le pasaba, que no andar con tapujos. Sí, buena se pondría doña Lupe si él le contara su aventura y el empleo que daba a sus ahorros... Valía más callar, y adelante[a].

No pudo entretenerse en contar su tesoro, porque entró doña Lupe, dirigiéndose inmediatamente a la cocina. Maximiliano se paseaba en su cuarto esperando que le llamasen a comer, y hacía cálculos mentales sobre aquella desconocida suma que tanto le pesaba.

—Mucho debe ser, pero mucho —calculaba—; porque en tal tiempo eché un dobloncito de cuatro, y en cual tiempo otro. Y cuando tomé la medicina aquella que sabía tan mal, me dio mi tía dos duritos, y cada vez que había que tomar purga un durito o medio durito. Lo que es monedas de a cinco, puede que pasen de quince.

Sintió que le renacía el valor. Pero cuando le llamaron a comer, y fue al comedor y se encaró con su tía, pensó que ésta le iba a conocer en la cara lo que había hecho. Mirábale ella lo mismo que el día infausto en que le robara los botones arrancándolos de la ropa... Y al sobrinito se le alborotó la conciencia, haciéndole ver peligros donde no los había.

«Me parece —cavilaba, tragando la sopa—, que la colcha no ha quedado muy limpia... Caspitina, se me olvidó una cosa; pero una cosa muy importante... ver si habían caído pedacitos de barro en alguna parte. Ahora recuerdo que oí *tin*, como si un casquillo saltara en el momento del golpe y fuera a chocar disparado con el frasco de ioduro. En el suelo quizás... ¡y mi tía barre todos los días!... ¡Cómo me mira...! Si sospechará algo... Lo que ahora me faltaba era que mi tía hubiese pasado por la tienda al volver de casa de las de Morejón, y le hubiera dicho el tendero: "Aquí estuvo su sobrino a cambiar dos pesetas en calderilla."»

El mirar escrutador de doña Lupe no tenía nada de particular. Acostumbraba ella estudiarle la cara, para ver cómo andaba de salud, y el tal semblante era un libro en que la buena señora había aprendido más Medicina que Farmacia su sobrino en los textos impresos.

—Me parece que tú no andas bien... —le dijo—. Cuando entré te sentí toser... Estas heladas... Por Dios, ten mucho cuidado; no tengamos aquí otra como la del año pasado, que empalmaste cuatro catarros y por poco pierdes el curso. No olvides de liarte el pañuelo de seda en la cabeza, de noche.

---

[a] [Bien hacía en disponer de sus ahorros como quisiera, pues el dinero para algo había de servir.]

cuando te acuestes: y yo que tú empezaría a tomar el agua de brea... No hagas ascos. Es bueno curarse en salud. Por sí o por no, mañana te traigo las pastillas de Tolú[22].

Con esto se tranquilizó el joven comprendiendo que las miradas no eran más que la inspección médica de todos los días. Comieron y se prepararon para salir. El criminal se embozó bien en la capa y apagó la luz de su cuarto para coger los restos de la víctima y sacarlos ocultamente. Como las monedas que en el bolsillo del pantalón llevaba no eran paja, se denunciaban sonando una contra otra. Por evitar este ruido importuno, Maximiliano se metió un pañuelo en aquel bolsillo, atarugándolo bien para que las piezas de plata y oro no chistasen, y así fue en efecto, pues en todo el trayecto desde Chamberí hasta la casa de Torquemada el oído de doña Lupe, que siempre se afinaba con el rumor de dinero como el oído de los gatos con los pasos de ratón, y hasta parecía que entiesaba las orejas, no percibió nada, absolutamente nada. El sobrinito, cuando creía que las monedas se movían, atarugaba el bolsillo como quien ataca un arma. ¡Creeríase que le había salido un tumor en la pierna!...

---

[22] El *agua de brea* se usa como antiséptica y balsámica. Las *pastillas de Tolú* son anticatarrales. En *El Imparcial* (8 de marzo de 1875) había el siguiente anuncio: «Jarabe de Brea y Tolú. Preparación eficazmente recomendada en la tos, fatiga, ronquera, asma, catarros de los bronquios y pulmón, y muy principalmente en los de la vejiga. Frasco 6 y 12 rs."reales". Botica Sánchez Ocaña, Atocha, 35.»

II

Afanes y contratiempos de un redentor

I

Grande fue el asombro de Fortunata aquella noche cuando vio que Maximiliano sacaba puñados de monedas diferentes, y contaba con rapidez la suma, apartando el oro de la plata. Á la sopresa un tanto alegre de la joven, siguió pronto sospecha de que su improvisado amigo hubiese adquirido aquel caudal por medios no muy limpios. Creyó ver en él un hijo de familia que, arrastrado de la pasión y cegado por la tontería, se había incautado de la caja paterna. Esta idea la mortificó mucho, haciéndole ver la cruel insistencia con que su destino la maltrataba. Desde que fue lanzada a los azares de aquella vida, se había visto siempre unida a hombres groseros, perversos o tramposos, *lo peor de cada casa*[a].

No dejó entrever a Maximiliano sus sospechas sobre la procedencia del dinero, que, viniera de donde viniese, no podía ser mal recibido[b], y poco a poco se fue tranquilizando al ver que el apreciable muchacho hacía alarde de poseer ideas

---

[a] [Sin duda no podía esperar otra clase de compañías en vida tan miserable. El embotamiento progresivo de su sentido moral no le impedía conocer que aquello era malo, muy malo y que aún podría llegar a ser mucho peor.]

[b] y poco a poco se fue tranquilizando: Pero le recordaba la serie de perdularios que a su lado tuvo en los últimos tres años, algunos reclamados por la justicia, otros envueltos por sí mismos en vergonzosa red de trampas, líos y miserias.

económicas enteramente contrarias a las de sus predecesores.

—Esto —dijo mostrándole un grupito de monedas de oro—, es para que desempeñes la ropa que te sea más necesaria... Los trajes de lujo, el abrigo de terciopelo, el sombrero y las alhajas se sacarán más adelante, y se renovará el préstamo para que no se pierdan. Olvídate por ahora de todo lo que es pura ostentación. Acabóse el barullo. Se gastará nada más que lo que se tenga, para no hacer ni una trampa, pero ni una sola trampa. Fíjate bien.

Esta sensatez era cosa nueva para Fortunata, y empezó a corregir algo sus primeras ideas acerca de su amante y a considerarle mejor que los demás. En los días siguientes Olmedo confirmó esta buena opinión, hablándole con vivos encarecimientos de la formalidad de aquel chico y de lo muy arregladito que era.

Quedó convenido entre Fortunata y su protector tomar un cuarto que estaba desalquilado en la misma casa. Rubín insistió mucho en la modestia y baratura de los muebles que se habían de poner, porque... (para que se vea si era juicioso) «conviene empezar por poco». Después se vería, y el humilde hogar iría creciendo y embelleciéndose gradualmente. Aceptaba ella todo[a] sin entusiasmo ni ilusión alguna, más bien *por probar*. Maximiliano le era poco simpático; pero en sus palabras y en sus acciones había visto desde el primer momento la persona decente, novedad grande para ella. Vivir con una persona decente despertaba un poco su curiosidad. Dos días estuvo ocupada en instalarse. Los muebles se los alquiló una vecina que había levantado casa, y Rubín atendió a todo con tal tino, que Fortunata se pasmaba de sus admirables dotes administrativas, pues no tenía ni idea remota de aquel ingenioso modo de defender una peseta, ni sabía cómo se recorta un gasto para reducirlo de seis a cinco, con otras artes financieras que el excelente chico había aprendido de doña Lupe.

Tratando de medir el cariño que sentía por su amiga, Maximiliano hallaba pálida e inexpresiva la palabra querer, teniendo que recurrir a las novelas y a la poesía en busca del verbo amar, tan usado en los ejercicios gramaticales como olvidado en el lenguaje corriente. Y aun aquel verbo le parecía desabrido para expresar la dulzura y ardor de su cariño. Adorar,

---

[a] Aceptaba ella todo: Si ella se conformaba con una existencia modesta, todo iría bien, y él estaba dispuesto a los mayores sacrificios porque nada le faltase. Asintió Fortunata a todo

idolatrar y otros cumplían mejor su oficio de dar a conocer la pasión exaltada de un joven enclenque de cuerpo y robusto de espíritu[a].

Cuando el enamorado se iba a su casa, llevaba en sí la impresión de Fortunata transfigurada. Porque no ha habido princesa de cuento oriental ni dama del teatro romántico que se ofreciera a la mente de un caballero con atributos más ideales ni con rasgos más puros y nobles. Dos Fortunatas existían entonces, una la de carne y hueso, otra la que Maximiliano llevaba estampada en su mente. De tal modo se sutilizaron los sentimientos del joven Rubín con aquel extraordinario amor, que éste le inspiraba no sólo las buenas acciones, el entusiasmo y la abnegación, sino también la delicadeza llevada hasta la castidad. Su naturaleza pobre no tenía exigencias; su espíritu las tenía grandes, y éstas eran las que más le apremiaban. Todo lo que en el alma humana puede existir de noble y hermoso brotó en la suya, como los chorros de lava en el volcán activo. Soñaba con redenciones y regeneraciones, con lavaduras de manchas y con sacar del pasado negro de su amada una vida de méritos. El generoso galán veía los más sublimes problemas morales en la frente de aquella infeliz mujer, y resolverlos en sentido del bien parecíale la más grande empresa de la voluntad humana. Porque su loco entusiasmo le impulsaba a la salvación social y moral de su ídolo, y a poner en esta obra grandiosa todas las energías que alborotaban su alma. Las peripecias vergonzosas de la vida de ella no le descontaban, y hasta medía con gozo la hondura del abismo del cual iba a sacar a su amiga; y la había de sacar pura o purificada. En aquellas confidencias que ambos tenían, creía Maximiliano advertir en la pecadora un cierto fondo de rectitud y menos corrupción de lo que a primera vista parecía. ¿Se equivocaría en esto? A veces lo sospechaba; pero su buena fe triunfaba al instante de esta sospecha. Lo que sí podía sostener sin miedo a equivocarse era que Fortunata tenía vivos deseos de mejorar su personalidad, es decir, de adecentarse y pulirse. Su ignorancia era, como puede suponerse, completa. Leía muy mal y a trompicones, y no sabía escribir.

Lo esencial del saber, lo que saben los niños y los paletos, ella lo ignoraba, como lo ignoran otras mujeres de su clase y aún de clase superior. Maximiliano se reía de aquella incultura

---

[a] enclenque de cuerpo y robusto de espíritu: raquítico a quien le había salido un volcán dentro del alma.

rasa, tomando en serio la tarea de irla corrigiendo poco a poco. Y ella no disimulaba su barbarie; por el contrario, manifestaba con graciosa sinceridad sus ardientes deseos de adquirir ciertas ideas y de aprender palabras finas y decentes. Cada instante estaba preguntando el significado de tal o cual palabra, e informándose de mil cosas comunes. No sabía lo que es el Norte y el Sur. Esto le sonaba a cosa de viento; pero nada más. Creía que un senador es algo del Ayuntamiento. Tenía sobre la imprenta ideas muy extrañas, creyendo que los autores mismos ponían en la página aquellas letras tan iguales. No había leído jamás libro ninguno, ni siquiera novela. Pensaba que Europa es un pueblo y que Inglaterra es un país de acreedores[23]. Respecto del sol, la luna y todo lo demás del firmamento, sus nociones pertenecían al orden de los pueblos primitivos. Confesó un día que no sabía quién fue Colón. Creía que era un general, así como O'Donnell o Prim. En lo religioso no estaba más aventajada que en lo histórico. La poca doctrina cristiana que aprendió se le había olvidado. Comprendía a la Virgen, a Jesucristo y a San José; les tenía por buenas personas, pero nada más. Respecto a la inmortalidad y a la redención, sus ideas eran muy confusas. Sabía que arrepintiéndose uno, bien arrepentido, se salva; eso no tenía duda, y por más que dijeran, nada que se relacionase con el amor era pecado.

Sus defectos de pronunciación eran atroces[a]. No había fuerza humana que le hiciera decir *fragmento, magnífico, enigma* y otras palabras usuales. Se esforzaba en vencer esta dificultad, riendo y machacando en ella; pero no lo conseguía. Las *eses* finales se le convertían en *jotas*, sin que ella misma lo notase ni evitarlo pudiera, y se comía muchas sílabas. Si supiera ella qué bonita boca se le ponía al comérselas, no intentara enmendar su graciosa incorrección. Pero Maximiliano se había erigido en maestro, con rigores de dómine e ínfulas de académico. No la dejaba vivir, y estaba en acecho de los solecismos para caer sobre ellos como el gato sobre el ratón.

—No se dice *diferiencia,* sino diferencia. No se dice *Jacometrenzo,* ni *Espíritui Santo,* ni *indilugencias.* Además *escamón* y

---

[a] Sus defectos de pronunciación eran atroces. Las imperfecciones de su pronunciación se acomodaban a la cortedad de sus conocimientos.

[23] Se explica porque en el lenguaje coloquial de la época —y en menor medida todavía hoy— *inglés* es sinónimo de *acreedor.*

escamarse son palabras muy feas, y llamar *tiologías* a todo lo que no se entiende es una barbaridad. Repetir a cada instante *pa chasco* es costumbre ordinaria, etc...

Lo mejorcito que aquella mujer tenía era su ingenuidad. Repetidas veces sacó Maximiliano a relucir el caso de la deshonra de ella, por ser muy importante este punto en el plan de regeneración. El inspirado y entusiasta mancebo hacía hincapié en lo malos que son los señoritos y en la necesidad de una ley a la inglesa que proteja a las muchachas inocentes contra los seductores. Fortunata no entendía palotada de estas leyes. Lo único que sostenía era que el tal Juanito Santa Cruz era el único hombre a quien había querido de verdad, y que le amaba siempre. ¿Por qué decir otra cosa? Reconociendo el otro con caballeresca lealtad que esta consecuencia era laudable, sentía en su alma punzada de celos, que trastornaba por un instante sus planes de redención.

—¿Y le quieres tanto, que si le vieras en algun peligro le salvarías?

—Claro que sí... me lo puedes creer. Si le viera en peligro, le sacaría en bien, aunque me perdiera yo. No sé decir más que lo que me sale de *entre mí* [24]. Si no es verdad esto, que no llegue a la noche con salud.

Se puso tan guapa al hacer esta declaración, que Rubín la miró mucho antes de decir:

—No, no jures; no necesitas jurarlo. Te creo. Di otra cosa. Y si ahora entrara por esa puerta y te dijera: «Fortunata, ven», ¿irías?

Fortunata miró a la puerta. Rubín tragaba saliva y buscaba en el sitio donde tenemos el bigote algo que retorcer, y encontrando sólo unos pelos muy tenues, los martirizaba cruelmente.

—Eso... según... —dijo ella plegando su entrecejo—. Me iría o no me iría...

---

[24] «Entre mí» —una fórmula que se repetirá con pequeñas variantes: «para entre mí», «de entre sí», etc.— será expresión de una sorprendente intuición que irá paulatinamente cuajando en Fortunata hasta iluminarle la realidad y dar sentido y finalidad a su existencia.

II

Maximiliano quería saberlo todo. Era como el buen médico que le pide al enfermo las noticias más insignificantes del mal que padece y de su historia para saber cómo ha de curarle. Fortunata no ocultaba nada, eso bueno tenía, y el doctor amante se encontraba a veces con más quizás de lo necesario para la prodigiosa cura. ¡Y qué horrorizado se quedaba oyendo contar lo mal que se portó el seductor de aquella hermosura! El honradísimo aprendiz de farmacéutico no comprendía que pudieran existir hombres tan malos, y las penas todas del infierno parecíanle pocas para castigarles. Criminal más perverso que los asesinos y ladrones era, según él, el señorito seductor de doncella pobre, que le hacía creer que se iba a casar con ella, y después la dejaba plantada en medio del arroyo con su chiquillo o con las vísperas. ¿Por cuánto haría esto él, Maximiliano Rubín?... El tal Juanito Santa Cruz era, pues, el hombre más infame, más execrable y vil que se podía imaginar. Pero la misma ofendida no extremaba mucho, como parecía natural, los anatemas contra el seductor, por cuya razón tuvo Maximiliano que redoblar su furia contra él, llamándole monstruo y otras cosas muy malas. Fortunata veíase forzada a repetirlo; pero no había medio de que pronunciara la palabra *monstruo*. Se le atravesaba como otras muchas, y al fin, después de mil tentativas que parecían náuseas, la soltaba de entre sus bonitísimos dientes y labios, como si la escupiera.

Prefería contar particularidades de su infancia. Su difunto padre poseía un cajón en la plazuela, y era hombre honrado. Su madre tenía, como Segunda, su tía paterna, el tráfico de huevos. Llamábanla a ella desde niña la *Pitusa,* porque fue muy raquítica y encanijada hasta los doce años; pero de repente dio un gran estirón y se hizo mujer de talla y de garbo. Sus padres se murieron cuando ella tenía doce años... Oía estas cosas Maximiliano con mucho placer. Pero con todo, mandábala que fuese al grano, a las cosas graves, como lo referente al hijo que había tenido. Cuando parte de esta historia fue contada, al joven le faltó poco para que se le saltaran las lágrimas. La tierna criatura sin más amparo que su madre pobre, la aflicción de ésta al verse abandonada, eran en verdad un cuadro tristísimo que partía el corazón. ¿Por qué no le citó ante los tribunales? Es lo que debía haber hecho.

A esos tunantes hay que tratarles a la baqueta. Otra cosa. ¿Por qué no se le ocurrió darle un escándalo, ir a la casa con el crío en brazos y presentarse a doña Bárbara y a D. Baldomero y contarles allí bien clarito la gracia que había hecho su hijo?... Pero no, esto no hubiera sido muy conforme con la dignidad. Más valía despreciarle, dejándole entregado a su conciencia, sí, a su conciencia, que buen jaleo le había de armar tarde o temprano.

Fortunata, al oír esto, fijaba sus ojos en el suelo, repitiendo como una máquina aquello de que lo mejor era el desprecio. Sí, despreciarle, repetía el otro, pues era ignominia solicitar su protección. Aunque le dieran lo que le dieran, no era capaz Fortunata de decir *ignominia*. Maximiliano insistió en que había sido una gran falta pedir amparo al mismo Juanito Santa Cruz, a aquel infame, cuando volvió ella a Madrid y le cayó su niño enfermo[a].

—Pero, tontín, si no es por él, no hubiéramos tenido con qué enterrarle —dijo Fortunata saliendo a la defensa de su propio verdugo.

—Primero le dejo yo insepulto, que recurrir... La dignidad, hija, es antes que todo. Fíjate bien en esto. Lo que quiero saber ahora es qué sujeto era ese con quien te uniste después, el que te sacó de Madrid y te llevó de pueblo en pueblo como los trastos de una feria.

—Era un hombre traicionero y malo —dijo Fortunata con desgana, como si el recuerdo de aquella parte de su vida le fuera muy desagradable—. Me fui con él porque me vi perdida, y no tenía a dónde volverme. Era hermano de un vecino nuestro en la Cava de San Miguel. Primeramente tuvo un cajón de casquería en la plaza, y después puso tienda de quincalla. Iba a todas las ferias con un sin fin de arcas llenas de baratijas, y armaba tiendas. Le llamaban *Juárez el negro* por tener la color muy morena. Viéndome tan mal, me ofreció el oro y el moro, y que iba a hacer y a acontecer. Mi tía me echó de la casa y mi tío se desapareció. Yo estaba enferma, y Juárez me dijo que si me iba con él, me llevaría a baños. Decía que ganaba montones y montones en las romerías, y que yo iba a estar como una reina. No se podía casar conmigo porque era casado, pero en cuantito que se muriera su mujer, que era una borrachona, cumpliría, sí señor, cumpliría conmigo.

---

[a] le cayó su niño enfermo.: le cayó enfermo el *inocente fruto de sus amores.*

Y siguió relatando con rapidez aquella página fea, deseando concluirla pronto. Lo del señorito Santa Cruz, siendo tan desastroso, lo refería con prolijidad y aun con cierta amarga complacencia; pero lo de *Juárez el negro* salía de sus labios como una confesión forzada o testimonio ante los tribunales, de esos que van quemando la boca a medida que salen. ¡Cuánto le pesó ponerse en manos de aquel hombre! Era un perdido, un charrán, una mala persona. Hubiérase resistido a seguirle, si no le empujaran a ello los parientes con quienes vivía, los cuales no tenían maldita gana de mantenerle el pico. Pronto vio que todo lo que ofrecía *Juárez el negro* era conversación. No ganaba un cuarto; con el mundo entero armaba camorra, y todo el veneno que iba amasando en su maldecida alma, por la mala suerte, lo descargaba sobre su querida... En fin, vida más arrastrada no la había pasado ella nunca ni esperaba volverla a pasar... Con el dinero que Juanito Santa Cruz les dio, cuando estuvieron en Madrid y se murió el niñito, hubiera podido el muy bestia de Juárez arreglar su comercio; pero ¿qué hizo? Beber y más beber. El vinazo y el aguardiente le remataron. Una mañana despertó ella oyéndole dar unos grandes gruñidos... así como si le estuvieran apretando el tragadero. ¿Qué era? Que se estaba muriendo. Saltó espantada de la cama, y llamó a los vecinos. No hubo tiempo de *suministrarle* y sólo le cogió la Unción. Esto pasaba en Lérida. A los dos días, vendió sus cuatro trastos y con los cuartos que pudo juntar plantóse en Barcelona. Había hecho juramento de no volver a tratar con animales. Libertad, libertad y libertad era lo que le pedían el cuerpo y el alma.

La verdad ante todo. ¿Para qué decir una cosa por otra? La franqueza es una virtud cuando no se tienen otras, y la franqueza obligaba a Fortunata a declarar que en la primera temporada de anarquía moral se había divertido algo, olvidando sus penas como las olvidan los borrachos. Su éxito fue grande, y su falta de educación ayudaba a cegarla. Llegó a creer que encenegándose mucho se vengaba de los que la habían perdido, y solía pensar que si el pícaro Santa Cruz la veía hecha un brazo de mar, tan elegantona y triunfante, se le antojaría quererla otra vez. ¡Pero sí, para él estaba...! Contó a renglón seguido tantas cosas, que Maximiliano se sintió lastimado. Tuvo precisión de *echar un velo,* como dicen los retóricos, sobre aquella parte de la historia de su amada. El velo tenía que ser muy denso porque la franqueza de Fortunata arrojaba luz vivísima sobre los sucesos referidos, y su pintoresco lenguaje los hacía reverberar... Dio ella entonces algunos cortes a su relación, comiéndose no ya las letras sino párrafos y capítulos enteros y he aquí en sustancia lo que dijo: Torrellas, el célebre paisajista catalán, era tan celoso que no la dejaba vivir. Inventaba mil tormentos armándole trampas para ver si caía o no caía. Tan odioso llegó a serle aquel hombre, que al fin se dejó ella caer. Metióse adrede en la trampa, conociéndola, por gusto de jugarle una partida al muy majadero, porque así se vengaba de las muchas que le habían jugado a ella. Y nada más... total, que por poco la mata el condenado pintor de árboles... Lo que más quemaba a éste era que la infidelidad había sido con un íntimo amigo suyo, pintor también, autor del cuadro de David mirando a... Fortunata no se acordaba del nombre, pero era una que estaba bañándose... A ninguno de los dos artistas quería ella; por ninguno de los dos hubiera dado dos cuartos, si se compraran con dinero. Más que ellos valían sus cuadros. Desde que engañó al primero con el segundo, se le puso en la cabeza la idea de pegársela a los dos con otro, y la satisfacción de este deseo se la proporcionó un empleado joven, pobre y algo simpático que se parecía mucho a Juanito Santa Cruz.

Otro velo... Maximiliano se vio precisado a echar otro velo...

—Cállate, hazme el favor de callarte —le dijo, pensando que, según iba saliendo la historia, necesitaba lo menos una pieza de tul. Pero ella siguió narrando.

Pues como iba diciendo[a], el tal joven salió también un buen punto. Una mañana, mientras ella dormía, le empeñó todas sus alhajas, para jugar. Y aquí paz... Vino después un viejo que le daba mucho dinero y la llevó a París donde se engalanó y afinó extraordinariamente su gusto para vestirse. ¡Viejo más cuco!... Había sido general carcunda en la otra guerra, y trataba mucho con gente de sotana. Era muy vicioso y le daba muchas jaquecas con *tantismas* incumbencias que tenía. Un día se quemó ella y le plantó en la calle. Sucesor, Camps, que le puso casa con gran rumbo. Parecía hombre muy rico; pero luego resultó que era un trampa-larga. Antes de venir a Madrid le dio ella olor de chubasco, y a poco de estar aquí vio que se le venía la tempestad encima. Camps traía recomenda-

---

[a] ella... iba diciendo: el impulso adquirido en la narración no le permitía detenerse, y su franqueza, cuando se calentaba, iba más lejos quizás de lo que a la discreción convenía. Por cierto,

ciones para el director del Tesoro, y quiso cobrar unos pagarés falsos de fusiles que se suponían comprados por el Gobierno. Una noche entró en casa muy enfurruñado, trincó una maleta pequeña, llenóla de ropa, pidió a Fortunata· todo el dinero que tenía y dijo que iba al Escorial. Escorial fue, que no ha vuelto a parecer. Lo demás bien lo sabía Maximiliano... El sucesor de Camps había sido él, y ya se le conocía en cierto resplandor de sus ojos el orgullo que la herencia le produjera. Porque bien claro lo había dicho Fortunata. ¡Gracias a Dios que encontraba en su camino una persona decente!ᵃ

Sentíase Maximiliano poseedor de una fuerza redentora, hermana de las fuerzas creadoras de la Naturaleza. ¡Ya vería el mundo la irradiación de bondad y de verdad que él iba a arrojar sobre aquella infeliz víctima del hombre! Desde que la conoció y sintió que el Cielo se le metía en su alma, todo en él fue idealismo, nobleza y buenas acciones. ¡Qué diferencia entre él y los perdularios en cuyas manos estuvo antes aquella pobrecita! Por mucho que se rebuscara en la vida de Rubín, no se encontrarían más que dolores de cabeza y otras molestias físicas; pero a ver, que le sacaran algún acto ignominioso, ni siquiera una falta.

III

Una de las cosas a que Maximiliano daba más importancia para poner en ejecución su plan redentorista era que Fortunata le amara, porque sin esto la sublime obra iba a tener sus dificultades. Si Fortunata se prendaba de él, aunque se prendara por lo moral, que es la menor cantidad de amor posible, no era tan difícil que él la convirtiera al bien por la atracción de su alma. De esta necesidad de amor previo emanaba la insistencia con que Maximiliano le preguntaba a su ídolo si le quería ya algo, si le iba queriendo. Algunas veces contestaba ella que sí con esa facilidad mecánica y rutinaria de los niños aplicados que se saben la lección; otras veces, más sincera y reflexiva, respondía que el cariño no depende de la voluntad ni menos de la razón, y por esto acontece que una mujer, que no tiene pelo de tonta, se enamorisca de cualquier pelagatos, y da calabazas a las personas decentes. Aseguraba estar muy agra-

---

ᵃ [La persona decente era él; y su indubitable valer moral iba a probarse en la grande empresa que acometía de redimir, sacar de la ignominia a aquella infeliz víctima del hombre.]

decida a Maximiliano por lo bien que se había portado con ella, y de aquella gratitud saldría, con el trato, el querer. Según Rubín, el orden natural de las cosas en el mundo espiritual establece que el amor nazca del agradecimiento, aunque también nace de otros padres. El corazón le decía, como él dice las cosas, a la calladita, que Fortunata le había de querer de firme; y esperaba con paciencia el cumplimiento de esta dulce profecía. Sin embargo, no las tenía todas consigo, porque como se dan casos de que salga fallido lo que el corazón anuncia, pasaba el pobre chico horas de verdadera angustia, y a solas en su casa, se metía en unos cálculos muy hondos para averiguar el estado de los sentimientos de su querida. Rápidamente pasaba de la duda más cruel a las afirmaciones terminantes. Tan pronto pensaba que no le quería ni pizca, como que le empezaba a querer, y todo era discutir y analizar palabras, gestos y actos de ella, interpretándolos de una manera o de otra. «¿Por qué me dijo tal o cual cosa? ¿Qué querría expresar con aquella reticencia?... Y aquella carcajadita, ¿qué significaba?... Ayer, cuando me abrió la puerta, no me dijo nada... Pero cuando me marché díjome que me abrigara bien».

La casa estaba en una de las muchas rinconadas de la antigua calle de San Antón. En el portal había una relojería entre cristales, quedando tan poco espacio para la entrada, que los gordos tenían que pasar de medio lado; en el piso bajo y tienda una bollería que inundaba la casa de emanaciones de canela y azúcar. En el piso principal radicaba una casa de préstamos con farolón a la calle, y en ciertos días había en los balcones ventilación de capas empeñadas. Más arriba los pisos estaban divididos en viviendas estrechas y de poco precio. Había derecha, izquierda y dos interiores. Los vecinos eran de dos clases: mujeres sueltas, o familias que tenían su comercio en el próximo mercado de San Antón. Hueveras y verduleras poblaban aquellos reducidos aposentos, echando sus hijos a la escalera para que jugasen. En uno de los segundos exteriores vivía Feliciana, y Fortunata en un tercero interior. Lo alquiló Rubín por encontrarlo tan a mano, con intención de tomar vivienda mejor cuando variaran las circunstancias[a].

Pasaba Maximiliano allí todo el tiempo de que podía disponer. Por la noche estaba hasta las doce y a veces hasta la una,

---

[a] Los muebles eran parte adquiridos y parte de una amiga Feliciana, que se hizo almoneda breve y barata de sus efectos por cambio de posición.

no faltando ni aun cuando se veía acometido de sus terribles jaquecas. La sorpresa y confusión que a doña Lupe causaba esto no hay para qué decirlas, y no se satisfacía con las explicaciones que su sobrinito daba. «Aquí hay gato encerrado —decía la astuta señora—, o en términos más claros *gata encerrada*.»

Cuando Maximiliano iba con jaqueca a la casa de su amante, ésta le cuidaba casi tan bien como la propia doña Lupe, y hacía los imposibles por conseguir que no metieran bulla los chicos de la huevera. Esto lo agradecía tanto el enfermo que se le aumentaba el amor, si fuera capaz de aumento lo que ya era tan grande. Observó con satisfacción que Fortunata salía a la calle lo menos posible. Por la mañana bajaba a hacer su compra, con su cesto al brazo, y al cuarto de hora volvía. Ella misma se hacía la comida y limpiaba la casa, en cuyas operaciones se le iba casi todo el día. No recibía visitas de mujeres de conducta dudosa, y la suya era estrictamente ajustada a las prácticas de una vida regular.

«Tiene la honradez en la médula de los huesos —decía Maximiliano rebosando alegría—. Le gusta tanto trabajar, que cuando tiene hecha una cosa la desbarata y la vuelve a hacer por no estar ociosa. El trabajo es el fundamento de la virtud. Lo que digo, esta mujer ha sido mala a la fuerza.»

En medio de estos dulcísimos ensueños de su alma arrebatada, sentía Maximiliano unos saetazos que le hacían volver sobresaltado a la realidad. Era como la feroz picada de un mosquito cuando estamos empezando a dormirnos dulcemente... Por mucho que se estirase el dinero sacado de la hucha, al fin se tenía que concluir, porque todo es finito en este mundo, y el metálico precisamente es una de las cosas más finitas que se pueden imaginar... ¡María Santísima!, cuando el temido momento llegase... cuando la última peseta del último duro fuera cambiada...! Si el mosquito le picaba a Maximiliano cuando estaba en su cama dormido o preparándose a ello, incorporábase tan desvelado cual si fueran las doce del día, o se ponía a dar vueltas en el lecho y a calentarlo con el ardor de su febril zozobra. A veces invocaba al Cielo con íntimo fervor de oración. Esperaba que la obra generosa que había emprendido pesase mucho en las recónditas intenciones de la Providencia para que ésta le sacase del atolladero en que los amantes iban a caer. El no era un granuja, ella se estaba portando bien, y con su conducta echaba velos y más velos sobre lo pasado. Si la Providencia no tenía en cuenta estas circunstancias, ¿de qué le valía a uno portarse bien y ser un modelo de orden y buena fe? Esto es claro como el agua. Fortunata pensaba lo mismo, cuando él le confiaba sus temores. Tenía que ser así, o todo lo que se habla de la Providencia es patraña. Pronto diré cómo se salieron con la suya, con lo cual se demostró que tenían allá arriba, en los mismos cielos, alguna entidad de peso que les protegía. Bien ganada se tenían esta protección, porque él, enaltecido por su cariño, ella, aspirando a la honradez y ensayándose en practicarla, eran dos seres que valían cualquier dinero, o en otros términos, dignos de que se les facilitaran los medios de continuar su campaña virtuosa.

IV

La única visita que recibían era la de Feliciana y Olmedo. Ni una ni otro agradaban mucho a Maximiliano: ella por ser ordinaria y de sentimientos innobles, incapaz de apetecer la honradez como estado permanente; él por ser muy atropellado, muy hablador, muy amigo de contar cuentos sucios y de decir palabras indecentes[a]. Entraba siempre con el sombrero echado atrás, afectando una grosería de maneras que no tenía, imitando los modales y hasta el andar de los borrachos, arrastrando las palabras, pero absteniéndose de beber con disculpa de mal de estómago, en realidad porque se mareaba y embrutecía a la segunda copa. En confianza dijo Maximiliano a Fortunata que debían mudarse de casa para no tener vecinos tan contrarios al método de personas decentes que se habían impuesto.

De todo lo que el enamorado pensaba hacer para la redención de su querida, nada le parecía tan urgente como enseñarla a escribir y a leer bien. Todas las mañanas la tenía media hora haciendo palotes. Fortunata deseaba aprender; pero ni con la paciencia ni con la atención sostenida se desarrollaban sus talentos caligráficos. Estaban ya muy duros aquellos dedos para tales primores. El hábito del trabajo en su infancia había dado robustez a sus manos, que eran bonitas, aunque bastas,

---

[a] [Ambos desentonaban en aquel recinto que Maximiliano solía llamar *nido de amores,* y éste hubiera puesto correctivos, si su timidez se lo permitiera, a los desenfados de uno y otro. Lo que hacía era callarse y poner morros, protestando con su silencio, que era la mejor forma de protesta.]

cual manos de obrera. No tenía pulso para escribir, se manchaba de tinta los dedos y sudaba mucho, poniéndose sofocada y haciendo con los labios una graciosa trompeta en el momento de trazar el palote.

—Nada de hociquitos, hija de mi alma; eso es muy feo —le decía el profesor acariciándole la cabeza—. No agarrotes los dedos... Si es cosa sencillísima, y lo más fácil...

Ya se ve, para él era fácil; pero ella, que en su vida las había visto más gordas, hallaba en la escritura una dificultad invencible. Decía con tristeza que no aprendería jamás, y se lamentaba de que en su niñez no la hubieran puesto a la escuela. La lectura la cansaba también y la aburría soberanamente, porque después de estarse un mediano rato sacando las sílabas como quien saca el agua de un pozo, resultaba que no entendía ni jota de lo que el texto decía. Arrojaba con desprecio el libro o periódico, diciendo que ya no estaba la Magdalena para tafetanes[a].

Si en el orden literario no mostraba ninguna aplicación, en lo tocante al arte social no sólo era aplicadísima, sino que revelaba aptitudes notables. Las lecciones que Maximiliano le daba referentes a cosas de urbanidad y a conocimientos rudimentarios de los que exige la buena educación eran tan provechosas, que le bastaban a veces indicaciones leves para asimilarse una idea o un conjunto de ideas.

—Aunque te estorbe lo negro —le decía él—, me parece que tú tienes talento.

En poco tiempo le enseñó todas las fórmulas que se usan en una visita de cumplido, cómo se saluda al entrar y al despedirse, cómo se ofrece la casa y otras muchas particularidades del trato fino[b]. Y también aprendió cosas tan importantes como la sucesión de los meses del año, que no sabía, y cuál tiene treinta y cuál treinta y un días. Aunque parezca mentira, éste es uno de los rasgos característicos de la ignorancia española, más en las ciudades que en las aldeas, y más en las mujeres que en los hombres. Gustaba mucho de los trabajos domésticos, y no se cansaba nunca. Sus músculos eran de acero, y su

---

[a] [Rubín quería que tuviese más paciencia y aplicación, y hacía los mayores esfuerzos por vencer su desaliento. Todo inútil. Cuando llegaba la hora de la lección, Fortunata buscaba pretexto para aplazarla.]

[b] [Le iba corrigiendo poco a poco sus malas mañas de lenguaje, como el decir *lo cual* sin venir a cuento, el famoso *pa chasco* y ciertas maldiciones de súbito color, y que picaban como el ajo.]

sangre fogosa se avenía mal con la quietud. Como pudiera, más se cuidaba de prolongar los trabajos que de abreviarlos. Planchar y lavar le agradaba en extremo, y entregábase a estas faenas con delicia y ardor, desarrollando sin cansarse la fuerza de sus puños. Tenía las carnes duras y apretadas, y la robustez se combinaba en ella con la agilidad, la gracia con la rudeza para componer la más hermosa figura de salvaje que se pudiera imaginar. Su cuerpo no necesitaba corsé para ser esbeltísimo. Vestido enorgullecía a las modistas; desnudo o a medio vestir, cuando andaba por aquella casa tendiendo ropa en el balcón, limpiando los muebles o cargando los colchones cual si fueran cojines, para sacarlos al aire, parecía una figura de otros tiempos; al menos, así lo pensaba Rubín, que sólo había visto belleza semejante en pinturas de amazonas o cosa tal. Otras veces le parecía mujer de la Biblia, la Betsabée aquella del baño, la Rebeca o la Samaritana, señoras que había visto en una obra ilustrada, y que, con ser tan barbianas, todavía se quedaban dos dedos más abajo de la sana hermosura y de la gallardía de su amiga.

En los comienzos de aquella vida, Maximiliano abandonó mucho sus estudios; pero cuando fue metodizando su amor, la conciencia de la misión moral que se proponía cumplir le estimuló al estudio, para hacerse pronto hombre de carrera. Y era muy particular lo que le ocurría. Se notaba más despierto, más perspicaz para comprender, más curioso de los secretos de la ciencia, y le interesaba ya lo que antes le aburriera. En sus meditaciones, solía decir que *le había entrado talento,* como si dijese que le había entrado calentura. Indudablemente no era ya el mismo. En media hora se aprendía una lección que antes le llevaba dos horas y al fin no la sabía. Creció su admiración al observarse en clase contestando con relativa facilidad a las preguntas del profesor y al notar que se le ocurrían apreciaciones muy juiciosas; y el profesor y los alumnos se pasmaban de que *Rubinius vulgaris* se hubiese despabilado como por ensalmo. Al propio tiempo hallaba vivo placer en ciertas lecturas extrañas a la Farmacia, y que antes le cautivaban poco. Algunos de sus compañeros solían llevar al aula, para leer a escondidas, obras literarias de las más famosas. Rubín no fue nunca aficionado a introducir de contrabando en clase, entre las páginas de la *Farmacia químico-orgánica,* el *Werther* de Goethe o los dramas de Shakespeare[a]. Pero después de aque-

---

[a] [Amenidad por amenidad prefería la de la Farmacopea.]

lla sacudida que el amor le dio, entróle tal gusto por las grandes creaciones literarias, que se embebecía leyéndolas. Devoró el *Fausto* y los poemas de Heine, con la particularidad de que la lengua francesa, que antes le estorbaba, se le hizo pronto fácil. En fin, que mi hombre había pasado una gran crisis. El cataclismo amoroso varió su configuración interna. Considerábase como si hubiera estado durmiendo hasta el momento en que su destino le puso delante la mujer aquella y el problema de la redención[a].

«Cuando yo era tonto —decía sin ocultarse a sí mismo el desprecio con que se miraba en aquella época que bien podría llamarse antediluviana—, cuando yo era tonto, éralo por carecer de un objeto en la vida. Porque eso son los tontos, personas que no tienen misión alguna.»

Fortunata no tenía criada. Decía que ella se bastaba y se sobraba para todos los quehaceres de casa tan reducida. Muchas tardes, mientras estaba en la cocina, Maximiliano estudiaba sus lecciones, tendido en el sofá de la sala. Si no fuera porque el espectro de la hucha se le solía aparecer de vez en cuando anunciándole el acabamiento del dinero extraído de ella, ¡cuán feliz habría sido el pobre chico! A pesar de esto, la dicha le embargaba. Entrábale una embriaguez de amor que le hacía ver todas las cosas teñidas de optimismo. No había dificultades, no había peligros ni tropiezos. El dinero ya vendría de alguna parte. Fortunata era buena, y bien claros estaban ya sus propósitos de decencia. Todo iba a pedir de boca, y lo que faltaba era concluir la carrera y... Al llegar aquí, un pensamiento que desde el principio de aquellos amores tenía muy guardadito, porque no quería manifestarlo sino en sazón oportuna, se le vino a los labios. No pudo retener más tiempo aquel secreto que se le salía con empuje, y si no lo decía reventaba, sí, reventaba; porque aquel pensamiento era todo su amor, todo su espíritu, la expresión de todo lo nuevo y sublime que en él había, y no se puede encerrar cosa tan grande en la estrechez de la discreción. Entró la pecadora en la

---

[a] de la mujer aquella y el problema de la redención.: aquel faro esplendorosísimo de la hermosura. Y no era simplemente el amor lo que se despertaba, haciéndole otro hombre; era la misión que su destino le había señalado para ejercitar las recién nacidas facultades y realizar una obra grande y cristiana. Esto de la misión era lo que más clavado tenía en su entendimiento, y de esta idea le venían quizás el talento científico y el literario...

sala, que hacía también las veces de comedor, a poner la mesa, operación en extremo sencilla y que quedaba hecha en cinco minutos. Maximiliano se abalanzó a su querida con aquella especie de vértigo de respeto que le entraba en ocasiones, y besándole castamente un brazo que medio desnudo traía, cogiéndole después la mano basta y estrechándola contra su corazón, le dijo:

—Fortunata, yo me caso contigo.

Ella se echó a reír con incredulidad; pero Rubín repitió el *me caso contigo* tan solemnemente, que Fortunata lo empezó a creer.

—Hace tiempo —añadió él— que lo había pensado... Lo pensé cuando te conocí, hace un mes... Pero me pareció bien no decirte nada hasta no tratarte un poco... O me caso contigo o me muero. Éste es el dilema.

—*Tié* gracia... ¿Y qué quiere decir *dilema?*

—Pues esto: que o me caso o me muero. Has de ser mía ante Dios y los hombres. ¿No quieres ser honrada? Pues con el deseo de serlo y un hombre, ya está hecha la honradez. Me he propuesto hacer de ti una persona decente y lo serás, lo serás si tú quieres.

Inclinóse para coger los libros que se habían caído al suelo. Fortunata salió para traer lo que en la mesa faltaba, y al entrar le dijo:

—Esas cosas se calculan bien... no por mí, sino por ti.

—¡Ah! Ya lo tengo pensado; pero muy bien pensado... ¿Y a ti, se te había ocurrido esto?

—No... no me pasaba por la imaginación. Tu familia ha de hacer la contra.

—Pronto seré mayor de edad —afirmó Rubín con brío—. Opónganse o no, lo mismo me da...

Fortunata se sentó a su lado, dejando la mesa a medio poner y la comida a punto de quemarse. Maximiliano le dio muchos abrazos y besos, y ella estaba como aturdida... poco risueña en verdad, esparciendo miradas de un lado para otro. La generosidad de su amigo no le era indiferente, y contestó a los apretones de manos con otros no tan fuertes, y a las caricias de amor con otras de amistad. Levantóse para volver a la cocina, y en ella su pensamiento se balanceó en aquella idea del casorio, mientras maquinalmente echaba la sopa en la sopera... «¡Casarme yo!... ¡*Pa chasco...!* ¡Y con este encanijado...! ¡Vivir siempre, siempre con él, todos los días... de día y de noche!... ¡Pero calcula tú, mujer... ser honrada, ser casada, señora de Tal... persona decente...!»

Maximiliano solía contar algunos particulares de la familia de Rubín, por lo cual tenía ella noticias de doña Lupe, de Juan Pablo y del cura. Con los detalles que el joven iba dando de sus parientes, ya Fortunata les conocía como si les hubiera tratado. Aquella noche, excitado por el entusiasmo que le produjo la resolución de casamiento, se dejó decir, tocante a su tía, algo que era quizás indiscreto. Doña Lupe prestaba dinero, por mediación de un tal Torquemada, a militares, empleados, y a todo el que cayese. Hablando con completa sinceridad, Maximiliano no *era partidario* de aquella manera de constituirse una renta; pero él ¿qué tenía que ver con los actos de su señora tía? Ésta le amaba y probablemente le haría su heredero. Tenía una papelera antigua, negra y muy grande, de hierro, frente a su cama, donde guardaba el dinero y los pagarés de los préstamos. Gastaba lo preciso y de mes en mes su fortuna aumentaba, sabe Dios cuánto. Debía de ser muy rica, pero muy rica, porque él veía que Torquemada le llevaba *resmas* de billetes.

En cuanto a su hermano Juan Pablo, ya se sabía a ciencia cierta que estaba con los carlistas, y si éstos triunfaban, ocuparía una posición muy alta. Su hermano Nicolás había de parar en canónigo, y quién sabe, quién sabe si en obispo... En fin, que por todos lados se ofrecía a la joven pareja horizontes sonrosados. En estas y otras conversaciones se pasaron la prima noche, hasta que se retiró Maximiliano a su casa, quedándose Fortunata tan pensativa y preocupada que se durmió muy tarde y pasó la noche intranquila.

El amante también estaba poco dispuesto al sueño; mas era porque el entusiasmo le hacía cosquillas en el epigastrio, atravesándole un bulto en el vértice de los pulmones, con lo que le pesaba respirar, y además poníale candelas encendidas en el cerebro. Por más que él soplaba para apagarlas y poder dormirse, no lo podía conseguir. Su tía estaba con él un poco seria. Sin duda sospechaba algo, y como persona de mucho pesquis, no se tragaba ya aquellas bolas del estudiar fuera de casa y de los amigos enfermos a quienes era preciso velar. A los dos días de aquel en que el exaltado mozo se arrancó a prometer su mano, doña Lupe tuvo con él una grave conferencia. El semblante de la señora no revelaba tan solo recelo, sino profunda pena, y cuando llamó a su sobrino para encerrarse con él en el gabinete, éste sintió desvanecerse su valor. Quitóse la señora el manto y lo puso sobre la cómoda bien doblado. Después de clavar en él los alfileres, mirando a su sobrino de un modo que le hizo estremecerse, le dijo:

—Tengo que hablarte *detenidamente.*

Siempre que su tía empleaba el *detenidamente,* era para echarle un réspice.

—¿Tienes hoy jaqueca? —le preguntó doña Lupe.

Maximiliano estaba muy bien de la cabeza; pero para colocarse en buena situación, dijo que sentía principios de jaqueca. Así doña Lupe tendría compasión de él. Dejóse caer en un sillón y se comprimió la frente.

—Pues se trata de una mala noticia —aseveró la viuda de Jáuregui—. Quiero decir, mala, precisamente mala no... aunque tampoco es buena.

Rubín, sin comprender a qué podía referirse su tía, barruntó que nada tenía que ver aquello con sus amores clandestinos, y respiró. La opresión del epigastrio se le hizo más ligera, y se acabó de tranquilizar al oír esto:

—La noticia no ha de afectarte mucho. ¿Para qué tanto rodeo? Tu tía doña Melitona Llorente ha pasado a mejor vida. Mira la carta en que me lo dice el señor cura de Molina de Aragón. Murió como una santa, recibió todos los Sacramentos y dejó treinta mil reales para misas.

Maximiliano conocía muy poco a su tía materna. La había visto solo dos o tres veces siendo muy niño, y no vivía en su imaginación sino por las rosquillas y el arrope que mandaba de regalo todos los años en vida de D. Nicolás Rubín. La noticia del fallecimiento de esta buena señora le afectó poco.

—Todo sea por Dios —murmuró por decir algo.

Doña Lupe se volvió de espaldas para abrir el cajón de la cómoda, y en esta postura le dijo:

—Tú y tus hermanos heredais a Melitona, que por mis cuentas debía de tener un capitalito sano de veinte o veinticinco mil duros.

Maximiliano no oyó bien por estar su tía de espaldas, y aquello le interesaba tanto que se levantó, puso un codo sobre la cómoda y allí se hizo repetir el concepto para enterarse bien.

—Éstas son mis cuentas —agregó doña Lupe—; pero ya ves que en los pueblos no se sabe lo que se tiene y lo que no se tiene. Probablemente la difunta emplearía algún dinero en préstamos, que es como tirarlo al viento. Se cobra tarde y mal, cuando se cobra. De modo que no os hagáis muchas ilusiones. Cuando Juan Pablo venga a Madrid irá a Molina de Aragón a enterarse del testamento y recoger lo que es vuestro.

—Pues que vaya inmediatamente —dijo Maximiliano dando una palmada sobre la cómoda—; pero aquello de llegar y en la misma estación coger el billete y zas... al tren otra vez.

—Hombre, no tanto. Tu hermano está en Bayona. Lo mejor es que se pase por Molina antes de venir a Madrid. Le escribiré hoy mismo. Sosiégate; tú eres así, o la apatía andando o la pura pólvora... Eso es ahora, que antes, para mover un pie le pedías licencia al otro. Te has vuelto muy atropellado.

Le miró de un modo tan indagador, que al pobre chico se le volvieron a abatir los ánimos. Era hombre de carácter siempre que su tía no le clavase la flecha de sus ojuelos pardos y sagaces, y vióse tan perdido que se apresuró a variar la conversación, preguntando a su tía cuántos años tenía doña Melitona. Estuvo la señora de Jáuregui un ratito haciendo cuentas, estirado el labio inferior, la cabeza oscilando como un péndulo y los ojos vueltos al techo, hasta que salió una cifra, de la cual Maximiliano no se hizo cargo. Volvió después doña Lupe a tomar en boca la metamorfosis de su sobrino, deslizando algunas bromitas, que a éste le supieron a cuerno quemado.

—Ya se ve, con esos estudios que haces ahora en casa de los amigos, te habrás vuelto un pozo de ciencia... A mí no me vengas con fábulas. Tú te pasas el día y la mitad de la noche en alguna conspiración... porque por el lado de las mujeres no temo nada, francamente. Ni a ti te gusta eso, ni puedes aunque te gustara...

Aquel *ni puedes* incomodaba tanto al joven y le parecía tan humillante, que a punto estuvo de dar a su tía un mentís como una casa. Pero no pasó de aquí, pues doña Lupe tuvo que ocuparse de cosas más graves que averiguar si su sobrino podía o no podía. Papitos fue quien le salvó aquel día, atrayendo a sí toda la atención del ama de la casa. Porque la mona aquella tenía días. Algunos lo hacía todo tan bien y con tanta diligencia y aseo, que doña Lupe decía que era una perla. Pero otros no se la podía aguantar. Aquel día empezó de los buenos y concluyó siendo de los peores. Por la mañana había cumplido admirablemente; estuvo muy suelta de lengua y de manos, haciendo garatusas y dando brincos en cuanto la señora le quitaba la vista de encima. Semejante fiebre era señal de próximos trastornos. En efecto, por la tarde dividió en dos la tapa de una sopera, y desde entonces todo fue un puro desastre. Cuando se enfurruñaba creeríase que hacía las cosas mal adrede. Le mandaban esto y se salía con lo otro. No se pueden contar las faltas que cometió en una hora. Bien decía doña Lupe que tenía los demonios metidos en el cuerpo y que era mala, pero mala de veras, una sinvergüenza, una mal criada y una calamidad... *en toda la extensión de la palabra*. Y mientras más repelones le daban, peor que peor. Pasó tanta agua del puchero del agua caliente al puchero de la verdura, que ésta quedó encharcada. Los garbanzos se quemaron, y cuando fueron a comérselos amargaban como demonios. La sopa no había cristiano que la pasara de tanta sal como le echó aquella condenada. Luego era una insolente, porque en vez de reconocer sus torpezas decía que la señora tenía la culpa, y que ella, la muy piojosa, no estaría allí ni un día más porque *misté... en cualisquiera parte la tratarían mejor*. Doña Lupe discutía con ella violentamente, argumentando con crueles pellizcos, y añadiendo que estaba autorizada por la madre para descuartizarla si preciso era. A lo que Papitos contestaba echando lumbre por los ojos:

—¡Ay, hija, no me descuartice usted tanto!

Éste solía ser el periodo culminante de la disputa, que concluía dándole la señora a su sirviente una gran bofetada y rompiendo la otra a llorar... Los disparates seguían, y al servir la mesa ponía los platos sobre ella sin considerar que no eran de hierro. Doña Lupe la amenazaba con mandarla a la *galera*[25] o con llamar una pareja, con escabecharla y ponerla en salmuera, y poco a poco se iba aplacando la fierecilla hasta que se quedaba como un guante.

VI

Maximiliano, gozoso de ver que su tía con aquel alboroto, no se ocupaba de él, poníase de parte de la autoridad y en contra de Papitos. Sí, sí; era muy mala, muy descarada, y había que atarla corto. Azuzaba la cólera de doña Lupe para que ésta no se revolviese contra él hablándole de su cambio de costumbres y de lo que hacía fuera de casa.

---

[25] Cárcel de mujeres, situada en la calle Ancha de San Bernardo, 81, tras numerosos traslados. Cfr. Madoz, *Diccionario*, x, págs. 900-901.

Doña Lupe fue aquella noche a casa de las de la Caña, y se estuvo allá las horas muertas. Maximiliano entró a las once. Había dejado a Fortunata acostada y casi dormida, y se retiró decidido a afrontar las chafalditas de su tía y a explicarse con ella. Porque después del caso de la herencia, ya no podía dudar de que la Providencia le favorecía, abriéndole camino. Nunca había sido él muy religioso; pero aquella noche parecíale desacato y aun ingratitud no consagrar a la divinidad un pensamiento, ya que no una oración. Estaba como un demente. Por el camino miraba a las estrellas y las encontraba más hermosas que nunca, y muy mironas y habladoras. A Fortunata, sin mentarle la herencia por respeto a la difunta, le dijo algo de sus fincas de Molina de Aragón, y de que si el dinero en hipotecas era el mejor dinero del mundo. A veces su imaginación agrandaba las cifras de la herencia, añadiéndole ceros, «porque esa gente de los pueblos no gasta un cuarto, y no hace más que acumular, acumular...»

Los faroles de la calle le parecían astros, los transeúntes excelentes personas, movidas de los mejores deseos y de sentimientos nobilísimos. Entró en su casa resuelto a espontanearse con su tía... «¿Me atreveré? —pensaba—. Si me atreviera... ¿Y qué hay de malo en esto? En último caso, ¿qué puede hacer mi tía? ¿Acaso me va a comer? Si me niega el derecho de casarme con quien me dé la gana, ya le diré yo cuántas son cinco. No se conoce el genio de las personas hasta que no llega la ocasión de mostrarlo.» A pesar de estas disposiciones belicosas, cuando Papitos le dijo que la señora no había vuelto todavía, quitósele de encima un gran peso, porque en verdad la revelación del secreto y el cisco que había de seguirle eran para acoquinar al más pintado. No le arredraba el miedo de ser vencido, porque su amor y su misión le darían seguramente coraje; pero convenía proceder con tacto y diplomacia, pensar bien lo que iba a decir para no ofender a su tía, y, si era posible, ponerla de su parte en aquel tremendo pleito.

Se fue a la cocina detrás de Papitos, siguiendo una costumbre antigua de hacer tertulia y de entretenerse en pláticas sabrosas cuando se encontraban solos. Un año antes, la criadita y el estudiante se pasaban las horas muertas en la cocina, contándose cuentos o proponiéndose acertijos. En éstos era fuerte la chiquilla. Sus carcajadas se oían desde la calle cuando repetía la adivinanza, sin que el otro la pudiera acertar. Maximiliano se rascaba la cabeza, aguzando su entendimiento; pero la solución no salía. Papitos le llamaba zote, bruto y otras cosas peores sin que él se ofendiera. Tomaba su revancha en los cuentos, pues sabía muchos, y ella los escuchaba con embeleso, abierta la boca de par en par y los ojos clavados en el narrador. Aquella noche estaba Papitos de muy mal temple por la soba que se había llevado, y le tenía mucha tirria al señorito porque no se puso de su parte en la contienda, como otras veces.

—Feo, tonto —le dijo aguzando la jeta cuando lo vio sentarse en la mesilla de pino de la cocina—. Acusón, patoso... memo en polvo.

Maximiliano buscaba una fórmula para pedirle perdón sin menoscabo de su dignidad de señorito. Sentíase con impulsos de protección hacia ella. Verdad que habían jugado juntos; que el año anterior, a pesar de la diferencia de edades, eran tan niños el uno como el otro, y se entretenían en enredos inocentes. Pero ya las cosas habían cambiado. Él era hombre, ¡y qué hombre!, y Papitos una chiquilla retozona sin pizca de juicio. Pero tenía buena índole, y cuando sentara la cabeza y diera un estirón sería una criada inapreciable. La chiquilla, después que dijo todas aquellas injurias, se puso a repasar una media, en la cual tenía metida la mano izquierda como en un guante. Sobre la mesa estaba su estuche de costura, que era una caja de tabacos. Dentro de ella había carretes, cintajos, un canuto de agujas muy roñoso, un pedazo de cera blanca, botones y otras cosas pertinentes al arte de la costura. La cartilla en que Papitos aprendía a leer estaba también allí, con las hojas sucias y reviradas. El quinqué de la cocina con el tubo ahumado y sin pantalla, iluminaba la cara gitanesca de la criada, dándole un tono de bronce rojizo, y la cara pálida y serosa del señorito con sus ojeras violadas y sus granulaciones alrededor de los labios.

—¿Quieres que te tome la lección? —dijo Rubín cogiendo la cartilla.

—Ni falta... canijo, espátula, *paice* un garabito[26]... No quiero que me tome *lición* —replicó la chica remedándole la voz y el tono.

---

[26] Garabito (que rima con Papitos) hace pensar que Maxi tenía un físico quizás en consonancia con Papitos, *pero* nunca con Fortunata. Con este apodo —¿querrá decir «garabato»?— se ridiculiza de forma implícita el que su nombre de pila fuera Maximiliano —nombre altisonante, de emperador— y que, ni más ni menos, aspirara a casarse con una mujer como Fortunata.

—No seas salvaje... Es preciso que aprendas a leer, para que seas mujer completa —dijo Rubín esforzándose en parecer juicioso—. Hoy has estado un poco salida de madre, pero ya eso pasó. Teniendo juicio, se te mirará siempre como de la familia.

—¡Miá éste!... Me zampo yo a la familia... —chilló la otra remedándole y haciendo las morisquetas diabólicas de siempre.

—No te abandonaremos nunca —manifestó el joven henchido de deseos de protección—. ¿Sabes lo que te digo?... Para que lo sepas, chica, para que lo sepas, ten entendido que cuando yo me case... cuando yo me case, te llevaré conmigo para que seas la doncella de mi señora[27].

Al soltar la carcajada se tendió Papitos para atrás con tanta fuerza, que el respaldo de la silla crujió como si se rompiera.

—¡Casarse él, vusté!... memo, más que memo, ¡casarse! —exclamó—. Si la señorita dice que vusté no se puede casar... Sí, se lo decía a doña Silvia la otra noche.

La indignación que sintió Maximiliano al oír este concepto fue tan viva, que de manifestarse en hechos habría ocurrido una catástrofe. Porque tal ultraje no podía contestarse sino agarrando a Papitos por el pescuezo y estrangulándola. El inconveniente de esto consistía en que Papitos tenía mucha más fuerza que él.

—Eres lo más animal y lo más grosero... —balbució Rubín— que he visto en mi vida. Si no te curas de esas tonterías, nunca serás nada.

Papitos alargó el brazo izquierdo en que tenía la media, y asomando sus dedos por los agujeros, le cogió la nariz al señorito y le tiró de ella.

—¡Que te estés quieta!... ¡Vaya!... Tú no te has llevado nunca una solfa buena, y soy yo quien te la va a dar... ¿Y por qué son esas risas estúpidas?... ¿Porque he dicho que me caso? Pues sí señor, me caso porque me da la gana.

Tiempo hacía que Maximiliano deseaba hablar de aquella manera con alguien, y manifestar su pensamiento libre y sin

---

[27] Las admoniciones y promesas que dirige Maxi a Papitos son idénticas a las que —de manera en general menos descarnada y directa— quiere hacer a Fortunata. Papitos —como comprenderá en su día Fortunata— dirá a continuación (cfr. respuesta de Papitos en el texto) que «se zampa a la familia» (tal como la define, claro está, Maxi).

turbación. La confidencia que tan difícil era con otra persona, resultaba fácil con la cocinerita, y el hombre se creció después de dichas las primeras palabras.

—Tú eres una inocente —le dijo poniéndole la mano en el hombro—. Tú no conoces el mundo, ni sabes lo que es una pasión verdadera.

Al llegar a este punto, Papitos no entendió ni jota de lo que su señorito le decía... Era un lenguaje nuevo, como eran nuevas la expresión de él y la cara seria que puso. No ponía aquella cara cuando contaba los cuentos.

—Porque verás tú —continuó Rubín, expresándose con alma—; el amor es la ley de las leyes, el amor gobierna el mundo. Si yo encuentro la mujer que me gusta, que es la mitad, si no la totalidad de mi vida, una mujer que me transforme, inspirándome acciones nobles y dándome cualidades que antes no tenía, ¿por qué no me he de casar con ella? A ver, que me lo digan; que me den una razón, media razón siquiera... Porque tú no me has de salir con argumentos tontos; tú no has de participar de esas preocupaciones por las cuales...

Al llegar aquí, el orador se embarulló algo, y no ciertamente por miedo a la dialéctica de su contrario. Papitos, después de asombrarse mucho de la solemnidad con que el señorito hablaba y de las cosas incomprensibles que le decía, empezó a aburrirse. Siguió Maximiliano descargando su corazón, que otra coyuntura de desahogo como aquélla no se le volvería a presentar, y por fin la niña estiró el brazo izquierdo sobre la mesa, y como estaba tan fatigada del ajetreo de aquel día y de los coscorrones, hizo del brazo almohada y reclinó su cabeza en ella. En aquel momento, Maximiliano, exaltado por su propia elocuencia, se dejó decir:

—La única razón que me dan es que si ha sido o no ha sido esto o lo otro. Respondo que es falso, falsísimo. Si hay en su existencia días vergonzosos, y no diré tanto como vergonzosos, días borrascosos, días desventurados, ha sido por ley de la necesidad y de la pobreza, no por vicio... Los hombres, los señoritos, esa raza de Caín, corrompida y miserable, tienen la culpa... Lo digo y lo repito. La responsabilidad de que tanta mujer se pierda recae sobre el hombre. Si se castigara a los seductores y a los petimetres... la sociedad...

Papitos dormía como un ángel, apoyada la mejilla sobre el brazo tieso, y conservando en la mano de él la media, por cuyos agujeros asomaban los dedos. Dormía con plácido reposo, la cara seria, como si aprobase inconscientemente las perrerías que el otro decía de los seductores, y aprovechara la lección para cuando le tocara. El propio calor de sus palabras llevó a Maximiliano a una exaltación que parecía insana. No podía estar quieto ni callado. Levantóse y fue por los pasillos adelante, hablando solo en baja voz y haciendo gestos. El pasillo estaba oscuro; pero él conocía tan bien todos los rincones, que andaba por ellos sin vacilación ni tropiezo. Entró en la sala que también estaba a oscuras, penetró en el gabinete de su tía, que a la misma boca de un lobo se igualara en lo tenebroso, y allí se le redobló la facundia, y la energía de sus declamaciones rayaba en frenesí. Apoyando las cláusulas con enfático gesto, se le ocurrían frases de admirable efecto contundente, frases capaces de tirar de espaldas a todos los individuos de la familia si las oyeran. ¡Qué lástima que no estuviera allí su tía...! Como si la estuviera viendo, le soltó estas atrevidas expresiones: «Y para que lo sepa usted de una vez, yo no cedo ni puedo ceder, porque sigo en esto el impulso de mi conciencia, y contra la conciencia no valen pamplinas, ni ese cúmulo, ese cúmulo, sí señora, de... preocupaciones rancias que usted me opone. Yo me caso, me caso, y me caso, porque soy dueño de mis actos, porque soy mayor de edad, porque me lo dicta mi conciencia, porque me lo manda Dios; y si usted lo aprueba, ella y yo le abriremos nuestros amantes brazos y será usted nuestra madre, nuestra consejera, nuestra guía...»

Vamos, que sentía de veras no estuviese delante de él en el sillón de hule la propia viuda de Jáuregui en imagen corpórea, porque de fijo le diría lo mismo que estaba diciendo ante su imagen figurada y supuesta. Después salió otra vez al pasillo, donde continuó la perorata, paseándose de un extremo a otro, y gesticulando a favor de la oscuridad. La soledad, el silencio de la noche y la poca luz favorecen a los tímidos para su comedia de osados y lenguaraces, teniéndose a sí mismos por público y envalentonándose con su fácil éxito. Maximiliano hablaba quedito; sus fuertes manotadas no correspondían al diapasón bajo de las palabras, cuya vehemencia sofocada las hacía parecer como un ensayo.

Cuando doña Lupe llamó a la puerta, su sobrino le abrió, y pasmóse ella de que estuviera en pie todavía.

—¡Qué despabilado está el tiempo! —dijo la señora con cierto retintín, que hizo estremecer al joven, limpiando súbitamente su espíritu de toda idea de independencia, como se

504

limpia de sombras un farol cuando aparece dentro de él la llama del gas. Al oír la campanilla, acudió la chica dando traspiés y restregándose los ojos. Doña Lupe no dijo más que:

—A la cama todo Cristo.

Era muy tarde y Papitos tenía que madrugar. El sobrino y la cocinerita entraron sin hacer ruido en sus respectivas madrigueras, como los conejos cuando oyen los pasos del cazador.

VII

La declaración de Maximiliano había puesto a Fortunata en perplejidad grande y penosa. Aquella noche y las siguientes durmió mal por la viveza del pensar y las contradictorias ideas que se le ocurrían. Después de acostada tuvo que levantarse y se arrojó, liada en una manta, en el sofá de la sala; pero no se quedaban las cavilaciones entre las sábanas, sino que iban con ella a donde quiera que iba. La primera noche dominaron al fin, tras largo debate, las ideas afirmativas. «¡Casarme yo, y casarme con un hombre de bien, con *una persona decente…!*» Era lo más que podía desear… ¡Tener un nombre, no tratar más con gentuza, sino con caballeros y señoras! Maximiliano era un bienaventurado, y seguramente la haría feliz. Esto pensaba por la mañana, después de lavarse y encender la lumbre, cuando cogía la cesta para ir a la compra. Púsose el manto y el pañuelo por la cabeza, y bajó a la calle. Lo mismo fue poner el pie en la via pública que sus ideas variaron.

«¡Pero vivir siempre con este chico… tan feo como es! Me da por el hombro, y yo le levanto como una pluma. Un marido que tiene menos fuerza que la mujer no es, no puede ser marido. El pobrecillo es un bendito de Dios; pero no le podré querer aunque viva con él mil años. Esto será ingratitud, pero ¿qué le vamos a hacer? No lo puedo remediar…»

Tan distraída estaba, que el carnicero le preguntó tres veces lo que quería sin obtener respuesta. Por fin se enteró.

—Hoy no llevo más que media libra de falda para el cocido y una chuletita de lomo. Señor Paco, péseme lo bien.

—Tome usted, simpatía, y mande.

También compró dos onzas de tocino; luego una brecolera en el puesto de verduras de la carnicería, y en la tienda de la esquina, arroz, cuatro huevos y lata de pimientos morrones. Al volver a su casa, revisó la lumbre y se puso a limpiar y a barrer. Mientras quitaba el polvo a los muebles, volvió al tema: «No se encuentra todos los días un hombre que quiera echarse encima una carga como ésta.»

Hizo la cama y después empezó a peinarse. Al ver en el espejo su linda cara pálida, dióle por emplear argumentos comparativos: «Porque ¡María *Santisma!*, si Maximiliano apostaba a feo, no había quien le ganara... ¡Y qué mal huelen las boticas! Debió de haber seguido otra carrera... Dios me favorezca... Si tuviera algún hijo me acompañaría con él; pero... ¡quia!...»[28]

Después de esta reticencia, que por lo terminante parecía hija de una convicción profunda, siguió contemplando y admirando su belleza. Estaba orgullosa de sus ojos negros, tan bonitos que, según dictamen de ella misma, *le daban la puñalada al Espíritu Santo*. La tez era una preciosidad por su pureza mate y su transparencia y tono de marfil recién labrado; la boca, un poco grande, pero fresca y tan mona en la risa como en el enojo... ¡Y luego unos dientes! «Tengo los dientes —decía ella mostrándoselos—, como pedacitos de leche cuajada.» La nariz era perfecta. «Narices como la mía, pocas se ven»... Y por fin, componiéndose la cabellera negra y abundante como los malos pensamientos, decía: «¡Vaya un pelito que me ha dado Dios!» Cuando estaba concluyendo, se le vino a las mientes una observación, que no hacía entonces por primera vez. Hacíala todos los días, y era esta: «¡Cuánto más guapa estoy ahora que... antes! He ganado mucho.»

Y después se puso muy triste. Los pedacitos de leche cuajada desaparecieron bajo los labios fruncidos, y se le armó en el entrecejo como una densa nube. El rayo que por dentro pasaba decía así: «¡Si me viera ahora...!» Bajo el peso de esta consideración estuvo un largo rato quieta y muda, la vista independiente a fuerza de estar fija. Despertó al fin de aquello que parecía letargo, y volviendo a mirarse, animóse con la reflexión de su buen palmito en el espejo. «Digan lo que quieran, lo mejor que tengo es el entrecejo... Hasta cuando me enfado es bonito... ¿A ver cómo me pongo cuando me enfado? Así, así... ¡Ah, llaman!»

El campanillazo de la puerta la obligó a dejar el tocador. Salió a abrir con la peineta en una mano y la toalla por los hombros. Era el redentor, que entró muy contento y le dijo

---

[28] Nadie parece dudar, como repetidamente se ha podido comprobar en páginas anteriores, de la impotencia de Maxi.

que acabara de peinarse. Como faltaba tan poco, pronto quedó todo hecho. Maximiliano la elogió por su resolución de no tomar peinadoras. ¿Por qué las mujeres no se han de peinar solas? La que no sabe que aprenda. Eso mismo decía Fortunata. El pobre chico no dejaba de expresar su admiración por el buen arreglo y economía de su futura, haciendo por sus propias manos la tarea que desempeñan mal esas bergantas ladronas que llaman criadas de servir. Fortunata aseguraba que aquella costumbre suya no tenía mérito porque el trabajo le gustaba.

—Eres una alhajita —le decía su amante con orgullo—. En cuanto a las peinadoras, todas son unas grandes alcahuetas, y en la casa donde entran no puede haber paz.

Más adelante tomarían alguna criada, porque no convenía tampoco que ella se matase a trabajar. Estarían seguramente en buena posición, y puede que algunos días tuvieran convidados a su mesa. La servidumbre es necesaria, y llegaría un día seguramente en que no se podrían pasar sin una niñera. Al oír esto, por poco suelta la risa Fortunata, pero se contuvo, concretándose a decir en su interior: «¡Para qué querrá niñeras este desventurado...!»

A renglón seguido, sacó el joven a relucir el tema del casorio, y dijo tales cosas que Fortunata no pudo menos de rendir el espíritu a tanta generosidad y nobleza de alma.

—Tu comportamiento decidirá de tu suerte —afirmó él—, y como tu comportamiento ha de ser bueno, porque tu alma tiene todos los resortes del bien, estamos al cabo de la calle. Yo pongo sobre tu cabeza la corona de mujer honrada; tú harás porque no se te caiga y por llevarla dignamente. Lo pasado, pasado está, y el arrepentimiento no deja ni rastro de mancha, pero ni rastro. Lo que diga el mundo no nos importe. ¿Qué es el mundo? Fíjate bien y verás que no es nada, cuando no es la conciencia.

A Fortunata se le humedecieron los ojos, porque era muy accesible a la emoción, y siempre que se le hablaba con solemnidad y con un sentido generoso, se conmovía aunque no entendiera bien ciertos conceptos. La enternecían el tono, el estilo y la expresión de los ojos. Creyó entonces caso de conciencia hacer una observación a su amigo.

—Piensa bien lo que haces —le dijo—, y no comprometas por mí tu...

Quería decir dignidad; pero no dio con la palabra por el poco uso que en su vida había hecho de vocablos de esta naturaleza. Pero se dio sus mañanas para expresar toscamente la idea, diciendo:

—Calcula que los que me conozcan te van a llamar *el marido de la Fortunata,* en vez de llamarte por tu nombre de pila. Yo te agradezco mucho lo que haces por mí; pero como te estimo no quiero verte con...

Quería decir con un estigma en la frente; pero ni conocía la palabra ni aunque la conociera la habría podido decir correctamente.

—No quiero que te tomen el pelo por mí —fue lo que dijo, y se quedó tan fresca, esperando convencerle.

Pero Maximiliano, fuerte en su idea y en su conciencia, como dentro de un doble baluarte inexpugnable, se echó a reír. Semejantes argumentos eran para él como sería para los poseedores de Gibraltar ver que les quisiera asaltar un enemigo armado con una caña. Valiente caso hacía él de las estupideces del vulgo...

Cuando su conciencia le decía: «Mira, hijo, éste es el camino del bien; vete por él», ya podía venir todo el género humano a detenerle; ya podían apuntarle con un cañón rayado. Porque él iba sacando un carácter de que aún no se había enterado la gente, un carácter de acero, y todo lo que se decía de su timidez era conversación.

—Que tú seas buena, honrada y leal es lo que importa; lo demás corre de mi cuenta, déjame a mí, tú déjame a mí.

Poco después almorzaba Fortunata, y Maximiliano estudiaba, cambiando de vez en cuando algunas palabras. Toda aquella tarde dominaron en el espíritu de la joven las ideas optimistas, porque él se dejó decir algo de su herencia, de tierras e hipotecas en Molina de Aragón, asegurando que *sus viñas podían darle tanto más cuanto.* Por la noche avisaron para que les trajeran café, y vino el mozo de *la Paz* con él. Olmedo y Feliciana entraron de tertulia[a]. Estaban de monos y apenas se hablaban, señal inequívoca de pelotera doméstica. Y es que si los estados más sólidos se quebrantan cuando la hacienda no marcha con perfecta regularidad, aquella casa, hogar, familia o lo que fuera, no podía menos de resentirse de las anomalías de un presupuesto cuyo carácter permanente era

---

[a] [, y ambos estuvieron muy formales, lo que Maximiliano interpretó como un efecto moral de sus planes de casamiento y legalidad, que tenía virtud bastante para imponer respeto a los vecinos más alborotados. Pero la verdadera causa era que Olmedo y Feliciana estaban]

el déficit. Feliciana tenía ya pignorado lo mejorcito de su ropa, y Olmedo había perdido el crédito de una manera absoluta. Por la falta de crédito se pierden las repúblicas lo mismo que las monarquías. Y no se hacía ilusiones el bueno de Olmedo acerca de la catástrofe próxima. Sus amigos, que le conocían bien, descubrían en él menos entereza para desempeñar el papel de libertino, y a menudo se le clareaba la buena índole al través de la máscara. A Maximiliano le contaron que habían sorprendido a Olmedo en el Retiro estudiando a hurtadillas. Cuando le vieron sus amigos, escondió los libros entre el follaje, porque le sabía mal que le descubrieran aquella flaqueza. Daba mucha importancia a la consecuencia en los actos humanos, y tenía por deshonra el soltar de improviso la casaca e insignias de perdulario. ¿Qué diría la gente, qué los amigos, qué los mocosos, más jóvenes que él, que le tomaban por modelo? Hallábase en la situación de uno de esos chiquillos que para darse aires de hombres encienden un cigarro muy fuerte y se lo empiezan a fumar y se marean con él; pero tratan de dominar las náuseas para que no se diga que se han emborrachado. Olmedo no podía aguantar más la horrible desazón, el asco y el vértigo que sentía; pero continuaba con el cigarro en la boca haciendo que tiraba de él, pero sin chupar cosa mayor.

Feliciana, por su parte, había empezado a campar por sus respetos. Lo dicho, la honradez y el amor eran cosas muy buenas; pero no daban de comer. El calavera de oficio no se permitió aquella noche ninguna barrabasada. Sólo al entrar, y cuando los cuatro se sentaron a tomar café, dijo con su habitual desenfado:

—Narices, ya está reunido aquí toíto el *Demi-Monde*.

Fortunata y Feliciana no comprendieron; pero Rubín se puso encarnado y se incomodó mucho; porque aplicar tales vocablos a personas dispuestas a unirse en santo vínculo le parecía una falta de respeto, una grosería y una cochinada, sí señor, una cochinada... Mas se calló por no armar camorra ni quitar a la reunión sus tonos de circunspección y formalidad. Acordóse de que nada había dicho a su amigo del casorio proyectado, siendo evidente que Olmedo habló en términos tan *liberales* por ignorancia. Determinó, pues, revelarle su pensamiento en la primera ocasión, para que en lo sucesivo midiera y pesara mejor sus palabras.

Aquella noche fue también mala para Fortunata, pues se la pasó casi toda cavilando, discurriendo sobre si *el otro* se acordaría o no de ella. Era muy particular que no le hubiese encontrado nunca en la calle. Y por falta de mirar bien a todos lados no era ciertamente. ¿Estaría malo, estaría fuera de Madrid? Más adelante, cuando supo que en febrero y marzo había estado Juanito Santa Cruz enfermo de pulmonía, acordóse de que aquella noche lo había soñado ella. Y fue verdad que lo soñó a la madrugada, cuando su caldeado cerebro se adormeció, cediendo a una como borrachera de cavilaciones. Al despertar ya de día, el reposo profundo aunque breve había vuelto del revés las imágenes y los pensamientos en su mente.

—A mi boticarito me atengo —dijo después que echó el Padre Nuestro por las ánimas, de que no se olvidaba nunca—. Viviremos tan apañaditos.

Levantóse, encendió su lumbre, bajó a la compra, y de tienda en tienda pensaba que Maximiliano podía dar un estirón, echar más pecho y más carnes, ser más hombre, en una palabra, y curarse de aquel maldito romadizo crónico que le obligaba a estarse sonando constantemente. De la bondad de su corazón no había nada que decir, porque era un santo, y como se casara de verdad, su mujer había de hacer de él lo que quisiera. Con cuatro palabritas de miel, ya estaba él contento y achantado. Lo que importaba era no llevarle la contraria en todo aquello de la conciencia y de las misiones... aquí un adjetivo que Fortunata no recordaba. Era *sublimes;* pero lo mismo daba; ya se sabía que era una cosa muy buena.

Aquel día la compra duró algo más, pues habiéndole anunciado Maximiliano que almorzaría con ella, pensaba hacerle un plato que a entrambos les gustaba mucho, y que era la especialidad culinaria de Fortunata, el arroz con menudillos. Lo hacía tan ricamente, que era para chuparse los dedos. Lástima que no fuera tiempo de alcachofas, porque las hubiera traído para el arroz. Pero trajo un poco de cordero que le daba mucho aquél. Compró chuletas de ternera, dos reales de menudillos y unas sardinas escabechadas para segundo plato[a].

_____

[a] [La lata de pimientos morrones que tomó el día antes, no la

De vuelta a su casa armó los tres pucheros con el minucioso cuidado que la cocina española exige, y empezó a hacer su arroz en la cacerola. Aquel día no hubo en la cocina cacharro que no funcionara. Después de freír la cebolla y de machacar el ajo y de picar el menudillo, cuando ninguna cosa importante quedaba olvidada, lavóse la pecadora las manos y se fue a peinar, poniendo más cuidado en ello que otros días. Pasó el tiempo; la cocina despedía múltiples y confundidos olores. ¡Dios, con la faena que en ella había! Cuando llegó Rubín, a las doce, salió a abrirle su amiga con semblante risueño. Ya estaba la mesa puesta, porque la mujer aquella multiplicaba el tiempo, y como quisiera, todo lo hacía con facilidad y prontitud. Dijo el enamorado que tenía mucha hambre, y ella le recomendó una chispita de paciencia. Se le había olvidado una cosa muy importante, el vino, y bajaría a buscarlo. Pero Maximiliano se prestó a desempeñar aquel servicio doméstico, y bajó más pronto que la vista.

Media hora después estaban sentados a la mesa en amor y compaña; pero en aquel instante se vio Fortunata acometida bruscamente de unos pensamientos tan extraños, que no sabía lo que le pasaba. Ella misma comparó su alma en aquellos días a una veleta. Tan pronto marcaba para un lado como para otro. De improviso, como si se levantara un fuerte viento, la veleta daba la vuelta grande y ponía la punta donde antes tenía la cola. De estos cambiazos había sentido ella muchos; pero ninguno como el de aquel momento, el momento en que metió la cuchara dentro del arroz para servir a su futuro esposo. No sabría ella decir cómo fue, ni cómo vino aquel sentimiento a su alma, ocupándola toda; no supo más sino que le miró y sintió una antipatía tan horrible hacia el pobre muchacho, que hubo de violentarse para disimularla. Sin advertir nada, Maximiliano elogiaba el perfecto condimento del arroz; pero ella se calló, echando para adentro, con las primeras cucharadas, aquel fárrago amargo que se le quería salir del corazón. Muy *para entre sí,* dijo: «Primero me hacen a mí en pedacitos como éstos, que casarme con semejante hombre... ¿Pero no le ven, no le ven que ni siquiera parece un hombre?... Hasta huele mal... Yo no quiero decir lo que me da cuando calculo que toda la vida voy a estar mirando delante de mí esa nariz de rabadilla.»

———

habría abierto aún; la abriría aquel día porque ella se pirraba por los pimientos.]

—Parece que estás triste, moñuca —le dijo Rubín, que solía darle este cariñoso mote.

Contestó ella que el arroz no había quedado tan bien como deseara. Cuando comían las chuletas, Maximiliano le dijo con cierta pedantería de dómine:

—Una de las cosas que tengo que enseñarte es a comer con tenedor y cuchillo, no con tenedor solo. Pero tengo tiempo de instruirte en esa y en otras cosas más.

También le cargaba a ella tanta corrección. Deseaba hablar bien y ser persona fina y decente; pero ¡cuánto más aprovechadas las lecciones si el maestro fuera otro, sin aquella destiladera de nariz, sin aquella cara deslucida y muerta, sin aquel cuerpo que no parecía de carne, sino de cordilla!

Esta antipatía de Fortunata no estorbaba en ella la estimación, y con la estimación mezclábase una lástima profunda de aquel desgraciado, caballero del honor y de la virtud, tan superior moralmente a ella. El aprecio que le tenía, la gratitud, y aquella conmiseración inexplicable, porque no se compadece a los superiores, eran causa de que refrenase su repugnancia. No era ella muy fuerte en disimular, y otro menos alucinado que Rubín habría conocido que el lindísimo entrecejo ocultaba algo. Pero veía las cosas por el lente de sus ideas propias, y para él todo era como debía ser y no como era. Alegróse mucho Fortunata de que el almuerzo concluyese, porque eso de estar sosteniendo una conversación seria y oyendo advertencias y correcciones no la divertía mucho. Gustábale más el trajín de recoger la loza y levantar la mesa, operación en que puso la mano no bien tomaron el café. Y para estar más tiempo en la cocina que en la sala, revisó los pucheros, y se puso a picar la ensalada cuando aún no hacía falta. De rato en rato daba una vuelta por la sala, donde Maximiliano se había puesto a estudiar. No le era fácil aquel día fijar su atención en los libros. Estaba muy distraído, y cada vez que su amiga entraba, toda la ciencia farmacéutica se desvanecía de su mente. A pesar de esto quería que estuviese allí, y aún se enojó algo por lo mucho que prolongaba los ratos de cocina.

—Chica, no trabajes tanto, que te vas a cansar. Trae tu labor y siéntate quí.

—Es que si me pongo aquí no estudias, y lo que te conviene es estudiar para que no pierdas el año —replicó ella—. ¡Pues si lo pierdes y tienes que volverlo a estudiar...!

Esta razón hizo efecto grande en el ánimo de Rubín.

—No importa que estés aquí. Con tal que no me hables,

estudiaré. Viéndote, parece que comprendo mejor las cosas, y que se me abren las compuertas del entendimiento. Te pones aquí, tú a tu costura, yo a mis libros. Cuando me siento muy torpe, ¡pim! te miro y al momento me despabilo.

—¿Sabes? —le dijo Rubín apenas ella se sentó—. Mi hermano Juan Pablo se fue a Molina a arreglar eso de la herencia de la tía Melitona. Mi tía Lupe le escribió, y antes de venir a Madrid se plantó allá. Escribe diciendo que no habrá grandes dificultades.

—¿De veras? ¡Vamos!... Más vale así.

—Como lo oyes. Aún no puedo decir lo que nos tocará a cada hermano. Lo que sí te aseguro es que me alegro de esto por ti, exclusivamente por ti. Luego te quejarás de la Providencia[a]. Porque cuanto más aseguradas están las materialidades de la vida, más segura es la conservación del honor. La mitad de las deshonras que hay en la vida no son más que pobreza, chica, pobreza. Créete que ha venido Dios a vernos, y si ahora no nos portamos bien, merecemos que nos arrastren.

Fortunata hubiera dicho para sí: ¡«Vaya un moralista que me ha salido!» pero no tenía noticia de esta palabra, y lo que dijo fue: «Ya estoy de *misionero* hasta aquí», usando la palabra *misionero* con un sentido doble, a saber: el de predicador y el de agente de aquello que Rubín llamaba *su misión*.

IX

Maximiliano comunicó a Olmedo sus planes de casamiento encargándole el mayor sigilo, porque no convenía que se divulgasen antes de tiempo, para evitar maledicencias tontas. Creyó el gran perdis que su amigo estaba loco, y en el fondo de su alma le compadecía, aunque admiraba el atrevimiento de Rubín para hacer la más grande y escandalosa calaverada que se podía imaginar. ¡Casarse con una...! Esto era un colmo, el colmo del *buen fin*, y en semejante acto había una mezcla horrenda de ignominia y de abnegación sublime, un no sé qué de osadía y al mismo tiempo de bajeza, que levantó al bueno de Rubín, a sus ojos, de aquel fondo de vulgaridad en

---

[a] [Cierto que has sido desgraciada; pero eso no ha sido más que una prueba, y ahora, cuando menos te lo pensabas, [ilegible], te sale un marido honrado y una herencia. ¿Has visto qué gangas?]

que estaba. Porque Rubín podía ser un tonto, pero no era un tonto vulgar, era uno de esos tontos que tocan lo sublime con la punta de los dedos. Verdad que no llegan a agarrarlo; pero ello es que lo tocan. Olmedo, al mismo tiempo que sondeaba la inmensa gravedad del propósito de su amigo, no pudo menos de reconocer que a él, Olmedo, al perdulario de oficio, no se le había pasado nunca por la cabeza una majadería de aquel calibre.

—Descuida, chico, lo que es por mí no lo sabrá nadie, ¡qué narices! Soy tu amigo ¿sí o no? Pues basta ¡narices! Te doy mi palabra de honor; estáte tranquilo.

La palabra de *Ulmus sylvestris,* cuando se trataba de algo comprendido en la jurisdicción de la picardía, era sagrada. Pero en aquella ocasión pudo más el prurito chismográfico que el fuero del honor picaresco, y el gran secreto fue revelado a Narciso Puerta *(Pseudo-Narcissus odoripherus)* con la mayor reserva, y previo juramento de no transmitirlo a nadie.

—Te lo digo en confianza, porque se ha de quedar de ti para mí.

—Descuida, chico, no faltaba más... Ya tú me conoces.

En efecto, Narciso no lo dijo a nadie, con una sola excepción. Porque, verdaderamente ¿qué importaba confiar el secretillo a una sola persona, a una sola, que de fijo no lo había de propagar?

—Te lo digo a ti solo, porque sé que eres muy discreto —murmuró Narciso al oído de su amigo Encinas *(Quercus gigantea)*—. Cuidado con lo que te encargo... pero mucho cuidado. Sólo tú lo sabes. No tengamos un disgusto.

—Hombre, no seas tonto... parece que me conoces de ayer. Ya sabes que soy un sepulcro.

Y el sepulcro se abrió en casa de las de la Caña, con la mayor reserva, se entiende, y después de hacer jurar a todos de la manera más solemne que guardarían aquel profundo arcano.

—¡Pero qué cosas tiene usted, Encinas! No nos haga usted tan poco favor. Ni que fuéramos chiquillas, para ir con el cuento y comprometerle a usted...

Pero una de aquellas señoras creía que era pecado mortal no indicar algo a doña Lupe, porque ésta al fin lo tenía que saber, y más valía prepararla para tan tremendo golpe. ¡Pobre señora! Era un dolor verla con aquella tranquilidad, tan ajena a la deshonra que la amenazaba. Total, que la noticia llegó a la sutil oreja de doña Lupe a los tres días de haber salido del labio tímido de *Rubinius vulgaris.*

Cuentan que doña Lupe se quedó un buen rato como quien ve visiones. Después dio a entender que algo barruntaba ella, por la conducta anómala de su sobrino. ¡Casarse con una que ha tenido que ver con muchos hombres! ¡Bah! No sería cierto quizás. Y si lo era, pronto se había de saber; porque, eso sí, a doña Lupe no se le apagaría en el cuerpo la bomba, y aquella misma noche o al día siguiente por la mañana, Maximiliano y ella se verían las caras... Que la señora viuda de Jáuregui estaba volada, lo probó la inseguridad de su paso al recorrer la distancia entre el domicilio de las de la Caña y el suyo. Hablaba sola, y se le cayó el paraguas dos veces, y cuando se bajó a recogerlo, se le cayó el pañuelo, y por fin, en vez de entrar en el portal de su casa, entró en el próximo. ¡Como estuviera en casa el muy hipocritón, su tía le iba a poner verde! Pero no estaría seguramente, porque eran las once de la noche, y el señoritingo no entraba ya nunca antes de las doce o la una... ¡Quién lo había de decir; pero quién lo había de decir...! Aquel cuitado, aquella calamidad de chico, aquella inutilidad, tan fulastre y para poco que no tenía aliento para apagar una vela, y que a los dieciocho años, sí, bien lo podía asegurar doña Lupe, no sabía lo que son mujeres y creía que los niños que nacen vienen de París; aquel hombre fallido enamorarse así, ¡y de quién!, de una mujer perdida..., pero perdida... en toda la extensión de la palabra.

—¿Ha venido el señorito? —preguntó a su criada, y como ésta le contestara que no, frunció los labios en señal de impaciencia.

El desasosiego y la ira habrían llegado qué sé yo a dónde, si no se desahogaran un poco sobre la inocente cabeza de Papitos, y se dice la cabeza, porque ésta fue lo que más padeció en aquel achuchón. Ha de saberse que Papitos era un tanto presumida, y que siendo su principal belleza el cabello negro y abundante, en él ponía sus cinco sentidos. Se peinaba con arte precoz, haciéndose sortijillas y patillas, y para rizarse el fleco, no teniendo tenazas, empleaba un pedazo de alambre grueso, calentándolo hasta el rojo. Hubiera querido hacer estas cosas por la mañana; pero como su ama se levantaba antes que ella, no podía ser. La noche, cuando estaba sola, era el mejor tiempo para dedicarse con entera libertad a la peluquería elegante. Un pedazo de espejo, un batidor desdentado, un poco de tragacanto y el alambre gordo le bastaban. Por mal de sus pecados, aquella noche se había trabajado el pelo con tanta perfección, que... «¡Hija, ni que fueras a un baile!», se había dicho ella a sí misma, con risa convulsiva, al mirarse en el espejo por secciones de cara, porque de una vez no se la podía mirar toda.

—Puerca, fantasmona, mamarracho —gritó doña Lupe destruyendo con manotada furibunda todos aquellos perfiles que la chiquilla había hecho en su cabeza—. En esto pasas el tiempo... ¿No te da vergüenza de andar con la ropa llena de agujeros, y en vez de ponerte a coser te da por atusarte las crines? ¡Presumida, sinvergüenza! ¿Y la cartilla? Ni siquiera la habrás mirado... Ya, ya te daré yo pelitos. Voy a llevarte a la barbería y a raparte la cabeza, dejándotela como un huevo.

Si le hubieran dicho que le cortaban la cabeza, no hubiera sentido la chica más terror.

—Eso, ahora el moquito y la lagrimita, después que me envenenas la sangre con tus peinados indecentes. Pareces la mona del Retiro[29]... Estás bonita... sí... Pero qué, ¿también te has echado pomada?

Doña Lupe se olió la mano con que había estropeado impíamente el criminal flequillo. Al acercar la mano a su nariz, hízolo con ademán tan majestuoso, que es lástima no lo reprodujera un buen maestro de escultura.

—Gorrina... me has pringado la mano... ¡uy, qué pestilencia!... ¿De dónde has sacado esta porquería?

—Me la dio el *sito* Maxi —respondió Papitos con humildad...

Esto llevó bruscamente las ideas de doña Lupe a la verdadera causa de su ira. Ocurriósele hacer un reconocimiento en el cuarto de su sobrino, lo que agradeció mucho Papitos, porque de este modo tenía fin inmediato el sofoco que estaba pasando.

—Vete a la cocina —le dijo la señora.

Y no necesitó repetírselo, porque se escabulló como un ratoncillo que siente ruido. Doña Lupe encendió luz en el cuarto de Maximiliano, y empezó a observar.

«¡Si encontrara alguna carta! —pensó—. ¡Pero quiá! Ahora recuerdo que me han dicho que esa tarasca no sabe escribir. Es un animal en toda la extensión de la palabra.»

Registra por aquí, registra por allá, nada encontraba que sirviera de comprobación a la horrible noticia. Abrió la cómoda, valiéndose de las llaves de la suya, y allí tampoco había

---

[29] Nueva alusión al zoo (o «casa de fieras») que había en el Retiro. Cfr. I, nota 82.

nada. La hucha estaba en su sitio y llena, quizás más pesada que antes. Retratos, no los vio por ninguna parte. Hallábase doña Lupe engolfada en su investigación policíaca, sin descubrir rastro del crimen, cuando entró Maximiliano. Papitos le abrió la puerta; dirigióse a su cuarto sorprendido de ver luz en él, y al encarar con su tía, que estaba revolviendo el tercer cajón de la cómoda, comprendió que su secreto había sido descubierto, y le corrieron escalofríos de muerte por todo el cuerpo. Doña Lupe supo contenerse. Era persona de buen juicio y muy oportunista, quiero decir que no gustaba de hacer cosa ninguna fuera de sazón, y para calentarle las orejas a su sobrino no era buena hora la media noche. Porque seguramente ella había de alzar la voz y no convenía el escándalo. También era probable que al chico le diera una jaqueca muy fuerte si le sofocaban tan a deshora, y doña Lupe no quería martirizarle. Lelo y mudo estaba el estudiante en la puerta de su cuarto, cuando su tía se volvió hacia él, y echándole una mirada muy significativa, le dijo:

—Pasa; yo me voy. Duerme tranquilo, y mañana te ajustaré las cuentas...

Se fue hacia su alcoba; pero no había dado diez pasos, cuando volvió airada amenazándole con la mano y con un grito:

—¡Grandísimo pillo!... Pero tente boca. Quédese esto para mañana... A dormir se ha dicho.

No durmió Maximiliano pensando en la escena que iba a tener con su tía. Su imaginación agrandaba a voces el conflicto haciéndolo tan hermosamente terrible como una escena de Shakespeare; otras lo reducía a proporciones menudas. «¿Y qué, señora tía, y qué?—decía alzando los hombros dentro de la cama, como si estuviera en pie—. He conocido una mujer, me gusta y me quiero casar con ella. No veo el motivo de tanta... Pues estamos frescos... ¿Soy yo alguna máquina? ¿No tengo mi libre albedrío?... ¿Qué se ha figurado usted de mí?» A ratos se sentía tan fuerte en su derecho, que le daban ganas de levantarse, correr a la alcoba de su tía, tirarle de un pie, despertarla y soltarle este jicarazo: «Sepa usted que al son que me tocan bailo. Si mi familia se empeña en tratarme como a un chiquillo, yo le probaré a mi familia que soy hombre.» Pero se quedó helado al suponer la contestación de su tía, que seguramente sería esta: «¿Qué habías tú de ser hombre, qué habías de ser...?»

Cuando el buen chico se levantó al día siguiente, que era domingo, ya doña Lupe había vuelto de misa. Entróle Papitos el chocolate, y, la verdad, no pudo pasarlo, porque se le había

puesto en el epigastrio la tirantez angustiosa, síntoma infalible de todas las situaciones apuradas, lo mismo por causa de exámenes que por otro temor o sobresalto cualquiera. Estaba lívido, y la señora debió de sentir lástima cuando le vio entrar en su gabinete, como el criminal que entra en la sala de juicio. La ventana estaba abierta, y doña Lupe la cerró para que el pobrecillo no se constipase, pues una cosa es la salud y otra la justicia. Venía el delincuente con las manos en los bolsillos y una gorrita escocesa en la cabeza, las botas nuevas y la ropa de dentro de casa, tan mustio y abatido que era preciso ser de bronce para no compadecerle. Doña Lupe tenía una falda de diario con muchos y grandes remiendos admirablemente puestos, delantal azul de cuadros, toquilla oscura envolviendo el arrogante busto, pañuelo negro en la cabeza, mitones colorados y borceguíes de fieltro gruesos y blandos, tan blandos que sus pasos eran como los de un gato. El gabinetito era una pieza muy limpia. Una cómoda y el armario de luna de forma vulgar eran los principales muebles. El sofá y sillería tenían forro de *crochet* a estilo de casa de huéspedes, todo hecho por la señora de la casa.

Pero lo que daba cierto aspecto grandioso al gabinete era el retrato del difunto esposo de doña Lupe, colgado en el sitio presidencial, un cuadrángano al óleo, perverso, que representaba a D. Pedro Manuel de Jáuregui, alias *el de los Pavos,* vestido de comandante de la Milicia Nacional, con su morrión en una mano y en otra el bastón de mando. Pintura más chabacana no era posible imaginarla. El autor debía ser una especialidad en las muestras de casas de vacas y de burras de leche. Sostenía, no obstante, doña Lupe que el retrato de Jáuregui era una obra maestra, y a cuantos lo contemplaban les hacía notar dos cosas sobresalientes en aquella pintura, a saber: que donde quiera que se pusiese el espectador los ojos del retrato miraban al que le miraba, y que la cadena del reloj, la gola, los botones, la carrillera y placa del morrión, en una palabra, toda la parte metálica estaba pintada de la manera más extraordinaria y magistral.

Las fotografías que daban guardia de honor al lienzo eran muchas, pero colgadas con tan poco sentimiento de la simetría, que se las creería seres animados que andaban a su arbitrio por la pared.

—Muy bien, Sr. D. Maximiliano, muy bien —dijo doña Lupe mirando severísimamente a su sobrino—. Siéntate que hay para rato.

III

Doña Lupe la de los Pavos

I

Maximiliano no se sentó, doña Lupe sí, y en el centro del sofá debajo del retrato, como para dar más austeridad al juicio. Repitió el «muy bien, Sr. D. Maximiliano» con retintín sarcástico. Por lo general, siempre que su tía le daba tratamiento, llamándole *señor don,* el pobre chico veía la nube del pedrisco sobre su cabeza.

—¡Estarse una matando toda la vida —prosiguió ella—, para sacar adelante al dichoso sobrinito, sortearle las enfermedades a fuerza de mimos y cuidados, darle una carrera quitándome yo el pan de la boca, hacer por él lo que no todas las madres hacen por sus hijos para que al fin!... ¡Buen pago, bueno!... No, no me expliques nada, si estoy perfectamente informada. Sé quién es esa... dama ilustre con quien te quieres casar. Vamos, que buena doncella te canta... ¿Y creerás que vamos a consentir tal deshonra en la familia? Dime que todo es una chiquillada y no se habla más del asunto.

Maximiliano no podía decir tal cosa; pero tampoco podía decir otra, porque si en el fondo de su ánimo empezaban a levantarse olas de entereza, esas olas reventaban y se descomponían antes de llegar a la orilla, o sea a los labios. Estaba tan cortado, que sintiendo dentro de sí la energía no la podía mostrar por aquella pícara emoción nerviosa que le embargaba. Dejó esparcir sus miradas por la pared testera, como buscando por allí un apoyo. En ciertas situaciones apuradas y en los grandes estupores del alma, las miradas suelen fijarse en algo insignificante y que nada tiene que ver con la situación. Maximiliano contempló un rato el grupo fotográfico de las chicas de Samaniego, Aurora y Olimpia, con mantilla blanca, enlazados los brazos, la una muy adusta, la otra sentimental. ¿Por qué miraba aquello? Su turbación le llevaba a colgar las miradas aquí y allí, prendiendo el espíritu en cualquier objeto, aunque fueran las cabezas de los clavos que sostenían los retratos.

—Explícate, hombre —añadió doña Lupe, que era viva de genio—. ¿Es una niñería?

—No, señora —respondió el acusado.

Y esta negación, que era afirmación, empezó a darle ánimos, aligerándole un poco la angustia aquella de la boca del estómago.

—¿Estás seguro de que no es chiquillada? ¡Valiente idea tienes tú del mundo y de las mujeres, inocente!... Yo no puedo consentir que una pindonga de esas te coja y te engañe para timarte tu nombre honrado, como otros timan el reloj. A ti hay que tratarte siempre como a los niños atrasaditos que están a medio desarrollar. Hay que recordar que hace cinco años todavía iba yo por la mañana a abrocharte los calzones, y que tenías miedo de dormir solo en tu cuarto.

Idea tan desfavorable de su personalidad exasperaba al joven. Sentía crecer dentro la bravura; pero le faltaban palabras. ¿Dónde demonios estaban aquellas condenadas palabras que no se le ocurrían en trance semejante? El maldito hábito de la timidez era la causa de aquel silencio estúpido. Porque la mirada de doña Lupe ejercía sobre él fascinación singularísima, y teniendo mucho que decir, no lograba decirlo. «¿Pero qué diría yo?... ¿Cómo empezaría yo?», pensaba fijando la vista en el retrato de Torquemada y su esposa, de bracete.

—Todo se arreglará —indicó doña Lupe en tono conciliador— si consigo quitarte de la cabeza esas humaredas. Porque tú tienes sentimientos honrados, tienes buen juicio... Pero siéntate. Me da fatiga de verte en pie.

—Es menester que usted se entere bien —dijo Maximiliano al sentarse en el sillón, creyendo haber encontrado un buen cabo de discurso para empezar; —se entere bien de las cosas... Yo... pensaba hablar a usted...

—¿Y por qué no lo hiciste? ¡Qué tal sería ello!... ¡Vaya, que un chico delicadito como tú, meterse con esas viciosonas...! Y no te quepa duda... Así, pronto entregarás la pelleja. Si caes enfermo, no vengas a que te cuide tu tía, que para eso sí sirvo yo,

¿eh?; para eso sí sirvo, ingrato, tunante... ¿Y te parece bien que cuando me miro en ti, cuando te saco adelante con tanto trabajo y soy para ti más que una madre; te parece bien que me des este pago, infame, y que te me cases con una mujer de mala vida?

Rubín se puso verde y le salió un amargor intensísimo del corazón a los labios.

—No es eso, tía, no es eso —sostuvo, entrando en posesión de sí mismo—. No es mujer de mala vida. La han engañado a usted.

—El que me ha engañado eres tú con tus encogimientos y tus timideces... Pero ahora lo veremos. No creas que vas a jugar conmigo; no creas que te voy a dejar hacer tu gusto. ¿Por quién me tomas, bobalicón?... ¡Ah! ¡Si yo no hubiera tenido tanta confianza...! Pero si he sido una tonta; si me creí que tú no eras capaz de mirar a una mujer. Buena me la has dado, buena. Eres un apunte... en toda la extensión de la palabra.

Maximiliano, al oír esto, estaba profundamente embebecido, mirando el retrato de Rufinita Torquemada[30]. La veía y no la veía, y sólo confusamente y con vaguedades de pesadilla, se hacía cargo de la actitud de la señorita aquella, retratada sobre un fondo marino y figurando que estaba en una barca. Vuelto en sí, pensó en defenderse; pero no podía encontrar las armas, es decir, las palabras. Con todo, ni por un instante se le ocurría ceder. Flaqueaba su máquina nerviosa; pero la voluntad permanecía firme.

—A usted le han informado mal —insinuó con torpeza—, respecto a la persona... que... Ni hay tal vida airada ni ese es el camino... Yo pensaba decirle a usted: «Tía, pues yo... quiero a esta persona, y... mi conciencia...»

—Cállate, cállate y no me saques la cólera, que al oírte decir que quieres a una tiota chubasca, me dan ganas de ahogarte, más por tonto que por malo... y al oírte hablar de conciencia en este tratado, me dan ganas de... Dios me perdone... ¿Sabes lo que te digo? —añadió alzando la voz—, ¿sabes lo que te digo? Que desde este momento vuelvo a tratarte como cuando tenías doce años. Hoy no me sales de casa. Ea, ya estoy yo en funciones con mis disciplinas... Y desde mañana me vuelves a tomar el aceite de hígado de bacalao. Vete a tu cuarto y quítate las botas. Hoy no me pisas la calle.

---

[30] Rufinita, hija del prestamista Torquemada, candidata a esposa de Maxi, habría de casarse con un paciente médico manchego llamado Quevedito. Cfr. las cuatro novelas de la serie *Torquemada*.

Dios sabe lo que iba a contestar el acusado. Quedó suelta en el aire la primera palabra, porque llegó una visita. Era el Sr. de Torquemada, persona de confianza en la casa, que al entrar iba derecho al gabinete, a la cocina, al comedor o a donde quiera que la señora estuviese. La fisonomía de aquel hombre era difícil de entender. Sólo doña Lupe, en virtud de una larga práctica, sabía encontrar algunos jeroglíficos en aquella cara ordinaria y enjuta, que tenía ciertos rasgos de tipo militar con visos clericales. Torquemada había sido alabardero en su mocedad, y conservando el bigote y perilla, que eran ya entrecanos, tenía un no sé qué de eclesiástico, debido sin duda a la mansedumbre afectada y dulzona, y a un cierto subir y bajar de párpados con que adulteraba su grosería innata. La cabeza se le inclinaba siempre al lado derecho. Su estatura era alta, mas no arrogante; su cabeza calva, crasa y escamosa, con un enrejado de pelos mal extendidos para cubrirla. Por ser aquel día domingo, llevaba casi limpio el cuello de la camisa, pero la capa era el número dos, con las vueltas aceitosas y los ribetes deshilachados. Los pantalones, mermados por el crecimiento de las rodilleras, se le subían tanto que parecía haber montado a caballo sin trabillas. Sus botas, por ser domingo, estaban aquel día embetunadas y eran tan chillonas que se oían desde una legua.

—¿Y cómo está la familia? —preguntó al tomar asiento, después de dar su mano siempre sudorosa a doña Lupe y al sobrino.

—Perfectamente bien —dijo la señora observando con ansiedad el semblante de Torquemada—. ¿Y en casa?

—No hay novedad, a Dios gracias.

Doña Lupe esperaba aquel día noticias de un asunto que le interesaba mucho. Como siempre se ponía en lo peor para que las desgracias no la cogieran desprevenida, pensó, al ver entrar a su agente, que le traía malas nuevas. Temió preguntarle. La cara de militar adulterado no expresaba más que un interés decidido por la familia. Al fin Torquemada, que no gustaba de perder el tiempo, dijo a su amiga:

—Vamos, doña Lupe, que hoy estamos de buena. ¿A que no me acierta usted la peripecia que le traigo?

La fisonomía de la señora se iluminó, pues sabía que su amigo llamaba peripecia a toda cobranza inesperada. Echóse él a reír, y metió la mano al bolsillo interior de su americana.

—¡Ay! No me lo diga usted, D. Francisco —exclamó doña Lupe con incredulidad, cruzando las manos—. ¿Ha pagado...?

—Lo va usted a ver... Yo... tampoco lo esperaba. Como que fui anoche a decirle que el lunes se le embargaría. Hoy por la mañana, cuando me estaba vistiendo para ir a misa, me le veo entrar. Creí que venía a pedirme más prórrogas. Como siempre nos está engañando, que hoy, que mañana... Yo no le creo ni la Biblia. Es muy fabulista. Pero en fin, pedradas de estas nos den todos los días. «Señor de Torquemada —me dice muy serio—, vengo a pagarle a usted...» Me quedé lo que llaman atónito. Como que no esperaba la peripecia. Finalmente, que me dio el *guano*, o sean ocho mil reales, cogió su pagaré, y a vivir.

—Lo que yo le decía a usted —observó doña Lupe casi sin poder hablar, con la alegría atravesada en la garganta—. El tal Joaquinito Pez es una persona decente. Él pasa sus apurillos como todos esos hijos de familia que se dan buena vida, y un día tienen, otro no. De fijo que será jugador...

Torquemada hizo una separación de billetes, dando la mayor parte a doña Lupe.

—Los seis mil reales de usted... dos mil míos. Buen chiripón ha sido éste. Yo los contaba, como quien dice, perdidos, porque el tal Joaquinito está, según oí, con el agua al cuello. ¿Quién será el desgraciado a quien ha dado el sablazo? A bien que a nosotros no nos importa.

—Como no le hemos de prestar más...

—Mire usted, doña Lupe —dijo Torquemada, haciendo una perfecta *o* con los dedos pulgar e índice y enseñándosela a su interlocutora.

II

Doña Lupe contempló la *o* con veneración y escuchó:

—Mire usted, señora, estos señoritos disolutos son buenos parroquianos, porque no reparan en el materialismo del premio y del plazo; pero al fin la dan, y la dan gorda. Hay que tener mucho ojo con ellos. Al principio, el embargo les asusta; pero como lleguen a perder el punto una vez, lo mismo les da *fu* que *fa*. Aunque usted les ponga en la publicidad de la *Gaceta*[31], se quedan tan frescos. Vea usted al marquesito de

---

[31] La *Gaceta* era el periódico oficial del Gobierno. Su nombre era *Gaceta Oficial* pero se la conocía como *Gaceta de Madrid*. Publicaba anuncios.

Casa-Bojío; le embargué el mes pasado; le vendí hasta la lámina en que tenía el árbol genealógico. Pues, finalmente, a los tres días, me le vi en un faetón, como si tal cosa, y pasó por junto a mí y las ruedas me salpicaron el barro de la calle... No es que me importe el materialismo del barro; lo digo para que se vea lo que son... ¿Pues creerá usted que encontró después quien le prestara? Ello fue al cuatro mensual; pero aun al cinco sería, como quien dice, el todo por el todo. Verdad que no molestan, y si a mano viene, cuando piden prórroga, por tenerle a uno contento le dan un destinillo para un sobrino, como hizo el chico de Pez conmigo... pero el materialismo del destino no importa; a lo mejor la pegan y de canela fina, créame usted. Por eso, ya puede venir ahora a tocar a esta puerta, que le he de mandar a plantar cebollino.

Al llegar aquí Torquemada sacó su sebosa petaca. Como tenía tanta confianza, iba a echar un cigarro; ofreció a Maximiliano, y doña Lupe respondió bruscamente por él diciendo con desdén:

—Éste no fuma.

Las operaciones previas de la fumada duraban un buen rato, porque Torquemada le variaba el papel al cigarrillo. Después encendió el fósforo raspándolo en el muslo.

—Como seguro —prosiguió—, aunque da mucho que hacer, el *chico* de la tienda de ropas hechas, José María Vallejo. Allí me tiene todos los primeros de mes, como un perro de presa... Mil duros me tiene allí, y no le cobro más que veintiséis todos los meses. ¿Que se atrasa? «Hijo, yo tengo un gran compromiso y no te puedo aguardar.» Cojo media docena de capas, y me las llevo, y tan fresco... Y no lo hago por el materialismo de las capas, sino para que mire bien el plazo. Si no hay más remedio, señora. Es menester tratarles así, porque no guardan consideración. Se figuran que tiene uno el dinero para que ellos se diviertan. ¿Se acuerda usted de aquellos estudiantes que nos dieron tanta guerra? Fue el primer dinero de usted que coloqué. ¡Aquel Cienfuegos, aquel Arias Ortiz! [32]. Vaya unos peines. Si no es por mí, no se les cobra... Y eran tan tunantes, que después que iban a casa llorándome a la prórroga, me los encontraba en el café atizándose bisteques... y vengan copas

---

[32] Los estudiantes Juan Antonio Cienfuegos y Arias Ortiz fueron amigos de Alejandro Miquis en *El doctor Centeno*. El acreedor Torquemada les recuerda aquí como un hito en sus relaciones «materialistas» con doña Lupe.

de ron y marrasquino... Lo mismo que aquel tendero de la calle Mayor, aquel Rubio que tenía peletería, ¿se acuerda usted? Un día finalmente, me trajo su reloj, los pendientes de su mujer, y doce cajas de pieles y manguitos, y aquella misma tarde, aquella mismísima tarde, señora, me le veo en la Puerta del Sol, encaramándose en un coche para ir a los Toros... Si son así... quieren el dinero, como quien dice, para el materialismo de tirarlo. Por eso estoy todo el santo día vigilando a José María Vallejo, que es un buen hombre, sin despreciar a nadie. Voy a la tienda y veo si hay gente, si hay movimiento; echo una guiñada al cajón; me entero de si el chico que va a cobrar las cuentas trae *guano;* sermoneo al principal, le doy consejos, le recomiendo que al que paga le crucifique. ¡Si es la verdad, si no hay más camino...! Finalmente, el que se hace de manteca pronto se lo meriendan. Y no lo agradecen, no señora, no agradecen el interés que me tomo por ellos. Cuando me ven entrar, ¡si viera usted qué cara me ponen! No reparan que están trabajando con mi dinero. Y finalmente, ¿qué eran ellos? Unos pobres pelagatos. Les parece que porque me dan veintiséis duros al mes, ya han cumplido... Dicen que es mucho y yo digo que me lo tienen que agradecer, porque los tiempos están malos, pero muy malos.

En toda la parte del siglo XIX que duró la larguísima existencia usuraria de D. Francisco Torquemada, no se le oyó decir una sola vez siquiera que los tiempos fueran buenos. Siempre eran malos, pero muy malos. Aun así, el 68 ya tenía Torquemada dos casas en Madrid, y había empezado sus negocios con doce mil reales que heredó su mujer el 51. Los un día mezquinos capitales de doña Lupe, él se los había centuplicado en un par de lustros, siendo esta la única persona que asociaba a sus oscuros negocios. Cobrábale una comisión insignificante, y se tomaba por los asuntos de ella tanto interés como por los propios, en razón a la gran amistad que había tenido con el difunto Jáuregui.

—Y con esta fecha y con esta facha me voy —dijo levantándose y colgándose la capa que se le caía del hombro izquierdo.

—¿Tan pronto?

—Señora, que no he oído misa. Lo que le decía a usted, estaba vistiéndome para salir a oírla, cuando entró Joaquinito a darme la gran peripecia.

—¡Buena ha sido, buena! —exclamó doña Lupe, oprimiendo contra su seno la mano en que tenía los billetes, tan bien cogidos que no se veía el papel por entre los dedos.

—Quédate con Dios —dijo Torquemada a Maximiliano que sólo contestó al saludo con un *ju ju*...

Y salió al recibimiento, acompañado de doña Lupe. Maximiliano les sintió cuchicheando en la puerta. Por fin se oyeron las botas chillonas del ex-alabardero bajando la escalera, y doña Lupe reapareció en el gabinete. El júbilo que le causaba la cobranza de aquel dinero que creía perdido era tan grande, que sus ojos pardos le lucían como dos carbones encendidos, y su boca traía bosquejada una sonrisa. Desde que le vio entrar, conoció Maximiliano que su cólera se había aplacado. El *guano,* como decía Torquemada, no podía menos de dulcificarla; y llegándose a donde estaba el delincuente, que no se había movido de la butaca, le puso una mano en el hombro, empuñando fuertemente en la otra los billetes, y le dijo:

—No, no te sofoques... no es para tomarlo así. Yo te digo estas cosas por tu bien...

—Yo, realmente —repuso Maximiliano con serenidad, que más le asombró a él mismo que a doña Lupe, —no me he sofocado... yo estoy tranquilo, porque mi conciencia...

Aquí se volvió a embarullar. Doña Lupe no le dio tiempo a desenvolverse, porque se metió en la alcoba, cerrando las vidrieras. Desde el gabinete la sintió Maximiliano trasteando. Guardaba el dinero. Abriendo después la puerta, mas sin salir de la alcoba, la señora siguió hablando con su sobrino:

—Ya sabes lo que te he dicho. Hoy no me sales a la calle... Y desde mañana empezarás a tomarme el aceite de hígado de bacalao, porque todo eso que te da no es más que debilidad del cerebro... Luego seguiremos con el fosfato, otra vez con el fosfato. No debiste dejar de tomarlo...

Maximiliano, como no tenía delante a su tía, se permitió una sonrisa burlona. Miraba en aquel momento a su tío el Sr. de Jáuregui, que le miraba también a él, como es consiguiente. No pudo menos de observar que el digno esposo de su tía era horrendo; ni comprendía cómo doña Lupe no se moría de miedo cuando se quedaba sola, de noche, en compañía de semejante espantajo.

—Conque ya sabes —dijo al aparecer en la puerta, abrochándose su cuerpo de merino negro, pues se estaba disponiendo para salir. —Ya puedes ir a quitarte las botas. Estás preso.

Fuese el joven a su cuarto sin decir nada, y doña Lupe se quedó pensando en lo dócil que era. El rigor de su autoridad, que el muchacho acataba siempre con veneración, sería remedio eficaz y pronto del desorden de aquella cabeza. Bien lo decía ella: «En cuanto yo le doy cuatro gritos, le pongo como una liebre. Trabajo les mando a esas lobas que me lo quieran trastornar.»

—¡Papitos...! —gritó la señora, y al punto se oyeron las patadas de la chica en el pasillo como las de un caballo en el Hipódromo.

Presentóse con una patata en la mano y el cuchillo en la otra.

—Mira —le dijo su ama con voz queda—. Ten cuidado de ver lo que hace el señorito Maxi mientras yo estoy fuera. A ver si escribe alguna carta o qué hace.

La mona se dio por enterada, y volvió a la cocina dando brincos.

«A ver —dijo la señora hablando consigo misma—, ¿se me olvidará algo?... ¡Ah!, el portamonedas. ¿Qué hay que traer?... Fideos, azúcar... y nada más. ¡Ah!, el aceite de hígado de bacalao; lo que es eso no se lo perdono. A cucharetazos es como se cura esto. Y ahora no habrá el realito de vellón por cada toma. Ya es un hombre, quiero decir, ya no es un chiquillo.»

Figúrese el lector cuál sería el asombro de doña Lupe *la de los Pavos,* cuando vio entrar en la sala a su sobrino, no con zapatillas ni en tren de andar por casa, sino empaquetado para salir, con su capa de vueltas encarnadas, su chaqué azul y su honguito de color de café. Tan estupefacta y colérica estaba por la desobediencia del mancebo, que apenas pudo balbucir una protesta...

—Pe... pero...

—Tía —dijo Maximiliano con la voz alterada y temblorosa—, no pue... no puedo obedecer a usted... Soy mayor de edad. He cumplido veinticinco años... Yo la respeto a usted; respéteme usted a mí.

Y sin esperar respuesta, dio media vuelta y salió de la casa a toda prisa, temiendo sin duda que su tía le agarrase por los faldones.

Bien claro explicaba él su conducta, chismorreando consigo mismo: «Yo no sé defenderme con palabras; yo no puedo hablar, y me aturullo y me turbo sólo de que mi tía me mire; pero me defenderé con hechos. Mis nervios me venden; pero mi voluntad podrá más que mis nervios, y lo que es la voluntad, bien firme la tengo ahora. Que se metan conmigo; que venga todo el género humano a impedirme esta resolución; yo no discutiré, yo no diré una palabra; pero a donde voy, voy, y al que se me ponga por delante, sea quien sea, le piso y sigo mi camino.»

III

Doña Lupe se quedó que no sabía lo que le pasaba.

—¡Papitos, Papitos!... No, no te llamo... vete... ¿Pero has visto qué insolente? Si no es él, no es él... Es que me le han vuelto del revés, me le han embrujado. ¿Habrá tunante? Si estoy por seguirle y avisar a una pareja de Orden Público para que me lo trinquen... Pero a la noche nos veremos las caras. Porque tú has de volver, tú tienes que volver, sietemesino hipócrita... Papitos, toma, toma; bájate por los fideos y el azúcar. Yo no salgo, no puedo salir. Creo que me va a dar algo... Mira, te pasas por la botica y pides un frasco de aceite de hígado de bacalao, del que yo traía. Ya saben ellos. Dices que yo iré a pagarlo... Oye, oye, no traigas eso. ¡Si no lo va a querer tomar...! Tráete una vara[33]. No, no traigas tampoco vara... Te pasas por la droguería y pides diez céntimos de sanguinaria[34]. A mí me va a dar algo...

Estaba en efecto amenazada de un arrebato de sangre, y la cosa no era para menos. Nunca había visto en su sobrino un rasgo de independencia como el que acababa de ver. Había sido siempre tan poquita cosa, que donde le ponían allí se estaba. Voluntad propia, no la tuvo jamás. En ningún tiempo fue preciso ponerle la mano encima, porque un fruncimiento de cejas bastaba para traerle a la obediencia. ¿Qué había pasado en aquel cordero para convertirle en algo así como un leoncillo? La mente de doña Lupe no podía descifrar misterio tan grande. Tras de la cólera y la confusión vino el abatimiento, y se sentía tan rendida físicamente como si hubiera estado toda la mañana ocupada en alguna faena penosa. Quitóse con pausa los trapitos domingueros que se había empezado a poner, y volvió a llamar a la mona para decirle:

—No hagas más que unas sopas de ajo. El señoritingo no vendrá a almorzar, y si viene le acusaré las cuarenta.

---

[33] *Vara:* Planta utilizada por sus propiedades diuréticas.
[34] *Sanguinaria:* Planta que tiene propiedades tónicas y puede emplearse como antihemorrágico, antidiarrético y para purificar la sangre.

Tomando la sillita baja, que usaba cuando cosía, la colocó junto al balcón. Le dolía la cintura y al sentarse exhaló un ¡ay! Para coser usaba siempre gafas. Se las puso, y sacando obra de su cesta de costura, empezó a repasar unas sábanas. No le repugnaba a doña Lupe trabajar los domingos, porque sus escrúpulos religiosos se los había quitado Jáuregui en tantos años de propaganda matrimonial progresista. Púsose, pues, a zurcir en su sitio de costumbre, que era junto a la vidriera. En el salón tenía dos o tres tiestos, y por entre las secas ramas veía la calle. Como el cuarto era principal, desde aquel sitio se vería muy bien pasar gente en caso de que la gente quisiese pasar por allí. Pero la calle de Raimundo Lulio y la de Don Juan de Austria, que hace ángulo con ella, son de muy poco tránsito. Parece aquello un pueblo. La única distracción de doña Lupe en sus horas solitarias era ver quién entraba en el taller de coches inmediato o en la imprenta de enfrente, y si pasaba o no doña Guillermina Pacheco en dirección del asilo de la calle de Alburquerque. Lugar y ocasión admirables eran aquellos para reflexionar, con los trapos sobre la falda, la aguja en la mano, los espejuelos calados, la cesta de la ropa al lado, el gato hecho una pelota de sueño a los pies de su ama. Aquel día doña Lupe tenía, más que nunca, materia larga de meditaciones.

«¡Que se esté una sacrificada toda la vida para esto!... Él no lo sabe, ¿qué ha de saber, si es un tontín? Le ponen el plato delante, ¿y qué sabe las agonías que ha costado ponérselo?... ¡Pues si le dijera yo que cada garbanzo, algunos días, tiempo ha, tenía el valor de una perla... según lo que costaba traerlo a casa...! No sé qué habría sido de mí sin el Sr. de Torquemada, ni qué hubiera sido de Maxi sin mí. ¡Lucida existencia sería la suya si no hubiera tenido más arrimo que el de sus hermanos! Dime, bobo de Coria, ¿si yo no hubiera trabajado como una negra para defender el panecillo y poner esta casa en el pie que tiene; si no discurriera tanto como discurro, calentándome los sesos a todas horas y empleando en mil menudencias estas entendederas que Dios me ha dado, ¿qué habría sido de ti, ingratuelo?... ¡Ah! ¡Si viviera mi Jáuregui!»

El recuerdo de su difunto, que siempre se avivaba en la mente de doña Lupe cuando se veía en algún conflicto, la enterneció. En todas sus aflicciones se consolaba con la dulce memoria de su felicidad matrimonial, pues Jáuregui había sido el mejor de los hombres y el número uno de los maridos. «¡Ay, mi Jáuregui!», exclamaba echando toda el alma en un suspiro.

Don Pedro Manuel de Jáuregui había servido en el Real Cuerpo de Alabarderos. Después se dedicó a negocios, y era tan honrado, pero tan sosamente honrado, que no dejó al morir más que cinco mil reales. Oriundo de la provincia de León, recibía partidas de huevos y otros artículos de recoba. Todos los paveros leoneses, zamoranos y segovianos depositaban en sus manos el dinero que ganaban, para que lo girase a los pueblos productores del artículo, y de aquí vino el apodo que le dieron en Puerta Cerrada y que heredó doña Lupe. También recibía Jáuregui, por Navidad, remesas de mantecadas de Astorga, y a su casa iban a cobrar y a dejar fondos todos los ordinarios de la maragatería. En política hizo gran papel D. Pedro por ser uno de los corifeos de la Milicia Nacional, y era tan sensato, que la única vez que se sublevó lo hizo al grito mágico de ¡Viva Isabel II![35] Falleció aquel bendito, y doña Lupe se hubiera muerto también si el dolor matara. Y no se vaya a creer que le faltaron pretendientes a la viudita, pues había, entre otros, un D. Evaristo Feijoo, coronel de ejército, que le rondaba la calle y no la dejaba vivir. Pero la fidelidad a la memoria de su feo y honrado Jáuregui se sobreponía en doña Lupe a todos los intereses de la tierra. Después vino la crianza y cuidado de su sobrinito, que le dieron esa distracción tan saludable para las desazones del alma. Torquemada y los negocios ayudáronla también a entretener su existencia y a conllevar su dolor... Pasó tiempo, ganó dinero, y lentamente vino la situación en que la he descrito. Frisaba ya doña Lupe en los cincuenta años, mas estaba tan bien conservada, que no parecía tener más de cuarenta. Había sido en su mocedad frescachona de cuerpo y enjuta de rostro, y tenía cierto parecido remoto con Juan Pablo. Sus ojos pardos conservaban la viveza de la juventud; pero tenía cierta adustez jurídica en la cara, acentuada de líneas y seca de color. Sobre

---

[35] La Reina Isabel II fue proclamada mayor de edad en noviembre de 1843 y en febrero de 1844 se procedió a la disolución de la Milicia Nacional. Con esta disolución se pretendió desmantelar una fuerza militar que había defendido el progresismo. Galdós nos describe a un corifeo de la Milicia Nacional, don Pedro Jáuregui, cuyo oportunismo explica su apoyo a la política conservadora de la Corona que, no se olvide, pondría inmediatamente fuera de combate a la Milicia. Porque era su «enemigo más inmediato y tangible». Cfr. Diego López Garrido, *La Guardia Civil y los orígenes del Estado centralista*, Barcelona, 1982, págs. 60-71 y *passim*.

el labio superior, fino y violado cual los bordes de una reciente herida, le corría un bozo tenue, muy tenue, como el de los chicos precoces, vello finísimo que no la afeaba ciertamente; por el contrario, era quizás la única pincelada feliz de aquel rostro semejante a las pinturas de la Edad Media, y hacía la gracia el tal bozo de ir a terminarse sobre el pico derecho de la boca con una verruguita muy mona, de la cual salían dos o tres pelos bermejos que a la luz brillaban retorcidos como hilillos de cobre. El busto era hermoso, aunque, como se verá más adelante, había en él algo y aun algos de falseamiento de la verdad[a].

Descollaba doña Lupe por la inteligencia y por el prurito de mostrarla a cada instante. Así como a otras el amor propio les inspira la presunción, a la viuda de Jáuregui le infundía convicciones de superioridad intelectual y el deseo de dirigir la conducta ajena, resplandeciendo en el consejo y en todo lo que es práctico y gubernativo. Era una de esas personas que, no habiendo recibido educación, parece que la han tenido cumplidísima, por lo bien que se expresan, por la firmeza con que se imponen un carácter y lo sostienen, y por lo bien que disfrazan con las retóricas sociales las brutalidades del egoísmo humano.

De la memoria de su Jáuregui llevó el pensamiento a su sobrino. Eran sus dos amores. Subiéndose las gafas que se le habían deslizado hasta la punta de la nariz, prosiguió así: «Pues conmigo no juega. Le pongo en la calle como tres y dos son cinco. Tendré que hacer un esfuerzo, porque le quiero como debe de quererse a los hijos... ¡Yo que tenía la ilusión de casarle con Rufina o al menos con Olimpia!... No, me gusta mucho más Rufina Torquemada. Cuidado que soy tonta. Al verle tan huraño, y que se escondía cuando entraba doña Silvia con su hija, creía que hablarle a este chico de mujeres era como mentarle al diablo la cruz. Fíese usted de apariencias. Y ahora resulta que hace meses sostiene a una mujer, y se pasa el día entero con ella y... Vamos, yo tengo que ver esto para creerlo... Y otra cosa: ¿cómo se las arreglará para mantenerla?... La hucha está allí con su peso de siempre...»

Doña Lupe, al llegar aquí, se engolfó en cavilaciones tan abstrusas que no es posible seguirla. Su mente se sumergía y salía a flote, como un madero arrojado en medio de las bravas

---

[a] [, o corrección artística de un estrago de la Naturaleza.]

olas. La buena señora estuvo así toda la tarde. Llegada la noche, deseaba ardientemente que el sobrino entrase de la calle para descargar sobre él todo el material de lavas que el volcán de su pecho no podía contener. Entró el sietemesino muy tarde, cuando su tía estaba ya comiendo y se había servido el cocido. Maximiliano se sentó a la mesa sin decir nada, muy grave y algo azorado. Empezó a comer con apetito la sopa fría, echando miradas indagatorias e inquietas a su señora tía, que evitaba el mirarle... *por no romper*... «Debo contenerme —pensaba ella, —hasta que coma... Y parece que tiene ganitas...» A ratos el joven daba hondos suspiros mirando a su tía, cual si deseara tener una explicación con ella. Más de una vez quiso doña Lupe romper en denuestos; pero el silencio y la compostura de su sobrino la contenían, haciéndole temer que se repitiera el rasgo varonil de aquella mañana. Por fin, apenas cató el joven unas pasas que de postre había, se levantó para ir a su cuarto; y apenas le vio doña Lupe de espalda, se le encendieron bruscamente los ánimos y corrió tras él, conteniendo las palabras que a la boca se le salían. Estaba el pobre chico encendiendo el quinqué de su cuarto, cuando la señora apareció en la puerta, gritando con toda la fuerza de sus pulmones:

—¡Zascandil!

No se inmutó Maximiliano ni aun cuando doña Lupe, repitiendo su apóstrofe, llegó al cuarto o al quinto *zascandil*. Y como si esta palabra fuera el tapón de su ira, tras ella corrieron en vena abundante las quejas por lo que el chico había dicho aquella mañana.

—Y no quiero hablar ahora del motivo —añadió ella—; de esa moza que te has echado... y que sin duda empieza por pegarte su mala educación. Voy a la patochada de esta mañana. ¿Crees que tu tía es algún trapo viejo?

El muchacho se sentó en la silla que junto a la cama estaba, y apoyando el codo en ésta, aguantó el achuchón, sin mirar a su juez. Tenía un palillo entre los dientes, y lo llevaba de un lado para otro de la boca con nerviosa presteza. Ya se le había quitado el gran temor que la hermana de su padre le infundía. Como ciertos cobardes se vuelven valientes desde que disparan el primer tiro, Maximiliano, una vez que rompió el fuego con la hombrada de aquella mañana, sentía su voluntad libre del freno que le pusiera la timidez. Dicha timidez era un fenómeno puramente nervioso, y en ella tenían no poca parte también sus rutinarios hábitos de subordinación y apocamiento. Mientras no hubo en su alma una fuerza poderosa, aquellos hábitos y la diátesis nerviosa formaron la costra o apariencia de su carácter; pero surgió dentro la energía, que estuvo luchando durante algún tiempo por mostrarse, rompiendo la corteza. La timidez o falsa humildad endurecía ésta, y como la energía interior no encontraba un auxilio en la palabra, porque la sumisión consuetudinaria y la cortedad no le habían permitido educarla para discutir, pasaba tiempo sin que la costra se rompiera. Por fin, lo que no pudieron hacer las palabras, lo hizo un acto. Roto el cascarón, Maximiliano se encontró más valiente y dispuesto a medirse con la fiera. Lo que antes era como levantar una montaña, parecíale ya como alzar del suelo un pañuelo.

Oyó en calma los desahogos de su tía. ¡Cuántos argumentos se podían oponer a los que la buena señora disparaba con más ardor que lógica! Pero lo que es en argumentar con palabras ¡qué diablo! todavía no estaba él fuerte. Argumentaba con hechos. En esto sí que se pintaba solo. Cuando su tía tomó respiro dejándose caer sofocada en la silla próxima a la mesa, Maximiliano rompió a hablar a su vez; pero no era aquello razonar, era como si cogiera su corazón y lo volcara sobre la cama, lo mismo que había volcado la hucha después de cascarla.

—La quiero tanto —dijo sin mirar a su tía, y encontrando palabras relativamente fáciles para expresar sus sentimientos—, la quiero tanto, que toda mi vida está en ella, y ni ley ni familia ni el mundo entero me pueden apartar de ella... Si me ponen en esta mano la muerte y en esta otra dejar de quererla y me obligan a escoger, preferiré mil veces morirme, matarme o que me maten... La quise desde el momento en que la vi, y no puedo dejar de quererla, sino dejando de vivir... de modo que es tontería oponerse a lo que tengo pensado, porque salto por encima de todo y si me ponen delante una pared la paso... ¿Ve usted cómo rompen los jinetes[36] del Circo de Price[37] los

---

[36] En la 1.ª ed. ginetes.
[37] Sobre el *Circo Price* escribe Fernández de los Ríos en su *Guía de Madrid,* págs. 574-575: «Habiéndose transformado en teatros dos de los locales construidos en Madrid para espectáculos ecuestres y gimnásticos, construyó Mr. Price en el paseo de Recoletos, sobre el terreno en que hubo por el año 1834 un jardín público titulado de las Delicias, un espacioso local, donde más de 5.000 espectadores pudieran disfrutar de los hábiles y sorprendentes ejercicios de los artistas

papeles que les ponen delante cuando saltan sobre los caballos? Pues así rompo yo una pared si me la ponen entre ella y yo.

IV

Este símil hubo de impresionar vivamente a la gran doña Lupe, que contempló un rato a su sobrino con más lástima que ira.

—Yo me he llevado chascos en mi vida —dijo meneando la cabeza como los muñecos que tienen un alambre en el pescuezo—; pero un chasco como éste no me lo he llevado nunca. Me la has dado completa, a fondo, de maestro... Cierto que no tengo poder sobre ti... Si te pierdes, bien perdido estás. No me vengas a mí después con arrumacos. Te crié, te eduqué, he sido para ti una madre. ¿No te parece que debías haberme dicho: «Pues, tía, esto hay»?

—Cierto que sí —replicó vivamente Maximiliano—, pero me daba reparo, tía. Ahora que me he soltado paréceme la cosa más fácil del mundo. De esta falta le pido a usted perdón, porque reconozco que me porté mal. Pero se me trababa la lengua cuando quería decir algo, y me entraban sudores... Me acostumbré a no hablar a usted más que de si me dolía o no la cabeza, de que se me había caído un botón, de si llovía o estaba seco y otras tonterías así... Oiga usted ahora, que después de callar tanto me parece que reviento si no le cuento a usted todo. La conocí hace tres meses. Estaba pobre, había sido muy desgraciada...

—Sí, sí, me han dicho que es muy corrida. Tienes buenas tragaderas —afirmó doña Lupe con crueldad.

—No haga usted caso... los hombres son muy malos. ¿No conviene usted conmigo en que los hombres son muy malos? Y dígame usted ahora. ¿No es acción noble traer al buen camino a una alma buena que se ha descarriado?

—¡Y tú, tú —chilló la de Jáuregui con espanto, presignándose—, te has metido a pastor!

—Pero aguárdese usted, tía. No juzgue usted las cosas tan de ligero —insistió Maximiliano, apurado por no saber expre-

---

que forman la compañía durante los veranos. Tiene este circo un gran escenario destinado a las pantomimas y representaciones de gran espectáculo.»

sarse bien—. ¡Si ella está arrepentida! Ni ha sido tampoco tan mala como a usted le han dicho. Si es un ángel...

—¡De cornisa! Buen provecho.

—Créame usted, y cuando la conozca...

—¡Yo... conocerla yo! De eso está libre... Repito que buen provecho te haga tu oveja, mejor dicho, tu cabra descarriada.

—Pero si no es eso... es que yo no me expreso bien. Dígame una cosa, ¿el querer ser honrada no es lo mismo que serlo? ¿Dice usted que no? Pues yo no lo veo así, yo no lo veo así.

—¿Cómo ha de ser lo mismo querer una cosa que serlo?

—En el terreno moral sí... Si conmigo es honrada y sin mí podría no serlo, ¿cómo quiere usted que yo le diga, anda y vete a los demonios? ¿No es más natural y humano que la acoja y la salve? Pues qué, ¿las obras grandes y cómo diré... cristianas, se han de mirar por el lado del egoísmo?

Creyó el pobre muchacho que había puesto una pica en Flandes con este argumento, y observó el efecto que en su tía había hecho. La verdad es que doña Lupe se quedó un instante algo confusa sin saber qué responder. Al fin le contestó con desdén:

—Estás loco. Esas cosas no se le ocurren a nadie que tenga sesos. Me voy, te dejo, porque si estoy aquí, te pego, no tengo más remedio que romperte encima el palo de una escoba, y la verdad, si eres poco hombre para ese amor tan sublime, aún lo eres menos para recibir una paliza.

Maximiliano la sujetó por el vestido y la obligó a sentarse otra vez.

—Oígame usted... tía. Yo la quiero a usted mucho; yo le debo a usted la vida, y aunque usted se empeñe en reñir conmigo, no lo ha de conseguir... Vamos a ver. Lo que yo hago ahora, lo que la tiene a usted tan enojada es, según voy viendo, una acción noble, y mi conciencia me la aprueba, y estoy tan satisfecho de ella como si tuviera a Dios dentro de mí diciéndome: *bien, bien*... Porque usted no me puede hacer creer que estamos en el mundo sólo para comer, dormir, digerir la comida y pasearnos. No, estamos para otra cosa. Y si yo siento dentro de mí una fuerza muy grande, pero muy grande, que me impulsa a la salvación de otra alma lo he de realizar, aunque se hunda el mundo.

—Lo que tú tienes —afirmó doña Lupe queriendo sostener su papel, —es la tontería que te rebosa por todo el cuerpo... y nada más. No me engatusarás con palabritas. Vaya que de la noche a la mañana has aprendido unos términos y unos floreos de frases que me tienen pasmada... Estás hecho un poeta... en toda la extensión de la palabra; yo siempre he tenido a los poetas por unos grandes embusteros... tontos de atar... Tú no eres ya el sobrinito que yo crié. ¡Cómo me has engañado!... ¡Una mujer, una manceba, un belén...! y ahora viene la de me caso, y a Roma por todo. Anda, ya no te quiero; ya no soy tu tiíta Lupe... No te echo de mi casa por lástima, porque espero que todavía has de arrepentirte y me has de pedir perdón.

Maximiliano, ya completamente sereno, movió la cabeza expresando duda.

—El perdón ya lo pedí por haber callado, y ya no tengo que pedir más perdones. Todavía hay algo que usted no sabe y que le quiero decir. ¿Cómo la he mantenido durante tres meses? ¡Ay, tía! Rompí la hucha; tenía tres mil y pico de reales, lo bastante para que viva con modestia, porque es muy económica, sumamente económica, tía, y no gasta más que lo preciso.

Esta revelación hizo vacilar un momento la ira de doña Lupe. ¡Era económica!... El joven sacó la hucha, y mostrándola a su tía, reveló el suceso como la cosa más natural del mundo, reproduciéndolo a lo vivo.

—Mire usted, cogí la hucha vieja, después de traer ésta, que es enteramente igual. Machaqué la llena; cogí el oro y la plata y pasé a ésta el cobre, añadiendo dos pesetas en cuartos para que pesara lo mismo... ¿Quiere usted verlo?

Antes que doña Lupe respondiera, Maximiliano estrelló la hucha contra el suelo, y las piezas de cobre inundaron la habitación.

—Ya veo, ya veo que no tienes desperdicio —observó doña Lupe recogiendo la calderilla—. ¿Y cuando se te acabe el dinero? ¿Vendrás a que yo te dé? ¡Ay, qué equivocado estás!

—Cuando se me acabe, Dios me socorrerá por algún lado —dijo Maximiliano con fe.

Estaba excitadísimo y tenía el rostro encendido. Doña Lupe no había visto nunca tanto brillo en aquellos ojos ni animación semejante en aquella cara. Cuando entre los dos hubieron recogido las piezas, la tía las envolvió en un número de *La Correspondencia,* y arrojando el paquete sobre la cómoda, dijo con soberano menosprecio:

—Ahí tienes para el regalo de boda.

Maximiliano guardó en la cómoda el pesado paquete, y después se puso la capa. Doña Lupe no se atrevió a retenerle, pues aunque su corazón se llenó de sentimientos de soberbia y autoridad, nada de esto pudo traducirse al exterior, porque en el momento de intentarlo, un freno inexplicable la contuvo. Sentía desvanecida su autoridad sobre el enamorado joven; veía una fuerza efectiva y revolucionaria delante de su fuerza histórica, y si no le tenía miedo, era innegable que aquel repentino tesón la infundía algún respeto.

Aunque aquella mujer que dormía a pierna suelta después de haber estrangulado, en connivencia con Torquemada, a un infeliz deudor, estaba intranquila ante los problemas de conciencia que le había planteado su sobrino tan candorosamente. Si quería tanto a esa mujer, ¿con qué derecho oponerse a que se casara con ella? Y si tenía la tal inclinaciones honradas, y buen síntoma de honradez era el ser tan económica, ¿quién cargaba con la responsabilidad de atajarla en el camino de la reforma? Doña Lupe empezó a llenarse de escrúpulos. Su corazón no era depravado sino en lo tocante a préstamos[a], era como los que tienen un vicio, que fuera de él, y cuando no están atacados de la fiebre, son razonables, prudentes y discretos[b].

Al día siguiente, después de otro altercado con su sobrino, apuntaron vagamente en su alma las ideas de transacción. Ya no cabía duda de que la pasión de Maximiliano era tenaz y profunda, y de que le prestaba energías incontrastables. Ponerse frente a ella era como ponerse delante de una ola muy hinchada en el momento de reventar. Doña Lupe reflexionó mucho todo aquel día, y como tenía un gran sentido de la realidad, empezó a reconocer el poder que ejercen sobre nuestras acciones los hechos consumados, y el escaso valor de las ideas contra ellos. Lo de Maxi sería un disparate, ella seguía creyendo que era una burrada atroz; mas era un hecho, y no había otro remedio que admitirlo como tal. Pensó entonces con admirable tino que cuando en el orden privado, lo mismo que en el público, se inicia un poderoso impulso revolucionario, lógico, motivado, que arranca de la naturaleza misma de las cosas y se fortifica en las circunstancias, es locura plantársele delante; lo práctico es sortearlo y con él dejarse ir aspirando a dirigirlo y encauzarlo. Pues a sortear y dirigir aquella

---

[a] [y éralo por razón de hábito y oficio, porque Torquemada la había pervertido; pero fuera de esto, conservaba todo el sentido moral que su egoísmo le permitía. Era]

[b] [Cuando doña Lupe no se emborraba con la usura, era una persona de buen juicio, capaz de tratar con la mayor humanidad a toda persona que no le debiera dinero.]

revolución doméstica; que atajarla era imposible, y el que se le pusiera delante, arrollado sería sin remedio... De esta idea provino la relativa tolerancia con que habló a su sobrino en la segunda noche de confianzas, la maña con que le fue sacando noticias y pormenores de su novia, sin aparentar curiosidad, aventurándose a darle algunos consejos. Verdad que entre col y col le soltaba ciertas frescuras; pero esto era muy estudiado para que Maxi no viera el juego.

—No cuentes conmigo para nada; allá te las hayas... Ya te he dicho que no quiero saber si tu novia tiene los ojos negros o amarillos. A mí no me vengas con zalamerías. Te oigo por consideración; pero no me importa. ¿Que la vaya yo a ver? ¡Estás tú fresco...!

A Maximiliano le había dado su metamorfosis una penetración intermitente. En ocasiones poseía la vista rápida y segura del ingenio superior; en ocasiones era tan ciego que no veía tres sobre un burro. Las pasiones exaltadas producen estas pasmosas diferencias en la eficacia de una facultad, y hacen a los hombres romos o agudos cual si estuviera el espíritu sometido a una influencia lunática. Aquel día leyó el joven en el corazón de doña Lupe y apreció sus disposiciones pacificadoras, a pesar de las frases estudiadas con que las quería disimular. Hizo además un razonamiento que demuestra la agudeza genial que adquiría en ciertos momentos de verdadero estro, adivinando por arte de inspiración los arcanos del alma de sus semejantes. El razonamiento fue este: «Mi tía se ablanda; mi tía se da a partido. Y como Fortunata no le debe dinero, ni se lo deberá nunca, porque estoy yo para impedirlo, ha de llegar día en que sean amigas.»

V

Porque doña Lupe era tal y como su sobrino la pintaba en aquella breve consideración; era juiciosa, razonable, se hacía cargo de todo, miraba con ojos un tanto escépticos las flaquezas humanas, y sabía perdonar las ofensas y hasta las injurias; pero lo que es una deuda no la perdonaba nunca. Había en ella dos personas distintas, la mujer y la prestamista. El que quisiera estar bien con ella y gozar de su amistad, tuviese mucho cuidado de que las dos naturalezas no se confundieran nunca. Un simple pagaré, extendido y firmado de la manera más cordial del mundo, bastaba a convertir la amiga en basilisco, la mujer cristiana en inquisidora[a].

La doble personalidad de esta señora tenía un signo externo en su cuerpo, una representación fatal, obra de la cirugía, que en este punto fue una ciencia justiciera y acusadora. A doña Lupe le faltaba un pecho, por amputación a consecuencia del tumor cirroso de que padeció en vida de su marido. Como presumía de buen cuerpo y usaba corsé dentro de casa, aquella parte que le faltaba la suplió con una bien construida pelota de algodón en rama. A la vista, después de vestida, ofrecía gallardo conjunto; pero tras de la ropa, sólo la mitad de su seno era de carne; la otra mitad era insensible y bien se le podía clavar un puñal sin que le doliese. Lo mismo era su corazón; la mitad de carne, la mitad de algodón. La índole de las relaciones que con las personas tuviese determinaba el predominio de tal o cual mitad. No mediando ningún pagaré, daba gusto de tratar con aquella señora; mas como las circunstancias la hicieran *inglesa,* ya estaba fresco el que se metiese con ella[b].

Y no había sido así en vida de su marido. Verdad que en aquel tiempo venturoso, no manejaba más dinero que el que Jáuregui le daba para el gasto de la casa. Después de viuda, viéndose con cuatro cachivaches y cinco mil reales, imaginó fundar una casa de huéspedes; pero Torquemada se lo quitó de la cabeza, ofreciéndose a colocarle sus dineros con buen interés y toda la seguridad posible. El éxito y las ganancias engolosinaron a doña Lupe, que adquirió gradual y rápidamente todas las cualidades del perfecto usurero, y echó el medio pecho de algodón, haciéndose insensible, implacable y dura cuando de la cobranza puntual de sus créditos se trataba. Los primeros años de esta vida pasó la señora grandes apuros, porque los réditos, aun con ser tan crecidos, no le bastaban al sostenimiento de su casa. Pero a fuerza de orden y economía fue saliendo adelante, y aun hizo verdaderos milagros atendiendo a las medicinas que Maximiliano necesitaba y a los considerables gastos de su carrera. Quería mucho a su sobrino

[a] [Muchos que la trataron algún tiempo sin tener con ella relaciones de intereses, en cuanto las tuvieron, se pasmaban de tan atroz mundanza.]

[b] [Es forzoso hacer esta aclaración para que no tomen un barniz sentimental los vicios usurarios de esta señora, y es tanto más necesaria la aclaración, cuanto que ella misma intentaba engañarse respecto a los móviles de su trabajo.]

y se afanaba porque nada le faltara. Este mérito grande no se le podía negar. Lo que dijo del garbanzo que tenía el valor de una perla, es muy cierto. Pero no lo es que hubiese practicado la usura por el solo interés de dar carrera al sietemesino. Esto se lo decía ella a sí propia en sus soliloquios; pero era uno de esos sofismas con que quiere cohonestarse y ennoblecerse el egoísmo humano. Doña Lupe *trabajaba en préstamos* por pura afición que le infundió Torquemada, y sin sobrino y sin necesidades habría hecho lo mismo.

Cuando vinieron los años bonancibles y el capitalito de la viuda ascendió a dos mil duros, inicióse un periodo de buena suerte que debía de ser pronto increíble prosperidad. Cayó en las combinadas redes de los dos prestamistas un pobre señor, más desgraciado que perverso (que había sido director general y vivía con gran rumbo a pesar de estar a la cuarta pregunta), y no quiero decir cómo le pusieron. Los dos mil duros de doña Lupe crecieron como la espuma en el término de tres años, renovando obligaciones, acumulando intereses y aumentando éstos cada año desde dos por ciento mensual, que era el tipo primitivo, a cuatro. A la pobre víctima le sacó Torquemada mucho más, porque se adjudicó sus muebles riquísimos por un pedazo de pan; pero el tal se lo tenía muy bien merecido. Después se rehizo con un destino en la administración de Cuba; se volvió a perder, tornó a reponerse en Filipinas, y ahora está por cuarta vez en poder de los vampiros. Como ya no hay dinero en las colonias, parece difícil que este desventurado haga la quinta pella. Dicen que América para los americanos. ¡Vaya una tontería! América para los usureros de Madrid[38].

En la fecha en que nuestra narración coge a doña Lupe, tenía ya un caudalito de diez mil duros, parte asegurado en acciones del Banco y parte en préstamos con pagaré legalizado, figurando mucha mayor cantidad de la percibida por el deudor. El ex-alabardero era enemigo *del materialismo* de las hipotecas con seguridad legal y rédito prudente. Los présta-

---

[38] Nos hallamos ante el primer esbozo del que luego será uno de los personajes galdosianos más logrados: el Ramón Villaamil de *Miau.* Aunque todavía es anónimo aquí, este personaje aparece ahora para representar el funcionariado derrochador y endeudado que tenía que probar fortuna en las colonias. Pero poco a poco, en *Fortunata y Jacinta,* empezará a individualizarse, prefigurando la creación del héroe problemático de *Miau.*

mos arriesgados con premio muy subido eran su delicia y su arte predilecto, porque aun cuando alguno no se cobrase hasta la víspera del Juicio Final, la mayor parte de las víctimas caían atontadas por miedo al escándalo, y se doblaba el dinero en poco tiempo. Tenía olfato seguro para rastrear a las personas pundonorosas, de esas que entregan el pellejo antes que permitir andar en lenguas de la fama, y con estas se metía hasta el fondo, *se atracaba de deudor*.

Poco a poco fue transmitiendo su manera de ser, de obrar y de sentir a su compinche, como se pasa la imagen de un papel a otro por medio del calcio o el estarcido[a]. Cada vez que D. Francisco le llevaba dinero cobrado, un problema de usura resuelto y finiquito, se alegraba tanto la viudita que se le abrían los poros, y por aquellas vías se le entraba el carácter de Torquemada a posesionarse del suyo e informarlo de nuevo.

La esposa de Torquemada estaba hecha tan a semejanza de éste, que doña Lupe la oía y la trataba como al propio don Francisco. Y con el trato frecuente que las dos señoras tenían, doña Silvia llegó también a ejercer gran influencia sobre su amiga, imprimiendo en ésta algunos rasgos de su fisonomía moral. Era hombruna, descarada y cuando se ponía en jarras hacía temblar a medio mundo. Más de una vez aguardó en la calle a un acreedor, con acecho de asesino apostado, para insultarle sin piedad delante de la gente que pasaba. A esto no llegó ni podía llegar la de Jáuregui, porque tenía ciertas delicadezas de índole y de educación que se sobreponían a sus enconos de usurera. Pero sí fueron juntas alguna vez a la casa de una infeliz señora viuda que les debía dinero, y después de apremiarla inútilmente para que les pagara, echaron miradas codiciosas hacia los muebles. Las dos harpías cambiaron breves palabras frente a la víctima, que por poco se muere del susto. «A usted le conviene esta copa-brasero —dijo doña Silvia, —y a mí aquella cómoda.» Hicieron subir a los mozos de cordel y se llevaron los citados objetos, después de quitarle a la cómoda la ropa y a la copa el fuego. La deudora se avino a todo por perder de vista a las dos infernales mujeres que tanto pavor le causaban.

La copa aquella estaba en la sala de doña Lupe; mas no se

---

[a] [Diez años de trabajos comunes dieron a doña Lupe la facultad de asimilarse las ideas y procederes de aquel experimentado maestro.]

encendía nunca. Maximiliano sabía su procedencia, así como
la de un bargueño y un armario soberbio que en la alcoba
estaban. La mesa en que el estudiante escribía entró en la casa
de la misma manera, y la vajilla buena que se usaba en ciertos
días fue adquirida por la quinta parte de su valor, en pago de
un pico que adeudaba una amiga íntima. Doña Silvia había
hecho el negocio, que doña Lupe no se atreviera a tanto. Un
centro de plata, dos bandejas del mismo metal y una tetera
que la señora mostraba con orgullo, habían ido a la casa
empeñadas también por una amiga íntima y allí se quedaron
por insolvencia. Maximiliano se había enterado de muchos
pormenores concernientes a los manejos de su tía. Las alhajas, vestidos de señora, encajes y mantones de Manila que
pasaban a ser suyos, tras largo cautiverio, vendíalos por conducto de una corredora llamada Mauricia la Dura. Ésta iba a
la casa con frecuencia en otros tiempos; pero ya apenas *corría,*
y doña Lupe la echaba muy de menos, porque aunque era muy
alborotada y disoluta, cumplía siempre bien. Asimismo había
podido observar Maximiliano en su propia casa lo implacable
que era su tía con los deudores, y de este conocimiento vino el
inspirado juicio que formuló de esta manera: «Si me caso con
Fortunata y si la suerte nos trae escaseces, antes pediremos
limosna por las calles que pedir a mi tía un préstamo de dos
pesetas... Mientras más amigos, más claros.»

IV

Nicolás y Juan Pablo Rubín. Propónense nuevas artes y medios de redención.

I

Hallábase doña Lupe, en el fondo de su alma, inclinada a la transacción lenta que imponían las circunstancias; mas no quiso dar su brazo a torcer ni dejar de mostrar una inflexibilidad prudente, hasta tanto que viniese Juan Pablo y hablaran tía y sobrino de la inaudita novedad que había en la familia. Una mañana, cuando Maximiliano estaba aún en la cama no bien dormido ni despierto, sintió ruido en la escalera y en los pasillos. Oyó primero patadas y gritos de mozos que subían baúles, después la voz de su hermano Juan Pablo; y lo mismo fue oírla, que sentir renovado en su alma aquel pícaro miedo que parecía vencido.

No tenía malditas ganas de levantarse. Oyó a su tía regateando con los mozos por si eran tres o eran dos y medio. Después, le pareció que Juan Pablo y su tía hablaban en el comedor. ¡Si le estaría contando aquello...! Seguramente, porque su tía era muy novelera, y no gustaba de que ciertas cosas se le enranciaran dentro del cuerpo. Oyó luego que su hermano se lavaba en el cuarto inmediato, y cuando doña Lupe entró a llevarle toallas, cuchichearon largo rato. Maximiliano calculó que probablemente hablarían de la herencia; pero no las tenía todas consigo. Trataba de darse ánimos considerando que su hermano era el más simpático de la familia, el de más talento y el que mejor se hacía cargo de las cosas.

Levantóse al fin de mala gana. Ya lavado y vestido, vacilaba en salir, y se estuvo un ratito con la mano en el picaporte. Doña Lupe tocó a la puerta, y entonces ya no hubo más remedio que salir. Estaba pálido y daba lástima verle. Abrazó a su hermano, y en el mirar de éste, en el tono de sus palabras, conoció al punto que sabía la grande, increíble historia. No tenía ganas el joven de explicaciones ni disputas a aquella hora, y como era un poco tarde se apresuró a irse a la clase. Mas no tuvo sosiego en ella, ni cesó de pensar en lo que su hermano diría y haría. Esta perplejidad le arrancaba suspiros. El miedo, el pícaro miedo era su principal enemigo. Conveníale, pues, quitarse pronto la máscara ante su hermano como se la había quitado ante doña Lupe, pues hasta que lo hiciera no se reintegraría en el uso de su voluntad. Si Juan Pablo salía por la tremenda, quizás era mejor, porque así no estaba Maximiliano en el caso de guardarle consideraciones; pero si se ponía en un pie de astucias diplomáticas, fingiendo ceder para resistir con la inercia, entonces... Esto, ¡ay!, lo temía más que nada.

Pronto había de salir de dudas. Cuando Maximiliano entró a almorzar, ya estaba Juan Pablo sentado a la mesa, y a poco llegó doña Lupe con una bandeja de huevos fritos y lonjas de jamón. Gozosa estaba aquel día la señora, porque Papitos se portaba bien, como siempre que había aumento de trabajo.

—Es tan novelera esta mona —decía—, que cuando tenemos mucho que hacer parece que se multiplica. Lo que ella quiere es lucirse, y como vea ocasiones de lucimiento, es un oro. Cuando menos hay que hacer es cuando la pega. Me la traje a casa hecha una salvajita, y poco a poco le he ido quitando mañas. Era golosa, y siempre que iba a la tienda por algo, lo había de catar. ¿Creerás que se comía los fideos crudos?... La recogí de un basurero de Cuatro Caminos[39], hambrienta, cubierta de andrajos. Salía a pedir y por eso tenía todos los malos hábitos de la vagancia. Pero con mi sistema la

---

[39] El barrio de Cuatro Caminos fue creado hacia 1860 debido al Ensanche. El eje central estaba constituido por el camino de Francia o carretera de Irún, hoy calle de Bravo Murillo. Antes de ser habitado por familias de obreros emigrantes lo estaba por matuteros, conejeros de la caza furtiva en el Pardo y demás gente de la busca. (Cfr. *Madrid*, V, págs. 1841-1860).

voy enderezando. Porrazo va, porrazo viene, la verdad es que sacaré de ella una mujer en toda la extensión de la palabra.

—Está tan malo el servicio en Madrid —observó Juan Pablo, —que no debe usted mirarle mucho los defectos.

Durante todo el almuerzo hablaron del servicio, y a cada cosa que decían miraban a Maximiliano como impetrando su asentimiento. El joven observó que su hermano estaba serio con él, pero aquella seriedad indicaba que lo reconocía hombre, pues hasta entonces lo trató siempre como a un niño. El estudiante esperaba burlas, que era lo que más temía, o una reprimenda paternal. Ni una cosa ni otra se apuntaba en el lenguaje indiferente y frío de Juan Pablo. Este, después de almorzar, sintióse amagado de la jaqueca y se echó de muy mal humor en su cama. Toda la tarde y parte de la noche estuvo entre las garras de aquella desazón más molesta que grave. No eran sus ataques tan penosos como los de Maximiliano, y generalmente le era fácil anegar el dolor hemicráneo en la onda del sueño. Ya sabía que el cansancio de los viajes consecutivos le producía el ataque, y que éste se pasaba en la noche; mas no por esto lo llevaba con paciencia. Renegando de su suerte estuvo hasta muy tarde, y al fin descansó con sosegado sueño.

En tanto doña Lupe hacía mil consideraciones sobre el apático desdén con que Juan Pablo recibiera la noticia de *aquello*. Había fruncido el ceño; después había opinado que su hermano era loco, y por fin, alzando los hombros, dijo:

—¿Yo qué tengo que ver? Es mayor de edad. Allá se las haya.

Lo mismo Maximiliano que su tía habían notado que Juan Pablo estaba triste. Primero lo atribuyeron a cansancio; pero notaron luego que después de las doce horas de sueño reparador, estaba más triste aún. No sostenía ninguna conversación. Parecía que nada le interesaba, ni aun la herencia, de la que hablaba poco, aunque siempre en términos precisos.

—¿Sabes que tu hermano lo ha tomado con calma? —dijo doña Lupe a Maxi una noche.

—¿Qué?

—El asunto tuyo. Dos veces le he hablado. ¿Y sabes qué hace? Alzar los hombros, sacudir la ceniza del cigarro con el dedo meñique, y decir que ahí se las den todas.

El enamorado oía con júbilo estas palabras, que eran para él un gran consuelo. Indudablemente Juan Pablo observaba la prudente regla de respetar los sentimientos y propósitos ajenos para que le respetaran los suyos. Hablaba tan poco, que doña Lupe tenía que sacarle las palabras con cuchara.

—O está también haciendo el trovador —decía doña Lupe—, o le pasa algo. Estoy yo divertida con mis sobrinos. Todos están con murria. Al menos Maxi es franco y dice lo que quiere.

Hubiera hurgado doña Lupe a su sobrino mayor para que le revelase la causa de su tristeza; pero como presumía fuese cosa de política, no quiso tocar este punto delicado por no armar camorra con Juan Pablo, que era o había sido carlista, al paso que doña Lupe era liberal, cosa extraña, liberal *en toda la extensión de la palabra*. Después de servir a D. Carlos en una posición militar administrativa, Rubín había sido expulsado del Cuartel Real. Sus íntimos amigos le oyeron hablar de calumnias y de celadas traidoras; pero nada se sabía concretamente. Dejaba escapar de su pecho exclamaciones de ira, juramentos de venganza y apóstrofes de despecho contra sí mismo.

—¡Bien merecido lo tengo por meterme con esa gente!

Cuando llegó a Madrid echado de la corte de D. Carlos, fue a casa de su tía, según costumbre antigua; pero apenas paraba en la casa. Dormía fuera, comía también fuera, casi siempre en los cafés o en casa de alguna amiga, y doña Lupe se desazonaba juzgando con razón que semejante vida no se ajustaba a las buenas prácticas morales y económicas. De repente, el misántropo volvió al Norte, diciendo que regresaría pronto, y mientras estuvo fuera se supo la muerte de Melitona Llorente. La primera noticia que de la herencia tuvo Juan Pablo diósela su tía paterna por una carta que le dirigió a Bayona. Preparábase a volver a España, y la carta aquella con la noticia que llevaba aceleró su vuelta. Entró por Santander, se fue a Zaragoza por Miranda y de allí a Molina de Aragón. Diez días estuvo en esta villa, donde ninguna dificultad de importancia le ofreció la toma de posesión del caudal heredado. Éste ascendía a unos treinta mil duros entre inmuebles y dinero dado a rédito sobre fincas; y descontadas las mandas y los derechos de traslación de dominio, quedaban unos veintisiete mil duros. Cada hermano cobraría nueve mil. Juan Pablo, al llegar a Madrid, escribió a Nicolás para que también viniese, con objeto de estar reunidos los tres hermanos y tratar de la partición.

He dicho que doña Lupe rehuía el hablar de política con Juan Pablo. En realidad, ella no entendía jota de política, y si era liberal, éralo por sentimiento, como tributo a la memoria de su Jáuregui y por respeto al uniforme de miliciano nacional que éste tan gallardamente ostentaba en su retrato. Pero si le hubieran dicho que explicara los puntos esenciales del dogma liberal, se habría visto muy apurada para responder. No sabía más sino que aquellos malditos *carcas* eran unos indecentes que nos querían traer la Inquisición y las *caenas*[40]. Había respirado aquella señora aires tan progresistas durante su niñez y en los gloriosos veinte años de su unión con Jáuregui, que no quería ni oír hablar de absolutismo. No comprendía cómo su sobrino, un muchacho tan listo, había cometido la borricada de hacerse súbdito de aquel zagalón de D. Carlos, un perdido, un zafiote, un déspota *en toda la extensión de la palabra*.

En la cuestión religiosa, las ideas de doña Lupe se adaptaban al criterio de su difunto esposo, que era el más juicioso de los hombres y sabía dar *a Dios lo que es de Dios y al César,* etc... Este estribillo lo repetía muy orgullosamente la viuda siempre que saltaba una oportunidad, añadiendo que creía cuanto la Santa Madre Iglesia manda creer; pero que mientras menos trato tuviera con curas, mejor. Oía su misa los domingos y confesaba muy de tarde en tarde; mas de este paso regular no la sacaba nadie.

Desde un día en que disputando con su sobrino sobre este tema, se amontonaron los dos y por poco se tiran los trastos a la cabeza, no quiso doña Lupe volver a mentar a los *carcundas* delante de Juan Pablo. Y cuando le vio venir del Cuartel Real, corrido y humillado, tuvo la señora una alegría tal que con dificultad podía disimularla. Se acordaba de su Jáuregui y de las cosas oportunas y sapientísimas que éste decía sobre todo desgraciado que se metía con curas, pues era lo mismo que acostarse con niños.

«Y no aprenderá —pensaba doña Lupe—; todavía es capaz de volver a las andadas, y de ir allá a quitarle motas al zángano de Carlos *Siete*[45a].»

<hr>

[a] [y a hacerle la manola a algún curón de trabuco y canana».]

[40] Los progresistas llamaban «carcas» a los carlistas, a quienes se les asociaba con actitudes ultraconservadoras. De ahí también que se diga que querían traer la Inquisición y tuvieran nostalgia del grito «¡Vivan las caenas!», con el que fue saludado el absolutista Fernando VII a su regreso a España en 1812.

[41] Carlos VII (séptimo y no *siete* como burlescamente pone Galdós

II

Durmióse Maxi aquella noche arrullado por la esperanza. Síntoma de conciliación era que su tía no le hablaba ya con ira, y aun parecía tenerle en verdadero concepto de hombre o de varón. A veces, hasta parecía que la insigne señora le tenía cierto respeto. ¡Si no hay como mostrarse duro y decidido para que le respeten a uno...! Por lo demás, doña Lupe había vuelto a cuidarle con su acostumbrada solicitud. Le ponía en la mesa los platos de su gusto, y en su cuarto nada faltaba para su regalo y comodidad. En fin, que el pobre chico estaba satisfecho; sentía que el terreno se solidificaba bajo sus plantas, y se reconocía más árbitro de su destino, y casi triunfante en la descomunal batalla que estaba dando a su familia.

En cuanto a Juan Pablo, no había nada que temer. Los dos hermanos no tenían ocasiones de hablar mucho, porque el primogénito, después de almorzar, se marchaba a uno de los cafés de la Puerta del Sol y allí se estaba las horas muertas. Por la noche o venía muy tarde o no venía. La idea de que su hermano andaba de picos pardos regocijaba a Maxi porque «ahora se verá —decía, —quién es más juicioso, quién cumple mejor las leyes de la moral. Que no nos venga aquí echándosela de plancheta con su *neísmo*[42].»

En suma, que mi hombre se veía más respetado y considerado desde que se las tuvo tiesas con su tía la mañana de marras. La única persona que no participaba ni poco ni mucho de este respeto era Papitos, que cada día le trataba con familiaridad más chocarrera.

—Feo, cara de pito, memo en polvo —decíale sacando un trozo de lengua tal que casi parecía inverosímil—. Valiente mico está *vusté*... Verá cómo no le dejan casar... Sí, para *vusté* estaba. Bobo, más que bobo.

Maximiliano la despreciaba y se lo decía:

—Lárgate de aquí, sinvergüenza, o te quito todas las muelas de una bofetada.

—¿*Vusté, vusté*? Ja, ja. Si le cojo, del primer borleo va a parar al tejado.

---

en boca de doña Lupe) estuvo al frente de la llamada tercera guerra carlista (1872-1876).

[42] Sobre el *neísmo* o *neocatolicismo*, cfr. I, nota 280.

Más valía no hacerle caso. Era una inocente que no sabía lo que se decía. Estaba Papitos arreglando el cuarto del *sito* Maxi, donde se puso la cama para el cura, que debía de llegar al día siguiente por la mañana. No veía el estudiante con buenos ojos este arreglo, porque siempre que su hermano Nicolás venía a Madrid y dormía en aquel cuarto le espantaba el sueño con sus ronquidos. Eran sus fauces y conducto nasal trompeta de Jericó[45] con diferentes registros a cual peor. Maxi se ponía tan nervioso, que a veces tenía que salirse de la cama y del cuarto. Lo que más le incomodaba era que a la mañana siguiente el cura sostenía que no había dormido nada.

Indicó a doña Lupe que le librara de este martirio poniendo a Nicolás en otra habitación. ¿Pero dónde, si no había más aposentos en la casa? La señora le prometió ponerle la cama en su propia alcoba si el cura roncaba mucho la primera noche.

—Pero ahora que me acuerdo, yo también ronco... En fin, ya se arreglará. Aunque sea en la sala te podrás quedar.

Llegó Nicolás Rubín a la mañanita siguiente, y Maxi le vio entrar como un enemigo más con quien tendría que batirse. El carácter sacerdotal de su hermano le impresionaba, pues por mucho que su tía y él hablaran contra el *neísmo*, un cura siempre es una autoridad en cualquier familia. A este hermano le quería Maxi menos que a Juan Pablo, sin duda por haber vivido ausente de él durante su niñez.

Los dos hermanos mayores almorzaron juntos, mas no hablaron ni palotada de política, por no chocar con doña Lupe. Precisamente Nicolás fue quien metió a Juan Pablo por el aro carlista, prometiéndole villas y castillos. Habíale dado recomendaciones para elevadas personas del Cuartel Real y para unos clérigos de caballería que residían en Bayona. Pero nada, como digo, se habló en la mesa. No se les ocultaba que su tía sabía hacer guardar los respetos debidos a la entidad de Jáuregui, presente siempre en la casa por ficción mental, de que era símbolo el feo retrato que en el gabinete estaba. Hablaban del tiempo, de lo mal que se vivía en Toledo, de que el viento se había llevado toda la flor del albaricoque, y de otras zarandajas, honrando sin melindres el buen almuerzo.

De sobremesa, Juan Pablo propuso, puesto que estaban todos reunidos, tratar algunos puntos de la herencia, que debían ponerse en claro. Él no quería propiedad rústica, y si

---

[45] Cfr. *Josué, Primera Parte,* 6, 1-27.

sus hermanos lo aprobaban, recibiría su parte en metálico e hipotecas. Otras hipotecas y las tierras serían para Nicolás y Maximiliano. Éstos se conformaron con lo que su hermano proponía, y a doña Lupe le dieron ganas de tomar cartas en el asunto; pero no se atrevió a intervenir en un negocio que no le incumbía. No tuvo más remedio que tragar saliva y callarse. Después le dijo a Maximiliano;

—Habéis sido unos tontos. Tu hermano quiere su parte en metálico para gastarla en cuatro días. Es una mano rota. ¿A mí qué me va ni me viene? Pues más te habría valido recibir lo tuyo en dinero contante, que bien colocado por mí, te habría dado una rentita bien segura. Y si no, lo has de ver. Yo quiero saber cómo te las vas tú a gobernar con tanto olivo, tanto parral y ese pedazo de monte bajo que dicen que te toca. Lo mismo que el majagranzas de Nicolás; a todo decía que sí. Por de pronto tendréis que tomar un administrador que os robará los ojos, y os hará cada cuenta que Dios tirita. ¡Qué par de zopencos sois! Yo te miraba y te quería comer con los ojos, dándote a entender que te resistieras; y tú, hecho un marmolillo... ¡Y luego quieres echártela de hombre de carácter! Bonito camino, sí señor, bonito camino tomas.

Otra cosa había propuesto también el primogénito, a la que accedieron gustosos los otros dos hermanos. Cuando murió D. Nicolás Rubín, todos los *ingleses* cobraron con las existencias de la tienda, a excepción de uno, que había sido el mejor y más fiel amigo del difunto en sus días buenos y malos. Este acreedor era Samaniego, el boticario de la calle del Ave María, y su crédito ascendía, con el interés vencido del seis por ciento, a sesenta y tantos mil reales. Propuso Juan Pablo satisfacerlo como un homenaje a la justicia y a la buena memoria de su querido padre, y se votó afirmativamente por unanimidad. La misma doña Lupe aprobó este acuerdo, que si recortaba un poco el capital de la herencia, era un acto de lealtad y como una consagración póstuma de la honradez de su infeliz hermano. Samaniego no había reclamado nunca el pago de la deuda, y esta delicadeza pesaba más en el ánimo de los Rubín para pagarle. Ambas familias se visitaban a menudo, tratándose con la mayor cordialidad, y aun se llegó a decir que Juan Pablo no miraba con malos ojos a la mayor de las hijas del boticario, llamada Aurora, y de cuyas virtudes, talento y aptitud para el trabajo se hacía toda lenguas doña Lupe.

Aprobadas la partición propuesta por Juan Pablo y la cancelación del crédito de Samaniego.

Maximiliano, con estas cosas, se sentía cada vez más fuerte. Había tomado acuerdos en consejo de familia, luego era hombre. Si tenía la personalidad legal, ¿cómo no tener la otra? Figurábase que algo crecía y se vigorizaba dentro de él, y hasta llegó a imaginar que si le pusieran en una báscula había de pesar más que antes de aquellas determinaciones. Sin duda tenía también más robustez física, más dureza de músculos, más plenitud de pulmones. No obstante, estaba sobre ascuas hasta que su hermano el cleriguito no se explicase. Podría suceder muy bien que cuando todo iba como una seda, saliese con ciertas *mistiquerías* propias de su oficio, sacando el Cristo de debajo de la sotana y alborotando la casa.

La noche del mismo día en que se trató de la herencia, supo Nicolás lo que pasaba, y no lo tomó con tanta calma como Juan Pablo. Su primer arranque fue de indignación. Tomó una actitud consternada y meditabunda, haciendo el papel de hombre entero, a quien no asustan las dificultades y que tiene a gala el presentarles la cara. Las relaciones entre Nicolás y la viuda, que habían sido frías hasta un par de meses antes de los sucesos referidos, eran en la fecha de éstos muy cordiales, y no porque tía y sobrino tuviesen conformidad de genio, sino por cierta coincidencia en procederes económicos que atenuaba la gran disparidad entre sus caracteres. Doña Lupe no había simpatizado nunca con Nicolás; primero, porque las sotanas en general no la hacían feliz; segundo, porque aquel sobrino suyo no se dejaba querer. No tenía las seducciones personales de Juan Pablo, ni la humildad del pequeño. Su fisonomía no era agradable, distinguiéndose por lo peluda, como antes se indicó. Bien decía doña Lupe que así como el primogénito se llevara todos los talentos de la familia, Nicolás se había adjudicado todos los pelos de ella. Se afeitaba hoy, y mañana tenía toda la cara negra. Recién afeitado, sus mandíbulas eran de color de pizarra. El vello le crecía en las manos y brazos como la yerba en un fértil campo, y por las orejas y narices le asomaban espesos mechones. Diríase que eran las ideas, que cansadas de la oscuridad del cerebro se asomaban por los balcones de la nariz y de las orejas a ver lo que pasaba en el mundo.

Cargábanle a doña Lupe sus pretensiones sermonarias y cierta grosería entremezclada con la soberbia clerical. Las relaciones entre una y otro eran puramente de fórmula, hasta que a Nicolás, en uno de los viajes que hizo a Madrid, se le ocurrió entregar a la tía sus ahorros para que se los colocara, y véase aquí cómo se estableció entre estas dos personas una corriente de simpatía convencional que había de producir la amistad. Era como dos países separados por esenciales diferencias de razas y antagonismos de costumbres, y unidos luego por un tratado de comercio. Lo contrario pasó entre Juan Pablo y doña Lupe. Ésta le tuvo en otro tiempo mucho cariño y apreciaba sus grandes atractivos personales; pero ya le iba dando de lado en sus afectos. No le perdonaba sus hábitos de despilfarro y el poco aprecio que hacía del dinero gastándolo tan sin sustancia. Ni una sola vez, ni una, le había dado un pico para que se lo colocase a rédito. Siempre estaba a la cuarta pregunta, y como pudiera sacarle a su tía alguna cantidad por medio de combinaciones dignas del mejor hacendista, no dejaba de hacerlo, y a la viuda se le requemaba la sangre con esto. Véase, pues, cómo se entendía mejor con el más antipático de sus sobrinos que con el más simpático.

III

Conocedor Nicolás de la tremenda noticia, le faltó tiempo para pegar la hebra de su soporífero sermón, sólo interrumpido cuando Papitos trajo la ensalada. Porque Nicolás Rubín no podía dormir si no le ponían delante a punto de las once una ensalada de lechuga o escarola, según el tiempo, bien aliñada, bien meneada, con el indispensable ajito frotado en la ensaladera, y la golosina del apio en su tiempo. Había comido muy bien el dichoso cura, circunstancia que no debe notarse, pues no hay memoria de que dejara de hacerlo cumplidamente ningún día del año. Pero su estómago era un verdadero molino, y a las tres horas de haberlo llenado, había que cargarlo otra vez.

—Esto no es más que debilidad —decía poniendo una cara grave y a veces consternada—, y no hay idea de los esfuerzos que he hecho por corregirla. El médico me manda que coma poco y a menudo.

Cayó sobre aquel forraje de la ensalada, e inclinaba la cara sobre ella como el bruto sobre la cavidad del pesebre lleno de yerba.

—Le diré a usted, tía —murmuraba con el gruñido que la masticación le permitía—. Yo no soy de mucho comer, aunque lo parezca.

—Podías serlo más. Come, hijo, que el comer no es pecado gordo.

—Le diré a usted, tía...

No le dijo nada, porque la operación aquella de mascar los jugosos tallos de la escarola absorbía toda su atención. Los gruesos labios le relucían con la pringue, y ésta se le escurría por las decomisuras de la boca formando un hilo corriente, que hubiera descendido hasta la garganta si los cañones de la mal rapada barba no lo detuvieran. Tenía puesto un gorro negro de lana con borlita que le caía por delante al inclinar la cabeza, y se retiraba hacia atrás cuando la alzaba. A doña Lupe (no lo podía remediar) le daba asco el modo de comer de su sobrino, considerando que más le valía saber algo menos de cosas teológicas y un poquito más de arte de urbanidad. Como estaban los dos solos, dábale bromas sobre aquello del comer poco y a menudo; pero él se apresuró a variar la conversación, llevándola al asunto de Maxi.

—Una cosa muy seria, tía, pero muy seria.

—Sí que lo es; pero creo muy difícil quitársela de la cabeza.

—Eso corre de mi cuenta... ¡Oh! Si no tuviera yo otras montañas que levantar en vilo... —dijo el clérigo apartando de sí la ensaladera; en la cual no quedaba ni una hebra. —Verá usted... verá usted si le vuelvo yo del revés como un calcetín. Para esas cosas me pinto...

No pudo concluir la frase, porque le vino de lo hondo del cuerpo a la boca una tan voluminosa cantidad de gases, que las palabras tuvieron que echarse a un lado para darle salida. Fue tan sonada la regurgitación, que doña Lupe tuvo que apartar la cara, aunque Nicolás se puso la palma de la mano delante de la boca a guisa de mampara. Este movimiento era una de las pocas cosas relativamente finas que sabía.

—... Me pinto solo —terminó, cuando ya los fluidos se habían difundido por el comedor—. Verá usted, en cuanto llegue le echo el toro... ¡Oh!, es mi fuerte. Me parece que ya está ahí.

Oyóse la campanilla, y la misma doña Lupe abrió a su sobrino. Lo mismo fue entrar éste en el comedor que conocer en la cara impertinente de su hermano que ya sabía *aquello*... No le dio Nicolás tiempo a prepararse, porque de buenas a primeras le embocó de este modo:

—Siéntese usted aquí, caballerito, que tenemos que hablar. Vaya, que me ha dejado frío lo que acabo de saber. Estamos bien. Conque...

La mano tiesa volvió a ponerse delante de la boca, a punto que se atascaban las palabras, sufriendo la cabeza como una trepidación.

—Conque aquí hace cada cual lo que le da la gana, sin tener en cuenta las leyes divinas ni humanas, y haciendo mangas y capirotes de la religión, de la dignidad de la familia...

Maximiliano, que al principiar el réspice, estaba anonadado, se rehízo de súbito, y todas las fuerzas de su espíritu se pronunciaron con varonil arranque. Tal era el síntoma característico del *hombre nuevo* que en él había surgido. Roto el hielo de la cortedad desde el momento en que la tremenda cuestión salía a *vista pública,* le brotaban del fondo del alma aquellos alientos grandes para su defensa. Discutir, eso no; pero lo que es obrar, sí, o al menos demostrar con palabras breves y enfáticas su firme propósito de independencia...

—¡Bah! —exclamó apartando la vista de su hermano con un movimiento desdeñoso de la cabeza—. No quiero oír sermones. Yo sé bien lo que debo hacer —dijo, y levantándose se marchó a su cuarto.

—Bien, muy bien —murmuró el cura quedándose corrido, mirando a doña Lupe y a Papitos, la cual se pasmaba de aquel mirar que parecía una consulta—. Y qué mal educadito y qué rabiosito se ha vuelto. Bien, muy bien; pero muy...

Un metro cúbico de gas se precipitó a la boca con tanta violencia, que Nicolás tuvo que ponerse tieso para darle salida franca, y a pesar de lo furioso que estaba, supo cuidar de que la mano desempeñara su obligación. Doña Lupe también parecía indignada, aunque si se hubiera ido a examinar bien el interior de la digna señora, se habría visto que en medio del enojo que su dignidad le imponía, nacía tímidamente un sentimiento extraño de regocijo por aquella misma independencia de su sobrino. ¡Si sería efectivamente un hombre, un carácter entero...! Siempre le disgustó a ella que fuera tan encogido y para poco. ¿Por qué no se había de alegrar de ver en él un rasgo siquiera de personalidad árbitra de sí misma?

«Hay que ver por dónde sale este demonches de chico —pensaba con cierta travesura—. ¡Y qué geniazo va sacando!»

—Pero muy bien, perfectamente bien —dijo el cura apoyando las manos en los brazos del sillón para enderezar el cuerpo—. Verás ahora, grandísimo piruétano, cómo te pongo yo las peras a cuarto. Tía, buenas noches. Ahora va a ser la gorda. Acostados los dos, hablaremos.

Encerróse Nicolás en su alcoba, que era la de su hermano, y ambos se metieron en la cama. Doña Lupe se puso fuera a escuchar. Al principio no oyó más que el crujir de los hierros de la cama del clérigo, que era muy mala y endeble, y en cuanto se movía el desgraciado ocupador de ella volvíase toda una pura música, la que unida al ruido de los muelles del colchón veterano, hubiera quitado el sueño a todo hombre que no fuese Nicolás Rubín. Después oyó doña Lupe la voz de Maxi, opaca, pero entera y firme. Nicolás no le dejaba meter baza; pero el otro se las tenía tiesas... ¡Terrible duelo entre el sermón y el lenguaje sincero de los afectos! Ponía singular atención doña Lupe a la voz del sietemesino, y se hubiera alegrado de oír algo estupendo, categórico y que se saliera de lo común; pero no podía distinguir bien los conceptos, porque la voz de Maxi era muy apagada y parecía salir de la cavidad de una botella. En cambio los gritos del cura se oían claramente desde el pasillo.

«Miren por dónde sale ahora éste... —pensó doña Lupe volviendo la cara con desdén—. ¡Qué tendrán que ver Santo Tomás ni el padre Suárez con...!»

Al fin dejó de oírse la voz cavernosa del sacerdote, y en cambio se percibió un silbido rítmico, al que siguieron pronto mugidos como los del aire filtrándose por los huecos de un torreón en ruinas.

«Ya está roncando ese... —dijo doña Lupe retirándose a su alcoba—. ¡Qué noche va a pasar el otro pobre!

Serían las nueve de la mañana siguiente, cuando Nicolás pidió a Papitos su chocolate. Salió del cuarto con la cara muy mal lavada, y algunas partes de ella parecían no haber visto más agua que la del bautismo[a].

—¿Ese chocolate? —preguntó en el comedor, resobándose las manos una con otra, como si quisiera sacar fuego de ellas.

—Ahora mismo.

El chocolate había de ser con canela, hecho con leche, por supuesto, y en ración de dos onzas. Le habían de acompañar un bollo de tahona, varios bizcochitos y agua con azucarillo. Y aún decía Nicolás que tomaba chocolate no por tomarlo, sino nada más que por fumarse un cigarrillo encima[b].

—¿Y qué resultó anoche? —preguntó doña Lupe al ponerle delante todo aquel cargamento.

—Pues nada, que no hay quien le apee —respondió el clérigo, sumergiendo el primer bizcochito en el espeso líquido—. Lo que usted decía: no es posible quitárselo de la

---

[a] [Sentado junto a la mesa del comedor, con los codos en ella, le halló doña Lupe leyendo el breviario, que dejó a un lado al ver a su tía.]

[b] [Eso sí, del cigarrillo confesaba que era un verdadero placer.]

cabeza. Una de las dos, o matarle o dejarle, y como no le hemos de matar... Al fin convinimos en que yo vería hoy a esa... cabra loca.

—No me parece mal.

—Y según la impresión que me haga, determinaremos.

—¿Vais juntos?

—No, yo solo, quiero ir solo. Además él está hoy con jaqueca.

—¿Con jaqueca[44]? ¡Pobrecito!

Doña Lupe corrió a ver a Maximiliano, que después de empezar a vestirse, había tenido que echarse otra vez en la cama. Provocado sin duda por las emociones de aquellos días, por el largo debate con su hermano Nicolás, y más aún quizás por los insufribles ronquidos de éste, apareció el temido acceso. Desde media noche sintió Maxi un entorpecimiento particular dentro de la cabeza, acompañado del presagio del mal. La atonía siguió, con el deseo de sueño no satisfecho y luego una punzada detrás del ojo izquierdo, la cual se aliviaba con la compresión bajo la ceja. El paciente daba vueltas en la cama buscando posturas, sin encontrar la del alivio. Resolvíase luego la punzada en dolor gravativo, extendiéndose como un cerco de hierro por todo el cráneo. El trastorno general no se hacía esperar, ansiedad, náuseas, ganas de moverse, a las que seguían inmediatamente ganas más vivas aún de estarse quieto. Esto no podía ser, y por fin le entraba aquella desazón epiléptica, aquel maldito hormigueo por todo el cuerpo. Cuando trató de levantarse parecíale que la cabeza se le abría en dos o tres cascos, como se había abierto la hucha a los golpes de la mano del almirez. Sintió entrar a su tía. Doña Lupe conocía tan bien la enfermedad, que no tenía más que verle para comprender el periodo de ella en que estaba.

—¿Tienes ya el clavo[45]? —le preguntó en voz muy baja—. Te pondré láudano[46].

Había aparecido el clavo, que era la sensación de una baguetilla de hierro caliente atravesada desde el ojo izquierdo a la coronilla. Después pasaba al ojo derecho este suplicio, algo atenuado ya. Doña Lupe, tan cariñosa como siempre, le

[44] Los trastornos se repetirán el día de la boda; entonces se acudirá también al remedio del láudano. Cfr. II, VII, iii.

[45] *Tener el clavo*: expresión figurada que significa tener un fuerte dolor de cabeza.

[46] *Láudano*: opio; sedante.

puso láudano, y arreglando la cama y cerrando bien las maderas, le dejó para ir a hacer una taza de té, porque era preciso que tomase algo. El enfermo dijo a su tía que si iba Olmedo a buscarle para ir a clase, le dejase pasar para hacerle un encargo. Fue Olmedo, y Maximiliano le rogó corriese a avisar a Fortunata la visita del clérigo, para que estuviese prevenida.

—Oye, adviértele que tenga mucho cuidado con lo que dice; que hable sin miedo y con sinceridad; basta con esto. Dile cómo estoy y que no la podré ver hasta mañana.

IV

El aviso, puntualmente transmitido por Olmedo, de la visita del cura puso a Fortunata en gran confusión. Parecióle al pronto un honor harto grande, luego compromiso, porque la visita de persona tan respetable indicaba que la cosa iba de veras. No se conceptuaba, además, con bastante finura para recibir a sujetos de tanta autoridad.

—¡Un señor eclesiástico!... ¡Qué vergüenza voy a pasar! Porque de seguro me preguntará cosas como cuando una se va a confesar... ¿Y cómo me pondré? ¿Me vestiré con los trapitos de cristianar, o de cualquier manera?... Quizás sea mejor ponerme hecha un pingo, a lo pobre, para que no crea... No, no es propio. Me vestiré decente y modestita.

Despachados los más urgentes quehaceres del día, peinóse con mucha sencillez, se puso su vestido negro, las botas nuevas; púsose también su pañuelo de lana oscuro, sujeto con un imperdible de metal blanco que representaba una golondrina, y mirándose al espejo, aprobó su perfecta facha de mujer honesta. Antes de arreglarse había almorzado precipitadamente, con poca gana, porque no le gustaban visitas tan serias, ni sabía lo que en ellas había de decir. La idea de soltar alguna barbaridad o de no responder derechamente a lo que se le preguntara, le quitó el apetito... Y bien mirado, ¿qué necesidad tenía ella de visitas de curas? Pero no tuvo tiempo de pensar mucho en esto, porque de repente... tilín. Era próximamente la una y media.

ᵃ , y ella se lo había creído. Por esto: Apenas se atrevía Fortunata a mirarle cara a cara, porque la supuesta superioridad de su futuro cuñado la anonadaba. Pero, sentados ambos, el uno frente al otro, se examinaban recíprocamente. Fortunata

Corrió a abrir la puerta. El corazón le saltaba en el pecho. La figura negra avanzó por el pasillo para entrar en la salita. Fortunata estaba tan turbada que no acertó a decirle que se sentase y dejara la canaleja. Maxi, que al hablar de la familia se dejaba guiar más por el amor propio que por la sinceridad, le había hecho mil cuentos hiperbólicos de Nicolás, pintándole como persona de mucha virtud y talento, y ella se los había creído. Por esto[a] se desilusionó algo al ver aquella figura tosca de cura de pueblo, aquellas barbas mal rapadas y la abundancia de vello negro que parecía cultivado para formar cosecha. La cara era desagradable, la boca grande y muy separada de la nariz corva y chica; la frente espaciosa, pero sin nobleza; el cuerpo fornido, las manos largas, negras y poco familiarizadas con el jabón; la tez morena, áspera y aceitosa. El ropaje negro del cura revelaba desaseo, y este detalle bien observado por Fortunata la ilusionó otra vez respecto a la santidad del sujeto, porque en su ignorancia suponía la limpieza reñida con la virtud. Poco después, notando que su futuro hermano político olía, y no a ámbar, se confirmó en aquella idea.

—Parece que está usted como asustada —dijo Nicolás con fría sonrisa clerical—. No me tenga usted miedo. No me como la gente. ¿Se figura usted a lo que vengo?

—Sí señor... no... digo, me figuro. Maximiliano...

—Maximiliano es un tarambana —afirmó el clérigo con la seguridad burlesca del que se siente frente a un interlocutor demasiado débil—, y usted lo debe conocer como lo conozco yo. Ahora ha dado en la simpleza de casarse con usted... No, si no me enfado. No crea usted que la voy a reñir. Yo soy moro de paz, amiga mía, y vengo aquí a tratar la cosa por buenas. Mi idea es ésta: ver si es usted una persona juiciosa, y si como persona juiciosa comprende que esto del casorio es una botaratada; ni más ni menos... Y si lo reconoce así, pretendo, ésta, ésta es la cosa, que usted misma sea quien se lo quite de la cabeza... ni menos ni más.

Fortunata conocía *La Dama de las Camelias,* por haberla oído leer. Recordaba la escena aquella del padre suplicando a la *dama* que le quite de la cabeza al chico la tontería de amor que le degrada, y sintió cierto orgullo de encontrarse en situación semejante[47]. Más por coquetería de virtud que por abnegación, aceptó aquel papel que se le ofrecía, ¡y vaya si era

---

[47] Cfr. Alejandro Dumas hijo, *La Dama de las Camelias* (1848), capítulo XXV, *passim.*

bonito! Como no le costaba trabajo desempeñarlo por no estar enamorada ni mucho menos, respondió en tono dulce y grave:

—Yo estoy dispuesta a hacer todo lo que usted me mande.

—Bien, muy bien, perfectamente bien —dijo Nicolás, orgulloso de lo que creía un triunfo de su personalidad, que se imponía sólo con mostrarse. Así me gusta a mí la gente. ¿Y si le mando que no vuelva a ver más a mi hermano, que se escape esta noche para que cuando él vuelva mañana no la encuentre?

Al oír esto, Fortunata vaciló[a].

—Lo haré, sí señor —contestó al fin, cuidando luego de buscar inconvenientes al plan del sacerdote—. ¿Pero a dónde iré yo que él no venga tras de mí? Al último rincón de la tierra ha de ir a buscarme. Porque usted no sabe lo desatinado que está por... esta su servidora.

—¡Oh!, lo sé, lo sé... A buena parte viene. ¿De modo que usted cree que no adelantamos nada con darle esquinazo?... Ésta es la cosa.

—Nada, señor, pero nada —declaró ella, disgustada ya del papel de *Dama de las Camelias*, porque si el casarse con Maximiliano era una solución poco grata a su alma, la vida pública la aterraba en tales términos, que todo le parecía bien antes que volver a ella.

—Bien, perfectamente bien —afirmó Nicolás dándose aires de persona que medita mucho las cosas, y razona a lo matemático—. Y tenemos un punto de partida, que es la buena disposición de usted... ésta es la cosa. Respóndame ahora. ¿No tiene usted quien la ampare si rompe con mi hermano?

—No señor.

—¿No tiene usted familia?

—No señor.

—Pues está usted aviada... De forma y manera —dijo, cruzando los brazos y echando el cuerpo atrás—, que en tal caso no tiene más remedio que... que echarse a la buena vida... al amor libre... a... Ya usted me entiende.

—Sí, señor, entiendo... no tengo más camino —manifestó la joven con humildad.

—¡Tremenda responsabilidad para mí! —exclamó el curita

---

[a] [Ya no le parecía tan bonito el papel. Porque si ella abandonaba aquel partido, ¿a dónde demonios iría? ¿A la calle otra vez, a andar de mano en mano?]

moviendo la cabeza y mirando al suelo, y lo repitió hasta unas cinco veces en tono de púlpito.

En aquel instante le vinieron al pensamiento ideas distintas de las que había llevado a la visita, y más conformes con su empinada soberbia clerical. Había ido con el propósito de romper aquellos lazos, si la novia de su hermano se prestaba medianamente a ello; pero cuando la vio tan humilde, tan resignada a su triste suerte, entróle apetito de componendas y de mostrar sus habilidades de zurcidor moral. «He aquí una ocasión de lucirme —pensó—. Si consigo este triunfo, será el más grande y cristiano de que puede vanagloriarse un sacerdote. Porque figúrense ustedes que consigo hacer de esta samaritana una señora ejemplar y tan católica como la primera... figúrenselo ustedes...» Al pensar esto, Nicolás creía estar hablando con sus colegas. Tomaba en serio su oficio de pescador de gente, y la verdad, nunca se le había presentado un pez como aquél. Si lo sacaba de las aguas de la corrupción, «¡qué victoria, señores, pero qué pesca!» En otros casos semejantes, aunque no de tanta importancia, en los cuales había él mangoneado con todos sus ardides apostólicos, alcanzó éxitos de relumbrón que le hicieron objeto de envidia entre el clero toledano. Sí; el curita Rubín había reconciliado dos matrimonios que andaban a la greña, había salvado de la prostitución a una niña bonita, había obligado a casarse a tres seductores con sus respectivas seducidas; todo por la fuerza persuasiva de su dialéctica... «Soy de encargo para estas cosas», fue lo último que pensó, hinchado de vanidad y alegría como caudillo valeroso que ve delante de sí una gran batalla. Después se frotó mucho las manos, murmurando:

—Bien, bien; ésta es la cosa.

Era el movimiento inicial del obrero que se aligera las manos antes de empezar una ruda faena, o del cavador que se las escupe antes de coger la azada. Después dijo bruscamente y sonriendo:

—¿Me permite usted echar un cigarrillo?

—Sí, señor, pues no faltaba más... —replicó Fortunata, que esperaba el resultado de aquel meditar y del frote de las manos.

—Pues sí —declaró gravemente Nicolás, chupando su cigarrillo—, me falta valor para lanzarla a usted al mundo malo; mejor dicho, la caridad y el ministerio que profeso me vedan hacerlo. Cuando un náufrago quiere salvarse, ¿es humano darle una patada desde la orilla? No; lo humano es alargarle una mano o echarle un palo para que se agarre... esta es la cosa.

—Sí, señor —indicó Fortunata agradecida, —porque yo soy náu...

Iba a decir *náufraga;* pero temiendo no pronunciar bien palabra tan difícil, la guardó para otra ocasión, diciendo para sí: «No metamos la pata sin necesidad.»

—Pues lo que yo necesito ahora —agregó Rubín, terciándose el manteo sobre las piernas, y accionando como un hombre que necesita tener los brazos libres para una gran faena—, es ver en usted señales claras de arrepentimiento y deseo de una vida regular y decente; lo que yo necesito ahora es leer en su interior, en su corazón de usted. Vamos allá. ¿Hace mucho tiempo que no se confiesa usted?

La Samaritana se puso colorada, porque le daba vergüenza de decir que hacía lo menos diez o doce años que no se había confesado. Por fin lo declaró.

—Perfectamente —dijo Nicolás, acercando su sillón al sofá en que la joven estaba—. Le prevengo a usted que tengo mucha experiencia de esto. Hace cinco años que practico el confesionario, y que las cazo al vuelo. Quiero decir, que a mí no hay mujer que me engañe.

Fortunata tuvo miedo y Nicolás aproximó más el sillón. Aunque estaban solos, ciertas cosas debían decirse en voz baja.

—Vamos a ver, ¿quién fue el primero? —preguntó el presbítero llevándose la mano tiesa a la boca, porque con la pregunta querían salir también ciertos gases.

Contó ella lo de Juanito Santa Cruz, pasando no poca vergüenza, y dando a conocer la triste historia de una manera incoherente.

—Abrevie usted. Hay muchos pormenores que ya me los sé, como me sé el Catecismo... Que le dio a usted palabra de casamiento y que usted fue tan boba que se lo creyó. Que un día la cogió descuidada y sola... Bah, bah... lo de siempre[48]. Después habrá usted conocido a otros muchos hombres. ¿A cuántos próximamente?

Fortunata miró al techo, haciendo un cálculo numérico.

—Es difícil decir... Lo que es conocer...

---

[48] La historia amorosa de Fortunata le parece a Nicolás propia del género folletinesco. Pero el retrato moral que Galdós ha trazado de Nicolás explica su limitada capacidad de comprensión.

El sacerdote se sonrió.

—Quiero decir tratar con intimidad; hombres con quienes ha vivido usted en relaciones de un mes, de dos... ésta es la cosa. No me refiero a los conocimientos de un instante, que eso vendrá después.

—Pues serán... —dijo ella pasando un rato muy malo.

—Vamos, no se asuste usted del número.

—Pues podrán ser... como unos ocho[49]... Deje usted que me acuerde bien...

—Basta ya; lo mismo da ocho que doce o que ochocientos doce. ¿Le repugna a usted la memoria de esos escándalos?

—¡Oh! Sí, señor... Crea usted que...

—Que no los puede ver ni pintados. Lo creo... ¡Valientes pillos! Sin embargo, dígame usted: ¿No volvería a tener amistad con alguno de ellos, si la solicitara?

—Con ninguno... —dijo Fortunata.

—¿De veras? Piénselo usted bien.

Fortunata lo pensó, y al cabo de un ratito, la lealtad y buena fe con que se confesaba mostráronse en esta declaración:

—Con uno... qué sé yo... Pero no puede ser.

—Déjese usted de que pueda o no pueda ser. Ese uno, esa excepción de su hastío es el primero, ese tal D. Juanito. No necesita usted confirmarlo. Me sé estas historias al dedillo. ¿No ve usted, hija mía, que he sido confesor de las Arrepentidas de Toledo durante cinco años largos de talle?

—Pero no puede ser. Está casado, es muy feliz y no se acuerda de mí.

—A saber, a saber... Pero en fin, usted confiesa que es el único sujeto a quien de veras quiere, el único por quien de veras siente apetito de amores y esa cosa, esa tontería que ustedes las mujeres...

—El único.

—Y a los demás que los parta un rayo.

—A los demás, nada.

—¿Y mi hermano?... Ésta es la cosa.

Lo brusco de la pregunta aturdió a la penitente. No la esperaba, ni se acordaba para nada en aquel momento del pobre Maxi. Como era tan sincera no pensó ni por un momen-

---

[49] «"En relaciones de un mes, de dos" o más, conocemos —señala Ortiz Armengol— a siete: Juan, Juárez, dos pintores de Barcelona, el empleado, el general carlista y Camps...» (258).

to en alterar la verdad. Las cosas claras. Además el clérigo
aquel parecíale muy listo, y si le decía una cosa por otra
conocería el embuste.

—Pues a su hermano de usted, tampoco.

—Perfectamente —dijo el curita, acercando su sillón todo lo
más que acercarse podía.

V

Para que ningún malicioso interprete mal las bruscas apro-
ximaciones del sillón de Nicolás Rubín al asiento de su interlocutora, conviene hacer constar de una vez que era hombre
de temple fortísimo, o más propiamente hablando, frigidísimo.
La belleza femenina no le conmovía o le conmovía muy poco,
razón por la cual su castidad carecía de mérito. La carne que a
él le tentaba era otra, la de ternera por ejemplo, y la de cerdo
más, en buenas magras, chuletas riñonadas o solomillo bien
puesto con guisantes. Más pronto se le iban los ojos detrás de
un jamón que de una cadera, por suculenta que ésta fuese, y la
mejor *falda* para él era la que da nombre al guisado. Jactábase
de su inapetencia mujeril haciendo de ella una estupenda
virtud; pero no necesitaba andar a cachetes con el demonio
para triunfar. Las embestidas del sillón eran simplemente un
hábito de confianza, adquirido con el uso del secreteo penitenciario.

—Lo que se llama querer... —dijo Fortunata haciendo esfuerzos para expresarse claramente—, querer, ¿entiende usted?
no; pero aprecio, estimación sí.

—¿De modo que no hay lo que llaman ilusión?...

—No señor.

—Pero hay esa afición tranquila, que puede ser principio de
una amistad constante, de ese afecto puro, honesto y reposado
que hace la felicidad de los matrimonios.

Fortunata no se atrevió a responder claro. Le parecía mucho lo que el eclesiástico proponía. Recortándolo algo se
podía aceptar.

—Puedo llegar a quererle con el trato...

—Perfectamente... Porque es preciso que usted se fije bien
en una cosa: eso de la ilusión es pura monserga, eso es para
bobas. Ilusionarse con un caballerete porque tenga los ojos así
o asado, porque tenga el bigotito de esta manera, el cuerpo
derecho y el habla dengosa, es propio de hembras salvajes.
Amar de ese modo no es amar, es perversión, es vicio, hija

564

mía. El verdadero amor es el espiritual, y la única manera de amar es enamorarse de la persona por las prendas del alma. Las mujeres de estos tiempos se dejan pervertir por las novelas y por las ideas falsas que otras mujeres les imbuyen acerca del amor. ¡Patraña y propaganda indecente que hace Satanás por mediación de los poetas, novelistas y otros holgazanes! Dirán- le a usted que el amor y la hermosura física son hermanos, y le hablarán a usted de Grecia y del naturalismo pagano. No haga usted caso de patrañas, hija mía, no crea en otro amor que en el espiritual, o sea en las simpatías de alma con alma...

La prójima adivinaba más que entendía esto, que era tan contrario a sus sentimientos; pero como lo decía un sabio, no había más remedio que contestar a todo que sí. Viendo que hacía indicaciones afirmativas con la cabeza, el cura se anima- ba, añadiendo con énfasis:

—Sostener otra cosa es renegar del catolicismo y volver a la mitología... ésta es la cosa.

—Claro —apuntó la joven; pero en su interior se pregunta- ba qué quería decir aquello de la mitología... porque de seguro no sería cosa de mitones.

Aquel clérigo, arreglador de conciencias, que se creía médi- co de corazones dañados de amor, era quizás la persona más inepta para el oficio a que se dedicaba, a causa de su propia virtud, estéril y glacial, condición negativa que, si le apartaba del peligro, cerraba sus ojos a la realidad del alma humana. Practicaba su apostolado por fórmulas rutinarias o rancios aforismos de libros escritos por santos a la manera de él, y había hecho inmensos daños a la humanidad arrastrando a doncellas incautas a la soledad de un convento, tramando casamientos entre personas que no se querían, y desgobernan- do, en fin, la máquina admirable de las pasiones. Era como los médicos que han estudiado el cuerpo humano en un atlas de Anatomía. Tenía recetas charlatánicas para todo, y las aplica- ba al buen tun tun, haciendo estragos por donde quiera que pasaba.

—De manera, hija mía —añadió lleno de fatuidad—, puede darse el caso de que una mujer hermosa llegue a amar entra- ñablemente a un hombre feo. El verdadero amor, fíjese usted en esto y estámpelo en su memoria, es el de alma por alma. Todo lo demás es obra de la imaginación, la loca de la casa.

A Fortunata le hizo gracia esta figura.

—¿Quién hace caso de la imaginación? —prosiguió él, oyén- dose, y muy satisfecho del efecto que creía causar—. Cuando la loca le alborote a usted, no se dé por entendida, hija. ¿Haría usted caso de una persona que pasara ahora por la calle diciendo disparates? Pues lo mismo es, exactamente lo mismo. A la imaginación se la mira con desprecio, y se hace lo contrario de lo que ella inspira. Comprendo que usted, por la vida mala que ha llevado y por no haber tenido a su lado buenos ejemplos, no podrá durante algún tiempo meter en cintura a la loca de la casa; pero aquí estamos para enseñarla. Aquí me tiene a mí, y me parece que sé lo que traigo entre manos... Empecemos. Para que usted sea digna de casarse con un hombre honrado, lo primerito es que vuelva los ojos a la religión, empezando por edificarse interiormente.

—Sí señor —respondió humildemente la prójima, que entendía lo de la religión; pero no lo de la edificación. Para ella edificar era lo mismo que hacer casas.

—Bien. ¿Está usted dispuesta a ponerse bajo mi dirección y a hacer todo lo que yo le mande? —propuso el cura con la hinchazón de vanidad que le daba aquel papel sublime de lañador de almas cascadas.

—Sí señor.

—¿Y cómo estamos de doctrina cristiana?

Dijo esto con un tonillo de superioridad impertinente, lo mismo que dicen algunos médicos: «A ver la lengua.»

—Yo... la *dotrina* —replicó la penitente temblando—... muy mal. No sé nada.

El capellán no hizo aspavientos. Al contrario, le gustaba que sus catecúmenos estuvieran rasos y limpios de toda ciencia, para poder él enseñárselo todo. Después meditó un rato, las manos cruzadas y dando vuelta a los pulgares uno sobre otro. Fortunata le miraba en silencio. No podía dudar de que era hombre muy sabedor de cosas del mundo y de las flaquezas humanas, y pensó que le convenía ponerse bajo su dirección. En aquel momento hallábase bajo la influencia de ideas supersticiosas adquiridas en su infancia respecto a la religión y al clero. Su catecismo era harto elemental y se reducía a dos o tres nociones incompletas, el Cielo y el Infierno, padecer aquí para gozar allá, o lo contrario[a]. Su moral era puramente

---

[a] [De niña le habían enseñado a respetar a los curas, y cuando jugaba con otras chiquillas en la plaza, acechaba a los clérigos que pasaban para correr a besarle la mano. Ya mujercita oyó hablar muy mal de las personas de sotana y le contaron muchos cuentos acerca de ellas. Pero había indudablemente de todo. Los curas malos eran los

personal, intuitiva y no tenía nada que ver con lo poco que recordaba de la doctrina cristiana. Formó del hermano de Maxi buen concepto, porque se lavaba poco y sabía mucho y no reñía a las pecadoras, sino que las trataba con dulzura, ofreciéndoles el matrimonio, la salvación, y hablándoles del alma y otras cosas muy bonitas.

—Todo depende de que usted sepa mandar a paseo a la loquilla[50] —continuó Nicolás saliendo de su abstracción—. Ya sabe usted lo que Jesús le dijo a la samaritana cuando habló con ella en el pozo, en una situación parecida a la que ahora tenemos usted y yo[51]...

Fortunata se sonrió, afectando entender la cita; pero se había quedado a oscuras.

—Si usted quiere mejorar de vida y edificársenos interior-·mente para adquirir la fuerza necesaria, aquí me tiene. ¿Pues para qué estamos? Cuando yo considere segura la reforma de usted, quizás no ponga tantos peros al casorio con mi hermano. El pobre está loco por usted; me dijo anoche que si no le dejamos casar se muere. Mi tía quiere quitárselo de la cabeza; mas yo le dije: «Calma, calma, las cosas hay que verlas despacio. No nos precipitemos, tía», y por eso me vine aquí. Me comprometo a curarle a usted esa enfermedad de la imaginación que consiste en tener cariño al hombre indigno que la perdió. Conseguido esto, amará usted al que ha de ser su marido, y lo amará con ilusión espiritual, no de los sentidos... ni más ni menos. ¡Oh, he alcanzado yo tantos triunfos de estos; he salvado a tanta gente que se creía dañada para siempre! Convénzase usted, en esto, como en otras cosas, todo es ponerse a ello, todo es empezar... Imagínese usted lo bien que estará cuando se nos reforme; vivirá feliz y considerada, tendrá un nombre respetable, y habrá quien la adore, no por sus gracias personales, que maldito lo que significan, sino por las espirituales, que es lo que importa. Al principio tendrá

que enamoraban a las mujeres y no sabían guardar la virtud de la castidad; los buenos eran aquellos para quienes una mujer y un tronco de encina, eran lo mismo. Las ideas religiosas de Fortunata eran escasas y se reducían a dos o tres nociones elementales.]

[50] La loquilla es la imaginación, la loca de la casa.

[51] Jesús le respondió a la samaritana: «...el que beba del agua que yo le diere no tendrá jamás sed, que el agua que yo le dé se hará en él fuente que salte hasta la vida eterna», *San Juan,* 4. 14. Galdós vuelve al terreno de la parodia-ironía.

usted que hacer algunos esfuerzos; será preciso que se olvide usted de su buen palmito. Esto es quizás lo más difícil; pero hagámonos la cuenta de que la única hermosura verdad es la del alma, hija mía, porque de la del cuerpo dan cuenta los gusanos...

Esto le pareció muy bien a la pecadora, y decía que sí con la cabeza.

—Pues vamos a cuentas. ¿Usted quiere que establezcamos la posibilidad, ésta es la cosa, la posibilidad de casarse con un Rubín?

—Sí señor —respondió Fortunata con cierto miedo, espantada aún por aquello de los gusanos.

—Pues es preciso que se nos someta usted a la siguiente prueba —dijo el cura, tapándose un bostezo, porque eran ya las cuatro y no habría tenido inconveniente en tomar una friolera—. Hay en Madrid una institución religiosa de las más útiles, la cual tiene por objeto recoger a las muchachas extraviadas y convertirlas a la verdad por medio de la oración, del trabajo y del recogimiento. Unas, desengañadas de la poca sustancia que se saca al deleite, se quedan allí para siempre; otras salen ya *edificadas,* bien para casarse, bien para servir en casas de personas respetabilísimas. Son muy pocas las que salen para volver a la perdición. También entran allí señoras decentes a expiar sus pecados, esposas ligeras de cascos que han hecho alguna trastada a sus maridos, y otras que buscan en la soledad la dicha que no tuvieron en el bullicio del mundo.

Fortunata seguía dando cabezadas. Había oído hablar de aquella casa, que era el convento de las Micaelas.

—Perfectamente; así se llama. Bueno, usted va allá y la tenemos encerradita durante tres, cuatro meses o más. El capellán de la casa es tan amigo mío, que es como si fuera yo mismo. El la dirigirá a usted espiritualmente, puesto que yo no puedo hacerlo porque tengo que volverme a Toledo. Pero siempre que venga a Madrid, he de ir a tomarle el pulso y a ver cómo anda esa educación, sin perjuicio de que antes de entrar en el convento, le he de dar a usted un buen recorrido de doctrina cristiana para que no se nos vaya allá enteramente cerril. Si pasado un plazo prudencial, me resulta usted en tal disposición de espíritu que yo la crea digna de ser mi hermana política, podría quizás llegar a serlo. Yo le respondo a usted de que, como este indigno capellán dé el pase, toda la familia dirá *amén.*

Estas palabras fueron dichas con sencillez y dulzura. Eran una de sus mejores y más estudiadas recetas, y tenía para ello un tonillo de convicción que hacía efecto grande en las inexpertas personas a quienes se dirigían.

En Fortunata fue tan grande el efecto, que casi casi se le saltaron las lágrimas. Indudablemente era muy de agradecer el interés que aquel bondadoso apóstol de Cristo se tomaba por ella. Y todo sin regaños, sin manotadas, tratándola como un buen pastor trataría a la más querida de sus ovejas. A pesar de esta excelente disposición de su ánimo, la infeliz vacilaba un poco. De una parte la seducía la vida retirada, silenciosa y cristiana del claustro. Bien pudiera ser que allí se cerrase por completo la herida de su corazón. Había que probarlo al menos. De otra parte la aterraba lo desconocido, las monjas... ¿cómo serían las monjas? ¿cómo la tratarían? Pero Nicolás se adelantó a sus temores, diciéndole que eran las señoras más indulgentes y cariñosas que se podían ver. A la samaritana se le aguaron los ojos, y pensó en lo que sería ella convertida de *chica* en señora, la imaginación limpia de aquella maleza que la perdía, la conciencia hecha de nuevo, el entendimiento iluminado por mil cosas bonitas que aprendería. La misma imaginación, a quien el maestro había puesto que no había por donde cogerla, fue la que le encendió fuegos de entusiasmo en su alma, infundiéndole el orgullo de ser otra mujer distinta de lo que era.

—Pues sí, pues sí... quiero entrar en las Micaelas —afirmó con arranque.

—Pues nada, a purificarse tocan. ¿Ve usted cómo nos hemos entendido? —dijo el clérigo con alegría, levantándose—. Cansado ya de tanto discutir, yo le dije a mi hermano: Si tu pasión es tan fuerte que no la puedes combatir, pon el pleito en mis manos, tonto, que yo te lo arreglaré. Si es mi oficio; si para eso estamos; si no sé hacer otra cosa... ¿Para qué serviría yo si no sirviera para enderezar torceduras de éstas?

El orgullo le rezumaba por todos los poros como si fuera sudor; los ojos le brillaban. Cogió la canaleja, diciendo:

—Volveré por aquí. Hablaré a mi hermano y a mi tía. Tenemos ya una gran base de arreglo, que es su conformidad de usted con todo lo que le mande este pobre sacerdote.

Fortunata al darle la mano se la besó.

Las últimas palabras de la visita fueron referentes al mal tiempo, a que él no podía estar en Madrid sino dos semanas, y por fin a la jaqueca que tenía Maximiliano aquel día.

—Es mal de familia. Yo también las padezco. Pero lo que principalmente me trae descompuesto ahora es un pícaro mal de estómago... debilidad, dicen que es debilidad... Tengo que comer muy a menudo y muy poca cantidad... ésta es la cosa... Es efecto del excesivo trabajo... ¡qué le vamos a hacer! Al llegar esta hora se me pone aquí un perrito... lo mismo que un perrito que me estuviera mordiendo. Y como no le eche algo al condenado, me da muy mal rato.

—Si quiere usted... aguarde usted... yo... —dijo Fortunata pasando revista mental a su pobre despensa.

—Quite usted allá, criatura... No faltaba más... ¿Piensa que no me puedo pasar[a]...? No es que yo apetezca nada; lo tomo hasta con asco; pero me sienta bien, conozco que me sienta bien.

—Si quiere usted traeré... No tengo en casa; pero bajaré a la tienda...

—Quite usted allá... no me lo diga ni en broma... Vaya, abur, abur... Y cuidarse, cuidarse mucho, ¿eh?, que andan pulmonías.

El clérigo salió y fue a casa de un amigo donde le solían dar, en aquella crítica hora, el remedio de su debilidad de estómago.

VI

En la noche de aquel memorable día, y cuando la jaqueca se le calmó, pudo enterarse Maxi de que su hermano había ido a la calle de Pelayo y de que sus impresiones «no habían sido malas», según declaración del propio cura. Daba éste mucha importancia a su apostolado, y cuando le caía en las manos uno de aquellos negocios de conquista espiritual, exageraba los peligros y dificultades para dar más valor a su victoria. El otro se abrasaba en impaciencia; mas no conseguía obtener de Nicolás sino medias palabras.

---

[a] [Lo único que me siente bien a esta hora es una copita de Jerez con bizcochos.

—¡Ah! Eso sí que no tengo —exclamó Fortunata con pena muy viva.]

—Ni hay para qué...]

—Allá veremos... éstas no son cosas de juego... Ya tengo las manos en la masa... no es mala masa; pero hay que trabajarla a pulso... ésta es la cosa. He de volver allá. Es preciso que tengas paciencia... ¿pues tú qué te crees?

El pobre chico no veía las santas horas de que llegase el día para saber por ella pormenores de la conferencia. Fortunata le vio entrar sobre las diez, pálido como la cera, convaleciente de la jaqueca, que le dejaba mareos, aturdimiento y fatiga general. Se echó en el sofá; cubrióle su amiga la mitad del cuerpo con una manta, púsole almohadas para que recostase la cabeza, y a medida que esto hacía, le aplacaba la curiosidad contándole precipitadamente todo.

Aquella idea de llevarla al convento como a una casa de purificación, parecióle a Maxi prueba estupenda del gran talento catequizador de su hermano. A él le había pasado vagamente por la cabeza algo semejante; mas no supo formularlo. ¡Qué insigne hombre era Nicolás! ¡Ocurrirle aquello!... Tamizada por la religión, Fortunata volvería a la sociedad limpia de polvo y paja, y entonces ¿quién osaría dudar de su honorabilidad? El espíritu del sietemesino, revuelto desde el fondo a la superficie por la pasión, como un mar sacudido por furioso huracán, se corría, digámoslo así, de una parte a otra, explayándose en toda idea que se le pusiese delante. Así, lo mismo fue presentársele la idea religiosa, que tenderse hacia ella y cubrirla toda con impetuosa y fresca onda. ¡La religión, qué cosa tan buena!... ¡Y él, tan torpe, que no había caído en ello! No era torpeza sino distracción. Es que andaba muy distraído. Y su manceba, que más bien era ya novia, se le apareció entonces con aureola resplandeciente y se revistió de ideales atributos. Creeríase que el amor que le inspiraba se iba a depurar aún más, haciéndose tan sutil como aquél que dicen le tenía a Beatriz el Dante, o el de Petrarca por Laura, que también era amor de lo más fino.

Nunca había sido Maximiliano muy dado a lo religioso; pero en aquel instante le entraron de sopetón en el espíritu unos ardores de piedad tan sigulares, unas ganas de tomarse confianzas con Cristo o con la Santísima Trinidad, y aun con tal o cual santo, que no sabía lo que le pasaba. El amor le conducía a la devoción, como le habría conducido a la impiedad, si las cosas fuesen por aquel camino. Tan bien le pareció el plan de su hermano, que el gozo le reprodujo el dolor de cabeza, aunque levemente. Comprimiéndose con dos dedos de la mano la ceja izquierda, habló a Fortunata de lo buenas que debían de ser aquellas madres Micaelas, de lo bonito que sería el convento, y de las preciosas y utilísimas cosas que allí aprendería, soltando como por ensalmo la cáscara amarga y trocándose en señora, sí, en señora tan decente, que habría otras lo mismo, pero más no... más no.

A Fortunata se le comunicó el entusiasmo. ¡La religión! Tampoco ella había caído en esto. ¡Cuidado que no ocurrírsele una cosa tan sencilla...! Lo particular era que veía su purificación como se ve un milagro cuando se cree en ellos, como convertir el agua en vino o hacer de cuatro peces cuarenta.

—Dime una cosa —preguntó a Maxi, acordándose de que era bella—. ¿Y me pondrán tocas blancas?

—Puede que sí —replicó él con seriedad—. No puedo asegurártelo; pero es fácil que sí te las pongan.

Fortunata cogió una toalla y echándosela por la cabeza, se fue a mirar al espejo. Acordóse entonces de una cosa esencial, esto es, que en la nueva existencia, la hermosura física no valía un pito y que lo que importaba y tenía valor era la del alma. Observando la cara que tenía Maxi aquel día y lo pálido que estaba, consideró que las prendas morales del joven empezaban a transparentarse en su rostro, haciéndole menos desagradable... Entrevió una mudanza radical en su manera de ver las cosas. «¡Quién sabe —se dijo—, lo que pasará después de estar allí tratando con las monjas, rezando y viendo a todas horas la custodia! De seguro me volveré otra sin sentirlo. Yo saco la cuenta de lo bueno que puede sucederme, por lo malo que me ha sucedido. Calculo que esto es como cuando una teme llegar a la cosa más mala del mundo y dice una: "Jamás llegaré a eso." ¿Y qué pasa? Que luego llega una y se asombra de verse allí, y dice: "Parecía mentira." Pues lo mismo será con lo bueno. Dice una: "Jamás llegaré tan arriba", y sin saber cómo, arriba se encuentra.»

Maximiliano se quedó a almorzar; pero la irritación de su estómago y la desgana hubieron de contenerle en la más prudente frugalidad. Ella en cambio tenía buen apetito, porque había trabajado mucho aquella mañana y quizás porque estaba contenta y excitada. De aquí tomó pie el redentor para hablar de lo mucho que comía su hermano Nicolás. Esto desilusionó un poco a Fortunata, que se quedó como lela, mirando a su amante, y deteniendo el tenedor a poca distancia de la boca. Creía ella que los curas de mucho saber y virtud debían de conocerse en el poco uso que hacían del agua y

572

jabón, y también en que su alimento no podía ser sino yerbas cocidas y sin sal[a].

Toda la tarde estuvieron platicando acerca de la ida al convento y también sobre cosas relacionadas con la parte material de su existencia futura.

—En la partición —dijo con cierto énfasis Maximiliano—, me tocan fincas rústicas. Mi tía se enfadó porque deseaba para mí el dinero contante; pero yo no soy de su opinión; prefiero los inmuebles.

Fortunata apoyó esta idea con un signo de cabeza; mas no estaba segura de lo que significaba la palabra *inmueble*, ni quería tampoco preguntarlo. Ello debía ser lo contrario de muebles. Maxi la sacó de dudas más tarde, hablando de sus olivares y viñas y de la buena cosecha que se anunciaba; por lo cual vino a entender que inmuebles era lo mismo que decir árboles. También ella prefería las propiedades de campo a todas las demás clases de riqueza. Después que se retiró su amante, se quedó pensando en su fortuna, y todo aquel fárrago de olivos, parrales y carrascales que tenía metido en la cabeza le impidió dormir hasta muy tarde, enderezando aún más sus propósitos por la vía de la honradez[b].

—A ver, ¿qué tal?... ¿cómo es?... ¿es guapa? —había preguntado doña Lupe a Nicolás con vivísima curiosidad.

Aunque el insigne clérigo no tenía cierta clase de pasiones, sabía apreciar el género a la vista. Hizo con los dedos de su mano derecha un manojo, y llevándolos a la boca los apartó al instante, diciendo:

—Es una mujer... hasta allí.

Doña Lupe se quedó desconcertada. A los peligros ya conocidos debían unirse los que ofrece por sí misma toda belleza superior dentro de la máquina del matrimonio.

—Las mujeres casadas *no deben* ser muy hermosas —dijo la se-

---

[a] [Después se rieron los dos de esto, y Maxi aseguró que su hermano era un santo; pero si algún día le convidaba a comer a su casa, había de preparar comestibles para una familia.]

[b] [Y predisponiéndose de un modo indirecto ¡qué cosa tan rara! a mirar con menos interés la belleza física, de lo que había de resultar su aptitud para apreciar la de su alma. Su ánimo estaba, pues, marcadamente inclinado, con todas aquellas cosas, a aceptar la posición y la dicha que se le ofrecía, y sus antipatías y repugnancias estaban en baja muy sensible.]

ñora promulgando la frase con acento de convicción profunda[a].

Hízole otras mil preguntas para aplacar su ardentísima curiosidad; cómo estaba vestida y peinada; qué tal se expresaba; cómo tenía arreglada la casa, y Nicolás respondía echándoselas de observador. Sus impresiones no habían sido malas, y aunque no tenía bastantes datos para formar juicio del verdadero carácter de la prójima, podía anticipar, fiado en su experiencia, en su buen ojo y en un cierto no sé qué, presunciones favorables. Con esto la curiosidad de doña Lupe se aceleraba más, y ya no podía tener sosiego hasta no meter su propia nariz en aquel guisado. Visitar a la tal no le parecía digno, habiendo hecho tantos aspavientos en contra suya; pero estar muchos días sin verla y averiguarle las faltas, si las tenía, era imposible. Hubiera deseado verla *por un agujerito*. Con el sobrinillo no quería la señora dar su brazo a torcer, y siempre se mostraba intolerante, aunque ya con menos fuego. Parecióle buena idea aquello de purificarla en las Micaelas, y aunque a nadie lo dijo, para sí consideraba aquel camino como el único que podía conducir a una solución. Rabiaba por echarle la vista encima al *basilisco*, y como su sobrino no le decía que fuera a verla, este silencio hacíala rabiar más. Un día ya no pudo contenerse, y cogiendo descuidado a Maxi en su cuarto, le embocó esto de buenas a primeras:

—No creas que voy yo a rebajarme a eso...

—¿A qué, señora?

—A visitar a tu... no puedo pronunciar ciertas palabras. Me parece indecoroso que yo vaya allá, a pesar de todos esos proyectos de lejía eclesiástica que le vais a dar.

—Señora, si yo no he dicho a usted nada...

—Te digo que no iré... no iré.

—Pero tía...

—No hay tía que valga. No me lo has dicho; pero lo deseas.

-----

[a] [—Diga usted entonces —replicó el sobrino con sorna—, que las hermosas se deben quedar para vestir santos. Sin embargo, son las que más pronto pescan marido. Es ley de humanidad.

—Pues si yo fuera hombre, primero me casaba con un fantasma que con una de esas guapas que van llamando la atención. ¿Y de qué sirve la hermosura? Vamos a ver. De nada, absolutamente de nada, como no sea de estorbo. Lo que vale es lo de dentro, hijo mío...

—No, si en eso estamos completamente de acuerdo —afirmó Nicolás con cierta pedantería.]

¿Crees que no te leo yo los pensamientos? ¡Qué podrás tú disimular delante de mí! Pues no, no te sales con la tuya. Yo no voy allá sino en el caso de que me llevéis atada de pies y manos.

—Pues la llevaremos atada de manos y pies —dijo Maxi, riendo.

Lo deseaba, sí; pero como tenía su criterio formado y su invariable línea de conducta trazada, no daba un valor excesivo a lo que de la visita pudiera resultar. Véase por dónde la fuerza de las circunstancias había puesto a doña Lupe en una situación subalterna, y el pobre chico, que meses antes no se atrevía a chistar delante de ella, miraba a su tía de igual a igual. La dignidad de su pasión había hecho del niño un hombre, y como el plebeyo que se ennoblece, miraba a su antiguo autócrata con respeto, pero sin miedo.

Como Nicolás visitaba algunos días a Fortunata para enseñarle la doctrina cristiana, doña Lupe se ponía furiosa. Tantas idas y venidas decía ella que le tenían revuelto el estómago. Pero el sentimiento que verdaderamente la hacía chillar era como envidia de que fuese Nicolás y no pudiera ir ella. Por este motivo andaban tía y sobrino algo desavenidos. Corría marzo, y el día de San José dijo Nicolás en la mesa:

—Tía, ya hay fresa[52].

Pero la indirecta no hizo efecto en la económica viuda. Volvió a la carga el clérigo en diferentes ocasiones:

—¡Qué fresa más rica he visto hoy! Tía, ¿a cómo estará ahora la fresa?

—No lo sé, ni me importa —replicó ella, —porque como no la pienso traer hasta que no se ponga a tres reales...

Nicolás dio un suspiro, mientras doña Lupe decía para sí: «Como no comas más fresa que la que yo te ponga, tragaldabas, aviado estás.»

Y como doña Lupe era algo golosa, trajo un día un cucurucho de fresa, bien escondido entre la mantilla; mas no lo puso

---

[52] El día 19 de marzo es el día de San José. A mediados de marzo solían —y suelen— empezarse a vender en Madrid las primeras fresas procedentes precisamente de esa región. Para doña Lupe comprar fresas al principio de la estación, cuando son más caras, comerlas, repartirlas o prohibirlas adquiere en adelante un protagonismo y una significación simbólica que tiene un enorme interés. La fresa —es fruta prohibida por afrodisíaco— es símbolo de dominio y de frustraciones sublimadas.

en la mesa. Concluida la comida, y mientras Nicolás leía *La Correspondencia* o *El Papelito*[53] en el comedor, doña Lupe se encerraba en su cuarto para comerse la fresa bien espolvoreada con azúcar. En cuanto el cura se echaba a la calle, salía doña Lupe de su escondite para ofrecer a Maximiliano un poco de aquella sabrosa fruta, y entraba en su cuarto con el platito y la cucharilla. Agradecía mucho estas finezas el chico, y se comía la golosina. Mirábale comer su tía con expectante atención, y cuando quedaban en el plato no más que seis o siete fresas, se lo quitaba de las manos diciendo:

—Esto para Papitos, que está con cada ojo como los de un besugo.

La chiquilla se comía las fresas, y después, con los lengüetazos que le daba al plato, lo dejaba como si lo hubiera lavado.

VII

Juan Pablo prestaba atención muy escasa al asunto de Maximiliano y a todos los demás asuntos de la familia, como no fuera el de la herencia. Su anhelo era cobrar pronto para pagar sus trampas. Entraba de noche muy tarde[a], y casi siempre comía fuera, lo que agradecía mucho doña Lupe, pues Nicolás con su voracidad puntual le desequilibraba el presupuesto de la casa. La misantropía que le entró a Juan Pablo desde su desairado regreso del Cuartel Real no se alteró en

---

[a] cuando no dormía fuera de casa; levantábase a medio día, almorzaba solo, porque su tía y hermanos lo habían hecho ya, y después se iba a la calle.

[53] *El Papelito* (1869-1871) fue un periódico satírico de adscripción carlista. Se definió como «Periódico para hacer reír y llorar, oficial, de partido, ilustrado y universal». Según Gómez Aparicio, en *Historia del periodismo*, Madrid, 1971, pág. 74: «lo fundó un personaje de extraordinario mérito: el escritor tradicionalista don José María del Castillo, que habría de perder después su cátedra de la Escuela Central de Ingenieros por negarse a jurar la Constitución de 1869, y que cuando, en abril de 1872, comenzó formalmente la guerra civil, hubo de refugiarse en el campo carlista, donde fue sucesivamente secretario del general Elío y de doña Margarita de Borbón, la primera esposa de don Carlos; con posterioridad ingresó en la Compañía de Jesús, en cuyo seno acabó sus días». *El Papelito* llegó a tener la nada despreciable tirada de 50.000 ejemplares diarios. (*La Correspondencia*, cfr. I, nota 223.)

aquellos días que sucedieron a la herencia. Hablaba muy poco, y cuando doña Lupe le nombraba el casorio de Maxi, como cuando se le pega a uno un alfilerazo para que no se duerma, alzaba los hombros, decía palabras de desdén hacia su hermano y nada más.

—Con su pan se lo coma... ¿Y a mí qué?

De carlismo no se hablaba en la casa, porque doña Lupe no lo consentía. Pero una mañana, los dos hermanos mayores se enfrascaron de tal modo en la conversación, más bien disputa, que no hicieron maldito caso de la señora. Juan Pablo estaba lavándose en su cuarto, entró Nicolás a decirle no sé qué, y por si el cura Santa Cruz[54] era un bandido o un loco, se fueron enzarzando, enzarzando hasta que...

—¿Quieres que te diga una cosa? —gritaba el primogénito, descomponiéndose—. Pues don Carlos no ha triunfado ya por vuestra culpa, por culpa de los curas. Hay que ir allá, como he ido yo, para hacerse cargo de las intrigas de la gentualla de sotana, que todo lo quiere para sí, y no va más que a desacreditar con calumnias y chismes a los que verdaderamente trabajan. Yo no podía estar allí; me ahogaba. Le dije a Dorregaray[55]: «Mi general, no sé cómo usted aguanta esto», y él se alzaba de hombros, poniéndome una cara... No pasaba día sin que los lechuzos le llevaran un cuento a don Carlos. Que Dorregaray andaba en tratos con Moriones[56] para rendirse,

---

[54] El cura Manuel de Santa Cruz (1842-1926), jesuita vasco, fue un ardiente defensor del carlismo, llegando a ser el feroz cabecilla de una partida de carlistas. En *De Cartago a Sagunto,* pág. 492, se habla de un intento de «echarle un anzuelo... poniéndole una buena carnada de 10 o 15.000 duros». Y Tito sugiere lo siguiente: «Mi opinión..., ¿a ver qué te parece?..., es ofrecerle a Santa Cruz los 10.000 duros, dárselos, y en cuanto veamos que se los mete en el bolsillo, cogerle, fusilarle, y en seguida quitarle el dinero, que puede servirnos para otro...» La corruptela y soborno de cabecillas carlistas es tema que se repite otras veces en *De Cartago a Sagunto.* A Dorregaray se le pretende comprar también, cfr. las dos notas siguientes.

[55] Del general Antonio Dorregaray (1823-1882), que se distinguió durante la tercera guerra carlista, hizo Galdós un apunte biográfico en *De Cartago a Sagunto, O. C.,* págs. 504-506. Aunque inició y terminó su carrera militar con los carlistas, durante una larga época (1854-1868) apoyó a Espartero y a O'Donnell. Al serle recordado este periodo, Dorregaray hizo este comentario: «Bien, basta ya... Tengo mis afectos repartidos en uno y otro campo.»

[56] Al general Domingo Moriones (1823-1881) le encargó Castelar, siendo jefe del Gobierno de la primera República, el mando del

que Moriones le había ofrecido diez millones de reales, en fin, mil indecencias. Cuando llegó a mi noticia que me acusaban de haber ido al Cuartel General de Moriones a llevar recados de mi jefe, me volé, y aquella misma tarde, habiéndome encontrado a la camarilla, en el atrio de la iglesia de San Miguel[57], me lié la manta a la cabeza, y por poco se arma allí un Dos de Mayo. «Aquí no hay más traidores que ustedes. Lo que tienen es envidia del traidor, si le hubiera, por el provecho que saque de su traición; no digo yo por diez millones; pero por diez mil ochavos venderían ustedes al Rey, y toda su descendencia; ladrones, infames, tíos de Judas.» En fin, que si no acierta a pasar el coronel Goiri, que me quería mucho, y me coge a la fuerza y me arranca de allí y me lleva a mi casa, aquella tarde sale el redaño de un cura a ver la puesta del sol. Estuve tres días en cama con un amago de ataque cerebral. Cuando me levanté, pedí una audiencia a Su Majestad. Su contestación fue ponerme en la mano el canuto y el pasaporte para la frontera. En fin, que los *engarza-rosarios* dieron conmigo en tierra, porque no me prestaba a ayudarles en sus maquinaciones contra los leales y valientes. Por las sotanas se perdió don Carlos V, y al VII no le aprovechó la lección[58].

Ejército del Norte. Luchó contra el general carlista Elío en Monte Jurra. En los primeros meses de 1874 tomó parte en el asedio de Bilbao. Fue él quien, batido por Ollo, mandó un telegrama informando de la derrota al Gobierno del general Serrano, obligando al propio Serrano a trasladarse al teatro de la guerra y sustituir a Moriones. Las habladurías sobre posibles intentos de sobornar a los jefes carlistas los saca a relucir Galdós en un pasaje de *De Cartago a Sagunto, O. C.*, V, página 505, poniendo en boca del propio Dorregaray este comentario: «Los papeles de usted..., ese extraño nombramiento de delegado secreto para someter por el soborno a los jefes carlistas, paréceme montruosamente falso por la enormidad del intento, y verosímil por la perfección de la escritura...» Y en el pliego descubierto pudo leer éste: «Pesquemos primero a los pájaros gordos. A Dorregaray, 50.000 duros...»

[57] «Parroquia de Estella —según Ortiz Armengol—, entre la plaza de San Miguel y la calle Zapatería. La ciudad fue tomada en agosto de 1873 por el carlista Dorregaray: al año siguiente fue atacada por el general Concha y defendida por Mendury. Ante ella murió Concha...» (265).

[58] Carlos V (1788-1855), hermano de Fernando VII, fue pretendiente al trono de España y durante siete años sostuvo la primera guerra carlista. Don Carlos fue un abanderado contra la revolución liberal. Solía repetir: «Que haya santo temor de Dios, y con esto hay buenas

Allá se las haya. ¿No querías religión? pues ahí la tienes; atrácate de curas, indigéstate y revienta.

—Es una apreciación tuya —dijo Nicolás moderando su ira––, que no me parece muy fundada... ésta es la cosa.

—¿Tú qué sabes lo que es el mundo y la realidad? Estás en babia.

—Y tú, me parece que estás algo ido, porque cuidado que has dicho disparates.

—Cállate la boca, estúpido... —dijo Nicolás, sulfurándose[a].

—¿Sabes lo que te digo? —gritó Juan Pablo, alzando arrogante la voz, —que a mí no se me manda callar, ¿estamos? He tenido el honor de decirle cuatro frescas al obispo de Persépolis, y quien no teme a las sotanas moradas, ¿qué miedo ha de tener a las negras?...

—Pues yo te digo... —agregó Nicolás descompuesto, trémulo y no sabiendo si amenazar con los puños o simplemente con las palabras, —yo te digo que eres un chisgaravís.

—¿Qué alboroto es este? —clamó doña Lupe entrando a poner paz. —¡Vaya con los caballeros estos! Ya les dije otra vez a los señores hojalateros, que cuando quisieran disputar por alto se fueran a hacerlo a la calle. En mi casa no quiero escándalos.

—Es que con este bruto no se puede discutir... —dijo Nicolás, que casi no podía respirar de tan sofocado como estaba.

Juan Pablo no decía nada, y siguió vistiéndose, volviendo la espalda a su hermano.

—¡Vaya un genio que has echado! —le dijo doña Lupe sin que él la mirara. —Podías considerar que tu hermano es sacerdote... Y sobre todo, no vengas echándotela de plancheta; porque si te salió mal el paso a *la infame facción*[59], y has tenido que volverte con las manos en la cabeza, ¿qué culpa tenemos los demás?

Juan Pablo no se dignó contestar. Doña Lupe cogió por un

---

[a] Falta claramente una réplica de Juan Pablo.

costumbres, virtudes, paz, tranquilidad, alegría y todo». Abdicó en su hijo Carlos VI (1818-1861), quien pretendió casarse con Isabel II. Fracasado su proyecto reanudó la guerra de 1846 a 1849. Muerto en 1861, le sucedió un sobrino, Carlos VII, quien a su vez prosiguió la guerra de 1872 a 1876.

[59] Las alusiones al carlismo siempre tienen en *Fortunata y Jacinta* un matiz claramente despectivo.

brazo al cura y se lo llevó consigo temerosa de que se enzarza-
ran otra vez. En el comedor estaba Maximiliano sentado ya
para almorzar. Había oído la reyerta sin dársele una higa de lo
que resultara. Allá ellos. A Nicolás no le quitó su berrinchín el
apetito, pues ninguna turbación del ánimo, por grande que
fuera, le podía privar de su más característica manifestación
orgánica. Los tres oyeron gritos en la calle, y doña Lupe puso
atención creyendo que era un *extraordinario* de periódico
anunciando triunfos del ejército liberal sobre los carlistas. En
aquellos días del año 1874, menudeaban los suplementos de
periódico, manteniendo al vecindario en continua ansiedad[60].

—Papitos —dijo la señora—, toma dos cuartos y bájate a
comprar el *extraordinario de la Gaceta*. Veréis como habla de
alguna buena tollina que les han dado a los *tersos*[61].

Nicolás que tenía un oído sutilísimo, después de callar un
rato y hacer callar a todos, dijo:

—Pero tía, no sea usted chiflada. Si no hay tal pregón de
extraordinario. Lo que dice la voz, claramente se oye... *El
freseeeero... fresa*.

—Puede que sea así —replicó doña Lupe, guardando su
portamonedas más pronto que la vista—. Pero está tan verde,
que es un puro vinagre...

—Todo sea por Dios —se dejó decir Nicolás suspirando—.
Peor lo pasó Jesús, que pidió agua y le dieron hiel.

Mascando el último bocado, salió Maximiliano para irse a
clase, llevando la carga de sus libros, y mucho después almor-
zó Juan Pablo solo. Aquellos almuerzos servidos a distintas
horas molestaban mucho a doña Lupe. ¿Se creían sus sobrinos
que aquella casa era una posada? El único que tenía consideración, el que menos guerra daba y el que menos comía era
Maxi, el de la pasta de ángel, siempre comedido, aun después
de que le volvieron tarumba los ojos de una mujer. Sobre esto
reflexionaba doña Lupe aquella tarde, cosiendo en la sillita,
junto al balcón de la calle, sin más compañía que la del gato.

«Dígase lo que se quiera, es el mejor de los tres —pensaba,
metiendo y sacando la aguja—, mejor que el egoistón de
Nicolás, mejor que el tarambana de Juan Pablo... ¿Que se

---

[60] Los carlistas, que iniciaron el cerco de Bilbao en enero de 1874,
tras duros y largos enfrentamientos con el ejército liberal, tuvieron
que levantar el sitio el 2 de mayo de 1874. Esto explica las disputas
familiares de los Rubín y la ansiedad del pueblo madrileño.

[61] A los seguidores de Carlos VII el *Terso* se les llamaba *tersos*.

quiere casar con una...? Hay que ver, hay que ver eso. No se puede juzgar sin oír... Podría suceder que no fuera... Se dan casos... ¡Vaya!... Y está enamorado como un tonto... ¿Y qué le vamos a hacer? Dios nos tenga de su mano.»

Entró Nicolás de la calle, y preguntado por doña Lupe, dijo que venía de casa del *basilisco*. Aquel día se mostró más satisfecho, llegando a asegurar que su catecúmena comprendía bien las cosas de religión, y que en lo moral parecía ser *de buena madera,* con lo que llegó a su colmo la curiosidad de la viuda y ya no le fue posible sostener por más tiempo el papel desdeñoso que representaba.

—Tanto te empeñarás —dijo al estudiante aquella noche—, que al fin lo vas a conseguir.

—¿Qué, tía?

—Que vaya yo en persona a ver a ésa... Pero conste que si voy es contra mi voluntad.

Maximiliano, que era bondadoso y quería estar bien con ella, no quiso manifestarle indiferencia.

—Pues sí, tía, si usted va a verla, se lo agradeceremos toda nuestra vida.

—Ninguna falta me hacen vuestros agradecimientos, si es que me decido a ir, que todavía no lo sé...

—Sí, tía.

—Ni voy, si es que me decido, porque me lo agradezcáis, sino por medir con mis propios ojos toda la hondura del abismo en que te quieres arrojar, y ver si hallo aún modo de apartarte de él.

—Mañana mismo, tía; yo la acompaño a usted —dijo entusiasmado el chico—. Verá usted mi abismo, y cuando lo vea, me empujará.

Y fue al día siguiente doña Lupe, vestida con los trapitos de cristianar, porque antes había ido a la gran función del asilo de doña Guillermina, por invitación de ésta, de lo que estaba muy satisfecha. Quería dar golpe, y como tenía tanto dominio sobre sí y se expresaba con tanta soltura, juzgaba fácil darse mucho lustre en la visita.

Así fue en efecto. Pocas veces en su vida, ni aun en los mejores días de Jáuregui, se dio doña Lupe tanto pisto como en aquella entrevista, pues siendo el *basilisco* tan poco fuerte en artes sociales y hallándose tan cohibida por su situación y su mala fama, la otra se despachó a su gusto y se empingorotó hasta un extremo increíble. Trataba doña Lupe a su presunta sobrina con urbanidad; pero guardando las distancias. Había de conocerse hasta en los menores detalles, que la visitada era una moza de cáscara amarga, con recomendables pretensiones de decencia, y la visitante una señora, y no una señora cualquiera, sino la señora de Jáuregui, el hombre más honrado y de más sanas costumbres que había existido en todo tiempo en Madrid o por lo menos en Puerta Cerrada. Y su condición de dama se probaba en que después de haber hecho todo lo posible, en la primera parte de la visita, por mostrar cierta severidad de principios, juzgó en la segunda que venía bien caerse un poco del lado de la indulgencia. El verdadero señorío jamás se complace en humillar a los inferiores. Doña Lupe se sintió con unas ganas tan vivas de protección con respecto a Fortunata, que no podría llevarse cuenta de los consejos que le dio y reglas de conducta que se sirvió trazarle. Es que se pirraba por proteger, dirigir, aconsejar y tener alguien sobre quien ejercer dominio...

Una de las cosas que más gracia le hicieron en Fortunata, fue su timidez para expresarse. Se le conocía en seguida que no hablaba como las personas finas, y que tenía miedo y vergüenza de decir disparates. Esto la favoreció en opinión de doña Lupe, porque el desenfado en el lenguaje habría sido señal de anarquía en la voluntad.

—No se apure usted —le decía la viuda, tocándole familiarmente la rodilla con su abanico—; no es posible aprender en un día a expresarse como nosotras. Eso vendrá con el tiempo y el uso y el trato. Pronunciar mal una palabra no es vergüenza para nadie, y la que no ha recibido una educación esmerada no tiene la culpa de ello...

Fortunata estaba pasando la pena negra con aquella visita de *tantismo cumplido,* y un color se le iba y otro se le venía, sin saber cómo contestar a las preguntas de doña Lupe ni si sonreír o ponerse seria. Lo que deseaba era que se largara pronto. Hablaron de la ida al convento, resolución que la tía de Maxi alabó mucho, esforzándose en sacar de su cabeza los conceptos más alambicados y los vocablos más requetefinos. A tal extremo hubo de llegar en esto, que Fortunata quedóse en ayunas de muchas cosas que le oyó. Por fin llegó el instante de la despedida, que Fortunata deseaba con ansia y temía, considerándose incapaz de decir con claridad y sosiego todas aquellas fórmulas últimas y el ofrecimiento de la casa. La de Jáuregui lo hizo como persona corrida en esto; Fortunata tartamudeó, y todo lo dijo al revés.

Maximiliano habló poco durante la visita. No hacía más

que estar *al quite,* acudiendo con el capote allí donde Fortunata se veía en peligro por torpeza de lenguaje. Cuando salió doña Lupe, creyó que debía acompañarla hasta la calle, y así lo hizo.

—Si es una bobona... —dijo la viuda a su sobrino—; tal para cual... Parece que la han cogido con lazo. En manos de una persona inteligente, esta mujer podría enderezarse, porque no debe de tener mal fondo. Pero yo dudo que tú...

VIII

Doña Lupe era persona de buen gusto y apreció al instante la hermosura del *basilisco* sin ponerle reparos, como es uso y costumbre en juicios de mujeres. Aun aquellas que no tienen pretensiones de belleza se resisten a proclamar la ajena.

«Es bonita de veras —decía para sí la viuda, camino de su casa—, lo que se llama bonita. Pero es una salvaje que necesita que la domestiquen.»

Los deseos de aprender que Fortunata manifestaba le agradaron mucho, y sintió que se agitaban en su alma, con pruritos de ejercitarse, sus dotes de maestra, de consejera, de protectora y jefe de familia. Poseía doña Lupe la aptitud y la vanidad educativas, y para ella no había mayor gloria que tener alguien sobre quien desplegar autoridad. Maxi y Papitos eran al mismo tiempo hijos y alumnos, porque la señora se hacía siempre querer de los seres inferiores a quienes educaba. El mismo Jáuregui había sido también, al decir de la gente, tan discípulo como marido [a].

Volvió, pues, a su casa la tía de Maximiliano revolviendo en su mente planes soberbios. La pasión de domesticar se despertaba en ella delante de aquel magnífico animal que estaba pidiendo una mano hábil que la desbravase. Y véase aquí cómo a impulsos de distintas pasiones, tía y sobrino vinieron a coincidir en sus deseos; véase cómo la tirana de la casa concluyó por mirar con ojos benévolos a la misma persona de quien había dicho tantas perrerías. Mucho agradecía esto el joven, y juzgando por sí mismo, creía que la indulgencia de doña Lupe se derivaba de un afecto, cuando en rigor provenía de esa

---

[a] [, porque doña Lupe había conseguido muchos triunfos sobre el carácter rudo y las maneras toscas del antiguo alabardero.]

imperiosa necesidad que sienten los humanos de ejercitar y poner en funciones toda facultad grande que poseen. Por esto la viuda no cesaba de pensar en el gran partido que podía sacar de Fortunata, desbastándola y puliéndola hasta tallarla en señora, e imaginaba una victoria semejante a la que Maximiliano pretendía alcanzar en otro orden. La cosa no sería fácil, porque el animal debía de tener muchos resabios; pero mientras más grandes fueran las dificultades, más se luciría la maestra. De repente le entraban a la señora de Jáuregui recelos punzantes, y decía: «Si no puede ser, si es mucha mujer para medio hombre. Si no existiera este maldito desequilibrio de sangre, él con su cariño y yo con lo mucho que sé, domaríamos a la fiera; pero esta moza se nos tuerce el mejor día, no hay duda de que se nos tuerce.»

Media semana estuvo en esta lucha, ya queriendo ceder para oficiar de maestra, ya perseverando en sus primitivos temores e inclinándose a no intervenir para nada... Pero con las amigas tenía que representar otros papeles, pues era vanidosa fuera de casa, y no gustaba nunca de aparecer en situación desairada o ridícula. Cuidaba mucho de ponerse siempre muy alta, para lo cual tenía que exagerar y embellecer cuanto la rodeaba. Era de esas personas que siempre alaban desmedidamente las cosas propias. Todo lo suyo era siempre bueno: su casa era la mejor de la calle, su calle la mejor del barrio, y su barrio el mejor de la villa. Cuando se mudaba de cuarto, esta supremacía domiciliaria iba con ella a donde quiera que fuese. Si algo desairado o ridículo le ocurría, lo guardaba en secreto; pero si era cosa lisonjera, la publicaba poco menos que con repiques. Por esto cuando se corrió entre las familias amigas que el sietemesino se quería casar con una tarasca, no sabía *la de los Pavos* cómo arreglarse para quedar bien. Dificilillo de componer era aquello, y no bastaba todo su talento a convertir en blanco lo negro, como otras veces había hecho.

Varias noches estuvo en la tertulia de las de la Caña completamente achantada y sin saber por dónde tirar. Pero desde el día en que vio a Fortunata, se sacudió la morriña, creyendo haber encontrado un punto de apoyo para levantar de nuevo el mundo abatido de su optimismo. ¿En qué creeréis que se fundó para volver a tomar aquellos aires de persona superior a todos los sucesos? Pues en la hermosura de Fortunata. Por mucho que se figuraran de su belleza, no tendrían idea de la realidad. En fin, que había visto mujeres guapas, pero como aquélla ninguna. Era una divinidad *en toda la extensión de la palabra*[62].

Pasmadas estaban las amigas oyéndola, y aprovechó doña Lupe este asombro para acudir con el siguiente ardid estratégico:

—Y en cuanto a lo de su mala vida, hay mucho que hablar... No es tanto como se ha dicho. Yo me atrevo a asegurar que es muchísimo menos.

Interrogada sobre la condición moral y de carácter de la divinidad, hizo muchas salvedades y distingos:

—Eso no lo puedo decir... No he hablado con ella más que una vez. Me ha parecido humilde, de un carácter apocado, de esas que son fáciles de dominar por quien pueda y sepa hacerlo.

Hablando luego de que la metían en las Micaelas, todas las presentes elogiaron esta resolución, y doña Lupe se encastilló más en su vanidad, diciendo que había sido idea suya y condición que puso para transigir, que después de una larga cuarentena religiosa podía ser admitida en la familia, pues las cosas no se podían llevar a punto de lanza, y eso de tronar con Maximiliano y cerrarle la puerta, muy pronto se dice; pero hacerlo ya es otra cosa[a].

Entre tanto, acercábase el día designado para llevar el *basilisco* a las Micaelas. Nicolás Rubín había hablado al capellán, su compañero de Seminario, el cual habló a la Superiora, que era una dama ilustre, amiga íntima y pariente lejana de Guillermina Pacheco. Acordada la admisión en los términos que

---

[a] Sobre este particular hubo distintos pareceres. Doña Casta defendía la tesis de la intolerancia, y doña Lupe la de la necesidad de trasigir en todos los asuntos de familia, quedando ésta victoriosa (al decir de D. Basilio Andrés de la Caña, que presente estaba), por la viveza de los argumentos y la energía de la dicción. Pocas mujeres había que alzaran el gallo a doña Lupe en estas contiendas sobre problemas de la vida. Y si no convencer a sus contrincantes, lograba lo que principalmente pretendía, que era rodearse otra vez de su aureola optimista y tomar la actitud triunfante de persona a quien no le pasa ni le puede pasar nada malo.

[62] Se habrá observado que Galdós pone en boca de muchos de sus personajes ciertos latiguillos o muletillas. Cfr. Vernon A. Chamberlin, «The "muletillas": An important Facet of Galdós Characterization Technique», *Hispanic Review*, XXIX (1961), págs. 296-309.

marca el reglamento de la casa, sólo se esperaba para realizarla a que pasasen los días de Semana Santa. El jueves[63] salieron Maxi y su amiga a andar algunas estaciones, y el viernes muy tempranito fueron a la Cara de Dios, dándose después un largo paseo por San Bernardino[64]. Fortunata estaba, con la religión, como chiquillo con zapatos nuevos, y quería que su amante le explicase lo que significan el Jueves Santo y las Tinieblas, el Cirio Pascual y demás símbolos. Maxi salía del paso con dificultad, y allá se las arreglaba de cualquier modo, poniendo a los huecos de su ignorancia los remiendos de su inventiva. La religión que él sentía en aquella crisis de su alma era demasiado alta y no podía inspirarle verdadero interés por ningún culto; pero bien se le alcanzaba que la inteligencia de Fortunata no podía remontarse más arriba del punto a donde alcanzan las torres de las iglesias católicas. Él sí; él iba lejos, muy lejos, llevado del sentimiento más que de la reflexión, y aunque no tenía base de estudios en qué apoyarse, pensaba en las causas que ordenan el universo e imprimen al mundo físico como al mundo moral movimiento solemne, regular y matemático.

—Todo lo que debe pasar, pasa —decía—, y todo lo que debe ser, es.

Le había entrado fe ciega en la acción directa de la Providencia sobre el mecanismo funcionante de la vida menuda. La Providencia dictaba no sólo la historia pública sino también la privada. Por debajo de esto, ¿qué significaban los símbolos? Nada. Pero no quería quitarle a Fortunata su ilusión de las imágenes, del *gori gori* y de las pompas teatrales que se admiran en las iglesias, porque, ya se ve... la pobrecilla no tenía su inteligencia cultivada para comprender ciertas cosas, y a fuer de pecadora, convenía conservarla durante algún tiempo sujeta a observación, en aquel orden de ideas relativamente bajo, que viene a ser algo como sanitarismo moral o policía religiosa.

El entusiasmo que la joven sentía era como los encantos de una moda que empieza. Iban, pues, los dos amantes, como he

---

[63] El Jueves (Santo) de 1874 fue el 2 de abril.

[64] La Cara de Dios es una ermita situada entre Princesa y la calle Duque de Liria: a continuación de ésta se encuentra la calle de San Bernardino. A. Rodríguez Solís, en *Majas, manolas y chulas*, Madrid, 1889, pág. 127, habla de que los «chisperos», los «manolos de los barrios altos», concurrían en romería a esta ermita.

dicho, por aquellos altozanos de Vallehermoso, ya entre tejares, ya por veredas trazadas en un campo de cebada, y al fin se
cansaron de tanta charla religiosa. A Rubín se le acabó su
saber de liturgia, y a Fortunata le empezaba a molestar un pie,
a causa de la apretura de la bota. El calzado estrecho es gran
suplicio, y la molestia física corta los vuelos de la mente.
Habían pasado por junto a los cementerios del Norte, luego
hicieron alto en los depósitos de agua; la samaritana se sentó
en un sillar y se quitó la bota. Maximiliano le hizo notar lo
bien que lucía desde allí el apretado caserío de Madrid con
tanta cúpula y detrás un horizonte inmenso que parecía la
mar. Después le señaló hacia el lado del Oriente una mole de
ladrillo rojo, parte en construcción, y le dijo que aquel era el
convento de las Micaelas donde ella iba a entrar. Pareciéronle
a Fortunata bonitos el edificio y su situación, expresando el
deseo de entrar pronto, aquel mismo día si era posible. Asaltó
entonces el pensamiento de Rubín una idea triste. Bueno era
lo bueno, pero no lo demasiado. Tanta piedad podía llegar a
ser una desgracia para él, porque si Fortunata se entusiasmaba
mucho con la religión y se volvía santa de veras, y no quería
más cuentas con el mundo, sino quedarse allí encerradita
adorando la custodia durante todo el resto de su días... ¡Oh!
Esta idea sofocó tanto al pobre redentor, que se puso rojo.
Y bien podía suceder, porque algunas que entraban allí cargadas de pecados se corregían de tal modo y se daban con tanta
gana a la penitencia, que no querían salir más, y hablarles de
casarse era como hablarles del demonio... Pero no, Fortunata
no sería así; no tenía ella cariz de volverse santa *en toda la
extensión de la palabra,* como diría doña Lupe. Si lo fuera,
Maximiliano se moriría de pena, se volvería entonces protes-
tante, masón, judío, ateo.

No manifestó estos temores a su querida, que estaba con un
pie calzado y otro descalzo, mirando atentamente las idas y
venidas de una procesión de hormigas. Únicamente le dijo:

—Tiempo tienes de entrar. No conviene tampoco que te dé
muy fuerte.

Era preciso seguir. Volvió a ponerse la bota y... ¡ay!, ¡qué
dolor!; lo malo fue que aquel día, Viernes Santo, no había
coches, y no era posible volver a la casa de otra manera que
a pie.

—Nos hemos alejado mucho —dijo Maximiliano ofreciéndole
su brazo—. Apóyate y así no cojearás tanto... ¿Sabes lo que
pareces así, llevada a remolque?... Pues una embarazada fuera de

cuentas, que ya no puede dar un paso, y yo parezco el marido que pronto va a ser padre.

No pudo menos de hacerla reír esta idea, y recordando que la noche anterior, Maximiliano, en las efusiones epilépticas de su cariño, había hablado algo de sucesión, dijo para su sayo: «De eso sí que estás tú libre.[a]»

El jueves siguiente[65] fue conducida Fortunata a las Micaelas.

---

[a] [Atravesaron varias calles de Chamberí, pasaron por la de Raimundo Lulio, donde él vivía, y Fortunata vio la casa por fuera, pasmándose de lo silencioso que son aquellos barrios. Dijo Maximiliano que en Chamberí habían de vivir después de casados, y Fortunata opinó que aquello era lo mismo que un pueblo. Descansando a trechos, siempre que encontraba donde sentarse, y andando por etapas, del brazo y con movimientos uniformes, que él parecía ser el que cojeaba, llegaron a la calle de Pelayo.]

[65] De ser el «jueves siguiente» al Jueves Santo, Fortunata habría ingresado en las Micaelas el 9 de abril de 1874.

V

Las Micaelas por fuera

I

Hay en Madrid tres conventos destinados a la corrección de mujeres[66]. Dos de ellos están en la población antigua, uno en la ampliación del Norte, que es la zona predilecta de los nuevos institutos religiosos y de las comunidades expulsadas del centro por la incautación revolucionaria de sus históricas casas[67]. En esta faja Norte son tantos los edificios religiosos que casi es difícil contarlos. Los hay para monjas reclusas, y para las religiosas que viven en comunicación con el mundo y en batalla ruda con la miseria humana, en estas órdenes modernas derivadas de la de San Vicente de Paúl, cuya morti-

---

[66] Mesonero Romanos *(Manual,* pág. 355) describe sucintamente los tres conventos destinados a lo que él llama la «reclusión de mujeres»: «*Santa María Magdalena*... calle Hortaleza. Sirve de reclusión decente para mujeres, y está al cuidado de religiosas... no se admite en esta casa mujer ninguna que no haya sido pública pecadora, y una vez entrando allí, no pueden salir mas que para religiosas o casadas. Hay también una sala donde se guardan las mujeres a quienes sus parientes envían por castigo. Tiene iglesia pública». «*Arrepentidas*. Fue fundada esta casa, también reclusión de mujeres, en el año 1771 con la diferencia de poder salir de ella a su voluntad. Está situada en la calle de San Leonardo». «*San Nicolás de Bari*. También este colegio es de reclusión de mujeres, y fue fundado en 1691 en la calle de Atocha, donde existe contiguo al colegio de Desamparados».

[67] Se alude a las desamortizaciones de Mendizábal (1836) y, en particular, a la de Madoz (1855). Cfr. I, notas 22 y 74.

ficación consiste en recoger ancianos, asistir enfermos o educar niños. Como por encanto hemos visto levantarse en aquella zona grandes pelmazos de ladrillo, de dudoso valer arquitectónico, que manifiestan cuán positiva es aún la propaganda religiosa, y qué resultados tan prácticos se obtienen del ahorro espiritual, o sea la limosna, cultivado por buena mano. Las *Hermanitas de los Pobres,* las *Siervas de María* y otras, tan apreciadas en Madrid por los positivos auxilios que prestan al vecindario, han labrado en esta zona sus casas con la prontitud de las obras de contrata[68]. De institutos para clérigos sólo hay uno[69], grandón, vulgar y triste como un falansterio. Las Salesas Reales[70], arrojadas del convento que les hizo doña Bárbara, tienen también domicilio nuevo, y otras monjas históricas, las que recogieron y guardaron los huesos de D. Pedro el Cruel[71], acampan allá sobre las alturas del barrio de Salamanca.

La planicie de Chamberí, desde los Pozos y Santa Bárbara hasta más allá de Cuatro Caminos, es el sitio preferido de las órdenes nuevas. Allí hemos visto levantarse el asilo de Guiller-

---

[68] Fernández de los Ríos, en su *Guía de Madrid,* pág. 618, dedica un apartado a algunos de los centros a que hace referencia Galdós: «... el *Noviciado de hermanas de la Caridad de San Vicente de Paúl,* calle de Jesús núm. 3, que cuidan a los enfermos en los hospitales y asisten a los presos en las cárceles, y las *Hermanas de los Pobres,* establecidas en Madrid en 1851 en congregación o comunidad de religiosas bajo la advocación de las Siervas de María, con objeto de atender al cuidado de los enfermos en sus casas. Desde entonces se han conservado en una modesta casa de Chamberí, paseo de Santa Engracia, números 8 y 10; pero en 1875 han comenzado a levantar un gran edificio, en el solar que para este objeto tenían adquirido, con el cual la asistencia domiciliaria a los enfermos va a convertirse, según parece, en asilo para 300 individuos.»

[69] Ortiz Armengol piensa que se trata de un edificio que subsiste todavía en la calle Torrecilla del Leal, 7 (271).

[70] El monasterio de las Salesas Reales fue erigido por los reyes Fernando VI y su esposa Bárbara de Braganza en 1758. El edificio, situado en la plaza de las Salesas, ocupaba toda la manzana. En 1870 fue incautado y convertido en Palacio de Justicia. Cfr. Mesonero Romanos, *Manual,* pág. 179; Madoz, *Diccionario,* pág. 728.

[71] Pedro el Cruel (1334-1369) fue trasladado en 1446 al monasterio de santo Domingo, situado en la cuesta del mismo nombre. Fue fundado hacia 1275. En él fueron enterrados otros personajes de la realeza. Cfr. Mesonero Romanos, *Manual,* pág. 172; Madoz, *Diccionario,* pág. 722.

mina Pacheco, la mujer constante y extraordinaria, y allí también la casa de las Micaelas. Estos edificios tienen cierto carácter de improvisación, y en todos, combinando la baratura con la prisa, se ha empleado el ladrillo al descubierto, con ciertos aires mudéjares y pegotes de gótico a la francesa. Las iglesias afectan, en las frágiles escayolas que las decoran interiormente, el estilo adamado con pretensiones de elegante de la basílica de Lourdes. Hay, pues, en ellas una impresión de aseo y arreglo que encanta la vista, y una deplorable manera arquitectónica. La importación de los nuevos estilos de piedad, como el del Sagrado Corazón[72], y esas manadas de curas de babero expulsados de Francia, nos han traído una cosa buena, el aseo de los lugares destinados al culto; y una cosa mala, la perversión del gusto en la decoración religiosa. Verdad que Madrid apenas tenía elementos de defensa contra esta invasión, porque las iglesias de esta villa, además de muy sucias, son verdaderos adefesios como arte. Así es que no podemos alzar mucho el gallo. El barroquismo sin gracia de nuestras parroquias, los canceles llenos de mugre, las capillas cubiertas de horribles escayolas empolvadas y todo lo demás que constituye la vulgaridad indecorosa de los templos madrileños, no tiene que echar nada en cara a las cursilerías de esta novísima monumentalidad, también armada en yesos deleznables y con derroche de oro y pinturas al temple, pero que al menos despide olor de aseo, y tiene el decoro de los sitios en que anda mucho la santidad de la escoba, del agua y el jabón.

El caserón que llamamos *Las Micaelas* estaba situado más arriba del de Guillermina, allá donde las rarificaciones de la población aumentan en términos de que es mucho más extenso el suelo baldío que el edificado. Por algunos huecos del caserío se ven horizontes esteparios y luminosos, tapias de cemente-

---

[72] Cfr. Gonzalo Sobejano, en su edición de *La Regenta*, I, Madrid, 1981, pág. 127, nota 58: «El culto al Sagrado Corazón de Jesús, debido sobre todo a Santa Marguerite Marie Alacoque (1647-1690), fue especialmente fomentado en el siglo XIX por los Pontífices». Los «curas de babero» son los Hermanos de las Escuelas Cristianas, congregación fundada en Francia, en 1682, por San Juan Bautista de la Salle. Llegaron a Madrid en 1878 gracias a los buenos oficios de doña Ernestina Manuel de Villena (que «inspiró« a Galdós el personaje de doña Guillermina) que quería incorporarlos a su asilo de huérfanos. Cfr. *Diccionario de Historia Eclesiástica de España*, Madrid, 1972, página 855.

rios coronadas de cipreses, esbeltas chimeneas de fábricas como palmeras sin ramas, grandes extensiones de terreno mal sembrado para pasto de las burras de leche y de las cabras. Las casas son bajas, como las de los pueblos, y hay algunas de corredor con habitaciones numeradas, cuyas puertas se ven por la medianería. El edificio de las Micaelas había sido una casa particular, a la que se agregó un ala interior costeando dos lados de la huerta en forma de medio claustro, y a la sazón se le estaba añadiendo por el lado opuesto la iglesia, que era amplia y del estilo de moda, ladrillo sin revoco modelado a lo mudéjar y cabos de cantería de Novelda[73] labrada en ojival constructivo. Como la iglesia estaba aún a medio hacer, el culto se celebraba en la capilla provisional, que era una gran crujía baja, a la izquierda de la puerta.

En el arreglo de esta crujía para convertirla en templo interino, manifestábase el buen deseo, la pulcritud y la inocencia artística de las excelentes señoras que componían la comunidad. Las paredes estaban estucadas, como las de nuestras alcobas, porque este es un género de decoración barato en Madrid y sumamente favorable a la limpieza. En el fondo estaba el altar, que era, ya se sabe, blanco y oro, de un estilo tan visto y tan determinado, que parece que viene en los figurines. A derecha e izquierda, en cromos chillones de gran tamaño, los dos Sagrados Corazones, y sobre ellos se abrían dos ventanas enjutísimas, terminadas por arriba en corte ojival, con vidrios blancos rojos y azules, combinados en rombo, como se usan en las escaleras de las casas modernas.

Cerca de la puerta había una reja de madera que separaba el público de las monjas los días en que el público entraba, que eran los jueves y domingos. De la reja para adentro, el piso estaba cubierto de hule, y a los costados de lo que bien podremos llamar nave había dos filas de sillas reclinatorios. A la derecha de la nave dos puertas, no muy grandes: la una conducía a la sacristía, la otra a la habitación que hacía de coro. De allí venían los flauteados de un harmonium tañido candorosamente en los acordes de la tónica y la dominante, y con las modulaciones más elementales; de allí venían también los exaltados acentos de las dos o tres monjas cantoras. La música era digna de la arquitectura, y sonaba a zarzuela

---

[73] Esta ciudad alicantina es famosa, además de por sus sedas y vinos, por sus mármoles, que en *Fortunata y Jacinta* serán, al final de la novela, nuevamente mencionados.

sentimental o a canción de las que se reparten como regalo a las suscriptoras en los periódicos de modas. En esto ha venido a parar el grandioso canto eclesiástico, por el abandono de los que mandan en estas cosas y la latitud con que se vienen permitiendo novedades en el severo culto católico.

La pecadora fue llevada a las Micaelas pocos días después de la Pascua de Resurrección[74]. Aquel día, desde que despertó, se le puso a Maxi la obstrucción en la boca del estómago, pero tan fuerte como si tuviera entre pecho y espalda atravesado un palo. Molestia semejante sentía en los días de exámenes, pero no con tanta intensidad. Fortunata parecía contenta, y deseaba que la hora llegase pronto para abreviar la expectación y perplejidad en que los dos amantes estaban, sin saber qué decirse. A ella por lo menos no se le ocurría nada que decirle, y aunque a él se le pasaban por el magín muchas cosas, tenía cierta aversión innata a lo teatral, y no gustaba de hablar gordo en ciertas ocasiones[a]. Si ha de decirse verdad, Maxi inspiraba aquel día a su novia un sentimiento de cariño dulce y sosegado, con su poquillo de lástima. Y él procuraba dar a la conversación tono familiar, hablando del tiempo o recomendando a la joven que tuviese cuidado de no olvidar alguna importante prenda de ropa. Nicolás, que estaba presente, no habría permitido tampoco zalamerías de amor ni besuqueo, y ayudaba a recoger y agrupar todas las cosas que habían de llevarse, añadiendo observaciones tan prácticas como ésta:

—Ya sabe usted que ni perfumes ni joyas ni ringorrangos de ninguna clase entran en aquella casa. Todo el bagaje mundano se arroja a la puerta[b].

Cuando vino el mozo que debía llevar el baúl, Fortunata estaba ya dispuesta, vestida con la mayor sencillez. Maximiliano miró diferentes veces su reloj sin enterarse de la hora. Nicolás, que estaba más sereno, miró el suyo y dijo que era tarde. Bajaron los tres, y fueron pausadamente y sin hablar

---

[a] [Fortunata experimentaba también un deseo muy vivo, mezclado de curiosidad, de verse dentro del recinto en que se había de consumar su regeneración.

[b] [Esto no era más que ganas de hablar, porque bien se veía que Fortunata no llevaba nada de aquellas cosas vitandas.]

[74] Galdós, al final del capítulo anterior, escribía que Fortunata fue llevada a las Micaelas el jueves después de la Pascua.

hacia la calle de Hortaleza a tomar un coche simón. Instalóse el joven con no poco trabajo en la bigotera, porque las faldas de su futura esposa y la ropa talar del clérigo estorbaban lo que no es decible la entrada y la salida; y si el trayecto fuera más largo, el martirio de aquellas seis piernas que no sabían cómo colocarse habría sido muy grande. La neófita miraba por la ventanilla, atraída vagamente y sin interés su atención por la gente que pasaba. Creeríase que miraba hacia fuera por no mirar hacia dentro; Maximiliano se la comía con los ojos, mientras el presbítero procuraba en vano animar la conversación con algunas cuchufletas bien poco ingeniosas[a].

Llegaron por fin al convento[b]. En la puerta había dos o tres mendigas viejas, que pidieron limosna, y a Maximiliano le faltó tiempo para dársela. Le amargaba extraordinariamente la boca, y su voz ahilada salía de la garganta con interrupciones y síncopas como la de un asmático. Su turbación le obligaba a refugiarse en los temas vulgares...

—¡Vaya que son pesados estos pobres!... Parece que hay misa, porque se oye la campanilla de alzar... Es bonita la casa, y alegre, sí señor, alegre.

Entraron en una sala que hay a la derecha, en el lado opuesto a la capilla. En dicha sala recibían visitas las monjas, y las recogidas a quienes se permitía ver a su familia los jueves por la tarde, durante hora y media, en presencia de dos madres. Adornada con sencillez rayana en la pobreza, la tal sala no tenía más que algunas estampas de santos y un cuadrote de San José, al óleo, que parecía hecho por la misma mano que pintó el Jáuregui de la casa de doña Lupe. El piso era de baldosín, bien lavado y frotado, sin más defensa contra el frío que dos esteritas de junco delante de los dos bancos que ocupaban los testeros principales. Dichos bancos, las sillas y un canapé de patas curvas eran piezas diferentes, y bien se conocía que todo aquel pobre menaje provenía de donativos o limosnas de esta y la otra casa. Ni cinco minutos tuvieron que esperar, porque al punto entraron dos madres que ya estaban avisadas, y casi pisándoles los talones entró el señor capellán, un hombrón muy campechano y que de todo se reía. Llamába-

[a] [acerca de una riña de mujeres que presenciaron más allá del Saladero.]

[b] [Maximiliano había mirado diferentes veces su reloj; pero sin enterarse de la hora. Por el reloj de Nicolás se supo que eran las nueve.]

se D. León Pintado[75], y en nada correspondía la persona al nombre. Nicolás Rubín y aquel pasmarote tan grande y tan jovial se abrazaron y se saludaron tuteándose. Una de las dos monjas era joven, coloradita, de boca agraciada y ojos que habrían sido lindísimos si no adolecieran de estrabismo. La otra era seca y de edad madura, con gafas, y daba bien claramente a entender que tenía en la casa más autoridad que su compañera. A las palabras que dijeron, impregnadas de esa cortesía dulzona que informa el estilo y el metal de voz de las religiosas del día, iba la neófita a contestar alguna cosa apropiada al caso; pero se cortó y de sus labios no pudo salir más que un *ju ju,* que las otras no entendieron. La sesión fue breve. Sin duda las madres Micaelas no gustaban de perder el tiempo.

—Despídase usted —le dijo la seca, tomándola por un brazo.

Fortunata estrechó la mano de Maxi y de Nicolás, sin distinguir entre los dos, y dejóse llevar. *Rubinius vulgaris* dio un paso, dejando solos a los dos curas que hablaban cogiéndose recíprocamente las borlas de sus manteos, y vio desaparecer a su amada, a su ídolo, a su ilusión, por la puerta aquella pintada de blanco, que comunicaba la sala con el resto de la religiosa morada. Era una puerta como otra cualquiera; pero cuando se cerró otra vez, parecióle al enamorado chico cosa diferente de todo lo que contiene el mundo en el vastísimo reino de las puertas.

II

Echó a andar hacia Madrid por el polvoriento camino del antiguo Campo de Guardias[76], y volviendo a mirar su reloj por un movimiento maquinal, tampoco entonces se hizo cargo

[75] De don León Pintado escribió Galdós en *Angel Gerra (O.C., Novelas* III, págs. 52-53: «Natural de Illescas, deudo y protegido de los Guerras y los Monegros, había sido capellán de las Micaelas en Madrid, y de esta posición obscura lleváronle las influencias de doña Sales y de sus amigos y parientes a la silla del coro metropolitano, en la cual vivía a sus anchas... Era (como recordará quien conozca la historia de Fortunata) corpulento y gallardo, de buena edad, afable y conciliador, presumidillo en el vestir, de absoluta insignificancia intelectual y moral...»

[76] Zona extramuros de Madrid perteneciente al distrito Universi-

de la hora que era. No se dio cuenta de que su hermano y D. León Pintado, entretenidos en una conversación interesante y parándose cada diez palabras, se habían quedado atrás. Hablaban de las oposiciones a la lectoral de Sigüenza y de las peloteras que ocurrieron en ella. El capellán, como candidato reventado, ponía de oro y azul al obispo de la diócesis y a todo el cabildo. Maximiliano, sin advertir las paradas, siguió andando hasta que se encontró en su casa. Abrióle doña Lupe la puerta y le hizo varias preguntas:

—¿Y qué tal?, ¿iba contenta?

Revelaban estas interrogaciones tanto interés como curiosidad, y el joven, animado por la benevolencia que en su tía observaba, departió con ella, arrancándose a mostrarle algunas de las afiladas púas que le rasguñaban el corazón. Tenía un presentimiento vago de no volverla a ver, no porque ella se muriese, sino porque dentro del convento y contagiada de la piedad de las monjas, podía chiflarse demasiado con las cosas divinas y enamorarse de la vida espiritual hasta el punto de no querer ya marido de carne y hueso, sino a Jesucristo, que es el esposo que a las monjas de verdadera santidad les hace tilín. Esto lo expresó irreverentemente con medias palabras; pero doña Lupe sacó toda la sustancia a los conceptos.

—Bien podría suceder eso —le dijo con acento de convicción, que turbó más a Maximiliano—, y no sería el primer caso de mujeres malas... quiero decir ligeras... que se han convertido en un abrir y cerrar de ojos, volviéndose tan del revés, que luego no ha habido más remedio que canonizarlas.

El redentor sintió frío en el corazón. ¡Fortunata canonizada!

---

dad. Según el padrón de 1846 este barrio constaba sólo de 58 vecinos, y en él se situaba el asilo de San Bernardino. La explanada conocida como Campo de Guardias era tristemente conocida porque en ella se efectuaban la mayoría de las ejecuciones capitales: la de Dámaso Fulgorio y el teniente Boria por el levantamiento contra Espartero el 7 de octubre de 1841; la del cura Merino que atentó contra Isabel II el 2 de febrero de 1852. Aquí se levantó Domingo Dulce para unirse a O'Donnell en 1854 cuando la «Vicalvarada». Éste fue el lugar elegido para emplazar el primer depósito del Canal de Isabel II. Alrededor de este campo se instalan en el siglo XIX numerosos cementerios del norte de la ciudad. En 1860 se aprueba el proyecto de don Carlos María de Castro para ensanchar la ciudad en esta zona, aunque se plantean problemas por el canal y los cementerios. Se preveía realizar allí una cárcel, un matadero, un asilo y dos cuarteles, nada de lo cual llegó a realizarse.

Esta idea, por lo muy absurda que era, le atormentó toda la mañana.

—Francamente —dijo al fin, después de muchas meditaciones—, tanto como canonizar, no; pero bien podría darle por el misticismo y no querer salir, y quedarme yo *in albis*.

Vamos, que semejante idea le aterraba. En tal caso no tenía más remedio que volverse él santito también, dedicarse a la Iglesia y hacerse cura... ¡Jesús, qué disparate! ¡Cura!, ¿y para qué? De vuelta en vuelta, su mente llegó a un torbellino doloroso en el cual no tuvo ya más remedio que ahogar las ideas para librarse del tormento que le ocasionaban. Intentó estudiar... Imposible. Ocurrióle escribir a Fortunata, encargándole que no hiciera caso alguno de lo que le dijesen las monjas acerca de la vida espiritual, la gracia y el amor místico... Otro disparate. Por fin se fue calmando, y la razón se clareaba un poco tras aquellas nieblas.

Las once serían ya, cuando desde su cuarto sintió un grande altercado entre doña Lupe y Papitos. El motivo de aquella doméstica zaragata fue que a Nicolás Rubín se le ocurrió la idea trágica de convidar a almorzar a su amigo el padre Pintado, y no fue lo peor que se le ocurriera, sino que se apresurase a ejecutarla con aquella frescura clerical que en tan alto grado tenía, metiendo a su camarada por las puertas de la casa sin ocuparse para nada de si en ésta había o no los bastimentos necesarios para dos bocas de tal naturaleza.

Doña Lupe que tal vio y oyó, no pudo decir nada, por estar el otro clérigo delante; pero tenía la sangre requemada. Su orgullo no le permitía desprestigiar la casa, poniéndoles un artesón de bazofia para que se hartaran; y afrontando despechada el conflicto, decía para su sayo cosas que habrían hecho saltar a toda la curia eclesiástica. «No sé lo que se figura este heliogábalo... cree que mi casa es la posada del Peine. Después que él me come un codo, trae a su compinche para que me coma el otro. Y por las trazas, debe tener buen diente y un estómago como las galerías del Depósito de aguas[77]. ¡Ay, Dios mío! ¡Qué egoístas son estos curas...! Lo que yo debía hacer era ponerle la cuentecita, y entonces... ¡ah! entonces sí que no se volvía a descolgar con invitados, porque es *Alejandro en puño* y no le gusta ser rumboso sino con dinero ajeno.»

El volcán que rugía en el pecho de la señora de Jáuregui no

---

[77] Los Depósitos de aguas fueron construidos en el Paseo de Santa Engracia.

podía arrojar su lava sino sobre Papitos, que para esto justamente estaba. Había empezado aquel día la monilla por hacer bien las cosas; pero la riñó su ama tan sin razón, que... ¡diablo de chica!, concluyó por hacerlo todo al revés. Si le ordenaban quitar agua de un puchero, echaba más. En vez de picar cebolla, machacaba ajos; la mandaron a la tienda por una lata de sardinas y trajo cuatro libras de bacalao de Escocia; rompió una escudilla, y tantos disparates hizo que doña Lupe por poco le aporrea el cráneo con la mano del almirez.

—De esto tengo la culpa yo, grandísima bestia; por empeñarme en domar acémilas y en hacer de ellas personas... Hoy te vas a tu casa, a la choza del muladar de Cuatro Caminos donde estabas, entre cerdos y gallinas, que es la sociedad que te cuadra...

Y por aquí seguía la retahíla... ¡Pobre Papitos! Suspiraba y le corrían las lágrimas por la cara abajo. Había llegado ya a tal punto su azoramiento, que no daba pie con bola.

Entretanto los dos curas estaban en la sala, fumando cigarrillos, las canalejas sobre sillas, groseramente espatarrados ambos en los dos sillones principales, y hablando sin cesar del mismo tema de las oposiciones de Sigüenza. La culpa de todo la tenía el deán, que era un trasto y quería la lectoral a todo trance para su sobrinito. ¡Valientes perros estaban tío y sobrino! Éste había hecho discursos racionalistas, y cuando la *Gloriosa* dio vivas a Topete y a Prim en una reunión de demócratas. Doña Lupe entró al fin haciendo violentísimas contorsiones con los músculos de su cara para poder brindarles una sonrisa en el momento de decir que ya podían pasar... que tendrían que dispensar muchas faltas, y que iban a hacer penitencia.

Y mientras se sentaban, miró con terror al amigo de su sobrino, que era lo mismo que un buey puesto en dos pies, y pensaba que si el apetito correspondía al volumen, todo lo que en la mesa había no bastara para llenar aquel inmenso estómago. Felizmente, Maxi estaba tan sin gana, que apenas probó bocado; doña Lupe se declaró también inapetente, y de este modo se fue resolviendo el problema y no hubo conflicto que lamentar. El padre Pintado, a pesar de ser tan proceroso, no era hombre de mucho comer y amenizó la reunión contando otra vez... las oposiciones de Sigüenza. Doña Lupe, por cortesía, afirmaba que era una barbaridad que no le hubieran dado a él la lectoral.

La ira de la señora de Jáuregui no se calmó con el feliz éxito del almuerzo... y siguió machacando sobre la pobre Papitos. Ésta, que también tenía su genio, hervía interiormente en despecho y deseos de revancha. «¡Miren la tía bruja —decía para sí, bebiéndose las lágrimas—, con su teta menos...! Mejor tuviera vergüenza de ponerse la teta de trapo para que crea la gente que tiene las dos de verdad, como las tienen todas y como las tendré yo el día de mañana...» Por la tarde, cuando la señora salió, encargando que le limpiara la ropa, ocurrióle a la mona tomar de su ama una venganza terrible; pero una de esas venganzas que dejan eterna memoria. Se le ocurrió poner, colgado en el balcón, el cuerpo de vestido que pegada tenía la *cosa falsa* con que doña Lupe engañaba al público. La malicia de Papitos imaginaba que puesto en el balcón el testimonio de la falta de su señora, la gente que pasase lo había de ver y se había de reír mucho. Pero no ocurrieron de este modo las cosas, porque ningún transeúnte se fijó en el pecho postizo, que era lo mismo que una vejiga de manteca; y al fin la chiquilla se apresuró a quitarlo, discurriendo con buen juicio que si doña Lupe al entrar veía colgado del balcón aquel acusador de su defecto, se había de poner hecha una fiera, y sería capaz de cortarle a su criada *las dos cosas de verdad* que pensaba tener.

III

A la mañana siguiente, Maximiliano encaminó sus pasos al convento, no por entrar, que esto era imposible, sino por ver aquellas paredes tras de las cuales respiraba la persona querida. La mañana estaba deliciosa, el cielo despejadísimo, los árboles del paseo de Santa Engracia empezaban a echar la hoja[a]. Detúvose el joven frente a las Micaelas, mirando la obra de la nueva iglesia que llegaba ya a la mitad de las ojivas de la nave principal. Alejándose hasta más allá de la acera de enfrente, y subiendo a unos montones de tierra endurecida, se veía, por encima de la iglesia en construcción, un largo corredor del convento, y aún se podían distinguir las cabezas de las monjas o recogidas que por él andaban. Pero como la obra

---

[a] [De los Cuatro Caminos venían en bandadas los albañiles para dirigirse a las obras de tanta y tanta casa como en Madrid se construía por entonces, porque el dinero asustado de las especulacions bursátiles, buscaba renta segura, aunque pequeña, en la propiedad urbana.]

avanzaba rápidamente, cada día se veía menos. Observó Maxi en los días sucesivos que cada hilada de ladrillos iba tapando discretamente aquella interesante parte de la interioridad monjil, como la ropa que se extiende para velar las carnes descubiertas. Llegó un día en que sólo se alcanzaban a ver las zapatas de los maderos que sostenían el techo del corredor, y al fin la masa constructiva lo tapó todo, no quedando fuera más que las chimeneas, y aun para columbrar éstas era preciso tomar la visual desde muy lejos.

Al Norte había un terreno mal sembrado de cebada. Hacia aquel egido, en el cual había un poste con letrero anunciando venta de solares, caían las tapias de la huerta del convento, que eran muy altas. Por encima de ellas asomaban las copas de dos o tres soforas y de un castaño de Indias. Pero lo más visible y lo que más cautivaba la atención del desconsolado muchacho era un motor de viento, sistema Parson [78], para noria, que se destacaba sobre altísimo aparato a mayor altura que los tejados del convento y de las casas próximas. El inmenso disco, semejante a una sombrilla japonesa a la cual se hubiera quitado la convexidad, daba vueltas sobre su eje pausada o rápidamente, según la fuerza del aire. La primera vez que Maxi lo observó, movíase el disco con majestuosa lentitud, y era tan hermoso de ver con su coraza de tablitas blancas y rojas, parecida a un plumaje, que tuvo fijos en él los tristes ojos un buen cuarto de hora. Por el Sur la huerta lindaba con la medianería de una fábrica de tintas de imprimir, y por el Este con la tejavana perteneciente al inmediato taller de cantería, donde se trabajaba mucho. Así como los ojos de Maximiliano miraban con inexplicable simpatía el disco de la noria, su oído estaba preso, por decirlo así, en la continua y siempre igual música de los canteros, tallando con sus escoplos la dura berroqueña. Creeríase que grababan en lápidas inmortales la leyenda que el corazón de un inconsolable poeta les iba dictando letra por letra. Detrás de esta tocata reinaba el augusto silencio del campo, como la inmensidad del cielo detrás de un grupo de estrellas.

También se paseaba por aquellos andurriales, sin perder de vista el convento; iba y venía por las veredas que el paso traza

---

[78] El ingeniero inglés Charles A. Parsons (1854-1931) inventó una turbina de viento en 1884 que se empleó más tarde para generar electricidad. Galdós transpone una vez más un acontecimiento del momento en que escribe al tiempo de la narración.

en los terrenos, matando la yerba, y a ratos sentábase al sol, cuando éste no picaba mucho. Montones de estiércol y paja rompían a lo lejos la uniformidad del suelo; aquí y allá tapias de ladrillo de color de polvo, letreros industriales sobre faja de yeso, casas que intentaban rodearse de un jardinillo sin poderlo conseguir; más allá tejares y las casetas plomizas de los vigilantes de consumos, y en todo lo que la vista abarcaba un sentimiento profundísimo de soledad expectante. Turbábala sólo algún perro sabio de los que, huyendo de la estricnina municipal, se pasean por allí sin quitar la vista del suelo. A veces el joven volvía al camino real y se dejaba ir un buen trecho hacia el Norte; pero no tenía ganas de ver gente y se echaba fuera, metiéndose otra vez por el campo hasta divisar las arcadas del acueducto del Lozoya. La vista de la sierra lejana suspendía su atención, y le encantaba un momento con aquellos brochazos de azul intensísimo y sus toques de nieve; pero muy luego volvía los ojos al Sur, buscando los andamiajes y la mole de las Micaelas, que se confundía con las casas más excéntricas de Chamberí.

Todas las mañanas antes de ir a clase, hacía Rubín esta excursión al campo de sus ilusiones. Era como ir a misa, para el hombre devoto, o como visitar el cementerio donde yacen los restos de la persona querida. Desde que pasaba de la iglesia de Chamberí veía el disco de la noria, y ya no le quitaba los ojos hasta llegar próximo a él. Cuando el motor daba sus vueltas con celeridad, el enamorado, sin saber por qué y obedeciendo a un impulso de su sangre, avivaba el paso. No sabía explicarse por qué oculta relación de las cosas la velocidad de la máquina le decía: «Apresúrate, ven, que hay novedades.» Pero luego llegaba y no había novedad alguna, como no fuera que aquel día soplaba el viento con más fuerza. Desde la tapia de la huerta oíase el rumor blando del volteo del disco, como el que hacen las cometas, y sentíase el crujir del mecanismo que transmite la energía del viento al vástago de la bomba... Otros días le veía quieto, amodorrado en brazos del aire. Sin saber por qué, deteníase el joven; pero luego seguía andando despacio. Hubiera él lanzado al aire el mayor soplo posible de sus pulmones para hacer andar la máquina. Era una tontería; pero no lo podía remediar. El estar parado el motor parecíale señal de desventura.

Pero lo que más tormento daba a Maximiliano era la distinta impresión que sacaba todos los jueves de la visita que a su futura hacía. Iba siempre acompañado de Nicolás, y como además no se apartaban de la recogida las dos monjas, no había medio de expresarse con confianza. El primer jueves encontró a Fortunata muy contenta; el segundo, estaba pálida y algo triste. Como apenas se sonreía, faltábale aquel rasgo hechicero de la contracción de los labios, que enloquecía a su amante. La conversación fue sobre asuntos de la casa, que Fortunata elogió mucho, encomiando los progresos que hacía en la lectura y escritura, y jactándose del cariño que le habían tomado las señoras. Como en uno de los sucesivos jueves dijera algo acerca de lo que le había gustado la fiesta de Pentecostés[79], la principal del año en la comunidad, y después recayera la conversación sobre temas de iglesia y de culto, expresándose la neófita con bastante calor, Maximiliano volvió a sentirse atormentado por la idea aquella de que su querida se iba a volver mística y a enamorarse perdidamente de un rival tan temible como Jesucristo. Se le ocurrían cosas tan extravagantes como aprovechar los pocos momentos de distracción de las madres para secretearse con su amada y decirle que no creyera en aquello de la Pentecostés, figuración alegórica nada más, porque no hubo ni podía haber tales lenguas de fuego ni Cristo que lo fundó; añadiendo, si podía, que la vida contemplativa es la más estéril que se puede imaginar, aun como preparación para la inmortalidad, porque las luchas del mundo y los deberes sociales bien cumplidos son lo que más purifica y ennoblece las almas. Ocioso es añadir que se guardó para sí estas doctrinas escandalosas porque era difícil expresarlas delante de las madres.

[79] 4 de mayo de 1874.

VI

Las Micaelas por dentro

I

Cuando las dos madres aquellas, la bizca y la seca, la llevaron dentro, Fortunata estaba muy conmovida. Era aquella sensación primera de miedo y vergüenza de que se siente poseído el escolar cuando le ponen delante de sus compañeros, que han de ser pronto sus amigos, pero que al verle entrar le dirigen miradas de hostilidad y burla. Las recogidas que encontró al paso mirábanla con tanta impertinencia, que se puso muy colorada y no sabía qué expresión dar a su cara. Las madres, que tantos y tan diversos rostros de pecadoras habían visto entrar allí, no parecían dar importancia a la belleza de la nueva recogida. Eran como los médicos que no se espantan ya de ningún horror patológico que vean entrar en las clínicas. Hubo de pasar un buen rato antes de que la joven se serenase y pudiera cambiar algunas palabras con sus compañeras de lazareto. Pero entre mujeres se rompe más pronto aún que entre colegiales ese hielo de las primeras horas, y palabra tras palabra fueron brotando las simpatías, echando el cimiento de futuras amistades.

Como ella esperaba y deseaba, pusiéronle una toca blanca; mas no había en el convento espejos en qué mirar si caía bien o mal. Luego le hicieron poner un vestido de lana burda y negra muy sencillo; pero aquellas prendas sólo eran de indispensable uso al bajar a la capilla y en las horas de rezo, y podía quitárselas en las horas de trabajo, poniéndose entonces una falda vieja de las de su propio ajuar y un cuerpo, también de lana, muy honesto, que recibían para tales casos. Las recogidas dividíanse en dos clases, una llamada las *Filomenas* y otra las *Josefinas*. Constituían la primera, las mujeres sujetas a corrección; la segunda componíase de niñas puestas allí por sus padres, para que las educaran, y más comúnmente por madrastras que no querían tenerlas a su lado. Estos dos grupos o familias no se comunicaban en ninguna ocasión. Dicho se está que Fortunata pertenecía a la clase de las *Filomenas*. Observó que buena parte del tiempo se dedicaba a ejercicios religiosos, rezos por la mañana, doctrina por la tarde. Enteróse luego de que los jueves y domingos había adoración del Sacramento, con larguísimas y entretenidas devociones, acompañadas de música. En este ejercicio y en la misa matinal, las recogidas, como las madres, entraban en la iglesia con un gran velo por la cabeza, el cual era casi tan grande como una sábana. Lo tomaban en la habitación próxima a la entrada, y al salir lo volvían a dejar después de doblarlo.

Acostumbrada la prójima a levantarse a las nueve o las diez del día, éranle penosos aquellos madrugones que en el convento se usaban. A las cinco de la mañana ya entraba Sor Antonia en los dormitorios tocando una campana que les desgarraba los oídos a las pobres durmientes. El madrugar era uno de los mejores medios de disciplina y educación empleados por las madres, y el velar a altas horas de la noche una mala costumbre que combatían con ahínco, como cosa igualmente nociva para el alma y para el cuerpo. Por esto, la monja que estaba de guardia pasaba revista a los dormitorios a diferentes horas de la noche, y como sorprendiese murmullos de secreto, imponía severísimos castigos.

Los trabajos eran diversos y en ocasiones rudos. Ponían las maestras especial cuidado en desbastar aquellas naturalezas enviciadas o fogosas, mortificando las carnes y ennobleciendo los espíritus con el cansancio. Las labores delicadas, como costura y bordados, de que había taller en la casa, eran las que menos agradaban a Fortunata, que tenía poca afición a los primores de aguja y los dedos muy torpes. Más le agradaba que la mandaran lavar, brochar los pisos de baldosín, limpiar las vidrieras y otros menesteres propios de criadas de escalera abajo. En cambio, como la tuvieran sentada en una silla haciendo trabajos de marca de ropa se aburría de lo lindo. También era muy de su gusto que la pusieran en la cocina a las órdenes de la hermana cocinera, y era de ver cómo fregaba ella sola todo el material de cobre y loza, mejor y más pronto que dos o tres de las más diligentes[a].

Mucho rigor y vigilancia desplegaban las madres en lo tocante a relaciones entre las llamadas arrepentidas, ya fuesen *Filomenas* o *Josefinas*. Eran centinelas sagaces de las amistades que se pudieran entablar y de las parejas que formara la simpatía. A las prójimas antiguas y ya conocidas y probadas por su sumisión, se las mandaba acompañar a las nuevas y sospechosas. Había algunas a quienes no se permitía hablar con sus compañeras, sino en el corro principal en las horas de recreo[b].

A pesar de la severidad empleada para impedir las parejas íntimas o grupos, siempre había alguna infracción hipócrita de esta observancia. Era imposible evitar que entre cuarenta o cincuenta mujeres hubiese dos o tres que se pusieran al habla, aprovechando cualquier coyuntura oportuna en las varias ocupaciones de la casa. Un sábado por la mañana Sor Natividad, que era la Superiora (por más señas la madrecita seca que recibió a Fortunata el día de su entrada), mandó a ésta que brochase los baldosines de la sala de recibir. Era Sor Natividad vizcaína, y tan celosa por el aseo del convento que lo tenía siempre como tacita de plata, y en viendo una mota, un poco de polvo o cualquier suciedad, ya estaba desatinada y fuera de sí, poniendo el grito en el Cielo como si se tratara de una gran calamidad caída sobre el mundo, otro pecado original o cosa así. Apóstol fanático de la limpieza, a la que seguía sus doctrinas la agasajaba y mimaba mucho, arrojando tremendos anatemas sobre las que prevaricaban, aunque sólo fuera venialmente, en aquella moral cerrada del aseo. Cierto día armó un escándalo porque no habían limpiado... ¿qué creeréis? Las cabezas doradas de los clavos que sostenían las estampas de la sala. En cuanto a los cuadros, había que descolgarlos y limpiarlos por detrás lo mismo que por delante.

—Si no tenéis alma, ni un adarme de gracia de Dios —les

---

[a] [Tenía mucha fuerza, y su vigorosa naturaleza se templaba con el trabajo físico, adquiriendo el espíritu jovialidad y disposiciones para el bien.]

[b] [las clases de instrucción primaria ocupaban toda la mañana, siempre con independencia de clases, y Fortunata ponía bastante aplicación en la lectura y escritura, más que por el natural gusto del saber, por la idea de que su ingreso en la sociedad decente le exigía aprender lo elemental de la cultura humana.]

decía—, y no os habéis de condenar por malas, sino por puercas.

El sábado aquel mandó, como digo, dar cera y brochado al piso de la sala, encargando a Fortunata y a otra compañera que se lo había de dejar *lo mismo que la cara del Sol*.

Era para Fortunata este trabajo no sólo fácil, sino divertido. Gustábale calzarse en el pie derecho el grueso escobillón, y arrastrando el paño con el izquierdo, andar de un lado para otro en la vasta pieza, con paso de baile o de patinación, puesta la mano en la cintura y ejercitando en grata gimnasia todos los músculos hasta sudar copiosamente, ponerse la cara como un pavo y sentir unos dulcísimos retozos de alegría por todo el cuerpo. La compañera que Sor Natividad le dio en aquella faena era una *filomena* en cuyo rostro se había fijado no pocas veces la neófita, creyendo reconocerlo. Indudablemente había visto aquella cara en alguna parte, pero no recordaba dónde ni cuándo. Ambas se habían mirado mucho, como deseando tener una explicación; pero no se habían dirigido nunca la palabra. Lo que sí sabía Fortunata era que aquella mujer daba mucha guerra a las madres por su carácter alborotado y desigual.

Desde que la Superiora las dejó solas, la otra rompió a patinar y a hablar al mismo tiempo. Parándose después ante Fortunata, le dijo:

—Porque nosotras nos conocemos, ¿eh? A mí me llaman *Mauricia la Dura*. ¿No te acuerdas de haberme visto en casa de la Paca?

—¡Ah... sí!... —indicó Fortunata.

Y cargando sobre el pie derecho, tiró para otro lado frotando el suelo con amazónica fuerza.

Mauricia la Dura presentaba treinta años o poco más, y su rostro era conocido de todo el que entendiese algo de iconografía histórica, pues era el mismo, exactamente el mismo de Napoleón Bonaparte antes de ser Primer Cónsul. Aquella mujer singularísima, bella y varonil tenía el pelo corto y lo llevaba siempre mal peinado y peor sujeto. Cuando se agitaba mucho trabajando, las melenas se le soltaban, llegándole hasta los hombros, y entonces la semejanza con el precoz caudillo de Italia y Egipto era perfecta. No inspiraba simpatías Mauricia a todos los que la veían; pero el que la viera una vez, no la olvidaba y sentía deseos de volverla a mirar. Porque ejercían indecible fascinación sobre el observador aquellas cejas rectas y prominentes, los ojos grandes y febriles, escondidos como en acecho bajo la concavidad frontal, la pupila inquieta y ávida, mucho hueso en los pómulos, poca carne en las mejillas, la quijada robusta, la nariz romana, la boca acentuada terminando en flexiones enérgicas, y la expresión, en fin, soñadora y melancólica. Pero en cuanto Mauricia hablaba, adiós ilusión. Su voz era bronca, más de hombre que de mujer, y su lenguaje vulgarísimo, revelando una naturaleza desordenada, con alternativas misteriosas de depravación y de afabilidad.

II

Después que se reconocieron, callaron un rato, trabajando las dos con igual ahinco. Un tanto fatigadas se sentaron en el suelo, y entonces Mauricia, arrastrándose hasta llegar junto a su compañera, le dijo:

—Aquel día... ¿sabes?, acabadita de marcharte tú, estuvo en casa de la Paca Juanito Santa Cruz.

Fortunata la miró aterrada.

—¿Qué día? —fue lo único que dijo.

—¿No te acuerdas? El día que estuviste tú, el día en que te conocí... *Paices* boba. Yo me lié con la Visitación, que me robó un pañuelo, la muy ladrona sinvergüenza. Le metí mano, y... ¡ras! le trinqué la oreja y me quedé con el pendiente en la mano, partiéndole el pulpejo... por poco me traigo media cara. Ella me mordió un brazo, mira... todavía está aquí la señal; pero yo le dejé bien sellaíto un ojo... todavía no lo ha abierto, y le saqué una tira de pellejo ¡ras! desde semejante parte, aquí por la sien... hasta la barba. Si no nos apartan, si no me coges tú por la cintura, y Paca a ella, la reviento... créetelo.

—Ya me acuerdo de aquella trifulca —dijo Fortunata mirando a su compañera con miedo.

—A mí, la que me la hace me la paga. No sé si sabes que a la Matilde, aquella silfidona rubia...

—No sé, no la conozco.

—Pues allá se me vino con unos chismajos, porque yo *hablaba* con el chico de Tellería y... Pues la cogí un día, la tiré al suelo, me estuve paseando sobre ella todo el tiempo que me dio gana... y luego, cogí una badila y del primer golpe le abrí un ojal en la cabeza, del tamaño de un duro... Dicen que por el boquete que le hice se le veía la sesada... Buen repaso le di. Pues otro día, estando en el Modelo... verás... me dijo una tía muy pindonga y muy facha que si yo era no sé qué y no sé cuándo, y de la primer bofetada que le alumbré fue rodando por el suelo con las patas al aire. Nada, que tuvieron que atarme... Pues volviendo a lo que decía: aquel día que tuve la zaragata con Visitación...

Sintieron venir a la Superiora, y rápidamente se levantaron y se pusieron a brochar otra vez. La monja miró el piso, ladeando la cara como los pájaros cuando miran al suelo, y se retiró. Un rato después, las dos arrepentidas volvieron a pegar su hebra.

—No aportaste más por allí. Yo le pregunté después a la Paca si había vuelto por allí el *chico* de Santa Cruz, y me contestó: «Calla hija, si han dicho aquí anoche que está con *plumonía*...» Pobrecito, por poco no la cuenta. Estuvo si se las lía, si no se las lía... Por ti pregunté a la Feliciana una tarde que fui a enseñarle los mantones de Manila que yo estaba corriendo, y me dijo que te ibas a casar con un boticario... ya, el sobrino de doña Lupe *la de los Pavos*... ¡Ah!, chica, si esa tal doña Lupe es lo que más conozco... Pregúntale por mí. Le he vendido más alhajas que pelos tengo en la cabeza. ¡Ah! Entonces sí que estaba yo bien; pero de repente me trastorné, y caí tan enferma del estómago, que no podía pasar nada, y lo mismo era entrarme bocado en él o gota de agua, que parecía que me encendían lumbre; y mi hermana Severiana, que vive en la calle de Mira el Río, me llevó a su casa, y allí me entraron unos calambres que creí que espichaba; y una noche, viendo que aquello no se me quería calmar, salí de estampía, y en la taberna me atizo tres copas de aguardiente, arreo, tras, tras, tras, y salí, y en medio a medio de la calle caíme al suelo, y los chiquillos se me ajuntaron a la redonda, y luego vinieron los guindillas y me soplaron en la prevención. Severiana quiso llevarme otra vez a su casa; pero entonces una señora que conocemos, esa doña Guillermina... la habrás oído nombrar... me cogió por su cuenta y me trajo a este *establecimiento*. La doña Guillermina es una que se ha echado mismamente a pobre, ¿sabes?, y pide limosna y está haciendo un palación ahí abajo para los *buérfanos*. Mi hermana y yo nos criamos en su casa, ¡gran casa la de los señores de Pacheco! Personas muy ricas, no te creas, y mi madre era la que les planchaba. Por eso nos tiene tanta ley doña Guillermina, que siempre que me ve con miseria me socorre, y dice que mientras más mala sea yo más me ha de socorrer. Pues que quise que no, aquí me metieron... Ya me habían metido antes; pero no estuve más que una semana, porque me escapé subiéndome por la tapia de la huerta como los gatos.

Esta historia, contada con tan aterradora sinceridad, impresionó mucho a la otra *filomena*. Siguieron ambas bailando a lo largo de la sala, deslizándose sobre el ya pulimentado piso, como los patinadores sobre el hielo, y Fortunata, a quien le escarbaba en el interior lo que referente a ella había dicho Mauricia la Dura, quiso aclarar un punto importante, diciéndole:

—Yo no fui más que dos veces a casa de la Paca, y por mi gusto no hubiera ido ninguna. La necesidad, hija... Después no volví más porque me salieron relaciones con el chico con quien me voy a casar.

Después de una pausa, durante la cual viniéronle al pensamiento muchas cosas pasadas, creyó oportuno decir algo, conforme a las ideas que aquella casa imponía:

—¿Y para qué me buscaba a mí ese hombre?... ¿para qué? Para perderme otra vez. Con una basta.

—Los hombres son muy caprichosos —dijo en tono de filosofía Mauricia la Dura—, y cuando la tienen a una a su disposición no le hacen más caso que a un trasto viejo; pero si una habla con otro, ya el de antes quiere arrimarse, por el aquel de la golosina que otro se lleva. Pues digo... si una se pone a ser verbigracia honrada, los muy peines no pasan por eso, y si una se mete mucho a rezar y a confesar y comulgar, se les encienden más a ellos las querencias, y se pirran por nosotras desde que nos convertimos por lo eclesiástico... Pues qué, ¿crees tú que Juanito no viene a rondar este convento desde que sabe que estás aquí? *Paices* boba. Tenlo por cierto, y alguno de los coches que se sienten por ahí, créete que es el suyo[a].

—No seas tonta... no digas burradas —replicó la otra palideciendo—. No puede ser... Porque mira tú, él cayó con la pulmonía en febrero...

—Bien enterada estás.

—Lo sé por Feliciana, a quien se lo contó, *días atrás,* un

---

[a] [créete que es el suyo. Seguramente que es el suyo. ¡Ay, qué hombres!.

—De veras que son malos —expresó Fortunata—, pero yo estoy escarmentada, y a mí que no me busquen.

El ruido de un coche que pasaba por la calle las hizo enmudecer a las dos.

—Ahí le tienes —dijo Mauricia a su amiga [compañera] rompiendo a reír.]

610

señor que es amigo de Villalonga. Pues verás, él cayó con la pulmonía en febrero, y en este *entremedio* conocí yo al chico con quien hablo... El otro estuvo dos meses muy malito... si se va si no se va. Por fin salió, y en marzo se fue con su mujer a Valencia.

—¿Y qué?

—Que todavía no habrá vuelto.

—*Paices* boba... Esto es un decir. Y si no ha vuelto, volverá... Quiere decirse que te hará la rueda cuando venga y se entere de que ahora vas para santa.

—Tú sí que eres boba... déjame en paz. Y suponiendo que venga y me ronde... ¿A mí qué?

Sor Natividad examinó el brochado y vio «que era bueno». Satisfacción de artista resplandecía en su carita seca. Miró al techo tratando de descubrir alguna mota producida por las moscas; pero no había nada, y hasta las cabezas de los clavos de la pared, limpiados el día antes, resplandecían como estrellitas de oro. La Superiora volvía las gafas a todas partes buscando algo que reprender; pero nada encontró que mereciese su crítica estrecha. Dispuso que antes de entrar los muebles los limpiasen y frotasen bien para que todo el polvo quedase fuera; pero encargó mucho que aquella operación se hiciese *al hilo* de la madera; y como las dos trabajadoras no entendiesen bien lo que esto significaba, cogió ella misma un trapo y prácticamente les hizo ver con la mayor seriedad cuál era su sistema. Cuando se quedaron solas otra vez, Mauricia dijo a su amiga:

—Hay que tener contenta a esta *tía chiflada,* que es buena persona, y como le froten los muebles *al hilo,* la tienes partiendo un piñón.

Mauricia tenía días. Las monjas la consideraban lunática, porque si las más de las veces la sometían fácilmente a la obediencia, haciéndola trabajar, entrábale de golpe como una locura y rompía a decir y hacer los mayores desatinos. La primera vez que esto pasó, las religiosas se alarmaron; mas domada la furia sin que fuese preciso apelar a la fuerza, cuando se repetían los accesos de indisciplina y procacidad no les daban gran importancia. Era un espectáculo imponente y aun divertido el que de tiempo en tiempo, comúnmente cada quince o veinte días, daba Mauricia a todo el personal del convento. La primera vez que lo presenció Fortunata, sintió verdadero terror.

Iniciábasele aquel trastorno a Mauricia como se inician las

enfermedades, con síntomas leves, pero infalibles, los cuales se van acentuando y recorren después todo el proceso morboso. El periodo prodrómico solía ser una cuestión con cualquier recogida por el chocolate del desayuno, o por si al salir le tropezaron y la otra lo hizo con mala intención. Las madres intervenían, y Mauricia callaba al fin, quedándose durante dos o tres horas taciturna, rebelde al trabajo, haciéndolo todo al revés de como se le mandaba. Su diligencia pasmosa trocábase en dejadez; y como las madres la reprendieran, no les respondía nada cara a cara; pero en cuanto volvían la espalda, dejaba oír gruñidos, masticando entre ellos palabras soeces. A este periodo seguía por lo común una travesura ruidosa y carnavalesca, hecha de improviso para provocar la risa de algunas *Filomenas* y la indignación de las señoras. Mauricia aprovechaba el silencio de la sala de labores para lanzar en medio de ella un gato con una chocolatera amarrada a la cola, o hacer cualquier otro disparate más propio de chiquillos que de mujeres formales. Sor Antonia, que era la bondad misma, mirábala con toda la severidad que cabía en su carácter angelical, y Mauricia le devolvía la mirada con insolente dureza, diciendo:

—Si no he sido *yió... amos,* si no he sido *yió...* ¿Para qué me mira usted tantooo?... ¿Es que me quiere retratar...?

Aquel día, Sor Antonia llamó a la Superiora, que era una vizcaína muy templada. Ésta dijo al entrar:

—¿Ya está otra vez suelto el enemigo?...

Y decretó que fuese encerrada en el cuarto que servía de prisión cuando alguna recogida se insubordinaba. Aquí fue el estallar la fiereza de aquella maldita mujer.

—¡Encerrarme a mí!... ¿De veee... ras? No me lo diga usted... prenda.

—Mauricia —dijo con varonil entereza la monja, soltando una expresión de su tierra—, déjese usted de *chinchirri-máncha-rras,* y obedezca. Ya sabe usted que no nos asusta con sus botaratadas. Aquí no tenemos miedo a ninguna tarasca. Por compasión y caridad no la echamos a la calle, ya lo sabe usted... Vamos, hija, pocas palabras y a hacer lo que se le manda.

A Mauricia le temblaba la quijada, y sus ojos tomaban esa opacidad siniestra de los ojos de los gatos cuando van a atacar. Las recogidas la miraban con miedo, y algunas monjas rodearon a la Superiora para hacerla respetar.

—Vaya con lo que sale ahora la tía chiflada... ¡Encerrarme a mí! A donde voy es a mi casa, ¡hala!..., a mi casa, de donde me sacaron engañada estas indecentonas, sí señor, engañada, porque yo era honrada como un sol, y aquí no nos enseñan más que peines y peinetas... ¡Ja, ja, ja!... Vaya con las señoras virtuosas y *santifiquísimas*. ¡Ja, ja, ja!...

Estos monosílabos guturales los emitía con todo el grueso de sus gruesísima voz, y con tal acento de sarcasmo infame y de grosería, que habrían sacado de quicio a personas de menos paciencia y flema que Sor Natividad y sus compañeras. Estaban tan hechas a ser tratadas de aquel modo y habían domado fieras tan espantables, que ya las injurias no les hacían efecto.

—Vamos —dijo la superiora frunciendo el ceño—; callando, y baje usted al patio.

—Pues me gusta la santidad de estas traviatonas de iglesia... ¡Ja, ja, ja!... —gritó la infame puesta en jarras y mirando en redondo a todo el concurso de recogidas—. Se encierran aquí por retozar a sus anchas con los curánganos de babero... ¡Ja, ja, ja!... ¡Qué peines!... y con los que no son de babero.

Muchas recogidas se tapaban los oídos. Otras, suspensa la mano sobre el bastidor, miraban a las monjas y se pasmaban de su serenidad. En aquel instante apareció en la sala una figura extraña. Era Sor Marcela, una monja vieja, coja y casi enana, la más desdichada estampa de mujer que puede imaginarse. Su cara, que parecía de cartón, era morena, dura, chata, de tipo mongólico, los ojos expresivos y afables como los de algunas bestias de la raza cuadrumana. Su cuerpo no tenía forma de mujer, y al andar parecía desbaratarse y hundirse del lado izquierdo, imprimiendo en el suelo un golpe seco que no se sabía si era de pie de palo o del propio muñón del hueso roto. Su fealdad sólo era igualada por la impavidez y el desdén compasivo con que miró a Mauricia.

Sor Marcela traía en su mano derecha una gran llave, y apuntando con ella al esternón de la delincuente, hizo un castañeteo de lengua y no dijo más que esto:

—Andando [80].

Quitóse la fiera con rápido movimiento su toca, sacudió las melenas y salió al corredor, echando por aquella boca insolencias terribles. La coja volvió a indicarle el camino, y Mauricia,

---

[80] Las llaves en *Fortunata y Jacinta* abren un proceso de autoconocimiento y liberación; abren las puertas de la autoafirmación, de la rebeldía y de la muerte. Las llaves tendrán en las vidas de Mauricia y Fortunata una significación pareja.

moviendo los brazos como aspas de molino de viento, se puso a gritar:

—¡Peines y peinetas!... ¿Pues no me quieren deshonrar y encerrarme como si yo fuera una *criminala?* ¡Tunantas!... Cuando si yo quisiera, de tres bofetadas las tumbaba a todas patas arriba...

A pesar de estas fierezas, la coja la llevaba por delante con la misma calma con que se conduce a un perro que ladra mucho, pero que se sabe no ha de morder. A mitad de la escalera se volvió la harpía, y mirando con inflamados ojos a las monjas que en el corredor quedaban, les decía en un grito estridente:

—¡Ladronas, más que ladronas!... ¡Grandísimas púas!...

Dicho esto, la coja le ponía suavemente la mano en la espalda, empujándola hacia adelante. En el patio tuvo que cogerla por un brazo, porque quería subir de nuevo.

—Si no te hacen caso, estúpida —le dijo—, si no eres tú la que hablas sino el demonio que te anda dentro de la boca. Cállate ya por amor de Dios y no marees más.

—El demonio eres tú —replicó la fiera, que parecía ya, por lo muy exaltada, irresponsable de los disparates que decía—. Facha, mamarracho, esperpento...

—Echa, echa más veneno —murmuraba Sor Marcela con tranquilidad, abriendo la puerta de la prisión—. Así te pasará más pronto el arrechucho. Vaya, adentro, y mañana como un guante. A la noche te traeré de comer. Paciencia, hija...

Mauricia ladró un poco más; pero con tanto furor de palabras no hacía resistencia verdadera, de modo que aquella pobre vieja inválida la manejaba como a un niño. Bastó que ésta la cogiese por un brazo y la metiera dentro del encierro, para que la prisión se efectuase sin ningún inconveniente, después de tanta bulla. Sor Marcela echó la llave dando dos vueltas, y la guardó en su bolsillo. Su rostro, tan parecido a una máscara japonesa, continuaba imperturbable. Cuando atravesaba el patio en dirección a la escalera, oyó el *ja ja ja* de Mauricia, que estaba asomada por uno de los dos tragaluces con barras de hierro que la puerta tenía en su parte superior. La monja no se detuvo a oír las injurias que la fiera le decía.

—¡Eh!... coja... galápago, vuelve acá y verás qué morrazo te doy... ¡Qué facha! Cañamón, pata y media...

III

La faz napoleónica, lívida y con la melena suelta, volvió a asomar en la reja a la caída de la tarde. Y Sor Marcela pasó repetidas veces por delante de la cárcel, volviendo a registrar los nidos de las gallinas, por ver si tenían huevos, o de regar los pensamientos y francesillas que cultivaba en un rincón de la huerta. El patio, que era pequeño y se comunicaba con la huerta por una reja de madera casi siempre abierta, estaba muy mal empedrado, resultando tan irregular el paso de la coja, que los balanceos de su cuerpo semejaban los de una pequeña embarcación en un mar muy agitado. Muy a menudo andaba Sor Marcela por allí, pues tenía la llave de la leñera y carbonera, la del calabozo y la de otra pieza en que se guardaban trastos de la casa y de la iglesia.

Ya cerca de la noche, como he dicho, Mauricia no se quitaba de la reja para hablar a la monja cuando pasaba. Su acento había perdido la aspereza iracunda de por la mañana, aunque estaba más ronca y tenía tonos de dolor y de miseria, implorando caridad. La fiera estaba domada. Fuertemente asida con ambas manos a los hierros, la cara pegada a éstos, alargando la boca para ser mejor oída, decía con voz plañidera:

—Cojita mía... cañamoncito de mi alma, ¡cuánto te quiero!... Allá va el patito con sus meneos; una, dos, tres... Lucero del convento, ven y escucha, que te quiero decir una cosita.

A estas expresiones de ternura, mezcladas de burla cariñosa, la monja no contestaba ni siquiera con una mirada. Y la otra seguía:

—¡Ay, mi galapaguito de mi alma, qué enfadadito está conmigo, que le quiero tanto!... Sor Marcela, una palabrita, nada más que una palabrita. Yo no quiero que me saques de aquí, porque me merezco la encerrona. Pero ¡ay niñita mía, si vieras qué mala me he puesto! *Páice* que me están arrancando el estómago con unas tenazas de fuego... Es de la tremolina de esta mañana. Me dan tentaciones de ahorcarme colgándome de esta reja con un cordón hecho de tiras del refajo. Y lo voy a hacer, sí, lo hago y me cuelgo si no me miras y me dices algo... Cojita graciosa, enanita remonona, mira, oye: si quieres que te quiera más que a mi vida y te obedezca como un perro, hazme un favor que voy a pedirte; tráeme nada más que una lagrimi-

615

ta de aquella gloria divina que tú tienes, de aquello que te recetó el médico para tu mal de barriga... Anda, ángel, mira que te lo pido con toda mi alma, porque esta penita que tengo aquí no se me quiere quitar, y parece que me voy a morir. Anda, rica, cañamón de los ángeles; tráeme lo que te pido, así Dios te dé la vida celestial que te tienes ganada, y tres más, y así te coronen los serafines cuando entres en el Cielo con tu patita coja...

La monja pasaba... trun, trun... hiriendo los guijarros con aquel pie duro que debía ser como la pata de una silla; y no concedía a la prisionera ni respuesta ni mirada. Al anochecer, bajó con la cena para la presa, y abriendo la puerta penetró en el lóbrego aposento. Por el pronto no vio a Mauricia, que estaba acurrucada sobre unas tablas, las rodillas junto al pecho, las manos cruzadas sobre las rodillas y en las manos apoyada la barba.

—No veo. ¿Dónde estás? —murmuró la coja sentándose sobre otro rimero de tablas.

Contestó Mauricia con un gruñido, como el de un mastín a quien dan con el pie para que despierte. Sor Marcela puso junto a sí un plato de menestra y un pan.

—La Superiora —dijo—, no quería que te trajera más que pan y agua; pero intercedí por ti... No te lo mereces. Aunque me proponga no tener entrañas, no lo puedo conseguir. A ti te manejo yo a mi modo y sé que mientras peor se te trate, más rabiosa te pones... Y para que veas, hija, hasta dónde llevo mi condescendencia... —añadió sacando de debajo del manto un objeto...

Creyérase que Mauricia lo había olido, porque de improviso alzó la cabeza, adquiriendo tal animación y vida su cara que parecía *mismamente* la del otro cuando, señalando las pirámides, dijo lo de los *cuarenta siglos*. La mazmorra estaba oscura, mas por la puerta entraba la última claridad del día, y las dos mujeres allí encerradas se podían ver y se veían, aunque más bien como bultos que como personas. Mauricia alargó las manos con ansia hasta tocar la botella, pronunciando palabras truncadas y balbucientes para expresar su gratitud; pero la monja apartaba el codiciado objeto:

—¡Eh!... las manos quietas. Si no tenemos formalidad, me voy. Ya ves que no soy tirana, que llevo la caridad hasta un límite que quizás sea imprudente. Pero yo digo: «Dándole un poquito, nada más que una miajita, la consuelo, y aquí no puede haber vicio.» Porque yo sé lo que es la debilidad de estómago y cuánto hace sufrir. Negar y negar siempre al preso pecador todo lo que pide, no es bueno. El señor no puede querer esto. Tengamos misericordia y consolemos al triste.

Diciendo esto sacó un cortadillo y se preparó a escanciar corta porción del precioso licor, el cual era un coñac muy bueno que solía usar para combatir sus rebeldes dispepsias. Luego cayó en la cuenta de que antes debía comerse Mauricia el plato de menestra. La presa lo comprendió así, apresurándose a devorar la cena para abreviar.

—Esto que te doy —añadió la monja—, es una reparación de los nervios y un puntal del ánimo desmayado. No creas que lo hago a escondidas de la Superiora, pues acaba de autorizarme para darte esta golosina, siempre que sea en la medida que separa la necesidad del apetito y el remedio del deleite. Yo sé que esto te entona y te da la alegría necesaria para cumplir bien los deberes. Mira tú por dónde lo que algunos podrían tener por malo, es bueno en medida razonable.

Mauricia estaba tan agradecida, que no acertaba a expresar su gratitud. La cojita echó en el cortadillo una cantidad, así como un dedo, inclinando la botella con extraordinario pulso para que no saliera más de lo conveniente; y al dárselo a la presa, le repitió el sermón. ¡Y cómo se relamía la otra después de beber, y que bien le supo! Conocía muy bien al galapaguito para atreverse a pedir más. Sabía, por experiencia de casos análogos, que no traspasaba jamás el límite que su bondad y su caridad le imponían. Era buena como un ángel para conceder, y firme como una roca para detenerse en el punto que debía.

—Ya sé —dijo tapando cuidadosamente la botella—, que con este consuelo de tus nervios desmayados estarás más dispuesta, y la reparación del cuerpo ayuda la del alma.

En efecto, Mauricia empezó a sentirse alegre, y con la alegría vínole una viva disposición del ánimo para la obediencia y el trabajo, y tantas ganas le entraron de todo lo bueno, que hasta tuvo deseos de rezar, de confesarse y de hacer devociones exageradas como las que hacía Sor Marcela, que, al decir de las recogidas, llevaba cilicio.

—Dígale por Dios a la Superiora que estoy arrepentida y que me perdone... que yo cuando me da el toque y me pongo a despotricar soy un papagayo, y la lengua se lo dice sola. Sáqueme pronto de aquí, y trabajaré como nunca, y si me mandan fregar toda la casa de arriba a abajo, la fregaré. Échenme penitencias gordas y las cumpliré en un decir luz.

—Me gusta verte tan entrada en razón —le dijo la madre, recogiendo el plato—; pero por esta noche no saldrás de aquí. Medita, medita en tus pecados, reza mucho y pídele al Señor y a la Santísima Virgen que te iluminen.

Mauricia creía que estaba ya bastante iluminada, porque la excitación encendía sus ideas dándole un cierto entusiasmo; y después de hacer un poco de ejercicio corporal colgándose de la reja, porque sus miembros apetecían estirarse, se puso a rezar con toda la devoción de que era capaz, luchando con las varias distracciones que llevaban su mente de un lado para otro, y por fin se quedó dormida sobre el duro lecho de tablas. Sacáronla del encierro al día siguiente temprano, y al punto se puso a trabajar en la cocina, sumisa, callada y desplegando maravillosas actividades. Después de cumplir una condena, lo que ocurría infaliblemente una vez cada treinta o cuarenta días, la mujer napoleónica estaba cohibida y como avergonzada entre sus compañeras, poniendo toda su atención en las obligaciones, demostrando un celo y obediencia que encantaban a las madres. Durante cuatro o cinco días desempeñaba sin embarazo ni fatiga la tarea de tres mujeres. Pasadas dos semanas, advertían que se iba cansando; ya no había en su trabajo aquella corrección y diligencia admirables; empezaban las omisiones, los olvidos, los descuidillos, y todo esto iba en aumento hasta que la repetición de las faltas anunciaba la proximidad de otro estallido. Con Fortunata volvió a intimar después de la escena violenta que he descrito, y juntas echaron largos párrafos en la cocina, mientras pelaban patatas o fregaban los peroles y cazuelas. Allí gozaban de cierta libertad, y estaban sin tocas y en traje de *mecánica* como las criadas de cualquier casa.

—Yo tengo una niña —dijo Mauricia en una de sus confidencias—. La puse por nombre Adoración. ¡Es más mona...! Está con mi hermana Severiana, porque yo, como gasto este geniazo, le doy malos ejemplos sin querer, ¿tú sabes?, y mejor vive el angelito con Severiana que conmigo. Esa doña Jacinta, esposa de tu señor, quiere mucho a mi niña, y le compra ropa y le da el toque por llevársela consigo; como que está rabiando por tener chiquillos y el Señor no se los quiere dar. Mal hecho, ¿verdad? Pues los hijos deben ser para los ricos y no para los pobres, que no los pueden mantener.

Fortunata se manifestó conforme con estas ideas. Algo había oído ella contar del desmedido afán de aquella señora por tener hijos; pero Mauricia le dijo algo más, contándole también el caso del *Pituso,* a quien Jacinta quiso recoger creyéndolo hijo de su marido y de la propia Fortunata. Tal efecto hizo en ésta la historia de aquel increíble caso de delirio maternal y de pasión no satisfecha, que estuvo tres días sin poder apartarlo del pensamiento.

IV

Desde el corredor alto se veía parte del Campo de Guardias, el Depósito de aguas del Lozoya, el cementerio de San Martín y el caserío de Cuatro Caminos, y detrás de esto los tonos severos del paisaje de la Moncloa y el admirable horizonte que parece el mar, líneas ligeramente onduladas, en cuya aparente inquietud parece balancearse, como la vela de un barco, la torre de Aravaca o de Húmera. Al ponerse el sol, aquel magnífico cielo de Occidente se encendía en espléndidas llamas, y después de puesto, apagábase con gracia infinita, fundiéndose en las palideces del ópalo. Las recortadas nubes obscuras hacían figuras extrañas, acomodándose al pensamiento o a la melancolía de los que las miraban, y cuando en las calles y en las casas era ya de noche, permanecía en aquella parte del cielo la claridad blanda, cola del día fugitivo, la cual lentamente también se iba[81].

Estas hermosuras se ocultarían completamente a la vista de *Filomenas* y *Josefinas* cuando estuviera concluida la iglesia en que se trabajaba constantemente. Cada día, la creciente masa de ladrillos tapaba una línea de paisaje. Parecía que los albañiles, al poner cada hilada, no construían, sino que borraban. De abajo arriba, el panorama iba desapareciendo como un mundo que se anega. Hundiéronse las casas del paseo de Santa Engracia, el Depósito de aguas, después el cementerio. Cuando los ladrillos rozaban ya la bellísima línea del horizonte, aún

---

[81] Galdós, en su conferencia «Madrid» leída en el Ateneo el 28 de marzo de 1915 *(O. C.* Novelas, III, *passim),* recordó éstos y otros paisajes que —según dijo en esta conferencia— fueron visitados frecuentemente en su época universitaria «movido de un recóndito afán, que llamaré de higiene o meteorización del espíritu. Ello es que no podía resistir la tentación de lanzarme a las calles en busca de una cátedra de enseñanza más amplias que las universitarias; las aulas de la vida urbana, el estudio y reconocimiento visual de las calles, callejuelas, angosturas, costanillas, plazuelas y rincones de esta urbe madrileña, que a mi parecer contenían copiosa materia filosófica, jurídica, canónica, económico-política y, sobre todo, literaria...»

sobresalían las lejanas torres de Húmera y las puntas de los cipreses del Campo Santo. Llegó un día en que las recogidas se alzaban sobre las puntas de los pies o daban saltos para ver algo más y despedirse de aquellos amigos que se iban para siempre. Por fin la techumbre de la iglesia se lo tragó todo, y sólo se pudo ver la claridad del crepúsculo, la cola del día arrastrada por el cielo.

Pero si ya no se veía nada, se oía, pues el tiqui tiqui del taller de canteros parecía formar parte de la atmósfera que rodeaba el convento. Era ya un fenómeno familiar, y los domingos, cuando cesaba, la falta de aquella música era para todas las habitantes de la casa la mejor apreciación de día de fiesta. Los domingos, empezaba a oírse desde las dos el tambor que ameniza el Tío Vivo y balancines que están junto al Depósito de aguas. Este bullicio y el de la muchedumbre que concurre a los merenderos de los Cuatro Caminos y de Tetuán, duraba hasta muy entrada la noche. Mucho molestó en los primeros tiempos a algunas monjas el tal tamboril, no sólo por la pesadez de su toque, sino por la idea de lo mucho que se toca al son de aquel mundano instrumento. Pero se fueron acostumbrando, y por fin lo mismo oían el rumor del Tío Vivo los domingos, que el de los picapedreros los días de labor. Algunas tardes de día de fiesta, cuando las recogidas se paseaban por la huerta o el patio, la tolerancia de las madres llegaba hasta el extremo de permitirles bailar una chispita, con decencia se entiende, al son de aquellas músicas populares. ¡Cuántas memorias evocadas, cuántas sensaciones reverdecidas en aquellos poquitos compases y vueltas de las pobres reclusas! ¡Qué recuerdo tan vivo de las polkas bailadas con horteras en el salón de la Alhambra[82], de tarde, levantando mucho polvo del piso, las manos muy sudadas y chupando caramelos revenidos! Y lo peor de todo y lo que en definitiva las había perdido era que aquellos benditos horteras iban todos con buen fin. El buen fin precisamente, disculpando los malos medios, era la más negra. Porque después, ni fin ni principio ni nada más que vergüenza y miseria.

La monja que más empeñadamente abogaba porque se las dejase zarandearse un ratito era Sor Marcela, que por su cojera y su facha parecía incapaz de apreciar el sentimiento estético de la danza. Pero la mujer aquella con su aplastada

---

[82] Salón de la calle de la Libertad que se utilizaba para bailes y mítines políticos.

cara japonesa, sabía mucho del mundo y de las pasiones humanas, tenía el corazón rebosando tolerancia y caridad, y sostenía esta tesis: que la privación absoluta de los apetitos alimentados por la costumbre más o menos viciosa, es el peor de los remedios, por engendrar la desesperación, y que para curar añejos defectos es conveniente permitirlos de vez en cuando con mucha medida.

Un día sorprendió a Mauricia en la carbonera fumándose un cigarro, cosa ciertamente fea e impropia de una mujer. La coja no se apresuró a quitarle el cigarro de la boca, como parecía natural. Sólo le dijo:

—¡Qué cochina eres! No sé cómo te puede gustar eso. ¿No te mareas?

Mauricia se reía, y cerrando fuertemente un ojo porque el humo se le había metido en él, miró a la monja con el otro, y alargándole el cigarro, le dijo:

—Pruebe, señora.

¡Cosa inaudita! Sor Marcela dio una chupada y después arrojó el cigarro, haciendo ascos, escupiendo mucho y poniendo una cara tan fea como la de esos fetiches monstruosos de las idolatrías malayas. Mauricia lo recogió y siguió chupando, alternando un ojo con otro en el cerrarse y en el mirar. Después hablaron de la procedencia del pitillo. La otra no quería confesarlo; pero la madrecita, que sabía tanto, le dijo:

—Los albañiles te lo han tirado desde la obra. No lo niegues. Ya te vi haciéndoles garatusas. Si la Superiora sabe que andas en telégrafos con los albañiles, buena te la arma... y con razón. Tira ya el tabacazo, indecente... ¡Ay, qué asco! Me ha dejado la boca perdida. No comprendo cómo os puede gustar ese ardor, ese picor de mil demonios. Los hombres, como si no tuvieran bastantes vicios, los inventan cada día...

Mauricia tiró el cigarro y apagólo con el pie.

Fortunata, al mes de estar allí, tuvo otra amiga con quien intimó bastante. Doña Manolita era *señora* en regla, puesto que era casada[a], ayudaba a las monjas en las clases de lectura y escritura, y ponía un empeño particular en enseñar a Fortu-

---

[a] Fortunata [...] que era casada: Fortunata a la semana de estar allí, tuvo otra amiga con quien intimó bastante por ser persona al parecer decente, y ella, como candidata a la significación de persona honrada, miraba mucho a las formas. Doña Manolita era una *señora* en regla, puesto que era casada, y aunque Fortunata no la encontraba enteramente simpática, la admitió en su confianza. Doña Manolita

nata, de lo que principalmente vino su amistad. Permitían las madres a aquella recogida cierta latitud en la observancia de las reglas; se la dejaba sola con una o dos *filomenas* durante largo rato, bien en la sala de estudio, bien en la huerta; se le permitía ir al departamento de *Josefinas,* y como tenía habitación aparte y pagaba buena pensión, gozaba de más comodidad que sus compañeras de encierro.

Fortunata y ella, una vez que se conocieron, no tardaron en referirse sus respectivas historias. La que ya conocemos salió descarnada; pero Manolita adornó la suya tanto y de tal modo la quiso hacer patética, que no la conocería nadie. Según su relato, no había pecado, todo había sido pura equivocación; pero su marido, que era muy bruto y tenía la culpa, sí, él tenía la culpa, de las equivocaciones, o si se quiere, malas tentaciones de ella, la había metido allí sin andarse con rodeos. Como aquella señora había ocupado una regular posición, contaba con embeleso cosas del mundo y sus pompas, de los saraos a que asistía, de los muchos y buenos vestidos que usaba. Porque su marido era comerciante de novedades, hombre inferior a ella por el nacimiento; como que su papá era oficial primero de la Dirección de la Deuda. Oyendo estas ponderaciones orgullosas, Fortunata se echaba a pensar qué cosa tan empingorotada sería aquel destino del papá de su amiga.

Pero lo mejor fue que en la conversación salió de repente una cosa interesantísima. Manolita conocía a los de Santa Cruz. ¡Vaya! Si su marido, Pepe Reoyos, era íntimo, pero íntimo, de D. Baldomero. Y ella, la propia Manolita, visitaba mucho a doña Bárbara. De aquí saltó la conversación a hablar de Jacinta. ¡Ah! Jacinta era una mujer muy mona; lo tenía todo, bondad, belleza, talento y virtud [a]. El danzante de Juan no merecía tal joya, por ser muy dado a picos pardos. Pero fuera de esto, era un excelente chico, y muy simpático, pero mucho.

—Ya sabrá usted —dijo luego— que cayó malo con pulmo-

---

[a] Con una amiga íntima de doña Manolita, con la esposa de Moreno Vallejo, tuvo amores durante más de un año el tal Santa Cruz. Era un escándalo, y toda la vecindad se había enterado. ¿Quién si no él le había costeado aquellos estrepitosos lujos que la muy tonta gastaba?... Lo peor fue que después le hizo monos a una institutriz del marqués de Casa-Muñoz, y se dijo si había o no había algo. Manolita no ponía su mano en el fuego por afirmarlo; pero algo podía decir que corroboraba la voz pública.

nía en febrero de este año. Por poco se muere. En esta casa, que debe mucha protección a los señores de Santa Cruz, pusieron al Señor de manifiesto, y cuando estuvo fuera de peligro, Jacinta costeó unas funciones solemnes. Como que vino el obispo auxiliar a decirnos la misa...

—¿De veras?... *Tié* gracia.

—Como usted lo oye. ¡Lo que usted se perdió! Jacinta es una de las señoras que más han ayudado a sostener esta casa. Ya se ve, como no tiene hijos... no sabe en qué gastar el dinero. ¿Se ha fijado usted en aquellos grandes ramos, monísimos, con flores de tisú de oro y hojas de plata?

—Sí —replicó Fortunata que atendía con toda su alma—. ¡Los que se pusieron en el altar el día de Pentecostés!

—Los mismos. Pues los regaló Jacinta. Y el manto de la Virgen, el manto de brocado con ramos... ¡qué mono!, también es donativo suyo, en acción de gracias por haberse puesto bueno su marido.

Fortunata lanzó una exclamación de pasmo y maravilla. ¡Cosa más rara! ¡Y ella había tenido en su mano, días antes, para limpiarle unas gotas de cera, aquel mismo manto que había servido para pagar, digámoslo así, la salvación del chico de Santa Cruz! Y no obstante, todo era muy natural, sólo que a ella se le revolvían los pensamientos y le daba qué pensar, no el hecho en sí, sino la casualidad, eso es, la casualidad, el haber tenido en su mano objetos relacionados, por medio de una curva social, con ella misma, sin que ella misma lo sospechara.

—Pues no sabe usted lo mejor —añadió Manolita, gozándose en el asombro de la otra, el cual más bien parecía espanto—. La custodia, sabe usted, la custodia en que se pone al propio Dios, también vino de allá. Fue regalo de Barbarita, que hizo promesa de ofrecerla a estas monjas si su hijo se ponía bueno. No vaya usted a creer que es de oro, es de plata sobredorada; pero muy *mona*, ¿verdad?

Fortunata tenía sus pensamientos tan en lo hondo, que no paró mientes en la increíble tontería de llamar mona a una custodia.

V

Y no pudo en muchos días apartar de su pensamiento las cosas que le refirió doña Manolita que, entre paréntesis, no acababa de serle simpática, y lo que más metida en reflexiones la traía no era precisamente que aquellos hechos de regalar la custodia y el manto se hubieran verificado, sino la casualidad... «*Tié* gracia.» Si hubiera ella ido al convento algunos días antes, habría asistido a la solemne misa, con obispo y todo, que se dijo en acción de gracias por haberse puesto bueno el tal... Esto tenía más gracia. Y por su parte Fortunata, que sabía perdonar las ofensas, no habría tenido inconveniente en unir sus votos a los de todo el personal de la casa... Esto tenía más gracia todavía.

Pero lo que produjo en su alma inmenso trastorno fue el ver a la propia Jacinta, viva, de carne y hueso. Ni la conocía ni vio nunca su retrato; pero de tanto pensar en ella había llegado a formarse una imagen que, ante la realidad, resultó completamente mentirosa. Las señoras que protegían la casa sosteniéndola con cuotas en metálico o donativos, eran admitidas a visitar el interior del convento cuando quisieren; y en ciertos días solemnes se hacía limpieza general y se ponía toda la casa como una plata, sin desfigurarla ni ocultar las necesidades de ella, para que las protectoras vieran bien a qué orden de cosas debían aplicar su generosidad. El día del Corpus, después de misa mayor, empezaron las visitas que duraron casi toda la tarde. Marquesas y duquesas, que habían venido en coches blasonados, y otras que no tenían título pero sí mucho dinero, desfilaron por aquellas salas y pasillos, en los cuales la dirección fanática de Sor Natividad y las manos rudas de las recogidas habían hecho tales prodigios de limpieza que, según frase vulgar, se podía comer en el suelo sin necesidad de manteles. Las labores de bordado de las *Filomenas,* las planas de las *Josefinas* y otros primores de ambas estaban expuestos en una sala, y todo era plácemes y felicitaciones. Las señoras entraban y salían, dejando en el ambiente de la casa un perfume mundano que algunas narices de reclusas aspiraban con avidez. Despertaban curiosidad en los grupos de muchachas los vestidos y sombreros de toda aquella muchedumbre elegante, libre, en la cual había algunas, justo es decirlo, que habían pecado mucho más, pero muchísimo más que la peor de las que allí estaban encerradas. Manolita no dejó de hacer al oído de su amiga esta observación picante. En medio de aquel desfile vio Fortunata a Jacinta, y Manolita (marcando esta sola excepción en su crítica social), cuidó de hacerle notar la gracia de la señora de Santa Cruz, la elegancia y sencillez de su traje, y aquel aire de modestia que se ganaba todos los corazones. Desde que Jacinta apareció al extremo del corredor, Fortunata no quitó de ella sus ojos, examinándole con atención ansiosa el rostro y el andar, los modales y el vestido. Confundida con otras compañeras en un grupo que estaba a la puerta del comedor, la siguió con sus miradas, y se puso en acecho junto a la escalera para verla de cerca cuando bajase, y se le quedó, por fin, aquella simpática imagen vivamente estampada en la memoria.

La impresión moral que recibió la samaritana era tan compleja, que ella misma no se daba cuenta de lo que sentía. Indudablemente su natural rudo y apasionado la llevó en el primer momento a la envidia. Aquella mujer le había quitado lo suyo, lo que, a su parecer, le pertenecía de derecho. Pero a este sentimiento mezclábase con extraña amalgama otro muy distinto y más acentuado. Era un deseo ardentísimo de parecerse a Jacinta, de ser como ella, de tener su aire, su *aquel* de dulzura y señorío. Porque de cuantas damas vio aquel día, ninguna le pareció a Fortunata tan señora como la de Santa Cruz, ninguna tenía tan impresa en el rostro y en los ademanes la decencia. De modo que si le propusieran a la prójima, en aquel momento, transmigrar al cuerpo de otra persona, sin vacilar y a ojos cerrados habría dicho que quería ser Jacinta.

Aquel resentimiento que se inició en su alma iba trocándose poco a poco en lástima, porque Manolita le repitió hasta la saciedad que Jacinta sufría desdenes y horribles desaires de su marido. Llegó a sentir como principio general que todos los maridos quieren más a sus mujeres eventuales que a las fijas, aunque hay excepciones. De modo que Jacinta, al fin y al cabo y a pesar del Sacramento, era tan víctima como Fortunata. Cuando esta idea se cruzó entre una y otra, el rencor de la pecadora fue más débil y su deseo de parecerse a aquella otra víctima más intenso.

En los días sucesivos figurábase que seguía viéndola o que se iba a aparecer por cualquier puerta cuando menos lo esperase... El mucho pensar en ella la llevó, al amparo de la soledad del convento, a tener por las noches ensueños en que la señora de Santa Cruz aparecía en su cerebro con el relieve de las cosas reales. Ya soñaba que Jacinta se le presentaba a llorarle sus cuitas y a contarle las perradas de su marido, ya que las dos cuestionaban sobre cuál era más víctima; ya, en fin, que transmigraban recíprocamente, tomando Jacinta el exterior de Fortunata y Fortunata el exterior de Jacinta. Estos disparates recalentaban de tal modo el cerebro de la reclusa, que despierta seguía imaginando desvaríos del mismo si no de mayor calibre.

Cortaban estas cavilaciones las visitas de Maximiliano todos los jueves y domingos, entre cuatro y seis de la tarde. Veía la joven con gusto llegar la ocasión de aquellas visitas, las deseaba y las esperaba, porque Maximiliano era el único lazo efectivo que con el mundo tenía, y aunque el sentimiento religioso conquistara algo en ella, no la había desligado de los intereses y afectos mundanos. Por esta parte bien podía estar tranquilo el bueno de Rubín, porque ni una sola vez, en los momentos de mayor fervor piadoso, le pasó a la pecadora por el magín la idea de volverse santa a machamartillo. Veía, pues, a Maximiliano con gusto, y aun se le hacían cortas las horas que en su compañía pasaba hablando de doña Lupe y de Papitos, o haciendo cálculos honestos sobre sucesos que habían de venir. Cierto que físicamente el apreciable chico le desagradaba; pero también es verdad que se iba acostumbrando a él, que sus defectos no le parecían ya tan grandes y que la gratitud iba ahondando mucho en su alma. Si hacía examen de corazón, encontraba que en cuestión de amor a su redentor había ganado muy poco; pero el aprecio y estimación eran seguramente mayores, y sobre todo, lo que había crecido y fortalecídose en su pensamiento era la conveniencia de casarse para ocupar un lugar honroso en el mundo. A ratos se preguntaba con sinceridad de dónde y cómo le había venido el fortalecimiento de aquella idea; mas no acertaba a darse respuesta. ¿Era quizás que el silencio y la paz de aquella vida hacían nacer y desarrollarse en ella la facultad del sentido común? Si era así, no se daba cuenta de semejante fenómeno, y lo único que su rudeza sabía formular era esto: «Es que de tanto pensar me ha entrado talento, como a Maximiliano le entró de tanto quererme, y este talento es el que me dice que me debo casar, que seré tonta de remate si no me caso.»

Feliz entre todos los mortales se creía el buen estudiante de Farmacia, viendo que su querida no rechazaba la idea de dar por concluida la cuarentena y apresurar el casamiento. Sin duda estaba ya su alma más limpia que una patena. Lo malo era que el tontaina de Nicolás, a los cinco meses de estar la pobre chica en el convento, decía que no era bastante y que por lo menos debían esperar al año. Maximiliano se ponía furioso, y doña Lupe, consultada sobre el particular, dio su dictamen favorable a la salida. Aunque dos o tres veces, llevada por su sobrino, había visitado al *basilisco,* no había podido averiguar si estaba ya bien despercudida de las máculas de marras, pero ella quería ejercitar, como he dicho antes, su facultad educatriz, y todo lo que se tardase en tener a Fortunata bajo su jurisdicción, se detenía el gran experimento. Desconfiaba algo la buena señora de la eficacia de los institutos religiosos para enderezar a la gente torcida. Lo que allí aprendían, decía, era el arte de disimular sus resabios con formas hipócritas. En el mundo, en el mundo, en medio de las circunstancias es donde se corrigen los defectos, bajo una dirección sabia. Muy santo y muy bueno que al raquitismo se apliquen los reconstituyentes; pero doña Lupe opinaba que de nada valen éstos si no van acompañados del ejercicio al aire libre y de la gimnasia, y esto era lo que ella quería aplicar, el mundo, la vida y al mismo tiempo principios.

VI

Con las *Josefinas* no tenía Fortunata relación alguna. Eran todas niñas de cinco a diez o doce años, que vivían aparte ocupando las habitaciones de la fachada. Comían antes que las otras en el mismo comedor, y bajaban a la huerta a hora distinta que las Filomenas. Toda la mañana estaban las niñas diciendo a coro sus lecciones, con un chillar cadencioso y plañidero que se oía en toda la casa. Por la tarde cantaban también la doctrina. Para ir a la iglesia, salían de su departamento procesionalmente, de dos en dos, con su pañuelo negro a la cabeza, y se ponían a los lados del presbiterio capitaneadas por las dos monjas maestras.

Como Fortunata hacía cada día nuevas relaciones de amistad entre las *Filomenas,* debo mencionar aquí a dos de éstas, quizás las más jóvenes, que distinguían por la exageración de sus manifestaciones religiosas. Una de ellas era casi una niña, de tipo finísimo, rubia, y tenía muy bonita voz. Cantaba en el coro[a] los estribillos de muy dudoso gusto con que se celebraba la presencia del Dios Sacramentado[b]. Llamábase Belén, y en el tiempo que allí había pasado dio pruebas inequívocas de su deseo de enmienda. Sus pecados no debían de ser muchos, pues era muy joven, pero fueran como se quiera, la chica parecía dispuesta a no dejar en su alma ni rastro de ellos, según la vida de perros que llevaba, las atroces penitencias que hacía y el frenesí con que se consagraba a las tareas de piedad. Decíase que había sido corista de zarzuela, pasando de allí a peor vida, hasta que una mano caritativa la sacó del cieno para ponerla en aquel seguro lugar. Inseparable de ésta era Felisa, de alguna más edad, también de tipo fino y como de señorita, sin serlo. Ambas se juntaban siempre que podían, trabajaban en el mismo bastidor y comían en el propio plato, formando pareja indisoluble en las horas de recreo. La procedencia de Felisa era muy distinta de la de su amiguita. No había pertenecido al teatro más que de una manera indirecta, por ser doncella de una actriz famosa, y en el teatro tuvo también su perdición. Llevóla a las Micaelas doña Guillermina Pacheco, que la cazó, puede decirse, en las calles de Madrid, echándole una pareja de Orden Público, y sin más razón que su voluntad, se apoderó de ella. Guillermina las gastaba así, y lo que hizo con Felisa habíalo hecho con otras muchas, sin dar explicaciones a nadie de aquel atentado contra los derechos individuales.

Si querían ver incomodadas a Felisa y Belén, no había más que hablarles de volver al mundo. ¡De buena se habían librado! Allí estaban tan ricamente, y no se acordaban de lo que dejaron atrás más que para compadecer a las infelices que aún seguían entre las uñas del demonio. No había en toda la casa, salvo las monjas, otras más rezonas. Si las dejaran, no saldrían de la capilla en todo el día. Los largos ejercicios piadosos de

---

[a] los estribillos de muy dudoso gusto: las coplas, pues no merecen otro nombre,

[b] [Ya he dicho que en cuestión de arte musical religioso, las Micaelas se tenían bien ganada una corrección severa de la autoridad eclesiástica, aunque ésta, por la relajación a que ha llegado la severidad del culto, no se cuide de intervenir en los coritos zarzuelescos de las monjas de Madrid, como tampoco interviene en los remedos teatrales que algunas iglesias se permiten por Semana Santa, presentando ciertos episodios de la Pasión convertidos en melodrama de mal gusto.]

628

las distintas épocas del año, como octava de Corpus, sermones de Cuaresma, flores de María, les sabían siempre a poco. Belén ponía con tanto calor sus facultades musicales al servicio de Dios, que cantaba coplitas hasta quedarse ronca, y cantaría hasta morir. Ambas confesaban a menudo y hacían preguntas al capellán sobre dudas muy sutiles de la conciencia, pareciéndose en esto a los estudiantes aplicaditos que acorralan al profesor a la salida de clase para que les aclare un punto difícil. Las monjas estaban contentas de ellas, y aunque les agradaba ver tanta piedad, como personas expertas que eran y conocedoras de la juventud, vigilaban mucho a la pareja, cuidando de que nunca estuviese sola. Felisa y Belén, juntas todo el día, se separaban por las noches, pues sus dormitorios eran distintos. Las madres desplegaban un celo escrupuloso en separar durante las horas de descanso a las que en las de trabajo propendían a juntarse, obedeciendo las naturales atracciones de la simpatía y de la congenialidad.

Los lazos de afecto que unían a Fortunata con Mauricia eran muy extraños, porque a la primera le inspiraba terror su amiga cuando estaba con el *ataque;* enojábanla sus audacias, y sin embargo, algún poder diabólico debía de tener la Dura para conquistar corazones, pues la otra simpatizaba con ella más que con las demás y gustaba extraordinariamente de su conversación íntima. Cautivábale sin duda su franqueza y aquella prontitud de su entendimiento para encontrar razones que explicaran todas las cosas. La fisonomía de Mauricia, su expresión de tristeza y gravedad, aquella palidez hermosa, aquel mirar profundo y acechador la fascinaban, y de esto procedía que la tuviese por autoridad en cuestiones de amores y en la definición de la moral rarísima que ambas profesaban. Un día las pusieron a lavar en la huerta. Estaban en traje de *mecánica,* sin tocas, sintiendo con gusto el picor del sol y el fresco del aire sobre sus cuellos robustos. Fortunata hizo a su amiga algunas confidencias acerca de su próxima salida y de la persona con quien iba a casarse.

—No me digas más, chica... te conviene, te conviene. ¡Peines y peinetas! A doña Lupe la conozco como si la hubiera parido. Cuando la veas, pregúntale por Mauricia la Dura, y verás cómo me pone en las nubes. ¡Ah! ¡Cuánta guita le he llevado! A mí me llaman la *dura;* pero a ella debieran llamarla la *apretada.* Chica, es así... —diciendo esto mostraba a su amiga el puño fuertemente cerrado—. Pero es mujer de mucho caletre y que se sabe timonear. ¿Qué te crees tú? Tiene millones escondidos en el Banco[83] y en el Monte[84]. ¡Digo! Si sabe más que Cánovas esa tía. Al sobrino le he visto algunas veces. Oí que es tonto y que no sirve para nada. Mejor para tí; ni de encargo, chica. No podías pedir a Dios que te cayera mejor breva. Tú bien puedes hacer caso de lo que yo te diga, pues tengo yo mucha linterna... *amos,* que veo mucho. Créelo porque yo te lo digo: si tu marido es un *alilao,* quiere decirse, si se deja gobernar por ti y te pones tú los pantalones, puedes cantar el aleluya, porque eso y estar en la gloria es lo mismo. Hasta para ser *mismamente* honrada te conviene.

En el vivo interés que este diálogo tenía para las dos mujeres, a veces los cuatro vigorosos brazos metidos en el agua se detenían, y las manos enrojecidas dejaban en paz por un momento el envoltorio de ropa anegada, que chillaba con los hervores del jabón. Puestas una frente a otra a los dos lados de la artesa, mirábanse cara a cara en aquellos cortos intervalos de descanso, y después volvían con furor al trabajo sin parar por eso la lengua.

—Hasta para ser honrada —repitió Fortunata, echando todo el peso de su cuerpo sobre las manos, para estrujar el rollo de tela como si lo amasara—. De eso no se hable, porque hazte cuenta... yo, una vez que me case, honrada tengo que ser. No quiero más belenes.

—Sí, es lo mejor para vivir una... tan ancha —dijo Mauri-

---

[83] El Banco podía ser el de San Fernando, creado por real cédula del 9 de julio de 1829, refundiendo en él bajo este nombre el antiguo Banco de San Carlos, creado en 1782, o el Banco de Isabel II, creado por real decreto del 25 de enero de 1844. Cfr. Mesonero, *Manual,* páginas 362-364.

[84] El Monte de Piedad, establecimiento de beneficencia situado en la Plazuela de las Descalzas Reales, 1, fue fundado por don Francisco Piquer, capellán titular de las Descalzas Reales. Se instaló formalmente en 1724, prestando fondos gratuitamente, hasta 1828. Posteriormente el gobierno ya no pagaba el sueldo de los empleados ni los gastos de oficina, así que por orden del 8 de octubre de 1838 se autorizó al Monte de Piedad a percibir un interés justo por el dinero prestado para cubrir sus necesidades. Cuando se fundó esta institución predominaban en España las ideas de los teólogos rigoristas que condenaban el interés lucrativo. Pero después, hasta en la misma corte de Roma, se empiezan a contratar empréstitos públicos con gran interés. Mesonero *(Manual,* págs. 342-348) dice: «Se admiten en empeño toda clase de alhajas de oro, plata, piedras preciosas, aljofar, ropa blanca que no se haya mojado, piezas de seda, algodón e hilo de buen uso, paños finos en pieza y otras telas que se considere de fácil salida.»

cia—. Pero a saber cómo vienen las cosas... porque una dice: «Esto deseo», y después se pone a hacerlo y ¡trás!, lo que una quería que saliera pez sale rana. Tú estás en grande, chica, y te ha venido Dios a ver. Puedes hacer rabiar al *chico* de Santa Cruz, porque en cuanto te vea hecha una persona decente se ha de ir a ti como el gato a la carne. Créetelo porque te lo digo yo.

—Quita, quita; si él no se acuerda ya ni del santo de mi nombre.

—*Paices* boba, ¿qué te apuestas a que en cuanto te echen el Sacramento, pierde pie...? No conoces tú el peine.

—Verás cómo no pasa eso.

—¿Qué apuestas? Sí, porque creerás que ahora mismo no te anda rondando. Como si lo viera. ¡Y me harás creer tú a mí ·que no piensas en él!... Cuando una está encerrada entre tanta cosa de religión, misa va y misa viene, sermón por arriba y sermón por abajo, mirando siempre a la custodia, respirando tufo de monjas, vengan luces y tira de incensario, *paice* que le salen a una *de entre sí* todas las cosas malas o buenas que ha pasado en el mundo, como las hormigas salen del agujero cuando se pone el sol, y la religión lo que hace es refrescarle a una la entendedera y ponerle el corazón más tierno.

Alentada por esta declaración arrancóse Fortunata a revelar que, en efecto, pensaba algo, y que algunas noches tenía sueños extravagantes. A lo mejor soñaba que iba por los portales de la calle de la Fresa y ¡plan! se le encontraba de manos a boca. Otras veces le veía saliendo del Ministerio de Hacienda. Ninguno de estos sitios tenía significación en sus recuerdos. Después soñaba que era ella la esposa y Jacinta la querida del tal, unas veces abandonada, otras no. La manceba era la que deseaba los chiquillos y la esposa la que los tenía. Hasta que un día... me daba tanta lástima que le dije, digo: «Bueno, pues tome usted una criatura para que no llore más.»

—¡Ay, qué salado! —exclamó Mauricia—. Es buen golpe. Lo que una sueña tiene su aquel.

—¡Vaya unos disparates! Como te lo digo, me parecía que lo estaba viendo. Yo era la señora por delante de la iglesia, ella por detrás, y lo más particular es que yo no le tenía tirria, sino lástima, porque yo paría un chiquillo todos los años, y ella... ni esto... A la noche siguiente volvía a soñar lo mismo, y por el día a pensarlo. ¡Vaya unas papas! ¿Qué me importa que *la* Jacinta beba los vientos por tener un chiquillo sin poderlo conseguir, mientras que yo...?

—Mientras que tú los tienes siempre y cuando te dé la gana. Dilo tonta, y no te acobardes.

—Quiere decirse que ya lo he tenido y bien podría volverlo a tener.

—¡Claro! Y que no rabiará poco la otra cuando vea que lo que ella no puede, para ti es coser y cantar... Chica, no seas tonta, no te rebajes, no le tengas lástima, que ella no la tuvo de ti cuando te birló lo que era tuyo y muy tuyo... Pero a la que nace pobre no se la respeta, y así anda este mundo pastelero. Siempre y cuando puedas darle un disgusto, dáselo, por vida del santísimo peine... Que no se rían de ti porque naciste pobre. Quítale lo que ella te ha quitado, y adivina quién te dio.

Fortunata no contestó. Estas palabras y otras semejantes que Mauricia le solía decir, despertaban siempre en ella estímulos de amor o desconsuelos que dormitaban en lo más escondido de su alma. Al oírlas, un relámpago glacial le corría por todo el espinazo, y sentía que las insinuaciones de su compañera concordaban con sentimientos que ella tenía muy guardados, como se guardan las armas peligrosas.

VII

Sorprendidas por una monja en esta sabrosa conversación que las hacía desmayar en el trabajo, tuvieron que callarse. Mauricia dio salida al agua sucia, y Fortunata abrió el grifo para que se llenara la artesa con el agua limpia del depósito de palastro. Creeríase que aquello simbolizaba la necesidad de llevar pensamientos claros al diálogo un tanto impuro de las dos amigas. La artesa tardaba mucho en llenarse, porque el depósito tenía poca agua. El gran disco que transmitía a la bomba la fuerza del viento, estaba aquel día muy perezoso, moviéndose tan sólo a ratos con indolente majestad, y el aparato, después de gemir un instante como si trabajara de mala gana, quedaba inactivo en medio del silencio del campo. Ganas tenían las dos recogidas de seguir charlando; pero la monja no las dejaba y quiso ver cómo aclaraban la ropa. Después las amigas tuvieron que separarse, porque era jueves y Fortunata había de vestirse para recibir la visita de los de Rubín. Mauricia se quedó sola tendiendo la ropa.

Maximiliano dijo categóricamente aquella tarde que por acuerdo de la familia y con asentimiento de la Superiora, en el próximo mes de septiembre se daría por concluida la reclusión de Fortunata, y ésta saldría para casarse. Las madres no tenían queja de ella y alababan su humildad y obediencia. No se distinguía, como Belén y Felisa, por su ardiente celo religioso, lo que indicaba falta de vocación para la vida claustral; pero cumplía sus deberes puntualmente, y esto bastaba. Había adelantado mucho en la lectura y escritura, y se sabía de corrido la doctrina cristiana, con cuya luz las Micaelas reputaban a su discípula suficientemente alumbrada para guiarse en los senderos rectos o tortuosos del mundo; y tenían por cierto que la posesión de aquellos principios daba a sus alumnas increíble fuerza para hacer frente a todas las dudas. En esto hay que contar con la índole, con el esqueleto espiritual, con esa forma interna y perdurable de la persona, que suele sobreponerse a todas las transfiguraciones epidérmicas producidas por la enseñanza; pero con respecto a Fortunata, ninguna de las madres, ni aun las que más cerca la habían tratado, tenían motivos para creer que fuera mala. Considerábanla de poco entendimiento, docilota y fácilmente gobernable. Verdad que en todo lo que corresponde al reino inmenso de las pasiones, las monjas apenas ejercitaban su facultad educatriz, bien porque no conocieran aquel reino, bien porque se asustaran de asomarse a sus fronteras.

Debe decirse que aquella tarde, cuando Maximiliano habló a su futura de próxima salida, los sentimientos de ella experimentaron un retroceso. ¡Salir, casarse!... En aquel instante parecióle su dichoso novio más antipático que nunca, y advirtió con miedo que aquellas regiones magníficas de la hermosura del alma no habían sido descubiertas por ella en la soledad y santidad de las Micaelas, como le anunciara Nicolás Rubín, a pesar de haber rezado tanto y de haber oído *tantismos* sermones. Porque lo que el capellán decía en el púlpito era que debemos hacer todo lo posible para salvarnos, que seamos buenos y que no pequemos; también decía que se debe amar a Dios sobre todas las cosas y que Dios es *hermosísimo* en sí y tal como el alma le ve; pero a ella se le figuraba que por bajo de esto quedaba libre el corazón para el amor mundano, que éste entra por los ojos o por la simpatía, y no tiene nada que ver con que la persona querida se parezca o no se parezca a los santos. De este modo caía por tierra toda la doctrina del cura Rubín, el cual entendía tanto de amor como de herrar mosquitos.

En resumen, que los sentimientos de la prójima hacia su marido futuro no habían cambiado en nada. No obstante, cuando Maximiliano le dijo que ya tenía elegida la casita que iba a alquilar y le consultó acerca de los muebles que compraría, aquella presunción o sentimiento de su hogar honrado despertó en el ánimo de Fortunata la dignidad de la nueva vida, se sintió impulsada hacia aquel hombre que la redimía y regeneraba. De este modo vino a mostrarse complacidísima con la salida próxima, y dijo mil cosas oportunas acerca de los muebles, de la vajilla y hasta de la batería de cocina.

Despidiéronse muy gozosos, y Fortunata se retiró con la mente hecha a aquel orden de ideas. ¡Un hogar honrado y tranquilo!... ¡Si era lo que ella había deseado toda su vida!... ¡Si jamás tuvo afición al lujo ni a la vida de aparato y perdición!... ¡Si su gusto fue siempre la oscuridad y la paz, y su maldito destino la llevaba a la publicidad y a la inquietud!... ¡Si ella había soñado siempre con verse rodeada de un corro chiquito de personas queridas, y vivir como Dios manda, queriendo bien a los suyos y bien querida de ellos, pasando la vida sin afanes!... ¡Si fue lanzada a la vida mala por despecho y contra su voluntad, y no le gustaba, no señor, no le gustaba!... Después de pensar mucho en esto hizo examen de conciencia, y se preguntó qué había obtenido de la religión en aquella casa. Si en lo tocante a prendarse de las guapezas del alma había adelantado poco, en otro orden algo iba ganando. Gozaba de cierta paz espiritual, desconocida para ella en épocas anteriores, paz que sólo turbaba Mauricia arrojando en sus oídos una maligna frase. Y no fue esto la única conquista, pues también prendió en ella la idea de la resignación y el convencimiento de que debemos tomar las cosas de la vida como vienen, recibir con alegría lo que se nos da, y no aspirar a la realización cumplida y total de nuestros deseos. Esto se lo decía aquella misma claridad esencial, aquella *idea blanca* que salía de la custodia. Lo malo era que en aquellas largas horas, a veces aburridas, que pasaba de rodillas ante el Sacramento, la faz envuelta en un gran velo al modo de mosquitero, la pecadora solía fijarse más en la custodia, marco y continente de la sagrada forma, que en la forma misma, por las asociaciones de ideas que aquella joya despertaba en su mente.

Y llegaba a creerse la muy tonta que la forma, *la idea blanca,* le decía con familiar lenguaje semejante al suyo: «No mires tanto este cerco de oro y piedras que me rodea, y mírame a mí que soy la verdad. Yo te he dado el único bien que puedes esperar. Con ser poco, es más de lo que te mereces. Acéptalo y no me pidas imposibles. ¿Crees que estamos aquí para mandar, verbi gracia, que se altere la ley de la sociedad sólo porque a una marmotona como tú se le antoja? El hombre que me pides es un señor de muchas campanillas y tú una pobre muchacha. ¿Te parece fácil que Yo haga casar a los señoritos con las criadas o que a las muchachas del pueblo las convierta en señoras? ¡Qué cosas se os ocurren, hijas! Y además, tonta, ¿no ves que es casado, casado por mi religión y en mis altares? ¡y con quién! con uno de mis ángeles hembras. ¿Te parece que no hay más que enviudar a un hombre para satisfacer el antojito de una corrida como tú? Cierto que lo que a mí me conviene, como tú has dicho, es traerme acá a Jacinta. Pero eso no es cuenta tuya. Y supón que la traigo, supón que se queda viudo. ¡Bah! ¿Crees que se va a casar contigo? Sí, para ti estaba. ¡Pues no se casaría si te hubieras conservado honrada, *cuanti más,* sosona, habiéndote echado tan a perder! Si es lo que Yo digo: parece que estáis locas rematadas, y que el vicio os ha secado la mollera. Me pedís unos disparates que no sé cómo los oigo. Lo que importa es dirigirse a Mí con el corazón limpio y la intención recta, como os ha dicho ayer vuestro capellán, que no habrá inventado la pólvora; pero, en fin, es buen hombre y sabe su obligación. A ti, Fortunata, te miré con *indilugencia* entre las descarriadas, porque volvías a Mí tus ojos alguna vez, y Yo vi en ti deseos de enmienda; pero ahora, hija, me sales con que sí serás honrada, todo lo honrada que Yo quiera, siempre y cuando que te dé el hombre de tu gusto... ¡Vaya una gracia!... Pero en fin, no me quiero enfadar. Lo dicho, dicho: soy infinitamente misericordioso contigo, dándote un bien que no mereces, deparándote un marido honrado y que te adora, y todavía refunfuñas y pides más, más, más... Ved aquí por qué se cansa Uno de decir que sí a todo... No calculan, no se hacen cargo estas desgraciadas. Dispone uno que a tal o cual hombre se le meta en la cabeza la idea de regenerarlas, y luego vienen ellas poniendo peros. Ya salen con que ha de ser bonito, ya con que ha de ser Fulano y si no, no. Hijas de mi alma, Yo no puedo alterar mis obras ni hacer mangas y capirotes de mis propias leyes. ¡Para hombres bonitos está el tiempo! Conque resignarse, hijas mías, que por ser cabras no ha de abandonaros vuestro pastor; tomad ejemplo de las ovejas con quien vivís; y tú, Fortunata, agradéceme sinceramente el bien inmenso que te doy y que no te mereces, y déjate de hacer melindres y de pedir gollerías, porque entonces no te doy nada y tirarás otra vez al monte. Conque, cuidadito...»

Es cosa muy cargante para el historiador verse obligado a hacer mención de muchos pormenores y circunstancias enteramente pueriles, y que más bien han de excitar el desdén que la curiosidad del que lee, pues aunque luego resulte que estas nimiedades tienen su engranaje efectivo en la máquina de los acontecimientos, no por esto parecen dignas de que se las traiga a cuento en una relación verídica y grave. Ved, pues, por qué pienso que se han de reír los que lean aquí ahora que Sor Marcela tenía miedo a los ratones; y no valdrá seguramente añadir que el miedo de la cojita era grande, espantoso, ocasionado a desagradables incidentes y aun a derivaciones trágicas. Como ella sintiera en la soledad de su celda el bulle bulle del maldecido animal, ya no pegaba los ojos en toda la noche. Le entraba tal rabia, que no podía ni siquiera rezar, y la rabia, más que contra el ratón, era contra Sor Natividad, que se había empeñado en que no hubiera gatos en el convento, porque el último que allí existió no participaba de sus ideas en punto al aseo de todos los rincones de la casa.

En una de aquellas noches de agosto le dio el diminuto roedor tanta guerra a la madrecita, que ésta se levantó al amanecer con la firmísima resolución de cazarlo y hacer el más terrible de los escarmientos. Era tan insolente el tal, que después de ser día claro se paseaba por la celda muy tranquilo y miraba a Sor Marcela con sus ojuelos negros y pillines. «Verás verás —dijo ésta subiéndose con gran trabajo a la cama, porque la idea de que el ratón se acercase a uno de sus pies, aunque fuera el de palo, causábale terror—, lo que es hoy no te escapas... déjate estar, que ya te compondremos.»

Llamó a Fortunata y a Mauricia, y en breves palabras las puso al corriente de la situación. Ambas recogidas, particularmente la Dura, no querían otra cosa. O se apoderaban del enemigo, o no eran ellas quienes eran. Bajó Sor Marcela a la iglesia, y las dos mujeres emprendieron su campaña. No quedó trasto que no removieran, y para separar de su sitio la cómoda, que era pesadísima, estuvieron haciendo esfuerzos varoniles cosa de un cuarto de hora, no acabando antes porque la risa les cortaba las fuerzas. Por fin, tanto trabajaron que cuando Sor Marcela salió de la iglesia, una monja le dio la feliz noticia de que el ratón había sido cogido. Subió la enana a su celda, y la algazara de las recogidas le anunciaba por el camino las diabluras de Mauricia, que tenía el ratón vivo en la mano y asustaba con él a sus compañeras.

Costó algún trabajo restablecer el orden y que Mauricia diese muerte a la víctima y la arrojase. Sor Marcela dispuso que le volviesen a poner los trastos de la celda lo mismo que estaban, y acabóse el cuento del ratón.

El día siguiente fue uno de los más calurosos de aquel verano. En las habitaciones que caían al Mediodía era imposible parar, porque faltaba el aire respirable. Donde quiera que daba el sol, el ambiente seco, quieto y abrasado tostaba. Ni aun las ramas más altas de los árboles de la huerta se movían, y el disco de Parson, inmóvil, miraba a la inmensidad como una pupila cuajada y moribunda. De doce a tres, se suspendía todo trabajo en la casa, porque no había cuerpo ni espíritu que lo resistiera. Algunas monjas se retiraban a su celda a dormir la siesta; otras se iban a la iglesia que era lo más fresco de la casa, y sentadas en las banquetas, apoyando en la pared su espalda, o rezaban con somnolencia, o descabezaban un sueñecillo.

Las *Filomenas* caían también rendidas de cansancio. Algunas se iban a sus dormitorios, y otras tendíanse en el suelo de la sala de labores o de la escuela. Las monjas que las vigilaban permitían aquella infracción de la regla, porque ellas tampoco podían resistir, y cerrando dulcemente sus ojos y arrullándose en un plácido arrobo, conservaban en las facciones, como una careta, el mohín de la maestra, cuya obligación es mantener la disciplina.

En la sala de escuela había dos o tres grupos de mujeres sentadas en los bancos, con la cabeza y el busto descansando sobre las mesas. Algunas roncaban con estrépito. La monja se había dormido también con la cabeza echada hacia atrás y la boca abierta. En una de las carpetas de estudio, dos recogidas velaban: una era Belén, que leía en su libro de rezos, y la otra Mauricia la Dura, que tenía la cabeza inclinada sobre la carpeta, apoyando la frente en un puño cerrado. Al principio, su vecina Belén creyó que rezaba, porque oyó cierto murmullo y algún silabeo fugaz. Pero luego observó que lo que hacía Mauricia era llorar.

—¿Qué tienes, mujer? —le dijo Belén, alzándole a viva fuerza la cabeza.

La pecadora no contestó nada; mas la otra pudo observar que su rostro estaba tan bañado en lágrimas como si le hubiesen echado por la frente un cubo de agua, y sus ojos encendidos y aquella grandísima humedad igualaban el rostro de Mauricia al de la Magdalena; así al menos lo vio Belén. Tantas preguntas le hizo ésta y tanto cariño le mostró, que al fin obtuvo respuesta de la pobre mujer desolada, que no parecía tener consuelo ni hartarse nunca de llorar.

—¿Qué he de tener, desgraciada de mí? —exclamó al fin bebiéndose sus lágrimas—, sino que hoy, sin saber por qué ni por qué no, me veo tal y como soy; soy mala, mala, más que mala, y se me vienen al filo del pensamiento toditos los pecados que he cometido, desde el primero hasta el último...

—Pues, hija —arguyó Belén con aquel sonsonete que había aprendido y que tan bien se acomodaba a su figura angelical y a sus moditos insinuantes—, ten entendido que aunque tus crímenes fueran tantos como las arenas de la mar, Dios te los perdonará si te arrepientes de ellos.

Oír esto Mauricia y dar un gran berrido y soltar otra catarata de lágrimas fue todo uno.

—No, no, no —murmuró luego entre sollozos tales que parecía que se ahogaba—. A mí no me puede perdonar, a mí no, porque he sido muy arrastrada, pero mucho, y cuanto pecado hay, chica, lo he cometido yo... Y si no, di uno, nómbrame el que quieras, y de seguro que lo tengo metido aquí...

—Qué cosas tienes, mujer —observó Belén muy apurada, acordándose de cuando fue corista y representándose con terror el escenario de la Zarzuela—; otras han hecho también pecados feos, de los más feos, pero los han llorado como tú, y cátalas perdonadas.

Mauricia tenía un pañuelo en la mano; pero con la humedad del lloro y del sudor era ya como una pelota. Amasábalo en la mano y se lo pasaba por la angustiada frente.

—¿Pero cómo te ha dado así... tan de repente? —dijo la otra confusa—. ¡Ah!, es que Dios toca en el corazón cuando menos lo piensa una. Llora, hija, desahógate y no te asustes... ¿Sabes lo que vas a hacer? Mañana te confiesas... Puede que se te haya quedado algo por decir y confesar, porque siempre se queda algo sin saber cómo, y esos pozos son lo que más atormenta... pues dilo todo, rebaña bien... Así lo hice yo, y hasta que no lo hice no tuve tranquilidad. Luego el perro de Satanás me atormentaba por vengarse, y cuando empezaba la misa, a mí me parecía que alzaban el telón, y cuando yo rompía a cantar, se me venía a la boca aquello de *El Siglo*, que dice: «Somos figurines vivos[85]...» Y un día por poco no lo suelto... Pillinadas del diablo; pero no podia conmigo ni con mi fe, y tanto hice que le metí en un puño, y ahora, que se atreva, ¿a que no se atreve?... Llora, hija, llora todo lo que quieras, que Dios te iluminará y te dará su gracia.

Ni por ésas. Mientras más consuelos le daba Belén, más inconsolable estaba la otra, y más caudaloso era el río de sus lágrimas. Sor Antonia, la madre que gobernaba allí, se despertó, y para disimular su descuido, dio una fuerte voz, sin incomodarse mucho con las durmientes y añadiendo que hacía un calor horrible. Un instante después, Belén y la monja cuchichearon, sin duda a propósito de Mauricia a quien miraban. Tenía Belén vara alta con las señoras, por su humildad y devoción y por la diligencia con que iba a contarles cuanto hacían y decían sus compañeras.

Era domingo, y a las cuatro toda la comunidad entró en la iglesia donde había ejercicio y sermón. Las *Filomenas* ocuparon su sitio detrás de las monjas, unas y otras con los velos por la cabeza. Las *Josefinas* permanecían en la habitación que hacía de coro. Belén y las demás cantoras entonaban inocentes romanzas, mientras duró el Manifiesto, en las cuales se decía que tenían el *pecho ardiendo en llamas de amor* y otras candideces por el estilo. La que tocaba el *harmonium* hacía en los descansos unos ritornellos muy cursis. Pero a pesar de estas profanaciones artísticas, la iglesita estaba muy mona, como diría Manolita, apacible, misteriosa y relativamente fresca, inundada de la fragancia de las flores naturales.

A Fortunata le tocó al lado Mauricia. Cuenta la que después fue señora de Rubín que en una ocasión que miró a su compañera, hubo de observar al través del velo suyo y del de ella una expresión tan particular que se quedó atónita. Mauricia, al entrar, lloraba; pero al cabo de un rato más bien parecía reírse con contenida y satánica risa. Fortunata no pudo comprender el motivo de esto, y creyó que la oscuridad del velo le desfiguraba la realidad de la cara de su pareja. Volvió a mirar con disimulo, haciendo que se volvía para ahuyentar una mosca, y... ello podría ser ilusión, pero los ojos

---

[85] Esta obra y tonadilla debieron ser populares en tiempos de Galdós. Según Ortiz Armengol: «En la época, y en años posteriores, se estrenaron en Madrid las siguientes obras, en alguna de las cuales quizá esté la respuesta: *El siglo de bronces, El siglo del bombo, El siglo de las luces, El siglo* XIX, *El siglo que viene.*»

de Mauricia parecían dos ascuas. En fin, todo sería aprensión.

Subió D. León Pintado al púlpito y echó un sermonazo lleno de los amaneramientos que el tal usaba en su oratoria. Lo que aquella tarde dijo habíalo dicho ya otras tardes, y ciertas frases no se le caían de la boca. Tronó, como siempre, contra los librepensadores, a quienes llamó *apóstoles del error* unas mil y quinientas veces. Al salir de la iglesia, Fortunata echó, como de costumbre, una mirada al público, que estaba tras la verja de madera, y vio a Maximiliano, que no faltaba ningún domingo a aquella amorosa cita muda. Le vio con simpatía. Notaba gozosa que empezaban a perder valor ante sus ojos los defectos físicos del apreciable joven. ¡Si serían aquellos los brotes del amor por la hermosura del alma! Lo que más consolaba a Fortunata era la esperanza cada día más firme, porque el capellán se lo había dicho no pocas veces en el confesionario, de que cuando se casase y viviese santamente con su marido a la sombra de las leyes divinas y humanas, le había de amar; pero no así de cualquier modo, sino con verdadero calor y arranque del alma. También le decía esto la forma, *la idea blanca*[86] encerrada en la custodia.

IX

Llegada la noche, y recogidas las *Josefinas* a su dormitorio, las madres permitieron que las *Filomenas* estuvieran en la huerta hasta más tarde de lo reglamentario, por ver si salía un poco de fresco. Eran ya las nueve, y la tierra abrasaba; el aire no se movía; las estrellas parecían más próximas según el fulgor vivísimo con que brillaban, y veíase entre las grandes y medianas mayor número, al parecer, de las pequeñitas, tantas, tantas que era como un polvo de plata esparcido sobre aquel azul intensísimo. La luna nueva se puso temprano, bajando al horizonte como una hoz, rodeada de aureola blanquecina que anunciaba más calor para el día siguiente[a].

---

[a] Por donde la luna se puso había escasas nubes sueltas y deshilachadas, que se volvieron negras al paso del satélite tras ellas. Después las nubes se alargaron desperezándose, y figuraron un murciélago con las alas abiertas y clavadas en el cielo.

[86] El monólogo con el que acababa el subcapítulo VII y las palabras del cura Pintado son un mismo mensaje de «doma», de hacer

Las recogidas formaban diferentes grupos sentadas en el suelo y en la escalera de madera que comunica el corredor principal con la huerta, y se quitaban las tocas para disminuir el calor de la piel. Algunas miraban el motor de viento que seguía inmóvil. Al borde del estanque que está al pie del aparato, había tres mujeres, Fortunata, Felisa y doña Manolita, sentadas sobre el muro de ladrillo, gozando de la frescura del agua próxima. Aquel era el mejor sitio; pero no lo decían, porque el egoísmo les hacía considerar que si se enracimaban allí todas las mujeres, el escaso fresco del agua se repartiría más y tocarían a menos. En el opuesto lado de la huerta, que era el sitio más apartado y feo, había un tinglado, bajo el cual se veían tiestos vacíos o rotos, un montón de mantillo que parecía café molido, dos carretillas, regaderas y varios instrumentos de jardinería. En otro tiempo hubo allí un cubil, y en el cubil un cerdo que se criaba con los desperdicios; pero el Ayuntamiento mandó quitar el animal de San Antón, y el cubil estaba vacío.

Desde el anochecer se puso allí Mauricia la Dura, sola, sobre el montón de mantillo; y como era el sitio más caldeado, nadie la quiso acompañar. Alguna se le aproximó en son de burla, pero no pudo obtener de ella una sola palabra. Estaba sentada a lo moro, con los brazos caídos, la cabeza derecha, más napoleónica que nunca, la vista fija enfrente de sí con dispersión vaga más bien de persona soñadora que meditabunda. Parecía lela o quizás tenía semejanza con esos penitentes del Hindostán que se están tantísimos días seguidos mirando al cielo sin pestañear, en un estado medio entre la modorra y el éxtasis[87]. Ya era tarde cuando se le acercó Belén sentándosele al lado. La miró atentamente, preguntándole que qué hacía allí y en qué pensaba, y por fin Mauricia desplegó sus labios de esfinge, y dijo estas palabras que le produjeron a Belencita una corriente fría en el espinazo:

—He visto a Nuestra Señora.

«entrar por el aro». Esta coincidencia desacreditará —algo inevitable— la *idea blanca* y explicará que, en última instancia, Fortunata tenga que inventarse una *idea* salida espontáneamente *de entre sí*. Y, claro, tal idea sólo podía ser heterodoxa.

[87] Galdós, algo socarrón, acierta al describir la meditación budista, cuya finalidad es liberarse del ego y alcanzar una fusión y armonía con el orden y energía cósmicos.

641

—¿Qué dices, mujer, qué te pasa? —le preguntó la ex-corista con ansiedad muy viva.

—He visto a la Virgen —repitió Mauricia con una seguridad y aplomo que dejaron a la otra como quien no sabe lo que le pasa.

—¿Tú estás segura de lo que dices?

—¡Oh!... Así me muera si no es verdad. Te lo juro por estas cruces —dijo la iluminada con voz trémula, besándose las manos—. La he visto... bajó por allí, donde está el abanicón de la noria... Bajaba en mitad de una luz... ¿cómo te lo diré?... de una luz que no te puedes figurar... de una luz que era, verbi gracia como las puras mieles...

—¡Como las mieles! —repitió Belén no comprendiendo.

—Pues... tan dulce que... Después vino andando, andando hacia acá y se puso allí, delantito. Pasó por entre vosotras, y vosotras no la veíais. Yo sola la veía... No traía al niño Dios en brazos. Dio dos o tres pasitos más y se paró otra vez. Mira, ¿ves aquella piedrecita? Pues allí... y me estuvo mirando... Yo no podía respirar.

—¿Y te dijo algo, te dijo algo? —preguntó Belén toda ojos, pálida como una muerta.

—Nada... pero lloraba mirándome... ¡Se le caían unos lagrimones...! No traía nene Dios; *paicía* que se lo habían quitado. Después dio la vuelta para allá y volvió a pasar entre vosotras sin que la viérais, hasta llegar *mismamente* a aquel árbol... Allí vi muchos angelitos que subían y bajaban corre que corre del tronco a las ramas y...

—Y de las ramas al tronco...

—Y después... ya no vi nada... Me quedé como ciega... quiere decirse, enteramente ciega; estuve un rato sin ver gota, sin poder moverme. Sentía aquí, entre mí, una cosa, una cosa...

—Como una pena...

—Como pena no, un gusto, un consuelo...

Se acercó entonces Fortunata, y ambas callaron.

—Si están de secreto, me voy.

—Yo creo —dijo Belén, después de una grave pausa—, que eso debes consultarlo con el confesor.

Mauricia se levantó y andando lentamente retiróse a la habitación donde dormía y tenía su ropa. Creyeron las otras dos que se había ido a acostar, y quedáronse allí haciendo comentarios sobre el extraño caso, que Belén transmitió a Fortunata con todos sus pelos y señales. Belén lo creía o afectaba creerlo, Fortunata no. Pero de pronto vieron que la Dura volvía y se sentaba de nuevo sobre el montón de mantillo. Miráronla con recelo y se alejaron.

De pronto sonó en la huerta un ¡ah! prolongado y gozoso, como los que lanza la multitud en presencia de los fuegos artificiales. Todas las recogidas miraban al disco, que se había movido solemnemente, dando dos vueltas y parándose otra vez.

—Aire, aire —gritaron varias voces.

Pero el motor no dio después más que media vuelta, y otra vez quieto. El vástago de hierro chilló un instante, y las que estaban junto al estanque oyeron en lo profundo de la bomba una regurgitación tenue. El caño escupió un salivazo de agua, y todo quedó después en la misma quietud chicha y desesperante.

Belén se había puesto a charlar por lo bajo con una monja llamada Sor Facunda, que era la marisabidilla de la casa, muy leída y escribida, bondadosa e inocente hasta no más, directora de todas las funciones extraordinarias, camarera de la Virgen y de todas las imágenes que tenían alguna ropa que ponerse, muy querida de las *Filomenas* y aún más de las *Josefinas,* y persona tan candorosa, que cuanto le decían, sobre todo si era bueno, se lo creía como el Evangelio. Basta decir en elogio de la *sancta simplicitas* de esta señora, que en sus confesiones jamás tenía nada de qué acusarse, pues ni con el pensamiento había pecado nunca; mas como creyera que era muy desairado no ofrecer nada absolutamente ante el tribunal de la penitencia, revolvía su magín buscando algo que pudiera tener siquiera un tufillo de maldad, y se rebañaba la conciencia para sacar unas cosas tan sutiles y sin sustancia, que el capellán se reía para su sotana. Como el pobre D. León Pintado tenía que vivir de aquello, lo oía seriamente, y hacía que tomaba muy en consideración aquellos pecados tan superfirolíticos que no había cristiano que los comprendiera... Y la monja se ponía muy compungida, diciendo que no lo volvería a hacer; y él, que era muy tuno, decía que sí, que era preciso tener cuidado para otra vez, y que patatín y que patatán... Tal era Sor Facunda, dama ilustre de la más alta aristocracia, que dejó riquezas y posición por meterse en aquella vida, mujer pequeñita, no bien parecida, afable y cariñosa, muy aficionada a hacerse querer de las jóvenes. Llevaba siempre tras sí, en las horas de recreo, un hato de niñas precozmente místicas, preguntonas, rezonas y cuya conducta, palabras y entusiasmos pertenecían a lo que podría llamarse *el pavo* de la santidad.

643

Difícil es averiguar lo que pasó en el cotarro que formaban Sor Facunda y sus amiguitas. Ello fue que Belén, temblando de emoción y con la cara ansiosa, dijo a la monja:

—Mauricia ha visto a la Virgen...

Y poco después repetían las otras con indefinible asombro:

—¡Ha visto a la Virgen[a]!

Sor Facunda, seguida de su escolta, se acercó a Mauricia, a quien miró un buen rato sin decirle palabra. Estaba la infeliz mujer en la misma postura morisca, la cabeza apoyada sobre las rodillas. Parecía llorar.

—Mauricia —le dijo en tono lacrimoso la monja, con aquella buena fe que en ella equivalía a la gracia divina—. Porque hayas sido muy mala no vayas a creerte que Dios te niega su perdón.

Oyóse un gran bramido, y la reclusa mostró su cara inundada de llanto. Dijo algunas palabras ininteligibles y estropajosas, a las que Sor Facunda y compañía no sacaron ninguna sustancia. De repente se levantó. Su rostro, a la claridad de la luna, tenía una belleza grandiosa que las circunstantes no supieron apreciar. Sus ojos despedían fulgor de inspiración. Se apretó el pecho con ambas manos en actitud semejante a las que la escultura ha puesto en algunas imágenes, y dijo con acento conmovedor estas palabras:

—¡Oh mi señora!... Te lo traeré, te lo traeré...

Echando a correr hacia la escalera con gran presteza, pronto desapareció. Sor Facunda habló con las otras madres. Cuando toda la comunidad, a la voz de la Superiora, se recogía abandonando la huerta y subiendo lentamente a las habitaciones (la mayor parte de las mujeres de mala gana, porque el calor de la noche convidaba a estar al aire libre), corrió la voz de que la visionaria se había acostado.

Fortunata, que pocos días antes fue trasladada al dormitorio en que estaba Mauricia, vio que ésta se había acostado vestida y descalza. Acercóse a ella y por su bronca respiración creyó entender que dormía profundamente. Mucho le daba que pensar el singular estado en que su amiga se había puesto, y esperaba que le pasaría pronto, como otros *toques* semejantes aunque de diverso carácter. Largo tiempo estuvo desvela-

---

[a] [Oyóse alguna expresión de incredulidad que sor Facunda corrigió en tono autoritario, diciendo: «El que haya sido muy pecadora no quita, que, que cuando menos se piensa, obre el Señor en ella algún prodigio. Por lo mismo quizás... ¿En dónde está...? Yo quiero verla...»]

da, pensando en aquello y en otras cosas, y a eso de las doce, cuando en el dormitorio y en la casa toda reinaban el silencio y la paz, notó que Mauricia se levantaba. Pero no se atrevió a hablarle ni a detenerla, por no turbar el silencio del dormitorio, iluminado por una luz tan débil que le faltaba poco para extinguirse. Mauricia atravesó la estancia sin hacer ruido, como sombra, y se fue. Poco después Fortunata sentía sueño y se aletargaba; mas en aquel estado indeciso entre el dormir y el velar, creyó ver a su compañera entrar otra vez en el dormitorio sin que se le sintieran los pasos. Metióse debajo de la cama, donde tenía un cofre; revolvió luego entre los colchones... Después Fortunata no se hizo cargo de nada, porque se durmió de veras.

Mauricia salió al corredor, y atravesándolo todo, se sentó en el primer peldaño de la escalera.

—Te digo que me atreveré...

¿Con quién hablaba? Con nadie, porque estaba enteramente sola. No tenía más compañía en aquella soledad que las altas estrellas.

—¿Qué dices? —preguntó después como quien sostiene un diálogo—. Habla más alto, que con el ruido del órgano no se oye. ¡Ah!, ya entiendo... Estáte tranquila, que aunque me maten, yo te lo traeré. Ya sabrán quién es Mauricia la Dura, que no teme ni a Dios... Ja, ja, ja... Mañana, cuando venga el capellán y bajen esas tías pasteleras a la iglesia, ¡qué chasco se van a llevar!

Soltando una risilla insolente, se precipitó por la escalera abajo. ¿Qué demonios pasaba en aquel cerebro?... Entró por la puerta pequeña que comunica el patio con el largo pasillo interior del edificio, y una vez allí pasó sin obstáculo al vestíbulo, tentando la pared porque la oscuridad era completa. Se le oía un cierto rechinar de dientes y algún monosílabo gutural que lo mismo pudiera ser signo de risa que de cólera. Por fin llegó palpando paredes a la puerta de la capilla, y buscando la cerradura con las manos, empezó a rasguñar en el hierro. La llave no estaba puesta...'

—¡Peines y peinetas! ¡Dónde estará la condenada llave! —murmuró con un rugido de hondísimo despecho.

Probó a abrir valiéndose de la fuerza y de la maña. Pero ni una ni otra valían en aquel caso. La puerta del sagrado recinto estaba bien cerrada. Siguió la infeliz mujer exhalando gemidos, como los de un perro que se ha quedado fuera de su casa y quiere que le abran. Después de media hora de inútiles esfuerzos, desplomóse en el umbral de la puerta, e inclinando la cabeza se durmió. Fue uno de esos sueños que se parecen al morir instantáneo. La cabeza dio contra el canto como una piedra que cae, y la torcida postura en que quedaba el cuerpo al caer doblándose con violencia, fue causa de que el resuello se le dificultara, produciéndose en los conductos de la respiración silbidos agudísimos, a los que siguió un estertor como de líquidos que hierven.

Aletargada profundamente, Mauricia hizo lo que no había podido hacer despierta, y prosiguió la acción interrumpida por una puerta bien cerrada. Faltó el hecho real, pero no la realidad del mismo en la voluntad. Entró, pues, la tarasca en la iglesia y allí pudo andar sin tropiezo, porque la lámpara del altar daba luz bastante para ver el camino. Sin vacilar dirigió sus pasos al altar mayor, diciendo por el camino:

—Si no te voy a hacer mal ninguno, Diosecito mío; si voy a llevarte con tu mamá que está ahí fuera llorando por ti y esperando a que yo te saque... ¿Pero qué?... no quieres ir con tu mamaíta... Mira que te está esperando... tan guapetona, tan maja, con aquel manto todito lleno de estrellas y los pies encima del *biricornio* de la luna... Verás, verás, qué bien te saco yo, monín... Si te quiero mucho; ¿pero no me conoces?... Soy Mauricia la Dura, soy tu amiguita.

Aunque andaba muy aprisa, tardaba mucho tiempo en llegar al altar, porque la capilla, que era tan chica, se había vuelto muy grande. Lo menos había media legua desde la puerta al altar... Y mientras más andaba, más lejos, más lejos... Llegó por fin y subió los dos, tres, cuatro escalones, y le causaba tanta extrañeza verse en aquel sitio mirando de cerca la mesa aquella cubierta con finísimo y albo lienzo, que un rato estuvo sin poder dar el último paso. Le entró una risa convulsiva cuando puso su mano sobre el ara sagrada...

—¿Quién me había de decir?... ¡oh, mi re-Dios de mi alma que yo... ji, ji, ji...!

Apartó el Crucifijo que está delante de la puerta del sagrario, alargó luego el brazo; pero como no alcanzaba, alargábalo más y más, hasta que llegó a dolerle mucho de tantos estirones... Por fin, gracias a Dios, pudo abrir la puerta que sólo tocan las manos ungidas del sacerdote. Levantando la cortinilla, buscó un momento en el misterioso, santo y venerado hueco... ¡Oh!, no había nada. Busca por aquí, busca por allá y nada... Acordóse de que no era aquel el sitio donde está la custodia, sino otro más alto. Subió al altar, puso los pies en el ara santa... Busca por aquí, por allí... ¡Ah!, por fin tropezaron sus dedos con el metálico pie de la custodia. Pero qué frío estaba, tan frío que quemaba. El contacto del metal llevó por todo lo largo del espinazo de Mauricia una corriente glacial... Vaciló. ¿Lo cogería sí o no? Sí, sí, mil veces; aunque muriera, era preciso cumplir. Con exquisito cuidado, mas con gran decisión, empuñó la custodia bajando con ella por una escalera que antes no estaba allí. Orgullo y alegría inundaron el alma de la atrevida mujer al mirar en su propia mano la representación visible de Dios... ¡Cómo brillaban los rayos de oro que circundan el viril, y qué misteriosa y plácida majestad la de la hostia purísima, guardada tras el cristal, blanca, divina y con todo el aquel de persona, sin ser más que una sustancia de delicado pan!

Con increíble arrogancia Mauricia descendía, sin sentir peso alguno. Alzaba la custodia como la alza el sacerdote para que la adoren los fieles... «¿Véis cómo me he atrevido? —pensaba—. ¿No decíais que no podía ser?... Pues pudo ser, ¡qué peine!» Seguía por la iglesia adelante. La purísima hostia, con no tener cara, miraba cual si tuviera ojos... y la sacrílega, al llegar bajo el coro, empezaba a sentir miedo de aquella mirada.

—No, no te suelto, ya no vuelves allí... ¡A casa con tu mamá...! ¿sí? ¿Verdad que el niño no llora y quiere ir con su mamá?...

Diciendo esto, atrevíase a agasajar contra su pecho la sagrada forma. Entonces notó que la sagrada forma no sólo tenía ya ojos profundos tan luminosos como el cielo, sino también voz, una voz que la tarasca oyó resonar en su oído con lastimero son. Había desaparecido toda sensación de la materialidad de la custodia; no quedaba más que lo esencial, la representación, el símbolo puro, y esto era lo que Mauricia apretaba furiosamente contra sí.

—Chica —le decía la voz—, no me saques, vuelve a ponerme donde estaba. No hagas locuras... Si me sueltas te perdonaré tus pecados, que son tantos que no se pueden contar; pero si te obstinas en llevarme, te condenarás. Suéltame y no temas, que yo no le diré nada a D. León ni a las monjas para que no te riñan... Mauricia, chica, ¿qué haces...? ¿Me comes, me comes...?

Y nada más... ¡Qué desvarío! Por grande que sea un absurdo siempre tiene cabida en el inconmensurable hueco de la mente humana.

X

Por la mañana tempranito, la Superiora y Sor Facunda se tropezaron al salir de sus respectivas celdas.

—Créame usted —dijo Sor Facunda—, algo hay de extraordinario. Consultaré ahora mismo con D. León. El caso de Mauricia debe de examinarse detenidamente.

Sor Natividad, que era mujer de mucho entendimiento y estaba acostumbrada a los pueriles entusiasmos de su compañera, no hizo más que sonreír con bondad. Hubiera dicho a Sor Facunda: «Qué tonta es usted, hija»; pero no le dijo nada; y sacando un manojo de llaves se fue hacia el guardarropa.

—¿Pero en dónde está esa loca? —preguntó después.

—No parece por ninguna parte —dijo Fortunata, que por orden de Sor Marcela había bajado en busca de su amiga—. Arriba no está.

En los dormitorios de las *Filomenas* había gran tráfago. Todas se lavaban la cara y las manos, riñendo por el agua, cuestionando sobre si tú me quitaste la toalla o si ésa es mi agua.

—Que no, que mi agua es ésta.

Otra sacaba de debajo de la cama un zoquete de pan y empezaba a comérselo.

—¡Ay, qué hambre tengo...! Con estos calores, cuidado que suda una; no se puede vivir... ¡Y ponerse ahora la toca!

Sor Antonia entraba, imponía silencio y les daba prisa. Oíase el esquilón de la capilla. El sacristán se había asomado varias veces por la reja de la sacristía que da al vestíbulo diciendo sucesivamente:

—Todavía no ha venido don León... Ya está ahí D. León... Ya se está vistiendo.

Oíanse en la parte alta los pasos de toda la comunidad que iba hacia el templo a oír la primera misa. Delante fueron las *Josefinas,* soñolientas aún y dando bostezos, empujándose unas a otras. Seguían las *Filomenas* con cierto orden, las más diligentes dando prisa a las perezosas. Donde hay muchas mujeres, tiene que haber ese rumor de colegio, que se hace superior a la disciplina más severa. Entre chacota y risas se oía el rumorcillo aquel.

—Mauricia... ¿no sabéis? Vio anoche la propia figura de la Virgen.

648

—Mujer, quita allá.

—Mi palabra... Pregúntaselo a Belén.

—¡Bah! Ni que fuéramos tontas.

—¿La cara de la Virgen?... Vaya... Sería la de Nuestra Señora del Aguardiente.

Pero Sor Facunda y las de su cotarro iban por la escalera abajo diciendo que el hecho podía ser falso, y podía también no serlo; y que el ser Mauricia muy pecadora no significaba nada, porque de otras muchísimo más perversas se había valido Dios para sus fines.

Dijo la misa D. León, que parecía el *padre fuguilla* por la presteza con que despachaba. Había sido cura de tropa, y a las monjas no les acababa de gustar la marcial diligencia de su capellán. Más tarde celebraba don Hildebrando, cura francés de los de babero, el cual era lo contrario que Pintado, pues estiraba la misa hasta lo increíble.

Cuando la comunidad salía de la capilla, doña Manolita, que había entrado de las últimas, sofocada, se acercó a la Superiora y le dijo que Mauricia estaba en la huerta sobre el montón de mantillo.

—Ya... en la basura —replicó Sor Natividad frunciendo el ceño—; es su sitio.

Bajaron las recogidas al refectorio a tomar el chocolate con rebanada de pan. Animación mundana reinaba en el frugal desayuno, y aunque las monjas se esforzaban por mantener un orden cuartelesco, no lo podían conseguir.

—Ese plato es el mío.

—Dame mi servilleta...

—Te digo que es la mía... ¡Vaya! ¡Ay, San Antonio, qué duro está el pan!... Éste sí que es de la boda de San Isidro.

—¡A callar!

Algunas tenían un apetito voraz; se habrían comido triple ración, si se la dieran.

Inmediatamente después empezaba a distribuirse toda aquella tropa mujeril, como soldados que se incorporan a sus respectivos regimientos. Éstas bajaban a la cocina, aquéllas subían a la escuela y salón de costura, y otras, quitándose las tocas y poniéndose la falda de *mecánica,* se dedicaban a la limpieza de la casa.

Estaba la Superiora hablando con Sor Antonia en la puerta de una celda, cuando llegó muy apurada una reclusa, diciendo:

—Le he mandado que venga y no quiere venir. Me ha

querido pegar. Si no echo a correr... Después cogió un montón de aquella basura y me lo tiró. Mire usted...

La recogida enseñó a las madres su hombro manchado de mantillo.

—Tendré que ir yo... ¡Ay, qué mujer!... ¡Qué guerra nos da! —dijo la Superiora—... ¿Dónde está Sor Marcela? Que traiga la llave de la perrera. Hoy tendremos *chinchirri-máncharras*... Está más tocada que nunca. Dios nos dé paciencia.

—¡Y Sor Facunda que me ha dicho ahora mismo —indicó Sor Antonia con franca risa y bizcando más los ojos—, que Mauricia había visto a la Virgen!

La Superiora respondió a aquella risa con otra menos franca. Tres o cuatro *Filomenas* de las más hombrunas bajaron a la huerta con orden expresa de traer a la visionaria.

—¡Pobre mujer y qué perdida se pone! —observó Sor Natividad dentro del corrillo de monjas que se iba formando—. Males de nervios, y nada más que males de nervios.

Y al decirlo, sus miradas chocaron con las de Sor Facunda, que se acercaba con semblante extraordinariamente afligido.

—¿Pero no ha consultado usted este caso con el señor capellán? —le dijo.

—Sí —replicó Sor Natividad con un poco de humorismo —, y el capellán me ha dicho que la meta en la perrera.

—¡Encerrarla porque llora!... —exclamó la otra que en su timidez no se atrevía a contradecir a la Superiora—. El caso merecía examinarse.

—Para preverlo todo —indicó la vizcaína—, avisaremos también al médico.

—¿Y qué tiene que ver el médico...? En fin, yo no sé. Quien manda, manda. Pero me parecía... Ello podría ser cosa física; pero ¿si no lo fuera? Si efectivamente Mauricia... No es que yo lo afirme; pero tampoco me atrevo a negarlo. Aquel llorar continuo, ¿qué puede ser sino arrepentimiento? A saber los medios que el Señor escoge...

Y se retiró a su celda. Casi casi se dieron un encontronazo Sor Facunda alejándose y Sor Marcela que al corrillo se acercaba, dando balances y golpeando el suelo duramente con su pie de madera. Su semblante descompuesto por la ira estaba más feo que nunca; con la prisa que traía apenas podía respirar, y las primeras frases le salieron de la boca desmenuzadas por el enojo:

—Ya lo sabemos... ¡San Antonio!... Bribona... parece mentira... ¡Ay, Dios mío!, si es para volverse loca...

Habló algunas palabras en voz muy baja con la Superiora, quien al oírlas puso una cara que daba miedo.

—Yo... bien lo sabe usted... —balbució Sor Marcela—, lo tenía para mi mal del estómago... coñac superior.

—Pero esa maldita ¿cómo...? Si esto parece... ¡Jesús me valga! Estoy horrorizada. ¿Pero cuándo...?

—Es muy sencillo... hágase usted cargo. Anteayer, ¡San Antonio bendito!, cuando estuvo en mi celda moviendo los trastos para coger el ratón.

A la Superiora se le escapó, sin poderlo remediar, una ligera sonrisilla; mas al punto volvió a poner cara de palo. Y la enana corrió hacia donde estaban las recogidas, y lo mismo que dijera a Sor Natividad se lo repitió a Fortunata, sin poner un freno a su ira.

—¿Habráse visto diablura semejante?... ¿Qué te parece? ¡Estamos todas horripiladas!

Fortunata no dijo nada y se puso muy seria. Quizás no la cogía de nuevo la declaración de la monja. Obedeciendo a ésta, subió al dormitorio en busca de pruebas del nefando crimen imputado a su amiga.

—Ahí tienen ustedes —decía la Superiora a las que más cerca de ella estaban—, cómo esa arrastrada ha visto visiones... ¡Ya! ¡Qué no vería ella!... ¿Pero no viene al fin? Yo le juro que no vuelve a hacernos otra. Es preciso ajustarle bien las cuentas.

La cojita se presentó otra vez en el corrillo mostrando la enorme llave de la perrera; la esgrimía como si fuera una pistola, con amenaza homicida. Realmente estaba furiosa, y el topetazo de su pie duro sobre el suelo tenía una violencia y sonoridad excepcionales. En esto llegó Fortunata trayendo una botella, que al punto le arrebató Sor Marcela.

—¡Vacía, enteramente vacía! —exclamó ésta levantándola en alto y mirándola al trasluz—. Y estaba casi llena, pues apenas...

Aplicó después su nariz chafada a la boca de la botella, diciendo con lastimera entonación:

—No ha dejado más que el olor... ¡Bribonaza! ya te daría yo bebida...

De la nariz de la coja pasó el cuerpo del delito a la de Sor Natividad y de ésta a otras narices próximas, resultando de la apreciación del tufo, mayor severidad en el comentario del crimen.

—¡Qué asco! Buen pechugón se ha dado... —exclamó la

Superiora—. Ya, ¡cómo estará aquel cuerpo con todo ese líquido ardiente! Nunca nos había pasado otra... La arreglaremos, la arreglaremos. ¿Pero viene o no?

Bajaba ya, decidida a abreviar la tardanza del acto de justicia, cuando se oyó un gran tumulto. Las tres mujeronas que habían ido en busca de la delincuente, pasaban de la huerta al patio por la puertecilla verde, huyendo despavoridas y dando voces de pánico. Sonó en dicha puerta el estampido de un fuerte cantazo.

—¡Que nos mata, que nos mata! —gritaban las tres, recogiendo sus faldas para correr más fácilmente por la escalera arriba.

Asomáronse las madres al barandal del corredor que sobre el patio caía, y vieron aparecer a Mauricia, descalza, las melenas sueltas, la mirada ardiente y extraviada, y todas las apariencias, en fin, de una loca. La Superiora, que era mujer de genio fuerte, no se pudo contener y desde arriba gritó:

—Trasto... infame, si no te estás quieta, verás.

—Una pareja, una pareja de Orden Público —apuntaron varias voces de monjas.

—No... vereis... Si yo me basto y me sobro... —indicó la Superiora, haciendo alarde de ser mujer para el caso—. Lo que es conmigo no juega.

Púsose Mauricia de un salto en el rincón frontero al corredor donde las madres estaban, y desde allí las miró con insolencia, sacando y estirando la lengua, y haciendo muecas y gestos indecentísimos.

—¡Tiorras, so tiorras! —gritaba, e inclinándose con rápido movimiento, cogió del suelo piedras y pedazos de ladrillo, y empezó a dispararlos con tanto vigor como buena puntería.

Las monjas y las recogidas, que al sentir el alboroto salieron en tropel a los corredores del principal y del segundo piso, prorrumpieron en chillidos. Parecía que se venía el mundo abajo. ¡Dios mío, qué bulla! Y a las exclamaciones de arriba respondía la tarasca con aullidos salvajes.

Unas se agachaban resguardándose tras el barandal de fábrica cuando venía la pedrada; otras asomaban la cabeza un momento y la volvían a esconder. Los proyectiles menudeaban, y con ellos las voces de aquella endemoniada mujer. Parecía una amazona. Tenía un pecho medio descubierto, el cuerpo del vestido hecho jirones, y las melenas cortas le azotaban la cara en aquellos movimientos de hondero que hacía con el brazo derecho. Su catadura les parecía horrible a las señoras monjas; pero estaba bella en rigor de verdad, y más arrogante, varonil y napoleónica que nunca.

Sor Marcela intentó bajar valerosa, pero a los tres peldaños cogió miedo y viró para arriba. Su cara filipina se había puesto de color de mostaza inglesa.

—¡Verás tú si bajo, infame diablo! —era su muletilla; pero ello es que no bajaba.

Por una reja de la sacristía que da al patio, asomó la cara del sacristán, y poco después la de D. León Pintado. Dos monjas que estaban de turno en la portería se asomaron también por otra ventana baja; pero lo mismo fue verlas Mauricia que empezar también a mandarles piedras. Nada, que tuvieron que retirarse. Asustadas las infelices, quisieron pedir auxilio. En aquel instante llamó alguien a la puerta del convento, y a poco entró una señora, de visita, que pasó al salón, y enterándose de lo que ocurría, asomóse también a la ventana baja. Era Guillermina Pacheco, que se persignó al ver la tragedia que allí se había armado.

—¡En el nombre del...! ¡Pero tú!... ¡Mauricia!... ¿Cómo se entiende?... ¿Qué haces?... ¿Estás loca?

La portera y la otra monja no la pudieron contener, y Guillermina salió al patio por la puerta que lo comunica con el vestíbulo.

—Guillermina —gritó Sor Natividad desde arriba—, no salgas... Cuidado... mira que es una fiera... Ahí tienes, ahí tienes la alhaja que tú nos has traído... Retírate por Dios, mira que está loca y no repara... Hazme el favor de llamar a una pareja de Orden Público.

—¿Qué pareja ni pareja? —dijo Guillermina incomodadísima—. ¡Mauricia!... ¡cómo se entiende!

Pero no había tenido tiempo de decirlo cuando una peladilla de arroyo le rozó la cara. Si le da de lleno la descalabra.

—¡Jesús!... Pero no, no es nada.

Y llevándose la mano a la parte dolorida, clamó:

—¡Infame, a mí, a mí me has tirado!

Mauricia se reía con horrible descaro.

—A usted, sí, y a todo el género mundano —gritó con voz tan ronca, que apenas se entendía—, so tía pastelera... Váyase pronto de aquí.

Las monjas horrorizadas elevaban sus manos al Cielo; algunas lloraban. En esto, D. León Pintado había abierto con no poco trabajo la reja de la sacristía; saltó al patio, única manera de comunicarse con el convento desde la sacristía, y abalanzándose a Mauricia le sujetó ambos brazos.

—¡Suéltame, León, capellán de peinetas! —rugió la visionaria...

Pero Pintado tenía manos de hierro, aunque era de pocos ánimos, y una vez lanzado al heroismo, no sólo sujetó a Mauricia, sino que le aplicó dos sonoras bofetadas. La escena era repugnante. Tras el capellán salió también su acólito, y mientras los dos arreglaban a la Dura, las monjas, viendo sojuzgado al enemigo, arriesgáronse a bajar y acudieron a Guillermina, que con el pañuelo se restañaba la sangre de su leve herida. Con cierta tranquilidad, y más risueña que enojada, la fundadora dijo a sus amigas:

—¡Cuidado que pasan unas cosas...! Yo venía a que me diérais los ladrillos y el cascote que os sobran, y mirad qué pronto me he salido con la mía... Nada, ponedla ahora mismo en la calle, y que se vaya a los quintos infiernos, que es donde debe estar.

—Ahora mismo. D. León, no la maltrate usted —dijo la Superiora.

—¡Zángano!... ¡Mala puñalada te mate!... —bramaba Mauricia, que ya tenía pocas fuerzas y había caído al suelo—. ¡Un sacerdote pegando a una... señora!

—Que le traigan su ropa —gritó Sor Natividad—. Pronto, pronto. Me parece mentira que la veré salir...

Mauricia ya no se defendía. Había perdido su salvaje fuerza; pero su semblante expresaba aún ferocidad y desorden mental.

Luego se vio que desde el corredor alto tiraban un par de botas, luego un mantón...

—Bajarlo, hijas, bajarlo —dijo desde el patio la Superiora, mirando hacia arriba y ya recobrada la serenidad con que daba siempre sus órdenes.

Fortunata bajó un lío de ropa, y recogiendo las botas, se lo dio todo a Mauricia, es decir, se lo puso delante. La espantosa escena descrita había impresionado desagradablemente a la joven, que sintió profunda compasión de su amiga. Si las monjas se lo hubieran permitido, quizás ella habría aplacado a la bestia.

—Toma tu ropa, tus botas —le dijo en voz baja y en tono apacible—. Pero, hija, ¡cómo te has puesto!... ¿No conoces ya que has estado trastornada?

—Quítate de ahí, pendoncillo... quítate o te...

—Dejarla, dejarla —dijo la Superiora. —No decirle una palabra más. A la calle, y hemos concluido.

Con gran dificultad se levantó Mauricia del suelo y recogió su ropa. Al ponerse en pie pareció recobrar parte de su furor.

—Que se te queda este lío.

—Las botas, las botas.

La tarasca lo recogió todo. Ya salía sin decir nada, cuando Guillermina la miró severamente.

—¡Pero qué mujer ésta! Ni siquiera sabe salir con decencia.

Iba descalza, cogidas las botas por los tirantes.

—Póngase usted las botas —le gritó la Superiora.

—No me da la gana. Agur... ¡Son todas unas judías pasteleras...!

—Paciencia, hija, paciencia... necesitamos mucha paciencia, —dijo Sor Natividad a sus compañeras, tapándose los oídos.

Se le franquearon todas las puertas, abriéndolas de par en par y resguardándose tras las hojas de ellas, como se abren las puertas del toril para que salga la fiera a la plaza. La última que cambió algunas palabras con ella fue Fortunata, que la siguió hasta el vestíbulo movida de lástima y amistad, y aún quiso arrancarle alguna declaración de arrepentimiento. Pero la otra estaba ciega y sorda; no se enteraba de nada, y dio a su amiga tal empujón, que si no se apoya en la pared cae redonda al suelo.

Salió triunfante, echando a una parte y otra miradas de altivez y desprecio. Cuando vio la calle, sus ojos se iluminaron con fulgores de júbilo y gritó:

—¡Ay, mi querida calle de mi alma!

Extendió y cerró los brazos, cual si en ellos quisiera apretar amorosamente todo lo que veían sus ojos. Respiró después con fuerza, paróse mirando azorada a todos lados, como el toro cuando sale al redondel. Luego, orientándose, tiró muy decidida por el paseo abajo. Era cosa de ver aquella mujerona descalza, desgarrada, melenuda, despidiendo de sus ojos fiereza, con un lío bajo el brazo y las botas colgando de una mano. Las pocas personas que por allí pasaban, miráronla con asombro. Al llegar junto a los almacenes de la Villa, pasó por junto a varios chicos, barrenderos, que estaban sentados en sus carretillas con las escobas en la mano. Tuviéronla ellos por persona de poco más o menos y se echaron a reír delante de su cara napoleónica.

—Vaya, que buena *curda* te llevas, ¡oleeé!...

Y ella se les puso delante en actitud arrogantísima, alzó el brazo que tenía libre y les dijo:

—¡Apóstoles del error!

Prorrumpiendo al mismo tiempo en estúpida risa, pasó de largo. A los barrenderos les hizo aquello mucha gracia, y poniéndose en marcha con las carretillas por delante y las escobas sobre ellas, siguieron detrás de Mauricia, como una escolta de burlesca artillería, haciendo un ruido de mil demonios y disparándole bala rasa de groserías e injurias.

VII

La boda y la luna de miel

I

Por fin se acordó que Fortunata saldría del convento para casarse en la segunda quincena de septiembre. El día señalado estaba ya muy próximo, y si el pensamiento de la reclusa no se había familiarizado aún de una manera terminante con la nueva vida que la esperaba, no tenía duda de que le convenía casarse, comprendiendo que no debemos aspirar a lo mejor, sino aceptar el bien posible que en los sabios lotes de la Providencia nos toca[a]. En las últimas visitas, Maxi no hablaba más que de la proximidad de su dicha. Contóle un día que ya tenía tomada la casa, un cuarto precioso en la calle de Sagunto, cerca de su tía[b]; otro la entretuvo refiriéndole pormenores deliciosos de la instalación. Ya se habían comprado casi todos los muebles. Doña Lupe, que se pintaba sola para estas cosas, recorría diariamente las almonedas anunciadas en *La Corres-*

---

[a] [Pero acerca del sujeto con quien debía unirse, el corazón continuaba en las incertidumbres que precedieron a la vida del convento. Verdad que de ningún modo podía volverse atrás, burlando la generosidad sublime del pobre chico.]

[b] [En la familia había ido enfriándose poco a poco las repugnancias que la boda ocasionaba. Doña Lupe que la aceptó con resignación como un mal inevitable, estaba ya *en muy buen sentido.* Nicolás se vanagloriaba de haber ganado una brillante victoria contra el pecado, y de haber traído a la sociedad y a la religión un alma descarriada, y Juan Pablo continuaba tan indiferente como antes.]

pondencia, adquiriendo gangas y más gangas. La cama de matrimonio fue lo único que se tomó en el almacén; pero doña Lupe la sacó tan arreglada, que era como de lance. Y no sólo tenían ya casa y muebles, sino también criada. Torquemada les recomendó una que servía para todo y que guisaba muy bien, mujer de edad mediana, formal, limpia y sentada. Bien podía decirse de ella que era también ganga como los muebles, porque el servicio estaba muy malo en Madrid, pero muy malo. Nombrábase Patricia, pero Torquemada la llamaba *Patria,* pues era hombre tan económico que ahorraba hasta las letras, y era muy amigo de las abreviaturas por ahorrar saliva cuando hablaba y tinta cuando escribía.

Otra tarde le dio Maxi una hermosa sorpresa. Cuando Fortunata entró en el convento, las papeletas de alhajas y ropas de lujo que estaban empeñadas quedaron en poder del joven, que hizo propósito de liberar aquellos objetos en cuanto tuviese medios para ello. Pues bien, ya podía anunciar a su amada con indecible gozo que cuando entrara en la nueva casa, encontraría en ella las prendas de vestir y de adorno que la infeliz había arrojado al mar el día de su naufragio. Por cierto que las alhajas le habían gustado mucho a doña Lupe por lo ricas y elegantes, y del abrigo de terciopelo dijo que con ligeras reformas sería una pieza espléndida. Esto le llevó naturalmente a hablar de la herencia. Ya había cogido su parte, y con un pico que recibió en metálico había redimido las prendas empeñadas. Ya era propietario de inmuebles, y más valía esto que el dinero contante. Y a propósito de la herencia, también le contó que entre su hermano mayor y doña Lupe habían surgido ruidosas desavenencias. Juan Pablo empleó toda su parte en pagar las deudas que le devoraban y un descubierto que dejara en la administración carlista. No bastándole el caudal de la herencia, había tenido el atrevimiento de pedir prestada una cantidad a doña Lupe, la cual se voló y le dijo tantas cosas... Total, que tuvieron una fuerte pelotera, y desde entonces no se hablaban tía y sobrino, y éste se había ido a vivir con una querida. «¡Y viva la moralidad! ¡Y tradicionalista me soy!»

Charlaron otro día de la casa, que era preciosa, con vistas muy buenas. Como que del balcón del gabinete se alcanzaba a ver un poquito del Depósito de aguas; papeles nuevos, alcoba estucada, calle tranquila, poca vecindad, dos cuartos en cada piso, y sólo había principal y segundo. A tantas ventajas se unía la de estar todo muy a la mano: debajo carbonería, a cuatro pasos carnicería, y en la esquina próxima tienda de ultramarinos.

No podía olvidárseles el importante asunto de la carrera de *Rubinius vulgaris.* A mediados de septiembre se había examinado de la única clase que le faltaba para probar el último año, y lo más pronto que le fuera posible tomaría el grado. Desde luego entraría de practicante en la botica de Samaniego, el cual estaba gravemente enfermo, y si se moría, la viuda tendría que confiar a dos licenciados la explotación de la farmacia. Maxi entraría seguramente de segundo, con el tiempo llegaría a ser primero, y por fin amo del establecimiento. En fin, que todo iba bien y el porvenir les sonreía.

Estas cosas daban a Fortunata alegría y esperanza, avivando los sentimientos de paz, orden y regularidad doméstica que habían nacido en ella. Con ayuda de la razón, estimulaba en su propia voluntad la dirección aquella, y se alegraba de tener casa, nombre y decoro[a].

Dos días antes de la salida, confesó con el padre Pintado; expurgación larga, repaso general de conciencia desde los tiempos más remotos. La preparación fue como la de un examen de grado, y el capellán tomó aquel caso con gran solicitud y atención. Allí donde la penitente no podía llegar con su sinceridad, llegaba el penitenciario con sus preguntas de gancho. Era perro viejo en aquel oficio. Como no tenía nada de gazmoño, la confesión concluyó por ser un diálogo de amigos. Dióle consejos sanos y prácticos, hízole ver con palmarios ejemplos, algunos del orden humorístico, la perdición que trae a la criatura el dejarse mover de los sentidos, y le pintó las ventajas de una vida de continencia y modestia, dando de mano a la soberbia, al desorden y a los apetitos. Descendiendo de las alturas espirituales al terreno de la filosofía utilitaria, don León demostró a su penitente que el portarse bien es siempre ventajoso, que a la larga el mal, aunque venga acompañado de triunfos brillantes, acaba por infligir a la criatura cierto grado de penalidad sin esperar a las de la otra vida, que son siempre infalibles.

—Hágase usted la cuenta —le dijo también—, de que es

---

[a] [Esforzábase, y casi lo conseguía, en ver a Maxi mejorado en las [sus] condiciones externas, y para esto procuraba exagerar sus prendas morales, pintándoselo como un santo, como un alma superior. La hermosura del alma de que le había hablado Nicolás ¿llegaría a ser para ella realidad sensible? ¿Por qué no?]

otra mujer, de que se ha muerto y resucitado en otro mundo. Si encuentra usted algún día por ahí a las personas que en aquella pasada vida la arrastraron a la perdición, figúrese que son fantasmas, sombras, así como suena, y no las mire siquiera.

Por fin, encomendóle la devoción de la Santísima Virgen, como un ejercicio saludable del espíritu y una predisposición a las buenas acciones. La penitente se quedó muy gozosa, y el día que hizo la comunión se observó con una tranquilidad que nunca había tenido.

La despedida de las monjas fue muy sentida. Fortunata se echó a llorar. Sus compañeras Belén y Felisa le dieron besos, regaláronle estampitas y medallas, asegurándole que rezarían por ella. Doña Manolita mostróse envidiosa y desconsolada. Ella también saldría, pues sólo estaba allí por equivocación; pronto se habían de ver claras las cosas, y el asno de su marido vendría a pedirle perdón y a sacarla de aquel encierro. Sor Marcela, Sor Antonia, la Superiora y las demás madres mostráronse muy afables con ella, asegurando que era de las recogidas que les habían dado menos que hacer. Despidiéronla con sentimiento de verla salir; pero dándole parabienes por su boda y el buen fin que su reclusión había tenido.

En la sala la esperaban Maximiliano y doña Lupe, que la recogieron y se la llevaron en un coche de alquiler. Estaba convenido de antemano llevarla a casa del novio, cosa verdaderamente un poco irregular; pero como ella no tenía en Madrid parientes, al menos conocidos, doña Lupe no vio solución mejor al problema de alojamiento. La boda se verificaría el lunes 1.º de Octubre, dos días después de la salida de las Micaelas.

Sentía la señora de Jáuregui el goce inefable del escultor eminente a quien entregan un pedazo de cera y le dicen que modele lo mejor que sepa. Sus aptitudes educativas tenían ya materia blanda en quien emplearse. De una salvaje *en toda la extensión de la palabra,* formaría una señora, haciéndola a su imagen y semejanza. Tenía que enseñarle todo, modales, lenguaje, conducta. Mientras más pobreza de educación revelaba la alumna, más gozaba la maestra con las perspectivas e ilusiones de su plan.

Aquella misma mañana, cuando estaban almorzando, tuvo ya ocasión, con tanto regocijo en el alma como dignidad en el semblante, de empezar a aplicar sus enseñanzas.

—No se dice *armejas,* sino *almejas.* Hija, hay que irse acostumbrando a hablar como Dios manda.

Quería doña Lupe que Fortunata se prestase a reconocerla por directora de sus acciones en lo moral y en lo social, y mostraba desde los primeros momentos una severidad no exenta de tolerancia, como cumple a profesores que saben al pelo su obligación.

Destinósele una habitación contigua a la alcoba de la señora, y que le servía a ésta de guardarropa. Había allí tantos cachivaches y tanto trasto, que la huéspeda apenas podía moverse; pero dos días pasan de cualquier manera. Durante aquellos dos días, hallábase la joven muy cohibida delante de la que iba a ser su tía, porque ésta no bajaba del trípode ni cesaba en sus correcciones; y rara vez abría la boca Fortunata sin que la otra dejara de advertirle algo, ya referente a la pronunciación, ya a la manera de conducirse, mostrándose siempre autoritaria, aunque con estudiada suavidad.

—En los conventos —decía—, se corrigen muchos defectos; pero también se adquieren modales encogidos. Suéltese usted, y cuando salude a las visitas, hágalo con serenidad y sin atropellarse.

Estas cosas ponían a Fortunata de mal humor, y su encogimiento crecía.

Consideraba que cuando estuviera en su casa, se emanciparía de aquella tutela enojosa, sin chocar, por supuesto, porque además doña Lupe le parecía mujer de gran utilidad, que sabía mucho y aconsejaba algunas cosas muy puestas en razón.

Molestaban a Fortunata las visitas que, según ella, sólo iban por curiosear. Doña Silvia no había podido resistir la curiosidad y se plantó en la casa el mismo día en que la novia salió del convento. Al otro día fue Paquita Morejón, esposa de D. Basilio Andrés de la Caña, y ambas parecieron a Fortunata impertinentes y entrometidas. Su finura resultóle afectada, como de personas ordinarias que se empeñan en no parecerlo[a].

Las visitantes le daban cumplida enhorabuena por su boda. En los ojos se les leía este pensamiento: «Vaya una ganga la de usted.»

La señora de D. Basilio repitió la visita el segundo día. Iba vestida de pingajos de seda mal arreglados, queriendo aparen-

---

[a] [Pero aun así, Fortunata estaba muy cohibida ante ellas y deseaba que se marchasen, no sabiendo contestar a sus preguntas, ni cómo corresponder a los saludos y ofrecimientos. Balbucía, se azaraba y no daba pie en bola.]

tar. Hízose muy pegajosa; quería intimar y elogiaba la hermosura de la novia, como un medio indirecto de expresar las deficiencias de la misma en el orden moral.

Otra visita notable fue la de Juan Pablo, a quien llevó su hermano. Doña Lupe y el mayor de los Rubines no se hablaban después de la marimorena que tuvieron al repartir la herencia. Con gran sorpresa de la novia, Juan Pablo estuvo afectuoso con ella. Creeríase que intentaba hacer rabiar a su tía, concediendo su benevolencia a la persona de quien aquélla había dicho tantas perrerías. Durante la visita, que no fue breve, sentóse Fortunata en el borde de una silla, como una paleta, algo atontada y no sabiendo qué decir para sostener la conversación con un hombre que se expresaba tan bien. Al despedirse, dióle Juan Pablo un fuerte apretón de manos, diciéndole que asistiría a la boda.

Luego fueron tía y sobrina a ver la casa matrimonial. Doña Lupe le mostró uno por uno los muebles, haciéndole notar lo buenos que eran, y que su colocación, dispuesta por ella, no podía ser más acertada. El juicio sobre cada parte de la casa y sobre los trastos y su distribución dábalo ya por anticipado doña Lupe, de modo que la otra no tuviese que decir más que «Sí... verdad...»

De vuelta, ya avanzada la tarde, a la calle de Raimundo Lulio, se ocuparon en disponer varias cosas para el día siguiente. Maximiliano había ido a invitar a algunos amigos, y doña Lupe salió también diciendo que volvería antes de anochecido. Quedóse sola Fortunata, y se puso a hacer en su vestido de gro negro, que había de lucir en la ceremonia, ciertos arreglos de escasa importancia. No tenía más compañía que la de Papitos, que se escapaba de la cocina para ponerse al lado de la señorita, cuya hermosura admiraba tanto. El peinado era la principal causa de la estupefacción de la chiquilla, y habría dado ésta un dedo de la mano por poder imitarlo. Sentóse a su lado y no se hartaba de contemplarla, llenándose de regocijo cuando la otra solicitaba su ayuda, aunque sólo fuera para lo más insignificante. En esto llamaron a la puerta; corrió a abrir la mona, y Fortunata no supo lo que le pasaba cuando vio entrar en la sala a Mauricia la Dura.

II

El sentimiento que le inspiraba aquella mujer en las Micaelas; la inexplicable mescolanza de terror y atracción prodújose en aquel instante en su alma con mayor fuerza. Mauricia le infundía miedo y al propio tiempo una simpatía irresistible y misteriosa, cual si le sugiriera la idea de cosas reprobables y al mismo tiempo gratas a su corazón. Miró a su amiga sin hablarle, y ésta se le acercó sonriendo, como si quisiera decir: «Lo que menos esperabas tú era verme aquí ahora...»

—¿De veras eres tú...?

Y observó que Mauricia traía unos zapatos muy bonitos de cuero amarillo, atados con cordones azules terminados en madroños.

—¡Y qué bien calzada!...

—¿Qué te creías tú?

Después le miró la cara. Estaba muy pálida; los ojos parecían más grandes y traicioneros, acechando en sus profundos huecos violados bajo la ceja recta y negra. La nariz parecía de marfil, la boca más acentuada y los dos pliegues que la limitaban más enérgicos. Todo el semblante revelaba melancolía y profundidad de pensamiento, al menos así lo consideró Fortunata sin poder expresar por qué. Traía Mauricia un mantón nuevo y a la cabeza un pañuelo de seda de fajas azul-turquí y rojo vivo, delantal de cuadritos y falda de tartán, y en la mano un bulto atado con un pañuelo por las cuatro puntas.

—¿No está doña Lupe? —dijo sentándose sin ninguna ceremonia.

—Ya le he dicho que no —replicó Papitos con mal modo.

—No te he preguntado a ti, refistolera, métome-en-todo. Lárgate a tu cocina, y déjanos en paz.

Papitos se fue refunfuñando.

—¿Qué traes por aquí? —le preguntó Fortunata, que desde que la vio entrar, sentía palpitaciones muy fuertes.

—Pues nada... Estoy otra vez corriendo prendas, y aquí traigo unos mantones para que los vea esa tía pastelera...

—¡Qué manera de hablar! Corrígete, mujer... ¿Te has olvidado ya de la que hiciste en el convento? ¡Vaya un escándalo! Lo sentí mucho por ti. Aquel día me puse mala.

—Chica, no me hables... Vaya, que me trastorné de veras. Pero una tentación cualquiera la tiene. ¿Y qué, dije muchas barbaridades? Yo no me acuerdo. No estaba en mí, no sabía lo que hacía. Sólo me acuerdo de que vi a la Pura y Limpia, y después quise entrar en la iglesia y coger al Santísimo Sacramento... soñé que me comía la hostia... Nunca me ha dado un toque tan fuerte, chica... ¡Qué cosas se le ocurren a una cuando se sube el mengue a la cabeza! Créemelo porque yo te lo digo: cuando se me serenó el sentido, estaba abochornada... El único a quien guardaba rencor era el tío capellán. Me lo hubiera comido a bocados. A las señoras no. Me daban ganas de ir a pedirles perdón; pero por el aquel de la *dinidá* no fui. Lo que más me escocía era haberle tirado un ladrillazo a doña Guillermina. Esto sí que no me lo paso, no me lo paso... Y le he cogido tal miedo, que cuando la veo venir por la calle, se me sube toda la color a la cara, y me voy por otro lado para que no me vea. A mi hermana le ha dicho que me perdona, ¿ves?, y que todavía cuenta hacer algo por mí.

—Es que eres atroz... —le dijo Fortunata—. Si no te quitas ese vicio, vas a parar en mal.

—Quita, mujer, y no me digas nada... Pues si desde que salí de las Micaelas no he vuelto a catarlo... Soy ahora, como quien dice, otra. No quiero vivir con mi hermana, porque Juan Antonio y yo no casamos bien, pero a persona decente no me gana nadie ahora, créetelo porque yo te lo digo. No lo vuelvo a catar. Y si no, tú lo has de ver... Y pasando a otra cosa, ya sé que te casas mañana.

—¿Por dónde lo has sabido?

—Eso, acá yo... Todo se sabe —replicó la Dura con malicia—. Vaya, que te ha caído la lotería. Yo me alegro, porque te quiero.

En esto Mauricia se inclinó bruscamente y recogió del suelo un objeto pequeño. Era un botón[88].

—Buen agüero, mira —dijo mostrándolo a Fortunata—. Señal de que vas a ser dichosa.

—No creas en brujerías.

—¿Que no crea?... *Paices* boba. Cuando una se encuentra un botón, quiere decirse que a una le va a pasar algo. Si el botón es como éste, blanco y con cuatro *ujeritos,* buena señal; pero si es negro y con tres, mala.

---

[88] A partir de aquí, el protagonismo y los diversos —y a veces contrapuestos— significados simbólicos de los botones que van a ir apareciendo serán punto de referencia importante en el desarrollo de la acción y, muy en particular, de la historia de Fortunata.

—Eso es un disparate.

—Chica, es el Evangelio. Lo he probado la mar de veces. Ahora vas a estar en grande. ¿Sabes una cosa?

Dijo esto último con tal intención, que Fortunata, cuya ansiedad crecía sin saber por qué, vio tras el *sabes una cosa* una confidencia de extraordinaria gravedad.

—¿Qué?

—Que te quemas.

—¿Cómo que me quemo?

—Nada, mujer, que te quemas, que le tienes muy cerca. Te gustan las cosas claras, ¿verdad?, pues allá va. Volvió de Valencia muy bueno y muy enamoradito de ti. Lo que yo te decía, chica, lo mismo fue enterarse de que estabas en las Micaelas haciéndote la católica, que se le encendió el celo, y todas las tardes pasaba por allí en su *featón*. Los hombres son así; lo que tienen lo desprecian, y lo que ven guardado con llaves y candados, eso, eso es lo que se les antoja.

—Quita, quita... —dijo Fortunata, queriendo aparecer serena—. No me vengas con cuentos.

—Tú lo has de ver.

—¿Cómo que lo he de ver? Vaya, que tienes unas cosas...

Mauricia se echó a reír con aquel desparpajo que a su amiga le parecía el humorismo de un hermoso y tentador demonio. En medio de la infernal risa, brotaba esta frase que a Fortunata le ponía los pelos de punta:

—¿Te lo digo?... ¿te lo digo?

—¿Pero qué?

Se miraron ambas. Dentro de los cóncavos y amoratados huecos de los ojos, acechaban las pupilas de Mauricia con ferocidad de pájaro cazador.

—¿Te lo digo?... Pues el tal sabe echar por la calle de enmedio. Vaya, que es listo y ejecutivo. Te ha armado una trampa, en la cual vas a caer... Como que ya has metido la patita dentro.

—¿Yo...?

—Sí... tú. Pues ha alquilado el cuarto de la izquierda de la casa en que vas a vivir; el tuyo es el de la derecha.

—¡Bah!... No digas desatinos —replicó Fortunata, queriendo echárselas de valiente.

Deslizóse de sus rodillas al suelo la falda de gro negro que estaba arreglando.

—Como lo oyes, chica... Allí le tienes. Desde que entres en tu casa, le sentirás la respiración.

—Quita, quita... no quiero oírte.

—Si sabré yo lo que me digo. Para que te enteres: hace media hora que he estado hablando con él en casa de una amiga. Si no caes en la trampa, creo que el pobrecito revienta... tan dislocado está por ti.

—El cuarto de al lado... a mano izquierda cuando entramos... el mío a esta mano; de modo que... No me vuelvas loca...

—Lo ha tomado por cuenta de él una que llaman Cirila... Tú no la conoces; yo sí: ha sido también corredora de alhajas y tuvo casa de huéspedes. Está casada con uno que fue de la ronda secreta, y ahora tu señor me le ha colocado en el tren.

Fortunata sintió que se congestionaba. Su cabeza ardía.

—Vaya, todo eso es cuento... ¿Piensas que me voy a creer esas bolas?... ¡Como no se acuerde él de mí...! Ni falta.

—Tú lo has de ver. ¡Ay qué chico! Da pena verle... loquito por ti... y arrepentido de la partida serrana que te jugó. Si la pudiera reparar, la repararía... Créetelo porque yo te lo digo.

En esto entró Papitos con pretexto de preguntar una cosa a la señorita, pero realmente con el único objeto de curiosear. Lo mismo fue verla Mauricia que echarle los tiempos del modo más despótico.

—Mira, chiquilla, si no te largas, verás.

La amenazó con un movimiento del brazo, precursor de una gran bofetada; pero la mona se le rebeló, chillando así:

—No me da la gana... ¿Y a usted qué?... *¡Mia* ésta!...

Fortunata le dijo:

—Papitos, vete a la cocina.

Obedeció la rapaza, aunque de muy mala gana.

—Pues yo... —prosiguió Fortunata—, si es verdad le diré a mi marido que tome otra casa.

—Tendrías que cantarle el motivo.

—Se lo cantaré... vaya.

—Bonita escandalera armarías... Nada, hija, que la trampa te la ponen donde quiera que vayas, y ¡pum!... ídem de lienzo.

—Pues ca... no me casaré —dijo·la novia en el colmo ya de la confusión.

—¡Quiá! Por tonta que te quieras volver, no harás tal... ¿Crees que esas brevas caen todos los días? Que se te quite de la cabeza... Casadita, puedes hacer lo que quieras, guardando el aparato de la *comenencia*. La mujer soltera es una esclava; no puede ni menearse. La que tiene un peine de marido, tiene bula para todo.

Fortunata callaba, mirando vagamente al suelo, con la barba apoyada en la mano.

—¿Qué miras? —dijo la Dura inclinándose—. ¡Ah!, otro botón... y este es negro, con tres *ujeros*... Mala señal, chica. Esto quiere decir que si no te casas, mereces que te azoten.

Recogiendo el botón, lo miraba de cerca. Anochecía, y la sala se iba quedando a oscuras. Poco después Fortunata veía sólo el bulto de su amiga y los zapatos amarillos. Empezaba a cogerle miedo; pero no deseaba que se marchase, sino que hablara más y más del mismo temeroso asunto.

—Te digo que no me caso —repitió la joven, sintiendo que se renovaba en su alma el horror al matrimonio con el chico de Rubín.

Y las ideas tan trabajosamente construidas en las Micaelas, se desquiciaron de repente. Aquel altarito levantado a fuerza de meditaciones y de gimnasias de la razón, se resquebrajaba como si le temblara el suelo.

—El cuarto de la izquierda... de modo que... Eso es estar vendida... Una puerta aquí, otra allí...

—Lo que te digo, una patita en la trampa; sólo te falta meter la otra.

Y rompió a reír de nuevo con aquella franqueza insolente que a Fortunata le agradaba, cosa extraña, despertando en su alma instintos de dulce perversidad.

—Nada, yo no me caso, que no me caso, ¡ea! —declaró la novia levantándose y dando pasos de aquí para allí, cual si moviéndose quisiera infundirse la energía que le faltaba.

—Como lo vuelvas a decir... —añadió Mauricia haciendo un gesto de burlesca amenaza—. ¿Piensas que una ganga como ésta se encuentra detrás de cada esquina? Nada chica, a casarse tocan. En ese espejo quisieran verse otras. Y para acabar, chica, cásate, y haz por no caer en la trampa. Vaya, ponte a ser honrada, que de menos nos hizo Dios... Oye lo que te digo, que es el Evangelio, chica, el puro Evangelio.

Fortunata se detuvo ante su amiga, y ésta la obligó a sentarse otra vez a su lado.

—Nada, te casas... porque casarte es tu salvación. Si no, vas a andar de mano en mano hasta la *consunción* de los siglos. Tú no seas boba; si quieres ser honrada, *serlo,* hija. Descuida, que no te pondrán un puñal al pecho para que peques.

—Pues sí —dijo Fortunata, animándose—, ¿qué me importa a mí la trampa? Como yo no quiera caer...

—Claro... El otro ahí junto... pues que le parta un rayo. ¿A ti qué? Tú di: «soy honrada», y de ahí no te saca nadie. A los pocos días le dices a tu esposo de tu alma que la casa no te gusta, y tomáis otra.

—Di que sí... tomamos otra, y se acabó la trampa —observó la novia tomando en serio los consejos de su amiga.

—Verdad que él no se acobardará, y a donde vayas, él detrás. Créeme que está loco. Y te digo más. La criada que tienes, esa Patricia que le recomendó a doña Lupe el señor de Torquemada, está vendida.

—¡Vendida!... ¡Ah!... —exclamó Fortunata con nuevo terror—. Mira tú por qué esa mujer no me gustó cuando la vi esta mañana. Es muy aduladora, muy relamida, y tiene todo el aire de un serpentón... Pues nada, le diré a mi marido que no me gusta, y mañana mismo la despido.

—Eso... y viva el *caraiter*. Tú mira bien lo que te digo: siempre y cuando quieras ser honrada, *serlo;* pero dejarte de casar, ¡dejar de casarte!, que no se te pase por la cabeza, hija de mi alma.

Fortunata parecía recobrar la calma con esta exhortación de su amiga, expresada de una manera cariñosa y fraternal.

—Otra cosa se me ocurre —indicó luego con la alegría del náufrago que ve flotar una tabla cerca de sí—. Le diré a mi marido que estoy mala y que me lleve a vivir al pueblo ese donde ha cogido la herencia.

—¡Pueblo!... ¿Y qué vas a hacer tú en un pueblo? —dijo Mauricia con expresión de desconsuelo, como una madre que se ocupa del porvenir de su hija—. Mira tú, y créelo porque yo te lo digo: más difícil es ser honrada en un pueblo chico que en estas ciudades grandes donde hay mucho personal, porque en los pueblos se aburre una; y como no hay más que dos o tres sujetos finos y siempre les estás viendo, ¡qué peine!, acabas por encapricharte con alguno de ellos. Yo conozco bien lo que son los pueblos de corto personal. Resulta que el alcalde, y si no el alcalde el médico y si no el juez, si lo hay, te hacen tilín, y no quiero decirte nada. En último caso, tanto te aburres, que te da un *toque* y caes con el señor cura...

—Quita, quita, ¡qué asco!

—Pues chica, no pienses en salir de Madrid —agregó la tarasca cogiéndola por un brazo, atrayéndola a sí y sentándola sobre sus rodillas—. Hija de mi vida, ¿a quién quiero yo? A ti nada más. Lo que yo te diga es por tu bien. Déjate llevar; cásate, y si hay trampa, que la haya. Lo que debe pasar, pasa... Deja correr y haz caso de mí, que te he tomado cariño y soy *mismamente* como tu madre.

Fortunata iba a responder algo; pero la campanilla anunció que se aproximaba doña Lupe.

Cuando ésta penetró en la sala, ya sabía por Papitos quién estaba allí.

—¿En dónde está esa loca? —entró diciendo—. ¡Pero qué oscuridad! No veo gota, Mauricia...

—Aquí estoy, mi señora doña Lupe. Ya nos podían traer una luz.

Fortunata fue por la luz, y en tanto la viuda dijo a su corredora.

—¿Qué traes por acá? ¡Cuánto tiempo...! ¿Y qué tal? ¿Te has enmendado? Porque el padre Pintado le contó a Nicolás horrores de ti...

—No haga caso, señora. D. León es muy fabulista y boquea más de la cuenta. Fue un pronto que tuve.

—¡Vaya unos prontos!... ¿Y qué traes ahí?

Entró Fortunata con la lámpara encendida, y la tarasca empezó a mostrar mantones de Manila, un tapiz japonés, una colcha de malla y felpilla.

—Mire, mire que primores. Este pañolón es de la señá marquesa de Tellería. Lo da por un pedazo de pan. Anímese, señora, para que haga un regalo a su sobrina, el día de mañana, que así sea el *escomienzo* de todas las felicidades.

—¡Quita allá!... ni para qué quiere ésta mantones. ¡Buenos están los tiempos! ¿Y qué precio?... ¡Cincuenta duros! Ajajá... ¡qué gracia! Los tengo yo del propio Senquá, mucho más floreados que ése y los doy a veinticinco.

—Quisiera verlos... ¿Sabe lo que digo? Que me caiga ahora muerta aquí mismo, si no es verdad que me han ofrecido treinta y ocho y no lo he querido dar... Mire, por estas cruces.

Y haciendo la cruz con dos dedos, se la besó.

—¡A buena parte vienes!... Si estoy yo de mantones...

—Pero no serán como este.

—Mejores, cien veces mejores... Pero me alegro de que hayas venido: te voy a dar un aderezo para que me lo corras.

Y siguieron picoteando de este modo hasta que entró Maximiliano, y doña Lupe mandó sacar la sopa. El novio, enterándose de que había visita en la sala, acercóse despacito a la puerta para ver quién era.

—Es Mauricia —le dijo su prometida saliéndole al encuentro.

Ambos se fueron al comedor, esperando allí a que su tía despachase a la corredora. Cuando ésta se fue no quiso Fortunata salir a despedirla, por temor de que dijese algo que la pudiera comprometer.

III

Maximiliano habló a su futura de las invitaciones que había hecho, y ella le oía como quien oye llover; mas no reparó el joven en esta distracción por lo muy exaltado que estaba. Como era tan idealista, quería hacer el papel de novio con todas las reglas recomendadas por el uso, y aunque se vio solo en el comedor con su amada, tratábala con aquellos miramientos que impone el pudor más exquisito. No se decidía ni a besarla, gozando con la idea de poder hacerlo a sus anchas después de recibidas las bendiciones de la Iglesia, y aún de hacerle otras caricias con la falsa ilusión de no habérselas hecho antes. Mientras comían, Fortunata se sintió anegada en tristeza, que le costaba trabajo disimular. Inspirábale el próximo estado tanto temor y repugnancia, que le pasó por el pensamiento la idea de escaparse de la casa, y se dijo: «No me llevan a la Iglesia ni atada.» Doña Lupe, que gustaba tanto de hacer papeles y de poner en todos los actos la corrección social, no quería que los novios se quedasen solos ni un momento. Había que emplear una ficción moral como tributo a la moral misma y en prueba de la importancia que debemos dar a la forma en todas nuestras acciones.

Fortunata estuvo muy desvelada aquella noche. Lloraba a ratos como una Magdalena, y poníase luego a recordar cuanto le dijo el padre Pintado y el remedio de la devoción a la Santísima Virgen. Durmióse al fin rezando, y soñó que la Virgen la casaba, no con Maxi, sino con su verdadero hombre, con el que era suyo a pesar de los pesares. Despertó sobresaltada, diciendo: «Esto no es lo convenido.» En el delirio de su febril insomnio, pensó que D. León la había engañado y que la Virgen se pasaba al enemigo. «Pues para esto no se necesitaba tanto Padre Nuestro y tanta Ave María...» Por la mañana reíase de aquellos disparates, y sus ideas fueron más reposadas. Vio claramente que era locura no seguir el camino por donde la llevaban, que era sin duda el mejor. «¡Hala! Honrada a todo trance. Ya me defenderé de cuantas trampas se me quieran armar.»

Doña Lupe dejó las ociosas plumas a las cinco de la mañana cuando aún no era de día, y arrancó de la cama a Papitos, tirándole de una oreja, para que encendiera la lumbre. ¡Flojita tarea la de aquel día; un almuerzo para doce personas! Llamó a Fortunata para que se fuera arreglando, y acordaron dejar dormir a Maxi hasta la hora precisa, porque los madrugones le sentaban mal. Dio varias disposiciones a la novia para que trabajara en la cocina, y se fue a la compra con Papitos, llevando el cesto más grande que en la casa había.

Lo que doña Lupe llamaba el *menudo* era excelente: riñones salteados, sesos, merluza o pajeles, si los había, chuletas de ternera, filete a la inglesa... Esto corría de cuenta de la viuda, y Fortunata se comprometió a hacer una paella. A las ocho ya estaba doña Lupe de vuelta, y parecía una pólvora; tal era su actividad. Como que a las diez debían ir a la Iglesia.

—Pero no, no iré, porque si voy, de fijo me hace Papitos algún desaguisado.

La suerte fue que vino Patricia, y entonces se decidió la señora a asistir a la ceremonia.

Púsose la novia su vestido de seda negro, y doña Lupe se empeñó en plantarle un ramo de azahar en el pecho. Hubo disputa sobre esto... que sí, que no. Pero la señora de D. Basilio había traído el ramo y no se la podía desairar. Como que era el mismo ramo que ella se había puesto el día de su boda. Fortunata estaba guapísima, y Papitos buscaba mil pretextos para ir al gabinete y admirarla aunque sólo fuera un instante. «Esta sí que no tiene algodón en la delantera» —pensaba.

La de Jáuregui se puso su *visita* adornada con abalorio, y doña Silvia se presentó con pañuelo de Manila, lo que no agradó mucho a la viuda, porque parecía boda de pueblo. Torquemada fue muy majo; llevaba el hongo nuevo, el cuello de la camisa algo sucio, corbata negra deshilachada y en ella un alfiler con magnífica perla que había sido de la marquesa de Casa-Bojío. El bastón de roten y las enormes rodilleras de los calzones le acababan de caracterizar. Era hombre muy humorístico y tenía una baraja de chistes referentes al tiempo. Cuando diluviaba, entraba diciendo:

—Hace un polvo atroz.

Aquel día hacía mucho calor y sequedad, motivo sobrado para que mi hombre se luciera:

—¡Vaya una nevada que está cayendo!

Estas gracias sólo las reían doña Silvia y doña Lupe.

Maxi llevaba su levita nueva y la chistera que aquel día se puso por primera vez. Extrañaba mucho aquel desusado armatoste, y cuando se lo veía en la sombra, parecíale de tres o cuatro palmos de alto. Dentro de casa, creía que tocaba con su sombrero al techo. Pero en orden de chisteras, la más notable era la de D. Basilio Andrés de la Caña, que lo menos era de catorce modas atrasadas, y databa del tiempo en que Bravo Murillo le hizo ordenador de pagos. Las botas miraban con envidia al sombrero por el lustre que tenía. Nicolás Rubín presentóse menos desaseado que otras veces, sintiendo no haber podido traer a D. León. *Ulmus Sylvestris, Quercus gigantea,* y *Pseudo Narcissus odoripherus* presentáronse muy guapetones, de levitín, y alguno de ellos con guantes acabados de comprar, y rodearon a la novia, y la felicitaron y aún le dieron bromas, viéndose ella apuradísima para contestarles. Por fin, doña Lupe dio la voz de mando, y a la iglesia todo el mundo.

Fortunata tenía la boca extraordinariamente amarga, cual si estuviera mascando palitos de quina. Al entrar en la parroquia sintió horrible miedo. Figurábase que su enemigo estaba escondido tras un pilar. Si sentía pasos, creía que eran los de él. La ceremonia verificóse en la sacristía, y duró poco tiempo. Impresionaron mucho a la novia los símbolos del Sacramento, y por poco se cae redonda al suelo. Y al propio tiempo sentía en sí una luz nueva, algo como un sacudimiento, el choque de la dignidad que entraba. La idea del señorío enderezó su espíritu, que estaba como columna inclinada y próxima a perder el equilibrio. ¡Casada! ¡Honrada o en disposición de serlo! Se reconocía otra. Estas ideas, que quizás procedían de un fenómeno espasmódico, la confortaron; pero al salir volvió a sentirse acometida del miedo. ¡Si por acaso el enemigo se le aparecía...! Porque Mauricia le había dicho que rondaba, que rondaba, que rondaba... ¡Aquí de la Virgen! Pero ¡qué cosas! ¡Si María Santísima protegía ahora al enemigo! Esta idea extravagante no la podía echar de sí. ¿Cómo era posible que la Virgen defendiera el pecado? ¡Tremendo disparate! Pero disparate y todo, no había medio de destruirlo.

De regreso a la casa, doña Lupe no cabía en su pellejo; de tal modo se crecía y se multiplicaba atendiendo a tantas y tan diferentes cosas. Ya recomendaba en voz baja a Fortunata que no estuviese tan displicente con doña Silvia; ya corría al comedor a disponer la mesa; ya se liaba con Papitos y con Patricia, y parecía que a la vez estaba en la cocina, en la sala, y en la despensa y en los pasillos. Creeríase que había en la casa tres o cuatro viudas de Jáuregui funcionando a un tiempo. Su mente se acaloraba ante la temerosa contingencia de que el almuerzo saliera mal. Pero si salía bien, ¡qué triunfo! El corazón le latía con fuerza, comunicando calor y fiebre a toda su persona, y hasta la pelota de algodón parecía recibir también su parte de vida, palpitando y permitiéndose doler. Por fin, todo estuvo a punto. Juan Pablo, que no había ido a la iglesia, pero que se había unido a la comitiva al volver de ella, buscaba un pretexto para retirarse. Entró en el comedor cuando sonaba el pataleo de las sillas en que se iban acomodando los comensales, y contó...

—Me voy —dijo—, para no hacer trece.

Algunos protestaron de tal superstición, y otros la aplaudieron. A D. Basilio le parecía esto incompatible con las luces del siglo, y lo mismo creía doña Lupe; pero se guardó muy bien de detener a su sobrino por la ojeriza que le tenía, y Juan Pablo se fue, quedando en la mesa los comensales en la tranquilizadora cifra de doce.

Durante el almuerzo, que fue largo y fastidioso, Fortunata siguió muy encogida, sin atreverse a hablar, o haciéndolo con mucha torpeza cuando no tenía más remedio. Temía no comer con bastante finura y revelar demasiado su escasa educación. El temor de parecer ordinaria era causa de que las palabras se detuvieran en sus labios en el momento de ser pronunciadas. Doña Lupe, que la tenía al lado, estaba al quite para auxiliarla si fuera menester, y en los más de los casos respondía por ella, si algo se le preguntaba, o le soplaba con disimulo lo que debía de decir.

A un tiempo notaron Fortunata y doña Lupe que Maximiliano no se sentía bien. El pobrecito quería engañarse a sí mismo, haciéndose el valiente; mas al fin se entregó.

—Tú tienes jaqueca[89] —le dijo su tía.

—Sí que la tengo —replicó él con desaliento, elevándose la mano a los ojos—; pero quería olvidarla a ver si no haciéndole caso, se pasaba. Pero es inútil; no me escapo ya. Parece que se me abre la cabeza. Ya se ve, la agitación de ayer, la mala noche,

---

[89] Cfr. Angel Garma, «Jaqueca, seudo-oligofrenia y delirio en un personaje de Galdós», *Ficción*, 14 (1958), págs. 84-112; Joan Connelly Ullman y George H. Allison, «Galdós as Psychiatrist in *Fortunata y Jacinta*», *A. G.*, IX (1974), págs. 7-36.

porque a las tres de la mañana desperté creyendo que era la hora, y no volví a dormir.

Hubo en la mesa un coro compasivo. Todos dirigían al pobre jaquecoso miradas de lástima y algunos le proponían remedios extravagantes.

—Es mal de familia —observó Nicolás—, y con nada se quita. Las mías han sido tan tremendas, que el día que me tocaba, no podía menos que compararme a San Pedro Mártir, con el hacha clavada en la cabeza. Pero de algún tiempo a esta parte se me alivian con jamón.

—¿Cómo es eso?... ¿Aplicándose una tajada a la cabeza?

—No hija... comiéndolo...

—¡Ah! Uso interno...

—Vale. más que te retires —dijo Fortunata a su marido, cuyo sufrimiento crecía por instantes.

Doña Lupe fue de la misma opinión, y Maximiliano pidió permiso para retirarse, siéndole concedido con otro coro de lamentaciones. El almuerzo tocaba ya a su fin. Fortunata se levantó para acompañar a su marido, y no hay que decir que, sintiendo el motivo, se alegraba de abandonar la mesa, por verse libre de la etiqueta y de aquel suplicio de las miradas de tanta gente. Maxi se echó en su cama; su mujer le arropó bien, y cerrando las maderas, fue a la cocina a hacer un té. Allí se tropezó con doña Lupe, que le dijo:

—Primero es el café. Ya lo están esperando. Ayúdame, y luego harás el té para tu marido. Lo que él necesita es descanso.

La sobremesa fue larga. Pegaron la hebra D. Basilio y Nicolás sobre el carlismo, la guerra y su solución probable, y se armó una gran tremolina, porque intervinieron los farmacéuticos, que eran atrozmente liberales, y por poco se tiran los platos a la cabeza. Torquemada procuraba pacificar, y entre unos y otros molestaban mucho al enfermo con la bulla que hacían. Por fin, a eso de las cuatro fueron desfilando, teniendo la desposada que oír los plácemes empalagosos que le dirigían, confundidos con bromas de mal gusto, y contestar a todo como Dios le daba a entender. La tarde pasóla Maxi muy mal; le dieron vómitos y se vio acometido de aquel hormigueo epiléptico que era lo que más le molestaba. Al anochecer se empeñó en que se había de ir a la nueva casa, y su mujer y su tía no podían quitárselo de la cabeza.

—Mira que te vas a poner peor. Duerme aquí, y mañana...

—No, no quiero. Me siento algo aliviado. El periodo más

malo pasó ya. Ahora el dolor está como indeciso, y dentro de media hora aparecerá en el lado derecho, dejándome libre el izquierdo. Nos vamos a casa, me acuesto entre sábanas y allí pasaré lo que me resta.

Fortunata insistía en que no se moviese pero él se levantó y se puso la capa. No hubo más remedio que emprender la marcha para la otra casa.

—Tía —dijo Maxi—, que no se olvide el frasco de láudano. Cógelo tú, Fortunata, y llévalo. Cuando me meta en la cama, trataré de dormir, y si no lo consigo, echarás seis gotas, cuidado... seis gotas nada más de esta medicina en un vaso de agua, y me las darás a beber.

Muy abrigado y la cabeza envuelta para que no le diese el frío, lleváronlo a la casa matrimonial, que fue estrenada en condiciones poco lisonjeras. La distancia entre ambos domicilios era muy corta. Al atravesar la calle de Santa Feliciana, Fortunata creyó ver... juraría... Le corrió una exhalación fría por todo el cuerpo. Pero no se atrevía a mirar para atrás con objeto de cerciorarse. Probablemente no era más que delirio y azoramiento de su alma, motivados por las mil andróminas que le había contado Mauricia.

Llegaron, y como todo estaba preparado para pernoctar, nada echaron de menos. Sólo se habían olvidado unas bujías y Patricia bajó a traerlas. Acostado Maxi, sucedió lo que se temía: que se puso peor, y vuelta a los vómitos y a la desazón espasmódica.

—Tú no quieres hacer caso de mí... ¡Cuánto mejor que hubieras dormido en casa esta noche! Ahí tienes el resultado de tu terquedad.

Después de expresar su opinión autoritaria de esta manera, doña Lupe, viendo a su sobrino más tranquilo y como vencido del sopor, empezó a dar instrucciones a Fortunata sobre el gobierno de la casa. No aconsejaba, sino que disponía. Por dar órdenes, hasta le dijo lo que había de mandar traer de la plaza al día diguiente, y al otro y al otro.

—Y cuidado con dejar de tomarle la cuenta a la muchacha, al céntimo, pues Torquemada dice que no la abona y no hay que fiar... Si te falta algún cacharro en la cocina, no lo compres; yo te lo compraré, porque a ti te clavan... Nada de comprar petróleo en latas... el fuego me horripila. Desde mañana vendrá el petrolero de casa y le tomas lo que se gaste en el día... Patatas y jabón, una arroba de cada cosa. Cuidado cómo te sales de un diario de diecisiete reales todo lo más. El día que sea conveniente un extraordinario, me lo avisas... Yo iré con Papitos a la plaza de San Ildefonso, y te traeré lo que me parezca bien... A Maxi le pones dos huevitos pasados, ya sabes, y un sopicaldo. Los demás días su chuletita con patatas fritas. No compres nunca merluza en Chamberí. Papitos te la traerá. Mucho ojo con este carnicero, que es más ladrón que Judas. Si tienes alguna cuestión con él, nómbrame a mí y le verás temblar...

Y por aquí siguió amonestando y apercibiendo con ínfulas de verdadera ama y canciller de toda la familia. La suerte que se marchó.

Serían las diez cuando la desposada se quedó sola con su marido y con Patricia. Maxi no acababa de tranquilizarse, por lo que fue preciso apelar al remedio heroico. El mismo enfermo lo pidió, dejando oír una voz quejumbrosa que salía de entre las sábanas, y que por su tenuidad no parecía corresponder a la magnitud del lecho. Fortunata cogió el cuenta gotas y acercando la luz preparó la pócima. En vez de siete gotas no puso más que cinco. Le daba miedo aquella medicina. Tomóla Maxi y al poco rato se quedaba dormido con la boca abierta, haciendo una mueca que lo mismo podía ser de dolor que de ironía.

IV

Al ver dormido a su esposo, parecióle a Fortunata que se alejaba; encontróse sola, rodeada de un silencio alevoso y de una quietud traidora. Dio varias vueltas por la casa, sin apartar el pensamiento y las miradas de los tabiques que separaban su cuarto del inmediato, y los tales tabiques se le antojaron transparentes, como delgadas gasas, que permitían ver todo lo que de la otra parte pasaba. Andando de puntillas por los pasillos y por la sala, percibió rumor de voces. Si aplicara el oído a la pared, oiría quizás claramente; pero no se atrevió a aplicarlo. Por la ventana del comedor que daba a un patio medianero, veíase otra ventana igual con visillos en los cristales. Allí lucía una lámpara con pantalla verde, y alrededor de ella pasaban bultos, sombras, borrosas imágenes de personas, cuyas caras no se podían distinguir.

Después de hacer estas observaciones, fue a la cocina, donde estaba la criada preparando los trastos para el día siguiente. Era muy hacendosa y tan corrida en el oficio, que la misma doña Lupe se sorprendía de verla trabajar, porque despachaba las cosas en un decir Jesús, sin atropellarse. Pero a Fortunata le era antipática por aquella amabilidad empalagosa tras de la cual vislumbraba la traición.

—Patricia —le dijo su ama, afectando una curiosidad indiferente—. ¿Sabe usted qué gente es esa del cuarto de al lado?

—Señorita —replicó la criada sin dejarla concluir—; como estoy aquí desde el día antes de salir usted del convento, ya conozco a toda la vecindad... ¿sabe? En ese cuarto vive una señora muy fina que la llaman doña Cirila. Su marido es no sé que del tren. Tiene una gorra con galones y letras. Esta noche, cuando bajé por las bujías, me encontré a la vecina en la tienda y me preguntó por el señorito. Dijo que cualquier cosa que se ofreciera... ¿sabe? Es muy amable. Ayer entró aquí a ver la casa, y yo pasé a la suya... Dice que tiene muchas ganas de hacerle a usted la visita.

—¡A mí! —replicó Fortunata sentándose en la silla de la cocina, junto a la mesa de pino blanco—. ¡Qué confianzudo está el tiempo! Y usted, ¿para qué se ha metido allá, sin más ni más?... ¿Qué sabía usted si a mí me gustaba o no me gustaba entrar en relaciones...?

—Yo... señorita... calculé que...

«Nada, estoy vendida... —pensó Fortunata—, y esta mujer es el mismo demonio.»

Un rato estuvo meditando, hasta que Patricia, mientras ponía los garbanzos de remojo, la sacó de su abstracción con estas mañosas palabras:

—Díjome doña Cirila que es usted muy linda, ¿sabe?... que esta mañana la vio a usted en la iglesia y que le fue muy simpática. Verá usted, cuando la trate, que también ella se deja querer. Dice que se alegrará mucho de que usted pase a su casa cuando guste... con confianza, y que de noche están jugando a la brisca hasta las doce.

—¡Qué pase yo allá!... ¡Yo!

—Claro... y esta noche misma puede pasar, puesto que el señorito duerme y no son más que las diez... Digo, si quiere distraerse un rato[a].

---

[a] Digo, si quiere distraerse un rato: Diciendo esto, miraba a su ama con una expresión de falsa humildad y de lisonja traicionera, que turbó a Fortunata.

—¿Pero qué está usted diciendo? ¡Distraerme yo[a]!

Fortunata se habría dejado llevar del primer impulso de cólera, si en su alma no hubiera nacido otro impulso de tolerancia, unido a cierta relajación de conciencia. Se calló, y en aquel instante llamaron a la puerta.

—¡Llaman!... No abra usted, no abra usted —dijo con presentimiento de un cercano peligro.

—¿Por qué, señorita?... ¿A qué esos miedos...? Miraré por el ventanillo.

Y fue hacia el recibimiento. Desde la cocina oyó Fortunata cuchicheo en la puerta. Duró poco, y la criada volvió diciendo:

—Los de al lado... la misma señorita Cirila fue la que llamó. Nada, que si teníamos por casualidad azucarillos... Le he dicho que no. Me preguntó cómo seguía el señorito. Le contesté que duerme como un lirón.

Fortunata salió de la cocina sin decir nada, cejijunta y con los labios temblorosos. Fue a la alcoba y observó a su marido que dormía profundamente, pronunciando en su delirio opiáceo palabras amorosas entremezcladas con términos de farmacia: «Ídolo... De acetato de morfina, un centígramo... Cielo de mi vida... Clorhidrato de amoniaco, tres gramos... Disuélvase...»

Volviendo a la cocina, mandó a la criada que se acostase; pero la señora Patricia no tenía sueño.

—Mientras la señorita no se acueste, ¿para qué me he de acostar yo? Podría ofrecerse algo.

Y la muy picarona quería entablar conversación con su ama; mas ésta no le respondía a nada. De pronto, el despierto oído de Fortunata, cuyo pensamiento estaba reconcentrado en la trampa que a su parecer se le armaba, creyó sentir ruido en la puerta. Parecía como si cautelosamente probaran llaves desde fuera para abrirla. Fue allá muerta de miedo, y al acercarse cesó el ruido; ella no las tenía todas consigo, y llamó a Patria:

—Juraría que alguien anda en la puerta... Pero qué ¿no ha echado usted el cerrojo?

Observó entonces que el cerrojo no estaba echado, y lo corrió con mucho cuidado para no hacer ruido.

—¡Vaya, que si yo me fiara de usted para guardar la casa!...

---

[a] [¡Distraerme yo! ¡Tiene usted el atrevimiento de...!]

A ver, atención... ¿No siente usted un ruidito como si alguien estuviera tentando la cerradura?... ¿Ve usted? Ahora empujan... ¿Qué es esto?

—Señorita... ¿sabe? Es el viento que rebulle en la escalera. No sea usted tan medrosica...

Lo más particular era que la misma Fortunata, al correr el cerrojo con tanto cuidado, había sentido, allá en el más apartado escondrijo de su alma, un travieso anhelo de volverlo a descorrer. Podría ser ilusión suya; pero creía ver, cual si la puerta fuera de cristal, a la persona que tras ésta, a su parecer, estaba... Le conocía, ¡cosa más rara! en la manera de empujar, en la manera de rasguñar la fechadura, en la manera de probar una llave que no servía. Durante un rato, señora y criada no se miraron. A la primera le temblaban las manos y le andaba por dentro del cráneo un barullo tumultuoso. La sirviente clavaba en la señora sus ojos de gato, y su irónica sonrisa podría ser lo mismo el único aspecto cómico de la escena que el más terrible y dramático. Pero de repente, sin saber cómo, criada y ama cruzaron sus miradas, y en una mirada pareció que se entendieron. Patria le decía con sus ojos que arañaban: «Abra, usted, tonta, y déjese de remilgos.» La señora decía: «¿Le parece a usted bien que abra?... ¿Cree usted que...?»

Pero a Fortunata la ganó de súbito el decoro, y tuvo un rechazo de honor y dignidad.

—Si esto sigue —dijo—, despertaré a mi marido. ¡Ah!, ya parece que se retira el ladrón, pues ladrón debe de ser...

Tocó el cerrojo para cerciorarse de que estaba corrido, y se fue a la sala. Patricia volvió a la cocina.

«En todo caso, es demasiado pronto», pensó Fortunata sentándose en una silla y poniéndose a pensar. Fue como una concesión a las ideas malas que con tanta presteza surgían de su cerebro, como salen del hormiguero las hormigas, en larga procesión, negras y diligentes. Después trató de rehacerse de nuevo: «Resueltamente, mañana le digo a mi marido que la casa no me gusta y que es preciso que nos mudemos. Y a esta sinvergüenza la planto en la calle.»

¡Qué cosas pasan! De improviso, obedeciendo a un movimiento irresistible, casi puramente mecánico y fatal, Fortunata se levantó y saliendo de la sala, se acercó a la puerta. En aquel acto, todo lo que constituye la entidad moral había desaparecido con total eclipse del alma de la infortunada mujer; no había más que el impulso físico, y lo poco que de espiritual había en ello, engañábase a sí mismo creyéndose simple curiosidad. Aplicó el oído a la rejilla... Pues sí, la persona, el ladrón o lo que fuera, continuaba allí. Instintivamente, como el suicida pone el dedo en el gatillo, llevó la mano al cerrojo; pero así como el suicida, instintivamente también, se sobrecoge y no tira, apartó su mano del cerrojo, el cual tenía el mango tieso hacia adelante como un dedo que señala.

Entonces, por los huecos de la rejilla, de fuera adentro, penetraron estas palabras adelgazadas por la voz, cual si hubieran de pasar por un tamiz finísimo: «Nena, nena... ahora sí que no te me escapas.»

Fortunata no hizo movimiento alguno. Se había convertido en estatua. Creía estar sola, y vio que Patria se acercaba pasito a pasito, pisando como los gatos. No con el lenguaje, sino con aquella cara gatesca y aquella boca que parecía que se estaba siempre relamiendo, decía: «Señorita, abra usted y no haga más papeles. Si al fin ha de abrir mañana, ¿por qué no abre esta noche?»

Como si esto hubiera sido expresado con la voz, con la voz respondió la señora:

—No, no abro.

—Vaya por Dios...

Largo y temeroso silencio siguió a esto. Después sintieron que se abría y se cerraba la puerta del cuarto vecino. Fortunata respiró. El *otro,* cansado de esperar, se retiraba.

—Vaya por Dios —repitió Patricia, como si dijera: «Tanto repulgo para caerse luego...»

Pasado un cuarto de hora, sintieron que se abría otra vez la puerta de la izquierda. Corrió Fortunata al ventanillo, miró con cuidado y... el *otro* salía embozándose en su capa con vueltas encarnadas. La emoción que sintió al verle fue tan grande, que se quedó como yerta, sin saber dónde estaba. Hacía tres años que no le había visto... Observó un hecho muy desagradable: al salir el tal, no había mirado a la puerta de la derecha, como parecía natural... Estaba enojado sin duda...

Y movida del mismo impulso mecánico, la señora de Rubín corrió al balcón de la sala, y abrió quedamente la madera... En efecto, le vio atravesar la calle y doblar la esquina de la de Don Juan de Austria. Tampoco había mirado para los balcones de la casa, como es natural mire el chasqueado expugnador de una plaza, al retirarse de sus muros.

Patricia se permitió la confianza de poner su mano en el hombro de su ama, diciéndole:

—Ahora sí que nos podemos acostar. ¡Qué susto hemos pasado!

Fortunata le respondió:

—¿Susto yo?... ¡Quia!

Todo esto se decía en un cuchicheo cauteloso, y lo mismo lo habrían dicho aunque no hubiera allí un enfermo cuyo sueño había que respetar. La criada se deslizó blandamente por los oscuros pasillos y el ama entró en la alcoba. Al ver a su marido, sintió como si lo que está a cien mil leguas de nosotros se nos pusiera al lado de repente. Maxi había dado vueltas en el lecho y dormía como los pájaros, con la cabeza bajo el ala. El mezquino cuerpo se perdía en la anchura de aquella cama tan grande, y allí podía pasearse en sueños el esposo como en los inconmensurables espacios del Limbo.

La esposa no se acostó, y acercando una butaca a la cama, y echándose en ella, cerró los ojos. Y allá de madrugada fue vencida del sueño, y se le armó en el cerebro un penoso tumulto de cerrojos que se descorrían, de puertas que se franqueaban, de tabiques transparentes y de hombres que se colaban en su casa filtrándose por las paredes.

V

A la mañana siguiente, Maxi estaba mejor, pero rendidísimo. Daba lástima verle. Su palidez era como la de un muerto; tenía la lengua blanca, mucha debilidad y ningún apetito. Diéronle algo de comer, y Fortunata opinó que debía quedarse en la cama hasta la tarde. Esto no le disgustaba a Maxi, porque sentía cierto alborozo infantil de verse en aquel lecho tan grandón y rodar por él. La mujer le cuidaba como se cuida a un niño, y se había borrado de su mente la idea de que era un hombre.

Vino doña Lupe muy temprano, y enterada de que Maxi estaba bien, empezó a dar órdenes y más órdenes, y a incomodarse porque ciertas cosas no se habían hecho como ella mandara. Iba de la sala a la cocina y de la cocina a la sala, dictando reglas y pragmáticas de buen gobierno. Maxi se quejaba de que su mujer estaba más tiempo fuera de la alcoba que en ella, y la llamaba a cada instante.

—Gracias a Dios, hija, que pareces por aquí. Ni siquiera me has dado un beso. ¡Qué día de boda, hija, y qué noche! Esta maldita jaqueca... pero ya pasó, y ahora lo menos en quince días no me volverá a dar... ¡Vamos! Ya estás otra vez queriendo marcharte a la cocina. ¿No está esa señora Patria?

—Ha ido a la compra. La que está es tu tía, por cierto dando *tantísmas* órdenes, que no sabe una a cual atender primero.

—Pues déjala. Tú a todo di que sí, y luego haces lo que quieras, pichona. Ven acá... Que trabaje Patria; para eso está. ¡Qué bien sirve! ¿Verdad? Es una mujer muy lista.

—Ya lo creo...

—¿Te vas de veras?

—Sí, porque si no, tu tía me va a echar los tiempos.

—¡Pues me gusta!... Entonces me levanto, y me voy también a la cocina. Yo quiero estarte mirando hasta que me harte bien. Ahora eres mía; soy tu dueño único, y mando en tí.

—Vuelvo al momentito, rico...

—Estos momentitos me cargan —dijo él nadando en las sábanas como si fueran olas.

Toda la mañana tuvo Fortunata el pensamiento fijo en la casa vecina. Mientras almorzaba sola, miraba por la ventana del patio, pero no vio a nadie. Parecía vivienda deshabitada. Siempre que pasaba por la sala echaba la esposa de Rubín miradas furtivas a la calle. Ni un alma. Sin duda la trampa se armaba sólo por las noches.

A la tarde, hallándose sola con Patricia en la cocina, tuvo ya las palabras en la boca para preguntarle: «¿Y los de al lado?»

Pero no desplegó sus labios. Debió de penetrar la maldita gata aquella en el pensamiento de su ama, pues como si contestara a una pregunta, le dijo de buenas a primeras:

—Pues ahorita, cuando baje a la carnicería, ¿sabe? encontréme a la señorita Cirila. Me preguntó por el señorito, y dijo que pasaría a verla a usted, sin decir cuándo ni cuándo no.

—No me venga usted con cuentos de... esa familiona —contestó Fortunata, cuyo ánimo estaba bastante aplacado para poder tomar aquella correcta actitud—. Ni qué me importa a mí... ¿me entiende usted?

Maximiliano se levantó, dio algunas vueltas; pero estaba tan débil, que tuvo que volver a acostarse. Ella, en tanto, seguía observando. No se oía en la vecindad ningún rumor. Por la noche igual silencio. Parecía que a la doña Cirila, a su marido, el de la gorra con letras, y a los amigos que les visitaban, se les había tragado la tierra. Por la noche, sintió Fortunata tristeza y desasosiego tan grandes, que no sabía lo que le pasaba. Se habría podido creer que la contrariaba el no ver a nadie de la casa próxima, el no sentir pisadas, ni ruido de puertas, ni nada. Maximiliano, que desde media tarde había vuelto a nadar entre las agitadas sábanas del lecho, y estaba tan impertinente como un niño enfermo que ha entrado en la convalecencia, dijo a su consorte, ya cerca de las diez, que se acostase, y ésta obedeció; mas la repugnancia, y hastío que inundaban su alma en aquel instante eran de tal modo imperiosos, que le costó trabajo no darlos a conocer. Y el pobre chico no se encontraba en aptitud de expresarle su desmedido amor de otro modo que por manifestaciones relacionadas exclusivamente con el pensamiento y con el corazón. Palabras ardientes sin eco en ninguna concavidad de la máquina humana, impulsos de cariño propiamente ideales, y de aquí no salía, es decir, no podía salir. Fortunata le dijo con expresión fraternal y consoladora:

—Mira, duérmete, descansa y no te acalores. Anoche has estado muy malito, y necesitas unos días para reponerte. Hazte cuenta que no estoy aquí, y a dormir se ha dicho.

Si le tranquilizó, no se sabe; pero ello es que se quedó dormida, y no despertó hasta las siete de la mañana.

Maxi se quedó más tiempo en la cama, hartándose de sueño, aquel reparo que su desmedrada constitución reclamaba. Púsose Fortunata a arreglar la casa y mandó a Patricia a la compra, cuando he aquí que entra doña Lupe toda descompuesta:

—¿No sabes lo que pasa? Pues una friolera. Déjame sentar que vengo sofocadísima. Vaya que dan que hacer mis dichosos sobrinos. Anoche han puesto preso a Juan Pablo. Ha venido a decírmelo ahora mismo D. Basilio. Entraron los de la policía en la casa de esa mujer con quien vive ahora, ¿te vas enterando?, y después de registrar todo y de coger los papeles, trincaron a mi sobrino, y en el Saladero me le tienes... Vamos a ver, ¿y qué hago yo ahora? Francamente, se ha portado muy mal conmigo; es un mal agradecido y un manirroto. Si sólo se tratara de tenerle unos días en la cárcel, hasta me alegraría, para que escarmiente y no vuelva a meterse donde no le llaman. Pero me ha dicho D. Basilio que a todos los presos de anoche... han cogido a mucha gente... les van a mandar nada menos que a las islas Marianas[90], y aunque Juan Pablo se

[91] Las islas Marianas, situadas al Este de las Filipinas, fueron descubiertas por Magallanes en 1521 y pertenecieron a España hasta

tiene bien merecido este paseo, francamente, es mi sobrino, y he de hacer cuanto pueda para que le pongan en libertad.

Maxi, que oyera desde la alcoba algunas palabras de este relato, llamó; y doña Lupe lo repitió en su presencia, añadiendo:

—Es preciso que te levantes ahora mismo y vayas a ver a todas las personas que puedan interesarse por tu hermano, que bien ganado se tiene el achuchón, ¡pero qué le hemos de hacer!... Tú verás a D. León Pintado, para que te presente al Doctor Sedeño, el cual te presentará a D. Juan de Lantigua[91], que aunque es un señor muy *neo,* tiene influencia por su respetabilidad. Yo pienso ver a Casta Moreno para que interceda con D. Manuel Moreno Isla, y éste le hable a Zalamero, que está casado con la chica de Ruiz Ochoa. Cada uno por su lado, beberemos los vientos para impedir que le plantifiquen en las islas Marianas.

Vistióse el joven a toda prisa, y doña Lupe, en tanto, dispuso que no se hiciese almuerzo en la cocina de Fortunata, y que ésta y su marido almorzaran con ella, para estar de ese modo reunidos en día de tanto trajín. Maxi salió después de desayunarse, y su mujer y su tía se fueron a la otra casa. Por el camino, doña Lupe decía:

—Es lástima que Nicolás se haya ido a Toledo hace dos días, pues si estuviera aquí, él daría pasos por su hermano, y con seguridad le sacaría hoy mismo de la cárcel, porque los curas son los que mas conspiran y los que más pueden con el Gobierno... Ellos la arman, y luego se dan buena maña para atarle las manos a los ministros cuando tocan a castigar. Así está el país que es un dolor... todo tan perdido... ¡Hay más miseria...! Y las patatas a seis reales arroba, cosa que no se ha visto nunca.

Púsose la viuda en movimiento con aquella actividad valerosa que le había proporcionado tantos éxitos en su vida, y Fortunata y Papitos quedaron encargadas de hacer el almuer-

---

1899. A mediados del siglo XIX, debido a los brotes de liberalismo e independentismo, el Estado español convirtió a estas islas en un presidio para españoles y filipinos. Cfr. Aniceto Ibañez del Carmen, *Chronicle of the Mariana Islands,* Guam, 1976.

[91] Don Juan de Lantigua, abogado y publicista católico, padre de Gloria, era un caballero de intachable conducta que, a pesar de ser muy *neo* transigía con hombres de ideas contrarias a las suyas. Apareció anteriormente en *Gloria* y *La de Bringas.*

zo. A la hora de éste, volvió doña Lupe sofocada, diciendo que Samaniego, el marido de Casta Moreno, se hallaba en peligro de muerte y que por aquel lado no podía hacerse nada. Casta no estaba en disposición de acompañarla a ninguna parte. Tocaría, pues, a otra puerta, yéndose derechita a ver al Sr. de Feijoo, que era amigo suyo y había sido su pretendiente, y tenía gran amistad con D. Jacinto Villalonga, íntimo del Ministro de la Gobernación. A poco llegó don Basilio diciendo que Maxi no venía a almorzar.

—Ha ido con D. León Pintado a ver a no sé qué personaje, y tienen para un rato.

Fortunata determinó volverse a su casa, pues tenía algo que hacer en ella, y repitiéndole a Papitos las varias disposiciones dictadas por la autócrata en el momento de su segunda salida, se puso el mantón y cogió calle. No tenía prisa y se fue a dar un paseíto, recreándose en la hermosura del día, y dando vueltas a su pensamiento, que estaba como el Tío Vivo, dale que le darás, y torna y vira... Iba despacio por la calle de Santa Engracia, y se detuvo un instante en una tienda a comprar dátiles, que le gustaban mucho. Siguiendo luego su vagabundo camino, saboreaba el placer íntimo de la libertad, de estar sola y suelta siquiera poco tiempo. La idea de poder ir a donde gustase la excitaba haciendo circular su sangre con más viveza. Tradújose esta disposición de ánimo en un sentimiento filantrópico, pues toda la calderilla que tenía la iba dando a los pobres que encontraba, que no eran pocos... Y anda que andarás, vino a hacerse la consideración de que no sentía malditas ganas de meterse en su casa. ¿Qué iba ella a hacer en su casa? Nada. Conveníale sacudirse, tomar el aire. Bastante esclavitud había tenido dentro de las Micaelas. ¡Qué gusto poder coger de punta a punta una calle tan larga como la de Santa Engracia! El principal goce del paseo era ir solita, libre. Ni Maxi ni doña Lupe ni Patricia ni nadie podían contarle los pasos, ni vigilarla ni detenerla. Se hubiera ido así... sabe Dios hasta dónde. Miraba todo con la curiosidad alborozada que las cosas más insignificantes inspiran a la persona salida de un largo cautiverio. Su pensamiento se gallardeaba en aquella dulce libertad, recreándose con sus propias ideas. ¡Qué bonita, *verbi gracia,* era la vida sin cuidados, al lado de personas que la quieren a una y a quien una quiere... ! Fijóse en las casas del barrio de las Virtudes, pues las habitaciones de los pobres le inspiraban siempre cariñoso interés. Las mujeres mal vestidas que salían a las puertas y los chicos derrotados y sucios que jugaban en la calle atraían sus miradas, porque la existencia tranquila, aunque fuese oscura y con estrecheces, le causaba envidia. Semejante vida no podía ser para ella, porque estaba fuera de su centro natural. Había nacido para menestrala; no le importaba trabajar *como el obispo* con tal de poseer lo que por suyo tenía. Pero alguien la sacó de aquel su primer molde para lanzarla a vida distinta; después la trajeron y la llevaron diferentes manos. Y por fin, otras manos empeñáronse en convertirla en señora. La ponían en un convento para moldearla de nuevo, después la casaban... y tira y dale. Figurábase ser una muñeca viva, con la cual jugaba una entidad invisible, desconocida, y a la cual no sabía dar nombre.

Ocurrióle si no tendría ella *pecho* alguna vez, quería decir iniciativa... si no haría alguna vez lo que le saliera *de entre sí.* Embebecida en esta cavilación, llegó al Campo de Guardias, junto al Depósito. Había allí muchos sillares, y sentándose en uno de ellos, empezó a comer dátiles. Siempre que arrojaba un hueso, parecía que lanzaba a la inmensidad del pensar general una idea suya, calentita, como se arroja la chispa al montón de paja para que arda.

«Todo va al revés para mí... Dios no me hace caso. Cuidado que me pone las cosas mal... El hombre que quise, ¿por qué no era un triste albañil? Pues no; había de ser señorito rico, para que me engañara y no se pudiera casar conmigo... Luego, lo natural era que yo le aborreciera... pues no señor, sale siempre la mala, sale que le quiero más... Luego lo natural era que me dejara en paz, y así se me pasaría esto; pues no señor, la mala otra vez; me anda rondando y me tiene armada una trampa... También era natural que ninguna persona decente se quisiera casar conmigo; pues no señor, sale Maxi y... ¡tras!, me pone en el disparadero de casarme, y nada, cuando apenas lo pienso, bendición al canto... ¿Pero es verdad que estoy casada yo?...»

VI

Miraba el hueso del dátil que se acababa de comer, y como si el hueso le dijera que sí, hizo ella un signo afirmativo y algo desconsolado...

—¡Vaya si lo estoy!

Quedóse tan profundamente ensimismada, que olvidó dónde estaba. Pero levantándose de repente, echó a andar hacia abajo, como los que llevan en el cerebro ese cascabel que se llama *idea fija*. Había subido la luenga calle con aires de paseante, distraída, alegre, vago el mirar; bajábala como los monomaníacos. Al llegar frente a la iglesia, sacóla de este embebecimiento un ruido de pasos que sintió tras sí. «Estos pasos son los suyos —pensó—; pues lo que es yo no miro para atrás. ¿Qué haré? Aprisita, aprisita.»

La curiosidad pudo más que nada y Fortunata miró; no era. Más adelante sintió otra vez pasos persistentes y vio una sombra que se extendía por la calle, paralela a su sombra. Aquel sí era... ¿Miraría? No; más valía no darse por entendida... Por fin, la pícara curiosidad... Miró y tampoco era. Al llegar a su casa estaba más tranquila[a]. Cuando Patria abrió la puerta, le preguntó:

—¿Ha venido alguien? ¿El señorito está?...

—El señorito no viene hasta la noche. Mandó un recado para que no le esperase usted.

Y la taimada gata se sonreía de un modo tan zalamero, que Fortunata no pudo menos de preguntarle:

—¿Quién está ahí?

Volvió a sonreír Patricia con infernal malicia, y...

—¿Qué... pero qué...? —balbució la señora acercándose de puntillas a la puerta de la sala.

Empujóla suavemente hasta abrir un poquito. No veía nada. Abrió más, más... Estaba pálida como si se hubiera quedado sin sangre... Abrió más... acabáramos. En el sofá de la sala, tranquilamente sentado... ¡Dios!, *el otro*. Fortunata estuvo a punto de perder el conocimiento. Le pasó un no sé qué por delante de los ojos, algo como un velo que baja o un velo que sube. No dijo nada. Él, pálido también, se levantó y dijo claramente.

—Adelante, *nena*.

Fortunata no daba un paso. De repente (el demonio explicara aquello), sintió una alegría insensata, un estallido de infinitas ansias que en su alma estaban contenidas. Y se precipitó en los brazos del Defín, lanzando este grito salvaje:

—¡Nene!... ¡Bendito Dios!.

Olvidados de todo, los amantes estuvieron abrazados largo rato. La prójima fue quien primero habló, diciendo:

—Nene, me muero por ti...

[a] Subió y miró el piso de la izquierda: Ni el más leve ruido se oía en ninguno de los dos cuartos.

—Ven acá —dijo Santa Cruz cogiéndola por un brazo.

Dejábase llevar ella, como la cosa más natural del mundo. Franquearon la puerta de la casa, que estaba abierta. Y la del cuarto de la izquierda, ¡qué casualidad!, abierta también. Luego que pasaron, alguien cerró. En aquella morada reinaba una discreción alevosa. Juan la llevó a una salita muy bien puesta, junto a la cual había una alcoba perfectamente arreglada. Sentáronse en el sofá y se volvieron a abrazar. Fortunata estaba como embriagada, con cierto desvarío en el alma, perdida la memoria de los hechos recientes. Toda idea moral había desaparecido como un sueño borrado del cerebro al despertar; su casamiento, su marido, las Micaelas, todo esto se había alejado y puéstose a millones de leguas, en punto donde ni aun el pensamiento lo podía seguir. Su amante le dijo con simpática voz:

—¡Cuánto tenemos que hablar!

Y a ella le entró una risa convulsiva, que difícilmente podía expresarse:

—Ji ji ji... ¡Tres años!... No, más años, más,[92] porque ji ji ji... ¿Ves cómo tiemblo? No sé lo que me pasa... pues sí, más tiempo, porque cuando estuve aquí con ji ji ji... *Juárez el Negro,* te vi y no te vi... y siempre él delante, y un día que le dije que te quería, sacó un cuchillo muy grande, ji ji ji... y me quiso matar... Yo muriéndome por hablarte y él que no... que no... Nuestro *nenín* muerto, y yo más muerta, ji ji; y en Barcelona me acordaba de ti y te mandaba besos por el aire, y en Zaragoza... besos por el aire... ji ji, y en Madrid lo mismo. Y cuando me metieron en el convento, también... ji ji ji... besos por el aire... y tú sin acordarte de mí, malo...

—¡Sin acordarme! Desde que volví de Valencia te estoy dando caza... ¡Lo que he pasado, hija! Ya te contaré. Y al fin te he cogido... ¡ah, buena pieza! Ahora me las pagarás todas juntas... ¡Cuánto me has hecho sufrir!... ¡Más maldiciones le he echado a ese dichoso convento...! Pero qué guapa estás, nena.

—Chi.

—Estás hermosísima.

—Chi... para ti.

El frío aquel de fiebre se trocó de improviso en calor violentísimo, y la risa convulsiva en explosión de llanto.

---

[92] De mayo de 1870 a octubre de 1874 es, en efecto, más de tres años.

—No es día de llorar, sino de estar alegre.

—¿Sabes de qué me acuerdo? De mi *nenín* tan gracioso... Si hubiera vivido, le habrías querido tú, ¿verdad? Me parece que le veo, cuando se le llevaron en la cajita azul... Aquella misma noche fue cuando Juárez el Negro me sacó un cuchillote tan grande, y me dijo con aquel vocerrón: «Brr... son las ocho; reza lo que tengas que rezar, porque antes de las nueve te mato.» Estaba furioso de celos... ¡Ay, qué miedo tan atroz!

—¡Cuánto tenemos que contar!... Yo a ti, tú a mí. Ya sé que te has casado. Has hecho bien.

Este *has hecho bien* le cayó a la prójima como una gota fría en el corazón, trayéndola bruscamente a la realidad. Enjugando sus lágrimas, se acordó de Maxi, de su boda; y su casa, que se había alejado cien millones de leguas, se puso allí, a cuatro pasos, fúnebre y antipática. El rechazo de su alma ante este fenómeno le secó en un instante todas las lágrimas.

—¿Y por qué hice bien?

—Porque así eres más libre y tienes un nombre. Puedes hacer lo que quieras, siempre que lo hagas con discreción. He oído que tu marido es un buen chico, que ve visiones...

Al oír esto, vio Fortunata levantarse en su espíritu la imagen ideal, o más bien, el espectro de su perversidad. Lo que acababa de hacer era de lo que apenas tiene nombre, por lo muy extraordinario y anormal, en el registro de las maldades humanas. El lugar, la ocasión, daban a su acto mayor fealdad, y así lo comprendió en un rápido examen de conciencia; pero tenía la antigua y siempre nueva pasión tanto empuje y lozanía, que el espectro huyó sin dejar rastro de sí. Se consideraba Fortunata en aquel caso como ciego mecanismo que recibe impulso de sobrenatural mano. Lo que había hecho, hacíalo, a juicio suyo, por disposición de las misteriosas energías que ordenan las cosas más grandes del universo, la salida del sol y la caída de los cuerpos graves. Y ni podía dejar de hacerlo, ni discutía lo inevitable, ni intentaba atenuar su responsabilidad, porque ésta no la veía muy clara, y aunque la viese, era persona tan firme en su dirección, que no se detenía ante ninguna consecuencia, y se *conformaba,* tal era su idea, *con ir al infierno*.

—Esto de alquilar la casa próxima a la tuya —dijo Santa Cruz—, es una calaverada que no puede disculparse sino por la demencia en que yo estaba, niña mía, y por mi furor de verte y hablarte. ¡Cuando supe que habías venido a Madrid, me entró un delirio...! Yo tenía contigo una deuda del corazón, y el cariño que te debía me pesaba en la conciencia. Me volví loco, te busqué como se busca lo que más queremos en el mundo. No te encontré; a la vuelta de una esquina me acechaba una pulmonía para darme el estacazo... caí.

—¡Pobrecito mío!... Lo supe, sí. También supe que me buscaste. ¡Dios te lo pague! Si lo hubiera sabido antes, me habrías encontrado.

Esparció sus miradas por la sala; pero la relativa elegancia con que estaba puesta no la afectó. En miserable bodegón, en un sótano lleno de telarañas, en cualquier lugar subterráneo y fétido habría estado contenta con tal de tener al lado a quien entonces tenía. No se hartaba de mirarle.

—¡Qué guapo estás!

—¿Pues y tú? ¡Estás preciosísima!... Estás ahora mucho mejor que antes.

—¡Ah! no —repuso ella con cierta coquetería—. ¿Lo dices porque me he civilizado algo? ¡Quiá! No lo creas: yo no me civilizo, ni quiero; soy siempre pueblo; quiero ser como antes, como cuando tú me echaste el lazo y me cogiste.

—¡Pueblo!, eso es —observó Juan con un poquito de pedantería—; en otros términos: lo esencial de la humanidad, la materia prima, porque cuando la civilización deja perder los grandes sentimientos, las ideas matrices, hay que ir a buscarlos al bloque, a la cantera del pueblo.

Fortunata no entendía bien los conceptos; pero alguna idea vaga tenía de aquello.

—Me parece mentira —dijo él—, que te tengo aquí, cogida otra vez con lazo, fiercita mía. y que puedo pedirte perdón por todo el mal que te he hecho...

—Quita allá... ¡perdón! —exclamó la joven anegándose en su propia generosidad—. Si me quieres, ¿qué importa lo pasado?

En el mismo instante alzó la frente, y con satánica convicción, que tenía cierta hermosura por ser convicción y por ser satánica, se dejó decir estas arrogantes palabras:

—Mi marido eres tú... todo lo demás... ¡papas!

Elástica era la conciencia de Santa Cruz, mas no tanto que no sintiera cierto terror al oír expresión tan atrevida. Por corresponder, iba él a decir *mi mujer eres tú;* pero envainó su mentira, como el hombre prudente que reserva para los casos graves el uso de las armas.

Ya de noche pasó Fortunata a su casa. Su marido no había llegado aún. Mientras le esperaba, la pecadora volvió a ver el espectro aquel de su perversidad; pero entonces le vio más claro, y no pudo tan fácilmente hacerle huir de su espíritu. «Me han engañado —pensaba—, me han llevado al casorio, como llevan una·res al matadero, y cuando quise recordar, ya estaba degollada... ¿Qué culpa tengo yo?» La casa estaba a oscuras y encendió luz. Al arrojar la cerilla en el suelo, ésta cayó encendida, y Fortunata la miró con vivo interés, recordando una de las supersticiones que le habían enseñado en su juventud. «Cuando la cerilla cae encendida —se dijo— y con la llama vuelta para una, buena suerte.»

Maxi entró cansado y meditabundo; pero al ver a su mujer se puso alegre. ¡Todo un día sin verla! Le había traído un paquete de rosquillas. ¿Y Juan Pablo? Al fin se arreglaría todo. Seguramente no iba a las islas Marianas; pero quizás le tendrían en el Saladero quince o veinte días.

—Y merecido, hija. ¿Para qué se mete a buscarle el pelo al huevo?

Mientras comieron, Fortunata contemplaba a su marido, más que en la realidad, en sí misma, y de este examen surgía un tedio abrumador, y la antipatía de marras, pero tan agrandada, tanto, que ya no cabía más. Y la perversa no trató de combatir aquel sentimiento; se recreaba en él como en una mostruosidad que tiene algo de seductora.

—Alma mía —le dijo su marido cuando acababan de comer—, veo con gusto que no te falta apetito. ¿Quieres que nos vayamos ahora a un café?

—No —replicó ella secamente. —Estoy rendidísima. ¿No ves que se me cierran los párpados? Lo que quiero es dormir.

—Bueno, mejor; yo también lo deseo.

Acostáronse, y el tiempo que aún estuvo despierta empleólo Fortunata en hacer comparaciones. El cuerpo desmedrado de Maxi le producía, al tocar el suyo, crispamientos nerviosos. Y también se dio a pensar en lo molesto y difícil que era para ella tener que vivir dos vidas diferentes, una verdadera, otra falsa, como las vidas de los que trabajan en el teatro. A ella le era muy difícil representar y fingir, por lo que su tormento se acrecía considerablemente. «No podré, no podré —pensaba al dormirse—, hacer esta comedia mucho tiempo.» A la madrugada despertó después de un profundísimo y reparador sueño, y entonces le dio por llorar, haciendo cálculos, representándose con gran poder de la mente escenas probables, y condoliéndose de no poder ver a su amante a todas horas.

En los días siguientes, las escapadas al cuarto vecino tenían lugar a horas varias, cuando Maxi salía. Iba a estudiar con un amigo para tomar el grado, y además solía ir a la farmacia de Samaniego.[a] Ya estaba acordado que tendría plaza en el establecimiento. Aunque sus ausencias eran *seguras,* ambos criminales determinaron poner el nido más lejos. En tanto, Patricia hacía lo que le daba la gana. Las disposiciones de Fortunata y aun de la misma doña Lupe eran letra muerta. Robaba descaradamente, y su ama no se atrevía a reprenderla. Santa Cruz, que era el autor de todo aquel fregado, no sabía cómo arreglarlo, cuando su amiga le consultaba. El plan más prudente era tomar otro cuarto y despedir luego a Patricia, dándole una buena propina para que se callara.

Algunos días el Delfín ofrecía regalos y dinero a su amante; pero ésta no quería tomar nada. Se le había encajado en la cabeza una manía estrambótica, de que ambos se reían mucho, cuando ella la contaba. Pues la manía era que Juanito *no debía* ser rico. Para que las cosas fueran en regla, *debía* ser pobre, y entonces ella trabajaría *como una negra* para mantenerle.

—Si tú hubieras sido albañil, carpintero, o pongo por caso, celador del resguardo, otro gallo me cantara.

—Vaya por dónde te ha dado ahora.

—Y nada más.

No había medio de quitarle de la cabeza aquella corrección de las obras de la Providencia.

—En resumidas cuentas —le decía él—, eres una inocentona. Pero di, ¿no te gusta el lujo?

—Cuando no estoy contigo, me gusta algo, no mucho. Nunca me he chiflado por los trapos. Pero cuando te tengo, lo mismo me da oro que cobre; seda y percal todo es lo mismo.

—Háblame con franqueza. ¿No necesitas nada?

—Nada; me lo puedes creer.

—¿Ese alma de Dios te da todo lo que necesitas?

---

[a] [, que se estaba muriendo, y al paso que hacía la vista al enfermo, se pasaba un rato en la botica enterándose del practicaje.]

—Todo; me lo puedes creer

—Quiero regalarte un vestido.

—No me lo pondré.

—Y un sombrero.

—Lo convertiré en espuerta.

—¿Has hecho voto de pobreza?

—Yo no he hecho voto de nada. Te quiero porque te quiero, y no sé más.

«Nada, enteramente primitiva —pensaba el Delfín—; el bloque del pueblo, al cual se han de ir a buscar los sentimientos que la civilización deja perder por refinarlos demasiado.»

Un día hablaban de Maximiliano.

—¡Infeliz chico! —decía Fortunata—, el odio que le he tomado, no es odio verdadero sino lástima. Siempre me fue muy simpático. Me dejé meter en las Micaelas y me dejé casar... ¿Sabes tú cómo fue todo esto? Pues como lo que cuentan de que *manetizan* a una persona y hacen de ella lo que quieren; lo mismito. Yo, cuando no se trata de querer, no tengo voluntad. Me traen y me llevan como una muñeca... Y ahora, créete que me entran remordimientos de engañar a ese pobre chico. Es un angelón sin pena ni gloria. Danme ganas a veces de desengañarle, y la verdad... Porque lo que es acariciarle, no puedo, se resiste, no está en mi natural. Le pido a la Virgen que me dé fuerzas para cantar claro.

—¡A la Virgen!... ¿Pero tú crees?... —dijo Santa Cruz pasmado, pues tenía a Fortunata por heterodoxa.

—¿Pues no he de creer? Lo que me aconseja la Virgen siempre que le rezo con los ojos cerrados, es que te quiera mucho y me deje querer de ti... La tienes de tu parte, chiquillo... ¿De qué te espantas? Pues digo; yo le rezo a la Virgen y ella me protege, aunque yo sea mala. ¡Quién sabe lo que resultará de aquí, y si las cosas se volverán algún día lo que *deben* ser! Y si te hablo con franqueza, a veces dudo que yo sea mala... sí, tengo mis dudas. Puede que no lo sea. La conciencia se me vuelve ahora para aquí, después para allá; estoy dudando siempre, y al fin me hago este cargo: *querer a quien se quiere no puede ser cosa mala.*

—Oye una cosa —dijo el Delfín, que se recreaba en las singularísimas nociones de aquel espíritu—. ¿Y si tu marido descubriera esto y me quisiera matar?

—¡Ay! No me lo digas... ni en broma me lo digas. Me tiraba a él como una leona y le destrozaba... ¿Ves cómo se coge un langostino y se le arrancan las patas, y se le retuerce el corpacho y se le saca lo que tiene dentro? Pues así.[a]

—Pero vamos a ver, nena.[b] ¿No me guardas rencor por haberte abandonado, dejándote en la miseria, con tus *vísperas* del chiquillo y en poder de *Juárez el Negro?*

—Ningún rencor te guardo. Entonces estaba rabiosa. La rabia y la miseria me llevaron con *Juárez el Negro.* ¿Creerás lo que te voy a decir? Pues me fui con él por lo mucho que le aborrecía. Cosa rara, ¿verdad?... Y como no tenía ni un triste pedazo de pan que llevar a la boca, y él me lo daba, ahí tienes... Yo dije: «Me vengaré yéndome con este animal.» Cuando tuve a mi niño, me consolaba con él; pero luego se me murió; y cuando reventó Juárez, como yo me pensé que ya no me querías, dije: «Pues ahora me vengaré siendo todo lo mala que pueda.»

—¿Pero qué ideas tienes tú de las maneras de tomar venganza?

—No me preguntes nada... no sé... Vengarse es hacer lo que no se debe... lo más feo, lo más...

—¿Y de quién te vengas así, criatura?

—Pues de Dios, de... de qué sé yo... no me preguntes, porque para explicártelo, tendría que ser sabia como tú, y yo no sé jota, ni aprendo nada, aunque doña Lupe y las monjas, frota que frota, me hayan sacado algún lustre... enseñándome a no decir tanto disparate.

Santa Cruz estuvo un gran rato pensativo.

Un día hablaron también de Jacinta... No gustaba Juan que la conversación fuese llevada a este terreno; pero Fortunata, siempre que tenía ocasión, íbase a él derecha. A sus preguntas contestaba el otro evasivamente.

—Mira, nena; deja a mi mujer en su casa.

—Pues asegúrame que no la quieres.

—La quiero, sí... ¿a qué engañarte?... pero de una manera muy distinta que a ti. Le guardo todas las consideraciones que ella se merece, porque... no puedes figurarte lo buena que es.

Fortunata siguió inquiriendo con molesta curiosidad todo lo

---

[a] [Nene mío, descuida, que aquí estoy yo. Con un dedo tengo más fuerza que mi marido con las dos manos.]

[b] [—Pero vamos a ver, tu conciencia...

—Mi conciencia, ya te lo he dicho; a veces se mueve algo como las veletas; pero el más del tiempo está marcando para ti.

—¿Y no me guardas]

694

que quería saber respecto a la intimidad de los esposos; pero el otro se escurría gallardamente, dejando a salvo, hasta donde era posible en aquel criminal coloquio, la personalidad sagrada de su mujer.

—La pobrecilla —dijo al fin—, tiene una pasión que la domina, mejor dicho, una manía que la trae trastornada.

—¿Qué es?

—La manía de los hijos. Dios no quiere y ella se empeña en que sí. De la pena que le causa su esterilidad, se ha desmejorado, ha enflaquecido, y hace algún tiempo que se está llenando de canas. Es ya pasión de ánimo. ¿Te enteraste de lo que pasó? Pues le dieron el gran timo. Tu tío José Izquierdo, de compinche con otro loco, le hizo creer que un chiquillo de tres años que consigo tenía, era nuestro Juanín. Mi mujer perdió la chaveta, quiso adoptarlo y nada menos que llevárnoslo a casa. Por pronto que se descubrió el enredo, no se pudo evitar que tu tío le estafase seis mil reales.

—Tié gracia. Ya sabía yo esa historia. El niño ese debe ser el de Nicolasa, la entenada del tío Pepe. Nació seis días después que el nuestro, y era hijo de uno que encendía los faroles del gas... Pero no comprendo una cosa. A mí me parece que tu mujer debía de querer a ese nene por creerlo tuyo y aborrecerlo por ser de otra madre. Yo juzgo por mí.

—Calla, tonta, mi mujer se vuelve loca por todos los niños del universo, sean de quien fueren. Y al supuesto Juanín, bastara que le tuviera por mío, para que le adorara. Ella es así; si no tienes tú idea de lo buena que es. ¡Pues si pariera...! Santo Cristo, no quiero pensarlo. De seguro perdía el juicio, y nos lo hacía perder a todos. Querría a mi hijo más que a mí y más que al mundo entero.

Quedóse Fortunata, al oír esto, risueña y pensativa. ¿Qué estaba tramando aquella cabeza llena de extravagancias? Pues esto:

—Escucha, nenito de mi vida, lo que se me ha ocurrido. Una gran idea; verás. Le voy a proponer un trato a tu mujer. ¿Dirá que sí?

—Veamos lo que es.

—Muy sencillo. A ver qué te parece. Yo le cedo a ella un hijo tuyo y ella me cede a mí su marido. Total, cambiar un nene chico por el nene grande.

El Delfín se rió de aquel singular convenio, expresado con cierto donaire.

—¿Dirá que sí?... ¿Qué crees tú? —preguntó Fortunata con

la mayor buena fe, pasando luego de la candidez al entusiasmo para decir:

—Pues mira, tú te reirás todo lo que quieras; pero esto es una gran idea.[93]

El ilustrado joven se zambulló en un mar de meditaciones[94].

VIII

Las visitas a la casa de Cirila prosiguieron durante dos semanas; pero bien se demostró en la práctica que aquello no podía seguir, y tomaron otro cuarto. Patricia se había hecho insoportable, y doña Lupe, descolgándose en la casa a horas intempestivas, llevada de su afán de mangonear, dificultaba las escapatorias de su sobrina. En tanto,[a] Fortunata no trataba a Maximiliano desconsideradamente; pero su frialdad sería capaz de helar el fuego mismo. Habría preferido él mil veces que su mujer le tirase los trastos a la cabeza, a que le tratara con aquella cortesía desdeñosa y glacial. Rarísima vez se daba el caso de que ella le hiciese una caricia; para obtenerla, tenía Maxi que echarle memoriales, y lo que lograba era como limosna. Es que Fortunata no servía para cortesana, y sus fingimientos eran tan torpes que daba lástima verla fingir.

El joven farmacéutico tenía momentos de horrible tristeza, y cavilaba mucho. De tal estado pasó a la observación, desarrollándosele esta facultad de un modo pasmoso. Siempre que estaba en casa, no quitaba los ojos de su mujer, estudiándole los movimientos, las miradas, los pasos y hasta el respirar.

---

[a] [el pobre Maxi veía pasar días y días y apenas lograba saciar su sed más que en la corriente cristalina si, pero desabrida, de la fuente espiritual.]

[93] Desde que sale de casa y pasea libre comiendo unos dátiles hasta este momento, aparte de las «anécdotas» del encuentro con Juanito y la traición a Maxi, Fortunata ha estado pensando y meditando. De esta condición pensante es el parto de la «gran idea». La novela toma así un nuevo, último y definitivo giro cuyo desarrollo justifican las partes tercera y cuarta que se recogen en el segundo volumen de *Fortunata y Jacinta*.

[94] Irónica frase. Juanito será incapaz de comprender que Fortunata iba a convertirle en el medio para realizar su «gran idea».

Cuando comía, le examinaba la manera de comer; cuando estaban en el lecho, la manera de dormir.

Fortunata no le miraba nunca. Este hecho, cuidadosamente observado, produjo en el infeliz muchacho indecible melancolía. ¡Haber comprado aquellos ojos con su mano, su honra y su nombre para que se empleasen en mirar a una silla antes que en mirarle a él! Esto era tremendo, pero tremendo, y cierto día agitó su alma un furor insano; mas no quiso manifestarlo, y lo desahogó a solas mordiéndose los puños.

—¿Por qué no me miras? —le preguntó una noche, con semblante ceñudo.

—Porque...

No dijo más; se comió el resto de la frase. Dios sabe lo que iba a decir.

Bebía los vientos el desgraciado chico por hacerse querer, inventando cuantas sutilezas da de sí la manía o enfermedad de amor. Indagaba con febril examen las causas recónditas del agradar, y no pudiendo conseguir cosa de provecho en el terreno físico, escudriñaba el mundo moral para pedirle su remedio. Imaginó enamorar a su esposa por medios espirituales. Hallábase dispuesto, él que ya era bueno, a ser santo, y hacía estudio de lo que a su mujer le era grato en el orden del sentimiento para realizarlo como pudiera. Gustaba ella de dar limosna a cuantos pobres encontrase; pues él daría más, mucho más. Ella solía admirar los casos de abnegación; pues él se buscaría una coyuntura de ser heroico. A ella le agradaba el trabajo; pues él se mataría a trabajar. De este modo devastaba el infeliz su alma, arrancando todo lo bueno, noble y hermoso para ofrecérselo a la ingrata, como quien tala un jardín para ofrecer en un solo ramo todas las flores posibles.

—Ya no me quieres —le dijo un día con inmensa tristeza—, ya tu corazón voló, como el pajarito a quien le dejan abierta la jaula. Ya no me quieres.

Y ella le respondía que sí; ¡pero de qué manera! Mas valía que dijese terminantemente que no.

—¿Por qué te vas tan lejos de mí? Parece que te causo horror. Cuando entro, te pones seria; cuando crees que no me fijo en tí, estás ensimismada y te sonríes como si en espíritu hablaras con alguien.

Otra cosa le mortificaba. Cuando salían juntos a paseo, todo el mundo se fijaba en Fortunata, admirando su hermosura; luego le miraban a él. Suponía Maxi que todos hacían la observación de que no era él hombre para tal hembra. Algunos se permitían examinarle de una manera insolente. Si iban al café, estaban poco tiempo, porque los amigos se enracimaban alrededor de Fortunata sin hacer maldito caso de su marido, y éste tragaba mucha bilis. Lo que desorientaba más a Maxi era que ella no *tomaba varas* con nadie, y siempre que él decía *vámonos,* estaba dispuesta a retirarse.

Buscaba el farmacéutico algo en qué fundar las conjeturas que empezaban a devorarle, y no lo encontraba. Ideó consultar el caso con su tía; pero no quiso dar su brazo a torcer, y temblaba de que doña Lupe le dijese: «¿Ves? ¡Por no hacer caso de mí!» ¡Celos! ¿Y de quién? Fortunata mostrábase con todos tan fría como con él. Solía esparcir melancólicamente sus miradas por la calle, entre el gentío, sin fijarse en nadie, cual si buscaran a alguien que no quería dejarse ver. Y después las miradas volvían a sí misma con mayor tristeza.

También atormentaban al joven los elogios que sus amigos le hacían de ella.

—¡Qué mujer te tienes! —le decía *Pseudo Narcissus odoripherus.*

Y *Quercus gigantea* le silbaba en el oído estas fúnebres palabras:

—Es mucha hembra para ti, barbián. Ándate con mucho ojo.

Pero doña Lupe le infundía ideas optimistas. ¡Parecía mentira! La perspicaz, la sabia y experimentada señora de Jáuregui dijo más de una vez a su sobrino:

—¡Qué trabajadora es tu mujer! Siempre que vengo aquí me la encuentro planchando o lavando. Francamente; no creí... Te ayudará, te ayudará. Y luego tan calladita... Hay días que no le oigo el metal de voz.

Con unas cosas y otras, el pobre chico apenas podía estudiar, y con mucho trabajo se preparaba para la licenciatura. El asunto de su colocación se había resuelto ya, porque habiendo fallecido Samaniego a fines de octubre, su viuda organizó el personal de la botica, dando una plaza a Maximiliano. Se convino entre doña Casta Moreno y doña Lupe que cuando el chico tomara el grado, se le fijaría sueldo, y que pasado un año de práctica, tendría participación en las ganancias. Por el lado económico todo iba a pedir de boca, porque mientras llegaba el día de ganar dinero con su profesión, podía vivir bien con la corta renta de la herencia. Lo malo era que desde que ingresara en la botica, seríale preciso ausentarse de su casa días enteros, y esto le ponía en ascuas. Ocurriósele entonces lo que se le ocurre a cualquier celoso, salir un día, diciendo que iba a la farmacia, y volver en seguida. Hízolo una vez, y no sorprendió nada: Fortunata estaba en la cocina. Repitió la treta, y lo mismo: estaba cosiendo. A la tercera, Fortunata había salido. Dos horas después entró, trayendo un paquete en la mano.

—¿Qué de dónde vengo? Pues de comprar unas cosillas. ¿No me dijiste que querías una corbata? Mírala.

Una noche entró Maximiliano bastante excitado. Le tomó la mano a su mujer, y haciéndola sentar a su lado, le dijo a boca de jarro:

—Hoy he conocido a ese pillo que te deshonró.

Fortunata se quedó como muerta.

—Pues qué... ¿no está enfermo?

Se le escapó esta espontaneidad, y cuando quiso contenerla ya era tarde. Hacía una semana que Santa Cruz no iba a las citas, y le había enviado, por medio de Cirila, un recadito. Se había caído del caballo en la Casa de Campo, estropeándose ligeramente un brazo.

—¿Enfermo? —dijo Maxi, clavando en ella sus ojos de iluminado—. En efecto, tenía un brazo en cabestrillo. ¿Pero tú por dónde sabes...?

—No, no, yo no sabía nada —replicó Fortunata enteramente aturdida.

—¡Tú lo has dicho! —exclamó Rubín con la mirada terrorífica—. ¿Por dónde lo sabes?

La prójima se puso como la grana; después volvió a palidecer. Buscaba una salida de aquel compromiso, y al fin la encontró:

—¡Ah!

—¿Qué?

—¿Dices que cómo lo sé, tontín?... Pues muy sencillo. Si lo traía el periódico... Tu tía lo leyó anoche. Mira, aquí está: que se cayó del caballo paseando por la Casa de Campo.

Y recobrando su serenidad, revolvió en la mesa y cogió *El Imparcial* que, en efecto, traía la noticia.

—Mira... ¿lo ves?... convéncete.

Maxi después de leer, siguió diciendo:

—Le vi en el Saladero; allí debiera estar ese canalla toda su vida. Olmedo, que iba conmigo, me le enseñó. Fui a ver a mi hermano; él iba a visitar a un tal Moreno Vallejo que también está preso por conspirar. ¡Y el tal Santa Cruz es de lo más cargante...!

Fortunata se tapaba la cara con el periódico, fingiendo que leía. Maxi le arrebató el papel de un manotazo.

—Te has quedado así como... estupefacta.

—Déjame en paz —replicó ella con un despego que a su marido le llegó al alma.

—¡Qué modales, hija! Ya ni consideración.

Fortunata parecía que tenía sellada la boca. Comieron sin chistar; él se puso luego a estudiar y ella a coser, sin que el fúnebre silencio se rompiera. Acostáronse, y lo mismo. Ella volvió la espalda a su marido, insensible a los suspiros que daba. Desvelados estuvieron ambos largo rato, cada cual por su lado, muy cerca materialmente uno de otro, pero en espíritu Fortunata se había ido a los antípodas.

Dos o tres días después, volviendo del Saladero, a donde fue para decir a su hermano que pronto le soltarían, vio Maximiliano a Santa Cruz guiando un faetón por la calle de Santa Engracia arriba. Ya tenía el brazo bueno. Miró a Maxi, y éste le miró a él. Desde lejos, porque el coche iba bastante a prisa, observó Rubín que éste entraba por la calle de Raimundo Lulio. ¿Pasaría luego a la de Sagunto? Nunca como en aquel momento sintió el exaltado chico ganas de tener alas. Apresuró el paso todo lo que pudo, y al llegar a su calle... ¡Dios!... lo que se temía... Fortunata en el balcón, mirando a la calle del Castillo hacia el paseo de la Habana, por donde seguramente había seguido el coche. Subió el joven farmacéutico tan rápidamente la escalera, que al llegar arriba no podía respirar. Es que para ser celoso se necesitan buenos pulmones. Cayóse más bien que se sentó en una silla, y su mujer y Patricia acudieron a él creyendo que le daba algún accidente. No podía hablar y se golpeaba la cabeza con los puños. Cuando su mujer se quedó sola con él, sintió Rubín que aquella furibunda cólera se trocaba en un dolor cobarde. El alma se le desgajaba y sacudía resistiéndose a albergar en su seno la ira. Los ojos se le llenaron de lágrimas, las rodillas se le doblaron. Cayendo a los pies de su mujer, le besuqueó las manos.

—Ten piedad de mí —le dijo con aflicción más de niño que de hombre—. Por tu vida... la verdad, la verdad. Ese señor... tú esperándole... él pasaba por verte. Tú no me quieres, tú me estás engañando... le quieres otra vez... le has visto en alguna parte. La verdad... Más quiero morirme de pena que de vergüenza. Fortunata, yo te saqué de las barreduras de la calle, y tú me cubres a mí de fango. Yo te di mi honor limpio, y me lo devuelves sucio. Yo te di mi nombre, y haces de él una caricatura. El último favor te pido... la verdad, dime la verdad.

IX

Fortunata movió la lengua y agitó los labios. En la punta de aquélla tenía la verdad, y por instantes dudó si soltarla o meterla para adentro. La verdad quería salir. Las palabras se alinearon mudas y decían: «Sí, es cierto que te aborrezco. Vivir contigo es la muerte. Y a él le quiero más que a mi vida.» La batalla fue breve, y Fortunata volvió la terrible verdad a los senos de su espíritu. La aflicción de Maxi exigía la mentira, y su mujer tuvo que decírsela... mentiras de esas que inspiran viva compasión al que las dice y consuelan poco al que las oye. Echábalas de sí como enfermera que administra la inútil medicina al agonizante.

—Dímelo de otra manera y te creeré —manifestó Rubín—. Dilo con un poquito de calor, siquiera como me lo decías antes. Tú no sabes el daño que me haces. Me estás haciendo creer que no hay Dios, que portarse bien y portarse mal todo es lo mismo.

La compasión venció a la delincuente y se mostró tan afable aquella tarde y noche, que Maximiliano hubo de tranquilizarse. El pobrecito estaba destinado a no tener rato bueno, pues a punto que su espíritu recibía algún alivio, se le inició la jaqueca. La noche fue cruel, y Fortunata esmeróse en cuidarle. En medio de sus dolores cefalálgicos, el infortunado joven se caldeaba más la mente arbitrando remedios o paliativos de la ansiedad que le dominaba. A poco de vomitar, dijo a su mujer:

—Se me ocurre una idea que resolverá las dificultades... Nos iremos a Molina de Aragón, donde tengo mis fincas. Abandono la carrera y me dedico a labrador... Quieres, ¿sí o no? Allí viviré con tranquilidad.

Fortunata se mostró conforme, si bien recordaba lo que Mauricia le había dicho de la vida de los pueblos. Solo descuartizada iría ella a vivir al campo; pero aquella noche no tenía más remedio que decir que sí a todo.

En los siguientes días notaba el pobre Maxi que su descaecimiento aumentaba de una manera alarmante como si le sangraran, y asustadísimo fue a consultar con Augusto Miquis,[95]

---

[95] Augusto Miquis, hermano de Alejandro, galán de Isidora Rufete en *La desheredada,* ejerció como médico de muchos personajes galdo-

el cual le dijo que hubiera sido mejor consultara antes de casarse, pues en tal caso le habría ordenado terminantemente el celibato. Esto redobló sus tristezas; más cuando Miquis le propuso como único remedio de su mal la rusticación, cobró esperanzas, confirmándose en la idea de abandonar la corte y sepultarse para siempre en sus estados de Molina.

La segunda vez que habló de esto a su mujer, no la encontró tan bien dispuesta.

—¿Y tus estudios, y tu carrera? Aconséjate con tu tía, y ella te dirá que lo que estás pensando es un disparate.

Maxi estaba muy caviloso por ciertas cosas que en su mujer notaba[a]. Hacía días que apenas levantaba ella los ojos del suelo y su mirar revelaba una gran pesadumbre. De repente, una tarde que volvía Rubín de la botica, al subir la escalera la oyó cantar. Entró, y la cara de Fortunata resplandecía de contento y animación. ¿Qué había pasado? Maxi no lo pudo penetrar, aunque sus celos, aguzadores de la inteligencia, le apuntaban presunciones que bien podrían contener la verdad. Ésta era que la prójima había recibido, por conducto de Patria, una esquelita en que se le anunciaba la reapertura del curso amoroso, interrumpido durante una quincena. «Esta alegría —pensaba Maxi—, ¿por qué será?» Y comprendiendo por instinto de celoso que echaba un jarro de agua fría sobre aquel contento, dijo a Fortunata:

—Ya está decidido que nos iremos al pueblo. Lo he consultado con mi tía y ella lo aprueba.

No es verdad que había consultado con doña Lupe, pero lo decía para dar a su proposición autoridad indiscutible.

—Te irás tú... —dijo ella sonriendo.

—No —agregó él conteniendo la amargura que de su alma se desbordaba, —los dos.

—Tú te has vuelto loco —observó Fortunata riendo con cierto descaro—. Yo creí... ¿Pero lo dices con formalidad?

---

[a] estaba muy caviloso por ciertas cosas que en su mujer notaba. Estuvo todo aquel día dando vueltas; salía y entraba sin tardanza; no estudiaba, daba suspiros, y tan pronto se relajaban los propósitos del viaje al pueblo, como se revivían en su mente con el vigor de toda resolución firme. Le hacía cavilar mucho ciertas cosas

sianos. Apareció, además de en *Fortunata y Jacinta* y *La desheredada*, en *El amigo Manso, El doctor Centeno, Lo prohibido, Torquemada y San Pedro, Angel Guerra* y *Tristana*.

—¡Toma!... ¿Y tú no me dijiste que irías también y que querías ser paleta?

—Sí; pero fue porque me pensé que era conversación. ¡Encerrarme yo en un pueblo! ¡Qué talento tienes!

De tal modo se demudó el rostro del joven, que Fortunata, que ya empezaba a decir algunas bromas sobre aquel asunto, se recogió en sí. Maxi no dijo una palabra, y de pronto salió disparado de la casa, cerró con estruendo la puerta y bajó la escalera de cuatro en cuatro peldaños. Asustóse Fortunata, y asomándose al balcón, viole recorrer apresuradamente la calle de Sagunto y después tomar por la de Santa Engracia, hacia abajo. Ella salió después, tomando por la misma calle, pero hacia arriba, en dirección de Cuatro Caminos.

Las seis de la tarde serían cuando Rubín volvió a su casa. Estaba lívido, y de lívido pasó a verde, cuando Patricia le dijo que la señorita había salido a compras. Dejándose llevar de su insensato recelo, interrogó a la criada, tratando de averiguar por ella. Pero a buena parte iba. Patria tenía la discreción del traidor, y cuanto dijo fue encaminado a introducir en el cerebro de Maxi el convencimiento de que su mujer era punto menos que canonizable. Cuando la criminal entró, el marido había mandado encender luz y estaba sentado junto a la mesa de la sala.

—¿De dónde vienes? —le preguntó.

—Me parece —replicó ella—, haberte dicho que iba a comprar este retor.

Mostró un envoltorio, después un paquetito, y otro.

—¿Ves?... La sopa Juliana que tanto te gusta...

—Yo también —dijo Maximiliano de una manera siniestra— te he comprado a ti esta tarde un regalito... Mira.

Alargó el brazo para sacar de debajo de la mesa algo que ocultó al entrar. Era un objeto envuelto en papeles, que descubrió lentamente, cuando ella se inclinaba risueña para verlo.

—¿A ver... qué es?... ¡Ay! Un revólver...

—Sí para matarte y matarme... —dijo Maxi en un tono que no pudo ser tan lúgubre como él deseaba, pues el arma empezó a causarle miedo, a causa de qué en su vida había tenido en las manos un chisme de tal clase...

—¡Qué cosas tienes! —dijo ella palideciendo—. Tú no sabes lo que te pescas... Pareces tonto... Matarme a mí, ¿y por qué?...

Le echó una mirada dulce y penetrante, el mismo mirar con

que le había hecho su esclavo. El pobre chico sintió como si le pusieran un grillete en el alma.

—¡Vaya que se te ocurren unos disparates, hijo...! Soy muy miedosa, y de sólo ver eso me pongo a temblar. Bonita manera tienes de hacer que yo te quiera, sí señor, bonita manera.

Acercó tímidamente su mano al mango del arma.

—Puedes cogerlo, está descargado —dijo Maxi, que de un salto se había dejado caer del furor a la piedad.

—Eres un niño —declaró ella, cogiendo el arma—, y como niño hay que tratarte. Venga acá ese chisme: lo guardaré para el caso de que entren ladrones en casa.

Y se lo llevó sin que él hiciese resistencia. Después de guardarlo con llave en un baúl lleno de cosas viejas, volvió al lado de su marido, que se había quedado absorto, midiendo sin duda con azorado pensamiento la enorme distancia que en su ser había entre los arranques de la voluntad y la ineficacia de su desmayada acción.

Aquella noche no ocurrió nada; pero a la tarde siguiente, *Pseudo-Narcissus odoripherus,* fue a buscarle a la botica de Samaniego, y le dijo que Fortunata tenía citas con un señor en una casa del paseo de Santa Engracia, un poquito más arriba de los almacenes de la Villa.

X^a

Tomó Maxi un coche para ir a Chamberí y a su casa. Después de entrar en ella e informarse de que la señorita no estaba, subió lentamente hacia la iglesia, y al pasar por delante de ella y ver una cruz de hierro que hay en el atrio, vínole al pensamiento la idea de que debía haberse traído el revólver. Retrocedió, y a mitad de camino acordóse de que su mujer había guardado el arma. ¡Qué tonto estuvo él en permitírselo! Volvió a tomar la dirección Norte, sintiendo en su alma el suplicio indecible que producía la conjunción de dos sentimientos tan opuestos como el anhelo de la verdad y el terror de ella. Al distinguir el motor de noria que se destacaba sobre la casa de las Micaelas, no pudo reprimir un ahogo de pena que le hizo sollozar. El disco no se movía.

_____

^a Aquí empezaba el Cap. VIII, «La tremenda», sección I, seguida de las secciones II y III, que pasaron a ser las secciones X, XI y XII del Cap. VII.

704

Pasó el joven más allá de los Almacenes de la Villa y examinó las casas de un solo piso alto que allí existen. Como ignoraba cuál era la que servía de abrigo a los adúlteros, resolvió vigilarlas todas. La noche se venía encima y Maxi deseaba que viniese más aprisa para dejar de ver el disco, que le parecía el ojo de un bufón testigo, expresando todo el sarcasmo del mundo. Maldición sacrílega escapóse de sus labios, y renegó de que hubieran venido a estar tan cerca su deshonra y el santuario donde le habían dorado la infame píldora de su ilusión. En otros términos: él había ido allí en busca de una hostia, y le habían dado una rueda de molino... y lo peor era que se la había tragado.

Después de mucho pasear vio el faetón de Santa Cruz, guiado por el lacayo, despacio, como para que no se enfriaran los caballos. Ya no quedaba duda. El coche le esperaba. Violo subir hasta Cuatro Caminos, donde se detuvo para encender las luces. Después bajó, y al llegar a los Almacenes de la Villa, otra vez para arriba. Maxi no le perdía de vista[a]. El cochero daba a conocer su aburrimiento e impaciencia. En una de las vueltas del vehículo, Rubín sorprendió en aquel hombre una mirada dirigida a una de las casas. «Aquí es... aquí está.» Fijóse cerca de allí, reduciendo el espacio de su paseo vigilante. Eran las siete.

Por fin, en un momento en que Maxi iba de Sur a Norte vio, a bastante distancia, a un hombre que salía de la casa. Era él, Santa Cruz, el mismo, vestido de americana y hongo. Detúvose en la puerta buscando con la vista su carruaje. Las dos luces brillaban allá arriba. Dirigióse hacia Cuatro Caminos... Detrás, avivando el paso, el odio personificado en Maximiliano.

La vía estaba solitaria. Pasaba muy poca gente, y hacía bastante frío. El Delfín sintió aquellos pasos detrás de sí, y una misteriosa aprensión, la conciencia tal vez, le dijo de quién eran. Volvióse a punto que la temblorosa voz del otro decía:

—Oiga usted.

Paróse en firme Santa Cruz, y aunque no le conocía bien, le tuvo por quien era sin dudar un momento.

—¿Qué se le ofrece a usted?

---

[a] [, y elevaba en él sus ojos tal intensidad, que el cochero debía ver los dos ojos de Maxi, como éste veía las dos luces del coche.]

—¡Canalla!... ¡Indecente!... —exclamó Rubín con más fiereza en el tono que en la actitud.

No esperó Santa Cruz a oír más, ni su amor propio le permitía dar explicaciones, y con un movimiento vigoroso de su brazo derecho rechazó a su antagonista. Más que bofetada fue un empujón; pero el endeble esqueleto de Rubín no pudo diciendo:

—Te voy a matar... y a ella también.

Revolcóse en la tierra; se le vio un instante pataleando a gatas, diciendo entre mugidos...

—¡Ladrón, ratero... verás!...

Santa Cruz estuvo un rato contemplándole con la calma fría del ofuscado asesino, y cuando vio que al fin conseguía levantarse, se fue hacia él y le cogió por el pescuezo, apretándole sañudamente cual si quisiera ahogarle de veras... Reteniéndole contra el suelo, gritaba:

—Estúpido... escuerzo... ¿quieres que te patee...?

De la oprimida garganta del desdichado joven salía un gemido, estertor de asfixia. Sus ojos reventones se clavaban en su verdugo con un centelleo eléctrico de ojos de gato rabioso y moribundo[a]. La única defensa del que estaba debajo era clavar sus uñas, afilándolas con el pensamiento, en los brazos, en las piernas, en todo lo que alcanzaba del vencedor; y logrando alzarse un poco con nervioso coraje, trató de hacerle molinete para derribarle. Derribados los dos, lucharían quizás más proporcionadamente. ¡Pobre razón aplastada por la soberbia! ¿Dónde está la justicia? ¿Dónde está la vindicta del débil? En ninguna parte.

El furor del Delfín no fue tanto que se le ocultara el peligro de llegar a un homicidio, abusando de su superioridad. «Este al fin es un hombre, aunque parece un insecto», pensó. Y con desdén que tenía algo de lástima, hubo de soltar su presa, que cayó inerte a un lado del camino, en una especie de hoyo o surco. Al verle como un bulto, Juan sintió algo de miedo. «Si le habré matado sin querer... Y en todo caso... ha sido en defensa propia...» Pero la víctima exhaló un mugido, y revolcándose como los epilépticos, repitió:

—Ladrón... asesino.

---

[a] [Era de esas miradas que, por el odio que concentran, parecen mortal veneno emitido por la luz, y que han de destruir a quien la recibe.]

El Delfín se acercó y poniéndole un pie sobre el pecho, cuidando de no apretar, dijo:

—Si no te callas, te aplasto.

Levantóse Rubín de un salto. Era todo uñas y todo dientes, sacaba las armas del débil; pero con tanta fiereza, que si coge al otro le arranca la piel. Santa Cruz acudió pronto a la defensa.

—Te digo que te pateo... si vuelves...

Le levantó como una pluma y le lanzó violentamente donde antes había caído. Era un solar o campo mal labrado, más allá de la última casa. La víctima no daba acuerdo de sí, y aprovechando aquel momento el bárbaro señorito, que vio pasar su coche, lo detuvo, montóse en él de un salto y ¡hala! partieron los caballos a escape.

Un hombre se había detenido ante los combatientes en el último instante de la reyerta; acercóse a Maxi y le miró con recelo. Creyendo que estaba mortalmente herido, no quería meterse en líos con la justicia. Cuando le oyó hablar, acercóse más.

—Buen hombre, ¿qué es eso?... ¡Pobre chico! Si no parece chico, sino un viejo... ¡Vaya, que pegar así a un pobre anciano!

Luego llegó otro hombre, que se destacó de un grupo de obreros que subían. Auxiliado por éste, Maxi logró levantarse y corrió un buen trecho por el camino abajo, gritando:

—¡Ladrón!... ¡A ese!...¡Al asesino!...

Pero el coche estaba ya más allá de la iglesia. Formóse en torno a la víctima un corro de cuatro, seis, diez personas de ambos sexos. Mirábales como si fueran amigos que habían de darle la razón reconociendo en él a la justicia pateada y a la humanidad escarnecida. Parecía un insensato. Su descompuesto rostro daba miedo, y su ahilada voz excitaba la mayor extrañeza.

Porque el ardor de la lucha había determinado como una relajación de la laringe, en términos que la voz se le había vuelto enteramente de falsete. Salían de su garganta las palabras con el acento de un impúber.

—¿En dónde se ha metido?... ¿En dónde?... ¿No es verdad, señores, que es un miserable?... ¿Un secuestrador?... Me ha quitado lo mío, me ha robado... Él la arrojó a la basura... yo la recogí y la limpié... él me la quitó y la... volvió a arrojar... la volvió a arrojar. ¡Trasto infame!... Pero yo tengo que hacer dos muertes. Iré al patíbulo... no me importa ir al patíbulo, señores... digo que quiero ir al palo... pero ellos por delante, ellos por delante...

Los que le rodeaban le tenían lástima. Desconociendo el motivo de la zaragata, cada cual decía lo que le parecía.

—*Sobre vino* una pendencia.

—No, cuestión de faldas, ¿verdad?

—¡Quita allá! ¿Pero no ves que es marica[96]?

Las mujeres le miraban con más interés.

—Tiene usted sangre en la frente —le dijo una.

Era una rozadura de que el joven no se había dado cuenta. Llevóse la mano a la cabeza y la retiró manchada de sangre. Notó que el brazo derecho le dolía horriblemente.

—Vamos, vamos —le dijo uno—, véngase usted a la Casa de Socorro[97].

—Gatera... miserable...

—Vamos, ya eso se acabó... ¿En dónde tiene usted el sombrero?

Maxi no dijo nada ni se cuidó del sombrero. De repente rompió en aullidos, pues no parecían otra cosa los esfuerzos de su voz para hablar a gritos. Los circunstantes podían oírle difícilmente estos conceptos:

—Partirle el corazón es poco; es menester... machacárselo.

Dos hombres le llevaban calle abajo, cada cual agarrándole de un brazo, y él, mirando con estupidez a sus conductores, repetía:

—¡Machacárselo!

A ratos se paraba, prorrumpiendo en risas de demente. Ya cerca de la iglesia aparecieron dos individuos de Orden Público, que viendo a Maxi en aquel estado, le recibieron muy mal. Pensaron que era un pillete, y que los golpes que había recibido le estaban muy bien merecidos... Le cogieron por el cuello de la americana con esa paternal zarpa de la justicia callejera.

—¿Qué tiene usted? —le preguntó uno de ellos, mal humorado.

---

[96] Continuamente hemos ido viendo que todos los que conocían a Maxi dudaban de su masculinidad. Por fin surge, en boca de unos viandantes que acaban de conocer al marido engañado y apaleado de Fortunata, la palabra que Galdós ha estado eludiendo con su característico recato.

[97] Fernández de los Ríos, en su *Guía de Madrid,* págs. 619-620, explica el origen de las Casas de Socorro, que se remonta a la invasión del cólera de 1854. En la *Guía,* pág. 692, hay una relación de los 10 distritos de Madrid, de los que seis tenían Casa de Socorro: Palacio, Universidad, Centro, Hospicio, Buenavista y Congreso.

Maxi contestó con la misma risa insana y delirante; viendo lo cual el polizonte, apretó la zarpa, como expresión de· los rigores que la justicia humana debe emplear con los criminales[a].

—¿Y el agresor?

—¡Machacárselo!...

Llegó a la Casa de Socorro, ya con una procesión de gente tras sí. El médico de guardia conocía a Maxi, y después de curarle la contusión de la cabeza, que no tenía importancia, le mandó a su casa al cuidado de los guardias de Orden Público.

XI[a]

Cuando entró el malaventurado chico en su casa, Fortunata no había parecido aún. Lo mismo fue verle Patricia en aquel lastimoso estado, que correr a dar aviso a doña Lupe, la cual no tardó en presentarse alborotada y afligida. Lo primero que hizo, conforme a su gran carácter, fue sobreponerse a los sucesos, no amilanarse por la vista de la sangre y dictar atinadas órdenes preliminares, como acostar a Maximiliano, traer provisión de árnica, reconocerle bien las contusiones que tenía y llamar un médico.

—¿Pero y Fortunata?

—Salió a hacer unas compras —dijo Patricia.

—¡Es particular! Las ocho y media de la noche.

En vano intentó doña Lupe saber lo que había ocurrido de los propios labios del joven. Este no decía más que... «¡Machacárselo!», con aquella voz de falsete que era otra novedad para su tía. Acostáronle con no poco trabajo, y le llenaron de bizmas. El médico de la Casa de Socorro vino y ordenó el reposo. Temía que hubiese algo de conmoción cerebral; pero probablemente concluiría todo con una fuerte jaqueca. También propinó el bromuro potásico a fuertes dosis, y a la primera toma se adormeció el herido, pronunciando palabras sueltas, de las cuales nada pudo sacar en claro la señora de Jáuregui. ¡Y a todas éstas la otra sin parecer!

Por fin, a eso de las nueve y media, cuando el médico se fue, sintió doña Lupe un rebullicio, luego cuchicheos en el pasillo.

---

[a] [El otro polizonte creía que Maxi pertenecía al extendido gremio de tomadores.]

[b] Antes, Cap. VIII, «La tremenda», sección II.

Fortunata había entrado, y hablaba muy bajito con Patria. La mente de la viuda, en la cual hasta entonces todo era confusión y vaguedades, empezó a dar de sí los juicios más extraños, ideas de atrevido alcance y de un pesimismo aterrador. Salió paso a paso a la sala, deseosa de sorprender aquel secreteo. Fortunata entró, pálida como un cirio y con ojos aterrados; mas doña Lupe no le dijo nada. La vio que avanzaba hacia el gabinete, que daba algunos pasos hacia la alcoba deteniéndose en la puerta, y que desde allí alargaba el cuerpo para mirar a su marido. ¿Por qué no entró? ¿Qué temor la detenía? La alcoba estaba casi a oscuras, pues apenas llegaba a ella la claridad de la lámpara encendida en la sala. Doña Lupe llevó al gabinete la luz. Quería observar lo que hacía su sobrina, y por de pronto le llamó la atención su actitud extraña, no muy conforme con los sentimientos naturales en una esposa en situación tan aflictiva. Una vez que le miró bien de lejos, Fortunata, sin hacer maldito caso de persona tan respetable como su tía política, volvió a la sala, que ya estaba medio a oscuras, y se sentó en una silla. Todavía no se había quitado el manto, y parecía que iba a volver a la calle.

Apoyada la mejilla en la mano, permaneció inmóvil como un cuarto de hora. El silencio que en las tres piezas reinaba sólo se interrumpía con tal cual palabra estropajosa pronunciada por Maxi, y con el paso gatuno de la sirviente que atravesaba la sala para ir a recibir órdenes de la única persona que aquella noche mandara en la casa. Si el estado del enfermo permitiera alzar la voz, ¡ay!, doña Lupe haría retemblar la casa con el estruendo de su palabra autoritaria y fiscalizadora; pero no podía ser. ¡Qué cosas había de oír su sobrina! Resolvió, pues, la tía dejar la discusión para el día siguiente; mas tanto la apremiaron la curiosidad y el enojo, que no pudo menos de personarse, pasito a paso, en la sala, y decir a Fortunata, con voz oprimida:

—Explícame esto.

—¿Esto?... —murmuró la prójima, alzando la cara, como quien despierta.

—Esto, sí... Maximiliano maltratado... tú entrando en casa tan tarde y con esos modos de traidora de melodrama.

Fortunata, después de mirar de hito en hito a doña Lupe por espacio como de un minuto, volvió a apoyar la mejilla en el puño sin decir una palabra.

—Pues me he enterado... Me gusta...

Y fue a la alcoba, porque se oyó la voz de Maxi llamando.

Poco después se le sintió vomitar. Fortunata prestó atención a lo que allí pasaba; pero sin abandonar su postura de esfinge.

Cuando la viuda volvió a la sala, ya eran más de las diez.

—¡Las diez dadas! —dijo con aquella voz tan severa que habría hecho estremecer a una piedra—. Y no te has quitado el manto. ¿Es que piensas volver... de compras? El pobre Maxi, al despertar hace un rato, me preguntó si habías venido, y le dije que no. Me dio vergüenza decirle que sí, porque habría sido preciso añadir que sólo con la manera de entrar te declaras culpable... Él dijo: «Más vale que no venga...» ¿Y tú no conoces que así no se puede seguir?... ¿Que es preciso que me expliques esto? Habla, hija, habla o yo veré lo que tengo que hacer.

Fortunata, después de mirarla con una emoción que doña Lupe no podría definir, volvió a apoyar la cara en la mejilla, y dando un gran suspiro, se acorazó dentro de aquel silencio lúgubre, que desesperaría a la misma paciencia.

—¡Esto es para volverse loca!... —expresó doña Lupe con un gesto iracundo—. ¿Creerás tú, creerá usted que conmigo valen marrullerías? Sepa usted que...

La ira se le desbordaba, y para contenerla volvió a la alcoba. Su mente acalorada revolvía estas ideas: «Salió lo que yo me temía... Si lo dije, si esta mujer nos había de dar al fin un disgusto... ¡Ay, qué ojo tengo! A mí no me entraba, no me entraba; y siempre lo dije: "Ni con Micaelas ni sin Micaelas, podremos hacer de una mujer mala una esposa decente." Ahí está, ahí está, ahí la tienen. Vean si acerté; vean si eran preocupaciones mías...»

Lo que más ensoberbecía a doña Lupe era el chasco que se había llevado, pues aunque dijera otra cosa, ello es que había creído a Fortunata radicalmente reformada. No pudo contener su arranque, y volvió a la sala.

—Pero se explica usted, ¿sí o no?...

Reparó entonces que hablaba con una sombra. Fortunata no estaba allí. Salió doña Lupe al pasillo, y vió luz en un cuartito interior, donde la mujer de Maxi guardaba su ropa. Empujó la puerta. Allí estaba, ya sin mantilla, sacando ropa del armario y metiéndola en un mundo.

—¿Pero querrá usted al fin sacarme de dudas? —dijo sin recatarse ya de alzar la voz—. Esto es vergonzoso. Si usted se obstina en callarse, creeré que la causante de toda esta tragedia es usted y nada más que usted.

Fortunata se volvió hacia ella. Su palidez era como la de un muerto.

—Vamos a ver —añadió la de Jáuregui manoteando—. Si mi sobrino me vuelve a preguntar si ha entrado usted, ¿qué le digo?

—Dígale usted —replicó la esposa en voz más baja y expresándose con mucha dificultad—, dígale usted que no he venido, porque me marcharé en cuanto sea de día.

—Yo no entiendo una palabra... ¡Qué ha pasado, Santo Dios!... ¿Quién maltrató a Maxi?

Fortunata dio un gran suspiro.

—¡Qué farsa! Voy a dar parte a la justicia. Veremos si al juez le contesta de esa manera. Que usted es culpable, bien a la vista esta. Si no, ¿por qué se marcha usted?

—Porque me debo ir —replicó la otra mirando al suelo.

No dijo más. Fuera de sí, doña Lupe le echó la zarpa a un brazo y sacudiéndola fuertemente, le soltó esta imprecación:

—¡Ah, maldita!... Bien claro se ve que es usted una bribona... una bribona en toda la extensión de la palabra... Que lo ha sido siempre y lo será mientras viva... A todos engañó usted menos a mí... a mí no... Yo la vi venir.

Abrumada por su conciencia, Fortunata no pudo contestar nada. Si doña Lupe se hubiera abalanzado a ella para pegarle, se habría dejado castigar.

—Hace usted bien en largarse —añadió la otra ya en la puerta—. No seré yo quien la detenga... Viento fresco. ¡Qué casa esta y qué matrimonio! Nada me coge de nuevo... porque, lo repito, a todos engañó usted menos a mí.

Y era mentira, porque la primera engañada fue ella. ¡Valiente fiasco habían tenido sus facultades educatrices! La idea de este fracaso encendía su furor más que el delito mismo que en su sobrina sospechaba.

Volviendo a la sala, amparóse de la señora de Jáuregui el frenesí de las disposiciones. La primera fue que se quedaría allí aquella noche. Después mandó a Patricia a su casa con un recado, llamando a Nicolás, que aquel día había llegado de Toledo.

—Que venga mi sobrino inmediatamente, y si está durmiendo, encargue usted a Papitos que le despierte.

Fortunata seguía en el cuarto de la ropa; mas adelantaba muy poco en el arreglo de su equipaje, porque a lo mejor se quedaba inmóvil, sentada sobre un baúl, mirando al suelo o a la vela, que ardía con pábilo muy larguilucho y negro, chorreando goterones de grasa. Desde que empezó a faltar, no había sentido remordimientos como los de aquella noche. El espectro de su maldad no había hecho antes más que presentarse como en broma, y érale a ella muy fácil espantarlo; pero ya no acontecía lo mismo. El espectro venía y se sentaba con ella y con ella se levantaba; cuando se ponía a guardar ropa, la ayudaba; al suspirar, suspiraba; los ojos de ella eran los de él, y, en fin, la persona de ambos parecía una misma persona. Y la atormentaban, juntamente con los revuelcos de su conciencia, ansias de amor, deseos vivísimos de normalizar su vida dentro de la pasión que la dominaba. Acordóse de que su amante le había ofrecido ponerle casa, y establecer entre ambos una familiaridad regular dentro de la irregularidad. ¿Pero esto podría ser? Las ansias amorosas se cruzaban en su espíritu con temores vagos, y al fin venía a considerarse la persona más desgraciada del mundo, no por culpa suya, sino por disposición superior, por aquella mecánica espiritual que la empujaba de un modo irresistible. No pensó en dormir aquella noche, y anhelaba que viniese el día para marcharse, porque el sentir la voz doliente de su marido producíale atroz martirio. Habría dado diez años de su vida porque lo que pasó no hubiera pasado. Pero ya que no lo podía remediar, ¡ojalá que las heridas de Maxi fuesen de poca importancia! Después de esto, su más vivo deseo era coger la puerta y huir para siempre de la casa aquella. Antes morir que continuar la farsa de un matrimonio imposible.

De estas meditaciones la sacó doña Lupe, que después de media noche volvió a entrar en el cuarto. Envolvíase toda en una manta, lo que le daba cierto aspecto temeroso y lúgubre como de alma del otro mundo.

—Al pobre Maxi —dijo—, le da ahora por llorar... No cesa de preguntarme si ha venido usted... Francamente, no sé qué responderle.

—Dígale usted que me he muerto —replicó Fortunata.

—Y positivamente sería lo mejor... ¿Ha arreglado usted ya sus baúles?

—Me falta poco... Mire, mire... no me llevo nada que no sea mío.

—¿Y sus alhajas? —preguntó la viuda que custodiaba en su casa las de más valor.

—¿Mis alhajas? —observó la otra vacilando primero y asegurándose al fin—. No son mías. Son de él, de Maxi, que las desempeñó. Se las dejo todas.

—¿De modo que no se lleva usted más que su ropa?

—Nada más. Hasta el portamonedas, con el último dinero que me dio, lo dejo aquí sobre la cómoda. Véalo usted.

Cogió la prudente señora el portamonedas que estaba aún bien repleto y se lo guardó.

XIIª

Hay motivos para creer que cuando Papitos entró a media noche en el cuarto de Nicolás Rubín y le dijo sacudiéndole fuertemente: «Señor, señor; su tía, que vaya allá ahora mismo», el santo varón soltó un bramido y dio media vuelta volviendo a caer en profundo sueño. Es probable que a la segunda acometida de Papitos, el clérigo se desperezara, y que ahuyentase a la mona con otro fuerte berrido, agasajando en su empañado cerebro la idea de que su tía debía esperar hasta la mañana siguiente. Y el fundamento de estas apreciaciones es que Nicolás no se presentó en la casa de su hermano Maxi hasta las siete dadas. Tanta pachorra sacaba de quicio a doña Lupe, que poniendo el grito en el Cielo, decía:

—Estoy destinada a ser la víctima de estos tres idiotas... Cada uno por su lado me consume la vida, y entre los tres juntos van a acabar conmigo... ¡Qué familia, Señor, qué familia! Si me viviera mi Jáuregui, otro gallo me cantara. ¡Pero hombre de Dios, vaya que tienes calma! No sé cómo con ella y lo que comes no estás más gordo... Te llamo a las once de la noche y esta es la hora en que te descuelgas por aquí... ¿Tú sabes lo que pasa?

Esto lo decía en la sala, al ver entrar a Nicolás, cuyos ojos tenían aún señales evidentes de lo bien que había dormido. Al sentir el coloquio, salió la pecadora de su escondite, y acercándose a la puerta de la sala trató de escuchar. Pero tía y sobrino siguieron hablando muy bajito, y nada pudo percibir. Después el clérigo, a instancias de su tía, salió al pasillo, y Fortunata metióse rápidamente en su escondite para esperarle allí.

El cuarto aquel estaba casi completamente a oscuras en las primeras horas del día. Los que entraban no veían a quien dentro estuviera. La vela, que ardió gran parte de la noche, se había consumido. Desde dentro, vio Fortunata al cura, sombra negra en el cuadro luminoso de la puerta, y esperó a que

---

ª Antes, Cap. VIII, «La tremenda», sección III.

entrase o a que dijese algo. Como el que recela penetrar en la madriguera de una bestia feroz, Nicolás permaneció en la puerta, y desde ella lanzó en medio de la oscuridad estas palabras:

—Mujer, ¿está usted aquí?... No veo nada.

—Aquí estoy, sí señor —murmuró ella.

—Mi tía —añadió el clérigo—, me ha contado los horrores de esta noche... Mi hermano maltratado, herido; usted entrando en casa a deshora, y entrando para recoger su ropa y marcharse, rompiendo la armonía conyugal y dejándonos a todos en la mayor confusión. ¿Me querrá usted explicar a mí este turris-burris?

—Sí señor —replicó la voz con miedo y turbación indecibles.

—¿Y si ha tenido usted parte en esta infamia?

—Yo... en lo de los golpes no he tenido parte —apuntó con rápida frase la voz.

—Vamos a cuentas —dijo el clérigo avanzando un poco, precedido de sus manos que palpaban en las tinieblas—. Hace algunos días... lo he sabido ayer por casualidad... mi hermano sospechaba que usted no le era fiel; ésta es la cosa. ¿Tenía fundamento esta sospecha?

La voz no dijo nada, y hubo un ratito de temerosa espectativa.

—¿Pero no contesta usted? —interrogó Nicolás con acento airado—. ¿Por quién me toma? Hágase usted cargo de que está en el confesionario. No hago la pregunta como persona de la familia ni como juez, sino como sacerdote. ¿Tenía fundamento la sospecha?

Después de otro ratito, que al cura se le hizo más largo que el primero, la voz respondió tenuemente:

—Sí, señor.

—Ya veo —afirmó Rubín con ira—, que nos ha engañado usted a todos, a mí el primero, a las señoras Micaelas, a mi amigo Pintado y a toda mi familia después. Es usted indigna de ser nuestra hermana. Vea usted qué bonito papel hemos hecho. ¡Y yo que respondí...! En mi vida me ha pasado otra. La tuve a usted por extraviada, no por corrompida, y ahora veo que es usted lo que se llama un monstruo.

Dio entonces un paso más, cerrando un poco la puerta, y tentó la pared por si hallaba silla o banco en qué sentarse.

—Hablando en plata, usted no quiere a mi hermano... Ábrete, conciencia.

—No señor —dijo la voz prontamente y sin hacer ningún esfuerzo.

—No le ha querido nunca... Ésta es la cosa.

—No señor.

—Pero usted me dijo que esperaba tomarle cariño conforme le fuera tratando.

—Sí lo dije.

—Pero no ha resultado... no ha resultado. ¡Chasco como éste...! Se dan casos... De modo que nada.

—Nada.

—¡Perfectamente! Pero usted olvida que es casada y que Dios le manda querer a su marido, y si no le quiere, serle fiel de cuerpo y de pensamiento. ¡Bonita plancha, sí señor, bonita!... En mi vida me ha pasado otra. Y usted, pisoteando el honor y la ley de Dios, se ha prendado de cualquier pelagatos... ya se ve: su pasado licencioso le envenena el alma, y la purificación fue una pamema. ¡No haber visto esto, Señor, no haberlo visto!

Estaba tan furioso el cura por lo mal que le había salido aquella compostura, y su amor propio de arreglador padecía tanto, que no pudo menos de desahogar su despecho con estas coléricas razones:

—Pues sépase usted que está condenada, y no dé vueltas: condenada.

No se sabe si este procedimiento del terror hizo su efecto, porque Fortunata no contestó nada. La expresión de sus sentimientos acerca del tremendo anatema perdióse en la oscuridad de aquella caverna.

—Al menos, desdichada, confiese usted su delito —dijo Rubín, que deslizándose en las tinieblas había encontrado un cajón en qué sentarse—. No me oculte usted nada. ¿Cuántas veces, cuántas veces ha faltado usted a su marido?

La contestación tardaba. Nicolás repitió la pregunta hasta tres veces suavizando el tono, y al fin oyó un susurro que decía:

—Muchas.

Cuenta el padre Rubín que aquel *muchas* le dio escalofríos y que le pareció el rumorcillo que hacen las correderas cuando en tropel se escurren por las paredes.

—¿Con cuántos hombres?

—Con uno solo...

—¡Con uno solo!... ¿De veras? ¿Le conoció usted después de casada?

—No señor. Le conozco hace mucho tiempo... le he querido siempre.

—¡Ah, ya!... La historia vieja... .Perfectamente —dijo el cura, cuyo amor propio se erguía al encontrar un medio de aparecer previsor—. Eso ya me lo temía yo. ¡El amorcito primero...! ¿No le dije, no se lo dije a usted? Por ahí está el peligro. He visto muchos casos. ¿Y ese pelafustán es el de marras?

Fortunata contestó que sí, sin comprender lo que quería decir *de marrras*.

—Y ese ha sido el miserable que abusando de su fuerza maltrató al pobre Maxi, débil y enfermizo... ¡Ay, mundo amargo!

—Él fue... pero Maxi le provocó... —dijo la voz—. Esas cosas vienen sin saber cómo... Yo lo presencié desde la ventana.

—¿Desde qué ventana?

—De la casa aquella.

—¿Casita tenemos?... Sí... sí, lo de siempre. Lo había previsto yo. No crea usted que me coge de nuevo. ¡Casita y todo!... ¡Cuánta infamia! ¿Y no siente usted remordimientos? Cualquier persona que tuviera alma estaría en tal caso llena de tribulación... pero usted tan fresca.

—Yo lo siento... lo siento... Quisiera que eso no hubiera pasado.

—Eso, que no hubiera pasado el lance, para continuar pecando a la calladita. Y siga el fandango. También esta clase de perversidad me la sé de memoria.

Fortunata se calló. Fuera que los ojos del clérigo se acostumbraran a la oscuridad, fuera que entrase en el cuarto más luz, ello es que Nicolás empezó a distinguir a su hermana política, sentada sobre el baúl, con un pañuelo en la mano. A ratos se lo llevaba al rostro como para secar sus lágrimas. Cierto es que Fortunata lloraba; pero algunas veces la causa de la aproximación del pañuelo a la cara era la necesidad en que la joven se veía de resguardar su olfato del olor desagradable que las ropas negras y muy usadas del clérigo despedían.

—Esas lágrimas que usted derrama, ¿son de arrepentimiento sincero? ¡A saber...! Si usted se nos arrepintiera de verdad, pero de verdad, con contrición ardiente, todavía esto podría arreglarse. Pero sería preciso que se nos sometiera a pruebas rudas y concluyentes... Ésta es la cosa. ¿Volvería usted a las Micaelas?

—¡Oh! No señor —replicó la pecadora con prontitud.

—Pues entonces, que se la lleve a usted el demonio —gritó el clérigo con gesto de menosprecio.

—Le diré a usted... Yo me arrepiento; pero...

—Qué peros ni qué manzanas... —manifestó Rubín, manoteando con groseros modales—. Reniegue usted de su infame adulterio; reniegue también del hombre malo que la tiene endemoniada.

—Eso...

—¿Eso qué?... ¡Vaya con la muy...! Y me lo dice así, con ese cinismo.

Fortunata no sabía lo que quiere decir cinismo, y se calló.

—Todo induce a creer que usted se prepara a reincidir, y que no hay quien le quite de la cabeza esa maldita ilusión.

El gran suspiro que dio la otra confirmó esta suposición mejor que las palabras.

—De modo que, aun viéndose usted perdida y deshonrada por ese miserable, todavía le quiere usted. Buen provecho le haga.

—No lo puedo remediar. Ello está *entre* mí y no puedo vencerlo.

—Ya... la historia de siempre. Si me la sé de memoria... Que quieren sólo a aquel y no pueden desterrarlo del pensamiento, y que patatín y que patatán... En fin, todo ello no es más que falta de conciencia, podredumbre del corazón, subterfugios del pecado. ¡Ay, qué mujeres! Saben que es preciso vencer y desarraigar las pasiones; pues no señor, siempre aferradas a la ilusioncita... Tijeretas han de ser... En resumidas cuentas, que usted no quiere salvarse. La pusimos en el camino de la regeneración, y le ha faltado tiempo para echarse por los senderos de la cabra. ¡Al monte, hija, al monte! Bueno; allá se entenderá usted con Dios. Ya me estoy riendo del chasco que se va usted a llevar. Porque ahora, como si lo viera, se lanzará otra vez a la vida libre. Divertirse... ¡ea!... Por de pronto habrá un arreglito, y ese tunante le dará alguna protección; tendrá usted casa en que vivir... Y ahora que me acuerdo, ¿ese hombre es casado?

—Sí señor —dijo Fortunata con pena.

—¡Ave María Purísima! —exclamó el cura llevándose ambas manos a la cabeza. —¡Qué horror y que sociedad! Otra víctima; la esposa de ese señor... Y usted tan fresca, sembrando muertes y exterminios por donde quiera que va...

Esta frase de sermón aterró un poco a Fortunata.

—Tendrá usted su castigo y pronto. La historia de siempre...

¡Qué mujeres, Señor, qué mujeres! Váyase usted a correr aventuras, deshonre a su marido, perturbe dos matrimonios; ya vendrá, ya vendrá el estallido. No le arriendo la ganancia. El amancebamiento ahora, después la prostitución, el abismo. Sí, ahí lo tiene usted, mírelo abierto ya, con su boca negra, más fea que la boca de un dragón. Y no hay remedio, a él va usted de cabeza... porque ese hombre la abandonará a usted... Son habas contadas.

Fortunata tenía la cabeza próxima a las rodillas. Estaba hecha un ovillo, y sus sollozos declaraban la agitación de su alma.

—¡Ah, mujer infeliz! —añadió el clérigo con solemnidad, levantándose—; no sólo es usted una bribona, sino una idiota. Todas las enamoradas lo son porque se les seca el entendimiento. Las saca uno del purgatorio del deleite y allá se van otra vez. Tú te lo quieres, pues tú te lo ten. En el Infierno le ajustarán a usted las cuentas. Váyase usted luego allá con sofismas y con zalamerías de amor... Esto se acabó. Ni yo tengo que hacer nada con usted, ni usted tiene nada que hacer en esta casa. Cuenta concluida. Al arroyo, hija; divertirse; usted sale de aquí, y cuando se vaya, zahumaremos, sí, zahumaremos... Perfec... tamente.

Esto lo dijo en la puerta y luego se retiró sin añadir una palabra más. Doña Lupe le aguardaba en la sala para saber si había sido más afortunado que ella en la averiguación de la verdad, y allí se estuvieron picoteando un buen rato. Después oyeron ruido, sintieron la voz de Fortunata, que hablaba quedito con Patricia, diciéndole quizás cómo y cuándo mandaría a buscar su ropa. Tía y sobrino asomáronse luego a los cristales del balcón y la vieron atravesar la calle presurosa, y doblar la esquina sin dirigir una mirada a la casa que abandonaba para siempre.

Nicolás repetía una figura de que estaba satisfecho:

—Zahumar, zahumar y zahumar.

Y a propósito de espliego, a él, físicamente, tampoco le vendría mal... esto sin ofender a nadie.

FIN DE LA PARTE SEGUNDA